BOUQUINS

Collection fondée par Guy Schoeller
et dirigée par Jean-Luc Barré

SAN-ANTONIO

TOME 21

ÉDITION PRÉSENTÉE
PAR FRANÇOIS RIVIÈRE

ROBERT LAFFONT

ISBN : 978-2-221-25042-6

Dépôt légal : juin 2021 – N° d'éditeur : 61865/01

Ce volume contient :

SAN-ANTONIO, LE « BOUQUINS » FINAL

« Avec lui, la chair s'est faite verbe. »
Jérôme GARCIN

Avec ce vingt et unième tome de l'intégrale San-Antonio s'achève l'édition chronologique des 175 épisodes d'une saga née en 1949 sous la plume d'un jeune écrivain lyonnais impécunieux mais avide, déjà, de reconnaissance. Interrompue quelques mois seulement avant la disparition de celui-ci, qui aurait eu cent ans le 29 juin 2021, cette « interminable série », comme il la qualifiait lui-même, a fait vivre à Frédéric Dard un marathon de fiction unique dans l'histoire du roman populaire français.

Le commissaire San-Antonio, héros et narrateur de ces picaresques et toujours ébouriffantes aventures, aura, durant cinq décennies, littéralement tenu le crachoir à une variété de lecteurs ayant trouvé dans sa fréquentation un remède idéal à la monotonie de leurs jours. Dès ses premières vocalises sous les couvertures bariolées d'une collection policière résolument franchouillarde, ce drôle d'auteur dont la véritable identité ne fut d'abord connue que de quelques initiés renversa la table des matières d'un genre littéraire aux praticiens généralement assez respectueux de ses règles internes. À l'exception d'un drôle de zèbre né outre-Manche mais pratiquant avec insolence le roman noir « à l'américaine », Peter Cheyney (1896-1951). Ce polygraphe et ancien détective privé maniait l'argot des bas-fonds londoniens avec une désinvolture qui avait aussitôt plu à l'impétrant lyonnais. Celui-ci lui emboîta le pas, saisi de l'envie a priori déraisonnable de ruer dans les brancards du récit policier tel qu'on le pratiquait alors dans l'Hexagone. La première sortie du Commissaire, *Réglez-lui son compte*[1], se solda, c'est le cas de le dire, par un cuisant échec. Mais le destin veillait qui s'incarna en un éditeur débutant à l'œil affûté, nommé Armand de Caro, qui venait de lancer à Paris sa maison à l'enseigne du Fleuve noir. Sur les eaux duquel voguerait pour longtemps le tonitruant galion d'or de la famille san-antonienne.

En s'ébrouant à l'écart d'une forme d'écriture conventionnelle qui, plus tôt, l'avait séduit, le faisant, comme il disait, « rêver du Goncourt », Frédéric Dard s'ingénia à créer un style. Son tempérament l'y incitait. Il y trouva sa vraie nature d'homme. Et d'un épisode à l'autre d'une suite romanesque de plus en plus originale s'affirma cette irrésistible envie d'en découdre avec un « littérairement correct » dont il s'efforçait de démontrer l'absurdité. L'ancien cancre de l'école de La Martinière, à Lyon, saisit l'occasion de faire un pied-de-nez carabiné à tous ceux qui, sous prétexte de vous donner des leçons de syntaxe, vous font parfois sombrer dans un ennui profond. L'adolescent Dard avait lu Céline dont il aimait la forme plutôt que le fonds de commerce. Mais il avait surtout le désir de divertir ses semblables, de leur en faire voir de toutes les couleurs. Et il y est arrivé très vite, produisant sur une machine à écrire achetée à crédit ses vingt-cinq feuillets par jour, toujours davantage conscient de l'irrépressible humanité que sa rage d'écrivain insufflait au personnage qu'il animait. Car San-Antonio, héros de fictions criminelles passant de façon bientôt très fantaisiste de la procédure policière aux missions secrètes, devint le porte-parole d'un créateur à l'opiniâtreté mêlée parfois d'une légère nostalgie. Celle-ci s'enracinant dans un regret pour une carrière fantôme d'auteur académique dont Frédéric Dard faisait en même temps le repoussoir d'une réussite providentielle…

Soumis à la cadence exigée par son intraitable quoique lui aussi providentiel – ou, devrait-on dire, béni des dieux – éditeur, l'auteur des enquêtes peu banales du très hâbleur San-A. connut évidemment quelques ratés dans sa production. Preuve qu'il n'était aucunement une « machine à faire des saucisses » – expression

1. Voir le tome 1 de l'édition « Bouquins ».

brevetée outre-Manche par la créatrice d'Hercule Poirot – mais bel et bien un écrivain à part entière, sensible aux aléas de la mise au monde d'une fiction authentique. Et de plus en plus en accord avec sa nature profonde, comme pour se préserver des compromissions qu'engendre parfois la pratique du roman de grande consommation.

L'immense succès commercial du miel de son obstination eut finalement raison des réticences du grand angoissé, qui avait fini par réaliser que le Goncourt se vendait moins que ses livres. Restait à convaincre une critique hésitante qui n'arrivait pas à emboîter le pas d'un Cocteau affirmant : « À côté d'une œuvre de cet ordre, même Jean Genet [...] a l'air d'un demi-sel des lettres[1]. » Mais même l'Université vint s'incliner devant ce que Robert Escarpit appela « le phénomène San-Antonio » lors d'un premier colloque organisé à Bordeaux le 6 avril 1965 dont Frédéric Dard, qui y participa, s'amusa mais dont Armand de Caro, qui veillait à la publicité de sa poule aux œufs d'or, fit imprimer les actes[2].

Les années passèrent, les ventes s'envolèrent et les lecteurs prirent de nouveaux visages. Les lycéens qui s'étaient encanaillés en lisant *J'ai peur des mouches* et *Votez Bérurier*[3] avaient grandi, certains, comme l'auteur de ces lignes, n'ayant pas hésité à écrire au romancier pour lui dire leur admiration, ce dernier leur répondant très gentiment. Toujours inquiet, Frédéric Dard n'était nullement blasé. Il avait seulement pris du recul, les reliefs suisses qu'il voyait désormais de sa fenêtre servant de caisse de résonance à la gouaille argotique et aux vitupérations de ses personnages qui ne se sentaient plus du tout captifs du carcan policier. Ou qui avaient fait de celui-ci une sorte de décor de Luna Park capable d'abriter toutes les fantaisies de San-Antonio. Et ses fantasmes sexuels devenus les accessoires de sa renommée.

Le propre d'un écrivain aussi rebelle que lui est de ne jamais se laisser flatter et encore moins étourdir par la renommée. Les flagorneurs pourtant ne manquèrent jamais, sans toutefois entamer la modestie réelle de l'auteur, acharné à transmuer sa vie dans

1. Jean Cocteau, *Le Passé défini, Journal*, t. VI : 1958-1959, 5 juillet 1956, Gallimard, 2011.

2. *Une forme du roman noir au XXe siècle – Le phénomène San-Antonio*, Centre de sociologie des faits littéraires, 1965.

3. Voir les tomes 3 et 6 de l'édition « Bouquins ».

l'aventure d'une sainte famille imaginaire. Celle-ci ne cessait de s'ébattre sous sa plume comme sous le regard tendre et protecteur de Félicie, la mère du héros, tout un petit monde – le couple Bérurier, l'ensorcelante Marie-Marie, le fidèle Jérémie Blanc, Toinet, le fils adoptif… – occupant avec inventivité la scène du guignol san-antonien. Et, la liste s'allongeant sans répit de nouveaux titres aguicheurs, la saga n'en finissait pas de promener au long du chemin le miroir du prosateur français à la fois le plus espiègle et le plus profond.

Un demi-siècle après son irruption dans l'atmosphère encore troublée de l'après-guerre dans le but très noble de concurrencer la redoutable production anglo-saxonne, le confrère le plus folklorique de Maigret, devenu confident d'une assemblée de Gaulois réfractaires prêts à l'élire président, n'a parfois pas résisté à l'inévitable fatigue accablant à un moment ou un autre tout héros de fiction digne de ce nom. Mais son astucieux géniteur n'a eu de cesse de le remettre en selle avec une fécondité qui, au temps béni du roman populaire, eût fait de lui le rival d'un Ponson du Terrail ou d'un Paul Féval.

L'étourdissante sarabande a cependant dû s'achever, dans les larmes de tous ceux qui s'étaient pris d'une telle passion pour sa forme si peu académique et son fond si résolument décapant qu'ils en restèrent inconsolables.

*
* *

Le tome 21 de cette édition « Bouquins » déclenche la salve dernière de la désormais légendaire série. Onze romans publiés entre 1995 et 2001, qui témoignent tous de l'incomparable créativité de l'écrivain le plus insolent de sa génération. Dernier épisode de la cuvée 1995, *Le pétomane ne répond plus* affirme d'ailleurs, une fois pour toutes, l'absolu dédain de San-Antonio pour ce qu'il appelle « la littérature au cordeau » et, suivez son regard, ceux qui la pratiquent « fringués en gardiens de square. Interdiction de marcher sur les pelouses ! ». La vision peu banale d'un cadavre déchiqueté par les dents d'un loup-garou ouvre le livre, prélude à une enquête très parisienne sur fond de décor à la Utrillo période sanguinaire. Premier des deux épisodes publiés en 1996, *T'assieds pas sur le compte-gouttes* est un roman d'intrigue internationale qui commence à Montevideo où San-A. est à la recherche d'un terroriste, « un type du style Carlos ». Chemin faisant, il fait la connaissance d'une fascinante créature nommée María del Carmen qui s'en laissera conter par ce beau parleur. *De l'antigel dans le cabulte*, second opus de l'an 1996, transporte le lecteur sur l'île de Klérambâr, propriété du sultan Mormoilebrac dirigée par un aventurier de haut vol. Après une hécatombe de soldats de la garde s'amorce « une étrange croisière »… 1997 démarre, si l'on peut dire, *La Queue en trompette*, car l'auteur y célèbre l'irruption dans la série de Salami, un basset hound doté d'un réel pouvoir expressif. Et qui se révèle, noblesse canine oblige, un parfait limier. *Grimpe-la en danseuse*, cent soixante-neuvième épisode, paraît la même année, alors que Frédéric Dard est engagé dans la préparation d'un « gros » roman hors série qui sortira quelques mois plus tard sous le titre *Le Dragon de Cracovie* et dont le héros n'est autre que le petit-fils d'Adolf Hitler. En attendant, Salami exerce son implacable flair dans une maison hantée sur la côte belge, y découvrant avec son maître les cadavres de deux anciens nazis… Troisième et dernier opus de 1997, *Ne soldez pas grand-mère, elle brosse encore* s'ouvre sur l'explosion d'un Japonais dans un palace de Hong Kong, Béru accompagnant San-A. et Salami pour vivre avec eux une aventure tout aussi explosive à Macao, le bien nommé enfer du jeu. L'année 1998 ne verra paraître qu'un unique San-Antonio, *Du sable dans la vaseline*, épisode américain typé « Série noire ». L'intrigue se situe à Las Vegas, paradis de la roulette, où Pinaud disparaît au cours du spectacle d'un prince de la magie. Qu'on se rassure, le milliardaire Pinuche finira par réapparaître. Le premier des trois titres de l'année 1999, *Ceci est bien une pipe*, témoigne du goût du romancier pour l'œuvre du peintre René Magritte. On sait par ailleurs que le surréalisme *made in Belgium* lui a toujours plu. C'est cependant loin du pays de l'homme au chapeau boule, sur l'île de Lanzarote, que le Commissaire est signalé, une série de meurtres mystérieux s'y succédant. Avant que nos fines lames de la police ne prennent la direction de Saint-Cloud, de Berne, de Londres et du 15e arrondissement pour une virée d'excellence. *Trempe ton pain dans la soupe*, nous recommande l'auteur dans sa livraison suivante, toujours en 1999.

Une Américaine est agressée gare du Nord. Commence alors l'affaire Pamela Gray qui voit réapparaître le pittoresque M. Felix, mais aussi – ô surprise – Marie-Marie elle-même ! Écrit « dans la continuation de cette œuvre puissante […] parce que ce livre a trop de ramifications pour être traité en un seul volume », *Lâche-le, il tiendra tout seul* est le troisième et dernier roman de l'an de grâce 1999. Il s'ouvre sur un aveu touchant de l'auteur : « C'est dans ma nature de pratiquer l'outrance dans un monde qui s'anémie et tombe en déliquescence. » L'action, de son côté, embraie sur l'enlèvement d'Antoinette, la fille que Marie-Marie a eue du Commissaire. Un défi de taille pour celui qui vit alors la dernière enquête orchestrée par la seule main de son créateur. Lorsque, deux ans plus tard, paraît un cent soixante-quinzième épisode, intitulé *Ceréales Killer*, les fans de la série apprennent que ce roman est né de l'intime collaboration entre Frédéric et son fils Patrice. On y découvre le propre héritier de San-A., Antoine, frais émoulu de l'école de police, pris au piège d'une intrigue diaboliquement ourdie par Dard & Son.

Et, tandis que Bérurier entonne pour la dernière fois l'hymne des *Matelassiers*, le récit se conclut de façon émouvante sur cette phrase qui résonnera longtemps dans la mémoire du lecteur : « Ce fut sans doute l'un des plus beaux matins du monde, puisque ce fut celui où IL mourut. »

François Rivière

LE PÉTOMANE NE RÉPOND PLUS

Roman

Qui ne saurait constituer une nouvelle suite
à *Autant en emporte le vent*

1995

À mon cher Antoine de Caunes,
à qui je voue un amour paternel,
en lui souhaitant toutes les grâces auxquelles je pense,
et toutes celles auxquelles je ne pense pas.

San-Antonio

Les Anglais sont les creux de nos reliefs.
Albert Benloulou

*

De nos jours, les cultivateurs sont cultivés et les exploitants exploités.

*

Indurain : le gérant du Tour.

*

Introduction

Comme il était frileux, il avait, à l'époque de son opulence, acheté un magnifique couvre-lit en fourrure de loup. Il en aimait le poids, la chaleur, et se pelotonnait voluptueusement sous cette masse de poils.

Au fil du temps, la peau avait contracté une sorte de méchante pelade qui la constellait de vilaines plaques jaunes. Il se consolait de cette usure en songeant qu'étant donné son âge avancé, la couverture lui survivrait.

Ce fut dans sa soixante-quinzième année que les premiers phénomènes commencèrent à se manifester.

Une nuit de pleine lune, il fut éveillé par les hurlements lointains d'une horde sauvage. Mais, parce qu'il faisait grand vent, il crut à quelque distorsion de son ouïe.

Il oublia l'incident jusqu'à la lunaison suivante, au cours de laquelle le phénomène se reproduisit. Il en alla de même tous les mois. Chaque fois, il était tiré du sommeil par les cris de plus en plus présents d'une meute de loups affamés. Ces cris discontinus étaient à la limite du supportable. Alors il se levait, écartait les rideaux de sa fenêtre et ouvrait cette dernière en grand. Le silence revenait sur sa banlieue résidentielle. Les villas entourant la sienne semblaient pétrifiées dans le clair de lune. Il découvrait, au-delà des toits d'ardoise, une large boucle de la Seine qui scintillait comme du métal abrasé.

Cette vision tranquille ne le rassurait qu'à moitié. Il mettait beaucoup de temps à se rendormir, encore, son sommeil retrouvé, continuait-il d'être perturbé par la horde forcenée.

Il en vint à appréhender les nuits de lumière blême. Il crut prévenir le cauchemar en prenant des somnifères les soirs fatidiques, mais le sortilège ne cessa pas pour autant.

Le moment vint où les fauves pénétrèrent jusque dans sa chambre. Il voyait luire leurs yeux rouges dans l'obscurité. Leurs cris féroces le plongeaient dans des abîmes d'épouvante. Il se blottissait sous sa lourde couverture où il étouffait.

Sa femme de ménage le retrouva égorgé, un matin, sous le couvre-lit de fourrure poisseux de sang.

Première partie

LE LOUP DE LA PLEINE LUNE

1

J'en ai marre

— Écoute-moive, tout-p'tit : t'as aucune raison d'deviendre neurastérix. T'es encore jeune pour ton âge, t'as pas l'sida, ni l'crabe, ta gueule est pas tellement à chier et sans êt' rupin, t'es pas fauchemane. T'es pas embourbé du calbute qu'j'susse et j'me rappelle t'avoir vu tirer la Fernande Dutilleul comme un pape ! Sûr, t'as pas mon intelligence, mais nanmoins tu fais av'c c'qu't'as. N-évidemment, t'es fringué comm' l'beau-frère à l'as de pique ; slave dit, personne t'empêche d'acheter des sapes de milord à Tout pour Messieurs, boulevard Bonne-Nouvelle. Si tu voudrerais, tu poufferais partir au Clube Merde et y l'ver un' p'tite sœur à la chaglatte humide kif un œil d'biche. T'as tout pour toive : t'sais même nager !

« Bon, ta bite. Je veuille bien qu'é soye en arc d'cercle, mais quand tu fourres en l'vrette ça s'connaît pas. N-au contraire, les gonzesses, ça leur ramone mieux la moniche. É z-aiment ! T'es français, tu votes et tu croives en Dieu. T'es pas communisse, t'as pas d'ex-zéma non plus qu'd'rhumatisses articulés, comme ton dabe. Dans dix-huit piges t's'ras à la r'traite et tu pourreras faire la masse gratinée t't les jours fériés.

« Tu peux baiser ta concierge si l'guignol t'en direrait. Je veuille bien qu'é soye portugaise, qu'É fasse une décalficication d'l'hanche et qu'é l'aye soixante-dix balais et mèche, mais é l'a l'œil fripon, croive z-en mon espérience. C'te vioque, é n'd'mande qu'à t'turluter l'p'tit colonel et t'acalifourcher su' un' chaise, quoiqu'av'c ta bite cintrée, ça n'doive pas s'prêter à la manœuv'.

« La vie s'ouv' d'vant toi, mec. T'as enville d'asperges ? Tu bouffes des asperges. Tu veux siffler un' boutanche d'condrieu ? Tu l'écluses en tête à tête av'c elle. Même si l'idée t'biche d'te taper une pogne d'vant la photo d'Lady Di, rien t'en empêche : l'ivreresse est à toi, mon salaud ! Sais-tu parce que quoi ? Parce que t'es libre ! Allons, bon ! Qu'est-ce y l'a à chougner, c'bazu ? Tu t'plains qu'la mariée est trop belle ?

Un silence tomba brusquement sur la diatribe. L'interlocuteur d'Alexandre-Benoît Bérurier murmura avec des infiltrations dans la voix :

— Je me plains qu'elle soit morte, Sandre.

Le Mastard eut un bref instant d'indécision ; il cherchait comment prendre l'argument à revers.

Il dit :

— Ça, j't'concède, pour êt' morte, é l'est morte ; s'l'ment t'oublille une chose prépondérable, Augustin : personne n'y peut plus rien.

L'argutie fut inopérante sur le veuf. Ses larmes continuaient de couler.

Vaincu par la douleur de son ami, le Mammouth soupira.

— Mouais, c'est trop frais pour qu'on cause valab'ment. C'est vrai qu'on est z-encore dans l'cim'tière ; d'main, tu verreras l'existence autrement. Faut pas brutaliser l'chagrin.

Il empoigna le bras de son compagnon, voulant l'entraîner vers la vie.

Mais Augustin renâcla, refusant de s'éloigner de la tombe qui hébergeait dix-sept années d'un bonheur que le premier écrivailleur de mes fesses venu réputerait « sans mélange ».

— Je peux pas, je peux pas, larmichait-il.

Un agacement peu compatible avec la situation s'empara de Sa Majesté Béru.

— Voyons, Gustin, grogna-t-il avec le ton hargneux que prend un propriétaire face à son locataire insolvable, t'vas pas nous péter un' horloge biscotte ta mégère nous a bricolé un' embolie mal placée ! C'est tout d'même pas la p'tite sœur Machin de l'Immaticulée Contraception qu'est en train de préparer la bouffe aux astèques ! J'veuille bien qu'ta Marthe fûte un' mousmé plutôt gentille, n'empêche qu'é s'gênait pas pour t'faire du contrecarre av'c Pierre, Paul, Jacques ou Alexandre-Benoît quand l'occase se trouvait.

Le veuf frais pondu s'arrêta et saisit le bras jambonnier de son compagnon.

— Tu dis ça par charité chrétienne ! soupira-t-il.

Lors, le Mammouth s'enflamma :

— Soye pas con hors des normes, Augustin ! Ta gerce s'faisait tirer comme à la fête foraine ; on y passait d'ssus kif si é s'rait été un pont à forte circulation. Moi-même, je m'l'embroquais à l'occasion. Tu veuilles la preuve ? L'avait un' trace d'opération sous l'nombrille du ventr' et un' tache brune av'c du poil aux intérieurs d'la cuisse, près d'la chaglatte. J'mentis-je ?

Il considéra le désarroi de son pote, lequel avait cessé d'être en crue.

Heureux de constater qu'il ne pleurait plus, il posa sa main fraternelle sur l'épaule de l'ancien cornard et nouveau veuf frais émoulu.

— Faut qu'tu doives la comprend', gars : biscotte ton asperge cambrée, t'arrivevais pas à la limer normalement, et él' en souffrait, la chérie. La l'vrette, mon lapin, c'est un estra, pas l'plat de résidence ! Un' frangine a b'soin d'avoir l'bide de son mec cont' le sien, sinon é désempare d'à force, comprends-tu-t-il ? La dame qu'accueille dans l'michier, é prend la temps-dure de ta gueule. É veuille qu'on lui tire un' menteuse dans la clape pendant qu'é pâmade ; c't humain, on n'est pas des bêtes.

« Un truc encore qu'é se plaignait : tu lu broutais jamais l'minou, paraissait qu'ça t'dégoûtait. Alors là, mon pote, ça n'pardonne pas. N'importe quelle fumelle, si tu y croûtes pas la chaglatte tout en y filant deux doigts dans l'œil de bronze, é complexe. Mais non, ta pomme, c'était la tringlette ouistiti ! Un' p'tite danse de Saint-Guy tout en lu cramponnant l'michier, et allez, roulez !

« T'es à reprend', maille dire. La prochaine qu'tu vas l'ver, faudra qu'tu fisses appel à moi pour la mise en condition. J'te montrerai l'procès suce : c't un art. Quand t'auras pigé, tu d'viendreras un pro, comme mézigue ; alors à toi les grosses régalades !

Il parvint à entraîner son aminche. Au bout de quelques pas, Augustin se retourna pour un ultime regard à la tombe ouverte. Son chagrin prenait une ramification imprévue. Il était désorienté par la nouvelle de son long cocufiage. Une profonde humiliation en résultait, qui gâtait sa peine sans la diminuer.

— On va aller écluser d'la boisson fermentée, décida le Gravos ; j'ai r'marqué un troquet, pas loin d'ici, près d'l'église.

— Alors tu as couché avec Marthe ? bredouilla le veuf.

— Jamais, j'te jure ! protesta le Mastard.

— Mais tu viens de me dire…

— J'la pinais su' vot' tab' d'cuisine, c'qu'est mieux, question hygiène. Un coup d'pattemouille su' la toile cirée après l'carnage, et tchao les auréoles ! La merde, av'c les draps, c'est tout' ces cartes d'giographie. Alors, quand j'livre chez les potes, j'm'arrange qu'leur gerce aye pas d'frais d'blanchirie afteur, question d'savoir-vivre. Quand t'es galant, c'est pour la vie. Surtout qu'à la déflaque, j'bats des records. Ta Marthe, chaque fois, m'esclamait comme quoi él' avait jamais vu un déchargeur d'ma quantité. Sauf un camionneur qu'él' avait pompé pour l'remercier d'l'avoir prise en stop et qui lu en avait balancé plein la bagoule, n-au point qu'él' avait failli étouffer. Moi j'préviens qu'c'est l'jet d'eau d'Genève. Pas s'faire turluter en traître ; que sinon, les vaillantes savent plus c'qui leur rarrive au déboulé. Si c'est pour qu'un calumet s'termine par la ranimation artificieuse, autant embroquer d'abord la mégère et réserver la bouffarde du chef pour la deuxième tournée. Ben, fais pas une frime pareille, Gustin ; à t'voir, on croirerait qu'y t'est arrivé quéque chose !

Ils parcoururent plusieurs centaines de mètres sans parler. Leur voiture était restée sur la place de l'Église et il fallait se cogner près d'un kilomètre pour la récupérer.

Ils suivaient une avenue de grande banlieue, bordée de villas début de siècle, dont certaines commençaient à fatiguer.

Soudain, comme ils passaient devant l'une d'elles, plus harassée que ses voisines et de style normand, ils furent foudroyés par un long cri de terreur en provenance du premier étage.

Levant les yeux, ils découvrirent une jeune femme à une fenêtre. Elle était cramponnée à la barre d'appui et hurlait de manière complètement hystérique.

Homme d'action, Bérurier abandonna son compagnon pour se ruer dans la propriété. Le petit parc était à l'abandon, les mauvaises herbes, les ronces et des lianes perfides en avaient pris possession.

Le Mastard se précipita sous la fenêtre où glapissait la fille.

— Ben, qu'est-ce y a, ma poule ? demanda-t-il.

La hurleuse était très brune, avec le teint bistre et de la moustache. Au lieu d'informer Béru de ce qui motivait son désarroi, elle continuait de glapir en tirant sur le haut de sa blouse qui pourtant ne lui comprimait pas les flotteurs.

Devant cet état de fait, le cher homme s'engouffra dans la maison par la porte-fenêtre entrouverte. Il traversa un vaste salon d'un autre âge, sinistre comme un parloir d'internat libre du début du siècle (l'autre). Les fauteuils crapauds jouaient aux fantômes sous des housses grises constellées de taches. La pendule était plus qu'arrêtée puisqu'elle indiquait six heures trente, la pire heure que puisse afficher une horloge.

Le gros sac-à-nouilles passa dans un hall encombré de plantes vertes qui ne l'étaient plus par manque d'hydratation et s'engagea dans un large escalier de bois recouvert d'une moquette dont il ne subsistait que la trame.

Sur le palier du premier, une porte béait. Sa Majesté la franchit, ce qui l'amena dans une antique chambre à coucher où régnait une abondance de mauvaises odeurs. Cela sentait le vieux papier, l'humidité, la merde révolue, la pisse endémique et la crasse indétrônée.

L'ancillaire était toujours affalée contre la barre d'appui, couinant et hoquetant de plus rechef, les jambes en V majuscule à la renverse, le cul énorme et bourrelé, non pas de remords, mais de mauvaise graisse, les frisettes arrière tire-bouchonnantes.

Sans hésiter, l'officier de police A.-B. B. se précipita vers la fille en détresse et posa les deux mains sur ses épaules grassouilles.

— Allons, allons, ma puce, roucoula l'Obèse, criez-moi pas comme ça et disez-moi plutôt ce qui motive un' telle émotion chez un être que je pressens enclin à la sérénité d'ordinaire (il avait lu la phrase la veille dans le feuilleton du *Petit Saint-Locducien libéré* auquel il se trouvait abonné depuis vingt ans par taciturne reconduction).

La femme restait trop traumatisée pour répondre.

— Vous v'sereriez-t-il faite mal ? s'enquit le Plantureux. Ou bien aureriez-vous-t-il apprise un' mauvaise nouvelle ?

Mais il avait beau prendre la voix de Tino Rossi à ses débuts, ses questions demeuraient sans réponse.

— Faut pas qu'vous restassiez dans c't état, ma p'tite mère, fit-il péremptoirement. V'nez t-avec moi, on va aller écluser un p'tit alcool ; doit bien y avoir un' boutanche d'quéqu' chose, dans c'te masure !

Malgré ses injonctions et son ton fervent, la grosse fille continuait de demeurer soudée à la barre d'appui.

À vouloir l'en arracher, Bérurier se frottait contre le joufflu de la gonzesse. Son érection se constitua sur-le-champ.

Homme de grande simplicité, dépourvu de problèmes métaphysiques, il retroussa la jupaille ancillaire et se trouva dès lors en présence d'une robuste culotte de coton rose dont la fille était devenue propriétaire pour la modique somme de dix-huit francs quarante dans les souks d'un grand magasin excentrique.

Sa frénésie fit péter l'élastique, lequel était de qualité inférieure, et le sous-vêtement chut sur les pieds de Graciosa avec l'indolence d'une bouse de vache parvenant à destination. Las ! le Dodu se heurta alors à un obstacle beaucoup plus péremptoire que le chiffon si aisément mis à la raison, à savoir que la personne de sa convoitise était tétanisée par la terreur, comme l'écrivent si simplement des confrères à moi dont le talent constitue une thérapie contre les aigreurs d'estomac, les règles douloureuses et les borborygmes incoercibles.

Sa Majesté, frustrée, tenta de conjurer à la main ce fâcheux blocage contrecarreur, mais il trouva sous ses doigts une chaglatte plus aride qu'un sol dont la nappe phréatique est tarie.

Un choc sourd le fit se retourner. Il aperçut alors son ami Augustin allongé la face au plancher. Sur l'instant, il crut que le veuf neuf venait de se prendre le pied dans le tapis, mais un autre spectacle, plus attractif, le mobilisa.

Le lit constituait une espèce de vitrine pour abattoir. Un corps presque nu y gisait de travers. Vision d'horreur, n'ayons pas peur des termes lorsque les circonstances commandent. C'était celui d'un vieillard en décharnance, qu'on supposait vieillard à cause des cheveux blancs, ensanglantés, sommant une tête à la face déchiquetée.

Le mort portait encore les lambeaux d'une archaïque chemise de nuit. Pas une partie de son corps n'avait échappé à une lacération minutieuse. On eût dit que des griffes puissantes – à moins que ce ne fussent des dents – s'étaient acharnées sur cet être sans défense.

Mille visions insoutenables assaillirent Alexandre-Benoît Bérurier. Il capta la rotule à nu d'un genou, le trou béant du bas-ventre et un vieux sexe en charpie. Il vit la gorge tailladée, la mâchoire pendante d'où sortait un dentier jaune encombré de flocons d'avoine, et frémit. Des veines arrachées sortaient du corps comme les fils d'un moteur d'auto en réparation. L'un de ses yeux, extirpé de son orbite, se trouvait à présent dans sa pantoufle droite. La literie, initialement blanc sale, était devenue d'un rouge bordeaux qui aurait intéressé le peintre Mathieu. L'urine avait coulé de la vessie crevée, le cerveau du nez, le gros côlon (ou, pour le moins, l'un de ses affluents) s'évadait du mort par le cratère d'un anus qui ne devait pas sa surdimension à la sodomie.

— Ben ma vache ! grommela mister Béru qui possédait un lot d'exclamations adaptables à toutes les circonstances de la vie.

Réalisant que les vivants bénéficiaient d'une indéniable priorité sur les morts, il retourna à la servante et, comme elle était pratiquement soudée à son appui de fenêtre, il l'endormit d'un crochet du droit au temporal. Illico, elle perdit connaissance, ce qui, dans les conditions du moment, constituait une grâce du ciel.

Alexandre-Benoît n'eut aucun mal à la charger sur ses épaules mammouthiennes et à la coltiner jusqu'à une chambre voisine. Un lit non fait servait de charpente maîtresse à une colonie d'araignées. Béru allongea sa « protégée » sur le vieux matelas solitaire et glacé. Il ne put retenir un regard concupiscent aux cuisses pléthoriques offertes si largement à sa convoitise.

En queutard impénitent, il accentua la remontée de la jupe, ce qui le mit en présence d'un ardent buisson noir pareil au bonnet à poil d'un garde de la Couine.

— Putain ! C'te touffe ! soupira l'officier de police.

Il tomba à genoux devant un tel objet de convoitise, se fraya un parcours à travers la jungle intime de la fille, puis il entreprit une lente et complète exploration linguale de sa partenaire passive. Il y apporta tant d'application et de salive qu'il parvint, à force d'à force, à envisager une visite déterminante de mister Zobard au cressonnier pantelant.

Depuis un certain temps déjà, instruit des difficultés de dernière heure qu'il rencontrait avec ses conquêtes, il transportait toujours sur soi un tube de pommade goménolée, initialement prévue pour le nez, mais dont l'usage pouvait s'étendre à des orifices moins haut perchés.

S'étant préparé avec minutie le nestor, il eut la satisfaction de constater la parfaite réussite de son projet. Malgré le K.-O. de la donzelle et son absence de réactions, il arriva très vite à une heureuse conclusion. Étant homme de devoir, il la laissa recouvrer ses esprits (lesquels n'étaient point trop encombrants) à tête reposée.

Passant devant la chambre « fatale », il constata que son vieil ami le jeune veuf venait de récupérer.

— T'es un' pure mauviette, Guste ! assura le violeur de bonnes avec le sourire des hommes forts qui sont capables de manger un sandwich dans un crématorium.

L'interpellé se voila le regard, sans écarter les doigts.

— Tu crois que c'est un assassinat, Sandre ? demanda-t-il de la voix feutrée que prend une dame pour téléphoner à son amant pendant que son vieux regarde du foot à la téloche.

— Penses-tu ! ricana Bérurier. Il a dû s'faire ça en s'rasant !

2

Marabout

Elle est maigrichonne, avec pas plus de nichebabes qu'une statue représentant la petite sœur Thérèse. Le teint blêmasse, la bouche pâlichonne, le regard quémandeur de rien. L'air pas très heureuse, si tu vois. Pas franchement malheureuse non plus. Une fille comme t'en rencontres des centaines de mille dans le Gai Paris. En la voyant, tu penses à la chanson *Les Roses blanches*. Rien ne s'oppose à ce que sa maman soit morte tubarde et à ce que son géniteur soit « des messieurs qu'elle a jamais vus ».

En la matant, nue sur le plumzingue de cette chambre-à-se-vider-les-couilles, j'en viens à me demander quel sortilège a bien pu me pousser à la convoiter. Ses omoplates saillent comme des freins de vélo, ses hanches te rappellent certaines photos tragiques sur la libération du camp de Buchenwald ; et tu pourrais placer un gant de boxe entre ses cuisses tant elles sont écartées. Ça lui met la chaglatte entre parenthèses, pour ainsi dire.

On s'est rencontrés y a pas lurette. Elle contemplait ma Ferrari 456 avec une solennelle dévotion.

« C'est rare, les filles qui admirent les bagnoles », lui ai-je dit.

Elle m'a fait une jolie réponse :

« Ça, c'est mieux qu'une bagnole. »

Je crois que ce sont ses pauvres fringues qui m'ont brassé le raisin. Elle portait un maillot de matelot à rayures marines et blanches, une jupe fendue sur le devant et sur le derrière, qui ne lui donnait cependant pas l'air pute.

Elle était à peu près propre, mais on devinait qu'elle n'accordait pas à sa toilette davantage de temps qu'il n'en fallait.

« — Ça vous plairait de faire un tour ?

« — Je ne peux pas dire non, c'est probablement l'unique occasion que j'aurai de m'asseoir dans une telle merveille ! »

J'ai remarqué qu'elle avait une légère coquetterie à l'œil droit, rien de fâcheux, ça lui donnait même un je-ne-sais-quoi d'aguicheur.

J'ai pris les voies sur berge, ensuite je suis allé chercher l'autoroute de Nancy et je lui ai payé des émotions en piquant une crise jusqu'à 300.

Elle gardait son dos rivé au dossier du siège et se cramponnait des deux mains à celui-ci. Quand j'ai décéléré, elle s'est mise à rire, d'un air heureux.

« C'est fou ! » s'est-elle extasiée.

Une aire de stationnement s'offrait. Je l'ai enquillée. Elle était déserte, à l'exception d'un routier qui se payait un somme à bord de son monument à roulettes.

Elle m'a dit, tout en caressant le tableau de bord gainé de cuir blond :

« — Vous devez être très riche…

« — Non, très dépensier.

« — Vous êtes dans les affaires ?

« — Oui, dans les louches. »

Elle m'a défrimé. Ça m'a donné envie de bouffer sa petite gueule de Cosette au rabais.

« — Vous avez pourtant l'air honnête, a-t-elle objecté.

« — Je cache mon jeu. Et vous, c'est quoi, la vie ?

« — Je travaille dans un hôpital.

« — Beau métier.

« — Très : jc passe la serpillière sur les sols de plastique, je sors les fleurs des chambres le soir et les ramène le matin quand elles ne sont pas flétries.

« — C'est aussi bien que de déchirer des coins de billet dans un cinéma ou de vendre des pêches au marché, en mettant celles qui se gâtent sous le tas pour qu'on ne les voie pas. »

Elle a souri. Ses dents étaient menues et pointues kif si elle avait possédé trente-deux canines.

Puis elle s'est mise à toucher la peau de la boîte à gants, comme on caresse une joue aimée. Le panneau s'est brusquement ouvert, lui arrachant un cri de surprise. Elle a voulu refermer, n'y est pas parvenue car il faut claquer fort. Pendant qu'elle s'escrimait, elle a aperçu mon ami Tu-tues dans son holster. Il roupillait avec la sangle de cuir entortillée autour du museau.

« — C'est donc vrai que vous êtes gangster ? »

Elle ne semblait pas effarouchée, plutôt amusée. J'ai pensé que ce genre de fille est épatée par les truands et peut facilement devenir leur compagne.

Alors, pour dissiper tout malentendu, je lui ai sorti ma carte de flic.

« La police ! »

C'est tout juste si elle n'a pas applaudi. Je lui ai cueilli le menton d'une main et l'ai embrassée à langue-que-veux-tu.

Elle n'était pas experte ; mais consentante, ça oui ! Je pense qu'elle aurait pris davantage de plaisir si ma condition de poulet ne l'avait impressionnée.

Mon autre paluche s'est glissée par l'ouverture de sa jupe. Sa culotte de coton était pauvrette, mais à essorer, ce qui était de bon augure. J'ai toujours préféré les figues fraîches aux figues sèches.

Une fois à l'hôtel Extase, j'ai pas déjanté, mais déchanté. Sans ses harnais, elle apparaissait maigre comme un chausse-pied. Des creux partout ! Fleur de misère, tu sais ? Une peau d'un bistre grisâtre. Ses tifs n'avaient pas été lavés depuis ce fameux orage sur la région parisienne qui a failli noyer le métro. Des creux à chaque épaule, style portemanteau. Le nombril profond comme un tombeau. J'ai retenu un soupir. Moi, j'aime les formes, chez une fille, que ça soit ferme et lisse avec une cressonnière vigoureuse, genre casoar de saint-cyrien.

J'ai pris un des nichebabes dans ma main. Une prune ! Trop mûre. J'aurais dû lui « faire les bouts de seins », c'eût été la moindre des choses, mais franchement ses cabochons ne me tentaient pas. Alors quoi ? La figasse ? Tu le sais, je compte parmi les meilleurs bouffeurs d'Europe (excepté en Angleterre où cette discipline n'existe pas), mais là encore j'avais d'angoissantes réticences. Je redoutais trop de tomber sur du pas très frais. Je l'ai donc entreprise par un toucher mignon : médius et index joints.

Ça ne la passionnait pas à l'extrême. Je suppose qu'elle attendait l'instant du chibre pour déferler de la craquette. Les gaziers qui la chargeaient devaient éprouver mes réticences et l'emplâtrer cosaque d'entrée de jeu, sans préliminaires mutins. Le panais, faut reconnaître qu'il n'est pas assujetti à des arrière-pensées. Il perpètre d'autor. N-ensuite tu te le briques dans le lavabo et il rentre dans ses foyers la tête haute, paré pour la prochaine manœuvre.

Pour l'instant, le mien restait convenable : une bandaison de savoir-vivre. Pas le boutoir défonceur, certes non, mais du chibre de bonne compagnie.

J'étais aux prises avec ma témérité et ma bonne éducation, lorsque ma mièvrasse partenaire a dit :

— Vous entendez ?

Du ton de la maman qui, pendant une tringlée matrimoniale, demande à son bonhomme s'il a fermé la lourde du garage.

— Quoi, ma puce ?

— On dirait une sonnerie…

J'ai tendu mes baffles. C'en était bien une, en effet : celle de mon bip.

J'ai laissé la frangine, la babasse béante comme une belon au soleil.

— Pardonne-moi, petite fille : un appel d'urgence.

Le baisodrome était équipé du bigophone, ce qui m'a permis de me mettre en contact avec le standard de la maison Pébroque. Je me suis annoncé au préposé qui, illico, a vocalement rectifié la position :

— Mes respects, monsieur le directeur. J'ai un message prioritaire du principal Bérurier. Il demande que vous le rejoignassiez de toute urgence 23, avenue Marie-France-Dayot, à Murger-sur-Seine, pour une affaire très très importante et presque capitale.

Un hymne de profonde reconnaissance s'élève en mon cœur. Sauvé ! Mais, Seigneur, que fais-je-t-il donc pour mériter Ta magnanimité absolue et, je l'espère, irréversible ?

Le standardiste ajoute :

— Bérurier a laissé un numéro où vous pouvez l'appeler.

Étant nu, je l'inscris dans ma mémoire où il va stagner des années durant avec la bataille de Marignan, la prise de la Bastille, la fête de M'man et la date de naissance du président par contumace Édouard Balladur.

3

Bout de ficelle

La porte étant ouverte comme la braguette d'un vieillard incontinent, je pénètre dans la maison sans sonner. Me trouve dans un vaste et lugubre salon où Alexandre-Benoît est en train d'enfourner une Ibère à poils longs. Par-derrière, ce qui va de soi de la part d'un obèse de force 5 sur l'échelle de Richebide.

M'apercevant, il me complimente :

— Chapeau, mec ! T'as pas traîné ! Si j'aurais su qu'tu fererais fissa j'aurais pas emmanché c't' Espanche pour la seconde fois, d'autant qu'c'est pas un' championne d'la tringle. J'eusse eu aussi bon compte d'calcer c'canapé sans qu'é soye d'ssus. Note qu'ça doit proviendre d'ses émotions d't' à l'heure qu'é semb' plus s'rapp'ler. Oh ! puis classe ! J'la finirerai à un' date ulcérée.

« Escuse-moive si j'te demande pardon, Carmencita, mais j'ai école !

Il s'en va de la dame non sans élégance, s'essore Coquette avec la blouse de l'ancillaire et range le superbe membre dans son hangar à paf dont la fermeture Éclair forme une succession de 8 superposés.

— Alors, cette étrange affaire dont tu n'as pas voulu me parler ?

— Faut qu'tu voyes ça d'visu, mec. Çui qu'a pas maté un s'pectac' pareil n'a qu'à aller à Dînette Lande pour s'donner des émotions.

Il me pilote au premier étage.

Un petit homme triste et sans mystère dégueule en silence, assis sur la dernière marche de l'escalier. Il porte l'uniforme des veufs frais émoulus : costard noir, chemise blanche, cravate perle.

Béru enjambe et l'individu et la flaque qui en a consécuté.

— J't'présente Augustin, un pays à moi. On vient d'enterrerer sa rombiasse : infrastructure du myocar ; l'est tombée comm' un' merde, c'qu'est plutôt rare chez les gonzesses.

Je ne perds pas de temps en condoléances superflues : le gus ne les aurait pas appréciées à leur juste valeur. La chance continue de m'escorter car il libère une nouvelle fusée pile après mon passage.

— Pour redescendre, note le Gros, on s'laisserera glisser su' la rampe.

Au premier regard, je constate que le Mammouth ne m'a pas menti. J'ai rarement vu un meurtre commis avec un tel luxe de cruauté. Il est à ce point inhumain qu'on pense tout de suite à l'attaque d'un fauve ivre de férocité. Le corps a été lacéré totalement par des griffes énormes. Il n'en subsiste que des reliefs en charpie. Les os brisés saillent de toutes parts, d'un blanc jaunâtre. Les chairs ouvertes sont exsangues, dirait un petit ramoneur savoyard. Des nerfs arrachés, des intestins déroulés comme des serpentins, des lambeaux de vêtements nocturnes enfoncés dans d'immenses entailles ; ce misérable reliquat d'individu n'inspire même pas la compassion, tant il est saccagé.

— Tu comprends qu'mon pote aye la gerbe, hein ? fait Sa Majesté.

Je me détourne un instant pour fuir ce spectacle indicible. Vais à la fenêtre.

Un grand jardin en friche qui, jadis, s'est donné des allures de parc. La grille rouillée, sommée de petits pics en forme de hallebardes, isole la vétuste propriété de l'avenue Marie-France-Dayot[1] qui longe la Seine. L'air sent la glycine. Un clébard, du genre

1. Célèbre religieuse qui accompagna Godefroi de Bouillon à la première croisade et fonda le monastère du fleuve Nouar.

fox-terrier et qui ressemble à celui des Deschiens, renifle des murets au pied desquels quelques pissenlits tentent de s'organiser une petite vie banlieusarde.

La paix, la sérénité.

Soudain, je quitte la croisée pour fureter dans la pièce.

— Tu cherches quoice ? questionne l'Hélicon con.

— Du sang ! réponds-je.

— T'en as pas suffisamment comme ça ?

— Justement, il y en a tellement eu de versé qu'on devrait relever des traces partout. Des litres de raisin ont été répandus, or, à un mètre du carnage, tout est impec.

— Exaguete ! approuve cette fonderie à turpitudes. L'assassin d'vait porter un' grande blouse et des Pataugasses ; y les a posés après son sale turbin.

— Ça, dis-je, c'est exactement le genre de meurtre où Mathias va devoir fournir un boulot d'enfer. Va lui téléphoner. Dis-lui qu'il se pointe dare-dare avec le légiste. Et achtung : secret absolu jusqu'à nouvel ordre. J'ai pas envie de voir la presse à sensation se radiner. Surveille ton pote de l'escalier ainsi que la soubrette. Personne ne doit quitter cette crèche avant que soient opérées les investigations nécessaires.

J'embrasse du regard cette vision d'horreur. Je sais des canards qui douilleraient une fortune pour venir flasher un tel meurtre !

En couleurs, ça paierait !

Je me déplace façon Pluto : le tarbouif au ras du sol, détecteur comme un compteur Geiger. J'ai beau mater, fureter, je n'aperçois pas la moindre tache de sang. De la poussière en pagaille, ça oui. Sinon, ballepeau.

Alors je m'emporte et ferme la chambre à clé.

Mon drame, c'est les odeurs, tu le sais.

Je suis un forcené de l'olfactif. La plupart des gens ignorent que la vie est autant en odeurs qu'en couleurs. Eux ne reniflent que la merde et la cuisine qui la précède ; tout le reste, ils se donnent pas la peine, l'ignorent. Moi je suis « nez » ; pas dans les parfums : dans l'existence. Renifleur de première classe. Je donne dans le subtil, le ténu, le zéphir.

Mais à quoi bon te casser les roupettes avec ça. Tu te fais tellement vite tarter, sitôt qu'on s'éloigne de la calembredaine, du poilaunez, contrepet, pet tout court. Je sais tes limites. Chez la plupart d'entre toi, ton intelligence finit là où commence la nôtre. Mais ça ne fait rien, j'ai pris l'habitude.

Pour t'en reviendre, je renifle dans l'étrange demeure et j'y récolte des odeurs mal identifiables. Ça pue le fané, le tout-vieux. Remugles venus d'ailleurs et qui sont demeurés dans la vieille bicoque parce qu'ils s'y sont plu.

Par acquit de conscience, je visite toute la crèche, cave au grenier. Quatre chambres en décrépitude, pleines de meubles surannés mais qui n'ont pas encore de style. Les années 30. Fanfreluches crétines, de l'opaline, du noyer. J'aime les noix, étant natif de leur pays, mais pas les planches fournies par leur arbre. Son bois, sous forme de mobilier, a tout de suite un aspect petit-bourgeois. Même en cercueil, je déteste. Je suis chêne, moi. Voire sapin. Tiens : l'arole avec tous ses nœuds ! Je dédaignerais pas un pardingue taillé dans ce pin à chair rose. Et puis le nœud est mon emblème, non ?

Mais j'égare, je disperse. Ma tendance, dès qu'on cause. Les seuls reproches de mes profs de français : « Intéressant, mais vous sortez du sujet. » Et comment que j'en sortais ! La littérature au cordeau, c'est pas mon fief. Ma pomme ? Toujours un pied dans la marge, voir ce qu'il va en consécuter. « Hep ! vous, là-bas ! » Les littératureurs fringués en gardiens de square. Interdiction de marcher sur les pelouses ! Te le font vertement savoir. Seulement j'ai toujours essayé de couper au plus droit en traversant les massifs de bégonias. T'as quelque chose contre, toi ? Ne me dis pas que t'es aussi con qu'eux (con-queue), ça me ferait éclater les varices.

Les piaules sont sinistres, raides sous une couche de poussière qui commence à les stratifier. D'intéressant ? Des photos peut-être, qu'auréolent d'humidité dans des cadres d'ébène rehaussés d'un filet d'or.

Ce qui me capte, d'emblée, c'est une profusion de gonziers en uniforme. Mais en y reluquant de plus près, tu t'aperçois qu'en fait il n'y a que deux mecs, pris à des âges différents de leurs destins. Les deux portent la tenue de la « Royale ». Ça passe d'enseigne de vaisseau à amiral pour l'un, d'enseigne à commandant pour l'autre. Ils se ressemblent. Père et fils, ça t'y coupes pas.

Çui qu'est en amiral est photographié au côté du président Vincent Auriol, qu'avait un fanal bidon et une bru aviatrice. Ils sont sur le pont d'un barlu de guerre, passant en revue une alignée de matafs vêtus de blanc. On trouve l'amiral du temps qu'il était d'un moindre grade, recevant la Légion d'honneur ou une bricole du genre, des mains d'un glandeur en civil qui m'est inconnu.

L'autre est flashé à son propre mariage. Tenue blanche, gapette sous le bras. Son épousée de frais tient un chaste bouquet de fleurs d'oranger. N'a pas l'air fufute. Tu sais, en matant ce cliché, qu'elle prendra de l'embonpoint, que l'aviso se transformera en baleinière bien avant son retour d'âge. Sur l'instant, elle donnait dans l'illuse : tu pouvais l'espérer sylphide à vie, pour un non-averti (ou un inverti) ; mais bibi a l'œil. Des nichemards commak se muent fissa en doudounes. Les chevilles qui dépassent de la robe nuptiale ont de grosses attaches. Le cou va s'adoner d'un goitre.

Les gens, quand tu les regardes attentivement, t'aperçois leur futur en filigrane. Ton destin, l'aminche, c'est pas dans le marc de caoua que tu le lis, mais sur ta gueule. Il y est inscrit à l'encre pas sympathique, tu peux pas te gourer.

Dans l'ensemble, il n'y a presque pas de rombiasses sur les photos. Sauf un vaste double portrait en sépia qui représente un couple chenu. Les ancêtres de messieurs les officiers, je suppose. Le bonhomme est à demi caché par d'énormes moustaches blanches à la Clemenceau. Il a l'œil sournois d'un boa dans son vivarium. Sa mémé est maigrichonne, le menton casse-noix, les pommettes comme des freins de vélo. Elle porte une coiffe bretonne en dentelle amidonnée et il y a autant de poitrine dans sa robe noire que sur le boîtier de ta Pasha.

— Qu'est-ce tu branles ? grommelle l'organe embrumé par le côtes-du-rhône de mon Mammouth préféré.

— Je fais connaissance avec la famille, réponds-je. Où est la femme de ménage ?

— Dans le coltar.

— C'est-à-dire ?

— La mémoire d'son singe nazé y est r'venue et é m'a r'piqué un' crise. J'l'ai recalmée av'c un taquet au bouc. C'est fou c'qu'él' est émotionnante, c'te greluse.

— Il va falloir que je lui parle…

— Casse la tienne, on va y filer un' casserole d'eau froide dans la poire, assure ce galant homme tout en nuances.

— Et ton veuf ?

— Y continue d'gerber. J'l'ai conseillé d's'installer dans les cagoinsses pour êt' mieux à son aise. C't un garçon d'originale paysanne, comm' moive, mais lu, y n'supporte pas les émotions ; faut dire qu'veuf, cocu, plus un cadavre charpigné[1] sous les yeux, ça t'incite pas aux frivolités.

Ruisselante, elle suffoque, la Dolorès au rabais. Ses tifs ardents et noirs sont plaqués sur sa tronche et lui composent un étrange casque pour divinité malgache.

Elle un regard qui accentue son type ibérique car c'est celui d'un toro que des banderilleurs viendraient de transformer en pelote d'épingles.

— Vous parlez *francés, señorita* ? je lui demande avec ce ton de compassion qui est de mise lorsqu'on informe un vieillard qu'il vient de déféquer dans ses brailles.

— *Sí* ! répond-elle (ce qui est bien une preuve, hein ?).

Je caresse sa joue mal rasée tout en lui coulant une œillée qui aurait incité Staline à dissoudre la Guépéou.

— Vous ne craignez rien, ma jolie chérie, promets-je, nous sommes de la police, et si vous n'avez pas de permis de travail, nous vous en ferons établir un.

Son regard brille.

Je lui tends mon mouchoir afin qu'elle puisse essuyer son beau mufle armorié.

— Je sens que nous allons bien nous entendre, Pepita.

— *Sí*, admet-elle, ma jé né m'appelé pas Pepita.

---

1. Nous supposons que ce terme de « charpigné » signifie pour Bérurier : « mis en charpie ».

4

Selle de course

Bon : elle ne s'appelle pas Pepita. Et alors ? Qu'est-ce que j'y puis-je-t-il ? demanderait l'Infâme.

J'ai pris place à son côté sur une bergère houssée et mis devant moi une petite table basse qui cherche à faire croire qu'elle est Louis XV avec l'énergie du désespoir. Sorti mon calepin au papier quadrillé, jauni par le temps (plus de trente balais que Papa avait acheté un lot à un marchand ambulant dont la frite famélique l'avait apitieusé, je te le répète à chaque fois. Touchant !).

Je débute :

— Nom ?

— Maria Zozobra y Ponedora…

Elle va m'en déferler trois kilomètres sur la coloquinte, de quoi remplir les pages du vieux carnet, mais je lui déclare que ça suffit pour une prise de contact.

— Âge ?

— Trente-deux.

La routine. Je déteste ces questionnaires d'identité qui font de moi un inquisiteur. S'ils savaient ce que je m'en torche l'oigne de leurs blases, et aussi qu'ils soient nés à Pétaouche ou à Zanzibar ! Mais pour les pièces officielles tu dois tout consigner. Crois surtout pas que je me désintéresse de mes prochains et prochaines ; y en a qui me passionnent, au contraire. Pas beaucoup, mais il en existe. Des que je serre sur mon cœur en leur susurrant comme quoi faut pas qu'ils se fassent chier, qu'on est un tout petit peu moins que rien et qu'il suffit d'attendre le grand couvre-feu final pour que les sales autres cessent enfin de nous tarabuster la prostate.

Je poursuis mon terrogatoire. T'en fais grâce. J'ai des conconfrères qu'en profiteraient pour tirer à la ligne. Moi, je préfère tirer un coup. Dans la nuance. Le slip de Médème simplement écarté, c'est davantage fripon.

N-en fin de compte, l'Andaloche m'apprend qu'elle est native de Sotogrande où son papa entretient les golfs à poil ras. Elle vit depuis quatre ans dans cette aimable banlieue parisienne, en compagnie d'une de ses sœurs. Ça fait un an qu'elle gratte dans cette maison de l'avenue Marie-France-Dayot. Le ménage, deux fois par semaine, elle fait. Le proprio s'appelle Martin Lhours. Il est veuf, peut-être a-t-il de la famille, en tout cas elle n'a jamais vu personne au pavillon. C'est un vieux kroum radin qui épluche ses notes d'épicerie et de boucherie quand elle lui fait ses courses. Il ne sort jamais. Une fois par mois, le facteur lui apporte de la fraîche résultant d'une pension. Elle a cru remarquer que ça représentait pas mal d'argent (mais les pauvres sont facilement impressionnables de ce côté-là). Nonobstant son avarice, le vioque se traînait un caractère de chiasse. Toujours à surveiller, ratiociner, houspiller. Si elle est restée douze mois au service (épisodique) de cet harpagon, c'est bien parce que les temps sont durailles.

Comment elle a découvert le drame, moussiou ? Eh bien, ce matin elle est venue, comme tous les mardis et vendredis. Elle a la clé parce que le dabe avait les portugaises ensablées. Elle a commencé par la cuisine, ce qui représente un travail infernal, le dabe accumulant la vaisselle sale dans l'évier. Ensuite, elle a aspiraté le salon. Puis ça a été le coup de chiftir dans l'escadrin. Arrivée au premier, elle a toqué à la porte de sa chambre, surprise de ne pas l'avoir encore vu, car il se montrait habituellement matinal. Cette lourde n'étant qu'imparfaitement fermée, elle l'a poussée. Et alors ! ET ALORS !!!!

Bon, la voilà qui se remet à hurler comme une perdue ! À racler le tapis des talons ! À glisser de la bergère, dévoilant ses cuissots variqueux et sa tarte aux poils privée de culotte.

Attiré par la crise, Bérurier survient, nanti d'un seau de flotte dont il lui propulse le contenu en pleine poire. Maintenant il a le remède tout prêt. Question d'habitude.

La *señorita* Maria Zozobra y Ponedora, passagèrement en panne d'oxygène, suffoque. Le Mastard termine sa thérapie de groupe par une mandale qui décollerait la tronche d'un rhinocéros. Pour lors, notre petite camarade Poilopattes se calme.

Ce que je ne puis me défendre d'admirer chez Alexandre-Benoît Bérurier, c'est son profond sens de l'humain. Il le sait bien, va, que la police a perdu quatre-vingts pour cent de son efficacité depuis que les sévices corporels lui sont interdits. La jacte, les malfrats n'en ont rien à secouer. Mais jadis, quand ils se prenaient une tonne de marrons plus ou moins glacés dans la gogne, ils retrouvaient le chemin de la rédemption sans perdre trop de temps ni faire des détours inconsidérés. Alors, le Musculeux continue de payer de sa personne et administre des tisanes de phalanges, ce qui est une méthode productive au niveau qualité-prix.

— Ça va mieux, gentille amie ?

— *Sí.*

Elle ruisselle, ressemble à une vache noyée (en moins expressif).

— Vous m'avez dit que Martin Lhours ne recevait jamais personne ?

— Jamais, *señor* policier.

— Comment passait-il ses journées ?

— Il lisait beaucoup des livres.

— Et encore ?

Elle émet, du bout de ses grosses lèvres, une imitation de pet qui ferait marrer un conclave de cardinaux.

— Il se préparait à manger, la cuisine, il aimait faire. Et aussi, il buvait *mucho*. Deux fois la semaine, je ramenais une caisse de vin, du bordeaux château-ségur que j'achetais chez Nicolas. Il lui en fallait vingt-quatro bouteilles par semaine.

Je divise le nombre en rations journalières, ce qui fournit un quota de plus de trois boutanches quotidiennes. Pas mal, pour un presque octogénaire ! Il devait drôlement se maquiller de l'intérieur, l'ancien marin. S'asphyxier le tempérament au rouge noble.

— Écoutez, ma jolie brunette, j'aimerais savoir s'il avait d'autres habitudes. Par exemple, téléphonait-il souvent ?

Elle secoue la tête.

— Presque jamais.

— À qui ?

— Je *no* sais.

— Il recevait des appels ?

— Dépouis qué jé souis ici, peut-être deux, trois…

— Vous n'avez aucune idée de qui il s'agissait ?

— Non. Mais la dernieré fois, c'était le mois dernier, il semblait très colère. Il criait et il a raccrochaté.

— Vous ne savez pas à qui il parlait ?

— À ouné *mujer*.

— Vous êtes sûre qu'il s'agissait d'une femme ?

— *Sí*. Il criait des injoures contre le téléphone, ensouite. Il disait : « Pouta ! Salope ! Pétité merde ! » Il avait ouné crise. Il donnait des coups au téléphone.

— Alors qu'en général on donne des coups *de* téléphone ?

— *Sí*.

— Vous ne l'avez pas entendu prononcer un nom pendant qu'il parlait ?

— Non.

Je griffonne quelques notes. La lumineuse servante passe sa main droite sous sa jupe pour se palper le moniteur.

— Lé gros, il m'a fait mal *con* son énorme affaire, gémit-elle. Vous savez comment il l'a, *señor* policier ?

— C'est un cas, éludé-je, comme si cela constituait un plaidoyer.

— Un vrai *caballo* !

— J'ai vu des chevaux moins bien fournis.

— Et il arrivé pas à se calmer la faim ! Deux fois, il me l'a mise, sa grosse trique. Vous ne pourriez pas lui dire que c'est assez ?

— J'essaierai de le raisonner, ma jolie.

— *Muchas gracias !*

— *De nada*.

Une petite zone de silence. J'essaie de rassembler ma gamberge, laquelle foire dans tous les sens. « Quelle affaire insensée », me dis-je entre quat'-z-yeux. Je pense à quelque meurtre rituel, à cause de l'horreur dont il s'accompagne.

— Maria…

— Oui ?

— Je résume. Ce vieux pingre ne sortait jamais. Il lisait, cuisinait et buvait énormément. Vous faisiez son ménage deux fois par semaine et le facteur lui apportait sa pension chaque mois. Il recevait de très rares appels téléphoniques.

— C'est exact.

— Aviez-vous l'impression qu'il avait peur ?

La réponse est catégorique :

— *Sí*.

Et elle ajoute tout de suite :

— À la pleine lune.

Cette affirmance incongrue (Ain-con-grue) me file du 220 volts dans l'ognard.

— Comment cela ?

— Les jours de pleine lune, il disait : « Je vais encore pas fermer l'œil la nuit prochaine. »

— Attendez-moi un instant.

Je bombe jusqu'à la cuisine où, naguère, j'ai aperçu un calendrier des postes. Fiévreusement, j'en arpente les colonnes du regard. Nous sommes le 14. En face de la date, s'inscrit un minuscule rond blanc. Seigneur, je manque d'air.

Cette noye était une nuit de pleine lune ! Dis-moi, mec, on va pas tomber dans le charlatanisme !

Tu nous imagines, à la maison Poulaga, tenant compte de telles foutraqueries ? Pourtant, il y a eu des chiées de meurtres commis lors de cette phase lunaire. « L'assassin de la pleine lune », sur les cinq continents on en entend parler.

La femme de ménage toque à la lourde ouverte.

— Vous permettez, *señor inspector*, que je prenne un peu de beurre ? C'est pour me mettre sur la chattoune : ça mé broûlé.

— Je vous en prie, ma chérie !

Elle dépone le réfrigérateur et prélève une noix de *mantequilla* dont elle s'oint la connasse en pleurnichant.

— Ça mé broûle, ça mé broûle !

— Demain il n'y paraîtra plus.

— Mais c'est ce soir que je sors avec Juan, mon ami.

— Vous lui ferez une bonne manière pour lui compenser cette avarie de cul, ma puce. À ce propos parlez-moi encore de la pleine lune.

— Et quoi en dire, *señor* ?

— Le vieux la redoutait, dites-vous ?

— Terriblement. Il m'a même demandé dé venir dormir à la maison avec ma sœur, ces nuits-là.

— Et vous avez refusé ?

— J'avais bien trop peur.

— De quoi ?

— Ben… de sa peur ! S'il y avait un danger, j'avais pas envie de prendre des risques ! Déjà qu'il me payait au tarif minimum pourquoi je ne suis pas déclarée.

Elle sursaute, saisit ma main de la sienne graisseuse et la porte à ses lèvres, dans un élan de soumission éperdue et de profonde reconnaissance.

— *Gracias, señor* policier, *muchas, muchas gracias !* Si vous le voulez, et si vous n'avez pas la queue trop grosse, je ferai l'amour avec vous.

Là-dessus, on sonne en coulisse.

5

Course à pied

Rapus, le légiste, est un petit fourchu habillé de maigre, pointu de partout (sauf peut-être de la bistougne ? c'est tellement capricieux, ces trucs-là). Lunettes à monture d'écaille, un creux dans le menton, à la Cric Douglas. Regard acéré. Quand il te mate, t'as la sensation de morfler deux banderilles dans le portrait.

C'est lui qu'arrive le preume, une sacoche à l'ancienne à la main. Il est en prince-de-galles à dominante bleue, porte une cravetouze rayée sur une limouille pervenche et sent Cologne Sologne de Patricia de Nicolaï, ce qui indiquerait qu'il est homme de goût.

Je l'escorte dans LA chambre. Pas une mauviette, le doc. En découvrant le corps saccagé, il a un froncement de sourcils et murmure :

— C'est un loup-garou qui l'a arrangé comme ça !

— Cette nuit, il y avait la pleine lune, ricané-je.

— Des photos ont été prises ?

— Pas encore, vous êtes le premier.

— J'ai ce qu'il faut.

Il extirpe, de sa valdingue à soufflet, un appareil photo sophistiqué.

— Il faut lui tirer le portrait avant que je l'entreprenne. Parce que ensuite…

— Ce n'est généralement pas de votre ressort.

— De nos jours, et de plus en plus, on décompose trop les besognes, monsieur le directeur. Un cloisonnement excessif est mauvais pour l'ensemble.

— Tout à fait de votre avis, docteur.

Bientôt, son Nikon crépite. Je m'écarte pour lui laisser le champ libre. Parfois, il marmonne des appréciations d'ordre professionnel.

Et puis le Majestueux entre en tornade, faisant claquer, jusqu'à la fendre, la porte contre le mur.

— Toubib ! il gronde, arrivez dare-dare, on a un problo.

Ma première pensée va à l'Espanche au fion embrasé. A-t-il voulu de nouveau abuser de cette malheureuse, lui craquant la charnière définitivement ?

Pas le temps de l'interroger : il déboule l'escadrin, se prend le pied dans un trou de la moquette et termine à dos d'âne son parcours.

— J'm'aye foulé l'arête du mitan, assure-t-il en balançant un vent qui ridiculise les alizés.

Nous l'aidons à se redresser ; comme nous n'avons pas de grue dépanneuse, la manœuvre est longue. Boquillant, dirait Céline, il atteint le rez-de-chaussée où le légiste se met à palper cet animal défectueux.

— Il faudra que vous alliez passer une radio, mon cher !

Mais le sinistré rebuffe :

— Pour un' simp' gamelle dans un escadrin d'bois ! Un Bérurier ! Vous charriez, doc !

Il tente de clopiner mais doit renoncer.

— Ma Berthe m'f'ra un massage av'c du calva, déclare cette force de la nature ; chez nous aut' on n's'est jamais soigné les luxures aut'ment. Si j'vous direrais, mon arrière-grand-dabe, Jean-Baptiste Bérurier, est tombé d'un échafaud d'dix mètes. Ben c'est grand-mémé qui a réduise sa fracture de la colonne dorsale av'c des attelles en châtaignier. É f'sait rabilleuse, au pays : un don. L'vieux s'est r'mis sans voir l'médecin. Bon, j'veuille bien qu'y marchait à l'équerre, n-ensute ; mais il avait déjà tendance, vu son âge. Qu'y mate l'sol d'un peu plus près, ça changeait quoi à sa vie ? N-au contraire, ça lu permettait d'r'trouver des trucs perdus. Si v'voudriez m'assesseoir dans c'fauteuil, là-bas, l'temps qu'j'récupérasse ? Merci ! Doucement ! Charogne, c'que j'en rote ! Laissez-moi pas aller trop fort. Moui, commak ! C'est gentille à vous, doc.

Il cale ses avant-bras sur les accoudoirs du siège et respire un grand coup.

— Si tu trouvererais un' goutte de quéque chose qui r'monte, Antoine, j't'en saurerais un plein pot d'gré.

Je m'empresse d'aller fureter dans la cuisine et lui rapporte une boutanche de bordeaux tout juste entamée.

— T'es un frère ! me dit-il. Tu veuilles bien m'soul'ver le bras afin qu'j'busse à la régalade ? Moui, commak, douc'ment, j'aye élégamment meurtri mon épaule.

Grâce à mon affectueuse assistance, il biberonne le solde de la boutanche.

— Pourquoi étais-tu venu nous chercher ? m'enquiers-je.

Il marque un soubresaut.

— Putain d'ell' ! Av'c c'te chute ça m'était sorti d'l'esprit. Cours aux chiottes du reste-chaussé, Toine !

Je m'empresse. Ouvre la lourde desdits et reste abasourdi.

Auguste, le pote de Son Enfoirure, s'est pendu avec la tirette de la chasse d'eau, anormalement longue car, dans ces chiches anciennes, le réservoir est situé à plus de deux mètres du sol. Il est pudiquement tourné face au mur. Sa tronche est inclinée sur la droite, ses pieds sont en flèche.

— Aidez-moi, docteur !

Rapus soutient le veuf tandis que, monté sur la lunette des gouinssecas, j'arrache la chaînette.

Ensuite on étale le gars sur le carreau du vestibule.

Mon compagnon s'efforce de desserrer le lien de fer afin de rendre de l'oxygène au malheureux. Après quoi, il pose son oreille sur la poitrine du pendu.

— Comment slave va-t-il, les mecs ? crie le Mastard à la cantonade.

— Cela ne va plus, répond le légiste : il est mort.

Un silence.

Nouveau vent longue durée du Gros qui traduit l'intensité de son émotion.

Puis l'homme de Saint-Locdu de déclarer :

— Vous voudrez qu'j'vous dise ? C'est c'te baraque qui porte malheur !

6
Pied à terre

Jérémie Blanc qui s'est joint à Xavier Mathias, notre blondinet couleur coquelicot, me dit :

— Qui c'est, la gamine endormie dans ta Ferrari ?

— Une petite pécore qui s'est jetée dans mes bras, pour ainsi dire, et que je n'ai pas eu le temps d'embourber.

— Elle m'a paru mignonnette.

— Si le cœur t'en dit, je t'offre mon droit de cuissage.

Il semble ne pas prendre cette propose à la légère.

— Sans charres, grand ?

— Officiel. En repartant, raconte-lui que je suis coincé ici pour la journée et que tu vas la reconduire à Paname ; ce sera alors à toi de jouer ton va-tout !

Ses mirettes se mettent à tourniquer, comme les motifs d'un appareil à sous.

— Je te remercie, susurre-t-il de ses grosses lèvres à pneus ballons.

— Ça sera ton cadeau de Noël, ajouté-je ; je ne savais quoi t'offrir.

Il ricane :

— Tu t'y prends en avance, Noël n'est que dans sept mois !

— Comme ça, je suis certain de ne pas t'oublier, la date venue…

On plaisante, mais le cœur n'y est pas. Ça catastrophe trop autour de nous. La mort abominable du vieux, là-haut, nous hante. De telles visions sont difficiles à occulter. Il va me falloir en tirer des coups avant de me reconstituer un optimisme !

J'ai laissé embarquer le cadavre d'Augustin par Police-Secours. Nos confrères, à ma requête, ont accepté de reconduire Sa Bérurerie béate jusqu'à son domicile car il est totalement bloqué des reins. Le légiste m'a confié, après son départ, qu'il craint fort que ce sac-à-poubelle se soit nazé une vertèbre. J'imagine mon pote dans une petite voiture électrique qu'il driverait d'un bistrot l'autre. Sale perspective !

— Elle est bizarroïde, cette affaire, murmure l'Homme des savanes (dont il se fait l'écho).

— Très !

— Tu vois, les circonstances ont fini par me rendre aussi cartésien et con qu'un mec dit civilisé ; sinon je déclarerais que ce meurtre a une connotation surnaturelle.

— Tu penches pour un acte de sorcellerie ?

— Je n'ose pas te répondre oui, tu me traiterais d'anthropophage.

Il enchaîne :

— Quand tu découvres un être humain à ce point saccagé, démantelé, écorché vif, sans que son environnement soit ensanglanté, ta raison patine, non ?

— Je le reconnais.

J'ajoute, du ton qu'a pris mon camarade Galilée pour affirmer : « Et pourtant elle tourne ! » :

— Néanmoins il y a forcément une explication à la chose ; à nous de la découvrir.

Puis, lui présentant un feuillet de mon calepin :

— Voici les coordonnées du vieux, mon gentil Scandinave. Tu vas retourner à la Grande Boutique des horreurs et remuer le monde entier et sa banlieue pour me dresser un *curriculum* complet de Martin Lhours. Je veux tout savoir de son passé et de ce que fut son présent jusqu'à cette nuit. Carrière, femmes, enfants, famille éloignée, incidents de parcours. C'est pas un rapport qu'il me faut, mais une biographie. Depuis quand habitait-il cette maison, ses revenus, ses placements, ses maladies. Tout ! Tu m'entends bien ?

— Et si je n'y parviens pas tout seul ?

— Prends des nègres !

Il a un sourire apitoyé.

— Et dire que des gens s'imaginent que tu as de l'esprit !

Deux plombes qu'ils usinent de concert dans la chambre, Mathias et le légiste. Je respecte leurs travaux. Excepté les cantonniers et les artistes, les gens détestent qu'on les regarde marner.

Pendant qu'ils s'activent, moi je furète, mais sans résultat.

Le vieux conservait tout son matériel à vivre dans sa piaule, façon grigou. Harpagon couve toujours son trésor, comme une poule ses œufs. Contrairement à ce que l'on imagine, il les met dans le même panier afin de mieux les surveiller.

J'attends donc avec impatience la fin de leurs explorations. Suis un poulain ivre de liberté qui brûle d'aller gambader dans le corral. Je sais que l'examen de la chambre funéraire sera riche d'enseignements.

Une ambulance se pointe pour venir embarquer le corps ; c'est le doc qui l'a convoquée avec son biniou portable.

Les deux brancardiers sont un peu pâlichons des genoux en redescendant l'escadrin. Celui qui ouvre la marche se prend le pied dans le trou du tapis qui a été fatal à Béru et se file un déval à plat bide, avec, en prime, le cadavre du père Lhours sur les rognons.

Une fois en bas, il ne peut plus se relever biscotte une fracture du bassin. T'admettras que la scoumoune est de rigueur dans cette turne ! Un malaise croissant m'empare.

On remet l'assassiné sur sa civière, on aide le chauffeur à le placer dans son fourgon ; après quoi on s'occupe de coltiner le fracturé auprès de lui.

L'ambulancier-chauffeur, loin de compatir au sort de son équipier, l'invective de première. Il le traite de « branleur », de « branque », de « manche à burnes ». Assure que ce gus est pédé. Qu'il exploite les pissotières. Qu'il joue lui-même au brancard, au lieu d'être simplement brancardier. Qu'il a probablement le sida (il n'est que de voir les vilaines plaques qu'il a sur les bras). Lui, Michel, refuse de le subir davantage en tant qu'équipier. La semaine dernière, n'a-t-il pas laissé tomber un col du fémur de quatre-vingt-douze ans sur le trottoir et, la veille de Noël, il a voulu allumer une cigarette chez un suicidé au gaz, cet archicrétin !

Enfin, ils repartent.

Jusqu'au carrefour suivant où, dans son énervement, le conducteur emplâtre un camion de la voirie.

L'irascible chauffeur d'ambulance est tué. Son acolyte s'en tire avec une double fracture de la jambe gauche, en supplément au programme.

Le mort, lui, est intact.

7

Terre de feu

Voilà.

Nous sommes à présent seuls dans la maison, Mathias et moi. Il y règne une atmosphère morbide. On a l'impression de se trouver dans quelque sanctuaire satanique où le surnaturel peut se manifester à tout bout de champ, en se montrant toujours maléfique.

Une sale odeur rôde dans la chambre du crime malgré la fenêtre ouverte. Ça renifle le sur, le sang, la pisse froide, la décomposition universelle.

Je me laisse quimper dans un fauteuil Voltaire avachi où le mort a dû passer beaucoup de temps. Ses lunettes déglinguées sont posées entre les pages d'un livre ouvert sur une table. Je m'informe du titre : *Connaissance de l'Au-delà*, d'un certain Absalon Durand, maître de conférences à la faculté des sciences occultes de Château-Gontier.

La page de droite est cornée. Un trait d'ongle marque le papier à l'endroit où la lecture fut interrompue. Machinalement, je lis le dernier paragraphe :

Lorsqu'on se trouve en présence de manifestations répétitives, ayant lieu à des époques précises, celles-ci acquièrent en intensité et précision, au fur et à mesure que l'espace-temps se développe. Le moment arrive, inexorablement, où ce qui procédait de la vision péremptoire, devient réalité supra-réelle.

C'est sur cette déclaration que l'ancien officier de marine a pris congé du bouquin et, peu après, de la vie.

Je dépose le book sur le meuble.

Et puis tout à coup, une pensée me flashe le caberluche.

Je sors en trombe d'éléphant de la pièce maudite. Dévale l'escalier en prenant soin de ne pas me bicher une pattounette dans le trohu du tapis.

Tu sais quoi, Éloi ?

Je viens de te dire, à l'orée de ce chapitre sept (l'un des meilleurs que la littérature d'action ait jamais produits), que nous restions seuls dans le pavillon, le Rouquemoute et bibi.

Erreur : j'oublie la femme de ménage espanche, la ravissante poilaupattée Maria Zozobra y Ponedora. J'espère qu'elle ne s'est pas fait la valdingue, cette pécore angora ; sinon tout le pays va apprendre ce qui s'est passé et on va avoir une déferlance cacateuse sur les bras. Déjà que les voisines immédiates jacassent dans l'avenue, alertées qu'elles furent par ce concours de bagnoles et ambulance devant une masure d'ordinaire sans vie.

— Maria ! hélé-je-t-il, en mutinant de l'inflexion. Où donc êtes-vous, belle et pileuse Andalouse aux seins flasques ?

Le silence me répond, comme écrivaient les romanciers début de siècle qui, je te le répète, avaient un beau brin de plume à se carrer dans l'oigne.

La garce ! elle a joué cassos, nonobstant mon interdiction. C'est pas beau de désobéir à un drauper-chef quand on ne dispose que d'un permis de travail rédigé par sa cousine. Je suis le contraire d'un teigneux, pourtant elle va m'entendre, la sans-culotte.

Une fois en bas, je l'appelle derechef (d'orchestre).

Zob !

Je vais alors dans la cuistance, et de quoi m'asperje-t-il, Émile ? La porte donnant sur l'escadrin de la cave est entrouverte et de la lumière en sort.

Je la dépone en grand.

— Vous êtes là, Maria ?

Mon appel se coince dans ma corgnole.

Ben oui : elle est là, la gentille Espanche. Au bas des marches de pierre qu'elle a descendues à plat ventre, la tête en bas. Sa calebasse a éclaté sur l'angle du mur. Y a du sang en quantité. Rien qu'à la façon dont sa tronche repose, je réalise qu'elle s'est disjoncté les cervicales.

À pas précautionneux, je vais jusqu'à elle, impressionné par son regard fixe, empreint d'une indicible épouvante. Elle « s'est vue mourir ». Tu parles : un tel valdingue ! Combien de temps aura duré son plongeon : deux secondes à tout casser (si j'ose m'exprimer ainsi). Suffisamment en tout cas pour qu'elle soit hypnotisée par le ciment brut et la pierre qui attendaient de la réceptionner.

Désemparé, je remonte d'une traite jusqu'au premier. Dans la piaule, Xavier Mathias vient de stopper ses investigations.

— Qu'est-ce que tu calcules ? me demande-t-il en me voyant compter sur mes doigts.

— Le nombre de défunts et de blessés qu'il y a eu dans le secteur au cours de cette matinée : Martin Lhours, l'ami Augustin, un ambulancier et la bonne, en ce qui concerne les morts à part entière. Alexandre-Benoît Bérurier et un infirmier, pour ce qui est des blessés. Vois-tu, le Rouquinos, j'en ai vu des pas mal au cours de ma carrière, mais je trouve que là, on fait fort !

Pour allumer sa lanterne, sans avoir à enflammer sa tignasse avec une loupe et le soleil, je lui dresse un récit rapide et suce-seins des récents événements.

— Tu es superstitieux ? murmure le Savant.

— Penses-tu, réponds-je en touchant du bois.

Cette maison de chiasse est pleine de soupirs et de craquements ; tu les perçois quand tu cesses de moufter ou de t'agiter. Tu éprouves alors une sensation de présences nombreuses et inquiétantes. Les murs commenceraient de se lézarder que je trouverais la chose normale !

« Voyons, me morigéné-je, tu ne vas pas donner dans Nostradamus, gars. Les farfadets, c'est pas ta longueur d'onde. Faut s'ébrouer, chasser les vilaines sensations oniriques. »

— On fait le point ? dis-je au Chalutier en flammes.

Le Maître du labo opine.

— Alors, je t'ouïs.

— Le légiste ne t'a rien dit ?

— Si : qu'il allait m'adresser son rapport. L'éternelle rengaine de ces messieurs. Je n'ai pas besoin de ses savantes conclusions pour que tu me fournisses le compte rendu de l'autopsie.

Il passe sa main blanche marquée de roux dans sa chevelure au néon.

— As-tu visité des musées consacrés aux armures, Antoine ?

— Cela a dû se produire, bien que je déteste les conserves.

— Il existe des spécimens ouvragés d'une grande beauté. L'armet de certaines, c'est-à-dire le casque, figurait une tête de monstre, voire d'oiseau de proie, et les gantelets qui allaient avec ressemblaient à des serres de rapace ou bien à des pattes de fauve.

— Tu penses que le meurtrier du vieux s'est servi d'un truc de ce genre pour le mettre en charpie ?

— J'en suis convaincu. Les profondes lacérations dont il a été victime ne peuvent qu'avoir été exécutées par d'énormes griffes métalliques.

— Ce serait la première fois que nous serions en présence d'un assassinat aussi singulier !

Mon docte reprend :

— Le légiste et moi pensons que la victime a eu d'emblée la gorge arrachée et que les autres sévices qui ont suivi ont été perpétrés sur un cadavre.

— Un travail de dingue ?

— Possible ; à moins qu'il ne se soit agi d'un meurtre sacrificiel…

— Tu ne trouves pas que ça reviendrait pratiquement au même, beau blond ?

— Dans un sens…

— Dans tous les sens ! Comment expliques-tu que cette mise en charpie d'un corps n'ait pas dégueulassé la pièce ? Il n'y a du sang que sur le lit.

— Je suis persuadé que le criminel portait une combinaison de mécano : j'ai retrouvé des fils bleus sous les ongles du mort. Il avait dû s'équiper de première : salopette, cagoule, chaussons de mareyeur ; plus un drap ou quelque chose comme ça qu'il a disposé autour du lit, avant de déchiqueter l'ancien officier de marine. Ce forfait terminé, il a rassemblé son matériel de dépeceur et l'a emporté.

— Il a fouillé la pièce ?

— Probablement pas. Tout se trouvait en ordre, voire dans un désordre familier au retraité. Le meurtrier est venu pour tuer, salement, bassement, mais uniquement pour tuer.

— Continue !

— Il n'a fait que précipiter la fin du vieillard ; le docteur Rapus a découvert que celui-ci allait claquer d'un cancer dans peu de temps car son foie n'existait pratiquement plus en tant que tel !

Je me renverse dans le fauteuil et, le regard perdu au plafond, je tente de coordonner mes pensées tumultueuses. Me dis que tout ça ne tient pas debout. Un gonzier se pointe à minuit chez le vieillard poltron ; se saboule pour une besogne salissante ; l'égorge et le saccage comme s'il entendait faire disparaître le corps dans la lunette des tartisses ! Et puis, plie bagage et s'emporte.

— La servante m'a déclaré que lorsqu'elle est venue prendre son travail, la lourde de cette chambre était entrebâillée.

— Et alors ?

— Écoute, Xavier. Imagine ce dabe qui a les chocottes au point de proposer à sa femme de ménage de dormir à la maison les nuits de pleine lune, tu penses qu'il ne va pas se barricader ?

— Peut-être l'a-t-il fait ?

— Tellement bien que le meurtrier pénètre dans sa demeure, puis dans sa chambre sans effraction ?

Je me lève pour aller examiner la serrure. Banale. Mais intacte. Si elle se trouvait fermée à clé, le bonhomme a ouvert à celui qui allait devenir son assassin !

— Pourquoi pas ?

— Tu réfléchis un peu, sous tes cheveux rouges ? Le daron claque de trouille, pourtant, à minuit, on fait toc toc à sa porte et il va déponer ?

— Si l'arrivant lui inspirait confiance ? Attends ! Attends ! s'écrie-t-il. Qui nous dit que le meurtrier est arrivé à minuit ? Pourquoi n'aurait-il pas été là bien avant à la demande du père Lhours ? Suppose que le retraité qui claquait des dents les nuits de pleine lune ait prié quelqu'un de l'assister ?

— Il aurait sollicité ce service de celui qui allait devenir son meurtrier ?

— Un jour tu m'as dit que dans notre job TOUT était possible. À quoi bon ergoter ? Pourquoi les choses ne se seraient-elles pas passées ainsi ?

— Tu as fouillé dans sa panoplie de vieux kroum à la retraite ?

— Méthodiquement.

— Alors ?

— Il était assez riche, certains papiers de banque attestent des placements se chiffrant par millions de nouveaux francs.

— Tu es sûr ?

— Tu regarderas toi-même ; je n'ai pas établi le total, mais ça va chercher dans les vingt-cinq briques.

— Pas mal.

— L'une de ses banques lui assurait une mensualité de dix mille francs. Il y a également des quittances de location de C.-F. ; qui sait ce qu'ils renferment !

— De la famille ?

— Une fille qui a cinquante balais et vit sur la Côte d'Azur, au cap d'Antibes. Leurs rapports devaient être tendus car elle ne lui écrivait que pour mettre au point des choses officielles et sans user de formules affectueuses. Les bafouilles s'achèvent toutes par : « Croyez, père, en mes sentiments distingués. » Pas le genre saute-au-cou, comme tu peux voir.

— Bien, tranché-je, il est grand temps qu'on se fasse envoyer de la main-d'œuvre qualifiée pour une enquête au peigne fin. Moi je vais dire bonjour aux voisins.

8
Feu follet

Je trouve qu'on n'a jamais bien écrit de la banlieue parisienne, de sa mélancolie grisâtre. Si : Utrillo l'a peinte. Il a su restituer ses maisons blafardes, suantes de mélancolie, ses rues qui viennent de nulle part et qui y vont sans se presser. Y a une douce fatalité dans tout ça. Un ennui qui s'ignore. Les destins sont plus chiants qu'ailleurs parce que plus tranquilles. Pas d'aventure, jamais, mais un cafard gentil, rongeur, qui grignote tout, mine de rien. On y couve d'aimables cancers, des asthmes irrécupérables, des infarctus peinards, à peine cahotiques. La vie conduit à la mort sans se presser. On y suit la marche du monde avec beaucoup de recul dans les colonnes du *Parisien libéré*. La téloche du soir y fait moins de boucan que partout ailleurs. Ici, la nature est en pots. L'existence se déplace sur des patins de feutre. On glisse les cartes postales qu'on reçoit dans le cadre de la glace du salon-salle à manger. Les adultères s'y perpètrent sans heurt ; seuls, les enfants, de retour de l'école, mettent un peu d'animation passagère. Les graffitis y sont moins obscènes qu'à Paris. On y vit à l'écart de ce monstre, avec la conviction d'être épargné.

Les voisins « d'à côté » se nomment Margotton. Pierre et Yvette, c'est écrit en anglais sur une plaque émaillée et, sous leurs blazes, on peut admirer encore un bouquet de pensées défraîchies.

On ne répond pas à mon coup de sonnette. Pourtant il y a quelqu'un car la lourde est « grand toute verte », comme dit le seigneur de Béru.

Je hasarde mon tarbouif dans une modeste entrée que décorent un porte-parapluies de cuivre ayant la forme d'une botte et une vue reproduite sur écorce de liège représentant la promenade des Anglais dans les années 30. Un escadrin de bois mène aux chambres, un vestibule à la salle à manger ainsi qu'à la cuisine.

Je vais pour lancer le célèbre : « Y a quelqu'un ? » qui est la réplique incontournable de tout usager aux entrailles turbulentes devant des chiches fermées. Mais j'aperçois à cet instant une chose inusitée au tournant de l'escalier… En l'eau cul rance, comme je dis puis, il s'agit d'une rigole de sang séché, d'un beau carmin noirâtre.

La curiosité me porte jusqu'à la sixième marche, ce qui me vaut de découvrir une femme à cheveux blancs qui, en guise de peigne, porte un hachoir à viande sur le sommet du crâne.

« Putain ! me dis-je en espagnol, ça va continuer jusqu'à quand, ce carnage ? »

Personne ne me répondant, je me hisse jusqu'à la morte (car la personne à la tronche fendue l'est de fond en comble) et vérifie le bien-fondé de mon estimation. Elle a passé de vie à trépas et ça n'a pas dû traîner car la lame du couperet est enfoncée dans sa coucourbe jusqu'à l'arête du nez, ce qui te prouve que le meurtrier n'y est pas allé avec une houppette de cygne.

J'enjambe la regrettée Yvette Margotton en franchissant quatre marches à la fois et poursuis mon exploration.

Un bruit rauque et lancinant me parvient de la pièce située au fond du couloir. M'y rends. Avise alors un vieux congre dans un lit de clinique très sophistiqué, avec plein de bistougnes électriques permettant de mouvoir cette couche par un simple jeu de touches. Le gonzier qui gît là n'a plus d'âge. Il est davantage que vioque, inrasé, égrotant, catarrheux, plombé, décharné, cradoche, nauséabond, glaireux, filandreux ; il a un œil tout blanc qui donne froid aux couilles, l'autre complètement tourné vers le mont Palomar. Une mâchoire de saurien, des pommettes en cornes de taureau. Ses doigts noués sur son drap paraissent joints pour l'éternité.

Je me penche sur sa misère.

— Monsieur Margotton ! l'appelé-je gentiment.

Juste son râle qui me répond.

— Si vous m'entendez, battez des cils ! lui fais-je-t-il.

Mais autant lui demander de battre les tapis ! Je visionne son équipement et constate très vite qu'on a débranché les tuyaux qui l'alimentaient en ceci-cela. Pour te résumer la situasse, ce pauvre lavedu est dans l'état où se trouve un mérou à l'étal d'un poissonnier au lendemain de sa capture.

Que faire pour lui ? Quel pipeline s'ajuste à tel ou tel cathéter ? Et puis, à quoi bon tenter de rafistoler cet agonisant désormais seul au monde ?

Étrangement, un sanglot de gorge me vient. Je voudrais pouvoir chialer sur l'humanité en déliquescence.

Me revoici sur le palier. Le cadavre de la pauvre Yvette, avec son hachoir à entrecôte planté dans la calebasse, me paraît infiniment ridicule. Tout cela n'est-il pas à hurler de rire dans sa démoniaquerie ?

L'existence est une louperie gigantesque. Un coup foireux de première. S'agit malgré tout de retrouver son équilibre. On doit tenter de vivre.

D'abord, d'où provient ce hachoir ?

Je retourne au rez-de-chaussette. Vais à la cuisine. Elle est douillette, bien en ordre, avec encore des senteurs de pommes de terre nouvelles sautées.

Bien que déjà ancienne, elle est équipée de façon très fonctionnelle. Je note un plan de travail avec une batterie de coutelas aux lames étincelantes. Acquisition récente, sûrement. Les ustensiles sont dessinés sur un fond blanc, afin de faciliter leur rangement après usage. Un vide ponctué d'une silhouette de hachoir confirme mes doutes.

Bon, essaie de piger, Sana. Tu vas pas faire la brasse coulée dans la choucroute jusqu'à la Saint-Monzob ? Le soleil luit et la vie s'offre à toi, déchiffre-la, bordel !

Question à dix francs :
Ces meurtres des époux Margotton sont-ils liés à celui de la maison voisine ?
Réponse :
Sans aucun doute.

Question à cent balles :
Pourquoi le meurtrier a-t-il pénétré chez ce couple de vieillards ?
Réponse :
Parce qu'il y a été contraint.

Question à mille points :
Pourquoi y a-t-il été obligé ?
Réponse :
Pour échapper à un danger.

Question à dix mille tickets :
De quel danger s'agissait-il ?
Réponse :
Quelqu'un le menaçait.

Mon raisonnement est aussi poussif que la manœuvre d'un pétrolier géant contraint à virer de bord sur le lac de Genève. Enculage de mouches en série, sans vaseline. Mais, putasse de sa mère, qu'est-ce qui nous choit sur la hure, soudain ? J'en ai plein les miches de la pleine lune !

Je me dépose sur un tabouret de cuisine et regarde par la fenêtre un jardin de banlieue échevelé. Depuis lulure, le père Margotton ne le fait plus. Il part en friche. La vioque, son seul apport à la culture, c'est un massif de rosiers auquel elle accordait ses soins. Poésie pas morte, elle ! J'avise un hérisson qui traverse l'allée centrale « mangée d'herbes », écrirait un romancier de mes burnes qu'aurait obtenu son B.E.P.C. avec mention. Qu'est-ce qu'il en a à branler, de nos superstitions, ce gentil mammifère ?

Tout à coup, je me cabre du cervelet. Ouvre la petite porte vitrée donnant sur le garden. Une bienheureuse excitation est venue m'arracher à ma torpeur. Je me sens, tu sais quoi ? Motivé.

Mon tarbouif pompe l'air de ce printemps finissant des bords de Seine avec délectance. Odeurs de foin, de roses trémières… Des hirondelles criblent le ciel de leurs traits sombres, très haut, signe que le temps va se maintenir au beau fixe.

Je m'approche de l'allée dont au sujet de laquelle je viens de te causer, tête basse, le regard rampant. Le hérisson s'est esbigné. Je lis des foulures de pas dans les plantes sauvages. Ces traces traversent le jardin jusqu'à une portelle de fer rouillé maintenue fermée par un cadenas. Je l'examine. Elle est haute d'un mètre quatre-vingts environ et il est visible que quelqu'un l'a escaladée récemment. Traces de semelles sur le métal rouillé et, beaucoup mieux : au faîte de la porte, je dégauchis un minuscule lambeau d'étoffe arraché d'un vêtement par la tête coupante d'un rivet desserré.

Tu parles si je chique à Poirot-Maigret. Récupère gentiment ces brins d'étoffe et les insère dans la gaine de plastique protégeant mon permis de conduire. N-ensuite de quoi, je franchis également, et élégamment, la porte qui ressemble à une toile de mon ami Oberto, ce grand peintre italien de Genève dont on saura bientôt le talent. Me trouve dans une ruelle banlieusarde piquetée de lampadaires évoquant les vieux becs de gaz d'autrefois. Elle va du centre de la localité (loque alitée) à un terrain omnisports. Elle est bordée, d'un côté, par les jardins des pavillons, de l'autre, par une sarabande d'immeubles de deux étages, d'apparence modeste, qui doivent abriter une population laborieuse. Un moment j'ai l'idée de faire du lourde-à-lourde pour m'enquérir du fuyard de la noye, mais je me dis qu'il est peu probable qu'un insomniaque se soit trouvé à sa fenêtre à cet instant précis.

En fait de quoi, je suis la rue du désenchantement irrémédiable jusqu'au terrain de basket où quelques beurs s'entraînent à mettre la main au panier.

Je les contemple, les écoute surtout, me dis qu'ils sont déjà français à part entière. Que la vie, c'est tout partout, que rien n'appartient à personne vraiment, sinon sa peau pour quelque temps, et encore n'est-elle qu'un travesti de location pour bal costumé chiatique.

Pendant que je les regarde s'escrimer en criant sur leur ballon, il me vient un vague sentiment de gêne que je connais bien. Il me biche chaque fois que je suis observé. Tout autre qu'un homme maître de soi se retournerait pour examiner les environs, seulement bibi est un pro, ne l'oublie jamais. Un mec possédant son self à la puissance mille.

J'attends en imperturbant, puis j'ôte mon mocassin droit que je secoue comme s'il recélait un gravier endoloreur. J'en profite pour mater l'alentour de mon œil infaillible de faucon maltais. En quatre secondes, je retapisse une chignole remisée à cinquante mètres de là sous les ombreux platanes d'une petite place. Je repère un scintillement fulgurant. Quelqu'un m'observe avec des jumelles qui accrochent le soleil. Voilà qui me trouble grandement. Qui est cet observateur indiscret ? En quoi l'intéressé-je ? Est-ce ma qualité de drauper qui mobilise son attention ?

Posément, je remets ma godasse, suis un instant encore le jeu des basketteurs, et reprends ma nonchalante promenade. Elle me conduit en direction de la bagnole stoppée.

Chemin pensant, j'avise deux bancs de bois sous les platanes plantés en rectangle.

Ayant un plan d'action en tronche, je vais m'asseoir sur l'un d'eux, quitte mon soulier et chique au gazier qui a cru à un petit caillou intempestif dans un premier temps, mais s'aperçoit, dans un second, qu'il a affaire à un traître clou ayant traversé sa semelle. Je ramasse une pierre pour frapper l'incongru. En réalité, je prends, dans la poche briquet de mon veston aux dimensions anormales (mais je porte du sur-mesure) un feu extra-plat qu'un armurier bricoleur de mes relations a conçu et réalisé spécialement pour ma pomme. L'arme, à peine plus grosse qu'un tire-bouchon de garçon de café, virgule des bastos de 3,5 mm qui, en aucun cas, n'auraient permis de gagner la bataille d'El-Alamein, mais t'aplatissent les pneus les mieux gonflés. Le bruit des détonations est insignifiant ; je sais des loufes de Béru plus riches en sonorités.

Positionné de biais sur mon banc, avec ma godasse comme support, j'ai le regret de placer mes brimborions de plomb dans la gomme surchoix d'une élégante Safrane Renault noir métallisé.

Un rêve ! Les boudins n'éclatent pas mais se vident rapidement, mes projectiles miniatures leur ayant infligé des plaies irréparables.

Le plus jouissif, laisse-moi te faire gondoler : le conducteur ne s'est rendu compte de rien. Faut que je te le précise : il a branché sa radio, laquelle émet un pacsif de décibels (que le Mastard appelle des « jézabels », ce qui est le nom de la maman de mon cher Jacques Attali de l'Académie française en perspective).

Bibi, tout son moral récupéré et donc requinqué de la cale à la dunette, se rechausse et quitte son banc. Cette fois, je marche droit à la bagnole.

L'observateur s'en rend compte et, se constatant débusqué, lance le moulin pour opérer une décarrade digne d'Universal Film. Las ! au bout de cent mètres sur les jantes, sa caisse se met à zigzaguer. Il veut en pousser la vitesse, bien qu'elle soit déchaussée, mais ce genre de tentative n'a jamais donné de bons résultats, à ma connaissance, Alain Prost te le confirmera.

Après une série de zigzags sur les pavés ronds, à l'ancienne, de la chaussée, il coupe les gaz et sort de sa caisse précipitamment.

Il commence déjà à fuir, seulement j'interviens.

— Non, cher monsieur ! lui lancé-je sans presque hausser le thon, comme disait une morue. Ce qui vient de se passer pour vos pneus est tout à fait applicable à votre personne.

C'est mon calme enjoué qui le stoppe, tu ne m'ôteras jamais ça de l'idée. Donc, il sort les aérofreins et me fait face.

Il s'assagit d'un zigus d'une trente-huitaine d'années (ou damnée), plutôt chauve, plutôt blond, et extrêmement mal à l'aise. Il est bien sapé : costard, limouille blanche, cravetouze rayée. Il porte des lunettes sans monture, aux branches dorées, et un reliquat de furoncle sur la pommette droite. Son regard est clair, dur et cependant craintif. Il semble aussi emmerdé qu'un mec qui aurait avalisé pour cent millions de traites à un ministre démissionné.

— Qu'est-ce qui vous prend ? me rebuffe-t-il. Je ne vous connais pas !

— Moi non plus, admets-je, mais justement ça va être l'occasion rêvée d'échanger nos cartes.

Et de lui présenter la mienne.

— Je vous ai infligé un préjudice quelconque ? il me fait.

— Vous me surveilliez à la jumelle.

— Serait-ce un délit ?

— Qui sait ?

Et puis les nerfs me bichent sans crier S.N.C.F. J'ai des crises, parfois.

Je lui emmanche un pain de trois livres sur sa pommette intacte, laquelle se fait un devoir d'éclater. Après quoi, j'essuie ma rangée de phalanges ensanglantées sur sa belle régate.

— Ça, oui : c'est un délit ! assuré-je froidement.

Qu'aussitôt, je lui offre les bracelets de la poule.

Sonné, hébété, il se met à marcher devant moi sans piper. Quand il a tendance à ralentir, je lui place un coup de genou dans les noix, rien de plus démoralisant pour un type.

Des gens qui déambulaient nous regardent, interdits.

On marche dans le soleil de juin.

Où sont passés les loups-garous ?

9

Lait de vache

Le bigophone !

Pile comme je regagne la maison du défunt capitaine au long cours, avec mon prisonnier en guise de bouclier.

Je décroche.

— Oui ?

C'est le Négus…

— Je suis à pied d'œuvre, m'annonce-t-il. J'ai commencé par le ministère de la Marine et ç'a été tout de suite juteux.

— Vas-y, dudule !

— Ton père La Cerise a mal terminé sa carrière d'officier puisqu'il est passé en conseil de guerre et qu'il a été destitué avec radiation sans solde de la marine. Ça s'est déroulé en 1964.

— Motif ?

— Il aurait couvert un trafic de drogue qui se serait opéré à bord du bâtiment qu'il commandait. Il a nié éperdument ce qui, je pense, lui a évité une peine d'emprisonnement. Les deux marins qui se livraient à cette besogne lucrative ont été retrouvés noyés dans la rade de Toulon, et n'ont pu, de ce fait, déposer. Compte tenu des états de service de son père qui fut amiral d'escadre, l'affaire a été plus ou moins mise sur une voie de garage. L'amiral qui vivait encore à l'époque est mort peu après, miné par le déshonneur…

Jérémie reprend son souffle, puis, à nouveau, la parole :

— Sur le plan familial, il était marié avec une personne de la noblesse nantaise, une demoiselle de Magonfle, Adèle, dont il n'a eu qu'un enfant : une fille prénommée Antoinette qui ne s'est jamais mariée et qui vit à Antibes. Lorsque l'affaire a éclaté, la femme du commandant Lhours, qui vivait dans cette maison, s'est immédiatement séparée de lui et a été s'installer à Antibes, dans la demeure qu'occupe leur fille actuellement. Elle a démarré peu après une maladie d'Alzheimer qui l'a emportée une quinzaine d'années plus tard.

Un temps de récupération, puis mon sombre adjoint déclare :

— C'est tout pour l'instant.

— Pas mal. Tu as l'adresse de la fille ?

Le All Black récite, sans hésiter :

— Chemin des Sœurs-Karamazov, cap d'Antibes, villa « La Pigne de Pin ».

— Sais-tu que tu es un auxiliaire plus que précieux, Ophélie ?

— Si tu l'affirmes…

— Comment vont tes nouvelles amours ?

— Lesquelles ?

— Avec la petite greluche qui poireautait dans ma bagnole ?

— Ah ! la petite salope ? Elle n'a rien voulu savoir pour me suivre.

— Raciste ?

— Au contraire : elle m'a avoué qu'elle aurait bien aimé tenter une expérience avec un colored, mais qu'elle avait un coup de foudre terrible pour toi et qu'elle attendrait ton retour aussi longtemps qu'il le faudrait. Que veux-tu que je te dise, Antoine, tu es un don Juan auquel on ne peut pas se mesurer. À ta place, je la tirerais ; tu risques de tomber sur la bonne surprise.

— Merci du conseil, dis-je. Continue de chercher dans la même direction, camarade ; il y a des filons qui méritent d'être exploités jusqu'à la dernière veine !

Je raccroche.

Le Rouquemoute qui poursuivait son suif dans le carré du capitaine débouche, en surexcitance.

— Ah ! Antoine, figure-toi…

Je le minéralise d'une prunellée d'acier.

— Je suis à toi dans quelques instants, beau blond.

Sans vergogne, je glisse ma dextre dans la veste du binoclard et pêche son larfouillet dans sa vague.

— Ne vous gênez pas ! gronde-t-il.

— Pensez-vous !

Et je lui place un coup de boule dans le renifleur. Il pavoise illico.

Je ne comprends pas ce qui m'arrive, avec ce gazier. C'est vrai qu'il ne m'a rien fait, sinon m'observer, ce qui n'a jamais constitué un forfait punissable ; cependant, d'entrée, j'ai eu vocation de le massacrer. Quelque chose d'impondérable (de lapin) qui me titille la nervoche.

Ce sieur se nomme Igor Makilowski, né à Odessa. Ingénieur chimiste domicilié à Marseille, rue de Paradis.

Mon bourre-pif lui amène des larmes qui me font autant de peine que la dernière crise d'éthylisme de Boris Eltsine, lequel n'a qu'un ennemi déclaré : les escaliers.

— Vous voudrez bien me pardonner ces gestes d'humeur, me rasséréné-je-t-il, mais il se trouve que le quartier grouille de cadavres, si j'ose une telle métaphore. Parlons plutôt sereinement. Que faites-vous dans les parages ?

— C'est mon droit, non ?

Je lui assure un crochet à la pointe du bouc qui lui vaudra plus tard des déprédations dans sa denture.

— C'est votre droit, et ça, c'est ma droite ; on poursuit ?

— Vous ne devriez pas me frapper !

— Hélas non, mais quand une bêtise est commise, un peu plus, un peu moins, c'est du pareil au même.

Et là, il déguste un ramponneau au plexus qui le fait tomber à genoux. Et comme il est en prière, kif s'il se trouvait dans la grotte des miraculades de Lourdes, j'ai une soudaine illumination. Je fais un signe à Mathias et approche mes lèvres délectables du cérumen abject qui lui sort des coquillages.

— Va à la tire de ce mec qui se trouve à deux cents mètres à gauche en sortant : c'est une grosse Renault avec les deux boudins arrière crevés. Tu la fouilles avec ta méticulosité proverbiale, O.K. ?

Il opine, puis soupire :

— J'ai des choses à t'apprendre.

— Dans quelques minutes je te tendrai une baffle grande comme une antenne parabolique, Xavier.

Vaincu par ma volonté dominante, il s'emporte. Tu croirais un gamin qu'on envoie en courses. Autrefois, P'pa me dépêchait au bureau de tabac pour lui acheter des Gauloises bleues. Un soir d'été, j'ai trouvé l'air si doux, le jour si lent à mourir, que j'ai musardé plus d'une plombe dans les rues avant de rentrer. Féloche était aux cent coups. Mon dabe m'a filé une mandale, mais j'ai rien regretté. J'avais la tronche pleine de ce crépuscule languide, avec ses bruits différents de ceux de la journée.

Je considère le tuméfié aux lunettes d'or qui tente d'étancher son sang avec sa pochette, malgré ses mains entravées.

— Vous savez quoi, monsieur Makilowski ? Depuis un moment je cherche à trouver une raison à mon attitude violente. Je n'ai pas pour habitude de châtaigner d'emblée un homme que je ne connais pas. Je ne suis pas paranoïaque ; enfin, pas trop. Par contre, il existe en moi une espèce de sixième sens qui m'avertit lorsque je me trouve en présence d'un être particulièrement malfaisant. Je suis comme le papier de tournesol qui change de couleur sous l'effet d'un acide. Mine de rien, vous êtes l'acide au contact duquel je deviens rouge. A priori, vous paraissez être un homme passe-partout, qui fait plutôt bonne impression. Et cependant je capte certaines ondes qui se dégagent de vous et affolent mon compteur Geiger intime. Vous ne trouvez pas la chose étrange ?

Il hisse ses poignets à la hauteur de sa bouche pour tamponner ses lèvres marquées de sang, elles aussi.

Puis il dit :

— Pardonnez-moi, mais n'auriez-vous une nette tendance à la fabulation ?

— Exact, et c'est ce qui fait ma force dans un métier où la plupart de mes confrères se montrent trop cartésiens.

Mon « souffre-douleur » tente un vague sourire et se relève.

— Vous pouvez vous asseoir, lui-montré-je-t-il-une-chaise.

Il recule et pose son arrière-train dans un fauteuil houssé. Moi je mate un zize perché sur une branche de pêcher. L'oiseau essaie de regarder à l'intérieur de la maison. Il bat la mesure avec sa queue, kif ma zigounette au réveil.

— Vous ne voulez pas me révéler pourquoi vous m'observiez à la jumelle ? Parce que je suis flic ?

— Ça, je l'ignorais, lâche-t-il spontanément.

— En ce cas, qui pensiez-vous que j'étais ?

Il hausse les épaules. M'est avis qu'il n'en cassera pas une de plus.

Pourquoi ai-je la certitude de vivre un instant important, presque capital de ma vie ? Ça me fait comme si, tout à coup, les choses se déroulaient « autrement », à leur guise, sans qu'il me soit possible de les contrôler.

Quelle invraisemblable journée, putain d'elle ! Tout s'opère dans un ralenti forcé, à croire que le temps s'enlise, devient autre.

Claquement de la porte d'entrée. C'est le Rouque. Il arbore un visage hermétique. Son regard paraît enfoncé, souligné de cernes sombres qui détonnent sur cette face de cuivre briqué au Twinkle.

Il reste près de l'entrée et m'adresse un signe. Je le rejoins, intrigué. Ne lui pose pas de question. Qu'il jacte à sa botte, le chéri.

Il a un spasme.

— Terrible ! il balbutie.

J'attends.

— Dans son coffre de voiture, il y a le corps d'un jeune homme, il me bonnit dans un souffle. Il a été étranglé avec un fil à couper le beurre ; sa tête ne tient plus que par la colonne vertébrale.

— C'est cela, oui, dis-je d'un petit ton friponnant.

En moi se lève une bourrasque de triomphalisme. Je savais bien, j'ai tout de suite su, que le nommé Makilowski était une grande, une très grande pointure du crime. Tu ne peux pas être l'un des meilleurs flics de l'Hexagone si tu es incapable de renifler un tueur hors série.

À l'instant où je volte pour regarder l'homme, je sens du pointu dans mes reins. La frite décomposée de Mathias m'apprend le reste.

« Connard ! m'invectivé-je de toute mon âme. Raclure de capote anglaise, balayette de gogues hors d'usage ! Fibrome en décomposition ! Tu passes les cadennes à un mec de ce calibre sans même te donner la peine de le fouiller ! Et tu pavanes ! Tu joues des muscles en te prenant pour Super-Flic ! Pauvre glandouillard de tes deux ! Ramonage d'intestins ! Fosse d'aisances en crue ! T'as donc unc maladie vénérienne à l'âme, tocasson ! Ton cervelet est plein de pus, Fétide ! »

Je suis interrompu dans mon autocritique par la voix glacée de mon pseudo-prisonnier :

— Vous ne bronchez ni l'un ni l'autre, sinon vous serez décorés à titre posthume dans la cour d'honneur de la préfecture de police. Levez les bras le plus haut possible et placez-vous les jambes écartées. Au moindre mouvement inconsidéré je vous abats.

Une rage forcenée est sur le point de me faire dégueuler des flammes ! Je lève les bras, fais mine d'écarter les cannes, n-en réalité, je prends appui total sur ma jambe gauche et vroam ! une volte forcenée, pied levé ! Je comptais assaisonner notre agresseur, mais ce maudit n'est pas un garçon de bureau. Tu parles qu'il s'est méfié et a doucement pris du recul. Ma grole passe à trente centimètres de son pif. Illico, il débastosse. Sa pétoire glaviote six prunes en deux secondes, et même moins que ça !

Tout éclate dans ma tronche et tout brille d'une hyper-luminosité.

Puis ça devient blanc.

Et enfin noir.

Deuxième partie

AU CLAIR DE LA LUNE

10

Vache de mouche

Chaque fois que je sens la glycine, je suis heureux. Ça me vient de ma petite enfance dans la maison de Mémé. Il en poussait près de son seuil : elle était tellement vénérable (pas Mémé, la glycine) que son tronc était devenu aussi gros que celui d'un platane. J'en ai planté dans notre pavillon de Saint-Cloud, et, je ne sais pas si c'est une idée, mais je trouve que Félicie dégage ce parfum plus mélanco que les grappes de fleurs mauves d'où il est extrait.

Je me tourne à gauche et j'ai le bonheur de la découvrir à mon côté. Bien sage dans sa robe grise à col violine que lui a confectionnée la couturière de notre quartier, Mme Marjoline, une veuve dont l'unique fils se drogue et lui pique tous ses pauvres sous pour se shooter à l'héro. Elle dit que si le Bon Dieu le reprenait, ce serait une bonne chose. Elle en a sa claque de prendre des tartines dans la gueule et de bosser pour lui acheter de la mort lente. Paraît que, quand elle était jeune, elle était plutôt jolie et que les commerçants du coin la chambraient dur. Des bruits ont même couru comme quoi le boulanger se la tirait, tôt le matin, et qu'elle ressortait de son fournil avec le cul plus blanc que le mime Marceau. Mais ça doit être des « on-dit ». Félicie déteste les ragots.

Elle constate mon réveil et se dresse.

— Comment te sens-tu, mon grand ?

Je ne peux guère être fringant après qu'on m'a extrait une bastos du poumon. N'empêche que je lui réponds :

— Au poil, M'man, d'une voix qui doit trahir la réalité.

Elle dit, pour se conforter soi-même :

— Le chirurgien dit que tu as eu de la chance.

Je me dis qu'il voit les choses à sa manière, le bistourieux. De la chance d'avoir morflé un morceau de plomb chemisé dans le baquet ! Bon, d'accord, j'aurais pu le déguster dans le cervelet.

— Et Mathias ? m'enquiers-je dans un souffle.

— Je n'ai pas de ses nouvelles pour l'instant.

— Tu me mens, fais-je ; ton nez bouge !

Une vieille plaisanterie qui remonte à ma petite enfance.

J'enchaîne :

— Il est mort ?

Je pose la question sans émotion. Y a des circonstances qui te rendent insensible. Sans doute parce que je suis dans le coltar ?

— Non, non, mon grand ! Je te jure. Seulement il a été touché à la tête et on a dû le trépaner. Les docteurs ne peuvent se prononcer.

Je pense à cette expression : « se prononcer ». La trouve archaïque, caduque, obsolète et tout !

— Un garçon de sa valeur, balbutie Féloche, submergée par le chagrin.

Et moi, vadrouillant toujours dans les égoïsmes confortables :

— Il s'en tirera !

Tout au fond de ma conscience, quelque chose me dit que si Mathias passe l'arme à gauche, je le chialerai comme cent veaux.

Une infirmière survient, pas du tout l'héroïne pour feuilleton TV amerloque. La dame est copieuse, ventrue, rouquinante, avec un bec-de-lièvre mal opéré et des yeux qui passent leur temps à se surveiller.

Elle s'adresse à M'man :

— Il y a là un monsieur qui se prétend « de la famille » et qui insiste pour entrer, malgré l'écriteau « Visites interdites ».

— Je vais voir, décide ma vieille.

Exit Féloche.

L'infirmière Carabosse m'investigue de son regard centrifuge.

— Vous êtes comment ? qu'elle me demande avec la bienveillance d'une matonne qui sent les prémices d'une mutinerie.

— Comme ça, réponds-je.

Elle hausserait les épaules si elle en avait, mais la graisse rend son buste monolithique. Alors elle s'emporte en maugréant des choses dans sa langue maternelle qui pourrait être le bosniaque ou, à la rigueur, le monténégrin.

Et qui vois-je viendre, sitôt qu'elle a clarifié mon horizon ? La Pine ! mon z-ami. La Pine des grands days, en costard de flanelle rayée façon bagnard d'opérette.

Il s'est défait de son sempiternel mégot de papier maïs et arbore le ruban rouge de la Légion d'honneur. Rasé de frais, lotionné urbi et orbi, la moustache teinte, l'oreille talquée, il ressemble à ces vieux Anglais qu'on voit traînasser, jumelles au ventre, sur le champ de courses d'Ascot.

En m'apercevant à l'état de gisant, il pleure.

— Mon petit, mon petit, mon gamin ! hoquette la Vieillasse en éclaboussant le carrelage de ses larmes.

Il se penche pour me baiser au front, ainsi que faisaient jadis les pères inclinés sur leur fils touché à mort au cours d'un duel. Il sent Pinaud, mon César : une odeur composite de pisse froide, de tabac, d'eau de toilette coûteuse et de muscadet en cours de digestion.

— Tu nous en fais de belles ! qu'il poursuit.

Ce qui me donne fortement envie de le traiter de vieux nœud coulant.

Comme il juge cette déclaration judicieuse, il la réitère pour Félicie :

— N'est-ce pas, chère madame, qu'il nous en fait de belles, ce vilain ?

— Pas une raison pour que tu sombres dans la gâtouille intégrale, vieux zob irrécupérable !

Loin de se vexer, il nous chevrote un rire de bélier castré.

— Je vois qu'il n'a rien perdu de son humour, c'est bon signe, assure l'Ancêtre.

M'man lui apporte une chaise et il s'assied à ma gauche préférée.

Désireux de lui éviter les questions inhérentes à mon état, je prends les devants :

— La balle a été extraite dans d'excellentes conditions. J'ai perdu beaucoup de sang, mais on l'a compensé par des transfusions qui, je l'espère, ne me flanqueront pas le sida. Ma tension est normale. Tout risque d'infection à peu près écarté. Je quitterai vraisemblablement l'hosto dans huit jours et j'irai passer une quinzaine de convalo à l'Ermitage de La Baule avec ma maman. Voilà la question santé réglée, maintenant parle-moi de l'affaire ?

— Elle fait un bruit terrible ! Les journaux l'appellent « l'Affaire de la décennie ». Il y a quinze journalistes devant l'établissement.

— Qui l'a reprise ?

— Le juge des Baguettes et le principal Miborgne.

— Du nouveau ?

— Votre agresseur s'est évanoui dans la nature. Les papiers que tu as trouvés sur lui sont faux, et la voiture dont il s'est servi a été volée dans le parking de l'aéroport Charles-de-Gaulle. On a identifié le cadavre trouvé dans le coffre : celui d'un jeune séminariste nommé Jean-Baptiste Lhours.

— Lhours comme l'officier de marine ?

— C'était son neveu.

La Pine sort son paquet de tiges et va pour s'en introduire une dans la clape.

— Je ne crois pas que ce soit autorisé, monsieur Pinaud, le rappelle à l'ordre ma gentille Moman.

Milord rengaine son compliment. Moi, je gamberge à m'en flanquer le tournis. J'entrevois des éléments de cette terrible nuit de pleine lune. L'ancien officier de vaisselle (féminin de « vaisseau ») mourait de trouille à chacune des lunaisons fatidiques. Il a tenté de faire dormir sa grosse Poil-aux-pattes dans sa villa, mais elle a refusé. Alors l'idée lui est venue d'en appeler à son neveu. Un séminariste, presque prêtre, ça doit être cap' de conjurer le démoniaque, du moins pour une nuit. Le jeune Jean-Baptiste accepte d'assister son tonton qu'il croit barge. Il se pointe chez celui-ci et la nuit commence. Il le rassure, lui soulage l'angoisse. Mais le meurtrier de la pleine lune survient.

Que s'est-il passé ?

Des hypothèses m'affluent au pas de course. Peut-être que l'apprenti curé s'est absenté au moment où l'« ogre » s'est radiné ? Ou encore est-il allé dormir dans une autre chambre ? Le « monstre » tue l'ancien officier de marine, s'acharne sur son corps, le saccage, le met en charpie. Puis il perçoit un bruit, réalise qu'il n'est pas seul dans la crèche et s'élance à la poursuite du séminariste qui, affolé, s'enfuit. Le « loup-garou » le course. Comprenant qu'il va être rejoint, le neveu carillonne chez les voisins. Mais il est neutralisé. La mémé ouvre sa porte à cet instant, voit la scène, commence à bramer aux petits pois. Le meurtrier la refoule. La vioque veut sortir par-derrière. Il la suit, s'empare d'un hachoir et…

— Tu sembles bien songeur ? demande Pinuchet.

— Je crois qu'il est fatigué, s'empresse de déclarer Féloche. Nous devrions…

L'humble chérie. Soucieuse de moi et du savoir-vivre. Veut me soulager de la Pinaille sans risquer de le vexer. Est prête à simulacrer son propre départ pour provoquer la décarrade de l'Ancêtre.

Je suis pris par mes évocations. Je reconstitue ce bigntz hors du commun. Pense et repense l'affaire inlassablement. Je sens qu'elle va me tarauder la coiffe jusqu'à ma prochaine piquouze, laquelle m'enverra pour une chiée d'heures dans les quetsches réparatrices.

Le Débris me presse la louche, me baise au front, me prodigue des conseils sur la manière de bien me relaxer, de faire le vide en moi. Le vide ! Tu parles ! Vieille loque ! C'est le plein que j'ai besoin de réaliser.

Ils sortent.

Bon, où en étais-je, où en laitage, où en étage, où en… Mes idées jouent à cours-moi-après-que-je-t'attrape ! Le flou. J'ai du mal à respirer. Une bastos dans les éponges, c'est pas… Pas quoi ? Hé ! partez pas, ça va devenir marrant ! Je…

Il faudrait que mes collègues…

Que mes collègues quoi ?

Non, rien. Veuillez me pardonner, les gars, je dois me mettre aux abonnés absents.

11
Mouche à miel

Nonobstant mon dénuement physique, je fis un rêve. Un rêve merrrveilleux, comme dans *Ramona*.

J'étais au cœur de l'été, allongé sous un noyer de mon Dauphiné natal dont l'ombre, dit-on, est redoutable. J'entendais une rumeur agricole, en provenance des confins. Le tronc de l'arbre se couvrait de plaques moussues, d'un étrange vert bronze. Des oiseaux ramageaient dans le feuillage. Je bandais sans esprit de luxure, comme si mon corps entendait participer à l'harmonie ambiante. Le ciel bleu était plein d'une immense mansuétude.

Au bout d'un temps indéfini et, peut-être, infini, une forme blanche qui ne touchait pas terre s'est approchée. Elle portait une seringue sur un petit plateau, flanquée d'un flacon d'éther et d'un tampon de gaze.

Il s'est alors produit un réajustement en moi, et j'ai réalisé que, foin de Dauphiné, je n'étais pas dans la campagne de mon natal pays, mais dans un hosto parisien. La forme blanche ne se livrait à aucune lévitation supra-naturelle et se déplaçait en chaussons feutrés sur l'espèce de matière plastique qui garnissait le sol. Je la regardai plus attentivement, à la clarté bleuâtre de la veilleuse protégeant ma chambre de l'obscurité totale.

L'arrivante, autant que j'en puisse juger, me parut agréable de formes et de traits.

La bandaison de mon rêve perdurait agréablement. Nonobstant ma blessure, j'eus un mouvement préhensile qui porta ma main sur sa cuisse. Ne s'attendant à rien de tel (disait Guillaume), elle eut un soubresaut qui fit choir la seringue due à ce cher Pravaz, un presque pays à moi (1791-1853).

— Espèce d'imbécile ! vociféra la garde de nuit.

— Pardonnez-moi, plaidé-je-t-il ma cause, j'étais dans un demi-sommeil et je rêvais qu'une délicieuse nymphe venait conjurer mon érection nocturne.

Pour la lui prouver, je la lui montris. Mais elle était déjà accroupie et ramassait sa seringue, laquelle était restée imbrisée. S'étant redressée, elle me dit, assez rudement, de me placer sur le ventre, posture peu compatible avec la forte bandaison que j'enregistrais en cet instant faste.

Malgré mon démantèlement physique, voire mental, j'eus un sursaut.

— Comment ! fis-je-t-il, vous allez me piquer avec une aiguille qui a traîné sur le sol ?

Elle ne me répondit pas et, au lieu de faire droit à mon objection, voulut pratiquer son injection (deux rimes d'une extrême richesse, ne manquera pas de remarquer l'adorable Jean d'Ormesson[1]).

1. J'écris cela sans esprit flagorneur : je ne brigue pas l'Académie.

Moi, tu me connais ?

Toujours ce foutu petit lutin qui veille sur le destin de ton camarade Sana. Il n'intervient qu'avec parcimonie, mais à bon escient (et je te fais grâce du gag sur l'Italien et l'Arménoche).

Au moment où elle soulève sa seringue pour me flécher le michier, je réussis un bond de truite vagabonde, et Ninette-de-la-Nuit ne pique que mon matelas.

Sans perdre de temps, j'actionne ma loupiote de chevalet (dirait le Mastard). La gonzesse que je croyais bioutifoule est, en réalité, séduisante comme un dégueulis d'hépatique en phase terminale. Grande est ma déception ; plus grand encore mon soulagement lorsque cette donzelle se taille prestement, en laissant la lourde ouverte. Qu'aussitôt, le gars mézigue brame à la manière d'un mec qui en appelle un autre situé sur la rive opposée de l'Amazone (à son embouchure). Simultanément, je presse la poire accrochée à la tête de mon plumzing.

Une veilleuse de noye ne tarde pas à se pointer, le regard en grille de soupirail. Je lui demande si elle n'a pas aperçu une femme en blouse blanche dans le couloir. Me répond que nenni. Croit que je berlure, divague, délire, hallucine. N-heureusement, la seringue de mon cher « pays » (né à Pont-de-Beauvoisin) est là, fléchée dans mon matelas. Attestant que je ne suis pas en train de délirer.

— Allez dire qu'on me rétablisse ma ligne ! lui enjoins-je (car à compter de huit plombes elle est bouclarès).

La garde m'objecte que, impossible.

— O.K., lui fais-je, je vais donc aller jusqu'au Taxiphone du hall. Si je craque des boulons, ce sera votre faute, garde de nuit de mes deux !

Je joins à cette menace des prédictions vénéneuses touchant à la répute de cet hosto où l'on peut venir bigorner nocturnement les malades en toute tranquillité. À la fin, inquiète pour sa carrière, elle accepte d'aller turluter pour moi.

On dit que, la nuit, les chats sont gris. Ben je vais t'en apprendre une : les noirpiots aussi.

Je te prends Jérémie, par exemple. Bien qu'il soit sénégalais qualifié, c'est-à-dire du noir le plus absolu dont une peau humaine puisse se parer, il est, présentement, d'un gris éteint. Ses lèvres paraissent totalement noires, ses lotos complètement jaunes ; seules ses chailles de fauve continuent d'étinceler.

Je viens de lui narrer ma mésaventure et des rides d'inquiétude modifient sa physionomie. S'il avait un frère jumeau qui souffrirait du foie et serait inscrit dans les sections d'assaut du Front national, il ressemblerait pile à ça !

— Je vais faire surveiller ta chambre jour et nuit ! décide-t-il.

Je ne proteste pas car j'aimerais bien pouvoir dormir à tête reposée.

Il tire de sa fouille un téléphone à peine plus gros qu'un tube de vaseline pour sodomite professionnel. Appelle la maison Riflard, donne des ordres. Je le regarde et l'écoute en éprouvant un contentement capiteux. Décidément, je suis fier de moi : j'en ai fait quelque chose, de cet escaladeur de palmiers dattiers ; mieux, j'en ai fait quelqu'un. Dire que lorsque je l'ai rencontré, il balayait les rues ! Cher frère Jérémie, quelle magnifique aventure nous aurons vécue.

Il coupe sa communication.

— On m'envoie ce qu'il faut ! Mais que t'arrive-t-il, tu chiales ?

— Ce n'est rien.

— Tu as eu peur ?

— Pauvre grand primate de mes deux ! Je pleure à cause de toi ; de tendresse, si tu peux comprendre ça avec ton hérédité qui coule à pic.

Il pige vite, l'Artiste. Sa paluche se pose sur mon front moite. Puis il dit, sortant de sa vague une pochette d'épais plastique :

— Je ferai analyser ce produit demain à la première heure. Tu peux me fournir le signalement de la femme ?

Il note consciencieusement sous ma dictée.

— C'est fréquent, le coup de l'infirmière bidon, fait-il, au bout du compte.

— Du moment que ça marche toujours…

— On va dire à la vraie de changer ta literie, ce sera plus prudent.

J'opine. La dame s'empresse, éperdue. Je lui recommande de ne pas toucher la tache humide étalée sur le drap. Va falloir passer tout ça à l'autoclave, comme disait M'man, jadis.

— Où en est l'affaire ? demandé-je à Vendredi.

— Elle routine, se mord la queue. On est encore à la recherche de votre agresseur. On dirait qu'il s'est anéanti. Ah ! à propos : Mathias est sorti du coma en fin de journée. Il aurait recouvré complètement sa lucidité, il a même demandé après sa femme.

— Tu trouves que c'est une preuve de lucidité ? gouaillé-je.

Mais cette annonce me comble de joie. Cher Rouquin lyonnais ! Il va donc continuer de procréer, d'analyser, d'inventer !

— Par contre, murmure l'Ébéniste[1], il y a un fait qui nous tracasse depuis deux jours. Jusque-là, je ne t'en ai pas parlé…

Je lui plante les banderilles de mon angoisse dans le regard, comme dirait un écrivain qui fait aussi marchand de gaufres.

— Ben parle, bordel !

— Bérurier a disparu.

Cette annonce (apostolique) me déconcerte. Qu'entend-il par là, mon pote à peau de boudin ?

— Explique !

— Hier matin, tandis que Berthe faisait les courses, A.-B. B. a quitté leur appartement à grand-peine. Sa concierge l'a vu descendre son escalier, agrippé à la rampe, souffrant mille morts. Bien qu'ils fussent en froid de longue date, elle lui a proposé de l'aider. Alexandre-Benoît a décliné l'offre en ces termes galants : « Va t'fout' ton pilon à aïoli dans la craquette en guis' d'tampasque, vieux chaudron ! »

« Il est parvenu à gagner le trottoir au bord duquel il s'est mis à attendre, probablement un taxi, a pensé la cerbère. Depuis, il n'est revenu ni à son domicile, ni à la Grande Cabane. D'autre part, il est parti les mains vides. Sa grosse affirme qu'il n'avait presque pas d'argent sur lui. Elle doit le savoir car, de son aveu même, elle lui fait les poches.

Un profond silence succède à la fâcheuse nouvelle.

Ainsi donc, le Pétomane a disparu ! Et moi, on a essayé de m'achever dans ma chambre d'hôpital.

— Qu'en penses-tu ? me demande mon poteau noir.

— Qu'il faut également placer Mathias sous protection rapprochée, fais-je.

1. Sans doute l'auteur l'appelle-t-il ainsi pour rappeler que son adjoint est couleur d'ébène ?

12

Miel de Narbonne

Ce morninge, ma Félicie d'amour se pointe en printemps. Robe imprimée bleu foncé, semée de petites pâquerettes. Elle s'est parée d'un nuage de poudre et d'une présomption de rouge à lèvres. Telle la Perrette de la fable, qui, elle, est une connasse, elle a mis des souliers plats. Elle a un sac Adidas à la main, duquel s'échappent des effluves pas tristes de blanquette de veau.

— Dis donc, M'man, ça en est ? la questionné-je en humant.

Elle bat des paupières.

— J'espère qu'elle sera encore chaude ; je l'ai mise dans un conteneur pour glaces à emporter.

— Et quand bien même elle aurait refroidi, tu crois que ça me retiendra de la dévorer ? J'ai une fringale carabinée ce matin.

Elle installe son frichti avec minutie, puis demande :

— Ça signifie quoi, ce policier près de ta porte ? Tu es en danger, Antoine ?

— Un simple excès de précautions… Comme le meurtrier est en vadrouille dans la nature, mes confrères préfèrent assurer ma sécurité.

— Ils ont raison.

Tu penses qu'elle est pour, ma chère vieille. Si on pouvait m'installer un apparte dans la chambre forte de la Banque de France, elle serait comblée !

Elle me parle des nouvelles du matin, entendues à la radio du taxi qui l'a amenée. Paraîtrait que le président Chibraque a rencontré le président Dunœud, et qu'à partir de l'année prochaine, on va raser gratis les barbus, garantir des dentiers interchangeables aux vieillards et mettre les *Prédictions de Nostradamus* au programme du bac.

Je lui prête un conduit distrait, car une pensée me travaille le cuir chevelu ; ça me titille comme s'il me poussait des crins à l'intérieur du caberluche.

M'man me connaît trop pour ne pas s'apercevoir que j'ai l'esprit ailleurs.

— Tu souffres, mon grand ?

— Pas plus qu'hier, ma chérie. Dis-moi, ça t'ennuierait si je t'expédiais en mission ?

Et elle, sans se formaliser, ni même s'étonner le moindre :

— Pas du tout.

— J'aimerais que tu ailles chez les Béru. Le Gros a disparu.

Elle exclamationne :

— Mon Dieu ! Que lui est-il arrivé ?

— C'est ce que je voudrais éclaircir. La dernière personne qui l'a vu, c'est sa concierge avec laquelle il est brouillé. Il attendait quelque chose ou quelqu'un devant son immeuble. Fais une petite enquête dans son quartier pour essayer d'apprendre de quelle manière il s'en est éloigné. Il s'est blessé en dévalant un escalier sur le dos et marche avec la plus grande difficulté, donc il a fatalement emprunté un véhicule. Sa disparition aurait eu lieu dans la matinée d'hier. J'ai eu Berthe au fil avant ton arrivée : elle n'a aucune nouvelle de son gros sac ; s'imagine déjà veuve, non sans une certaine complaisance.

— Il ne faut pas parler ainsi, mon grand. Elle l'aime sans doute davantage que tu ne penses.

Mon sourire sceptique désole ma chère femme de mother, laquelle prend une expression miséricordieuse qui ébranlerait le pape. Sa Sainteté serait cap' de me la canoniser aussi sec, en même temps que le roi Boudin, Amanda Lear et Bernard Tapie.

Comme elle se dresse déjà pour aller au boulot, je lui saisis le poignet.

— Ce que je te demande ne te dérange pas trop ?

— Comment peux-tu penser une chose pareille ? Tu sais bien qu'à partir du moment où ça te rend service…

La chère âme !

Le professeur passe avec son cortège d'internes. Le cérémonial perdure depuis Ambroise Paré.

Il examine le tableau accroché au pied de mon plumard. Me pose quelques questions sur mes douleurs, mon sommeil, mon pipi.

Je le rassure ; tout baigne : je dors, mange et bande comme un jeune chirurgien.

Marrade de ses péones.

L'homme de lard rougit un peu, n'ayant pas l'habitude de ce genre de discours.

— Il paraît que vous eûtes des émotions, cette nuit ?

— Petite alerte sans gravité, monsieur le professeur, je préfère ça à un infarctus.

Il soupire :

— Je n'aime guère voir des policiers en uniforme devant la porte de nos chambres : ça fait bizarre.

— Vous préféreriez qu'on tue vos malades ?

— Je préfère avoir des malades qui n'encourent pas ce genre de danger. Ici on soigne, on ne trucide pas !

— Vous souhaitez peut-être que l'on me transporte dans un autre établissement, docteur ?

— Ce serait envisageable, me répond brutalement cet homme de (tête de) l'art.

Et il se casse avec son troupeau.

Ma pomme, je crois que tu le sais, suis un personnage qui déteste qu'on lui coure sur la bistougnette avec des souliers d'alpiniste.

N-à peine ce nœud à blouse verte s'est-il emporté, que j'arrache le cathéter fiché dans ma durite. Je place un tampon d'ouate sur la plaie qui lancequine à profusion (et non à perfusion).

Au bout d'un instant, je coagule suffisamment pour qu'un pansement prélevé dans la boîte posée sur ma table de chevet mette fin à l'hémorragie. Le plus duraille reste à faire : me mettre debout. Je procède par étapes, en souffrant mille morts. D'abord, je m'assieds, les pinceaux hors du plumard. La calebombe me gire un brin. N'importe. Une volonté farouche (et là je pèse mes maux) me galvanise. Debout, camarade ! Ton honneur l'exige.

Présent, répond l'Invincible.

Y aurait un petit relent de *Marseillaise* à cet instant que ça ne ferait pas de mal.

Un pas ! Tu peux ? Il peut ! Deux pas ? D'accord ! Conclusion : je marche. L'impression de me déplacer sur du sable bien fluide.

Me voici à l'armoire métallique où se trouvent rangées mes fringues. Ma veste est trouée là qu'est entrée la bastos. Faudra que Félicie la fasse stopper ; tu penses, un costard de chez l'Académicien, à dix-huit mille piastres !

Pour me vêtir j'en chie des triangles de panne développés.

Un qui tressaille, et même sursaute, en me voyant déboucher dans le vaste couloir, c'est le drauper de faction. Il bat des stores et me bigle comme si j'étais le comte de Monte-Cristo retour du château d'If.

— Voulez-vous m'aider, vieux ? lui demandé-je. J'ai les genoux pareils à deux crèmes caramel.

Il se dresse. M'offre galamment son bras séculier.

— On va y aller mollo, enchaîné-je.

— Parfaitement, monsieur le directeur.

Et me voilà à trottiner petitement, retenant une plainte dès que je pose un panard devant l'autre.

Les infirmières qui me voient calter poussent des glapissements de pintade (sauf une Noire qui, elle, émet le cri du toucan souffrant de la vésicule biliaire).

Leur chef, une belle gaillarde rasée de frais qui ne porte sous sa blouse que son triangle des Bermudes, veut s'interposer. Je lui dis, fort civilement, qu'elle se carre son tensiomètre dans la foufoune puisqu'elle ne met pas de culotte, et poursuis ma décarrade. La gravosse donne l'alarme, fait préviendre le professeur, lequel nous intercepte au rez-de-chaussée, au déboulé du vaste ascenseur pour allongés.

— Vous perdez la raison ! m'écrie-t-il.

— Je ne fais que satisfaire vos désirs, réponds-je.

— Je vous interdis de vous lever ! Je vous interdis de…

Ses internistes assistent à la scène dans des postures exprimant la médusance extrême.

— Vous savez qu'il pue de la gueule ? leur fais-je. Le matin, c'est grave.

— Monsieur ! glapit le docteur Divago. Vos insultes sont lettre morte. Vous ne sortirez pas.

— Il n'a pas de suite dans les idées, je soupire. Mais moi, si !

Et malgré mon insigne faiblesse, je le balaie de ma route d'un revers de main qui le fait choir sur son prose.

— Continuons ! intimé-je à mon escorteur.

Nous sortons sans nous presser.

— Vous êtes voituré ? demandé-je au pandore.

— Ma bagnole est au parking.

— Allez la chercher !

— Vous ne pensez pas, monsieur le directeur, qu'il vaudrait mieux…

Je pose ma main mal assurée sur son épaule.

— Dis-moi, fiston, tu ne vas pas te mettre à me faire chier, toi aussi ?

13

Bonne d'enfants

Combien de temps s'est écoulé depuis ma révolvérisation par le pseudo-Makilowski ? Quand tu fais la brasse coulée dans une citerne emplie de goudron, tu perds toute notion de durée.

Je demande à mon conducteur :

— Quel jour sommes-t-on ?

— Vendredi, monsieur le directeur.

Je m'efforce de calculer. Ce turbin m'est arrivé mardi, par conséquent cela fait trois jours. Il me semblait que des semaines s'étaient écoulées depuis que le singulier personnage à lunettes m'avait craché contre avec son riboustin. Passer les cadennes à un suce-pet et ne pas le fouiller, voilà qui est inqualifiable ! Il a des fuites dans la malle à idées, ton pote Duglandard ; sa matière grise qu'a des écoulements ! Mais bon, j'ai payé chérot pour cette faute professionnelle. Ça ne sert à rien de se lacérer la poitrine. Tournons-nous vers l'avenir…

— Vous m'avez bien dit Murger-sur-Seine ? s'enquiert mon conducteur.

— Exact.

Je le défrime, peut-être pour la première fois. Jusqu'alors, il n'était qu'un fonctionnaire de police, un simple uniforme. Je découvre qu'il est jeune : la trentaine en perspective, blond, la mâchoire décidée.

— Montre voir ! fais-je.

Il se tourne vers moi.

— Quoi, monsieur le directeur ?

— Je n'avais pas encore pris garde à tes yeux : tu as un bon regard.

Ça le laisse pantois.

Je me hâte d'ajouter :

— Pas de panique, fiston, y a que les frangines qui m'intéressent ; mais tu sais ce qu'on dit : « Les yeux sont les fenêtres de l'âme. » C'est glandu mais ça plaît. Brusquement je m'aperçois que je ne sais rien de toi et qu'on partage du temps ensemble. Ton nom ?

— Clément Lory, monsieur le directeur.

— Marié ?

— Divorcé.

— Déjà ?

— Nous étions camarades d'enfance ; il ne faut jamais s'épouser dans ces cas-là car les relations deviennent tout à fait différentes.

— Des enfants ?

— Elle ne pouvait pas en avoir, sans doute que ça a joué un rôle dans notre divorce…

— Naturellement, tu as trouvé une remplaçante ?

— Plusieurs, monsieur le…

— Laisse tomber les grades, fils. Donc tu attends de trouver l'âme sœur en butinant ?

— Que faire d'autre ?

Il pilote aisément. À gestes sûrs mais dégagés.

— Ça te plaît d'être agent de police ?

— Pas trop, mais je prépare des examens pour passer inspecteur.

— Tu me laisseras tes coordonnées, j'essaierai de te filer un coup de pouce.

— Vous êtes formidable ! exulte-t-il.

Je souris.

— Et encore, je viens d'avoir les oreillons. Mais quand je tiens la forme, je suis carrément irremplaçable.

On atteint Murger-sur-Seine. Ça me fait un drôle d'effet de revoir cette localité sous le soleil. La route d'accès suit la Seine. Et puis y a des pavillons chichois, d'autres un peu plus relevés. Les pavetons font trépider la chignole de mon mentor.

— Vous me permettrez de téléphoner à mon chef, monsieur le… ? On va se demander où je suis passé.

— Je lui parlerai.

— Merci.

L'avenue Marie-France-Dayot, sereine dans la clarté de l'été.

Je renouche, au loin, l'objet de mon voyage : ma Ferrari anthracite métallisé, qui brille comme un scarabée dans la lumière. Elle me tenait à cœur. C'est que, dis : ça vaut un saladier, ces petites bêtes à roulettes. J'ai eu du vase de ne pas me la faire engourdir. Ils sont bien honnêtes dans cette banlieue. Vais-je pouvoir la driver dans l'état où je suis ? Honnêtement, il n'est pas très conforme, ton Sana, chérie. J'ai tout qui tremblote façon gelée de coing et deux sabres d'abordage se croisent dans ma poitrine. Le plus léger de mes mouvements déchaîne en moi des chiées d'ondes douloureuses.

Je murmure :

— Tu vois cette Ferrari, là-bas sur ta gauche ?

— Je la regardais, justement. Un vrai bijou ! Quand je pense qu'il y a des salauds qui ont les moyens de rouler dans une bagnole pareille !

— Arrête-toi le plus près possible.

— Elle vous intéresse ?

Je me paie un effort pour prendre dans ma vague la clé de contact du bolide. Une plaquette émaillée représente le fameux cheval cabré, noir sur fond jaune, sommé d'un liseré aux couleurs italoches. Le nom prestigieux s'étale sur le porte-chiave. Je brandis l'objet sous le pif de Lory. Il fronce les sourcils, puis réalise et sa frime se met à ressembler à une pastèque entamée dont les pépins seraient blancs.

— Elle est… à vous ? balbutruie-t-il.

— Yes, sir.

— Je vous demande pardon, à propos de ma réflexion ; je pensais qu'elle devait appartenir à quelque fils à papa.

— Moi, je suis un fils à maman, rectifié-je.

Il serre le trottoir et stoppe à un mètre de mon jouet.

— Il faut que tu m'aides à sortir de voiture, soupiré-je, j'ai les cannes en barbe à papa.

Mon chauffeur s'empresse. Il est fort mais me manipule délicatement, comme si j'étais une bombe ou un chef-d'œuvre fragile. Une fois à la verticale, je mesure l'étendue de mon épuisement. Je me sens vachement télescopique de l'intérieur. M'enfonce en moi-même.

— Ça ne va pas, monsieur le… Vous êtes livide !

— « En voyant le lit vide, il le devint », récité-je, car je suis un inconditionnel de Ponson du Terrail.

Je demeure un instant agrippé à mon petit gars de bourdille. Ça vertige horriblement. L'avenue tangue dans la lumière et ma Ferrari me fait songer à un énorme hanneton.

Il faut absolument que je « prenne sur moi », comme disent les endoffés et certains autres qui ne le sont que par inadvertance.

J'ai une ébrouade et murmure d'un ton inconvaincu :

— Ça va aller.

Toujours cramponné à l'agent, je vais à ma guinde. C'est plein de fientes de pigeon sur le pavillon et le pare-brise est déjà opacifié par la poussière et la pollution.

D'un geste qui concentre ce qui me reste de forces physiques, j'ouvre la portière. Et alors, j'ahurise. Que découvré-je-t-il, lovée à l'arrière du noble véhicule ? Eh bien oui, mon cher Gonzague : la môme Crevette dans tout son tragique. Elle dort, pelotonnée serré, les bras en guise de couverture. Sa bouche entrouverte laisse filer un souffle de petit rongeur. Une odeur surette emplit ma tire. Pas possible qu'elle ait poireauté plusieurs jours ici, la Cosette !

Ma présence l'arrache à Morphée, comme on dit puis chez les gardiennes d'immeuble, les préposés à la consigne de la gare de Lyon et les veilleurs de nuit à bord des sous-marins nucléaires.

Ce qui se passe alors est divin.

La môme dépone ses vasistas, m'aperçoit et se dresse en déclarant :

— Je savais que ça serait pour aujourd'hui !

14

Enfants de troupe

Pourquoi, à cette seconde, une indicible émotion me noue-t-elle la corgnolette ? C'est de la voir si fragile, un peu crade, enfrileusée et éperdue de soumission, tu crois ? Parce qu'elle ressemble à Marie-Marie, pratiquement disparue de ma vie ? Parce qu'elle éveille en moi une « pitié de tendresse » infinie ?

J'ouvre la portière et, à grand mal, souffrant comme un damné, parviens à m'asseoir dans mon bioutifoule carrosse à la place passager. Elle s'accoude au dossier du siège conducteur. J'avise alors une feuille de papier percée, enfilée sur la manette commandant les essuie-glaces. La môme a écrit, avec son rouge à lèvres : *Je suis au Café-restaurant des Pêcheurs, presque en face.*

Elle s'aperçoit que je prends connaissance du message et m'explique :

— Fallait bien que je mange un peu et que j'aille aux toilettes.

— Tu as dormi ces dernières nuits dans la Ferrari ?

— Ça vous ennuie ? J'ai touché à rien, vous savez.

— Tu dois être vermoulue ?

— Pas tellement.

S'apercevant soudain de ma pâleur, elle s'inquiète :

— Vous êtes malade ?

— Blessé : une bastos dans le placard ; je sors de l'hosto.

— Oh ! mon Dieu !

Tu sais quoi ? Ses yeux s'embuent et elle pose doucement sa main sur ma nuque.

— J'ai bien vu des ambulances, l'autre jour, mais je ne me doutais pas que c'était pour vous !

— C'était AUSSI pour moi, car il y a eu pas mal de grabuge.

— C'est à cause de moi que vous êtes ici ?

Je n'ai pas le courage de lui mentir, même pour lui faire plaisir.

— Je ne me doutais pas que tu m'avais attendu ! Et ton travail ?

— J'ai téléphoné à l'hosto, disant que j'étais obligée de me rendre au chevet de ma mère souffrante.

— Ils t'ont crue ?

— On verra bien.

— Tu t'en fous ?

— Presque.

Elle ajoute :

— Je ne pense qu'à vous. Mais dites, il faut vous soigner ? Vous me paraissez très mal en point !

Je m'abstiens de lui répondre en voyant sortir de chez l'officier de marine assassiné le principal Miborgne (qu'à la maison Drauper on appelle « l'Aveugle ») escorté de deux inspecteurs. Un instant, je redoute qu'ils viennent dans notre direction, mais ils traversent l'avenue pour gagner une tire banalisée de chez nous.

Sur le trottoir, le garde Lory continue d'attendre mon bon plaisir en lorgnant ma passagère. Je demande :

— Ils louent des chambres, au Café des Pêcheurs ?

— Oui, fait la gosse.

— Pourquoi n'en as-tu pas pris une ?

— J'ai très peu d'argent sur moi, et mon chéquier ne sert plus à grand-chose quand j'ai payé ma location.

Je hèle mon chauffeur :

— Viens te mettre au volant, petit !

Ça lui cisaille les facultés. Un instant s'écoule, lourd de points d'interrogation et d'exclamation enchevêtrés.

— Vous voulez que je conduise cette merveille, monsieur le directeur ?

— S'il te plaît.

— Je n'oserai jamais !

— Débloque pas : c'est une automobile.

Il s'exécute avec la gaucherie d'un dentiste qui serait amené à effectuer un accouchement à bord d'un jet transocéanique. Ses gestes sont paralysés par la timidité, le respect, l'orgueil.

— Guide-nous jusqu'au Café des Pêcheurs, fillette.

— C'est à cinq cents mètres, sur la droite.

Nous nous y rendons à une allure d'obsèques nationales.

L'endroit est sympa. La petite auberge blanchie à la chaux, avec des volets peints en vert. Une enseigne exécutée (dans tous les sens du terme) par un artiste du dimanche, voire seulement du samedi après-midi, représente un gonzman équipé de cuissardes vertes, tenant au bout d'une gaule un truc en forme de navette censé figurer un poisson. Un parking sur la gauche. Une salle de troquet, une autre pour la jaffe, plus académique.

— Laisse descendre Mademoiselle ! enjoins-je au garde. Elle va demander s'il est possible d'avoir une chambre.

Et d'ajouter pour la gosseline :

— Demande la plus belle, celle avec salle de bains ; je parie qu'il en existe une !

Elle ne se le fait pas répéter et fonce dans l'établissement.

— Mon petit Clément, dis-je, si, comme je l'espère, je peux avoir une piaule dans ce paradis, je m'y installerai. J'ai un pote toubib qui viendra me soigner, refaire mes pansements, et tout le chenil. Mais personne, tu m'entends, fils, personne ne devra savoir que je crèche ici. Secret professionnel. Si tu es un vrai flic, tu sauras tenir ta langue !

— Vous avez ma parole, monsieur le…

Il se tait, puis murmure :

— Vous ne devriez plus abandonner cette voiture dans la rue. Regardez : ils ont un hangar, derrière l'auberge. D'ailleurs, si j'en crois ces gros nuages qui arrivent sur nous, bientôt, il va en tomber comme qui la jette !

Je pousse une exclamation qui ne doit pas être sans rappeler le rut du canard nantais au bord d'une mare fangeuse.

— Que viens-tu de dire, Clément ?

Il écarquille des vasistas.

— Mais, qu'il va pleuvoir, monsieur le…

— Non ! Tu as dit qu'il « allait en tomber comme qui la jette » ! Or, cette expression, mon gamin, ne s'emploie que dans une faible partie du Sud-Est. D'où es-tu ? Dis-le-moi lentement, en articulant bien !

— De Saint-Alban-la-Grive, Isère.

Je le mate d'un regard qui savoure.

— Donc, tu es le fils de Ferdinand Lory, le ferblantier ?

— Affirmatif, monsieur le…

— Dans mes bras, pays !

Je l'accolade à la russe, sans toutefois lui rouler la pelle Kremlin.

— Le hasard est inouï, reprends-je, qui te place sur ma route à un moment aussi crucial.

Ma petite gazelle revient, toute joyce : bien sûr qu'il y a une bonne chambre, à cela près qu'il n'existe pas de baignoire dans la salle de bains. Mais on ne va pas se formaliser pour des vétilles !

Il a remisé mon bolide sous le hangar pour le plus grand éblouissement de M. Sébastien, le taulier, dont la vie est ennoblie, soudain, par la présence sur ses terres d'une telle splendeur.

Et puis il est reparti en me demandant la permission d'appeler son dabe pour lui révéler notre rencontre, sans en mentionner les circonstances, bien entendu !

Heu-reux !

Il se la joue dorée sur tranche, sa carrière, le Clément. S'imagine inspecteur principal pour dans pas lurette. Le destin connaît parfois des accélérations inattendues. Aujourd'hui était SON jour. Il se gaffait de rien en se levant, ce morninge, et puis tu vois comme va la vie ? TOUT est réalisable. Tu peux te taper un rassis solitaire le matin, et emplâtrer la princesse Anne le soir. Faut toujours croire que l'impossible nous attend au détour du chemin.

Juste qu'il tourne l'escadrin, je le hèle :

— Clément ! Rapporte-moi la paire de jumelles qui se trouve dans le coffre de ma tire.

Lui lance la clé de contact. Le petit cheval noir dans le mauvais temps, tu sais.

Un instant plus tard il me monte l'instrument d'optique. Ne peut s'empêcher de me dire, après un long regard extatique :

— Je crois qu'il est temps de vous soigner, monsieur le… Vous êtes blanc comme un linge.

— Si tu veux grimper en grade, évite les clichés, petit. Et aussi les pléonasmes. Veille toujours à ce que ta conversation soit limpide, sans redites ni scories. C'est son vocabulaire, qui fait l'homme.

— J'y veillerai, monsieur le…

La gosseline est assise au bord du lit, attendant mon bon plaisir. Elle a un regard de sainte des cathédrales.

— Vous devriez vous coucher, fait-elle. Il a raison, le flic : vous êtes blanc comme un linge.

Soupir d'accordéon du premier flic français.

— Tu n'as rien contre les douches ? je lui questionne.

Elle interloque :

— Non, pourquoi ?

— Parce que tu vas en prendre une carabinée, fifille, puisqu'il n'y a pas de baignoire dans la salle de bains. Laisse la porte ouverte, je compte assister à la cérémonie.

Docile, elle se dépiaute entièrement.

— Et surtout ne pleure pas le savon, ma gosse ; après le chien et le cocu, c'est le meilleur ami de l'homme.

— Vous me trouvez malpropre ? s'inquiète le moustique, avec déjà des projets de larmes dans les vasistas.

— Trois jours sans te briquer le fion, tu commences à renifler la marée basse, mon chou. C'est humain. Vas-y ! Fais-toi étinceler de partout pour qu'on connaisse des étreintes hollywoodiennes !

Aussi sec, si je puis dire en pareil cas, elle se dénudise. Soixante secondes plus tard, j'ai la satisfaction de la voir se fourbir les recoins à travers le rideau de la douche. Alors je m'étends sur le vieux pageot.

D'un seul coup d'un seul, je me sens à l'extrême bord des exténuances. Si faible que je serais maintenant incapable d'ouvrir une boîte de sardines. Pourtant je n'ai pas sommeil et je continue de phosphorer « pointu ». Mon intelligence est affûtée comme la lame d'un Opinel. Me demande intensément pourquoi le type qui nous a seringués est resté sur le lieu de ses meurtres si c'est lui qui a buté l'officier de marine et ses voisins rentiers.

N'importe quel assassin a le souci de s'emporter le plus loin possible, son forfait accompli. Cependant, le corps du neveu séminariste se trouvait dans la malle de la Safrane ! Y a un truc qui cloche, dans cette histoire. Entre l'instant de l'hécatombe nocturne et celui où j'ai retapissé le pseudo-Makilowski, il a dû s'écouler une dizaine d'heures.

Tu imagines, toi, un meurtrier qui poireaute tout ce temps-là avec de la viande froide plein son coffiot ? Alors quoi ?

Alors rien.

La chérubine arrête sa douche et sort de la guitoune, ruisselante. Les poils de sa chaglatte sont emperlés, ce qui leur apporte une jolie brillance. Son pubis est dans les tons châtains. Je la regarde s'essuyer la boîte à pafs. C'est joli comme spectacle. Émouvant. Discrètement excitant. Je lui brouterais bien la cressonnière, si j'en avais la force. Mais il est des instants où ni le désir, ni la volonté ne peuvent venir à bout de l'épuisement.

— Quand tu seras sèche, ma poule, tu viendras me composer un numéro de téléphone.

Elle se hâte. M'apporte sa fraîcheur. Enfin elle sent le clean. J'en rêvais depuis que je la connais. Un peu gras-d'os, dans son genre, la gentille. Les montants saillent davantage qu'ils ne devraient, à cet âge. Les hanches, surtout. Mais sa petite poitrine est jouable.

Je lui donne le numéro de Jérémie et elle s'empresse de le composer. Ensuite la nymphette me passe le relais.

— King Kong ? murmuré-je.

Loin de se fâcher, il éplore :

— Putain, t'as une voix d'outre-tombe, mec ! Ça va plus mal ?

— Non : je viens de déménager et ça m'a fatigué.

— Où es-tu ?

— Ailleurs. Dis-moi, dans la Safrane du pseudo-Makilowski, a-t-on retrouvé un drap, des chaussures, des gants ensanglantés ?

— Non.

— Tu en es sûr ?

— Et même certain.

— Comment marche l'enquête ?

— Elle fait du home-trainer.

— Pas de nouvelles de notre agresseur ?

— Aucune.

— Putain de sa mère ! Ce mec a dû fuir sans sa bagnole et il avait la gueule tuméfiée ; ça se remarque !

— Il s'est peut-être déguisé en nègre ! ricane Blanche-Neige.

— La tire n'a pas parlé ?

— Voiture volée dans la soirée des meurtres.

— Rien de révélateur à l'intérieur ?

— Des chiées d'empreintes qui sont en cours d'examen à l'Identité.

— Merci. Conserve ton bigophone branché jour et nuit, je risque d'avoir besoin de toi.

— Mais où donc es-tu ?

— À l'hôtel ; c'est plus joyce que l'hôpital.

— T'es louf de ne pas te laisser soigner !

— Mais je me laisse soigner, grand con ! Tiens, pendant que je te parle, une exquise infante est en train de me lécher les couilles avec une application riche de promesses !

— T'es increvable, quoi !

— Et je le resterai jusqu'à ce que je crève ! Des nouvelles de Béru ?

— Pas la moindre. Je commence à m'inquiéter.

— Essayez de vous bouger le fion pour le retrouver. On branle nibe dans cette taule quand je ne suis pas là !

La gosse cesse de me pomper le dard pour remettre le combiné en place.

— Au fait, j'ignore toujours ton nom, lui fais-je.

Elle dit, avant de m'entonner le chibre derechef :

— Je m'appelle Édith.

Comme Piaf ! Je l'aurais parié.

15

Troupe de chevaux

Comme il fallait s'y attendre, je l'ai limée en conscience.

C'était pas Mata Hari, au plan radada. Cette gentille péteuse aurait eu du mal à se faire confier des secrets d'État sur l'oreiller. Mais elle s'expliquait de la figue bravement, s'efforçant aux ardeurs et s'autorisant même une plainte friponne de bon ton au plus fort de ma fantasia. Pour peu que les circonstances de la vie y mettent du leur, elle acquerrait bientôt l'initiative indispensable aux prouesses amoureuses de classe. Une série de bouillaves avec des gusmen de mon style et elle se comporterait en vaillante pompeuse de braques ; saurait jouer du mec comme Maurice André de la trompette. Le don naturel est primordial, certes, mais toute technique s'apprend.

Elle s'en est dérouillé plein les galoches, la chérie, malgré mon délabrement. Quand je l'ai laissée, elle s'est anéantie sur le vaillant pageot qu'agonisait de ses ressorts à force de troussées impétueuses. Clientèle populaire, donc virile. La fioriture, c'est pour les intellos. Le gars du peuple, lui, tringle sans vergogne, à grands coups de reins appliqués.

Ma pomme, j'étais plus qu'une misère charnelle de l'avoir brossée si tant énergiquement. Va calcer mémère trois jours après qu'on t'ait extrait une bastos des éponges, tu comprendras !

Je souffrais comme un damné, une fois les bourses vidées. Y a fallu que j'appelle le docteur Redon, un bon pote à moi, pour lui expliquer la situasse. Il a poussé des clameurs sauvages en apprenant que je m'étais cassé de l'hosto dans de pareilles conditions. M'a conjuré d'y retourner dare-dare. Les gens, on se goure sur leur compte. J'aurais parié qu'il allait m'assister, au lieu de me faire la morale ; déçu, j'ai raccroché sans un mot.

Y a des jours, les hommes ne sont plus fréquentables. On espère en eux, mais autant chier dans un piano à queue sans tirer la chasse ! En fin de compte, t'es seulâbre, mon grand, tel un noyau dans une pêche.

M. Sébastien, le taulier, m'a fait apporter de l'aspirine par une gonzesse moche comme trois culs mal torchés. Je m'étais ingaffé que j'avais la bite à l'air. C'est son regard exorbité qui m'a alerté. Mais ma réaction a été trop tardive ; quand j'ai remonté le drap sur ma hallebarde, elle avait contracté un complexe de démesurance, question chopine. Les gugus qui allaient la tirer devraient s'apporter avec des rapières de zouaves pontificaux.

Mes comprimés avalés, j'ai pu prendre un peu de repos. J'avais le goût de sa petite chaglatte dans la clape, Édith. Pas désagréable. Je préfère encore ça au caviar.

Même sans vodka.

J'en ai écrasé tant mal que bien, malgré mes souffrances. Combien de temps ? Impossible de te le préciser. J'ai fait un cauchemar abominable. L'humanité était réduite en esclavage par des gonziers loqués en clodos. Le dessus de notre pauvre petite planète se trouvait déserté et on vivait enfouis dans des grottes profondes plus vastes que la France. Les hommes valides continuaient de creuser tandis qu'on anéantissait purement et simplement les autres. Comme par magie, ils cessaient d'être, selon une volonté supérieure. Je planais au-dessus de cette populace condamnée, attentif aux bourreaux aussi bien qu'aux victimes. Soudain, j'ai vu l'un des kapos faire un signe à un prisonnier. Tous deux étaient gras, voire bedonnants. Ils se sont isolés dans un local invisible dont la porte était en roche. Là, l'occupant s'est assis sur un tabouret et l'occupé a entrepris de lui turluter le nestor qu'il avait en trognon de chou et d'un vilain gris de viande morte.

Cette vision est à ce point gerbante qu'elle me réveille.

Je retrouve la piaule du petit café-hôtel-restaurant.

Le jour agonise dans les vitres. Je distingue une ombre chinoise devant la fenêtre : celle d'Édith. Elle ne porte que sa pauvre marinière cradoche ; le bas de son corps fluet est dénudé. Elle se tient à califourchon sur une chaise ; de ce fait, sa chaglatte reste écarquillée.

Avec une attention qui la voue à l'immobilité, la gosse reluque au-dehors avec mes jumelles. Ça doit être intéressant car son matage dure.

— C'est beau ou c'est triste ? l'à-brûle-pourpoints-je.

Elle émet un léger cri et manque de lâcher l'instrument d'optique. Elle murmure :

— Curieux…

— Que regardes-tu ?

— Une vieille bonne femme.

— Que fait-elle de si captivant ?

— Elle glisse des prospectus dans les boîtes aux lettres de l'avenue.

— Qu'y a-t-il d'étrange à cela ?

— C'est pas une femme, c'est un homme !

Pour lors, je m'arrache du plumzingue et clopine à la croisée.

La personne en question atteint le bout de mon champ visuel. Elle claudique. Vêtue de fringues noires, elle porte une sorte de sacoche en bandoulière, d'où elle extrait des prospectus roses qu'elle plie en deux pour les introduire dans les boîtes accrochées aux grilles des pavillons.

J'empare les jumelles. Fectivement, celles-ci dissipent l'illuse. C'est bien d'un homme qu'il s'agit. Ses joues rasées de près sont bleues de barbe, comme l'écrirait la comtesse de Paris et Grande Ceinture, qui en a également. De plus, la distributrice de prospectus a des épaules de routier et des pinceaux qui lui permettent de conserver la position verticale pour dormir.

L'envie me point de me sabouler en grande vitesse pour aller bavarder avec ce personnage. Seulement voilà : je suis plus faiblard que le mec qui vient de traverser l'Atlantique en pédalo après avoir oublié sa musette de ravito.

— Fonce ! enjoins-je à ma bichette d'amour. Suis ce type et tâche de voir où il crèche !

Pendant qu'elle saute dans son jean, je prends de l'artiche et le lui tends.

— Surtout, fais gaffe de ne pas le paumer !

Je la regarde vélocer, depuis la fenêtre. La nuit est à peu près tombée et l'avenue Marie-France-Dayot se pare de grisailles vaporeuses.

La gamine sort en trombe de l'immeuble et bombe en direction de la fausse bonne femme que, désormais, je ne puis plus apercevoir.

Vanné par mon nouvel effort, je me recouche, haletant.

Je crois « qu'ils » ont raison, tous : j'abuse !

Après une plombe d'attente, Édith n'est toujours pas de retour. Lors, un remords me taraude. N'ai-je pas commis une nouvelle imprudence en envoyant cette gamine filer un suspect ?

Manière de me requinquer, j'appelle la maison où Félicie, morte d'angoisse, me répond :

— Mais, mon grand, tu n'y penses pas ! Quitter l'hôpital, dans ton état !

— Ne te tracasse pas, M'man, je suis dans une clinique privée tout ce qu'il y a de smart. Le ministre, qui m'a obligé de me planquer par mesure de sécurité. Sitôt que je pourrai te donner mon adresse, je le ferai. Tu as pu obtenir des renseignements à propos de Béru ?

— Je pense, oui.

— Alors ?

— Il semble qu'il a pris un taxi de sa propre initiative ; la voiture était une 404 blanche.

— Formide ! Tu sais que tu es une collaboratrice super, M'man ! Je vais illico communiquer le tuyau au service compétent.

— Antoine, mon chéri, on te soigne bien, au moins ?

— Un vrai chapon, M'man !

La comparaison n'a rien de rassurant car les chapons sont élevés pour être mangés.

16

Chevaux de Longchamp

Le gazier de la roulante est un évasif. D'abord il ne me connaît pas et m'a enjoint de répéter mon blase, ce qui incite à la modestie. Comme il manque par trop d'empressement, je lui dis de me passer l'officier de police Rondebière, ce dont il s'acquitte avec la promptitude d'un mouton auquel on ordonnerait de sodomiser la louve de Rome.

Ayant obtenu l'intéressé, je lui demande d'où sort la crevure bougonnante à laquelle je viens de parler. Il m'apprend qu'il s'agit d'un nouveau. À quoi je rétorque que cézigue va devenir un ancien dans les meilleurs délais car je vais m'occuper de sa carrière dès que je serai sur patte. Cette bile épanchée, je lui ordonne de me retrouver le taxoche ayant chargé Bérurier devant son immeuble le jour de sa disparition, lui communique les renseignements à ma dispose.

J'ai juste le temps de raccrocher avant de perdre conscience. C'est pas ma joie de vivre en ce moment. J'aurais dû repeindre notre tonnelle au lieu de m'élancer dans cette croisade en comparaison de laquelle celle de Godefroi de Bouillon n'était qu'une « extension » des Croisières Paquet.

Je refais surface biscotte quelqu'un vient de pénétrer dans ma chambre. Je reconnais Sébastien, le taulier.

— Excusez-moi, murmure-t-il, je voulais savoir si vous auriez besoin de quelque chose ? Mathilde, ma serveuse, dit qu'elle vous a entendu gémir.

— Je devais rêver, désarticulé-je.

— Vous ne voulez pas un potage ?

— Pas faim.

— Vous savez que vous n'avez pas l'air brillant du tout. Selon moi faudrait vous hospitaliser.

— Vous rigolez. Une nuit de sommeil, et demain je serai beau comme une bite fraîche !

— N-en tous les cas, vous devriez boire.

— D'accord.

— Je vous fais monter une tisane ?

— Plutôt du champagne. Je le voudrais bien frappé et servi dans un verre à bière.

Il me mate en déroutance, pensant qu'il y a du ramollissement sous ma coquille.

— Vous croyez ? bée-t-il.

— Quand j'en bois seul, c'est ma façon de le savourer. Je déteste qu'on me le serve dans des flûtes ; j'ai un côté ogre, mine de rien.

— Bon, si vous pensez. Mais faites-moi plaisir : grignotez quelques biscuits à la cuillère en l'éclusant.

— Je préfère du sauciflard.

Du coup, le cher homme radieuse.

— Ah ! ça, c'est bien, et je vais vous mettre également une tranche de mon pâté de la Sarthe ; on ne sait jamais : la pétit vient en mangeant, comme dit le poète !

En fin de compte, c'est un confortable repas que m'apporte Mme Rose, l'épouse du taulier. Elle ressemble à un sac de pommes de terre qu'on aurait essayé de serrer à la taille. Elle est quasiment chauve et son pif en forme de gant de boxe s'orne d'une monstrueuse verrue qui pourrait en figurer le pouce.

Sa vue ne stimule pas mes muqueuses défaillantes, au contraire. Elle a un regard batracien, frangé de cils en poils de porc, et des lèvres pendantes qui eussent été davantage décoratives entre ses jambes que sous son tarbouif. Néamplus, je m'efforce de sourire à cette personne étrange venue de nulle part.

— Mon époux m'a dit comme quoi vous n'alliez pas fort, me fait-elle d'une voix aussi mélodieuse qu'un appareil à broyer les ordures. Alors je vous apporte une spécialité de ma région : l'« Élixir catégorique du père Flatule ». Si vous en prendrez une cuillerée à soupe ce soir, et une aut' demain au réveil, je vous garantille que vous serez complètement nérégéré.

Mon premier élan est pour lui dire de carrer son flacon bleu entre ses miches où il pourrait aisément passer pour un suppositoire de gala, mais il y a une telle ferveur sur cette bouille de cul, que je préfère avaler son breuvage sans tergir le verset. C'est bizarre : goût d'amande, de noix vomique, de corne brûlée, de jus d'huîtres et de chaglatte en jachère.

La dame est satisfaite de ma prestation.

— C'est très bien, assure-t-elle ; l'effet ne tardera pas à se faire sentir, je vous le promets.

— De quelle région êtes-vous ? m'informé-je.

— De la Haute-Loire.

Elle s'emporte, satisfaite. Que juste alors je me mets à repenser à la fausse infirmière qui voulut me « piquer » la nuit dernière, à la manière qu'on pique son bon clébard au moment des vacances parce que les chiens sont interdits de séjour à la Pension des Blanches-Roches. Je fantasmagore. Me dis : « Et si cette grosse vachetée était également chargée de me détruire ? Suppose que la dégueulasserie que tu viens d'absorber soit du bouillon d'arsenic ? »

Mon imaginaire prend le pas, tu vois. C'est fréquent lorsqu'on vit des choses pareillement exceptionnelles en venant de se faire retirer une fève blindée du soufflet.

Je souffre en souplesse. Me suffit de ne pas remuer pour que la douleur devienne conciliante. Je mate une mutine araignée qui prend ses repères au plaftard avant de dresser sa tente. Tout vaque à sa vie. S'agit de l'assurer aux dépens des autres ; c'est l'inexorable loi de ce qui existe. Mille questions que je ressasse m'affluent dans le cigare, me sollicitant de leur fournir une réponse valable.

Qu'est-ce que le faux Makilowski a fait du matériel ayant servi à dépecer l'officier de marine ? Les griffes d'acier, les bottes, le drap protecteur chargé de lui épargner les flots de sang ? Bonnes questions, non ? (En anglais : « *Good questions* ».)

Autre mystère : personne ne l'a remarqué après qu'il nous a abattus, le Rouillé et ma pomme. Il n'avait plus de bagnole à dispose, se payait une bouille ensanglantée comme la Saint-Barthélemy et, pourtant, il a réussi à s'escamoter dans cette paisible banlieue sans se faire retapisser ! Fortiche, hein ?

D'autres questions, Votre Honneur ?

En voici : pourquoi a-t-on voulu m'achever à l'hôpital ? Nous étions shootés complet, on m'avait opéré, le grand Sana se montrait plus inoffensif que la dague de bois à lame rétractile de Ravaillac dans un film sur l'assassinat d'Henri IV, nonobstant, on a décidé de l'anéantir. C'est donc qu'on le juge dangereux. Mais dangereux pour qui ? Dangereux à cause de quoi ? Parce qu'on le soupçonne d'avoir découvert un élément susceptible de compromettre la quiétude bourgeoise du meurtrier ?

Je me tourne en direction du plateau que la mère Chosetruc, épouse légitime de Sébastien l'aubergiste, a déposé tout près de mon lit.

Le verre empli de champagne libère une colonne de petites bulles serrées. Je tends une main à ressort pour l'empalmer. Renverse une partie du breuvage, parviens à guider ce qu'il en reste à mes lèvres craquelées par la soif. Bois à longs traits.

C'est frais, c'est stimulant.

Par contre, les denrées comestibles qui l'accompagnent me laissent l'estom' indifférent. D'accord, il serait plutôt sympa, le pâté du gargotier, mais au cours d'une partie de pêche, voire d'un pique-nique. Tel que je le reluque, il reste à l'état de nature morte ; tout à fait morte.

Harassé, je repose mon godet vide. Mal : il choit sur le parquet, se brise. Faudra que j'y pense en me levant, pas me seringuer un paturon en prime. Quand la merdouille t'entreprend, ça n'en finit pas. Tu te mets à solder des comptes mystérieux, oubliés depuis lurance ; mais le destin n'oublie rien. Il vigile, le sagouin ; tient la compta de tes erreurs et salopiades en tout genre pour, au déboulé de l'existence, te présenter sa note sans escompte.

Je me dis encore des trucs-machins, une chiée ! Un vrai feu d'artifesse, sous ma coiffe. Où est Bérurier ? Le souci de ma pauvre Félicie… L'aurai-je assez torturée cette mère d'exception. Nuits blanches sur l'ensemble du front ! À travers elle et le tourment qu'elle a de moi, je réalise que ma conduite présente est dingue.

Que fous-je dans cette auberge de banlieue, sans soins cliniques ? Il va bicher la vraie vérolance, ton Sana, Ninette. Se contracter des septicémies pernicieuses, grouillantes de bactéries pathogènes. Si j'avais encore pour trois balles de lucidité, j'appellerais Police-Secours et me ferais driver dans le premier hosto venu.

Allons, réagis, Burnes-Pleines ! Un coup de bigophone et on embarque ta viandasse en des lieux plus aptes à l'héberger.

J'avance ma paluche tremblante en direction de l'appareil. Le jour meurt ; moi aussi peut-être ? Seulement lui sera de retour demain matin car il est branché sur l'éternité.

Et puis voilà qu'à la seconde où ma main s'empare du combiné, le grelot retentit.

Le saisissement me tétanise, comme ils disent dans les polars qu'on ne peut lire qu'une fois, vu qu'ensuite ils ressemblent à des boîtes de conserve vides.

D'un effort, j'arrache le bigophone. Le monte à mon oreille et attends.

Je perçois le bruit d'une respiration un peu haletante.

Une pincée (peut-être une poignée ?) de secondes passent.

Enfin, une voix féminine :

— C'est le policier-chef ?

— Je pense que oui, réponds-je-t-il.

— Je suis Interjection, la sœur de Maria.

Ma gamberge pattoune à l'intérieur de sa cage tournante, puis la réalité reprend ses droits.

— Vous parlez de la personne qui faisait le ménage du père Lhours ?

— Exactement.

— Comment savez-vous que je me trouve au Café des Pêcheurs ?

— Je vous ai vu arriver cet après-midi.

— Pourquoi m'appelez-vous ?

— Je crois que j'ai des choses intéressantes à vous dire.

— Eh bien, je vous écoute ?

— Au téléphone, ce n'est pas prudent.

— Vous pouvez venir me voir ?

— Si vous voulez.

— Je vous attends.

J'interromps la communication et informe la taulière pachydermique que j'attends une visite, elle n'aura qu'à la prier de monter.

Avant que je raccroche, elle demande :

— Vous vous sentez mieux, avec l'Élixir du père Flatule ?

— Je renais ! affirmé-je en fermant les yeux pour ne plus voir girer le plafond.

17

Champ de navets

On fait toc-toc à ma lourde, d'un doigt incertain. Toc-toc, comme le lapin à la lapine. Trois petites bourres et puis s'en vont.

Je m'arrache des torpeurs trempées de mauvaise sueur dans lesquelles je macère.

— Trez ! râlé-je pauvrement.

L'huis s'écarte, une lumière de forme trapézoïdale se projette dans ma chambre.

Je tâtonne pour actionner ma loupiote de chevet. Ne la trouvant pas, je murmure :

— Ça vous ennuie d'éclairer ?

Une forme sombre s'affaire. Enfin, le superbe lustre de la piaule que ça représente un gouvernail de barlu, nanti de trois ampoules coiffées de cretonne rose, s'éclaire.

Je cligne des châsses et capte une fort jolie personne, ma foi. Vingt-deux ans et trois mois d'âge, à vue de nœud, mince, idéalement roulaga, des formes médusantes plein le corsage imprimé et la culotte Chatte mouillée de Playtime. Visage agréable, harmonieux, dirais-je-t-il, cheveux bruns coupés court, bouche pulpeuse, regard d'un jaune ambré fabuleux. J'ai beau me trouver sur le flanc, aux lisières de la pré-agonie, une forte bouffée de convoitise m'insuffle assez d'énergie pour que je puisse remporter l'étape de l'Alpe d'Huez demain après-midi.

L'arrivante désarrive en me constatant au lit ; amorce même un pas de recul.

— Vous dormiez déjà ! s'exclame-t-elle d'une voix tellement mélodieuse que la peau de mes bourses supplée mon tympan pour mieux la savourer.

— Je suis blessé, expliqué-je, et je dois garder le lit pour l'instant ; mais que cela ne vous empêche pas de fermer la porte et de vous asseoir près de moi, mademoiselle Interjection.

Elle a un temps d'hésitation compréhensible, puis accepte ma propose.

L'aimable fille porte un top en synthétique noir et un jean également négro. Elle dégage un parfum plutôt « présent », mais pas du tout désagréable, qui m'évoque une roseraie qu'on vient juste d'arroser. Franchement, cette gosse, j'adorerais l'expertiser, lui faire un état complet des lieux. Ce qui me frappe, c'est qu'elle a autant l'air d'être la sœur de feue Maria, que moi d'être le frère du président Mobutu.

Je tente de lui sourire, manière de la confiancer. Elle apprécie cet effort à sa juste valeur et le récompense d'un sourire qui dévoile ses dents immaculées.

— Vous ne ressemblez pas beaucoup à votre sœur, fais-je.

— Maria n'était que ma demi-sœur. À la mort de sa mère, notre père s'est remarié avec la mienne.

— Qui vous avait déjà ? insisté-je.

Elle est gênée, acquiesce.

— Si bien que vous n'aviez comme liens que ceux du cœur ?

— Exactement.

— Ah ! bon, ne puis-je me retiendre de dire, soulagé d'apprendre que cette ravissante fée est aussi apparentée à la bonniche morte que ma Félicie à la Queen of England. Est-il indiscret de vous demander ce que vous faites dans la vie ?

— Je suis guide dans une agence de tourisme.

— Vous montrez Paris by night à des Espagnols et à des Argentins ?

— À des Brésiliens et à des Américains également, car je parle aussi le portugais et l'anglais.

— Mariée ?

— Pas encore ; j'attends d'avoir une situation plus stable.

— J'envie celui que vous choisirez à ce moment-là, madrigalé-je, en rentreur de dedans invétéré que je serai jusqu'à mon ultime déglutition.

Elle a un pauvre sourire. Évidemment, le moment n'est pas opportun pour lui faire du gringue.

— Qu'aviez-vous à me dire ?

Son joli visage devient soucieux.

— Ma sœur vous a peut-être parlé, avant de se tuer dans cet escalier ?

— Elle ne m'a pas appris grand-chose.

— À propos de la cave ?

— Il n'en a pas été question.

— C'est curieux, car ce qu'elle y avait découvert l'impressionnait.

— Il s'agissait de quoi ?

— D'une issue faisant communiquer la maison de M. Lhours avec un égout collecteur.

— Racontez-moi ça, mon cœur.

— Un jour, elle rangeait des caisses de vin au sous-sol. C'était au début du printemps et de fortes pluies provoquaient des inondations un peu partout en France. Elle a entendu une sorte de grondement qu'elle n'avait jamais perçu auparavant. Intriguée, elle en a cherché l'origine et a fini par découvrir une porte basse située dans un renfoncement ; elle ne l'avait pas remarquée jusqu'alors.

— Intéressant, l'encouragé-je en dégageant ma dextre des draps pour la poser sur son genou admirable, et Dieu sait combien c'est idiot, un genou !

Prise par son récit qui l'oppresse, elle ne réagit pas à ce qui ne constitue encore qu'un mouvement de sympathie. Poursuit :

— La curiosité la poussant, elle s'est accroupie devant cette issue si discrète qu'on ne l'apercevait qu'en s'agenouillant devant elle. Elle a essayé de l'ouvrir, ce qu'elle a pu faire sans difficulté, la serrure ne fonctionnant plus.

— Et alors ? lui donné-je la satisfaction de questionner, car faut être un pauvre glandu privé de savoir-vivre pour laisser une chouette moukère comme elle dévider un récit sans le soutenir par son intérêt.

— Elle est tombée sur un bout de couloir de quelques mètres qui conduisait à l'égout, lequel était en crue, si je puis dire.

Tu sais qu'elle me botte, cette gentille Ibère ? Et quel français elle te cause, la môme ! Surchoix ! Presque académique. Tu le lui boufferais sur les lèvres !

Ma paluche rampe de quelques centimètres, largue son genou pour sa cuisse, si nerveuse et délicatement moulée. Une statue grecque ! Cette fois, elle réagit. Oh ! discrètement, pressant ses jambes l'une contre l'autre afin de bloquer ma main hardie. Sa figure ne marque aucune expression.

— Qu'a fait Maria, ma chérie ?

— Rien. Elle a été impressionnée par le flot grondant et a regagné la cave puis fermé la porte basse.

— Elle a parlé de sa découverte au vieux ?

— Ma sœur voulait le faire, mais avant qu'elle ouvre la bouche, Lhours l'a rabrouée à propos d'un verre à pied brisé. C'était un homme irascible, toujours entre deux vins. Cette algarade a fait pleurer Maria qui était extrêmement émotive. Par la suite, elle n'a pas osé lui en parler.

— Autre chose, douce *señorita* ?

Elle opine.

— Il y a aussi l'histoire du gant, murmure-t-elle.

Je profite de ce qu'elle desserre inconsciemment ses jambes pour remonter d'un cran, non pas dans son estime, mais en direction de sa chatte.

— Quel gant, ma jolie petite demoiselle ?

— Un matin, en faisant le ménage, ma sœur, du moins celle que j'appelle ainsi, a trouvé un gant dans le couloir des chambres.

— Un gant comment ?

— Elle n'a pu dire s'il était d'homme ou de femme car il s'agissait d'une moufle de moyenne importance. Elle a cru qu'elle appartenait au vieux bonhomme, mais il lui a répondu qu'il n'en possédait pas et que ce devait être le livreur de l'épicerie qui l'avait perdue. Maria a questionné le commis en faisant les courses ; lui non plus ne portait pas de gants.

— Qu'en a-t-elle fait ?

— Je l'ignore. Probablement qu'elle l'a mis de côté car c'est… enfin, c'était une fille qui répugnait à jeter.

Re-silence.

Propice. Mes extrémités des doigts viennent d'atteindre la pliure de la cuisse. Là, un dilemme se pose ; dois-je tenter de repter davantage ou serait-il judicieux de marquer une halte ? Saloperie de jean qui déguise l'intimité d'une fille en Fort Alamo ! Cette marotte qu'ont les frangines de s'armurer de la sorte ! D'abord c'est pas bon pour la respiration du frigounet mal ventilé, n'importe quel gynéco honnête te le dira ; ensuite ça carbonise les rapprochements humains. Une nana sanglée dans ce bénouze de rude toile, faut la décarpiller ! À la tienne, Étienne ! Chaque fois, c'est Jeanne d'Arc en armure que tu dépiautes ! La pauvre Pucelle ! Parfois je me demande comment elle pratiquait quand elle bichait l'envie de faire pipi pendant le siège d'Orléans ? Tu te rends compte ? Avoir besoin d'un fer à souder pour licebroquer ? Pratique, hein ? L'avait intérêt à employer des Pampers.

Je t'en reviens à ma dextre en rideau sur la cuisse de la délicieuse Interjection. J'échafaude une soluce de rechange, car l'ingéniosité du mec est sans limites. Au lieu de la poursuivre sur la face sud, je vais l'entreprendre sur le flanc nord. Le petit bustier, crois-moi, ne saurait opposer une résistance bien farouche. Et les gerces, je l'ai remarqué, aiment qu'on les attaque aux flotteurs. Tu commences par une légère caresse circulaire au bouton de rose. Que parlé-je de caresse ! C'est d'un effleurement qu'il s'agit. Infime ! Juste faire courir le frisson sur le mamelon andalou. Selon les réactions enregistrées, tu construis ta stratégie suivante.

Tiens, au fait, je me sens vachement mieux. Tu crois que c'est l'Élixir du père Dupanloup ? Ou bien l'exaltation sensorielle causée par l'Espagnole ? En tout cas, c'est bon à prendre.

— Encore des trucs de ce genre à me signaler, petite fille ?

La douce Interjection acquiesce. C'est une mine, décidément. Un jour, je la louerai à son agence de tourisme et me ferai organiser un Paris-la-nuit pour moi tout seul ! Je suis convaincu que ça ne sera pas triste !

— Eh bien, je vous écoute passionnément !

Toujours cet air grave, plus exactement « appliqué » de bonne élève passant l'oral du bac.

— Au lendemain d'une nuit de pleine lune, quand elle est venue prendre son travail, elle a trouvé Martin Lhours endormi sur le palier du premier. Il ronflait à s'en déchirer la gorge.

— Il était ivre ?

— Probablement, mais davantage que les autres fois car il a mis des heures à se réveiller, encore restait-il dans un état plutôt comateux.

— Vous croyez quoi ? Que son vin contenait un soporifique ?

— Ou bien qu'il s'était volontairement médicamenté car les nuits de pleine lune le terrorisaient.

— Que pensez-vous de cette peur saugrenue ?

— Qu'il perdait un peu la tête et faisait une fixation là-dessus. C'était un homme malade et qui buvait exagérément.

— Vous ne laissez pas place à une autre hypothèse ?

— Laquelle, par exemple ?

J'avoue, tout en promenant l'extrémité délicate de mes doigts sur sa gorge si douce :

— Je l'ignore ; pourtant, depuis le début de cette terrible affaire, je subodore, malgré mon esprit cartésien, des choses incompatibles avec la raison.

Elle murmure :

— Maria, qui était une fille « nature », émettait exactement les mêmes sentiments. Elle me répétait qu'elle jugeait cette maison hantée et rêvait de trouver une autre place.

— Et le vieillard, comment le jugeait-elle ?

— Elle le trouvait mauvais. Elle se signait lorsqu'elle parlait de lui. En fait elle avait raison et son mauvais pressentiment s'est révélé fondé puisqu'elle a été tuée par cette maison !

Nous nous taisons. J'ai maintenant son sein gauche dans ma main droite. Si tu savais combien il est doux et tiède. Un auteur plus con que moi (il en est, je te fournirai des noms) ajouterait qu'il palpite comme un oisillon apeuré, ou une autre pauvreté du genre. Quand tu les lis, t'as envie de prendre un paratonnerre en guise de tabouret !

C'est joyce. De le caresser, ce tabernacle de velours, me réconforte. Il renaît, Ernest. Sa belle tête casquée veut absolument sortir de sous les draps pour avoir sa part de gâteau.

La jolie chérie, je peux plus feindre la nonchalance. L'instant de s'arracher masque et slip est arrivé. On joue franc-jeu. L'attire contre moi. Pourvu qu'elle vienne pas me bêler des « mais qu'est-ce que vous faites ! » ou autres « c'est pas sérieux », comme la plupart des gnères quand elles sont entreprises ! Cette attitude d'acceptation protestataire est si glandue que j'en ai dégodé parfois. Une gourdasse, de temps en temps, si elle est salope, avec les poils pubiens fournis, je fais l'impasse. Mais dans les cas d'exception, quand ta viande ébullitionne.

Seconde après seconde, j'appréhende une jactance fumelle, dévastatrice de bandaison. Ici, Dieu soit loué, rien à craindre. Elle consent avec une grande simplicité, voire émotion, de se laisser renverser sur la belle carouble écossaise des Sébastien.

Alors je me place sur le côté, en réprimant une douloureuse grimace. M'est avis que si je m'embourbe la suave Ibère, je passerai directo du panard ardent au coma dépassé. Une tringlette, dans mon état, doit engendrer des perniceries irrécupérables.

Mais tu vas voir combien elle est complètement superbe, Interjection : au lieu de faire pattounes en l'air, elle se met face à moi, contre moi. Sa bouche vient chercher mes lèvres et sa menotte mon big mandrin moustachu.

Elle a tout pigé, tout accepté.

Merci, Seigneur ! Je m'en souviendrai au moment de douiller le denier du culte !

18

Navets blancs

Les instants impérissables, on les devine en les vivant. On sait qu'ils ne vous abandonneront jamais tout à fait, qu'on les conservera, la vie durant, tel un talisman, et qu'ils joueront un rôle indéfini dans notre existence, à des moments particuliers.

Malgré mes souffrances, je lui ai fait l'amour avec toute la frénésie dont j'étais capable. Elle m'a fait l'amour également. Pourquoi attribue-t-on à l'homme seul cette faculté ? Quand il est total, qu'il procède réellement du don de soi, il est fatalement bicéphale et bisexuel.

Je ne raconterai pas notre farouche étreinte. Celles que je narre avec une louche complaisance ne représentent que des coups de bite. Ici, rien de pareil. Il s'agit d'une passion intemporelle à laquelle l'âme participe autant que le corps. Mais à quoi bon te faire chier avec ce lyrisme de copilote ? Ce qui est vraiment grand, tout comme ce qui est vraiment bas, reste intransmissible.

Nous nous aimons.

Point à la ligne.

Et c'est un instant d'absolu.

Point final.

Tu sais quoi ?

J'ai faim. Ça m'est venu pendant l'amour, comme dirait Simone Veil qui s'est gourée de train aux dernières présidentielles (mais la vie est encore plus longue que ma queue, et les erreurs d'aujourd'hui préparent les réussites de demain).

Interjection reste prostrée sur le lit, la jupe retroussée au-dessus du ventre, le slip accroché à son pied droit et le top roulé en corde à son cou. Avait-elle un soutif ? Le mystère reste entier ! Si c'est le cas, il a été englouti par le tumulte du pageot en délire.

Je me lève sans bruit pour gagner la fenêtre. La Seine rutile, à quelques mètres. Au ciel, une lune gibbeuse se laisse dériver à travers des nuages mal fagotés. Il semble qu'un petit vent incertain passe la main dans la tignasse des platanes. Je mate sur ma gauche et aperçois le pavillon de feu Martin Lhours. Plus que jamais, il a un côté « maison du crime ». Je suis certain de le trouver, tel qu'il m'apparaît présentement, dans une revue spécialisée, avec, en médaillon, le portrait de l'officier de marine.

Titre envisageable : *Le Mystère du pavillon maudit*. Je respire l'air de la noye aussi profondément que mon éponge perforée me le permet. Des senteurs aquatiques me parviennent, mêlées à celle, légèrement gluante[1], des peupliers bordant les rives. Je me teste en esquissant quelques pas dans la piaule. L'édifice vacille mais tient bon.

— Vous voulez bien m'aider à me rhabiller ? demandé-je à Interjection, laquelle, remise de la secousse tellurique que je lui ai infligée, suit mes faits et gestes d'un œil ébloui d'admiration et de gratitude charnelle[2].

Elle saute du lit, la jupe toujours troussée, les nichebabes à la bade, comme on dit à Bourgoin-Jallieu, le maquillage ravagé par mes goinfreries préalables. J'admire sa grâce indestructible, sa chattoune semblable à la plaie d'un hévéa en cours de production, les cernes de ses yeux qui attestent ma furia gauloise.

Décidément touché par l'amour, je la serre contre moi. Et je lui déclare une chose inouïse :

— Je crois bien que je vous aime, *señorita*.

Son visage s'enfouit plus fort dans le creux de mon épaule, là qu'un homme sent vraiment le mâle.

On demeure un temps indéterminable, soudés, muets, hors du monde. Comment se peut-il que je me sois mis à ressentir spontanément un amour d'une telle violence pour une inconnue ? Quel sortilège m'enveloppe de ses rets ? disait récemment un équarrisseur de bœufs avec qui j'étais allé à un récital, salle Gaveau.

Est-ce à cause de mon état de faiblesse, de la fièvre, de la douleur qui me tenaille que je suis ainsi la proie de ce fabuleux sentiment ? Que te répondrai-je ? Je ne suis, pareil à tous mes frères humains, qu'une anomalie cosmique ; rien qu'un truc en vie lancé dans l'infini, venu de rien et qui y retourne.

---

1. *Une odeur gluante !* t'exclameras-tu. Oui, te confirmerai-je, avec un bras d'honneur en prime.
2. Si tu trouves que j'en ai rajouté, biffe : je ne me rebifferai pas.

Nouvelle série de baisers qui ont un goût de chatte fraîche. Et puis, avec des soins quasi professionnels, elle me remet dans mes hardes.

— Si vous aviez la force de venir chez moi, je referais votre pansement, dit-elle.

Cette propose me surprend, vu la gravité de ma blessure.

— Vous sauriez ?

— J'ai été secouriste.

On s'embarque à pas comptés. Le duraille, c'est l'escadrin au père Sébastien. Elle m'aide en me soutenant. La rampe fait le reste.

La gentille Interjection dispose d'une chignole appartenant à son agence, une petite Renault mauve inspirée par l'œuf davantage que par la poule. Je m'y love en souffrant comme un damné. Fouette cocher[1].

À peine avons-nous parcouru cent soixante-six mètres cinquante que je crie :

— Arrêtez !

Interjection pile net, mais je ne suis plus à une bosse près.

— Qu'y a-t-il ?

Je lui désigne un pavillon de meulière dont les proprios sont probablement partis en vacances car il est boutonné de la cave au grenier.

— Amour, vous voulez bien aller extraire de cette boîte aux lettres le prospectus rose qui en dépasse ?

Elle m'obéit, ce qui me vaut d'admirer sa silhouette à la lumière de l'éclairage parcimonieux de l'avenue. Me rapporte le feuillet. J'actionne le plafonnier pour prendre connaissance du texte. Celui-ci n'est pas imprimé, mais rédigé à la main, au moyen d'un stylo-feutre.

Je lis :

Si vous auriez quéqu'chose à dire, n-a propos des crimes de là venue, vous risquez de palper un monçal de blé. Discrétion garantille. Appelez au numéro disjoint : 34 87 22 72.

1. Tous les cochers fouettent : ils puent le cuir et le crottin, parfois, également, ils fouettent des pinceaux.

C'est pas signé pour le public, mais pour moi ça l'est, et en lettres géantes ! Béru ! Me semblait bien que la grosse femme qui distribuait ces fafs me disait quelque chose !

— Vous avez l'air très heureux, remarque ma tendre Ibère.

— Je le suis, assuré-je.

Mon soulagement est tel qu'il s'exprime par un long baiser, prodigué jusqu'à mes limites en oxygène.

Au-dessus de la Seine, the moon paraît se marrer à s'en crevasser la mer des Félicités.

19

Blanc d'Espagne

Tu sais que c'est plutôt mignonnet chez Interjection ? Il s'agit d'une ancienne resserre de jardin, au bout du petit parc entourant une maison dite « de maître ». Le bâtiment devait tomber en quenouille et un bricoleur astucieux l'a rebecté pour qu'il devienne un logement de deux pièces.

Tout en m'en faisant les honneurs, ma récente conquête m'explique que la demeure est habitée par deux sœurs nonagénaires qui finissent imperceptiblement leurs vies dans les fastes rassis d'une bourgeoisie déliquescente.

L'apparte des deux Espanches se compose d'une cuisine-salle à manger et d'une chambre pourvue d'une imperceptible salle d'eau (pour se laver la bite au lavabo, t'es obligé de rester dehors !).

L'ensemble est simple, mais propret, avec des velléités de bon goût dans les objets rapportés.

— Déshabillez-vous et allongez-vous sur le lit, m'enjoint la chère âme, non sans avoir préalablement étendu une grande serviette de bain sur sa couche.

J'obtempère.

Pendant mon décarpillage, elle extrait d'un placard des ciseaux de chirurgie, un bac émaillé, de la gaze, plus différents flacons au contenu bizarre-bizarre.

Ensuite de quoi, ma petite fée andalouse se met à retirer mon pansement. Quand elle a terminé, je ressens plus vivement la douleur. Bien que je sois à plat ventre, en tournant la tête, j'aperçois Interjection (ça ne s'écrit pas commak en espanche, mais on s'en tartine le prose au beurre de cacahuète, n'est-il pas ?) dans la glace d'une vieille armoire en provenance de chez Dufayel.

Elle a une grimace très révélatrice de son inquiétude.

— C'est si moche que ça ? lui demandé-je.

Elle croise mon regard par l'intermédiaire du miroir et hoche la tête.

— Je pense que vous devriez aller dans une clinique ! La blessure suppure et ses lèvres sont bleues.

— Je verrai un peu plus tard.

— Pourquoi cette obstination ?

— Parce que je suis flic et que je ne veux pas lâcher le morceau à un moment « déterminant ».

C'est de la femme à toute épreuve. Au lieu de m'émietter les claouis avec des protestances inopportunes, elle se met au turf. Nettoyage approfondi de la cicatrice, puis saupoudrage d'un antiseptique. Ensuite, elle refait le pansement.

— Franchement, ce n'était pas raisonnable de quitter l'hôpital.

— Si, puisque ça m'a permis de vous rencontrer.

Elle n'est pas habituée à ce genre de madrigal et en est troublée.

— Vous devez comprendre que vous avez besoin de soins, murmure-t-elle. Il faut vous administrer des antibiotiques et examiner cette plaie avec des moyens dont je ne dispose pas.

— Demain ! dis-je.

— Vous me le promettez ?

— Oui, mon ange. Donne-moi quelque chose de fort à avaler, si toutefois tu possèdes de l'alcool.

— Du pacharan ?

Je connais cette liqueur espagnole et l'apprécie.

— Bonne idée.

Je traverse alors une courte période de détente. J'ai une panne d'énergie, les roubignes essorées, mais l'âme en félicité. C'est fou ce que le rayonnement de ma nouvelle compagne me rend intimement euphorique. De la voir, là, à mon côté, m'inonde d'un bonheur capiteux. Les filles de bonne rencontre, il faudrait pouvoir en faire des « inclusions » pareilles à celles de mon ami Arman. Les noyer dans un bloc transparent pour qu'elles ne changent plus jamais. Les transformer en œuvres d'art, quoi !

J'aimerais que ma bite soit prélevée de ma dépouille, un jour, et exposée dans une galerie de Saint-Germain-des-Prés, non pas en qualité de phénomène, ce qui ne serait réalisable qu'avec le sexe de Bérurier, mais en tant qu'œuvre d'art. Et on placerait à côté d'elle la liste de toutes les belles qui l'ont dégustée : les illustres seulement, telles la reine Babiola ou Mme Tâtechère.

Elle s'est assise près de moi, mais plus haut, le dos contre le montant du plumard. Elle me caresse le visage de ses doigts légers. C'est l'extase. Les sœurs Brontë en cale sèche, le cœur content, comme dit l'admirable Trenet.

Je soupire :

— Tu accepterais de vivre avec moi ?

La caresse qu'elle me prodiguait sur la joue ne s'interrompt pas.

— Vous ne savez rien de moi !

— Juste ton nom, et c'est plus que suffisant. Je ne te demanderai jamais rien de plus ; ne rencontrerai aucun des personnages qui te sont familiers, fût-ce ta mère. On voguera dans un éternel présent. Il ne sera question que d'amour entre nous. Tout autre sujet sera prohibé.

— Vous vous lasseriez vite d'une telle vie.

— Peut-être, mais nous l'aurions vécue.

— Vous êtes un être rare.

Que répondre ?

Je suis ému. On m'a souvent traité d'homme, jamais d'« être ». Et c'est vrai que je suis cela avant tout, et avec une sourde violence : un être humain.

— Ta liqueur m'a fait du bien ; je vais pouvoir me remettre en marche.

— Pour aller où ?

— Oh ! pas loin d'ici.

— À l'hôtel ?

— Non : chez le père Lhours où travaillait ta pauvre sœur.

— À cette heure !

— C'est la meilleure pour l'explorer tranquillement.

Je te le répète, ce qui m'emballe particulièrement chez ma jolie Espanche, c'est sa soumission à ma volonté. Macho, qu'il est, l'Antonio, hein ? Je vois d'ici la levée de fourches chez certaines « trices » qui vont encore me traiter de despote. Mais qu'y puis-je ? J'ai pas envie de me refaire : je serais capable de me louper encore une fois.

Comme l'a dit un coureur du Tour de France, après la mort de son coéquipier italien : « Avec ou sans casque, on est vraiment peu de chose. » Moi, y a lurette que j'en porte plus.

Interjection demande :

— Comment allez-vous y entrer, vous n'avez pas la clé ?

— Je possède toutes les clés en une, ma chérie.

Toujours sa manière de ne pas insister. Elle émet une idée, et quoi que tu en fasses, s'abstient de la développer. Ses objections sont à pièce unique. Elle est constructive à l'économie.

Au bout d'un peu, on décarre. Je devrais sans doute lui dire de rester chez elle et de pioncer, mais j'ai trop besoin de sa présence.

— Stoppe avant la maison, si tu veux bien.

Elle.

Je m'extrais. Ça gire un chouïe sous ma coiffe. J'embarde en marchant. La chérie me biche par une aile. Ainsi fait-on avec son papa quand il a trop éclusé à la noce de la cousine Adèle. Le paveton me paraît plus souple que du caoutchouc mousse.

Le principal Miborgne n'a pas fermé à clé la porte du jardinet ; celle-ci lance une plainte de poulie rouillée en s'ouvrant.

— Attendez-moi là, ma puce.

Je ne crois pas qu'elle apprécie le « ma puce », non plus que mon ordre. Pourtant, obéissant à sa docilité naturelle, elle s'immobilise après s'être assise sur le muret soutenant la grille.

Bibi biche le cher sésame et va tutoyer les serrures. No problème. J'entre chez le défunt marin en toute facilité. Une sale odeur saisit mes narines que l'air des bords de Seine a salubrifiées.

Mon stylo-torche est fidèle au poste dans ma fouille intérieure. Son faisceau intense me guide jusqu'à la cave. Certaines marches sont encore souillées par le sang de la pauvre Maria, lequel est devenu d'un brun écœurant.

Voici la porte donnant sur le collecteur. Je l'ouvre sans barguigner (d'ailleurs je ne barguigne jamais). Une fraîcheur putride me seringue le tarbouif. Écœurante. Je débouche dans un conduit d'un mètre soixante où grouille une faune que ma loupiote met en fuite. Un ruisseau fangeux coule dans ce tunnel peu profond, frangé d'un immonde limon.

Je promène ma luce sur ces putricités. Dans le lit de l'égout, d'étranges épaves gisent : cafetières cabossées, brocs sans fond, bouteilles de toutes contenances, débris de mobilier, chats crevés en décomposition, carcasses de vélo, tampons périodiques neutralisés en fin de mission, voitures d'enfant, masques à gaz, ressorts à boudin, machines à coudre, fœtus en tout genre.

J'hésite sur la direction à choisir : amont ou aval ? Une inspection du sol me fait opter pour l'aval ; en effet, je distingue nettement des traces de pas imprimées dans le sol de la courte rive du ruisseau.

Je m'engage donc vers la Seine où se jette l'égout. Selon mon estimation, le fleuve doit se trouver à une bonne centaine de mètres. J'avance, courbé, vacillant, regrettant de ne pas être chaussé de bottes car, à tout bout de champ, je me file une pattoune dans la gadoue.

De temps à autre je dois m'arrêter pour cause d'essoufflement et de titubance exagérée. Elle a raison, ma petite chérie : si je m'obstine à ne pas tenir compte de mon état, il va empirer. Ça signifie quoi, « empirer » ? Qu'une septicémie risque de se déclarer et que le bel Antonio ira se faire plomber les molaires avec l'argile du cimetière. Malgré cette perspective peu alléchante, je vais, vais de toute mon énergie, enfonçant mes paturons dans l'eau pourrie qui malodore à m'en flanquer la gerbe.

Mon guignol bat la breloque. Qu'à la fin, je suis dans l'obligation de m'asseoir sur la carcasse d'une cuisinière à gaz coincée dans le tunnel.

Pendant que je me reprends, je promène la lumière de ma lampe au plafond. C'est alors que j'avise une chose déconcertante. Un fil électrique court le long de la voûte. Il est fixé à des pitons chromés qui semblent assez récents. Je me demande fortement quel est l'usage de cette installation qui ne sert pas à l'éclairement.

Courageusement, en embardant, sacrant, je continue mon déplacement dans le boyau fangeux. Parfois, j'éclaire le plafond pour constater que le câble est toujours là, comme un fil de trolley.

J'arrive au bout du tunnel. Il cesse dans un luxuriant buisson d'arbrisseaux : des enfants de peupliers pour la plupart, qui s'élèvent parmi des plantes exubérantes aux feuilles en palette de peintre. La Seine est là, à quelques mètres, « miroir d'argent sous la lune », écrivait une romancière dont on a ablaté les ovaires qui finissaient par être nazes.

Ayant atteint l'embouchure de mon boyau, je cherche ce qu'il advient du fameux fil. Il me faut un sacré bout de moment pour découvrir qu'au sortir du collecteur, il s'élève verticalement jusqu'aux branchages d'un arbre et disparaît parmi les feuilles.

Comme tu t'en doutes, je n'ai pas la force de me hisser dans le peuplier. Ma seule ressource c'est de le retapisser depuis le sol. Après pas mal d'investigueries je finis par le discerner. Il quitte l'arbre pour en rallier un autre. Je comprends alors que ces jeunes peupliers tiennent lieu de poteaux. Dès lors, il m'est relativement aisé de suivre le cheminement du câble. J'éprouve une exaltation radieuse ; j'ai l'éblouissante sensation que cet étrange fil d'Ariane va me guider vers des révélations merveilleuses.

Après les peupliers, il oblique carrément sur l'agglomération, traverse une zone en friche et pique en direction d'une maisonnette sans goût ni grâce. C'est la bicoque de banlieue destinée à plus humbles que les modestes. Carrée, toit à deux pentes, crépi d'un crémasse pisseux, volets déglingués qui furent verts avant d'être décapés par les intempéries. La maison en question doit comporter tout juste trois pièces, et des pas grandes. Elle est entourée d'un jardinet inculte où des rosiers se sont lentement transformés en ronces. Une antenne de télé semble presque anachronique sur cette guitoune agonisante. Autre signe d'opulence : une Saab 900 décapotable du dernier modèle.

Je m'en approche, indécis, troublé, avec le battant qui chamade à en perdre ses bretelles.

Juste que je m'interroge sur l'heure, une horloge de ville dont je ne peux déterminer si elle est laïque ou religieuse y va de dix coups bien sonnés.

Le gars ma pomme (en américain : *my apple*) commence par mémoriser le numéro de la chignole, laquelle est immatriculée dans les Alpes-Maritimes. Ensuite de quoice, je promène le faisçal du stylo magique à l'intérieur du véhicule, mais sans rien découvrir qui vaille un coup de cidre.

Me sens gonflé à bloc, malgré mon état branlant. J'ôte mes groles boueuses comme il est chaudement recommandé de le faire dans les manuels du parfait détective, en vente dans les bureaux de tabac et à la cour d'Angleterre, afin d'opérer un tour complet de la maison. Je perçois la rumeur creuse de la téloche, ce qui dénote une présence.

De plus en plus décidé, je tente d'aller coller un œil au trou de serrure, mais sans en retirer d'avantage. Alors je brusque les choses, ce qui est hautement déraisonnable. Tout autre flic, à ma place, s'assurerait le concours de ses collègues. Las ! cela impliquerait de la paperasserie, tout un zef de chiasse auquel j'ai toujours répugné, car il est le synonyme d'ankylose.

À moi, mon cher sésame !

Essayant de garder le geste assuré, je coule mon passe magique dans une Yale à mine patibulaire. Le genre ergoteuse, pleine de petits trucs viceloques qui font perdre du temps aux gentils casseurs en exercice. J'agis avec le max de discrétion, mon ouïe aiguisée comme une lame de voyou. Bon, ça se passe. J'espère que le ou les habitants de la crèche s'intéressent à leur émission de téloche.

Opération réussie ! la sournoise cesse d'obstructionner. Je reprends ma respirance, patiente un brin pour que s'atténuent les battements de mon palpitant. Il est rétif, l'apôtre, depuis que mes soufflets ont encaissé un morceau de ferraille calibrée !

Ayant retrouvé ma sérénité organique, je décide de tenter l'aventure. Pour commencer, je dégage mon camarade Tu-tues de mes brailles et le glisse sur mon ventre afin qu'il soit plus aisé à emparer. Voilà, à toi de chanter ta romance, d'Artagnan ! Je pousse la porte avec un luxe de précautions dont la nomenclature nécessiterait vingt pages sans interlignes, écrites en petite italique.

Mais qui est-ce qui l'a in the babe, Gontrand ? Messire moi-même, ce pour la raison primordiale que cette vachasse de lourde est équipée d'une chaîne de sécurité. Alors là et dans mon cas, c'est purement catastrophique, Angélique. Tu m'objecteras que j'ai toujours la ressource de la faire sauter d'un coup d'épaule ; seulement je n'ai pas le courage de jouer les boutoirs. Et si je l'avais, ce coup de force ferait du barouf.

Déconcerté, je balance sur la suite de mes investigations. Abandonner momentanément la partie ? Non, mais tu me connais ?

Sans m'arrêter de phosphorer, j'explore mes fouilles toujours équipées de gadgets intéressants, dus à Mathias pour la plupart. C'est ainsi que je déniche, dans une pocket secrète ménagée dans le pli de mon bénoche, une mince scie à métaux large de deux millimètres et longue de dix centimètres. Elle est faite dans un métal extrêmement dur. Ce que je vais entreprendre est culotté, certes, mais n'est-ce point là ma vocation que de l'être ? aurait dit le cher roi Dagobert qui n'a immortalisé son règne que parce qu'il s'est assis sur sa braguette.

Je scie avec une infinie lenteur, en tenant le panneau le plus ouvert possible afin de tendre la chaînette. Il me semble que la lame produit un bruit terrible. Je prie avec ardeur pour que la téloche couvre ce grignotement âpre. Me persuade que c'est le « qui-vive » qui amplifie la morsure de la lame ; qu'en fait, elle est ténue et se perd dans les déconnades du poste.

Au bout d'un instant la scie est engagée dans le métal du maillon.

Et alors, au plus intense de mon effort, un autre son retentit. Un crachotement sec.

Stupéfait, je sens un frelon contre ma tempe et, avec ahurissement, constate qu'un trou du diamètre d'une pièce de cinquante centimes vient d'être pratiqué dans le panneau de bois.

Heureusement que mes réflexes demeurent rapides, malgré l'état « comme ma queue » (dirait Gérard) dans lequel je stagne plus ou moins. Au sol ! Vite !

Bien m'en chope car trois autres bastos perforent la porte.

Je reste allongé à terre. Comme on dit puis dans les books à trois francs six pences : « un liquide chaud » ruisselle dans mon cou. Manifestement c'est pas ma période de chance ; j'aimerais prendre connaissance de mon horoscope établi par la jolie Élizabeth Teissier, voir ce qu'elle raconte cette semaine sur les cancers du 1er décan. Doit y avoir une planète à la mords-moi-le-paf qui nous fait de l'ombre, je sens.

La porte est déponée, un rectangle de clarté tombe sur moi. Je m'astreins à ne pas broncher d'un poil de zob ! L'instant est aussi solennel que celui de ma première communion. Il est clair que quelqu'un a défouraillé de l'intérieur avec un tromblon équipé d'un silencieux. La maisonnette étant isolée, il en a rien à branler, ledit quelqu'un, de me finir d'une bastos dans le cigare. Au point où il en est, il aurait tort de se gêner, l'artiste équarrisseur.

Deux ombres se projettent près de moi, que je n'ai pas le temps d'admirer.

Une voix masculine dit :

— C'est ce salaud de flic !

— Il est mort ? demande une femme à la voix grave.

— Peu importe ; avec celle que je vais lui mettre dans le cervelet, le doute sera dissipé.

Dis donc, Sana, te voilà prévenu, non ? C'est le moment de faire quelque chose de positif pour toi si tu as envie de passer Noël avec ta vieille maman. Ma main serre la crosse de l'ami Tu-tues. Putain ! Dans mon délabrement physique, j'oubliais d'ôter le cran de sûreté.

Le flingueur s'approche.

Allons, faut aller au charbon, mon pauvre Antoine ! Oublie tes souffrances, ta faiblesse et le reste !

Compte tenu de mon état, comme disait Charles Quint, ça s'opère plutôt bien. C'est ma fulgurance qui emporte le morcif car elle déconcerte mon « tueur », lequel me croyait out. Lorsqu'il a la présence d'esprit de lever son arme, c'est messire Mézigue qui défouraille le premier. Il s'en biche deux very bioutifoules. Une dans le bras droit (et il en lâche son composteur), l'autre dans le baquet (ce qui va le gêner pour digérer le plat de lentilles contre lequel il a échangé son droit d'aînesse).

Il s'incline en avant. Ses lunettes à monture d'or choient sur les opus incertains qui essaient d'agrémenter le seuil. Je rampe pour m'emparer de son parabellum : une fort belle pièce d'artillerie, ma foi.

C'est en exécutant ce mouvement que le tournis me prend.

Mon dernier sentiment est un renoncement indicible. J'ai la certitude éperdue que tout ça est terriblement vain, stupide et sans conséquences notoires.

J'aimerais pouvoir appeler Félicie, mais plus rien ne fonctionne dans ma carcasse. J'ai encore le temps de me dire qu'une belle machine à gamberger comme la mienne ne devrait pas s'anéantir.

Confiture à donner aux pourceaux, disait Mémé. C'est triste, de la part d'un garçon pas trop mal de sa personne, spirituel, bien chibré, serviable et tout ! Pour devenir quoi ? De l'humus ? De l'azote ? Trois dents en or dans un cercueil (des molaires taillées dans la masse)…

Pauvres de nous tous !

20

Pagne de Noir

Perceptions confuses…

Une sirène d'ambulance. Un plafonnier à la lumière livide. Peut-être, également, des remugles de médicaments ?

Une sensation de présence réconfortante. Une main fraîche sur le dos de la mienne. Et encore un éboulement interne. Impression d'ensevelissement. Bye, Antoine ! « Quand faut y alla, faut y alla ! » disait le père… Le père qui, au fait ? C'était y a longtemps, y a très loin : à l'époque où je vivais encore. Je me sens défaillir pour tout de bon.

Là, pas d'erreur, je prends congé. Je suis soulevé de terre, déposé sur le bord d'un gigantesque entonnoir qui s'enfonce dans le néant.

Lâchez tout ! C'est bon pour moi !

Glissade lente, au début, mais qui s'accélère follement.

Ah ! ne plus être ; quand on s'en rend compte, quelle volupté !

*
* *

Un grand mur blanc. Et la certitude d'avoir rêvé longtemps, avec une folle intensité, ce qui précède. À preuve ? Je suis dans le même hôpital que très antérieurement ; probablement dans la même chambre. Félicie est assise à mon chevet, prostrée ou presque, car ses lèvres remuent pour une prière. Je reconnais les écaillures du plaftard et le chromo du mur qui représente un petit enfant noir, dépenaillé, adressant un geste d'adieu à une Jeep de la Croix-Rouge en train de s'éloigner dans un épais nuage de poussière ocre.

Je suis inexistant à force de faiblesse. Me demande si je meurs ou, au contraire, ressuscite. En tout cas, c'est presque du kif. Il est détaché de la vie, ton vieil Antonio, l'ami. N'y tient que par une ficelle effilochée.

Chose bizarre, je ne me pose pratiquement pas de questions, ou, s'il m'en vient, je me tamponne des réponses qu'on peut y faire. Qu'à la fin de l'envoi, je suis touché. Pour le compte.

M'en sortirai-je ou non ? Vais-je mourir ou bien me prolonger encore un chouïa ?

M'man relève la tête. Murmure : « Bonjour, monsieur le professeur ! » Une petite fille. À la communale elle devait avoir cette attitude quand passait l'inspecteur d'académie.

Entre mes longs cils recourbés que les gonzesses adorent, j'aperçois le professeur avec lequel j'ai eu des mots. Voire des maux ! Quand était-ce ? Au cours d'une autre existence ?

Il se penche sur moi. Tiens : il est moins antipathique que dans mon souvenir. Il y a même un intérêt certain dans son regard.

— Comment se porte notre tête brûlée ? fait-il en cachant son sourire.

Je rassemble mon énergie, et sans soulever ma main du drap, dresse mon médius pour lui indiquer mes sentiments à son endroit (et même, à son envers). Ses carabins pouffent, surtout une jolie carabine à la blondeur vénitienne. En voilà une, tiens…

Et puis non, elle ne me fait pas envie. Je suis bloqué par une image floue. À travers des brumeries épaisses, je tente de déceler un visage adorable qui s'estompe sitôt que je veux le préciser.

Épuisé, je ferme les yeux. J'éprouve un début de brûlure sur mes joues.

J'oublie…

*
* *

Par la suite, mon confrère, le principal Miborgne, est venu m'interroger. Bien que corpulent, il n'est pas sympa ; la meilleure des preuves est que nous nous vouvoyons. Je n'ai jamais pu le blairer. C'est un aigri. Il a divorcé après que son épouse l'eut trouvé dans le lit conjugal avec deux messieurs. Elle n'a pas apprécié que son époux eût un chibre dans le fion et pompât en même temps celui d'un petit beur. Elle a demandé le divorce, donnant à cet adultère un retentissement qui faillit ruiner la carrière de mon confrère. Depuis, le principal vit en compagnie de sa sœur veuve et de son neveu, un éphèbe blondassou, au regard de biche languide. La rumeur publique, jamais bienveillante, assure que tonton se comporte en tata.

Alors bon, le voici dans ma chambre, flanqué de Mordosse, officier de police également, facile à identifier par les malfrats car il porte sur le cou une tache de vin dont la découpe est exactement celle de la presqu'île de Singapour.

— Comment vous sentez-vous, monsieur le directeur ? demande mon confrère au pot défoncé.

— Comme une bite molle, mon cher. Où en êtes-vous de l'enquête ?

— L'homme sur qui vous avez tiré est dans un état critique, proche du coma profond.

— Vous avez percé sa véritable identité ?

— Pas encore ; jusqu'à plus ample informé, il se nomme Igor Makilowski. Mais le service d'identification est dessus. Voici plus d'un an, il a loué la bicoque où vous l'avez débusqué. Il y venait une fois par mois environ, d'après les voisins éloignés.

— Pour les nuits de pleine lune, précisé-je.

— Vous croyez ?

— J'en suis certain. Après ?

— Ce type avait apporté dans la masure un petit poste émetteur relié au logis de Lhours par le collecteur d'eaux usées qui passe sous son pavillon.

— Je l'avais découvert, merci.

Le principal qui a du pot et qui s'en sert réprime une grimace amère.

— Savez-vous également où est le récepteur ?

— Vous allez me l'apprendre.

Satisfait, il déglutit avant de révéler. Mal lui en prend car son coéquipier le coiffe au poteau :

— Dans le coffrage d'une vieille horloge de bois désaffectée qui se trouve au salon, juste sous la chambre du vieillard.

Le preneur de rond pousse une frite comme sur la pub célébrant le produit salvateur contre les règles douloureuses, tu sais ? T'as toujours deux portraits de la même gerce. Le premier représente la malheureuse pendant ses ragnagnas, l'autre la même après sa cure d'« Armoisan », radieuse et prête à se laisser tirer par l'employé du gaz ou le facteur des paquets postaux.

— Exact, monsieur le directeur, confirme-t-il. Nous avons auditionné la bande, vous ne devineriez jamais ce qui s'y trouve enregistré.

— Des hurlements de loups, dis-je nonchalamment.

Là, il jette l'éponge, le collègue. Je l'écœure à s'autodégueuler.

— Si vous savez tout ! marmeluche-t-il.

— Hélas non, le rasséréné-je. Qu'est devenue la gonzesse qui se trouvait avec lui ?

— En fuite.

— Vous ne savez rien d'elle ?

— Pas encore.

Optimiste, avec ça !

— Vous ignorez qu'elle a failli vous tuer ?

— Voilà qui est nouveau. Expliquez.

— Quand vous avez tiré sur son compagnon, elle s'est approchée de vous, un pistolet à la main. Comme elle allait presser la détente, quelqu'un surgi de l'ombre s'est interposé et a essuyé les balles qui vous étaient destinées.

— Qui ? lancé-je dans un cri capable de faire se fendiller les vitres de l'hosto.

— Une ravissante Espagnole, répond ce fumelard, heureux de réaliser qu'il me désespère. Une fille nommée Interjection…

« Attendez, elle a un nom de famille à épisodes ; il faut que je le cherche sur mon carnet…

21

Pagne de Noir (bis)

Too much !

Que de fois, seul dans l'ombre à minuit demeuré, me suis-je dit et répété ces deux brèves syllabes britannouilles. *Too much !* C'est plus éloquent que « trop ». Je les entends d'ici, les ratiocineurs : « Toujours pareil, avec l'Antonio. Dès qu'il a une héroïne intéressante, il faut qu'elle disparaisse ! »

Tu crois que c'est de gaieté de cœur, dis, poubelle ? Tu t'imagines qu'un plaisir sadique me pousse à éradiquer les gentilles qui longent mon destin ? Peau de zob, va !

Cette môme de fortuité, je la sentais. Je ne l'aurais pas épousée, mais entretenue comme un vieux beau entretient une danseuse. Me serais forgé une « existence en marge ». Elle était faite pour me jouer *Back Street*, la délicieuse. Elle serait devenue mon jardin secret. J'aurais même tu son existence à Féloche. On serait partis en vacances dans des contrées lointaines ; nous nous serions vus plusieurs soirs par semaine, et puis…

Et puis rien. Elle m'a sauvé la vie en offrant la sienne ! Vachement mélo, mais sublime. J'aurai connu ça, moi, Antoine : une fille qui se précipite pour me protéger, me sauver.

— Vous semblez très éprouvé, monsieur le directeur, fait Plein-les-Miches ; j'aurais peut-être dû vous taire cette nouvelle ?

Ne réponds rien. Regarde le siège où était assise M'man à l'arrivée de mes confrères. Il est vide : M'man a mis les adjas pour nous laisser entre draupers.

— Comment savez-vous ça ? je murmure.

— Quoi ?

— Que la petite Espanche m'a sauvé la mise ?

— Elle a survécu plusieurs heures et a pu relater les faits. Elle vous avait suivi, poussée par un pressentiment.

Un chariot passe en grinçant dans le couloir. L'existence se poursuit, stoïque. Un jour, faudra bien que tout ça change ! Alors les diplodocus réapparaîtront sur la Terre ; puis les montagnes s'aplatiront pour s'en retourner sous les mers et nous serons enfin peinards !

— Vous m'avez dit n'avoir aucune trace de la femme ?

— Aucune.

— Il y avait une voiture devant la bicoque, une Saab 900 décapotable, immatriculée dans les Alpes-Maritimes. J'ai appris son numéro. Mais avec ma blessure à la tronche, je ne l'ai pas conservé en mémoire. Tout ce dont je me souvienne, c'est qu'il comportait plusieurs 9.

Il possède un petit magnétophone de poche qui lui sert à emmagasiner des notes. Il y consigne mes renseignements concernant la tire.

Puis il dit une chose pas conne, ce gros con :

— Ce qui m'intrigue, c'est l'enregistrement qu'on balançait dans la maison du vieux : des hurlements de loups, un point c'est tout. Ils devaient avoir une signification, non ?

— Très juste.

— La nuit de la pleine lune, des loups ! Il y a une sorte de message là-dedans, vous ne croyez pas ?

— Sans doute.

Il sent que je reste marqué profondément par l'annonce de cette mort.

— Nous vous fatiguons, monsieur le directeur. Voulez-vous que nous vous laissions ?

— Je tiens à poursuivre cette conversation. Le vieux a été inhumé ?

— Hier matin.

— Vous avez assisté à ses funérailles ?

— Non, mais j'y ai envoyé Mordosse.

L'adjoint intervient :

— Je n'ai jamais vu funérailles plus maigres, déclare-t-il. Il n'y avait au cimetière que la fille du défunt et sa belle-sœur, la mère du séminariste assassiné.

— Vous me racontez ces deux dames ?

— La fille porte une cinquantaine pimpante. Belle femme, jolie, même très élégante. Il était clair que seul son devoir l'avait amenée là car elle ne paraissait pas du tout émue.

« L'autre, la belle-sœur, est beaucoup plus âgée. Sous ses voiles noirs, elle avait l'air de jouer une tragédie antique. Elle se sert d'une canne car elle est déhanchée. Au sortir du cimetière, elles se sont séparées avec un minimum d'effusions.

— Vous avez questionné ces dames ? demandé-je à Miborgne.

Prends-du-Rond n'aime point trop que je me mêle de son turf. Désormais, l'enquête c'est lui. Et moi, je suis devenu un témoin. Pourtant, il lui faut se soumettre à la hiérarchie ; alors il ravale ses humeurs.

— J'ai eu une conversation avec la fille. Elle n'a rien pu m'apprendre pour la bonne raison qu'elle ne voit plus son père depuis des années. Pourtant, à travers ses dires, il appert qu'elle le considérait comme un sale bonhomme. Je lui ai raconté l'histoire de l'enregistrement des loups ; elle ne comprend pas à quoi il rime. J'ai également mis l'accent sur une vengeance probable. Il est rarissime qu'on assassine un vieillard avec un pareil raffinement dans l'horreur. Elle m'a dit que son père avait eu un passé orageux, voire mouvementé.

— Vous avez enquêté aussi sur le double meurtre des voisins Margotton, je pense ?

— Certes, mais sans rien définir de positif. Il semble probable que c'est le meurtrier de l'officier de marine qui les a assassinés en coursant le petit séminariste. Un beau jeune homme, soit dit en passant. Nous nous sommes rendus au séminaire et avons trouvé dans la chambre de Jean-Baptiste Lhours la lettre dans laquelle son oncle s'adresse à lui pour réclamer son assistance à la prochaine pleine lune. La missive est celle d'un homme que la peur égare. Mais elle contient des accents assez pathétiques. On comprend que le directeur du séminaire lui ait accordé la permission de sortir. Hélas pour ce garçon !

Nous la bouclons pendant un lapsus de temps infini, dirait le Gros. Je trie tout ce bigntz, le range soigneusement dans mon esprit.

Comme s'il lisait dans mes pensées, Tata Miborgne déclare :

— On est toujours sans nouvelles de Bérurier.

Je vais pour lui refiler le prospectus que ma pauvre belle âme d'Interjection a piqué dans l'une des boîtes aux lettres de l'avenue, mais je me ravise in extremis. Non ! Chasse gardée. L'« affaire Béru » m'appartient. J'en ai en tout cas l'usufruit.

— Si vous voulez bien me lâcher les baskets à présent, je suis épuisé, dis-je à mes collègues.

— Nous étions venus prendre votre déposition, objecte l'encaisseur de chibres.

— Une autre fois, mes amis, je suis au bord de la digue-digue.

Ils s'emportent à regret.

— Quand croyez-vous que nous pourrons repasser, monsieur le directeur ? demande Miborgne depuis l'entrée de ma piaule.

Je me retiens de lui dire qu'il patiente jusqu'à la Saint-Trou ; à quoi bon le vexer ? Je me laisse couler dans le plumard.

— Ils ne t'ont pas trop fatigué, mon grand ? demande la voix toujours inquiète de ma chère M'man.

Je la rassure :

— Tu sais, les cons, c'est comme le mal de mer, il suffit de mettre pied à terre pour que l'envie de gerber se dissipe…

Je manque m'endormir. Mais sous ma coupole c'est kif dans les églises, y a toujours une petite loupiote qui veille.

— M'man, mes fringues sont ici ?

— Tu ne vas pas t'enfuir à nouveau de cet hôpital !

— Je te jure que non. Fouille ma veste pour chercher une espèce de prospectus rose, s'il te plaît.

Elle s'empresse. Mes harnais, tu parles qu'elle les sait par cœur, depuis toujours qu'elle les bichonne. Plis impecs, teinturier à la moindre « bougnette » !

Félicie trouve le papier souhaité et me l'apporte.

— Veux-tu avoir la gentillesse de téléphoner au numéro qui figure là-dessus, my darling ? Si tu obtiens Alexandre-Benoît, dis-lui de passer me voir le plus rapidement possible, sinon, demande aux renseignements le nom de l'abonné.

Elle se retire, charmée. Pauvre chérie. Sa vie est totalement chancetiquée par les avatars corporels de son « grand ».

Je profite de son absence pour chialer sur la mort héroïque d'Interjection.

22

Noir de fumée

Elle a vieilli, M'man, depuis mon rodéo. Elle supporte mal mes misères, surtout physiques. Son « grand », elle le veut toujours clean, toujours Bayard de partout ! Mon état se programme dans sa chair. Je considère ses traits pâles et tirés, son regard enfoncé, cerné de bistre, qui reflète son angoisse, quoi qu'elle fasse pour me la cacher.

Je profère la seule chose qui puisse lui apporter quelque réconfort :

— Je me sens en pleine forme, aujourd'hui.

Elle radieusit instantanément.

— C'est vrai ?

— Ça doit se voir, non ?

Elle m'examine, mais je n'arbore pas encore la frime d'un top model masculin car sa joie s'éteint sous le souffle de l'inquiétude[1].

— Tu as eu Béru ? changé-je-t-il de sujet.

— Non. Il y a un disque au numéro que tu m'as donné, disant que l'atelier Condœuf est fermé jusqu'au 18 août pour cause de vacances. J'ai su, par les renseignements, que le téléphone est celui de la carrosserie Condœuf Émile, rue du 14-Juillet, à Mégrepot, Yvelines.

Elle ajoute, me tendant un papier :

— Je te l'ai écrit.

Je lis sa note comme s'il pouvait s'en dégager des précisions supplémentaires.

— M'man, murmuré-je, ça te botterait que je te confie une nouvelle besogne, toujours en rapport avec le Gros ?

— Crois-tu que ce soit raisonnable de t'obstiner sur cette enquête dans l'état où tu te trouves ? N'a-t-elle pas été confiée à M. Miborgne ?

— Ce gros pédé est mon subordonné et ce qu'il maquille dans le service relève de mon autorité.

---

1. Quel style extraordinaire !
H. de BALZAC

— Tu devrais remettre tout ça à plus tard et ne penser qu'à te soigner.

— Ma poule, fais ça pour moi. Va chez le carrossier Condœuf, frappe si c'est fermé, interroge les voisins, tu devrais fatalement obtenir des nouvelles de Bérurier !

Mes yeux sont pleins d'une telle détermination qu'elle n'insiste plus et s'en va.

Je décide d'en concasser pour tromper le temps et donner à la blessure celui de se cicatriser. Seulement, l'homme propose, et M. Blanc dispose. Il surgit auprès de moi sans que je l'eusse entendu entrer. Il est en chemise sable, à épaulettes et poches multiples, porte un futal crème et des mocassins ultra-souples.

— Alors ? me demande-t-il.

— Alors quoi ?

— Ça va ?

— Un charme ! Cette balle dans le poumon restera le meilleur souvenir de ma vie !

— Tu as l'air désabusé…

— C'est un genre que je me donne pour intéresser les infirmières. Putain, ce qu'elles sont tartes dans cette caserne !

Je hisse ma main à ses narines.

— Tiens, respire !

Il renifle, l'œil interrogateur.

— Ben quoi ? Tes doigts sentent l'eau de Cologne.

— Ils devraient sentir la chatte si les greluses du coin n'étaient pas blettes à chialer. En général, les milieux hospitaliers me portent aux sens, avec toutes ces sauterelles qui n'ont rien sous leur blouse, sinon une petite culotte quand elles sont prudes ! Ici, je me demande pourquoi ces dames ont des tronches de gardiennes de vespasiennes.

Je soupire. Il compatit.

— Tu vas te rattraper bientôt, promet-il.

— Pas tellement sûr : j'aime.

— Elle est belle ?

— Elle est morte.

Il est parfait. Pas de questions chiasseresses. Il a compris ma sincérité et respecte mes sentiments.

— Antoine, j'ai du nouveau à propos de Martin Lhours.

— Du véritable nouveau ?

— Complètement neuf, il n'a encore jamais servi.

— Vas-y !

— J'ai vu Mathias.

— Comment est-il ?

— Davantage roux parce que très pâle. Te rappelles-tu que, juste avant que ce salaud ne défouraille sur vous, il voulait t'apprendre quelque chose ?

Je remonte le mécanisme de ma mémoire, nous revois dans la maison du vieux.

— Oui, ça me revient. Alors ?

— Le Rouillé allait te révéler une découverte qu'il venait de faire.

— Je mouille ! Raconte !

— En cherchant des indices, il s'est aperçu qu'une latte du parquet située sous le lit était amovible.

Je coupe à travers champs, si vive est mon impatience :

— Et que recélait cette cachette ?

— Différents objets et documents qu'il n'a pas eu le temps d'étudier tant il avait hâte de te prévenir.

— Et qui sont où, présentement ?

— Où il les a trouvés.

— Le Rouque a-t-il remis les choses en place, avant de descendre ?

— Là est le problo, grand : il ne s'en souvient plus ! Mais qu'est-ce que tu fiches, Antoine ? s'écrie-t-il. Quoi ! Tu te lèves ? C'est de la folie furieuse ! Recouche-toi ou j'appelle les mochetés du service ! T'es complètement frappadingue, mec ! Tu vas finir par en crever, de cette affaire tordue ! Antoine, nom de fichtre ! sors de ce pantalon tout de suite ! Tu m'entends, tête à claques ?

Tout en boutonnant ma limouille, je me tourne vers lui.

— Conduis-moi là-bas, au lieu de brailler à la manière d'un commissaire-priseur !

Il me regarde de ses gros lotos fluo.

— T'es beau comme du Corneille, soupire-t-il.

23

Fumée jaune

La maison de l'officier de marine sent de plus en plus le cadavre : une odeur légèrement sucrée qui vous investit à la sournoise.

— Veux-tu que je t'aide à monter l'escalier ? propose mon All Black.

— La rampe suffira.

Plus véloce, il pourrait grimper devant moi ; mais il me sait comme s'il m'avait démonté puis reconstruit. Il n'ignore pas qu'en cet instant d'exception, j'entends piloter moi-même l'opération.

Parvenu au palier, je m'arrête un chouïe afin de récupérer. Si, par mégarde, je deviens très vieux, ce sera ainsi, je le sais. Chacun de mes mouvements constituera un exploit. J'espérerai sans cesse une amélioration qui ne se produira jamais. L'effort le plus quotidien me filera la tremblade et transformera mon guignol en ralenti de voiture déréglé.

— Ça veut jouer ? murmure Jéjé, inquiet.

— Il faut bien !

Je pénètre dans la chambre. D'emblée, elle se dévoile telle que je l'ai vue la dernière fois. Le plumard est en place et rien ne signale qu'il ait été déplacé.

— Écarte-moi ce catafalque ! bougonné-je.

Mon adjoint s'arc-boute pour pousser et dégage le lit. À l'emplacement qu'il occupait, le plancher est couvert d'une épaisse couche de poussière.

Nous nous agenouillons, lui et moi, de part et d'autre du tapis de saletés duveteuses qui ressemblent à une moisissure exubérante qu'on appelle « des moutons » !

— Ne touche à rien ! dis-je au négus de la rousserie.

J'examine ce quadrilatère de poussières accumulées. Pas la moindre trace de frottement ! Cela fait songer vaguement à un tapis de neige vierge. Je pose ma main sur le bord de celui-ci. Ma paume et mes cinq doigts s'y impriment comme sur une fiche anthropométrique. La défunte Maria ne devait pas être une dingue de l'O'Cedar.

Le Grand Primate des Gaules est à mon unisson dans l'enquête. Pige tout au même instant. C'est payant d'avoir bouffé des bananes pendant sa jeunesse.

Il me fait :

— Niente, grand ! Cette couche de poussière n'a pas été dérangée depuis le premier septennat du président Mitterrand. Notre pauvre Rouquin a des berlues ; faut dire qu'on l'a trépané…

Force m'est d'en convenir. Ma position agenouillée me filant le tournis, il m'aide à me relever de ses poignes puissantes et m'installe dans le fauteuil du vieux. Je ferme les yeux.

Tu sais que dans les cas d'extrême faiblesse, ça fatigue de voir le monde. Je ne suis plus qu'un amalgame de sensations confuses. Je me dis que le père Lhours était à cette place, beurré comme un petit Lu, lorsqu'il entendait les loups de la pleine lune. À force, ces sales bêtes le hantaient, devaient lui apparaître dans ses hallucinances de pochard. Ça se mettait à ressembler à des crises terminales de delirium tremens. Au fil du temps, son existence recluse virait à l'obsession, au cauchemar. Que lui faisait-on payer de si grave, à ce forban ? Ses tourmenteurs savaient-ils qu'il souffrait d'un chou-fleur en phase finale ? Voulaient-ils qu'il expie avant de périr de « sa bonne mort » ?

Quelque chose d'indicible, d'obscur, m'assure que je tiens le « bambou », dirait Béru – le disparu.

Mon instinct de flic « SAIT » que je ne me trompe pas et que *l'on a voulu tuer Martin Lhours avant qu'il ne meure* ! Le tuer seulement pour qu'il n'ait pas droit à ce que les braves gens appellent « sa bonne mort », je te répète.

Tout a une raison, une logique, y compris les actes les plus fous. Si on a créé pour le retraité une fantasmagorie aussi élaborée, c'est qu'il y a une *raison valable* à la base.

Mais laquelle ? Quand je le saurai, j'aurai la clé de l'énigme.

On se penche sur moi. Je sens une ombre et une odeur forte. Soulève mes stores. Jérémie est là, appuyé des deux mains aux accoudoirs de mon siège. Il me montre au moins cent dents éclatantes, des dents de piano.

— Je te réveille ?

— Je ne dormais pas : je réfléchissais.

— En ronflant ?

— Je n'ai jamais ronflé.

— Y a un commencement à tout. Peut-être cela provient-il de ton poumon fané ?

Et brusquement sa bouille hilare devient sérieuse.

— J'ai une bonne nouvelle à t'apprendre, camarade directeur.

J'entrave illico.

— Tu as déniché les trucs dont parlait le Rouillé ?

— Si, signore ! Ils se trouvaient dans une chambre voisine apparemment désaffectée. Et le plus bœuf…

— Buffle ! corrigé-je, par marotte.

— Je vois que tu vas mieux, tes boutades à connotation raciste reviennent au galop ! Dans le fond tu es un lepéniste qui s'ignore ! Donc, le plus buffle, c'est que Mathias avait tout laissé en état, sans rajuster la lame du parquet.

— Ce qui prouve formellement la haute incompétence de cette vieille pédale de Miborgne ! Il ne se sera même pas donné le mal d'explorer en détail toutes les chambres !

Je vais pour me pencher sur la latte enlevée, mais le tournicoton me rebiche d'importance et je suis sur le point de basculer en avant toute. Le primate des savanes me retient in extremis afin de me piloter jusqu'à un nouveau fauteuil, Voltaire celui-là. Après quoi, il place une chaise devant moi, pour me servir de table, et va ramasser le contenu de la placarde. Celle-ci recélait les objets ci-après : un immense portefeuille d'arrière-grand-père, un étui de daim contenant un objet lourd, une barre d'or de dix kilos, une enveloppe de papier kraft assez rebondie.

— Par quoi commence le Sherlock Holmes au poumon composté ? s'enquiert le camarade Y-A-Bon.

En guise de réponse, j'ouvre l'étui de daim et le renverse. Une superbe rivière de diamants choit sur le cannage du siège. Point n'est besoin de se visser une loupe d'horloger dans le vasistas pour réaliser qu'il s'agit de cailloux authentiques.

— Ça vaut une soupe, un truc pareil ! bavoche le Mâchuré.

— Plus ! enchéris-je. Tu le proposerais à mes amis de chez Cartier, ils choperaient la danse de Saint-Guy.

Poursuivant mes investigations, je déchire sans vergogne l'enveloppe. Elle contient une dizaine de photos en noir et blanc, déjà anciennes, qui représentent un homme et une femme nus en train de s'expédier au septième ciel en port payé. Les multiples phases d'une troussée à grand spectacle se trouvent résumées sur ces images : turlute et minette préalables, enfourchement cosaque, levrette au long cours, bavouillage à la langoureuse, coït pyramidal et écrémage final récolté à la menteuse caméléonesque ! Un complet, quoi ! Le couple a dû s'en payer une vraie tranche d'anniversaire ! L'ultime photo le représente K.-O. sur le plumard, comme désarticulé par la furia amoureuse.

Je repasse en revue la troussée. La femme est jolie, pleine d'une grâce vaguement désuète. N'a pas du tout la frime à grimper au chibre avec fougue, encore moins à sucer des asperges. L'homme, quant à lui, manque un peu de romantisme ; mais un mâle en pleine fornique en conserve-t-il ? C'est un grand blond, avec un torse d'athlète et une biroute de bonne prestance, le genre de queue que tu peux emmener dans le monde sans complexes.

Je retourne les images. Chacune comporte au dos la même annotation : *Adèle Lhours, née de Magonfle, avec Gérard de Barrayage, le 11 avril 1946.*

En silence, je passe le reportage au Noirpiot.

Il le compulse avec calme, sans sourciller ni bander, ce qui dénote chez lui un self-control digne des loges, dirait un maçon de mes amis[1].

N-après quoi, il se lève.

— Je vais téléphoner à la maison mère pour réclamer des infos sur ce Gérard de Barrayage, déclare-t-il.

Reste à inventorier le grand larfouillet. Il sent le vieux cuir de jadis et il est si vaste que tu pourrais te faire confectionner une paire de bottes de cheval avec.

J'en retire plusieurs feuillets jaunis et une photographie. Cette dernière représente l'officier de marine en uniforme de lieutenant de vaisseau, donnant son bras galonné à la même Adèle dont la tête est amoureusement inclinée sur son épaulette, autant que les conventions le permettaient. Elle a rédigé d'une belle écriture aristocratique : *À toi toujours. Dédèle.* Comme quoi on peut avoir du sang bleu et écrire des niaiseries à l'encre noire !

Je moule alors le beau couple romantique pour prendre connaissance des différents papiers.

1. À ce propos : la bise à D.D.S.

Premier document :

Je soussignée, Adèle de Magonfle, épouse Lhours, déclare faire don à mon époux, le lieutenant de vaisseau Martin Lhours, de la rivière de diamants qui m'a été donnée par mon père à l'occasion de mon mariage et qui se trouve dans notre famille depuis que l'empereur Napoléon III l'a offerte à mon aïeule Constance-Amélie.

Fait à Paris, le 29 juin 1946

Second document :

Je soussignée, Adèle de Magonfle, épouse Lhours, reconnais entretenir une liaison amoureuse avec M. Gérard de Barrayage depuis janvier 1944. Ma fille Antoinette est issue de ces amours. Mon époux naviguant à l'époque de sa conception, l'obstétricien, ami de la famille, a accepté de déclarer que mon accouchement était prématuré.

Fait à Paris, le 18 avril 1946

Troisième document :

Je soussigné, Martin Lhours, domicilié à Murger-sur-Seine, 23, avenue Marie-France-Dayot, sain de corps et d'esprit, déclare que ceci est mon testament.

Je lègue la totalité de mes biens à l'Œuvre des enfants de marins péris en mer.

Fait à Murger-sur-Seine, 78, le 8 septembre 1990

P.-S. Une copie manuscrite de ce testament a été déposée en l'étude de maître Lepoint-Dancrage, 69, bd de Sébastopol, Paris.

Il n'existe pas d'autres documents dans le vieux portefeuille.

Nous repartons aussitôt après, lestés de notre butin.

— Tu trouves que la situation s'éclaircit ? me demande mon Roi Mage préféré.

— C'est pas encore la scène du Casino de Paris, mais en tout cas ce n'est plus la nuit, réponds-je.

— Disons que ça ressemble à la pleine lune ? ricane le nègre Blanc.

— Tu as trouvé l'expression la mieux appropriée.

On descend l'escadrin plus ou moins grinçant.

— Fais gaffe à la marche perfide, Antoine !

On phosphore « autrement » lorsqu'on a la gamberge entre deux eaux, tel bibi en ce moment. L'existence se pare de couleurs qu'on ne lui avait jamais vues.

Parvenu au point critique, je stoppe.

— Tu veux bien déclouer le dessus de cette putain de marche, Négus ?

— Because ?

— Tout le reste est costaud, il n'y a qu'elle qui déconne.

— Quand un truc se met à foirer, y a fatalement un point faible au départ.

Pourtant il va au rez-de-chaussée, trifouille dans la cuisine, finit par ramener une grosse clé à molette qu'il utilise pour démolir la marche. Dans l'espèce de petit caisson ainsi dégagé se trouve un bloc faisant songer à une batterie d'auto.

On se dévisage, Jéjé et ma gueule, comme si nous ne nous étions encore jamais vus et que nous nous affrontions dans une salle des ventes pour l'acquisition d'une poupée gonflable capable de dire des cochonneries.

— Qu'est-ce ? il me demande.

— J'ai pas la science infusée, comme dit Béru.

— Tu as vu ce qu'il y a, à côté de ce machin ? Un gant !

Je file un coup de saveur dans la cache et aperçois un gant similaire à celui décrit par la femme de ménage.

— Montre-moi ça !

Il glisse sa paluche dans le trou et soudain sursaute en poussant un cri.

— Qu'est-ce qui t'arrive, nez-plat ?

Son bras droit pend le long de son corps.

— Je viens de morfler une décharge pour chaise électrique ! bredouille mon pote. Seigneur ! j'ai cru qu'elle m'arrachait l'épaule !

À ma requête, il recloue tant bien que mal la marche délictueuse. On finit par descendre l'escalier.

24
Jaune d'œuf

Le Négus me soutient car je péclote sérieusement. Je pourrais interpréter un rôle de moribond dans un remake de *Pont aux Dames*. Ce qui ne m'empêche pas de virguler mon venin à l'endroit (préférable à l'envers) de ce Miborgne qui bâcle ses enquêtes de manière éhontée.

Au moment où nous débouchons sur le maigre perron, je suis saisi d'une pensée culpabilisatrice. C'est, je suis sûr, ma rancœur contre la grosse loche qui la motive. Je me dis, et ça, crois-moi ou va sucer des blennorragies sous les ponts, c'est le Seigneur qui m'interpelle : « As-tu la perfection professionnelle, pour ainsi accabler un confrère ? »

— Qu'est-ce qui t'arrive ? demande Fleur-de-Neige.

— En explorant la cuisine, l'autre jour, j'ai cru remarquer une courette sur l'arrière de la crèche…

— Minuscule et sans intérêt, spécifie le James Bond des savanes.

— J'aimerais m'en rendre compte « de Vésuve », dirait Sa Majesté.

Clopinant, clopinette, je rebrousse chemin.

Le mot « courette » est presque excessif pour qualifier le maigre espace de quelque deux mètres sur six qui s'inscrit entre le pavillon de Lhours Martin et celui de son voisin. Il forme une vague enclave destinée à éclairer la cuisine, ainsi que la chambre se trouvant au-dessus. D'un côté, il y a un auvent démantelé, abritant un reliquat de charbon (remontant à l'époque où la villa ne comportait point encore le chauffage central), de l'autre, les ruines d'un chenil dont le fort grillage est davantage rouillé que l'épave du *Titanic*.

Il recèle une grande niche que des années d'intempéries font tomber en diguedoune. Un écriteau délavé, pratiquement illisible, indique « chiens méchants ». Je me demande bien à l'intention de qui il fut placé là. Qui donc, en dehors des maîtres et d'une éventuelle servante, pouvait se hasarder dans cette espèce de cul-de-basse-fosse ?

— O.K., murmuré-je ; cette fois on s'emporte.

*
* *

T'as des jours plus bienveillants que d'autres. Ainsi sommes-nous de retour à l'hosto avant Félicie.

J'ai le plaisir de trouver César Pinaud dans ma chambre. Il s'est endormi sur le siège destiné aux visiteurs et ronfle plus bruyamment qu'un banc d'essai de chez Ferrari, le buste contre mon lit.

Je commence à me défringuer le plus rapidos possible quand la mère Crindebide, l'infirmière-chef, surgit en m'agonissant de reproches au vitriol.

— C'est à vous dégoûter de votre métier ! elle mugit. Des sagouins de votre espèce, je n'en veux plus. Vous cherchez quoi ? La mort ? Soyez tranquille, elle ne tardera plus, avec la vie que vous menez !

Je te livre un vague *digest* de sa tirade. Elle sue en parlant, mémère. Ça lui dégouline de sous ses cheveux clairsemés. Elle postillonne tellement que je vais devoir me changer.

Pendant qu'elle s'écrème la rogne, je me coule dans les toiles, abasourdi par l'épuisement. Pinuche en profite pour se réveiller.

— Ah ! te voilà ! fait-il. Où étais-tu ?

— Aux goguemuches, ma vieille Pine. Il paraît que cela arrive même à des gens mieux nantis que moi.

Frustrée de sa colère par mon indifférence, la crindebide s'emporte dans son antre aux fortes senteurs pharmaceutiques.

Je l'interpelle alors qu'elle va relourder :

— Si vous rapinez la chose à ma mère, chérie, je ne vous emmènerai pas dîner chez Lasserre à ma sortie, ainsi que j'en avais l'intention, et ne vous baiserai pas après le dessert, comme je le fais régulièrement avec les dames qui acceptent mes invitations ! Vous avez eu l'occasion d'admirer mon membre : je vous laisse mesurer le manque à jouir que ça représenterait !

Le claquement sec de la porte salue mon impertinence.

Jérémie se marre à plein râtelier. Pinaud, imperturbable, sort un gros clope papier maïs qui doit dater de la bataille de la Marne.

Comme dans mes moments de défaillance, je m'emporte à dache, ne plus penser. Un malade, dans une chambre proche, fait clamer sa téloche qui m'apprend tout sur les mérites de la lessive All Clean qu'enlève les taches vérolantes de la vie, et sans bouillir, ce qui me laisse froid, si je puis dire. Toujours nous briser les roupettes avec leur pub de chiasse ! Je l'ai aperçu, le voisin de piaule : on dirait un vieil hareng à reflets verts, au regard pareillement enfoncé et confit. Tu peux me dire en quoi ça peut l'intéresser, la lessive All Clean, ce moribond ? Ben non : vaille que vaille, il ingurgite sa ration avant d'aller déguster de la racine de pissenlit. On lui lâchera pas la grappe. Et quand on le drivera au boulevard des Allongés dans son pardingue de bois, tout le long du parcours des pubs jailliront des façades bordant l'ultime circuit : « Buvez ceci, Mangez cela, Sodomisez plus à sec ! »

— Qu'as-tu ? me demande l'Ineffable.

Je visionne la Pine d'un œil douanier.

— Pourquoi ?

— Tu as l'air irrité, soudain.

— Ça me fait tarter, avoué-je.

— Quoi ?

— La vie, les autres, moi… Qu'est-ce qu'on est venus foutre sur l'orange bleue ?

Il tire une bouffée (interdite en ce lieu) de sa cigarette antédiluvienne et répond, d'une voix pour évidences :

— Mais, nous sommes venus vivre, Antoine. Vivre ! C'est inappréciable.

Cher gentil ! Bonhomme touché par la grâce et qui prend ça pour de l'eczéma !

Il ajoute, se baissant pour s'emparer d'un paquet enrubanné qu'il avait déposé sous mon lit :

— Je t'ai apporté deux bonnes bouteilles de chez Fauchon : du bouzy ; ta grosse vache d'infirmière a bien un réfrigérateur où les mettre à frapper.

— La grosse vache n'a pas de frigo pour les voyous ! fait l'ogresse qui entre en brandissant un thermomètre, comme un poilu sa baïonnette.

— Ne vous fâchez pas, chère petite madame, implore la Pine ; je plaisantais. Vous n'êtes pas si forte que cela !

Jéjé en profite pour filer à l'anglaise ; il prétend partir à la recherche d'un Taxiphone alors qu'il a un portable en poche. Il veut savoir si les « sommiers » ont déjà trouvé quelque chose à propos de l'amant de Mme Lhours mère.

— Moi, j'ai du nouveau, m'avertit César. Pas sur son amant, dont j'ignorais d'ailleurs l'existence, mais sur la dame elle-même…

Il me sourit béatement. Sourire vide de dentier dans son verre d'eau.

— Il paraîtrait que cette personne a eu un grave accident avant de quitter son époux, reprend la Vieillasse. Ça se serait produit à leur domicile de l'avenue Marie-France-Dayot. Une bouilloire qui aurait explosé, selon son mari. Toujours est-il qu'après plusieurs semaines passées dans une clinique, elle est allée habiter chez sa fille au cap d'Antibes et n'aurait jamais réapparu sous le toit conjugal.

Du coup, la nouvelle me requinque.

Tu sais quoi ? J'exulte !

— Pinaud, éminent magicien, tu es au milieu de nous comme la rouge veilleuse d'une église. Ta lumière ne semble jamais forte, cependant elle fait la vérité dans nos affaires les plus ténébreuses. Maintenant tu vas retrouver l'établissement hospitalier où cette digne personne fut soignée. Il me faut tous les détails relatifs à cet accident. Mais embrasse-moi avant de t'en aller, et je me sentirai sanctifié !

Il me tend sa vieille joue trempée de larmes.

25

Œuf de ferme

Tu crois, toi, que tu te reposes, dans un hosto ? Zob ! ma vache. Y a toujours des gens qui se pointent à ton chevet, soit pour t'apporter des soins, soit pour te montrer qu'ils t'ont en grand amour ou haute estime.

Dans mes moments d'épuisement physique, au cours d'une enquête exténuante par exemple, je me prends à rêver qu'une hernie, un kyste ou autre connerie me force à l'alitement. Je m'imagine dans des draps blancs, un tantisoit rugueux, dans lesquels je pourrais connaître un repos infini avec, de temps à autre, une petite diablesse en blanc venue vérifier ma tension ou m'apporter une potion magique.

Ben je peux t'affirmer que la réalité est tout autre, mon brave. On t'arrache au sommeil à l'heure où blanchit la campagne, on te bricole, t'oint, te pique, te sonde, te lave, te manipule, te supposite l'oignon, te tâtepouls, t'abaisselangue, te tensiomètre, te rectaltouche, t'amphigourise.

Et quand c'est fini, au lieu de te laisser récupérer, on te roule à travers les couloirs jusqu'aux salles de ceci-cela, pour te radiographier tripes et boyaux, te flasher l'intérieur par tranches (cessez de respirer ! vous pouvez respirer !), pipi caca popo. Dites, elles sont drôlement chargées vos zurines. Et ce colombin, vous croyez que c'est de la merde, ça ? Vous en avez déjà vu, des étrons ? Des vrais, bien moulés, appétissants ? Il nous couve un chouf, ce mec, m'sieur le professeur ! Y a du sang dans ses selles ; et du noir, du sang digéré !

C'est la détresse. T'es happé par le « milieu hospitalier » (on peut essayer de prier saint Julien). T'embarques pour des contrées douteuses. Tu dégrades à petit feu, d'une analyse l'autre, d'un cliché l'autre. Te sens partir en couille. En sucette ! L'extérieur se fait improbable. Ton passé n'était qu'un préambule. Ta vraie vie, c'est cette période liquidatoire. L'embarquement pour cimetière. End of haricots. Tu te gaffes que tu sortiras de là les pinceaux en flèche, les paupières baissées, la braguette parfaitement boutonnée. Si t'as eu un petit lâcher de vessie pendant qu'on te saboulait, tant pis ; comme ça, t'auras les couilles au frais en attendant que le petit Jésus te reçoive !

Et puis alors, y a les visiteurs. Qu'échangent entre eux des regards définitifs tout en t'assurant que t'as bonne mine. Les parloteurs pour ne rien dire à qui tu dois rabâcher le comment que tu dors, bouffes et défèques. Faut référer de ton moral. Quoi que t'annonces comme calamités, ils t'assurent que c'est pas grave, que leurs oncle, ami, patron, épicier ont eu « la même chose » et qu'ils courent, depuis, le marathon de Paris.

Un léger bruit.

C'est M'man qui fait retour.

— Tu as des nouvelles du Gros ? lui lancé-je en forme d'accueil.

Son beau visage plein de sérénité me rassure. Silencieuse, elle vient reprendre sa place à mon côté.

— Pourquoi ne me parles-tu pas, ma poule ?

— J'ai prêté serment.

Là, je méduse. Elle joue à quoi, ma vieille dearlingue ? Des cachotteries ! Avec son « grand » ! Ce serait bien la première fois ?

— Tu te fiches de moi, M'man !

— Pas du tout. Mais lorsqu'on donne sa parole à quelqu'un, on est lié par son serment. Avant que je fasse ma première communion, mon papa m'avait déjà enseigné cela.

Ça me fait tout drôle de l'entendre prononcer le mot « papa ». C'est pourtant vrai qu'elle en a eu un, elle qui n'a été conçue que pour devenir maman !

— Écoute, soupiré-je, je me fais un sang d'encre à propos de ce gros con de pétomane depuis sa disparition ; je gis dans un lit d'hôpital, tu ne vas pas me laisser dans l'angoisse ?

— Tout ce que je peux te dire, c'est de ne pas te faire de souci, mon amour.

Son « amour », ça me pique les yeux. D'ordinaire elle m'appelle son « grand », voire son « chéri », mais son « amour », c'est une grande première. Elle n'a dû dire ça qu'à mon dabe, jusqu'à présent.

Je tends la main vers elle. La sienne s'y dépose, blanche mouette. Du bout des doigts, je touche le creux de son poignet, là que bat son pouls. C'est lent, mon Dieu ! Faites que « ça » ne s'arrête jamais.

— Bon, murmuré-je, donc pas d'inquiétude pour ce rouleau de boudin.

Elle ne répond rien. Tu sais que ça l'excite, son mutisme consécutif à « la parole donnée ». Elle me dévoile sans le savoir ce côté « éternelle adolescente » qui ajoute à son charme.

Un temps de silence. Un silence musical. Parfois, le soir, à la campagne, quand l'horizon devient mauve, il y a un moment de répit sur le monde.

Je fais enfin :

— Je n'ai plus qu'une inquiétude à dissiper pour avoir l'esprit en repos…

C'est tout. Je ne casse pas une broque de mieux. J'attends comme un grand dégueulasse que je suis.

Tu parles qu'elle mord à l'hameçon, la Féloche !

— Je peux savoir ce qui te tracasse ?

— La disparition d'une petite jeune fille, style Fleur-de-Marie, à laquelle j'avais demandé de suivre le Gros.

Bataille sous un crâne ! Typhon sur une grande âme. Puis, enfin, après qu'elle s'est trémoussée sur son siège :

— Tu ne devrais pas te tourmenter, mon grand.

Je réprime un sourire de victoire sans gloire.

Bon, parfait, j'ai pigé. Je noue mes paluches sous ma nuque.

Le plaftard me fait chier, ainsi que toute la pièce qui le soutient. Alors, pour m'en évader, je clos mes quinquets ; non que j'aie sommeil, mais c'est plus commode pour gamberger. Le cinéma exige l'obscurité, tu le sais ?

Doucement, je commence à me projeter un film de ma composition. Mis en scène par bibi. Mais interprété par des protagonistes qui ne sont point ici !

26

Ferme ta gueule

L'ambulance fonçait à près de deux cents à l'heure sur l'autoroute du Soleil, sirène hurlante. Un motard de la police qui la suivait depuis un moment vint à sa hauteur et fit signe au conducteur, un superbe Noir en blouse blanche, de se ranger sur le parking qu'on voyait poindre à bonne distance.

L'infirmier obtempéra d'assez mauvaise grâce.

Le gendarme plaça sa bécane sur sa béquille, posément, puis s'approcha du chauffeur qu'il salua aussi brièvement que militairement.

— Vous savez à quelle vitesse vous roulez ? lui demanda-t-il.

— Oui, fit l'ambulancier en faute. À deux cent quatre, car cette caisse ne peut pas faire mieux.

Le policier, un certain Ferdinand Brunet, marié, deux enfants, sentit une étrange rogne se coaguler dans son âme plutôt sereine d'ordinaire.

Il eut le seul mot pouvant convenir à la situasse :

— Papiers !

Sans piper, l'infirmier tira de sa poche une carte barrée de tricolore sur laquelle sa photo plastifiée ressemblait à une tache d'encre de Chine.

Il attendit que le motard en eût pris connaissance et la renfouilla, le visage hermétique comme la bourse d'un Écossais né à Tel-Aviv.

— Je ne pouvais pas savoir, monsieur le sous-directeur, fit le pandore.

— Y a pas de mal !

Sans plus s'occuper du chevalier en uniforme, il redémarra en laissant deux centimètres de gomme de chez Michelin sur l'asphalte.

— Qu'est-ce que c'était ? fit une voix vieillarde depuis l'intérieur.

— Un collègue de la gendarmerie.

L'ambulance retrouva très vite sa vitesse de croisière.

Une cinquantaine de kilomètres plus tard, c'est-à-dire un quart d'heure plus loin, le véhicule pila à mort et, sans toutefois stopper, ralentit à l'extrême.

— Qu'est-ce que c'est ? s'informa le même organe pantelant.

— Une dame sur un pont autoroutier.

— Qu'est-ce qu'elle fait ?

— Elle montre sa chatte aux automobiliers qui passent dessous.

— Comment est-elle ?

— La chatte ou la dame ?

— Les deux.

— La dame se traîne une quarantaine de nymphowoman. Sa chaglatte me paraît d'un blond tirant sur le roux.

Un bruit de carrosserie meurtrie retentit, sur l'arrière ; l'ambulancier reprit de la vitesse tandis que les véhicules s'embugnaient à qui mieux mieux…

— Il suffit de peu de chose pour dérégler l'harmonie du monde, déclara-t-il avec philosophie.

*
* *

Ils atteignirent le cap d'Antibes en début d'après-midi. Il faisait une chaleur de four à chaux et une étrange torpeur paralysait l'endroit. Sur la mer, des embarcations creusaient des sillages blancs, éphémères. Ils durent exécuter quelques rebroussages avant de repérer le chemin des Sœurs-Karamazov, voie douillette qui partait à l'assaut du phare.

La villa « La Pigne de Pin » était l'avant-dernière et sans doute la plus belle de la rue. De style vaguement anglo-normand, avec des colombages et des fenêtres à petits carreaux, elle évoquait davantage Trouville que Juan-les-Pins. Un jardin à la française et une piscine cernée de palmiers nains en confortaient l'opulence tranquille.

La porte de fer forgé étant ouverte, la voiture s'engagea dans l'allée principale, semée de graviers gicleurs, et se rangea devant un perron d'une troisaine de marches. Comme le chauffeur allait actionner la sonnette, la porte s'ouvrit sur l'occupante des lieux.

C'était une personne dont le demi-siècle n'atténuait pas la séduction naturelle. Elle regarda l'homme de couleur en blouse blanche et marqua une profonde surprise qu'accentuait cette ambulance stoppée devant son entrée.

— Vous désirez ? demanda-t-elle d'un ton incertain.

— Il y a, dans la voiture, une personne qui souhaite vous parler, fit l'infirmier.

L'homme s'exprimait avec aisance et son regard intelligent dérouta Antoinette Lhours.

— Qu'est-ce que c'est que cette histoire ?

En manière de réponse, il alla ouvrir la porte arrière du véhicule. Il attendit ensuite qu'elle se décidât.

Mais elle restait immobile, les bras croisés sur sa poitrine, le regard pensif. Elle portait une robe légère, en imprimé dans les tons corail. Un camée important était fixé à un collier de chien en or.

— Si vous voulez bien…, dit le conducteur.

Il avait l'air surpris par l'hésitation de la propriétaire.

— Le docteur Pinaud va vous mettre au courant, ajouta-t-il aussitôt en s'effaçant.

Un vieux bonhomme, vêtu avec recherche, surgit. Il portait un costume de bonne coupe, dans les tons gris, et un chapeau de feutre qu'il ôta pour saluer la dame.

— Je mesure combien cette visite doit vous surprendre, voire vous inquiéter, fit-il, aussi vous dois-je quelques explications.

Il la rejoignit sur le perron.

À cet instant, trois avions de chasse de la base de Salon déferlèrent avec un grondement apocalyptique au-dessus des maisons. Antoinette Lhours fit la grimace et ferma les yeux. Son visiteur sortit alors une sorte de vaporisateur de sa poche, qu'il actionna devant le nez de la femme. Sa promptitude la prit de court. Elle voulut repousser cet objet brandi devant elle, mais ne put le détourner. Le temps qu'elle comprît, elle respirait déjà un gaz dont l'action se montra fulgurante.

Le « docteur » Pinaud eut toutes les peines du monde à enrayer sa chute. L'infirmier se précipita et la saisit par-derrière pour l'empêcher de tomber. Il assura sa prise puis coltina la femme dans l'ambulance.

Un homme était resté à l'intérieur, allongé sur une civière à l'armature chromée. Il eut la velléité de se lever pour aider le Noir, mais ses forces ne répondirent pas à sa volonté et son intention ; il se mit à panteler sur le dur capiton de cuir.

— Ne t'excite pas ! dit l'autre. J'y arrive très bien tout seul. Cela dit, elle a beau bouffer des biscottes et faire de l'aérobic, elle pèse son poids, la mère !

Il allongea Antoinette Lhours sur la seconde couchette et assura les sangles préparées à l'avance. Il y mit une telle énergie que l'homme qui occupait la première couche intervint :

— Ne lui bloque pas la circulation !

— Et puis quoi d'autre ? Tu veux que je lui fredonne une berceuse ?

Quand il eut terminé sa besogne, il ressortit. Le vieillard affable venait d'allumer une grosse cigarette corsetée de papier jaune.

— Tout baigne ? demanda le Noir.

— L'Éden ! Sur cette colline, on est comme préservé.

— Alors, en route !

— Je dois fermer la porte ?

— Toujours, avant de partir. Les temps sont si peu sûrs…

27
Ferme ta gueule (suite)

— Tu as l'air vraiment mal en point ! remarque César Pinaud. C'est une folie de t'être embarqué dans cette croisade, vu ton état.

— Je finis toujours le travail commencé.

Il hoche sa tête chenue.

— Si c'est pour le terminer au cimetière de Saint-Cloud…

— On ne m'enterrera pas à Saint-Cloud ; j'ai d'autres projets pour mon ultime résidence.

La Pine a son ineffable sourire de bienheureux en voie de canonisation.

— Au pays natal ?

Je ne réponds pas. Je vois un cimetière de village à flanc de colline. L'image de l'enterrement de papa. Le soleil, des toits dans une vallée, des abeilles au boulot sur les fleurs décorant les tombes. Il faisait doux, on percevait des bruits ruraux, familiers. Cette harmonie du quotidien allégeait confusément notre peine. On se disait qu'il s'ajoutait à tout cela, P'pa ; contribuait au grand concert de l'Univers, même mort, SURTOUT mort ! C'est une tradition chez les vivants que de rendre les disparus éternels. Une commodité de nature.

Le Branlant laisse filocher un essaim de réflexions, puis la ramène sur mon état de santé :

— Quand je pense qu'avec toutes ces péripéties tu as contracté un début de pleurésie, et qu'au lieu de te laisser soigner intensivement, tu es là, à continuer ton enquête à bord d'une ambulance… Franchement, tu es un garçon pas ordinaire. Je voudrais avoir des petits-enfants pour leur narrer tes prouesses.

— Elles les feraient chier, César.

Sur son brancard, la fille Lhours émet des râles pas avenants.

— Ce que nous faisons est sacrément culotté, dit Baderne-Baderne.

— Ce qu'elle a fait l'était davantage, réponds-je-t-il.

Notre véhicule quitte une voie balisée pour s'engager sur du sol cru. Il tangue et les amortisseurs protestent. Il continue néanmoins de rouler à petite allure. Le Pinaud des Charentes se dresse contre la vitre dépolie. Entre elle et le toit de la caisse existe une bande étroite de verre normal.

— Nous sommes sur une lande tapissée de bruyère, annonce le guetteur. Tu verrais, c'est tout mauve. Si j'avais mon appareil, je tirerais une photo.

— Elle serait floue, le consolé-je. Toutes celles que tu prends ressemblent à un dégueulis d'ivrogne quand elles sont en couleurs, et à un déraillement de chemin de fer sous un tunnel si elles sont en noir et blanc.

Notre randonnée marque une halte. Jéjé coupe la sauce et vient délourder.

Il semble satisfait de lui.

— Je peux me gourer, mais ça m'étonnerait que quelqu'un puisse nous retapisser ici. Nous sommes dans une espèce de clairière naturelle que l'érosion a creusée dans les Alpilles. Tu veux sortir de ton appartement, Antoine ? Il fait un soleil sublime et ça sent bon comme dans un jardin de curé.

— Volontiers. Je finis par me faire vioque, dans cette ambulance.

Pinuchet l'aide à extraire ma civière coulissante. Ils me déposent à l'ombre d'arbousiers formant un boqueteau au milieu des roches grises et blanches.

César consulte sa tocante Cartier en jonc massif pouvant subir une immersion de cinquante mètres, ce qui n'est pas négligeable quand on est une loque chenue qui s'enrhume dès qu'elle dénoue son cache-nez de laine.

Je tente de respirer profondément, voluptueusement, seulement mes soufflets se sont mis en grève et ne m'assurent plus qu'une respiration de misère.

— C'est l'heure de tes cachets, petit, fait la Vieillerie.

Et il sort une grosse boîte en os de sa fouille.

M'ayant médicamenté, mes compagnons s'affairent pour arracher la dame Lhours du véhicule. En flic consciencieux, le Négus l'unit au montant de son brancard par une paire de menottes.

— D'après ce que m'a expliqué Mathias, murmure-t-il, elle en a encore pour une demi-heure dans le potage avant que nous pratiquions l'injection décisive. On devrait bouffer notre pique-nique, propose-t-il.

— Excellente idée, approuve Pinuche.

Ils sortent une petite « cantine » de la tire. C'est la Vieillasse qui s'est chargée de l'intendance. Le Noirpiot fait l'inventaire et annonce avec médusance :

— T'es louf, Pinuche ! Du caviar !

— J'espère qu'il n'a pas souffert dans son conditionnement isolant. J'ai pris également du rosbif et du poulet froids, du brie de Meaux ainsi qu'une tarte aux myrtilles. Comme vin, deux bouteilles de muscadet. J'ai pensé que du rouge nous alourdirait ; avec ce blanc, on n'a jamais la tête lourde. Tu as un peu faim, Antoine ?

— Le contraire ! Allez claper hors de ma vue, j'ai le cœur au bord des lèvres.

— Tu l'avais déjà sur la main, plaisante la Guenille qui profère peu de boutades, mais toujours d'excellentes !

La Pine remise sa seringue, dit :

— C'est moi qui faisais ses piqûres à mon épouse, à l'époque où elle était sans cesse malade. Mais depuis que je me suis enrichi, elle va bien. C'est inouï ce que les revenus de quelqu'un influent sur sa santé.

Je ne souffle mot. Bien assez d'encaisser ma propre souffrance et de préparer mon interrogatoire. Des grillons râpent le solennel silence de l'été. Le ciel immense, où attendent des étoiles éteintes, se peuple d'hirondelles virevoltantes.

La fille de l'officier de marine a commencé à battre des paupières et à bafouiller des bribes de phrases incertaines. C'était le bon moment : la Vieillasse lui a alors pratiqué son injection, avec beaucoup de doigté. Elle n'a pas paru s'en rendre compte. Bientôt, elle semble se détendre. À la voir ainsi, j'envie son bien-être, pour artificiel qu'il soit.

Jérémie, qui a rangé les reliefs de leur bouffement, branche le Nagra dont nous nous sommes munis. Ça a été longtemps l'enregistreur préféré des journalistes. Il existe désormais des japoniaiseries plus performantes. C'est la loi de la concurrence. La lutte sans fin pour la conquête d'une suprématie obsolète sitôt qu'elle est acquise.

— Où sommes-nous ? demande brusquement la voix d'Antoinette Lhours.

Étrange voix de fillette consécutive à son état second.

Elle nous a fait tressaillir.

— Nous faisons une petite halte, chère madame, répond Pinuchet.

— J'espère être rentrée pour vingt heures. J'ai rendez-vous avec ma petite amie.

On se regarde, le Noirpiot et moi. On ignorait que la dame allait à la pelouse. C'était pas indiqué dans son pedigree ; probable qu'elle se montre discrète.

— Comment se nomme cette charmante personne ?

— Francine ; c'est ma manucure.

— Et elle est jolie ?

— Ravissante. Brune piquante aux yeux clairs.

— Vous raffolez des filles ?

— Depuis toujours. La pension…

Elle a un rire mutin.

— Mais alors votre compagnon avec qui vous partagiez la petite maisonnette des bords de Seine ? Celui qui se fait appeler Igor Makilowski ?

— Serge ?

— Oui.

— Une relation d'affaires, mon cher. Excellente, mais sans la moindre implication sexuelle.

— Quel genre de travail exercez-vous ensemble ?

— Il convoie certaines denrées que j'héberge.

— Vous servez de dépôt à son trafic, en somme ?

— Voilà !

— Trafic de drogue, crois-je savoir ?

— Exactement. La matière première provient d'Orient et nous la traitons sur la Côte.

Elle parle avec un certain entraînement. Ce qui est frappant, c'est ce complet détachement dont elle fait preuve. Le Rouquin reste le roi incontestable de la pharmacopée policière. Cette truande meurtrière de grande envergure est enjouée comme un faon dans une forêt domaniale. Moralement, elle gambade !

Je reprends :

— Il vous était en tout cas très attaché. Devenir le complice de plusieurs meurtres dénote combien il avait foi en vous.

Elle rit de plus belle.

— Mettons qu'il avait grand besoin de moi ; ça stimule les bonnes volontés.

— Il y a longtemps que vous aviez décidé d'éliminer votre pseudo-père ?

— Depuis la mort de ma mère.

— Il faut dire qu'il s'est ignoblement comporté avec elle, après avoir découvert qu'elle avait un amant.

— Un monstre. Il l'a brimée, ruinée, séquestrée…

— Et gravement mutilée avec ses molosses sauvages dressés à tuer.

— Ah ! vous l'avez appris ?

— J'en suis indigné. Je conçois cette rancune qui s'est développée en vous ; pendant des années, vous l'avez mitonnée à feu doux. Dites-moi, cet appareil placé dans une marche de l'escalier ?

— Une invention soviétique, mon cher, faite pour provoquer le cancer.

— Ça a été le cas, je crois ?

— Assez rapidement, ce misérable a été atteint par la maladie.

— Mais ça n'a pas suffi à votre vengeance ?

— Vous plaisantez ! Des années durant, je l'ai laissé aux prises avec le vilain crabe. Il m'arrivait de prendre de ses nouvelles téléphoniquement, pour avoir le privilège de l'entendre geindre et appréhender la mort.

— Si on en arrivait à la plus diabolique de vos idées : les loups ?

Rire de joie triomphal.

— Il a voulu tuer maman en la faisant dévorer par deux fauves. Elle n'a réchappé que par miracle à ses blessures. Ensuite, sa vie fut un calvaire. Elle était défigurée, ses cicatrices la torturaient. En ai-je mis du temps à organiser l'agonie de cet infâme salaud !

— Louer la masure des bords de Seine, installer chez le vieillard un système de phonie capable d'amener l'enregistrement de hordes de loups dans son pavillon, ça c'est de la persécution savante, ma chère amie. Mais pourquoi les nuits de pleine lune ?

— C'est par l'une de ces nuits-là qu'il a tenté de faire égorger ma mère.

— Elle n'a pas porté plainte ?

— Il l'a menacée de dévoiler à l'opinion publique la liaison qu'elle avait avouée par écrit. Elle était d'un milieu où le scandale constitue la pire des tares. La pauvre âme a préféré subir ses tortures en silence plutôt que de voir sa réputation ternie. Ce sont des réactions qu'on ne comprend plus guère aujourd'hui.

— J'ai appris, tout récemment, que son amant, donc votre père, était mort d'un accident de la circulation, dans des circonstances bizarres qui ne furent jamais bien établies.

Elle opine :

— C'est ce misérable qui l'aura supprimé, n'en doutez pas. Il a passé sa vie à assumer sa vengeance.

— Et vous, la vôtre ! ne puis-je m'empêcher de lui faire remarquer.

Je me sens étreint par une perfide langueur. Unique dans ma carrière, les mecs : l'enquête d'un agonique ! Si j'en ressors, faudra que j'écrive tout ça. L'Antonio en délabrance, en exténuance, en mourance, qui patouille encore dans une enquête, parce qu'il l'a prise à cœur et qu'il veut coûte que coûte la terminer avant de jouer cassos. Édifiant, non ?

— Quel machiavélisme, dans cette famille, soupiré-je, prenant mes deux potes à témoin.

— C'est le moins qu'on en puisse dire, appuie le Mâchuré.

— Dans le fond, fais-je à la femme, il aurait tellement pu être votre géniteur.

Réflexion malencontreuse car la voilà qui s'hermétise, son regard se fait dur comme du granit.

— Non ! crie-t-elle. Vous ne savez pas ce que vous dites !

Fissa, je sors les aérofreins :

— C'était une mauvaise plaisanterie.

— D'un goût détestable.

— Pardonnez-moi, madame.

Ça l'amadoue sans doute car sa figure se décrispe, comme l'anus d'Alexandre-Benoît Bérurier pour, avec un vent de force quatre, jouer les premières mesures des trompettes d'*Aida*.

— C'est donc vous qui avez procédé à l'exécution de ce triste salaud ?

— Et je m'en vante !

— On a retrouvé dans la bicoque du bord de Seine les accessoires ayant servi à défigurer, puis dépecer votre pseudo-père : cagoule, gants à griffes d'acier, combinaison de mécano, drap destiné à protéger le sol du sang résultant de cette exécution. D'ailleurs je comprends mal cette précaution.

— Je voulais emporter avec moi le sang de ce monstre ! Ce drap était un trophée qui me prouvait que ma mère avait été vengée.

Dis, elle serait pas à plat, côté méninges, la belle, l'orgueilleuse Antoinette ?

— Évidemment, lâché-je en grande piteusité.

Un silence plus long qu'un discours de réception à l'Académie. Pour te dire la vérité, je me sens pas bien du tout. Et presque plus du tout ! Un gyroscope, ma tronche. Je la vois double, Toinette. Non : triple !

— Un instant ! murmure Pinuche ; il faut que tu boives quelque chose. J'ai sur moi un petit vulnéraire épatant ; il est très fort mais il ravigote.

— Veux-tu que je prenne le relais ? me propose Jérémie.

— Non.

— Jusqu'au bout, hein ? grommelle-t-il.

Le breuvage de la Pine me file une traînée de feu dans la corgnole. J'ai la sensation qu'on me nettoie le tube digestif au lance-flammes.

Un illusoire coup de fouet, certes, mais un coup de fouet ! Alors je reprends :

— Lorsque vous avez eu accompli votre tâche dans la chambre du vieux, quelqu'un a surgi à l'improviste : son neveu Jean-Baptiste, le séminariste. Vous ne vous y attendiez pas. En apercevant le carnage ce garçon a détalé. Vous vous êtes lancée à sa poursuite. Il s'est réfugié chez les voisins pour réclamer de l'aide. Là, vous l'avez tué. Puis ça a été le tour de la pauvre femme qui habitait ce pavillon, ensuite celui de son époux paralysé. Pas de quartier. Il y a eu probablement quelque bruit sur l'avenue car vous vous êtes sauvée par le jardin, laissant un lambeau de votre combinaison après la grille.

Je continue de parler. Ce sont des réflexions que je me fais à moi-même.

— Plus tard, vous êtes revenue avec l'auto et avez chargé le cadavre du neveu dans le coffre.

Je me ressaisis, lève la tête et mes yeux croisent ceux de la meurtrière. Il se fait entre nous une surprenante connivence. On dirait qu'elle est satisfaite de ma démonstration ; presque soulagée que je l'eusse si totalement démasquée.

— Une question, madame…

Mes paupières sont devenues lourdes comme les poches d'un pickpocket en fin de journée. Il me semble voir la dame à travers des verres de myope.

— Une question, réitéré-je.

— Je vous écoute.

— Où se trouvait votre complice pendant cette nuit de cauchemar ?

— Il m'attendait à la maison.

— En rentrant, lestée de votre drap sanglant et de vos accessoires pour grand-guignol, vous ne lui avez pas parlé du séminariste mort ?

— Non.

— Si bien qu'il ignorait le macabre chargement de sa voiture quand il est venu observer les lieux ?

— En effet.

— Pourquoi lui aviez-vous tu cet épisode ?

— Il commençait à prendre peur et je craignais qu'il flanche. Il était tellement inquiet qu'il surveillait de loin la bicoque du vieux.

Au cours d'un voyage à Java, j'ai assisté à un concert de cloches. Leur résonance me meurtrissait non seulement l'ouïe, mais le corps tout entier. Voilà que je les entends de nouveau. Je demeure un moment silencieux, submergé par une inertie inquiétante. Cela me cause un profond détachement. Mon corps et mon esprit ont envie de se mettre en congé d'existence.

Allons, le grand, un dernier effort, toutes les pièces du puzzle sont à peu près en place à présent, tu vas pouvoir ranger la boîte.

— C'est vous qui avez tenté de me tuer, à l'hôpital, déguisée en infirmière laide ?

— Exactement.

— Puis-je savoir ce qui motivait ma condamnation à mort ?

— Une exigence de mon compagnon d'équipée. Vous l'aviez vu, lui aviez parlé ; pour sa sécurité, il convenait de vous neutraliser définitivement.

— Mon confrère aussi, l'avait vu !

— Lui, il était dans le coma, donc incapable de témoigner… Peut-être jacte-t-elle encore ?

Mais une bouillie de sons et d'images s'accumule sur moi. Les grillons et les cigales font un vacarme de cataracte. Je crois déceler un cri de Pinaud :

— Antoi oi oi ne !

Et la mer efface, sur le sable, les pas des amants désunis.

Réc
Occ
Conc
lusion

— N'essayez pas de le réveiller, monsieur Bérurier, le médecin dit que le sommeil l'aide à récupérer. Sa pleurésie a tout compliqué. Il va lui falloir une longue convalescence après une telle épreuve. Mais asseyez-vous, mademoiselle. Votre enquête progresse, monsieur Bérurier ?

— Elle progresse sans progresser, voiliez-vous. Faut dire qu'avec c'coup d'foudre dont j'ai eu pour c'te p'tite mère, j'ai fait passer la passion avant l'boulot. Nous deux, moi et ell', ça été illico la grande amour. V's avez dû entend' causer qu'j'suis membré comm' un éléphant, mâme Félicie ? Si j'vous direrais qu'y nous a fallu des jours d'obstination et beaucoup d'matière grasse pour arrivever à bout d'not' problème. En a-t-el' poussé des cris, la pauvrette ! L'était presqu' chaste, vous comprendez-t-il ? Enfin, on a bouffé not' pain noir l'premier. Maintenant j'la r'monte comme les Champs-Élysées.

« Mais pour en r'viendre à mon enquête, j'vais m'y coller sérieusement. Comme j'vous l'disais l'aut' jour, j'ai tout d'sute pigé qu'c'tait un' affaire dans mes cordes. Alors j'ai chiqué à la méchante foulure d'manière à m'faire porter pâle. Fallait qu'jeusse ma totale liberté d'mouvement. J'ai même filé d'chez moi où la Berthe mène un bac anal pas possib' avec des hommes qu'j'ai honte d'leur serrer la main ! Un pays à moi, le carrossier Condœuf, dont j'ai sauvé la mise n-à la sute d'une risque qu'il a eue av'c un tomobiliste grincheux, m'a prêté sa chamb' d'ami pendant qu'il partait faire des vacances à Saint-Locdu-le-Vieux.

« Malheureusement, l'avait mis son bigophone aux japonais absents, si bien qu'ma campagne d'prospectus dans les boîtes d'l'avenue Marie-France-Dayot n'a rien donné. Mais j'ai d'aut' projets et j'arriverai à halluciner c't' affaire avant qu'l'Grand soye à la verticale, foie d'Béru ! Comm' l'a dit un maréchal : « C'est pas parce qu'on a perdu un' victoire qu'on gagne la guerre ! » J'ai déjà gagné l'grelot en trouvant c'te gamine, mâme Félicie. J'vous l'ai déjà dit, vot' grand lu avait chargé d'me suive ; comme si on pourrerait, m'filer l'dur sans qu'j'm'en aperçusse, à moi Béru, flic d'première classe ! En deux coups les gros, j'la rambinais et on d'venait cul et chemise, et davantage cul qu'chemise !

« Mais qui est-ce-t-il, c't agent qui vient de rentrer ? Garde, vous désirerez ? Comment ? Prend' des nouvelles d'm'sieur l'directeur ? Vous êtes quoi-ce ? Ah ! un pays à lui… C'est bien, mon vieux, c'est très bien, continuez !

F F
I
N N

T'ASSIEDS PAS SUR LE COMPTE-GOUTTES

Roman de mœurs facilitant le transit intestinal

Super San-Antonio

1996

Je bois pour oublier.
Pour oublier quoi ?
Que je bois.

*
* *

Faut en profiter quand c'est mouillé.
J.-P. Raymond (aquarelliste)

*
* *

On est comme on naît.

*
* *

On n'a rien à gagner à emmerder
des gens qui n'ont rien à perdre.

Dans les milieux cinématographiques, il arrive qu'on commence un tournage de film sans en avoir déterminé le titre. Il y a alors des séminaires regroupant tous les protagonistes et chacun y va de sa suggestion.

Au cours de ces consultations, il se trouve immanquablement un rigolo pour proposer de baptiser l'œuvre en cours : T'assieds pas sur le compte-gouttes.

Ça ne fait rire personne, mais la tradition oblige. Ce titre tant de fois suggéré, mais jamais choisi, je le ramasse aujourd'hui pour le donner à l'histoire ci-jointe ; promotion inattendue d'une calembredaine qui, après avoir fait long feu, accède enfin à la consécration suprême.

S.-A.

Capítulo uno

Dans la fraîcheur du hall climatisé, le portier de l'hôtel Soriano lit *El Día*, l'un des principaux quotidiens de Montevideo. Officiellement, il n'a pas le droit de le faire pendant son service ; seulement c'est l'heure creuse et torride du début d'après-midi, et les relâchements ne se remarquent pas. L'homme à l'uniforme galonné est intéressé par une photo publiée en page trois, surmontée de ce titre alléchant : « Dix mille dollars de récompense à qui permettra la capture de cet individu ».

Mentalement, il tente de convertir dix mille « verdâtres » en pesos, mais l'inflation galopante le fait vite renoncer à une telle gymnastique. Son attention se consacre alors au portrait : celui d'un mec blond, pris de face, d'une trentaine d'années. Visage aux traits harmonieux. L'on dirait un acteur de cinéma. Le genre de type qui joue des rôles de policier dans les films d'action. Il possède une profonde fossette au menton, façon Kirk Douglas ; son regard est plutôt dur, mais non sans charme. Le portier se dit que ce genre de gringo doit emballer à la seconde les femmes qui le tentent.

Le texte sous l'image est assez laconique et ne précise pas les motivations qui incitent la police à verser une telle somme pour sa capture. Toujours est-il que l'employé du Soriano aimerait bien savoir où se terre un gus de ce prix-là.

Or, le hasard est mutin : l'individu en question est précisément en train de savourer un verre de maté glacé au bar. Lui aussi a lu le papier de l'*El Día*, mais il n'en est pas affecté le moins du monde car son aspect physique est très éloigné de la photo publiée.

Capítulo dos

Bérurier a bien failli ne pas être du voyage.

Cet être bâti à chaux, à sable et à graisse, était exceptionnellement malade. Il souffrait d'une angine couenneuse qui s'inscrivait dans une certaine logique du personnage.

Quand j'arrivai chez lui pour mesurer l'ampleur de sa maladie, Berthe vint m'ouvrir avec sa main gauche en guise de slip. Elle voulut m'embrasser, mais comme son haleine sentait le foutre, j'eus une esquive savante qui détourna sa bouche gluante de la mienne. Je me dis que la vie est dangereuse et que nous ne devons jamais baisser notre garde, même lorsqu'on rend visite aux amis.

— Je crois que je dérange ? notai-je en montrant ses puissantes mamelles qui pendaient plus bas que son nombril.

— Assolument pas, me rassura l'Ogresse lubrique. J'fesais l'amour avec le comte.

— J'ignorais que vous eussiez des amants dans la noblesse, avouai-je, admiratif.

— Il est point nob' ; y s'appelle Germain Lecomte et c'est not' charcutier de la rue Barrayé[1]. N-aujord'hui, c'est son jour d'fermeture.

— Il ne peut les employer plus intelligemment, convins-je.

Je suivis son énorme cul jusqu'en leur chambre à copuler. Le Mastard y agonisait en émettant des râles de cracheur de feu aux voies respiratoires saturées. Allongé sur le même lit, un homme également puissant s'entretenait la bandaison d'une main flatteuse. Il détenait un sexe relativement modeste, mais alimenté par des testicules de taureau.

— Grouillez-vous, madame Bérurier, supplia-t-il, je ne voudrais pas partir sans vous !

À son côté, l'époux n'avait cure de cet adultère perpétré à la bonne franquette, ce pour deux raisons valables : primo, il s'en foutait ; deuxio, il n'était pas en état de dépenser la moindre énergie en jalousie stérile.

---

1. Célèbre physicien toulousain qui inventa la poupée gonflable à menstrues récurrentes.

J'eus un choc en découvrant sa face blême où s'inscrivait un réseau de veines violettes.

— Eh bien, ma grosse loche, ça ne va plus ? murmurai-je avec cette gaucherie qu'on a avec les cocus et les moribonds (lui, semblait répondre aux deux qualités).

Son regard fut celui d'une vache exténuée parce qu'elle vient de vêler. Ses lèvres mauves, craquelées par la fièvre, remuèrent, mais rien n'en sortit, sinon un souffle fétide qui évoquait la rupture d'une canalisation de chiottes.

— Je t'ai apporté une bonne bouteille, fis-je en déposant icelle sur sa table de chevet.

Il me remercia d'un court mouvement de la main.

Sur ces entrefaites, le charcutier connut une intense délivrance, plus bruyante que le trépas des porcs qu'il saignait.

À peine eut-il joui qu'il se mit à chantonner, ce qui ne laissa pas de me surprendre, dirait une femme de ménate portugaise qui travaille chez un oiseleur.

En homme qui ne se gêne pas, il se rendit à la salle de bains pour se briquer le cervelas. Comme il n'entretenait aucun complexe, il s'abstint de fermer la porte, ce qui nous permit de le voir licebroquer dans le lavabo et de l'entendre loufer en *do* majeur et à plusieurs reprises.

Berthe, qui l'avait accompagné, faisait du trot sur son bidet. Je songeai qu'un jour, cet élément sanitaire s'engloutirait dans son formidable cul, pour peu que ses pieds dérapassent sur les carreaux mouillés.

Blasé par tant de splendeurs insolites, je me consacris à mon malheureux compagnon d'armes.

— J'étais venu t'apporter ton billet d'avion pour Montevideo, Gros, car je pars demain matin. Mais vu ton état, je vais prendre quelqu'un d'autre avec moi.

Alors il s'opéra une modification dans tout son être. Son regard atone se fit lucide, sa pâleur violette rosit légèrement tandis que des mots guère audibles le quittaient avec douleur.

Je tendas l'oreille. Il disa :

— Laisse c'putain d'biliet dans l'tireroir d'ma tab', j'ai tout' la noye pou' guérerir !

*
* *

Le lendemain, lorsque j'arrivai à l'aéroport, le sire de Béru s'y trouvait déjà. Assis sur sa valise exténuée, il dormait, la tête inclinée bas, son bitos enfoncé jusqu'aux cils. Ses ronflements n'alertaient personne puisqu'il était à proximité des pistes d'envol. Il avait mis un pantalon de coutil clair, des sandales à grille, une Lacoste de couleur épinards incueillis, et un veston à carreaux bleus et mauves acheté probablement lors de la vente par adjudication d'un petit cirque en faillite.

Je le contemplai un moment avec tendresse. Il faisait partie de mon univers depuis si longtemps que, QUELQUE PART, IL M'ÉTAIT DEVENU INDISPENSABLE.

Note qu'on croit cela, et puis la gueuse d'existence nous sépare « tout doucement, sans faire de bruit », et chacun continue de survivre, laissant des lambeaux de souvenirs après les ronces du passé. Et, que veux-tu que je te dise : on retrouve d'autres gens, d'autres lits, d'autres misères.

Je lui touchai l'épaule. Il sursauta. Me reconnut.

Son regard ressemblait à deux œufs sur le plat agrémentés d'un double filet de vinaigre sur les jaunes. Il n'avait pas eu le courage de se raser et il me fit songer à Raimu clochard dans *Monsieur la Souris*.

Il s'arracha au coma stagnant dans lequel il était immergé. Voulut me sourire, mais sa foutue angine couenneuse l'en empêcha.

— Il y a longtemps que tu m'attendais ?

Il hocha la tête, patouilla de la clape et finit par brandir une dextre aux cinq doigts écartés qu'il plia et rouvrit à trois reprises, ce que je traduisis par quinze minutes, soit un quart d'heure.

Je lui demandai son billet et allai m'occuper de notre enregistrement.

Son bagage, je l'ai dit – mais quand tu travailles pour des gaziers dont certains roulent sur la jante, faut pas craindre la rabâche –, son bagage, donc, consistait en une valise de carton, achetée quinze années auparavant en promotion dans un Uniprix de banlieue. Ses fermoirs avaient duré ce que dure un verre de beaujolais-villages sur le zinc d'un troquet. Le Mammouth les avait remplacés par des liens de botteleuse, en chanvre pur fruit, ramenés de la ferme ancestrale. Tel quel, son vade-mecum remportait un certain succès, et était à même de provoquer la convoitise d'un bagagiste désireux de composer une belle vitrine de Noël.

Je le tins par le bras pour gagner la salle d'embarquement car il titubait et, pour la première fois, cette démarche chancelante ne devait rien aux boissons fermentées.

Il provoqua un incident quand il eut une expectoration laborieuse qui se termina en début de dégueulis dont bénéficia une vieille Britannique hors d'usage. La toilette inconcevable de la lady (ou assimilée) se situant dans les teintes fraise écrasée, les suites furent aisément neutralisées ; au moment où les passagers embarquèrent, le calme s'était rétabli.

Sa Majesté dormit jusqu'au passage de l'équateur, lequel fut franchi sans encombre. À mon tour, je m'assoupis après avoir lu coup sur coup les bouquins de souvenirs de mes confrères et fortement amis José Giovanni et Alphonse Boudard, pour lesquels le passé est une planète inoubliable méritant un ultime détour avant que la ligne soit supprimée.

Las ! au moment où je confiais à Air France le soin de bercer mes rêves pervers, il se passa un événement qui vaut d'être relaté. Béru lança un rot qui créa un instant de panique chez les passagers. Après quoi, il clama d'une voix miraculeusement retrouvée :

— J'ai les crocs !

Répercutée à l'hôtesse, la nouvelle l'atteignit de plein fouet.

— Mais, monsieur, balbutia-t-elle, le prochain service aura lieu dans deux heures seulement !

À quoi le Résurrecté répliqua qu'il ne pourrait attendre, n'ayant rien clapé depuis quatre jours et que, faute d'un repas substantiel, il opérerait un détournement d'avion pour se faire conduire chez Bocuse, sans s'occuper de savoir si l'aéroport de Collonges-au-Mont-d'Or était équipé pour recevoir des jets intercontinentaux.

Devant une telle détermination, la malheureuse hôtesse lui délivra dans les meilleurs délais un plateau bien garni, accompagné de quatre demi-bouteilles de pommard. L'ex-mourant s'en satisfit et clapa dans un formidable bruit de mastication rappelant une meute dévorant un fort gibier.

— Tu m'as l'air guéri ? lui fis-je.

Il me répondit d'un acquiescement muet, bruité d'un rot commandité par le laboratoire fabriquant l'Alka-Selzer.

Guéri il l'était presque, puisqu'il avait retrouvé sa voix et sa faim. Quelques passagers qui se faisaient chier vinrent le regarder gloutonner, intéressés par la performance.

Sa collation et ses boutanches englouties, le Gros se rendormit avec un sourire d'ogre rassasié. Il loufa d'abondance, ce qui fit craindre à quelques passagers une fuite de kérosène, et proféra, au plus fort d'un rêve épique, quelques phrases véhémentes dont certains voyageurs francophones furent troublés. Parmi ces dernières, je perçus distinctement : « Tu vas voir ta gueule, enculé d'ta mère ! On t'a jamais fait bouffer tes bas morcifs ? » Et surtout, celle-ci, qui eut ma préférence : « Tu veux qu'j't'arrache les yeux et qu'j'chie dans les trous ? » L'ensemble dénotait une profonde rancœur, certes, mais corrigée par une indéniable poésie populaire inconnue de Paul Valéry.

Malgré ces folkloriques incidents, nous atteignîmes Montevideo à l'heure promise. Le Río de la Plata, couleur de chiasse malgré son nom, séparait languissamment l'Uruguay et l'Argentine. La capitale d'un million et demi d'habitants (la moitié de la population totale du pays) est une cité paisible, moderne par beaucoup de ses aspects, dirait mon copain Michelin. Forte influence européenne. Là, comme ailleurs, les Indiens ont été exterminés, méthode efficace pour résoudre les problèmes colonialistes. J'en sais qui se mordent les noix, à présent, d'avoir remplacé les armes de la conquête par les produits pharmaceutiques de l'occupation car, comme l'assurait le bon Edgar Faure : « Quand on ne prend pas tout, l'on ne prend rien ! » Chez nous autres, en Europe, pour un Hitler empêché de mener à bon port sa « solution finale », tu trouves cent abbés Pierre et autant de Coluche qui foutent la vérole en distribuant de la bouffe et un toit à des mecs en perdition n'ayant même pas l'idée de reprendre la Bastille.

J'avais retenu des chambres à l'Esmeralda Palace, l'un des hôtels les plus réputés du pays. Tu le sais, car je ne m'en suis jamais caché : j'adore les palaces. Ils sont coûteux, mais me procurent inexplicablement une provisoire sensation d'immortalité. Leurs fastes pendeloqueurs ont pour moi un charme d'avant cette époque scateuse qui nous emporte irrésistiblement aux abysses. Ce personnel en uniforme, gentiment obséquieux (une obséquiosité tarifée), te donne l'impression que tu es important, même lorsque tu as la certitude de n'être qu'un étron charrié par la tornade d'une chasse d'eau.

Tu existes, sous de grands lustres d'opéra en faux cristal, parmi des colonnes de faux marbre, entouré de faux tableaux de maître. La balayette des gogues a un manche de faïence à petites fleurettes roses ; des fruits te sont proposés dans des corbeilles enrubannées, du champagne se gèle le cul de bouteille en des seaux embués. Les discrètes femmes de chambre ont des regards de biche prise en levrette, et le mec en smok qui roule la table du petit dèje semble convoyer le clystère de Louis le Quatorzième.

Vie factice, sans doute, mais qui, inexplicablement, me rassure en m'apportant un stupide mais indéniable réconfort, à moi que la timidité rend si frileux de l'âme et des os.

Le réceptionnaire de l'Esmeralda nous fait remplir nos fiches, avec la componction d'un attaché d'ambassade assurant le déroulement d'accords internationaux. N-ensuite de quoi, il décroche deux superbes clés, pareilles à celles figurant sur les armes pontificales, et nous entraîne vers les ascenseurs.

Béru paraît en proie à une récidive de son angine couenneuse. Il ne souffle mot mais vente énormément. Chez lui, le pet est devenu une espèce de moyen de formulation primitif. À la sonorité de ses loufes, je situe son état d'âme et sa vitalité. Un jour, j'écrirai un traité sur cette délicate question. *Du vent considéré comme mode d'expression.* Si le grand Rabelais, notre pair à tous, écrivaillons multi-pointures, s'est tant complu dans le vent, c'est qu'il en avait senti (si je puis dire) la portée…

Mon premier soin est de mettre le Pétomane au lit, après l'avoir bourré de cachets et autre gélules médicamenteuses. Après quoi je me rends dans mon propre appartement.

Parvenu à cette charnière d'un récit, pas encore très palpitant, mais qui va le devenir au fil des pages (aurait dit Henri III), il est bon qu'en romancier consommé (par la tige, de préférence) j'informe le lecteur de ce qui motive ma venue à « Montez-Vite-et-Haut », comme dit le Sanieux. Tu es certes un être dont l'intelligence peut se contrôler avec un simple pèse-lettres, cependant, depuis le commencement de ce livre, une question t'habite (dans les miches) : qu'est-ce qu'un géant de la police française vient foutre en Uruguay ?

Faut qu'on en cause.

Voici quelques jours, j'ai reçu la visite d'un haut fonctionnaire britannique : sir Raidcomebar. Il portait un costume anglais et un porte-documents en box. Ses chaussures à triple semelle, style Weston, s'ornaient de perforations qui n'ôtaient rien à leur étanchéité. Sa moustache admirablement taillée, ses cheveux argentés coiffés impec (au point qu'ils avaient l'air d'être en carton), sa brève pochette de soie blanche et deux dents en or sur le devant de la scène confirmaient sa grand-albionderie.

J'avais convié le sir, pas gai du tout (c'était un triste sir), chez Lasserre, où j'ai mon rond de serviette à demeure. Nous avions commandé des incontournables truffes en pâte accompagnées d'une sauce enchanteresse, ainsi qu'un poisson qu'il eût été dommage que quelque Breton ne pêchât pas. Nous attaquâmes par un bordeaux, dit léger.

Sitôt avalé le merveilleux préambule offert par l'illustre cantine, Raidcomebar se saisit de sa pochette de cuir et en sortit différentes photographies. Il me les tendit. Les quatre images montraient quatre hommes dont, en fin limier que je suis, je compris rapidement qu'il s'agissait de notre personnage chaque fois transformé.

— C'est le même homme ? demandai-je à l'Anglais.

— Exact. Le connaissez-vous ?

— Il me semble bien que oui, conclus-je. Mais quand j'ai dû voir ce type, il ne ressemblait à aucun de ces portraits.

— Il m'intéresserait que vous trouviez sans que je vous informe davantage.

Je choisis l'un des clichés et me consacrai à son examen avec une minutie toute flicarde. J'allai même jusqu'à chiquer les Schnock Holmes en utilisant ma loupe de fouille pour mieux percevoir les détails.

Et puis cela me revint. C'était pas fastoche car le gusman possédait l'art de modifier jusqu'aux dominantes de sa poire.

Enfin, j'eus l'inspiration.

— Kurt Vogel ! exclamé-je-t-il.

— Exact ! fit seulement mon partenaire qui détenait les meilleurs réflexes du monde puisqu'ils étaient britannouilles.

— L'affaire Emerson, repris-je, il y a douze ans de cela. Un truc pas facile. Deux hommes, dont Vogel, ont abattu un diplomate chinois à sa sortie d'une réception à l'Élysée. Des agents de la sécurité qui se trouvaient à proximité les ont coursés et rattrapés après leur avoir tiré dessus. Le compagnon de Vogel a été abattu ; lui, a pris une balle et a été conduit à l'Hôtel-Dieu pour une opération d'urgence.

« J'ai procédé à son interrogatoire le lendemain de l'intervention. Il était trop faible pour répondre à mes questions, ou feignait de l'être. Le jour suivant, il s'évadait grâce à des complicités urbi et orbi et je ne l'ai jamais revu. Par contre, j'ai suivi la traînée sanglante de ses exploits postérieurs, tant en Angleterre qu'en Allemagne, au Japon et en Russie. C'est un type du style Carlos ; son audace est insensée et il paraît bénéficier d'une baraka éhontée.

Sir Raidcomebar m'écoutait en humant son verre de pomerol.

Il soupira :

— Pour moi, la France, c'est ça !

Il goûta au breuvage, fermit les yeux pour pleinement s'adonner à sa savourance.

— Dieu est grand qui a permis à notre planète de se refroidir et d'accorder aux tristes bipèdes que nous sommes des breuvages de cette qualité. Pensez-vous qu'un être malfaisant comme Vogel puisse apprécier pareille félicité, sir Raidcomebar ?

Il murmura :

— Ce serait dommage.

J'abordis les raisons de notre rencontre.

— Vous avez besoin de la police parisienne ? lâchai-je avec une fausse innocence de placier en assurances.

— Non, répondit mon compagnon de table ; pas de la police, de vous !

En guise d'interrogation, et soucieux de garder mon flegme en présence d'un spécialiste, je me contentis de hausser un sourcil (le droit, si mes souvenirs sont fidèles).

Après, j'attendis son bon vouloir en buvant à mon tour une gorgée de vin.

Il finit par dire :

— Vous êtes le seul policier au monde qui ait parlé à cet homme. Le seul à avoir eu le temps de le regarder dans les yeux. Les portraits de lui que je vous ai montrés sont des photos d'indicateurs alléchés par les primes, donc de gens guère fiables. Nous avons, à Londres, obtenu des renseignements dignes de foi nous assurant que ce bandit séjourne en Uruguay. Il y aurait « préparé ses arrières », comme vous dites ; peut-être envisage-t-il carrément une retraite prématurée ? S'il s'est fait rémunérer en rapport de ses forfaits, l'argent ne doit pas lui manquer.

On se prend à faire réflexions à part, lui et moi. Je le vois viendre, l'apôtre anglican : il espère que je vais partir pour « Montez-Vider-l'Eau » et me mettre à la recherche de son lascar. Cette perspective ne me déplaît pas, à vrai dire. Je raffole de cette chasse où le gibier est chaque fois « de potence ».

On nous apporte nos truffes et, du coup, c'est le recueillement intégral de nos papilles gustatives.

— *Beautiful*, soupire mon Rosbif. Voici un plat qui mobilise à peu près tous les sens.

Impossible d'aller plus avant dans la discussion, le grand moment de la félicité clapeuse est arrivé. Tu ne peux pas savoir quel mariage princier constitue cette truffe avec le vin d'un terroir qui lui est proche.

C'est mézigue qui reprends le crachoir au bout de quelques bouchées d'exception :

— En somme, vous aimeriez que je parte pour l'Uruguay et vous aide à débusquer le loustic ?

— C'est un bon résumé de la situation, reconnaît l'homme à la chevelure de carton. Naturellement, nos services prendraient en charge tous vos frais.

Je souris.

— Vous me demandez de jouer le rôle du faucon. Je lève la proie, la saisis de mes serres et vous la livre toute vivante ?

Il acquiesce :

— C'est une manière romanesque de voir les choses.

— Et mes services ont droit à quoi, dans cette croisade ?

— Le prestige. Toute la gloire de la capture vous reviendrait.

— La gloire mais pas le client ?

— Nous vous laisserions enquêter sur ce qu'il a commis en territoire français. Vous l'interrogeriez en collaboration avec nous.

— Seulement il serait détenu en territoire britannique ?

Le Rosbif a un petit sourire badin.

— Nous n'allons pas nous disputer la peau de l'ours avant de l'avoir seulement retrouvé ? Je vous propose une alliance, *my friend*. Loyale ! Et tout de suite vous envisagez un marché de putes.

— De « dupes » rectifié-je ; la nuance est importante pour le sens de la phrase.

Je lève mon verre et lui porte un toast.

— Banco, je marche !

Ses lèvres minces s'écartent derechef pour laisser briller ses deux ratiches en jonc.

— Je savais que vous étiez un grand professionnel et que vous ne déclineriez pas ma proposition.

Il sort un petit fourre-tout de plastique orange et me le tend.

— Vous trouverez là-dedans tout ce que nous avons pu rassembler comme renseignements à propos du sinistre personnage. Il y a également l'adresse de nos correspondants à Montevideo ; vous pourrez faire appel à eux en toutes circonstances : ils se mettront à votre disposition.

— *Thank you, sir.*

— De l'argent vous y sera versé, en quantité non négligeable.

— Vous êtes une corne d'abondance ! Que je vous informe d'une chose : je n'irai pas seul là-bas, l'un de mes principaux collaborateurs m'accompagnera.

— Est-ce bien utile ? se renfrogne le James Hadley Chase de la rousse.

— Indispensable. L'homme en question m'accompagnait le jour où je suis allé interroger Kurt Vogel à l'hôpital. Deux paires d'yeux valent mieux qu'une seule.

— Élémentaire, mon cher San-Antonio ! approuve le truffophage.

Capítulo tres

La Calle Alonso Boxif est une petite artère située en plein centre-ville. Elle est légèrement en pente et des antiquaires qui méritent davantage le nom de brocanteurs s'y succèdent. Rien de très convoitisable dans leurs vitrines. L'Uruguay est de ces pays dont le passé a commencé tard. On y trouve une merderie sans grand intérêt. Cela va du bijou en toc au jouet de fer peint début de siècle, en passant par des chromos que ta concierge refuserait pour orner sa loge. Un couteau, une montre de gousset en nickel piqueté y font figure de pièces rares.

Je cherche le 28 et parviens devant une boutique de souvenirs invétustes. J'ai du mal à imaginer que des agents secrets (ou assimilés) puissent avoir comme P.C. un lieu d'une telle banalité.

Malgré tout, je pénètre dans le magasin. Un poste de radio diffuse une jactance sud-américaine qui semble s'être emballée. Ça te fait comme quand tu rembobines une bande de magnéto. Ce qui en sort ressemble soit à cet espéranto utopique auquel crurent, avant la guerre, quelques allumés de la matière grise, soit à la jacte d'un perroquet qui s'exprimerait en sanscrit sinapisé.

Un instant s'écoule avant que je ne découvre un vieux gus maigre, à poils blancs inrasés, affalé dans un fauteuil d'osier que les brocanteurs de sa rue doivent guigner avec cupidité.

Je le salue aimablement et, sans attendre, lui demande s'il a des améthystes à vendre.

Il me répond que pas.

Je déclare alors au vieillard que je suis amateur de cette pierre et que s'il peut m'adresser à quelqu'un susceptible d'en fournir une quantité estimable, je lui en saurai gré.

— Vous êtes français ? interroge ce noble vieillard.

— De Paris, lui précisé-je.

Il me dit alors de lui donner mon adresse, qu'il réfléchira à la question et me fournira une réponse dans les meilleurs délais.

Voilà, c'est tout. Je retrouve le soleil dont on ne dirait guère qu'il est en cours de refroidissement depuis des millions d'années et, en homme organisé, passe à l'ombre.

Petit tour de ville. Pas de quoi se mettre la queue en trompette. Trop d'Européens ont investi ce pays pour qu'il soit réellement exotique. Des immeubles modernes avec, çà et là, des vestiges espanches. Il est clair que les Uruguayens se soucient davantage du présent que du passé ; ils produisent de la barbaque et des cuirs, des céréales aussi, cela suffit à leur prospérité. Moi qui raffole des patelins clitoresques (dit le Gravos), je me trouve un peu juste de folklo. Mais comme ce n'est pas le tourisme qui m'amène, je n'ai aucune réclamation particulière à déposer au syndicat d'initiative.

Après un moment d'errance à travers la ville, je rallie notre hôtel. Le voyage pèse un brin sur mes paupières et cotonne mes muscles.

Dans sa turne de luxe, monseigneur Gras-Double en concasse. Faudrait l'opérer des végétations, il me semble. En voilà un qui sait comme personne utiliser ses moindres orifices pour exploiter les sonorités de son corps, lequel constitue un orchestre à lui tout seul.

Je lui souris à blanc et gagne ma piaule, située au même étage.

Vue sur le Río de la Plata, de plus en plus couleur chocolat et qui ressemble à quelque monstrueuse diarrhée.

Avec une application de petite femme d'intérieur, je défais ma valoche et range mes harnais dans la penderie. Lorsque cette opération est achevée, je me déloque et m'étends nu sur le grand lit matrimonial.

Ma fatigue est de plus en plus pressante. La preuve en est que je bande comme un mât de misaine. Dommage de laisser pareille érection inemployée. Quand tu penses au nombre de moudus qui sont prêts à aller à Lourdes à pied pour demander à la Vierge de leur accorder une seule triquerie de cette magnitude dans leur vie ! Le Seigneur me choie, y a pas. J'ai pas honte de Lui rendre grâce.

Je glisse dans un sommeil que d'aucuns prétendraient réparateur. Le zonzon du climatiseur me restitue l'impression de l'avion. Je fonce à travers les nues. Tout est doux, flou, bleuté.

Rêvé-je ? Il se peut. N'en conserve pas la moindre conscience. Duraille d'évaluer mon temps de no man's land. Un cerf-volant qui sarabande dans du bleu…

Pourquoi, au bout d'un moment difficilement évaluable, ma félicité est-elle gentiment rompue ?

Je bâille, ouvre un œil ou deux ; j'ai pas pris garde.

Sursaut du poulardin !

Je découvre, en contre-jour, une silhouette dans le fauteuil qui fait face à la baie vitrée.

Elle me tourne le dos.

Je rassemble mes facultés usuelles.

— C'est à quel sujet ? que je demande.

L'occupant du fauteuil pivote.

Une femme. Et pas dégueu, ça saute aux yeux en attendant mieux.

À cet instant, deux choses me frappent : je suis nu et toujours dans un état d'érection avancé. Mon guignolo, tu croirais un pylône à haute tension dans un champ beauceron. La dame ne peut se retenir de le reluquer, un peu comme tu contemples l'amphithéâtre de Delphes lorsque tu te trouves tout en haut des gradins.

Pour souscrire à la plus élémentaire pudeur, j'empare un oreiller pour m'en faire un cache-sexe.

— Dommage ! murmure la personne dans un anglais irréprochable.

— Ce n'est qu'un au revoir, la rassuré-je. Il faut bien se soumettre à la décence, parfois.

Elle quitte le fauteuil pour s'approcher de moi. C'est un petit sèvres blond, d'un mètre cinquante-huit, avec des yeux tellement bleus qu'un ciel d'été ressemblerait à un champ d'épandage, en comparaison. Comme beaucoup de filles de petite taille, elle coltine un bustier rempli de bonnes choses. Son sourire se pare de deux fossettes irrésistibles et montre des dents briquées plus blanches que blanc.

Je la hume à deux mètres.

— Arpège, de Lanvin ! dis-je.

Elle est estomaquée :

— Vous, alors, vous n'êtes pas français pour rien !

— Il faut bien que nous présentions quelques avantages. On ne peut se contenter de posséder la meilleure cuisine, les meilleurs vins et les meilleurs coïts de la Création, ça ne nous suffirait pas à établir la différence. C'est comment votre nom, déjà ?

— Pamela Right.

— Je prends. Vous savez le mien, je suppose ?

— Oui, mister San-Antonio.

— Vous avez l'habitude d'entrer chez les gens sans vous faire annoncer ?

— Quand la prudence l'exige.

— C'est sir Raidcomebar qui vous envoie ?

— En effet. Mais il serait préférable de ne pas prononcer de noms.

— Je connais le vocabulaire sourd-muet. Si vous le comprenez, nous pourrons nous exprimer avec une plus grande sécurité.

Elle sourit sans se faire prier. M'est avis que je ne lui déplais pas. Puis, tout à fait sérieuse, voire tendue, elle déclare :

— Cette affaire est peu banale et je sens qu'elle va nous ménager d'énormes surprises.

— Vraiment ?

Elle retourne au fauteuil où elle attendait mon réveil et prend un journal dans son sac de plage.

— Vous n'avez pas eu le temps de lire les journaux ?

— Vous savez, la presse uruguayenne n'a jamais été ma tasse de thé !

Je cramponne son baveux et la photo du « gars » me saute au visage comme un coup de soleil en plein Sahara.

— Je le reconnais un tout petit peu mieux là-dessus que sur les clichés qui me furent montrés, assuré-je. Qui a fait publier ce papier ?

— Officiellement, la police ; en réalité, celle-ci ne serait pour rien dans la diffusion de cet article. Il semblerait que quelqu'un ait voulu alerter notre client. N'ayant pas la possibilité de le joindre, il aurait usé de ce procédé…

— Voilà qui nous coupe l'herbe sous le pied, grommelé-je. Quel gâchis ! En découvrant cela dans les kiosques à journaux de la ville, le gaillard s'est empressé de prendre la tangente…

— Peut-être pas, murmure Pamela. Cette photo excite la population. Pendant quelques jours, tout un chacun va tenter de repérer l'*outlaw* ; se montrer dans des lieux tels que gares ou aéroports, sans parler du port, serait imprudent.

C'est pas idiot, ce qu'elle dit. Elle a certes un petit crâne proportionné à sa taille, mais il y a de la marchandise à phosphorer dedans.

— Y a-t-il un moyen de découvrir l'auteur de cet article ?

— Difficile. Le rédacteur en chef de l'*El Día* a eu une communication de l'hôtel de police pour lui annoncer qu'il allait recevoir par coursier cet avis de recherche. Il l'a publié sans la moindre arrière-pensée car il lui arrive fréquemment de coopérer avec les flics.

Un instant s'écoule. Pamela a déposé son brin de cul sur le couvre-lit. Elle reste grave, voire d'une grande soucieusité.

J'ôte l'oreiller-cache-sexe, histoire de vérifier dans quelles dispositions paranormales se trouve mon périscope. Eh bien ! figure-toi qu'il est resté au garde-à-vous, le bougre ! Chibre racé, nerveux. La jugulaire de service bien assurée pour tenir son casque romain d'équerre. Il a du muscle, mon muscle. Les dames me l'assurent appétissant ; mieux : me le prouvent ! Pamela en est distraite de ses contrariétés professionnelles.

— Ne croyez-vous pas que nous devrions mettre à profit les bonnes dispositions de ce membre pour mieux nous connaître ? fais-je.

Elle a une expression de vif regret.

— Navrée, mais je suis empêchée présentement.

Moi, rien qui me foute plus en pétard que la ragnasserie d'une gonzesse que je convoite. Je considère la chose comme une monstrueuse trahison, et si je ne me retenais, lui baignerais le museau pour lui apprendre à être étanche, bordel ! N-illico, je me crispe, adopte la mine compassée d'un paon qui vient de se faire traiter d'oie.

— N'en parlons plus ! grogné-je, sincère.

Qu'elle aille se faire voir par les Grecs, la mère Tampax ; pour eux, la vente continue pendant les travaux.

Je saute du lit, puis dans mon caleçon affriolant. À poil au lit en présence d'une gerce, ça va. Mais debout, t'as l'air tout de suite d'un minable, avec ta chopine qui dodeline, les poils de ton cul hirsutes et tes bras ballants de chimpanzé désœuvré.

Je délourde le bar de la chambre.

— On boit ? je lui demande.

— Un petit whisky sec.

Je la sers, hésite et finis par m'octroyer un Campari-rhum blanc.

Nantis, nous nous asseyons face à face dans deux fauteuils qui ressemblent à des barques échouées à marée basse.

— Puisqu'on ne fait pas l'amour, on peut du moins causer, je remarque.

— C'est évident, elle convient.

— Parfait. Avant tout, j'aimerais dissiper un doute, chère Pamela. Il concerne ma venue dans cette affaire. Depuis la visite que m'a rendue votre boss, avec sa belle chevelure de carton et ses dents aurifiées, plus je réfléchis au prétexte flatteur qu'il a invoqué, comme quoi je suis le seul flic de la Création à avoir vu votre client, plus son argument me paraît léger. Alors, maintenant que je suis à pied d'œuvre, il va falloir me sortir une meilleure raison, ma biche ; une plausible pour policier expérimenté, et pas un argument à l'usage des glandus qui achètent des talismans de fête foraine en espérant obtenir amour, gloire et richesse.

Ses cils battent un brin. Tiens, elle n'est pas si aguerrie que ça, la mauviette. Suffit de hausser le ton pour la désarçonner.

— Je ne comprends pas, assure-t-elle du mieux qu'elle le peut.

Je ris vilain. Sarcastique est en dessous de la vérité. Mon regard doit se faire terrible.

Lors, la porte s'open et le Mammouth déboule dans mon espace vital ; accoutré comme y a que lui à pouvoir, écrirait M. Simon, l'écrivain sans point-virgule de la littérature plus ou moins française de ces temps derniers.

Il s'est vêtu à la hâte, sans avoir totalement récupéré ce qu'on pourrait, par excès, appeler ses facultés mentales (et lamentables). Ne porte dans sa partie supérieure qu'un gilet noir, verdi sous les aisselles, et dans ses soubassements, une chaussette blanche et une chaussette marron, tenues l'une et l'autre grâce à cet accessoire, obsolète depuis Feydeau, qu'on nommait « fixe-chaussette ».

Son nestor de quarante et un centimètres hors tout brimbale au rythme de sa marche plantigradeuse. L'objet présente un indéniable intérêt scientifique et je prie parfois le Seigneur pour que son possesseur ne périsse pas dans un naufrage ou un incendie, afin qu'il finisse dans un bocal de formol du musée de l'Homme, comme l'a prévu par testament son heureux propriétaire.

Ma « correspondante » britannouille de mes chères niques a émis une exclamation en découvrant le phénomène. Phlegmon anglais mon zob, comme dit le bénéficiaire d'un tel membre (actif). Elle est sidérée, pétrifiée, abasourdie, prise au dépourvu. Quant tu ne t'y attends pas, ça interpelle tout ton conscient, tout ton inconscient, et également ton subconscient. Ça te déshydrate. Tu pantelles de l'intérieur. Alors tu regardes, puis regardes encore. Tu cherches à comprendre. Tu hypothèses sur le devenir d'un tel braque lorsque le désir l'empare. Une notion d'impossibilité (surtout quand tu appartiens au sexe opposé) te frappe, peur et obscure convoitise confluent.

— Je vous présente Alexandre-Benoît Bérurier, mon collaborateur !

Tu sais quoi ?

Britiche coûte que coûte, elle trouve le moyen de proférer un « Hello » pareil au râle d'un diplodocus à l'agonie.

— Voici miss Pamela Right ! complété-je pour Sa Seigneurie excrémentielle.

Messire Toutempaf s'approche et tend son petit doigt à l'Anglaise d'un geste rond et fort civil.

— J'v'présente pas la paluche entière, miss Mademoiselle, s'excuse l'homme du monde. Par advertance j'ai bédolé dans l'bidet au lieu du gogue et j'vous raconte pas c'bonheur qui s'est suivi pou' r'faire un brin d'ménage. Mon angine couenneuse dont d'laquelle j'souff' m'interdictionne d'faire des blablutions, c'est pourquoive j'sus p't-ête pas aussi cline que de d'habitude. N-heureus'ment qu'avait un flacon d'parfum dans la sall' d'bains : ça cache l'plus gros.

Il s'assoit à la milliardaire amerloque, le ventre en avant, la durite pendant du fauteuil, les bras arrondis sur les accoudoirs. Heu-reux !

— C'te fois, j'sus bel et bien guéri, m'annonce-t-il, on va pouvoir s'mett' à la recherche d'leur gonzier. Je m'sens fraise et dix pots comm' si j's'rais en croisière. Slave dite, vous poussez des tronches pas fraîchouilles, mes agneaux, y aurerait du mou dans la corde à nœuds qu'ça n'm'étonn'rait pas.

Perspicace, non ?

Je lui résume les derniers événements, à savoir cette intempestive publication dans le baveux du morninge.

— S'lon d'après moive, conclut le Docte, ça correspond à un coup au bidon.

— C'est-à-dire ?

— Sept-à-dire que ça viendrerait de vot' gusman soi-même personnellement, j'en s'rais pas surprille.

— Tu débloques, Gros ! Tu imagines un homme en fuite en train d'annoncer où il se trouve ?

Il se met en biais pour une loufe qui manque de fierté d'expression sur un coussin tendu de velours frappé.

— J'sais, grand, j'sais ; n'empêche qu'avec mon instincte, j'renifle c'genre d'truc-bidule.

— T'as des ratés dans la pensarde, laissé-je dédaigneusement tomber.

Vexé d'être traité d'amoindri en présence d'une personne du sexe (personne qui aurait du mal à héberger le sien si le désir l'en prenait), le Gros se tait en grattant avec furia la broussaille qui lui pousse sur le devant de la scène. Il psalmodie d'une voix de muezzin du haut de son minaret :

— J'vous dille qu'vot' gazier vous prend pour des pieds nickelés, qu'vous fussassiez franchouillards ou rosbifs, mes chéris.

Changeant de sujet, je lui demande en lui tendant le baveux du jour :

— Tu reconnais ce pèlerin ?

Il défrime la photo d'un air hostile, comme on considère le mec qui vient d'annoncer, en te regardant, qu'il y a un con dans la salle. Et catégorique :

— Inconnu au bâillon !

— Nous l'avons vu une fois, cependant. Nous sommes allés l'interroger à l'Hôtel-Dieu après qu'il eut, en compagnie d'un complice, refroidi un diplomate chinetoque devant l'Élysée. Il était gravement blessé et n'a pas répondu à nos questions. Cela ne l'a pas empêché de jouer la belle quelques heures plus tard !

— C'tait pas c'moudu ! affirme avec péremptoirité l'Angieux-Couennard.

Son affirmation aussi vive que spontanée me la sectionne au ras des poils pubiens.

— Comment peux-tu te montrer aussi catégorique ?

— J'peuve ! répète sourdement l'homme qui réussit à faire avec son anus ce qu'une formule 1 fait avec ses pots d'échappement.

Il charpente son affirmation :

— Tu l'auras r'marqué, Sana, moive j'ai la mémoire des gueules. Un gonzier qu'j'ai r'nouché à n'importe quelle occasion, il reste dans mon bocal comme dans un fichier. Le gus, pour l'histoire d'l'Élysée, tu peux l'déguiser en zouave ou en maradaja, il bronche plus d'mes souv'nirs. Alors faut pas vouloir m'fourguer du miel d'oreille pour du miel d'Provence. Quand est-ce j'affirme qu'on n'a jamais rencontreré c't oiseau, j'en donne ma bite à couper. Je m'fais-je-t-il bien comprend' ?

Jusque-là, l'Anglaise était fascinée par le membre du Dinosaure, mais la déclaration catégorique de Dom Chibrac la détourne de son regardage.

— Vous comprenez le français ? je la questionne-t-il.

— Convenablement, répond-elle.

— Vous entendez ce que dit mon collaborateur ?

— J'en suis ébranlée.

— Quand j't'ébranl'rai avec mon zob, tu sauras plus quel jour qu'on est, ma poule ! promet le Facétieux. Note qu'on peut avoir des doutes, compte t'nu d'ton gabarit. N'empêche qu'on a des bonnes surprises, parfois. J'me rappelle d'Yvonne, un' Laurentin du Vivier, près d'Saint-Locdu-le-Vieux. L'était pas plus grosse qu'un' pompe à vélo et é m'cherchait. Si tell'ment qu'un day j'lu fais, charitab' ment :

« — Ma pauv' môme, jamais t'auras la moniche capab' d'me rec'voir. Même av'c une euthanasie générale tu supporterais pas un engin comme l'mien.

« N-alors vous savez quoi-ce ? J'la reverrerai toujours, la Vonvon. On s'tenait dans la grange au Mathieu qu'était loin du village. E' s'met à furereter et s'ramène n'avec une bett'rave sucrière dont on cultivait par chez nous.

« — Prête-moive ton couteau, Sandre !

« J'y r'file mon Opinel, et ma gosse qu'avait d'l'hygiénerie entr'prend d'épelucher la carotte. Quand elle a eu fini, elle a ôté sa culotte sans jambage et s'est écarquillé le michier. E s'tenait kif un' grenouille.

« — Vise un peu, Sandre !

« Et la v'là qu'incinère la chénopodiacée dans sa figue. Douc'ment mais sûr'ment. Franch'ment, j'en reviendais pas. T'aurerais cru à d'la magie.

« Tu parles qu'ça m'a calmé les doutes ! Après c't' démonstration, y m'restait plus qu'à entrer en scène à mon tour. C'que j'vous cause là c'est pour en reviend' à vous, p'tite lady. V's avez beau avoir la taille comme un rond d'serviette, j'vous fous mon bifton qu'j'emmène mon Popaul en randonnée dans vot' foufoune pour peuve qu'on ait de l'oléagineux à disposance.

« Mais pou' c'qui est du brigand dont nous recherchons les uns et les autres, j'prévoye un' combine pas tristoune. C'est c'malin qui a tout organisé. Vous savez-t-il biscotte ? Parce qu'il est au courant d'not' présence à tous dans le coinceteau : les connards, les Français, les Urugrainiens et toutim. M'sieur l'brigand campe sur ses dispositions. Il a son plan, et si ça s'trouve, il va nous baiser la gueule, j'pressens, moi qu'ai des monitions dans les cas graves.

« Bon, c'est pas tout ça. J'sens, ma p'tite lady bioutifoule, qu'mon braqu'mard v's intéresse. Ça vous direrait d'y faire un gros mimi su' l'casque, en signe d'affectuosité ?

Capítulo cuatro

— Mon nom est Ramírez y Ramírez, m'informa le lieutenant de police, mais appelez-moi seulement Ramírez ; entre confrères on ne va pas faire de manières.

C'était un beau grand con long d'un mètre nonante, diraient mes amis helvètes. Il disposait d'un visage aristocratique de garçon coiffeur de banlieue, portait des rouflaquettes de danseur argentin, un regard charbonneux ombragé (comme on dit puis en littérature de haut niveau) par des cils qui doivent faire pâmer toutes les serveuses de bar de la ville et de sa périphérie. Ajoute à ce portrait enchanteur un nez légèrement busqué, dix-huit dents éclatantes, deux pourries et douze manquantes, une cicatrice de coup de couteau à la joue gauche et, au-dessus de la lèvre supérieure, le liséré de moustache le plus foutrical de l'hémisphère Sud, et t'auras un aperçu approximatif du personnage.

Une carafe de *clericó* (sorte de sangria) attend sur une table basse. Il en emplit deux verres et m'en tend un.

— Très désaltérant, par ces chaleurs ! me dit ce ténébreux de la rousse uruguayenne.

Je prends le verre, lui porte un toast. C'est bon, avec un léger goût d'épices. Nous buvons cul sec.

Puis il me brusque :

— Que puis-je pour vous, *señor director* ?

Je dépose l'*El Día* devant lui.

— Vous n'avez pas pu manquer cet article, lieutenant.

— Naturellement. Quelqu'un a abusé de la bonne foi du journal pour le faire publier.

— L'individu dont il est question vous serait-il connu ?

— Nous avions reçu auparavant des renseignements occultes sur cet homme. Il s'agirait d'un terroriste entré clandestinement en Uruguay.

— C'est difficile à réaliser comme prouesse ?

— Oui, si l'on emprunte une ligne aérienne internationale ; beaucoup moins si l'on arrive d'un pays limitrophe avec un groupe de touristes.

— Deux nations seulement sont vos voisines : l'Argentine et le Brésil ? fais-je en montrant une carte accrochée derrière son bureau.

— Bien suffisant, assure Ramírez et la suite, d'un air entendu. Les grands pays sont un chiendent pour les petits comme le nôtre. Nous possédons un rythme de vie et un bien-être qui séduisent nombre de gens peu recommandables, ce qui nous contraint à une vigilance constante.

— Pour revenir à l'ordre du jour, lieutenant, vos services ont-ils une idée de l'endroit où il se terre ?

Ramirez hésite, emplit nos verres, mais, au lieu d'écluser le sien, décide d'allumer une cousue et finit par répondre à ma question par une autre :

— Vous avez partie liée avec les Britanniques ?

Je souris à son regard scrutateur, plissé par la fumée de la cigarette.

— Ce n'est ni aussi simple, ni aussi excessif, lieutenant.

En quatre phrases admirablement construites, je lui résume la requête que m'a présentée sir Raidcomebar quelques jours auparavant.

— Si j'ai accepté sa proposition, dis-je, c'est que je suis résolument hostile à toute forme de terrorisme ; c'est là un mode d'action que je juge vil parce qu'il fait fi des droits les plus élémentaires de l'être humain. Aucune cause ne vaut qu'on lui sacrifie des innocents. On ne solutionne jamais un problème par l'horreur.

« Mais pour répondre très sincèrement à votre question, je ne me sens pas lié à mes homologues anglais, pas plus que vous, cher Ramírez y Ramírez y Ramírez, ne sauriez l'être avec moi. Nous faisons des métiers similaires et nous nous devons assistance pour traquer les criminels. Cela dit, les intérêts de nos pays priment sur notre confraternité.

À dire vrai, j'ignore tout de l'hymne uruguayen, mais si j'en connaissais quelques strophes, je les entonnerais bien volontiers pour parfaire un aussi brillant discours.

Son âme américano-latine frémit. Il me tend cinq doigts fortement imprégnés de nicotine pour une poignée de main qui finirait un film d'épopée sur fond de drapeaux ventés.

— *Amigo*, me dit-il, si vous me promettez de ne pas révéler aux Britanniques ce que je sais, je vais vous le dire.

Dare-dare, je tends la main pour un serment qui ferait déféquer dans son froc un amiral de ferry-boat.

— Je vous donne ma parole de haut fonctionnaire français ! déclamé-je comme à une matinée théâtrale de la Comédie-Française.

Il écrase son mégot dans un cendrier de marbre.

— Depuis hier, mes services ont repéré l'homme en question et le surveillent étroitement.

— Mes plus vives félicitations, lieutenant. Vous comptez l'appréhender bientôt ?

— Sitôt que nous serons en possession de son dossier, car, jusqu'à plus ample informé, nous n'avons officiellement rien à lui reprocher.

Douche.

— Oui, soupiré-je, je comprends. Vous ne craignez pas qu'il prenne la fuite après avoir eu connaissance de l'article d'aujourd'hui ?

— Soyez tranquillisé : mes effectifs sont sur la brèche ! S'il tentait de filer, alors nous interviendrions.

Hommage par mimique expressive du grand San-Antonio.

— L'on m'a souvent assuré que votre police était l'une des meilleures du monde ; je constate que c'est la pure vérité !

Cette fois, il va devoir rentrer chez lui pour changer de slip, vu que le sien est à essorer.

Il a un élan. Un beau et noble élan doré à la feuille.

— Vous avez un peu de temps devant vous, cher ami ?

Je tricolore des pupilles.

— À vous consacrer ? Du temps, non ! Ma vie entière, lieutenant.

— Alors, suivez-moi !

Dans la cour de l'hôtel de police se trouvent une tripotée de guindes dont la plupart sont ricaines. Il choisit une Chevrolet bleue aux portes latérales coulissantes ; le véhicule est banalisé. D'un geste, Ramírez ordonne à un perdreau de prendre le volant puis il me prie de monter à l'arrière et s'installe à mon côté. Il jette une adresse que je ne peux mémoriser car il jacte plus vite que son ombre, l'hombre !

On se met à déferler dans « Montez-Vider-l'Eau ». C'est l'heure précrépusculaire. Les petites boutiqueries de plein air plient bagage et la circulance se fluidifie. Mais il y a encore plein de gens sur les trottoirs, des couples de jeunes se tenant par la taille, quelques vioques aussi, à la démarche malaisée qui traînent leur fin de destin dans la lumière rasante du couchant. Tout paraît tranquille, bon à vivre. On devine un pays sans gros problèmes. La population est, en majorité, de souche européenne, et ça reste décelable malgré des éléments folkloriques d'origine noire et métisse.

On remonte l'Avenida 18 de Julio, riche en vestiges architecturaux. Le bon Ramírez fume comme un sapeur et l'odeur de son tabac me fout la gerbe, à moins que ce ne soit le « coup de volant particulier » de notre driveur ?

À présent, on quitte la ville pour suivre la route de Maldonado. Des maisons résidentielles dominent la mer. Blanches, d'un style franchement moderne, entourées de palmiers et de plantes épineuses.

Pourquoi me mets-je à rêver de l'une de ces constructions ? Qu'en ferais-je ? Des vacances avec Félicie ? Elle n'apprécierait pas le dépaysement, ma vieille chérie. Pas trop longtemps. Quelques jours, comme ça, pour être avec moi. Son univers, à elle, c'est la casa de Saint-Cloud : le bout de perron, le jardin, la tonnelle aux rosiers grimpants. Elle ne voit pas les immeubles dits « de grand standinge » qui nous cernent, certains revêtus de marbre blanc ou rose. Ils ont des balcons avec vue sur Paris. T'aperçois la Tour, l'Arc, le Panthéon, Montmartre. Et puis la Seine qui reptile doucement…

Vue sur nous autres, également, imprenable ! N'ont qu'à se pencher pour apercevoir ma Féloche de retour du marché, Pilar, notre Ibère, qui étend le linge dans la courette arrière, ma pomme déboulant de ma Ferrari et remontant la petite allée après avoir jeté un œil à la boîte aux lettres. On est offerts à toutes les curiosités voisineuses. Parfois, le dimanche, nos voisins huppés reçoivent des croquants de leur monde.

Il arrive qu'ils me montrent à eux. « C'est San-Antonio, vous savez, ce flic qui écrit des livres ? On dit qu'il gagne pas mal d'argent : il pourrait s'offrir une habitation mieux que celle-ci, plus en rapport avec sa situation. Je pense qu'il reste ici à cause de sa mère à laquelle il semble très attaché. »

Moi, je feins de ne rien voir. Si je m'écoutais, je tomberais mon bénoche et leur montrerais mon cul ou bien ma belle biroute satinée du bout. Mais à quoi bon scandaliser : ils le sont suffisamment avec ce que j'écris. Quoique à force d'à force, ils en prennent l'habitude, se formalisent de moins en moins ; je suis doucement rattrapé par la dépravation générale. Le jour viendra où je serai devenu rétro ; on saura plus me dissocier de la comtesse de Ségur. C'est George Sand qui fera figure d'avant-gardiste avec son *François le Champi* qui finit par s'embourber la fermière compatissante ; après l'avoir épousée, œuf corse. Suffit d'attendre, inexorable, le temps travaille pour, puis contre toi.

Pour t'en revenir, si j'avais une crèche ici, j'amènerais des frangines pour y vivre des lunes de miel. Ça remplacerait les petits entresols Renaissance de jadis. Je viendrais juste tirer des sœurs, à Montevideo. Cinq-six jours, pas davantage. L'exotisme porte à la peau. Je les tirerais en grand, face à l'estuaire, leur désignerais l'Argentine de ma bite. On boirait du fermenté douceâtre. Tu le sais, je raffole des alcools sweet. Les gueules de bois qui en consécutent sont méchantes et te poissent la clape, mais c'est vachement divin sur l'instant. T'as jamais bouffé une jouvencelle en éclusant du lait de coco alcoolisé, Alfred ? De première ! Non, crois-moi : y a des choses belles à vivre pendant qu'on le peut.

— Vous paraissez préoccupé ? me remarque Ramírez.

— Je réfléchis à cette affaire, mon cher confrère.

Il respecte ma méditation. Je gode langoureusement dans mon bénoche. La Chevrolet ralentit et attaque une rampe. Route en lacet, bordée de lauriers des deux côtés. Elle gagne un petit terre-plein où sont aménagés des bancs de bois et des longues-vues fixées sur un socle. Tu glisses quelques pièces dans la fente et ça te grossit un coin d'univers pendant quelques minutes. Mon presque ami s'empare d'un des appareils d'optique, le braque sur la collinette voisine, le règle, le fixe et me fait signe d'apporter mon œil préféré jusqu'à l'objectif.

J'ai alors en gros plan la maison de mes rêves. Imagine une construction d'un blanc immaculé sur le bleu nuit du ciel. Les formes en sont hardies dans leur désinvolture. Cela fait vaguement penser au château de sable d'un gamin doué. Y a une tour carrée en son centre, de fausses échauguettes un peu partout et, sur sa partie la plus haute, une étrange sculpture, également blanche, inspirée de Miró. Les fenêtres asymétriques sont dépourvues de volets, ce qui confirme l'aspect « citadelle d'amour » voulu par l'architecte, lequel ne doit pas être un croûton routineur, mais un gonzier soucieux de faire évoluer le schmilblick.

— C'est là qu'habite notre homme, révèle mon lieutenant de police.

— Seul ?

— Rigoureusement. Il dispose d'une servante payée par l'agence qui lui a loué cette habitation.

— Il sort beaucoup ?

— Le soir seulement. Il se rend au restaurant, fait un bon repas, et va boire des verres dans des boîtes à filles. Il lui arrive de monter avec l'une d'elles pour une passe assez brève. J'ai questionné certaines de ses compagnes d'un moment. Elles le trouvent plutôt gentil et généreux. Ce n'est pas un type à « manies ». Il fait l'amour le plus simplement possible sans témoigner d'exigences particulières.

— Il ne reçoit personne à la casa ?

— Jamais.

— Il téléphone ?

— Très peu, et en tout cas ne reçoit aucune communication.

Je visionne la maison, œuvre d'art singulière sous la lune. Une lumière brille au rez-de-chaussée. Je distingue une bagnole sur un parking abrité par des parois florales : une Mercedes blanche qui n'est pas de la première jeunesse.

— L'auto lui appartient ?

— Non, elle est louée avec la maison.

— Donc, l'homme a un contrat de location et je suppose qu'il a dû verser une caution pour pouvoir disposer de cette ravissante demeure ?

— Exact. L'agence lui a demandé vingt-cinq mille dollars qu'il a réglés en espèces.

— Ce qui est plutôt rare ?

— Unique.

— Quelle explication a-t-il donnée ?

— Aucune. C'est pas le genre d'homme qui parle beaucoup, selon les gens qui ont affaire à lui.

— Son passeport ?

— En règle.

— Il est sujet allemand ?

— Par naturalisation ; son pays d'origine serait la Roumanie.

Un moment de silence nous unit davantage que toutes les blablateries envisageables. En fait nous sommes deux flics provisoirement liés par un même problème plus ou moins bien posé. Des chiens de chasse, tu piges ?

Le chauffeur demande s'il peut allumer une cigarette. Ramírez, bon prince, lui accorde cette permission.

Puis il consulte sa montre.

— Je pense qu'il est inutile que nous nous attardions, fait-il ; d'autant que l'individu est sous surveillance et que ses moindres faits et gestes me sont rapportés. S'il manifestait l'intention de quitter l'Uruguay, il serait intercepté sous n'importe quel prétexte et j'en serais immédiatement informé.

— C'est vous qui décidez ! dis-je avec un enjouement qui lui plaît.

Il pose sa main de poulet manucuré sur ma manche d'alpaga.

— Si c'est moi qui décide, je vous emmène dîner à la maison. Ma femme réussit le *churisca* comme personne. Il faut dire que son père était l'un des meilleurs restaurateurs de Montevideo ; elle a été à bonne école !

— J'accepterai avec joie, lieutenant, à condition que vous veuilliez bien m'arrêter auparavant chez un fleuriste, car en France il n'est pas question de se présenter sans fleurs chez une maîtresse de maison.

Il m'a arrêté devant la plus sublime boutique de la ville. Je ne connaissais pas les noms de la plupart des merveilles qui approfusaient en ce lieu embaumé. J'ai commandé une « présentation » telle que Marilyn Monroe n'en reçut jamais. Pendant qu'on me préparait de quoi fleurir tout l'Élysée un jour de réception de la couine d'Angleterre, j'aperçus, à travers la vitrine, Ramírez qui téléphonait à sa gerce pour prévenir de notre arrivée.

Capítulo cinco

Mon nouvel aminche habitait une délicieuse villa immaculée, entourée d'un jardin dont les fleurs étaient tellement abondantes et pimpantes que je me sentis sous-con avec ma gerbe à grand spectacle dans les bras. J'avais l'air du gonzier apportant les végétaux de la victoire à une tenniswoman venant de remporter des internationaux.

Une bonniche au pedigree évasif vint ouvrir. À première vue, on ne pouvait déterminer la nature de son métissage. Très brune et très frisée, le teint olivâtre, la lèvre en rebord de lavabo, elle paraissait être née pour sourire.

J'eus droit à un gazouillis de sa part. Je notai que sa robe de service s'ouvrait sur le devant et que les six dernières boutonnières n'avaient pas été utilisées, ce qui découvrait sa culotte bleu ciel et la sonnette d'alarme de son Tampax.

Le lieutenant l'effaça d'une bourrade galante et m'introduisit dans un salon des plus modernes, meublé en teck clair. Les murs crépis de blanc, les rideaux et les coussins composant un camaïeu de bleus délicats, les peintures d'avant-garde et une profusion de livres reliés faisaient de cette pièce un endroit élégant et chaleureux.

— Asseyez-vous ! me dit Ramírez. María del Carmen nous rejoindra un peu plus tard.

Il me proposa un apéritif. Il y en avait quantité sur une table roulante. J'optai pour un Campari-soda. Par les baies donnant sur le jardin, je découvrais, au-delà de celui-ci, les lumières de Montevideo et l'étendue sombre du Río de la Plata, à gauche, qui allait se fondre dans l'Atlantique. C'était insolite et très beau.

Les loupiotes du livinge, disposées avec art, mettaient des zones de clarté sur les objets intéressants, laissant d'habiles pénombres partout ailleurs.

En considérant cet intérieur de qualité, je me dis qu'en Amérique du Sud, le métier de poulardin doit être beaucoup plus lucratif qu'en Europe ; mais peut-être que Ramírez avait hérité d'un oncle d'Amérique du Nord ?

Nous bûmes en devisant boulot. Mon confrère se montrait curieux de nos méthodes. C'était décidément un garçon d'avenir qui irait loin.

À un certain moment, comme disent les grands écrivains soucieux de précision, il cessa de parler, regarda vers le fond de la pièce et se dressa kif si le président de la République venait d'entrer. Je me retournis et me levis à mon tour, hébété de surprise.

Moi, l'épouse d'un flic uruguayen, je me figurais une dondon boursouflée. Le genre de gerce, quand tu appuies ton doigt sur sa cuisse, ça laisse un trou blanc pendant quelques secondes. Je la voyais un brin barbue, la dame, avec des grains de mocheté plus gros que des framboises, et de même couleur. Des bajoues, ça compte-z-y, du nichemard de cartomancienne atteinte de plein fouet par la ménopause. Je lui garantissais un regard de vache, frangé de longs cils englués de khôl comme des pattes de mouche enlisées dans le papier collant. Et puis d'autres fantaisies, je subodorais : ça allait du strabisme divergent à la plaie variqueuse, de la tache de vin sur le cou à l'odeur de culotte rance. Nous autres, les imaginatifs, on ne se contente pas des laideurs dont la vie nous cerne. On en rajoute, en invente d'atroces ; on a sans cesse des calamités au four en cas de besoin ; on n'est jamais pris à la dépourvance par les coups foireux, à force d'en concevoir de très pires.

Mais là, alors, j'ai été eu.

Suis resté tel un homard sur un lit de varech à l'étal du poissonnier. Tout ce que je pouvais faire, c'était remuer les yeux, encaisser les coups de boutoir féroces de mon guignol, et ceux, plus réservés, de mon chibre qui ne savait plus ce qu'il lui arrivait. Je veux pas plonger dans l'excès, foncer à outrance dans le lyrisme, mais sache une bonne chose, l'aminche : ça devait faire des années que je ne m'étais pas trouvé en présence d'une femme pareille ; peut-être même que j'en avais encore jamais rencontré.

Pour tenter de te faire piger : cette personne était si magistrale qu'elle me procurait une impression de souffrance… Oui, j'ose le clamer haut et fort, ça me faisait mal de la regarder. Quelqu'un m'aurait posé la colle suivante : « Où se trouve la plus belle gonzesse de la Création ? », j'aurais hésité entre la Russie, l'Amérique, la Scandinavie, voire, pourquoi pas, le Cachemire. Tu m'aurais découpé les testicules en fines lanières pour confectionner un sac à dos avant que je finisse par répondre : « L'Uruguay. » C'est un patelin si improbable, si inimportant sur la carte, si facile à enjamber… Qu'à peine il est connu des joueurs de Scrabble à cause de ses trois *u*. Eh ben, elle créchait là, la sublime d'entre les sublimes. Dans la banlieue chicos de Montevideo, mariée à un poulet dont il était impossible désormais que je ne devinsse pas l'ami d'enfance, le confident, le bienfaiteur, le père Noël. Cet homme, il aurait eu besoin d'une couille supplémentaire pour la baiser, je lui aurais volontiers fait transplanter l'une des miennes : la droite, tiens, qui est la plus belle, la mieux ovalisée. Désormais, il existera quelque chose entre Ramírez y Ramírez y Ramírez et moi, ou plus exactement quelqu'un : son épouse.

Te la décrire ?

Minute ! Bouscule pas le mataf ! Laisse-moi accumuler mes adjectifs qualificatifs, mes épithètes, adverbes, le chenil complet. Faut que je prende mon temps pour rassembler les morceaux de puzzle, tellement qu'on arrive mal à la capter entièrement, d'un bloc. Un gendarme pourrait risquer les éléments d'un présignalement. Il irait à l'essentiel : taille, mensurations, couleur d'yeux…

Ma pomme, c'est le superflu qui m'accapare d'entrée. Les nichebabes en calotte de chanoine, bien moulés, bien fermes. La taille délicieusement étranglée. Les jambes allongées, duveteuses. Naninana. Bouge pas, Éloi, tous les clichetons, je vais te les sortir. C'est imparable, circuit obligatoire : les fines attaches, les muscles délicats, la carnation de la peau, la forme sculpturale du michier, le cou allongé, le renflement du chaglatin enveloppé de poils d'emballage.

Elle est châtain foncé, à reflets un tantisoit cuivrés. Porte un bustier noir qui la dégage à partir de l'estomac. Son ventre plat, dénudé, avec l'œil malin de Caïn bien au centre, me détrancane la zifolette ravageuse. Comme je lui placerais volontiers une pointe de langue lubrifiante dans cette cavité, horrible cicatrice chez les uns, puits de volupté chez les autres ! Plus bas, elle est peu vêtue d'une jupe ras-la-touffe qu'on dirait peinte sur son corps tant elle est ajustée.

Continuons la visite orgasmenisée. Les cuisses que vous voyez là, méhames-messieurs, sont les plus belles du world. Admirez leur longilignité, la couleur miraculeuse, doucement ambrée, les imperceptibles veines pareilles à celles qui font la richesse de certains marbres rares. Vous savez tous combien c'est tocasson un genou ? Or, regardez ceux-ci, connasses et cons : si parfaits ! Un sculpteur grec de l'Antiquité aurait accepté de ne plus se faire sodomiser pour parvenir à les reproduire ! Et les mollets ? Vous avez vu les mollets, bande de nœuds coulants ? Vous pouvez continuer votre cancrelate trajectoire après avoir maté des apothéoses de ce tonneau, dites, les pignoufs ?

Moi, j'en meurs d'une aussi totale réussite. C'est pas le résultat obtenu par un gazier d'ici qui a trempé le panoche dans le pot d'une mégère uruguayenne. Impossible ! Y a eu miracle. Intervention divine ! Je laisse libre cours à toutes les supposances !

Mais le plus tout, le plus trop : c'est son regard ! Charogne ! À peine tentes-tu d'en définir la teinte que celle-ci a déjà viré. Tu pensais mauve, et puis les voici bleus, mais non pas bleus : gris à chatoyance gorge-de-pigeon. Qu'est-ce que j'élucubre ! Ils sont champagne ! Champagne, ça ? Émeraude, veux-tu dire ! T'en perds ton latin, ta palette, ta raison ! La vérité, c'est que ces lotos ont toutes les couleurs qui existent en ce monde (rouge excepté). Ils restent en constante transformation. C'est à te rendre dingue.

J'entends, comme si j'avais la tête entre ses cuisses, la voix de l'époux :

— Je te présente l'un de mes confrères les plus importants de France, le *señor* San-Antonio, de Parisi !

Puis, à ma pomme :

— Cher ami, voici María del Carmen, ma femme.

Ta femme, salaud, cette chose unique au monde ? Ta femme, crâne flasque, cette déesse qui justifie la création de notre planète ? Ta femme, chancre mou, ce sortilège qui va m'empêcher de vivre une existence normale dorénavant ? Ta femme, branlette inaboutie, cette miraculade, pour un seul sourire de laquelle je serais capable d'embroquer le prince Charles s'il fallait en passer par là ? Ta femme, oses-tu prétendre, puanteur de tous les anus de la Goutte-d'Or rassemblés ?

Non, monsieur : MA femme, désormais ! Tu ne te figures pas que je vais la laisser dormir dans ta couche qui fouette la sueur de flic et le petit haricot noir pété, dis, furoncle verdâtre ? Et d'abord de quel droit as-tu épousé une merveille à moi destinée depuis que le premier dinosaure est apparu sur cette terre ? Va falloir me rendre des comptes, mon babouin. On ne vole pas une telle déesse à Santonio sans que le pire ne t'arrive. Comment ? C'est quoi, le pire ? On va y réfléchir, tumeur maligne ! Fond de calbute de clodo russe ! Pertes blanches de guenon syphilitique ! Fais-moi confiance, je trouverai. Un châtiment de toute rareté. Fleur de coing ! Qu'aura encore jamais servi. Ce sera une grande première et une grande dernière en même temps. Je te ferai rentrer dans les roustons chaque giclette de foutre dont tu l'as déshonorée.

Et, pensant cela, je m'entends dire d'une voix stricte :

— Je vous présente mes hommages, madame. Pardonnez-moi d'arriver chez vous à l'improviste : la faute en est à mon honoré confrère. Cela dit, le plaisir que j'éprouve à vous connaître l'un et l'autre…

Fumier, va ! Hypocrite !

Je suis laguche, à faire le mondain, alors que, dans la soute de mon bénoche, un missile carabiné est en train de se placer tout seul sur sa rampe de lancement.

Repas charmant et délicieux. Je ne sais si c'est l'ancillaire qui l'a fricoté, mais je ne crois pas. Faut de la subtilité pour préparer des mets aussi attrayants. Il va s'en dire (ou sans dire) que la tortore est devenue le cadet de mes soucis. Je n'ai d'yeux et d'oreilles que pour cette femme jetée dans mon destin comme une météorite.

Elle s'adresse à moi en anglais après s'être excusée de ne pas parler le français. Je me dis que j'aurai toute la vie pour le lui apprendre. Elle m'interroge sur Paris, naturellement, et ses questions ne sont pas puériles. De toute évidence, ce grand branleur de Ramírez n'en peut plus d'avoir marié une fille de ce format. Elle constitue sa victoire sur la vie. Jamais il n'obtiendra davantage de l'existence, quand bien même le cartel de la drogue lui filerait des enveloppes rebondies comme le ventre du Gros.

Nous dînons en devisant. Le lieutenant est allé chercher deux bouteilles de rouge du pays. Il est très fier de son picrate et me demande si je le trouve digne des vins français. Le moyen de ne pas répondre par l'affirmative à un garçon qui possède une femme pareille !

À mesure que le repas s'avance, je sens poindre en moi une indicible détresse à l'idée qu'il va falloir abandonner María del Carmen à son foyer. J'échafaude un dîner en ville pour le lendemain. Car j'ai besoin de la retrouver le plus rapidement possible. Mais ensuite, hein, gros malin ? Ensuite ? On ne va pas pouvoir se fréquenter tous les jours. Une sombre amertume me gagne. Ça ressemble déjà au désespoir. Ah ! que la vie est tourmentante !

Sonnerie du biniou. Mon hôte s'excuse et va répondre. Le coup de grelot est assez bref. L'homme revient en bougonnant.

— Vous allez devoir me pardonner, *señor*, mais il faut que je me rende d'urgence à l'hôtel de police. Des inspecteurs de mon service viennent d'appréhender des touristes qui tentaient de passer de la drogue à la douane de l'aéroport ; les quantités sont importantes.

— Je vais partir avec vous, dis-je, vous n'aurez qu'à me jeter à une station de taxis.

Il récrie haut et fort comme quoi je ne vais pas déserter sa table au milieu du repas. Nous n'aurons qu'à finir de manger, son épouse et moi. Il va faire au plus vite, de façon à pouvoir être de retour pour les alcools.

Étant d'un tempérament docile, parfois, je me laisse convaincre.

Capítulo seis

Étrange silence que celui qui succède au départ brusqué du lieutenant Ramírez. Cela fait kif dans une manifestation quand la sono tombe en panne. De nous retrouver soudainement en tête à tête (je préférerais en tête à queue) nous emberlificote de timidité. Nos mandibules courent sur leur erre. Nos regards dérapent. Je voudrais lui parler, lui débiter ces banalités bien commodes auxquelles on se raccroche dans ces troublantes circonstances. Qu'on cause du temps, de l'Uruguay, de son intérieur si élégant. Et où c'est-y qu'ils ont dégauchi ces peintures intéressantes ? Elles me font un peu penser à celles qu'on vend dans le quartier de La Boca à Buenos Aires.

Je pourrais y aller dans ce genre de converse. Mais non : il fait un blocage, ton pote. Les seuls mots qui lui viennent sont d'amour. Et tu me vois débiter la grande tirade des amants à cette jeune femme, épouse de flic, plus ou moins dominée par l'époux, les traditions, tout un micmac de chiasse ? Elle ne saurait pas ce qui lui déboule, María del Carmen. Me prendrait pour un satyre. Se sauverait dans ses appartes pour s'y barricader.

Pourtant, on ne va pas rester comme ça, à mastiquer à blanc jusqu'à la Saint-Trouduc, qui est le jour de ta fête, crois-je deviner. Dans ces cas délicats, je me remémore un vieux film rigolo contant les aventures d'un pleutre sans cesse confronté à des dangers et qui s'exhortait au courage en se posant sempiternellement cette question : « Es-tu un homme ou une souris ? » Je la prends à mon compte : « Suis-je un homme ou une souris ? » « Un homme », réponds-tu ? Alors fonce, tête à claques !

Je m'entends dire :

— Nous sommes intimidés de nous retrouver seuls, madame Ramírez. Nous ne nous connaissons pas et éprouvons une gêne presque enfantine.

Elle me regarde, sourit. Tiens, ses yeux sont jaunes, piquetés de points verts à cet instant…

— Vous deviez croire les Français plus hardis ? demandé-je.

Expression neutre de mon hôtesse qui me rappelle une réplique marseillaise : « Nous, les gens de Tourcoing, on n'en cause même pas ! » Toujours ce complexe du matamore tricolore qui s'imagine être la préoccupation dominante des autres pensionnaires de la planète Terre.

Bon, et maintenant, je vais lui sortir quoi ? Qu'elle est belle à s'en arracher les pendeloques avec les dents ? Que je serais capable de faire toucher les deux épaules à un rouleau compresseur pour pouvoir lécher sa chatte ? D'autres bidules encore plus poétiques et passionnés ?

J'ai eu une période où je chargeais les frangines « paf au clair », avec un seul objectif en tête (de nœud) : en caramboler le plus possible et me régaler le zifolo charnel à outrance. Puis j'ai eu un truc dans ma vie, je m'en aperçois bien : Marie-Marie, ma petite fiancée de toujours. J'avais réussi ce prodige dont rêvent tous les matous : me faire aimer passionnément d'une fillette. Devenir « l'homme de sa vie, pour toute sa vie ». Il fallait l'épouser. Vivre cet amour éternel envers et contre tout. Là, oui, c'était un vrai roman.

Tu saisis ou veux-tu que je stoppe là mes confidenceries ? Mais j'ai enflammé toutes mes allumettes sans bouter un vrai feu. J'étais trop l'homme de l'Aventure ; pire encore, celui DES aventures. Qui trop embrasse… J'ai laissé péricliter le plus bel amour qui pouvait m'être offert. Et voilà : c'est foutu. On a essayé de sauver les meubles, de replâtrer des sentiments très beaux, mais en pure perte. Mes souvenirs, c'est pas l'histoire d'un paf, mais l'histoire d'un con. D'un pauvre con. À la communale, déjà, fallait que je fasse mon numéro. J'avais besoin de séduire, besoin qu'on m'applaudisse. L'existence m'a laissé sur le devant de la scène, avec mon nez qui s'allume et mes facéties de clown. Marie-Marie s'est éloignée sur la pointe des pieds. Et me revoici seul avec ma Félicie vieillissante, mes utopies, mon paf rutilant. Sans cesse à la recherche d'un cul à fourrer, à me persuader, par instants, quand je sens du vide à combler, que je viens de trouver la femme exceptionnelle, que je vais l'emmener sur mon palefroi, dans un pays encore inconnu, où le temps s'arrête, où la passion ne s'use pas et où l'avenir n'est plus qu'un présent qui s'éternise.

Depuis un moment, elle me considère à la dérobée, mais avec intérêt, María del Carmen. Je sens qu'elle souhaiterait me poser une question et n'ose le faire.

Je tente de lui sourire, me gave de son beau visage au regard impossible à fixer, de sa chair entre le boléro et la minijupe.

— Mélancolique ? elle murmure.

Ça se voit donc ? J'ai un geste pour toucher mes yeux, que je retiens in extremis. Où ça va, ça !

— Pardonnez-moi, dis-je précipitamment.

Mais les gonzesses n'aiment pas qu'on élude leurs questions intéressantes. Elle insiste :

— Malheureux ?

— Pas ce soir ; demain, je lui réponds.

— Pourquoi, demain ?

Vas-y, mon Sana, joue ta partition : tu en meurs d'envie !

Alors, ma pomme, plus triste que Chopin, plus romantique que Werther :

— Parce que demain je ne vous verrai plus…

Voilà, c'est parti en port payé ; ne me reste qu'à lui souhaiter bonne réception du message.

Nous avions une domestique, autrefois, à la maison : une Bretonne. Fallait toujours qu'elle laisse la porte des gogues ouverte. Ça devait la rassurer, je suppose ? M'man avait beau lui en faire le reproche, elle pouvait pas vivre sans la vision d'une lunette de tartisses et d'une chasse d'eau. Quand on avait fermé, elle disait rien, feignait de se soumettre, mais sitôt qu'on tournait le dos, elle s'empressait de déponner la lourde. La vue du rouleau de faf à train et de la gentille balayette dans son pot de faïence lui était devenue indispensable. Chacun puise sa sécurité où il peut.

Pourquoi pensé-je à Yvette, à cet instant si peu propice ?

Ma petite phrase équivoque jetée, j'ose plus regarder mon hôtesse. Comment prend-elle mon numéro à fendre l'âme ? Il doit pas se pratiquer beaucoup dans ce bled où le sang est chaud.

Sa douce voix, endommagée par l'anglais dont elle use :

— Vous prendrez du fromage, sir ?

La dérision, non ? T'es là à lui interpréter du Musset et elle te répond frometon.

— Non, merci, madame Ramírez.

Elle actionne le timbre d'appel, aux sonorités fêlées.

La servante vient débarrasser nos assiettes et nos couverts.

L'épouse du lieutenant de police m'annonce un dessert exécuté avec de l'ananas cuit dans une pâte et nappé de crème alcoolisée.

Je lui exprime la joie dans laquelle me plonge une telle perspective.

Et nous voici sur la terrasse, dans le crépuscule velouté. Les « dames de la nuit » dégagent leur parfum ensorcelant. Au loin, la mer est frangée d'écume, ce qui est bien joli. Parfois, une brise… La brise, c'est le rêve du vent, comme a dit un grand poète (je crois que c'est ma pomme, d'ailleurs).

Nous sommes assis face à l'horizon, María del Carmen et moi, presque côte à côte. Le besoin incoercible (tiens, en voilà un mot qu'est pas à la portée de n'importe quel écrivaillon !) de lui saisir la main pour la porter à mes lèvres et, tout de suite après, de sucer chacun de ses doigts, me taraude. Peut-être qu'un jour le désir ne me hantera plus ; je serai devenu un corps insensible et seuls mes propres frémissements m'intéresseront encore. Ah ! qu'une telle infortune ne me frappe jamais, de grâce !

Je cherche un truc bien tourné à dire, assez cucul la praline pour s'adapter à la magie du moment.

Je soupire :

— L'instant est féerique.

Pas mal, hé ? Je connais au moins douze valets de ferme, un balayeur de rue et trois maçons portugais qui seraient incapables de débiter ça à une gerce.

Juste comme j'avance ma dextre, elle se lève.

— Je dois vous faire goûter une liqueur que je confectionne et dont je suis très fière.

Elle s'absente et revient avec une petite carafe en verre ciselé contenant un liquide de couleur orangée.

— Un seul verre ? m'étonné-je.

— Je ne supporte pas l'alcool.

Elle me sert avec grâce. J'en profite pour caresser sa main autour du flacon. Elle a un exquis et farouche sourire. Mon corps s'embrase. Je me dis que je lui signerais une délégation sur la totalité de mes droits d'auteur si elle consentait à ce que je l'investisse. Il ne peut rien y avoir de plus délectable en ce monde. Je sais parfaitement de quelle manière voluptueuse je l'entreprendrais : elle, allongée en travers d'un plumard, moi, agenouillé devant sa case-trésor, l'effleurant doucement de mes lèvres, ce, pendant un temps infini, avant de déléguer ma menteuse caméléonesque pour une prise de contact d'une suavité forcenée.

— Comment trouvez-vous ce breuvage ? elle chuchote avec une voix de petite fille modèle recevant les félicitations du jury chargé de désigner la plus jolie chattoune de la promotion.

— Je bois le ciel ! réponds-je en dégustant de plus rechef.

Et, ne pouvant me contenir, j'ajoute :

— Ah ! que votre sexe me serve de coupe pour absorber ce philtre d'amour !

Un peu hardi, hein, tu ne trouves pas ? Je vais à la cata ou, au contraire, à la victoire ?

Elle me moufte pas. Par contre, elle me verse un deuxième gorgeon. Je laisse aller. D'abord parce que j'aime le doux, tu le sais, ensuite parce que cet alcool me libère… Adiós, mon blocage. Pour un peu je sortirais mon rouge-gorge de sa cage pour lui démarrer une saynète genre Guignol.

— Sublime femme, lui assuré-je d'une voix qui ferait fondre la moitié de l'Antarctique, n'avez-vous pas compris l'impétuosité du désir que vous m'inspirez ? La vigueur de mon sentiment est à ce point intense que je pourrais vous prendre des jours durant par toutes les voies d'accès que votre créateur vous a données. Je vous ferais l'amour comme jamais aucun homme ne le fit à une femme depuis que ce salaud de Caïn a trucidé ce lavedu d'Abel. Nous nous abîmerions alors dans la plus totale félicité et Dieu retiendrait l'aube pour qu'elle ne vînt pas troubler notre infini bonheur.

« Viens ! supplié-je. Viens, l'heure est charmeuse. Viens, toi si frileuse, te blottir dans mes bras.

— Ne brusquez rien, chuchote la divine en rapprochant sa chaise de ma queue.

Qu'est-ce que tu veux que je ne brusque rien[1] avec une mandragore plus grosse qu'un pianiste bavarois ? À croire qu'un baobab vient de pousser dans mon bénouze.

J'essaie d'une main tombée ; elle s'en saisit au vol. Y vais de l'autre, qui se heurte à sa jupe moulante plus tendue que la peau d'une aubergine. Veux lui prendre un baiser ; elle serre les lèvres. Changeant de tactique, j'abaisse sa menotte là que je protubère inouïsement. Elle ne peut pas passer à côté d'une évidence de cette dimension ! J'en sais quelques milliards, rien que dans l'hémisphère Nord, qui se l'empaquetteraient pour l'hiver.

Là, elle marque un temps. Y va même d'une pression légère pour édifier son sens tactile. Mais parvient à retirer sa dextre de la zone de perdition.

— Par pitié, chuchote-t-elle, montrez-vous gentleman. Vous me plaisez certes infiniment, mais comprenez-le, je ne suis pas une femme capable de céder à un homme qu'elle connaît à peine.

Moi, chevaleresque de partout :

1. Tournure de phrase que j'aménagerai pour entrer à l'Académie.

— Vous me promettez que nous nous reverrons, mon ange adoré ?

— J'en ai autant envie que vous !

Ô divines paroles ! Musique venue des espaces intersidéraux et qui, d'ailleurs, me sidère ! Miel de la parole ! Souffle du désir…

Magnanime, je lui fais provisoirement cadeau de sa vertu !

Capítulo siete

De ce qui suit alors, ma mémoire enrubannée d'extase ne conserve qu'une très vague notion.

On parle, et puis on cause. Il nous arrive même de discuter. Elle m'apprend des choses sur elle, veut en savoir sur moi. Logique. Tous les amants, à leur début de roman, ne doivent-ils pas en passer par là ? Je lui raconte ma vie parisienne, sans le concours d'Offenbach. Pour elle, c'est Montevideo, les week-ends à la plantation de son papa, du côté de Trinidad.

Je suis ivre de bonheur, de son breuvage également, dont elle me sert abondamment, trempant ses lèvres pulpeuses dans mon verre avant de me le tendre ; rite plein d'une signification voluptueuse, tu n'en disconviendras pas, sinon je te flanque ma main sur la gueule et tu l'auras bien cherché !

Bref, le temps s'en va, je demeure. Le charme discret de l'instant finit par avoir raison de mon érection, peu compatible avec un début de liaison classée platonique.

Et puis, ce qui devait arriver arrive : en l'occurrence l'époux. Mais qu'ont donc ces tristes cornards à vouloir rentrer chez eux, alors qu'ils y sont si trublions ? Qu'est-ce qui leur permet de survendre à l'improviste, quand tu as leur gerce bien en main, roucoulante et fondante ? Y a plus moyen d'être chez eux, quoi !

Ça me rappelle mes débuts amoureux. Je tirais la femme d'un mec que j'aimais et admirais au-delà du possible. N'étant pas homo, j'avais trouvé cet élégant moyen de me rapprocher de lui un max, charnellement. Un jour, il s'est pointé à l'improviste, pendant que je calçais sa doudoune. Heureusement, craintif de nature, je la pinais tout habillé. Les amours de qui-vive sont les plus exaltantes. Quand il est entré, mon pote, on était « corrects » dans la mise, mais si chavirés, si essoufflés, si bredouilleurs du regard, qu'il a pigé.

Il a rien dit, mais je reverrai toujours l'assombrissement de ses yeux et cet air si totalement désenchanté que ça m'en a fait mal à crever… J'aurais voulu foutre des gnons à sa morue dont l'immense babasse spongieuse me filait la nausée. Je n'éprouvais rien d'autre pour elle que la tendresse qui me liait à son mari.

À vrai dire, elle me dégoûtait, avec sa viande pâle et molle. Juste elle suçait royalement. Elle représentait mes premières pipes, Gervaise. Ses grosses lèvres humides t'engloutissaient la membrure avec une douceur appliquée. Sa technique était basée sur la lenteur. Même quand, en fin de parcours, tu lui suppliais d'aller plus vite, elle refusait d'accélérer, te faisait languir. C'en devenait follement douloureux ; seulement fallait voir la libération que ça te provoquait ! Oh ! charogne ! Ce lâcher de ballons ! J'en avais pour au moins cinq minutes à braire comme un âne, moi qui ai toujours fait montre d'une certaine retenue. Avec elle, c'étaient des partances à n'en plus finir, qu'à chaque fois tu croyais sans retour. Sûrement que c'est ce qui le séduisait, mon aminche.

Dans le fond, cette exquise personne devait pas pouvoir choper son foot. T'as des rameuses comme ça, qui t'essorent un gonzier en grande pompe mais qui, pour le fade, font tintin. Elles ont une sorte d'empêchement, en ce qui les concerne. Un blocage. Leur panard consiste à le faire prendre à l'homme. Elles ont l'obligation de réserve pour elles-mêmes. Peut-être que, d'une certaine manière, elles éprouvent un plaisir plus cérébral, donc plus intense ?

Je te disais : l'« Avantageux » a rejoint sa belle base capiteuse. L'avait l'air fatigué. J'ai cru remarquer une trace de foutre sur sa braguette. Souvent, les flics, les journalistes, ont des « points de chute » permanents. Des souris fastoches chez lesquelles ils peuvent débouler à toute heure de la nuit et du jour pour une embrocation vite-fait-sur-le-gaz. Ça vient de nos métiers de chien qui nous font vivre différemment. Un brusque besoin de piner nous agresse ; le plus sage est de s'en libérer rapidement. Alors on a une collection de petites mères de bon accueil qui t'acceptent au débotté, pour une urgence. Vidage de couilles express, sans histoire ni trompette.

En amis, tu piges ? Pas besoin de littérature annexe. Un bon coup dans les miches ! Violent, la plupart du temps, parce que imposé par l'impétuosité de la chair. Beaucoup de dadames adorent ça : la pause chibrée. De même qu'il existe des pharmacies de nuit, nous possédons nos baiseuses nocturnes. Un coup de fil pour s'annoncer : « Ici Gaston, j'ai les amygdales enflées, je peux venir ? — Non, j'ai mes ragnasses, à moins qu'une turlute te suffise ? » Y a des aspects de la vie sexuelle que la plupart des bonnes gens ignoreront toujours. C'est sympa.

Et alors, le grand lieutenant s'est pointé avec ses yeux soulignés trois fois et sa tache de foutre pareille à une estampille. S'est excusé : ça s'était prolongé, avec les trafiquants.

Tu parles ! Surtout s'il s'était fait mettre un doigt dans l'oigne et lécher les aumônières par un fox-terrier à poil dur.

J'ai pris congé rapidos, alléguant la fatigue du voyage.

Il tenait à me raccompagner, mais j'ai insisté pour qu'on m'appelle un taxoche. Je leur ai lancé une invitation au restau de mon hôtel pour le lendemain soir, mais Ramírez y Ramírez y Ramírez avait un empêchement et on a remis ça au surlendemain.

*
* *

Le driver me réveille car je m'étais écroulé comme une fausse souche dans sa Santana Diego, voiture uruguayenne qui a la particularité d'être montée en Argentine sous licence allemande. Les loupiotes de mon hôtel achèvent de me lucidifier. Je biche ma carouble et grimpe me pager.

Parvenu à mon étage, je suis troublé par des cris, des vagissements plus exactement, qui font bander les clients habitant ce niveau. Intuitivement, je décide qu'ils proviennent de la chambre du Gros et m'y rends d'un pas blasé. La clé est sur la serrure. J'entrouvre de manière à pouvoir être renseigné.

Le suis.

Rien de bien sensationnel au demeurant, si ce n'est que le Mammouth vient de sodomiser la gente agente britannique Pamela Right. Incident technique auquel des années de fréquentation m'ont habitué : Sa Majesté persévérante est bel et bien arrivée à ses fins, à force d'obstination et de vaseline, mais ne peut plus se retirer de sa conquête. J'ai connu un cas semblable à Bruxelles avec lui, voici quelques années : il avait fallu hospitaliser les amants terribles pour qu'ils puissent réintégrer leurs autonomies respectives. Ne nous trouverions-nous point en présence d'une récidive ? Je crains que si, *señor*.

Plantant là le couple sans avoir été vu, je cours jusqu'à ma chambre proche pour y prendre mon appareil photographique. Tu l'auras noté : dans les pires catas, il se trouve toujours un gonzier muni d'un Nikon afin de flasher l'événement pour *Paris Match*. Aujourd'hui, c'est bibi qu'aura le scoop.

J'arme mon clic-clac et viens me déchaîner chez le Mastard. La scène mérite d'être immortalisée. La délicieuse petite Anglaise est agenouillée sur le page, presque écartelée. Elle gémit, mord les draps, sanglote, supplie son fâcheux partenaire de ne plus bouger. Alexandre-Benoît feint d'être navré. Il bredouille qu'il est very sorry, qu'y faut attend' qu'son panoche rémoulade un peu ; confesse que sa témérité ç'a été de pratiquer la sodomie, puisque sa partenaire avait des empêchements de nature. Un petit œil de bronze commak, jamais il aurait cru y engouffrer une tête de braque qu'a eu fait reculer même des vieillasses au pot défoncé ! Il sait l'à quel point les Anglais sont courageux, mais là, on peut foncièrement causer d'héroïsme. Qu'elle prende patience, surtout. Dès qu'il aura dégodé à fond, ils iront en tandem jusqu'à la salle de baths. Une macération prolongée dans la baignoire emplie d'eau chaude bien savonneuse aura raison de cette liaison forcenée qui fait d'eux les « siamois de l'amour ».

Ma pomme, ignominieuse ordure, je passe un rouleau de 36 à immortaliser l'avarie sexuelle du couple. Le Gros, naturellement, me voit à l'œuvre et exulte, brandissant son pouce capable de recouvrir entièrement une pièce de cinq francs suisses.

Ce reportage achevé, je remporte mon petit matériel.

Que faire ?

Aller au secours des amants terribles ?

Ce ne serait pas charitable pour Pamela.

Me coucher ?

La sagesse même. Mais auparavant, je tiens à opérer une petite vérification.

Deux mots d'explication préalables. Mathias m'a offert un appareil enregistreur à peine plus épais qu'une pochette d'allumettes réclame. Je le porte constamment dans la poche supérieure de mon veston. Pour le brancher, il me suffit d'« arranger » la pochette de soie qui le dissimule.

Or, donc, je récupère cet auxiliaire précieux, le rembobine, et enfin le branche, ce qui me permet d'écouter l'enregistrement de ce que nous nous sommes dit, María del Carmen et moi, durant l'absence de son époux. Très exactement, depuis le moment où elle m'a fait boire sa fameuse liqueur.

Je te jure que je suis impayable !

Capítulo ocho

La question qui me turlubite est la suivante : durant cette période d'intimité, me trouvais-je-t-il dans mon Étretat normal, ou bien subissais-je-t-il une certaine altération de mes fonctions cérébrales ? Ce qui me reste est une impression vaguement brumeuse. Je me rappelle que nous avons parlé, et plutôt tendrement, mais le contenu de notre entretien est comme en devenir dans ma mémoire. Tu sais, les dessins pour premier âge, composés de points qu'il convient d'unir au crayon pour obtenir le motif préfiguré ? Eh bien ça !

Armé d'un Coca-vodka sorti de la petite armoire à biture habituelle, je revis notre tête-à-tête. Effet curieux que de retrouver, une heure plus tard, une scène qui t'a troublé. Un décalage étrange s'opère. D'entendre la voix que tu percevais naguère en direct, avec toute la magie de l'instant, d'analyser ses silences et ses intonations, te plonge dans un élément nouveau qui est, si tu me permets d'user d'un style que je réserve généralement aux ouvrages que je signe Jean-Paul Sartre, *l'inconnu du vécu*. Étrange récupération postérieure de la partie organique de l'abstrait ; j'espère que tu me reçois cinq sur cinq. Je ne peux tout de même pas me cantonner dans un argot inspiré mais désinvolte. Par moments, ma nature profonde regimbe et se réclame de ma culture.

Or donc, suivant le déroulement de la bobine, je vois se développer chez ma terlocutrice une tendance bien nette à vouloir me tirer les vers du nez à propos de l'« affaire » qui m'a amené en Uruguay. Dans la foulée, je ne m'étais pas rendu compte de la chose pour une raison très simple : *j'avais dit la vérité quant à mes motivations*. N'ayant rien caché à Ramírez, je lui parlais de cette histoire en toute bonne foi.

En écoutant mon enregistrement, je constate, primo, que j'ai la voix pâteuse ; deuxio, que la María del Carmen cent fois sur l'établi remet son ouvrage, revenant sans cesse sur ce que je sais de Vogel et sur mon « alliance » avec les Rosbifs. Comprenant enfin que je suis franc du collier, elle abandonne le sujet et s'amuse de mes madrigaux. Sans doute la flattent-ils ? Toute femme est sensible aux hommages, comme tout homme l'est à la flagornerie.

À la fin de l'audition, je stoppe mon bitougnet et me mets à réfléchir. Le lieutenant uruguayen est un méticuleux, un flic de devoir qui aime aller au bout des choses. Que son épouse l'y aide est plutôt touchant. Cette superbe créature se révèle femme de devoir ; elle pense à seconder son mari, non à l'encorner. Je regrette pour ma grosse veine bleue, mais ressens, quelque part, une obscure satisfaction à découvrir qu'il existe des frangines fidèles.

Je me sers un second Coca-vodka et attends que les glaçons accomplissent leur mission. Déjà, les parois du verre s'embuent ; heureuses prémices. Est-ce la cuisine épicée de María del Carmen, ou bien sa liqueur « neutralisante », toujours est-il que je me trimbale un début de gueule de bois très inconfortable.

Tiens, les plaintes de l'Anglaise ont cessé. Les amants d'un soir seraient-ils parvenus à une heureuse conclusion ?

J'entrouvre ma porte et, pile à cet instant, je les vois quitter la piaule de l'« Éventreur ». La petite Pamela avance comme un compas doté de motricité. Charitable, son chevalier la soutient par les épaules et la convoie jusqu'aux ascenseurs. Dans le silence retrouvé de l'étage, je l'entends lui dire :

— V'voiliez, ma puce, c'dont on parvient à faire av'c d'l'eau chaude et beaucoup d'savon ? J'savais bien qu'j'arriv'rerais à dégoder. Moi, dans ces cas-là, j'pense à des choses tristes : not' vieux chien Bizu qu'j'avais écrabouillé av'c le tracteur, biscotte il était sourdingue comm' un pauv' et n'm'avait point entendu surviende. Ou bien la fois qu'mémé s'est fait engourdir sa pension à la foire d'Saint-Locdu-l'Bas. Y avait des romanos dans la régegion, c'est eux qu'a fait l'coup, probab'. Chez nous, personn' est capab' d'voler un' vieillasse.

« J'marche trop vite ? S'cusez-moive ! Surtout beurrez-vous bien l'fion à la vas'line, ma darlinge, c'te nuit avant d'vous pager et d'main au réveil. Et dites-vous qu'à partir d'doré d'l'avant, vous v'là performante du baigneur, mon p'tit trognon. Chaque fois qu'vous aurez des chican'ries su' l'devant, vot' train arrière répondrerera présent ! Ça n'a pas d'prix, vous verrerez ! Jamais prise au dévolu, chérie. J'sus sûr qu'en Angl'terre c'est pas courant. Chez les mecs, p't-ête, mais pas chez les frangines. Enfin, si on s'rendrerait pas service, d'une nation l'aut', les r'lations plomatiques tourn'raient au caca v's êtes d'accord. En somm' si j'voudrerais résumer la situasse : en vous empétardant comm' j'l'aye fait, c'est tout' l'Angl'terre qu'j'aye emplâtrée !

Il lui ouvre la porte de l'ascenseur et notre tendre alliée disparaît.

Je lance un léger coup de sifflet qui appartient à nos conventions secrètes, et Messire s'apporte, détendu.

— J'ai vu l'coup qu'j'allais passer la nuit dans ses miches, soupire-t-il en refermant la lourde.

Rapide tour d'horizon pour nous résumer nos activités respectives (et respectables).

Pour deux gonziers qui viennent tout juste de s'apporter en terre sud-américaine, nous n'avons pas perdu notre temps.

— Tu as sommeil ? demandé-je à ma Tête d'Hilare.

— Non, biscotte j'ai le paf qui m'cuit, répond-il avec sa loyauté coutumière et inexorable.

— Tu serais partant pour une petite expédition nocturne ?

— Yes, sœur ! répond ce loyal ami, gagné si étrangement à la cause britannouille.

— Heureux de te l'entendre dire.

M'empare de l'annuaire des téléphones de Montevideo, l'ouvre sans coup férir aux pages des R et, en moins de temps qu'il n'en faut à un redresseur de torts pour transformer un tire-bouchon en tisonnier, dégauchis le numéro que je souhaite.

Le compose.

Ça vibrionne un bon bout de moment. Puis, la voix cruellement endormie de Ramírez émet le grognement d'un ours qui, en pleine hibernation, se fait bouffer les couilles par une marmotte.

— Une montagne d'excuses pour venir gâcher un aussi beau sommeil, lieutenant, lui dis-je, mais comme vous ne l'ignorez plus (et là je place un bel effet de voix), je joue et jouerai toujours franc-jeu avec vous.

Il a du mal à s'arracher aux bras de Morphée, bien qu'il ne soit apparemment pas homo.

Ramírez émet un gargouillis inaudible. J'entends la voix de sa bellissima qui chuchote « Qui c'est ? » en espagnol décadent.

Je poursuis :

— En allié loyal, je vous informe que je compte profiter de la nuit pour opérer une discrète visite domiciliaire chez notre homme. Me trouvant ici en franc-tireur, je puis me permettre des choses qui vous sont provisoirement impossibles. Je vous ferai part demain du résultat de cette escapade. Mais il serait sans doute bon que vous préveniez de ma venue les hommes de surveillance. O.K. ?

Je vais te dire le fond de ma pensée : Ramí, c'est un gars qui comprend vite à condition de lui expliquer lentement. Après que je lui eus rabâché ce discours à plusieurs reprises, il finit par murmurer :

— Entendu.

Et il ajoute avec une nuance d'admiration :

— Vous ne dormez donc jamais ?

— Je m'assoupis seulement quand on me fait boire certaines liqueurs, mon cher ami. Je vous tiendrai au courant de la suite de mes initiatives plus ou moins licites. Mes hommages tardifs à votre merveilleuse épouse ; elle est si belle que vous ne devriez pas la tromper.

Je raccroche sur ce conseil très peu sibyllin. Je te parie le carré de l'hypoténuse contre la somme des carrés des deux autres côtés qu'il n'est pas prêt de se rendormir, le fringant lieutenant.

Juste qu'on sort de l'hôtel, un bahut vient y décharger quelques touristes allumés (mais près de s'éteindre). Nous l'affrétons aussi sec et l'exquis métis qui le conduit nous emporte vers la grande maison moderne où il ne doit pas être désagréable d'« enfiler le parfait amour », selon Alexandre-Benoît, l'homme au membre endolori.

Silence et presque obscurité, car une lanterne extérieure répand une lumière magrittienne près de l'entrée. Je congédie le gonzier qui a cru bon de troquer son tomahawk ancestral contre le volant d'une Ford. Des lucioles farandolent. Là comme ailleurs, les « dames de la nuit » mettent le pacsif pour t'émouvoir les fosses nasales.

On mate la construction, on écoute. C'est le calme sépulcral. La voiture qui naguère était au parking fleuri est absente.

Le Gros grommelle son leitmotiv habituel :

— Et maint'nant ? On s'fait cuire un œuf ou on s'lave les pieds ?

En réponse, j'actionne le timbre de l'entrée. On l'entend ronfler à l'intérieur. Alors, comme rien ne s'opère, je m'exprime au moyen de l'ami sésame. Je titille à peine, trifouille fort peu. La serrure, intimidée, cède à mes instances.

Go in !

Un immense living que le clair de lune nous révèle discrètement. Des meubles de la Renaissance espanche, des reproductions de toiles universelles : Picasso, Braque, Dufy.

Dans un recoin tendu d'indienne, un énorme téléviseur fait face à un canapé deux places gonflé de coussins avachis. Il est flanqué d'un bar sur roulettes où les whiskies dominent. Il est probable que le locataire passe beaucoup de temps à regarder les programmes sud-américains.

— Fais le pet ! enjoins-je au Mammouth.

Cette expression signifie « fais le guet », mais il la prend au pied de la flatulence et ne perd pas l'occasion de m'interpréter un solo de tuba-soissons.

Je le laisse s'embaumer seul et me hâte de monter à l'étage, lequel, comme disait une académicienne du Femina, n'est séparé du rez-de-chaussée que par un escalier.

Ces grandes habitations futuristes ont une caractéristique commune : leur petit nombre de pièces. Les architectes pour riches ont le génie de la place perdue. Ainsi, dans le cas présent, la chambre de maître à elle seule fournirait un superbe apparte pour une famille de quinze personnes.

Alcôve envoûtante au lit large comme une place de marché aux bestiaux, coin télé, coin gymnique, coin bibliothèque, coin repas, recoins multiples. Et coin bureau. Des marches de marbre conduisent à une baignoire surélevée, isolée de la pièce par des parois de verre.

J'entreprends une exploration méthodique de cet endroit singulier, plutôt plaisant pour peu qu'on y vive à deux. Mais seul, on doit s'y sentir paumé, surtout quand, comme mégnace, on crèche dans un pavillon en meulière.

Je cherche les indices d'une présence féminine, même occasionnelle, et n'en trouve pas. Curieux mec qui reste solitaire dans cette construction à grand spectacle. Il a raison de partir en java, la nuit, sinon, malgré la beauté du site, il deviendrait vite neuneu.

Après mon examen d'ensemble, je me livre à des recherches plus minutieuses. T'en donne en vrac les résultats. Dans la table de chevet, je trouve un petit vaporisateur de poche contenant un gaz anti-agression. Sous le traversin, il y a un magnifique riboustin chromé, de calibre 9 mm, capable de transformer une peau de rhinocéros en bande pour limonaire. Dans la partie salle de bains, je découvre, sur la tablette du lavabo, un pot de porcelaine empli de poivre moulu, denrée efficace quand tu en virgules une poignée dans les falots d'un vilain. Sous la table à petit déjeuner, voici une sorte de dague à la lame effilée longue de vingt-cinq centimètres.

Mon inspection se poursuit et me permet de constater que cette taule, mine de rien, est équipée pour parer à des visites malintentionnées. Une vraie place forte, dans son genre. À se demander comment son locataire ose sortir sans garde prétorienne et dans autre chose qu'un char d'assaut.

Mais je ne suis pas au bout de mes surprises, comme on dit puis dans les livres à suspense du siècle dernier. Lorsque j'investigue le dressinge-roume et que j'ouvre la porte de la penderie, je me trouve nez à nez avec une photographie 13 × 18 punaisée contre la partie intérieure d'icelle. En découvrant ce portrait, les bras et la bite m'en tombent.

Car je connais l'homme qu'il représente.

Un type doté d'une assez belle gueule, ma foi. Je le classerais sans hésiter parmi les mecs séduisants, tu vois ? Le regard est profond, volontaire, enjôleur. La bouche sensuelle. Elle découvre une denture qui bouffe la vie et les chaglattes voracement. Ce qui éclaire surtout cette figure agréable, c'est la grande intelligence qui s'y lit.

Mais à quoi bon te faire languir davantage ?

Ce portrait, tenez-vous bien, amis lecteurs et trices, ce portrait C'EST LE MIEN !

Capítulo nueve

À l'incrédulité succède la stupeur.

À la stupeur, l'effarement.

Tout autre que moi en pisserait dans son froc. Heureusement, et jusqu'à preuve du contraire, mes sphincters sont à toute épreuve. Donc, pas d'incontinence à déplorer. Mes testicules demeurent au sec.

Ayant quelque peu recouvré mon calme, donc ma lucidité, j'entreprends d'« explorer » la photo pour tâcher de déterminer où et quand elle fut prise. Elle me représente en plan moyen. Je suis coupé à la ceinture. La position de mes bras indique que j'étais en mouvement quand on m'a flashé. Pourtant ce n'est pas une attitude de marcheur.

Je me consacre à l'arrière-plan de ce cliché. À première vue, il semblerait qu'on m'ait photographié sur fond de ciel. À y regarder attentivement, ce n'est qu'en partie vrai. S'il y a du ciel, il se trouve tout en haut de l'image, très au-dessus de ma tête. Entre mes épaules et lui, la zone claire qui se révèle est celle d'une grande place que l'objectif, réglé pour une prise rapprochée, laisse dans une sorte de flou spectral.

Attends, ça me titille les cellules grises. Je me visionne à châsses perdues pour tenter coûte que coûte de retrouver ce bout d'instant de ma vie qui m'a été dérobé. Mes méninges font du home-trainer. Tu as déjà vu, dans un vélodrome, ces pistards immobiles sur leur vélo qui attendent qu'un des leurs attaque pour fondre sur lui tels des oiseaux de proie et tenter de le baiser au virage ? Me trouve dans une situation analogue. Je retiens ma gamberge pour laisser à la photo le temps de livrer tout ce qu'elle contient. Ma posture, par exemple…

Putain ! ça me cigogne brusquement la pastèque : là-dessus, je sors de ma Ferrari. Oui, la position de mon corps est éloquente. Je viens de m'arracher de mon bolide et ce petit truc pointu, en bordure d'image, c'est le coin supérieur de la portière. J'ai été photographié de l'intérieur d'une autre bagnole, ce de bas en haut.

Récapitulation : au moment où j'ai stoppé, une tire qui devait me filocher s'est rangée à ma hauteur, de l'autre côté de la chaussée, le temps qu'on mette ma bobine sur bobine. Moi, illustre tête de nœud, je n'y ai vu que du schwartz.

Où et quand était-ce ?

De quelle place s'agite-t-il ?

C'est pas un nom de place qui me vient, mais un nom de fille : Jeanne. Une môme de premier ordre. Étudiante en lettres. Brillante. Elle a écrit un bouquin sur moi titulé *Faut-il brûler San-Antonio ?* avec, en sous-titre, *Ou bien l'adorer*. Me l'a apporté à la Grande Volière, une fin d'aprème. Rosissante et hardie à la fois, comme le sont beaucoup de gercettes aujourd'hui. Elle avait mis une jupe plutôt brève, en jean, un sweater blanc, une sorte de boléro brodé. Elle était très brune, avec la peau mate et des yeux d'Indienne. Ses longs cheveux ramenés sur son côté gauche en une forte torsade tenaient par des élastiques.

Son « livre » se présentait comme une sorte de grosse brochure photocopiée.

Il m'a ému, probablement parce que la gosse était émouvante ? Je m'en suis saisi aussi gauchement qu'elle me l'a tendu. J'ai dit des trucs idiots dont je n'ai pas conservé le moindre souvenir.

J'étais bien décidé à ne pas le lire : je ne prends jamais connaissance, ou presque, de ce qu'on tartine à mon sujet. Ce que je ponds sort de moi sans le moindre calcul. Ça plaît ou déplaît, je n'y puis plus rien. On n'écrit pas à la poule pour lui parler de son œuf. Il a été pondu et tu ne peux plus rien ajouter ni retrancher. Quand on me signale un bon papier, il m'arrive de le lire. Mais il me déçoit tout de même parce que je sais pertinemment qu'il n'a plus le moindre rapport avec moi. On vit séparément désormais. On ne se rencontrera plus, le book et ma pomme. Ç'aura été une connivence d'un instant qui tourne au rendez-vous manqué. Mais comment faire comprendre ça à des gens qui ne connaissent pas les affres du créateur, non plus que ses espoirs ? Chacun de nos actes est un malentendu.

Et je t'en reviens à la jolie Jeanne. Elle abandonne son « étude » sur mon bureau et tourne les talons. Je la rappelle comme elle parvient à la porte. La voilà qui se retourne. Un vraie squaw, je te jure. On se visionne bien au fond des orbites.

Je dis :

« Votre spartiate gauche est délacée. »

Elle reste pétrifiée par je ne sais quel désespoir, puis rajuste sa chaussure que j'ai appelée « spartiate » mais qui serait plutôt du genre cothurne. Et puis s'en va.

Je suis troublé.

Avant sa visite, je m'apprêtais à vider les lieux. Au lieu de ça, je me fous à bouquiner son « essai ». Blabla. J'aurais préféré qu'elle m'offre sa chatte, là j'aurais pris un plaisir extrême à la parcourir et me serais humecté les doigts pour tourner les pages.

Je m'en vas, le manusse sous le bras.

Au dos, elle a écrit son adresse. C'est en banlieue ouest, à Triel-sur-Seine. Je m'y rends. Et voilà l'origine de la photo qui figure dans la penderie du pseudo-Kurt Vogel. Un jardin public. En bordure, des immeubles banlieusards. Elle crèche au 6. Je trouve son blase sur une boîte aux lettres éventrée. Deuxième étage, y est-il précisé. Je monte. C'est un mec qui répond à mon coup de sonnette. Un grand zig de vingt-cinq piges, pas rasé, en tricot de corps. Il a un bébé qui pue le lait suri dans les bras.

« — Chez Mlle Bescherel ?

« — Oui… »

Et puis il me reconnaît.

« — Mince ! Vous êtes…

« — Oui. Elle est là ?

« — Pas encore rentrée.

« — Vous voudrez bien lui remettre ce manuscrit ?

« — Bien sûr. Vous y avez jeté un coup d'œil ? »

L'expression convient pile à la réalité.

« — Oui.

« — Vous en pensez quoi ?

« — Rien.

« — Vous le trouvez mauvais ?

« — Au contraire, c'est excellent, mais ça ne me concerne pas. Le bébé est à elle ?

« — À elle et à moi.

« — Une fille ?

« — Oui.

« — Elle s'appelle comment ?

« — Princesse.
« — C'est un prénom, ça ?
« — Maintenant qu'elle le porte…
« — Évidemment. Salut ! »

Je retrouve ma Ferrari au ras du trottoir. J'ignore que quelqu'un m'a flashé. Et voilà que la photo est punaisée dans une penderie de Montevideo. Si tu penses que ça n'est pas un mystère, c'est que tu es blasé !

Je musarde encore dans l'immense chambre. Une étrange mélancolie m'envahit, résultant sans doute de l'obscure menace que constitue pour moi le portrait de la penderie. J'en ai vu d'autres. M'émeus rarement. Pas spécialement courageux, dirais plus volontiers fataliste. Seul l'inéluctable arrive. Alors pourquoi tout craindre ?

Laura, doux visage à peine entrevu…

Toujours cet air qui me pétouille en période de spleen. C'était quoi, cette Laura ? Une gonzesse qu'on croyait morte mais qui ne l'était pas. Que fait-il à Montevideo, M. Vogel ? Il se planque ? Pourtant la nuit il drague dans les boîtes. Tu estimes que c'est prudent ?

Un bruit bizarre.

Je mets au moins trois secondes à réaliser que c'est le ronfleur du bigophone.

Dans ces cas précis, deux possibilités : soit tu décroches, soit tu laisses sonner jusqu'à ce que le correspondant se fatigue. Je gamberge, pesant le pour et le contre, le temps de quatre turlus. Finalement je cramponne le combiné et, prenant une voix de connasse endormie :

— *Diga me !*

Puis un organe féminin :

— *El señor Vogel, por favor.*

— *No este aquí.*

— *Gracias !*

On raccroche.

Je idem.

Déjà, je me joue la *Valse des regrets*. La gonzesse qui vient de carillonner fera état de son appel au locataire. Alors, sachant qu'il n'y a personne chez lui, le mec comprendra que ça se gâte.

Mécontent de moi et peu satisfait de l'existence dans son ensemble, je prends le parti de tailler la route.

C'est au tournant de l'escalier de marbre que je réalise la merderie qui s'est opérée céans pendant mon séjour au premier.

Deux hommes gisent inanimés sur le sol du living. Je les reconnais depuis l'endroit surélevé où je me tiens : Béru et Vogel.

Ils sont proches à se toucher. Le Mastard est face au sol alors que Vogel, lui, repose sur le dos.

Pour ce dernier, les choses paraissent mal barrées car il a la partie gauche de sa boîte crânienne complètement défoncée par un objet contondant que le Mastard tient dans sa main droite : un chandelier de fonte noire, à la forme moderne ; je l'ai vu naguère en pénétrant dans cette pièce.

A priori, il semblerait que Vogel soit arrivé par surprise et qu'il ait voulu neutraliser mon pote, lequel, n'écoutant que son tempérament, a saisi ce qui se trouvait à sa portée, le chandelier en l'occurrence, et en a administré un coup dans la poire de Kurt.

Question élémentaire (cours moyen) du cher Watson : « Qui a terrassé le Mammouth ? »

Cherchant, je trouve.

Une capsule de gaz anti-agression. Elle gît sur le tapis. Nous voilà bien Loti, mon pauvre Pierre !

Je parviens à rouler ma barrique de connerie sur le flanc. Béru respire en produisant un bruit de liquide porté à ébullition.

Rassuré sur son compte courant, je vais me genouiller auprès de notre « client ». Sache qu'en ce qui le concerne, son horoscope ressemble à son encéphalogramme : il est aussi plat que la poitrine de la reine Babiola.

Alors là, m'est avis que la situasse vire à la cata des grands jours. Si tu me permets de résumer : j'ai personnellement réveillé le lieutenant de police pour lui annoncer que nous allions procéder à une violation de domicile, opération au cours de laquelle mon incomparable adjoint carbonise le zigus qui tant intéresse les flics de différentes nations, dont l'Angleterre, merci du peu, Your Majesty !

Si t'appelles pas ça un pot-à-chiasse, c'est que t'es trop poli pour lire mes books, auquel cas faut te rabattre sur *Les Aventures de Chattounette*, la petite ado qui se masturbe avec un doigt seulement !

Capítulo diez

Un qu'est moins affable que La Fontaine, c'est mon ci-devant pote Ramírez. Il s'est rhabillé en hâte et a toujours sa tache de sperme sur sa braguette.

Ces Sud-Amerloques, c'est fou ce que leur barbe pousse rapidos. Hier soir, quand il m'a invité à dîner, ses joues bleuissaient à peine. À deux plombes du mat', c'est carrément le piège à macaronis qu'il se trimbale. Il ferait minette à María del Carmen dans cet état, elle aurait la peau des cuisses abrasée, la chérie.

Les sourcils charbonneux, l'œil pas tendre, puant un tantisoit de la gueule, il est pas amène du tout, dirait un littérateur.

Il marche dans la partie dégagée du livinge, en évitant le cadavre. Quand il lui coule un regard, celui-ci est de fureur. Il en veut au mort de sa nuit gâchée, de son enquête carbonisée, du foin que ce meurtre va provoquer dans Montevideo.

C'est un gonzier qui connaît à bloc le pilotage sans visibilité, Ramí. Il veut pas que sa carrière prenne de la gîte à cause de deux Français venus lui donner des leçons de police.

Il me dit brusquement :

— Je ne peux faire autrement que d'arrêter votre collaborateur !

Je hausse les épaules.

— S'il affirme n'être pour rien dans la mort de Vogel, vous pouvez lui faire confiance ! rebiffé-je. Le principal Bérurier est le flic le plus digne de foi que je connaisse.

— Moi, je ne le connais pas ! riposte mon homologue.

On se visionne rapidement, en patibulairant de la prunelle. À cet instant, nous nous haïssons, et je niquerais volontiers sa gerce devant lui pour montrer à ce rouleur de mécaniques ce que c'est qu'une vraie séance d'embroque à la française.

Le Mastard grommelle :

— Qu'est-ce y dégoise, ton calamistré d'mes roupettes ?

— Il ne croit pas à ton innocence.

— Et à sa connerie, il y croive ?

— On t'a trouvé avec l'arme du crime dans la main, fais-je valoir.

— Et quand bien-ce même je l'eusse t'eue dans le fion, ça changerait quoive ?

Belle âme sereine ! En paix avec elle-même. Il ne craint ni Dieu ni diable, mon Valeureux, puisqu'il se sait blanc-bleu.

— Comment expliques-tu ce qui s'est passé, alors ?

— Étant donné qu't'attardais n-en haut, je m'aye assoupi dans un fauteuil. N'oublille pas qu'j'viens d'êt' malade et qu'j'aye l'organisse bourré d'médicaments. Deux gonziers a dû surviendre en loucedé. Y m'ont gazé les naseaux, n-après quoi l'un a buté l'aut' et m'a filé c'candélabe en pogne. Pas marle ! Faut t'êt' c'te tronche d'paf pour pas y admett', mec.

I am convaincu que ce policier intègre exprime la vérité du Bon Dieu, comme on disait dans les books amerloques de jadis. Effectivement, là est le canevas suivi par le meurtrier de l'homme que nous traquions. Vais-je pouvoir le faire encaisser à mon confrère d'ici ?

Je tente.

Il m'écoute, un indéfinissable sourire aux lèvres. Il y a autant de crédulité sur sa frite de Casanova pour noces et banquets que de mansuétude chez un dynamiteur du F.I.S.

Lorsque je me tais, il dit :

— Mon cher, votre version des faits me semble quelque peu romanesque. Il appartiendra au juge d'instruction qui va être commis de la vérifier.

Il lance un ordre à l'un de ses hommes restés debout près de la porte. Ce dernier dégage une paire de menottes de son ceinturon et s'approche de Sa Majesté hydraulique. Je me dis que si Bibendum se laisse aller à sa nature profonde, le flic aux menottes devra foncer chez le dentiste et l'oto-rhino toutes affaires cessantes.

— Surtout ne fais pas le méchant, Alexandre-Benoît ! l'exhorté-je. Si tu regimbes, ce sera le désastre ; je vais t'arranger les bidons sitôt que l'ambassade de France ouvrira.

Il est très bien, le Mammouth. Tendant ses monstrueux poignets, il ricane :

— Vas-y, joli macaque, un d'ces quat' j't'montrererai comment c'est fastoche d's'débarrasser d'tes cadennes !

— Emmenez-le ! dit Ramirez à son subordonné.

Et voilà mon cher Béru emballé comme un malfrat. Il me lance :

— Grouille-toive d'm'arracher, gars, qu'sinon, d'main soir, j'leur tire ma révérence, plus quéques pains dans la gueule ; tu m'connais ?

Il quitte la pièce en bombant le torse. « Sûr de lui et dénominateur », que disait le Grand Charlot qu'avait des baffles plus vastes que des antennes paraboliques.

Un court silence. Je fixe le lieutenant avec attention. Sa fumiardise fait presque peine à voir. Comme on peut se gourancer sur les gens : je l'avais jugé con, mais bon zig. Et voilà que je suis en train de réformer la seconde partie de mon appréciation.

— Quant à vous, me déclare-t-il, je vous serais reconnaissant de ne pas quitter la ville jusqu'à nouvel ordre, n'est-ce pas ? Je vous tiens pour suspect, voire complice dans cette affaire.

Je lui souris tendre.

— Cher confrère, murmuré-je, seriez-vous prêt à jurer sur la vie de votre ravissante épouse ou sur celle de la dame qui vous a causé cette tache de sperme sur la braguette au cours de votre absence nocturne ; seriez-vous disposé à jurer, dis-je, que vous croyez réellement à la culpabilité de mon collaborateur ?

Ce parlant, je le mate pleins phares, et avec une telle intensité qu'il finit par détourner les lotos.

Alors, bibi, empli d'une mâle assurance, de lui poser la main sur l'épaule.

— Ne me prenez pas pour un enfant de chœur, cher Ramírez y Ramírez y Ramírez[1], en feignant d'avoir trouvé la clé d'un mystère qui va nous valoir bien des rebondissements. Je vous donne jusqu'à cet après-midi pour élargir mon assistant, lequel l'est déjà pas mal. Lorsque cette affaire sera solutionnée, nous ferons le gueuleton prévu, tous les quatre.

— Quels quatre ? il fait gauchement, ce nœud coulant.

— Votre délicieuse épouse et vous, plus mon effroyable collaborateur et moi. Je sens que ce sera détendu et que nous passerons une bonne soirée.

— Vous vous faites des illusions, fait ce macho de mes belles deux.

---

1. Je devrais l'appeler « Ramírez au cube ».

— Peut-être. L'avenir nous le dira ! rétorqué-je, kif dans les fascicules de *Branlette Story*, à la fin d'un épisode.

Et je m'en vas.

Dans la nuit !

Capítulo once

Les photos sont excellentes. Surtout une qui représente un gros plan du chibre béruréen enfournant le mignon dargiflard de Pamela Right. La durite du Mastodonte est extravagante. Chaque fois qu'il m'est donné de l'apercevoir, je ne puis réprimer un haut-le-corps tant ses surdimensions m'intimident. Une fois encore, la chose me bouleverse. J'ai la preuve que les desseins de la Providence sont impénétrables, qui permettent, justement, à cette formidable anomalie de l'espèce l'accès à un si gracieux prosibus.

En me remettant ces documents, le photographe pousse une tronche dévastée par l'incrédulité et la peur. Il ne savait pas, ce pauvre biquet, avec sa zigounette de caniche, que la nature pouvait produire des braques d'un tel calibre. Il est médusé de constater que, de surcroît, le zob fantasmagorique parvient à se loger en un fessier charmant qui pourrait tenir dans ses deux mains en conque.

— O.K. ! fais-je, après avoir passé les tirages en revue.

Je sélectionne sur le film la photo si impressionnante de l'intromission, puis une autre où le paf de Sa Majesté laisse la priorité au minois de l'infante, car, dans toute « levrette », il est des instants où la partenaire éprouve le besoin de se retourner pour avoir une vue d'ensemble du mâle besogneur. Même chez les bovins, je l'ai remarqué, ce réflexe existe.

Désignant les deux prises au photographe éberlué, je lui demande d'en tirer vingt-quatre de chaque. Du coup, l'homme se dit que je fais commerce de pornographeries et marque sa dubitativerie par une expression de frayeur telle qu'elle ferait capoter une grossesse de guenon.

Pour lui calmer les affres, je mets un billet de cinq cents dollars sur le comptoir.

— J'en ai besoin tout de suite, lui fais-je gentiment, le plus simple est que je les attende.

Et de me déposer sur l'unique siège de son estanco.

Hébété mais cupide, il regarde tour à tour la coupure et la péloche ; puis, cessant de balancer, il rafle le talbin et gagne sa chambre noire.

*
* *

Le vieux brocanteur repose toujours dans son fauteuil d'osier tressé où ont agonisé déjà deux ou trois générations de rats dans son genre. Je le salue mais il fait comme s'il ne me reconnaissait pas et, après tout, n'est-ce pas le cas ?

Je place mon pacsif de quarante-huit épreuves sur la banque de sa boutique. Dessus, j'ai écrit *Pamela Right* en belle écriture ronde conventionnée. Prudemment, j'ai scotché les bords de mon envoi, étant homme d'honneur soucieux de la réputation d'une dame.

— De toute urgence ! fais-je au fossile.

Il fait un temps miséricordieux : pas trop chaud mais ensoleillé, avec une brise en provenance de l'Atlantique. Des oiseaux gris tournoient au-dessus du marché aux poissons. En Uruguay, c'est moins échevelé que dans les autres patelins de la Sud-Amérique. La population s'y comporte plus calmos, à force d'Allemands, d'Italiens et de Russes. Du temps que je flâne, j'achète un beau sac de cuir pour Félicie. Ma vie est si trépidante que je ne lui rapporte presque jamais de cadeaux de mes pérégrinations.

Lesté de mon emplette, je retourne à notre hôtel.

— Il y a une visite pour vous au salon, me dit le concierge à la peau olivâtre.

Troublé, je m'y rends. Et qu'asperge-t-il, assise, les jambes croisées ? Mme Ramírez y Ramírez y Ramírez en personne.

Le soleil ! Elle porte une robe de lin jaune à col blanc. Comme bijou, un pendentif représentant le Christ du Corcovado qui surplombe la baie de Rio. Pour l'heure, le cher Seigneur surplombe la plus bioutifoule paire de loloches qui se puisse trouver, de l'équateur à la Terre de Feu.

— Quelle merveilleuse surprise ! soupiré-je en prenant place près d'elle.

Elle abaisse son imprimé, me considère avec gravité, puis un léger et doux sourire passe sur sa bouche ensorceleuse.

— Bonjour, murmure la divine épouse d'un sale con.

— Vous me pardonnez d'avoir troublé votre nuit ? dis-je. C'était mal vous remercier d'une soirée sublime.

— Avec le métier de mon mari, j'ai l'habitude des réveils inattendus, répond-elle.

— Puis-je vous demander ce qui me vaut le grand bonheur de votre présence ?

— Le besoin de vous parler.

— Hier soir, vous ne m'avez donc pas suffisamment « tiré les vers du nez » ?

Elle reste imperturbable et, après un silence :

— Où puis-je vous entretenir ?

Ses yeux se promènent sur les clients de l'hôtel, des Argentins et des Amerloques pour la plupart.

— Je vous proposerais bien mon appartement si vous ne trouvez pas la chose inconvenante ?

Tu remarqueras qu'à dessein j'ai usé du terme « appartement » davantage convenable que celui de « chambre ». Tout est dans la nuance lorsque tu t'adresses à une dame.

En tout cas, elle ne s'offusque pas de ma propose et, en matière de réponse, se lève. Me suit avec une docilité qui vous met un gant de boxe dans le bénoche.

Parvenus dans ma chambre, je la prie de s'asseoir. Au lieu de, voilage-t-il pas qu'elle s'approche, se colle à moi, noue ses bras à mon cou et se met à me galocher sauvagement les muqueuses. Dedieu ! Tu croirais le premier secours aux noyés, kif il est prescrit dans les manuels.

Moi qui ne m'attendais à rien de tel, compte tenu du calme dont elle faisait preuve, j'en éberlue de partout. Un éberluage teinté de ravissement, comme on dit puis chez les marins pêcheurs de Concarneau. Illico, j'envoie ma dextre en éclaireuse : un pressentiment ! Gagné ! Elle n'a pas mis de culotte. Donc y avait préméditation de sa part, María del Carmen. Projet de viol, si tu réfléchis.

N'écoutant que ma membrane dodelineuse, je lui cisaille l'entre-deux du tranchant de la main (d'où l'origine de l'expression « se faire trancher », je suppose ?). Elle commence déjà à geindre d'une manière sorcelante. Tu croirais une horde de louves en chaleur hurlant pour réclamer du trognon.

Cette personne me rend barge. Te la dépiaute en sixième vitesse, urbi et orbi. Lui tombe à genoux sur ses harnais giseurs, la saisis aux meules, lui débroussaille la touffe à la menteuse vorace. C'est plus des plaintes qu'elle exhale, mais des cris qu'elle pousse : des vrais, en espagnol sud-américain !

Incapable de conserver la verticalité, elle se laisse répandre sur la moquette. Charlotte, tu verrais le tableau ! La manière que, à demi pâmée, elle trémulse du concocteur à soubresauts ! En veut d'urgence, beaucoup, énormément. Je peux plus différer, j'ai la bistougne en soc de charrue, mézigue ! Le brabant de nos pères, souviens-toi ! Qui éventrait la terre, écrasait les mottes !

J'entreprends les travaux d'Hercule. Chacun de mes coups de reins la déplace de vingt centimètres, si bien qu'en moins de jouge, on se retrouve bloqués sous le plumard. Plus mèche de continuer ma besogne refoulante, ne dispose pas de suffisamment de recul. Veux l'en convaincre, mais en plein cirage, elle a enfoncé ses ongles dans mon dargiflard et refuse de lâcher prise. C'est l'aigle superbe emportant l'agneau dans son aire. Nous sommes inextricables, soudés, emmanchés quoi.

On est les soutiers de l'amour ! Les fouisseurs de la fornique ! Elle stridente de plus belle, ne s'interrompt que pour me mordre à l'épaule. Ça devient bizarre, comme passion. Compte-t-elle me manger tout cru ? N-en général, on m'attaque par le chibre, pas par le portemanteau. Elle lance des plaintes d'une sauvagerie tout à fait extrême. C'est même pas de l'espanche. De l'indien, tu crois ? Apache ou jivaro ? Ma rampe de lancement raccourcit. Je ne peux, faute d'élan, que poursuivre en m'engageant plus avant dans la personne. Ça contribue à son bonheur. Never on ne l'avait encore calcée ainsi. Elle fait part à l'univers de la découverte essentielle que constitue ce limage sous pression.

Notre démenage continue pendant des minutes indicibles. Je bois le ciel ! J'ai des élancements pourpres dans le bocal. Tu penses que je vais hémorrager de la calbombe ? Me retrouver dans une voiturette d'infirme pilotée par ma Félicie d'amour ?

L'explosion, enfin ! La formidable libération dans les étoiles ! J'affale sur Ninette, mort d'amour. Elle geint faiblement, tant tellement sa pâmade a été intense. Son panard court sur la vitesse acquise. Parcourue de grands frissons, il me semble étreindre encore une ligne à haute tension.

— Ça ne va pas, *señor* ? demande une voix.

Je regarde dans la direction et découvre un larbin à plat ventre qui nous visionne.

— Ça ira mieux si vous soulevez le lit pour nous permettre de nous dégager, réponds-je.

Capítulo doce

Nous nous remîmes avec peine de cette séance farouche. La pauvrette haletait kif les premières locomotives dans les rampes. Un instant, je craignas qu'elle s'étouffît. Des larmes superbes ruisselaient de ses yeux, ce qui n'a rien de très surprenant car d'où voudrais-tu qu'elles coulassent, figure-de-fesse-en-peau-de-zob ?

Je la prisas dans mes bras et couvris sa nuque de baisers qui en auraient fait mouiller plus d'une.

Elle balbutiait, en espagnol de là-bas :

— Oh ! je t'aime, je t'aime, chéri !

Ce qui est bien plus beau, débité dans la langue de Cervantès.

María del Carmen paraissait en proie à un véritable chagrin.

Je la bercis (tel le quai du même nom) en lui murmurant des mots tendres, comme quoi je venais d'accéder à l'extase, que j'étais prêt à lui en remettre vingt-trois centimètres dans les baguettes, à lui déguster la case-trésor en accompagnant cette suave manœuvre de deux doigts en canon de Colt dans la boîte aux lettres, que je rêvais de lui sucer les bouts de loloches jusqu'à ce qu'ils devinssent effilés comme des pointes de compas, que je comptais fermement la fourrer princesse, lui dévorer les légumes, la réduire aux acquêts, l'enduire à la colle d'affiche, lui manigancer l'échappement libre, lui lubrifier la bande du limonaire, l'extasier de la soupape, lui déponner les ballasts, engloutir son clapet, débitougner sa manche à air, désherber son mont de Vénus, écarquiller ses babines-gros-sel, pilonner sa base lance-missiles ; bref, la faire à ce point étinceler que, pendant la quinzaine qui suivrait, elle ne pourrait plus s'asseoir que sur les genoux.

Mais nonobstant ces promesses, pourtant précédées des faits (et d'effets), elle continuait de libérer son chagrin à gros sanglots salés.

Devant cette peine qui ne tarissait point, je m'alarmai, comme disait Mallarmé. En voulus connaître la cause pour tâcher de la lui extirper. Je n'eus de cesse qu'elle me livrât sa détresse.

J'obtins ses confidences. Elles me causèrent un certain émoi, tant le malheur d'une jolie femme est plus pathétique que celui d'une locdue tarte à en faire gerber un rat d'égout.

Contre toute apparence, son époux lui menait une vie d'enfer. Il la frappait plus que nécessaire pour assurer la bonne marche d'un foyer normal, lui infligeait des brimades et humiliations sans nom, la ployait à ses caprices, ce avec une persévérance sadique. Pas un jour ne passait, qu'il ne trouvât un moyen de la martyriser. Elle avait essayé de s'en ouvrir à son papa, mais celui-ci avait fait des affaires illicites avec la complicité de son abominable gendre et donc ne pouvait guère entrer en conflit avec lui.

Le chapitre des lamentations clos, elle passa à d'autres sujets qui, j'ose l'admettre, m'intéressèrent bien davantage. Non que je fusse insensible aux déboires conjugaux d'une aussi ravissante épouse, mais ce qu'elle me révéla concernait ma mission et donc avait priorité sur le reste. Cet être d'amour, à la sensualité de chatte humide, m'avoua qu'elle avait été chargée par son cosaque de me questionner la veille au soir, ce dont elle s'était acquittée avec répugnance, mais soumission. Comme une inclination spontanée la portait vers moi, elle avait été heureuse de constater ma loyauté et en avait fait part à l'abominable lieutenant de police. Plus tard, dans la nuit, j'avais téléphoné à Ramírez. Après ma communication, il jubilait et avait illico appelé le chef inspecteur Medialunas en lui disant :

« Ce sera pour cette nuit : les Français font une visite illégale chez notre homme. Vous savez où il est ? Au Rafael ? *Bueno !* Appréhendez-le discrètement, ramenez-le chez lui et faites le nécessaire avec un maximum de discrétion. Ensuite, il n'y aura plus qu'à intervenir et c'est les collègues parisiens qui porteront le sombrero[1]. »

1. En Amérique du Sud, expression populaire équivalente à notre « porter le chapeau ».

Le sang (et du chouette, crois-moi) me monte au cerveau. Fumier de Ramírez ! Ainsi, il attendait une occasion propice de liquider le terroriste en gardant le nez propre. Et c'est ce tocard de San-Antonio qui la lui apporte sur un plateau !

Ah ! la chère et délicieuse María del Carmen ! Que de reconnaissance je lui dois ! Je passerai les jours qui me restent à vivre à lui grumer le clito, à genoux sur des tessons de bouteille pour lui revaloir l'inestimable présent qu'elle vient de me faire !

Le traître de Ramírez ! Ce sombre et bas fumelard ! Cette déjection de crapaud hydrophobe ! Comment qu'il m'a bité, le sagouin ! Je vais avoir encore davantage de bonheur à lui évaser sa gerce ! Charogne, faut que je la fasse reluire jusqu'à fond de cale, cette gentille frangine !

Tout en lui clapant la menteuse, sans préjudice de quatre doigts groupés dans la caisse enregistreuse, je songe à la bonté divine qui me permet d'avoir connaissance des noirs desseins de gens mal famés et de sale embouchure attachés à ma perte.

Je lui réitère une séance cosaque de belle venue qui, de nouveau, la met sur les rotules. Dès lors, je la couche in my bed, la borde, la baisote aux paupières, lui fais « langue pointue » dans les oreilles et décide de prendre un bain assaisonné de sels parfumés et vivifiants (d'après ce que prétend le sachet qui les contient).

Juste que j'achève mes ablutions, j'entends qu'on me hèle depuis ma chambre. Le temps de passer un peignoir, et je sors de la salle d'eau.

Je suis alors en présence de devine qui ? Tu donnes ta langue de vache ? T'as raison, car t'aurais jamais trouvé ; pas seulement de par ton manque d'intelligence, mais parce que ça ressemble trop à du Labiche.

Ramírez ! mon ami. Pas moins. Autrement dit l'époux ! The mari ! Mister Cocu, en cornes et en os ! De quoi se bouffer les couilles en vinaigrette, admets ?

Je file un coup de saveur au page. Sa madame s'y est lovée et a tiré le couvre-pieu par-dessus son académie. Ne dépasse d'elle qu'une touffe de cheveux que je devrais plutôt appeler une mèche. Je maîtrise complètement la légitime panique qui s'empare de moi.

— Je ne vous ai pas entendu frapper ! fais-je d'une voix maussade.

Il déclare :

— J'ai frappé !

Son regard est tout coagulé, tout vilain, que tu le prendrais pour deux glaves de tubard en train de phtisier.

— Asseyez-vous donc, lui proposé-je en lui offrant un fauteuil qui, si j'ose dire, tourne le dossier au lit.

Mais ce sale veau secoue la tête.

— Pas le temps.

— On prend bien le temps de mourir, débité-je, parodiant feu ma vieille grand-mère qui chipotait jamais sur les formules toutes faites.

Il ne tient aucun compte de ces fortes paroles et me lâche d'un ton grondant :

— Votre gros type a tout avoué !

— C'est-à-dire ?

— Il reconnaît avoir assassiné Kurt Vogel.

Mon radieux sourire le trouble quelque peu, je le constate à la lueur indécise de son œil salingue.

Il prend souffle et me demande :

— Vous ne me croyez pas ?

— Non, mon cher.

— Pourtant ses aveux ont été consignés par le juge Belgrano.

Mon sourire s'accentue. Je m'approche de lui et déclare aimablement en toquant sa poitrine de mon index :

— Notre type a été trucidé par l'inspecteur-chef Medialunas, sur votre ordre, cher Ramírez y Ramírez y Ramírez.

Là, je le cisaille au ras de la tige. Il s'attendait si peu à cela qu'il perd tout de suite pied comme le font les petits tyrans à trois pesos de sa détrempe.

J'ajoute, sans cesser de le scruter, à la manière dont tu regardes une coquille de bigorneau pour t'assurer qu'il ne reste plus rien de comestible à l'intérieur :

— Je viens d'envoyer un message codé à Paris, mon bon ami. Il va vous pleuvoir des bordures de trottoir sur la figure si cette affaire dégénère. La seule conduite que vous puissiez adopter pour rester au sec, c'est de faire ramener mon collaborateur ici dans l'heure qui suit, de détruire les déclarations bidon que vous lui avez arrachées et de nous oublier. S'il nous arrivait le moindre problème au cours de notre séjour, ne serait-ce qu'une cheville foulée, vous le regretteriez de façon indélébile. Tenez, cher Ramí, le téléphone est là, donnez des instructions pour que M. Alexandre-Benoît Bérurier soit immédiatement ramené à son hôtel.

Je le biche par le revers de sa veste et gueule :

— Bouge-toi le cul, tête-d'haineux, sinon ta vie va ressembler à un seau hygiénique de cholérique !

Dompté, il empare le combiné que je lui tends de ma main libre. Il retrouve sa voix tranchante pour répercuter à ses services l'ordre que je viens de lui donner.

Si tu veux ma façon de penser, ça fait des années qu'on ne lui a pas parlé de la sorte. Qui sait, peut-être est-ce même la première fois ?

Lorsqu'il a raccroché, je le pousse dans un fauteuil.

— Nous allons attendre le retour de mon adjoint, fais-je du même ton sans réplique que précédemment.

Il est gris de rage.

— Pour le compte de qui avez-vous fait liquider Vogel ? interrogé-je.

Il garde son clapet fermé.

— Les Anglais ?

Mutisme complet. Je le houspillerais bien pour lui faire cracher le morceau, seulement je préfère me maîtriser. Too much serait trop, il est suffisamment humilié comme ça.

Et mézigue, de savourer cette situation, dont je t'ai déjà déclaré qu'elle était vaudevillesque : le cornard dominé en présence de son épouse qu'il martyrise ! Sans savoir qu'elle assiste à la scène, peu glorieuse pour lui !

Voilà, on a cessé de communiquer, lui et moi. Il mastique sa rage à pleines dents, moi je m'enfonce dans des supposes. J'entrevois des trucs-machins pas charançonnés, crois-le. Par flashes éblouissants ! Je me dis : « Et si les Rosbifs avaient décidé de faire liquider Vogel par "les Français" ? S'il était capital que nous portions le bitos, nous autres les Gaulois ? S'il existait une sorte de raison d'État à cela ? » Peut-être envoie-je le bouchon trop loin ?

Soudain, mon lieutenant de fripouillerie se penche en avant. Il vient d'apercevoir, sur le plancher, une chose qui « lui dit quelque chose ».

Une chose qu'il reconnaît bien.

L'adorable soutien-gorge de sa femme. Une exquise lingerie bleue, bordée de dentelle noire.

Capítulo trece

Tel un automate aux tomates, il s'avance pour s'en saisir. Le porte à son pif, en renifle le délicat parfum, reconnaît cette odeur sublime de femme jeune et de fleur sauvage. Il est devenu livide comme un lit vide. C'est le coup de gourdin sur l'occiput. L'anéantissement du maître floué par l'esclave. Tyran cocu, la terre s'ouvre sous son poids de cornard. Son cerveau pèse une tonne, car il se débat avec les espoirs ultimes du doute. Il voudrait refouler l'évidence. Soutien-loloches or not soutien-loloches de sa María del Carmen ?

Il respire derechef cette relique émouvante. Et puis, en chancelant, il marche jusqu'au lit, saisit le drap de dessus. Hésite encore. Doit-il s'abstenir ? Laisser place au doute salvateur ? Ou bien se rendre au supplice ?

Sa quiétude est en équilibre précaire. Mais l'homme, tu ne l'ignores point, a le goût du malheur. Celui-ci constitue sa vocation profonde. Alors, d'un coup sec et brutal, il arrache le couvre-lit.

Les chênes qu'on foudroie, qu'on fout droits ! Il reste silencieux. Son bénoche se pare d'une auréole d'humidité qui va s'élargissant. La gentille est là, pétrifiée. Nue, avec son triangle de panne pour tout vêtement. Elle fixe son Raminagrobis avec fatalisme, sachant bien qu'il va la trucider ou la déguiser en hamburger.

J'aimerais qu'il parle. L'individu qui profère est moins dangereux que celui qui se tait.

Il la traiterait de pute borgne, de saloperie vivante, de charogne pestilentielle, ça détendrait l'atmosphère. Mais ce mutisme de tragédie, ce regard fixe de médium qu'on ne peut réveiller annoncent des abominations sous pression. Peut-être que je devrais prendre l'initiative, tu crois pas ? Dire n'importe quoi pour renouer avec l'humanité soudain absente ?

En fait, c'est María del Carmen qui se manifeste.

Elle fait, fixant l'époux honni jusqu'au fin fond de ses yeux :

— Tu vois, Luiz, je me suis donnée à cet homme et il m'a fait jouir comme je n'avais encore jamais joui. J'ai râlé d'amour en prenant son sexe dans le mien. Il m'a procuré un plaisir dont tu n'as pas la moindre idée. Il est fait pour donner le bonheur, comme toi le malheur. Tu peux me tuer, ça n'a plus aucune importance ; grâce à lui, j'aurai été heureuse.

Elle se tait, place ses bras derrière sa tête, mouvement qui fait se dresser ses seins et, sublimement résignée, s'abîme dans la contemplation du lustre à pendeloques.

Le bafoué, avec une lenteur exaspérante, soulève l'arrière de son veston et dégaine son pistolet. Je me dis que le vaudeville débouche parfois sur la tragédie.

— Ne commettez rien d'irréparable, Ramírez ! lancé-je. Pensez à votre carrière !...

Il opère un quarante-cinq degrés et me braque. Je vois blanchir son index sur la détente. D'un bloc, je m'écroule un millième de seconde avant que la valda parte et aille pulvériser une potiche chinoise de bazar placée naguère sur la commode.

Ce sagouin assassin fait un pas en arrière pour me mieux cadrer au sol. Cette fois, je vais dérouiller le potage !

Non ! Mon lutin personnel souffle à María del Carmen ce qu'elle doit faire pour revaloir au mâle, qui l'a si magnifiquement sabrée, la monnaie de sa bite.

La lampe de chevet !

Elle s'en saisit et l'abat sur le cigare du mari abhorré. Je t'ai pas encore dit ? Le pied de la loupiote est en marbre vert. Trucmuche y Trucmuche y Trucmuche s'efface une tisane soporifique de toute beauté et reste inanimé près de moi.

— Merci, chérie. Sans vous, ma mère serait en grand deuil. Vous venez de donner la preuve d'un grand courage ; seulement, il va falloir vous mettre à l'abri car la vengeance de votre vilain risque d'être sanglante !

Là-dessus, la porte s'ouvre en grand puisqu'elle doit laisser le passage à Béru.

Le Majestueux pénètre dans l'apparte, la bouche amère, l'œil glauque. Il regarde le lieutenant inanimé.

— T'as commencé à faire le ménage sans m'attende ! me reproche-t-il.

— Ce n'est pas moi, mais Madame.

Le Mammouth s'humanise.

— Compliments ! dit-il. On voye qu'vous d'vez faire d'la gym', ma poule.

— Elle est l'épouse du lieutenant.

— Alors j'comprenve son mouv'ment d'humeur ; c't un' vraie véritab' ordure, qu'c'gazier.

Je gamberge à la vitesse grand C. Il faut que ma belle Uruguayenne parte en voyage le plus vite possible.

— Vous possédez un passeport, ma chérie ?

— Naturellement. Je l'ai même dans mon sac.

— Vraiment ? dis-je comme dans les feuilletons où on tire à la ligne.

— J'avais pensé que je m'en irais avec vous. J'ai même pris des traveler's cheques que mon père m'a donnés à mon anniversaire !

— Parfait. Foncez à l'aéroport et prenez un avion pour n'importe où. Une fois en sécurité, vous vous organiserez ensuite pour aller à Paris. Je vais vous donner une adresse où vous devrez m'attendre : je vous rejoindrai d'ici quelques jours.

Là-dessus je lui roule la pelle du siècle et elle enjambe son mec avec répulsion, comme s'il s'agissait d'une merde. Mais n'en est-ce point une ?

Je mets le Gros au courant des dernières péripéties que je viens de traverser. Il m'écoute en mangeant tous les sachets de biscuits et amandes salées que recèle le réfrigérateur.

— J'ai bouffé av'c les anges, dans leur taul' d'cloportes, fait-il, on va s'aller cogner un' briffe de pacha, mon pote ?

En attendant, il vide tour à tour : un quart de champagne, une topette de Campari, une de whisky, et une ribambelle d'autres alcools, dont du gin, de la Marie Brizard, du rhum blanc, du Cointreau, de la fine champagne, plus des trucs bizarres, inusités dans l'hémisphère Nord où je séjourne la plupart du temps.

Lorsque j'ai achevé mon récit, Sa Majesté demande avec placidité :

— Qu'est-ce on va faire du cadav', grand ?

— Quel cadavre ?

Il désigne le cocu, toujours inanimé.

— Tu t'aperçoives pas qu'c'gonzier a avalé son bull'tin d'naissance ?

Mon cri ressemble à celui du cormoran, le soir, au-dessus des jonques, aurait dit mon vieux Michel Audiard. Je tombe à genoux sur la moquette, pose ma dextre sur la poitrine du cornard : parti sans laisser d'adresse !

Je lève les yeux sur Sa Majesté graisseuse.

Haussement d'épaules fataliste du gentleman.

— C'est le bouquet ! je murmure.

— Pour un enterrement, c'tout indiqué !

— Te rends-tu compte que nous voilà en plein goudron, gros ?

— Faut qu'on voye !

Quelle calamité, maman ! María del Carmen cigogne la coquille de son teigneux et le bute. Ma pomme, le croyant seulement estourbi, engage la jolie dame à se casser. Concluse : on hérite le cadavre du mec ! Elle est chouette, non ? Tu la resserviras, le soir, à la chandelle. Déjà qu'on a une gamelle accrochée aux basques, et quelle ! Le Gros n'a-t-il pas été arrêté pour meurtre ? Le seul type qui pouvait nous sortir de la gadoue est précisément celui qui nous y a plongés. Or, il est mort ! Et son corps est en train de gésir dans MA chambre d'hôtel. Il faudrait un drôle de truc pour nous arracher à ce champ d'épandage.

Malgré son cerveau qui fait la colle, Bérurier gamberge dans des espaces marécageux, lui aussi. Faut reconnaître que t'as beau être optimiste de nature, t'as du mal à traverser une étendue semée d'embûches à ce point désastreuses.

— Et si qu'on achètererait une malle ? risque-t-il.

— Oui, mon bon. Et on dirait aux bagagistes de nous la transporter jusqu'au Río de la Plata ?

Vexé, il va licebroquer dans la salle de bains, opération qui s'accompagne toujours chez lui d'un bruitage éprouvant : soupirs profonds, rots, pets aux riches sonorités.

Lorsqu'il revient des toilettes, il a reconquis sa sérénité habituelle.

— J'ai un' aut' propose ! annonce le Débonnaire.

— Quelle est-elle ?

— Tu veuilles bien n-aller mater par la fenêt' des tartisses, grand ? N-ensute on causerera.

Je souscris à sa demande.

L'ouverture dont il parle donne sur une minuscule courette de deux mètres sur deux, espèce de puits d'aération chargé d'approvisionner les salles d'eau et autres gogues en air et en lumière. Au fond, il n'y a rien, sinon une porte de fer qu'on ne doit ouvrir qu'une fois par décade, tant elle est rouillée. Une quantité d'objets hétéroclites jonchent le sol : résidus jetés par des clients désinvoltes, boîtes vides, tampons usagés, serviettes imprudemment mises à sécher.

Je retourne dans la chambre.

— Ça devrait jouer, admets-je, faute de mieux. Je ne crains que le bruit.

— J'aye mon idée ; attende-moi là.

Il s'absente et réapparaît très peu plus tard, écrirait Alexandre Dumas, lesté d'un édredon.

— J'l'a chouré dans un' piaule vide, explique l'Enflure. On va l'rouler autour d'ce pas beau ; il amortissera l'arrivée du môssieur.

Exécution. La ceinture d'un peignoir nous permet de ficeler l'édredon quand le lieutenant se trouve à l'intérieur. Ne nous reste plus qu'à transporter le corps devant la fenêtre. Je file un ultime coup de périscope à l'extérieur. Buenos ! Y a même des téloches qui tonitruent alentour.

Le Mameluk n'a pas besoin d'aide pour soulever le colis et le virguler par l'ouverture. Le cœur battant, j'écoute l'impact. Le bruit est très loin de ce que je redoutais. Il ne ferait même pas se retourner une araignée.

— C'est tout ? fait l'Alambic, également surpris.

Tout au fond, cela fait un tas informe, dans les tons incertains. Quelques pluies diluviennes, comme le sont celles de ces régions, et il ne ressemblera plus à rien.

Le bigophone carillonnant, je fonce dans la chambre.

C'est le concierge. Il m'annonce qu'on réclame le lieutenant Ramírez dans le hall.

Ma pomme, avec un aplomb que je souhaite à tous les navires de haute mer, je réponds d'un ton surpris que l'officier de police est reparti, il y a dix minutes, en compagnie de sa femme, et qu'ils ont dû descendre directement au garage pour y prendre leur voiture.

Le préposé répercute cette indication à qui réclame Ramírez, me remercie et raccroche.

Saisi d'une idée subite, selon l'expression des plumitifs vomitoires que je te causais très naguère, j'examine le plancher, découvre le pétard du cornard sous un fauteuil, le cueille par le canon à travers mon mouchoir, et vais le jeter dans la voie aérateuse.

— Et maintenant, si on irait cassegrainer ? suggère le poussah de la police parisienne.

— On peut, consens-je.

Tu te figures que nous sommes au bout de nos peines, toi ?

Tiens ! suce !

Capítulo catorce

Je graille sans prêter attention à ce qui nous est servi. Le Mammouth, qui démolit des himalayas de boustif, ne peut jacter, ce qui donne plus d'étendue à mes réflexions.

J'éprouve une cruelle impression d'échec. Venus en Uruguay pour démasquer la retraite d'un terroriste international, celui-ci est déjà retapissé et sous surveillance quand nous débarquons. Je décide d'explorer sa tanière dorée, et la police du coin le bute tandis que nous sommes chez lui, en s'arrangeant pour faire porter les soupçons sur le Gros. J'arrive à nous arracher du merdier, seulement je commets la suave imprudence de me respirer l'exquise épouse du lieutenant de la poule. Il découvre son infortune, veut perpétrer un massacre, et sa femme le tue en voulant me sauver la vie. Nous essayons de planquer le cadavre, mais pouvons-nous espérer nous tenir à l'écart de ce meurtre ? Un homme aussi considérable ne saurait s'anéantir comme un pet né de l'histoire d'amour de Bérurier avec un cassoulet toulousain. Des investigations vont être entreprises. Ses collègues se mettront à le chercher depuis l'endroit où on l'aura vu pour la dernière fois, à savoir l'hôtel !

— Tu bouffes pas ? articule le Réprobateur en postillonnant des denrées alimentaires.

— Pas faim.

— Comment se peut-ce ? dit-il, incrédule.

— Je crois que nous sommes mal barrés, Alexandre-Benoît.

— C'est marrant : j'y pensais aussi tout en grignotant.

Il s'en enfourne une demi-livre supplémentaire, emplit son verre et boit « la bouche pleine ».

— Tu voyes, grand, m'est avis qu'on devrait quitter c'pays avant la grosse cata qu'j'pressentime.

Sa concomitance d'opinion me frappe.

Que cet optimiste invétéré prône une prompte décarrade constitue une preuve incontournable.

Je fais un signe au serveur :

— *La cuenta, por favor !*

— Et mon dessert ! proteste l'Enflure.

— Plus tard !

Quelle frénésie m'empare, brusquement ? Une envie carabinée de prendre mes jambes à mon cou…

Une fois dehors, je gronde :

— On ne retourne pas à l'hôtel. Tu as ton passeport sur toi ?

— Oui, mais nos affaires…

— Tu ne vas pas risquer la tuile pour un slip innommable et une paire de chaussettes dépareillées !

Un taxi opportune. Je le stoppe.

— *Aeropuerto !* lui fais-je.

Pendant la course, nous restons acagnardés, chacun dans son coin, sans parler.

Puis Bérurier crache inopinément un reliquat de saucisse datant de la semaine précédente et soupire :

— Paraît qu'le mot « godemiché » vient du latin *gaudeo mihi* qui veut dire « réjouis-moi » ; caisse t'en pense ?

— C'est évident.

Et bon, on parvient en vue de la raie-au-porc. À ce moment une bourrasque fait tituber notre sapin : deux cars de police lancés à tombereau ouvert nous doublent, emmenés par une chignole à sirène et gyrophare rotatif comme un bidet de pute.

Sa Grandiloquence me pousse du coude.

— Tu voyes c'qu'j'ai vu, grand ?

— Yes, sir.

— Alors ?

— C'est probablement pas pour nous.

— Oui, mais t'en es pas sûr !

Convaincu, je tapote l'épaule de notre driver et lui raconte que j'ai oublié les billets et qu'il nous faut revenir en ville.

Docile, il vire au carrefour suivant et repart en sens inverse.

Pour donner le change, je nous fais conduire à l'hôtel Arapey, règle le chauffeur et, quand il s'est taillé, m'approche de la file de sapins en stationnement. Peut-être nous alarmons-nous pour la peau ? Mais peut-être que pas. Curieuse, cette espèce de panique qui nous a bichés le Mastoche et moi. D'ordinaire, nous conservons un calme de Britannique constipé en toutes circonstances ; seulement cette fois, une sorte de traczir incoercible (dirait mon laveur de voitures maghrébin) reste fiché en moi comme une hache inoccupée dans un billot.

Ce nouveau chauffeur est un homme à cheveux blancs, aux traits aristocratiques et au regard plus limpide que l'eau d'une crique de la mer Égée.

— Pouvez-vous nous emmener à Florida ?

Bref acquiescement du vieil homme.

Je me demande s'il vivra assez longtemps pour accomplir cette course d'une soixantaine de kilomètres, car il est vachement chenu, le dabuche.

Il drive avec prudence, ce qui est normal pour un julot qui a dû dépasser les quatre-vingts carats l'année qu'est apparue la comète de Halley.

— Où qu'c'est, c'bled qu'tu nous fais mener ? demande le Gravos.

— Il est desservi par l'une des rares voies ferrées du pays.

— Tu comptes prend' l'dur ?

— Si les matuches nous coursent, c'est le mode de locomotion le plus sûr car ils penseront que nous nous esbignerons par avion, par bateau ou par la route ; jamais ils ne supposeront qu'on a pris le train dont les rares lignes remontent vers le nord.

Mister Barbaque opine.

— Bien visé, grand. T'en as dans l'chou.

Le conducteur murmure en nous matant dans son rétro :

— Vous êtes français, messieurs ?

— De la cave au grenier ! répond Sa Majesté.

— T'aurais pu lui dire que nous sommes belges ou suisses, chuchoté-je dans sa broussaille de portugaise.

— Ah ! les Français ! fait le vioque avec un accent qui sent la choucroute.

— Allemand ? lui demandé-je.

Il acquiesce.

— Lors de la défaite vous êtes venu en Uruguay ?

Il ne répond pas.

— Depuis le temps, vous devez bénéficier d'une amnistie, non ?

— Les crimes de guerre sont imprescriptibles, répond-il. Et puis ma vie est ici désormais. J'ai épousé une femme du pays, elle m'a fait des enfants qui, eux-mêmes, m'ont donné des petits-enfants…

Je m'abstiens de lui parler de son passé merdique. C'est si loin, maintenant, que tout le monde a le droit de mourir oublié.

Le manège du Gravos, d'ailleurs, capte mon attention. Il se détronche pour mater dans le rétro extérieur du vioque.

— Qu'est-ce qui t'intrigue ? lui fais-je.

— Retourne-toi pas, Antoine, mais j'sus sûr qu'on nous filoche. Un' tire sport bleue, capotée.

Je fais des efforts pour tenter de repérer le véhicule en question dans la lame de mon couteau et y parviens indifficultueusement. Effectivement, je découvre une vieille Jag pervenche à capote noire parmi le flot qui roule derrière nous. Je pige pourquoi Gras-Double l'a remarquée : nous avançons à petite vitesse et sommes doublés sans arrêt par les tires survenantes. Seule l'une d'elles reste sagement à quelque distance de notre sapin, sans la moindre velléité de dépassement.

Pas besoin d'avoir fait ses classes à la D.S.T. pour réaliser que cette Jag d'un modèle périmé (mais une chignole de prestige se périme-t-elle ?) calque son allure sur la nôtre. Son pare-brise *éclaboussé de soleil*, diraient douze mille romanciers plus surdoués que moi, m'empêche de visionner ses occupants, d'autant qu'il n'est guère judiciable d'observer ses arrières dans une lame.

— T'es d'ac ? murmure le Soufflé.

— Yes, mec.

— Que conclus-t-il-tu ?

— Qu'on ne va pas traîner cette escorte d'honneur jusqu'aux Champs-Élysées.

— J'y voye qu'on diffuse su' la mêm' longueur d'onde, déclare mon indispensable Sancho.

On file sur une large route bordée d'arbres tropicaux. Des maisonnettes et des pubs s'échelonnent sur des étendues de céréales. Des mecs vêtus de polos criards vendent des boîtes de Coke et de jus de fruit le long des talus. Des véhicules agricoles titubent à travers la plaine, rouges ou jaunes, pilotés par des gars portant des chapeaux de paille.

Le Mastoche tapote l'épaule de mister Gestape.

— Quand c'est qu'vous verrerez un endroit qu'on peuve boire, arrêtez-vous, mon brave.

— *Jawohl*, fait l'Uruguayen d'adoption.

Il roule encore sur une dizaine de kilomètres et ralentit pour s'engager sur le terre-plein d'un établissement largement vitré dont on a déjà éclairé l'enseigne, malgré le jour persistant.

Celle-ci, d'inspiration nord-américaine, représente une cow-girl vêtue d'une jupette, chaussée de bottes et coiffée d'un sombrero. Elle a les jambes écartées et, du pouce, invite les tomobileurs à entrer.

Le vieux pépé « nazillard » accepte le *cortado* que nous lui proposons. Il marche tout raide, traînant un peu la jambe gauche qui renâcle pour suivre la droite.

— Rhumatisses ? questionne l'Indicible.

Mais non. Il explique qu'un salaud de maquisard l'a seringué dans le Vercors d'une rafale de mitraillette, jadis, et qu'il a failli être amputassé. Le môme a été bien puni puisqu'on lui a arraché les yeux à l'aide d'une cuiller à café aux bords aiguisés et qu'on a empli ses orbites évidées avec de la moutarde de Dijon.

Il rit. Ses potes, par la suite, lui ont raconté la scène œdipale : ça valait le déplacement depuis Hambourg.

On se choisit une table au fond, près des toilettes.

Après avoir fait l'emplette au rade d'un verre de maté, je me rends aux cagoinsses. Bête comme chou : au fond du local, une porte verrouillée donne sur les champs. Merci une fois encore à mon gentil sésame !

Depuis l'angle de l'établissement, je donne un coup de périscope : la vieille Jag est rangée près d'un camion chargé de peaux de vaches qui chlinguent nettement les abattoirs. Plié en trois, je me déplace à l'abri des véhicules à l'arrêt.

Quand j'atteins la chignole bleue, je constate que sa portière côté conducteur est ouverte. Des jambes de femme et de la fumée en sortent.

M'en approche, car elles paraissent comestibles.

LA VOIS !

La voix me manque.

Tu sais qui ? Pamela Right !

Elle a un léger soubresaut en constatant ma surgissance.

— Mes hommages, jolie Anglaise, je lui fais-je-t-il comme ça. Vous prenez le frais ou si vous attendez qu'il soit plus tard ?

À sa stupeur succède la haine. Son gentil minois se distord tel un masque de caoutchouc qui représenterait la Queen of England et sur lequel le duc de Windsor se serait assis par mégarde.

Elle a un cri du cœur qui me va droit à l'oigne :

— Je vous déteste ! Vous êtes un misérable, un être abject !

— Peut-être, ma belle, mais pratique. Et dans mon job, on ne vit pas vieux quand on ne l'est pas. Vous avez cherché à nous nuire depuis notre arrivée à Montevideo. En fait, nous sommes venus sur les instances de Raidcomebar, uniquement pour servir de boucs émissaires. Le gars que vous avez voulu… neutraliser devait l'être par des services n'ayant rien de commun avec les vôtres. Les pauvres Franchouillards convenaient parfaitement à ces sombres desseins.

Elle a un rire tellement aigre qu'il ferait tourner le lait dans le frigo.

— Vous êtes présentement recherché pour meurtre, me déclare-t-elle. Celui d'un lieutenant de police important ! Vous l'avez tué dans votre chambre et défenestré.

Boudiou ! On est coinçaga dans les grandes largeurs ! Comment a-t-elle pu, si vite, découvrir le corps de Ramírez ?

Et puis ça s'éclaire sous ma coiffe. Un détail me revient : notre première rencontre dans ma piaule où elle se trouvait sans s'être fait annoncer.

Elle dispose d'une chambre dans notre hôtel ! Elle habite sur place pour mieux nous surveiller. Si bien qu'elle a pu observer nos faits et gestes, y compris l'escamotage du corps.

Cette fumière, ivre de vengeance, a prévenu les flics, et à cette heure nous sommes pour les autorités uruguayennes, voire pour toute la population, deux dangereux assassins en fuite ! Des tueurs de perdreaux ! Ya yaille, il va pleuvoir des bombes atomiques sur nos destins ! La peine de mort existe-t-elle en Uruguay ? Téléphone à S.V.P. de ma part, ça m'intéresse.

Mon expression basue en dit long sur la portée de cette révélation et la salope biche comme trois pensionnaires d'internat en train de se masturber devant la photo d'Antoine de Caunes : celle où il a une mèche qui lui tombe sur l'œil et où il rit avec l'air confiant en l'avenir du mec qui s'en traîne une chouette dans le bénoche.

Satisfaite, elle empare son sac à main posé sur le plancher de la tire, l'ouvre, en sort une photo qu'elle me présente.

— Chacun son cliché, fait-elle.

Celui-ci est auréolé de flou sur ses bordures, mais nous représente clairement, le Mammouth et ma pomme, agenouillés devant le cadavre de Ramírez, prêts à le linceuiller avec l'édredon. Comment diantre cette garce vomique est-elle arrivée à prendre cette scène d'intimité ?

En matant attentivement, je conclus que la chose s'est faite par le trou de serrure.

— C'est technique, réussis-je à articuler en lui rendant l'image. Vous possédez un objectif déflagrant à pulsion subintrante ?

Elle remet son réticule en place.

J'enchaîne (d'arpenteur) :

— Un détail me turluzobe dans votre comportement, chère amie sodomite : je me demande ce qui vous a incitée à nous suivre alors que vous pouviez illico nous livrer à la police d'ici ? Vous pensiez nous faire arrêter à quel moment, ma chérie ?

Elle sourit.

— Chacun a ses secrets, mon cher.

— Oh ! Pamela chérie ! Des cachotteries à son vieux French boy ?

Là-dessus quelqu'un me tapote l'épaule là où mon tailleur n'a pas à mettre de rembourrage.

Je décris un arc de cercle et me trouve face à un gonzier à l'air con et navré, donnant à croire qu'il s'agit du prince Charles. Mais non, c'est un autre glandeur au pif interminable et au regard de basset hound, avec de la couperose aux pommettes et de la farine aux cils. Il porte une veste prince-de-galles qui accentue le mimétisme. Ses étagères à mégots sont immenses comme des antennes paraboliques.

Il me toise avec une indifférence qui ressortit de la méchanceté la plus froide.

— Vous désirez ? je lui fais en anglais.

Il se tourne vers sa coéquipière et murmure :

— Ça ne va pas, Pam' ?

— Rassurez-vous, George : nous bavardions, mister San-Antonio et moi.

Il a un bref hochement de menton et fait un pas en arrière, semblant se désintéresser de ma présence.

— Et maintenant, je soupire, on continue la guerre de Cent Ans ou on commande des œufs au bacon ? Je suppose que vous n'allez pas me suivre jusqu'à la Saint-Trouducul, ce serait inconfortable pour tout le monde, non ?

Elle a cette moue qu'ont les dames à qui tu demandes si elles sucent complètement ou bien si elles confient leur récolte au lavabo.

— Bonne question : je réfléchis.

— Peut-être puis-je vous aider à décider ?

Et tu sais quoi ?

Je lui adresse un baiser du bout des lèvres, ponctué d'une œillade friponne. Pourquoi, en certaines circonstances gravissimes de notre existence, s'opère-t-il inopinément une brusque détente ?

Là voilà qui se met à rire.

Puis, tout à trac :

— Je vous ai menti : la police d'ici ignore tout de votre crime.

La phrase me soulage et me fait tiquer simultanément. « Mon crime ! » Elle envoie le bouchon trop loin, l'Anglaise. Enfin, ce qui prime c'est que nous ne soyons pas coursés par les Uruguayens.

Cependant, je revois les cars de poulets se ruant vers l'aéroport. Le lui signale.

Elle écarquille sa prunelle frangée de bleu pervenche.

— Comment ! vous n'êtes pas au courant ? dit-elle.

— Non ! Disez, ma toute belle, disez tout et vite !

— Il y a eu un attentat en fin de journée contre le président Gomenolez : une bombe a explosé sous sa voiture alors qu'il allait dîner à l'ambassade des États-Unis !

— Il est mort ?

— Seulement son chauffeur. Lui a été blessé au visage par des éclats, mais ses jours ne sont pas en danger.

Je médite en bref.

— En somme, dis-je, l'Uruguay est un pays tranquille où il se passe toujours quelque chose.

Capítulo quince

Et puis nous demeurons immobiles, à nous filer des regards en chanfrein. Elle pèse le pour, moi le contre. C'est poilant, deux tagonistes plus ou moins avoués qui se jouent une comédie dont ils n'ont pas appris le texte. Au fond, la seule bonne question dans notre affaire est celle-ci : amis ou ennemis ? Guerre ou paix ?

— Chérie, pourquoi me suiviez-vous ?

Elle hésite. Puis ses yeux s'enfoncent dans les miens.

— George, dit-elle à son équipier, et ce sans même se tourner vers lui, soyez gentil : laissez-nous un moment.

Docile, l'agent à tronche de Charlot s'éloigne.

Me voilà, pour lors, tout encuriosé. En effet, l'expression de Pamela s'est modifiée. Deux rides plus que précoces transforment son front en chèque barré.

— San-Antonio, balbutie-t-elle, il m'est arrivé une histoire inouïe.

Par correction, pour unissonner, je lui produis une tronche d'ordonnateur des pompes funèbres qui s'est gouré dans les mesures.

Elle marque un silence que je respecte comme s'il avait lieu à l'Arc de triomphe, en présence du président de la République et de ses porte-coton.

J'attends la suite, sans la presser de questions.

Elle fait, d'une voix voilée comme la roue de vélo d'un coureur du Tour de France venant d'emplâtrer une borne kilométrique :

— Je suis désespérée. À qui pourrais-je confier ma détresse sinon à vous qui ne me faites pas de cadeau, mais dont, pourtant, je pressens l'humanisme ?

Oh ! là là ! La bouilloire du thé se met à chanter, les mecs. Où-ce qu'elle veut-elle en venir, cette jolie Britanrouille de mes deux chéries ! Mon instinct me dit qu'elle est sincère, en vertu de quoi je lui laisse renverser son sac à malices.

— Voyez-vous, murmure-t-elle, lorsque j'étais adolescente, j'ai subi les manœuvres d'un ami de ma famille qui m'a déflorée. Dans ces cas-là, les filles sont définitivement traumatisées, mais gardent le silence, c'est connu. En me violentant, cet homme a détruit mes rêves, mon idéal, ma foi en l'avenir. Si j'en avais eu le courage, j'aurais mis fin à mes jours.

Cette fois, des larmes lui viennent. Je me dis alors qu'elle est, soit une tragédienne de grand style, soit une femme désemparée.

Compatissant comme un Samaritain de la Samaritaine de luxe, je cueille son menton anglais dans ma main française et dépose un baiser effleureur sur sa bouche.

— La souillure qu'un homme inflige à une petite fille est une honte pour tous les individus de sexe mâle, dis-je avec un ton que la reine des Belges en bédolerait dans sa culotte de soirée.

Elle saisit ma dextre et la presse dans un élan tel que j'en ai la couille droite qui se fripe à l'instar du faf à train qu'on s'apprête à utiliser. Elle repart dans ses confidences.

— Depuis cette ignoble meurtrissure, j'ai pris l'amour physique en horreur. J'ai tenté de passer outre ma répulsion. Mais chacune de mes expériences fut plus douloureuse que la précédente. Et puis j'ai cédé à votre collaborateur…

— Le Gros ?

— Lui ! Quand il m'a découvert l'énormité de son sexe, j'ai failli hurler de peur. Mais je ne sais quel diable m'a poussée à refréner ma panique et à lui céder. Un confus besoin d'aller jusqu'au bout du dégoût ? Je l'ignore. Toujours est-il que, d'atroce au début de l'étreinte, notre copulation est vite devenue fabuleuse. Pour la première fois de mon existence, j'ai connu le plaisir ; et quel !

« Dès l'instant où nous sommes parvenus à nous désunir, je n'ai plus eu qu'une idée fixe : recommencer ! J'en deviens folle, San-Antonio. Je veux qu'il me pénètre à nouveau, avec cette puissance qui vous démantèle. D'en parler, m'inonde complètement. Je suis un brasier. Je préférerais mourir plutôt que de renoncer à son formidable membre.

Ayant dit, elle, la fille d'Albion, si maîtresse d'elle-même, éclate en forts sanglots qu'elle étanche à mon veston.

Ahuri, ému aussi, je lui tapote le dos en proférant des mots consolationistes. Lui dis combien je suis aise de la savoir sauvée de la frigidité. À quel point je l'engage à persévérer dans la voie du braquemard. Je l'assure de la constance d'Alexandre-Benoît. Elle peut compter sur lui : il lui prodiguera sa ration de betterave sans compter. C'est un phénomène ! Un mâle inépuisable, susceptible de tirer une dizaine de coups dans une journée. Il va lui mettre la chaglatte en lambeaux ! Ses légumes, il en fera une décoction, à coups de pilon, le bougre ! Surtout qu'elle prenne bien garde de ne pas s'étouffer à l'oral. Un jour, le Mastard ne pouvant retirer son gland de la bouche d'une institutrice libre, elle a failli périr d'asphyxie. On l'a sauvée de justesse par une trachéotomie, la pauvrette. Piper un gazier calibré de la sorte est aussi dangereux que de faire un safari avec Michel Droit.

Elle m'écoute religieusement en se caressant la motte de sa menotte.

— Donc, reviens-je-t-il à nos moutonsses, c'est pour ne pas perdre mon collaborateur que vous vous êtes lancée dans cette filature ?

— J'ai convaincu mon chef qu'il ne fallait pas vous laisser disparaître.

— Pourquoi êtes-vous flanquée de ce grand connard qui ferait penser à une lance de jouteur s'il ne ressemblait tant au prince Charles ?

— Il m'a été imposé pour garantir ma sécurité, car sir Raidcomebar se méfie de vos réactions.

Un nouveau temps mort, manière de trier un peu ce qui vient de se dire et d'établir un classement préalable.

— J'ai une question, murmuré-je.

Elle me regarde. Ses beaux yeux sont encore noyés (ou baignés, au choix) de larmes. C'est fou ce que cette fille de tête, aguerrie, formée à l'aventure et aux dangers, paraît infiniment faible, tout à coup.

— Il s'agit de Kurt Vogel, ma petite chérie. Je ne trouve pas très catho ce qui lui est arrivé. Son exécution a-t-elle été programmée par vous autres, Britanniques ?

— Absolument pas ! rebiffe-t-elle violemment.

— C'est donc une décision de la police uruguayenne ?

— Aucun doute.

— Vous voulez dire que le lieutenant Ramírez a profité de ce que je perquisitionnais sans autorisation chez Kurt pour le faire ramener chez lui et liquider ?

— Ça vous semble inconcevable ? Vous l'ignoriez peut-être, mais cet officier de police a une réputation de coquin. Il fournissait son supérieur en fric et en filles, ce qui lui permettait d'être l'éminence grise de la maison.

Elle gamberge.

— Je pense que l'attentat contre le président Gomenolez tombe à point nommé pour vous.

— ?… ?… ?… ! dis-je.

— Réfléchissez : Ramirez disparaît au même moment. De là à ce qu'on imagine qu'il est l'instigateur du coup de main…

— Bon Dieu !

Elle sourit.

— Donc, vous avez le champ libre jusqu'à nouvel ordre.

— Le champ libre pour faire quoi, exquise amie ?

— Pour éclaircir cette affaire Vogel qui nous laisse tous sur notre faim.

— Tandis que vous enfilerez le parfait amour avec le bel Alexandre-Benoît ?

Elle rosit comme Varte[1].

— Puisque je suis en veine de confidences, je vais vous apprendre quelque chose, murmure-t-elle.

— Merci pour la confiance.

— Les photos que vous m'avez adressées m'excitent comme une folle. J'en ai tapissé ma salle de bains et je me caresse en les regardant.

— Chacun prend son plaisir où il le trouve, philosophé-je.

1. Tiens, en voilà une qui a du talent.

Capítulo dieciséis

Nous avons libéré le vieux taximan allemand et sommes revenus à quatre dans la Jag de Pamela.

Chemin faisant, je pensais à tous nos faux départs, que dis-je : à nos faux pas. Ces fuites qui tournaient court, ces initiatives qui me retombaient sur le museau, ces rencontres de gens qui n'étaient pas ce qu'ils paraissaient être, tout cela me troublait.

Ainsi, en ce moment, l'Anglaise joue-t-elle franc-jeu avec sa passion pour la queue d'âne du Mastard, ou interprète-t-elle le rôle émouvant de *Dessous de violée* ? D'accord, ses larmes semblaient de bon Éloi et il eût été inconvenant qu'elles ne correspondissent pas à la réalité ; mais sait-on never ? comme ils disent en Grande-Albionie. Je décide de voir et d'attendre. Prudence et sourire.

Elle pilote avec maestria. Personne ne cause. Peu avant Montevideo, nous sommes contrôlés par un barrage de police, suite à l'attentat contre le président. Les flics examinent nos passeports à travers leurs lunettes de soleil inutiles à cette heure, puis nous laissent tailler la route.

La nuit de velours a des teintes violines. Un grand écrivain de ma circonscription la réputerait « cloutée d'étoiles », et il aurait raison, le con !

On fait retour à l'hôtel. Miss Prendubraque abandonne la chignole à son coéquipier et rentre en notre compagnie. Elle a le cul serré par l'impatience. Se déplace à l'allure d'une cheftaine scoute. Ce chibre béruréen elle le voit gros comme une maison de retraite. S'en claque la moniche par la pensée. Elle a tellement besoin de se faire colmater la brèche qu'elle en gémit quand elle respire.

— Je pense que tu vas vivre un moment de haute qualité, soufflé-je à l'oreille de mon Débridé.

Il acquiesce, la lèvre suintante et, je suppose, la guitoune aussi.

D'ailleurs, l'on-dix-raies qu'il a planqué un jéroboam de vin dans son bénouze. Il va avoir du mal à s'extrapoler Popaul, je te l'annonce.

Je les quitte devant la carrée du Taureau normand.

— Un conseil, murmuré-je en les abandonnant à eux-mêmes : lubrifiez-vous avant de démarrer, si vous voulez éviter de nouveaux désordres.

— Fais-toi pas d'soucilles, me rassure le Musclé : y a des p'tites boîtes d'beurre dans l'frigo d'la piaule. T'as b'soin d'moive tôt, d'main ?

— Pas que je sache.

— Tant mieux, biscotte ma p'tite Rosbif va avoir droit à la troussée du siec'. C't' fois, j'y déballe l'grand jeu, qu'même les impérateuses d'Russie ont jamais connu d'cosaqu'ries pareilles. Dès qu'on nous aurera livré les boutanches de champ' qu'je projette, j'accrocherai l'écriteau « Dou note masturbe » au loquet. Si t'entendrerais gueuler d'trop, émeuve-toi pas : c's'ra Médème qui grimp'ra aux rideaux.

Me voici seul, une fois de plus.

Je boutonne la porte de ma turne et vais filer un coup de périscope par le fenestron de la salle d'eau. Au fond de l'espèce de puits, j'aperçois, grâce à la clarté lunaire, la tache de l'édredon.

Pas de tracas de ce côté-ci.

Me brosse les chailles. Tiens, je souffre d'un tabouret quand je frotte trop énergiquement : une prémolaire qu'en a marre de ma gueule. Tout lasse, tout passe, tout casse, qu'elle aimait à dire, Mémé. Elle en avait des tinées de ce module, qui s'adaptaient à toutes les circonstances de la vie, bonnes ou mauvaises.

Une fois toiletté, je me zone, à loilpé. J'adore dormir nu quand les conditions atmosphériques le permettent. Je reviens à l'état fœtal. Si j'ai assez d'énergie, au moment de clamser, j'adopterai cette position : la plus confortable qui soit accordée à l'homme. Partir comme on est venu, ce serait élégant, non ? Même si t'as fait pipi dans ton linceul en embarquant.

Une lumière indécise filtre à travers les rideaux.

Pour la fuir, je file ma pipe sous l'oreiller. C'est une bonne précaution car les clameurs coïtales commencent dans la chambre voisine : le rodéo promis par Sa Majesté à sa belle. Et encore est-elle pour le moment seule à donner de la voix. Mister Bigbite, lui, se réserve pour plus tard. Il doit l'entreprendre à la langoureuse, avec des combines pas catholiques : feuille de rose, pouce dans la craque, seconde paluche en omniprésence sur les loloches. Je le connais, son répertoire de gala, Bérurier. Un grand sabreur quand on ne chipote pas sur les nuances ! Son manuel est vachement exhaustif dans le genre. Très apprécié. Les intellectuelles sont même plus enragées que les autres sur ses manigances, au Boyard de Saint-Locdu-le-Vieux.

Me désintéresse de leurs prouesses matelassières, Pamela et le Monceau. Reviens à ma « mission », si tant est qu'on puisse ainsi qualifier ma venue dans la Sud-Amérique.

Il s'est manigancé un monstre coup à mon insu, c'est *claro* ! La volaille de Montevideo attendait une occase de liquider Vogel qu'elle tenait en haute surveillerie. Y a eu nous deux, Big Apple et mégnace. Le coup a été joué comme à la flûte de Pan. Seulement, écoute, ô ami lecteur dont la fidélité me prend aux burnes : les flics n'ont pas agi pour leur compte ! Ce salaud de lieutenant a œuvré au service de gens qui voulaient la mort du terroriste. Quels gens ? À première vue, il devrait s'agir des Rosbifs. Ne sont-ce point eux, comme on dit dans la « gintrie », qui ont mis au point ma venue ici ?

C'est chiatif de ne pas savoir d'où vient le danger. On est certain qu'il existe. On en a la preuve, on le renifle, seulement un brouillard l'entoure de « flou artistique » et l'on ne sait plus à quel singe se vouer, disait une dame qui travaillait comme guenon dressée dans un cirque.

Un autre truc qui me pollue le système nerveux, c'est le coup de ma photo dans la penderie de notre client. S'agit-il d'un détail chargé de m'impliquer dans l'affaire ? Ou bien le tueur international se méfiait-il de moi ? Si c'était le cas, c'est qu'on l'avait averti de ma venue à « Montez-Vider-l'Eau ». Mon portrait d'intello de l'action était chargé de lui rappeler mes traits harmonieux et mon regard clairvoyant.

Ayant supputé d'abondance, je glisse dans les répareries du sommeil bienfaisant prôné par les bonnes gens dont l'unique préoccupation, quand ils se pieutent, est de savoir s'ils ont fermé le gaz et tiré la chasse des cagoinsses après usage.

C'est pas que la vie soit marrante, mais on finit par s'y habituer. Quand ça boquille, on se dit que ça pourrait marcher plus mal. Faut toujours attendre : nuit, lumière ; joie, peine ; réussite, échec.

Un gentil carrousel. La merde fertilise les roses, et malgré tout les roses sentent bon. Quel bonheur que d'être heureux !

Combien de temps dormis-je ? Ça c'est la question à dix points. Au moment où je m'éveille, je suis en train de gésir sous mes draps. Le couple infernal d'à côté a cessé ses clameurs jouissales. M'est avis que notre potesse anglaise doit endolorer de l'entre-deux ! Après la troussée d'Attila, les poils pubiens ne repoussent plus. Elle va devoir se faire confectionner une prothèse, à la rigueur se coller une houppette sur le triangle de panne.

Je me mets à rembobiner ma pensarde.

Il est rarissime que je me réveille brusquement, sans raison extérieure.

J'en ressens comme un mal-être. Mon guignolet chamade un brin. Est-ce la conséquence d'un cauchemar dont j'ai tout de suite perdu le souvenir et qui me laisse cependant un trouble indéfinissable ?

Alors, un élément archimenu s'opère. Ça commence à partir de combien de décibels, un bruit ? Ce que je perçois est si ténu que cela ressortit davantage de la prémonition que de l'ouïe.

Je m'assieds dans mon lit. La chambre n'est obscure qu'« à première vue », si j'ose dire. Les lumières extérieures s'y faufilent par mille et une minuscules brèches. Je regarde avec tant d'intensité que je finis par découvrir ce qui cloche : depuis le couloir, quelqu'un glisse quelque chose sous ma porte. Un papier, probable. Je quitte ma couche.

Sur la moquette épaisse, mes pattounes nues se déplacent à pas feutrés.

Je finis par apercevoir ce qu'on introduit clandestinement dans ma carrée. Tout de suite, je prends ça pour une ceinture de cuir. C'est long, plat et peu large. Cela s'insinue lentement dans la chambre, sorte de bizarre reptile. Des points d'interrogation se perchent sur ma curiosité comme, à l'automne, les hirondelles sur des fils électriques avant leur grande décarrade vers le soleil.

J'ai beau mater ce machin rampant dans la pénombre, je ne parviens pas à l'identifier. Te dire que, maintenant, je suis éveillé de la cave au grenier est superflu. Une énergie du tonnerre me parcourt. C'est la vraie ligne à haute tension, ton Sana, darlinge.

Je cueille le bistougnet du verrou entre pouce et index. Parfaitement opérationnel, il coulisse sans bruit. Après quoi, je biche la poignée de la porte, l'assure bien dans ma paume, la fais pivoter et le tire à moi de toutes mes forces.

La lumière de noye du couloir me découvre un individu loqué d'une combinaison brune et coiffé d'un bonnet de laine enfoncé jusqu'à l'arête de son tarbouif. Pris de court, il amorce néanmoins deux mouvements à la fois : il tente de se mettre debout et de sortir une arquebuse de sa vague. Bibi ne lui laisse pas le loisir d'exécuter ces projets. D'un terrible coup de talon sur la glotte, je l'étale. Puis lui saute sur l'estomac à pieds joints. Le claquement d'un pneu éventré par un tesson de bouteille, il produit.

Je danse sur son bide et ses claouettes une gigue siouze. Je ne l'ai pas défrimé, mais déjà je le trouve antipathique, Gaston. Le lui prouve en shootant derechef dans ses parties nobiliaires. Cette fois, il est inscrit d'office aux abonnés absents.

Je profite de ce temps provisoirement mort pour retirer le détonateur planté dans le plastic qui a été glissé sous ma lourde. J'adresse au Seigneur une action de grâces dont je me suis déjà servi mais qui reste encore très présentable. Si je n'avais le sommeil aussi léger, j'aurais peut-être achevé ma nuit morcelé dans un drap de lit noué aux quatre coins. C'est cette découverte du plastic qui a déclenché ma fureur et m'a poussé à lui servir une infusion de coups de latte.

Je récupère les différents éléments de la machine infernale et vais tambouriner à la porte bérurière.

Le Mammouth met un bon moment à se débrumer. Pendant qu'il s'arrache aux rets de la dorme, je file un nouveau taquet sur le cervelet du dynamiteur. Belle Pomme survient enfin, déguisé en baril de pétrole, son interminable bec verseur heurtant ses genoux.

— Caisse y t'arrive ? s'enquiert l'Homme-au-gros-moignon.

— Fringue-toi d'urgence et viens m'aider ! réponds-je en lui désignant le pégreleux inerte.

Il passe sa hure dans le couloir, voit, renifle, pète, se fourbit les burnes, rote, renifle, repète, soupire et déclare sobrement :

— Je licebroque et j'arrive, mec !

Capítulo diecisiete

De la bricole.

Chiante.

Y a fallu coltiner mon dynamiteur au sous-sol, en prenant l'ascenseur servicial. Une fois dans le garage, chouraver une tire : l'embarras du choix. On s'est offert une Range verte immatriculée en Argentine. Simple emprunt. Ne nous la fallait pas très longtemps. Seulement s'évacuer en un lieu peinard.

On a trouvé notre affaire dans l'arrière-pays, en prenant la route de Minas. Un chemin de terre s'est présenté, qui nous a menés dans une contrée verdoyante mais déserte. Des pâtures moutonnaient à perte d'ovule. On a avisé une sorte de hangar à bestiaux démantelé, sur la droite. Ça nous convenait idéal. Le toit affaissé laissait passer une lune de carnaval, bien suffisante pour éclairer la remise.

Une fois dedans, on a fait asseoir notre prisonnier sur le siège rouillé d'un reliquat de moissonneuse. Il avait les mains dans le dos. J'ai ôté un bracelet de son cabriolet à deux places, le lui ai fixé à nouveau après l'avoir passé autour de la tige de sa chaise flexible.

Il n'en menait pas large. C'était un type assez jeune : la trentaine, peau mate, poils durs, regard sombre et sournois. Des cicatrices barraient ses joues. Ce gazier avait joué du lingue plus souvent qu'à son tour. Il s'efforçait au calme, mais on le sentait préoccupé. Les taquets dont je l'avais criblé, dirait le Donjon, bleuissaient déjà.

M'étant muni de son petit matériel de dynamiteur, j'ai placé la charge de plastic sous ses miches après avoir réglé le détonateur.

Nous ne mouftions pas. Certes, Béru craquait des louises, mais il s'agit là d'une conversation unilatérale des plus sommaires.

Lorsque mon petit théâtre de verdure a été au point, j'ai expliqué à ce visiteur nocturne que l'unique manière dont il disposait pour préserver ses génitoires, était de répondre docilement à mes questions. Que s'il s'y refusait ou bien s'il nous mentait, son trou du cru allait devenir aussi vaste que l'entrée du tunnel sous la Manche. Que s'il ne jouait pas le jeu au cordeau, ce serait une aubaine pour les croque-morts du patelin. Tout ça…

Il m'écoutait en s'efforçant à l'impassibilité, mais son bénouze sentait la merde et ses dents, à son insu, produisaient un bruit de scie à métaux en action.

— D'accord ? lui ai-je demandé.

Il a acquiescé.

J'ai répété malgré tout :

— D'accord ???

— Faut que j'interviende ? s'est enquis mon valet de gnons.

Mais le mec a dit : « *Si* » et, du geste, j'ai endigué le Typhon. Docile, il a desserré ses poings.

— Qui es-tu ?

— Alonzo Troquez.

— Métier ?

Ma question lui a paru saugrenue car il est resté un moment silencieux avant de hausser les épaules.

— Pas de métier.

— Quelqu'un t'a chargé de mettre ce plastic dans ma chambre ?

— *Sí, señor*.

— Oui ?

— Le lieutenant Ramírez.

— Quand ?

— Hier soir.

— C'est lui qui t'a fourni le matériel ?

— Non.

— Tu « travailles » pour lui ?

— Quelquefois.

— Qu'est-ce y dit ? s'inquiète le Furibard.

Je lui rapporte la brève confession du malfrat.

Mon pote déclare :

— N-au plus j'en apprends su' c'flic pourri, n-au plus j'trouve qu'sa bergeronnette a eu raison d'y défoncer l'capot.

Un court instant j'évoque la lascive María del Carmen. J'espère qu'elle a pu se carapater, la chérie. Marrant qu'on soit tombés sur deux superchampionnes de la baisance, le Gros et moi. De vraies épées dans leur genre, l'Anglaise et l'Uruguayenne. Fumelles for ever !

Je fais signe à mon éminent collaborateur de me suivre au-dehors : l'espagnol et le français sont des langues latines faciles à saisir quand on prête attention, je préfère qu'Alonzo n'entende pas ce que j'ai à dire.

— Ce connard me pose problème, déclaré-je, une fois sortis de la grange.

— Vouaille, maille dire ? demande mon Sancho Pança dans ce qu'il pense être la langue de Shakespeare.

— Si je le libère, il va courir à la recherche de son « commanditaire », le sale Ramírez, décédé en secret.

— Y l'trouverera pas ! prophétise mon compère avec un bon rire d'honnête citoyen.

— Si, comme je l'espère, les autorités concluent que ce vilain mec de lieutenant est impliqué dans l'attentat contre le président, ils cuisineront notre glandeur ; celui-ci s'affalera et on aura une fois encore les draupers sur les endosses. Franchement, son retour à la vie civile, je le sens pas.

— Tu veux que j'y craque les cervicales ? propose obligeamment Alexandre-Benoît pour qui nécessité fait loi.

— Dis, gros, nous ne sommes pas une entreprise de dératisation !

— T'es marrant, Sana. Tu veux ni faire ni laisser faire !

Il dévide sa trompe pour une nouvelle miction nocturne, assortie des bruits que tu sais.

Puis :

— C't' masure est à l'écart de tout : y a qu'à l'abandonner ici, bien ligoté et muselé. Y peuv' tiendre des jours sans briffer ni écluser. Quand on aura les pieds au sec, tu turluteras aux pandores, leur espliquer qu'il est laguche !

— Dans le fond…

— C'est la deuxième soluce, affirme Alexandre-Benoît, y en a plus d'aut'. Maint'nant tu choises !

— C'est vendu !

*
* *

Une plombe plus tard, nous sommes de retour à l'hôtel. La Range a retrouvé le parkinge et nous nos litières.

Vaincue par les débordements amoureux de son partenaire, Pamela gît en louve de fusil dans la couche du Gros, pleine d'odeurs légères.

Il m'est duraille de retrouver le sommeil après un tel intermède nocturne. Alors, que veux-tu, je cogite. C'est notre malédiction, à nous autres, intellectuels de haut niveau. Toujours ces idées grouillantes qui s'acharnent sur notre cerveau et le mettent en pièces. Ah ! être vraiment stupide pendant une heure pour laisser refroidir sa boîte à pensées !

Une petite voix me susurre des trucs. Elle dit : « Qu'attends-tu pour te tailler de ce bled, bougre de grand glandeur ? Tu sens pas qu'il va vous choir la grosse couillance sur les endosses d'une minute à l'autre ? T'as un cadavre de perdreau supérieur quelques mètres sous toi ; tu viens de neutraliser un voyou que le premier paysan venu va délivrer et l'infect vous fera porter un bada plus large qu'un chapeau de gaucho ! Vous avez été inquiétés pour l'assassinat de Kurt Vogel et ce n'est qu'en faisant pression sur Ramírez que vous vous en êtes tirés, seulement Ramírez est clamsé ! Mais, putain de bois, cassez-vous, mes gueux, pendant que vous en avez la possibilité ! Quand le vent tournera, on vous accusera de tout, y compris d'avoir attenté à la vie du président ! Ton attitude est suicidaire, grand. D'autant que demeurer ici ne rime plus à rien puisque l'homme que les Rosbifs vous ont demandé de retrouver est viande froide ! »

Si j'avais de la jugeote seulement gros comme un poil de derche, je retournerais chercher Big Apple et on s'engouffrerait dans les azurs ! Mais voilà, mon petit lutin personnel intervient. C'est un léger chuchotis. Il dit : « Ne cède pas au traczir, Antoine. Conserve ton chou et ton sang-froid. La vraie partie n'a pas encore démarré. Tout ça n'était que les hors-d'œuvre, un préambule. Si vous jouez rip, t'auras jamais le fin mot de l'histoire. Rappelle-toi ce que je te serine depuis toujours : “Il faut tenter d'apercevoir ce qu'il y a derrière la réalité.” »

Je l'ai à la caille, moi, entre mon lutin et ma « voix de la raison ». Qui, des deux, me chambre ? À qui faut-il obéir ?

Je pense que les fins de nuit portent conseil, aussi me pelotonné-je entre les draps. Je glisse doucettement dans les abysses quand une grande clameur fumelle me repêche :

— *Darling ! No !* Tiou défonce *me !* Elle est *too much ! It's not possible ! But she is even bigger ! Help ! Help ! You kill me !*

Stooooop ! God save the Queen ! It's in ! Again, again, again ! Yes ! Be quick about it ! Oh ! yes, yessssssssss ! Brwrrrwwweeee !

Les hystéreries cèdent la parole aux cris du sommier survolté.

Dieu est bon, qui me permet néanmoins de me rendormir.

Capítulo dieciocho

Elle est repartie au petit morninge. Elle boitillait d'en avoir trop dérouillé dans le train des équipages. Ne pouvait plus se traîner. Ses yeux lui pendaient de la gueule comme les bretelles des personnages de Dubout. Elle allait se prendre les pieds dedans. T'aurais cru une rescapée de quelque chose : tremblement de terre, accident de chemin de fer ou autres machins pernicieux. En la regardant chanceler jusqu'aux ascenseurs, je mesurais à quel point la verge du Mastard peut se montrer dévastatrice. Un chirurgien obligé de bricoler dans son placard, à Pamela, aurait pas eu beau schpile. C'était tout à reprendre à partir de sa petite culotte à frissons. Une virouze en clinique aurait été judicieuse, histoire de lui colmater la gaufrette. Y aurait sûrement fallu la recoudre. Par la suite, elle allait plus pouvoir garder un braque dans sa boîte à délices, ça déjanterait aussitôt qu'introduit !

Avant de pénétrer dans la cage d'acier, elle s'est retournée, nous a adressé un pauvre sourire « Dame aux Camélias prenant congé d'Armand Duval », ce sale mec !

— C't un' vaillante ! a déclaré l'Homme-de-Gros-Trognon. C'dont j'y ai fait subir, aucun' autre aurait pu. Si j't'dirais qu'é a évanouise deux fois !

— Elle possède des photos de nous, emmaillotant le cadavre de Ramírez dans un édredon, réfléchis-je.

— Nous on en a d'elle qui la montrent en train d'engouffrer mon panais dans ses jolies miches, rétorque le Sage. On s'tient par la barbichette, grand. Tourmente-toi pave ! Et pis, sans m'vanter, c'p'tite merveille est si dingue d'ma grosse veine bleue qu'a veuille v'nir habiter Paname pour êt' plus près d'mon outil. J'la tiens par l'essence, c'te mousmé, c'est positivement mon exclave.

Gagné par sa confiance, je refoule mes idées grises, pas qu'elles devinssent noires, et nous sortons dans les artères grouillantes. Je ne parle pas du bourguignon qui roule pleins phares au sein du ciel bleu. Dans les books sur mesure, on écrirait que « le soleil est de la partie » ou une autre connerie passe-partout du genre. Nos deux ombres forment le nombre 10 sur le trottoir.

— C'est marrant, déclare ma Mongolfière après quelques pas, on dirait qu'tu sais où qu'on va.

— Je fais seulement semblant, le rassuré-je.

Alors on arque, on arque sans se parler. Tu voudrais qu'on se dise quoi ? En réalité je me dirige vers la villa qu'habitait Vogel. Je préfère ne pas fréter de taxi. C'est loin du centre, mais nous avons besoin de nous dérouiller. À partir de tout de suite, faut se déplacer dans de la Chantilly. Y aller comme à confesse, le dos rond, l'anus en obturateur de Kodak.

Il est pas tombé des dernières giboulées, Groscul. Il essuie la sueur de son front à l'aide d'un chiffon infâme qui flanquerait la nausée à une flaque de dégueulis, puis murmure :

— Tu croives qu'c'est prudent d'r'tourner là-bas ? Et si les poulardins ont laissé des gonzmen sur place ? On m'a déjà ench'tibé un' première fois…

J'évasive :

— Faut voir…

— Mouais, técolle, quand t'est-ce t'as une idée dans l'cigare, tu n'l'as pas au fion !

Puis il la ferme car ça grimpe, or les obèses ne sont pas amis des rampes lorsqu'ils piétonnent.

*
* *

Solitude et silence.

Nous passons devant la villa en empruntant le trottoir d'en face. On mate sans stopper, mais avec goulurie. La crèche est bouclarès de la tête aux pieds.

L'ayant dépassée, nous continuons jusqu'à la rue perpendiculaire qui traverse cette voie discrète. Il s'agit plus exactement d'un passage piéton séparant deux propriétés. Il nous conduit à un bois de pins parasols où les insectes s'en donnent à cœur d'élytres.

On pénètre sous la voûte des arbres et on s'assied. Chouette panorama. Le quartier heurff propose des maisons de rêve pour gens fortunés, des palmiers, des plantes tropicales énormes, des piscailles aux formes tarabiscotées. En dessous, la ville claire, avec sa folle rumeur. Plus loin, le Río de la Plata dont, à distance, on oublie la couleur marronnasse.

— Ça m'a l'air cline, note l'Enfoirure.

J'observe tout de mon regard acéré. Plus que la vue, mon instinct m'informe. Je suis prêt à te parier l'ancien prépuce de la reine Queen, avec ses toiles d'araignée, contre un litre d'huile d'olive vierge, que « notre » maison est déserte.

— Je vais y aller ! décidé-je.

— Et pas moive, p't-êt' ! s'exclame le Chourineur.

— Toi, tu me couvres. À la moindre alerte, tu me lances un de ces coups de sifflet dont tu as le secret. S'il y avait du pet, il serait catastrophique qu'on te serre après tes démêlés avec la rousse uruguayenne.

Il proteste derechef, mais je lui réponds qu'il me fait l'effet du cidre doux bu en forte quantité, et il cesse son ramage.

Quatre minutes plus tard, je me retrouve dans la villa moderne du défunt Vogel.

Je me rends illico dans le vaste living où fut buté le locataire des lieux.

Une lumière blonde qui passe par les espèces de meurtrières ménagées dans les murs confère à la construction un vague aspect féodal œuvré à la main. Me plante au milieu de la pièce. Regarde, de tous mes yeux, de tous mes sens même, devrais-je dire.

Chaque crèche possède son mystère. J'ai décidé de percer celui de cette demeure. Car elle en a un, je le sens. Je ne me trompe jamais quand il s'agit de « sensations ». Je me plante parfois en ce qui concerne les faits, never sur les impressions.

Kurt Vogel habitait cette luxueuse maison moderne. Pourquoi ? Apparemment, il ne branlait pas une datte à Montevideo. Dans cette crèche on ne décèle aucune trace d'activité. Comme il se plumait la prostate, le soir il sortait, buvait, troussait une radasse, écoutait de la musique, bref, il faisait ce que font la plupart des gars qui s'emmerdent lorsqu'ils séjournent dans un bled qu'ils ne connaissent pas. Alors, question pertinente : pourquoi demeurer en Uruguay, pays sans grand attrait, situé loin des plaisirs que peut souhaiter trouver un bandit international désireux de se ranger des bagnoles ? Il serait vite devenu neuneu, le frère, dans sa cage dorée. Ou alcoolo.

Pourtant, c'est ici qu'il est venu planquer sa viande. Pas si bien que cela, d'ailleurs, puisque sa retraite « mystérieuse » constituait un secret de polichinelle. Les flics la connaissaient, partant, les Rosbifs, et d'autres gens encore, je devine.

Tout ça n'est pas blanc-bleu. Et même c'est couleur gadoue, pour te donner le fond de ma pensée.

Je réfléchis comme une miroiterie. Par instants, j'ai des picotis dans le bulbe. Y a des projets de « flashes » dans ma tronche, des clartés zébrantes hachent la nuit de mon sub. Il me semble que je suis au seuil d'une découverte. Je reconnais les symptômes ! Ça me glatouille sous les vestibules et j'ai besoin de licebroquer. Faut considérer la chose par le bon bout. La dépecer habilement.

La nuit du meurtre, pendant que j'examinais la chambre, le biniou a sonné. J'ai répondu et c'était une voix de femme qui demandait après Vogel. Donc, celui-ci fréquentait du monde, à Montevideo. Une rencontre de bar qui lui essorait l'intime les jours de « trop-de-sève » ? Pourtant je me dis qu'il s'agissait d'une personne plus cultivée que ne l'est généralement une habituée des boîtes nocturnes. Mais là, j'extrapole, me fais du ciné d'art et d'essai. Toujours sont-ce (Béru dixit) que le semeur de bombes connaissait quelqu'un dans cette ville.

Mais attends ! Oh ! yes, putain d'Adèle : attends ! M'arrive une very good idée par chrono-gamberge. S'il recevait des coups de turlu, *il en donnait sans doute*.

Je quitte mon siège pour foncer sur le bureau dont je me mets à explorer les tiroirs.

N'avait pas encore d'habitudes très ancrées, le gars Kurt. Ça se constate aux factures relatives à la casa : électrac, mazout, bigophone. En homme peu accoutumé à l'ordre, il les foutait en vrac dans un dossier de carton fermant avec un élastique.

J'empare celles du téléphone. Nonobstant l'abonnement, les communications ne le ruinaient pas. Pourtant, sur les différents relevés des P. et T. se retrouvent des taxes pour Daymán, patelin dont je n'avais jamais plus entendu parler depuis la révocation de l'édit de Nantes, le 18 octobre 1685.

Alors, à cet instant, une sorte de somptueuse félicité descend en moi jusqu'à mes aumônières incluses. Mon âme est rafraîchie par le souffle de la victoire.

Je quitte cette maison en adressant, en morse, une prière de reconnaissance au Seigneur dont la mansuétude à mon endroit est tellement infinie que j'en biche le tournis.

Capítulo diecinueve

La presse consacre presque toutes ses pages à l'attentat manqué contre le président Gomenolez. Photos sensationnelles : l'auto à l'avant complètement disloqué par l'explosion, le cadavre déchiqueté du chauffeur, la bouille escagassée de l'homme d'État… Un bol terrible qu'il a eu, le premier des Uruguayens. Figure-toive qu'il venait de faire tomber un dossier quand la bombe a éclaté. C'est au moment qu'il se baissait pour le ramasser que tout a pété. Le cadavre du driver et la banquette avant l'ont protégé. Merci à son ange gardien ; faut surtout pas qu'il en change !

Aujourd'hui, le Gomenolez passe pour un miraculé de frais. Ses adversaires doivent se griffer les roustons ! Quand tu rates ton coup, il se produit un élan de sympathie irrésistible. L'épargné semble protégé des dieux, tu understandes ? Invulnérable ! Donc homme tout-puissant, estampillé par la Providence !

— J'en ai quine ! déclare brutalement le Ronchon. Qu'est-c'est c't' façon d's'déplacer pédérastement, tout d'un coup ?

— Bon, bon, fais-je, puisque tu veux être voituré, nous allons l'être !

Délibérément, je me poste au milieu de la strasse, les bras en croix, histoire de stopper une auto qui, de loin, mais avec persévérance, nous suit. S'agit d'une Rover noire, matriculée C. C.

Elle pile pour ne pas risquer de tacher mon costume clair en roulant dessus.

J'adresse un beau sourire au grand escogriffe qui la pilote et n'est autre que George, le mec qui, hier, escortait Pamela Right quand elle nous filochait.

Tu penses que je l'ai retapissé depuis un moment ! L'est aussi doué pour les filatures que moi pour pratiquer des opérations à cœur ouvert. Il pâlirait, si sa frite ne vermillonnait de façon indélébile, le sujet (à caution) de Sa Majesté variqueuse.

— Plutôt que de nous suivre, conduisez-nous donc, my dear ! l'interpellé-je.

Je fais signe au Gradu de me rejoindre et, sans la plus légère vergogne, nous prenons place dans le véhicule (en anglais : *vehicle*).

L'homme, pris en flagrant délire, ne moufte pas.

— Jetez-nous dans le centre, lui dis-je, ce sera parfait.

Tandis qu'il pilote, j'avise, dans le compartiment fourre-tout de ma portière, un guide du pays.

— Je peux ? demandé-je sans attendre la réponse.

Je me positionne en biais, de manière à ce qu'il ne puisse voir ce que je cherche, et fais frissonner les feuillets du bouquin jusqu'à la lettre D. Le bled qui m'intéresse se propose illico à ma curiosité : « Daymán ». La notice qui lui est consacrée m'apprend qu'il est situé très près de Salto, le centre urbain le plus peuplé du nord de l'Uruguay, et réputé pour ses sources thermales aux propriétés multiples et bienfaisantes à en pisser dans son froc.

Informé, je remets le guide dans le vide-fouilles.

— Voyez-vous, cher George, murmuré-je, la chiasse verte, avec les Britiches, c'est que vous êtes à ce point méfiants qu'on ne peut vous faire confiance. Jusqu'à présent, notre Sainte Alliance, proposée par vous-même, prend de la gîte. Non seulement chacun ignore les intentions de l'autre, mais s'efforce de travailler pour son propre compte. Il est difficile, dans ces conditions, de faire progresser le schmilblick. Dites au bon Raidcomebar qu'on devrait peut-être tenter de raccorder nos cornemuses. Quant à vous, je vous préviens : la prochaine fois que je vous chope à nous suivre, je ne vous prendrai plus comme chauffeur, mais comme punching-ball. O.K. ? Maintenant laissez-nous au feu rouge que je vois mûrir là-bas.

On le quitte.

Regarde disparaître sa tire dans le flot de la circulation.

— Suis-moi ! enjoins-je à mon éminent compagnon.

— C'est loin ?

Je lui montre un vaste bâtiment neuf et triste, au fond de l'avenue : la gare.

— On va prendre un dur, tu pourras roupiller.

— Si tu verrerais un' pharmacie, chuchote-t-il, j'achèterais volontiers une pommade adoucissante, rapport à ma pauv' bitoune qui m'cuit d'avoir trop s'ringué la Pamela. L'a beau s'élargegir du goulot, la pauvrette, sa foufoune c'est pas encore les voies sur berges !

Le cher Seigneur reste avec nous puisqu'Il nous propose tour à tour, et dans les meilleurs délais, une officine et un train pour Salto.

*
* *

Nous prîmes des premières classes, aux frais exclusifs de la Couronne britannouille qui n'en est pas à ça près. Nos seules voisines de voyage furent deux religieuses de l'ordre de la Sainte-Glandouille ralliant quelque couvent. L'une était âgée, l'autre jeune. Sitôt que le train s'ébranla, elles s'abîmèrent toutes deux dans le même livre de prières, histoire de baliser leur future vie éternelle. Cette édifiante lecture endormit promptement la vieille. La sainte femme se prit à ronfler en espagnol en produisant des sonorités n'évoquant rien de paradisiaque. La jeune novice en fut gênée et nous adressa un sourire qui quémandait notre indulgence. Nous lui répondîmes par un autre, signifiant que nous l'accordions de grand cœur.

Conquis par la dorme de notre compagne de voyage, le Mastard accorda son souffle sur celui de la nonne, mais, contrairement à ses habitudes, il ne put en écraser car, m'expliqua-t-il, il souffrait trop de sa verge endolorie. Il pensa atténuer le mal par une application de sa pommade fraîchement acquise et se dirigea vers les toilettes.

Je l'en vis revenir peu après, penaud et d'humeur exécrable.

— C't à croire qu'tous ces tordus a la courante, y font la queue d'vant les goguemuches. Moive, j'peuv' plus attend'. Scusez, ma sœur, d'm'déballer l'panais d'vant vous, mais si j'le ferais pas, j'crillerais d'souffrance.

Pour ne pas être vu du couloir, il se plaça face à la fenêtre, c'est-à-dire également à la nonnette, qui occupait l'un des coins.

Quand il débraguetta, l'innocente vierge (pléonasme) fut longue à comprendre ce dont il s'agissait. Depuis l'enfance, elle macérait dans l'eau bénite et ignorait que la magnanimité du Seigneur pût se manifester sous forme d'un colossal appendice. Son premier sentiment fut de surprise, son second d'apitoiement. Elle ne savait de l'homme que ce que ses frères lui en avaient montré : de grisâtres gnocchis sans grande consistance qui suscitaient la répulsion.

Sur l'instant, elle crut à une anomalie de la capricieuse nature qui avait fait croître au bas d'un ventre d'homme un moignon de bras ou de jambe (difficile à décider). Mais comme il s'agissait d'une fille point trop sotte, elle réalisa le caractère de l'« affaire » et se signa à grandes brassées. Précaution superflue, car cette trompe rouge et luisante n'inspirait pas la moindre convoitise. Au contraire, elle éveillait la compassion, et la miséricordieuse jouvencelle eût aimé oindre la « chose » tuméfiée pour atténuer la douleur qu'elle infligeait à ce gros étranger.

Bérurier appliqua sur sa verge sinistrée la moitié du tube, avec la générosité du staffeur crépissant un mur. Puis il secoua son membre afin de le venter.

— J'espère qu' v's êtes pas choquée, ma sœur, fit-il à la religieuse, mais j'y t'nais plus. V's avez vu c'chinois, l'état qu'y s'trouve ? Une souris qu'aim' prend' du rond, et n-en v'là les conséquences. J'l'eusse calcée comme dans l'Évangile, j'm'en tirais av'c un simp' échauff'ment, alors qu'y va me falloir trois jours avant d'pouvoir r'tremper l'biscuit. Mais brêfle, j'r'grette rien. Si l'gentille Seigneur m'a placé c'te bricole au bas du vent', c'est pas s'l'ment pour casser des noix.

Il remit (à grand-peine) le déduit dans ses appartements et dégaza en majesté. Il se sentait mieux et ne tarda pas à ronfler.

La novice reprit le chemin de la prière avec une ferveur accrue. Sa supérieure rêvait qu'elle était reçue en audience privée par le Saint-Père. Le pape la bénissait et elle en conçut un tel bonheur que ses sphincters se relâchèrent ; mais ayant depuis lurette maille à partir avec eux, elle ne se déplaçait jamais sans Pampers.

Pour ma part, en homme de métier, de devoir et de persévérance, je poursuivis mon étude mentale de cette étrange affaire.

Je continuais de douter des Rosbifs, aurais voulu savoir quels intérêts avaient amené le lieutenant Ramírez à ordonner l'équarrissage de Vogel, et me demandais pour quelle raison le grand glandu de George me filochait dans les rues de Montevideo.

Ces questions sans réponses satisfaisantes me conduisirent à mon tour dans les rets d'un sommeil ferroviaire troublé par les ronflements de mon écuyer.

*
* *

Lorsque nous parvînmes à Salto, il faisait nuit et il pleuvait des trombes d'Eustache[1]. Un orage tropical qui te transforme la raie culière en gargouille gothique.

Nous eûmes la chance de dénicher un taxi conduit par une Indienne à la peau cuivrée. Je lui demandai de nous driver jusqu'au grand hôtel, chaudement recommandé par les guides. Celui-ci s'élevait à faible distance, mais la squaw accepta cependant de nous y conduire. Le Mastard, qui retrouvait depuis son réveil les affres consécutives à sa bistoune en feu, se fit une seconde application de pommade. Il ne l'avait point terminée à l'arrivée, aussi la chauffeuse comanche se montra-t-elle abasourdie par le braque de son client et la désinvolture avec laquelle il l'oignait.

Elle s'enquit de notre nationalité.

Non sans une certaine lâcheté, je lui répondis que nous étions belges ; mais la vaillante personne ne savait rien du continent européen.

Lorsque je l'eus réglée, elle demanda la permission de toucher le membre du Gros, sous le prétexte hypocrite qu'un tel contact lui porterait bonheur.

Je traduisis sa requête à Béru, qui se laissa palper le membre de bonne grâce, à la condition expresse qu'elle épargnât le gland gravement sinistré.

La durée de l'attouchement me donna à croire que la taxiwoman y prenait de l'agrément, ce qui, sottement, me combla d'aise.

1. Par instants, il semblerait que le Maître déraille un tantisoit.
LA DIRECTION DIRECTORIALE

Capítulo veinte

Maintenant, ô mon lecteur crédule, il me faut te confesser une chose somme toute vénielle qu'en conséquence tu voudras bien me pardonner : les trains pour voyageurs n'existent pas en Uruguay où les transports routiers les ont remplacés ; seulement, il eût été moins pittoresque de décrire les soins de verge de Sa Majesté triomphante dans un car. La scène savoureuse (?) de la douce petite sœur confrontée au monstrueux chibraque de l'Enflure aurait perdu tout intérêt (si tant est qu'elle en comportât un) ; bref, j'ai « aménagé » cet épisode afin de donner priorité à la gauloiserie. Ne m'en veuille donc pas et songe à l'effort qu'un garçon épris de sincérité comme moi a dû fournir pour te rendre quelques lignes de sa prose plus plaisantes.

Mon respect de la vérité étant rétabli, je te reprends le fil de ce récit hors du commun.

Le lendemain, après une dorme salutaire et quelques emplettes effectuées en ville, nous continuons sur Daymán, en espérant y trouver quelque quiétude, car l'activité est ici très intense. De nombreux ferries traversent le fleuve en direction de Concordia, la ville argentine qui lui fait face. J'aime bien les cités portuaires ; d'abord parce qu'elles sentent davantage la mer que la merde, ensuite parce qu'elles ont toutes un air d'aventure. Bien sûr, à Denain aussi, il peut se passer des événements, mais on pressent que ce ne seront jamais les mêmes qu'au Havre !

Le bus est plein de Touaregs qui… Comment ? Y a pas de Touaregs en Uruguay ? Ah ! bon, excuse. Rectification : le bus est bondé. Pas déglingué le moindre, luxueux, plutôt. Un système de phonie distribue des décibels chiants dans les cages à miel. Air de fiesta. La kermesse sud-amerloque ! Sombreros et mantilles. Olé ! Ces bons voyageurs en sont très satisfaits. Z-ont l'habitude.

Bibendum ne souffre presque plus de sa grosse bistougne, ce morninge. Il déplore juste qu'elle vire au violet, mais prévoit déjà des lendemains qui chanteront à pleine voix.

Il me demande à s'en brûler le pourpoint :

— En somme, t'espères trouver quoi, dans c'bled qu'on va ?

— La clé d'un mystère, j'y réponds-je.

— Quel mystère ?

— Si je le connaissais, ça n'en serait plus un, ma biche.

— Tu cachottes, bougonne l'homme au paf en berne. On a toujours l'impression qu'tu t'fous d'la gueule du monde. Bordel à cul, si qu'on viendrait ici, c'est pas pour avaler du ruban, mais pour faire progresser l'enquête, non ?

Sa nervosité se libère à l'unisson de sa boyasserie. Pour le calmer, je lui jette un os à ronger :

— Sur les relevés téléphoniques trouvés dans la villa de Vogel, j'ai vu qu'il appelait parfois Daymán, où nous allons. Or, apparemment il ne connaissait personne dans ce pays d'Amérique du Sud. J'en conclus qu'il entretenait des relations avec un correspondant habitant ce patelin.

— S'il relationnait avec un gusman d'ici, pourquoive créchait-il-t-il à l'aut' bout du pays ?

Hochement de tête désabusé de l'éminent Sana.

— C'est ce que je voudrais apprendre.

— T'as l'bigophone du pékin en question ?

— Non.

— Et comment tu comptes le trouver, malin ?

— Je n'en sais encore rien, avoué-je. J'ai confiance en ma perspicacité, mon esprit de déduction, mon don d'observation et ma chance insolente.

— T'auras pas trop d'tout ça pour obtiende un résultat, prophétise le Druide.

Le car roule sur une route encore détrempée par les fortes pluies de la noye. Le conducteur prend un malin plaisir à rouler dans les flaques pour asperger les cyclistes.

En veine de pensées profondes, l'homme de Saint-Locdu-le-Vieux reprend la parole :

— T'sais n-à qui j'pense ?

— Dis-y-moi.

— Au tordu qu'on a fic'lé dans c'te grange abandonnée : y doit commencer à s'faire vioque, non ?

J'avoue avoir relégué loin dans ma mémoire le dénommé Alonzo Troquez. Des incidents plus urgents m'ont mobilisé. Pourtant, ce dynamiteur est toujours vivant : qu'un cul-terreux le découvre et ce sale mec nous vaudra des tartines de gadoue sur pain rassis. Mais, « ouath ! » que disait Papa quand il s'inclinait devant une fatalité. Surtout à la pêche, je me souviens. Si ça ne mordait pas, il grommelait « Ah ! ouath ». Un jour, avec un copain, ils ont acheté une vieille barque d'occase, l'ont ravaudée, repeinte d'un beau vert ajonc et l'ont baptisée « Ah ! ouath ». Je me rappelle qu'ils ont longuement discuté l'orthographe de cette onomatopée. P'pa réfutait le *h* terminal, mais son pote y tenait mordicus : il trouvait que ça faisait britiche.

Au bout d'une demi-heure de route, nous atteignons Daymán, agglomération aux airs de ville d'eaux un peu chichoite. Y a des hôtels pour curistes plus ou moins bien nantis, plus ou moins mal lotis ; des bâtiments ressemblant à des établissements thermaux. L'ensemble est tristement fagoté, si l'on excepte quelques centres de « cure et revitalisation » pour éleveurs de bovins à pesos.

Nous jetons tu sais quoi ? Oui : notre dévolu, sur un hôtel « moyen-mais-de-bon-ton » contre la façade duquel on a fait grimper des rosiers. Une grande vasque de céramique bleue me flanque envie de licebroquer, à cause de son glouglou sempiternel.

Dans le hall d'arrivée, l'est une vaste volière peuplée de zizes aux plumages en technicolor. Une soubrette en blouse blanche promène sans joie un aspirateur pareil à un chien d'aveugle.

Derrière la banque des arrivées, un petit homme à rouflaquettes pointues[1] fume un cigare plus gros que son sexe, avec des grimaces pour publicité de laxatif. La crise de l'hostellerie et nos physiques engageants l'incitent à nous louer deux chambres contiguës avec vue sur une réduction de Bagatelle. Ce tordu possède cet air perplexe des gens décidés à tuer mais qui ne savent trop sur qui fixer leur choix. Je crois comprendre la raison de sa détresse quand j'avise, au mur, derrière lui, la photo d'une très jolie jeune femme affligée d'un bec-de-lièvre, d'un strabisme convergent et d'une moustache d'enseigne de vaisseau des années folles. Le cadre qui l'emprisonne est orné d'un crêpe noir et il y a des fleurs dans un vase posé à côté du portrait.

— Votre femme ? lui demandé-je-t-il avec la voix apitoyée d'un gars des pompes funèbres au travail.

1. Ça se fait beaucoup par ici.

Il opine, envoie un baiser à la ravissante disparue et torche un brin de larme avec les poils couvrant sa main. Je sens que cette question m'a gagné sa sympathie. Les êtres sont touchants : on les séduit avec un minimum de gentillesse, souvent.

— Elle était très belle, assuré-je d'un ton pénétré. Comment s'appelait-elle ?

— Compilación.

— Comme ma sœur, soupiré-je.

C'en est trop : il me tend la main ; une paluche de branleur fiévreux. C'est décidé : nous voilà amis jusqu'au trépas.

Nos piaules sont agréables dans leur relative modestie. Le bidulier aux rouflaquettes de danseur tangotier me révèle que c'est sa chère défunte qui en avait assumé la décoration. L'était douée, Compilación. Des étoffes claires, des tapisseries avec motifs exotiques : cactées en fleurs, paons faisant la roue, des meubles en rotin, un tapis de coco (sans les noix) ; tout cela est sympa, accueillant, légèrement « cucul la praline ».

— Exquis ! assuré-je, ce qui ravit le jeune veuf.

Pourquoi m'accroché-je à ce petit connard ? Mon instinct entre en action, ne cherche pas. La voix de mon lutin interne essaie de me convaincre que j'ai des choses à espérer de ce mec. Si je me laissais aller, je l'inviterais à becter et on discuterait le bout de lard jusqu'à ce que la lumière s'ensuive.

Le Mammouth, qui cependant paraît étranger à mes préoccupances, murmure brusquement :

— D'mande à c't' tronche d'paf combien t'est-ce y a d'habitants dans son bled.

Docile, je répercute la question. Le gringale répond que cela dépend : en fait d'autochtones, ça va chercher le millier de gonzmen, mais le nombre est triplé, voire quadruplé en période de saison haute.

Sarcastique, l'homme dont les lèvres ressemblent à une exubérance d'hémorroïdes, me jette :

— Et toive, t'as la prétendance d'r'trouver parmi c't' population d'pégreleux, çui dont à qui Vogel bigophonait !

Je considère son faciès marbré par le beaujolais, son regard de batracien hépatique, ses nombreux mentons en chute libre. Un regain d'énergie, de foi en la vie m'empare.

— Je le retrouverai ! prophétisé-je sourdement.

Le Tas de graisse hoche la hure.

— Y a des jours, j'm'demande…

— Que te demandes-tu, Sac-à-excréments-hors-d'usage ?

— Si tu s'rais con, ou si tu l'fererais esprès ! Enfin, ça nous procure n-au moins des vacances.

Tu parles ! Si on pouvait deviner ce qui nous attend, comment qu'on se rapatrierait dans nos foyers.

Il regagne sa chambre et ne tarde pas à reconstituer la bande sonore du film consacré à l'attaque de Pearl Harbor par ces gentils Japonouilles, lesquels ressemblent tellement à mon cul qu'il ne leur manque que la parole.

Capítulo veintiuno

Il n'a pas complètement tort, Sandro-Benito, de prétendre que c'est folie, mon entreprise. Espérer retrouver quelqu'un dans une ville d'eaux avec, comme unique indice, le fait qu'il ait été appelé de Montevideo relève de la psychiatrie. On peut, sans être mesquin, en déduire que j'ai des fissures au bulbe. Néanmoins, je m'obstine dans ma certitude, n'en démords pas. Au cours de ma brillante carrière (non, inutile de te prosterner, je suis modeste), j'ai découvert que, lorsqu'un homme est animé de la rage de vaincre, rien ne peut enrayer sa marche en avant.

Pour la énième fois (au moins) je récapitule : Vogel, installé dans la capitale, donnait parfois un coup de grelot à quelqu'un résidant à Daymán. C'est tout, un pet de libellule dans le grand concert de l'été. À mon génie de fabriquer les autres maillons de la chaîne qui me conduira au bout de l'affaire.

Dans ma piaule, l'est un fauteuil léger. Quand je m'y assois, il émet un bruit exprimant le désespoir. Je me retiens de bouger pour ne pas le faire trop souffrir. Je gamberge davantage en restant immobile. Toute mon énergie se concentre alors dans cet endroit de mon caberluche où siège ma matière grisâtre. Si, de surcroît, je ferme les châsses, alors ma pensée devient diamant à l'état pur.

Je te rappelle l'essentiel de ma méditation. À toi de suivre en freinant bien dans les descentes qui vertiginent exagérément.

Radiographie de la réflexion santantoniaise :

Le terroriste, pour des raisons x, *décide de raccrocher et de mettre ses explosifs au placard. Il s'est préparé une retraite en Uruguay, dans laquelle il semble s'emmerder, bien qu'elle soit « dorée ». Le journal* El Día *publie sa photo et promet une récompense de dix mille verdâtres à qui permettra sa capture. Seulement, l'image ne lui ressemble pas. D'après le quotidien, l'annonce émanerait de la police.*

San-A. est reçu par le tout-puissant lieutenant Ramírez, qui réfute la chose. D'ailleurs, Ramírez connaît la retraite du criminel et le fait surveiller. Quid de ce bigntz ?

L'officier de police se lie d'amitié avec moi. Il projette de supprimer Vogel et de me faire endosser la paternité du meurtre.

Pourquoi veut-il éliminer l'homme qu'il surveille ? La mort de ce type ne représente sans doute pas pour lui qu'une prime à toucher : elle sert d'autres intérêts. Lesquels ?

Pourquoi Kurt avait-il mon portrait dans son dressing ? Quelqu'un l'avait donc averti de mon arrivée et mis en garde ? Qui ? Seuls les Britiches savaient que j'allais me pointer à Montevideo. Conclusion ?

Mon fauteuil grince biscotte j'ai interverti mon croisage de jambes. Ça me coupe le fil un instant. Je le renoue presto.

Voyons... Ah ! yes : Daymán. Nous y voici. Dayman où ce criminel en fuite communique parfois téléphoniquement. Ça, c'est bizarre : ce convict venu d'Europe, principal terrain de ses activités, et qui, à l'évidence, ignore presque tout de l'Uruguay, y a cependant un correspondant. Lequel crèche à l'autre bout du pays. Mysterious, non ? C'est là que je fais tilt. C'est le point critique de l'histoire, selon mon bel instinct poulard.

Et alors, ça m'explose sous le cuir chevelu. Le ravissant Sana pige, pige, pige ! Divine lumière, source de vérité !

Le type que connaissait l'équarrisseur habite ce patelin provisoirement, sinon Vogel serait venu s'installer ici, près de son complice ou allié. Ça semble logique. S'il n'en a rien fait, c'est parce qu'il se trouve à Daymán de façon temporaire. *Il y est en traitement, comme curiste*, tu piges, Edwige ?

Sans attendre les douze coups de minuit qui ne sonneront que dans douze heures (après ceux de midi), je retourne à la réception. Le gaucho de l'hostellerie est encore à sa banque, en train de claper une *cazuela*[1] à même la casserole. Il l'absorbe à l'aide d'une grosse fourchette de cantinier. Je ne sais pourquoi, ce petit rat m'émeut. On le sent désorienté par son récent veuvage. Sa belle loucheuse devait le gérer avec autorité, aussi sa liberté recouvrée le prend au dépourvu. Un jour, bien entendu, il croisera la route d'une autre gamelle qui mettra de nouveau l'embargo sur lui, et alors il retrouvera sa vitesse de croisière.

Son brouet sent un peu la merde, comme toujours quand il s'agit de tripes. Il le consomme, nonobstant, d'assez bon appétit.

— Ça a l'air délicieux, lui fais-je en désignant sa gamzoule nauséabonde.

— Vous voulez y goûter ?

— Non, merci, je n'ai pas faim. C'est comment votre prénom ?

— Paco.

— Je vous trouve très sympathique et j'ai l'impression de vous connaître depuis longtemps.

Il me tend un sourire enrichi de tripaille à la tomate.

— Vous êtes également *simpático, señor.*

— Dites-moi, Paco, les eaux d'ici sont utilisées pour quel traitement ?

— Psoriasis.

— Elles sont efficaces ?

— Miraculeuses ! affirme-t-il en commerçant qui tient à la réputation de son bled.

— Les cures durent combien de temps ?

— C'est variable, car cela dépend de l'étendue du mal ; mais il faut compter plusieurs mois dans les cas importants.

Je lève les yeux sur le portrait de sa rombiasse disparue. Une connasse sans goût ni grâce ; mais tout le monde doit avoir sa part de bonheur,

1. Ragoût de poisson ou de tripes.

terrestre ou éternel, non ? Peut-être qu'elle me sourit, sa chaisière, du haut de son cadre ? Va-t'en savoir, avec ses lotos qui se croisent les bras ! Je lui adresse un brin de supplique : « Gentille mocheté, intercède pour qu'on me virgule un peu d'assistance, de là-haut, prego ! »

Paco s'enfourne son brouet qui te donnerait envie de claper une boîte de Canigou revenu dans du beurre.

— C'est quoi, d'une manière générale, la clientèle des maisons de soins ?

— Beaucoup de riches étrangers.

— Qui viennent d'où ?

— Argentine, principalement, Brésil aussi, et il y a même des Yankees.

— Des Européens ?

— Pratiquement pas ; ou alors c'est qu'ils demeurent en Amérique du Sud.

Ça y est, il a fini sa pâtée. Il réprime un rot, ne peut contenir les suivants et la pièce se met à sentir la chambre froide privée de courant depuis quinze jours.

— Paco ! le hélé-je doucement.

— *Sí, señor ?*

— C'est étrange ce qui se passe…

— Quoi, *señor* ?

Je lui désigne la photo de sa chère disparue.

— J'ai l'impression qu'elle nous protège.

Il opère un signe de croix à grand spectacle et deux superbes larmes, diamants en fusion (écrirait une romancière que je sais et qui compte s'acheter une mercerie avec la prime-décès de son époux), glissent sur son visage de rongeur neurasthénique.

— *Sí !* balbutie-il : elle veille, comme elle veillait de son vivant, la grande âme.

— Elle me dit que vous allez m'aider.

— Oui ! fiévreuse-t-il.

Puis, réalisant :

— Vous aider à quoi, *señor* ?

— Je recherche quelqu'un qui se trouve dans cette ville, mon cher Paco, et qui doit probablement faire une cure. J'ignore son nom, son âge, sa nationalité, mais il est à Daymán et il faut que je le rencontre !

Je le prends aux épaules.

— Si nous le retrouvons, je vous donnerai mille dollars !

— Mille ? fait-il sans paraître réaliser.

— Neuf cent quatre-vingt-dix-neuf dollars, plus un.

Je tire de ma fouille-revolver une liasse de billets couleur épinard qui manque l'énucléer.

— Vous voyez, Paco : ils sont là, et bien vivants, prêts à changer de poche !

Magnanimique, je glisse un talbin de cent piastres dans la poche-poitrine de sa limouille.

— Pour engrener notre association. Désormais, entre nous c'est « à la *vida* à la *muerte* ».

Une accolade scelle notre accord au ciment prompt.

Je le regarde partir.

Si tu savais combien il est émouvant, ce petit veuf, avec ses favoris, sa chemise blanche à manches courtes, sa cravate et son pantalon noirs. Comme s'il voulait ajouter à son pittoresque naturel, il se munit d'un parapluie noir enroulé qui achève de donner à sa silhouette un aspect sot, grenu et saugrenu.

Je l'ai dûment chapitré. Pas si con que ça, il semble avoir assimilé sa mission. Il m'a seulement demandé de tenir sa caisse en son absence car il n'a guère confiance en sa bonniche, fille des pampas peu habituée à la vie citadine, même aussi sommaire que celle de Daymán.

Pour tromper le temps, je ligote le baveux du cru, presque entièrement consacré à l'attentat contre le président. J'éprouve quelques difficultés, mon espanche étant davantage parlé qu'écrit. La police est sur la piste des terroristes. L'idée prévalante est que le lieutenant Ramírez y Ramírez y Ramírez a trempé dans le complot car il a disparu au moment où se perpétrait l'attentat, et juste avant, son épouse s'est embarquée pour Paris à bord d'un avion Air France. L'Uruguay compte demander à la France que la sublime María del Carmen soit entendue par une commission rogatoire en attendant une éventuelle demande d'extradition.

De ce côté-là, ça baigne. Je projette de contacter les Affaires étrangères pour réclamer une protection rapprochée de ma ravissante maîtresse. Mais rien ne presse, il me faut au prélavable (Béru dixit) régler l'affaire du mystérieux correspondant de Vogel.

Assis derrière l'antique caisse dont le plateau est cerné d'une corniche en bois tourné, je suis les pataudes évolutions de la servante. Fille d'un brun ardent, brillant, teint bilieux, œil sombre, front bas, lèvres charnues qui, lorsqu'elles s'écartent, laissent voir des dents en clavier de piano, noires et blanches. Les loloches sont lourdes, le ventre naissant, les jambes en quilles de bowling. Elle me quitte peu du regard, semblant sensible à mon charme reconnu d'utilité publique. Parfois me sourit. Il est probable que cette douce demoiselle sera une proie idéale pour le don Juan de Saint-Locdu, lorsque son panais redeviendra immergeable.

Le biniou carillonne. Je réponds : un certain Sánchez, de San Barro, annule sa réservation du lendemain et demande à ce qu'elle soit reportée au lundi suivant. Je prends note, l'assure que tout est O.K., puis mets un post-it en évidence sur le burlingue de mon gentil hôtelier.

Peu après, Sa Majesté satanique survient dans l'escadrin.

— Qu'est-ce tu fous à c't' caisse, mec ? interroge-t-il.

— J'opère un remplacement.

Il hausse ses gigots antérieurs, sachant qu'avec moi il ne faut jamais s'étonner.

— Il fait soif, me dit-il.

Pour me prouver sa déshydratation, il mâche à vide, reproduisant de la sorte le bruit de l'éléphant piétinant un marigot.

— Va t'acheter à boire, conseillé-je.

— On va pas à la clape ?

— Plus tard.

— J'ai aussi les crocs.

— Achète également de la bouffe : y en a plein les strasses.

— C'qu'on trouve m'a pas l'air franco ; j'ai horreur d'bouffer après les mouches !

— Il n'y en avait pas, à Saint-Locdu, autour de vos étables et de vos chiottes ?

— Minute, grand : c'tait les nôtres ! Ici, c'est des bestioles qu'on sait pas d'où qu'é viennent, ni quelle merde é z-ont butinée. Nos mouches d'mon pays natal, é z-étaient françaises, j't'prille d'admett'. On leur connaissait la prov'nance.

Sa flambée de patriotisme s'éteint. Majestueux, il se dirige vers la sortie, mais stoppe net, se cabre devrais-je plutôt dire si je parlais correctement la langue de mes paires, en se trouvant nez à cul avec celui de l'ancillaire.

— Chouette popotin, hé ? me prend-il à témoin.

— De tout premier choix, l'excité-je.

Il avance une main concupiscente jusqu'à la croupe rebondie et l'y plaque sans tu sais quoi ? Oui : vergogne.

La fille andine volte avec mollesse, découvre son peloteur et esquisse une moue. Très évidemment, Gras-Double ne hante point ses songes.

— Pense à ton avarie de machine ! dis-je à l'Élégant.

— Les choses s'tassent, me rassure-t-il ; j'm'fais fort, av'c un peu d'beurre ou d'huile d'olive, d'rend' visite à sa babasse sans qu'on jouasse *Panique à bord*.

Là-dessus, un nouveau coup de grelot.

En auxiliaire consciencieux, j'y réponds.

Une voix que je pense d'homme, mais qui pourrait appartenir à une lesbienne ayant un chat dans la gorge :

— *Pergola Hotel ?*

— *Sí ?*

— Police.

Yayaïe, j'ai les poils des miches qui font des bouclettes.

— *Buenos días*, que j'espagnolise.

Et mon interlocuteur :

— Y a-t-il, parmi vos clients nouvellement arrivés, deux Français ?

— *No, señor*, fais-je avec calme. Nous n'avons pas d'étrangers en ce moment.

— O.K. ! m'est-il répondu dans la langue de Cervantès.

Capítulo veintidós

Chauds, les marrons !

Ce cri de mon enfance, je l'entends encore, parfois, l'hiver, quand je croise un bougnat en train de faire griller des châtaignes dans sa grande poêle à trous. Et aussi, pendant des chicornes, lorsqu'il m'arrive de morfler un taquet dans la poire ! Chauds, les marrons !

Présentement, devant ce bigophone raccroché, il résonne violemment dans ma tronche. Moins une ! Si le petit taulier veuf, aux rouflaquettes pointues, s'était trouvé à son poste, on était cuits, le Gros et moi. Ç'allait être la grande cueillette d'automne.

Cet appel « un temps pestif », comme dit Queue-d'Âne, prouve que nous sommes recherchés et serrés de près.

Je ne pense pas qu'il s'agisse de la police, bien que mon correspondant l'ait prétendu. Pourquoi ? Difficile à préciser. Question d'intonation. L'homme du téléphone semblait manquer quelque peu d'assurance lorsqu'il m'a affirmé la chose.

Cela dit, le péril n'en est pas moins sérieux. Nous voici « talonnés » par des gens de mauvaises intentions. Des gens qui savent que nous sommes à Daymán. Et qui ne nous veulent rien de fameux, je le devine sans boule de cristal.

Tu crois qu'on devrait essayer de les mettre rapidos, la Citrouille et moi ? Franchir le fleuve Uruguay pour s'aller placarder en Argentine ? À force de m'obstiner sur cette fumeuse affaire, je vais finir par gagner le canard. C'est un coup à ramasser un plein chargeur de bastos dans le garde-manger, ça ! Je déteste ce genre de turbin où l'ennemi est duraille à identifier. Ça ressemble à une guerre de ville, qu'on doit conquérir quartier par quartier. Partout le danger : en haut, en bas, de gauche et de droite. Partout la menace est tapie ; aller de l'avant ne conjure rien car l'assaillant t'a peut-être laissé passer délibérément pour mieux t'abattre par-derrière ?

Un chant s'élève, en provenance de la rue : *L'Hymne des matelassiers*, interprété par le fameux baryton-basse Alexandre-Benoît Bérurier, des Concerts de Saint-Locdu-le-Vieux. Il devrait faire davantage de raffut, ce gros cornard ! Le moment est bien choisi de rameuter les populations !

Il entre, en planture intégrale, portant son bide comme une grosse caisse de fanfare, la bouche pleine, la trogne tel un cul de babouin. Il tient dans ses deux bras maternels un immense sac de papier débordant de victuailles.

— Tu voyes, annonce-t-il en s'amenant jusqu'à moi, un patelin qui produit d'la bidoche et du vin c'est certain qu'l'Seigneur l'a à la chouette.

Cher grand nœud démesuré ! Quelle paix émane de son personnage ! Que l'existence lui est donc amicale !

Je lui raconte le coup de grelot. Ça l'émeut autant qu'une tache de graisse sur son revers de veste.

— T'as bien fait d'répond' qu'on n'était point là, mec, complimente-t-il. Bon, j'vas m'colmater les dents creuses, si tu voudras qu'j't'prépare un sandouiche t'as qu'à téléphoner dans ma carrée : j'l'fererai descend' par la bonniche qu'jussement la v'là. Hé ! fillette ! Tu veuilles coltiner c'sac jusqu'à ma piaule ? En r'mercillement, j't'filererai pas de pourliche, mais j'te laisserai palper mon zobinet : tu verreras c'goitre qu'y s'est chopé, l'frangin ! entièr'ment taillé dans d'la viand' d'homme ! Si tu l'touches pas, tu peuves pas croire qu'il est en vrai !

Le couple disparaît en s'essoufflant dans l'escalier.

Moi ? Ben que veux-tu : comme toujours, j'assume !

*
* *

Il est resté cinq plombes parti, le taulier. Quand il a rejoint sa base, j'avais moulé son poste de commandement depuis lurette pour aller regarder la téloche dans un petit burlingue contigu. C'étaient les infos qui m'intéressaient, tu t'en doutes. Si on continuait d'en distiller à propos de l'attentat et de la disparition du lieutenant Ramírez et de sa garce, on n'en cassait pas une broque à notre sujet. Donc, j'avais senti juste en concluant de l'inquiétant coup de fil que ce n'était pas la rousse qui nous cherchait.

Durant l'absence de son employeur, la femme de chambre a bien mérité son titre. Malgré ses récentes avaries de machine, Gradube lui a consacré « le meilleur de lui-même ». Si mes comptes sont conformes à la vérité, elle a dû prendre son fade seize fois au cours de ces heures vécues sans surveillance. Une espèce de record, il me semble, non ? En tout cas pour l'Uruguay.

Il y avait peu d'allées et venues dans ce tranquille hôtel pour curistes occupé par des gens d'âge. Des furtifs. Des trotte-menu ravagés par le fâcheux psoriaris. En voilà une saloperie, tiens ! P'pa en avait, je me souviens : aux coudes ; ça desquamait vilain. Des fois, t'aurais cru qu'il s'émiettait, mon dabe.

Pour t'en revenir aux clilles de mon pote Paco, il en est des salement avariés : ceux que ça bichait à la gueule, en particulier. Une vieille dame, entre autres, qu'avait l'air rescapée d'un incendie. J'aurais pas été partant pour lui souhaiter la bonne année.

Mais je suis là qui me répands pour la peau (si j'ose dire). Ce que t'en as à cirer, ta pomme, du psoriasis !

Que donc, l'ami taulier revient, fourbu. Il m'annonce avoir visité les quatorze établissements de la région. Il a questionné toutes les administrations de ces crèches ; ça lui a été facile car il connaît tout le monde et tout le monde le connaît. Il possède des piaules dans une entrée privée, au fond du jardin fleuri. Alors y a plein de gens qui viennent tirer des crampes en loucedé. Un coup de grelot discret : le clille sait que le studio 24 est à sa dispose, la clé sur la lourde. Il y embarque sa conquête, la trombone à la langoureuse, laisse l'argent de la chambre sur la table et s'esbigne par la ruelle de derrière. Faut savoir organiser sa vie galante, en Uruguay comme ailleurs.

Bon, il m'en revient à son enquête. Sur la totalité des curistes séjournant présentement dans la station, trois seulement viennent d'Europe : deux femmes et un homme. Tous les autres sont sud-américains. Mon digne auxiliaire, recrue de choix et de fatigue (car il a marché comme un marathonien), s'écroule dans le fauteuil de son burlingue.

— J'ai inscrit les noms des trois Européens, fait-il, ainsi que celui des établissements où ils se trouvent.

— Un grand merci ! fais-je en lui votant avec libéralité deux nouveaux talbins U.S.

Redevenant professionnel, il s'inquiète.

— Dolorès n'est pas là ?

— Elle vient de monter une serviette à mon compagnon.

Je sonne la chambre du Cataclysmique.

— T'as fini de tringler cette pécore, gros ? Son singe est de retour.

— L'temps qu'é remettrait sa culotte et j'la renvoye, annonce Dom Juliénas. Mais faut pas compter trop su' ell' vu qu' av'c ce qu'a vient d'encaisser dans les miches, é n's'rait plus capab' d'coller un timb'-poste sur un' enveloppe !

Lorsque la nouvelle égérie de Bérurier se pointe, je constate que l'avertissement de mon ami reste très en deçà de la réalité. Comment qu'elle est rinçaga, la sœur. Les cannes flanelleuses, la laiterie avalancheuse, la bouche béante, le regard moins vif que celui d'un silure conservé dans le formol. Sa robe s'est mise en torche autour de son corps sans grâce ; elle a négligé de la boutonner entièrement et son sein gauche se débine. Ne parlons pas de ses cheveux inextricables qu'il faudrait confier à l'expérience d'un tondeur de chiens si elle voulait les remettre en ordre. De plus, elle boitille en marchant, biscotte elle a passé les deux pieds dans un même trou de son aimable culotte.

— Qu'est-ce qui vous arrive, Dolorès ! s'écrie le veuf.

— Malade ! répond la démantelée de la babasse.

Comme preuve péremptoire de son affirmation, elle se met à gerber devant le comptoir.

*
* *

Une heure après ces menus incidents domestiques, je pars à la découverte, escorté de mister Bedaine.

En moi, je te le jure, s'élève une sorte d'hymne à la vie. Je devine, JE SAIS que cette soirée va être déterminante. C'est tellement intense que je ressens une sensation de « déjà vu ».

Tu vois, rien que pour éprouver une aussi voluptueuse délectation, je remercie le ciel d'avoir permis que je sois flic.

On prend son panard où l'on se trouve, c'est beaucoup mieux que de le chercher où il n'est pas !

Capítulo veintitrés

« Modifier son aspect » est plus aisé à dire qu'à faire. Dans les books d'action, y compris certains des miens, le héros se fout une paire de lunettes teintées, une bacchante, et vogue la galère ! T'as également le travesti : l'intéressé se fringue en gonzesse ou en curé, dès lors le voilà réputé méconnaissable.

En fait, pour transformer sa frite, faut user de moyens importants, en appeler à la chirurgie esthétique, aux teintures, tout le cirque et son train, comme disait Papa. « Le cirque et son train ! » Il raffolait la formule. J'étais chiare. J'imaginais un cirque démonté sur des wagons sans toit. On voyait le cul de l'éléphant qui dépassait, sa trompe aussi, pareille à une grosse bitoune désœuvrée…

Malgré mon scepticisme, je me suis appliqué à retoucher quelque peu mon personnage. Je t'ai dit, plus avant dans ce chef-d'œuvre, avoir fait des emplettes avant de quitter Salto. Ben s'agissait de ça, ma biche : des postiches. Collier de barbe avec baffies, grosses lunettes aux verres neutres, chiques de caoutchouc pour se gonfler le bas de la hure ; toute la panoplie de l'agent secret 000 dans les films classés Q. Exactement la tradition grotesque que je réprouve.

Ainsi « modifié », je me présente dans l'établissement de cure où est en traitement Herr Schlmmfr (le seul patronyme sans voyelle qu'il m'ait été donné de rencontrer).

Je le trouve au bord d'une piscaille de six mètres sur trois, ragoûtant comme la résultante d'une diarrhée intempestive.

C'est un gros vieux à cheveux blancs teutonnement taillés en brosse. Il a le regard délavé et les bras complètement investis par cette maladie de cause inconnue. Ses membres supérieurs sont d'un rouge violent, couverts de squames friables. Il est souhaitable qu'il n'exerce pas le noble métier de boulanger car je le verrais mal pétrir la pâte à pleins brandillons.

Je m'accroupis à son côté et l'à-brûle-pourpointe sans sommations :

— *Herr Schlmmfr ?*

— *Ja.*

Je tire ma brémouze de poulardin, la masquant adroitement pour que seul le mot « police » apparaisse, et la lui passe devant le tarin à la vitesse de l'étoile filante en perdition selon mon tour de passe-passe coutumier.

— Police ! que je sous-titre oralement.

J'ajoute en allemand issu de Germain :

— Puis-je vous poser quelques questions ?

Le dabe éberlue que c'est tout juste s'il a la force d'acquiescer.

— Simple enquête de routine, fais-je. Il se trouve qu'à différentes reprises vous avez correspondu téléphoniquement avec un dénommé Kurt Vogel, habitant Montevideo.

Ce chleuh, il exorbite à s'en énucléer, tellement sa stupeur est intense. S'il me joue du pipeau, c'est en virtuose, espère.

— Quel nom, dites-vous ?

Je répète avec une docilité qui annonce l'impatience, comme le font toujours les flics en pareil cas. Mais le *frizou* branle le chef.

— Quand il m'arrive de téléphoner à Montevideo, c'est à ma fille qui travaille à l'ambassade d'Allemagne. Elle m'a trouvé ce lieu de cure pour soigner mon psoriasis ; je viens de Francfort et je ne connais personne d'autre que Greta, en Uruguay.

— Alors pardonnez-moi, il s'agit probablement d'une erreur, bats-je-t-il en retraite (devant un Allemand, c'est dur).

*
* *

Ma seconde visite est pour une certaine Rosalyn Never, de Manchester ; d'une soixantaine d'années, très mince et très étroite, qui ressemble à sa radiographie affublée d'un masque pourpre. Toute sa pauvre gueule est suppurante, et ce qui ne l'est pas s'émiette comme du biscuit trop sec.

Je réitère mon numéro du policier mandaté pour une opération de routine. Elle est britiche, donc impassible, et mes questions ont l'air de la troubler autant que la chute de la roupie pakistanaise.

— Je ne sais de quoi vous parlez ! fait-elle. Je n'ai jamais appelé Montevideo pour la simple raison que je ne connais personne dans cette ville.

C'est net, proféré d'un ton tranquille, sûr de soi et dominateur. Force m'est de m'emporter, bredouille. Je la quitte à reculons, en me demandant anxieusement ce qui pourrait différencier le visage de cette femme d'un cul de singe, si ce n'est qu'il m'est arrivé de rencontrer des culs de singe sympathiques.

*
* *

Tu le comprendras (et si tu ne le comprends pas, écris-moi en joignant un timbre pour la réponse), c'est en grande persuadance de trouver, cette fois, le correspondant de feu Vogel que je comparais devant mon dernier sujet.

À peine l'entr'asperge que je me sens bité par vingt centimètres en profondeur ! Mon troisième essai ne sera pas plus transformé que les deux précédents. Au premier regard, je me dis : « Impossible ! » La personne devant qui je me présente, dans le salon d'été de sa maison de cure, rampe sur ses quatre-vingts hivers.

Compteur à gaz dans le dos, rides semblables aux caroncules pourpres d'un dindon, cécité quasi totale, agrémentée de lunettes aux verres bleus, moustache grise, cannes anglaises, forte odeur d'urine et de sirop mentholé, tel est mon ultime suspect. Son seul physique suffit à l'« innocenter ».

— Vous avez l'accent français, me fait-elle, l'êtes-vous ?

— Un peu, bafouillé-je.

— Comme tous les Roumains, j'aime infiniment votre pays.

Elle jacte notre dialecte impeccablement, avec une délicieuse prononciation qui ferait des malheurs dans mon slip si elle avait ne serait-ce que quarante ans de moins.

Malgré tout, je me sens navré corps et âme. Il m'a drôlement niqué, mon lutin intérieur, qui me promettait l'embellie pour tout de suite et peut-être avant !

La vioque sourit, ce qui met quinze rides supplémentaires sur sa face gondolée.

Du moment que je suis à pied d'œuvre (voire de chef-d'œuvre), je lui demande si elle a des attaches à Montevideo. Ça semble l'amuser :

— Grand Dieu non, je ne connais personne en Bolivie !

— Cette ville se trouve en Uruguay, je la géographise.

Pour elle c'est Cinzano-Dubonnet. Elle jouit d'un cerveau qui la fait jongler avec les réalités mappemondiennes. Mais à son âge, est-ce bien grave ?

Nous échangeons encore quatorze mots, dont l'un coupé par un trait d'union, si l'on peut dire, et je lui tire ma révérence.

L'oreille basse (la queue, c'est impossible), je quitte l'établissement thermal. À cent mètres de là, le Gravos m'attend. Ces dispositions ont été arrêtées par moi à la suite de l'appel reçu à l'hôtel. Il faut ouvrir en grand les yeux de devant et les yeux de derrière. C'est pourquoi nous sommes convenus que Sa Majesté « me couvrirait » de loin, pour si des fois y aurait un « tour-d'à-l'œil », disait Grand-Mère, ce qui pourrait se traduire dans le langage d'aujourd'hui par « coup fourré ».

Alors bon, le Sana, penaud comme Jules Renard qu'une poule aurait emballé, se met en branle pour rejoindre son péone, lui avouer le cuisant échec qu'il vient d'encaisser.

Je ne suis qu'à six pas de lui lorsqu'un véhicule du genre grande Jeep capotée, débouche à tombeau ouvert et freine en portant ses tambours à l'incandescence.

Deux hommes en tenue vaguement militaire jaillissent de la guinde, me bondissent sur le paletot avant que j'eusse un mouvement des sourcils, m'estourbissent d'une matraque caoutchoutée et m'alpaguent.

Envapé, enveloppé, emporté, je me retrouve dans la Jeep, au côté de l'un de mes ravisseurs, en moins de temps qu'il n'en faut à une péripatéticienne marseillaise pour transformer sa babasse en tirelire.

Au volant de la tire l'est un gusman coiffé d'une casquette de toile qui ne s'est même pas retourné. Il décarre à fond la caisse et je te prie de croire qu'il sait se servir d'un volant et d'un accélérateur.

Ma tronche fait un peu la toupie ronfleuse. Le toton, qu'on disait jadis. Plus exactement, ma matière grise tourbillonne dans ma boîte crâneuse.

Le gazier ayant pris place auprès de moi m'a passé des menottes sans que j'en eusse conscience sur l'instant. Donc, il s'agirait de perdreaux ? Je ferme les yeux pour essayer de réprimer la gerbe qui m'empare. Pourvu qu'ils m'aient pas défoncé la coquille ! On dit que ça flanque la nausée, une fracture.

Je pense à mon Béru, laissé pour compte sur la voie publique. Privé de moyens de locomotion, il n'aura pu filocher mes ravisseurs. D'autant qu'il n'y a pas de taxoches à Daymán, du moins à ma connaissance.

On roule, roule. Je dodeline, line. Mes douleurs crâneuses, loin de se calmer, deviennent plus intenses. Tu paries que ces salauds m'ont fracturé la caberle ?

Autour de moi, ça s'opacifie à toute vibure. Me semble être prisonnier d'une porte-tambour qu'on ferait girer de plus en plus vite. Alors un grand détachement m'isole de l'univers. Me sens dominé par un total fatalisme. Ma tempe entre en contact avec l'épaule de mon voisin de parcours ; d'une bourrade brutale, il m'envoie à dache. Mais je déclare forfait avant d'y parvenir.

Capítulo veinticuatro

Ça pourrait être pire.

Mais c'est mieux.

Magine une pièce blanchie à la chaux, éclatante, comme toujours dans les pays du Sud d'influence ibérique.

Une fenêtre aux montants peints en bleu king. Sur le sol fait de vieux carreaux de terre cuite, un tapis de style péruvien. En fait de meubles, une sorte de commode-burlingue de bois clair, une table aux pieds tournés, deux chaises espagnolisantes à haut dossier doré, plus le lit également ibérique sur lequel je gis, dûment entravé.

Le lieu est paisible, presque romantique. En d'autres circonstances, j'y ferais volontiers étinceler une pécore, n'importe sa race et la couleur de ses poils pubiens. Mais je souffre trop de ma coupole pour vagabonder dans le stupre, le mysticisme ou l'engagement politique. L'homme qui a mal à soi-même n'est guère bon qu'à pleurer sur son sort, et le reste de l'existence naufrage dans les improbabilités.

Un truc, pourtant, auquel je suis sensible, c'est l'abeille qui erre sur les carreaux de la croisée. Comme elle est à l'intérieur, j'espère qu'il ne lui viendra pas le fâcheux caprice de me butiner la frime ! De temps à autre, l'insecte s'énerve de ne pas trouver d'issue et bourdonne rageusement. Et puis il se calme et poursuit son errance stérile.

Curieusement, malgré ce que j'endure, j'ai les crocs. Je boufferais volontiers une platée de « chili con carne » comme il y en a dans toute l'Amérique du Sud. Je la voudrais bien pimentée avec, pour l'accompagner, une boutanche de vin chilien. Donc, je ne suis pas à l'article de la muerte. Un mourant n'a pas faim, généralement.

Parfois, j'ai une pensée pour Elephant Man qui doit remuer son gros cul à me chercher. Mais comment saurait-il y parvenir dans ce pays dont il ne parle pas la langue ?

Franchement, la situation manque de confort. J'ignore ce qu'annonce mon horoscope du jour, mais s'il fait dans les tons azur, c'est qu'il est bidon.

Dans ce genre de narration, une chose est chiante, c'est de vouloir donner au lecteur la notion du temps qui passe. Pour ce faire, t'uses de palliatifs : tu dissertes sur des lieux communs creux comme un programme politique, t'évoques ta première communion, ta première chaude-pisse, ton premier coït, ton dernier turlute. Tu parles de Zanzibar, des îles Sous-le-Vent, des bites-sous-le-ventre, de la rouquine Fergie dont les poils de la chatte ont pris feu au cours de sa dernière baisance (par mesure de précaution, elle ne peut plus se faire tirer désormais qu'au bord d'une piscine). Bref, tu biaises. Dommage : t'as l'air de pratiquer le remplissage organisé, alors que mézigue, au contraire, j'ai jamais suffisamment de place pour tout raconter, tellement j'abondance.

Mais enfin, bon, les heures tournent. Une monstre envie de licebroquer me tend les bretelles. Ça, plus les crocs et un début d'ankylose, fait que je suis fadé. Ma vessie prend le pas sur mes autres préoccupations. Qu'à la fin, tant mal que bien, suis contraint de la vider sur la descente de lit.

Au moment que le jour décline, je perçois du bruit de l'autre côté de la lourde. Celle-ci s'ouvre et les lascars qui m'ont kidnappé se pointent. C'est alors que je vois le chauffeur de face. Une brutale médusance m'assèche quand je reconnais Alonzo Troquez, le gazier que j'avais saucissonné dans la grange délabrée, près de Montevideo. Il semblerait que son ange gardien lui soit venu en aide, non ? Curieusement, au lieu de me glavioter à la frite, il feint de se désintéresser de moi, ce qui ne laisse pas de me troubler, comme me disait l'autre soir le bon M. Pasqua, Premier ministre par contumace.

Ces sortes d'archers amènent deux chaises avec eux, qu'ils placent à droite de mon plumard, face à moi. N-ensute, dirait Béruchol, ils attendent, avec une infinie patience, la venue de personnages que je suppose considérables, si j'en juge aux préliminaires.

L'un d'eux fait observer aux autres que ma braguette bée, comme une craquette de bourgeoise devant mes jeux de mots.

Effectivement, si j'ai pu me dégrafer à l'aide seulement du pouce et de l'index disposés en pince à cornichons (disons à concombres, pour mieux cerner la vérité), il ne m'a pas été possible, vu mes liens d'acier, de procéder à l'opération inverse.

Courte palabre à voix chuchoteuse du trio, puis celui qui a remarqué ma négligerie, se risque à la rectifier.

Sur ces entrecouilles, deux personnes font leur entrée. Un couple. Les arrivants portent un loup de velours noir. La femme a des cheveux blonds, des gants d'automobiliste et une paire de loloches qui te donneraient envie d'être exclusivement nourri au lait de dame. Son compagnon est enveloppé, sans être vraiment corpulent, il a le front dégarni, avec une cicatrice en forme de trèfle au-dessus de l'oreille gauche, consécutive, je gage, à une balle déviée par le pariétal.

Le tandem s'assied sans un mot et se met à me frimer à travers les trous des masques d'étoffe.

Bibi, l'homme qui pense plus vite qu'il éjacule (Dieu merci !), se dit : « Ces grands inquisiteurs n'ont pas l'intention de me supprimer, sinon ils se montreraient à visage découvert ». C.Q.F.D., non ? Du coup, l'espoir revient dans mon camp et, bon gré mal gré, ce que je ressens pour les deux arrivants relève de la tendresse qu'on porte à ses vieux parents fêtant leurs noces d'or.

À tout hasard, je leur souris.

— Si je ne vous suis pas totalement antipathique, de grâce demandez qu'on desserre un peu mes liens, leur fais-je. Je suis à ce point engourdi que je crains fort de ne jamais pouvoir remarcher !

J'ai parlé en espagnol de faculté ; mais ils doivent l'avoir compris, car le presque chauve enjoint à ses sbires de délier mes jambes et de remplacer les dures entraves par de simples menottes aux chevilles.

Les gardes font droit à sa requête.

Mon sang met du temps avant de circuler convenablement dans le complexe réseau que m'a fignolé Félicie. J'ai davantage mal, maintenant qu'on m'a libéré des fils d'acier et j'éprouve d'effroyables brûlures dans tous les muscles. Mes souffrances sont si vives que je ferme les yeux.

— Navré, fais-je, mais la douleur est intolérable !

La femme s'incline vers son compagnon et lui chuchote quelques mots. Alors le type opine. Il ordonne à l'un de ses pieds nickelés de me masser, à un autre, de me servir un verre d'alcool.

Dis, ça paraît baigner pour ma gueule. Voilà que j'ai la cote, à c't' heure !

Comme quoi, dans la vie, tu vois, Éloi, faut jamais désespérer !

Capítulo veinticinco

Une fois ma circulation jambière à peu près rétablie, le chauve-à-la-cicatrice me demanda si je voulais bien que nous eussions une conversation « libre », lui et moi. Je lui répondis que tel était mon vœu le plus coûteux ; il parut satisfait par cette réponse sans ambiguïté et me tint à peu près ce langage :

— Je crois savoir que vous dirigez une très importante section de la police parisienne. Vous êtes quelqu'un de haut placé et de particulièrement estimé.

Irrité par ce préambule plein d'ampoules, je l'interrompis pour le prier d'enclencher la vitesse supérieure, ce dont il.

— *Señor director*, j'ai trois questions à vous poser.

— En ce cas, révélez-les, lui ai-je-t-il conseillé avec une courtoisie qui celait mal mon agacerie.

Pourquoi ce chauve-cicatrisé me courait-il sur la grosse veine bleue, alors qu'il s'efforçait à la bonhomie ? Un je-ne-sais-quoi dans sa personne me contristait. Sa voix ? Son odeur ? Un poulardin est un animal, dans son genre ; un chien qui réagit au fumet de ses interlocuteurs. Des fragrances sourdaient de lui, plus ou moins ténues, qui me flanquaient moralement la gerbe.

— J'aimerais savoir, reprit ce gonzier bizarre, primo, ce que vous trafiquiez avec Vogel, ou du moins pourquoi vous l'avez recherché jusqu'en Uruguay ; secundo, ce que sont vos relations avec les services secrets britanniques implantés à Montevideo ; tertio, ce que vous êtes venu chercher à Daymán.

Il se tut, croisa ses mains en potelance sur son début de ventre et me darda d'un regard ombreux à travers les trous de son loup.

La femme qui l'escortait gardait le silence. Des questions me trituraient la coiffe, à son propos. Qui était-elle ? Quel rôle jouait-elle dans ce sac d'embrouilles ? Sa silhouette me donnait à rêvasser.

Jugeant politique de répondre aux questions du type, je le fis avec clarté et une totale franchise :

— Vogel était un terroriste international qui a beaucoup sévi en Europe, notamment à Paris où il fut blessé au cours d'un de ses méfaits. J'ai eu à m'occuper de l'affaire. Je l'ai, cela dit, fort peu connu car il s'est évadé presque tout de suite de l'hôpital. Récemment, les services secrets britanniques, ayant su qu'il séjournait en Uruguay, m'ont proposé de m'allier avec eux pour le débusquer et participer à sa capture. En arrivant à Montevideo, j'ai eu la surprise de constater que la police uruguayenne connaissait parfaitement sa retraite et qu'elle le tenait à l'œil. Pour une raison que je ne comprends encore pas, le lieutenant Ramírez a ordonné qu'on abatte l'homme pendant que je me trouvais chez lui et a fait accuser mon assistant. J'ai pu déjouer ce plan quelque peu machiavélique.

Comme je me tais, le zigomuche demande, derrière son chiftire noir :

— Et les Britanniques ?

— Rien !

— C'est-à-dire ?

— *Wait and see !* Ils ont flanqué une péteuse dans les bras de mon collaborateur, lequel est très porté sur le sexe, et ont attendu que je sorte les marrons du feu, selon leur bonne habitude.

— Maintenant, expliquez ce que vous faites à Daymán.

— En fouillant dans les tiroirs de Vogel, j'ai trouvé ses relevés téléphoniques. J'ai constaté qu'il appelait parfois quelqu'un habitant cette localité.

— Vous avez découvert son correspondant ?

— Non !

— Vous mentez !

L'exclamation a jailli avec une telle spontanéité que j'en suis bobet, comme on dit à Fribourg.

Je sourcille, ma mâchoire se crispe et mes sphincters condamnent hermétiquement mon issue sud.

— Je déteste qu'on me traite de menteur, monsieur Medialunas ! grondé-je.

Du coup, le mec sursaille comme lorsque tu t'assieds sur un boa constrictor que tu as pris pour un pouf biscotte il se tenait lové.

À peine ai-je lâché ce nom que je m'en mords les dents. Oh ! l'imprudent Sana !

— Hein ! qu'il éructe, le loup-garou uruguayen.

Et bibi, au lieu de chercher à écraser le coup, se met à plastronner :

— Élémentaire, mon cher Watson : en installant ces chaises, l'un de vos hommes a prononcé votre nom. À voix basse, certes, mais j'ai l'ouïe fine.

Il doit pousser une expression plutôt sinistre, le gusman. La manière dont il défrime fixement ses manars donne à penser qu'ils ont d'ores et déjà un bel avenir derrière eux !

Un silence épais comme une soupe de gruau s'abat sur nous. Je l'à-profise pour bien prendre les mesures de la situation. Ayant l'avantage spectaculaire de posséder un cerveau en comparaison duquel celui de Blaise Pascal aurait ressemblé à de la mayonnaise tournée, je tire de promptes conclusions de ce que je viens d'apprendre.

Medialunas a su que nous nous trouvions à Daymán. Il a illico pigé que nous recherchions la relation épisodique de Kurt Vogel que lui connaît. Alors il veut nous intercepter. Pour cela il lui suffit d'établir une planque près de la maison de cure fréquentée par le (ou la) correspondant(e). Piège simpliste qui fonctionne à tous les coups, c'est le B.A. BA de la police.

Poussant plus avant mon raisonnement, je décide que la personne recherchée se trouve dans la troisième maison de cure que j'ai visitée. Mais il ne saurait s'agir de la vénérable nonagénaire qui…

Putain d'Adèle ! Le grand flash, mec ! Plus intense qu'une aurore boréaleuse. J'ai l'éblouissante révélation. Pleins feux sur mon génie ! L'être auquel le terroriste téléphonait, parfois, dans cette ville, ce n'était pas un complice. Non : *c'était sa mère !* Je me concassais le caberluche à imaginer mille coups tordus, et la vérité s'avérait d'une simplicité spectrale. Ce grand méchant tueur portait une plaie sous sa cuirasse, ainsi qu'il est dit en littérature reliée pleine peau (de zob) : sa vieille mother. Nonobstant sa vie galéreuse, il veillait sur elle. Lui avait trouvé une résidence en Uruguay où elle soignait son psoriasis dévastateur. Il l'appelait, temps à autre, pour garder le contact. Peut-être espérait-il la prendre un jour chez lui pour qu'elle eût une fin d'existence sereine ? Va-t'en connaître les dédales (y en a qui emploient « dédaux ») de l'âme !

Je reviens au chef inspecteur Medialunas.

— Vous penserez ce que vous voudrez, mais je comprends seulement à la seconde, lui affirmé-je. En sortant du dernier établissement, je croyais avoir fait « chou blanc », comme on dit en France, cela parce que je cherchais un complice. En réalité, le correspondant de Daymán, c'était sa mère ! Très tôt, Vogel avait réalisé qu'elle constituait son talon d'Achille. Alors il lui a fait quitter l'Europe et l'a installée discrètement en Uruguay. Il avait décidé que ce pays serait celui de sa retraite.

Le poulardin arrache son loup d'un geste brusque.

— Je ne pensais pas vous supprimer, me dit-il, mais vous êtes au courant de trop de choses, n'est-ce pas ?

— Naturellement ! admets-je d'un ton plaisant.

Il a une très sale gueule, l'officier de police. Je le préférais avec son chiftire noir sur la frime. Ça lui donnait un petit air romantique à la Zorro qu'il est loin de posséder.

Il lance à ses concertistes :

— Faites-lui une piqûre. Ensuite vous irez le jeter dans le fleuve, convenablement lesté.

Il se penche sur sa muette compagne et se met à chuchoter à son oreille ; sans doute lui demande-t-il ce qu'elle pense de sa décision. La bougresse ne doit pas la juger conforme car elle dénègue. Il insiste puis, impatienté, l'entraîne vers la sortie.

Déjà, l'un des trois péones prend une petite boîte chromée dans sa poche pour procéder à la « fatale injection ».

Putain que c'est con ! Je déteste la manière dont ça tourne court. Ils ne vont pas me liquider aussi sec ! J'ai encore beaucoup à faire, des pages à écrire, des dames à baiser ! Me faut trouver quelque chose, n'importe quoi.

— Dites donc, Medialunas…

Il atteignait la porte, s'effaçant pour laisser passer la femme.

— Vous êtes un peu hâtif dans vos décisions, *amigo*, dis-je. Quand on veut se débarrasser d'un gêneur, on s'assure auparavant qu'il n'a plus rien à vous apprendre.

Il revient sur ses pas et se plante à un mètre de ma pomme, l'air vindicateur.

— Qu'entendez-vous par là ?

Je soutiens son regard faisandé.

— Vous aimeriez savoir où se trouve votre valeureux chef, le lieutenant Ramírez ?

Il abasourde.

— Vous le savez, vous ?

— Peut-être. Mais faites-moi donc ôter ces saloperies d'entraves qui ne sont pas dignes de nous.

— N'y comptez pas !

— Très bien, alors je vais emporter mon secret dans la tombe. Bonne continuation, collègue !

Je me mets à fredonner un succès d'Aznavour, imprimé sur papier d'Arménie.

Capítulo veintiséis

Le self-control, qu'on le veuille ou non, ça paiera toujours. Combien de gars sont morts violemment pour avoir bédolé dans leur bénoche au lieu de désinvolter ? Je te l'ai mille fois seriné : le pleutre provoque les sévices, alors que le gazier sans faiblesse impose le respect.

Dans mon cas, c'est la dame qui fléchit ; peut-être ma séduction opère-t-elle ? Je sais d'expérience que les moukères, qu'elles soient tendrons ou vieilles guenuches, réagissent à mon sex-à-poil (dit Bérurier). La voilà qui chope ce gredin de Medialunas par une anse et l'entraîne à l'écart : brève jactance. Ils reviennent.

À contrecœur, le chef drauper me fait libérer. Puis il essaie de goguenarder, histoire de démontrer qu'il n'est pas ma dupe.

— Qu'avez-vous à m'apprendre au sujet du lieutenant ? dit-il.

Question incontournable, qui me perplexite, bien que je l'eusse provoquée. Réflexion rapidement faite, ma conduite consiste à lâcher du lest, mais pas trop :

— Ramírez est mort !

Là, il n'est pas seul à tiquer, ses assistants exclamationnent à qui mieux mieux en roulant des lotos propices à une énucléation collective (Afflelou vous l'offre).

— De quoi est-il mort ?

— Les gens qui ont organisé l'attentat contre le président l'ont assassiné.

— Il était au courant de ce qu'il se préparait ?

— Il venait de découvrir le complot, mais n'a pas eu le temps d'intervenir.

— Comment le savez-vous ?

— Je l'ai appris des Britanniques !

Et allez donc ! Pourquoi ne les mouillerais-je pas un chouïe, ces Rosbifs pleins de morgue ? Après tout, ils m'ont attiré dans ce guêpier.

— Ce sont eux qui ont commandité la chose ?

— Je l'ignore.

Il a un élan de rage que mon jardinier portugais qualifierait d'incoercible. Il se précipite sur moi et noue ses grosses mains à mon cou tout en me flanquant des coups de genou dans les pendeloques à noyaux. C'est si rapide, si violent, il y met une force si grande qu'en moins de jouge me voici défailleur. En complète asphyxie.

Je tente de le refouler, mais ce fumelard est fort comme dix toros de combat.

— Arrêtez ! fait la femme en tirant sur la manche du flic pourri.

Durant quelques instants, Medialunas ne relâche pas sa pression. Tout se brouille dans mon bulbe. Mes idées gélatinent, j'ai la flamme d'une lampe à souder en guise de glotte. Et puis je dérouille un dernier coup de rotule là où les dames aiment tant à me caresser et je m'écroule : le sagouin vient poser son pied sur ma poitrine, pour la photo du vainqueur, probably ? Il se croit Raimu dans *Tartarin de Tarascon*, ce gros dégueu !

À présent, sûr de soi, il enjoint à ses hommes de m'étouffer.

Faut reconnaître qu'il a du personnel complaisant, car le dénommé Alonzo Troquez se présente fougueusement en qualité de volontaire d'élite. Il prend un oreiller sur le lit que j'occupais et le plaque sur ma figure pourtant tellement digne d'intérêt. D'une soubresauterie désespérée, je le désarçonne. Rendu furieux because Medialunas le traite de *cretino*, ce louche subalterne veut me mettre sa grolle dans le faciès. J'ai le bonheur de pouvoir saisir son paturon au vol, le lui tords si sèchement que ça se déboîte dans ses osselets et qu'il pousse des cris de cantonnier dont la moitié inférieure du corps est engagée sous le cylindre d'un rouleau compresseur.

Mon obstruction caractérisée rend Medialunas complètement enragé. Ses deux autres niaques bondissent pour rescoussir. Le premier prend un shoot carabiné dans les joyaux de la couronne.

Il démange son dernier repas en appelant à grands cris d'Indien son cousin Hugues. Douché, le deuxième devient circonspect. J'en profite pour me remettre droit d'un magnifique rétablissement. J'empoigne alors une chaise et l'assène sur le physique ingrat de mon tourmenteur.

À cet instant, une douleur me fulgure à la cuisse gauche : le péone vient d'y enfoncer son ya ! Le courage du valeureux Sanantonio ridiculiserait Bayard, mon compatriote, lequel avait pourtant un courage-étalon que tu peux aller admirer au Pavillon de Breteuil. J'arrache la lame de ma chair et la plonge toute chaude et sanguinolente dans le burlingue de ce salaud, lequel se met à faire des bulles irisées dans le soleil qui envahit la pièce.

— Tu es donc le diable ! tonne le chef inspecteur en dégainant un crématorium de poche de son holster.

Il le brandit, ivre de fureur.

Une terrifique détonation retentit.

Et cela fait comme dans les films ricains, si palpitants. C'est l'inspecteur-chef qui fait une cabriole arrière et s'abat telle la reine de[1]. Poum ! *Muerte !* Un pruneau dans le cassis, presque entre les châsses. Décidément, on joue *Sale Temps pour les flics*, dans ce pays !

À travers un nuage qui pue la poudre, j'aperçois une silhouette qui ne m'est point inconnue, en survient une seconde également identifiable, puis une autre encore carrément familière, celle-là.

— C'est pas qu'j'voudrasse me vanter, fait-elle, mais j'croive qu'on arrive n-à point !

— Béru ! proféré-je avec onction, émotion, reconnaissance et tout ce qu'il te plaira d'ajouter de positif.

— N-était moins une, hé ?

J'ai le cœur chaviré de gratitude et je sens croître mon anglophilie en découvrant sir Raidcomebar et George son auxiliaire (qui est pour moi, l'auxiliaire « être », car sans son intervenance, hein ?).

Mon élan du cœur m'inciterait à presser ces deux mannequins contre moi pour les remercier, mais leurs bouilles en coin de King's Road me stratifient les élans de l'âme. Un Anglais, il a beau te

1. Saba.

sauver la vie, t'as pas le courage de lui donner des bisous mouillés pour autant. Y a empêchement.

Ainsi moi, si j'étais un homo-qui-lave-plus-blanc, jamais je pourrais enfiler un Rosbif, fût-il aussi séduisant que le prince Charly avec ses éventails d'éléphant, son nez en épine dorsale de bique calabraise et son pauvre regard en gouttes de foutre, qui exprime si magistralement l'ennui, la détresse du constipé chronique et l'inappétance pour les fonctions qui seront peut-être les siennes un jour. Ce pauvre biquet a toujours l'air de mettre à jour sa collection de timbres dans les courants d'air de son château écossais. Je me rappelle une interview de lui, réalisée dans son potager. La seule fois où je l'ai entendu causer distinctement, c'était lorsqu'il donnait la recette pour « ramer » les petits pois. À lire sa passion sur sa frime de tapir grippé, on en venait à lui souhaiter de faire carrière chez les prestigieuses conserves Hero.

Tu vas me reprocher de trop parler de ce granc[1] inutile dans un livre presque uniquement voué à l'action ? Sache, ami, que j'ai besoin de laisser « respirer » ce bouquin pour la salubrité de mon texte, voilà pourquoi je crée la détente avec des digressions sur les vents de Bérurier ou des évocations de M. Galles préparant son règne devant des papillonacées sur tuteurs.

Cet élan de vigoureuse reconnaissance passé, je lance le cri d'un chef sioux qui n'a pas reçu son cachet de la Metrogoldwin Durand.

— Quoive ? bavochent ces deux quintaux d'amitié qui ont nom Bérurier.

— La fille ! crié-je à porte-voix. Elle a filé !

Mon presque homologue britannouille de mes chères niques émet un juron guère usité en Grande-Bretagne depuis le camp du Drap d'or qui tant fit chier cette grosse gonfle d'Henri VIII.

— George ! lance-t-il, il faut la récupérer coûte que coûte !

Le grand à tronche de paf mollet se précipite, suivi de Béru.

— Vous êtes blessé, *my dear* ! qu'il me dit, sir Machin.

Crois-moi ou va te faire décaper l'oigne au rince-bouteille électronique, mais j'avais oublié le coup de lingue du méchant. Fectivement, mon « bioutifoul » grimpant crème comporte une longue

1. Granc : diminutif affectueux que San-Antonio donne à des gens célèbres qui lui tiennent particulièrement à cœur et qui est un raccourci de « grand con ».

entaille par laquelle mon raisin gicle. Franchement, c'est dommage de voir se perdre un sang de cette qualité.

— Baissez votre pantalon, San-Antonio, je vais vous panser.

— Avec quoi, *my dear* ?

— Je trouverai ! promet-il en quittant la pièce.

En son absence, je considère notre tableau de chasse. L'homme à la rotule fanée vient de dégainer un riboustin plus mahousse que ceux dont se servent les tapissiers pour agrafer du tissu contre les murs. Rendu furax par cette persistance nocive, et malgré ma blessure, je lui shoote la mâchoire avec tant d'énergie que son tiroir du bas vole en éclats, ce qui le fait ressembler à une commode de brocanteur.

Vais-je enfin pouvoir respirer, putain d'Adèle ?

Que nenni ! Cris à l'extérieur :

— Plombe-la, bordel à cul ! Défouraille, merderie d'Angliche ! Ah ! si j'aurais mon arquebuse !

Je me rue à la fenêtre. J'aperçois la Jeep de mes ravisseurs qui fonce en direction d'un portail de bois. Pour l'atteindre, elle doit obligatoirement passer devant la fenêtre de « ma chambre ».

Quel dommage que des instants de cette qualité ne soient pas tournés en vidéo pour la formation des jeunes flics. En quatre secondes j'ouvre la croisée, saute sur le rebord de briques, puis me propulse sur la capote tendue du véhicule. Je manque la dépasser, mais non : je chois bel et bien dessus.

Dans un accéléré vertigineux, je me rends compte que le portail cité plus haut est fermaga. La conductrice qui n'a pas froid aux miches ne ralentit pas et l'embugne d'autorité. Rrrrrran ! La clôture cède, telle une bourgeoise à un collégien. Je faillis être éjaculé de la capote, mais mon sens de l'équilibre me vaudrait des proposes du cirque Barnum. Je parviens à conserver ma position précaire. Tout de même, la fuyarde a décrit une embardée biscotte cette caisse est haute sur pattes. Bon à savoir !

Tout en faisant un peu plus que l'impossible, je réussis à sortir ma lime à ongles de ma poche. La saisis entre mes dents, qu'heureusement ne suis pas râtellisé comme des moudus que je sais, et parviens à la planter dans la toile. Pas fastoche. Je mets au défi n'importe qui ne disposant pas d'un damier complet d'y parvenir. Mais craaaac ! Le tissu se fend kif le bénouze de Bérurier quand il ramasse un préservatif usagé sous les fenêtres d'un hôtel de passe pour s'en faire une blague à tabac.

Une fureur me galvanise. Tout en demeurant désespérément cramponné, j'élargis la fissure qui, en peu de temps, se mue en une ouverture suffisante pour laisser passer ma main.

Alors, mettant à profit un ralentissement imposé par la circulation, j'agrandis le trou qui devient brèche, y insère mon visage de Casanova pour noces et banquets.

— Vous devriez stopper, chère petite madame ! lancé-je à la conductrice. Toute la ville nous regarde et les flics du coin vont intervenir d'une seconde à l'autre.

Je pense que c'est ma voix unie qui la décide.

Elle freine.

Capítulo veintisiete

Maintenant, me voici à côté d'elle.

D'elle qui, de sa main gantée, pianote le volant de la Jeep. Elle paraît détachée, lointaine, presque indifférente. Pis : résignée.

Rien qui ne me fasse davantage mal à l'âme qu'un être acceptant les dures foirades de son existence. Il me rappelle une scène africaine : un guépard s'attaquant à une antilope.

À la course, il est niqué par la bique, le fauve. Alors il en vient à la ruse, s'approche au plus près de sa proie en se dissimulant pour la charger, sachant que l'élément de surprise va lui être profitable. Il doit lui sauter sur le poil avant que la pauvrette n'ait organisé sa panique. Un bond prodigieux ! Ses griffes et ses dents s'enfoncent dans le corps de la cousine lointaine de « Blanchette Seguin ». *Herido de muerte !* Un joli cadavre vite éventré. Des babines dégoulinantes de sang. Et la savane imperturbable sous le dur soleil.

Quelque part, c'est d'une grandeur féroce : la vie requérant la mort pour pouvoir se prolonger !

J'ai une habitude, presque une marotte : lorsque je suis en voiture avec une inconnue qui la pilote, je me tiens adossé à la portière pour mieux contempler la conductrice.

Celle-ci est plutôt belle, mais avec des détails physiques qui me gênent. Ses verres de contact lui composent un regard globuleux. Ses narines sont épatées comme si la femme trimbalait des origines vaguement négroïdes. Sa bouche est lourde, ainsi que le bas du visage. Elle a çà et là, des boutons rouges sur les joues. Je déteste sa coiffure d'un vilain blond clair d'Ophélie à la manque : elle tombe, raide, sur ses épaules. On déplore confusément son manque de grâce. Je lui trouve un vague côté travelo qui éveille en moi d'obscurs regrets.

Je lui ai ordonné de remiser la chignole au bout d'un chemin de terre escaladant un promontoire duquel on obtient une « vue générale » de la contrée. D'où nous sommes, on aperçoit le fleuve Uruguay qui a déjà revêtu sa sale teinte brunasse. Sur la droite, au loin, les premiers contreforts de la cordillère des Andes qu'une brume de chaleur rend incertains.

— C'est beau, murmuré-je ; bien que né sous un signe d'eau, je suis passionné de montagne.

Elle a un bref hochement de tête. Qui signifie quoi, au juste ? Qu'elle partage mon amour des cimes ?

En la matant dans le rétroviseur, j'obtiens une vue plus générale de son physique. Je la discerne de face, you see ? Et pour peu que je me penche, je saisis son profil gauche dans le réflecteur de portière. Une émotion presque capiteuse m'empare.

Je dis :

— Bien que la chose me laisse sceptique, j'ai quelque peu travesti mon apparence, vous l'aurez remarqué ?

Elle acquiesce.

— Vous n'avez pas été flouée un seul instant, n'est-ce pas ?

Là, elle dénègue.

— Les traficotages de gueule, c'est du gadget pour Tintin, soupiré-je ; ce serait trop commode de se fuir au moyen de quelques artifices de comédien ! Vous permettez ?

J'avance ma main gauche jusqu'à ses cheveux, les saisis parderrière et soulève. Malgré les épingles qui la maintenaient à sa véritable chevelure, la perruque cède sans difficulté.

— Maintenant, continuez sans moi : je ne vais décemment pas fourrer mes doigts dans vos yeux, vos narines et votre bouche !

De plus en plus docile, elle retire ses verres de contact ainsi que les plaquettes de caoutchouc gonflant son nez et le bas de sa bouche. En riant je l'imite. Deux étudiants farceurs !

— Vous oubliez vos faux bubons. Entre nous, ils sont mal imités ; vous savez que ce sont eux qui m'ont mis la puce à l'oreille ?

J'ajoute, pensif :

— L'automutilation est une chose horrible, surtout quand elle affecte une fille aussi belle que vous, María del Carmen.

Elle a une curieuse réaction : elle regarde l'immense tache pourpre qui s'étale sur mon pantalon et, lentement, après s'être dégantée, porte le bout de ses doigts à ma blessure.

Flash-back

L'ANNÉE QUI PRÉCÉDA LES ÉVÉNEMENTS CI-AVANT RELATÉS

Avril

— C'est aujourd'hui que nous retirons les derniers fils, annonça le docteur Teufle.

Kurt Vogel eut un acquiescement silencieux. Ses cicatrices le faisaient souffrir de manière sporadique. Parfois, une sorte de bouffée embrasée léchait son visage. Le spécialiste de la chirurgie faciale lui avait affirmé que c'était normal.

— La chair qui proteste, avait-il assuré. Mais ne vous inquiétez pas : elle finira par se résigner.

C'était un gros homme porcin, très blond, aux cheveux coupés court. Il respirait fort en s'activant et, malgré son masque de gaze, Vogel avait été incommodé par ce souffle d'asthmatique.

Il dégagea les derniers brins de fil noir couturant la face de l'opéré. Lorsque ce fut terminé, tel un peintre devant son tableau, il recula pour s'offrir une vue d'ensemble de l'« œuvre ».

— Je pense honnêtement que c'est réussi, avança le praticien.

Comme le coiffeur, il se saisit d'un miroir à manche qu'il brandit devant son patient.

Vogel hocha la tête. Il n'aimait pas ces bourrelets violines qui continuaient de le défigurer. Son regard, surtout, le déroutait. On lui avait tendu les paupières, cela ôtait toute vie à sa physionomie. Il estimait que l'ensemble faisait un peu « musée Madame Tussauds ». Il se résigna : le temps gommerait les plaies et sa figure récupérerait sa mobilité. À force d'exister avec son nouveau visage, celui-ci accepterait sa personnalité profonde.

Il dit soudain :

— Vous aviez pris une grande quantité de photos pour étudier mes expressions, de même, vous avez exécuté nombre d'esquisses afin de définir ce que deviendrait ma gueule ; vous pouvez me les montrer ?

Teufle eut un sourire entendu.

— Tous mes patients ont une réaction identique : ils veulent confronter le présent au passé.

— N'est-ce pas logique ?

— Tout à fait.

Il se dirigea vers un grand classeur métallique sur lequel on avait peint des motifs rappelant l'acajou.

Pendant qu'il ouvrait les tiroirs, son patient s'approcha de la fenêtre donnant sur Sankt Pauli.

La nuit tombait. Dans ce quartier chaud de Hambourg, les trottoirs avaient retrouvé leurs alignements de prostituées que des marins en escale reluquaient avec impudeur avant d'engager la conversation. Des vendeuses de n'importe quoi, à la poitrine insolente, harcelaient les passants. Des ivrognes blonds, à tête de brute, quémandaient quelques pièces afin d'aller boire davantage. Tout ce qui déferlait dans ces rues paraissait louche et promis au vice, voire au crime.

« Drôle d'endroit pour ouvrir un cabinet médical », songea l'opéré. Sans doute que Teufle avait été radié de l'Ordre en raison de pratiques réprouvées. Il était venu s'installer là, sans plaque de cuivre à sa porte. Seul y figurait un nom imprimé chichement sur un bristol : « Aloïs Teufle ». De sa profession, il n'était même pas question. Cela ne l'empêchait pas de jouir, dans « certains milieux » (pour ne pas dire LE milieu tout court), d'une réputation flatteuse : « c'était un bon ! ».

— Voici votre dossier ! annonça-t-il en revenant lesté d'une forte enveloppe de papier kraft.

Vogel la prit, l'ouvrit, étala son contenu sur le bureau du chirurgien et examina chaque épreuve avant de tout remettre en place.

— C'est très bien, dit-il, satisfait.

Il tira de sa poche une liasse de gros billets de la Banque d'Allemagne et la tendit au médecin.

— C'est ce qui a été convenu ?

Son interlocuteur s'en empara avec une vivacité traduisant son soulagement. Il avait dû se faire truander plus d'une fois. Il compta les coupures avec une désinvolture qui ne cachait pas sa cupidité.

— O.K. ?

L'autre acquiesça.

— Si vous avez besoin de quoi que ce soit, murmura-t-il.

Il déposa l'argent sur son sous-main et plaça dessus un petit rhinocéros de bronze ramené d'un voyage en Indonésie. Puis il accompagna son client qui se dirigeait vers la sortie. Avant d'ouvrir la porte, ce dernier s'arrêta.

— J'allais oublier !

— Quoi donc ? s'inquiéta le docteur Teufle.

Il ne comprit rien aux mouvements fulgurants de l'opéré. Celui-ci appliqua son bras gauche contre la nuque du médecin dont il empoigna le menton de la main droite, et donna une forte secousse. Le praticien mourut instantanément.

Vogel « soulagea » la chute du corps. Ensuite, il revint au bureau pour y prendre l'enveloppe aux photos.

Il ne récupéra pas les billets de banque : ceux-ci étaient faux.

Juin

Elle fut prête avant l'heure convenue et décida d'aller boire un cappuccino sur la terrasse. En réalité, il en existait plusieurs, superposées, qui descendaient jusqu'au lac. Des statues aux attitudes improbables se découpaient sur le bleu du ciel, moins dense que celui de l'eau. Elle se mit à contempler Stresa, en face de l'hôtel.

« Grâce et harmonie », se récita Astrid.

La paix majestueuse étalée sous ses yeux l'emplissait d'une obscure nostalgie. Maintenant qu'elle savait son départ proche, elle réalisait combien elle s'était attachée à ce lieu enchanteur tant célébré par les dépliants touristiques. Les îles Borromées dont le nom suffisait à faire rêver les femmes romantiques, conservaient leur magie début de siècle. Il y régnait un climat si doux que les plantes tropicales s'y développaient à l'aise.

Contrairement à ce qu'elle avait décidé, lorsque le serveur vint s'enquérir de sa commande, elle répondit qu'elle ne voulait rien. Une sourde émotion la tenaillait, proche de l'énervement.

Elle abandonna son siège et, à pas rapides, gagna l'embarcadère. Une assez vieille vedette dont l'acajou se fissurait remuait doucement sur l'eau calme. Personne ne se trouvait à son bord, ce qui la désappointa car elle avait espéré que le pilote viendrait plus tôt que prévu.

Tout en patientant, elle s'intéressa au manège d'un couple de cygnes qui attendait d'elle des largesses. Ils quémandaient avec des airs condescendants qui firent sourire Astrid.

Elle entendit grincer les lattes du ponton et vit arriver un homme dont l'accoutrement pouvait le faire passer pour un marin.

— Vous êtes en avance, *signora* ! grommela-t-il en halant le flanc du bateau contre la plate-forme.

— Peut-être, fit la femme, sautant avec souplesse dans la vedette.

Elle pénétra dans l'habitacle, le traversa de part en part pour prendre place sur le banc de la poupe. Bientôt l'embarcation démarra dans un ronflement de moteur mal réglé.

Elle renversa la tête en arrière afin de mieux profiter de l'air impétueux qui la décoiffait.

Astrid aimait le vent qui cingle et ébouriffe. Il lui revenait des souvenirs de son enfance suédoise. Les matins, pour se rendre à l'école, elle devait emprunter un bateau qui la transportait de l'autre côté du fjord. Cela sentait l'huile chaude, le fer rouillé, la marée.

Comme le canot atteignait le milieu du parcours, le ronron du moteur s'interrompit brusquement. Le silence qui lui succéda parut brutal à la jeune femme. Elle se leva de son siège et s'accouda au toit du rouf afin d'interpeller le pilote.

— Une panne ? demanda-t-elle.

L'homme prit la même position qu'elle. Il avait un étrange sourire.

— À votre avis ? fit-il.

Elle le considéra un moment avant de s'écrier :

— C'est toi, Kurt ?

Cette fois, il demanda :

— À TON avis ? mettant l'accent sur le tutoiement.

Puis ils s'élancèrent à la rencontre l'un de l'autre, courbés pour ne pas se cogner la tête, et s'étreignirent farouchement.

La vedette incontrôlée dérivait en amorçant des cercles qui s'interrompaient au gré d'un remous provoqué par une autre embarcation.

— Tu as encore envie de moi, malgré ma nouvelle tête ? questionna Astrid.

— Jamais je ne t'ai trouvée plus excitante !

Enlacés, marchant de profil, ils gagnèrent l'avant du bateau. L'eau clapotait contre ses flancs et, par instants, il se mettait à tanguer fortement. Kurt lança le moteur et le vieux Riva reprit bientôt son cap.

— Et moi ? demanda-t-il en se tournant vers elle. Pas trop endommagé ?

Elle le considéra avec une minutieuse attention, consignant mentalement les modifications qui s'étaient effectuées sur ce visage d'homme. C'était « ni tout à fait le même, ni tout à fait un autre ». Kurt était devenu une sorte de « frère » inconnu d'elle qui lui rappelait avec force celui qu'elle aimait. Quelqu'un de fascinant.

Astrid posa ses doigts sur la figure du pilote, ferma les yeux et procéda à une espèce d'identification tactile.

— C'est bien toi, fit-elle en coulant sa main jusqu'au sexe de Vogel.

Le moteur tournait tant bien que mal, laissant derrière eux un nuage d'huile gris foncé.

— Quand partirons-nous ? chuchota-t-elle en caressant son membre à travers le jean blanc.

Il redevint grave et oublia son désir.

— Dans huit jours très exactement, répondit-il. Nous nous retrouverons à Genève : hôtel Intercontinental. Nous aurons deux chambres distinctes, nous ne nous connaîtrons pas. Nous prendrons le lendemain l'avion pour l'Amérique du Sud et voyagerons séparément. Je descendrai à Montevideo. Toi, tu poursuivras le vol jusqu'à Buenos Aires d'où tu gagneras Salto, deux jours plus tard, en empruntant plusieurs lignes secondaires.

— Ne penses-tu pas ces précautions exagérées ? murmura-t-elle, déçue par ce programme qui allait, une fois de plus, les séparer.

L'expression du pilote changea, une aigre irritation brouilla son regard :

— Aucune précaution n'est exagérée lorsqu'on est, comme nous, activement recherchés par les polices des plus grands pays de la planète !

Elle s'empressa d'acquiescer.

— Tu as raison, Kurt, mais j'ai tellement besoin de toi. Ce changement de vie radical m'effraie.

Il sourit.

— Peur ! « L'hyène blonde » !

Elle détestait cette appellation que lui avait donnée les magazines à sensation.

— Je t'en prie !

Il baissa le régime du moteur et passa son bras sur l'épaule de sa compagne.

— Nous sommes allés tellement loin qu'il n'existe plus que deux solutions pour ne pas être abattus dans une rue sombre par un agent d'un quelconque service : nous supprimer ou faire peau neuve. Conviens que la seconde est plus difficile à réussir !

— C'est vrai, admit-elle ; je ferai ce qu'il faudra.

— Quand nous nous serons dilués dans l'univers, qu'on ne parlera plus de nous, nous perdrons peu à peu de l'importance pour la meute internationale qui nous course. Alors, insensiblement, nous reconstituerons une vie normalisée dans ce bout du monde où nous n'intéresserons personne.

— Tu le crois vraiment ?

— Aurais-je mis au point tout ce cirque si je ne l'espérais pas, Astrid ?

Ils s'embrassèrent brièvement. Ensuite elle appuya sa joue contre l'épaule de l'homme. La rive de Stresa devenait à chaque tour d'hélice plus présente. Le lac étincelait au soleil et se constellait d'écailles dont le perpétuel frissonnement finissait par blesser la vue. Ils percevaient de la musique, en provenance d'un palace. Une musique langoureuse de jadis, musique de paquebot évoquant quelque soirée « habillée » sur le pont supérieur.

Elle réfléchissait, tout en respirant l'odeur de son amant : elle, du moins, n'avait pas changé.

— Tu es certain que l'identité de ta mère ne posera pas de problèmes ?

— Impossible. Elle n'était pas ma véritable mère et, depuis vingt-cinq ans, je n'avais avec elle que des contacts téléphoniques très espacés.

— Suppose qu'on retrouve son corps, un jour ?

— On ne le retrouvera pas !

— Où est-il ?

Son expression dure réapparut.

— Depuis quand des gens de notre espèce font-ils ce genre de confidences ?

Elle éprouva une cuisante tristesse en songeant qu'il s'était beaucoup transformé au cours de leur séparation, et pas seulement physiquement. Elle le jugeait plus méfiant qu'auparavant, plus « aiguisé » aussi. Il faisait penser à ces poignards que les bandits du Sud frottent d'ail pour que leurs blessures ne se cicatrisent pas.

— Si je comprends bien, tu ne descendras pas à terre avec moi ?

— Tu sais bien que ce serait de la folie, mon amour ! Nous ne nous arracherons à notre existence précédente qu'en usant de la plus grande prudence.

Elle était morose, mais résignée. Comme la côte se précisait de plus en plus, elle supplia :

— Non. Ralentis, Kurt, ralentis, je t'en supplie.

Il obéit, vaguement irrité par cette exigence. Jamais il ne s'était senti pareillement maître de soi-même, fort de la farouche volonté qui l'animait.

— Eh bien ? fit-il en la voyant sortir de son sac un quart de champagne.

— Tu ne te rappelles pas ? demanda-t-elle d'un air piteux.

— Si, bien sûr.

Chaque fois qu'ils s'attaquaient à une importante « réalisation », ils buvaient une petite bouteille de Mumm à même le goulot. Cette pratique relevait de la communion.

Il fut attendri et décapita le flacon, le lui présenta :

— Commence !

Elle but, mal ; le liquide d'or coula en partie le long de son cou pour se perdre dans son corsage.

— À toi ! Je ne sais plus boire proprement depuis qu'« ils » m'ont trafiqué les lèvres.

Vogel n'eut pas ce problème et vida la bouteille en quelques coups de glotte puissants.

Ensuite, il lança le flacon vide dans le lac et réduisit à l'extrême le ralenti. Il tenait à peine le volant de sa main gauche, gardant la droite posée sur le cou tiède de son amie. Il était heureux. Il racontait le futur. Elle écoutait d'un air recueilli, ne l'interrompant parfois que pour lui poser quelques rapides questions.

Il la débarqua sur un ponton privé, à l'écart de la ville.

— Tu prendras une vedette-taxi pour rentrer, lui dit Kurt.

C'était presque un ordre. Il l'aida à descendre, baisa le creux de sa main et murmura :

— Je t'aime.

Il ne s'aperçut pas qu'elle pleurait.

Avant d'écarter le canot de son accotement, il déclara :

— En arrivant à l'Intercontinental de Genève, tu trouveras une enveloppe contenant tes nouveaux papiers, ton « curriculum » et tout ce que tu devras savoir de ta vie antérieure. Il y aura également un produit peu ragoûtant simulant les plaques rouges et les squames du psoriasis. Ta coquetterie va en souffrir, mais le salut n'a pas de prix.

— J'ai déjà commencé de payer, fit-elle, mélancolique ; ce n'est pas gai de vieillir tellement en quelques jours !

Il appuya sur la manette des gaz.

Juillet

C'était son premier déplacement avec sa figure refaite. Voyager ainsi lui causait une désagréable impression. Il lui semblait que les gens la regardaient d'un air surpris ; loin de se sentir à l'abri de son nouveau visage, elle croyait qu'il attirait l'attention. Mais il s'agissait là d'une réaction normale, et Astrid savait parfaitement qu'elle se leurrait, en réalité personne ne prenait garde à la femme âgée qu'elle paraissait.

S'être aussi durement vieillie portait atteinte à son moral. Bien qu'elle n'eût jamais cédé à la coquetterie (ses occupations ne l'y incitaient guère), elle trouvait dommage d'avoir accompli un acte si contraire à la féminité. Elle essayait de se consoler, songeant qu'un jour, peut-être proche, elle pourrait faire marche arrière et confier à un maître de la chirurgie esthétique cette pauvre tête malmenée afin qu'il lui rendît un peu de jeunesse.

Elle parvint à Genève au tout début de l'après-midi, au volant de la BMW de location. Effectivement, sa chambre était retenue, par contre elle fut étonnée de ne pas trouver l'enveloppe contenant les différentes pièces annoncées par Kurt. En attendant les nouvelles qu'elle espérait, elle sortit de ses valises sa chemise de nuit ainsi que les vêtements qu'elle comptait mettre le lendemain pour partir.

Comme elle achevait de prendre ces dispositions, on toqua à sa porte. Elle ouvrit à un chasseur qui lui apportait une missive. Astrid reconnut immédiatement l'écriture large et plate de son amant. Elle était d'une saisissante régularité, à croire qu'il s'agissait de caractères d'imprimerie.

Prends ta voiture et viens me rejoindre immédiatement à Évian. Je t'attendrai devant le Casino.

En guise de signature il avait tracé un trèfle à quatre feuilles sous ce bref texte. D'après leurs conventions, ce signe signifiait : « À brûler impérativement après lecture ».

Ce qu'elle fit avec un automatisme rigoureux.

Quand elle atteignit Évian moins d'une heure après, son inquiétude était au paroxysme. Mais lorsqu'elle l'aperçut, assis sur un banc, au soleil, strict dans un blazer noir à boutons dorés, elle fut rassérénée. Il lui souriait. Elle le trouva beau. Pour lui, l'épisode chirurgical s'était bien passé et l'avait rajeuni. Il ressemblait à un comédien britannique.

Il quitta son siège et, d'une allure désinvolte, gagna la voiture. Kurt prit place, côté passager.

— Roule ! dit-il.

— Tu es à pied ?

— *Sí, señora.*

— On ne part plus pour l'Uruguay ?

— Quelle idée ! Plus que jamais.

— Alors ?

— Je vais t'expliquer, roule !

Fin du flash-back

Capítulo veintiocho

Le lieu est aussi marrant qu'un dispensaire centrafricain pendant une épidémie de choléra baveux. Les murs ne sont même pas blanchis à la chaux, les briques crues, porteuses de cicatrices graves, gardent à la construction l'air désolé d'un chantier abandonné bien avant son achèvement. La pièce comporte deux fenêtres aux carreaux brisés. Il n'y a pas de lumière, et seul le jour mourant met quelque clarté agonisante en ce local désespérant.

J'essaie de me rappeler l'endroit où je gis, n'en trouve pas la moindre trace dans ma mémoire. Tout ce dont je me souviens, c'est d'une Jeep stoppée au sommet d'une butte. Je m'y « sens encore ». Une femme à mon côté, dont j'ai quelque mal à retrouver le nom. Nous parlons… Elle caresse ma cuisse : pas ma bistougne, parole ! VRAIMENT ma jambe. SEULEMENT ma jambe ! On causait…

On parlait de gens vénéneux… De ces êtres comme l'homme de la rue, l'homme de la vie courante ne peut imaginer qu'il en existe. Et voilà qu'en devisant, je me sens diguediguer gentiment. Un suave anéantissement, un peu comme lorsque tu te biches un pied magique. Ta partenaire a fait une apnée mirifique because elle pâmait dans les excès. Ta pomme, la conscience peinarde, tu te laisses glisser dans le velours. Tu déflaques en toute langueur ; mister chibroque floconne dans un abandon supraterrestre. C'est mieux qu'un fade géant, c'est du paradis de contrebande !

Bref : c'est de l'évanouissement pur et simple. Surtout pur. Trop de raisin versé en loucedé, probable, mon grimpant servant de gouttière. Nothing de plus traîtrasse que l'hémorragie. Tu te casses de toi-même sans prendre garde. Te barres de l'existence tel un collégien du pensionnat, en tenant tes grolles à la main.

Je m'investigue. Constate qu'on m'a retiré mon bénoche et fait un pansement. Dans tous les bouquins du genre, les romanciers (également du genre) appellent ledit : « de fortune », t'auras remarqué ? Et si t'as pas remarqué, c'est que t'es bel et bien aussi glandu que les gens le prétendent !

Où suis-je-t-il ?

Bientôt la réponse. J'entends surviendre une bagnole. Claquement de portière (au singulier). Bruits de pas… Une femme blonde que je reconnais. C'est avec elle que je discutais au moment de couler à pic dans le jus de betteraves. Mais je sais qu'elle n'est pas blonde, elle a les cheveux décolorés sous la perruque de naguère. Évidemment, il s'agit de la superbe María del Carmen. Très affairée. Paquets pharmaceutiques. Very beaucoup ! Les défait avec promptitude et autorité. S'active. Je mets mes falots en code. Laisse flotter au vent léger la bannière de mon indifférence.

— Ne t'agite pas, chéri, qu'elle murmure. Il ne faut pas arracher ton goutte-à-goutte.

Ô nuit ! Qu'il est profond ton silence. Une loupiote de poche éclaire mal les lieux.

— Tu as été infirmière ?

— Pas vraiment, mais j'ai soigné ma mère malade pendant des années, si bien que je me débrouille. Comment te sens-tu ?

— J'ai l'impression d'avoir fait la grasse matinée.

— Tu as été entre « chien et loup » pendant une dizaine d'heures ; j'ai failli te conduire à l'hôpital. Ce qui m'a retenue, c'est la perspective des conséquences que ça entraînerait.

— Tu as des nouvelles de « Fort Alamo » ?

— Aucune. Il faudra voir les journaux demain matin. En tout cas, la radio de la voiture ne parle de rien.

— Les protagonistes de l'opération ont intérêt à ne pas faire de vagues.

Pour changer de sujet, je demande :

— Quand penses-tu retrouver ta véritable couleur de cheveux, ma jolie ? Elle doit toujours être à l'unisson de la toison pubienne, sinon cela crée un sentiment de frustration chez l'homme.

Un temps. Elle ne sourit plus. Ses yeux sont baignés de tu sais quoi ? Oui : larmes, tu as gagné !

Je cueille sa main qui traînassait sur le lit.

— Naguère, fais-je en grand amateur d'adverbes que j'ai toujours été, nous avons beaucoup parlé ; une partie de notre intéressante conversation s'est quelque peu diluée dans ma mémoire, aussi me permettrai-je de la récapituler tant mal que bien.

Me voyant promener ma langue fourbue sur mes lèvres rêches, elle va chercher une bouteille de vin parmi ses provisions et m'en sert dans un gobelet de carton. Pinard un tantisoit violacé, qui mousse quand on le transvase, et sent la vendange, ce dont j'adore, dirait Sancho-Bibendum-Pança.

— Où sommes-nous ?

— Dans une bicoque en ruine appartenant à un oncle de mon mari.

Je rêvasse un peu, manière de ranger mes idées par paquets de dix.

À la fin, je laisse échapper :

— C'est curieux, cela fait deux fois, coup sur coup, que je suis blessé pendant une affaire. Au cours de la précédente[1], plus gravement. À force de jouer les invincibles, on finit par durement s'ébrécher. Mais c'est sans importance, à chaque année qui s'ajoute, j'ai gagné en fatalisme. Me soumets à Dieu ou aux planètes. La loi de la gravitation, la seule à laquelle on est forcé d'obéir ; regimber serait pure dépense d'énergie.

Elle n'a pas relevé ma réflexion. Il semble que je la fascine. Pourtant, il y a moins que pas longtemps, ne se trouvait-elle pas au côté d'un vilain qui rêvait de me transformer en engrais azoté ? Comme quoi faut s'attendre à tout, avec les gerces, et au pire plus qu'au reste.

— Si mes souvenirs ne sont pas trop boiteux, tu m'as dit, avant ma syncope, que vous aviez participé, en juin de l'an passé, à un congrès des polices qui se tenait à Stresa, en Italie. Vous logiez dans un palace des îles Borromées.

— C'était enchanteur !

— Là-bas, vous avez fait la connaissance d'une femme d'un certain âge qui prétendait connaître ton mari ?

— C'est cela même.

— Lui, par contre, ne se la rappelait pas. Mais elle a sorti des arguments qui ont paru le convaincre.

— Elle a alors annoncé que le terroriste number one, que nous connaissons sous l'identité de Kurt Vogel, allait se retirer en Uruguay avec un magot phénoménal. Elle savait déjà sa future adresse et l'a communiquée à Ramírez. Elle lui a demandé de liquider Vogel, en échange de quoi il percevrait une part du gâteau. Pour lui prouver qu'elle ne bluffait pas, elle a remis à mon époux cent mille dollars, ou

1. *Le Pétomane ne répond plus.*

plutôt des moitiés de billets représentant cette somme, étant convenu qu'il toucherait l'autre partie des banknotes après l'exécution.

Je souris.

— Je ne veux pas porter atteinte à la mémoire de ton bonhomme, ma chérie, mais pour un policier, il traitait des opérations un peu glauques.

María del Carmen hoche sa jolie tête, qui sera bien plus belle encore lorsqu'elle l'aura désaffublée de sa stupide teinture blonde. Je pense que ses années de mariage avec un forban tel que Ramírez (trois fois) ont quelque peu décapé sa couche d'honnêteté originelle. Quand elle a épousé ce grand flambard, elle était une jeune fille innocente. Ce sagouin l'a transformée.

La vie est si gueuse, comme je le dis souvent, contaminante et vérolée.

Je reprends les rênes de mes pensées divagantes kif celles d'un quadrige.

Si j'analyse, la femme rencontrée à Stresa était une complice de Vogel, mais qui le trahissait. Et dans quelle intention ? Celle, of course, de s'approprier l'énorme blé que ce fumelard a amassé au cours de sa carrière de prédateur de haut niveau. Pour cela que fait-elle ? Profitant d'une occase inespérée, elle commandite PLUSIEURS MOIS À L'AVANCE L'ASSASSINAT du type. Le contraire de *Mort à crédit*, en somme ! Elle paie son élimination par anticipation.

Bien joué, la mère !

Nouvelle rêverie du penseur solitaire qu'I am. Je phosphore que c'en est une bénédiction, dirait la vaillante Line Renaud, la lancière du Bengale des nobles croisades télévisées. Je vois, je renouche, je mate, je bigle, j'entrave. Il existe des instants de grande lumière intérieure, où les embrouilles les plus méandreuses te semblent devenues limpides.

Je mentalise l'affaire. La passe au tamis de ma clairvoyance.

Supposons que l'ami Kurt ait une complice, ou une maîtresse, en compagnie de laquelle il projette de refaire sa vie en Uruguay ? Ils ont placardé leur copieux magot dans ce paisible pays. Mais ce sont des gens traqués par tous les roussins de la planète et de ses satellites. Pour commencer, ils s'établiront séparément : lui dans la capitale, elle dans une ville d'eaux du Nord où elle en profitera pour soigner un psoriasis tenace. Afin de garantir sa sécurité, elle prendra l'identité d'une autre. Il lui suffira de se vieillir, de se « transformer », jeu dans lequel doit exceller une aventurière grand format. Tout est prêt. Les dents lui ont poussé, elle a découvert le parti à tirer de la situation : shooter dé-fi-ni-ti-ve-ment son mec pour rester l'unique détentrice du pactole. Dans le fond, c'est très simple, logique !

Je jubile. Bravo, Sana : t'as tout pigé. Par contre, t'as été joué de première. Du grand art ! Je me remémore la vieille égroteuse de l'établissement de cure. La mère-la-déglingue à la frime daubée. Qui n'aurait-elle pas possédé ? Dieu que c'est grisant d'avoir affaire à des amazones d'un tel niveau !

Et puis, bon, je renoue avec notre converse, María del Carmen et moi.

— Bien. Ton fripon d'époux, jugeant le moment rêvé, ordonne l'équarrissage de Vogel pour pouvoir nous foutre son assassinat sur le paletot. La chose s'accomplit. A-t-il eu, ensuite, un contact avec la femme aux cent mille dollars ? Le moment était venu de toucher l'autre moitié des coupures déchirées.

— Non, fait-elle, puisqu'il est mort (là elle ne tique pas, parle du décès de son vieux comme s'il était clamsé d'une péritonite aiguë) très rapidement après Vogel.

— Tu as quitté le vol de Paris à la première escale pour revenir à Montevideo ; tu as agi ainsi à cause de ce fric dont vous attendiez l'arrivée ?

— Exact.

— Tu as partie liée avec Medialunas ?

— Je lui ai demandé de m'aider ; sans mon mari, je ne me sentais pas de taille…

— Vous connaissiez l'existence de la femme en cure, tous les deux ?

— Non. C'est vous qui nous avez conduits à elle.

— Vous l'avez questionnée ?

— L'inspecteur-chef voulait t'entendre avant de « s'occuper » d'elle.

— Si bien qu'elle se trouve encore dans son institut ?

— Je l'espère.

Mon goutte-à-goutte revigorant agit, sans bruit. C'est plutôt fascinant à observer, ce manège de la larme qui perle et tombe en produisant une minuscule auréole dans la poche de plastique.

Et toujours cet afflux de pensées qui se bousculent au portillon de ma gamberge.

— Le matin de mon arrivée, il y avait un grand papier sur Vogel dans *El Día* ; qui l'avait fait publier ?

— Mon époux.

— Pourquoi ?

— Pour « préparer » les autorités à ce qui allait se passer.

— Explique.

— En signalant la présence du terroriste sur notre sol, il se « couvrait » par avance, car il ne savait pas comment il le neutraliserait. Et puis ta venue soudaine lui a apporté la solution.

— Cela risquait de mettre le type en fuite.

— Non, parce qu'il le tenait à l'œil et il aurait tout précipité si l'autre avait eu des velléités de départ accéléré.

Une chose encore me tarabate l'intérieur de la boîte crâneuse (Béru dixit) : que faisait mon portrait de play-boy dans la penderie de Vogel ?

Cette question (en anglais : *this question*), ce n'est pas la belle friponne qui peut y répondre. Je la repousse à une date intra-utérine.

— Sois gentille, petite brigande, débranche ta jouvence : elle n'est pas suffisamment alcoolisée pour moi.

— Non ! Tu es trop faible, proteste ma camarade d'équipée.

Je biche sa dextre et la porte jusqu'à une éminence qui s'est constituée là où pantelle ton misérable brise-jet de déglandé.

— T'appelles ça de la faiblesse, môme ?

Elle cesse d'ergoter, pousse le civisme jusqu'à ôter sa culotte après avoir retiré l'aiguille de ma veine.

On change de transfusion.

La vie commande, que veux-tu, mon Lulu.

Capítulo veintinueve

Le même salon un tantinet fané. Des plantes en pots, moins belles que celles qui exubèrent au-dehors. Pourquoi, sous toutes les latitudes, longitudes et cieux, dès que des gens sont rassemblés pour recevoir quelque chose qui ressemble à des soins, l'ambiance est-elle locdue et cafardesque ? Certes, on commence à trouver des cliniques privées vachement heurff, il y règne cependant une confuse mélancolie. C'est donc que tout ce qui s'apparente, de près ou de loin, à un traitement, engendre une morbidité incontournable ?

Ici, les patients ne sont pas fatalement vioques. Il en est même des jeunes. Le psoriasis, tu peux pas savoir si t'en as pas, l'à quel point c'est véroleur. La gaufrette aux coudes, aux couilles, au dargif, sur la frime, c'est un des chiendents de l'homme.

La petite médème assassine attend, assise près de moi, sur un canapé tellement crade et défonçaga que je pourrais pas y tirer Claudia Schiffer même si elle m'extrapolait les roustons avec ses cils.

— Je suis impressionnée, murmure ma fraîche-baisée.

Reconnaissons qu'il y a de quoi.

La double porte chiale un peu des gonds en s'ouvrant et la vieille-dame-pas-ragoûtante-qui-m'a-naguère-reçu paraît. Sombre et furtive, la frite daubée par sa chiasse de maladie. Depuis l'entrée, elle me dédie un sourire dépavé et dandine jusqu'à nous. Toujours gentille.

— Il me semble vous reconnaître, déclare-t-elle avec cette légitime fierté des gens très âgés qui reviennent des cagoinsses sans s'être bédolé dans les brailles.

Je la contemple, puis mate la María del Carmen dont la perplexité n'a d'égale que la mienne. Me risque jusqu'à mémère pour le sauvage examen du douanier prévenu par un coup de grelot signé « anonyme » qu'un passeur de diams va se pointer à son poste frontière avec le « Régent » dans le fion.

J'étudie les rides de la dame, sa desquamation, son édenture avancée (il lui manque tous les tabourets du fond), son regard clair comme l'eau d'un bidet (après qu'il a fait perdre la mise), les coins crémeux de sa bouche, ses tifs rêches, son haleine fouettant le fond de poulailler, son menton genre casse-noisettes ouvragé de l'Oberland bernois, ses cannes maigrichonnes aux bas bandéonesques, ses pinceaux déformés par les rhumatismes, la stalactite glauque qui tremble à son bout de pif, oui, je visionne un à un chacun des éléments et j'en arrive à la certitude absolue que cet être n'est pas, ne PEUT PAS ÊTRE une femme encore jeune transformée en vieillasse, mais qu'elle est réellement et violemment âgée, croulante, nazebroque.

Je me penche à l'oreille de ma jolie compagne de bouillave.

— Je vais m'absenter cinq minutes, fais-lui la conversation, soufflé-je-t-il.

J'argue galamment d'une nécessité de nature et les laisse en tête à tête.

La señora Bezalez Flora, quarante-deux ans, un mètre cinquante-trois, soixante-dix-huit kilogrammes (sans ses hardes, mais avec tous ses poils), exerçant les délicates fonctions de balayeuse assermentée, m'indique la chambre de la vioque. Elle se trouve en retrait et je gage, comme on dit puis chez les ancillaires, qu'il s'agit là d'un apparte de luxe. Nous sommes en first classe : un salon, une chambre de belles dimensions, une salle de bains pourvue d'un matériel d'assistance aux vieillards : rampes de traction pour s'arracher de la baignoire et des tartisses, sol antidérapant, et la sauce. Ces éléments me confirment dans ma certitude d'avoir affaire à une véritable mémé homologuée.

Je me mets à fouinasser dans ce logement. Sobrement, efficacement. Tu ne passes pas quatre lustres (et autant d'appliques) dans mon job sans acquérir une dextérité, un sixième sens, un pouvoir déductif poussés à l'extrême. Ou alors c'est que t'es bon à nib et tu peux aller te faire idolâtrer chez les Grecs !

Je me déplace pas à pas, visionnant tout avec plus que de la circonspection. Mon cerveau qui tient la grande forme fait la pige à une pile atomique. Je crépite de la coiffe. Tu veux parier que des étincelles me jaillissent des naseaux, Marceau ?

J'avais annoncé une absence de cinq minutes ? En réalité celle-ci se prolonge plus d'une demi-heure. Je ne me casse pas trop la hure, car deux femmes, même étrangères l'une à l'autre, même n'ayant rien à se dire, savent admirablement meubler les temps morts.

Mon retour effectué, je hâte la séparation, souhaite meilleure santé à la mamie, l'assure que son eczéma est en bonne voie (je pense « d'épanouissement », elle comprend « de guérison »), et nous nous emportons comme un couple sachant ce qu'il a à espérer de ses sens et de son système glandulaire.

La vie est décidément convenable pour les hommes qui, à mon instar (dirait un autre con de plume), savent la caresser dans le sens du poil.

Epílogo

Sa maisonnette de Haute-Savoie, à la mère adoptive de feu Kurt Vogel, est modeste, vaguement délabrée sur les bords, mais conserve une good apparence. Le genre de crèche que les Genevois aiment acquérir sur « France voisine », comme ils disent, et rebecter de leurs mains, les week-ends, pour, ensuite, s'y faire des « petites broches dominicales ».

Elle se situe au bout d'un village sentant l'ortie et le noisetier, dans une sorte de minuscule vallon champêtre, bien à l'abri des curieux.

Une tonnelle « drapée » de vigne dont le raisin, déjà doré, pend comme autant de paires de couilles, nous accueille, Béru, Pinaud et moi.

À nous voir, on pourrait nous considérer comme quelques citadins prenant possession d'une cabane de vacances. Sa Majesté s'est muni de boissons fermentées et de saucisson de Toulouse, envoyés par notre cher D.D. Sarda, grand maître de l'ordre de la Grosse Veine bleue.

La paix, l'harmonie, la détente paraissent régner. Et cependant, ce n'est pas pour festoyer que nous sommes là. Des coup sourds (comme disent ceux qui ne le sont pas), retentissent, en provenance du jardin en friche. Deux terrassiers de fort gabarit fouillent la terre nourricière. Il s'agit des fossoyeurs de Gland-Rubescent dont j'ai loué les services pour la circonstance. Le brigadier Calvinguet, de la gendarmerie d'Évian, surveille leurs travaux.

— Il est duret, non ? murmure César, aux prises avec un sauciflard sec et poivré, par ailleurs délectable.

— T'as qu'à ôter ton râtelier et le sucer, ironise Alexandre-Benoît.

— Qu'as-tu fait de ta belle Pamela ? lui demandé-je.

— Elle espérait m'accompagnasser, mais j'veux pas mélanger l'cul aux affaires.

— C'est toujours le grand amour ?

— D'son côté, moui : l-est folle d'mon chibre et n'peut plus s'en passer.

— Et du tien ?

— Oh ! moive, j'sus comm' l'papillon su' un' fleur, pouvu qu'j'lime, qu'ça soye un' Anglaise ou un' Papouase…

« À propos, grand, t'sais c'qu'é m'a avoué, ce morninge, tandis qu'j'me briquais l'polar av'c sa p'tite culotte après l'avoir calcée ?

— Dis !

— Ta photo, dans la crèche de Vogel, à Montévidélo…

— Eh bien ?

— C'est elle qui l'avait épinglée.

Je bondis.

— Les Britiches connaissaient la retraite de notre homme ?

— À preuve.

— Et ils me bassinaient la prostate pour que je les aide à le retrouver !

— T'sais encore pas combien ces mecs sont traites, grand ?

— Pourquoi ont-ils agi ainsi avec mon portrait ?

— Pour qu'not' lascar, qui t'connaissait, biche les foies et se crapahute !

— Je vois mal l'intérêt.

— Paraîtrait, d'après s'lon Papa…

— Quel papa ?

— Ben, Pamela, paraîtrait qu'c'tordu d'Vogel a sucré un' fortune colossable. C'est ça qu'guignent les Rosbifs. Leur raisonnage était la suivante : « Si qu'le terrorisse s'est fixé en Nuruguay, c'est qu'il y a placardé son osier. S'lon leur plan, y suffisesait d'l'avoir à l'œil et d'pas paumer ses fesses et gestes. Ah ! y craignait rien, c'grand con, av'c l'armada d'anges gardiens qui lu collaient au fion ! Sachant sa planque découvert, et que n-en plus, des gusmanes y entraient kif dans un moulin, lu fallait r'partir d'zéro. Pour ça, ramasser ses pions. Ce dont qui m'intrigue, c'est qu'les Services secrètes rosbifs s'intéressassent au grisbi ; c'est pas t'llement leur tasse d'beaujolpif, ces nœuds !

J'acquiesce pour dire de marquer une réac. Mais j'amertume. Dans cette corrida saugrenue, il n'a servi que d'épouvantail, ton ami

Sana, ma poule chérie. N'empêche que c'est lui qui a débroussaillé l'historiette et, surtout, gagné le caneton !

Comme nous achevons le sauciflard, le brigadier Calvinguet surgit au coin de la maisonnette.

— Du nouveau, monsieur le directeur ! m'annonce-t-il.

Me croiras-tu si je te dis que mon guignol s'offre un triple saut périlleux arrière ?

Je SAVAIS ; il ne pouvait pas en être autrement.

— Vous venez d'exhumer un cadavre de femme, n'est-ce pas ?

— Exactement. Il est… je ne voudrais pas couper l'appétit à ces messieurs, mais disons que ça n'est pas beau du tout. Je dois prévenir le médecin légiste, naturellement ?

— Ça va de soi ! On peut encore supputer sur l'âge de la femme ?

— Vous savez, je l'ai regardée le moins possible, monsieur le directeur. Disons la cinquantaine. Peut-être un peu plus, peut-être un peu moins.

Il ajoute :

— Les fossoyeurs ont dû y aller à l'« huile de coude » et ont bien failli ne rien trouver : le corps reposait à plus de trois mètres de profondeur ; juste au moment d'arrêter, ils ont mis au jour une chaussure…

Je m'arrache du banc où je profitais d'un soleil savoyard tamisé par les feuilles de la tonnelle.

— Je viens, brigadier.

Ah ! notre job n'est pas toujours rose.

Il lui arrive même de prendre des teintes verdâtres !

*
* *

Nous voyageons dans la Rolls de la Pine. C'est moi qui la conduis car il n'a plus de chauffeur depuis que la mère Pinuche s'est mise en tête de le violer. Sur le tard, elle s'en ressent, la douairière. Faut voir comme elle effeuille les braguettes, mémère ! Les livreurs, ses masseurs et profs de gym, le gardien de leur immeuble, un beau Portugais basané. Elle suce tout ce qui passe à sa portée. Le démon de la soixantaine ! Dès qu'elle sent une anguille à moustaches dans son espace bital, faut qu'elle l'engouffre.

Le César pinulcien roupille à l'arrière, le bras passé dans un accoudoir. Le Gravos est à mon côté. N'a pas sommeil, malgré les boutanches englouties.

Je le sens profondément marqué par notre équipée sud-américaine.

— En somme, résume-t-il, c'était l'histoire de deux grands criminels dont l'union a fait la force, mais qui ne s'aimant plus se sont mutuellement neutralisés.

Le châtié de sa phrase me laisse baba.

— C'est pas de toi, ce discours, noté-je.

— Non : d'la Vieillasse. J'l'aye trouvé bioutifoule et appris par cœur.

J'enchaîne :

— Depuis lulure ils avaient préparé leur retraite dans cet aimable pays de l'hémisphère Sud. Seulement, quand le moment de s'y rendre est venu, chacun a décidé de se débarrasser de son partenaire. La femme en livrant son complice pour qu'on le liquide, l'homme en assassinant sa maîtresse. Il a préféré emmener sa vieille maman adoptive. Alors il a buté la souris qui ne l'intéressait plus et l'a enfouie dans le jardin de la maison de Haute-Savoie. Coup double : il supprimait une contrainte et accaparait tout le magot. L'ironie du sort a voulu que sa victime se soit vengée par avance. Pas banal, hé ?

— Ça restera dans les anus, prophétise Crétinus Ier.

Il hésite un instant entre deux incongruités (australe et boréale) mais, ne parvenant pas à trancher, se défait de l'une et de l'autre avec vigueur et synchronisme.

Inmécontent d'un tel exploit, plus difficile à réaliser qu'on ne le suppose, il soupire :

— C'qu'aura z-eu d'ecseptionnel dans c'bignz, c'est qu'tout l'monde l'a dans l'fion : les Rugoyens, les Rosbifs et nous aut' Françouzes, et j'cause pas, œuf corse, du coup' des terrorisses. Même la pauv' mémé qui s'retrouv' au fin fond des Amériques, sans appuye, et p't-êt' sans fric.

— T'en fais pas pour la darone, son grand garçon lui a laissé un beau pactole.

— T'es sûr ?

— J'ai trouvé des fafs de banque dans sa turne : elle a de quoi s'acheter Versailles et le Grand Trianon.

— Ah ! bon. Ça m'aurait fait d'la peine qu'é soye au ruisseau.

Je m'humecte les labiales avant de proférer le plus chouettos :

— Et j'ai déniché, du même coup, ce qui tant a motivé les Rosbifs.

— Nnnnonononon !

— *Sí, señor*.

— Ben, cause, bordel !

Alors je ralentis et sors de ma poche un paquet de faf à cul déjà froissé, de couleur bleu azur.

Le tends au rhinocéros des comptoirs.

— Quoi-ce ? balbutie-t-il, soudain intimidé.

— Regarde !

Il déplie le papelard et un diam de la grosseur d'un œuf de poule naine se met à irradier sa pogne dégueulasse.

— Y a d'quoi s'bouffer les roustons ! exclame mon collaborateur. C'est un vrai ?

— Non seulement il est authentique, mais de plus il est célèbre, confirmé-je, puisque c'est une pièce maîtresse des joyaux de la Couronne britannique. Le coup le plus fumant de ces mille dernières années, Alexandre-Benoît. Personne n'en a entendu parler. Les Anglais ont tu le vol et probablement mis une copie à sa place. Mais tu comprends leur énervement ?

— Charogne !

— N'est-ce pas ?

Il replace le caillou dans son papier et je l'empoche kif il s'agirait d'un caramel au lait.

— Il se trouvait dans l'apparte de mémé, à la maison de cure, commenté-je. Kurt l'avait placé dans une statuette de Lourdes représentant la Vierge miraculeuse sous un globe de verre. Chaque soir, la brave eczémateuse priait devant ce morceau de carbone pur.

— Ça doit vaudre un maxif ?

— I-nes-ti-mable, gros ; à moins de le détailler, mais quel crime ce serait !

— Et tu comptes en faire quoi-ce ?

— Le placer dans un coffre sûr et attendre une occase de le restituer à la Couronne.

— Quel genre d'occase, plize ?

— Il ne se passera pas longtemps avant que nous ayons besoin de nos amis d'outre-tunnel. Un service en valant un autre…

Ensuite, je me mets à penser à María del Carmen, qui est restée « là-bas » pour répondre de la mort de son époux.

Elle a préféré se livrer aux autorités. Légitime défense. Je témoignerai pour elle, je lui dois bien ça. Elle avait l'air d'une amazone, mais dans le fond ce n'était qu'une adorable petite baiseuse.

N'empêche qu'elle suçait drôlement bien.

FIN

DE L'ANTIGEL DANS LE CALBUTE

Récit à s'en arracher la peau des couilles
pour en confectionner un sac du soir
à la dame de ses pensées

1996

Les grandes pensées historiques, voire hystériques

Bander, c'est bien.
Baiser, c'est mieux !

Comtesse de Ségur

Qui dîne, dort.

Raymond Barre

Un soldat qui déserte au combat est un soldat qui peut resservir.

Proverbe italien

Je sais que je mourrai des suites d'une longue convalescence.

Frédéric Dard

À Henry-Jean Servat
Qui collectionne les gilets, à
l'exception des gilets rayés,
Affectueusement.
SAN-A.

Première partie

Quelques précisions géographiques préliminaires

L'histoire dont je vais avoir l'honneur et l'avantage se passe dans une île peu connue du Club Med, à gauche de l'archipel Tintamar en mer d'Arafura.

Le bled en question, situé au-dessous de l'équateur, est, officiellement, la propriété du sultan Mormoilebrac, l'homme le plus riche du monde. C'est un territoire grand comme la moitié de la Corse, sans intérêt économique. Un peu de pêche perlière et des cultures d'agrumes assurent difficilement l'économie de l'île. Abandonnés par le monarque dont le sultanat s'étend dans les Célèbes, ses autochtones voulurent faire sécession.

Peu soucieux d'aller guerroyer pour des fèves, le sultan accepta la proposition d'un aventurier à la tête de spadassins modernes qui offrit au souverain de mettre ces sujets rétifs à la raison, à condition de recevoir, en échange de ses services, la charge de gouverneur à vie de l'îlot.

Mormoilebrac accepta et n'eut qu'à se féliciter du marché. L'homme, un Polonais du nom de Nautik Toutanski, réduisit à néant la révolte. Fit périr les chefs de la conjuration en les balançant sans parachute de son avion privé. Il était partisan d'établir son autorité par des exemples spectaculaires. Et comme il avait raison !

Sous sa bienveillante domination, le Klérambâr (ainsi se nomme le pays en question) connut une rapide prospérité sans que les rares sociologues de la contrée ne comprissent pourquoi. L'ouverture de salles de jeu et de maisons de plaisir fut pour beaucoup dans ce brusque élan économique. Certains établissements spécialisés dans la prostitution infantile, et d'autres dans les sévices corporels, ajoutèrent à la récente réputation de l'île. Nombreux furent les bateaux de plaisance qui vinrent mouiller, ainsi que leurs passagers, dans son port nouvellement aménagé. Des marchands chinois y affluèrent, attirés par la soudaine réputation de cette terre jusqu'alors inconnue. Toutanski interdit judicieusement la construction d'immeubles de plus de deux étages. En homme avisé, il tenait à ce que le territoire placé sous son administration conserve une ambiance détendue, ce qui eût été impensable si d'affreux buildings étaient venus souiller la nature équatoriale.

Au bout de quelques années d'une aussi sage gestion, le sultan Mormoilebrac, intéressé par l'expansion de l'île, décida de réviser ses accords avec le Polak et de replacer le Klérambâr sous son autorité directe.

Informé de la chose, le gouverneur prévint son suzerain qu'une telle décision serait à même de perturber son horoscope si elle était appliquée. Effectivement, dans la semaine qui suivit l'avertissement, l'épouse favorite du sultan périt d'une angine soignée d'un coup de sabre ; son Premier ministre se rompit la colonne vertébrale en ratant quarante-six des cent vingt marches du temple d'Hankulajasek, et sa Rolls-Royce préférée (celle en or massif avec les poignées de portières en diamants) vola en éclats lorsque le chauffeur mit le contact.

Informé de ces impedimenta, Nautik présenta ses sincères condoléances à Mormoilebrac et émit le vœu que cette série noire cessât le plus vite possible. C'était également celui du monarque, lequel confirma le Polonais dans ses fonctions en l'assurant de sa superbienveillance teintée de sympathie.

L'essor de Klérambâr se poursuivit donc dans le calme et la sérénité.

Outre l'agrandissement du port, l'homme fort du pays y fit aménager un aérodrome susceptible d'accueillir des moyen-courriers ; une telle entreprise ne pouvait être éludée car elle engageait la prospérité de l'endroit.

Le Klérambâr n'était pas une île volcanique et son relief peu marqué ne comportait qu'une seule éminence de terrain d'environ trois cents mètres de haut.

C'est sur ce point culminant que le gouverneur érigea sa résidence. À la vérité, elle n'avait rien d'ostentatoire, sinon qu'elle s'entourait d'une solide muraille couronnée de pics et de barbelés électrifiés.

Plusieurs bâtiments se partageaient les trois hectares fortifiés : la villa du dictateur, de style italien, pourvue de colonnades, de baies en arc de cercle, de pièces d'eau, de patios à la fraîcheur continuelle. Et, à une centaine de mètres, le quartier des mercenaires composé d'une dizaine de petites constructions basses, autour d'une vaste piscine ovale. Chacune de ces habitations pouvait héberger une demi-douzaine de soldats et comprenait un dortoir découpé en stalles de deux lits, une salle de bains, un séjour plein d'agrément et une cuisine. Peintes en clair et confortables, ces maisonnettes eussent ravi les habitués d'un club de vacances. Alentour s'étendaient des terrains de sport en plein air : stand de tir, gymnase, trampoline, court de tennis.

À l'extérieur du camp résidentiel, Nautik Toutanski avait fait agencer un quartier réservé à sa troupe, destiné au repos des guerriers. Une dizaine de filles appartenant aux trois races fondamentales de la planète y prodiguaient leur savoir à la garnison. Elles étaient placées sous l'autorité de quatre eunuques confectionnés à la demande de Toutanski. Pour cela, le médecin local avait castré quatre solides gaillards (contre bourse déliée).

Il s'agissait de volontaires appâtés par les fortes primes proposées. L'un d'eux avait été heureux de se débarrasser d'une phénoménale orchite qui le faisait marcher comme un compas ; un autre ne bandait plus depuis qu'une femme jalouse lui avait écrasé les roustons entre deux pierres pendant son sommeil (la chose l'avait réveillé en sursaut) ; le troisième disposait d'un sexe à ce point minuscule qu'il l'avait équipé d'un lacet lui permettant de le retirer de ses brailles ; quant au quatrième, il se livrait à l'homosexualité passive et donc ne souffrit pas de cette ectomie. Ces quatre personnages veillaient sur le bordel, servant à la fois de gardiens et d'hommes de peine. Ils s'occupaient du ravitaillement de ces demoiselles et de leur protection rapprochée, intervenant lorsqu'un conflit éclatait entre elles et leur clientèle, car les mercenaires, qui ne mercenaient plus beaucoup depuis la pacification de l'île, se livraient aux débordements qu'engendre l'inaction.

Au moment où débute ce passionnant récit, les effectifs de la garnison se trouvaient décimés par une sournoise épidémie. Un mal étrange en face duquel le médecin de l'île, un Suédois alcoolique, descendu vingt années auparavant d'un yacht appartenant à des amis, se montrait impuissant.

Le docteur Saabist était arrivé à Klérambâr en compagnie de son épouse, dans l'intention de la tuer. De fâcheuses objections de conscience, surgies à la dernière seconde, l'en avaient empêché. Depuis cette infructueuse tentative, il subissait l'épousâtre en buvant comme un trou pendant que sa bourgeoise se faisait tirer par une grosse partie de la population insulaire. Les mâles de l'île possédaient une petite queue et il lui fallait en consommer beaucoup pour compenser cette anomalie de leur race.

Pour en revenir à la crise de mortalité qui opérait des coupes sombres dans l'armée prétorienne du « gouverneur », Nautik Toutanski se désespérait de cette perte d'effectifs.

Sur les soixante membres composant sa légion initiale, sept avaient trépassé en moins de quinze jours, tandis qu'une demi-douzaine d'autres « péclotaient ». Le mal mystérieux qui les frappait épargnait le reste de la population comme par miracle.

Le vieux poivrot de docteur Saabist, pris au dépourvu, voyait son prestige fondre au soleil équatorial. En désespoir de cause, il avait opéré des prélèvements sur les derniers cadavres, composé une collection de foies, d'estomacs, de viscères et de cerveaux qu'un messager avait convoyée jusqu'à un laboratoire de Singapour. On attendait les résultats en sachant que ce serait long.

Pendant ce temps, l'homme de l'art appliquait une médecine préventive des plus tâtonnantes. Elle consistait à surveiller l'alimentation de la troupe et à faire goûter les plats qui lui étaient servis par des gens de l'île. Aucun des cobayes n'eut à s'en plaindre. On étendit l'expérience aux putes, qui sortirent indemnes de l'épreuve. On renouvela le personnel préposé au service des soldats : rien n'y fit.

Le mal continuait de croître et de tuer.

Claquemuré dans sa résidence, Toutanski se sentait gagné par la panique.

Il ne se nourrissait plus que de conserves aux emballages dûment vérifiés, faisait bouillir l'eau de ses ablutions, mettait des doses historiques de désinfectant dans celle destinée à la vaisselle et aux chasses des toilettes ; bref, vivait comme un homme traqué.

Naturellement, une telle nouvelle ne pouvait demeurer longtemps secrète. Grande fut la liesse des insulaires quand ils apprirent ce qu'il se passait. Ils pensèrent aussitôt à une intervention divine désireuse de purger l'île de ses conquérants. Leurs faces devenaient chaque jour plus goguenardes. Des graffitis noirs s'épanouirent sur les murs blancs, qui promettaient châtiment et malédiction à l'occupant.

Agacé par ces manifestations déloyales, le dictateur fit mettre à mort quelques graphistes téméraires pris en flagrant délit de phrases séditieuses. Il eut l'idée originale de leur enfoncer dans le rectum une cartouche de dynamite et d'en allumer la mèche. La recette se montra gratifiante et les inscriptions cessèrent.

Soucieux de remplacer ses effectifs anéantis, Nautik Toutanski chargea différents correspondants, avec qui il était en contact, de lui dénicher de nouvelles recrues. Sa déception fut grande quand il apprit que cette louable profession se perdait. Tout ce qu'il réussit à obtenir d'un « imprésario » africain, ce fut trois hommes aux états de service convenables.

C'est l'aventure de ces trois individus que nous nous proposons de relater.

1

Nautik Toutanski s'éveillait toujours avec une bandaison cyclonique qui l'empêchait de se coucher sur le ventre. Sa licebroque matinale ne modifiait pas la chose et il devait passer par son harem privé avant de retrouver une démarche qui ne dût rien au pas de l'oie nazi de sinistre mémoire.

Le singulier gouverneur occupait le second étage de la maison, lequel se composait de trois pièces confortables, équipées de la vidéo et d'une salle de bains commune dont la baignoire possédait les dimensions d'une piscine et des jets rotatifs de rêve. Sa chambre était blindée. D'épais rideaux de fer la protégeaient d'éventuels assauts. Deux gardes veillaient à l'extérieur, en permanence ; et deux autres à l'intérieur. Un râtelier d'armes de poing surmontait la tête du lit.

Le Polonais enfila son peignoir (pour commencer) et prit l'ascenseur qui le hissa d'un étage.

À son arrivée, il fut, comme chaque jour, accueilli par ses trois exquises pensionnaires : Mary, une blonde Britannique dont le fort prognathisme ajoutait du piquant à ses fellations, Noéma, une petite Tunisienne lascive, et Valodia, une Polonaise un peu plus âgée que ses deux collègues, qu'il avait choisie afin qu'elle lui débite, en baisant, des horreurs dans sa langue maternelle, attention à laquelle beaucoup de mâles se montrent sensibles.

Il arrivait qu'il prît les trois pour sa séance matinale, mettant en concurrence l'esprit d'initiative de chacune, ce qui triplait son plaisir ; mais ce matin-là, nonobstant son membre demandeur, il se sentait propre à un coït taciturne et fit signe à la Polonaise.

Ils s'enfermèrent donc dans la chambre de Valodia, aimable pièce tendue de cretonne vert pâle semée de myosotis. Plusieurs éléments contradictoires étaient fixés aux murs : un martinet, un godemiché, un poster montrant deux sodomites à l'ouvrage, la photographie de Lech Walesa, une culotte noire fendue à l'entrejambe, et le portrait d'une vieille religieuse qu'on aurait pu prendre pour Mère Teresa, mais qui se trouvait être la tante de Valodia.

Nautik n'accorda pas un regard à cette exposition composite qu'il connaissait par cœur. Se laissa tomber dans le « fauteuil de travail » de sa compatriote avec un long soupir de désabusance.

Comme il prisait volontiers la petite pipe de mise en condition, la chère fille s'agenouilla consciencieusement entre les jambes du dictateur. Elle écarta les pans de la robe de chambre noire, libérant sa matraque de C.R.S. qu'elle entreprit de flatter à l'extrême en la serrant entre ses deux mains opposées bien à plat. En fait, le gain de volume fut minime car son partenaire était déjà à l'apogée de l'érection.

D'ordinaire, il appréciait cette pratique, mais alors qu'elle s'apprêtait à l'emboucher pour parfaire la caresse, il soupira :

— Non, laisse !

Stupéfaite, elle interrompit sa manœuvre.

— Le doigt dans le cul, peut-être, monsieur le gouverneur ?

— Sans façon !

— Quoi, alors ?

Au lieu de répondre à cette question directe, il déclara :

— Je n'avais jamais remarqué ce bouton noir sur ta joue.

— Ce n'est pas un bouton, mais un grain de beauté.

— Il en sort des poils, c'est dégueulasse !

La fille, interdite, ne sut qu'objecter.

— Demande au médecin qu'il te brûle cette saloperie ! ordonna Toutanski.

— Ah ! ça non ! se rebiffa brusquement Valodia : ce vieux soûlaud me ferait attraper un cancer.

— Parce que ce bouton est cancéreux ? fit durement le tyran de l'île.

— Si on le bricolait, il pourrait le devenir.

Le dictateur réfléchit puis décréta :

— Mercredi prochain, un avion vient de Jakarta pour m'amener des renforts et du matériel : tu le prendras.

— Pourquoi irais-je à Java ? s'étonna-t-elle.

— De là-bas tu pourras trouver des vols pour où tu voudras.

— Vous me renvoyez ?

— Non : je te chasse, nuance. Je ne peux pas tolérer de gens malades.

— Mais je ne suis pas malade !

— Dis encore un seul mot et je te fais manger à la coque par une termitière. Tu connais ?

Il expliqua :

— Tu vois, dans la campagne, ces monticules ocre ? On sectionne la pointe et on t'enfonce dedans, tête première… Des milliers de bestioles te dévorent. Quand elles t'ont entièrement bouffée, on détruit les termites au lance-flammes.

La fille secoua la tête en signe d'incompréhension, s'efforçant de désamorcer l'homme par un calme qu'elle était loin d'éprouver.

— Pourquoi me parlez-vous aussi durement ? fit-elle. Ne sommes-nous pas du même pays ?

— Ça change quoi, que nous soyons polonais, toi et moi ? Tu restes une pute en instance de vérole et moi le gouverneur.

Une bouffée de rage s'empara de la prostituée.

— Gouverneur, vous ne le resterez pas longtemps !

Furieux, il saisit une oreille de Valodia dans chaque main et les lui tordit avec une telle férocité qu'elles s'ensanglantèrent.

— Qu'est-ce que tu viens de dire, puanteur ?

— Rien, rien ! gémit la fille.

— Pourquoi ne resterai-je pas longtemps gouverneur ? Si tu ne réponds pas par la vérité, je t'incise de l'anus au nombril afin que tu te vides de ta charogne, tu m'entends ?

— Des bruits qui courent, pleurnicha-t-elle. On dit que le sultan Mormoilebrac fait empoisonner votre garde pour vous réduire à merci. Quand vous n'aurez plus suffisamment d'hommes pour assurer votre sécurité, il vous fera arrêter et conduire à son palais. S'il ne vous a pas encore tué, c'est parce qu'il a besoin de faire un exemple. Il veut que vous soyez jugé, condamné, torturé sur la place publique et mis à mort de façon raffinée.

Une sudation glacée dévala les reins du tyran.

— D'où tiens-tu cela ? demanda-t-il d'un ton pâle.

— Les gens parlent. Les décès qui s'opèrent dans la troupe sont interprétés par le peuple.

— Et que dit-on encore ?

— Que les laboratoires de Singapour ne trouveront rien. La substance utilisée pour empoisonner vos mercenaires est un poison employé depuis des générations chez les sultans de Klérambâr. Il ne laisse aucune trace.

Machinalement, Nautik Toutanski[1] regarda son sexe. Il constata avec stupeur que celui-ci pendait comme une bite d'eunuque. Mieux, il était flasque et gris, tête de nœud comprise. Au grand jamais son zob n'avait montré plus triste visage sans avoir baisé. Dans sa poitrine tournait une boule d'étoupe qui l'étouffait.

Valodia, qui le guignait avec acuité, se dit que ses actions risquaient de remonter à la faveur d'une pareille déroute. Jouit-on du trépas des autres quand votre sort vous échappe ? Il convenait d'enfoncer le clou.

Elle leva son marteau !

— Monsieur le gouverneur, reprit-elle, n'attendez pas que vos guerriers soient anéantis pour vous mettre à l'abri. Si vous tardez,

1. Nous tenons à souligner la modestie de l'auteur qui aurait pu obtenir un effet facile en intervertissant le nom et le prénom du tyran.

des révolutionnaires, préparés dans l'ombre, investiront votre résidence et vous feront prisonnier. Il sera trop tard pour réagir.

Elle examina avec une jubilation revancharde les traits creusés de son maître et seigneur, son regard battu par un indicible effroi, sa queue flétrie et sans orgueil.

— À votre place, reprit-elle, je sais ce que je ferais.

Il la questionna d'un œil lamentable.

— Je réunirais le maximum de richesses facilement transportables, et sans crier gare, je prendrais l'avion à la sauvette. J'irais le plus loin possible et m'y ferais oublier.

Il réfléchit un instant, haussa les épaules. Un flot d'énergie lui revenant, il déclara :

— Il faut découvrir qui fait prendre le poison à mes soldats.

— Vous ne trouverez pas !

— Et pourquoi ?

— Parce que toute la population est contre vous !

Il réfléchit un court moment puis questionna :

— Mary et Noéma sont également au courant de ce qui se passe ?

— Je n'en sais rien, mais de toute façon elles s'en fichent. Noéma parce qu'elle est stupide, Mary parce qu'elle est anglaise.

Nautik Toutanski ferma sa robe de chambre dont il resserra la ceinture. Puis il alla ouvrir la porte et appela deux de ses gardes qui traînaient leurs couilles dans l'antichambre.

— Venez ! enjoignit-il.

Les deux hommes pénétrèrent dans la pièce. Lors, le Polonais s'en fut ouvrir la fenêtre en grand et dit à ses mercenaires :

— Vous voyez les piques qui entourent la résidence ? Vous allez prendre cette pute chacun par un bras et une cheville et la flanquer dehors. Si vous parvenez à l'embrocher, je vous remets à chacun une prime de cinq cent mille roupettes Pacifique.

Les deux hommes acquiescèrent. La malheureuse poussait des hurlements rappelant la mise à mort d'un porc dans une cour de ferme. Ses cris n'eurent aucun effet dissuasif sur les tortionnaires. Ils s'emparèrent de la compatriote de Chopin et se mirent à la balancer de plus en plus fortement, en scandant : « Un… Deux… Trois ! »

La fille partit avec ses clameurs.

Au bout d'un bref instant, celles-ci cessèrent.

Toutanski écarta ses sbires pour regarder. Valodia pendait, deux piques émergeaient de son dos après l'avoir traversée de part en part. Ses jambes et ses bras battaient l'air misérablement, sa tête remuait également et on l'entendait geindre.

— Bravo ! complimenta le gouverneur. Voilà de l'argent facilement gagné, non ?

Les braves soldats eurent des sourires de fiers-à-bras.

Le Polonais referma la fenêtre pour que l'air conditionné ne s'échappe pas davantage.

2

Le grand Noir et ses deux compagnons sortirent de l'avion, les jambes molles. Partis d'Afrique du Sud deux jours plus tôt, ils venaient de franchir plusieurs milliers de kilomètres dans des appareils douteux, appartenant à des compagnies confidentielles. Des somnolences en vol, des siestes au cours des escales n'avaient pu endiguer leur état de fatigue. Les trois « nouveaux » marchaient de ce pas qu'ont les touristes venant de descendre par l'escadrin tous les étages de la tour Eiffel.

Le commandant de leur nouvelle « armée » les attendait, flanqué de deux soldats en treillis léopard. C'était un Ukrainien blond, à la boule rasée et au regard d'acier comme on dit puis dans des livres d'action moins coûteux que celui-ci, mais que tu as du mal à lire jusqu'au bout, sauf si tu te fais lécher le sous-couilles pour agrémenter. On avait beau sonder son visage, on ne parvenait pas à y déceler la moindre trace d'humanité. Il avait massacré une forte quantité de Noirs au cours de son existence car il adorait confectionner de faux calmars en découpant leurs trous du cul.

Il s'avança vers les trois hommes et les apostropha :

— Nommez-vous !

Le Black se présenta :

— Sydney Poitier, mon colonel.

— Comme ça, vous êtes nègre ?

— Comme ça et autrement, admit la nouvelle recrue.

Le chef des armées parlait mal l'anglais, le français, l'allemand, l'italien, l'espagnol, l'abyssin, l'hébreu, le sanscrit, le grec ancien, le suédois, ainsi que cent autres langues ou dialectes épars sur la planète.

— Je déteste les nègres ! assura-t-il.

— C'est un honneur que vous leur faites, mon général !

Sans relever la boutade qu'il n'avait pas saisie parfaitement, le réceptionnaire passa au deuxième.

— Vous ? fit-il en appuyant durement le pommeau de la cravache contre son ventre.

— Gargantua, sir.

— Espagnol ?

— Par un ami de ma mère. Mais si vous voudriez bien pas m'défoncer le bide avec vot' truc, j'v'z'n saurerais un plein pot d'gré.

— Qu'est-ce que vous dites ? hurla l'Ukrainien en postillonnant une écume d'égout en crue.

— Qu'vous allez m'dévisser le nombrille ! avertit le gros mercenaire. J'voye pas la raison d'faire mal à un gonzier v'nu s'enrôler chez vos éclaireurs.

Le calme et le regard incisif de l'arrivant en imposaient au chef tortionnaire. Ce qui le gênait considérablement, c'était de mal saisir les paroles de l'autre. Il mesurait chaque jour davantage que l'illettrisme condamne l'individu aux étages inférieurs de la société. Pour ne pas pousser plus loin l'affrontement, il interrogea le troisième.

— Vous ? demanda-t-il sèchement.

— À vos chers ordres, Excellence ! clama l'interpellé, le menton braqué sur l'équateur, lequel n'en finissait pas de faire le tour de la planète.

— Nom ?

— Jean Dupont.

— Vous êtes juif ?

— Par contumace, mon général.

— Nationalité ?

— Hétéroclite.

Le militaire prit du recul afin de mieux toiser ses renforts.

— Je suis votre chef ! aboya-t-il en doberman moderne.

Loin de provoquer respect et servilité, sa déclaration déclencha chez le dénommé Gargantua un pet d'une telle intensité que tous les assistants en furent estomaqués.

— Il est pas passé loin, hé ? jubila l'instrumentiste à vent. Un commak qu'est pas assuré de ses arrières, y fait du dégât dans les bénoches, j'vous prille d'le croire.

Comme il lui restait du souffle et de la verve, il en proposa un nouveau, moins tonitruant mais plus mélodieux.

L'Ukrainien hésita, se demandant si pareille flatulence compromettait son autorité. Après réflexion, il annonça :

— Mon nom est Fépalov ! Grégory Fépalov ; mais vous m'appellerez « Chef ». Votre vie ici sera douce et consistera à maintenir l'ordre en imposant la crainte. Pour cela il suffira de procéder à quelques exécutions à l'amiable.

« Un niacouais ne vous salue pas : vous lui ouvrez la gorge d'une oreille à l'autre pour le faire rire large. Vous verrez, ça deviendra automatique. Ceux d'entre vous qui enculent les petits garçons le feront en privé ; à quoi bon provoquer les pudibonds ? Vos camarades vous expliqueront.

« Maintenant, je vais vous présenter à notre gouverneur bien-aimé le grand Nautik Toutanski qui, à compter de cet instant, devient votre père vénéré. Vous lui devez obéissance et soumission. Dites-vous bien qu'en vous engageant dans sa garde, vous lui faites le don de votre personne.

Il plaqua sa main droite sur sa poitrine et s'inclina, ce qui constituait le salut toutanskien. Ses hommes l'imitèrent. Ce fut bref et impressionnant.

*
* *

Assis dans le jardin, sur un fauteuil d'osier qu'abritait un vaste parasol, le Polonais réfléchissait en fumant un cigare pour combattre l'atroce odeur qui se dégageait du cadavre de sa compatriote embrochée. Il avait décidé de la laisser quarante-huit heures sur ses piques. Il croyait à l'efficacité des mesures exemplaires, sachant trop bien que la trouille est le commencement de la sagesse.

L'arrivée des nouveaux l'arracha à sa méditation. Il les examina posément de ses yeux insensibles.

— Pourquoi un Noir ? demanda-t-il. Ça n'a jamais été précisé.

Grégory Fépalov hocha la tête.

— Je ne le savais pas non plus, Excellence, murmura l'Ukrainien.

Le colored man ainsi mis en cause se permit d'intervenir :

— Je suis noir de peau, mais blanc de cœur, Excellence.

Surpris, le tyran lui accorda davantage d'attention.

— Sur quoi te fondes-tu pour prétendre une telle chose ?

— Sur ma foi en l'Occident qui est la lumière du monde.

— Voilà une belle formule qu'il est surprenant d'entendre dans la bouche d'un nègre, approuva Toutanski. Je sens que nous allons bien nous entendre. D'ores et déjà, je te nomme chef de groupe !

— Vous me comblez, Excellence.

Le Polak posa quelques questions de routine aux deux autres et parut satisfait de ce premier contact.

— Ici, la discipline est dure, mais la solde est bonne. Vous disposez en outre d'un harem pour l'équilibre physique. Les primes sont fréquentes. Un conseil : méfiez-vous des habitants, il n'y a pas plus perfide que ces gens-là. N'acceptez jamais rien d'eux. Surveillez votre alimentation, buvez de l'eau, de la bière ou du vin provenant de bouteilles cachetées. Ne tirez pas d'autres filles que celles qui sont à votre disposition. Ne vous baladez jamais seuls et, surtout, pas de nuit. Une dernière chose : nous devons rester unis. Vous pouvez compter sur moi comme je compte sur vous.

Le mercenaire qui prétendait s'appeler Jean Dupont intervint :

— Puis-je me permettre une question, Excellence ?

— Allez-y.

L'homme (un beau garçon à l'expression volontaire) désigna la femme en décomposition sur la grille proche :

— Est-il indiscret, Excellence, de vous demander la signification de ce cadavre ?

— Simple manœuvre de dissuasion.

Jean Dupont acquiesça gravement.

— Voilà qui est d'une grande sagesse, admit-il.

On conduisit les nouveaux au bungalow qui leur était affecté. Deux couches y étaient occupées, malgré l'heure. Grégory Fépalov expliqua aux arrivants qu'il s'agissait de miliciens malades. Ensuite il laissa le contingent neuf emménager.

Dès qu'il eut tourné les talons, le Noir toucha les épaules de ses deux compagnons. Ils le regardèrent. Sydney Poitier mit un doigt devant sa bouche, puis leur désigna un petit objet noir fixé au plafond, près de la lampe électrique.

Le Gros et le Beau comprirent l'avertissement : micro !

Ils commencèrent de s'installer, ce qui consistait à transférer le contenu de leurs bagages dans l'armoire de fer jouxtant chacun des lits. L'air conditionné baignant la pièce leur apportait une agréable sensation de fraîcheur.

Une fois leurs rangements effectués, ils s'assirent autour de la table dans la seconde partie du local. Un réfrigérateur ronronnait en vibrant. Ils y découvrirent une grande quantité de bière tchèque et en prélevèrent trois bouteilles qu'ils examinèrent de près avant de les décapsuler.

Gargantua se mit à boire en force, et en trois coups de glotte eut raison des quelques centilitres de bibine. Les rota puissamment et alla puiser un nouveau flacon dans le frigo. Comme il en revenait, il fit un crochet par l'un des plumards où reposaient ses collègues mercenaires. Il se pencha sur un dormeur, le palpa, puis s'approcha de l'autre.

— J'ai le regret de vous annoncer que ces deux mecs sont clamsés ! fit-il.

Et il vida sa seconde canette.

3

Son Excellence, quand elle apprit ces deux nouvelles pertes, eut une idée qui valait ce qu'elle valait, c'est-à-dire un tout petit peu mieux que rien. Elle fit annoncer par affiches et haut-parleurs à la population insulaire, qu'à chaque décès qui se produirait désormais, dix habitants seraient enterrés debout, jusqu'aux épaules, et qu'on coulerait du ciment sur eux. Seule leur tête demeurerait à l'air libre, leur permettant de respirer et donc de survivre un certain temps. On étancherait leur inévitable soif avec du vinaigre, histoire de les initier à la passion du Christ ; et tous ceux qui en manifesteraient le désir auraient le droit de leur pisser sur la gueule.

Cette mesure était édictée avec effet rétroactif, concernant les deux derniers défunts.

C'est donc vingt personnes qui furent choisies, enterrées et cimentées. La chose s'opéra dans le nouveau parc d'agrément de Klérambâr, face à la cascade Glôûglôû, de manière à ce que la vision de cette onde fraîche et mousseuse accroisse le calvaire des suppliciés.

Las ! contre tout espoir, l'effroyable châtiment, loin d'endiguer les morts suspectes, ne fit que les accélérer. En huit jours, onze miliciens périrent.

Devant pareille hécatombe, ce qui subsistait de la troupe décida de quitter ce territoire maudit. Ils voulurent faire part de cette sage décision à l'Ukrainien, mais Grégory Fépalov se trouvait dans le coma ; l'un d'eux accepta d'aller prévenir Nautik Toutanski. Fâcheuse initiative : le Polak lui fracassa la tête d'une balle de 9 mm tirée à bout portant dans l'oreille.

Cet acte commis, histoire de décompresser un brin, Toutanski manda deux gars de sa garde prétorienne, lesquels se trouvaient surarmés, notamment d'un pistolet-mitrailleur de fabrication suédoise, et convoqua le reste de ses soldats, soit trente-deux hommes.

En termes âpres, émaillés de menaces, de jurons et autres imprécations aux riches sonorités, il les avertit que, détenant leurs passeports, il les avait à sa merci et que le premier qui voudrait rompre son engagement se retrouverait viande froide. Il dit qu'un laboratoire de Singapour cherchait un vaccin contre le mal qui sévissait et que dans les jours prochains, chacun serait immunisé. Le docteur Saabist venait d'ores et déjà de recevoir du matériel susceptible d'enrayer le fléau. Donc, pas de panique. Les soldes seraient doublées et de nouvelles filles allaient rafraîchir les effectifs du lupanar, dont une Chinoise aux prouesses amoureuses réputées dans tout le Sud asiatique.

La grogne se calma quelque peu et le Polonais rentra chez lui. À peine venait-il de retrouver son climatiseur et son verre de vodka au poivre que ses gardes le prévinrent qu'une des nouvelles recrues demandait à lui parler. Agacé, Nautik Toutanski allait refuser d'accorder audience, mais, se ravisant, il fit entrer le nommé Jean

Dupont ; son regard intelligent lui plaisait. Il reconnaissait en lui un individu d'une tout autre trempe que ses autres mercenaires.

— Je n'ai pas pour habitude de recevoir à l'improviste, déclara-t-il, pour préserver son autorité.

— Je m'en doute, Excellence, mais il y va de votre salut.

Le compatriote de Mme Curie fronça les sourcils.

— Expliquez-vous.

— Je souhaite vous entretenir de cette singulière épidémie qui ne s'en prend qu'à vos soldats ; pas un autre habitant de Klérambâr n'en est atteint.

— Et alors ? demanda le tyran.

— Alors ? Mais votre cause est perdue, Excellence. Vous n'avez pas convaincu vos hommes, tout à l'heure. Le vent de la révolte gronde dans leurs rangs. Ces types courageux, prêts à mourir pour leur solde, ont peur de la mystérieuse maladie. Elle constitue un ennemi impossible à combattre. Leur seule chance de sauvegarde réside dans une évacuation rapide. Simple question d'heures, de minutes peut-être. D'un moment à l'autre, ils encercleront votre maison et la mettront à sac après vous avoir lynché. Vos gardes du corps n'opposeront aucune résistance car ils ont autant la frousse que les autres.

Ce discours, bien qu'il parût ne pas entamer la volonté de Toutanski, effectuait des dégâts dans sa gamberge.

Il se laissa aller à gratter ses gros testicules qu'une crise d'urticaire malmenait.

— Pourquoi venez-vous me raconter cela ? demanda-t-il sèchement.

— Parce que l'heure est grave, Excellence, voire critique.

— Vous avez une solution ?

— La seule qui s'impose : la fuite. Et encore ne faut-il pas perdre une seconde. Il convient de préparer un vol de toute urgence pour Jakarta. Officiellement, il s'agira d'aller chercher le vaccin promis. Vous serez censé demeurer dans votre résidence, mais en secret, vous vous ferez conduire à l'aéroport et prendrez place au dernier moment dans l'appareil.

Le tyran l'écoutait sans marquer la moindre réaction.

— Et où irai-je ? demanda-t-il.

Dupont haussa les épaules et répondit avec un rien d'agacement :

— C'est votre affaire !

Ils se toisèrent sans aménité.

— Et vous ? demanda le Polonais.

— Nous n'aurons pas d'autres ressources que de partir avec vous jusqu'en Indonésie ; une fois là-bas, chacun tirera son bord.

— Pourquoi vous souciez-vous de moi ? fit Toutanski.

— Erreur, Excellence : je me soucie de moi et de mes deux camarades. Considérez le coup fourré dans lequel nous sommes : engagés comme force de soutien, nous arrivons dans un pays en pleine décomposition. Vos soldats meurent à qui mieux mieux, le soulèvement gronde. Réalisant l'urgence de cette situation, nous n'avons plus qu'une idée en tête : nous tirer au plus vite de ce bourbier. Vous seul pouvez nous y aider, conclusion : vous prêter assistance équivaut à nous sauver nous-mêmes. Nous avons partie liée.

— Supposons que je refuse votre proposition ?

— En ce cas, nous partirons sans vous.

— Comment ?

— En prenant l'avion que vous ne manquerez pas de mettre à notre disposition.

— Affréter un vol spécial pour votre départ ? Vous avez une haute idée de vos personnes !

— Tout homme en grand danger est amené à se valoriser, assura le mercenaire.

Son interlocuteur continuait de le sonder de ses yeux froids et impitoyables.

— Vous me faites un étrange baroudeur, dit-il ; bien trop malin pour barouder sans convictions arrêtées. Qui vous envoie ?

— Personne d'autre que ma propre volonté. À ne rien vous cacher, je pensais qu'il pouvait être bon de tenter l'aventure dans un coin tel que celui-ci. Je ne m'imaginais pas tomber dans un chaudron sur le point d'exploser. Si je puis me permettre cette dernière question, êtes-vous conscient de la précarité de votre situation ?

— Elle est tellement précaire que je peux fort bien vous faire empaler sur-le-champ !

— Ce supplice ne ferait que précéder ceux qui vous attendent, assura calmement Jean Dupont. Votre attitude joue contre vous. Si vous tardez, vous regretterez le temps perdu.

Comme il disait ces sages paroles, une détonation retentit à l'extérieur et une balle fit éclater l'un des carreaux. D'autres suivirent.

La nouvelle recrue se précipita sur le dictateur et le poussa dans un fauteuil. À peine venait-il d'agir, qu'une rafale balaya les objets précieux disposés sur un secrétaire.

— Vous voyez : je péchais par optimisme, dit le nouveau.

Nautik Toutanski s'arracha du fauteuil et, courbé en deux, s'élança vers la porte.

La fusillade venait de cesser.

Quand le tyran ouvrit, il se trouva en présence de ses gardes privés, lequels braquèrent sur lui deux mitraillettes aux canons brillants.

— Les mains en l'air ! lui intima l'un d'eux.

— Tu es fou, Stern ! grommela le Polonais.

— Ta gueule, sinon je te vide ce chargeur dans les tripes ! répondit l'interpellé.

Il ajouta, à l'adresse de son compagnon :

— Mets-lui les menottes !

Le Polak n'était pas du genre ergoteur. Il savait juger les circonstances. En un instant, il se retrouva avec les poignets dans le dos, dûment entravé.

— Et maintenant ? questionna-t-il.

— Conseil révolutionnaire ! fit l'ex-garde du corps.

— Pauvre con ! lui jeta Toutanski.

L'homme lui plaça un coup de crosse dans l'estomac. Le dictateur, en voie de déposition, retint une plainte. La rage le rendait blême mais il n'avait pas peur.

— Vermine ! fit-il.

C'est alors que le dénommé Jean Dupont qui jusque-là s'était abstenu de parler s'avança vers les deux cerbères. Il tenait une sorte de grenade à la main et la pressa. Un long jet partit dans la figure des félons. Son effet fut quasi immédiat : les « gardes rapprochés » eurent des mimiques convulsées et s'écroulèrent. Dupont cueillit la clé des menottes tombée à terre et libéra le dictateur. Après quoi, il s'approcha de la fenêtre et coula un regard prudent à l'extérieur. Il vit quelques groupes de soldats qui palabraient aux abords de la villa. Leur stérile fusillade les avait davantage embarrassés qu'excités. Ces individus redoutaient le mal sévissant dans leurs rangs et ne savaient trop de quel côté chercher le salut.

— Il existe une autre issue ? demanda-t-il au maître (très provisoire) des lieux. Vous n'êtes pas le genre de renard à n'avoir qu'un trou à son terrier.

Toutanski opina. En homme d'action sachant appréhender avec exactitude les pires circonstances, il jouait sans hésiter la carte Dupont, mettant provisoirement de côté les suspicions qu'elle faisait naître en lui.

— Elle existe, convint-il.

— Où donne-t-elle ?

Il récita :

— Un souterrain part de la cave et va déboucher derrière les garages.

Le mercenaire tira d'une poche un minuscule talkie-walkie qu'il actionna. Après quelques essais infructueux, une voix s'annonça :

— Saint-Simon.

— Nous allons dégager par une issue proche des garages ; il n'y a plus une minute à perdre.

— Bien reçu !

Le dénommé Dupont rempocha son appareil.

— On va risquer le coup ! décida-t-il. Si vous avez quelque chose à prendre, faites vite, à condition que ce ne soit pas encombrant.

Le « libérateur » de l'île lui sourit :

— Je n'ai rien d'autre à emmener que moi-même.

4

Ce système secret d'évacuation était des plus simples. Une porte de fer à la cave, sur laquelle on avait tracé au pochoir « Électricité – Danger ». Un souterrain long d'une centaine de mètres. Une fosse à vidange près des garages… Au fond d'icelle, une autre porte métallique ornée du fameux éclair indiquant que de la haute tension se promenait dans le secteur, et l'on émergeait dans une zone pelée où s'aventuraient des carnassiers sauvages en quête d'un chat ou d'un poulet.

Lorsque les deux hommes débouchèrent, ils aperçurent un 4 × 4 bâché, d'aspect militaire. Le Noir se tenait au volant, flanqué de Gargantua. En découvrant les fugitifs, le colored sauta de son siège et contourna le véhicule pour abaisser la ridelle. Jean Dupont fit signe au Polonais de grimper, et l'ex-homme fort obtempéra sans hésitation ; lui-même en fit autant. Le panneau fut remonté, la toile descendue et le 4 × 4 partit en cahotant à travers la lande.

Plusieurs armes gisaient sur le plancher : des mitraillettes pour la plupart. Dupont les désigna au tyran en fuite.

— Nous n'aurons pas d'autres sauf-conduits si des gens trop zélés veulent nous intercepter.

Toutanski donnait l'impression de ne pas avoir entendu. Il restait sur le qui-vive.

Le 4 × 4 décrivit un vaste arc de cercle, puis se dirigea vers la côte par une sente ravinée. Les armes entrechoquées produisaient un bruit de ferraille. Dupont et son compagnon se heurtaient à tout bout de champ car ils avaient grand mal à maintenir leur équilibre.

— J'ai l'impression que mes camarades ont trouvé une solution concernant votre évacuation, fit le baroudeur.

L'autre s'abstint de tout commentaire. En l'observant du coin de l'œil, le pseudo-Dupont songea à un boa constrictor qui semble somnoler alors qu'il épie sa proie avec acuité. Il devait s'attendre à tout de la part de son « protégé ». En cet instant crucial, l'aventurier dressait un plan. Ce n'était pas le genre d'homme à subir les événements avec passivité. Même démuni, même réduit à l'impuissance, il lui restait des ressources.

Le véhicule bringuebala une vingtaine de minutes encore, puis stoppa un court moment avant d'entreprendre une manœuvre délicate. Gargantua surgit et dégagea bâche et panneau.

— Si ces m'sieurs-dames voudreraient descende d'carrosse, proposa-t-il.

— Après vous, Excellence ! dit Jean Dupont.

Son compagnon de voyage se dressa et s'approcha de l'ouverture. Il vit une anse de sable d'or entourée de rochers aux formes tourmentées. Il connaissait l'endroit qu'on appelait la « crique aux Oiseaux » parce qu'il constituait une véritable réserve ornithologique. À cause des nombreuses espèces qui avaient élu domicile en ce lieu sauvage, il était impossible à quiconque d'y séjourner car, tout comme dans le fameux film d'Hitchcock, les vertébrés tétrapodes piquaient parfois des crises de fureur en présence d'humains et leur fonçaient dessus, becs et ongles sortis. La légende affirmait que ces irascibles bestioles avaient aveuglé un pêcheur, quelques années auparavant, et mutilé un enfant auquel elles avaient arraché les joues et la bouche. Une telle réputation assurait la parfaite solitude de cette plage.

Une sorte de vaste grotte s'ouvrait, servant de refuge à la gent ailée. C'est dans cette affreuse caverne que le conducteur venait de planquer le 4 × 4 ; il allait falloir beaucoup de temps et de hasards pour qu'il y soit repéré.

Sitôt que les passagers furent sortis du véhicule, un nuage criard s'abattit sur eux. Les quatre hommes s'en protégèrent tant bien que mal en se groupant et en tendant une toile au-dessus de leurs têtes. Mais les cris, les stridences des hôtes de la côte emplissaient leurs crânes d'une clameur insoutenable.

À quatre cents mètres du rivage (soit deux encablures), un superbe yacht se trouvait au mouillage, qui battait pavillon italien. Un gros Zodiac dodu, équipé d'un moteur Evinrude venait de quitter le bord et fonçait en direction de l'anse où se tenaient Toutanski et ses miliciens.

— Je croyais que vous vouliez me faire quitter l'île par avion ? ironisa le dictateur en cavale.

— Mes compagnons m'ont prévenu qu'un autre mode de fuite s'offrait, répondit Dupont Jean sans s'émouvoir.

— Et le yachtman à qui appartient ce beau bateau est d'accord pour nous embarquer ?

— J'ai cru comprendre qu'il n'était pas à bord et aurait regagné l'Europe par la voie des airs.

Ils cessèrent de parler car le pilote coupait les gaz et venait s'échouer sur la plage. Les deux hommes avaient le plus grand mal à se protéger des oiseaux qui, déjà, les assaillaient en émettant des couinements sinistres.

— *Avanti !* lança un marin.

Ils s'avancèrent, pataugeant dans l'écume grise ourlant la plage. Le matelot repoussa le canot pneumatique en direction du flot et fit signe aux fuyards d'embarquer. Le nommé Gargantua eut de la peine à se hisser. On dut l'aider. Pendant l'opération, son pantalon se fendit et son énorme cul aux poils drus et frisés apparut en majesté.

À mesure qu'ils s'éloignaient de la rive, les rapaces devenaient moins belliqueux, beaucoup retournaient à l'île. Ils avaient à peu près tous lâché prise quand le Zodiac accosta au bâtiment.

Les mercenaires et leur chef gravirent l'échelle de coupée et prirent place à bord. Le yacht s'appelait le *Doge Noir* et étalait un luxe raffiné. Son propriétaire devait brasser de grosses affaires pour se permettre un tel navire de plaisance.

Le commandant les accueillit d'un air maussade. Il les salua d'un bref geste de la main.

— Angelo Arrighi, se présenta-t-il ; on va vous conduire à vos cabines.

Il n'attendit pas que les arrivants se présentassent et tourna les talons.

Ils durent se partager deux cabines à doubles couchettes. Sydney Poitier et Gargantua en occupèrent une tandis que l'ex-dictateur s'installa dans la seconde avec Dupont.

— J'espère que cette promiscuité ne vous sera pas trop pénible, fit ce dernier. Un homme d'action de votre trempe doit se plier à ce genre de cohabitation. Je m'efforcerai de vous la rendre aussi légère que possible.

Il existait deux petits fauteuils dans la partie salon, ainsi qu'une table ronde fixée au plancher. Le Polonais en prit un et s'y laissa tomber d'un air las. Il devait trouver que son destin se mettait à emprunter tout à coup des itinéraires imprévus.

Quelques gravures anciennes représentant des bateaux du siècle passé ornaient les murs. Une vive clarté entrait par un hublot de fort diamètre.

Le dictateur en cavale rejeta la tête en arrière et se mit à admirer la marqueterie du plafond en bois des îles.

On frappa à la porte. Un serveur habillé d'un spencer blanc, pantalon noir, nœud papillon, entra, portant un plateau.

— Puis-je proposer des rafraîchissements à ces messieurs ? questionna-t-il avec un délicieux accent napolitain.

— Volontiers, fit le Polak. Pour moi, ce sera une vodka aux herbes avec beaucoup de glace.

— Et moi, un bloody mary, compléta Jean Dupont.

Le barman s'activa avec dextérité. Bientôt les breuvages demandés, servis d'abondance, furent à la disposition des passagers. Ils attendirent le départ du serveur avant de s'emparer de leurs boissons.

Le mercenaire porta un toast à son compagnon :

— Je lève mon verre à la réussite de vos projets, Excellence.

Nautik Toutanski l'imita :

— Pour ma part, je me contenterai de boire à votre santé, monsieur San-Antonio.

5

Y a des niaques qui prétendent « en rester comme deux ronds de flan » pour dire qu'ils sont sidérés. Drôle d'expression dont je ne vois pas très bien l'origine. Toujours est-il que, oui, j'avoue : me voilà comme deux ronds de flan. Ainsi, le Polonais savait qui j'étais ? Et ma pomme qui s'entourait de tant de précautions pour parvenir jusqu'à ce gus !

Mon air duglancon lui arrache un brin de sourire pour bourreau souffrant de la vésicule biliaire.

— J'avoue avoir du mal à comprendre, avoué-je-t-il.

— Vos deux compagnons se nomment respectivement : Alexandre-Benoît Bérurier et Jérémie Blanc. Vous constituez à vous trois une espèce d'élite policière vouée aux cas les plus délicats.

— Merci de cette appréciation élogieuse, monsieur Toutanski. Seriez-vous assez généreux pour étancher ma curiosité ?

— Naturellement. D'ailleurs l'affaire est simple : je ne recrute jamais un homme sans voir préalablement sa photographie. Certes les vôtres étaient quelque peu retouchées, insuffisamment néanmoins puisque je vous ai reconnus.

— Et vous nous avez engagés malgré tout ?

— Vous constituiez ma seule planche de salut : je n'étais pas de force à tenir tête longtemps au sultan Mormoilebrac. Ce salaud, oublieux des services éminents que je lui ai rendus, n'a qu'une idée en tête : me capturer pour me faire subir des supplices délicats avant de m'éliminer. Et fuir, il n'y fallait pas songer, des gens à lui contrôlent l'aéroport. Non, vraiment, c'est la Providence qui vous envoie. Vous savez comment il s'y prenait pour décimer mes hommes malgré notre vigilance, l'eau analysée et tout ?

— Des pastilles empoisonnées dans le pommeau des douches. À l'arrivée, la flotte était saine, mais elle cessait de l'être en arrosant les gars. Vous en avez réchappé car vous ne preniez que des bains.

Il s'octroie une gorgée de vodka capable de neutraliser une épidémie de peste bubonique.

— Voyez-vous, ajoute cet être d'exception, toute ma vie j'ai bénéficié de l'assistance divine, ce qui m'a permis de sortir des pires dangers. Ma sainte mère affirmait que je suis né coiffé, vous comprenez ce que cela signifie ?

— Tout à fait. Ne prétend-on pas que Napoléon l'était ?

Nous restons un moment sans échanger de pensées susceptibles de mettre en cause le destin de l'humanité.

— Naturellement, murmure l'ancien tyran, reste la question subsidiaire : que comptez-vous faire de moi ?

— Un dictateur en retraite, le plus vite possible.

— Ce louable projet est subordonné à quoi ?

— Devinez !

— Je ne vois pas, assure Nautik Toutanski.

— Parce que vous n'avez pas encore abordé le problème à tête reposée, rétorqué-je avec une paisibilité qui flanquerait la jaunisse à un Indien comanche et la rougeole à un Chinois.

— Vous parlez par énigmes ! riposte le Polak d'un air mauvais.

Je le visionne au fin fond de ses prunelles cancrelates. Lui décoche une mimique méprisante, puis me lève pour aller frapper du poing à la cloison séparant notre cabine de celle des mes honorés collaborateurs. Illico, Bibendum et Blanche-Neige se pointent (d'asperges).

— Le moment est venu de procéder à l'installation de Son Excellence, leur dis-je.

M. Blanc ressort et réapparaît presque tout de suite, nanti d'une mallette métallique qu'il dépose près d'un anneau rivé dans le plancher. Agenouillé devant ladite, il en extrait du matériel qu'il se met à répertorier en grande conscience. Il sélectionne quelques outils et s'approchant de Toutanski lui déclare :

— Nous allons rebrousser les siècles, Excellence, et revenir à l'époque des galères. J'ai pour mission de vous mettre des fers aux chevilles ; vous le verrez, ceux-ci sont garnis de cuir afin de ne pas vous blesser. Veuillez vous déchausser.

Le Polonais ne bronche pas. Une intense surprise déforme ses traits. Je suis prêt à te parier le salut de César contre la bicyclette à Jules, qu'il commence à se poser des questions engendreuses de méditations moroses.

Agacé par son immobilité, Béru, qui se trouve à sa portée, lui vote un bourre-pif mettant à mal sa cloison nasale.

— On t'a dit d'poser tes pompes, ducon ! Faut quoive pou' qu'tu comprendes ?

Le prisonnier (autant appeler les gens par leur nom) demeure impavide. Ce que constatant, l'Obèse lui arrache ses groles des pinceaux, sans les délacer.

Quelques minutes plus tard, le ci-devant maître de l'île est assujetti à la condition du Masque de Fer, à cela près qu'il ne porte pas de masque.

— Êtes-vous sûrs de toujours appartenir à la police française ? me demande-t-il. J'ignorais qu'elle usât de pareils moyens.

— Ça dépend des clients, rétorque Bérurier. D'alieurs on est en vacances.

Toutanski prend le parti de l'oublier. Se tournant vers moi, il questionne :

— Vous pouvez me résumer la situation, San-Antonio ?

— Elle est des plus simples : vous resterez ici jusqu'à ce que vous preniez la décision de parler.

— Pour dire quoi ?

— Ce que j'ai besoin d'entendre.

— Je n'ai rigoureusement rien à dire ; nous perdons tous notre temps.

— J'attendrai vos confidences.

— Je n'en ai pas à faire.

— Aujourd'hui peut-être. Mais demain ? Mais dans huit ou quinze jours ? Mais dans six mois ? Mais dans un an ? Notre patience est sans limites, sachez-le bien.

— Ce bateau sera rouillé et vermoulu avant que je vous déclare quoi que ce soit puisque je n'ai rien à vous confier.

— Nous vous trouverons alors une autre retraite.

Ma voix est unie, ferme. Mon regard tranquille ne lâche pas le sien et j'y vois nettement la profonde haine que je lui inspire.

— Singulière situation, fait-il paisiblement.

Il quitte sa chaise pour aller s'allonger sur sa couchette. Sa chaîne le lui permet. Elle est étudiée pour.

6

Le commandant Arrighi est un hôte discret. Aucune allusion à notre pensionnaire. Le repas de midi nous est servi sur le pont, celui du soir au salon. Chaque fois, il vient trinquer avec nous, parle de notre navigation, du temps qu'il fait, de celui qui est prévu. Ensuite il se retire, soit pour gagner le poste de pilotage, soit pour s'enfermer dans sa cabine. Ce mec-là doit avoir un hobby, voire un vice, car il est avare de ses heures de liberté. Pourtant, il ne paraît pas dépendant d'une tare, telle que la drogue ou l'alcool. On le sent parfaitement maître de soi.

Je me risque à demander ce que va être notre itinéraire. Il m'affranchit sans la moindre réticence : traversée de l'océan Indien, remontée de la mer Rouge, Suez, la Méditerranée, pour rallier en fin de compte Genova, son port d'attache. Durée prévue ? Trente-quatre jours. Il ajoute pudiquement qu'il nous débarquera « tous » avant l'arrivée dans un lieu qu'il ignore et qui lui sera communiqué en temps utile.

Je savais cela dans les grandes lignes, mais il est bien d'en avoir la confirmation.

Donc, une étrange croisière démarre. Mission tellement surprenante que même en fouillant à mort dans mes souvenirs et la vaste poche kangourou de mon slip, je ne trouve pas trace d'un bigntz similaire.

Le yacht jauge j'ignore combien de tonneaux et, pour dire le fond de ma pensée, je m'en tirlipote la membrane jusqu'à ce qu'elle me pende jusqu'aux genoux. L'équipage se compose d'une dizaine d'hommes, auxquels il convient d'ajouter un personnel de cabine de six éléments, cuisinier et larbins compris.

Le temps clément incite au farniente. Alors : bains de soleil, parties de ping-pong, cocktails variés. Bérurier picole comme un puits artésien. Sa biture est acquise dès midi et ne fait que croître (sans embellir) jusqu'à l'extinction des feux. M. Blanc, pour sa part, met à profit ces vacances imposées afin d'apprendre l'italien ; c'est le second du bord qui lui donne des cours et le Noir-Broc accomplit des progrès forcenés. Ce gazier est surdoué de partout ; non seulement il bénéficie d'une chopine de zèbre, mais il est perméable au savoir et serait capable de mémoriser l'annuaire téléphonique de New York s'il le fallait.

Quand le mahomet me cigogne par trop la rotonde, je vais dans notre cabine écrire quelques feuillets d'un book de souvenirs que j'espère publier un jour. Une sorte de « livre-vérité » où je fous ce que je n'ai jamais raconté : ma vie réelle en marge du boulot. Il fera chier tout le monde, sauf Félicie qui en sera le personnage pivot. Je nous raconterai en grande sincérité. Cet étrange couple de tendresse que nous formons depuis la décarrade de P'pa dans les azurs. L'île heureuse qu'elle constitue pour moi, M'man. Ce lac de pureté dans lequel je baigne. Elle est ma rédemption, Féloche. À son contact tout fardeau quitte mes épaules, écrirait la duchesse de Paris (que je viens de promouvoir à la seconde). Cet éden mystérieux, je dois le raconter une bonne fois pour toutes. Qu'ait pas d'équivoque, de malentendu. Histoire d'une espèce d'aventurier de la police dont une partie est restée à tout jamais « petit garçon ». Expliquer la façon dont ça fonctionne, un personnage de cet acabit. Comment il se fait que cet être sensible que je suis certain d'être, se mue en bagarreur indomptable.

Le Polak, assis dans son fauteuil, fers aux pattes, me regarde noircir du faf. On ne se cause pratiquement pas. Jamais je n'aborde le sujet qui nous a réunis. Ma tactique est établie une fois pour toutes. C'EST LUI QUI PARLERA DE SON PLEIN GRÉ LORSQUE LA SITUATION LUI DEVIENDRA INSUPPORTABLE.

Il prend les repas qu'on lui sert. Biberonne force vodka, peut utiliser la salle d'eau dont j'ai fait retirer la porte. Notre espace vital pue un peu, mais on s'y accoutume. D'ailleurs, le barlu, ultra-moderne, est équipé d'un système de ventilation perfectionné.

Toutanski demande d'un ton distrait :

— Vous rédigez vos Mémoires ?

— Quelque chose comme ça, dis-je ; je redoute le mentisme.

Il doit ignorer ce terme un peu savant et cesse de me questionner.

Je gage que mon presque mutisme lui pèse. Une claustration prolongée, quand elle est dépourvue de contacts humains, devient rapidement insoutenable.

Ce sont mes deux compagnons qui assurent son « service de cabine ». Ni l'un ni l'autre ne lui adresse la parole, ce qui pose problème à la grosse bavasse déconnante de Béru.

Lorsque j'ai achevé de me confier au papier, comme dirait cette vieille loche de mère Sévigné, je remise mes écrits dans un tiroir qui lui est inaccessible. Cela dit, il les lirait qu'il n'en retirerait pas la moindre indication quant à son futur. D'ailleurs, si un truc me semble mal emmanché, c'est bien l'avenir de ce mecton. Plus j'étudie son horoscope, plus je le devine irrémédiablement nuageux avec avis de tempête sur les rives de son destin. Ce que je sais de cet homme est suffisant pour me faire comprendre les motifs qui l'ont amené à guerroyer en île lointaine. L'univers était devenu trop étroit pour lui. L'ayant parfaitement saisi, qu'a fait ce louche spadassin ? Il a déniché un coin de la planète à conquérir avec des hommes d'armes prêts à tout. S'y est implanté. Vivant au sein de sa petite armée de mercenaires, il s'est cru sauvé, hors de toute atteinte. Et puis le destin madré (comme on dit puis dans mon Dauphiné natal) ne l'a pas entendu de cette oreille de sourd et lui a joué le vilain tour que tu sais. À présent, le voilà prisonnier, livré à ceux qui le traquent. Justice immanente !

On bouffe convenablement à bord, sauf que les pâtes ont la priorité. J'en raffole. Seulement quand tu t'en mets par-dessus les baffles, sans compenser par des exercices, la maison Michelin t'offre des pneus à flanc blanc qui t'aident à flotter ! Ce qu'ayant parfaitement pigé, je décide de footinger. Entreprends cet exercice de noye, pas trop chiquer les attractions. Rien de plus glandoche qu'un mec en short et maillot de corps qui trémousse des noix en expulsant du gaz carbonique avec un bruit de dauphin saluant l'assistance.

Je démarre par tribord, vire à la proue, fonce sur bâbord jusqu'à la poupe, commak, nu-pieds sur le parquet bien lisse. L'air est chargé de senteurs marines, bien sûr, tu penses que ça ne renifle pas la forêt landaise. J'opère un tour, puis un second, essayant de compter mes foulées pour procéder à une estimance de la distance parcourue.

J'attaque mon second kilomètre lorsque j'aperçois quelque chose d'insolite, en surévélation : une forme blanche. Je sors les aérofreins et m'arrête, découvre alors une femme que je n'avais jamais vue à bord du *Doge Noir*. Elle donne carrément dans le superbe. Assez grande, très brune, cheveux longs lui recouvrant les épaules. Elle porte une robe de chambre en soie crème. Un serre-tête d'écaille maintient son opulente chevelure avec laquelle joue la brise.

— Bonsoir ! fais-je-t-il, sans celer ma sidérance.

Elle répond :

— *Buona sera !*

D'un ton tellement mélodieux que c'est du miel qui me coule dans les esgourdes.

Haletant, suant, frémissant, adverbant de toutes parts, je m'approche. La très belle Vénus de la notte est placée deux mètres au-dessus de moi, sur un petit palier extérieur.

— Je n'ai pas encore eu le plaisir de vous rencontrer, signora.

— Parce que je reste confinée dans ma cabine, m'explique-t-elle dans la langue de Marco Polo.

— Seriez-vous souffrante ? m'alarmé-je-t-il en usant du même dialecte.

— Du tout ; seulement je suis l'unique femme du bord et le commandant tient à ce que je ne me montre pas.

— Ne serait-il pas rétrograde ?

— Beaucoup d'époux ont tendance à l'être, surtout dans la Péninsule.

— Si bien qu'il vous séquestre ?

— Le mot est excessif ; disons qu'il me contraint à la discrétion…

— Il est sur la dunette, présentement ?

— Trois heures encore : j'en profite pour m'aérer.

Comme elle tient la tête penchée, j'ai la découpe de son profil dans l'obscurité. Et c'est sincèrement de toute beauté.

— Vous naviguez souvent avec lui ?

— Toujours. C'est compris dans les clauses de son contrat.

— Vous n'avez pas d'enfants ?

— Il n'en veut pas, prétend que cela nuirait à notre union.

— Vous le pensez également ?

— Je crois que si j'étais en charge d'un bébé je ne pourrais plus l'accompagner.

— Je peux vous demander votre nom ?

— Pia.

Impossible de faire plus bref.

À cet instant, la lune se dégage d'un gros nuage tentaculaire et file un coup de projo sur cette petite grand-mère. Et comme elle est bien inspirée ; je voudrais que vous vissiez le tableautin ! C'est tout bon, rien à jeter ! Quelle grâce ! Quelle harmonie ! De quoi se faire déterger le panais à l'acide chlorhydrique. De grands yeux noirs dont l'éclat intense vous farfouille le devant du slip. Ils sont « ombragés » de longs cils recourbés. « Ombragés », n'oublie surtout pas, c'est incontournable en littérature glandulante. T'écris un polar où l'héroïne n'a pas les yeux « ombragés » de longs cils, tu te plantes. On te catalogue illico lavedu de la plume.

Mieux encore que tout le reste, ce qu'elle a d'ensorcelateur, c'est son parfum. Si suave, si délicat. Tu mets quelques secondes à le déceler. Une fois que c'est fait, il t'investit à la sournoise ; te capte, enchante, transporte. Tu mollis du cœur et durcis du chinois. Un plaisir capiteux t'empare. Ce qui me tartine les noix, par contre, c'est de me trouver au-dessous d'elle.

— Vous permettez, je croate (ou croasse).

Sans attendre, je gravis les degrés de fer pour me hisser sur sa petite plate-forme. Une fois arrivé, ne puis m'incliner, on se toquerait du bocal. Son souffle me pavane les muqueuses.

— Seigneur, balbutié-je, vous valez les marches que je viens de monter. J'ai l'impression de voir une femme pour la première fois.

Aucune réaction.

Elle m'empare du regard. Me fait la connaissance ! Dans son sac à bourses déliées, mister Braquedu se met à jouer l'intéressant.

Et puis il y a la mer frangée d'écume sous la lune, tu comprends ? Le dodelinement du yacht qui joue à nous rapprocher.

Ce dont.

Plus rien à se dire.

Juste à se bouffer la gueule.

Ce dont.

Vu ?

7

La vie ne serait rien sans les rencontres…

Il y a les bonnes, et les mauvaises.

Les bonnes sont si rares que ça ne vaut pas la peine d'en parler ; d'autant qu'elles finissent par devenir mauvaises. Quel amour, quelle amitié résistent au temps ? À la longue, je me suis aperçu que les mauvaises étaient préférables : on s'y retrouve mieux. Tu finis par t'organiser avec la merderie quand t'as pigé qu'elle est fertilisante. Les gentillesses t'amollissent, alors que les coups bas te blindent. À force d'en dérouiller, tu acquiers une bonne ceinture abdominale, kif celle de mon condisciple Dutoit, jadis. Son bonheur, c'était qu'on lui place des taquets dans le burlingue. « Cogne plus fort ! » il suppliait. Je frappais, en retenant malgré tout. Il possédait un ventre dur, ayant, depuis l'enfance, travaillé ses abdominaux. Marrant, comme les plaisirs des gens sont électiques. T'en as qui se font lécher sous les couilles, d'autres qui portent des cilices ; et ils vivent cependant des existences à peu près identiques.

Ce à quoi je médite dans ma cabine, ne pouvant y trouver le sommeil.

Le Polak ronfle de façon désagréable. Un bruit rageur, je dirais même « dangereux » ; cela évoque le grognement d'un animal sauvage, hautement nuisible. En l'écoutant je réfléchis très intensément à propos de ce type. Je me dis qu'il est un fauve sanguinaire et rusé. Qu'un être de sa trempe ne saurait s'avouer vaincu. Parce que ça lui est impossible. Réduit, enchaîné, il doit fatalement ourdir des plans.

Je me lève et, à la lumière de ma petite lampe-stylo, vais examiner ses entraves, des fois qu'il aurait entrepris de les bricoler en loucedé ; mais non : tout semble conforme.

Je décide que, dès le lendemain, je passerai à la phase number two de mon plan.

*
* *

Chaque morninge, M. Blanc vient toquer à ma porte pour me signifier que le petit dèje est servi. Nous le prenons tous trois dans leur cabine, malgré les remugles ménageresques laissés par le Gravos. Ses noyes, à Césarin, c'est pas celles de Walpurgis, mais de Va-Te-Purger ! Aux aurores, sa piaule est à court de chlorophylle. Et les hublots qui s'ouvrent pas, tu mords ?

Il a remplacé le caoua par une boutanche de blanc.

On cause. Il déclare sans jambages qu'il se plume à bord. Certes, on y écluse à satiété, mais ça manque trop de bistrots, décidément. S'il faut encore passer des décades dans cette ambiance, sans gonzesses à tirer, sans choucroutes alsacos à bouffer, sans enquêtes à tambourbattre, il change de turbin au retour, l'artiste, s'engage dans la Légion ou se fait con-voyeur de fonds. Il se réveille avec un chibroque qui ferait peur à une jument poulinière ! Il a beau se le passer à l'eau froide en évoquant l'enterrement de sa mère ou la frime à Juppé, l'objet continue de chiquer les mâts de Gascogne.

Et le temps qui coule à vide, dites ? Vous y pensez-t-il au temps qui coule à vide ? Qu'y a même pas la téloche pour se changer les pensées moroses ! Il est tricard de Bruno Masure, Philippe Gildas, Poivre d'Arvor. S'il nous disait qu'il raffole les émissions du gentil Jacques Pradel, si consterné de tout c'qu'arrive à ses protégés et qui fait du slalom entres les jeunes filles étranglées, les garçons enculés, les grand-mères détroussées, les jumeaux séparés à la naissance se retrouvant soixante ans plus tard dans une pissotière de gare où ils se sont reconnus à leurs bites fourchues. Des tranches de vit, tout ça ! Et William Leymergie, dites, vous vous en passez facilement, vous autres au matin, si tonique, le grand, avec ses ratiches du bonheur écartées comme celles d'un râteau à foin ? Et m'sieur Guy Roux, du fote ? Qu'a toujours l'air d'avoir échangé trois vaches laitières contre un joueur de première division pas trop panard.

C't un monde, la téloche : on y prend goût. Bon, ils te nous cloquent les soirées à la con, faut admettre, telles que la remise des Molière et des César, dont au cours desquelles on fait passer trois ou quatre gaziers pour des loches après en avoir élu un autre meilleur comédien de l'année ! La distribution des prix, façon maternelle d'autrefois ! Faut-il avoir des betteraves dans le cigare, bordel à cul, pour rentrer dans un jeu pareil ! S'en foutre la gueule en l'air dans sa belle robe des dimanches, kif une perruche de la dernière couvée, venir pomper l'air des télé-spectres-hâbleurs avec ces mômeries, gonzesseries, bredouilleries de branleurs honorés de leur bout de ferraille à s'en pisser parmi, comme disent mes bons Helvétiens.

Des mômes, qu'il nous garantit, l'Hénorme. Troudeballerie et consorts ; et consœurs ! M'as-tu-vu-dans-mes-beaux-atours ? Seigneur, qu'ils sont admirablement cons, les cons. Poils de chatte emperlés de rosée ! Larmichette à l'œil. La grande hydratation, urbi et hors bite ! Et le pire : les vioques qui se rappellent même plus leur méno et te nous font un salut « petite fille modèle », malgré leur arthrite !

Mais ça va finir quand est-ce, ces niaiseries ? je demande. Y en a pas un qui va se sentir gêné un jour, bordel ! D'autant que j'y aperçois des gars de valeur dans cette kermesse chatte-folle. Malgré tout, ils ont suivi toute la panurgerie panurgeante, faire plaisir à m'sieur Cravenne, qui vend depuis si longtemps ce salmigondis de gloire à la criée dans un enjalousement général. Qu'un jour je vais débarquer en loucedé : Molière de la plus belle queue ! Et de dégainer mon goume sur la scène, montrer ce qu'c'est qu'un vrai paf, bien incontestable. Y ferai faire mimi par les dames nominées vobiscum et déflaquerai dans le décolleté de l'élue : récompense suprême !

Tiens, on va créer le « Béru d'or », histoire de distinguer les gerces qui savent le mieux grimper aux asperges. Y aura le Béru de la meilleur pipe, çui de la meilleure tringleuse, le prix pour la reine de l'œil de bronze, celui de la celle qui réussit le mieux feuille de rose ou l'enjamb'ment duc d'Aumale. V's imaginez l'succès ? La couvrante de *Paris Match* assurée. Av'c un reportage d'Antoine de Caunes. Je vois ça d'ici, tout bien. On f'ra un malheur, les mecs. En lever de programme : Jérémie Blanc qu'en a une pas triste, comme tous les Noirpiots, exécuterait une levrette langoureuse n-en compagnie d'une blonde platinée pour faire écouter la différence. Sur une valse de Vienne vach'ment sirop d'érable. On mettrait des z-housses en plastique aux fauteuils, bicause le public va s'écrémer de première, un spectacle aussi hard !

Voilà, en substance, ce qu'il nous expose, le Chérubin.

— Sana, sitôt qu'on s'ra de retour à Pantruche, tu t'occuperas d'ce projet, j'sens qu'il est rentable, conclut-il.

— Et comment ! le rassuré-je.

Ça le satisfait… Il dégoupille une seconde boutanche de chablis.

Je dis :

— Les gars, c'est ce matin qu'on l'entreprend à la sérieuse, notre Polak.

— Quel traitement préconises-tu ? s'informe Blanche-Neige.

— On va faire classique : sérum de vérité.

Le Mammouth branle tu sais qui ? Le chef !

— Avec un cosaque comme ce julot, tu peux t'gratter les aumônières ! Depuis qu'j'l'observe, j'ai pigé son caractère : du béton armé ! Ni les drogues, ni les gnons l'feront jacter. C'est un des plus coriaces parmi les coriaces qu'on a eu affaire.

— L'humain le mieux trempé a des limites, réponds-je.

Mais cette affirmation sentencieuse n'a pas l'heur de le convaincre…

Le délicieux Vendredi risque, au bout d'une période réflexive :

— J'ai une proposition à vous faire…

— Nous t'écoutons avec l'attention de la Pucelle d'Orléans captant les messages de l'archange Machin.

— Je crois qu'à ce type résistant nous devons appliquer un régime qui le soit aussi.

— Lequel ?

— Chez nous, dans mon coin d'Afrique, quand on voulait recueillir les aveux d'un voleur, des hommes se relayaient nuit et jour pour battre le tam-tam dans ses oreilles jusqu'à ce qu'il demande grâce, car ça rend dingue.

— T'as un tam-tam ? demande Sa Bérurerie béruriante.

— Non, mais nous disposons d'un cassettophone. On va lui lier les mains dans le dos pour qu'il ne puisse pas s'obstruer les oreilles et lui mettre à bout portant un enregistrement des Rolling Stones sur la puissance maximale. Monté sur boucle. Au bout de quelques heures de ce traitement, notre client sera sans doute mieux disposé.

Ainsi est fait. Toutanski se laisse manipuler en grande passivité. Sachant qu'il est superflu de regimber, il subit son impuissance avec résignation. On lui branche la zizique et on va baguenauder au soleil après avoir fermé sa lourde à clé.

Le *Doge Noir* fend le flot d'un bleu drapeau qui en dit long sur les profondeurs de l'océan Indien. On regarde d'étranges poissons volants jaillir de la flotte dans un fabuleux miroitement argenté et s'y engloutir superbement.

La musique qui dévide à fond la caisse nous parvient, encore très présente.

— Vous parlez d'une infusion de jézabels qu'il s'offre dans les cliquettes ! ricane Apocalypse Man. Ses tartines de miel doivent y saigner !

Nous nous éloignons quelque peu afin de ménager les nôtres.

En passant devant le praticable où, la nuit précédente, j'ai eu le rare privilège de parler à l'égérie secrète du commandant, avec les lèvres, les doigts et mon piston télescopique, je lève des yeux extrêmement concupiscents en direction de sa cabine. J'avise la tache pâle d'un visage à travers l'épaisse vitre et je brandis un doux sourire capable de faire mouiller Mme Thatcher en plein Sahara.

Allongé sur un transat, la frite tendue au soleil puissant en vue d'une bronzette chargée d'accentuer ma séduction, je gamberge à la situation.

Un brin de mélancolie se glisse dans mon âme, comme disait un éboueur turc de mes amis. Je pense au Polonais dont je martyrise les portugaises en ce moment. Je ne le connaissais pas, ce gazier. Nous étions deux enfants du Bon Dieu, lui et moi ; qu'avions-nous à foutre l'un de l'autre ? Et puis les hasards de la vie, les « circonstances »…

— Si j'avais su, murmuré-je.

M. Blanc a perçu mes paroles.

— Si tu avais su quoi ? demande-t-il.

— Je serais devenu tondeur de chiens ou désinfecteur de dentiers, au lieu de flic, ce métier qui poisse de partout, n'importe le bout par lequel tu l'attrapes.

— C'est la navigation au long cours qui te rend désabusé ?

— Probable : j'aime pas la mer. Trop monotone. De temps à autre elle pique une tempête pour se rappeler à notre bon souvenir, auquel cas elle nous fait réellement gerber. Une vague succède à l'autre ; un nuage dérive. Comment fait-il mon pote Kersauson, pour se colleter des semaines et des mois avec les éléments ? Faut-il qu'il en ait marre des gens ! Moi aussi, note bien, mais je préfère m'isoler dans les champs et les montagnes.

Un vent qui ne vient pas du large, mais de l'énorme jean de compère Béru me distrait de mes divagances. Autant qu'il loufe au milieu de l'océan, le sagouin : les conséquences s'y dissipent mieux que dans une cabine téléphonique.

Il se lève en marmonnant :

— Faut qu'j'y alle, quoi !

Il ajoute en s'arrachant difficultueusement de son transat (il commence par s'agenouiller sur le pont, puis se redresse) :

— C'est kif un fruit, si vous l'aurez remarqué : quand c'est mûr, faut qu'y tomb' de l'arbre !

Il s'éloigne en embardant au gré de la houle.

Je ferme les châsses. Le mahomet se met à cigogner sec. Je me verrais bien sous notre tonnelle de Saint-Cloud, avec M'man qui amènerait un grand plateau chargé de crêpes au beurre fondu et une boutanche de bourgueil frais. Elle me ménage souvent ce genre de surprise, ma Féloche, quand il m'arrive de rester at home.

Au lieu de cela, ma viandasse dodeline sur le transat bercé par la mer.

Une grosse ombre s'interpose entre le soleil et moi.

C'est Graduc qui fait retour. J'avise sa trogne à l'envers : il a les carlingues démesurées.

— Les mecs ! bavoche-t-il : faudrait que vous vinssiez en D.H.L. !

Nous nous dressons, le All Black et ma pomme.

— Qu'arrive-t-il, gros ? Notre barlu prend l'eau ?

Au lieu de répondre, cet être délicat dégrafe son jean et entreprend de déféquer sur le pont soleil.

— J'peux plus m'retiendre, lamente-t-il.

— Pas grave, répond flegmatiquement M. Blanc, du moment que tu as gardé ton calcif[1]…

1. Il est à noter que les ouvrages de San-Antonio deviennent de plus en plus scatologiques. Signe des temps ?

8

Notre curiosité démoniaque nous guide à nos cabines. Celle de Blanc et Béru est vide. Par contre, la mienne !…

Écoute, Fleur-de-Fesse, c'est tellement effarant que j'ose à peine te le dire. D'abord, sache que la musique continue de tonitruer à nous en lézarder les coquillages. Mais le spectacle ! Alors ça ! Alors là ! Je vais tout te dire puisque tu as payé pour ; mais franchement, ça vaut beaucoup plus que le prix de ce polar !

Deux nouvelles à t'apprendre.

Par laquelle commencer ?

Qu'est-ce que tu dis ? Par la première ? Gros malin ! Y a pas de première puisqu'elles sont ensemble ! Bon, je me lance…

Un vrai numéro de magie, digne des plus grands illusionnistes. Un homme est bien laguche, enchaîné ; seulement ce mec n'est plus Toutanski ! Non : c'est le commandant Arrighi.

Non content de s'offrir les fers du Polak, l'officier de marine nous propose une deuxième singularité : il est mort d'héberger la lame d'un couteau extrême-oriental dans sa poitrine. Sans être incollable en anatomie, je suis prêt à te parier un abonnement à *Maisons et Jardins* (en anglais *Houses and Gardens*) qu'il a morflé cette ferraille dans le muscle cardiaque.

Passablement sonné, je me tourne vers Jérémie. La stupeur nous réduit à un commun dénominateur, lui et moi : nous ne sommes plus l'un blanc et l'autre noir, mais du même gris souris.

— C'est une variante de « la malle mystérieuse », murmure-t-il sans presque remuer ses belles lèvres violettes.

Je dis :

— Ça fait combien de temps que j'ai quitté ma cabine ?

— Entre un quart d'heure et quinze minutes.

Il ajoute :

— Que fait-on dans ces cas-là ?

— Je l'ignore car c'est une affaire inédite qui va faire jurisprudence.

Le Pachyderme réapparaît, environné d'une formidable odeur de fosse d'aisances qui nous empêcherait de savourer une jaffe chez mon pote Paul Bocuse. Il a pris le parti d'ôter son bénoche, afin de sauver ce qui était sauvable, et il se déplace COMME UN BERGER LANDAIS SUR SES ÉCHASSES.

— Qu'est-ce vous pensez d'ça ? questionne-t-il aimablement, en montrant le corps.

— Tu pues ! grondé-je. Va prendre un bain et flanque tes hardes à la mer !

— Quouoia ? Jeter MON slip de voiliage ? T'es cinglé ! Il a à peine dix ans. J'l'avais ach'té pour l'enterrement de ma belle-mère !

Il se retire dans sa cabine dont il claque la lourde avec humeur.

Agenouillé près du mort, Blanc procède aux premières constatations.

— Il est encore chaud ! m'annonce-t-il.

Ce qui n'est pas fait pour me surprendre, vu le laps de temps réduit qui a marqué notre absence.

Continuant son examen, il déclare :

— Le commandant a été frappé avant d'être entravé. Regarde, son sang a coulé de la blessure de haut en bas, donc avant qu'il ne soit à l'horizontale.

Au lieu de commenter, je vais stopper la viorne. Le brusque silence est comme la sortie d'un bain brûlant. Des idées s'étalent dans nos méninges, telles des bouses de vache sur un chemin de terre, écrirait joliment Jean-Edern Hallier dans son ode à François Mitterrand.

— Quoi encore ? demande l'insatiable que je suis (un petit ramoneur dirait « que je suie »).

— On l'a probablement poignardé avant de l'allonger ; tu notes ces éclaboussures rouges sur la moquette ?

— Effectivement, mon vieux Sherlock. De ces éminentes remarques je déduis les choses suivantes : Arrighi est attiré par notre musique débridée. Il vient voir. Sa survenance coïncide avec le moment où le Polak est parvenu à se débarrasser de ses fers (ce qui nous vaut un sacré blâme, soit dit entre nous et l'obélisque de Louqsor). Il se penche sur notre prisonnier. Ce dernier qui détient un couteau, je ne sais encore par quel moyen, le lui plonge dans le cœur. Puis, s'étant défait de ses chaînes, il les fixe aux membres du pacha et disparaît.

— À moins qu'il ne se soit jeté à la mer, il n'a pu aller bien loin, note Jérémie. Or, je vois mal un homme s'évader pour, illico, se suicider !

— Conclusion, ce loup enragé est à bord ! laissé-je tomber sans le casser.

— Exact ! admet mon pote en négatif. Il ne va pas être trop compliqué de le retrouver.

Pendant cette réplique optimiste, j'étudie les liens du malheureux commandant de vaisselle. Des éraflures sur les cadennes, dans la région de la fermeture, indiquent clairement que Toutanski les a savamment « bricolées » afin de pouvoir les ouvrir.

— Nous l'avons gravement sous-estimé, murmuré-je. Ce chacal enragé nous a fabriqués dans les grandes largeurs ! Retrouvons-le et il la sentira passer.

À l'instant où je m'apprête à sortir, la lourde s'ouvre avec violence. Et qu'avisé-je-t-il, à cinquante-deux centimètres de moi ? Le Polak ! mes bien chers frères ! Il tient une pièce de bois arrondie, genre batte de baise-bol à la main, prêt à la briser sur mon pariétal.

Mais c'est pas tout, attends, attends ! Il est escorté de quatre matelots, eux aussi armés de gourdins hétéroclites. Et ces cinq personnages patibulent à t'en vider de diarrhée véhémente.

— Regardez ce qu'ils ont fait ! s'écrie l'ex-dictateur en montrant le cadavre.

Les matafs poussent une interjection semblable à un début d'effort dégueulatoire. Un truc dans le genre de « bouaheurg », si tu vois ce que je veuille dire ?

Et puis ça se déroule à toute vibure. Les hommes du *Doge Noir* se ruent sur nous en nous accablant de coups de massue. On morfle de partout à la fois : tête, thorax, testicules (nom masculin s'il en est !). J'entends sonner les goumis sur nos crânes, contusionner nos chères chairs, éclater notre pauvre physionomie. On essaie de se protéger de ses bras, mais ça trombe ! Ça cataracte ! Ça niagarase ! Un gnon mieux appliqué que les précédents m'ouvre la calebasse. Le raisin pisse de mon physique avenant qui tente tellement les peintres figuratifs et les producteurs de films en faillite.

J'essaie de faire front. Me débats. Je pars à dame, à tonnerre, à bellum, à pluie, ailleurs. Ça ne stoppe pas pour autant les marins déchaînés. Sûr qu'ils vont nous lyncher, encouragés par cette ordure de Toutanski. Ils veulent notre peau. L'équipage du barlu, abusé par ce salopard, entend nous faire payer la mort de son commandant. C'est le massacre inexorable (qui vient de crier « de lièvre » ?). L'heure du lynch. Deux sachets de thé pour Blanc qui l'aime très fort. Je défaille pour de bon.

Seigneur ! aie pitié de nos pauvres âmes. Elles valent ce qu'elles sont, mais nous n'en avons pas d'autres pour assurer notre salut éternel ! Dedieu ! Ce coup de goume que je chope sur l'arête de mon pif ! Oh ! merde ! J'en peux plus, moi ! J'atteins la case « arrivée ». Les requins de la mer Rouge peuvent s'affûter les crochets. Maman ! Au secours…

Un magma pourpre enveloppe ma tronche. J'ai du sang plein la clape. Ailleurs itou. Partout, quoi ! Sept litres, c'est beaucoup, si tu y réfléchis. Verse sept kils de picrate sur la moquette de ton salon et tu verras !

Le navire continue sa route dans un doux roulis berceur.

9

On peut pas croire ce que c'est charognard, les hommes, quand ils sont en groupe et assurés de l'impunité. Te vous dépècent un gazier avec les ongles, avec les dents au besoin. Vous bouffent le cœur, comme à ce pauvre Concini ou à la mère Galigaï son épouse, j'sais plus très bien. Peut-être aux deux, va-t'en savoir !

— Allez-y ! Allez-y ! exhorte cette vomissure nécrosée de Toutanski. Il faut les tuer ! Pas de quartier ! Pas de pitié !

J'ai une sursaillerie pour ne pas sombrer dans le blanc d'œuf qui tant ressemble à du foutre, mais n'a pas le même goût, comme assure un émissionneur tévé raffoleur de goualantes.

Une énergie confondante m'empare. Je gis contre le corps du commandant Arrighi ; ma main repte jusqu'au manche du poignard dont on l'a portemanté, je bande comme un Turc ma volonté, arrache l'arme du cadavre et la place perpendiculairement à ma poitrine juste à l'instant qu'un agresseur se jette sur ma pomme. Qui c'est qui l'a in the fion ? Le gars s'en chope dix-huit centimètres linéaires dans l'estomac, ce qui lui arrache une plainte évoquant le cri de l'otarie en gésine. Dans le tumulte ambiant, nul ne lui prête attention. D'ailleurs, on prête de moins en moins, à notre époque décadente.

Dans l'échauffourée, son hurlement passe pour celui du kamikaze à l'attaque.

— Tuez ! Tuez ! continue de hurler notre ci-devant prisonnier. C'est de la vermine ! Ils comptaient s'emparer du bateau !

Tu sais comme sont les minus ? Ils croivent toujours celui qui gueule le plus fort. Deux sont en train de faire un mauvais parti à Blanc. Le Polak trépigne, hystéro en plein.

C'est alors que le combat change d'âme. Un gorille au cul nu se précipite, venant de la coursive.

— Y a du suif, là-d'dans ? tonitrue-t-il en moulinant dans la cabine à l'aide d'un cendrier sur pied dont la base est lestée de plomb pour assurer sa stabilité.

Ça fait des bruits de chocs. Floc ! Bing ! Boum ! Et tchloc ! que j'allais oublier ! Instantanément, tous nos adversaires sont étendus, pêle-mêle, sur le sol. Ce qui donne un chouette amoncellement de guignols.

— Y a vraiment pas mèche de dépaqueter tranquille su' c'dragueur de mines ! renaude Alexandre-Benoît. J'tais en train d'mespliquer av'c une chiasse monumentable quand v'là qu'éclate un bigntz pas possible.

Il s'interrompt, sidéré à la vue de Jérémie :

— C'est l'Noirpiot, qu'j'aperçoive là ? Dedieu ! la rouste qu'il vient d'morfler ! Pour un pneu, j'l'reconnaîtrerais pas ! T'as mordu sa giographie ? Il a une pastèque éclatée à la place de la bouche ! Et son pif ! Déjà avant, il s'trimbalait un bath éteignoir à cierges, mais à présent c'est comme si qu'il aurait une tortue plaquée su' la frimousse !

— C'est le plus coriace de tous les méchants auxquels j'ai jamais eu affaire, Alexandre-Benoît ! Après avoir buté le commandant, il est allé raconter aux matafs que nous étions ses meurtriers !

L'Hénorme considère le Polonais étalé pour le compte.

— Si j'm'écouterais, j'irais le balancer à la sauce, assure mon ami.

— Garde-t'en bien, Bébé-Lune, ce serait la fin de nos espoirs. Pour commencer, il convient de le neutraliser VRAIMENT ! Ce loustic a dû faire des numéros de magie dans des cirques, pour s'être délivré ainsi de ses chaînes ! À présent, pas la moindre faiblesse. Réduis-le à l'état de momie. Il déféquera et urinera dans ses guenilles. Surtout, surveille les gugus qu'il a su gagner à sa cause, moi je vais aller discuter avec le reste de l'équipage.

Animé de ce courage forcené constituant le meilleur de mes charmes, la gueule ensanglantée, traînant la patte, je sors de ce qui fut mon appartement.

La chance est une souris d'hôtel que l'on rencontre rarement dans les couloirs, affirmait le saint curé d'Ars dont la canonisation n'a pas été volée. À peine viens-je de quitter la cabine que j'avise le second, impec' dans sa chemise à manches courtes, ses galons cousus sur la poche-poitrine.

— On me dit qu'il se passe des choses dramatiques ! m'exclame-t-il du plus loin.

— Bien pire que ça ! rétorqué-je.

— Vous êtes blessé !

— Avant que de vous narrer l'incident, permettez-moi de balayer les doutes qui pourraient peut-être vous effleurer, fais-je en ôtant mon mocassin droit.

Il est creux du talon. Celui-ci se dévisse, révélant bientôt un mince compartiment, duquel j'extrais ma carte professionnelle, plus une plaque de l'Intelligence Service qui m'a été remise à titre temporaire.

Le nouveau seulmaîtraborapprèDieu en est impressionné.

Je lui raconte à lui aussi (faut pas craindre de rabâcher) que l'homme dont nous sommes en charge, mes deux amis et moi, a réussi à se défaire de ses entraves et qu'il est parvenu à abuser une partie de l'équipage après avoir assassiné Arrighi.

— Dorénavant, le commandant, c'est vous ! fais-je avec force. Je compte sur votre souveraine autorité pour ramener l'ordre à bord !

Immédiatement, son visage se trouve nimbé par cette promotion inattendue.

— L'affaire qui nous réunit, commandant, est d'une gravité exceptionnelle et peut, si les choses tournent mal, compromettre l'équilibre planétaire.

Sur ces mots, dont l'intensité n'échappera à personne, sinon à quelques moudus qui n'ont rien à foutre dans cette œuvre, je l'entraîne jusqu'à la « cabine tragique », pleine de sang et de gémissements.

Un tel spectacle fait blêmir mon compagnon. La vue de Bérurier-au-Cul-Nu apporte une diversion, d'autant qu'il est agenouillé près de Toutanski et que sa chopine apocalyptique s'étale sur le sol.

— Voilà le nergumène circoncis, annonce-t-il ; j'l'ai attaché avec un fil d'acier qu'était logé dans ma ceinture.

Il se relève en ahanant.

— Si vous aureriez une infirmerie à bord ou à bâbord, faudrait y conduire not' collègue, déclare ce poste à essence vivant. L'a b'soin d'réparations, d'même que vot' mataf, là, qui s'saigne, kif un goret. Y fait qu'réclamer sa mère, c'qui part d'un bon sentiment.

Ainsi, après cet épisode meurtrier, l'ordre est-il rétabli. Mais il n'est qu'apparent. En effet, mis au fait de la vérité, les marins n'ont plus qu'une idée : venger leur valeureux pacha si sauvagement poignardé. Craignant qu'ils n'appliquent la loi du talion nous décidons, le Mammouth et moi, de veiller sur le forban comme sur la prunelle d'Alsace, alcool de dilection du Gravos.

L'infirmier qui sert de médecin me barbouille la frite de mercurochrome et prend même la responsabilité de me poser deux agrafes à l'arcade souricière. Quelques centimètres d'Albuplast achèvent de me transformer en dessin de Dubout.

À l'infirmerie, Jérémie a repris ses merveilleux esprits, mais il est si mal en point que je décide de l'y laisser, au moins jusqu'au lendemain.

Le temps est somptueux : mer verte, ciel bleu, soleil japonais. En contemplant cette immensité, je me dis que si un jour on parvient à assécher les océans, les individus disposeront d'un terrain d'expansion pour plusieurs millénaires. Réconfortant. Bien sûr, tout cela disparaîtra, en fin de compte, mais ç'aura été une fameuse école buissonnière. D'autant que les autres planètes attendent que nous allions les coloniser. Tu vois pas qu'à travers l'éternité on mette au pli toutes ces galaxies ? Qu'on fonce s'imposer de par l'Univers ! Ensemencer les voies lactées, devenir démiurges en douce ! Découvrir que, mine de rien, nous étions de la graine de Dieu !

Putain, le ramdam que ça voudrait faire dans le cosmos ! On espérait en l'Éternel, et l'Éternel c'était nous, tout culment. Comme nous étions en devenir, nous l'ignorions. Et puis voilà qu'à force d'à force on s'en est gentiment administré la preuve. Le Créateur a pris Sa retraite après avoir conçu l'homme et attendu qu'il se développe jusqu'à la Connaissance suprême. Quelle révolution philosophique ! Dieu, c'est nous tous : toi, moi, Mme Michu, ton éboueur maghrébin, la Queen au gros cul !

Je rejoins Béru. Il s'est assis en face du Polak. Lui parle :

— M'est avis, Toutanski, que t'as perdu la pogne pour les coups fourrés. Fut un temps que ton audace payait. La carburation était ric-rac. T'suffisait d'entreprend' pour réussir. Maintenant : zob ! T'as la scoumoune, tézigue. Rien n'va plus ! Tu descends l'aut' versant d'la montagne. La chance en a marre de ta sale gueule, kif une gonzesse qui n'mouille plus pour toi. Doréd' l'avant, t'auras beau t'agiter, tu l'aureras dans le prose, tel un vieux gode de bordel qui n'sait même pas s'il baratte dans un fion ou dans un' chaglatte.

À la fin de l'envoi, je le touche. Il se retourne.

— J'faisais un brin d'morale à ce gentelman, déclare ce sage ; j'croive qu'on d'vrait reprend' not' causette là qu'on l'a terrompue, mais c'te fois, inutile de l'préparer, mes deux-livres-avec-os suffira. Vot' opinion, monseigneur ?

Alors, ma pomme, Pilate à s'en laver les mains et la grosse bitoune, de jeter d'un ton noble et las :

— Fais !

Pour « faire », il fait, Sac-à-Tripes !

Dans le calme, ce qui laisse bien augurer de l'entreprise. L'être déterminé se doit d'agir sans passion, mais animé d'une volonté délétère.

Pour commencer : séance de cruelle humiliation.

— Suppose qu'tu soyes une pissotière, hypothèse Gargantua number two.

Sans pudeur ni vergogne, il extrait sa formidable Durit de son écrin à fermeture Éclair et promène son jet impétueux sur toute la face du despote, s'attardant aux yeux, aux narines, aux oreilles, lui pinçant le blair pour l'obliger à ouvrir sa clape qu'il arrose généreusement.

— Tu voyes, Sana, déclare Alexandre-Benoît en remettant son monument dans ses appartements privés, j'parille qu'personne encore y avait bricolé c'genre d'amusette. Si j'serais pas été aux tartisses récemment, j'y aurais aussi bien bédolé dans la gueule, mais c'serera pour plus tard, tu m'connais ?

« Tiens, est-ce qu'il en a s'lement un' conv'nabe, c'vilain ?

S'emparant du poignard trucideur, il s'en sert pour confectionner une braguette de secours à messire Nautik Toutanski. Avec la lame du ya, il parvient à dégainer le pollux du tyran tyrannisé. L'objet est de fort médiocre importance.

— C't avec un gnocchi pareil qu'tu t'permets d'faire chier l'humanité souffrante ? pouffe l'homme à la cervelle déstructurée. Mais mon pauv' chéri, moive qui t'cause, j'en ai jamais z-eu un aussi minable. À la naissance, déjà, d'après s'lon c'qu'on m'a raconté, mon chibre imposait l'respecte aux dames. Tiens, un exempe : mâme Rivolet, la sage-femme qu'a délivré ma vénérée mère, elle m'a surveillé grandir jusqu'à c'que j'eussasse treize berges. É faisait un peu doctoresse dans not' campagne. Un jour qu' j'souffrais des baffles, M'man m'a envoilié consulter chez elle. T'aurais vu la Rivolet, c't' aubaine ! Ses lotos y sortaient des orbites.

« — Ôte ta culotte, mon Sandre, que j'voye si t'aurais pas d'enflure aux bourses, qu'a m'dit.

« J'en avais pas aux roustons, mais au chibroque si, et une de firste maniérude su' l'échelle à Richeterre ! La vieille a poussé un cri terrible, comme un' truie qu'on enculerait avec une borne kilométrique. Ell' s'est j'tée toute vivante su' mon matériel à viande. T'aurais dit un' naufragée de quinze jours à qui on sert une entrecôte marchand d'vin ! Ell' avait pas suffisesamment de doigts, de bouches, ni d'orifesses pour tout m'engouffrer, me malaxer, m'essorer le pompon. Une dame qu'approchait la soixantaine !

« — Surtout retiens-toi ! qu'elle hurlait. Retiens-toi, petit con ! Laisse-moi pas en carafe ; une queue pareille à treize ans !

« J'ai fait c'que j'ai pu. J'me récitais la tab' d'multiplication par neuf pour m'enrayer la dégorgeance. J'pensais à la mort de mémé av'c son dentier su' sa tab' de noye. Au jour qu'j'étais tombé dans la fosse à purin en jouant avec la fille Marchandise, tout ça…

héroïque, j'ose dire. Y a des gars qu'est mort à la Quatorze-Dix-Huit sans payer autant d'leur personne ! Elle a pu toucher son fade, la Rivolet. Elle pleurait d'bonheur.

« — Sandre, qu'ell' m'dit, v'là un coup de bite que j'oublierai jamais ! »

« A s'est torchonné le bonheur avec la pattemouille pour sa vaisselle, la chérie. N-ensute, elle a badigeonné ma gorge av'c du bleu d'acétylène.

« Puis, quand j'ai parti, elle m'a donné une tablette de chocolat Pupier.

« — Reviens me voir quand tu veux, Sandre ! Ici, y aura toujours un cul pour toi !

10

Il a beaucoup parlé, le Mammouth. Chez lui, les souvenirs sortent comme l'eau d'une canalisation éclatée. Quand il évoque sa jeunesse à Saint-Locdu-le-Vieux, il est intarissable. Le passé a des remontées au carburo. Ce qu'il raconte sent bon le fumier frais. On croit entendre caqueter les poules et tomber les pommes dans le verger.

— Bon, réagit-il, j'sus là qui cause, mais c'est pas l'tout : on a « fête à bras » que disait papa. L-au point qu'on en est, faut pas résiner sur les moiliens. Écoute, l'Polak, j'vas te bonir quéque chose de désagriable, et ensute t'le faire si t'obstines à nous chanter la Muette. Tu voyes c'couteau qu't'as buté le commandant ? Y va m'servir à t'couper la bistougnette si tu vides pas ton sac. C'est pas qu'elle valasse l'prix du plus beau goumi, mais j'sus sûr qu't'y tiens : on a tout l'monde ses faiblesses, n'est-il pas vrai ?

Il sort son mouchoir innommable de sa vague et l'utilise comme « gant médical » pour saisir le braque de l'ex-dictateur.

— Voilà, commente le Juste, tu causes, qu'autrement j'sectionne la tronche de ton paf. Et croive pas que ce fussent des paroles z-en l'air. Av' quat' centimètres de bite en moins, t'auras pas le look Casanova auprès des dames, ça f'ra même bougr'ment désordre. Au cas qu't'ostinerais à silencieuser, j'te la tranche au ras des roustignacs, si bien qu'tu pourras jamais plus licebroquer dans une pissotière et tu t'f'ras mal voir d'aller aux cagoinsses des polkas !

Il rit gras, toujours aussi jovial.

Le ci-devant gouverneur de l'île Klérambâr m'apostrophe :

— Vous le laisseriez agir ? Vous, un haut fonctionnaire de la police française ?

Je m'approche et lui parle dans le nez :

— Ici, je suis chargé de mission, mandaté par plusieurs pays européens. J'ai l'ordre de recevoir vos confidences par n'importe quel moyen ; vous saisissez, Toutanski : *n'importe quel moyen* ? À dire vrai, j'apprécie peu les sévices envisagés par mon collaborateur, mais je suis disposé à les permettre pour atteindre l'objectif désiré.

— Tu l'entends ? ricane Sa Rotondité redondante. Moive, d'mon côté j't'annonce que ta gaule en tranches, c'est qu'les amuse-gueules d'mes projets.

— Tu n'es qu'un porc ! lui répond le prisonnier.

— Si j'sus un porc, allons-y pour l'boudin ! décide l'Enflure en appliquant la lame effilée sous le champignon anatomique de son tortionné.

Il attaque avec un savoir charcutier, l'Obèse. Ses grosses paluches stranguleuses se font chirurgicales. Il commence à cisailler le bas-morceau de Toutanski. Un flot de sang gicle. Émanant d'un endroit aussi sensible, ça produit son effet !

L'homme ligoté mate son ciflard entamé, d'un œil béant d'éperduence.

Brusquement, il fait, d'un ton aussi pointu que le ya du brave Béru :

— Non !

Le Mastard interrompt sa vivisection.

— Alors cause, mais pas de boniments. Si tu nous berlures, non s'l'ment j't'le coupe en plein, mais j't'le fais bouffer ! assure ce gourmet averti.

— Laisse, conseillé-je à mon zélé, que Monsieur s'exprime. Selon qu'il dira la vérité ou non, il restera entier ou connaîtra la pénible ablation promise.

Toutanski semble avoir pris son parti de la situasse.

— Que faites-vous ? s'inquiète-t-il, en me voyant sortir un petit appareil de ma vague.

— Je mets vos paroles en conserve, mon cher. Je ne suis pas seul dans cette équipée, je viens de le dire, ce qui implique que je dois rendre des comptes à mes partenaires.

— Vous pouvez aussi bien enregistrer n'importe qui en mes lieu et place !

— Erreur, monsieur Toutanski. Vos conquêtes territoriales vous ont quelque peu éloigné des progrès scientifiques. Aujourd'hui, chaque voix est aussi particulière que les empreintes digitales. La vôtre a été captée à votre insu, il y a quelques mois. Quand bien même vous parleriez en essayant de la travestir, elle resterait indentifiable.

Il a légèrement blêmi. Sa zézette entaillée continue de saigner d'abondance. J'ordonne au Bédouin normandisé de la lui empaqueter dans un linge de toilette, ce à quoi il consent de mauvaise grâce.

— On y va ?

Il esquisse, avec les paupières, l'ombre d'un acquiescement. Je perçois physiquement sa haine démesurée. Si nous étions à sa merci au lieu qu'il soit à la nôtre, il trouverait des trucs pas gracieux à nous faire, espère !

— Je vous écoute ! insisté-je.

— Que voulez-vous savoir ?

— Ce que vous taisez. Je précise que si vous empruntez le « récit des écoliers », mon collaborateur reprendra immédiatement ses représailles.

— Le mot est plaisant, ricane le Polak.

— L'essentiel est qu'il soit explicite.

Un temps. Le Mammouth, impatienté par ces tergiversations, retire le linge-pansement et le bec verseur du prisonnier raisine de plus rechef.

— Franch'ment, j'sais pas si tu vas l'ravoir, déclare Alexandre-Benoît, sceptique. Il a déjà une fameuse entaille ; p't-êt' qu'en l'recousant on pourrera l'sauver ; la viande c'est fantaisiste, mais ça t'cuirera longtemps quand tu licebroqueras. Baste, ça t'rappellera tes chaudes-lances d'quand t'étais jeune homme et qu'tu tirais les putes d'Varsovie.

— Laisse-le parler, bordel ! m'énervé-je, exaspéré par les déconnages d'Elephant Man à un moment aussi tendu.

Vexé jusqu'à la moelle épinière, le Boa constructeur s'enferme dans un mutisme hostile.

Un silence recueilli s'établit, identique à celui qu'on respecte une minute pour rendre hommage à un gazier qui a fait le « sacrifice de sa vie » par manque de bol ou étourderie.

Puis, conscient de ce qu'il lui est impossible de tergir le verset plus longtemps, Toutanski met le bras de son vieil électrophone sur le disque :

— Voici plusieurs années…

— Combien ? coupe sèchement le fameux Sana.

— Sept ans, je crois.

Je m'approche de lui et lui montre mon enregistreur.

— Vous apercevez ce minuscule voyant rouge qui vient de s'éclairer ? Il s'allume chaque fois que vous mentez.

L'homme méduse un pneu. Il encaisse le coup puis rectifie :

— En fait, il doit y avoir cinq ans de cela.

La petite loupiote s'éteint.

— Magique, hein ? exulté-je-t-il. Quand vous pensez qu'à ses débuts l'homme marchait à quatre pattes ! Bien, nous disions donc qu'il y a à peu près cinq ans…

— J'ai été engagé avec quelques mercenaires par des colons allemands habitant la Namibie dans le Sud-Ouest africain.

— Après ?

— Ces gens projetaient de s'approprier le résultat d'extractions réalisées dans un important gisement de diamants situé en plein désert du Namib…

— Passionnant.

Toutanski incline la tête pour visionner sa pauvre zifolette entaillée.

— Je vais me saigner, dit-il.

— Attends, j't'fais un garrot ! offre généreusement le Pachyderme.

Il déchire le linge, prélève une bande qu'il entortille autour de la blessure.

— Ne serrez pas si fort ! gronde l'aventurier.

— T'as peur que ça t'étouffe ? se marre l'Iconoclaste.

— Poursuivez ! Alors, l'action contre le gisement diamantifère ? demandé-je.

— Mes gars et moi avons lancé une opération surprise qui a pleinement réussi. Les gardes de la mine n'ont pas résisté et je crois même que personne n'a été tué dans l'aventure. Nous nous sommes fait ouvrir le coffre-fort contenant les résultats d'un mois d'extraction et y avons trouvé des pierres, encore brutes, certes, mais de toute beauté… Nous avons estimé qu'il était idiot de tirer les marrons du feu pour un groupe d'aventuriers allemands moins courageux que nous et avons décidé de garder et de partager le butin.

— Vous étiez nombreux ?

— Onze.

Il abaisse les yeux sur son pansement de fortune. Le linge de toilette, blanc à l'origine, est complètement rouge de sang. Il semblerait que le Molosse a été mal inspiré de lui débiter la bistougne en rondelles.

Inexorablement, je poursuis mon interrogatoire :

— Où se trouve cette mine ?

— Entre la baie de la Baleine et celle de Lüderitz.

— Qu'avez-vous fait après le partage des diamants ?

— Nous avons décidé de gagner Le Cap.

— De quelle façon ?

— On était équipés de deux véhicules tout-terrain… Mais un millier de kilomètres nous séparaient de notre objectif. Bien avant qu'on atteigne le fleuve Orange, l'une des voitures a pété son carter et nous avons dû poursuivre entassés dans la seconde. On roulait dans une région désertique. L'horreur !

« Le second jour, un avion de tourisme lancé à notre recherche nous a repérés. Il volait à basse altitude et s'est mis à lancer des grenades à grande puissance. Le type qui les balançait était d'une adresse folle. Il faisait mouche une fois sur deux. En moins de cinq minutes, notre seconde voiture a été hors d'usage. L'avion tournait au-dessus de nos têtes. Certains de mes gars ont essayé de riposter, mais sans grand succès. Cinq sont morts presque tout de suite : ceux qui se tenaient sur les marchepieds. Les autres, réalisant que la partie était perdue, ont sauté de la voiture et ont levé les bras après avoir jeté leurs armes.

« Vous croyez que le salaud en a tenu compte ? Au contraire, il prenait un malin plaisir à les ajuster. En peu de temps, tous mes camarades ont été allongés dans le sable brûlant, criblés d'éclats. Ceux qui n'étaient pas morts agonisaient.

Il s'interrompt à nouveau. De la sueur embue son front. Je le trouve particulièrement blême. Sa voix a perdu de sa rudesse.

— Voulez-vous boire ?

Il acquiesce. Sur un signe de moi, le Mastodonte lui sert un verre de vin. Il le vide. Le sang coule le long de son pantalon, formant bientôt une large flaque. Je devrais faire montre d'un minimum d'humanité, interrompre mon interrogatoire. Eh bien non ! D'acier, qu'il est, le Sana. Impitoyable en plein. La charité chrétienne ? S'en souvient plus ! On devient vite un monstre dans ce métier !

— Et vous ?

Il a un léger flottement :

— Hein ?

— Tous vos gars étaient morts ou mourants, mais vous qui êtes là à raconter l'affaire, dans quelle posture étiez-vous ?

— J'ai tout de suite compris que nous étions foutus. Lorsque l'avion est allé virer pour revenir à la charge, j'ai quitté notre véhicule en rampant afin de gagner un buisson d'épineux ; je m'y suis enfoui littéralement. Un mois après, je m'arrachais encore des aiguilles de la chair.

— Continuez !

Il murmure :

— On ne pourrait pas me soigner un peu, avant de poursuivre ? Je sens que ça urge !

— On s'occupera de vous lorsque vous aurez tout dit !

— Vous êtes aussi fumier que moi, soupire-t-il.

— Ces trucs-là sont contagieux, fais-je. Donc, à l'abri de votre buisson vous suiviez les événements. Que furent-ils ?

— Ces salauds d'Allemands ont atterri et achevé mes gars à la mitraillette. Après quoi ils les ont minutieusement fouillés pour récupérer les pierres que nous nous étions partagées.

Toutanski proteste.

— Vous ne voyez pas que je suis en train de crever ? me demande-t-il.

— Si, reconnais-je, c'est pourquoi nous devons nous dépêcher. Bon, vous disiez que les Teutons ont récupéré les cailloux sur vos hommes. Ensuite ?

— Ils les ont empilés dans la voiture tout-terrain, les ont arrosés d'essence et y ont mis le feu. Puis ils sont repartis à bord de leur zinc. Le charnier a brûlé pendant des heures. Ça puait salement. La nuit tombée, ça grillait toujours. Heureusement, car le brasier a été aperçu de loin par une colonne de véhicules qui s'est déroutée pour venir constater de quoi il retournait. J'ai joué mon va-tout et suis sorti de ma cachette. Le convoi était constitué de gars turbinant dans une mine à deux cents kilomètres de là. Ils allaient prendre leur travail après leur période de repos, voyageant la nuit pour éviter la chaleur. Je leur ai raconté que nous convoyions des diams et avions été attaqués ; la vérité en somme. Ils ont été sport et m'ont pris avec eux…

— Et ensuite ? que demande l'insatiable San-Antonio.

— Je suis resté quelque temps avec les mineurs, jusqu'à ce qu'un nouveau convoi parte pour Windhoek, d'où j'ai pu me faire rapatrier en Europe.

Le linge enveloppant son sexe mutilé est lourd du sang qui continue de couler en abondance.

— Et en Europe ?

— J'ai vendu mes diamants bruts à un fourgueur d'Amsterdam. Ce que j'en ai retiré m'a permis de mettre sur pied l'opération Klérambâr. Vous connaissez la suite…

Il paraît complètement au bout du rouleau, le Polak.

— Je suis foutu, articule-t-il.

— On va s'occuper de votre santé, le rassuré-je. Auparavant je vous poserai une dernière question, Nautik.

— Laquelle ?

— Pourquoi avez-vous recommencé de me mentir ?

— Moi ?

— Quand vous m'avez déclaré qu'une fois de retour à Windhoek vous vous êtes fait rapatrier en Europe, le voyant de mon appareil s'est éclairé.

— Vous me faites chier ! soupire-t-il, et il s'évanouit.

11

Rafistoler une bite de gentleman est un exercice délicat, tu t'en doutes. Le pansement qu'on appliqua sur la plaie se montra aussi efficace qu'un tampon d'ouate sur une bouche d'incendie ouverte. Alexandre-Benoît, dont les connaissances médicales sont moins complètes que celles qu'il possède concernant la division d'un noyau atomique en nucléides, lui avait sectionné la grosse veine bleue servant si bien de tracé aux manœuvres linguales d'une donzelle invertueuse. L'hémorragie résultant de cette barbarie bérurière ne fit que s'amplifier et le sauvage aventurier se vida de son sang dans les meilleurs délais. Il trépassa sans tambour ni trompette, avec, je dois le reconnaître, beaucoup de résignation.

Sa Majesté Ducon Ier se montra passablement marrie d'avoir causé la mort d'un homme que plusieurs États espéraient faire parler. Notre mission, si capitale, tournait court car nous l'avions mis à mal avant d'avoir appris ce que nous escomptions tellement lui faire dire. Le Mastard et moi convînmes de prétendre que le Polak nous avait agressés par-derrière et avait écopé de ce fatal coup bas en cours de castagne. Ça ne nous redonnait pas l'éclat du neuf, mais du moins l'honneur était-il à peu près sauf.

On l'a immergé quelques heures après son décès.

À bord du yacht, ils n'avaient pas de sacs, n'étant pas outillés pour ce genre de cérémonie. On l'a simplement enveloppé d'un drap, ficelé à chaque extrémité. Deux matafs l'ont saisi. Ils ont fait « À lala une ! À lala deux ! » et, au troisième « À lala », l'ont débastingué. Le corps a flottaillé un instant, le suaire s'est gonflé. Le barlu poursuivait sa route implacablement. De loin, on a cru voir la dépouille s'engloutir en tournoyant. C'était une fin digne d'un sanguinaire comme lui, tu ne trouves-t-il point ?

Une grande mélanco me poignait. De la philosophie dégueulatoire, tu connais ? Toujours, à la mort de mes ennemis, je remets mon boulot en question, et moi avec. Y a des fois, si je croyais pas en Dieu, je me déféquerais !

J'ai passé le reste de la journée auprès de Jérémie Blanc qui reprenait du poil de l'ablette. Ma morosité confinait au désespoir, comme dirait un ramasseur de crottin. Le Noirpiot m'a remonté la pendule.

— Bon, Toutanski est anéanti, a-t-il admis ; mais il est parti en te laissant une indication.

— Laquelle ?

— Tu sais, par ton détecteur de mensonges, qu'il recommençait de te berlurer quand il prétendait être rentré en Europe tout de suite après l'affaire des diamants.

— Eh bien ?

— S'il mentait en affirmant cela, c'est qu'en fait, il était resté en Namibie.

— Objection on ne peut plus valable, Votre Honneur !

— Réfléchis : l'affaire des diamants a eu lieu voici cinq ans, c'est-à-dire assez récemment. Il ne doit pas être impossible de retrouver la trace de notre Polak dans un patelin de négros aussi peu peuplé.

Tu sais quoi ?

Je me penche sur sa couche et le baise au front.

— Tu me redonnes un peu d'oxygène, mon valeureux ami. Je charge le Seigneur de te récompenser.

Et je le laissai en retenant mes larmes.

12

— En cell'-là, tu l'as vue, cell'-là ? gronde Bérurier en nous montrant un effroyable insecte, gros comme une coquille Saint-Jacques.

Il lève son pied à l'équerre, comme un soldat britannouille paradant devant Buckingham Palace et applique sa semelle sur le cancrelat. Cela donne un bruit de casse-noisettes broyant une noix. Satisfait, il retire sa grole pour vérifier les résultats de l'impact. Une sorte d'énorme et infâme crachat glaireux, dans les teintes jaune et vert, souille le tapis de raphia « honorant » notre piaule.

— Tu aurais mieux fait de laisser cette bestiole vaquer à ses occupations ! assure Jérémie Blanc. Je la préférais vivante que morte : elle me flanquait moins la gerbe.

Le Dodu explique que tuer les blattes de ce calibre équivaut à préserver la société.

Histoire de surmonter la hideur de son insecticide, il écluse quelques centilitres de vin du Cap, qu'il compare à un aramon bouchonné.

Le bigophone vibrionne et je décroche. Une voix homosexuelle me promet le chef inspecteur. Le temps de compter jusqu'à deux, et un organe authentiquement mâle, celui-là, me déclare dans un anglais entartré d'accent allemand :

— Julius Schaub à l'appareil.

— San-Antonio ! riposté-je-t-il du tac au tac. On a dû, depuis Londres, vous prévenir de ma venue ?

— En effet. Quand voulez-vous que nous nous rencontrions ?

— Le plus rapidement possible.

— En ce cas, je vous attends. Vous avez une voiture ?

— Pas encore ; mais je vais prendre un taxi.

— Vous vous croyez en Angleterre ? Une automobile de mes services va venir vous chercher. À quel hôtel êtes-vous ?

— Au Groptfontein.

— C'est à deux pas. Tenez-vous prêt.

— Je suis à Windhoek accompagné de mes collaborateurs ; vous permettez qu'ils viennent avec moi ?

— Sans problème.

Nous quittons l'hôtel « Cancrelats » et débouchons dans une lumière de fournaise électrique. Ici, le bourguignon crache épais. Clarté blanche, d'une folle intensité, qui vous becte la rétine jusqu'à l'anus. La rue est dolente dans la chaleur. Des colored aux fringues de coton, coiffés de chapeaux de paille, des Blancs tendance blondasse ; ici la chleuserie domine.

Béru, qui en est resté aux pays africains interprétés par Hergé, s'est loqué en colon style Zig et Puce. Il porte un short taillé dans un vieux pantalon à rayures, des chaussettes dépareillées, des brodequins du type écrase-merde et un tee-shirt vantant les incontestables mérites de la fameuse « Vache qui rit » de réputation internationale.

— C'est un poster de Berthe ? demandé-je en désignant l'aimable bovidé.

— Voui, convient-il. A m'l'a offerte pour la fête des Pères.

Là-dessus, une Mercedes âgée de douze ans, mais bien entretenue, se range devant nous. Elle est pilotée par un superbe Noir qui se précipite pour débonder la tire.

Julius Schaub est un type rouquinant, à l'expression soucieuse. On a l'impression qu'il coltine le poids du monde, malgré des varices purulentes, quatre côtes fêlées, un bandage herniaire et des rhumatismes articulaires aigus. Il a le regard bleuâtre sur fond pourpre, des molaires en or, un début de calvitie, une couperose due au whisky pur malt et une fossette au menton qui ressemble à un trou du cul de sapajou.

Son attention est totalement accaparée par Alexandre-Benoît dont l'accoutrement le trouble fortement. Sa perplexité est si intense qu'il m'en fait part.

— De quoi s'agit-il ? demande ce personnage sérieux.

— D'un collègue qui m'est indispensable, réponds-je avec cette brièveté empreinte de gravité qui ajoute tant à mon autorité.

Il opine, juste pour dire, et conserve son effarement. Puis il fait signe à un mignon d'Henri III habillé en Boer d'opérette.

— Mon principal collaborateur : Otto Rhinaüs.

L'interpellé me tend une menotte molle comme les testicules du duc d'Édimbourg ; je la presse sans joie excessive.

— Selon votre requête, j'ai prié Otto de constituer un dossier sur le dénommé Toutanski, reprend-il. Je crois qu'il est des plus creux, n'est-ce pas, mon cher ?

Son « cher » se caresse le sexe à travers l'étoffe de son short et se met à opiner. Puis il prend sur son burlingue un dossier enfermé dans une chemise de plastique brun.

— En effet, confirme-t-il avec une voix fluette de goûteur de bites. Cet homme est entré dans notre pays avec un visa de tourisme, il y a séjourné dix-huit mois, après avoir sollicité à deux reprises une prorogation qui lui fut accordée.

— Dix-huit mois ! m'exclamé-je-t-il dans le meilleur anglais que je puisse fournir.

— Moins sept jours ! confirme la Boere.

Je chope le dossier. On ne peut prétendre qu'il soit copieux vu qu'il se résume à une page dactylographiée. Cet unique feuillet indique la date d'entrée du Polak, sa date de sortie, plus les lieux où il a séjourné, à savoir : la mine de Crakburn Windhoek, la capitale (au Spring Hotel), et enfin Keelmanshop dans le sud du pays, chez une certaine dame Margaret Ferguson.

Ce peu de tuyaux me remplit cependant de contentement car, entre nous et la porte des chiottes, je t'avoue que je n'en espérais pas autant !

J'exprime ma satisfaction aux deux fonctionnaires. Le pédoque se fourbit plus fougueusement le gland, tant est vive l'émotion que lui procurent mes compliments. Il me couve d'un regard langoureux, pointe sa menteuse entre ses lèvres roses, comme pour une promesse, et ses prunelles de biche me laissent pressentir des délices à m'en arracher le casque de Néron.

— Je suppose, émet alors Julius Schaub, que vous allez procéder à une enquête dans le pays. Étant donné que vous ne le connaissez pas et ne pratiquez point les langues africaines, je vais vous adjoindre l'une de mes collaboratrices, Fräulein Gretta Dübitsch.

— Ce n'est pas la peine ! me récrié-je énergiquement, peu soucieux de nous voir coller une Teutonne aux noix.

Mais le dirluche des services de sûreté tient à nous faire ce cadeau empoisonné, voulant, j'imagine, être informé de nos déplacements dans son patelin.

Arrive, à sa demande, la Fräulein qu'il nous a causé ! Dès lors, je rengaine mes protestances. Quand tu tombes sur une fille de ce calibre, ta boussole perd le nord, et son aiguille tourne tellement vite qu'elle pourrait servir de ventilateur pour peu que tu retires le verre protecteur !

On incrédulise, mes potes et ma pomme ! Charogne, d'où qu'elle sort, celle-là ! Tu parles d'un échantillon de propagande, Fernande !

Moi, les glandes mammaires m'ont toujours fasciné quand elles ont du maintien et ne font point trop vache laitière. Le mec s'y retrouve mieux. Les souris qui roulent à plat du bustier me peinent. J'ai envie de leur souffler dans l'embout pour donner consistance à leurs loloches. La gonzesse qui vient d'arriver est équipée de première. Elle pourra jamais faire la planche, mais la balise, si ! Mon pote Bombard aurait pris un sujet commak sur son radeau, j'eusse été plus tranquille pour lui, si sympa.

Tiens, du temps que je cause de toi, je plaque une bise dans tes broussailles, Alain. Heureusement qu'il existe des cinglés de ton espèce ou de celle d'Aboville pour démisérer les glandus tourbesques qui nous la font si grise et moisissante ! J'aime bien que des excentriques du bulbe accomplissent les exploits qui me sont impossibles. Lorsqu'un louftingue franchit la baie de San Francisco en marchant sur les haubans du pont, j'érectionne de partout. Je le trouve con, mais son courage m'éblouit.

Je me hâte d'en revenir à Gretta Dübitsch, coupeuse de souffles masculins ! Ça, oui, c'est de la gerce ! Quand tu la mates, tu réalises que l'humanité est loin d'être obsolète, qu'elle a encore des beaux jours à vivre… This personne est d'une blondeur tirant sur le vénitien, une peau ambrée, un regard presque mauve, de longues jambes dont je voudrais me faire un cache-nez. Je te garde sa bouche pour la fin : des lèvres aussi affriolantes, je gage, que celles de sa chaglatte. Quand elle te confectionne un collier à chibre, tu dois partir en béchamel dès le troisième aller-retour !

On en reste dans les éblouissements contondants, mes potes et moi. Trouver une telle donzelle au fond des Afriques, ça perturbe !

— Hello ! qu'elle nous cantonade avec un sourire en nacre naturelle.

On bredouille de l'inaudible. Déjà, y a plus de place dans l'aumônière de nos kangourous. Faudrait qu'on s'échancre le bénoche, comme jadis M. Anatole découpait le col des clients au père Guillotin avant de leur sectionner la tige.

Et la voilà qui se nomme Gretta, dis ! Comme dans les books d'aventures. « La cavalière Elsa », Anita, Barbara, Alexandra. Des noms pareils te profanent le calbute, biscotte ils t'amènent des sécrétions inopinées. J'ai eu un pote qui larguait sa came aussitôt qu'une frangine un peu salace lui souriait. Le soir, lorsqu'il posait son Éminence, ça produisait un bruit identique à celui d'un cageot qu'on défonce. À force d'être amidonné, son slip devenait une armure. On peut pas croire combien il est surprenant, l'homme ; inattendu malgré sa sottise. Capable de tout et, principalement, du reste.

La Gretta murmure en désignant le dossier d'un feuillet :

— J'ai pris connaissance de ces maigres notes : pas grand-chose à vous mettre sous la dent, n'est-il pas ?

Elle parle le français, la divine, sur construction britannouille certes, mais île-nain-porte.

J'aimerais bouffer son accent dans sa bouche. Lui vote un sourire émailledíamanté qui réveillerait une chauve-souris dans son sommeil.

— Je suppose, murmure-t-elle, que vous allez commencer par rencontrer cette Margaret Ferguson chez qui votre homme a séjourné plusieurs mois ?

— Exactement !

— Prévoyant votre réaction, j'ai fait préparer un avion du gouvernement pour vous conduire à Keelmanshop.

— C'est très aimable à vous, assuré-je-t-il.

Tout en me disant que si cette péteuse fringante espère nous dicter notre conduite, elle ne tardera pas à tomber sur un os de mammouth.

13

Nous nous envolâmes le lendemain, dès l'aube, à l'heure où blanchit la savane, à bord d'un Riboustin 14 de l'armée namibienne. Cet appareil fait pour survoler les brousses a une capacité de vingt-cinq places. Propulsé par deux moteurs Broncoli, sa vitesse de pointe est de six cents kilomètres-ciel et son rayon d'action de six mille kilomètres trois cent quarante-deux (hors tout, service compris).

J'étais assis au côté de Gretta, au premier rang ; mes deux collaborateurs se tenaient loin derrière. Béru avait choisi la dernière rangée car elle se composait de trois fauteuils contigus, si bien qu'en soulevant les accoudoirs, il s'était confectionné une couchette sur laquelle il s'octroyait un complément de sommeil.

Ma voisine portait un short de couleur sable qui se mariait parfaitement avec son bronzage, ainsi qu'une chemise de brousse garnie de poches à soufflets. Elle avait aux pieds des mocassins de cuir extra-souple qui donnaient la nostalgie de l'Italie. Son grand sac gibecière gisait ouvert sur le sol. Elle y puisait sans vergogne (ayant oublié sa vergogne sur la commode de sa chambre) des cigarettes à l'odeur de miel brûlé qui m'eussent flanqué la gerbe si je n'avais été à ce point fasciné par ses cuisses, sa gorge et sa divine blondeur.

Tu n'ignores pas combien je suis un homme discret. J'appartiens à ce genre de mecs qui enfoncent de la mie de pain dans les trous de serrure pour ne pas voir baiser les locataires de la chambre à côté. Ma déformation poulardière m'a affublé d'un œil de lynx, aussi aperçus-je dans une poche interne du sac, une boîte de préservatifs qui devaient se montrer à toute épreuve, étant de fabrication germanique. J'augura bien de cette découverte, me doutant que la superbe fille n'emportait pas ces capuchons à cierges pour en confectionner des ballons.

Elle avait capté mon coup de périscope et en riait comme d'une aimable farce.

— Seriez-vous indiscret ? demanda-t-elle.

Je dus rougir telle une plaque d'eczéma surmenée et bafouilla miséreusement, ce qui eut l'heur de la ravir tout à fait.

— Pardonnez-moi, miss : certains regards nous échappent.

— C'est naturel, en convint-elle.

J'ajouta :

— Cela me permet de constater que vous êtes une personne prudente.

— Il le faut absolument dans un pays où le sida est en pleine expansion, du fait de l'inconséquence des Noirs.

Je fus dérouté, hésita, puis demandis :

— Dois-je comprendre que vous avez des relations privilégiées avec eux ?

— Comment échapper à cette nécessité ? Ce sont d'excellents partenaires, généralement bien constitués, et qui changent des Allemands ou autres Anglais qu'on a à se mettre sur le ventre.

La crudité de son langage me surprisit. Je préfère les dames bien élevées, tout en espérant qu'elles soient salopes dans le privé. Nous appartenons à une civilisation tartufière qui continue de distribuer des satisfecit au grand jour et se masturbe dans les coins d'ombre.

— Croyez-vous, demandai-je, quelque peu mortifié de ce que ses élans du cul l'éloignassent de la race blanche à laquelle j'appartiens par inadvertance, croyez-vous qu'il n'existe pas de bons partenaires dans l'hémisphère Nord de notre planète ?

— Bien sûr que si ! se récria Fräulein Dübitsch. J'ai fréquenté voici quelques années un Italien extrêmement expert, dont chacune des éjaculations valait une toile de Léonard de Vinci. Mais il s'agit d'un cas isolé. Il m'est arrivé également de faire l'amour avec un Suisse doué d'une parfaite technique.

— Des Français ? risquai-je, poussé par un puéril nationalisme de sommier.

— Un seul ; un alcoolique qui pleurait en jouissant. Il ne m'a pas laissé un souvenir impérissable, d'autant qu'il était membré assez chichement.

Ces propos irritaient mon chauvinisme. Je me sens de mon pays comme d'une religion et suis toujours disposé à briser quelque vase de Soissons sur la gueule de ceux qui le vilipendent.

— Ma chère, dis-je-t-il d'un ton pincé, je vais entreprendre une croisade pour réhabiliter le sexe de mes compatriotes. Pour commencer, je voudrais vous soumettre quelque chose qui ne laissera pas que de vous intéresser.

Je fis alors un geste inhabituel chez moi : je sifflis entre mes doigts comme un rôdeur de barrières du début de siècle. Béru en fut réveillé. Il se mit sur son séant et questionna, la bouche pâteuse :

— Quoi-ce ?

— Viens çà, ami ! lui lançai-je.

Il geignit, mais quitta ses trois sièges pour nous rejoindre.

— Gros, l'attaquai-je, Mademoiselle ici présente déclare que nous autres Français sommes montés comme des ouistitis, il me serait agréable que tu infliges un démenti à cette assertion.

— En somme, t'veuilles qu'j'y déballasse ma chopine ? crut-il bon de traduire.

— En somme, oui.

— Ça pouvait pas mieux tomber, admit ce militant du chibre, que just'ment l'avion m'file la trique.

Il dégrafa posément son bénoche et le laissa tomber sur ses baskets. Derrière le pan avant de sa limouille, ça remuait ferme. Le Gravos le releva avec une lenteur savante de strip-teaseuse, découvrant à la Teutonne éblouie un braque de réputation internationale sur lequel la faculté de médecine possède un droit de préemption.

— Oh mon Dieu ! fit-elle : en allemand, en anglais, en français et en comprimant ses seins généreux.

Le gourdin du Mastard acquiesçait lentement de sa grosse tête violacée dans laquelle un œil de cyclope considérait la fille avec concupiscence.

Cette massue de chair effrayait et fascinait tout à la fois, ce qui est fréquent en matière d'anomalies.

— Puis-je toucher ? risqua notre cicérone femelle.

— C'est fait pour, assura noblement le propriétaire de l'engin.

Elle avança sa main cupide qui ne put encercler le monumental objet d'art.

— Incroyable !

Elle hésita et murmura :

— J'aimerais l'embrasser.

— Gênez-vous pas. S'lement je préfère préviendre qu'si c't' bête est trop cajolée, é fait comme les baleines : a l'y va d'son jet d'vapeur : vous risquez d'écoper d'un masque de beauté, maille darlinge !

Mais notre accompagnatrice ne l'écoutait plus et se lançait dans une turlute d'une voracité que je n'avais encore jamais rencontrée.

— Eh ! mollo, ma grande ! protesta le Gigantesque. C'est pas un plancher qu'vous rabotez ! Si vous m'tutoyez l'Nestor pour en faire des copeaux, j'aime mieux êt' essoré à la manivelle, môme. V's êt' c'pendant pas angliche, pour m'racler l'memb' kif c's'rait un' carotte !

Elle ne comprit pas entièrement la protestation d'Alexandre-Benoît, mais en interpréta le sens général et développa davantage l'écartement de ses maxillaires.

Nous devons aux exigences de la vérité d'affirmer que Gretta Dübitch s'acquitta d'une pipe en bonne et due forme qui faillit l'étouffer.

Le service namibien faisait bien les choses. À l'arrivée, une voiture nous attendait en limite de piste : grosse Chrysler Voyager pilotée par un Noir que sa denture proéminente aidait à ronger son frein[1]. Il portait un bermuda et une chemise garnie de poches pectorales aussi gonflées que celles que la reine d'Angleterre a sous les yeux.

Il avait délourdé sa caisse et nous obligea d'un salut militaire horizontal si intense qu'il pouvait se gratter la cervelle avec les ongles. Gretta lui adressa la parole dans un dialecte que je supposai être de l'afrikaans ou du bantou, mais je m'en écarquillai l'anus avec le spéculum de la princesse Margaret, ne comprenant ni l'un ni l'autre de ces patois.

La converse fut brève. Nous prîmes place dans le vaste véhicule dont nous appréciâmes la climatisation. Le conducteur ne tarda pas à démarrer dans un nuage de poussière, nous donnant la désagréable sensation de traverser Regent Park un jour de fog.

Nous roulâmes un couple d'heures à travers une nature où le mètre carré de terrain doit valoir moins cher qu'à Times Square. Des roches, une terre rougeoyante, une végétation parcimonieuse, un ciel chauffé à blanc ; pas de quoi rameuter le Club Med. Béru aux bourses vidées dormait de nouveau. Ses ronflements rivalisaient

1. Si j'écrivais pas toutes ces conneries, tu penserais que je suis malade.

avec ceux du moteur. M. Blanc lisait un ouvrage de la Pléiade. Il s'agissait du fameux traité de botanique florale de Pascal intitulé *Pensées*, récemment réédité chez Vilmorin.

Je sentais le genou de l'Allemande contre le mien ; nonobstant, je restais, non pas de marbre, mais de chewing-gum mâché. Ses débordements avec le Gros prouvaient que la dame ne savait rien refuser à ses sens, comme le dit si justement un cardeur de matelas de mes relations. Cela me désobligeait car, sans exiger l'exclusivité d'une frangine, il me déplaît de la savoir ouverte à tous, comme un grand magasin un jour de « promotion spéciale ». Je ne boudais pas, mais me cloîtrais dans une réserve d'Apache.

Les femmes faciles sont les bienfaitrices des queues pressées, mais disconviennent aux romantiques de mon espèce !

Au bout du trajet se trouvait une agglomération de type colonial, dans les rues de laquelle des chiens erraient, des enfants jouaient, des ivrognes cuvaient et des marchands vendaient. Les autochtones semblaient ne pas avoir d'autres préoccupations que de chercher de l'ombre pour s'y tapir. Une vieillarde ayant largué ses vingt dents depuis lurette mâchait une plante qui, sans doute, les aurait fait tomber. Bien que ce végétal chiqué fût vert, elle crachait noir, mais peut-être avait-elle été mineuse dans sa période active ?

Fräulein Dübitsch lui demanda la maison de Margaret Ferguson. Crois-moi où va te faire carrer une betterave sucrière dans le cul (sauf si tu as du diabète, naturellement), nous nous trouvions pile devant le cottage de la personne en question (en anglais : *the person in question*). Le hasard fêle bien les choses, comme le répétait Grand-Mère.

La maisonnette ne manquait pas d'agrément. Malgré sa situation géographique, elle évoquait l'Angleterre, avec ses fenêtres à petits carreaux garnies de pots de fleurs et sa façade à colombages. La porte était ouverte et l'on apercevait un perchoir surmonté d'un perroquet vert et jaune, qui rouscaillait en allemand, langue qui se prête admirablement au maugrément.

Gretta, qui me devançait, toqua à l'huis entrebâillé. Le psittacidé cria quelque chose avec l'accent cacatoès.

Nous considérâmes qu'il s'agissait d'une invite et pénétrâmes dans la maison. Nous découvrîmes un charmant living de vieille dame méticuleuse, meublé comme n'importe quel intérieur de créature ayant troqué les patins buccaux contre des patins de feutre. On trouvait, sur les murs, des écorces d'arbres peintes de la Forêt-Noire, des gravures de Tyroliens moustachus et la photographie d'Adolf Hitler déguisé en Charlie Chaplin. Sur le sol s'étalait un large et vieux tapis détramatisé par l'usure ; sur cette relique gisait une personne âgée dont le chef s'ornait d'un monumental chignon en demi-cercle, qui n'avait pas suffi à neutraliser un coup de tisonnier porté à sa tête.

Ouf ! Cette phrase n'en finissait pas, tu la croirais extradée d'une œuvre de M. Claude Simon, si talentueux, mais si chiant à lire.

Ma potesse poussa une exclamation et se tourna vers moi.

— Qu'est-ce que vous pensez de cela, *Herr Direktor ?*

— Que nous arrivons trop tard, répondis-je-t-il, non sans finesse.

Là-dessus, je m'assis sur le divan, joignis mes mains ferventes autour de mon genou préféré et entrai dans une période de méditation dont je ne serais peut-être pas encore sorti si cette gentille névropathe de Gretta ne s'était mise à se caresser fiévreusement devant la défunte.

Une telle initiative m'arracha à une morbide contemplation.

Je sortis sur le pas de la porte et, du geste, invitai M. Blanc à me rejoindre.

14

— Prenez-moi ! Prenez-moi ! gémissait l'Allemande en se choyant la cressonnière avec deux doigts en lesquels, malgré sa promptitude d'exécution, je crus reconnaître son médius et son annulaire.

Je considérais sa frénésie sexuelle avec surprise, tant il me semblait incongru qu'une personne de sa classe, œuvrant pour le gouvernement, se livrât à des débordements aussi excessifs en présence de messieurs étrangers. Cela dit, ce spectacle ne manquait point d'un certain charme et je me permis de le préférer temporairement à celui du cadavre.

— Hystéro ? demanda Jérémie.

Le doute n'étant pas possible sur ce plan, je m'abstins de répondre. Folle d'excitation autant que d'impatience, notre cicérone chemina, à genoux, jusqu'à M. Blanc pour lui saisir les génitoires au travers du pantalon.

Mon ami soupira et laissa flotter les rubans. Ce fut déterminé, précis et rapide. En moins de temps qu'il t'en faut pour gober les bobards d'un ministre, elle lui dégagea la massue, lui composa une rouge collerette de ses lèvres et, grâce à une combinaison subtile de va-et-vient et d'aspirations conjugués, le défit de sa surcharge séminale, opération que mon grand primate subit stoïquement, en mâle qui n'en est pas à quelques millilitres de foutre.

Cet en-cas obtenu, la gerce des services spéciaux (ô combien !) retrouva son calme en même temps que la position verticale. Elle fit ce que toutes ses pareilles font dans ce cas : elle rechargea ses lèvres de rouge Chanel[1].

— Alors, interrogea-t-elle avec guilleretté, où en sommes-nous ?

— Comme cette dame : au point mort, répondis-je, non sans humour, tu peux le constater.

Jérémie venait de remiser sa queue et palpait le cou fripé de la victime, lequel était d'un diamètre bien inférieur.

— Décédée depuis plusieurs heures, déclara-t-il.

— La porte de son cottage était ouverte, nota la demoiselle qu'on nous avait adjointe pour assurer, je pense, le service « cul » de notre expédition.

— Ce qui indiquerait que son meurtrier était pressé de repartir, conclus-je.

Le perroquet crut opportun de lancer une invective à l'encontre de la famille royale britannique, poussé par un sentiment de rancune probablement, car les modistes œuvrant pour le palais de Buckingham sont responsables d'une surconsommation de leurs plumes.

Un gamin noir se tenait dans l'encadrement de la porte et nous considérait avec intérêt.

Il devait avoir cinq ou six ans et je le trouvai beau.

Je m'avançai pour lui cacher la morte. Il se mit à réclamer je ne sais quoi dans un dialecte que je n'aurai pas le temps d'apprendre avant qu'il eût passé sa licence d'anglais.

1. Ou autre marque, je m'en fous, mes citations sont gratuites.

Il mettait une certaine véhémence dans ses propos.

— Que dit cet enfant ? demandai-je.

L'agente pompeuse entreprit de communiquer avec le petit mâchuré. Ce môme possédait l'assurance et du bagout.

— Il déclare qu'un vilain homme a fait du mal à mamie Ferguson.

— Essayez d'en savoir davantage.

La pourlécheuse de braques reprend son interview. Elle est douée pour les langues, décidément. Accroupie devant le gentil morbach, elle lui cause dans le style grande sœur. Le chiard y va au baratin, sa main potelée joue avec la chaîne d'or que notre consœur porte au cou, manière comme une autre de lui frôler les nichebars. La sexualité s'épanouit tôt en Afrique. À huit piges, les filles sont déberlinguées et les garçons caracolent de la tête de nœud !

Lorsque l'entretien cesse, elle a sa provise de renseignements, Fräulein Machinchouette.

— Ce gosse assure que, pendant l'heure de la sieste, une Jeep est arrivée. Deux des trois hommes se trouvant à bord sont entrés.

— Des Noirs, des Blancs ? coupé-je.

— Un Blanc et un Noir. Le gamin a voulu s'approcher du cottage, mais le chauffeur noir lui a crié de disparaître. Le petit a pris peur, il est allé se cacher derrière le bungalow d'en face. Les visiteurs sont restés assez longtemps chez la dame. À un certain moment, cette dernière a hurlé qu'ils lui faisaient mal… Lorsque ces gens sont repartis, ils emportaient une valise de raphia. La Jeep a démarré immédiatement.

Elle se tait et caresse la tête frisée de notre jeune témoin.

— Ensuite ? l'encouragé-je.

— L'enfant a rendu visite à mamie Ferguson et l'a découverte inanimée sur le tapis. Alors il est reparti.

— Il n'a pas eu l'idée de donner l'alerte ?

— Il a cru qu'elle cuvait une solide cuite, ce qui arrivait à peu près chaque jour ; il est allé jouer ailleurs.

— La vie est là, simple et tranquille, verlainé-je. Vous ne trouvez pas étrange que ces tueurs aient opéré une descente chez la mère-grand précisément le jour où nous y venons ?

L'Allemande hausse les épaules pour marquer l'évasiveté. L'est perplexe, la donzelle aux sens survoltés, voire soucieuse.

— N'y aurait-il pas des fuites dans vos services ? suggéré-je.

Elle ne répond pas.

Je me garde d'insister. C'est le Négus qui s'en charge.

Il dit :

— Cette femme vivait en paix. Nous décidons de la questionner. Illico un commando débarque chez elle et la trucide. Puis s'en va en emportant une valdingue. Cette action donne l'impression qu'on a voulu nous couper l'herbe sous les Pataugas, non ?

— C'est indéniable.

— Qui était au courant de notre venue imminente ? reprend l'homme en négatif. Vous, miss, Julius Schaub votre chef, et son auxiliaire Otto Rhinaüs. Il est donc probable que l'une de ces trois personnes en a informé des gens à la moralité évasive, lesquels nous ont pris de vitesse pour rendre visite à la vieille. Ils lui ont dérobé quelque chose qui devait représenter un intérêt certain.

Béru en profite pour ramener ses deux cent soixante livres (et ce ne sont pas des sterling) dans notre espace vivable (excepté pour la pauvre mère Ferguson). Il bâille, voit le cadavre et demande en grattant la peau de ses testicules dont tu pourrais te confectionner un anorak fourré :

— L'est clamsée ?

— Un peu, sur les bords.

— On l'a aidée ?

— Tu veux dire qu'on lui a mâché le travail.

— Étrangulation ?

— Non ; du contondant sur le cigare. Sa cervelle doit faire de la purée.

— Elle ressemblait à Mémé Bérurier, sauf qu'mémé avait un goitre comme si qu'son cou aurait été enceinte. À Saint-Locdu, les mamans disaient à leurs chiards qu'si y s'tenaient pas tranquilles, la Bérurière viendrait les manger, c'dont je trouve pas ça délicat ; d'autant qu'mémé pouvait guère bouffer d'bidoche : y avait pas plus d'dents dans sa bouche qu'dans l'derrière d'not' jument. Les ceuss qu'ont zingué la vioque, tu croives qu'y l'ont violée ?

— Pourquoi cette question, messire ?

— C'est pas sa culotte qu'j'aperçoive ent' ses genouxes ?

Stupéfaits, nous regardons les braies de la malheureuse (ainsi qu'on dit puis à Bourgoin-Jallieu). Pudiquement, nous les avions évitées. Mais Bibendum est là. À qui rien de ce qui est humain ne reste étranger.

Le voilà qui s'agenouille auprès de la défunte et lui soulève la jupaille. Il a dit vrai, l'Enfoiré : sa grande et chaste culotte de coton lui a été descendue à hauteur des genoux. Le Mammouth continue de la trousser, nous dévoilant des cuisses d'un blanc malsain, parcourues de veines exotiques et agrémentées (!) de verrues, boutons, grains de beauté et autres plaques velues comme de la peau de chenille.

— À quoi rime cette profanation ? questionne Jérémie Blanc qui a subi la bonne influence des missionnaires pleins de rigueur.

— J'cherche quéqu'chose, évasive mister Grolard.

Il remonte fermement les cotillons de la vieillarde clamsée. Il met à jour sa pauvre cressonnière gris pâle, son ventre bleuâtre, hautement écœurant, des cicatrices d'opérations anciennes. Nous ne regardons plus car c'est trop too much, trop navrant, trop gerbant.

Le Mastard émet alors le cri de la mortaise recevant son tenon.

— La v'là c'dont j'cherchais ! clame-t-il.

Et de nous désigner une ceinture de toile posée à même la peau de la défunte. Elle est large de huit centimètres environ et comporte deux goussets au niveau des hanches. Le rabat desdits ferme à l'aide d'un gros bouton-pression. Le Sagace coule deux doigts en pince de langouste[1] dans les réticules, n'y trouve rien et, résigné, produit avec ses lèvres arrondies le même bruit que la reine mère fait avec son vieux cul quand elle a trop bouffé de panse de brebis farcie.

— Faut pas rêver ! soupire-t-il. N-en tout cas, c'est ça qu'les gaziers est v'nu quérir.

Nous ne pouvons nous défendre de lui accorder un regard bourré d'admiration.

— Ils ont pris le contenu de ces petites poches, plus autre chose qu'ils ont emporté dans une valise d'osier, complété-je.

— Troublant, soupire Fräulein Dübitsch.

Juste pour avoir l'air de proférer quelque chose. Ma pomme déteste qu'on jacte pour ne rien dire.

Le Noirpiot, plus prosaïque, demande :

— Alors ?

1. Trouvez l'erreur.

— Alors quoi ? rétorqué-je, non sans agacement.

— Que décides-tu ?

Cette question directe, voire abrupte, dirait un alpiniste, m'est salutaire puisqu'elle me contraint à décider. Quand on est chef, c'est ce qu'il y a de duraille. L'hésitation nuit au prestige, te met en porte-à-faux. Vaut mieux se gourer en ayant l'air sûr de soi que de tergiverser avant d'agir correctement.

— Attendre et voir venir ! laissé-je tomber. J'ai aperçu une espèce d'hôtel dans le patelin : on peut y descendre quelques jours.

15

Drôle d'hôtel.

Et drôle d'hôtelier.

Magine-toi une ancienne église catholique transformée. On l'a divisée en deux dans le sens de la hauteur, sans toucher à sa structure extérieure, laquelle est en bois de cunnilingus. Le rez-de-chaussée comporte la réception, la salle à manger et l'appartement du taulier, tandis que le premier a été partagé en huit chambres d'égales dimensions.

Comme l'église a été décultée à la suite d'un ouragan ayant ravagé clocher et toiture, on a remplacé ces éléments essentiels par un dôme de Plexiglas qui donne une totale luminosité aux pièces, mais les prive d'obscurité.

Quant à l'hôtelier, il est chinois de père en fils. C'est un grand zig à la gueule tout en bouche, aux cheveux épais et huileux, tirés en arrière. Il porte un pantalon de soie noire et une espèce de casaque jaune décorée d'un dragon dont la frime ressemble à celle de Michou Rocard évoquant ses folles heures d'intimité avec le président Mitterrand.

Il nous attrique quatre chambres qui font songer à ces maisons de poupée vues en perspective plongeante. Elles sont formellement identiques. Leur ameublement se compose d'un lit d'hôpital (acheté d'occase par le maître des lieux), d'une armoire métallique comme on en trouve dans les vestiaires d'usine, d'une table en bois blanc flanquée d'un tabouret de paille.

Mister Chian-Li, l'aubergiste, nous mijote bientôt un riz complet cuit dans des feuilles de lotus avec de l'animal mort que je suppose appartenir à l'ordre des vertébrés à sang chaud et à température constante, ainsi que des mangoustes caramélisées, le tout arrosé d'un vin du pays qui ne te ferait pas oublier un château-l'angélus mais que tu préférerais à des boissons gazéifiées et saccharinées.

Ce festin perpétré, une sieste est décidée. Elle est incontournable dans ce pays. Mes compagnons montent pour le sacro-saint repos du guerrier, cependant que je demande audience à notre hôte.

Contrairement à la plupart des gens sottement racistes, j'aime beaucoup les Jaunes. Ils possèdent le mystère des êtres dont on n'aperçoit pas les yeux, aucun regard ne rend compte de votre sottise ni de votre suffisance (voire de votre insuffisance). Comme en général ils arborent un sourire de grande affabilité, vous finissez par baigner dans une courtoisie rassurante.

Mister Chian-Li consent à s'asseoir en face de moi après que je l'en ai prié à coups redoublés.

Il faut être chinois pour tenir un hôtel dans un tel bled. À voir certains commerces asiates, on se demande s'ils sont ouverts pour faire pénitence ou pour préparer au néant. Je sais des restaurants aux enseignes du Dragon Moncul de la Bistougnette de Jade où nul client ne s'est jamais fourvoyé.

— Monsieur Chian-Li, commencé-je, sans ambages ni emphase, mes compagnons et moi-même sommes attachés à une organisation chargée de retrouver des gens dont la disparition génère quelques troubles graves dans certains compartiments de la société.

J'extirpe une carte de la S.C.D.E.F.M.O.Z.O.B qui passait par ma poche pectorale en compagnie de pastilles du même nom et la lui présente. Il y porte les deux trous de bite lui tenant lieu de regard et me la rend avec un acquiescement non négligeable.

J'extrais alors de mon autre fouille une liasse de billets verts dont il ne peut ignorer que ce sont des U.S. dollars de cent points et entreprends d'en dégager une dizaine.

Ce prélèvement opéré, je les pousse vers lui.

— Pourquoi ? me demande-t-il dans un anglais qui accentue la brièveté de la question.

— À titre d'acompte, réponds-je flegmatiquement.

— Vous voulez prendre pension chez moi ? En ce cas, c'est beaucoup trop.

— J'ai besoin de votre collaboration, misteur Chian-Li. Rassurez-vous, elle restera très passive.

— Mais…

Je lui présente un plat de main vertical, parcouru de lignes chargées de raconter mon fabuleux destin.

— Empochez et écoutez-moi !

Dominé, il pose sa paluchette sur les talbins, kif je le fais sur le pubis d'une femme aimée, et l'y laisse.

Envisageant son geste comme un début d'acceptation, je me lance :

— Vous résidez à Keelmanshop depuis combien de temps, cher ami ?

— Neuf ans.

— Parfait, alors vous avez connu l'homme qui m'intéresse.

— Comment s'appelle-t-il ?

— Toutanski. Il logeait chez la mère Ferguson, à quelques centaines de mètres de là.

Mon guignol chamade quand je le vois spontanément acquiescer.

— En effet, déclare le Chinago. Il a habité cet hôtel lorsqu'il est arrivé à Keelmanshop.

— Longtemps ?

— Une huitaine. Ensuite la vieille lui a sous-loué une chambre. Il l'a connue ici même. À l'époque, elle sortait encore pour venir boire chez moi. Mais cela fait deux bonnes années qu'elle se soûle à domicile.

— Bon ami, déclaré-je d'un ton ému, vous venez de gagner vos mille dollars et pouvez d'ores et déjà les empocher car je remets le compteur à zéro !

Il rafle prestement mes talbins comme s'ils lui appartenaient depuis toujours.

— On continue pour les mille suivants ?

Regagnant ma chambre, je constate que celles de Jérémie Blanc et du Mastard sont vides. Par contre, ils sont trois chez Gretta. Ils dorment, anéantis et poisseux, car la séance a dû être rude.

Le lit-cage s'étant avéré trop exigu pour héberger une partouze, ils gisent sur le plancher. Les messieurs sont pratiquement à loilpé (Béru a conservé son maillot de corps pareil à un filet de pêche ravaudé), la grande prêtresse de l'amour a mis un porte-jarretelles noir et des bas aux jarretières fleuries. La pine à Béru est alanguie comme un boa constrictor abîmé dans une digestion interminable. Une bulle de foutre irisé pare sa coupole identique à celle du mont Palomar.

Devant cet exténuement général, je ne puis que me retirer dans mes appartements.

En traversant l'étroit couloir, je réagis à une sensation de présence. Rien de plus agressant qu'un regard collé à toi. D'instinct, je me dirige vers le fond. J'aperçois, ce faisant, une porte très légèrement entrouverte qui se ferme. Lorsque je l'atteins, elle est close. Avec un rien d'impudence, j'en saisis le loquet et j'ouvre.

Une piaule pareille à toutes les autres.

J'avise, collée au mur d'en face, une jeune Asiate effarouchée. Difficile d'apprécier son âge. Ces Jaunassous ressemblent tous à des enfants même quand ils touchent la retraite des vieux.

L'être craintif que je découvre rappelle un petit rongeur des bois terrorisé par un gros vilain rapace.

— Bonsoir, lui susurré-je-t-il en anglais.

L'adolescente (car je crois fermement que c'en est une) me hoche la tête pour un furtif bonjour.

— Vous êtes la fille de mister Chian-Li ?

Elle dénègue.

— On dirait que vous avez peur de moi ? fais-je avec une telle bonté dans l'inflexion qu'en comparaison de mézigue saint Vincent de Paul évoquerait un bourreau serbo-croate.

Et de lui adresser un sourire qui a déjà contraint à l'essorage bien des slips féminins.

Du coup, elle risque à son tour un retroussis de lèvres.

Je referme la porte et vais obstruer mon orifice sud avec « le » tabouret.

— Quel est votre nom ? hasardé-je.

— Shan-Su.

— Si vous n'êtes pas la fille de mister Chian-Li, alors qui êtes-vous ?

— La sœur de sa femme.

J'avise des chinoiseries sur les murs et, accroché au lit, un caleçon d'homme ; et puis, posé sur une petite table de laque rouge, un nécessaire pour l'opium. La pièce est du reste imprégnée de cette odeur douceâtre.

— C'est vous qui fumez ? m'étonné-je.

Elle secoue négativement la tête.

— Votre beau-frère ?

Elle acquiesce.

Je la visionne attentivement. Tu sais qu'elle est mignonne avec son côté petite souris mouillée ? J'ai idée que le gargotier pratique dans cette chambre le délassement du cuistot. Il doit fumer une pipe en s'en faisant tailler une. Son coin de paradis terrestre ! On a chacun le sien.

— Il vient tirer sur le bambou le soir ? demandé-je.

— Non, pendant la sieste.

— Il a raison : c'est davantage voluptueux. Votre sœur est au courant ?

— Elle est morte.

— Il y a longtemps ?

— L'année dernière. Un serpent venimeux l'a mordue au doigt pendant qu'elle ramassait des zifous. Elle a cru s'être piquée avec une épine, mais sa main a enflé, est devenue bleue et elle a péri d'étouffement.

Sa voix, je veux pas faire de la poésie-branlette pour dame du prix Monchibre, mais c'est comme un air de pipeau la nuit, près du ruisseau, avec des vers luisants dans les prés…

— Et depuis lors, vous la remplacez ? questionné-je sans ironie.

Un nouveau silence. La gentille Shan-Su continue de braquer sur moi son regard oblique.

— Quel âge avez-vous ?

— Seize ans.

Dis donc, il a pas peur de mettre la barre trop haut, le beauf. Note que de nos jours, si tu rencontres une môme de quatorze ans pas encore déberlinguée, c'est qu'elle a des instincts saphiques ou qu'elle est hémiplégique. Pourquoi cette ado m'excite-t-elle ? Parce qu'elle me rappelle vaguement Marie-Marie à cet âge ? La vie, c'est comme les figues de Barbarie ; ça vous laisse longtemps des piquants dans la viande. Je ne me lasse pas de son minois. Frime de marsupial. De sarigue, plus précisément. Tu sais, ces bestioles qui charrient leurs petits sur le dos. Ceux-ci s'accrochent avec leurs queues à celle, retroussée, de leur maman. Ça forme une lyre vivante.

Merveilleuse nature ! Et au début y avait rien ! De l'eau, des cailloux. Et maintenant on est tous là : le pape, la collection de la Pléiade, l'Empire State Buildinge, le gruyère râpé, la langouste à l'américaine, Robert Hossein, la bombe atomique, le souvenir d'Audiard, les *Lettres persanes*, ma grosse bite, le thermomètre à mercure, les cons, la Formule 1, le chômage, la capote anglaise, la *Petite Musique de nuit*, le chien Rintintin, le chewing-gum pour les vacants de la pensarde, les galettes de Pont-Aven, ton trou du cul mal torché, celui de la queen à frisettes, le maréchal Ney-à-la-Gueule-Épargnée, les vins du Postillon, les vains du postillon, le Trans-Europe-Express, la caverne d'Ali-Baba, la caserne d'Amin Dada, le piaf qui me regarde débloquer, et cette petite Chinetoque effrayée qui se fait tirer par son beauf parce qu'il est veuf et a les glandes enflées.

Je lui tends la main.

Elle hésite.

— Viens ! lui dis-je en français.

Elle ne comprend pas ce dialecte dévoyé de l'argot, pourtant elle s'avance, comme les martyrs s'approchaient de l'exécuteur.

Je la cueille doucement par la taille.

Elle sent tout drôle. Y a des pompeux qui affirmeraient que c'est le musc. Cons de cons, va ! T'en renifles souvent du musc, ta pomme ? Non, hein ? Seulement ça fait bien. Y en a bon, Dunœud-la-Joie ! Faudrait créer des réserves à incervelés ! Les y parquer. Ça ne les empêcherait pas de se reproduire, bien sûr, pourtant on circulerait plus librement dans l'existence. Tu ne m'interdiras jamais de rêver. Sans l'imaginaire, je tomberais, deviendrais débile profond.

Elle reste apeurée kif elle serait chez le dentiste pour la première fois, son petit dargif posé au bord de mes genoux.

Que ferais-tu à ma place ? La main baladeuse sur son michier ? Tu lui gagnerais l'entrecuisse en bisouillant son cou délicat ? Elle percevrait ta grosse bêbête-qui-monte par la brèche régulière de sa raie culière ?

Bien sûr.

Tout ça, fais-moi confiance, j'y pense, et mon arbalète se tend. Pourtant je réfrène. C'est comme un cadeau que je m'accorde. Je ne savais pas quoi m'offrir pour mon annif ; ben voilà, c'est ça.

Je la refoule doucettement des deux mains et de ma tête de nœud.

— Je te laisse dormir, petite fille. Nous nous reverrons demain.

Toujours son impassibilité. Son menu sourire à la fois poli et désenchanté. J'effleure sa tempe des mes lèvres.

Elle a un singulier parfum. Elle sent…

Peut-être le musc, après tout ?

16

Mauvaise dormissure. Trop chaud. Ici, la climatisation, fume !

Sur le matin, les bestiaux d'à côté se réveillent. L'un d'eux, du moins, qui boute le sommeil des autres. La Fräulein Gretta retrouve dard-dard ses lubricités et communique sa folie sexuelle à ses matous. Ça repart dans les turpitudes. Cette frangine, je te parie le bâton du défunt maréchal Pétain contre un bâton de réglisse qu'elle est nympho à camisoler. Comment font-ils pour la garder aux services de sécurité namibiens ? A-t-elle en charge les bites des mecs venus de l'extérieur ? Une manière originale de les annexer. Peut-être que ça constitue une partie de ses occupations, la sur-crampe batifole ? Quand t'as bien léché les roustons d'un gazier, il a tendance à se montrer courtois.

Décidément, j'aurai rencontré de curieuses créatures au cours de ma carrière. Note que les frappadingues tu les trouves partout. Tu les côtoies sans t'en rendre compte. Ils passent, sinoqués à outrance, tu n'y prêtes pas attention. Y a que lorsque tu marques une pause en leur compagnie que tu découvres l'araignée qui tisse sa toile dans leur encéphale, entre l'hypothalamus et le plexus choroïdien. À la longue, ça ne veut plus rien dire, un jobastre de plus ou de moins, c'est tout pour l'équarrissage final. Nous finissons par rendre notre uniforme à la terre qui nous a produits.

Je fous le méchant oreiller sur ma tronche afin d'assourdir le vacarme de leur copulation. Pourquoi ont-ils besoin de hurler qu'ils baisent, les baiseurs ? Pas de quoi en chier une horloge. Les clébards aussi s'envoient en l'air et c'est le seul moment où ils n'aboient pas.

Enfin la séance cesse et je peux roupillonner. Toujours inexplicable, le sommeil. Tu échappes à tout. Quelque chose d'essentiel prend la tangente, va faire la pensée buissonnière à ton insu. Ça te laisse des particules de rêve auxquelles tu cherches à donner une signification. Seulement t'es pas de taille : il te manque la vraie clé des songes. De toute façon, on s'en fout, hein ? C'est à évacuer avec le reste, c'est-à-dire nous.

Je remonte à la surface après un intermède de semi-néant. Mes esprits sont laguches qui me veillaient. Me semble percevoir un léger bruit. Une promesse de jour blanchit la verrière, au-dessus de moi. Cette pâle clarté me permet d'apercevoir une forme recroquevillée sur le plancher. Stupeur ! Il s'agit de la mignonne Shan-Su.

Ne l'ai pas entendue surviendre.

Dressé sur un coude, je contemple ce petit être abandonné dans une provisoire inconscience. Franchement, il existe des Cosette sous toutes les latitudes.

Les mystères des échanges muets jouant, elle vient me rejoindre sur le sable fin de la réalité, comme l'écrit majestueusement une dame de mes relations, romancière dans les supermarchés…

— Quel merveilleux ange gardien ! lui roucoulé-je.

Je réalise qu'elle est probablement confucianiste ou un machin de ce genre et que, pour elle, les anges : « Tiens, chique ! »

Je remonte un bout de drap sur ma nudité afin de camoufler Pépette en danseuse berbère et lui fais signe de venir.

Ne se le laisse pas dire à deux fois.

Hop !

La jolie nubile ! Ne porte en guise de vêtement de nuit qu'une chemise sans manches qui lui arrive au-dessus des genoux. Et rien d'autre, crois-je opportun de te confirmer.

Elle s'allonge à mon côté dans le lit dont le sommier prend de la gîte et appelle au secours.

Mes bras poulpiens se referment sur elle. Je sens battre son petit cœur dans sa poitrinette.

Ses nichebabes ? Deux moitiés d'abricot. Joli amour presque enfant, infante, en tout cas ! Non pas d'Espagne, mais de Chine. Ma main ? Elle peut s'en confectionner une couverture. Étalée sur son bas-ventre elle habille complètement sa partie sud. Son sexe est menu, pauvrement équipé d'une barbichette de bonze pubère.

C'est ainsi que Roland épousa la belle Aude.

Je trique, certes, comment en serait-il autrement ? dirait Mme la comtesse de Paricilasortie. Me garde de la bilboquer. Un panais de ce module dans une fente si étroite que tu ne pourrais y faire passer la rosette de la Légion d'honneur, et encore moins celle de Lyon ! Me contente de le lui placer délicatement entre les jambes afin qu'elle acquière des rudiments d'équitation.

Une chouette félicité m'entreprend. Je passerais plusieurs semaines dans cette posture. Je chuchote des choses mouillées dans ses éventails à libellules. Comme quoi elle est l'ado la plus adorable que j'aie rencontrée et que, tiens, pour marquer mon intérêt, je vais lui faire le coup du « taille-crayon » sur les embouts. Ça paraît la sensibiliser, ne s'en lasse point. Et la « minouche frivole », dis, elle la connaît la « minouche frivole » interprétée sur l'air du *Tralala* ? Pas mal, hein ? Toute ma panoplie préambulaire, j'y sors, à la douce Shan-Su. Elle n'a pas de réaction tapageuse, mais à ses frémisseries profondes, à la manière qu'elle plante ses griffes dans mes omoplates, je sens que je remplis ses vœux les plus secrets.

Je la pratique longuement. On entend chanter les coqs dans le quartier, ronfler les premiers vélomoteurs, braire les ânes de labeur, glapir des télés d'hémisphère Sud. La vie reprend.

Je viens de lui commencer le « médius médian », avec, en accompagnement, la « languette oriculaire », aimable combinaison qui n'a jamais laissé une petite chérie indifférente, lorsque la porte grinçante de ma chambre s'ouvre discrètement.

Malgré mon affairement, je guigne en direction de l'huis et avise mister Chian-Li dont l'impassibilité tout asiatique est impressionnante.

Surprenant mon regard, il m'adresse une courbette de mandarin curaçao, puis dit d'une voix onctueuse de prélat italien :

— Vous devez venir avec moi immédiatement, Shan-Su.

La môme sursaille, tressaute, comme je dis puis en chaque occasion, bondit du lit et court jusqu'à son tonton.

Ils sortent.

My apple, mécontent de cette fâcheuse autant qu'intempestive intervention perturbatrice, se délite et, pieds nus, ma bitoune dirigeant les chœurs de la chapelle Seventeen, déboule dans le couloir à l'instant où claque la porte de la jouvencelle.

J'y cours, les baffles pivotantes. Ce que je pressens se produit : des coups pleuvent. Et il y va de grand cœur, le tonton ! Comment fait-elle pour ne pas crier sous cette grêle de horions, ma jolie canarie ? Quel stoïcisme !

Heureusement que les portes ne comportent pas de verrous, ça m'évite de les enfoncer. Je pénètre en trombe d'Eustache chez Shan-Su. Elle se tient debout devant son plumzingue. N'a pas un geste de protection pour tenter d'amortir les gnons de l'onclâtre. Ce fumier frappe de toute sa force. Avec les poings, siouplaît. Il lui a arraché sa chemisette et martyrise ce menu corps d'ado mal nourrie. Il cogne sur ses hanches, sur ses bras, ses petits seins de fillette. Je constate que sa chair est couverte de bleus anciens, d'ecchymoses qui n'ont pas eu le temps de cicatriser. Une honte ! Une abjection !

Je fonce sur ce salaud, le pirouette, lui en place un à la pointe du menton, puis deux autres sur chacun de ses yeux bridés et le finis d'un coup de boule sur son pif déjà épaté au départ. L'assaisonnement intégral !

Chian-Li s'écroule aux pieds de sa victime. Par agacerie, j'ajuste un shoot pénaltyen dans son aumônière à roustons. Ce qui le termine recta.

La darlingue regarde la scène sans réagir. Mon cœur se serre devant une telle résignation ; mais qu'ont donc les martyrs pour accepter leur sort si passivement ?

Je l'attire contre ma poitrine gauloise.

— N'aie plus peur, petit amour jaune, lui susurré-je dans la plus belle langue du monde : celle de San-Antonio. Réunis tes affaires si tant est que tu en possèdes et suis-moi. Tu dois avoir des papiers d'identité : prends-les ! Tu ne reviendras jamais chez cet homme odieux.

Sa méconnaissance du français fait qu'elle ne bronche pas. Alors, je traduis en anglais et je vois deux larmes couler sur ses joues. Elle aurait trois yeux, y aurait trois larmes, compte tenu de son trouble.

Un merveilleux élan l'incite à s'oblitérer contre moi. Qu'est-ce que je débloque : c'est l'émotion, je voulais dire à se blottir contre moi. Son cœur bat la chamalière, comme l'écrit le bon président Giscard dans son roman d'amour dont je me rappelle plus de quoi ça cause, mais franchement c'était extra !

La gosseline s'empare d'une valise carrée sous le plumard et, lentement, docilement, se met à y fourrer quelques pauvres vêtements.

Que, sur ces entrefaites, tonton revient de sa croisière dans les quetsches. Tu dirais un masque chinago représentant un crapaud, tellement ça proémine à l'emplacement de ses lotos.

Il observe, tant mal que bien, les mouvements de sa nièce. Lui pose une question dans leur langue personnelle. Je crois comprendre : la petite lui explique que je l'emporte. Il répond qu'il va déposer plainte contre ma pomme pour détournement de mineure.

Je lui cloue le bec en déclarant que je le ferai arrêter ce matin même pour violences et viol sur ladite, preuves à l'appui, et que, sa peine purgée, on le réexpédiera dans sa Chine millénaire où il pourra apprendre à bouffer la chaglatte des demoiselles avec des baguettes.

Du coup, il cesse ses récriminances. La gosse ayant achevé son balluchon, récupéré son passeport et la photo de sa défunte sœur, me prend par la main dans un touchant élan de confiance.

Nous sortons, moi toujours aussi nu qu'un œil de verre dans un bol de désinfectant nocturne, au moment même où Bérurier hèle le taulier à pleine vibure pour réclamer son petit dèje, à savoir : une bouteille de vin du Cap avec des croissants, ainsi que des œufs au lard frit.

J'annonce au Gravos que nous ferons bombance ailleurs.

17

Conseil de guerre.

Il en faut : c'est bon pour la mise en ordre du présent et la préparation du futur.

Nous sommes réunis dans un café de la localité.

L'établissement a un air vaguement « Angleterre coloniale ». Il est géré par une grande rouquine de soixante balais, à la peau blanche, sur laquelle se développe une voie lactée couleur de rouille. La dame a la poitrine en intaille, le regard albinos, le bec-de-lièvre pareil à un cataphote de vélo, la peau des jambes semblable à des bas mal tirés et des cors aux pieds en forme de tubercules.

Ses eggs and bacon sont savoureux, son caoua chargé comme la voiture à bras d'un réfugié, et les bouteilles de vin blanc qui succèdent, très fructifiées, aux dires du Gros qui voulait probablement dire fruitées.

La gentille Shan-Su fait partie de notre groupe, mais reste sur sa réserve de « demoiselle du Couvent des Oiseaux » au parloir.

Le crachoir est à moi :

— Avant de cirer la gueule de ce con d'hôtelier, j'ai eu, hier soir, une converse avec lui. Il m'a appris une foule de choses concernant. Toutanski. Il paraît que, lorsqu'il eut quitté l'hôtel pour le cottage de la vieille, il est devenu son amant.

— L'aimait jouer aux osselets ! ricane le Mammouth, réputé cependant pour ne pas chipoter sur l'âge de ses conquêtes. (Je l'ai vu tirer des ancêtres privées de leur mobilité, sous prétexte que les pipes d'édentée sont les plus satisfaisantes.)

— D'après le tonton de la petite, il terrorisait la mère Ferguson ; mais ce retinton d'amour vache la comblait. Au bout d'un certain temps, il a sympathisé avec des hommes qui travaillaient à la mine.

— Mine de diamants ? interrompt Gretta.

— Non, d'uranium, vous le savez bien.

Un silence quasi religieux.

— Nous y voici ! lâche le Bronzé.

— En effet, admets-je. Les « copains » du Polak, au nombre de quatre, hantaient l'établissement du Chinois et y amenaient des putes de la région. Toutanski s'est arrangé pour se lier avec eux. Il leur payait force whiskies et parfois à bouffer. Il organisait des partouzes chez la Margaret. Cette dernière était allemande malgré son nom qu'elle devait à un mari depuis longtemps disparu. L'amitié de Nautik avec les mineurs a duré plus d'un an ; ils avaient constitué une petite bande d'inséparables. Dès que les gars rentraient du boulot, ils débarquaient chez mémère et faisaient bombance. Il y a cinq ans, la vieillarde n'était pas aussi déjetée qu'au moment de sa mort. Elle te vidait les burnes et les bouteilles avec une goinfrerie d'ogresse.

— Et alors ? me presse Fräulein Dübitsch que les questions de fesses passionnent.

— Sa maison est devenue un objet de scandale dans ce patelin. On ne la fréquentait plus et les commerçants lui tiraient la gueule. Mais elle se foutait du qu'en-dira-t-on. Sa vie s'achevait en feu d'artifice, dans une fête permanente basée sur le cul et l'alcool.

— Un velours ! s'exclame ce jouisseur infâme d'Alexandre-Benoît.

— Un jour, on ne sait trop pourquoi, car il semblait posséder pas mal d'argent, le Polonais s'est engagé à Crakburn. Il travaillait dans les bureaux et s'occupait du personnel. D'après mes renseignements, il y serait resté plus de trois mois.

Je silencieuse un chouïe : mettre mes idées en faisceau.

— Ensuite ?

— Peu après son séjour à la mine, l'une des plus importantes du monde, il s'y est produit un vol qui, depuis lors, empêche de dormir une foule de gens initiés. Une grosse quantité d'uranium a disparu. Un concours de circonstances avait amené les responsables à le stocker, ce qui était tout à fait contraire aux habitudes, mais des pourparlers concernant le dispatching de ce métal dans différents centres internationaux traînaient en longueur. Lorsque enfin les dispositions furent arrêtées, on constata qu'il ne restait absolument rien de la terrible matière. L'alerte rouge fut décrétée. Je ne vous raconte pas le branlebas qui s'ensuivit avec les services secrets des nations occidentales sur le pied de guerre ! Il y eut une colossale enquête. On mit sur le gril tous les gens de la mine, depuis le directeur jusqu'au dernier manar : zob ! Le mystère demeura intact, ou presque. La seule chose que les policiers purent établir, c'est que le vol fut réalisé par quatre employés que l'on devait découvrir abattus à coups de fusil quelques jours plus tard. Leurs corps gisaient dans un ravin où les bêtes carnassières les avaient à moitié dévorés.

— Les copains du Polonais, je gage ? demande Jérémie.

— Exactement !

— Et le Polak ?

— Il avait quitté l'exploitation un mois auparavant afin de regagner l'Europe. Effectivement, on a retrouvé sa trace dans un hôtel de Berlin où il séjourna quatre jours.

— Donc, fait Fräulein Dübitsch, il n'a pas été inquiété ?

— Non, mais avec l'aide de nos confrères britanniques, je suis parvenu à établir que l'aventurier avait pris un avion à Copenhague pour l'Afrique du Sud l'avant-veille du vol. Il a voyagé sous une fausse identité. Au Cap, il a emprunté une ligne régulière pour Windhoek, si bien qu'au moment du coup de main il pouvait être à la mine. Ma conviction est QU'IL Y ÉTAIT et qu'il a dirigé les opérations avec son brio coutumier. Aussitôt après, il a liquidé ses complices et a disparu sans laisser de trace.

— Et la camelote ? s'enquiert le Pertinent. Tu croives qu'y le la emportée av'c lui ensuite ?

— Impossible ! Les containers de plomb, même vides, sont intransportables par un seul homme.

— Et alors, Nestor ? fait le Gros avec sa goguenardise made in Saint-Locdu-le-Vieux, son village natal autant que normand.

— Une certitude s'est lentement forgée en moi : je crois que la cargaison n'a jamais quitté ce pays.

— Vraiment ? égosille Gretta Dübitsch.

— Je ne vois pas d'hypothèse plus valable. Sitôt que le vol a été découvert, le pays s'est trouvé en état de siège. On l'a exploré avec un déploiement de moyens extraordinaires. Or jamais la moindre trace d'uranium n'a été relevée. Nulle part on n'a signalé de chargement suspect. À croire que les containers se sont désintégrés. J'en suis arrivé à la conclusion que, immédiatement après l'enlèvement des caissons plombés, Toutanski est allé planquer ceux-ci dans une cache préparée à l'avance avec l'aide de ses acolytes.

« L'endroit doit être astucieux, peut-être inexpugnable ; de tout repos, en tout cas. Sitôt l'uranium hors d'atteinte, il a liquidé son équipe, parce que la plus élémentaire prudence l'obligeait à le faire. AUCUN TÉMOIN ne devait subsister, sinon tout était compromis. Ce type connaissait les hommes ; il n'ignorait pas que personne n'est fiable longtemps ; tôt ou tard, l'un de ses complices, alléché par quelque forte prime, se mettrait à table. Alors il a fait place nette. Et il est parti ailleurs en attendant…

— En attendant quoi ? demande Jérémie Blanc.

— Que le temps « fasse son œuvre », comme écrivent les pompelards de la plume. Que le calme revienne et que les intéressés finissent par tirer un trait sur la cargaison volatilisée. Il se savait à la tête d'une colossale fortune, avec un tel butin. Plus les années passeraient, plus il aurait les coudées franches pour effectuer des tractations juteuses. Une nature ! On pourrait faire un sacré film avec ses tribulations !

Elle semble vachement rêvasseuse, Gretta, à l'écoute de ce récit. Sa caberle fait le Tampax saturé. Ça se bouscule dans sa musette à idées…

Jérémie murmure :

— Tu expliques comment l'intervention des gars qui ont zingué la vieille, hier ?

— Je vous le répète : on a voulu nous prendre de vitesse. Lorsque les services secrets de Namibie ont su notre reprise de l'enquête si longtemps après le vol, ils ont décidé de nous couper l'herbe de la savane sous les pieds : d'où cette expédition au domicile de Margaret Ferguson. C'est pourquoi ils ont questionné la vieille, l'ont butée, puis ont emporté des choses susceptibles de leur être utiles. La loi de la jungle ; n'est-ce pas, Fräulein Gretta ?

Elle hausse les épaules et se drape dans un mépris flétrisseur.

— Naturellement, vous me soupçonnez ? fait-elle.

— Naturellement ! répété-je en écho[1].

18

Je lui propose une autre tasse de caoua, mais elle refuse :

— Sans façon : je lui trouve un drôle de goût.

— Y a rien de plus pernicif que le café, décrète Sa Majesté bedonnante ; moive, si j'm'écoutererais, je boirerais qu'çui d'ma bourgeoise. J'veuille pas médire, mais Berthe fait le mélieur jus du monde et d'sa périphérance.

1. Toujours, dans mon genre de vice-sous-littérature, les interlotrouduculteurs « répètent en écho ». Cela est incontournable, il faut l'accepter !

— Puisque votre petit déjeuner est achevé, accepteriez-vous que nous ayons une conversation privée ?

— Si vous y tenez.

— Alors sortons un instant.

Il y a, tout près d'ici, un angle de rues planté de quatre arbres, faisant vaguement songer à un square ; d'ailleurs j'ai cru y apercevoir un banc.

Nous nous y rendons à pas d'amoureux. Nos doigts se frôlent comme, jadis, dans les chansons du bon Tino Rossi.

— Ainsi, vous n'avez pas confiance en moi ? demande la belle Allemande en se déposant sur les cannelures du siège.

— Réfléchissez, ma vaillante amie : vos services, lorsque nous nous présentons chez eux, n'ont rien de plus pressé que de vous parachuter dans notre petit groupe. N'étant plus des enfants, nous comprenons illico qu'en réalité vous êtes davantage chargée de nous surveiller que de nous assister.

— Et quand ce serait ? Le vol d'uranium que vous essayez d'élucider a eu lieu dans *notre* pays et affecte une compagnie *nous* appartenant. Qu'on vous laisse procéder à un supplément d'enquête est un signe de grande tolérance de la part de notre gouvernement.

— Vous oubliez qu'un tel forfait concerne toute la Terre, ma chérie !

— Ne m'appelez pas « chérie » car vous allez m'exciter, et vous avez été témoin de quelques-uns de mes débordements. Je souffre d'une forme d'hystérie consécutive à un viol que j'ai subi dans mon enfance.

Ce disant, elle pose sa main de volupté sur la cage à extase qu'est mon bénoche, comme l'écrit le merveilleux astrophysicien Hubert Reeves dans son ouvrage intitulé : *Souviens-toi de ton futur*[1]. Je croise vivement les jambes afin de calmer ses violeries audacieuses.

— C'est dommage ! s'apitoie-t-elle sur son sort. Moi qui vous gardais pour la bonne bouche !

— Vous me flattez, mais nous devons parler.

---

1. Je lis tous les books de cet homme éminent. Si t'es pas tout à fait aussi con que tu en as l'air, je t'engage à faire de même ! Merci, monsieur Reeves. Pas surprenant que vous racontiez si bien le Big Bang, vous ressemblez au Bon Dieu !

— On a toujours le temps de parler « après ».

— Détrompez-vous : nous n'existons que par nos actes !

Je regarde subrepticement l'heure. Le délai d'« attente » est passé, concernant la petite expérience à laquelle je me livre sur cette frénétique de la moule à crinière. La capsule que j'ai versée dans sa tasse agit.

— Vous ne savez donc rien des gens qui ont tué la mère Ferguson ?

— Rien ! Lorsque vos yeux se plantent dans les miens, je me prends à mouiller comme une folle.

Malgré cette intéressante révélation, je continue :

— Vous vous doutez bien que le commando d'hier a été dépêché par vos services ?

— C'est probable.

— M. Julius Schaub ?

— Il est trop imbu de ses fonctions pour prendre un risque de ce genre !

— Alors, son collaborateur aux manières efféminées ?

— Sans aucun doute.

— C'est l'éminence grise de la maison ?

— En quelque sorte le patron de l'illégalité, si je puis dire.

— Vous estimez qu'il a donné des instructions pour qu'un commando nous précède chez la vieille femme ?

— Au moment de l'affaire, il avait avancé l'hypothèse, lui aussi, que l'uranium se trouvait toujours en Namibie. L'arrivée de nouveaux enquêteurs européens l'a confirmé dans cette certitude et il a décidé de vous devancer, afin de reprendre les recherches à son compte.

— Merci de vos confidences, lui dis-je ; allons rejoindre les autres !

Gretta me joue les « yeux noirs ». Quelque chose qui ressemble à de la fureur durcit ses traits.

— Que venez-vous de me faire dire ? chuchote-t-elle d'un ton pâle.

— Ce qu'il me fallait savoir, ma chérie.

Elle presse l'extrémité de ses doigts contre ses tempes.

— Salaud ! dit-elle en allemand, ce qui est plus insultant que dans toute autre langue. Vous m'avez droguée, n'est-ce pas ?

— Si peu !

— J'aurais dû y penser : je me sentais égarée.

— Rassurez-vous, ça ne dure pas : à preuve, vous revoilà maîtresse de vous-même.

— Tous les moyens vous sont bons !

— Si je ne vous avais pas infligé ce petit test sans danger, je continuerais de me méfier de vous, et ça enlèverait du charme à nos excellentes relations.

— Je vous hais ! déclare-t-elle comme dans un drame bourgeois de l'entre-deux-guerres.

— Mais non, Gretta. De toute manière, votre sentiment ne résistera pas à une nuit d'amour.

Une telle phrase a pour mérite d'endiguer sa fureur. Je comprends que, si je sais m'y prendre, mon absolution est dans la poche de mon slip.

Alors que nous rejoignons nos compagnons, elle s'arrête et demande à brûle-veston[1] :

— Que comptez-vous faire de cette gamine chinoise ?

— Une femme libre, réponds-je ; c'est une marotte chez les Français depuis qu'ils n'ont plus de colonies.

19

La route conduisant à la mine est rectiligne, sous un soleil qu'aucun romancier rémoulade ne pourrait s'empêcher d'appeler « de plomb ». Des mamelons à l'infini… Roches, sable, maquis chétifs. Le désert, quoi ! Ciel blanc crayeux, avec des cohortes de nuages menaçants, d'un gris pommelé. Par instants, un petit mammifère du genre carnassier encéphalique coupe la piste pour aller se fondre dans cet horizon minéral. Des rapaces survolent lourdement ce paysage en agonie. Tous les cinq kilomètres environ, un panneau indique « Crakburn Mine ». Les deux mots sont soulignés d'une flèche ressemblant à une arête de hareng.

1. Le pourpoint est un vêtement trop suranné pour qu'il soit encore utilisé dans une œuvre aussi moderne.

Malgré l'air conditionné de notre Chrysler, la chaleur est accablante. Au point que Bérurier se livre à un effeuillage progressif qui ne lui laisse que son slip à grille constellé de trous par lesquels ses démoniaques testicules tentent de jouer la belle ! Jérémie s'est mis torse nu, la belle Gretta n'a plus sur son corps bronzé qu'une brève culotte bandatoire et un soutien-nichebabes aussi menu que deux menottes de bébé. Seuls Shan-Su et mézigue conservons nos harnais, donc notre dignité.

La voiture tangue sur la route riche en ornières profondes. Le chauffeur cramponne le cerceau pour conserver son assiette.

Je jette de fréquents regards à ma Chinagotte. Elle aussi me mirade de ses yeux en trous de pine. Parfois, elle a une amorce de sourire que vite elle réprime, comme si elle craignait de trahir ses émotions.

Que vais-je faire de cette Barbie, type asiatique ? La former pour l'amour à l'occidentale ? Ça, dans un premier temps. Ensuite, le degré supérieur : la baise française. Je cherche à deviner la frime de M'man quand je débarquerai avec Shan-Su dans notre pavillon de Saint-Cloud. Oh ! elle l'accueillera superbement, je me mouronne pas. Seulement que seront ses sentiments à ma vieille chérie ?

Cette gamine tombée d'une autre planète, avec sa peau d'hépatique et ses phares en code, ne parlant pas une broque de notre langue, ne croyant pas au dieu de Féloche, bouffant du riz à tous les repas ; tu parles d'une éducation à entreprendre !

Et qui nous mènera où ? Réponds, Edmond !

Au mariage !

Tu sais bien que non. Si j'avais dû épouser une gerce, c'est Marie-Marie que j'aurais drivée à l'autel, pas une greluse dont je ne sais rien de rien. Pedigree de chien errant ! « Nuits de Chine, nuits câlines, nuits d'amour », chantait Papa en se rasant devant son miroir à trois faces. C'était quoi, sa vie sexuelle, mon vieux ? Était-il bon tringleur ? Avait-il des maîtresses ? Dans le fond, je ne sais presque rien de lui. M'man en a fait un personnage de vitrail. Quand je l'évoque, il a comme une auréole derrière la tête, son souvenir est éclairé au néon, mon dabe.

Dans les confins, j'aperçois une concentration de bâtiments, des collines entaillées, pleines de reflets métalliques, des cheminées, des hommes affairés. Un nuage de fumée et de poussière en suspension pèse sur ce lieu impressionnant.

— Nous arrivons, hein ? fait Jérémie Blanc.

— On dirait… Réveille Sac-à-Merde et fais-lui remettre son bénouze ; il conviendrait également que votre égérie se relinge un peu. Si elle débarque presque à poil parmi les mineurs, ils vont tous lui sauter dessus et l'embroquer contre le capot de la tire, ce qui, vu la chaleur de la carrosserie, risquerait de lui brûler les meules au troisième degré !

Un vaste parking précède l'entrée de l'exploitation. Le chauffeur laisse notre véhicule sous un abri composé d'un simple toit de cannisses. Son ombre illusoire ne dispense pas beaucoup de fraîchouille, aussi mes compagnons se grouillassent-ils de débarquer et de foncer en direction d'un boqueteau de brunomasurs à floraison ambivalente, au centre duquel se prodigue une pièce d'eau en circuit fermé.

Il a été décidé que Fräulein Dübitsch et moi nous présenterions seuls à la direction, notre groupe hétérogène pouvant déconcerter les visités.

Après moult tergiversances, nous finissons par être introduits dans l'antre du grand dirlo, mister Klakbitt, un presque sexagénaire admirablement conservé (dans l'alcool). Il a le teint brique des amateurs de gin, le cheveu blanc coiffé plat et des yeux d'un bleu si délavé que, pour dormir, il est obligé de se servir d'une canne blanche[1]. Pas très sympa ; je préciserais même : à chier. Son attitude doit faire avorter sa secrétaire lorsqu'elle est enceinte.

Nos qualités établies, nos accréditations produites, il se met à jacter avec un débit de deux syllabes à la minute :

— On ne va pas recommencer avec cette affaire !

— On ne recommence pas, objecté-je avec ce calme qui tant impressionne les dames s'apprêtant à jouir de mes assauts quand, à l'instant de l'orgasme, je leur déclame *La Mort du loup* ; non, mister Klakbitt, on ne recommence pas, on continue !

---

1. Ce qui fait la force de San-Antonio, c'est qu'il ne redoute jamais de paraître incompréhensible. L'absconnerie est sa première nature.

Jérôme Garcin

— Écoutez ! s'écrie ce notable (de logarithme). Mon prédécesseur, qui dirigeait la mine à cette époque, s'est suicidé six mois après sa mise à la retraite anticipée. Ne trouvez-vous pas qu'il est temps de tirer un trait sur cette histoire ?

— On ne tire un trait que sur les affaires terminées, riposté-je-t-il, et tant qu'une énorme quantité d'uranium continuera d'échapper à tout contrôle, celle-ci perdurera !

Il me regarde avec les deux trous d'azur percés dans sa gueule écarlate. Je suis prêt à parier ton testicule droit contre le gauche qu'il rêve de sortir sa boutanche du tiroir pour la briser sur cette protubérance située à l'arrière de mon crâne qui abrite l'une des plus vives intelligences de cette fin de siècle. Il a dû voir un discours du bon président Chirac car il murmure :

— Écoutez[1]. Au moment des faits, je dirigeais une grosse entreprise au Cap, en Afrique du Sud. Je ne sais de cette histoire que ce que les employés m'en ont dit, c'est-à-dire peu de choses.

— Eh bien ! j'aimerais qu'ils me les répétassent, ces choses !

— En cinq ans, il y a eu des modifications dans le staff de la mine ainsi que parmi son personnel.

— Il en reste, et je souhaiterais les rencontrer, si vous n'y voyez pas d'inconvénient.

— Comme vous voulez.

— Merci.

Il enfonce une touche de son interphone.

— Smith, fait-il, vous étiez bien à Crakburn au moment du fameux vol ?

— En effet, monsieur le directeur.

— Alors venez dans mon bureau, j'ai ici des personnes qui sont encore intéressées par cette histoire.

— J'arrive tout de suite.

Fectivement, un gazier se pointe vite fait. Une sorte de Boubou-Roche anglo-saxon (mais plus saxon qu'anglo), gros, chauve-blond, avec une bouche humide en forme de cerise, un nez pareil à une pomme de terre nouvelle, un triple menton, une moustache en cils de porc et un appareil acoustique dans sa feuille droite.

Le buveur de gin ne s'embarrasse pas de mondanités :

1. Le grand Jacques prononce « aicoutai ».

— Ces gens se livrent à un supplément d'enquête à propos de ce que vous savez ; vous serez aimable de répondre à leurs questions, mon cher.

Et à nous, avec l'air du mec s'apercevant, mais un peu tard, qu'il vient de draguer un travelo :

— Voici Smith, notre chef des relations humaines en qui j'ai toute confiance, vous ne pouvez trouver meilleur interlocuteur. Ravi de vous avoir connus.

Il se penche sur des paperasses sans plus s'occuper de nous. Il existe différentes manières de dire « Je t'emmerde » à quelqu'un, il vient d'en trouver une supplémentaire.

Trois-Mentons nous pilote dans un grand burlingue vitré où l'air conditionné fonctionne à merveille. Chez lui, malgré le mahomet, tu te crois à la pointe du Raz un jour de tempête automnale. Ce gus redoute tellement la chaleur qu'il s'est fait poser un ventilateur gros comme l'hélice du *Queen Mary*, en plus de son climatiseur. Il nous adresse un sourire plus large que la chatte d'une caissière.

— Soyez les bienvenus, nous dit-il, jovial. Je suppose que vous êtes surpris par la maussaderie de notre directeur. C'est un homme qui vit seul : son épouse l'a quitté pour un Noir bantou. Or ces types-là ont des sexes dévastateurs. Les poils pubiens ne repoussent jamais là où ils sont passés…

20

Il est du genre affable, le mec. Doit prendre la vie du bon côté, y compris par les cornes si ça se présente.

Son premier soin est de prévenir sa secrétaire, une métisse à la peau sombre et luisante, qu'on ne nous dérange sous aucun prétexte. Ensuite, il va ouvrir un réfrigérateur et en sort une boutanche d'un scotch vieux de sept ans, ce qui est jeune pour un président de la République, mais déjà vénérable pour un flacon de whisky.

Il emplit aux deux tiers trois grands verres, dépose des rondelles de citron dans chacun, de la glace, et procède à la répartition.

— À votre santé, nous dit-il. Je ne suis pas fâché de voir rouvrir cette fichue enquête !

On biberonne quelques centilitres d'alcool.

— Vous n'avez pas trouvé la première convaincante ? lui demandé-je.

— C'est le moins qu'on en puisse dire.

— Qu'est-ce qui motive cette critique, cher ami ? fait la belle Gretta en déboutonnant sa chemise jusqu'à ce que ses glandes mammaires débouchent dans la pièce sans crier gare.

Le dirloche des esclaves en avalerait son stéthoscope s'il était médecin ; à défaut, il se chope des prunelles de batracien en rut. Sa bouche cloaque, ses mentons avalanchent tandis que sa pomme d'Adam parvient à rejoindre ses molaires du fond.

Cette diversion opérée de manière abrupte sur le sensoriel de notre homme contrarie visiblement les confidences que je sentais arriver au triple galop.

— Vous disiez, très cher ? fait ma nympho de service en avançant ses mains fuselées sur son fuselage inférieur.

Il dit ballepeau, le gros lard. Ne peut plus s'exprimer sur les rives pourpres de l'apoplexie. Il patauge de la menteuse. D'énormes veines bas-reliéfent à son cou.

Ma partenaire dégrafe son short et s'en dépiaute, idem de son slip virginal. J'en ai déjà rencontré, des frémissantes de la fente magique, mais aussi déconnectées que Fräulein Dübitsch, c'est peut-être bien la première. Tu crois pas, Éloi ? Quoi ? Tu dis que je raconte ça à propos de toutes les frangines qu'ont la moulasse à haute tension ? Oui, p't-être. M'en rends pas compte. Faut conviendre que ma vie professionnelle se déroule parmi des êtres paranormaux. J'ai pas affaire à des merciers ni à des marchands de vin. Mes historiettes se déroulent dans des milieux d'exception où la vie n'est ni simple ni tranquille. Fatalement, je traite pas avec des petits foutriquets saumâtres et galipoteux.

Le blond-chauve n'avait encore jamais connu un truc pareil de toute sa petite existence vespasienne. Une belle chatte triple zéro dans la catégorie belon, savait-il seulement que ça existait ? La Gretta, serviable en plein, la lui livre à domicile. Directo du producteur au consommateur.

Tu verrais le goinfre à l'établi, avec sa moustache de phoque pubère ! On jurerait qu'il mange sa soupe, faire plaisir à sa maman. Une langue fourrée pour le facteur ! Une autre pour la tante Hortense ! L'insatiable a noué ses deux mains sur la nuque de Smith afin que leurs quatre lèvres s'écrasent à sa convenance.

Le glouton, ce manège l'étouffe. Il lui faut une certaine dose d'oxygène s'il veut conduire sa manœuvre à terme. Alors il fait « Abbrouiiivchtttff » et puis également « Arrrouhahooo ». Il onomatopète, éructorâle, vagine bien éperdument.

Mais la frénétique le tient formellement plaqué dans ses moulasseries. Ne se gaffe pas qu'il suffoque authentiquement. Prend ses râles d'agonie pour des râles de jouissance. Reusement, chez ces névropathes, la pâmade est prompte. Elle lui virgule l'écume des jours dans les badigoinsses, puis le lâche.

Cézigmuche choit sur le plancher, à demi évanoui. Je m'empresse, le ranime dans les meilleurs délais. Il a la bouille scintillante, le porcin. Il époumone, bronchage. Son regard tourne comme sur le cadran des appareils à sous. Il parvient à stabiliser deux citrons.

Perdu !

Le calme qui finit toujours par avoir gain de cause revient. Le chef des relations humaines (et comment !) reprend pied dans l'existence.

— *It was good, my dear ?* s'inquiète Gretta.

Tu parles ! Il en gode encore dans ses brailles. Conséquence de son début d'asphyxie ?

Le plus simple est d'« éradiquer » la gêne. Pas se paumer en vains commentaires.

— Vous disiez donc, cher ami, à propos du vol que l'enquête laissait à désirer ?

Il secoue sa hure écarlate :

— Tout à fait.

— Précisez votre point de vue, je vous prie…

Il hésite, essuie sa bouche vernissée avec son mouchoir et déclare en trébuchant de la jacte :

— Il semblait que les enquêteurs ne se soient pas rendu compte des réalités.

— Qu'entendez-vous par là ?

— Ils ont fait comme si l'uranium pouvait être transporté aussi aisément que des diamants, oubliant que la cargaison, avec son emballage de plomb, pèse plusieurs tonnes !

— C'est une remarque que je me fais volontiers depuis que je suis sur l'affaire.

— Ça vous intéresserait de constater de visu ce qu'est le conditionnement de cette matière ?

— J'allais vous le demander, ainsi que de nous conduire au local où elle était entreposée au moment de sa disparition.

Il se lève et je me rends compte que l'excellent homme protubère follement du bénouze, à croire qu'il a planqué une enclume de forgeron dans son slip. Pris d'une grande compassion masculine, je murmure à Gretta en lui montrant la perduration découlant de ses manœuvres :

— Vous ne pouvez le laisser sortir dans cet état : il s'agit d'un cas de conscience.

— Il est vrai, fait l'Allemande, je n'avais pas constaté les retombées de mes attouchements ; il doit en posséder une de très fort calibre, ne pensez-vous pas ?

— Je prends le pari pour un membre de vingt-huit centimètres, garde non comprise. Bon, je vous attends à la réception.

Le local des entrées, sans doute parce qu'il est entièrement vitré, offre une température beaucoup plus élevée que le bureau du phoque. Une délicieuse réceptionniste à la peau d'ébène, à la bouche et aux ongles mauves, noue des rapports épisodiques avec le clavier d'une I.B.M. Elle me lorgne par-dessus sa machine comme je la visionne par-dessus son machin.

Je lui souris.

Elle répond par un coup de gyrophare provenant de ses trente-deux ratiches carnassières.

— C'est vrai que vous vous appelez « Fleur » ? demandé-je en montrant la plaque posée devant son guichet.

— Tout à fait vrai.

— Je peux sentir ? enchaîné-je en reniflant.

Elle rit, amusée, flattée, humide déjà ?

J'avance mon tarbouif dans son créneau.

— Jamais respiré quelque chose de plus subtil, assuré-je. On se croirait dans un jardin botanique à la période des orchidées.

Pas moyen de savourer mon compliment car un grand cri s'échappe du bureau que je viens de quitter. Faudrait un spécialiste de bandes dessinées pour te l'écrire, avec des caractères gros commak et des étoiles tout autour. Y a de l'agonie dans ce hurlement. Il issuse d'une catastrophe, pas possible autrement. C'est démoniaque, enférique !

À cette clameur surgie du cosmos succèdent des imprécations folles.

Je bondis dans le bureau de Smith.

Le trouve en train de s'entremettre au bénéfice de Gretta. Celle-ci est accoudée au bureau et messire Boubouroche l'entreprend lévrier afghan. C'est ça qui la fait gosiller, la Chleuse.

N-à force de débattre, tupérer, soubresauter, la vampireuse se dégage d'une étreinte qui ne paraît point de son goût. Messire Dupanais finit par être expulsé de son brancard humain et reste tout plantigrade devant le puits d'amour à Gretta. Soufflant nasal, tremblant des cannes, une magistrale hébétude peinte sur ce qui lui tient lieu de physionomie.

Mon regard captateur décrit une plongée jusqu'à son panais, alors une gerbance affreuse me tord l'estom' de la cave au grenier. C'est que le gazier des relations humaines détient un braque inconcevable. Il t'est sans doute arrivé de feuilleter ces vieux bouquins traitant de maladies vénériennes, illustrés de planches en couleurs franchement abominables, susceptibles de te faire passer à tout jamais le goût de l'amour et (surtout) de ses aimables dérivés.

Imagine que cet excellent Smith possède un chibre comme je n'en ai jamais vu dans les ouvrages suce-mentionnés. Un tubercule, plutôt qu'un sexe. Longueur vingt-cinq centimètres, diamètre seize ; tu m'entends-t-il ? Ce « bidule » (je ne trouve pas qualificatif plus approprié) est tordu, noueux, pustuleux, hérissé de protubérances cornues, plus acérées que des épines d'acacia. Elles ont gravement lésé la boîte à outils de la Fräulein, un peu comme si on lui avait enquillé dans la babasse un épieu garni de fil barbelé.

Le gros sac a le plantoir sanguinoleur. La mère Dübitsch chiale en poussant des plaintes capables de faire sangloter un tortionnaire serbe.

Je dompte ma répulsion pour me pencher sur la plaie qui, doré-de-l'avant, lui tiendra lieu de sexe. Charogne ! Comment qu'il nous l'a arrangée, le mec ! Un magma ! Tu sais ce qu'est un magma ? Non ? Eh bien ça ! Faudrait la driver d'urgence sur une clinique ; et une vraie, avec des médecins capables d'appliquer sur de telles lésions autre chose que du beurre de cacao ou du sirop de canne à sucre.

— Vous n'avez pas quelque pommade ? demandé-je au déchiqueteur de moules.

— Non.

— Du savon ?

— Aux toilettes !

Il désigne la porte. Je chope la fille meurtrie dans mes bras et l'y porte. Premiers secours aux écorchées vives ! Le lavabo ! Une savonneuse à l'eau tiède. Parfois, c'est le genre de préliminaires qui m'ébrouent les sens. Mais dans un cas aussi désespéré ils me nauséifient.

— Ça vous calme ? je susurré-je.

— Un peu.

— Comment diantre vous êtes-vous laissé fourrer une telle rapière entre les miches ?

— Il a voulu tout de suite par-derrière.

— Pas fou, le mec !

— Et puis il s'est engouffré pareil à un taureau lubrique ! J'ai eu beau crier, me débattre… Il pèse au moins deux cent cinquante livres ! Plus je le refoulais, plus il enfonçait son horreur en moi !

— Continuez les ablutions, le chauffeur va vous reconduire à Keelmanshop ; il doit bien exister là-bas quelqu'un qui ressemble à un médecin. La petite Chinago vous accompagnera pour vous guider et vous assister.

— Et vous, comment vous déplacerez-vous ?

— C'est bien le diable si nous ne trouvons pas une voiture disponible à la mine.

Mais elle regimbe :

— Mon devoir…

— Ton devoir est de te faire réparer le fion, connasse ! m'emporté-je. À force de te faire enquiller des mandrins, t'as gagné le coquetier ! À propos : ça marche la Sécu d'ici, pour les pots défoncés ?

21

Ça s'est très vite harmonisé, comme se plaît à répéter un glandoche de mes relations qui est dans l'industrie et les décorations fragmentaires. Notre sombre chauffeur a embarqué ces demoiselles et je me suis retrouvé seulâbre avec mes deux potes, à cela près que Béru s'était éclipsé pour des raisons défécatoires et tardait à réapparaître.

Le camarade Smith, l'homme à la bite de cauchemar, n'en menait pas large malgré son volume. Il poussait une frite presque aussi sinistrée que son braque. Me confia qu'il traînait cette avarie de machine depuis dix berges au moins, à la suite d'un coït anal qu'il s'était offert avec une dame hottentote souffrant de la maladie appelée « pic-pic mondâr ».

Peu après leur étreinte, des indurations apparurent sur son membre, qui se muèrent en ergots ; en même temps, sa belle chopine, orgueil de sa famille et bonheur de son épouse, se mit à fouetter sauvagement. La pure abomination. Il avait charrié sa glorieuse bistougne au Cap, puis l'avait emmenée à l'hôpital spécialisé dans les maladies tropicales à London ; mais je t'en branle. Tout ce qu'on avait réussi à faire, chez les Rosbifs, c'était de stopper le pourrissement de Zézette ! Un calvaire !

Depuis lors, il avait dû renoncer à l'amour et se contentait de bouffer sa rombiasse, le dimanche, histoire de lui fêter le jour du Seigneur. Et puis, tout à l'heure, la belle Gretta en délire qui se laisse groumer les caroncules et qui, dix minutes après, revient, se trousse et lui propose un cul comme jamais aucun peintre de la Renaissance n'en brossa ! Comment résister ? Elle avait la babasse béante, mouillée, pareil à l'œil d'un vieux con recevant la croix de l'ordre du Mérite en place de Grève.

Même daubée, la chair reste faible ! Il a dégainé son zob déglingué, Smith, le lui a encastré dans le donjon à poils. T'aurais fait quoi, tézigo, à sa place, avec le panoche en déliquescence ?

Faut comprendre.

Je comprends.

Il déclare qu'il est d'autant plus navré que sa vérolerie est transmissible par tacite reconduction. Elle l'a supplié de mettre une capote, mais ses ergots cornés l'ont tout de suite fait éclater, tu penses ! Si bien que l'Allemande est plombée, maintenant qu'il l'a emplâtrée. Elle va avoir un chaudron d'abats dans la culotte, sous peu, et sans doute avant. Devra se cantonner dans la fellation contrôlée. Tu parles d'une cata pour cette court-circuitée de la raie médiane !

Bérurier ne revenant toujours pas, je demande à Blanc de poireauter encore. Si nous poursuivons nos pérégrinations et qu'à son retour des lieux (communs) il ne trouve plus personne, de quelle connerie serait-il capable ?

L'homme à la queue avariée me chemine jusqu'au local où l'on stocke l'uranium.

L'entrée rébarbate. Magine un endroit plus vaste que la gare de Collonges-au-Mont-d'Or, sans ouvertures sur l'extérieur en dehors de l'énorme porte pour chambre forte qui s'ouvre après qu'on a actionné une chiée de combinaisons subtiles. L'intérieur est tapissé de plaques de plomb. Des cadrans mystérieux rendent compte de la radioactivité du lieu. Des containers se trouvent rassemblés le long des murs. Des grues sur rails permettent de les déplacer.

Ce décor déshumanisé est terrific. Tu crois sentir ton corps se recroqueviller et se flétrir avant désintégration.

— Voici notre entrepôt d'uranium, dit Burnes-en-Daube, presque fièrement, un peu comme un châtelain fait visiter son haras.

— Il n'est pas mieux gardé ? effaré-je.

— À quoi bon ? L'ouverture est inviolable ! bavoche l'homme à la bistoune de cauchemar.

Mon regard dissipe son sourire, tel un lance-flammes les toiles d'araignée.

— Je veux dire : pour ceux qui ignorent la combinaison ! se hâte-t-il de rectifier.

— Et beaucoup de gens la connaissent ?

— Nous sommes quatre : le directeur, le chef manutentionnaire, le contrôleur à l'extraction et moi.

— Je suppose que vous avez été sur le gril après le vol ?

— On nous a cuisinés pendant des heures, puis on nous a demandé de bien vouloir nous soumettre au détecteur de mensonges ; ce que nous avons spontanément accepté. Bien entendu, ce test n'a rien donné.

— Ce qui revient à dire que l'un de vous quatre a confié le code à un tiers ?

— Négatif ! Vous pensez bien que nous avons été également interrogés sur cette possibilité !

— Alors, quelle hypothèse fut retenue, cher Smith ?

— Je l'ignore. Les enquêteurs ne nous ont pas révélé leur opinion à ce propos.

— Prenons votre cas, puisque je vous ai sous la main. Ce système de l'ouverture, l'aviez-vous mémorisé, ou bien noté à un endroit que vous jugiez sûr ?

— Nous avions juré sur l'honneur de ne jamais l'écrire. Il figurait dans notre mémoire, un point c'est tout !

— Est-il pensable d'envisager que l'un des quatre détenteurs du secret ait pu le livrer de manière subconsciente ?

— Cela me semble rocambolesque.

— Mais pas impossible ? Réfléchissez-y calmement.

— Pour ma part, il ne m'est jamais arrivé de boire plus que de raison. Et quand ce serait le cas, je dispose d'un self-control suffisant pour ne pas me laisser tirer les vers du nez, croyez-le !

Il commence à être un peu moins que pas content, l'homme à la bite épineuse. Mes interrogations pugnaces lui frelatent le tempérament.

— Ne vous formalisez pas, bon ami, l'onguenté-je. Une enquête sans questions, c'est une omelette sans œufs !

Il sourit.

— Je m'en rends compte.

— Et les gens de votre entourage ?

— Eh bien ?

— N'auraient-ils pu trouver quelque astuce pour capter vos pensées ? Vous savez que certains spécialistes sont fortiches à ce jeu-là.

— Ce serait tomber dans le numéro de music-hall.

Non, mais dis, tu sais qu'il me plume, avec sa bite morte de la peste, kif Saint Louis devant Carthage !

— Cher Smith, une chose encore : vous souvenez-vous d'avoir engagé un auxiliaire, il y a environ cinq ans ? Il vous a quitté un mois avant que l'affaire n'ait lieu.

Il opine.

— Un garçon très bien, fait le gros blond-chauve, tout à fait exceptionnel.

— Tout à fait exceptionnel en effet, renchéris-je, puisque c'est lui qui a dérobé l'uranium.

Abasourdi et ravagé, le Smith.

— Mais comment a-t-il pu ?

— En vous faisant dire, à votre insu, le code de l'ouverture, mon gros.

22

Retour de l'enfant prodige !

Le revoilà, le Béru tant aimé, terreux comme l'étaient ses galoches d'autrefois, quand il aidait son paternel à labourer les champs de Saint-Locdu-le-Vieux ; son short est crotté, de même que sa limouille.

— D'où sors-tu ? nous exclamons-nous-t-il, Jérémie et moi, avec un ensemble qui foutrait la chiasse verte aux chœurs de l'Armée rouge.

— Je viens de satisfaire un besoin naturel, répond-il à notre profond étonnement, pareil phrasé ne lui étant pas coutumier.

— Tu es allé bédoler dans les catacombes ? s'informe Jérémie.

— Quéqu'chose du genre, admet cet être courtois, car figurez-vous qu'les tartisses des mineurs sont pris de lasso ! Les niacs qui bossent ici vont fumer des joints aux cagoinsses ; quand t'est-ce tu tambourines pour réclamer la place, y t'crillent des injures dans leur patois. Reus'ment, un espèce de contr'maître m'a espliqué qu'l'mieux, dans ces cas-là, c'était d'aller déposer son bilan dans les anciennes gal'ries abandonnées.

« Pour y êt' peinard, faut r'connaît' qu'ça peut conviendre ; mais faut pas crainde d's'saloper. N-en comparaison, les égouts d'Pantruche passeraient pour une sute du Royal Monceau. Qu'en out' ça foisonne de gaspards affamés qui vient t'bouffer ton bronze qu'à peine y commence à poinde. On n'peut pas s'figurer l'appétit d'ces animaux !

Il regarde autour de soi et questionne :

— Où qu'sont les ladies ?

En toute brièveté, nous lui narrons la sombre mésaventure survenue à Gretta. Il pantoise !

— Ce tocard a un chibre façon cactus ? Tu parles d'une épopée ! Du coup ça m'réconforte d'charrier ma grosse rapière ! D'accord, j'leur écarquille la moniche, les gonzesses, mais un peu d'vasline n'ensute et y n'leur reste plus qu'un excellent souvenir !

Il la boucle, l'objet de sa pitié revenant au volant d'une tire japonouille qui s'efforce de ressembler à une Range Rover. Il a été décidé que Bitenberne allait nous conduire à Keelmanshop.

L'en mène pas large, le dirluche du personnel. Se dit qu'il va se mettre à lui pleuvoir des citernes de gadoue sur la hure ! Son horoscope du jour doit pas être racontable. Il se voit avec l'Intelligence Service aux noix. Ça va être le bannissement perpétuel, l'opprobre ! Il devra racler son paf pourri avec un tesson de poterie.

Pendant le trajet, il murmure :

— Sur la mémoire de mon défunt père, je jure n'avoir révélé le système de l'ouverture à personne !

Son accent de sincérité[1] est tel que je le crois. Après tout, rien ne me prouve absolument qu'il a mangé le morcif au Polak. Trois autres gonziers étaient dans le secret, et ce diabolique Toutanski « avait les moyens de faire parler les gens ». Qui sait s'il ne détenait pas quelque bonne vieille recette d'hypnose ?

On peut rêver, non ?

Dans ces pays d'aventure, la vie n'est pas organisée comme dans les contrées où l'homme tente d'exister sur une portée de musique. À Keelmanshop, par exemple, il n'y a pas de dentiste, par contre tu y trouves un armurier. Tu y chercheras en vain un vétérinaire,

1. Comme il est dit dans des tas de books encore plus débiles que celui-ci.

mais on peut faire l'emplette de stupéfiants à prix honnêtes. Pas d'hosto à proprement parler, en revanche un dispensaire plutôt propre accueille les maux les plus urgents. Tu n'y dénicheras pas de bicyclette en location, mais un avion, si !

Le gazier qui fait le zinc-taxi est un vieux baroudeur, rangé des opérations de commando, dont l'ultime plaisir en ce bas monde est de charrier des gens de tout poil à travers la Namibie. Son coucou, un très vénérable Bozon-Verduraz conçu pour les expéditions en brousse, vibre comme un hangar de tôle dans une bourrasque, sitôt que tu mets le contact. Deux heures de vol à bord de cette machine à coudre Singer 1920, et tu es atteint de la danse mise au point par Saint Guy (fameux chorégraphe mort en 303).

Le pilote de cette pièce de musée est un Batave dont le collier de barbe blanche le fait ressembler à Hemingway. Il parle peu mais pète beaucoup, sans chichis, conscient de la timidité de ses loufs lâchés dans la tempête métallique que génère son zoizeau déplumé.

Lorsque nous prenons contact (si j'ose dire), il demande évidemment où nous voulons nous rendre.

— Nulle part, réponds-je.

Cette nouvelle le ravit.

— Je préfère ; ma garce de femme a caché mes lunettes, comme chaque fois qu'elle m'accommode du poisson, espérant qu'une arête se plantera dans mon gosier. En prenant l'air sans mes vitres, je risque fort de tourner en rond !

— Pile ce que j'attends de vous, certifié-je.

Je lui raconte que nous appartenons à une compagnie cinématographique européenne, désireuse de réaliser un film en Namibie et que nous souhaiterions explorer le panorama dans un rayon de cent kilomètres autour de Keelmanshop. Son job consiste donc à décrire des cercles concentriques de plus en plus larges au-dessus de la région.

L'ancêtre nous assure que ça va être un jeu d'enfant.

Alors nous girons à faible altitude, dans un boucan d'enfer.

Postés de part et d'autre de l'aéronef (dirait la douairière de Laichemont), Blanc et ma pomme, équipés de jumelles, examinons la contrée avec avidité. Béru qui, manifestement, souffre de problèmes gastro-entériques, se contente de donner la réplique aux pets du pilote, tout heureux de se produire en duo.

Nous matons à nous en désorbiter les lotos, mais en pure perte. Partout, c'est le presque désert, entrecoupé de savanes. Çà et là, des fourrés, des éboulis de roches, d'anciens lits de torrents plus que desséchés. Lunaire, je te l'ai déjà dit à je ne sais combien de pages de là. Et pour l'en ce qui me concerne, cette exploration, je ne la « sens » pas. Un homme aussi aguerri que ma pomme est pourvu d'un flair dû à l'expérience. Mais, excepté les louises du Mammouth, franchement je ne sens rien. L'impression de faire du tourisme dans une contrée qui ne vaut pas le déplacement.

Toujours la même topographie monotone.

— Rentrons ! décidé-je brusquement.

— Sage idée, convient l'octogénaire ; le réservoir est presque vide.

Et il ne le disait pas, le fossile. Un miracle qu'il soit encore vivant avec sa bécane sortie du marché aux puces.

Le soleil baisse sur l'horizon. La nuit monte du sol. Peu à peu, notre vieille planète recommence ses obscures cachotteries. Que branle-t-elle pendant la nuit ? Tu crois que sa partie sombre se repose, comme une pute exténuée par ses passes de la journée ?

Voici Keelmanshop, droit devant nous, déjà emmitouflée d'ombres bleues.

Le papa Bon Dieu pose sa seringue dans une cahoterie brimbalante, comme si au lieu d'une piste en herbe, il disposait d'une terre labourée.

Je l'arrose et nous prenons congé de lui. On gagne à pas harassés le centre de l'agglomération. Pour commencer, nous nous rendons au dispensaire où l'on soigne la chaglatte déchiquetée de Fräulein Gretta. Nous la trouvons endormie. Un Noir en blouse blanche explique qu'on lui a administré un puissant sédatif car elle souffrait le martyre. Le mieux c'est de la laisser récupérer du moule à pafs. Je demande où est la jeune Chinoise qui l'escortait. L'infirmier qui semble la connaître nous dit qu'elle est retournée à l'hôtel de son beauf. Devant mon air d'intense contrariété, il m'explique que c'est l'heure où les mineurs regagnent Keelmanshop ; beaucoup sont sans foyer et passent chez Chian-Li pour tirer un coup. Comme je semble ne pas piger, il m'apprend que le Chinago prostitue sa petite belle-sœur depuis la mort de son épouse et ramasse un fric fou, car Shan-Su est une technicienne émérite, malgré son jeune âge.

En l'écoutant, je sens que mes burnes jonctionnent avec ma glotte et que mon anus est apte à servir de pressoir à huile. Ah ! le foutu connard ! Ah ! le pauvre écrémé du bulbe ! Tu te rends compte que je me croyais dans un book de Xavier de Montépin !

Je chiquais les redresseurs de torts ! Le Jean Valjean de service avec une Cosette safranée ! Marre-toi, mon drôle ! Offre-toi la fiole du Sana de mes grosses deux ! J'avais levé une petite pute, me proposais un bonheur de carte postale ! Elle a dû y croire un moment, cette môme, puisqu'elle m'a suivi. Mais elle a vite pigé que ça n'était pas possible, nous deux, qu'elle ne pouvait plus rebrousser chemin…

Je me tourne vers mes péones. Béru lutine une vachasse dont les loloches ressemblent à deux ballons captifs. Quant à Jérémie, il a la charité de ne pas rigoler. Il sait que je traverse un instant cuisant. Le sort qui me fait un affront. Bon, c'est arrivé à d'autres. Ça m'arrivera sans doute encore. Nous sommes des bipèdes exposés. Il y a des cataclysmes en préparation, des épidémies dévastatrices au banc d'essai. Tout le monde en prend plein sa pauvre gueule, le moment venu.

— Que devrons-nous dire à Madame lorsqu'elle reprendra conscience ? s'informe l'infirmier en me voyant tourner les talons.

— Nous repasserons demain, réponds-je.

Je tire de mes hardes quelques talbins aux couleurs inappétissantes. Les lui présente.

— Soignez-la bien, vieux ; cette femme, c'est tout ce qui me reste !

Il enfouille et promet.

23

On arque un moment dans cette localité indécise. Les maisons y sont aussi hétéroclites que les hommes. Drôle de creuset où la mayonnaise existentielle a mal pris. Un bled ayant la pelade et pas grande âme. Il réunit des créatures disparates qui semblent se faire tarter à attendre la fin du monde. Ce genre de patelin existe un peu partout, n'importe les méridiens et parallèles, les conditions climatiques, le prix du beurre et la propagation des maladies incurables.

— Vous auriez-t-il pas les crochetons ? questionne Béru.

Il nous a devancés de deux pas sur le trottoir, s'est retourné et à présent nous affronte d'un air matois. On devine qu'une réponse inconforme à ses espérances constituerait une marque d'hostilité caractérisée.

— Le coup est jouable, convient Jérémie, si toutefois on parvient à dégauchir un coin à bouffe convenable.

Il dit et reçoit dans les miches une poussée de bas en haut égale au poids de sa paire de couilles déplacée.

Un gamin noir vient de le percuter, poursuivi par une dame de sa race vêtue d'une robe sans manches très élégante, en simili-léopard, dont les taches ne reproduisent pas seulement le pelage de ce fauve mais aussi des traces de vin, de sauce tomate, de jaune d'œuf et de graisse, la palme revenant à une admirable traînée de flux menstruel merveilleusement imitée, laquelle me fait songer à une toile de Georges Mathieu intitulée *Nuit de noces au Pitzberg*.

Notre surprise est touchante quand nous reconnaissons dans l'aimable bambin celui qui, hier, se trouvait chez la pauvre mamie Ferguson.

Il nous remet également et renonce à jouer la belle. Sa pourchasseuse s'abstient de le houspiller et nous apprend qu'elle est sa mère.

Bérurier, ne perdant jamais longtemps de vue les considérations gastronomiques, nous conseille de solliciter de cette exquise personne l'adresse du meilleur restau de l'endroit. C'est un peu comme si, à Gennevilliers, tu demandais la boutique Cartier la plus proche à un marchand de montres sénégalais.

Je répercute néanmoins sa question et, à ma stupeur teintée d'incrédulité, la jeune femme nous entraîne vers un bâtiment de deux étages, sans doute le plus haut de la cité. D'en bas, on peut voir des tentes bleues sur un toit plat.

— Dis à c't' p'tite mère que j'l'invite à tortorer av'c son chiard ! décide le Gros, en grande magnificence.

Cette propose plonge la gentille femme dans l'effarement ; mais Sa Majesté se faisant pressante, elle nous suit.

En parvenant sur la terrasse divisée en compartiments intimes, nous nous apercevons qu'il s'agit d'un restau japonouille.

Notre Gargantua déteste ce genre de nourriture. Le poisson cru coupé en fines lamelles, c'est pas son ordinaire à mon choucrouteux avide de potées auverpiotes, cassoulets toulousains et autres bœufs mirontons. La bouffe-chichi, même en amuse-gueule, il la tolère mal. Je le rassérène en lui commandant triple porcif. En outre, le vin d'Afrique du Sud, déjà testé, ne désoblige point trop son palais. Et puis, en Namibie comme en Namibie, hein ?

Pendant qu'il s'explique avec ces denrées peu familières, nous faisons la causette à notre invitée. Elle s'appelle Véra Kivivra et son fils Zanzi. Son mari est aux travaux forcés à perpétuité pour avoir dérobé un diamant brut de dix carats dans la mine où il travaillait. La jeune femme assure tant bien que mal leur matérielle en confectionnant des Coton-Tige dont les Bantous font une grosse consommation à cause des insectes amateurs de cérumen qui se complaisent dans leurs conduits auditifs.

En fait, elle n'est pas bête, cette gerce. Courageuse dans l'adversité, disait ma grand-mère, laquelle se nourrissait de biscottes trempées dans du lait et de lieux communs. Elle élève son bambin de son mieux, et tant pis si elle fouette du corporel quand elle a ses doches.

Moi, insidieux comme une belette, je dévie la converse sur sa voisine, la vieille Ferguson. Elle est toute chagrine qu'on l'ait assaisonnée, poupette ; mais ça ne la surprend pas. L'a toujours été un peu brindzingue, mémère. Foirineuse, même sur le tard, quand l'époque des poires blettes s'est amenée. À son âge se croyait encore promise à un avenir doré sur tronche.

Ses vieux ans ont été éclairés par la venue de son pensionnaire, le séduisant Toutanski. Un drôle de Bite-en-Fer dans son genre, cézigus, capable d'enfourner mémé à la hussarde et de se faire vénérer l'asperge après lui avoir ôté son dentier. Parfois il amenait du trèpe chez l'Allemande et tout le monde embroquait la brave Margaret à tour de rôle. Ceux qui ne la tiraient pas frappaient dans leurs mains. Une vraie folie ! Il arriva à plusieurs reprises que l'organisateur des réjouissances conviât une autre dame à la rescousse : l'épouse du chef des relations humaines de la mine de Crakburn, une charmante créature frisottée qui grimpait au paf avec vaillance et s'engouffrait tout ce qui érectait dans la crèche ! Ça tournait à l'orgie.

Cette révélation m'ouvre la comprenette concernant la manière dont le Polak s'y est pris pour accéder au système d'ouverture de la fameuse lourde. Manœuvrée de première par l'ami Nautik, sa bergère a arraché le secret à son gros Bite-en-Daube. Je te parie qu'il ne s'en est même pas aperçu.

On se défrime d'un air entendu, Jéjé et moi. Voilà qui me remet de ma déconvenue avec la môme Shan-Su. L'existence, c'est commak, mon pote. Quand t'es dans la scoume, attends qu'il fasse soleil ; et quand tu t'éclates, attends la pluie d'étrons ! On navigue sans relâche entre azur et gadoue. Lorsque t'as bien pigé ce cycle inévitable, tu te fous de tout : du soleil comme de l'orage.

Cela étant, on n'a pas perdu l'argent de leurs repas à Kivivra et son chiard.

Soucieux d'aprofiter[1] jusqu'au bout de notre invitée, j'oriente la conversation sur le meurtre de Margaret Ferguson.

À ce propos, elle en sait autant que nous, Kivivra (Véra), mais guère plus.

Par contre, elle suppositionne intelligemment. Elle a toujours pensé que le pensionnaire européen de Mamie avait un air étrange venu d'ailleurs. Le jugeait peu à sa place chez la voisine. Elle croyait confusément qu'il habitait Keelmanshop pour se planquer ; le créditait de rudes ardoises dans les patelins occidentaux. Parfois, elle subodorait la vérité, envisageant qu'il résidait dans le coin because les mines diamantifères. Ce qui la troublait, c'était de le

1. « Aprofiter », verbe du premier groupe. Se conjugue comme « aimer ».

voir s'encanailler avec des types si peu de sa trempe. À croire qu'il recrutait de futurs hommes de main en vue de quelque jour J. Tu te rends compte à quel point elle est fufute, la chérie ?

Je lui verse du vin qu'elle siffle sans démesure, mais tout ce qu'il y a de volontiers.

Lorsqu'elle a appris le vol d'uranium de Crakburn, l'idée qu'il y soit mêlé lui est-elle venue ?

Elle sursaute, « frappée d'une évidence », comme l'écrivait un Immortel décédé l'année dernière. Mais qu'elle n'y avait point songé, tout sottement parce qu'il ne se trouvait plus dans le pays à ce moment-là. Un très léger manque de phosphore, voilà tout. Déjà ses « yeux d'onyx » brillent kif les boutons d'un horse-guard.

Maintenant, j'aperçois nettement la manière dont il a ourdi le détournement de l'uranium. Travail de grand pro qui sait parfaitement qu'une bataille bien préparée est une bataille gagnée.

Alors, moulant un instant la converse, je m'abstrais pour mieux réfléchir. Il en avait sous la coiffe, ce gonzier. Ayant acquis cette certitude, je me tiens le discours ci-dessous. « Antoine, oublie que tu es un grand policier pour te mettre dans la peau de Toutanski. Tu as décidé de t'approprier l'uranium, comment vas-tu t'y prendre pour l'évacuer ? » Réponse de l'interpellé : « Je ne l'emporterai pas car je n'aurais aucune chance d'éviter les fouilles de tous ordres d'une police sur le pied de guerre. Un tel butin obligatoirement véhiculé dans des containers de plomb ne saurait échapper à la vigilance des draupers. »

Ça fait déjà pas mal de fois que je me serine la même antienne. Continuant de m'apostropher avec cette familiarité dont on ne peut user qu'avec soi, je m'assène l'argument final et incontournable : « Conclusion, l'uranium est resté dans la mine, où il a été placardé dans les zones abandonnées. Il dort dans les limbes d'un sol n'ayant plus rien à livrer à la cupidité des hommes. »

Fortifié par cette flamboyante évidence, je reviens à la sérénité de notre repas japonais.

Pendant mon flottement intérieur, Jérémie Blanc a poursuivi la conversation avec notre douce Véra.

Captant mon regard fluctuant, il me déclare :

— Très très intéressant ce que dit Madame, hé ?

— Sans aucun doute, coassé-je ; si tu veux bien me le répéter…

— Elle prétend que la vieille cachait des diams dans sa fameuse ceinture. Elle a passé sa vie à soudoyer des gars travaillant à l'extraction des cailloux. Elle avait trouvé un système permettant aux mineurs d'en sortir, malgré les fouilles corporelles dont ils font l'objet.

— Vraiment ?

— Malheureusement, ça ne pouvait jouer qu'avec de tout petits cailloux de moins d'un carat.

— Vas-y, je t'écoute…

— Les gars les enveloppaient de morve et se les carraient dans le pif, de la sorte, le butin échappait aux moyens de détection les plus perfectionnés.

— Simple, conviens-je. Voilà qui justifie l'inspection des cotillons de la Margaret dévergondée. Cette dame a-t-elle également une explication au sujet de la valise que les assassins ont emportée ?

— Elle croit qu'elle contenait des fringues abandonnées par le Polonais.

— Quel intérêt pouvaient-elles présenter ?

— Ils espéraient vraisemblablement dénicher des indices sur l'endroit où Toutanski s'est rendu en abandonnant la Namibie. Mais ce ne sont que suppositions ; hypothèses d'école, comme aiment à le répéter les politiciens.

L'heure du saké étant venue, nous sacrifions (car c'est là un réel sacrifice) à la tradition japonaise, aussi riche en conneries que la nôtre.

Là-dessus, le cousin germain du taulier vient donner un concert de boîtes de conserve vides et de grelots à bretelles, ce qui m'incite à régler l'addition.

24

Son repas achevé (mais peut-on dire qu'une bouffe du Gros s'achève ? Sa vie n'est qu'un interminable repas), Sa Majesté pleine de grâce et de graisse s'intéressa à l'exquise Véra, de telle sorte qu'entre deux rots d'origine japonaise il lui proposa la botte. La maman de l'espiègle Zanzi se montra honorée d'une telle proposition, mais fit valoir à son convoiteur qu'elle se trouvait en période inopportune à un tel projet : l'Infâmure vivante rétorqua qu'il avait toujours considéré les ragnagnas des dames comme de faux prétextes à l'abstinence, et ayant balayé l'objection, partit avec elle et son lutin noir.

Nous convînmes, avant de nous séparer, de nous retrouver chez Mme Kivivra. Ici, les convenances n'obéissent pas aux mêmes règles qu'à Passy, et ramasser un pote en goguette chez une dame, au beau milieu de la nuit, ne perturbe pas les usages.

Le Porcin ricana :

— Si v'croiliez qu'j'sais pas où qu'vous allez, les deux, c'est qu'vous m'prendez pour un œuf !

Sur ces mots imparables, il saisit sa conquête à la taille après avoir juché son Noirpiot somnoleur sur ses colossales épaules, et le trio disparut dans une ambiance *Grand Meaulnes* sud-africain qui vous embuait la rétine.

Nous retrouvâmes la grosse Chrysler devant le dispensaire qui soigne Fräulein Dübitsch.

Notre chauffeur, selon un accord prélavable, avait glissé la clé de contact dans la pochette du pare-soleil, cachette inexpugnable s'il en est, et nous reprîmes le chemin de la mine sous une voûte céleste sans rapport avec celle faisant l'orgueil de la place de la Concorde les soirs d'été.

Le trajet me parut féerique. Des animaux auxquels nous sommes peu habitués détalaient à notre approche. J'avais l'impression de me trouver dans un livre pour enfants, comme il en est quelques-uns dans la bibliothèque de chez nous, où ma sage Félicie conserve ses prix scolaires.

Jérémie pilotait en fredonnant une mélopée de son Sénégal natal. Cette terre d'Afrique, sous le ciel immense, lui apportait une émotion particulière. Certes, elle ne ressemblait pas exactement à son bled, mais elle appartenait au prodigieux continent africain, berceau de l'humanité.

Nous roulâmes à assez vive allure sur cette route-piste tellement déserte que j'en éprouvais un confus sentiment de malaise. Il existe un phénomène d'habitude qui fait que, plus tu pratiques un itinéraire, plus il te semble court.

Parvenus à destination, nous nous approchâmes au plus serré des galeries abandonnées et entreprîmes de dresser un catalogue raisonné des richesses dont nous étions munis.

Ce qui me bottait particulièrement, quand ma grand-mère me lisait *Robinson Crusoé*, c'était l'inventaire que le héros établissait après le naufrage. Les outils, planches, clous, grillages, volailles, sacs de farine, barils de poudre, armes, produits pharmaceutiques arrachés à l'épave d'un bateau dont tous les passagers – hormis lui – avaient péri, me portaient à l'imagination. Petit chiard que j'étais, je jouissais de cette obole, me disant qu'il ne pouvait exister de meilleur sort que de se retrouver seul sur une île avec de quoi bâtir un univers enfin purgé de la racaille humaine.

En l'occurrence, nous possédions trois torches électriques, des chiffons, un rouleau de corde, une pioche, une hache et un couteau Opinel dont je répéterai, jusqu'au bout de ma durée, qu'il est l'un des ustensiles les plus importants pour un habitant de cette planète.

Nantis de ces précieux auxiliaires, nous partons en repérage.

Il est fort possible que tu n'aies jamais visité de mine d'uranium. Dans l'hypothèse peu vraisemblable (mais sait-on jamais !) où ce serait le cas, laisse-moi t'expliquer la manière dont cela se présente. Je ne veux pas te faire l'injure de penser que tu peux ignorer à quelle sous-altitude se trouvent les gisements de ce métal. Sache qu'on les rencontre à une profondeur approximative, ce qui n'est déjà pas si mal.

Les galeries conçues pour son extradition (dirait Béru) constituent des schémas aléatoires pour la plupart. Ce qui n'est pas fait pour te surprendre.

Nous nous arrêtons devant l'un des filons écumés, vaste cuvette profonde d'une chiée de mètres et large du double. Le faisceau assez dru de ma torche part dans l'excavation, arrachant du néant des madriers, des puits, des découvertes hasardeuses. Partout où je le braque, il révèle un terrain défoncé, épuisé, puis lâchement abandonné à son éternité minérale[1].

Nous délaissons ce cirque qui ne doit rien à Amar ou Gavarni, pour visiter une autre région, elle aussi saignée.

— Tu penses quoi ? me questionne Jéjé.

— Hélas ! réponds-je avec une grande piteusité dans l'inflexion.

— Tâche presque impossible, hé ?

Lui, j'ai remarqué, il emploie fréquemment « hé » pour « hein ».

— De nuit et par deux personnes, ça fait un peu travaux d'Hercule, ajouté-je.

Il reprend :

— Nous ne devons pas nous décourager, mais nous dire que l'uranium caché, si tant est qu'il le soit ici, représente une vingtaine de containers, soit environ dix mètres cubes ! Les gars qui ont perpétré le coup étaient cinq, selon notre estimation. Ils ont dû mouiller la limouille. Malgré leur légitime souci de rendre le butin invisible, ils auront simplifié leur besogne au maximum.

— Et alors ?

— Si j'avais été à leur place, j'aurais choisi un puits profond dans lequel il suffisait de descendre les caissons pour, ensuite, les recouvrir de caillasse.

— Pas con, admets-je.

— Nous savons que le Polak ne l'était guère.

Un regain d'énergie m'envahit.

— En chasse, blondinet !

Des puits comme en rêve mon All Black, il n'en existe pas des chouchouilleries à la mine. On se cogne une flopée de dédaux[2] avant de s'en convaincre. Mais comme l'obstination porte toujours ses fruits, dirait une marchande des quatre-saisons, nous finissons par en dénicher un d'au moins dix mètres de diamètre dont nous distinguons mal le fond. Je virgule un bloc de rocher dedans, il met une branlée à parvenir à destination.

1. Quand je lis une phrase commak, je me dis que San-A. aurait pu faire écrivain s'il aurait voulu !

Alain PEYREFITTE

2. Pluriel de « dédale » ?

Ma pomme, ni une ni deute.

— Je vais aller couler un œil, fais-je à mon compagnon.

— Mais si notre ficelle est trop courte ?

— Je te le dirai et tu me hisseras : c'est fort, un nègre !

Il s'arc-boute ; je lance la corde dans les profondeurs, protège les paumes de mes paluches avec les chiffons trouvés dans la tire, et me laisse couler par brèves saccades, freinant des pieds appliqués contre la paroi. La couillance, c'est qu'avec mes deux mains occupées, je ne puis braquer ma loupiote vers le fond afin d'évaluer la distance qui m'en sépare. Cette torche, je la tiens avec mes dents, autant dire qu'elle me sert à nib.

Le gars Vendredi est solide comme un roc. Mais voilà qu'à un certain moment, il demande :

— Qu'est-ce que c'est ?

Sa voix réverbérée[1] par la voûte a des inflexions caverneuses.

— Quoi ? je demande, avec l'étourderie de ce corbeau qui en lâcha son calendos.

Cette monosyllabe m'a trop ouvert la bouche et la lampe valdingue dans les profondeurs.

Elle file droit. Et puis s'immobilise sans cesser de luire.

Là-haut, mon cher auxiliaire reprend :

— Il y a quelqu'un ?

Tout à coup je perçois presque simultanément : un choc et un gémissement. La corde à laquelle je suis suspendu devient molle, puis floue.

Je tombe à la vitesse grand V. Une bouffée d'horreur me saisit.

Ça dure.

Dans un flash éperdu, je revois M'man dans sa cuisine, versant de l'eau chaude sur son café moulu, et aussi Toinet, lequel est maintenant à l'école supérieure de police, Marie-Marie qui appartient désormais à une existence dont je ne sais rien et à un homme que je n'ai jamais vu et ne voudrai jamais voir.

Et puis c'est une monstrueuse secousse, un éclatement foisonnant d'étincelles. Plus de souffle ! Une mourance aiguë ! Mais des

1. J'ai toujours eu une dilection pour ce verbe transitif dont j'use davantage à propos des sons que de la lumière ; mais je t'emmerde.

bribes encore de perception. Elles s'anéantissent quand une chose pesante me catapulte.

Bye, les mecs !

25

Il disait, Audiard, le sarcastique des comptoirs, que les individus ne laissent après eux que des odeurs. Tu parles qu'il avait raison, l'homme à la gapette et au sourire écœuré.

Ainsi, une fois de plus, c'est par l'olfactif que je recolle à la vie. Odeur brute, forte, matraqueuse, de moisissure et de caveau.

Deux mains me tâtonnent. Une voix balbutie :

— Tu m'entends, le grand chef indien ? T'es pas nase puisque tu respires. Antoine, pour l'amour du Petit Jésus, essaie de me faire un signe !

Je bande mon énergie et balbutie à mon tour :

— Tu me prends pour Saint-Saëns !

Mais c'est dur à piger en pleine noye, au fond d'une excavation, ce genre de calembour.

— T'es cassé ?

— Une épaule, je crains.

— Laquelle ?

— Je ne sais pas : la souffrance me rend ambidextre…

Je sens qu'il me pince fort la cuisse.

— T'es louf, protesté-je.

— Dieu soit loué ! Tu es sensible à la douleur ! Pour ma part, je m'en suis bien tiré puisque je suis tombé sur toi !

— Que s'est-il produit ?

— Pendant que je te « déshalais », un mec m'a filé un coup de je ne sais quoi derrière la tronche.

— Tu ne l'as pas entendu arriver ?

— Si, mais trop tard. J'ai essayé d'encaisser son parpaing, impossible : un vertigo monstre m'a saisi. J'ai tout lâché et mon bienfaiteur m'a flanqué une bourrade dans le dos pour que je bascule.

Nous nous taisons, les oreilles tendues comme des capteurs de radars. Rien ! Le silence n'est rompu que par le bruit ténu d'une infiltration d'eau quelque part.

À mesure et au fur que le temps s'écoule, je perçois en moi des douleurs nouvelles. M'est avis que j'ai dû déguster sérieusement !

— Une satisfaction dans notre malheur, dis-je.

— Ah oui ? Fais-m'en vite part : j'ai besoin de réconfort.

— Nous avions vraisemblablement trouvé la planque de l'uranium.

— Pourquoi ?

— Comment expliquer, sinon, cet amas de bâches qui a amorti ma chute ?

Le prince des ténèbres ramasse ma loupiote miraculée et en promène son faisceau alentour. Les toiles évoquées sont noirâtres, terreuses. Elles ont été empilées à la va-vite l'une sur l'autre, ce qui a fourni une épaisseur salvatrice.

Le Grand Primate des savanes soupire :

— Je sais que tu as raison, grand : l'uranium était bien ici. Seulement il a été déménagé.

— On n'a pas pu l'emporter très loin, avancé-je. Toujours à cause du poids des caissons. La chiasserie avec ce métal, c'est qu'on ne puisse le garder que dans des containers en plomb.

Le Noirpiot, que l'obscurité rend complètement invisible, murmure :

— C'est pas le tout : il va falloir s'arracher. Tu as une solution à proposer ?

— Non, mais on peut y penser.

Je me place en *dog of gun*[1], attitude qui calme un tantisoit ma souffrance et, chose surprenante à s'en déféquer parmi, je m'endors très vite d'un sommeil comateux par besoin d'échapper aux durs événements.

J'ai des amorces de rêves, de cauchemars plus exactement. Me trouve dans la position de Sisyphe, à pousser un énorme coffre sur le flanc d'un cratère pour l'aller précipiter dans le feu bouillonnant

1. Chien de fusil.

de la Terre, mais mes efforts ne me permettent pas d'achever mon ascension et je recule chaque fois que le sommet est en vue.

— Antoine !

Je moule les tourments du songe pour ceux de la réalité. Retrouve le fond de l'excavation, avec ses bâches noires et ses remugles sépulcraux.

— Quoi donc ? coassé-je.

— Tu entends ?

Je conjugue les informations sonores qui me parviennent.

C'est lointain, mal discernable. Et cependant…

— L'on dirait le *Chant des matelassiers* ? murmuré-je.

— Exact !

En pleine Namibie, tu te rends compte ? L'hymne de Bérurier.

— Le Gros nous cherche, fait Jérémie. Il sait que cet air ne peut émaner que de lui et que nous n'aurons aucun doute sur sa présence si nous l'entendons. Obstrue tes baffles, je vais le héler.

Joignant les cordes vocales à la promesse, il pousse une hurlance qui fendillerait les voûtes de Notre-Dame, le cas échéant :

— Béruuuuu !

Il se tait. Le silence succédant à son cri est émouvant comme une prise d'armes dans la cour des Invalides.

Puis, l'organe incontournable du Mastard lance à tous les échos (qu'ils fussent de mines ou des savanes), une clameur en comparaison de laquelle celle de Tarzan passerait pour la plainte d'une cigale déflorée.

Le Noirpiot régosille encore. Le Rougeot lui répond. Et ainsi de suite.

Qu'en fin de compte, il parvient au bord de notre cul-de-basse-fosse, le cul-de-fausse-basse.

Sa voix joviale laisse tomber :

— Eh ben ! les mecs, qu'est-ce y v's arrive-t-il ? V's avez pas vu la marche ?

— Tu as déjà fini de faire reluire ta princesse noire ? ricané-je depuis mes profondeurs.

— Parle-moi-z'en pas, Tonio. C't' pécore, quand j'y ai déballé ma matraque Louis-Quinze, a s'est mis à hurler comme quoi c'était impossib' d'admett' une chopine pareille aux urgences. Que rien qu'd'essayeyer, on allait y faire craquer la collerette, et p't-êt' même les z-hanches. J'la rassurais. J'sus été jusqu'à m'la badigeonner d'huile d'olive, mais ça l'a pas convainquie. « Non, non ! Ça m'tuerait ! » elle beuglait. C'tait pourtant un' gerce d'négro, soye dite sans t'vexer, Jéjé. Son bagnard, y doit pas avoir un chipolata dans l'tiroir ; v's aut', les mâchurés, c'est général'ment l'module señor.

Il s'écouterait jacter jusqu'à l'aube, laquelle, ici, n'est guère perceptible, le Ventripote.

— Tu pourrais nous écrire le reste à tête reposée ! proteste Jérémie ; tu sais qu'on commence à se faire vieux dans ce trou ?

— Impatientez-vous pas, répond le Pachyderme, j'vas quérir ma Jeep.

— Quelle Jeep ?

— Celle du mari à ma Noirpiote mijaurée : de la relique datant d'la dernière guerre. Ell' n'vaut pas un clou, mais é marche encore, et surtout, ell' est équipée d'un treuil.

Je souffre mille et une morts pour m'arracher à ce néant. Sans le treuil du cocu prisonnier, je me demande comment nous y serions parvenus. Ma jambe droite et mon bras gauche sont hors d'usage. Jérémie a fixé le filin autour de ma taille, puis il s'en est saisi, un peu au-dessus de moi, de façon à me maintenir écarté de la paroi pour que je ne la heurte pas.

— Vas-y mollo ! recommande-t-il à cet homme du génie (je n'ai pas dit « de » génie) que nous appelons Béru dans la vie et l'Enflure dans le privé.

Difficile escalade ! Je serre les dents pour m'empêcher de crier. Par instants, la douleur est si vive que je suis au bord extrême de l'évanouissage. Mon cher Noirpiot m'exhorte au courage :

— Tiens bon, le Grand, ça va y être !

Alors je pense fort à Félicie. Quelle heure est-il à Saint-Cloud ? Impossible de me dépêtrer des décalages horaires. Et puis qu'importe ? Elle m'attend ma vieille chérie. De nuit comme de jour. Une mère, ça sert à ça : à compter les minutes qui la séparent de ton retour. Ou je me goure ?

L'air tiède de la nuit, traversé par des courants froids, me revigore. Mon cher colored m'aide à me jucher dans notre guinde, aidé de Sa Majesté.

— À mon avis, déclare-t-il, tu as une entorse du genou, une luxation de l'épaule, et ton arcade sourcilière s'est rouverte. Les mecs du dispensaire vont te colmater les brèches et t'administrer des calmants.

— Avant de m'y conduire j'aimerais passer chez notre ami Smith, le chef du personnel. Il nous a montré sa maison en fin d'après-midi, tu sauras la retrouver ?

— Évidemment. C'est un cottage jaune avec des volets bleus. Cela dit, il vaut mieux te soigner d'abord.

— Plus tard. L'urgence prioritaire, c'est pas moi, mais l'affaire !

On fonce. Ça cahote. J'ai mal ! Béru qui roule derrière nous chante à tue-tête ; sa voix de ténor pris de boisson couvre le ronflement des deux moteurs.

Pour tenter d'oublier ma souffrance, en admettant que tu puisses passer outre les misères de ta viande, je me raconte la fin de cette surprenante histoire. Celle qui s'offre à mon esprit. Mais s'agit-il de la vérité ? Tous ces étranges gens : ceux de l'île de Klérambâr, ceux du *Doge Noir*, puis ceux de Namibie. Beaucoup de forbans, beaucoup de pourris. Compagnons de bonne et mauvaise rencontres.

En haut du pare-brise : le ciel constellé d'étoiles. Des systèmes solaires à n'en jamais finir. Éternité miroitante.

Une secousse m'arrache une plainte.

— Sorry ! dit mon pote.

Le ruban se déroule ; puis surgissent des masures aux allures d'épaves. Un chien famélique chemine. Il semble réaliser une étude sur la comestibilité des étrons. Dans certains pays, le fécal est l'ultime ressource ; tout au bas de la chaîne alimentaire. Bon appétit, messieurs !

— Ça doit être par ici, non ?

J'avais dû m'assoupir puisque je me réveille en cerceau (Béru dixit).

J'avise une pelouse avec une maisonnette posée dessus, comme un jouet dans une vitrine de Noël.

Sur sa gauche, un garage sans porte abrite deux bagnoles. Je reconnais la tire du commandeur des relations z-humaines ; auprès d'elle, une Morgan verte dont le capot antédiluvien est ceinturé d'une grosse courroie de cuir qui ne sert strictement à rien, mais accroît son côté « sport » : celle de sa bergère.

Je dis au All Dark de stopper à distance.

Le Mastard suiveur en fait autant. Sa grande gueule commence à claironner une connerie ; je l'interromps d'un bras d'honneur irréfléchi qui m'allume un brasier dans l'épaule.

À pas de rat d'hôtel, je fonce au garage. Je croyais qu'une berlue, consécutive à mes douleurs, me donnait l'impression que la Morgan bronchait. En réalité, elle est sensible à un phénomène d'autoallumage. Son capot est chaud, preuve qu'elle vient tout juste d'arriver ; je le signale à mes deux compagnons.

Ils opinent.

Un regain de forces joint à une noble excitation me font oublier ma souffrance. Clopinant comme un gueux de film sur le Moyen Âge, je vais à la porte du cottage. Elle est fermée à clé. Qu'importe : je ne m'embarque jamais sans mon joli sésame. Tutoyer cette carouble est un jeu d'enfant des plus divertissants.

Nous voilà dans la place. D'un geste péremptoire, j'indique à mes gauchos qu'ils doivent larguer leurs pompes. Ils m'obéissent (hélas d-en ce qui concerne le Gradu dont les nougats, sous le tropique du Capricorne, fouettent comme une tannerie berbère pendant une vague de chaleur).

Une musique provient de l'arrière du bungalow. Je m'y dirige à pas de velours.

Un bref vestibule distribue deux pièces. Un rai lumineux souligne celle de droite. Je vais coller mon oreille à la gauche. Il est certain qu'un homme roupille dans cette pièce et qu'il en concasse de tout cœur.

Satisfait, je me consacre à l'autre. Par le minuscule orifice de la serrure, j'aperçois une partie de lit indéfait, avec des harnais de gonzesse jetés au sol. Dans le fond : un cabinet de toilette. La porte coulissante est ouverte et j'avise une nière nue occupée à s'ablutionner la moulasse sur son bidet de concours comme toutes ces dames revenant de chez leur amant. Cette personne est non dénuée d'agréments. Son joufflu épanoui par sa posture est copieux et assez sympa. Il fournit un beau Suzanne Valadon d'avant son mariage avec Utter. En outre, les nichemards du premier étage sont généreux.

Accaparée par sa besogne, la personne tient la tête inclinée et sa chevelure brune et frisée pend sur son visage.

Je me retourne et adresse un signe d'invite à mes hussards, lesquels ne se font pas prier pour me rejoindre.

Charitable, je leur montre la serrure. Dans leur précipitation, ils se heurtent la boîte à idées. Ça produit un certain bruit qui m'incite à brusquer les choses. Alors, je tourne la poignée : la porte s'ouvre en grand !

La dame Smith pousse un double cri : l'un de surprise, l'autre de pudeur offensée. Elle se dresse de part et d'autre de sa monture de faïence, la crinière sud ruisselante.

— Pardon de vous importuner, jolie madame, m'excusé-je en Berlitz amélioré.

À son expression incrédule, je pige qu'elle me connaît et surtout estime ma survenance « impossible ». *Car elle me savait prisonnier de la mine.*

— Chouette tarte aux poils, p'tit' mahâme, la complimente mon gros Malandrin des paillasses. V's auriez-t-il pas des rouquemoutes parmi vos enscendants ? Vot' crinière sud a des r'flets cajouteux…

La chérie est blanche comme une Anglaise en train de valser dans le grand salon du *Titanic* pendant son naufrage.

Moi, tu sais quoi ?

— Faites gaffe que son singe ne se réveille pas, dis-je à mes assistants dévoués, j'ai besoin d'une converse en tête à cul avec cette charmante personne.

Je pénètre dans la salle de bains, referme l'huis, assure la targette.

— Vous pouvez vous rasseoir, déclaré-je galamment à notre hôtesse, en appuyant sur son épaule pour qu'elle reprenne sa position acalifourcheuse sur ce dérivé de l'art équestre.

Je tire un tabouret chromé et m'assieds face à elle, nos genoux se touchant.

— Rassurez-vous, murmuré-je-t-il, c'est pas pour la chose du vice, mais pour la commodité de la conversation.

Me semble bien qu'il s'agit d'une grande première. Jamais encore je n'avais interrogé une personne du sexe à cheval sur son bidet.

Comme quoi tout arrive.

Suffit d'attendre.

26

Tu vois : le sommeil est le plus grand ennemi de l'homme, pire que la perspective plongeante que cause Sartre. Un gonzier réveillé en sursaut à trois plombes et mèche du morninge est à ta disposance complète si tu sais t'y prendre.

Maintenant, tu vas me questionner : en quoi ça consiste « savoir s'y prendre » ?

Je vais t'expliquer. Examinons le cas présent. Celui de l'excellent mister Klakbitt, le big boss de la mine d'uranium.

On débarque chez lui avec sa pouffe, la femme du Smith au zob convulsé. Il roupille pleins gaz, genre tour de chauffe des Formules 1. Comme il fait torride, il couche à loilpé, sa zézette languissante contre sa jambe. Beau paf pour un vieux con, faut reconnaître. Notre présence, quoique silencieuse, trouble son sommeil, mais ce n'est que lorsque je lui ai passé les menottes qu'il s'éveille tout à fait. Bondit sur son séant.

— Qui va là ! exclamationne-t-il.

Blanc actionne le commutateur et le ci-devant dormeur en déguste plein la frite. Il cille, détourne la tête et grommelle d'un ton paniqué :

— Mais qu'y a-t-il ? Que me veut-on ?

Et c'est pour lui le formide électrochoc : il nous voit, nous reconnaît. Constate que sa maîtresse est avec nous : penaude et en peignoir. Pis encore : il découvre les cadennes encerclant ses propres poignets. Alors il morfle vingt ans d'âge supplémentaire : un don gracieux du temps, en guise de prime.

— Eh oui, lui dis-je, voilà des bijoux que vous avez amplement mérités, monseigneur !

D'ordinaire, les mirontons auxquels je joue ce tour-là renaudent. Protestent, bieurlent à l'injustice, à la voie de fait, de portefaix, même ! Ici : mutisme et résignation. Le coup du réveillage en sursaut, te répété-je. Magique ! L'intéressé est anéanti, renonce à tous les arguments bons ou mauvais. Il comprend qu'il l'a dans le fion, qu'inutile de vouloir interpréter *Les Deux Orphelines et leurs parents*.

— Béru, murmuré-je, tu veux bien veiller à ce que Môssieur se tienne tranquille pendant que j'inspecte sa gentilhommière ? N'oublie pas qu'il a essayé de trucider tes deux meilleurs amis !

— Soye sans crainte, mec. À la moind' encartade, j'y fais comme ça !

Et de lui placer un bourre-pif qui rend le bonhomme camard pour le reste de ses jours.

— Correct, approuvé-je ; et si ça ne devait pas suffire ?

— N-au quel cas l'aurait droit à son masqu' d'beauté, un truc dans c'style.

Cette fois, c'est un doublé à la face qui explose les pommettes du dirluche.

Elles deviennent pareilles à deux figues trop mûres tombées sur le chemin.

Nous quittons la chambre où se perpètre un adultère minier d'après le propre aveu de la dame. D'ailleurs, elle a une bonne excuse quand on sait l'état de la bitoune maritale.

Pour l'instant, la friponne nous conduit à l'extérieur par une porte arrière. Des champs catalauniques s'étendent au clair de lune ; on croit apercevoir la silhouette d'Attila et de son armée. En réalité il s'agit d'une plantation de noëlus jospinus à floraison blanche. Ces arbres dits « du désert » constituent un verger dont l'âge, si j'en crois mon instinct, ne doit pas excéder quatre ans.

— Il va falloir creuser, mon pauvre grand, fais-je à Jérémie. Or je suis inapte aux travaux des champs jusqu'à nouvel ordre.

Il bougonne :

— Tu aurais pu confier ce boulot au Gros !

— J'adore distribuer les rôles à contre-emploi ! Où sont les outils ? m'enquiers-je auprès de dame Smith.

Elle désigne un appentis attenant à la maison. Mon cher Vendredi (un saint !) s'y rend et, presque aussitôt, en ramène une pioche et une pelle.

Tandis qu'il attaque, je récite le *Laboureur et ses enfants*, de mon regretté Jean de La Fontaine :

Un riche laboureur, sentant sa mort prochaine
Fit venir ses enfants, leur parla sans témoins.

Gardez-vous, leur dit-il, de vendre l'héritage
Que nous ont laissé nos parents
Un trésor est caché dedans.

Nuit superbe, avec, à la lisière de la terre et du ciel, un filet mauve prometteur d'aube.

La maison du directeur est éloignée de tout. Le coin idéal pour les galipettes et les coups fourrés.

— Ça a dû être un travail d'Hercule ! fais-je à ma compagne.

Je distingue un pâle sourire contrit sur sa frime d'allègre baiseuse.

— Nous avions le temps, objecte-t-elle doucement.

— Ça vous a pris des mois ?

— Moins, mais enfin nous n'avons pas précipité les choses. On allait chercher un caisson une nuit, puis un autre la nuit d'après, à l'aide d'un camion de la mine muni d'un treuil.

— C'est un des complices du Polonais qui vous avait affranchie sur la planque ?

— Oui, Arturo ; il était fou de moi. Il m'avait annoncé qu'une fois le coup réalisé, ils dissimuleraient l'uranium dans un filon abandonné où personne n'aurait l'idée de le chercher.

— Il prévoyait de s'en emparer ?

— Non : de révéler la cachette moyennant une prime importante. Il disait qu'avec l'argent, il m'emmènerait en Amérique.

— Et puis ?

— Le vol a eu lieu, mais Toutanski a assassiné son équipe immédiatement après.

— Et vous n'avez pas parlé, alors ?

— J'ai craint d'être impliquée dans l'affaire, parce que c'est moi qui avais obtenu la combinaison d'ouverture de l'entrepôt en faisant prendre à mon époux un produit remis par Nautik. Je me suis tue et j'ai attendu. L'histoire a eu un énorme retentissement. L'ancien directeur de la mine s'est même suicidé car il se croyait soupçonné…

— On a en nommé un autre : le cher Klakbitt ?

— En effet.

— À peine arrivée dans ce bled, sa femme l'a quitté et vous êtes rapidement devenue sa maîtresse ?

— Oui. De mon côté, mon mari…

— Je sais.

Elle me mate d'un air dérouté.

— Que savez-vous ?

— Qu'il a la queue comme un chou-fleur. Donc vous avez entretenu des relations compensatoires avec le nouveau boss. Lorsqu'il a été chauffé à blanc, vous lui avez révélé le pot aux roses. Il a sauté sur l'aubaine : les marrons étaient sortis du feu, l'affaire pratiquement oubliée ; ne restait plus qu'à planquer le magot ailleurs et à attendre encore avant de le monnayer.

— Voilà.

— Seulement, mes hommes et moi avons débarqué dans vos plates-bandes, faisant passer tous les feux au rouge. Vous avez eu peur que nous ne gâchions votre rente vieillesse en ayant le nez trop long. Votre vigilance s'est décuplée. L'occasion de nous liquider s'offrit et vous nous avez fait le coup de la descente aux enfers dans le puits. Curieux comme le danger et la cupidité transforment vite de très honorables bourgeois en criminels.

Je me tais.

Et puis une exclamation poussée par Jérémie

— Ça y est !

Il est torse nu, mon très cher. Tu croirais un bronze de Maillol (pas çui des Concerts : le beauf à Claudel). Son rire étincelle dans la pénombre. Il se tient, altier, au bord de la fosse qu'il vient de creuser.

Je m'approche, sans pour autant abandonner la souris.

Dans l'excavation béante, j'aperçois une masse d'un gris argenté.

— Monsieur est servi, déclare le Noirpiot. Je les déterre tous ou l'échantillon de propagande suffit ?

Épiglotte

Le jour aux doigts d'or se lève, comme se plaît à dire un équarrisseur de mes relations, récemment primé aux Floralies de Dizimieux-les-Tronches (Isère).

J'ajouterai qu'il est triomphal.

Nous avons passé une nuit dite blanche, mais malgré mes souffrances et mon manque de sommeil, je me sens pareil à un brocheton dans du beurre blanc.

Sa note de bigophone, à Klakbitt, va atteindre des sommets. Seulement, comme il sera au trou, il obtiendra probablement des délais pour la cigler.

Curieux, tout de même, ma réaction. Avant de prévenir mes partenaires anglais du succès de notre mission, j'ai passé trois heures à tubophoner à la presse française. Cocardier, hein, le mec ! J'ai appelé le *Figaro*, *Libé*, *Le Parisien*, *Les Dernières Nouvelles d'Alsace*, *Ouest-France*, *Le Progrès* de Lyon, *L'Ouest républicain*, *Le Provençal*, *Nice-Matin*, *Le Dauphiné libéré*, *La Montagne* de Clermont-Ferrand, plus une beurrée d'autres qui figurent dans mon carnet. J'ai contacté mes potes suisses : la *Tribune de Genève*, le *Journal de Genève*, *La Liberté* de Fribourg, *Le Matin de Lausanne* et puis d'autres, et beaucoup, beaucoup d'autres. M'a fallu écluser deux boutanches d'eau minérale pour parviendre au bout de mon propos.

J'ai alerté les télés, les privées comme les officielles.

Cette rafale expédiée, j'ai demandé l'ambassade de France en Namibie. Le gazier obtenu au bout du fil venait d'arriver en poste et ignorait encore que le patelin s'appelle Namibie depuis 1966. Inutile de le brusquer. J'ai donc tubophoné à mes partenaires du Forage Office, comme l'appelle Alexandre-Benoît. Ils m'ont gratulé de partout !

— Surtout, m'ont-ils supplié, pas un mot à quiconque. Nous allons aviser.

— C'est une excellente idée, les ai-je-t-il approuvés. Que dois-je faire des receleurs d'uranium, c'est-à-dire le directeur de la mine et sa maîtresse ?

Un temps embarrassé.

— Voir et attendre ! s'oblige-t-il de traduire en français.

— Ils ont tenté de nous assassiner cette nuit, fais-je valoir, sans haine excessive.

— Oui, naturellement, dit l'autre, à des milliers de kilomètres. Néanmoins, compte tenu de… des circonstances…

— Certes, rengracié-je. Il y a aussi que l'assistant du chief des services secrets namibiens a tenté de nous couper l'herbe sous les Pataugas en faisant trucider le principal témoin de l'affaire, une vieille dame dont l'époux était anglais.

Silence prolongé, lourd de morosité. Tu sais que, me jugeant désormais inutile, je lui pompe l'air, à cet Anglo-Normand !

Depuis son burlingue londonien que je suppose meublé d'acajou, le Rosbif se décide enfin :

— Voyez-vous, mon cher directeur, il est préférable de ne rien brusquer. Bien sûr, tous les coupables seront châtiés, mais au moment opportun, vous me comprenez ?

— Pleinement.

— En attendant, laissez l'uranium où il est ; comblez le trou afin que sa cachette reste ignorée jusqu'à ce que les instances supérieures aient arrêté leur décision. Tout cela est tellement grave, vous me comprenez ?

— Parfaitement. En somme, vous n'avez plus besoin de moi ?

— Non, mon cher, et bravo pour votre perspicacité et votre combativité ! Ah ! encore une chose. Puisque notre carte d'accréditation vous est désormais inutile, soyez gentil de nous la retourner.

— Cela va sans dire.

Cling !

Nous voici séparés.

Je souris à l'appareil enfin muet.

— Cette fois, je te conduis au dispensaire ! gronde Jérémie ; t'as une gueule qui ferait gerber un crapaud.

— Il y a plus urgent, réponds-je. Fais loquer le dirluche ; qu'il se munisse de ses papiers. Tu as pris les photos du verger contenant les caissons plombés ?

— Un vrai documentaire ; j'ai la maison aussi, le carrefour, tout !

— On passera chez le gros connard à la bite fleurie pour que sa rombiasse récupère les siens.

— Nous sommes déjà allés les chercher.

— Tu es magique, Noirpiot. Où est Béru ?

— Il finit de tirer la mère Smith. Je pense qu'elle aura eu sa dose, tu ne l'as pas entendu gueuler ?

— J'ai cru que c'étaient des coyotes.

— Donc, décarrade générale ? La grande scène du départ avec toute la troupe ?

— Direction l'Afrique du Sud, j'ai hâte d'être au Cap, où nous trouverons un vol pour Paname. Une fois là-bas, la justice française prendra l'affaire en main si elle le souhaite ; elle disposera de tous les éléments, et même de la dame Smith et de son complice.

Il soupire :

— L'affaire ! Tu vas voir qu'elle va s'embourber dans les discussions diplomatiques !

— Probable, mais ce ne sera plus notre problo, Jéjé. Nous, nous aurons accompli la mission qui nous était confiée. Le reste n'est que déclarations fumeuses et papier hygiénique.

Voyant que je fais la grimace, il murmure :

— Tu as très mal, hein ?

— C'est un passe-temps comme un autre. Quand on sera de retour, fais-moi penser d'envoyer une babiole à Gretta Dübitsch. Un souvenir de Paris, même quand tu as la chaglatte en flammes, ça fait toujours plaisir.

That's all

— Comment va ta jambe ? demande M'man.

— Mieux, ma chérie.

— Et ton bras ?

— Au poil.

— Et ta figure ?

Au lieu de répondre, je lui chante « Alouette, gentille alouette… ».

Elle hausse les épaules et me contemple tendrement.

— À propos, fait-elle, c'est bien en Namibie que tu étais ?

— Oui, pourquoi ?

— Tous les médias parlent d'une énorme quantité d'uranium qui avait disparu et qu'on a retrouvée grâce aux services secrets britanniques.

— Ça ne m'étonne pas, réponds-je, ces gens-là sont irremplaçables !

THE END

AVIS AUX LECTEURS

Le prochain SAN-A. s'intitulera :

« LA QUEUE EN TROMPETTE »

Il marquera l'apparition de SALAMI, le chien qui pense.

Une recrue singulière qui viendra s'ajouter à l'immortelle équipe BÉRU, PINAUD, M. BLANC, BERTHE et FÉLICIE.

Ne le manquez sous aucun prétexte.

Les Éditeurs

LA QUEUE EN TROMPETTE

Il n'y a pas que les hommes
qui se mettent la queue en trompette.
Cela arrive également aux chiens.

1997

À Armand

La grande faiblesse des menteurs, c'est qu'ils croient toujours que les autres leur disent la vérité.

Albert Benloulou

Bientôt, je n'aurai plus les moyens de vivre au-dessus de mes moyens.

Frédéric Dard

Je suis d'une grande fragilité, c'est ce qui fait ma force.

Frédéric Dard

1

Ô Salami

Quand je suis arrivé à la clinique Macheprot, l'une des plus sélectes de Neuilly, l'on était en train de *lui* donner des soins et j'ai dû patienter dans le luxueux salon d'attente de l'étage.

S'y trouvait déjà un vieux schnock du temps passé qui ressemblait à Casimir-Perier (petit-fils de Casimir Perier)[1], lequel fut président de la République par contumace pendant une durée de six mois. Le monsieur que je cause portait costume noir et col blanc, ce dernier orné d'une cravate comme en ont encore quelques ordonnateurs de pompes funèbres dans les coins reculés de l'Aveyron.

Il était davantage ridé que les testicules du maréchal Pétain posant à Montoire en compagnie d'Adolf Hitler pour promouvoir une nouvelle marque de tricots de corps. Son teint cireux aurait excité la convoitise du responsable du musée Grévin. Quelques rubans évasifs, plus ou moins décolorés par le temps, donnaient à sa boutonnière une note médiévale dont la plupart de mes contemporains sont encore friands.

Il me jaugea d'un œil usé par trop de strabisme dans la convergence et amorça une sorte de salut. Sans que je lui eusse demandé quoi que ce fût (je suis disposé à prêter serment devant un jury d'honneur), il me révéla qu'il venait consulter le professeur Beaupré d'Artimont à propos d'un cancer susceptible d'entraîner l'ablation de cette partie du tube digestif renflée en poche, entre l'œsophage et l'intestin grêle, que l'on connaît sous le nom d'estomac.

1. Authentique.

Avec cette sincérité propre à ceux que l'affection en question ne concerne pas, je l'assurai de la bénignité d'une telle opération. Ne demandant qu'à me croire, il me crut, et nous fûmes aussitôt unis par les liens précaires de la reconnaissance…

Il me dit se nommer Gil Blas de Lesage, ce qui me troubla à peine. Il sentait le vieux cierge et le linceul macéré, odeurs peu avenantes s'il en fut, qui ne me causèrent aucune convoitise.

Le lieu s'y accordant, j'eus droit à quelques-unes de ses précédentes interventions chirurgicales, lesquelles nous amenèrent à un survol minutieux de sa personne interne et externe.

Lorsque je sus tout de sa rate, de son cœur, de ses poumons et des calculs biliaires ayant transformé sa vésicule en carrière de Carrare, je fus sauvé par une infirmière longiligne dont je pus compter les poils pubiens à travers la blouse de Nylon blanc. Ceux-ci étant clairsemés, vu son grand âge, je réussis à les dénombrer avant de parvenir à destination car j'avais pris l'initiative de marcher à reculons. Son nom eût été à tiroir que je n'en aurais point été surpris. De nos jours – et de plus en plus –, la noblesse se dilue dans la vie courante, le sang bleu se mêle au gros rouge et l'État passe outre les particules avec une désinvolture héritée de la Révolution française.

J'avais répertorié cent vingt-quatre poils au bigorneau de cette personne quand elle ouvrit la porte de la chambre dite « des Glaïeuls ». Plus justement, il s'agissait d'un appartement composé de deux pièces contiguës. L'on dormait dans l'une et l'on pouvait télévisionner ou écrire dans la seconde.

Mon vénéré Achille se trouvait dans cette deuxième partie. Il me parut quelque peu amaigri et d'une pâleur tirant sur le lard rance, cependant, son regard d'acier conservait toujours la même intensité.

Il portait une robe de chambre bleu roi, semée d'abeilles d'or. Jusqu'alors, j'ignorais qu'il fût bonapartiste, mais après tout chacun sa merde. Je m'emparai de la dextre blafarde qu'il me tendit, hésitai à la baiser, me retins en songeant qu'il n'était pas le Saint-Père.

Lors, un sourire moribondesque me découvrit son dentier. Il faillit me bénir, mais se satisfit en m'oignant au figuré d'un pouce intrempé dans les saintes huiles.

— Quelle célérité, cher Antoine, murmura cet homme éminent.

— Vous pensez bien qu'à l'annonce de votre accident, je me suis précipité, monsieur le directeur.

— Je ne suis plus votre directeur, monsieur le directeur, retourna-t-il avec un sourire de trente centimètres de large.

Je crus opportun et charitable de fayoter :

— Vous le serez à vie !

Un air de satisfaction paradisiaque alluma un bref bonheur dans ses prunelles polaires.

Il était temps d'entrer dans le vif du sujet. Je le fis :

— Votre cher col du fémur, comment est-ce arrivé ? La salle de bains, je gage ?

— Du tout ! Je me suis pris le pied dans le tapis du salon. Cette connasse de femme de chambre ne s'était point aperçue qu'il formait une ondulation large comme un étrier de picador.

Il ajouta, pour soi, *mezza voce* :

— Je la renverrais volontiers, mais elle suce divinement.

— Vous n'avez pas l'air immobilisé ?

— Nouvelles méthodes : l'on m'a opéré avant-hier ; le lendemain l'on m'obligeait d'arpenter cet appartement. D'après le professeur, la semaine prochaine je serai at home.

Je le félicita pour cette heureuse perspective, l'assuris qu'il était bâti à chaux et à sable, expression que je n'ai jamais jugée tellement convaincante, puis me demandis ce qu'on allait bien pouvoir se dire pour meubler le temps dévolu à ma visite. Les femmes trouvent toujours des sujets de conversation, les hommes non. Lorsque les questions de travail cessent de les unir, ils n'ont plus grand-chose à se mettre sur la langue.

C'est alors qu'Achille me fit une propose qui devait avoir un grand retentissement dans ma vie.

— Vous ne voudriez pas un chien, Antoine ?

— Non, merci, monsieur le directeur, fis-je avec empressement.

— Vous n'aimez pas les animaux ?

— Si, mais je ne vois pas, en ce qui me concerne, la nécessité d'en posséder. Ils sont source de contraintes multiples. Ma vie professionnelle, faite d'incessants déplacements, s'accommoderait mal d'un compagnon de ce genre ; par ailleurs, ma mère prend trop les choses à cœur pour que je lui inflige ce surcroît de travail.

Le Vieux me regarda d'un air pas si content que ça, hocha la tête et fit :

— Tant pis pour vous, mon cher ; n'en parlons plus.

Sa réaction m'intrigua.

— Pourquoi dites-vous cela, patron ?

— Parce que le chien que je vous propose n'est pas ordinaire. Il est… vous savez quoi ? Intelligent, Antoine. Et je pèse le terme. Sa parfaite gravité était déroutante.

— Vous voulez dire « dressé » ?

— Si tel était le cas, j'aurais employé ce mot. Non : Salami est in-tel-li-gent. Vraiment intelligent ! Comme vous l'êtes, comme je le suis moi-même. Il comprend ce qu'on lui dit. Il suffit de lui consacrer quelque attention pour s'apercevoir qu'il pense. Vous avez déjà rencontré un chien qui pense ? Pour ma part, c'est le premier.

Je formulis la question qui s'imposait :

— Pourquoi cherchez-vous à le donner, s'il est à ce point exceptionnel ?

Achille m'accorda pleins phares ses lotos de porcelaine.

— Votre question ne laisse pas que de m'embarrasser. J'ai plusieurs réponses à y faire. La première est ma vie sédentaire. Depuis que j'ai pris ma retraite, je suis entré dans l'ère de l'immobilisme. Je consacre ce qui me reste d'énergie à forniquer avec des donzelles capables de me suractiver. J'ai toujours raffolé de l'amour et entends lui consacrer mes ultimes forces. Cet animal est trop « mobilisateur » pour un vieux beau de mon espèce.

« Par ailleurs, Salami m'intimide. Il a un regard critique. Si je vous disais qu'il lit dans mes pensées… Certes, il ne parle pas, mais ses expressions équivalent à un langage. Bref, il constitue une présence… comment… dire ?…

— Insupportable ? proposai-je.

— Exactement, laissa-t-il échapper.

Je conservis pour moi les réflexions qui consécutèrent de ses affirmations. Somme toute, le cher homme, provisoirement décoldufémurisé, me proposait un chien qu'il estimait « invivable ».

— Et peut-on savoir d'où sort ce phénomène ?

— D'un élevage italien de la région romaine : Allevamento del Marchese[1]. Il s'agit d'un basset hound âgé de trente mois, absolument superbe ; comparé au sien, le pedigree d'Élisabeth II est moins reluisant que celui de votre bonne portugaise.

1. « L'élevage du Marquis. »

— Est-il propre ? laissai-je connement tomber.

Le dabe pouffa.

— Mon bon ami, demandez-moi si le duc de Lévis-Mirepoix s'oubliait dans son habit vert !

Pensant que trop de questions posées à propos de la bête induiraient le dirluche à s'imaginer que j'allais l'adopter, je changis rapidement de sujet et mis la converse sur M. Le Pen dont il se montrait terriblement entiché, pour d'obscures raisons de morale publique à préserver, de France à sauver, de colonies à reconquérir et de bougnoules à éviscérer afin de garnir les tamis des raquettes dans de bonnes conditions.

Ces papotages masculins nous permirent d'user le temps d'une visite classique et je pris congé de mon ancien maître ; pardon, de mon ci-devant directeur, sitôt qu'il m'eut raconté comment sa Zouzou du moment lui léchait les testicules tout en lui carrant le médius dans l'oigne, gâteries dont il s'était toujours montré amateur, sans qu'elles éveillassent en lui le moindre instinct homosexuel.

Comme je descendais un boulevard impassible, je fis la rencontre du chauffeur d'Achille, seul humain habilité à piloter sa Rolls antédiluvienne. Je ne l'avais pas revu depuis plusieurs années – peut-être même décennies – et le trouvai davantage fossilisé qu'à notre dernière rencontre. Sa peau ressemblait à du parchemin, son regard à deux aigues-marines, ses lèvres à la cicatrice d'appendicite d'un fakir, et ses oreilles à des feuilles de pivoine tombées de la tige maternelle. Il paraissait tellement anglais qu'on avait envie de le secourir.

Il tenait en laisse le fameux basset hound dont le Vieux cherchait à se défaire. À première vue, l'animal semblait morne, voire désenchanté.

— Ah ! c'est le phénomène ? fis-je en le montrant du doigt.

Le chauffeur acquiesça.

— Si nous devons parler de lui, baissons la voix, chuchota-t-il, car il comprend tout.

— Également l'anglais ?

— TOUTES les langues ! assura le vieillard.

C'est alors que le cador leva la tête dans ma direction. Je reçus une décharge électrique, car la bête sourit, et je déclare qu'il « me sourit » parce que c'était l'expression même de la vérité. Il me fit un clin d'œil complice et sa queue fouetta l'air mollement.

— Deux et deux ? lui fis-je brusquement.

Il émit quatre brefs jappements et un air de mépris remplaça son rictus. Plus que de me dérouter, il m'intimidait, comme il intimidait Achille. Chacun de ses regards vous faisait passer un examen probatoire et *l'on craignait de le décevoir* !

Je ne parvenais pas à rompre cet échange. Rarement j'eus à supporter une telle critique d'une paire de prunelles. Salami me « sondait » avec perspicacité.

— Il provient d'un élevage italien ? notai-je pour exécuter un bout de converse sans avoir à puiser dans mes réserves.

— *Yes, sir*, reconnut le sujet (à caution) de Sa Grassouillette Majesté ; cet établissement était géré par un ancien chef en retraite de la police criminelle romaine. Ce policier l'a obtenu à la suite de savants croisements, très élaborés. Il y tenait comme à la prunelle de ses yeux. Malheureusement, il a été frappé de paraplégie, raison pour laquelle il a dû se défaire de la bête et de son élevage.

Pour la seconde fois, Salami m'adressa un clignement d'œil plein de connivence.

— Je l'adopte ! m'entendis-je dire.

Les décisions importantes de mon existence, je les ai toujours prises dans un élan incontrôlé.

2

Les élans du cœur

Ce grand vieil Anglais badernier me cacha sa satisfaction, puisque britannique. Il arrive qu'un citoyen de la reine Mémère II montre de la tristesse (à un spectacle comique par exemple), mais de la joie, jamais. Le sourire est pour lui l'équivalent du pet ou de toute autre incongruité.

Sans un mot, le domestique me présenta la laisse de Salami par la boucle, l'autre extrémité étant fixée au collier. Je la pris machinalement, mais surprenant le regard désenchanté de l'animal, la dégageai et la rendis à John ou à Edward (impossible de me rappeler le prénom du fossile) avec ironie :

— Gardez-la en souvenir de lui, *my dear* ; ce chien éminent doit être affranchi de l'esclavage.

Ce qu'entendant, le basset émit un bref jappement de reconnaissance qui me fit bien augurer de nos rapports futurs.

Je l'installai sur le siège passager de ma Ferrari ; il fut sensible à cette attention. La queue enroulée autour des pattes, le poitrail bombé, les oreilles en seins de chaisière, il ressemblait à quelque P.-D.G. hound regagnant sa niche, assis familièrement au côté de son chauffeur.

À un carrefour, un crétin congénital faillit m'embugner. Le basset libéra un soupir exaspéré et tourna la tête vers moi. Une expression méprisante y mettait un étrange rictus.

— Tu imagines, un clou de bagnole japonaise dans une Ferrari ? le pris-je-t-il à témoin.

Il soupira à nouveau. Puis une idée sembla surgir sous son crâne pointu et il effleura mon coude droit de sa patte avant gauche.

— Quoi ? lui demandai-je sans bouger la tête.

Derechef, il me toucha, mais plus fortement.

Alors je le regardai.

— Besoin de quelque chose, garçon ?

Ses babines tremblèrent, ses yeux me scrutèrent jusqu'au fond du slip.

— Un message ?

Il eut une sorte d'acquiescement.

— À propos de la voiture ?

Son complet immobilisme me répondit par la négative.

— Ça concerne nos relations ?

Il retroussa sa babine de mon côté pour m'indiquer que je brûlais.

Très rapidement le dialogue s'engagea. Tour à tour, je lui demandai s'il avait soif, faim, sommeil, voire envie de baiser. Chaque fois, il me faisait comprendre que je mettais à côté de la plaque. Ma curiosité piquée au vif, diraient des cons soucieux d'être reconnus comme tels, je lui imposai un interrogatoire complet.

Ce fut assez long. Mais juste avant de parvenir à Saint-Cloud, je sus ce qui le préoccupait : *Salami me priait de ne plus le tutoyer.*

Sur l'instant je pris cette requête pour une marque de vanité et en conçus de l'humeur.

— Non, mais pour qui te prends-tu ? lui dis-je avec colère.

Le regard qu'il m'adressa gagnait à être traduit ; il le maintint assez longtemps dans le mien pour que j'y parvinsse. Ce qu'il réclamait là représentait un dû. Personne n'a jamais voussoyé un chien ; en lui accordant cette promotion, je le faisais accéder au statut unique de « chien humain », si je puis m'exprimer ainsi. Et il était certain de le mériter.

— Pardonnez-moi, mon cher, implorai-je, penaud, vous avez parfaitement raison ; la familiarité est un signe de mépris quand elle ne traduit pas un élan du cœur. Je vais donc cesser de vous tutoyer, et si un jour vous jugez que nos relations puissent s'accommoder du tutoiement, faites-le-moi savoir avec la même sincérité.

*
* *

Pour commencer, je fis un mensonge à Féloche, l'assurant que Salami venait chez nous à titre temporaire, pendant la cliniquisation[1] de son maître. Cette déclaration me valut un sévère aboiement de notre hôte.

Il me décocha une œillade si dédaigneuse que je ne pus persévérer dans cette voie et dis la vérité à M'man, en grande honte car, depuis le jour lointain où je m'étais farci quatre heures de colle au collège en faisant croire à Féloche que l'on nous emmenait visiter un élevage de visons (Grand-mère avait signé le billet), je ne lui avait plus jamais menti, sauf par omission, plus tard, afin de ne pas l'inquiéter avec les dangereuses péripéties de mon boulot.

Elle parut surprise que j'eusse travesti la réalité, mais me sourit avec indulgence.

— C'est très bien, assura-t-elle ; il y a longtemps que je me dis qu'un chien serait une sécurité.

Elle avança la main sur le crâne d'inventeur de Salami pour une caresse qui le laissa indifférent. L'idée me vint alors que ma chère

1. On parle bien d'hospitalisation.

vieille ne lui inspirait pas une vive sympathie et j'en fus confusément peiné. Après tout, Salami, le surdoué, avait-il perçu l'amour qui nous liait, elle et moi, et en concevait-il une instinctive jalousie ?

La question de son installation se posa. Maman préconisait d'acheter une grande corbeille au fond molletonné et de la placer près de la porte donnant sur l'escalier de la cave, au fond du vestibule. Telle suggestion déplut au clebs qui eut un jappement d'énervement.

— Eh bien, m'emportai-je, où souhaitez-vous dormir ?

Sans hésiter, il s'élança dans l'escalier dont il gravit les degrés trois par trois, et s'arrêta devant la porte de ma chambre, bien qu'il n'eût jamais mis les pattes dans cette demeure.

J'actionnai le bouton ancien, de vieux cuivre étincelant, et l'animal (?) entra comme s'il avait ses habitudes chez moi. Il se dirigea vers le lit et, malgré ses pattes de crapaud, parvint à l'escalader d'une détente extraordinaire. Puis il s'allongea sans vergogne le long du panneau inférieur. Il pouvait tenir là sans me gêner car j'occupe un plumard de famille très copieux.

Médusé, je m'assis près de lui et flattai son flanc de la main.

— Cher Salami, fis-je, je crois comprendre que vous souhaitez faire lit commun avec moi ?

Il m'accorda un aimable gémissement d'acquiescement. Je sus alors que nos échanges seraient de plus en plus nombreux et aisés.

— Je dois vous prévenir que j'ai le sommeil très indépendant et ne puis souffrir qu'il soit contrarié par une présence, repris-je. Quand bien même vous resteriez sans broncher, votre respiration me gênerait. C'est là une marotte de célibataire endurci. Quelques cas d'amour fou exceptés, encore furent-ils brefs, je n'ai jamais pu partager longtemps ma couche avec autrui.

Il abandonna sa languissante posture, s'assit et me dévisagea d'un air perplexe.

Je lui adressai un sourire d'abord, puis risquai une caresse dans son poil rêche et légèrement huileux.

Il sauta du lit, les oreilles les premières, se glissa sous ma couche louis-philipparde et devint absent.

Un moment s'écoula sans que je l'entendisse remuer. À la longue, je finis par m'étendre sur le couvre-lit et, inexplicablement, m'endormis tout habillé, les mains jointes sur le bas-ventre dans l'attitude qu'avait Papa dans son cercueil.

Je perçus très confusément la présence de M'man. Elle ferma mes rideaux et se retira sur la pointe des pieds. Ce fut un agrément supplémentaire offert à mon sommeil.

Puis je crus entendre du bruit au rez-de-chaussée. Des éclats de voix joyeux. Il y eut une cavalcade dans l'escadrin et ma porte s'ouvrit brutalement. Des voix discordées entonnèrent le fameux *Happy birthday to you* que tous les peuples de la planète ont emprunté aux Anglais. Une main tâtonnante actionna mon commutateur. Alors je les vis, en grappe dans l'encadrement : Bérurier, Pinaud, M. Blanc, Berthe, Mme Pinuche. Tous sur leur trente et un et chargés de paquets. Ils hurlaient, riaient, se pressaient du ventre ou du cul, du coude ou de la hanche.

« Bonté divine, me dis-je poliment, c'est vrai : nous sommes le 29 juin ! »

Ils cessèrent de brailler et me déferlèrent contre en brandissant des pacsifs de toutes formes et de toutes couleurs qu'ils accumulèrent sur mes jambes.

C'est rare d'oublier son propre anniversaire, eh bien cela venait de m'arriver, ce qui donnait plus d'impact au rush de mes potes. Ce fut une nuée autour de mon paddock. Je me sentis étreint, bisouillé, bourradé. La grosse Berthaga en profita pour me palper le paquet ; ma sieste m'ayant mis en érection, elle eut une bonne surprise.

Après quelques minutes de cet assaut et ayant rendu bise pour bise (j'allai jusqu'à pétrir la grosse moulasse de la Bérurière par politesse), je priai mes amis de descendre en remportant leurs présents afin que je pusse les découvrir dans de meilleures conditions. Ils le firent de façon indisciplinée, mais me laissèrent.

Je passai à la salle de bains pour me rafraîchir, mis une chemise propre, une pochette irrésistible et les rejoignis dûment lotionné.

Une ambiance du tonnerre s'amorçait, le premier magnum de Dom Pérignon commençait son œuvre.

Radieuse en constatant la réussite de son complot, M'man jouait les maîtresses de maison, vêtue d'une belle robe de soie glycine ornée d'un clip d'améthyste. Pendant mon somme, elle avait accompli des miracles : notre maison se trouvait emplie de fleurs, la table de la salle à manger étincelait de tous les cristaux accumulés au fil d'une vie bourgeoise, et des odeurs exacerbaient les sucs gastriques de l'assistance.

Elle s'était assuré les services combien précieux d'un ancien restaurateur du Hurepoix qui avait tenu une auberge réputée sur les rives de l'Yvette. À la mort prématurée de son épouse, Félix Troypoins vint habiter Saint-Cloud où sa fille unique exerçait la noble profession de chirurgien-dentiste. De temps à autre, le digne cuistot donnait un gala à domicile, histoire de ne pas se gâter la main. L'on pouvait être assuré d'une prestation exceptionnelle, encore que coûteuse, car il ne lésinait ni sur le foie gras, ni sur la langouste ; son cheval de bataille était le canard aux olives accompagné d'une gelée d'oranges amères.

Cette maman d'exception qu'est la mienne avait organisé mon annif de longue date. Ce qui la ravissait, c'était ma sieste opportune au moment précis où elle se mettait la cervelle en torche pour trouver un motif à m'éloigner quelques heures.

Dans une liesse de magnitude 5 sur l'échelle de Richter, j'ouvris mes paquets. Les Bérurier et les Pinaud m'avaient offert chacun une robe de chambre. Celle du Gros et de sa baleine aurait été trop petite pour un garçonnet de dix ans, par contre celle du couple pinulcien pouvait héberger Laurel et Hardy simultanément. Phénomène de l'appréciation par rapport à sa propre taille. Ainsi donc, j'étais un avorton pour le Mastard et Gargantua pour la Vieillasse.

L'épouse de Jérémie n'avait pu se joindre à la fête, étant dans les ultimes jours d'une grossesse à fort rendement (on prévoyait un balaise). Mon All Black m'apportait, quant à lui, une bouteille de Château-d'Yquem née la même année que moi, ce qui est vénérable pour un vin, même si cela représente à peine la force de l'âge pour un homme.

Félicie, fidèle à une habitude familiale, irait déposer son cadeau sous mon oreiller, ou bien dessus s'il était volumineux.

Comme nous allions entrer vraiment dans l'ère des libations, il se fit un remue-ménage dans l'escalier et Salami déboucha « ventre à terre ». Il se jeta sur moi en jappant de joie, lécha mes mains, fit à trois ou quatre reprises le tour de ma personne, bref se livra à mille démonstrations pour me montrer à quel point il participait à cet anniversaire.

— Ah ! t'as un cador ! nota le Mahousse. J'crolliais qu't'étais pas fana des clébards ?

Cette remarque stoppa net les gambades de mon nouvel ami. Il adressa une œillade méprisante au Mammouth, s'en fut se faire oublier derrière l'horloge et attendit que le repas se déroulât pour pisser dans la godasse que le gars Alexandre-Benoît ôtait toujours en se mettant à table, sous le prétexte d'un irascible durillon.

La fête battait son tu devines quoi quand le bigophone retentisit.

Intervenant à la suite de Salami dans notre existence, il allait, comme lui, la marquer profondément.

3

Un mystère nommé boule de gomme

Lorsque j'eus décroché, je ne perçus qu'un ronronnement assourdi. J'attendis un peu, espérant que cela allait s'éclaircir. Rien ne se produisant, je remis le biniou sur sa fourche et m'apprêtai à regagner ma place entre la Pinaudière et Berthaga quand la sonnerie recommença. Elle battait la breloque ; il est exaspérant d'entendre cafouiller une chose faite pour fonctionner pile-poil. Je repris l'appareil : *nada !*

J'allai rejoindre nos convives en maugréant. Félicie me prévint alors que les services des télécommunications avaient déposé des avis dans les boîtes aux lettres du quartier afin d'avertir les usagers qu'une défaillance de notre réseau perturberait le bigophone de vingt heures ce soir-là à huit heures le lendemain matin.

Comme nous attaquions le canard aux olives cela carillonna encore.

Grommelant mauvais, je me levis de nouveau.

— T'vas pas t'r'muer l'cul toute la soirée ! bougonna le Gravos en saisissant avec les doigts celui de l'anatidé, répandant ainsi une traînée de sauce brune sur la nappe empesée.

Nonobstant sa remarque, je retournai à la cueillette du combiné et j'eus droit à un vrombissement caverneux, puis soudain faible et grelottante, une sonnerie retentit. Elle résonna par trois fois, et un répondeur se déclencha. Une voix masculine enregistrée déclara :

« Je suis momentanément absent, mais vous pouvez me laisser un message en indiquant votre nom et votre numéro de téléphone. À mon retour, je vous appellerai. Merci. »

C'est alors qu'un organe femelle lança sur un ton panique :

— Pierre ! C'est moi. Si tu es là, je t'en supplie, réponds !

Un silence suivit, troublé par une respiration haletante.

La femme reprit :

— Pierre, c'est épouvantable ; cette fois je ne m'en sortirai pas, je le sens. Oh ! Pierre, Pierre ! Je t'en conjure, dès que tu le pourras, accours ! Tu ne veux pas que je meure ?

La communication cessa. Je n'eus plus, dans ma portugaise, que ce ronron qui me fit confusément songer à celui d'une machine à retiration comme on en trouve encore dans de petites imprimeries sous-équipées.

Lorsque je reposis le turlutophone, je constatis que Salami m'avait rejoint. Il se tenait debout, la queue basse, le regard anxieux. Ordinairement, ce sont les chiens de chasse qui font ces yeux-là, quand le maître prend son fusil.

— Bizarre, hein ? lui dis-je.

Son mouvement de tête ressemblait à un acquiescement.

— Antoine ! appela Maman. Que fais-tu ?

— Je viens, éludai-je.

Le brave Troypoins avait choisi dans ma cave un chambertin que ce tout-à-l'égout de Béru ne méritait certes pas. Le bougre sifflait sa seconde boutanche. La soirée risquait de faire date.

— Le téléphone continue de faire des siennes ? s'enquit mon adorable femme de mère.

— Oui, toujours.

— Il serait peut-être préférable de le débrancher ? suggéra la Pine.

J'objectis que la chose allait à l'encontre du règlement des P.T.T. Cette communication captée accidentellement me déroutait et j'eus du mal à me mettre à l'unisson des invités. Nous atteignîmes sans encombre le gâteau d'anniversaire dont les bougies liquéfiaient la carapace de chocolat. Je trouva le souffle de Vulcain pour les éteindre d'un seul coup et la Bérurière tira de cette prouesse la conviction que je me marierais dans l'année.

Comme nous sablions le champagne du dessert, incontournable après celui de l'apéritif, Salami aboya avec force dans le vestibule.

J'allai à lui pour le calmer, mais son attitude me déconcerta : il était dressé sur ses pattes inférieures et s'en prenait à l'appareil bien que celui-ci fût muet.

Surpris, je décrochis et, machinalement, porta l'engin à ma portugaise droite que j'honore toujours de ma préférence. Cette fois je n'eus pas de moteur, pas de voix, seulement une sonnerie lancinante. Elle résonna plus de trois fois sans qu'aucun correspondant ou répondeur ne se manifeste. Je voulus couper la communication, mais ce me fut impossible. Sitôt que je décrochais, le bruit reprenait, constant, imperturbable à vous en foutre la nausée.

— Que se passe-t-il, Antoine ? me demanda Jérémie qui venait de surgir près de moi.

Je le mis au courant et mon trouble devint le sien.

— Tu as une autre ligne ?

— Mon bigophone dans la voiture.

— Tu permets que je l'utilise ? Je vais appeler la Grande Taule pour entrer en contact avec France Télécom. Toi, retourne à table : ta maman commence à s'inquiéter.

Il sortit rapidement. Je rejoignis mes hôtes auxquels j'expliquai que le Noirpiot allait jusqu'à ma tire tubophoner à sa femme pour s'enquérir de son imminente maternité, le ronfleur de la maison se révélant inapte.

Le gâteau du père Troypoins constituait une merveille du genre. Chaque bouchée devait vous enrichir de douze cents calories, mais ce monument, composé de crème de marrons, de chocolat, de frangipane, parfumé au Grand Marnier, apportait une noblesse à votre tube digestif et en rendait l'issue moins méprisable.

Le Tout-Noir mit un quart d'heure au moins avant de réapparaître. Féloche, inquiète, s'enquit de la future maman. Jérémie répondit qu'elle était déjà « en travail », selon l'expression consacrée, et demanda la permission de se retirer. Il partit vitement.

Je voulus le raccompagner, mais il m'engagea à rester avec mes invités et s'esbigna presto, kif un ministre venant d'apercevoir son juge d'instruction stationné devant chez lui.

La soirée se poursuivit jusqu'à trois heures de la nuit. À plusieurs reprises, j'allai soulever le combiné ; chaque fois j'obtins le même timbre sempiternel.

De guerre lasse, Salami s'était assoupi au bas de l'appareil et agitait ses pattes de nain en émettant des gémissements.

Étrange personnage (je ne pouvais continuer d'appeler cet être intelligent un chien). Je sentais le poids de sa présence dans la maison ; il l'emplissait d'ondes inconnues, terriblement troublantes… L'ambiance avait chuté. Les Pinaud, très amortis, dormaient, le menton calé sur le sternum. Par contre, l'infâme couple copulateur assurait la converse. Bérurier, peu soucieux des usages, entretenait M'man de la difficulté de déféquer lorsqu'on a une bite de quarante centimètres engagée dans la cuvette des tartisses. Quand, après sa libération intestinale, il la retirait, de graves ennuis en consécutaient, qu'il laissait imaginer à ma mother.

Je l'écoutais sans l'entendre ou, plus exactement, l'entendais sans l'écouter. Je ne parvenais pas à purger mon esprit de la voix pathétique perçue dans ce bigophone en rideau. Drôle de soirée d'anniversaire…

La Berthe déconnait de son côté, naturellement. Lorsque son sac à viande s'interrompait pour picoler, vite elle plaçait ses ennuis de légumes dans le fond de roulement de la jactance. Je la trouvai changée, Berthy, ayant passé un bail sans la voir. Elle avait pris du carat et davantage d'embonpoint. Surtout sa gueule qui avait dégusté. Elle paraissait élargie, ça la rendait éléphantesque. Tu vois Céleste, la femme de Babar ? Eh ben ça ! D'autant que son gros tarbouif plongeait, depuis son accident d'escabeau de l'année précédente. En rangeant sa vaisselle dans leur buffet Henri III, le meuble était parti en avant, lui brisant le pif, les « arcanes souricières » dont parle toujours le Mastard, et la denture inférieure. Toutes ses ratiches du bas avaient pris congé. Pour remplacer ses dominos, la grosse chérie s'était flanquée entre les pognes d'un dentiste syrien du Kremlin-Bicêtre qui la sodomisait comme une grande fille, dans son cabinet. Chibré bourricot, le docteur Kelbelziz lui ramonait le train des équipages entre deux séances de roulette farceuse. Meilleur tringleur que praticien, il lui avait posé un appareil d'occase, récupéré dans une salle des ventes. Ces ratiches qui n'étaient pas à ses mesures composaient à la chère femme une mâchoire de belette, peu en rapport avec sa trogne de matrone.

Nous eûmes grand mal à faire évacuer nos invités. Lorsque enfin je les eus fourrés dans la Rolls de la Pine (dont le chauffeur pionçait à l'arrière), j'étais asphyxié par la fatigue.

Il existe des soirées dures-dures : celle-là en était une !

— Pas une réussite, n'est-ce pas ? me fit Maman.

— Penses-tu ; c'était un repas de gala, ma chérie.

Je l'étreignis du plus fort que je pus sans lui rompre les côtes.

— Maintenant, tu as le courage d'aller déballer ton cadeau ? demanda-t-elle.

— J'ai attendu ce moment pendant toute la soirée !

— Ce soir, laisse le portail ouvert.

— Quelle idée ?

— Ton chien s'est enfui pendant que nos amis partaient. Sans doute reviendra-t-il…

— S'il ne revient pas, qu'il aille au diable !

Et puis nous allâmes défaire le paquet de ma chérie.

Il s'agissait d'une robe de chambre en soie.

Parfaitement à ma taille, celle-là.

À cause du long somme de ma fin d'après-midi, je dormisis fort mal en cette nuit d'anniversaire. Je pense, cependant, que la principale cause en était l'étrange appel capté sans le vouloir.

Quel surprenant coup de fil ! Le ton de la femme traduisait la vraie panique. J'avais hâte de contacter Jérémie Blanc pour savoir s'il avait appris quelque chose.

Dès que je fus remis d'un sommeil foireux, sur fond de gueule de bois, j'appelai chez lui où Cadillac V 12, sa sœur, me dit que le couple venait de foncer à la maternité.

Je pris le petit déje « en cuisine », comme disent les gens travaillant dans l'inculture. M'man et son ancillaire espanche avaient déjà tout remis en place et il ne subsistait aucun témoignage de notre longue soirée orgiaque.

Sachant mes goûts secrets, Féloche me préparait un cacao accompagné de croissants frais. Cette attention me ravit davantage que le bouffement du père Troypoins. Je tartinas du beurre charentais sur mes petits pains en me promettant de « gommer » la probable envolée de ma balance grâce à un footing sérieux et me laissai aller à ma gourmandise.

J'en étais à la seconde bouchée lorsque la sonnette de la grille tinta à deux reprises, signe qu'il s'agissait du facteur car, depuis le fameux bouquin de James Cain, il n'est plus question que les postiers signalent leur présence autrement que par un double carillon.

M'man dit à Consuelo d'aller ouvrir ; sans doute le gonzier des pets et thé avait-il un recommandé à nous délivrer.

Je la regardai agiter son gros michier à deux portes, sans convoitise excessive. L'Ibère était courtaude, plus velue que ne l'exige la tradition et, surtout, sentait fort. Ma chère mère lui offrait des bonbonnes de désodorisants qui ne changeaient rien au problème : soit qu'elle n'en usât point, soit qu'ils fussent inopérants dans un cas de cette gravité.

Lorsqu'elle revint, ce n'était pas le postier qui l'accompagnait, mais Salami dont j'avais déjà oublié l'existence.

4
Je te passerai le séné

Il paraissait fourbu et portait sur le « visage », outre sa fatigue, une mine amère qui ne me disait rien qui vaille.

Je finis calmement ma bouchée, plaçai mon regard dans le sien et articulis avec froideur :

— Mon cher Salami, je crains que nous ne nous soyons mal compris. Un chien-compagnon, un chien-ami, je l'accueille de grand cœur ; mais un chien vadrouilleur, un chien découcheur, j'en ai strictement rien à cirer. Vous l'aurez sans doute remarqué, cette demeure n'est pas un lieu de débauche. Elle appartient à une femme de classe, peu soucieuse de donner la pâtée à un vagabond. Vous m'entendez, monsieur Traîne-ses-couilles ?

Il me vota une expression que je n'oublierai jamais, faite de pitié, d'amertume, de dédain. Sa queue en cor de chasse se relâcha progressivement et se prit à traîner sur le carreau de la cuisine, comme les bretelles d'un petit vieux sortant des cagoinsses.

Il libéra un très long soupir dont je me sentis accablé.

— Pas d'accord avec moi ? insistai-je d'un ton déjà fléchissant.

Il exécuta un mouvement que je n'avais encore jamais vu faire à un chien : il haussa les épaules.

Je devins perplexe : était-ce sa manière de présenter des excuses ou bien une façon de protester ? Je décidai de lui poser carrément la question :

— Écoutez-moi, Salami. Dois-je en conclure que vous estimez mes reproches mal fondés ?

Il émit quelques jappements brefs, porteurs de réprobation.

— Donc, vous jugez votre fugue de cette nuit justifiée ?

Il réitéra son jeu.

— Selon vous, un honnête chien est fondé à quitter nuitamment le domicile de son maître ?

Il devint furieux et aboya avec éclat, de l'air que tu prends pour traiter un con de con.

— Hé, l'ami ! m'écriai-je, où vous croyez-vous ? Dans une chasse à courre ?

Le cador prodige se calma et essuya ses grands yeux ovales de ses pattounes caoutchoutées. Il se taisait, mais je le sentais en proie à un fort courroux.

— Allons, mon cher, conciliai-je, tentons de nous expliquer au lieu de nous comporter en rabatteurs mal embouchés. Si nous devons coexister, pratiquons cette vertu irremplaçable qu'est la franchise.

Il s'adoucit comme par enchantement et je vis un sourire de bon toutou entrouvrir ses babines.

— Vous ne niez pas vous être enfui pendant que nous prenions congé de nos invités ?

Il esquissa un léger mouvement de tête entendu.

— Cette virée nocturne correspondait-elle à un caprice d'ordre sexuel ? Je pourrais le comprendre, vous savez, étant moi-même très porté sur le sexe opposé.

Salami contint une nouvelle flambée de rage, puis il secoua la tête et ses interminables oreilles parurent prendre leur envol.

— Aviez-vous éprouvé le besoin de vous dégourdir les pattes ? « Non », répondit-il résolument.

— Une pulsion incoercible ? proposai-je en employant le vocabulaire de mes frères en littérature « point à la ligne ».

Il marqua un temps, comme s'il butait sur ce mot qui fait si bien dans *Casse pas des noix avec ma bite*.

Au moment où je cherchais un synonyme plus simple, il eut une idée qui nimba son regard pour dessins animés, saisit délicatement le pan de ma robe de chambre, ayant reconnu qu'elle provenait de chez Cardin, et m'entraîna hors de la cuisine.

Intrigué, je le suivassis docilement. Nous passâmes ainsi dans le vestibule, lequel, chez nous, constitue presque une pièce, et il s'arrêta au pied du vieux bigophone mural.

Je décrochis. Les gens des Télécoms avaient tenu leur promesse et la sonorité s'établit avec sa tranquille bonhomie habituelle.

Je remis l'esgourdeur-jacteur en place. Brusquement, une pensée me frappa ; complètement folle (c'est pour cela qu'elle me frappa).

— Chercheriez-vous à me dire que c'est à cause du téléphone que vous avez mis les adjas ?

Cette fois, il jappa d'allégresse et son fouet se mit à ressembler à la bannière de Jeanne d'Arc dans le vent victorieux d'Orléans.

Il ne restait plus qu'à hypothéser.

Ce que je fis avec mon brio proverbial :

— Je vais vous soumettre ce qui est pour moi simples suppositions ; quand je débloquerai, prévenez-moi.

— Antoine ! Et ton chocolat ? cria Félicie depuis la cuisine.

À sa voix angoissée, je compris son drame devant une bolée dont la surface s'encombrait d'une peau que j'ai toujours trouvée gerbante.

— Je viens, M'man. Poursuivons cet entretien à la cuisine, suggérai-je à mon compagnon ; je vous offrirai un croissant ; notre pâtissier-boulanger en confectionne de savoureux.

Il me précéda, ayant horreur de suivre, ce qui implique fatalement un asservissement. M'man, connaissant mes goûts et dégoûts, était en train de libérer ma tasse de cette taie déprimante et la réchauffait par une adjonction de lait bouillant.

Nous mangeâmes l'un et l'autre (moi plus rapidement que lui).

— Si je comprends bien, my dear, pendant que je palabrais dehors avec mes invités en partance, l'appareil a remis ça ?

Il cligna de l'œil, heureux de ma sagacité.

— Parce que vous avez l'ouïe aussi développée que l'odorat, poursuivis-je, n'hésitant pas à lui mouiller la compresse, vous êtes donc rentré précipitamment ?

Nouvelle mimique oculaire.

Je brûlais, comme on dit puis à Bourgoin-Jallieu quand on joue aux devinettes.

— Je suppose que vous n'avez pu décrocher, vous n'en eûtes pas besoin car, à cause des travaux en cours, le son filtrait de l'écouteur ?

Ma perspicacité lui arracha un bref aboiement qui ressemblait au cri poussé par une chaisière avisant le bedeau en train de pomper un enfant de chœur derrière la tribune des orgues.

— Dès lors, cher Salami, n'auriez-vous point reconnu la voix de femme qui tant m'a troublé lors d'une précédente communication ?

N'en pouvant plus d'allégresse, le basset se mit à courir après sa queue, exercice que je ne saurais exécuter pour ma part qu'en marche arrière. Il renversa une chaise dans ses transports, ce qui le ramena au calme.

— Il est tout fou, ton chien, remarqua ma tendre vieille.

Malencontreuse appréciation qui meurtrisit la vanité de mon pote. Il devint alors raide et guindé comme s'il appartenait à un membre de la Famille britannouille. On l'aurait affublé d'un imperméable à épaulettes, tu l'aurais pris pour ce cher duc de Windsor qui tant a dû se faire chier dans la vie derrière le royal fion de sa lamdé.

— Ne prenez pas les réflexions de Maman en mauvaise part, fis-je afin de la désamorcer, les rapports entre les hommes et les chiens sont établis depuis des millénaires, les modifier va prendre beaucoup de temps. Revenons plutôt à cette affaire qui paraît vous passionner autant que moi. Donc, si je m'en réfère à votre explosion d'allégresse, vous avez à nouveau perçu la voix de la femme alarmée ?

Il bougonna un « vouah vouah » qui manquait de chaleur.

Je lui tendis une main dans laquelle il plaça sa patte et nous échangeâmes un shake-hand d'une parfaite loyauté.

— Vous êtes un phénomène, Salami, difficilement concevable pour un esprit humain si dépourvu d'imagination, si rétréci, si cartésien. Nous autres mammifères bipèdes, nous nous accrochons à l'évidence et repoussons ce qui semble anormal, quitte à aller chercher le merveilleux chez les cartomanciennes. Nous sommes conscients de notre « intelligence », mais ignorons qu'elle est une intelligence de cons. Il va falloir vous armer de patience et d'indulgence pour vivre sans trop d'encombre votre stupéfiante aventure.

Mon discours lui plut et un éclat de plaisir traversa son regard.

— Avez-vous entendu ce que disait cette personne ?

« Vouahi ! » crus-je entendre.

— Parlait-elle à ce Pierre qu'elle n'avait pas réussi à joindre la première fois ?

— Vouahi !

Je ne pus réprimer une caresse qu'il reçut sans grand plaisir, trouvant sans doute avilissant une telle manifestation ; mais je n'allais pas me confondre en excuses à chacun de mes faux pas !

— Lui a-t-elle parlé du danger qui la menaçait ?

Salami se lécha les couilles et restit muet.

— A-t-elle demandé à l'homme de la rejoindre ?

Le cador acquiesça du chef.

— Elle lui a fixé rendez-vous chez elle ?

Ses oreilles voletèrent pour un « non » catégorique.

— Ailleurs ?

— Vouahi.

— À Saint-Cloud ?

— Vouahi.

— Chez quelqu'un ?

Nouveau mouvement qui repoussa mon hypothèse.

— Dans un café ?

Négation.

— Évidemment, fis-je, il était près de quatre heures du matin, tout était fermé !

Je réfléchis tel un miroir à trois faces, comme disait un célèbre humoriste dont je suis infoutu de me rappeler le nom.

— À la gare ? reprends-je.

Il se met à travailler du fouet allégrement.

Un éclat admiratif passe dans son regard d'huissier de ministère réveillé en sursaut pendant une séance du budget.

— Apprenant la chose, vous avez détalé ? Comment avez-vous su où se trouvait la gare ? Votre odorat ?

Mes questions lui paraissent saugrenues. Il ne va pas me passer un documentaire sur les dons prodigieux des canins, leur sens de l'orientation, leur instinct infaillible, tout ça… C'est pourquoi je me hâte d'enchaîner :

— Donc, vous êtes allé directo à la gare ?

— Vouahi.

— À cette heure !

— Vouahi.

— Répondez-moi vite, cher Salami : avez-vous vu la femme ?

— Vouahi.

Je lui refile encore un croissant tant est vive mon admiration.

Il l'empare du bout des dents et le dépose sur le carrelage bien briqué de M'man.

— Vous allez me la décrire ! Jeune ?

— Vouahi.

— Jolie ?

Un temps de réflexion. Il doit établir un rajustement concernant mes critères de l'esthétisme féminin et les siens. En fin de compte, il émet un nouveau jappement approbateur.

— Blonde ?

Il ne « répond » rien.

— Rousse ?

Silence complet.

— Alors brune ?

— Vouahi.

— Elle était seule, devant la gare ?

Il a ce geste si humain et si peu canin du « haussement d'épaules ».

— Voudriez-vous dire qu'elle l'était quand vous êtes arrivé à la gare, mais que quelqu'un l'a rejointe ?

Enthousiasme de mon pote quadrupède.

M'man qui nous observe, s'exclame :

— Mon Dieu ! Mais vous communiquez !

— Tu vois.

— Cet animal comprend tout !

— C'est un chien surdoué, M'man. Il constitue un véritable prodige de la nature.

Je lui résume brièvement l'affaire : ce « cadeau » ahurissant du Vieux.

— Il va révolutionner mes activités professionnelles, conclus-je. D'ailleurs il a déjà commencé.

Puis, revenant à mon enquête qui n'en est pas encore totalement une :

— Nous disions, cher Salami, que la femme brune a été rejointe par quelqu'un. Il s'agissait d'un homme, je suppose ?

— Vouahi.

— Ce dernier était en voiture ?

— Vouahi.

— Vous l'avez vu ?

Dénégation de mon nouveau collaborateur.

— Vous avez quelque chose à m'apprendre sur son auto ?

Hochement de tête vague de mon partenaire.

— Vous n'avez pas enregistré le numéro ?

Son regard commisératieux me raconte que les surdouances ont leurs limites : mon ami ne sait pas lire les chiffres.

— Grosse bagnole ?

— Vouahi.

— Sauriez-vous me dire s'il s'agissait d'une Mercedes, par exemple ?

Cette fois, il me délivre un acquiescement prudent. Visiblement, il n'est pas tourmenté par les automobiles. En cela il diffère des hommes.

Féloche s'approche et fait timidement au clébard :

— Je vous prie de m'excuser de vous avoir tutoyé : je ne pouvais pas me douter… C'est d'autant plus regrettable que je ne suis pas encline à la familiarité.

— Arrvoua vouah ! répond le basset avec indulgence.

Je sens que sa réticence vis-à-vis de ma mère a fait long feu. Leurs rapports, désormais, vont être « harmonisés ».

— Cher Salami, je suppose que la dame a pris place dans l'automobile, laquelle est repartie sans attendre ?

Réponse affirmative de mon compère.

— Bien entendu, il n'était pas question de les suivre, votre vélocité ne saurait se mesurer à celle d'une forte bagnole.

Humilité (sans doute feinte) de Salami.

— Vous connaissant comme je crois commencer à vous percevoir, je gage que vous ne vous êtes pas avoué vaincu. Exact ?

Mimique de mon interlocuteur.

— Vous n'avez pu vous retenir de partir dans la direction adoptée par le couple. Oui, n'est-ce pas ? J'en étais sûr ! Mais vos efforts ont été vains et vous êtes revenu à la maison. Las, vous avez trouvé porte close et avez fini la nuit sur le trottoir, mon cher. Cette perspective me navre.

Il bâille.

— Oui, je comprends que vous ayez sommeil ; il faut vous reposer, maintenant. Préférez-vous faire un somme au fond du vestibule ou dans ma chambre ?

Il opte pour ma seconde propose et je grimpe avec lui, veiller sur son installation.

En quittant la pièce, je surprends M'man qui prie afin de remercier le Seigneur de Ses prodiges, sans cesse renouvelés.

5

Enquête à deux mains et quatre pattes

Sur les testicules de midi, j'eus un appel de Jérémie. Sa chère Ramadé venait de le rendre père (une fois de plus) d'un superbe garçon de huit livres qu'ils comptaient appeler Santantonio pour me rendre hommage. Ils souhaitaient que j'en fusse le parrain et Félicie la marraine, comme elle l'est d'Apollon-Jules, le chiare des Bérurier. Ces délicates attentions démontraient le grand cas qu'ils faisaient de nous et me touchèrent.

Je lui posai alors une question qui me picotait la langue et concernait le fameux coup de téléphone de la nuit. Dans l'ivresse de sa paternité renouvelée, il l'avait quelque peu occulté. Quand je l'entendis s'écrier : « Ah ! oui, au fait ! » je sus immédiatement que j'allais devoir me l'arrondir à la main.

— Pratiquement négatif, me dit-il. Les gens du réseau n'ont pu me donner aucune précision. La seule chose qu'ils étaient en mesure d'affirmer, c'est qu'il émanait du secteur en dérangement.

— Gentil de leur part, grommelai-je.

— Attends, il y a tout de même du positif dans l'affaire. Ces travaux n'ont concerné qu'une assez faible partie de Saint-Cloud. J'ai demandé qu'on nous indique sur le plan la zone précise du dérangement ; on me le prépare pour le début de l'après-midi.

— Pouponne en paix, j'irai chercher le document moi-même, assurai-je, ravi de son initiative.

Ce grand diable de Négro, faut reconnaître, est devenu un bon policier.

*
* *

Au service bigophonique, le préposé est une dame pas désagréable du tout à visionner. Style « brunette piquante », te dirait M'man. Un grain de beauté sur la joue gauche, des yeux sombres tels les desseins du docteur Petiot, une bouche à pipes, le regard qui te soupèse chaque rouston, bref de la personne de bonne venue. Comme, de surcroît, elle jouit d'un accent chantant aux arrière-saveurs d'ail, on se sent en confiance avec elle.

Ma carte, élégamment présentée, lui arrache une exclamation :

— San-Antonio ! C'est vous ? Je vous imaginais pas aussi séduisant.

Cette phrase d'accueil me fait bien augurer de nos éventuelles relations.

— Et moi donc ! Que devrais-je dire, ma chérie : je comptais tomber sur un grincheux qui aurait foiré son tiercé !

Je ne déteste pas sa robe en jean qui lui colle au corps. Je lui explique le but de ma visite. Elle est au courant et fouinasse dans les papelards de son burlingue. Trouve le plan de ma chère commune, si admirablement gérée, me le tend.

On a délimité un secteur en forme de coutelas qui ne représente, en effet, qu'une modeste partie de Saint-Cloud. Notre maison est située presque à la virole du surin figuré. Je cherche la gare sur le plan ; elle se trouve au haut du manche.

Comme votre San-A. chéri, mesdames, n'a pas son esprit de déduction immergé dans du formol, il se dit que la femme qui lançait ses S.O.S. doit crécher non loin de la station. Dans la mesure où elle se sentait en danger, elle n'allait pas parcourir du ruban pour filer rancard à l'homme de qui elle escomptait du secours.

J'en suis à peu près là de mes cogitations, quand la demoiselle au grain de beauté pousse un cri et exécute une cabriole.

— Que vous arrive-t-il, jolie personne ? m'inquiété-je.

Elle en a le chamadeur qui trépide kif une casserole d'eau bouillante sur la flamme du réchaud.

— Ce que j'ai eu peur ! fait-elle. Touchez !

Elle me propose son décolleté garni. Je coule une main compréhensive par la fente, ce qui la met au contact d'un nichebabe plus gros qu'un pamplemousse et beaucoup plus tiède.

— C'est à vous, ce chien qui m'a mis un coup de langue entre les cuisses ? s'enquiert l'employée.

Je mate par-dessus le comptoir de bois verni et avise Salami, assis derrière elle, l'air égrillard et la bite nonchalante.

— Qu'apprends-je, mon cher ? Vous vous êtes livré à une telle paillardise sur cette dame sans lui en demander la permission ?

Le basset hound n'est pas contrit le moins du monde. Il entrouvre la gueule pour un halètement avec sécrétion surabondante.

— Tout ce que vous voudrez ! m'emporté-je. Certes, je conçois votre coupable excitation devant une aussi ravissante personne dont la robe courte porte aux fantasmes, mais vous devez refréner vos désirs. Vous croyez que si je m'écoutais, je ne mettrais pas ma langue au même endroit où vous mîtes la vôtre, et sans doute un peu plus haut ? Vous sentez bien que cette jeune fille porte à mes sens davantage qu'aux vôtres, à vous qui n'appartenez pas à son espèce ! Moi aussi, en l'apercevant, j'ai éprouvé un émoi irrépressible dans mes reins et mes génitoires. Moi aussi, j'aimerais promener doucement mes lèvres sur la peau satinée de ses cuisses et lui débroussailler l'Amazonie. Et quand, après une longue préparation d'artillerie, je passerais à l'attaque, savez-vous ce que je ferais, Salami ? Le savez-vous ?

— Vouahi ! vouahii ! jappe mon compère.

— Parfaitement : je l'étendrais sur ce bureau, les jambes pendantes, après m'être assuré qu'aucun crayon-feutre fâcheux ne risquerait de souiller sa toilette, et je la prendrais à la soudard, mais en y mettant un maximum d'égards. Ce serait un enchantement. Elle s'abandonnerait une première fois. Je la laisserais ensuite retrouver ses esprits en suçant chacun de ses orteils, puis reprendrais mon œuvre de besognance par la face nord.

« Cela durerait probablement tout l'après-midi. Je la voudrais totalement anéantie, vidée, éjutée, jusqu'à ce que son admirable frifri soit devenu plus déshydraté que le désert du Sahel. Ensuite, afin que cet acte soit accompli totalement, j'engagerais mon médius sur la voie royale, dans son œil de bronze si câlin, je le devine.

Je me tais enfin et contemple la préposée en défaillance.

— Salami, mon cher ami quadrupède, confirmez-moi un doute que je nourris depuis que j'ai pénétré dans ce local : mademoiselle ne porte pas de culotte, n'est-ce pas ?

Le pseudo-chien secoue négativement la tête et se met à gambader en aboyant, ce qui rameute les collègues du bureau voisin.

Persuadé que mon marivaudage doit s'interrompre, je chuchote à l'aimable donzelle que je l'attendrai infailliblement, ce soir, à la brasserie du *Panier Rouge*, au centre de Saint-Cloud, avant de l'emporter toute crue en une auberge d'amoureux où le foie gras est sans doute sous Cellophane mais ma grosse zigougnette le sera également.

La chère essorée, anéantie par ce brin de cour cosaque, bredouille qu'elle viendra. Je la conjure de rester sans culotte jusque-là, ce qui constituera un gain de temps non négligeable.

Ma carte à la main, je dépose la partie faite pour de ma personne sur un banc qui vient de surgir inopinément. Salami s'installe à ma droite, comme il sied. Je me perds alors dans des réflexions uniquement professionnelles, génératrices de progressions.

J'étudie la zone concernée par les réparations. Pourquoi ce rancard à la station, au lieu d'attendre tout bonnement le mec chez elle ?

Réponse envisageable : « Parce qu'elle ne se sentait plus en sécurité à son domicile. »

« Pourquoi avoir choisi la gare, fermée à pareille heure ? »

« Parce que c'est un endroit facile à trouver. »

« Existait-il dans le secteur d'autres lieux pouvant servir également de point de ralliement ? »

Examen du plan.

« Effectivement, il y aurait eu l'église Sainte-Meringue située à trois jets d'eau bénite de chez nous. Mais la femme paniquée (voire pas niquée) lui a préféré la station. Probable parce que proche de son domicile (missi dominici, ou missiles à domicile). »

Bon : allons-y.

Certes, mais où ?

*
* *

Je me pose sur le parking de la gare. En ce début d'aprème, peu de voyageurs : de friponnes petites bourgeoises qui vont à Pantruche se faire tirer tandis que leur gagneur trime.

Salami qui a trop chaud s'égoutte de la menteuse en haletant.

— Ma parole ! grondé-je exaspéré, vous vous la donnez belle, baron ! Qui a du nez, de nous deux ? La grognasse qui nous intéresse, c'est vous qui l'avez vue, non ? Si j'avais la chance d'être chien de chasse, j'irais renifler à mort la partie de la place où elle poireautait.

« Un cador digne de sa race doit pouvoir « lever » quelque chose, un brin de piste, n'importe quoi ! Partant du lieu où elle attendait jusqu'à l'endroit où le mec l'a prise à son bord, il y a fatalement eu une émission d'effluves ! Au lieu de laisser traîner votre grosse bite sur le pavé, vous feriez mieux de la rechercher !

Là, je l'ai vexé, Ventre-à-terre. Il sent que je n'ai pas complètement tort et me démarre une action de grand style, pif au ras du sol, fouinasseries circulaires sur le terre-plein, portugaises en ailes d'albatros, grognements de sanglier fouisseur aux prises avec un gisement de truffes. Par instants, un furtif jappement de roquet pouvant faire douter de l'orthodoxie de ses mœurs lui échappe.

Après avoir tourné-viré, le voici qui, oublieux de ma présence, s'élance dans une artère paisible. Il monte sur un trottoir qu'il continue de flairer avec délices et circonspection, stoppe çà et là, tournique sur soi-même, repart, arrose à la volée le pied d'un lampadaire et reprend sa piste.

Je le file à maigre distance. Le vois traverser une rue, marquer un temps, revenir en arrière, puis repartir. Nous parcourons une quatre centaine de mètres de cette allure hachée. Pour terminer, mon guide s'immobilise devant un ravissant petit immeuble grand standing posé sur un îlot de verdure cossue[1].

La construction comprend deux étages répartis entre deux propriétaires. Leurs entrées sont tête-bêche. Mon Sherlock Holmes, après de rapides investigations, se rend à l'entrée desservant le premier, ce qui ne me surprend pas car les lumières brillent à toutes les fenêtres du niveau supérieur, bien que nous soyons, non seulement en plein jour mais, de surcroît, en plein soleil.

Salami parvient avant moi sur le palier. Ses efforts physiques le font haleter ; un filet argenté dégueuline de sa langue rose jambon. Il se retourne pour s'assurer que je l'ai suivi. Rassuré, il redresse sa queue fléchissante.

La porte surenchérit sur le cossu ambiant. On en devine l'épaisseur rien qu'à la voir. Bois du Nord très clair, avec des cloutures dorées. Sur le chambranle, une plaque de cuivre : « ÉLÉONORE » en caractères noirs. Pas de nom de famille. Mais peut-être en est-ce un ? Grand-mère me disait que les gens possédant un prénom pour patronyme descendent d'enfants trouvés. Je n'ai jamais eu confirmation d'une telle assertion ; si elle est fondée, je salue tous ceux qui, ayant au démarrage un prénom pour raison sociale, ont su s'en confectionner un blaze à toute épreuve.

Sous les huit lettres, un bouton que je presse. Le timbre à modulation de fréquence retentit dans l'apparte. Combien de sonnettes ai-je actionnées au cours de ma carrière ? On exerce un boulot de démarcheurs à domicile. À force de pratiquer cette manœuvre, j'ai acquis un vingt-deuxième sens qui me prévient lorsque mon geste restera stérile.

— Nobody, hé ? fais-je à mon tronçon de boa à pattes.

Il lève la tête, puis hausse l'épaule comme je le lui vois faire dans les périodes d'expectative.

— La règle des trois sommations, soliloqué-je en filant une nouvelle branlée au carillon.

1. Je parle de verdure cossue car la nature des gens riches diffère de la nature des gens pauvres. Chez les seconds, on trouve une sylve peu coûteuse où les plantes modestes se développent à la « va comme je te pousse », alors que chez les nantis, elle vient d'ailleurs et des jardiniers doivent demeurer à son chevet en permanence.

Attente de soixante secondes, ensuite de quoi je sors mon sésame avant d'actionner le bistougnet pour la dernière fois.

Et nous voici « in ».

Te dire quel chien est Salami : il essuie ses papattes avant de pénétrer.

Moi pas.

L'appartement moderne est d'inspiration danoise. Y a du teck et du verre à profusion. La charpente du toit constitue le principal élément de la décoration. Ça fait un peu caravelle. Les branches d'un cyprès donnent vie aux baies. Ameublement dépouillé jusqu'à l'arête. Japonouille, si tu connais. Des canapés au ras de l'ardoise garnissant le sol. Des étagères immenses pleines de livres et d'objets saugrenus. Sur les murs, des dessins traités à l'encre de Chine et au pinceau, que ça représente des roseaux, voire des idéogrammes. Style intéressant, mais moi je m'y ferais chier la bite. J'ai trop l'habitude de nos vieux meubles de famille et des pomponnettes chères à M'man.

Ce qu'il y a d'incommodant, ce sont toutes les lumières raffinées allumées dans cette clarté solaire… Le seul endroit à peu près vivable c'est un coin cheminée (de cuivre) pourvu de deux fauteuils (bas, certes) en cuir noir faisant songer à de la peau de squale. Sur l'un des sièges se trouve un téléphone portable ainsi qu'un livre de Harry Crews intitulé *Body* et un verre *long drink* vide. Je le hume. Il a contenu du Pipermint.

À ce point de mes recherches, je suis alerté par les aboiements sourds de mon auxiliaire. Ils proviennent du fond de l'habitation. Comme je m'y dirige, mon sens olfactif est mis en éveil par une odeur que nous connaissons bien, nous autres flics : celle de la poudre.

Salami se tient devant une lourde, à l'extrémité du couloir. Il donne de la voix, sans entrain, de manière espacée.

D'un regard sagace, je couvre l'événement. La porte qui excite le quadrupède est celle des tartisses. Six trous disposés en losange la perforent à mi-hauteur.

— Mettez-y une sourdine ! lui intimé-je.

Il cesse son solo et sa queue trompetteuse fait le salut aux couleurs.

— Sortez-vous, le ténor !

Il s'écarte docilement. Je chope la poignée de la porte, mais c'est targetté de l'intérieur.

Pas d'autre solution que le coup d'épaule gestapiste. Un seul a suffi, fort et sec. Le panneau cède et court embrasser le mur après avoir anéanti le distributeur de faf à fion.

Je découvre une femme en robe de chambre de satin rose, effondrée sur le côté gauche des cagoinsses. Personne d'un âge certain : cheveux blancs, revigorés au rinçage bleuté, rides en toile d'araignée formant une crépine sur sa figure.

Une bastos a fait éclater la pommette gauche, une deuxième a pénétré le sternum, une troisième a perforé l'estomac, une quatrième lui a fracassé l'épaule droite : les deux dernières ont été pour le mur tendu de moleskine orange.

Si, après ce bref descriptif, je t'annonce que cette digne créature est extrêmement morte, et pas pour rire, tu ne seras pas surpris, je gage (ajouterait Sganarelle) ?

Salami me regarde d'un air indécis.

— Eh bien, vous voyez, quand vous voulez vous donner de la peine on obtient des résultats, lui dis-je.

Il me répond d'un clin d'œil.

6
L'instinct de flic

C'est drôle, l'instinct de flic. Dès le premier coup de grelot capté fortuitement, j'ai deviné du pas banal. Au fond de ma pomme, y avait comme un pressentiment. Je respirais à pleins naseaux de la cacaterie de haut niveau. Eh ben voilà : c'est fait.

Je contemple la vieille dame zinguée, avec un mélange d'incrédulité et de répulsion, qu'écriraient des confrères à moi. Toujours, un mélange de ceci et de cela : leur manière de littérater.

Salami est resté dans l'encadrure des chiches. Sa queue ne trompette plus mais demeure rectiligne, position logique puisqu'elle est le prolongement de son épine dorsale.

La dadame porte une montre au poignet dont je ne t'évalue pas le prix, vu que le boîtier est serti de diamants et le bracelet en jonc. Son (ou ses ?) agresseur(s) n'a (n'ont) pas songé à la lui engourdir, la fauche artisanale n'étant pas le motif du murder.

Quel âge peut avoir la victime ? Elle septuage ou octage, selon l'angle de prise de vue. Ressemble à cette merveilleuse actrice, pas laubée lerchouille, qui s'appelait Bette Davis et t'arrachait la peau du cœur tant tellement elle jouait bien. Indiscutablement, une femme de classe, issue d'un milieu à pedigree.

J'avise six douilles sur les carreaux mosaïqueux du couloir. Elle a été refroidie au pistolet 7,65, le calibre classique. Le tireur ne s'est pas donné la peine de ramasser ses épluchures.

Je quitte les gogues, enjambe les douilles vides et continue mon explorance des lieux.

Une chambre, toujours style japono-scandinaveton, avec des meubles en bois rouge, des tableaux mords-mon-paf, des sculptures qui ne ressemblent à rien mais valent chérot. Le plumard est certes moins vaste que le parc des Princes, mais on pourrait néanmoins y organiser les finales de la Coupe d'Europe de partouzettes sur gazon.

Tout est en ordre. À l'évidence, il s'agit d'un appartement parfaitement tenu. Une seconde chambre, rigoureusement inhabitée, un office ultramoderne que jouxte un coin repas, complètent le logement.

Je note alors que la fenêtre américaine de la cuisine est relevée. M'en approche et m'y penche. Classique : une échelle de laveur de vitres, large du bas, étroite du haut, est appuyée contre le mur, côté parc. L'agresseur (ou les) est (ou sont) venu(s) par là, très peinardement, personne ne pouvant le (ou les) voir…

Je reviens dans le salon où j'ai aperçu le téléphone. Turlute à la casa Pébroque. Demande le Mastard. N'est pas venu marner ce morninge biscotte Berthe a été hospitalisée d'urgence. Je le sentais qu'elle filait du mauvais coton, la Rombiasse.

— Passez-moi Mathias !

On.

Le Rouquemoute, affairé, m'apprend qu'il part ce jour même en vacances avec sa tribu. L-emmène sa horde dans les Antilles. Je lui dis qu'à quoi bon puisque les carottes ne bronzent pas. Il rit jaune : normal !

Il consent à faire un crocheton par Saint-Cloud, mais fissa, sinon il l'a dans le rectum, avec ses biftons en pex. Il va se pointer flanqué de Pinaud, mes autres zélés interprétant *Tournez manège !* dans les hostos et maternités du Bassin parisien.

En attendant les renforts, j'inspecte très à fond le délicat apparte. Je cherche des tuyaux sur la mystérieuse « Éléonore » qui entame sa part d'éternité dans les chichemanes. Drôle de raison sociale. Ça peut être n'importe quoi : une maison de couture ou un clandé. Un secrétaire de laque noire à coins de laiton va probablement me fournir la chiave de l'énigme.

En fait, il est vide. Ne recèle ni papiers d'identité, ni correspondance. Pas même ces fafs inhérents à tous logis, qu'ils fussent huppés ou non, tels que quittances de gaz ou d'électricité, bordereaux fiscaux, correspondance personnelle ou administrative, ordonnances médicales, que sais-je ? Cependant, ça existe, une habitation, ça vit. Même les « meublés » pour étreintes passagères ont des manifestations d'existence sociale.

De guerre lasse, comme disait Mlle Mata Hari, décédée à Vincennes à la fleur de l'âge, je me résous à appeler la mairie de Saint-Cloud dont le secrétaire général est une bonne relation au fils unique de ma maman chérie. Je l'obtiens illico.

— Monsieur Machemoule, lui dis-je après m'être nommé, connaissez-vous ce charmant petit immeuble neuf situé rue du Bonze-Hydrophobe, non loin de la gare ?

— Si fait, si fait, me répond-il en roulant les *r* par défaut, car il est tarbais.

— Auriez-vous la bonté de m'y rejoindre au plus vite ? Il s'agit d'une affaire délicate.

— Mais bien volontiers, accepte l'éminent fonctionnaire.

Ne me reste que d'attendre, certain que ce ne sera pas long. Là-dessus, comme y en a qui disent, bien à la légère, Salami attire mon attention par quelques-uns de ces légers aboiements dont il a le secret.

Il s'est planté devant moi et me fait signe de le suivre. Ce dont je. Le brave cador m'entraîne à la cuisine et se met à plat ventre (mouvement qui ne lui demande pas un gros effort) devant un tabouret muni de quatre marches renversables le transformant accessoirement en escabeau. Mon sauciflard passe une patte entre les montants du meuble dans l'espoir d'atteindre une chose brillante gisant sur le carreau.

— Laissez faire l'homme ! lui dis-je.

Je m'accroupis et m'empare d'une boucle d'oreille ronde, en or, piquetée de diamants et de saphirs qui créent une impression de voie céleste. Je l'examine, puis la glisse dans une pochette de plastique, comme le font les détectives américains sur les « lieux du crime »…

Salami me défrime, mécontent. J'aurais dû lui montrer l'objet.

— Descendons attendre nos invités ! déclaré-je.

Le soleil arrose le petit parc.

Je contourne l'immeuble afin de rallier l'échelle plaquée sur l'appui de la fenêtre donnant sur l'office. Sa partie inférieure est plantée dans le gazon rêche comme un tapis-brosse.

— Vous devriez m'aider à repérer d'éventuels indices, fais-je à mon « bandonéon ».

Il s'y colle, examinant l'endroit scrupuleusement, sans pour autant produire un bruit fouisseur de chien truffier, car il a de l'éducation. Il tournique autour de l'échelle, s'éloigne entre les arbres.

Je le file à distance. Nous atteignons alors le parc communal jouxtant la propriété.

Salami s'excite toujours sur sa piste (si tant est que cela en soit une). Il va plus rapidement, sûr de son odorat. Il se régale, l'animal ! Son pied, il chope ! S'immobilise en regardant dans ma direction, aboie pour me héler.

— J'arrive, mec !

Son excitation est justifiée par quelques superbes traces de pas dans la terre meuble ; ils s'inscrivent entre des rosiers nains.

Bono ! comme disait mon ami Trabadja.

— Joli travail, Salami, le complimenté-je. Maintenant retournons là-bas, j'attends de la compagnie : des spécialistes prendront des moulages tout à l'heure.

La queue en anse de panier, qu'il se met, mon hound. Ses longues étiquettes font les frivoles et sa grosse bitoune de maréchal-ferrant sonne le tocsin contre ses flancs.

Juste qu'on regagne la résidence chicos, je vois surviendre M. Machemoule. Saboulé édile Troisième République : costard trois pièces, chaîne de montre sur le burlingue, décoration des Palmes académiques sur son revers en feuille de bette. C'est le bon fonctionnaire français dans toute sa grâce : socialo vieille école, frère trois-points rigoureux, de père en fils.

— Si je pensais vous voir en exercice dans notre charmante ville, qu'il me dit, Machemoule. Qu'y a-t-il ?

Je pousse la porte de l'immeuble.

— Montons au premier étage, cher ami.

L-est tout intrigué, intimidé également. Voudrait me questionner, mais son asthme et son accent rocailleux l'en dissuadent.

Précédés de Salami, nous parvenons devant la lourde perforée des chiches.

— Je vous préviens que ce n'est pas agréable à voir, fais-je en poussant la porte.

Il est parfait, Machemoule, courageux, calme dans l'épreuve.

— Mais c'est Mme Maubec de Pré-Bénit, la propriétaire d'en dessous, dit-il.

7

De surprises en stupeur

Je concentre ma volonté (d'autres la bandent, mais je ne sais pas faire avec la volonté, je l'avoue humblement) pour ne pas laisser libre cours à une réelle stupeur.

— Expliquez-moi, mon bonc[1].

Il hausse les épaules avec de la perplexité dans les omoplates.

— Cette personne est la veuve de Ludovic Maubec, l'ancien ministre, mort il y a une dizaine d'années. Elle souhaitait résider à Saint-Cloud et a chargé son notaire de lui trouver un appartement de charme dans un coin paisible de notre coquette commune.

— Vous dites qu'elle occupait le rez-de-chaussée ?

— Affirmatif. C'est même moi qui le lui ai fait visiter.

1. Tout mot que je fais se terminer par un *c* devient un label de connerie.

— Depuis longtemps ?

— Trois ou quatre ans ; je pourrai vous fournir la date exacte.

— Elle en était propriétaire ?

— Par le biais d'une S.A.[1].

— Elle vivait seule ?

— En compagnie d'une vieille domestique qui vient d'être hospitalisée.

— Et l'appartement où nous sommes ?

— Un mannequin dont le nom professionnel est Éléonore. On voit fréquemment cette personne dans les magazines féminins. Jolie fille, type américain, mais elle est du Sud-Ouest.

— Elle habite ici ?

— Pas encore. Je pense qu'elle s'est fait offrir ce charmant « nid d'amour » par un amant fortuné ; mais le couple a rompu et elle tarde à s'y fixer. Il faut dire qu'elle mène une existence peu compatible avec la vie banlieusarde : elle quitte un avion pour en prendre un autre.

Il en est là de ses révélations quand un coup de sonnette péremptoire nous brise menu l'intimité.

Je vais déponner.

Sur le palier, trois personnes : le Rouque, Pinuche, plus un crevard à moustache de rat d'égout qui ne doit paraître sympa qu'à mardi gras quand il met le masque de Dracula.

— Voici l'officier de police Hanoudeux, annonce la Pine. Il vient d'être muté chez nous, en provenance de Clermont-Ferrand.

— Ah ! l'Auvergne ! trémolé-je. Ses volcans éteints, Giscard d'Estaing bien vivant, Danièle Gilbert, Volvic, mon pote Rouvidan, Vercingétorix !

Je presse sans excitation sa main moite, espérant qu'il l'aura lavée depuis sa dernière branlette.

Salami accueille César avec une sobre courtoisie, se contentant de lui foutre sa truffe dans le fion afin de renifler son calbute mérovingien.

— Il me reconnaît ! s'attendrit Pinuskaïa.

— Il a ses culs, admets-je.

1. S.A. : Société anonyme (signifie également : San-Antonio).

Je leur présente l'ami Machemoule. Le gars Xavier a déjà dégauchi le cadavre et enquête en trombe, soucieux de ne pas rater son zinc. Je le laisse perpétrer en paix et mets mes deux collaborateurs au courant de la situation.

Pinaud, analyste irremplaçable, nous livre un résumé en bronze de l'affaire :

— En somme, la jeune femme possédant cet appartement s'est enfuie de chez elle parce qu'elle se sentait en danger, et c'est sa voisine du dessous qui a été assassinée ?

— Tout à fait, approuvé-je-t-il.

— Reste à déterminer comment et pourquoi cette substitution s'est opérée. Mme Maubec est-elle montée aux nouvelles ? Ou Éléonore l'a-t-elle appelée ?

— Je pencherais pour la seconde hypothèse, fait le Rat des Halles. Pas vous, monsieur le directeur ?

— Penchez, mais ne tombez pas ! lui rétorqué-je sèchement, histoire qu'il ne me prenne pas en sympathie, car rien n'est plus désobligeant que d'être apprécié par des gens qui vous font chier.

Je me tourne vers le secrétaire de mairie.

— Cher ami, je vais vous libérer. Essayez d'apprendre dans quelles conditions la demoiselle est devenue propriétaire de ce lieu : je vous appellerai plus tard.

Il se casse avec sa bedaine, ses nippes trois pièces et son accent de « là-bas ».

Vais rejoindre le Rouquin apprivoisé dans les gogues où il usine. Paraît avoir occulté son imminent départ pour « les îles ».

Comme il est accroupi, Salami en profite pour le respirer de près.

— Intéressant ? demandé-je au clébard.

Le hound se retourne et me répond d'une moue babineuse : il a reniflé plus intéressant dans son Italie natale.

Xavier Mathias explore le cadavre avec cette minutie qu'il apporte à tout ce qu'il fait. Il a allongé mémère sur le carrelage des chiches et la dévêt avec dextérité, lui cependant si maladroit avec les femmes.

— Je sais que tu fais le boulot du légiste, murmuré-je, mais je tenais à ton avis. Il m'est plus précieux que tout autre.

Un peu d'huile de vanité ne messied pas dans une telle occurrence.

Il doit bandocher de plaisir dans ses guenilles.

— Bien, murmure-t-il. Cette dame a ramassé quatre bastos sur six tirées dans le corps, ça tu l'auras immédiatement constaté. Mais une autre chose me trouble.

— Quelle est-ce, Rouquinet ?

— Elle porte une prothèse oculaire, à gauche.

— Vraiment ? Je n'avais rien remarqué.

— Parce que sa tête était appuyée contre le mur. C'est en remuant le corps que je m'en suis aperçu. Elle n'aurait rien d'exceptionnel si l'œil de verre n'avait été placé « à l'envers » dans l'orbite. Approche et regarde !

Je fais comme Job : je tempère (ne dit-on pas Job tempère ?). Il cause d'or, le Cuivré. Franchement, c'est déconcertant, ce globe renversé dans sa cavité, créant à la défunte un strabisme convergent des plus incommodants.

— Ta conclusion ?

— Elle a perdu son lampion bidon et on le lui a remis à la va-vite, ou bien…

— J'ouïs ?

— On le lui a ôté, puis réinséré précipitamment, sans se rendre compte qu'il se trouvait à l'envers.

— Laquelle des deux options choisirais-tu ?

— La seconde.

— Et pourquoi retirerait-on cette prothèse à la morte ?

— Aucune idée.

— Ça te défriserait l'estomac de retirer sa bille ?

— Du tout.

Il engage l'ongle de son pouce dans la partie inférieure de l'orbite et appuie. J'ai vu un mareyeur procéder de la sorte pour énucléer une belon. Tchloc ! Avec dextérité, l'homme qui prend ses bains de soleil à travers une passoire fait gicler la boule de verre de son écrin de chair, écrirait une romancière dont la chatte est davantage appréciée que le style. Armé d'une minuscule lampe laser de fouille, il étudie la cavité ainsi dégagée.

— C'est bien ? l'interrogé-je.

— Il me semble.

— Raconte vite : tu vas rater ton oiseau des îles.

— Tu demanderas au légiste qu'il s'assure la collaboration d'un ophtalmo qualifié. J'ai l'impression qu'à l'intérieur de la prothèse qui est évidée, on avait ménagé un alvéole.

— Planque introuvable pour qui n'est pas au courant, fais-je. Avec toi, on en apprend davantage que dans le marc de café.

Il se redresse, enfouille les quelques ustensiles dont il vient de se servir, consulte sa tocante, pousse un cri de caribou en gésine et s'enfuit.

Je cherche du regard mes trois autres auxiliaires. Avise Salami, assis dans le couloir, curieusement acagnardé contre le mur. Crois-moi ou va faire prendre une empreinte de ton moule à colombins, mais il est « pensif », réellement perdu dans une intense méditation.

Hanoudeux, notre nouvelle recrue, se trouve dans la cuisine ; à demi défenestré, il est à la recherche d'indices sur l'échelle.

— Vous savez où est Pinaud ? lui demandé-je rudement.

— Descendu chez la victime afin de visiter son appartement.

Un brin d'agacement me glatouille la gamberge. Je voulais justement y aller moi-même. La timide voix de ma raison objecte : « Alors pourquoi ne l'as-tu pas fait plus tôt, manche-à-burnes ? »

— Je vais le rejoindre, jeté-je au Clermontois.

8

Tempête sous un crâne en longueur

Il n'a pas fermé entièrement la porte d'entrée, Pinuchet et, curieusement, de la musique parvient de l'intérieur. Un tango argentin pur fruit : du Maurice Gardel, je parierais, si langoureux que tu filerais ta quille loin entre celles de ta cavalière, jusqu'à toucher sa chaglatte avec la cuisse.

Je pénètre dans un appartement beaucoup moins soft que celui du first floor. Me mets à la recherche de la Pine et trouve le vénérable limier devant une psyché, en train de danser en s'autoberçant dans ses bras. Le regard mi-clos, la mâchoire ganacheuse, il se pâme, le doux César. Se croit à Buenos Aires.

— Tu prépares un concours ou c'est pour les besoins de l'enquête ? demandé-je brutalement.

Il revient à nous, bat des cils, se désenlace progressivement.

— Ah ! le tango, soupire-t-il. Sais-tu que, dans ma jeunesse, j'ai gagné le concours de Nogent-le-Rotrou ? J'avais pour partenaire une exquise postière auxiliaire prénommée Marinette, souple comme… comme…

— Une liane ? lui proposé-je obligeamment.

— Exactement !

— Tu la tirais ?

— Es-tu fou ! Elle était la fille de l'adjudant-chef Chamarret.

— Tu sais que ça baise, une fille d'adjudant-chef ?

— Pas Marinette ! assure-t-il, farouche, muré dans sa dévotion ancienne.

Notre conversation, d'une suprême importance, tu l'auras remarqué, est brusquement interrompue par mon camarade Salami. Celui-ci gémit et mordille le bas de mon pantalon de flanelle, exécuté par Jack Tailor, le tailleur des élites.

— Ça ne va pas, mon cher ? l'interrogé-je-t-il.

Il hausse une oreille puis, d'un mouvement de tête, me fait signe de l'accompagner. Ce dont je. Il m'entraîne dans la partie chambre à coucher de la morte. Celle que nous venons de quitter sert de bureau-bibliothèque. Le lit de la vieille est défait, ce qui paraît logique vu qu'elle a dû être réveillée, en pleine nuitée, par sa voisine du dessus. Sur sa table de chevet : deux verres à eau où macèrent ses prothèses pendant sa dorme.

Salami, d'un bond aisé malgré la courtesse de ses pattes, saute sur le plumard et empoigne l'oreiller à pleines chailles. Il le pousse jusqu'au bord du pucier, le laisse choir sur la descente de lit, le rejoint et, de ses pattes griffues, entreprend de le gratter furieusement.

Comprenant ce qu'il veut, je m'en saisis et enlève la taie.

Quelle n'est pas ma surprise d'apercevoir une poche ménagée dans l'épaisseur du coussin en mousse. Je tire sur la fermeture Éclair qui la clôt[1] et déniche un pistolet automatique. Mais attention, pas

1. Dirait Choderlos de.

du gadget pour dame craintive ! Que non pas ! C'est du riboustin de hold-up, un 9 mm de fabrication anciennement tchécoslovaque ; belle arme de poing qui doit vachement secouer la pattoune d'une mamie quand elle presse la détente !

Je le renifle : il n'a pas servi. Le cran de sûreté est mis. Vérification du chargeur : garni complet. C'est pas contre les risques de malaises cardiaques qu'elle roupillait avec une telle seringue, la vioque. Long-dix-raies que c'était une drôle de mère-grand, la veuve de l'ancien ministre !

J'enveloppe l'arquebuse dans la taie que je viens d'ôter et la fourre tant mal que bien dans ma ceinture.

Forte caresse sur le crâne plein de résonances et de raisonnements du cador miracle.

— Mon cher, lui dis-je, vous êtes décidément un collaborateur hors paires, malgré celle que vous trimbalez entre vos postérieurs.

Il fouette l'air de son appendice caudal, pour marquer sa satisfaisance. Il raffole des compliments, ce brave ami. Plus tu lui mouilles la compresse, plus il se montre coopérant.

*
* *

Un quart d'heure plus tard, je laisse mes deux collègues poursuivre leurs investigations et rejoins la maison Poultoc. Il est grand temps que je mette un dispositif adéquat en branle au lieu de bricoler.

Avant de quitter Saint-Cloud, j'ai demandé à mon chien s'il préférait demeurer à pied d'œuvre ou me suivre ; immédiatement, il a opté pour la seconde proposition. Tu sais que ça devient le grand amour ? Avec un loustic de sa trempe, je pressens des résultats formides.

Tout en drivant ma Ferrari, je « discute » avec lui. Notre converse n'est pas à sens unique, comme tu pourrais le penser : nous procédons à d'authentiques échanges de points de vue. Je lâche des questions ; il les étudie calmos et me donne soit la réponse souhaitée, soit une manifestation d'ignorance. Dans ce cas il émet un bruit pareil à un raclement de gorge.

— Salami, soupiré-je, vous rendez-vous compte à quel point cette affaire est embrouillée ?

Il n'hésite pas à approuver mes dires.

— Ce ravissant petit immeuble est réparti entre deux femmes en danger de mort. À preuve, l'une d'elles vient d'être assassinée, reprends-je : une digne bourgeoise aisée, veuve d'un ancien ministre. Elle n'ignorait pas que sa vie se trouvait menacée puisqu'elle dormait avec une pétoire dans son oreiller. Je me demande bien d'ailleurs comment elle aurait fait pour s'en saisir en cas d'urgence.

« Ladite dame est trucidée à la place de sa voisine et dans l'appartement de celle-ci. À première vue, il pourrait s'agir d'une erreur du meurtrier. Mais non, mon ami, que nenni ; la preuve : on a ôté l'œil de verre de la vioque pour y prélever une chose minuscule qu'elle y planquait. Vous aimez les mystères, honorable hound ?

Agacé par ce qu'il pense être de l'ironie, il pète avec humeur.

— N'auriez-vous pas achevé le canard à l'orange de Maman ? demandé-je.

Il tourne la tête de l'autre côté et se met à contempler une fort jolie automobile arrêtée à ma droite par l'encombrement. C'est pas pour faire un mauvais jeu de mots mais il a vraiment un caractère de chien, ce con !

*

* *

Divine surprise qui me ravit : Alexandre-Benoît vient d'arriver à la maison Pébroque, retour de l'hosto.

Je m'évertue à prendre une mine alarmée :

— Alors, gros, notre chère Berthe ?

Il fait la moue du gazier « avant les pastilles Fuca ».

— J'croive qu'é tient le bambou, mec : conclusion intestinale, méritonite double infection maréchalisée, brèfle, on peut déjà la considérer nazebroque. Les toubibs a dit qu'si é passe le véquende, c'est qu'é aura l'cul bordé d'nouilles.

— Je suis navré, bredouillé-je.

Il me pose trois kilogrammes de main sur l'épaule.

— Qu'est-ce tu veux, grand. J's'rai pas l'premier veuf qu'aura perdu sa femme.

Cette considération philosophique me rassérène.

— Certes, conviens-je.

Le Mammouth poursuit :

— J'veuille pas dire : « Une d'perdue, dix d'retrouvées », biscotte des gonzesses façon Berthy, on doive s'lever matin ; mais quoi, faudrera bien qu'j'refasse ma vie. J'ai déjà des idées sur Solange, qui tient l'restau des Hydroglisseurs à Juvisy. Son vieux a canné l'an dernier et, av'c son tempérament style « Vodka en Flammes », ell' t'essore la membrane en trois coups de reins. N-en plus, y en a pas deux comme ell' pour l'coq au vin. Enfin, faut pas s'bousculer, rien n'presse : ça peut attend' la s'maine prochaine. Ah ! t'as toujours ton clebs à la gomme. J'veuille pas t'vexer, mais y n'm'est pas sympa ; j'horreur la façon qu'y m'regarde tel si j'serais une merde.

— Comment voudrais-tu qu'il te contemple ? ricané-je.

— J'sais pas : aut'ment. C'est pas pace qu'il a des cannes d'dix centimètres qu'y faut en installer. T'as connu Riton, le cul-d'jatte qu'avait pas d'jambes ? Y avait pas plus simp' qu'c't homme. Ton cador, a beau rouler sur la jante, y n'm'impressionne pas.

— Méfie-toi, avertis-je : il comprend tout. Tu vas t'en faire un ennemi.

— Lui ! Y pige c'qu'on cause ? s'esclaffe le veuf par excès. Tu voudrerais m'faire croire ça ?

— Tu vas en avoir la preuve. Salami ! L'officier de police Bérurier te semble-t-il intelligent ? Si tu es d'accord, aboie une fois, si tu ne l'es pas, fais semblant de lui pisser dessus.

Mon pote n'hésite pas et lève la patte contre son falzuche, comme il l'a fait chez moi la veille : sans retenue !

Furieux, Alexandre-Benoît veut shooter dans le flanc de mon précieux animal, lequel esquive d'une brève rotation et s'empare ensuite prestement du mocassin de l'Enflure dont l'odeur le révulse.

Bérurier s'élance à sa poursuite. Mais malgré la brièveté de ses pattes, mon basset se montre plus véloce et fonce à l'extérieur de la casa Parapluie. Bérurier renonce à le courser. Il fait retour en claudiquant. Quatre de ses orteils sortent d'une immonde socquette percée.

— Où qu't'as pris c'démon ? halète-t-il.

— Un cadeau du vieil Achille ; il s'agit d'un toutou-phénomène. Honnêtement, je pense que tu aurais intérêt à devenir intime avec lui, sinon votre cohabitation deviendra rapidement un enfer !

— Mon pied dans l'cul, oui ! riposte Bibendum.

— En ce cas, que Dieu te garde ! Maintenant montons dans mon bureau : une drôle d'affaire me choit sur la potiche, gros. Il va falloir que nous nous y collions tous, et mon petit doigt me chuchote que ça ne va pas être de la tarte aux poils !

9

Et pendant ce temps-là je remontais la manivelle

L'agence Kappa, nul n'en ignore, est spécialisée dans la photographie des mannequins de mode. Elle possède l'une des plus prestigieuses équipes de photographes de Pantruche, dans laquelle figure un guette-au-trou de toute première force : mon pote Andanson, l'Irlandoche francisé. James est blond comme une muleta de toréador, avec des taches de son plein la frime, un front de bouvillon et cinquante kilogrammes d'appareils sur le burlingue. Il ne marche jamais, mais court toujours d'une allure trottineuse en maintenant sa charge ballottante de ses dix bras.

Voilà-t-il pas que je tombe sur lui au déboulé de l'ascenseur. J'allais y prendre place, il en sort.

— La classe ! s'écrie-t-il, car il nomme ainsi tous les êtres de sexe masculin avec lesquels il est en relation, à l'exception, mais je n'en suis pas sûr, de l'archevêque de Paris et du président de la République.

Il me donne l'accolade, nonobstant sa quincaillerie professionnelle formant rempart.

— Tu as un instant à m'accorder, James ?

— Non : je suis attendu par le secrétaire général du P.C.

— C'est un homme charmant : je te ferai un billet de retard pour lui…

Je l'entraîne d'autor vers le fond du hall. Il consent à se déposer avec sa charge sur une banquette de marbre.

— Quand je te parle d'Éléonore, ça te fait penser à qui ? l'attaqué-je.

— À l'Aquitaine ?

— L'Aquitaine, c'était Aliénor, pas Éléonore.

— Alors au top model ?

— Gagné ! Tu l'as déjà rencontrée ?

— Si tu avais autant de billets de cinq cents que j'ai pris de clichés d'elle, tu rachèterais l'Élysée pour t'en faire une garçonnière.

— Parle-moi de cette personne. Je ne la connais pas, toi si ; présente-la-moi.

— C'est à quel sujet ? J'aime mieux te dire qu'entre les Renseignements généraux et ma pomme, y a la largeur du Pacifique !

— Sois tranquille, il s'agit de lui venir en aide ; cette môme semble traverser une zone de hautes turbulences.

— Quel genre ?

— Un ou des malfaisants lui font des frayeurs et j'ai envie de lui porter aide et assistance.

— Tu es sincère ?

— Je te le jure ! Un serment de flic vaut celui d'Hippocrate.

— O.K. ! O.K. ! Voyons… que t'en dire ? Avant tout, elle est belle à te flanquer envie de pleurer. Un style d'enfer ! T'as jamais vu ses portraits ?

— Je ne m'attarde pas sur les photos de mode.

— Tu as tort, car elle mérite le voyage. Une gueule de déesse grecque : la perfection. Quand on la flashe, c'est tout bon de la cave au grenier. Achète le dernier numéro de *Vogue*, j'y ai six clichés de cette beauté, en train de présenter la collection d'automne. Lorsque je viens de réaliser un reportage sur cette fille, je retourne vite dans mon manoir, en faire profiter ma femme !

— Elle affure beaucoup de carbi ?

— J'ai pas de fenêtre qui donne sur son compte bancaire, mais il doit y avoir des choses plus tristes que ça à regarder.

— Son comportement ?

— Impec. Pas extrêmement liante mais courtoise. Travailler avec elle ne m'a pas posé de problèmes.

— Côté fesses ? Elle se régale à la croque-au-sel ou elle grimpe aux asperges ?

— Mystère. Je ne l'ai jamais rencontrée avec personne, pas davantage femme que matou. Sa répute est celle d'une grande pro très motivée par le boulot. Il lui arrive de participer à des raouts mondains, son métier l'exige, sans plus. Si tu veux le fin fond de ma pensée, elle serait comme la défunte petite dame Kennedy que ça ne me surprendrait pas. La Jackie préférait les zibelines de l'armateur Onassis à sa vieille bite.

— Où demeure-t-elle ?

— Attends, bouge pas.

Mon pote entreprend de se fouiller. Ce qui n'est guère commode avec toutes ces courroies qui lui barrent le bide. Il finit par sortir un minuscule carnet en haillons de ses vagues, le consulte et annonce :

— Éléonore, 2, quai aux Fleurs. Tu veux également son bigophone ?

— Ça peut toujours servir, accepté-je.

*
* *

Un instant plus tard, j'emplette *Vogue* au kiosque le plus voisin, le feuillette et trouve sans difficulté le portrait de la belle.

C'est vrai qu'elle te dégoupille l'aorte, Éléonore. Ce que tu biches en priorité dans les vasistas, ce sont ses yeux ! Des lotos bleu très pâle que sa bruneur (on dit bien blondeur) met en évidence. Regard intense, énigmatique et profond. Quand tu parviens à t'arracher à leur fascination, c'est kif lorsqu'on fait des U.V. sans lunettes. T'es ébloui jusqu'au cervelet.

À part ça, si je puis dire, le visage est gracieux, la bouche charnue te composerait tout un repas (et toute une nuit). Les nichebabes ne concurrencent pas ceux de Lolo Ferrari, mais au moins on peut les sortir dans le monde sans provoquer d'émeute. Corps admirable ; de quoi se mettre le pénis en tire-bouchon et des rubans adhésifs aux roupettes, pas qu'elles sonnent le tocsin.

Retour à ma tire où Salami s'est endormi. Il doit faire un rêve car un léger mouvement régulier de ses pattounes indique qu'il arpente des landes. Peut-être chasse-t-il le renard, tout comme ses ancêtres ?

Quai aux Fleurs, je dégote une place superbe devant une porte casher.

Ma manœuvre tire le bandonéon de son sommeil. Il bâille tel un crocodile, sort de voiture avec la dignité de Mme Deux (Élisabeth de son prénom) descendant (car on en « descend ») de son carrosse.

Une petite giclette contre une façade et il s'engouffre à ma suite dans l'immeuble.

Consultation du tableau des locataires accroché à la loge pipelet-teuse. Des fiches s'inscrivent sur un bioutifoul carton bleu.

Je trouve aisément ce que je cherche : « ÉLÉONORE », en majuscules et, juste dessous, en caractères mignards : « Valériane de La Liche ». Faut-il en conclure que cette mirifique donzelle est « sang bleu », palsambleu ? Il semblerait. En tout cas elle se montre modeste, compte tenu de la minusculité des lettres formant son véritable blaze.

Second étage droite. Je presse une sonnette en faux marbre, obtenant ainsi une fausse note qui se répercute longuement.

Je convictionne qu'il n'y a personne et prépare déjà mon sésame quand, à ma (grande, vive, profonde) surprise, la porte s'entrouvre avec une lenteur que je vais séance tenante te qualifier de spectrale pour en faire chier plus d'un en les prenant sur leur propre terrain.

Sort alors du néant un ectoplasme blafard qui, en fin de compte, doit être humain, les fantômes ne portant pas de lunettes et se déplaçant sans l'aide de canne.

L'être (donc) demande inaudiblement quelque chose, se rapportant à l'objet de ma visite. Il est privé de ses cordes vocales pour des raisons que je subodore cancéreuses. Ses besicles, équipées de verres bleus, me refusent son regard.

— Bonjour, madame, fais-je après avoir constaté que le zombie est vêtu d'une robe.

Une sorte de rot caverneux me répond.

— Merci, dis-je à tout hasard, c'est gentil à vous. Pourrais-je parler à Mlle Éléonore ?

La créature émet un gargouillis qui évoque le bruit produit par un gamin achevant son Coke avec une paille. Je sens que nos rapports vont être soit très délicats, soit très brefs.

— Elle n'est pas ici ? insisté-je.

L'écordée vocale secoue négativement la tête.

— Vous savez quand elle rentrera ? poursuis-je.

Elle renégationne derechef et du.

— Mademoiselle est en voyage ?

Acquiescement. Puis la vieillarde fait un écart et gronde méchamment pour la raison (valable) que mon cador vient de la bousculer pour pénétrer dans l'apparte.

Furax, le spectre à binocles m'agresse afin que je rappelle mon animal effronté.

— Salami ! le hélé-je.

Soudain, un aboiement féroce, que je ne lui connaissais encore pas, retentit.

— Ici, Salami ! Ici tout de suite ! m'emporté-je.

Comme son concerto pour chasse à courre s'amplifie, je me précipite après avoir bousculé la mémé décordevocalisée.

Je n'ai pas parcouru trois mètres qu'une voix masculine retentit :

— Arrête, connard !

Je volte.

Je face !

Stupeur : la vieille a retrouvé son organe de jeune homme.

Elle me braque avec un calibre sorti de ses brailles, tellement énorme qu'Al Capone serait parti d'Alcatraz à la nage pour aller l'acheter.

« La vie est un flot de merde tranquille », songé-je.

10

Il vaut mieux un ami intelligent qu'un ennemi con

Elle s'est redressée, la mamie. Malgré les verres bleutés de ses lunettes, je crois distinguer un regard aigu aussi dangereux que sa seringue.

— Lève les bras bien haut ! m'intime la mère-grand transformée en loup.

Force m'est d'obéir.

— Maintenant, recule lentement jusqu'à la porte ouverte derrière toi.

Tout en obtempérant, je songe que mon ami Tu-tues se trouve sous mon aisselle gauche, prêt à me secourir. Seulement le gazier ne me perd pas de la prunelle et paraît farouchement déterminé à me pratiquer plein de trous dans la viandasse si je bronche. J'exécute un pas en arrière, un autre.

Me voici dans la piaule. Il y a quelque chose en tas, par terre, sur le tapis. Un bref coup de saveur en chanfrein me renseigne : la vieille ! La vraie. On lui a praliné le chignon d'importance. La balle a fait sauter la boîte crânienne depuis le haut du front jusqu'à la nuque.

— Va t'allonger sur le lit, tu seras mieux pour canner ; et puis j'aime bien tirer à travers un oreiller : ça fait moins de barouf.

— Écoutez ! tenté-je de biaiser.

— J'ai rien à entendre et rien à dire, obéis.

Bon, je recule, en pensant qu'il est urgent de réaliser un truc sympa pour ma pomme.

Alors que j'étudie le problème à la vitesse de l'éclair, il se produit un machin-chose pas ordinaire. Une forme noir-blanc-jaune, tout en longueur, bondit de derrière un fauteuil avec une sauvagerie capable de guérir le hoquet d'un marteau-piqueur. Mon agresseur se met à hurler, biscotte Salami vient de saisir ses génitoires à travers la robe. L'odorat, probable, qui l'a guidé droit au but.

Le malfrat travesti en chaisière veut le faire lâcher prise. Fou de douleur, égaré, il n'a pas largué sa pétoire ; ou alors il veut plomber Médor. Quoi qu'il en soit, les bastos qu'il dégage à la volée lui perforent le baquet. Il émet un cri géant, lequel se mue en borborygme. Cette fois, il continue de jouer l'ablationné des ficelles vocales pour son propre compte.

— Je crois que vous pouvez donner du mou, mon cher, indiqué-je à l'héroïque Salami. Il semblerait qu'il ait son taf. Votre intervention vient sans doute d'éviter un deuil irréparable dans ma famille.

Mon pote met un temps à desserrer sa mâchoire (en comparaison de laquelle celle de Samson n'était qu'une mâchoire d'âne).

Quand, à regret, il s'exécute, le squatteur de l'appartement est rigoureusement mort.

— Qu'en dites-vous, cher d'Artagnan ? demandé-je au prodigieux basset hound.

Au lieu de me répondre, il halète, car l'effort fut rude.

— Un lien nouveau vient de nous unir, fais-je en caressant son crâne à deux pentes. Ne croyez-vous pas que nous devrions nous tutoyer, désormais ?

Il me considère sans complaisance et secoue négativement la tête. Décidément, il a un caractère de chien, le bougre.

*
* *

Une équipe du labo radine à mon appel, flanquée de l'Identité judicieuse. Également le commissaire Mayeul, de la Crime, un jeune, promis à une grande carrière, auquel s'est joint l'inspecteur Cervin.

Quand ils se pointent, je mets vingt bonnes minutes à leur récapituler les neuf premiers chapitres de cet ouvrage si riche en rebondissements.

Je commence par la communication captée à la faveur des travaux sur le réseau et je développe la bobine des événements venant de se produire.

Mon éminent subordonné m'esgourde avec attention. Émerveillé par mon verbe autant que par ces péripéties périphériques, que je passe en revue avec une maestria oratoire auprès de laquelle celle de Bossuet n'était que bredouillis de demeuré bègue affligé d'un bec-de-lièvre.

Ma péroraison met un terme à ce récit. Il branle le chef (il ne s'agit pas de moi, bien que je le sois) et lisse ses épais cheveux blond cendré.

— Je pense que nous allons demander à Cervin de nous dresser un résumé des rapports et autres comptes rendus. Isolez-vous et mettez-vous au travail séance tenante pendant « que c'est frais ».

L'interpellé opine, sort des paperasses de ses vagues, susceptibles de fournir du faf à brouillons, une pointe Crouille, trouve une table de salle à manger qui croisait dans les parages et s'y colle.

Nos confrères scientifiques bûchent sur la viande froide. Mon collaborateur se joint à moi pour une perquise en règle des lieux. Il a de la technique, des dons et une intelligence au-dessus du niveau de la dure-mère.

L'appartement de Saint-Cloud ne nous avait pas appris grand-chose sur Éléonore puisqu'elle ne l'habitait pas ; par contre, celui du quai aux Fleurs est riche d'enseignements. Un auteur médiocre te ferait chier la bite avec ses investigances ; ne te passerait rien de ses découvertes, positives ou inutiles, bref, tartinerait en roue libre. Moi, tu connais ma devise, Denise ? Mieux vaut tirer des coups que tirer à la ligne ! C'est l'une des causes de ma renommée universelle.

Après plus d'une plombe d'écrémage systématique, nous avons une idée plus précise de cette étrange souris.

Fille d'un gros viticulteur du Sud-Ouest. Études d'architecture (dont la dernière partie faite en Italie). Remarquée par un couturier romain qui la prend comme mannequin-vedette. Le quitte pour venir à Paris deux années après. Se fiance à un coureur de rallyes : Luciano Casanova, qui devint tétraplégique à la suite d'un accident. Valériane de La Liche veut l'épouser malgré son état physique, mais il refuse. Ils conservent des relations suivies et continuent de correspondre par cassettes enregistrées. (Nous en découvrons un lot important dans la chambre de la jeune femme et nous nous en passons quelques-unes sur le magnétophone réservé à cet usage. Le texte est touchant et la voix basse de l'infirme a des accents pathétiques). Bien que nous n'ayons qu'une perception unilatérale de cet échange, il est aisé de comprendre que ces deux êtres continuent de s'aimer.

Des bordereaux bancaires indiquent que la sublime gagne très largement son bœuf, voire même davantage. Qu'a-t-il pu se passer dans sa vie pour qu'elle soit soudain traquée par un (ou des) tueur(s) ? Sans aucun doute, on veut l'abattre ! On carbonise sa voisine de Saint-Cloud, laquelle, soit dit entre nous et la statue équestre de Georges Marchais de l'Académie française, semble avoir eu un comportement un peu glauque, et on bute sa vieille bonne qu'elle conservait probablement par tendresse.

— Il nous faut bien vérifier l'heure de ces décès, remarque Mayeul.

— Pour voir si le même homme a pu commettre l'assassinat de Saint-Cloud et celui de Paris ? fais-je. Je ne le pense pas.

— Ce sont cependant deux crimes de « pros », objecte-t-il, perpétrés froidement. À Saint-Cloud, c'est un chargeur vidé à travers une porte de W.-C. À Paris, une seule balle en pleine tête. Dans les deux cas, il s'agit de très vieilles femmes qu'une forte gifle aurait mises K.-O. Pourquoi cette furia sauvage ?

Nous en sommes (préfecture Amiens) là quand nos collègues de la technique viennent nous demander s'ils peuvent faire évacuer les macchabées. Ils promettent leur rapport sur la tuerie pour demain avant midi. Le meurtrier de mémé est sans papiers d'aucune sorte, si l'on excepte quatre biftons de cent points. En ce qui le concerne, le temps de contrôler ses empreintes au grand fichier et d'ici une plombe nous pourrons avoir son curriculum.

Merci, les gars !

À peine ont-ils laissé place nette que le biniou retentit.

— À vous l'honneur, monsieur le directeur, murmure mon compagnon en souriant.

Ne me fais pas prier. Soulève l'appareil. À la stupeur de Mayeul, au lieu de virguler le fameux « Allô ? » de circonstance, j'émets un vagissement difficile à apprécier.

— Mouchka ? fait un organe féminin, doux comme le miel et profond comme une chatte excitée.

Rebelote pour une seconde grommelance informelle de ton imputrescible Sana.

La voix plus suave qu'une feuille de rose dans le train des équipages reprend :

— Quelqu'un est venu me demander ?

Pendant la question, je montre le numéro de bigof inscrit sur le socle de l'appareil à mon confrère et chuchote :

— Vite ! Trouvez celui du correspondant !

Ah ! c'est pas une pommade, le beau blond ! En moins de jauge, il dégaine un mignard portatif de son veston et court s'isoler dans une autre pièce.

— Allô, Mouchka ? s'impatiente déjà la voix.

Nouveau bredouillement aphone de cet être d'exception qu'est ce fils unique de Félicie.

Et la fille de dire :

— Mais sers-toi donc de ton appareil, Mouchka !

La couillerie ! Cette bonne vioque utilisait un accessoire qui devait améliorer sa diction.

Je me fends d'un troisième concerto d'onomatopées, puis dépose le combiné sur la table ; espérons qu'elle va attendre suffisamment pour qu'on découvre le lieu d'appel.

Que tchi ! Un moment s'écoule et la correspondante raccroche. Quelque chose lui a mis la puce à l'oreille. Elle a fini par piger que ce n'était pas sa vieillasse ancillaire qui pataugeait des cordes vocales.

La queue en berne, je pars à la recherche de mon précieux commissaire Mayeul.

L-est toujours en ligne, calme, tendu. Il écoute jaspiner[1] son terlocuteur.

Quand enfin leurs rapports s'interrompent, il soupire :

— Pas de bol, elle a raccroché trop tôt, selon le préposé aux écoutes. Une seule indication : on a eu le temps de déterminer que le coup de fil venait de province.

— Toujours bon à savoir, mon petit vieux.

Sur ce trou du cul[2] l'assistant du commissaire réapparaît, ses devoirs de vacances à la main, en se demandant à qui les soumettre. Les impératifs de la hiérarchie sont parfois délicats à assumer.

— Donnez à Mayeul, lui dis-je.

Ce dernier empare les quelques feuillets d'infortune et se prend à les lire. À mi-parcours, il marque un sursaut, comme si une grande follingue lui touchait la bistougnette dans le métro sous prétexte que c'est l'heure de pointe. Il relit la page qui le fait tiquer, avec une attention davantage marquée, poursuit son étude du rapport et enfin me le tend.

— Il y a un os ? lui demandé-je.

— Voyez vous-même, monsieur le directeur.

— J'ai commis une erreur ? s'inquiète son écuyer, alarmé.

— Absolument pas, mon cher.

Je m'isole, histoire de ligoter la prose de ce digne superintendant de la loi.

C'est vrai qu'il a le sens du résumé ainsi que celui de la narration. C'est clair et ça coule. Style véloce, sans fioritures. Tout y est : « La chaîne et la montre ! » disait Papa.

---

1. Vieux terme argotique tombé en désuétude signifiant parler.

2. Méfait des altérations que San-A. fait subir à la langue. Sous sa plume, « sur ces entrefaites » est devenu : « sur ces entre-fesses », puis, dans un troisième temps, il est passé « d'entre-fesses » à « trou du cul ». Que sera la prochaine étape ?

LES ÉDITEURS (angoissés)

J'atteins le terme de son exposé sans que rien ne m'ait décoiffé la pensarde. Cependant, il a nettement « bronché », Mayeul, au lu de ce document, un peu comme le bourrin d'Hugo père, quand cet enviandé d'Espago blessé lui défouraillа dessus au moment où on lui filait un coup de remontant (de la fine Napoléon, probable).

Je vais pas passer pour une pomme à l'huile devant un inférieur hiératique, regimberait Falstaff Bérurier ; ce ne serait pas conforme.

— Vous ne voyez pas ? demande mon électrocuteur.

Je me courjute le bulbe.

— Comment ai-je pu ne pas réagir devant une telle énormité ! dis-je.

Et avec une foi si intense qu'en comparaison de la mienne, celle dont fit preuve sainte Blandine n'était qu'un recueil de contrepèteries, je lance un S.O.S. à Dieu pour qu'il m'éclaire.

Eh ben, tu me croiras ou tu iras te faire couper les roustons en fines lamelles, il répond « présent », le cher Seigneur.

Comme un premier de la classe en état second, je déflaque :

— Cela concerne la vieille Mme Maubec assassinée dans les tartisses de miss Éléonore, n'est-ce pas ?

— Gagné !

Il semble heureux. C'est un vrai garçon d'élite ; il sait que les subordonnés n'ont jamais intérêt à se montrer plus perspicaces que leurs supérieurs.

— Son œil de verre n'a pu être prélevé, puis remis pendant son séjour aux cagoinsses, pour la raison *qu'elle y était enfermée de l'intérieur* ! achevé-je.

— Indubitable ! s'exclame l'officier de police Cervin, emporté par l'admiration.

Ben tu vois : si je disposais d'une bouteille de champ', je m'en entiflerais un certain nombre de centilitres.

Ne serait-ce que pour stimuler mes facultés, car on ne peut prétendre que le mystère soit en voie d'éclaircissement.

11

Pages d'amour pour se torcher l'oigne

La lumière de l'été est rasante comme un discours électoral quand j'arrive à Garches.

Je remise mon bolide sur le parking réservé aux médecins et marche en direction de la réception. Une admirable jeune femme qui rit à gorge d'employée me fait un double appel de phares avec ses châsses plus bleus que la mer des Caraïbes.

— J'aimerais voir M. Luciano Casanova, lui susurré-je.

Elle éplore à la langoureuse :

— L'heure des visites est passée.

D'un mouvement aisé de prestidigitateur sortant un éléphant grandeur nature de son chapeau, je lui produis ma carte professionnelle.

— Je n'en aurai pas pour longtemps, ma divine.

Elle examine ce document prestigieux et s'exclame :

— C'est vous, San-Antonio !

— De la cave au grenier. Quel numéro, la chambre de Casanova ?

— Le 133, répond-elle, vaincue.

Et d'ajouter :

— C'est mon jour de chance !

— Pourquoi ?

— Mon service se termine dans un quart d'heure, j'aurais pu vous manquer.

Dans la famille « Rentre dedans et régale-toi », je voudrais la fille ! Charogne, cette provocation en prise directe !

— Votre ange gardien veillait ! lui dis-je, car je ne perds jamais l'occasion de faire de la pub au Seigneur.

Et de me diriger vers les ascenseurs.

Elle est déçue jusqu'au revers de son slip.

— Môssieur ! me hèle-t-elle d'un ton changé.

Je me retourne.

— Les chiens sont formellement interdits dans l'hôpital ! hargnit la pécore en désignant Salami à mon côté.

Mon compagnon repart d'un quadrupas nonchalant vers l'entrée, laquelle, répété-je volontiers, avec humour, peut également être utilisée comme sortie.

En parvenant à l'étage qui m'échoit, quelle n'est pas mon effarure d'aviser, à l'extrémité du couloir, mon brave toutou assis devant une porte, la langue dégoulinante.

Je lui adresse un geste complimenteur de la main qui le met en liesse, car il ne se lasse pas des félicitations.

Naturellement, c'est devant le 133 qu'il m'attend, bien qu'il ne connaisse pas les chiffres. Je le rejoins et frappe délicatement de façon à être entendu le moins possible.

— 'trez ! dit une voix mâle.

Il est seul dans la chambre, l'ancien rallyeman. Un appareil de belle technicité fait remuer ses membres fanés en souplesse. Il tourne vers moi un visage aristocratique. En dépit de son nom latin, il est d'un blond sombre de bronze. Son regard est vert très pâle. Ta première pensée, en découvrant ce mec, est de commisération. Tu te dis : « Quel dommage ! Un individu aussi beau ! » Et puis tu te reprends. Pourquoi un play-boy devrait-il être exempté de malheur ? Pas charitable, pareil regret ! La vie des hommes, disait ma grand-mère, est une loterie. Elle avait un peu raison. Au départ, tu reçois un numéro : il est bénéfique ou foireux, mais dans l'ensemble, tout le monde l'a dans le cul, j'ai remarqué.

Casanova me défrime, puis avise Sa Majesté le hound et remarque :

— On vous a laissé entrer avec votre chien ?

— Non, le rassuré-je ; il s'est débrouillé pour me suivre ; ça sert d'être basset, dans ces cas-là.

Je brandis ma brème poulardière devant son blair, afin d'éviter les jactances préliminaires.

— C'est encore pour mon accident ? questionne-t-il. Je croyais que tout était en ordre, depuis le temps.

— Vous confondez police d'assurance et police d'État, dis-je avec bonhomie.

Sa machine à agiter la viande naze émet un curieux bruit de succion, régulier et vaguement geignard.

— Expliquez-vous ! soupire cet archange foudroyé.

Je désigne une magnifique photo de fille brune dans un cadre de cuir noir.

— Je viens vous parler de Mademoiselle.

— Valériane ? sursaute-t-il.

— Plus connue du grand public sous le nom d'Éléonore.

— Il lui est arrivé quelque chose ?

— À elle, pas encore, mais on décède dramatiquement dans son entourage. Vous me permettez de prendre une chaise ? Je n'ai rien d'un orateur et déteste parler debout.

Je vais quérir un siège, au piquet devant un mur, et l'amène près du blessé.

— Il s'agit d'une histoire singulière, attaqué-je. Elle a débuté la nuit derrière, le plus fortuitement du monde, et elle s'est développée comme une épidémie au cours de cette journée.

Ce préambule posé, pour la énième fois je narre les péripéties dont j'ai tenu le lecteur informé.

Mon récit le fascine ; je peux suivre sur son mâle visage les états d'âme qu'il se farcit : ils vont de la stupeur à la crainte, du scepticisme à la curiosité.

Doté d'une grande maîtrise (son fatal accident était dû à l'éclatement d'un pneu), il ne m'interrompt pas une seule fois. Mais sitôt que je la boucle, il s'écrie :

— Valériane est en danger !

— Je ne saurais vous détromper, mon cher ; c'est pourquoi vous devez m'aider par tous les moyens dont vous disposez !

Il clame, angoissé :

— Mais je ne sais rien, rien de rien ! Jamais elle ne m'a parlé d'un péril qui l'aurait menacée. Vali est une fille forte, maîtresse d'elle-même. Si un événement grave s'est produit dans son existence, il est tout récent !

— Quand l'avez-vous vue pour la dernière fois ?

— Dimanche dernier. Lorsqu'elle me rend visite, c'est presque toujours le dimanche.

— Elle vient fréquemment ?

— Cela dépend de ses occupations. Parfois je la vois deux fois par mois, parfois elle reste sept ou huit semaines sans se montrer ; mais nos échanges téléphoniques ont une fréquence de deux appels par semaine, qu'elle soit aux U.S.A. ou à Rome.

— Vous communiquez aussi par cassettes ?

Il fronce les sourcils.

— Comment le savez-vous ?

Avec un soupir d'ennui je lui produis ma carte pour la deuxième fois consécutive, d'un air penaud.

— Il ne faut pas demander ça à un flic, monsieur Casanova. Donc, elle ne vous a jamais fait part de ses craintes ?

— Jamais !

— Vous parlait-elle de ses relations extraprofessionnelles ?

— Non. Et c'était mieux ainsi.

— Pardonnez-moi cette question…

Il ne me laisse pas achever :

— Je suis impuissant à jamais, oui, monsieur l'inspecteur.

Il enchaîne :

— Pour éclaircir tout à fait notre situation affective, laissez-moi vous dire que l'amour est devenu différent et qu'il risque de durer longtemps ; je puis même affirmer « toujours », en ce qui me concerne.

Son ton et son expression sont si pathétiques, à force de sincérité, que je sens mes châsses s'humidifier.

— L'avez-vous entendue parler d'un certain Pierre ?

Il réfléchit. Salami profite du silence pour se gratter l'oreille.

— Je crois bien que oui, répond enfin Luciano. Un jour, elle a appelé, depuis ma chambre, un homme portant ce prénom. C'était au milieu de notre conversation ; Valériane a brusquement poussé un cri et m'a demandé la permission de passer un coup de fil.

— Que lui a-t-elle dit ?

— Je crois qu'elle a décommandé un rendez-vous qu'ils avaient.

— Elle le tutoyait ?

— Il me semble. Mais ce fut très bref.

— Elle ne vous a fait aucune confidence au sujet de ce type ?

— Pas la moindre ; elle restait très… comment dire ? Désinvolte.

— Et c'est tout ?

— Absolument.

— Quelle sorte de gens pourraient attenter à ses jours, d'après vous ?

— Je ne vois vraiment pas ; ça paraît tellement invraisemblable ! Valériane est une fille active, au plan professionnel, mais infiniment détendue dans le privé. Elle vit en compagnie d'une vieille personne qui a été la nourrice de sa mère… Vous m'avez dit qu'on l'a tuée ?

J'opine. L'infirme s'agite :

— Donc Valériane risque sa vie ?

— C'est probable.

— Il faut coûte que coûte la prévenir !

— Elle ne l'ignore pas.

Un temps, meublé par les bâillements de Salami.

— Vous savez qu'elle venait d'acheter un appartement à Saint-Cloud ? demandé-je.

— Elle m'en avait vaguement parlé.

— L'on pense qu'il s'agit du cadeau de ce que l'on appelait jadis « un riche protecteur ».

— Je ne crois pas que ce soit son genre.

— Notez qu'il s'agit de « on-dit ».

— Les jeunes femmes seules y sont en butte.

L'ex-coureur automobile me semble désenchanté, soudain. Il avait déjà sa croix à traîner, et je viens le coiffer d'une couronne d'épines.

— Il y a une chose inexplicable dans tout cela, reprend Casanova. Si elle est traquée, pourquoi s'enfuit-elle, au lieu de demander l'assistance de la police ?

— Bonne question qui constitue sans doute le nœud du problème. Il est temps que je vous laisse. Voici mes coordonnées ; je mets ma carte à côté du téléphone, si vous avez de ses nouvelles, prévenez-moi, que celles-ci fussent bonnes ou mauvaises. Et dites-vous bien, cher monsieur, que l'on doit parfois assurer la sécurité des gens malgré eux.

J'ai un réflexe pour lui tendre la main. Hélas, il ne peut s'en saisir. Il me dit d'un ton pitoyable :

— Tirez-la de ce tas de merde, inspecteur, je vous en supplie !

J'acquiesce avant de filer. Un étrange malaise me cigogne. Y a des moments qui ressemblent à un marteau mal emmanché.

12

La mère Dambranche est au rendez-vous

Et me revoici à Saint-Cloud, prêt à me rendre au rancard fixé à la môme des télécommunications.

Auparavant, je passe embrasser Féloche et changer de limouille. J'ai pour habitude d'aller à mes rendez-vous revêtu d'une pelure fraîche, dûment lotionné et coiffé. Dans ma chambre, j'avise Salami écroulé sur ma descente de lit, la truffe dans le fion. Il n'a pas perdu de temps !

— Mon cher, lui dis-je, je crois que vous devriez rester at home afin de récupérer une fois pour toutes. Ma mère va vous préparer à dîner.

Il ronronne, ouvre un œil et bat le plancher de sa flamberge.

Paré pour un éventuel examen prénuptial, je moule la casa et fonce au *Panier Fleuri*. C'est le genre brasserie de banlieue quiète. Le juke-box n'est pas à ébullition et la jeunesse dorée y consomme des boissons de bonne tenue.

Ayant remisé ma tire à quelques encablures, je me dirige pédérastement (Béru dixit) vers l'établissement. J'aperçois l'objet de ma convoitise « en terrasse ».

Elle a voulu se mettre en frais, comme toujours, les frangines qu'on sort. Le trente et un, tu penses ! Joli tailleur orange avec un chemisier bleu, collier d'or massif fourbi au Miror. Elle en jette ! D'autant qu'elle n'a pas lésiné sur le maquillage. De loin, elle ressemble à un masque de carnaval, et de près, à une réclame pour un fabricant de peinture. Mais son conditionnement du soir ne s'arrête pas là : c'est surtout le parfum qui est agressif. Un truc pas possible qui te fait éternuer à vingt pas. Même chez les fourreurs assurant la garde d'été des manteaux, ça renifle avec moins de véhémence. Moi qui ai tendance à l'allergie olfactive, ça va être joyce ! Je risque de jouer le nain Atchoum en la tirant.

T'as déjà été en proie à une attaque de rhume des foins pendant que tu calçais une sœur, toi ? Ah ! dis donc, la maison Dégode se met de la partie. Je me rappelle une petite escaladeuse de pafs que je grimpais en danseuse, un aprème, dans une chambrette cretonnante de l'Hôtel Beauvallon, en Touraine. Les murs disparaissaient sous les glycines en fleur. En pleine euphorie sexuelle, v'là que me biche une série d'éternuements longue durée. Et pas des minces ! À chacun de mes spasmes je déjantais.

La petite médème poussait un cri de détresse dès que mon pollux déjaugeait. J'avais beau tenter de me retiendre, ma poire explosait littéralement et je la vaporisais à tout berzingue. La gerce d'un huissier ! Une petite brune style mijaurée qui devait se servir d'une pince à sucre quand elle recevait, et aussi, pourquoi pas, d'un manche à gigot en argent.

J'ai libéré une salve de huit ou dix « ternuages ». Croyant la crise terminée, j'ai remis mon panoche à tremper car il conservait encore une consistance dont se serait régalée l'épouse d'un avocat-conseil. Et puis patatras ! Me revoilà à éternuer à m'en faire éclater le blair et l'os frontal. Dès lors, finita la furia amoureuse ! Je brandeloquais du cigare !

À la longue, la dadame en a eu quine d'une partie de jambons aussi foireuse. Elle s'est rafraîchi la moulasse, au trot, a réintégré sa culotte et ensuite l'étude de son connard. Une rifouille monstre m'a biché ; je continuais d'éternuer en me marrant. Franchement, on est peu de chose. Et même moins que ça !

— Vous avez l'air tout joyeux ? remarque la belle au tailleur tango.

— Le bonheur de vous revoir, ma douce tentation. Au fait, quel est votre petit nom ?

— Muguette.

— Ravissant.

— Vous voulez aussi mon nom de famille ?

— Oh ! non ; il appartient à votre époux, restons corrects. À ce propos, vous n'avez pas eu de mal à prendre votre soirée ?

— Je fais partie d'une chorale mixte, et ce soir est précisément celui de la répétition hebdomadaire.

— Vos partenaires risquent de s'inquiéter de votre absence ?

— C'est monnaie courante, vous savez.

Je pige que ce groupe vocal sert à fournir des alibis aux conjoints disjoints.

Albert, le serveur que je connais, s'enquiert de ma commande.

— Une forteresse volante ! réponds-je.

— Ça consiste en quoi ? demande Muguette.

— Mettez-en deux ! dis-je au loufiat.

Puis, à ma conquête :

— Une gorgée de la chose vous en apprendra davantage qu'une heure d'explication.

Elle me poche avec l'eau bouillante de son admiration, comme l'a écrit Jean-Jacques Rousseau dans *Y a pas le feu au lac*.

Après tout, son parfum n'est pas aussi dramatique que je le redoutais. À preuve, il ne me provoque pas de crise respiratoire. Mon cocktail la comble ; il peut. J'en donne ici la composition à l'intention de mes lecteurs appartenant au cercle des « Peinturlurés de l'intérieur » : 1/4 de Cointreau, 1/4 de liqueur de mandarine, 1/4 de vodka, 1/4 de chartreuse verte ; ajouter quelques gouttes de crème de banane et servir glacé.

Cette mixture ayant l'heur de lui plaire, nous en buvons deux verres coup sur coup avant de lever l'ancre.

Ma Ferrari est source d'émerveillement pour cette jeune femme simple, habituée aux pipes dans des véhicules de série. Ses accélérations fulgurantes la médusent, aurait assuré Géricault.

Nous sortons de notre chère cité et, nonobstant les interdits multiples, je lui fais déguster un bol de grande vitesse aux effets immédiats (une main glissée dans sa culotte m'en fournit la preuve).

— Où m'emmenez-vous ? pâmoise-t-elle.

— À l'Auberge de Faon de Chichoune !

L'endroit est réputé, et même étoilé par la vigilance des éditions Michelin.

— Oh non ! fait-elle. C'est trop luxueux, je serais gênée.

Tant de modestie m'émeut ; je m'apprête à partir à l'assaut de ses scrupules d'ancienne vierge, lorsqu'elle me contre-propose :

— Allons plutôt chez ma grand-mère, à Louveciennes.

De saisissement, j'en aurais perdu mon dentier si j'en avais porté un, mais les prothèses ne sont pas mon genre.

Grande première. Jamais encore une gerce ne m'avait invité à se faire mettre chez son aïeule.

— Il s'agit d'un restaurant ? je bredouille.

— Mais non ! Je vous parle de ma mémé. Nous y serons tranquilles et pourrons y faire la dînette. Elle confectionne des foies gras divins : elle est alsacienne.

— Je ne voudrais pas importuner cette digne personne…

— Au contraire, elle sera ravie.

Berlué à outrance, je la laisse guider nos tours de roues et, vingt minutes plus tard, nous arrivons chez Mme Rosine-Charlotte Dubuissont. Cette dernière possède une maisonnette en meulière, avec des entourages de faïence verte autour des ouvertures. Un coquet jardinet agrémenté d'une pièce d'eau, dont le glouglou filerait envie de pisser à un mec en pleine crise d'urémie, agrémente la construction.

Une femme d'un roux blanchissant, au visage attaqué par la couperose des viveurs, vient ouvrir.

Regard bleu pâle, sourire en fesses de bébé.

— Muguette ! s'écrie-t-elle avec, effectivement, un fort accent alsaco, je te sentais !

Bisouilles, présentations. La dame paraît trouver naturelle ma présence auprès de sa petite-fille.

Elle nous fait l'honneur de son pavillon, lequel n'est pas sans rappeler le nôtre. Mêmes odeurs de bon frichti, d'encaustique et d'eau de Javel. C'est plus petit que chez nous, mais tout aussi feutré. J'avise un énorme matou dans un fauteuil d'osier. Ce greffier doit attraper davantage d'indigestions que de souris. Ils sont probablement castrés depuis plusieurs générations dans sa famille ; il pèserait douze kilos que je n'en serais pas surpris.

— Je cuisais un lapin à la moutarde, justement, dit la brave femme. On commence par mon petit foie gras au genièvre, naturellement. Vous aimez le vin rouge d'Alsace ? J'ai un pinot d'ottrott extra.

— On mange à quelle heure, mémé ? s'informe ma conquête.

— Dans une demi-heure, répond la vioque ; vous avez le temps de tirer un petit coup avant de vous mettre à table, ça vous ouvrira l'appétit !

Voilà une grand-mère à la page, il me semble.

Ma gentille copine me drive dans une chambre du rez-de-chaussée attenante à la salle à manger.

Au début, je suis intimidé par la proximité de mémère, mais ma partenaire est à ce point détendue que je l'oublie.

Bon, on se dessape. Préliminaires classiques. Reptation d'un félin à tête rouge dans la jungle de son pubis. Elle aime. Ensuite le doigt de cour avant-coureur, bien évidemment. Suivi du jumelage médius-index, lesquels partent pour une reconnaissance partielle des lieux. Ils obtiennent un fort succès d'estime. Je transforme cet essai par une tyrolienne à clapet dont l'intensité la fait grimper en mayonnaise.

Elle beugle si fort que tu croirais au déferlement d'un trente tonnes dans la rue. Des cris à lui en craquer les cordes vocales kif des tamis de raquettes. Si tant tellement que sa brave mémé survient.

Dans la clameur, son arrivance me passe inaperçue. C'est seulement quand elle monte à la tribune que je la perçois (ou l'aperçois). Elle est chaste comme la statue de sainte Gudule. Les mains croisées sur son ventre, l'œil allumé de l'intérieur.

Profitant de ce que sa petite-fille baisse le niveau sonore, elle parle :

— Pour bien bouffer, vous bouffez bien, chapeau ! Vous me rappelez mon cher Hermann, sauf que lui il ne me mettait pas les doigts dans le cul : bien trop délicat pour ça. Cela dit, dans le mouvement, ça ne doit pas être négligeable ; néanmoins il se trouvait moins bien membré que vous. Il l'avait longue, mais sèche comme un saucisson de Toulouse au poivre. Si le cœur vous en dit, le repas est prêt ; vous serez toujours à même de reprendre la séance ensuite, d'autant que vous aurez des forces neuves. Ne vous donnez pas la peine de vous rhabiller : il fait chaud dans ma cuisine.

La chère aïeule nous drive jusqu'au sein des seins.

— Attendez ! dit-elle avant que nous ne prenions place. Je vais vous chercher un coussin, pas que vous vous coinciez les testicules sur ces chaises de bois. C'est ça le danger pour l'homme, quand il a posé son slip : il devient fragile. Je me rappelle un ami de mon mari qui passait me voir parfois, quand ses livraisons l'amenaient dans la région. Figurez-vous qu'il s'est assis, un après-midi, sur mon fer à repasser que, dans ma précipitation, j'avais laissé sur l'escabeau, à l'envers et branché… La peau de ses roustons est restée collée après ! Il n'est jamais plus revenu !

J'ai droit à un superbe coussin de soie sur lequel elle a brodé un chaton blanc.

Son foie gras est savoureux, l'ottrott également, qu'elle a l'excellente idée de servir frais, tel du bouzy. Depuis le four de la cuisinière des odeurs ensorceleuses nous font bien augurer de la suite.

Ma gentille Muguette me caresse le chibroque en continuant d'exhaler des soupirs capiteux.

— Écoutez-la ! Écoutez-la ! fait mémé. On voit qu'elle est méridionale par son père : quand ça les tient, ces gens du Sud, il faut qu'ils fassent profiter les autres de leur pied.

À peine a-t-elle proféré ces paroles qu'une formidable explosion retentit, ébranlant la maison et réduisant les vitres en leur sable originel.

13

Fleurs et couronnes

— La guerre ! La guerre ! clame la vieille Alsaco en se jetant sous la table d'où elle a une vue imprenable et incompressible de mes attributs sexuels.

Au-dehors des cris s'amplifient.

Que vient-il de se passer ?

Je tente, avant tout, de calmer mémé, qui pousse des bramées tendance crise de nerfs :

— Ne vous affolez pas, chère madame, il s'agit probablement de l'éclatement d'une canalisation de gaz !

— Oui ! Ouiiiii ! couine la choucrouteuse aïeule. Ça sentait depuis un bon moment déjà !

Je m'élance hors du pavillon, vêtu de ma seule serviette de table, heureusement très grande, puisque provenant d'une arrière-grand-mère de la vioque.

Débouchant dans la naguère paisible rue, je me sens glacé d'effroi en découvrant ma superbe Ferrari convertie en sculpture d'Arman.

Elle n'a que son train arrière qui fasse encore penser à une voiture. L'avant n'existe qu'en qualité de tas de ferraille fumant.

Mais il y a plus pire ! Un bras d'homme gît sur la chaussée, sectionné au ras de l'épaule, tandis qu'une tête à demi décollée pend par-dessus ce qui fut ma portière gauche.

Mes idées suractivées déferlent dans mon caberlot comme les vagues à la pointe du Raz une nuit de tempête. Je me dis : « Un mec a essayé de chourer ton bolide, mais quelqu'un l'avait piégé et il y a laissé sa vie de glandu. »

Voilà pour la première salve de concepts.

La seconde se précipite tout de suite après au portillon : « Le hasard, ou la Providence, fait qu'un piqueur de bagnoles a morflé ; mais cette charge de plastic t'était destinée, manche-à-burnes ! C'est ton bras qui ne devrait plus tenir à ta personne que par de hideux tendons blanchâtres jaillissant de chairs sanguinoleuses. Y en a qui se rendent aux sports d'hiver, toi, bonhomme-la-lune, rends-toi à l'évidence : on veut ta peau. T'as fait chier tant et tant de malfrats au cours de ta carrière qu'ils ont dû former un consortium pour te liquider, figure-de-fesses ! »

Les voisins s'accumoncellent. Les conneries s'échangent. Les questions fusent. À cause de ma serviette-de-table-cache-bitoune, je suis guigné.

— Elle ÉTAIT à toi, cette bagnole ? me demande un messager d'Afrique du Nord aux cheveux grisonnants.

— Hélas ! soupiré-je.

— C'ÉTAIT une Ferrari ?

— Exact.

— Dis donc ! Elle vaut combien ?

— Dans cet état, quelques centaines de francs ; j'ai pas encore consulté l'*Argus*.

Je sens que mon pagne me quitte à la suite d'une traction opérée par le bas. Je me penche et qu'aspers-je ? Salami ! Malgré ma confusion mentale due à ce douloureux événement, sa présence inopinée me souffle.

— Que faites-vous là, mon cher ? l'interrogé-je d'une voix effarée.

Il lâche le linge de ma pudeur et cligne de l'œil.

— Vous avez raison, coupé-je ; nous en parlerons plus tard.

— C'est vot' chien, c't' bête-là ? me questionne une dame banlieusarde.

— Pourquoi ?

— Et vous le vouvoyez ?

— Aucun texte de loi ne s'y oppose, objecté-je.

La personne que je te dis se met à panteler du regard et des méninges.

Je m'approche tout près de ce qui fut mon véhicule tant chéri. De grande évidence, la charge d'explosif a été placée sous le siège conducteur. Ce qu'il n'empêche que le baquet voisin est également pulvérisé. Le trappon de la boîte à gants pend kif celui d'un pantalon de mataf occupé à sodomiser un pote. Fiévreusement, j'en ressors un cadre à photo de format moyen recelant le portrait de ma vieille. Elle me sourit avec son éternelle gentillesse, la Féloche. Comme son regard est doux, comme il est tendre !

— Hé ! m'interpelle un grand maigre habillé de mince. Vous n'avez pas le droit de toucher à quoi que ce soit avant l'arrivée de la police ! Même si cette voiture vous appartient.

— La police, c'est moi ! réponds-je d'un ton un peu sauvage. Ne me pompe pas l'air, figure de fifre, sinon, demain matin, les dents que je t'aurai fait avaler te mordront l'anus !

Sur cette réplique, digne d'Edmond Rostand, je rentre chez la mamie.

Curieusement, la perte de mon automobile me frappe davantage que l'attentat dirigé contre moi. On m'a privé de mon jouet favori, celui qui m'était le plus cher après ma bite. Dans l'instant, je ne me pose même pas la question de savoir si les assurances me rembourseront.

On l'a disloqué, réduit en charpie. Agression contre le beau, le génie humain ! Je vais te dire mieux : je n'ai que des bribes de pensées, à peine apitoyées, pour le voleur qui a péri dans l'explosion. Pourtant, en chouravant ma guinde, il m'a sauvé la vie, ce trouduc !

Une fois reloqué, je dégage la clé de contact de mon bénoche. Le petit cheval cabré, sur fond émaillé jaune, les couleurs italiennes et ce nom magique de sept lettres me poignent.

La gentille Muguette réalise que son coup de guizeau dans l'aumônière, ce sera pour une autre fois. Elle le sentait de toute exception, après nos préliminaires corsés. Le tournoi s'annonçait magistral. Elle allait s'offrir la tringlée du siècle. Mémé itou avait pigé en moi le matou fleur de coing. Elle aurait joué les mères

Guette-au-trou, depuis le vestibule. Ne rien perdre de la fiesta. Qui sait, peut-être se serait-elle bricolé une main tombée sur la moulasse pour nous faire un brin de conduite dans les vertiges.

Dehors, ça commençait à remue-ménager ferme. Pas de cornes d'abondance, mais des abondances de cornes : pompelards, Police-Secours, ambulance. Plus la houlance de la foule.

Courageusement, je suis reparti dans la mêlée, ma brèmouze à la main. Les gaziers de la maison Drauper me garde-à-vousaient en m'identifiant. Ils fouillaient ce qui restait de poches à ce qui restait de voleur. Le gusman avait un nom merguez, une main de Fatma en argent massif autour de ce qui subsistait de son cou.

J'avais conseillé à ma dulcinée inachevée de se placarder chez l'aïeule ; inutile qu'elle retrouve son minois dans les baveux du lendemain, ou à la téloche. Que justement, une tire Canal + arrivait à fond la caisse !

Je venais de récupérer mon biniou intact dans l'épave de ma gondole et je sonnai la garde. Pinuche, pour débuter. Il voulait me faire le papier de ses investigues à Saint-Cloud, mais je l'ai coupé net en lui enjoignant de me rejoindre. Ensuite, mister Blanc, encore ébloui par sa récente paternité. Puis Béru, mais je n'obtins que son répondeur. J'en ai profité pour lui dire qu'il était réellement un sac de merde et j'ai raccroché.

Mes idées demeuraient confuses. Maudissant ce coup de turlu capté sans l'avoir voulu, je décidai d'attendre la Pine et le Noirpiot.

On embarqua le mort ainsi que les tronçons qu'il venait de laisser dans la rue de l'Alsacienne. Une dépanneuse vint quérir l'épave de ma charrette. Les pompelards s'étaient cassés les premiers, comprenant qu'après leur coup d'extincteur sur les décombres fumasseux, ils pouvaient rentrer verger leurs nanas.

Juste les matuches et les reporters qui s'attardèrent. Apprenant que j'étais moi, les premiers zélaient et les seconds fouillemerdaient, se gaffant qu'il n'était pas catho qu'un ponte de la rousse se laisse lotionner sa brouette à l'explosif ; ils voulaient que je jacte, insistaient, bref faisaient leur boulot, comme me fit observer l'un d'eux. Je lui rétorquai que je faisais aussi le mien et qu'il valait mieux ne pas trop briser les burnes d'un fou de voitures auquel on venait de détruire son joujou.

Bien entendu, ils me demandèrent avec quel argent un fonctionnaire, fût-il supérieur, pouvait s'offrir une merveille de cette valeur. Je leur expliquai gentiment que je sodomisais un émir dont la baignoire était taillée dans un diamant. Comme ils avaient presque autant d'humour que moi, ils s'enquirent de la marque de ma vaseline. On finit par copiner et je jurai de leur accorder un scoop dans les quarante-huit heures à venir.

Pinaud se pointa trente minutes plus tard, et Blanc une demi-heure, si bien qu'ils arrivèrent presque simultanément. La Pine s'était amenée dans sa Rolls-Royce (que Béru appelle sa Rollmops) et le Négus en taxi. Nous prîmes tous place à bord du royal véhicule. Je priai le chauffeur de nous driver à la maison car je tenais à prérassurer M'man, sinon les infos du lendemain matin risquaient de lui chahuter le guignol.

Ce fut devant ma grille que je repensai à Salami. Le bougre avait de nouveau disparu. Manifestement, il menait une existence très indépendante et j'eus peur que ses initiatives privées finissent par nous séparer pour de bon.

Félicie achevait sa vaisselle lorsque nous survînmes. Avec son tablier blanc et ses gants roses, ma vieille chérie faisait plutôt doctoresse. Chef de clinique dans une maternité, je dirais même.

Notre arrivée la mit aux archanges. J'ai jamais rencontré personne ayant davantage qu'elle le sens inné de l'accueil.

Son beau visage s'aggravit.

— Tu ne sais pas où est Salami, Antoine ?

— Ne t'inquiète pas, M'man, il va revenir.

Je lui brodis une fable crédible à propos de la mort de ma Ferrari : un malfrat, en se sauvant, l'avait percutée alors qu'elle se trouvait à l'arrêt. Malheureusement, elle prit feu…

— Et cet homme a eu du mal ?

Tout ce qu'elle dit, la chérie.

Ma tire n'importe pas, mais la santé du voleur, si. Dans le fond, c'est pas mal d'avoir une sainte pour mère ; ça compense un peu mes saloperies de pineur d'élite.

On se retrouve donc, mes deux hommes et moi, dans la cuisine de M'man, devant une « daube lyonnaise ». Les uns et les autres avions débuté un repas, et n'avions eu que le temps de claper l'entrée. Il est normal qu'on s'explique avec un plat à haute teneur énergétique.

Pinuche mange peu et parle beaucoup. Il narre en diagonale ses investigances dans ma cité clodoaldienne. Rien que je ne sache déjà, mais il repasse son croquis à l'encre de Chine. Intéressant pour le Noirpiot, lequel, biscotte cette nouvelle naissance dans sa tribu, a raté les épisodes qui ont succédé au préambule. Tellement d'événements se sont déroulés en quelques heures que tu pourrais te croire dans un roman de San-Antonio. J'ajoute mes chapitres à ceux du père La Sucrette. Jérémie se fait répéter des trucs et classe tout ce fourbi dans sa boîte à idées étanche.

La daube est fantastique. Elle s'est surpassée, ma vieille. Curieux qu'un être qui se nourrit de rien accomplisse de telles prouesses culinaires. Ça fait partie de l'altruisme, je crois. Un besoin de combler les autres.

Tout en faisant castagnetter ses chailles éclatantes, le Jéjé récapite l'historiette.

Je te livre dans le désordre :

— Cette fille n'habitait pas l'appartement de Saint-Cloud. Pourtant, se sentant en danger, elle s'y réfugie. Ceux qui la traquent l'y débusquent puisqu'elle réclame de l'aide à un ami (ou amant) prénommé Pierre.

« Le risque s'accroissant, elle demande à sa voisine du dessous de monter la rejoindre. A-t-elle parlé du péril qui la guette ? Je ne le pense pas.

— Pourquoi ? coupé-je.

— Parce que, dans ce cas, la vioque se serait munie du pistolet qu'elle dissimulait dans son oreiller.

— Très juste.

— Donc, elle monte chez Éléonore. Au bout d'un certain temps, la vieille use des toilettes. Pendant qu'elle s'y trouve, Éléonore, aux aguets, constate que l'ennemi vient à l'assaut muni d'une échelle. N'écoutant que sa terreur, elle s'enfuit sans alerter la veuve. L'arrivant pénètre dans l'appartement, la cherche. Il détecte une présence dans les cagoinsses et tire à travers la porte.

Le Négus marque un premier stop, afin, sans doute, de se concentrer avant de continuer.

Pinaud se sert un verre de vin, car, comme la nature, il a horreur du vide.

— Bon, fais-je, si je file le train à ton raisonnement, le meurtrier s'est donc trompé et a assaisonné la veuve Maubec en croyant qu'il s'agissait du mannequin.

— Élémentaire, mon cher Watson.

— Maintenant, parle-moi de l'œil de verre !

Ses deux lèvres mauves, telle la chatte de Mme Bidouille, la directrice de l'agence immobilière près de chez nous, s'écartent pour nous offrir une carnasserie d'un blanc de nacre.

— Juste ! admet mon dark pote, après un temps de gamberge qui le débilite.

Inexorable (de lapin), j'en rajoute :

— On a enfoncé la lourde des chiches parce qu'elle était fermée de l'intérieur, AU VERROU !

Argutie qui ne laisse pas place aux ergotages !

— On a bricolé son faux lampion avant qu'elle n'aille aux tartisses, soupire Othello.

— Et après cette petite opération oculaire, la dame aurait continué de vaquer avec son châsse bidon mis à l'envers ?

— Suppose qu'elle ne s'en soit pas aperçue ?

— Impossible ! La prothèse devient douloureuse si elle ne s'adapte pas à la cavité.

— Alors ?

— Mangeons ! coupé-je. Peut-être manquons-nous de quelques centaines de calories pour devenir perspicaces ?

14

Le destin c'est après

Nous éclusions un calva hors d'âge au salon pour donner sa chance posthume au bœuf en daube, quand l'incident se produisit.

Mais que je te pose bien le climat. Au cours de cette plantureuse seconde partie du dîner, nous avons bêché la situation comme un jardinier du dimanche son lot de terre cultivable. On a examiné la boucle d'oreille, diamants et saphirs, trouvée dans la cuistance d'Éléonore. On s'est dit qu'elle devait appartenir au mannequin ; seulement pourquoi le bijou gisait-il sur ce carrelage ? Avait-elle été agressée dans sa cuisine ? Si ç'avait été le cas, elle n'aurait pu se sauver jusqu'à la gare et l' (ou les) envahisseur(s) ne se serait (*t* ou *ent*) pas donné la peine d'assaisonner la veuve aux gogues.

Sitôt qu'on se consacrait à un élément du puzzle, il détruisait celui que nous venions d'étudier.

À la fin, on en a eu quine et le Bronzé, exténué des méninges, a changé l'orientation de nos bavasseries en parlant du prochain baptême de son (provisoirement) dernier chiareux. Il se montrait extrêmement fier que nous en soyons la marraine et le parrain, Félicie et moi ; se proposait de faire imprimer un faire-part dans *Le Figaro* pour l'annoncer. Je lui ai assuré que ma mère en serait très émue et que, personnellement, cette perspective attisait mon orgueil.

C'est pile au moment où je posais cette affirmance que l'événement eut lieu : un bris de verre dans la pièce, ponctué d'un heurt « roulant ».

Nous lookames, et vîmes.

Pas le temps d'effarer, les mecs. Je bondis : c'est une grenade. Quatre secondes pour interviendre ! Je la saisis et la rebalance par le trou qu'elle a ménagé en fracassant le carreau.

Une seconde encore et ça déflagrationne. Le mot n'est ni vain, ni exagéré. T'as vu des documents filmés sur Pearl Harbor ? Eh bien ça ! En plus bref. Dedieu quelle pipe ! comme disait le lapereau vomi par un boa goulu !

Les vitres de la façade se déshabillent, les tableaux se décrochent. Notre fabuleux carillon Westminster, cadeau d'un dirigeant du Yard, cesse de faire chier le monde avec son balancier crispant. Des années que je le rêve silencieux ! C'est fait ! Notre vue générale du Mont-Saint-Michel, sur écorce, est fendue comme une bûche sous le fer d'une cognée.

M'man accourt, blême, le menton en tiroir de commode pillée.

— Qu'est-il arrivé ? demande-t-elle.

— César qui a éternué trop fort, réponds-je.

Je me tais pour admirer le comportement de Blanc. Il vient d'ouvrir la fenêtre démantelée, puis de sauter dans le jardin où il se fond dans l'obscurité, écrirait un feuilletoniste d'avant guerre. Toujours, mes choses-frères de jadis, leurs héros se fondaient dans l'obscurité. Maintenant, le terme est tombé en désuétude. Tu ne le rencontres plus que dans des ouvrages littéraires.

— Mais vous saignez, monsieur Pinaud ! s'exclame la maman vénérée du fameux Sang-en-tonneaux (ainsi m'appelle un pote qui manie la satire à la truelle).

Je zieute. Fectivement, le Fossile a morflé un éclat au-dessus de l'oreille. Rien de grave. Alors, n'écoutant que le courage de Jérémie, je prends la barre d'appui comme un cheval d'arçon et bondis sur la pelouse.

Épique !

Je franchis un massif, puis deux, écrase une bordure de lis desquels je confectionne une gerbe que je m'en vas porter au pied de la statue de sainte Jeanne d'Arc, place des Pyramides, pour la fête à Neunœil.

Mon portail est tout vert. Il est également ouvert.

Une moto habitée par deux zigs en cuir fonce dans ma strasse paisible. Jérémie est à genoux sur le trottoir, son feu en pogne. On dirait qu'il a l'éternité pour lui ! Le coup part. Un seul ! Mais quel ! Le passager de la péteuse se prend la bastos dans le dos et chancelle.

L'engin est brusquement déséquilibré. Le conducteur veut le redresser, mais déjà lancée à pleine vitesse, la ronfleuse décrit des arabesques qui s'achèvent dans la devanture de M. Millet, le grainetier. Nouveau bris de glace, plus sérieux celui-là, car le panneau doit faire douze mètres carrés. Les roues sont engagées entièrement dans les sacs de céréaux qui sentent bon. J'adore ce parfum de grains séchés ; dans le fond, j'étais destiné à la minoterie.

On court à perdre sa laine, dirait volontiers Alexandre-Benoît. Foutoir inextricable, duquel sortent des plaintes. Entrelacs de tôles. Accumulation de verre pilé. La proche lumière d'un lampadaire éclaire une scène dantesque. Moto distordue. Le passager arrière, celui que Jérémie a zingué, est complètement à la renverse, mais reste coincé sur la machine. C'est lui qui émet des râles de mauvais augure. On pénètre (illégalement) dans la boutique ; le conducteur, tout comme naguère mon voleur de Ferrari, a été décapité par la vitrine. C'est fou ce qu'on sectionne de cigares depuis que la guillotine a été reléguée au musée des Horreurs !

Nature, les mouches à merde rappliquent d'un peu partout avec, en premier de cordée, le marchand de graminées, le brave père Millet. Il est chenu, cézig pâte, d'un blanc farine tirant sur le gris.

Il m'avise près des décombres et se raccroche à moi tel un gonocoque à une blennorragie de toute beauté. Il crèche au-dessus de son magasin.

— Commissaire, béglotte-t-il (car il continue de me donner ce titre malgré mes nominations, comme le font nombre de gens), qu'est-il arrivé ? J'ai entendu plusieurs explosions avant l'impact.

Il parle *Parisien libéré*, le dabe. C'est devenu une tournure d'esprit, de laquelle découlent des tournures de phrases. Bon canard, *Le Parisien*. La France en vie ! Et copieux avec ça. Riche en photos. On s'y retrouve !

Je calme le bonhomme. Les détonations auxquelles il allusionne ont été produites par un mauvais fonctionnement du bolide qui avait des couilleries dans l'allumage. Je jacte pour lui calmer les frayeurs. Un accide, rien d'autre. Ces gars se croient invulnérables, à califourchon sur un réservoir d'essence. C'est mythique, une 500 ! Mais pas d'inquiétude : les assureurs paieront, ils sont faits pour ça.

Tandis que je tartine de baume l'esprit du commerçant ainsi que celui des voisins rescousseurs, Jérémie et la Pine font leur turbin. Ils examinent les mecs de l'attentat, chauffent leurs fafs et ceux du véhicule anéanti. M. Blanc tubophone pour qu'on vienne embarquer mes bombardiers en loucedé. Consigne impérative : il s'agit d'une simple collision ! Surtout pas de vagues. Motus pour la presse. Tout dans la finesse.

Par mesure de sécurité, nous attendons sur place le service de déblaiement. Célérité, discrétion. Ils s'amènent presto ; sont quatre avec une vaste fourgonnette, plus une ambulance de la Grande Taule pour la viande froide. Le vilain assaisonné par Blanche-Neige vient de rendre son dossard aux organisateurs.

Lorsque nous regagnons notre pavillon, M'man, de son côté, a fait place nette. Toujours sereine, mais n'en pensant pas moins. Stoïque. Si elle est bourrée de craintes, c'est à cause de moi. Elle n'en vit plus de me voir exposé à des tueurs.

— Écoute, lui fais-je, ce genre de chose, c'est comme la foudre qui ne tombe jamais deux fois au même endroit. Cela dit, je vais faire venir Madeleine et son mari. Ils passeront un jour ou deux à la maison, je serai plus tranquille.

Elle me demande qui sont ces « messieurs-dames ».

— Des francs-tireurs qui travaillent pour nous, lui expliqué-je. Un couple épatant, tu verras, je suis certain que tu les apprécieras. Fernand, le mari, remplacera les carreaux brisés : il est le roi du bricolage.

— Et toi, mon grand ?

— Écoute, ma poule, je ne veux pas te vendre des Coton-Tige en salade et te raconter que je vais aller me mettre au vert à Saint-Locdu, le patelin normand du gros Béru. Ça cagate. Je dois coûte que coûte trouver qui veut quoi, sinon l'existence deviendrait rapidement une promenade dans un champ de mines. Alors pas de frayeur, M'man, sois forte ! Les gros orages ont une particularité : ils ne durent jamais très longtemps. Ceux qui m'en veulent vont commencer à se cailler la laitance en apprenant ce qui arrive à leurs hommes de main.

Je la prends commak, Féloche, tu vois : le bras droit soutenant son buste et la main gauche sa nuque. Ça n'est plus le corps qui intervient, seulement l'âme. Et du coup, j'en profite pour prier un peu. Je dis, très à l'intérieur de ma charnellité : « Seigneur ! Ô Seigneur… Faites que… faites que… Enfin, à Vous de juger, merde ! Le Bon Dieu, c'est Vous ! »

Un gémissement.

Ça émane du rez-de-chaussée de ma personne.

Tiens : le père Salami est de retour. Il sort une menteuse longue comme le tapis d'apparat de l'Élysée et toujours ses stalactites qui débabinent !

Je m'abstiens de lui poser des questions.

— Si vous voulez ma façon de penser : vous êtes à peine fréquentable, lui dis-je sèchement.

15
La pendule sonne toujours deux fois

Je ne sais si ça lui vient de ses origines, mais dans une Rolls, il vanne vachement, ce clebs. Assis bien droit sur la banquette arrière, côté trottoir, il garde une pattoune passée dans l'accoudoir. Sa truffe périgourdine est pointée sur la nuque du chauffeur et sa grosse zézette bandoche mollement, because les vibrations.

— Avant tout, l'attaqué-je, je serais curieux d'apprendre comment vous êtes parvenu à me rejoindre à Louveciennes.

Il consent à tourner la tête vers moi. Ses yeux sont injectés de sang et expriment une profonde tristesse. Il cherche la méthode la plus rationnelle pour répondre à ma question.

— Prenez votre temps, my lord, lui fais-je, pensant le stimuler.

Il n'en a cure, comme dit un prêtre de mes amis. Conduit sa réflexion à terme (il la mènerait à thermes si nous nous rendions à Vichy). Puis, allègre, se prend à respirer fort en montrant l'aile arrière de l'auto où est logé le réservoir du carburant.

— Essence ? demandé-je.

Aboiement affirmatif.

Je me mets à gamberger. Pas très longtemps, à vrai dire. La transmission de pensée, ça existe, même entre homme et clébard, surtout lorsque le cador est un surdoué du règne animal.

— Mon bon Salami, insinueriez-vous que vous m'avez retrouvé grâce à l'essence particulière dont je me servais pour ma défunte Ferrari ?

Un jappement complimenteur est la réponse. Là, je dois préciser, pour ta comprenette, que j'utilisais un carburant réservé aux tires de Formule 1. Un pote garaco, travaillant dans l'univers fabuleux des grands prix, m'approvisionnait en tisane spéciale. J'en ai plusieurs barils dans le réduit du jardin, auxquels je puisais à l'aide d'une pompe à main. Ce diable de chien n'a pas été long à s'apercevoir que mon essence diffère de celle livrée par les pétroliers habituels. Cette particularité lui a permis de relever ma trace dans l'agglomération parisienne.

J'en reste baba. Assurément, ce basset hound est absolument stupéfiant !

— À propos, fais-je, une fois revenu de ma surprise, que me vouliez-vous, mon bon ami, pour me courser lorsque je suis en galante compagnie ?

Ma question le laisse perplexe. À plusieurs reprises, il se gratte les oreilles, ce qui produit un bruit flasque, comme lorsqu'une matrone en chaleur tente de calmer ses ardeurs avec un pilon à ailloli. Se risque enfin…

Il tapote ma Pasha du bout de sa pattoune, puis ferme les yeux et craque une louise dont la sonorité est celle de l'hélicon basse.

— Je ne comprends pas, avoué-je, non sans un certain désarroi.

Patient, il réitère le manège, mais en forçant le trait. Ainsi, il rentre la tête dans ses épaules et rassemble une forte quantité de gaz avant de reloufer.

— Détonation ? demandé-je.

Il exulte.

J'approfondis ma déduction :

— Ma montre… Une forte détonation… Vous faites allusion à une bombe ?

Il acquiesce carrément.

— Vous parlez de celle qui a détruit ma Ferrari ?

Là, il place une roucoulante qui fait songer à une tyrolienne.

— Cher confrère, reprends-je, voudriez-vous me dire que vous aviez détecté la présence de l'engin dans ma voiture ?

— Vouahi ! Vouahi !

— Seulement, quand vous êtes arrivé, il venait d'exploser ?

Salami hausse une épaule avec fatalisme, me regarde. La tendresse qui brille dans son œil signifie : l'essentiel est que vous ayez réchappé à l'attentat.

— Comment avez-vous su ce qui se tramait ?

Sa réponse sera pour plus tard car nous voici arrivés à la cabane Pébroque. Je réveille César et Jérémie qui, pendant le trajet, se sont payé un concerto de ronflette.

— J'ai fait un drôle de rêve, déclare la Vieillasse en clapotant du râtelier. Figure-toi que…

— Más tarde, coupé-je ; en attendant, on a école !

*
* *

Bien que l'heure soit avancée, le commissaire Mayeul est encore dans son burlingue. Je le découvre seul, en corps de chemise, un cigare planté entre ses lèvres arrondies, tel un thermomètre.

— Vous avez dîné ? lui demandé-je.

— Je n'y ai même pas pensé, monsieur le directeur.

Belle leçon de conscience professionnelle : le flic faisant passer le turbin avant son estomac !

— Du nouveau ? coupé-je-t-il court.

— Contre toute attente, nous ne sommes pas encore parvenus à identifier le meurtrier de la vieille domestique. Il semblerait que cet homme n'ait aucun dossier dans les services policiers européens.

— Pour une pointure de sa trempe c'est quasiment impossible !

Mayeul renifle, amer.

— Je vous rappelle que bien des tueurs, en France, en Angleterre, voire aux States, possédaient des casiers vierges alors que leur tableau de chasse était impressionnant. Par contre, l'équipe qui s'est attachée à la pseudo-Éléonore pense avoir retrouvé l'identité du type venu la prendre devant la gare de Saint-Cloud : un certain Pierre Cadoudal, attaché de presse d'une importante maison de couture. Divorcé, sans enfants, trente-huit ans, demeurant 28, avenue Kennedy, propriétaire d'une Mercedes berline bleu foncé dont on va me communiquer le numéro minéralogique. Sitôt que je l'aurai, je lancerai un avis de recherche du véhicule. Et de votre côté, monsieur le directeur ? Des détails ?

— À peine, dis-je. On a pulvérisé ma voiture et flanqué une grenade dans mon pavillon de Saint-Cloud ; mais à cela près, tout va bien.

Il blafarde, mon subordonné.

— Votre voiture ? balbutie-t-il. Vous parlez de la Ferrari ?

— Je n'en ai pas d'autre, avoué-je en grande humilité.

Il reste coi.

— Du côté de la mémé qui s'est fait révolvériser dans les tartisses d'Éléonore, enchaîné-je-t-il, des informations ?

— Elle a un fils qui habite Londres et travaille dans la banque. On l'a prévenu, il sera là demain matin.

Je gamberge.

— Il faut attendre, décidé-je courageusement.

— Et en ce qui vous concerne, monsieur le directeur ?

— Mes dynamiteurs sont à la morgue. J'ai leurs fafs…

Je les jette sur son bureau.

— Un ancien taulard et un piqueur de bagnoles. Pas des malfrats de haut niveau, mais des sous-fifres pour actions de branques.

— Ce sont eux qui ont craqué votre Ferrari ?

— Eux ou des copains d'écurie.

— Ne faudrait-il pas organiser la surveillance de votre villa ?

— Merci, je m'en suis occupé.

Un temps. Salami, exténué, s'est allongé sur le tapis râpé du burlingue. Ses pattes épaisses constituent des sortes de moignons plissés. Je remarque qu'il y a du sang sur le caoutchouc de ses semelles. Pas étonnant, avec les kilomètres de ruban qu'il se paie, le pauvre ! Un chien héroïque, dans son genre ! Qu'on citera demain à l'ordre de la nation.

— Il serait intéressant de bûcher sur le passé de Mme Maubec de Pré-Bénit, rêvassé-je. C'est rare, une vieille personne qui dort sur une pétoire de fort calibre…

— Je vais mettre du monde là-dessus.

— C'est bizarre, cette enquête éclatée, vous ne pensez pas, Mayeul ?

— Pourquoi « éclatée » ? questionne l'éminent fonctionnaire.

Je voudrais lui expliquer le fond de ma pensée.

— Parce qu'elle foire dans tous les sens, me décidé-je. Dès que je me pointe quelque part, je trouve un cadavre, ou la foudre se déclenche.

Je puise l'heure à ma Cartier. Bientôt minuit !

— Demain, il fera jour, fais-je en me levant.

Poignées de main, style accueil de l'hôte illustre sur le perron de l'Élysée. Je hèle Salami. Groggy, il ressemble à un phoque, avec son train arrière qui tarde à se mettre à l'unisson du reste.

— Allons, mon cher ami, courage ! l'exhorté-je. Vous avez grand besoin de récupérer.

Dans le couloir : deux hommes. Mais il ne s'agit plus de Pinaud et Blanc. Cette fois, j'ai droit à Pinaud et Béru.

Le Mammouth a entendu mon message cinglant sur son répondeur et, aux alarmes, citoyens ! me cherche dans toute la bourgade parisienne. Il plaide non coupable pour son lâchage. Berthe est à la dernière extrémité. L'infirmière lui a donné à espérer qu'elle ne passerait pas la nuit. Le mal la réduit dans ses ultimes retranchements. Elle ne vit plus que sur la pointe des pieds. Son « bon point » fait craindre une défaillance « cradingue ».

— Pourquoi ne restes-tu pas auprès d'elle ? m'indigné-je.

— Ça f'rait quoi-ce, qu' j'soye à son ch'valet, mec ? objecte-t-il. J'peuve pas m'réjouir d'vant elle, ça n's'rait pas corrèque !

Changeant la converse, il déclare :

— Mate un peu l'inquisition qu'j'ai fait.

Triomphalement, il exhibe un téléphone portable.

— Et y fonctionne ! assure-t-il fièrement. Tu veuilles qu'j't'prouve ? Donn'-moive un numéro !

— Vingt-trois !

— Quoi, vingt-trois ?

— Tu me demandes un numéro ! C'en est un !

Vexé, l'abominable homme des troquets s'emmitoufle de son apoplexie. Il ronchonne :

— T'as trop d'esprit, ça finira par t'faire éclater les varices !

Mais, comme néanmoins, il a l'âme d'un flic dans un corps de poivrot, il demande :

— Où qu'tu en es d'tes tabulations ?

— Elles ont fait de moi un piéton.

— Tu veuilles qu'j't'prêtr'ai ma Citroën ? L'a quarante balais et plus toutes ses dents de pignons, mais ell' abat encore du kilomèt' lancé, pour peuve qu' tu la démarrasses en descente.

Je décline sa propose, touché par cette marque d'amitié.

— Non, merci, gros, je prendrai une tire de fonction ici.

Il me désigne le père La Cerise endormi.

— Décidémanches, l-est d'plus en plus ramollo, l'Ancêtre. J'vas aller l'flanquer dans sa Rollmops, son chauffeur l'ramènera coucouche-panier.

Je juge la décision sage et l'aide à descendre le Débris au parking.

Qu'à peine atteignons-nous le rez-de-chaussée, l'organe anonyme d'un préposé au standard annonce :

— Monsieur le directeur est réclamé de toute urgence au téléphone !

Illico, je confie la totalité de la carcasse vétuste au Taureau normand et fonce sur le poste du couloir.

— San-Antonio ! m'annoncé-je.

— Code ? demande le préposé, selon les instructions en vigueur depuis peu dans la Volière.

— 116 Alpin !

— Je vous passe la communication.

— Un instant ! Qui m'appelle ? fais-je, mû par un pressentiment, comme ils disent dans leurs bouquins, t'auras remarqué, les héros sont souvent « mus par des pressentiments », ce qui facilite le boulot de l'auteur.

— Une demoiselle de La Liche !

Ça me file un immédiat tricotin, je me sens croître une hallebarde de garde pontifical.

— Vous nous mettez sur écoutes et cherchez d'où provient l'appel.

— Immédiatement, monsieur le…

Une poignée de secondes, puis mon gars annonce d'un ton impersonnel :

— Je vous le passe, madame.

Ma chamade bat le cœur quand je murmure d'un ton neutre comme l'Helvétie :

— J'écoute !

Alors « la » voix coule de nouveau dans mes portugaises tel un filet de semence sur la main d'un collégien.

— Vous êtes le directeur de la police ?

Question naïve : comme s'il n'existait qu'une seule rousse !

— En effet, madame. Que puis-je pour vous ?

— Me protéger, car je suis en très grand danger.

— Je ne demande pas mieux, madame.

— Ce qui m'arrive est tellement affreux ! J'ai décidé de m'adresser directement à vous dans l'espoir d'empêcher, ou du moins de maîtriser le scandale qui risque d'éclater.

— Si nous pouvons vous aider…

— Vous le pouvez.

— Le mieux serait de nous rencontrer le plus rapidement possible, dis-je.

— Je le voudrais bien, mais je suis retenue contre mon gré dans une maison inconnue.

— Où il y a le téléphone, puisque vous m'appelez.

— J'ai demandé les toilettes et un appareil s'y trouve. Le numéro ne figure pas sur le poste, mais vous devez avoir la possibilité de le repérer. Comme je ne puis m'attarder davantage, je vais sortir en laissant décroché. Faites vite, je vous en supplie !

Je perçois des heurts contre un panneau de bois. Sûr que les anges gardiens de la femme s'impatientent. Elle cesse de causer, mais fidèle à sa promesse, elle s'est abstenue de raccrocher.

Moi, si.

Je sonne le standard.

— Où en est-on avec cette communication ?

— Le Service fait son possible, monsieur le directeur. Je pense que vous aurez le renseignement d'ici quelques minutes.

— Je vais aller attendre le résultat dans mon bureau.

L'Hydrocéphale est déjà assis sur une banquette recouverte de cuir moleskine à l'ancienne.

Émerveillé par sa dernière acquisition, il compose fiévreusement un numéro et écoute, pâmé.

— Zéro heure, huit minutes, vingt-quatre secondes, répète-t-il, ravi. Moi que j'rêvais d'ach'ter un' montre, tu t'rends compte l'éconocroque qu'j'fais ?

16

Ça vire au rouge !

Peu *after*, comme disent les Rosbifs, j'obtiens le renseignement : l'appel téléphonique émane de l'Yonne, très précisément de la commune de Pompechibre, proche de Joigny. Le numéro est celui d'une propriété appartenant à un mandataire des halles : sa maison de véquende, je suppose. On me file ses coordonnées à Pantruche : Rigobert Panoche, 11, quai Flaubert.

Je me lève en trombe (d'Eustache).

— J'peux viendre itou ? demande l'Obèse.

— Et comment ! Tu es chargé ?

— Non. Pour aller à l'hosto j'avais pas b'soin de riboustin, mais j'vas quérir un article dans mon bureau.

Il sort.

Je marque un temps de réflexion. Si nous tombons sur une colonie de méchants, à deux c'est un peu jeunet. Je ferais pas mal d'embarquer quelques matelots de plus sur ma chaloupe. Aussi sonné-je la salle des inspecteurs.

Un organe frileux me répond. Je me nomme.

— Oh ! monsieur le directeur, fait la voix de l'officier clermontois Hanoudeux. Justement, je voulais vous entretenir de l'affaire de Saint-Cloud.

— Vous travaillez jour et nuit ? dis-je.

— C'est un collègue qui m'a demandé de le remplacer : il marie sa sœur.

— Il y a des hommes disponibles autour de vous ?

— Pas lourd : ce soir, comme un fait exprès, nous sommes débordés.

— Et vous ?

— Je suis à votre disposition.

— Alors prenez un flingue, à toutes fins utiles, et dégagez une bagnole du garage : on part en croisière. Rambour dans dix minutes !

Je m'accoude sur mon sous-main, qui fut celui du Vieux, biche ma coucourbe à deux pognes et ferme les yeux. En action, une fois de plus, une nuit de plus. Pas de trêve ! J'ai trop d'ardeur à la tâche. Suis trop motivé. Avec moi, c'est « marche ou crève ».

En soupirant, je compose notre numéro. Voix de ma chère Féloche.

— Rien de neuf, M'man ? Tout va bien avec Madeleine et Fernand ?

— Merveilleusement : ils sont chou et m'ont déjà changé les carreaux brisés. Mme Madeleine a absolument voulu rester avec moi, sur le divan où couchait ton père lorsqu'il ronflait fort. Son mari s'est installé au salon.

— Parfait.

— Et toi, mon grand, tu te reposes un peu ?

— Un vrai pacha ! Je vais en écraser dans l'antichambre que mon prédécesseur avait fait aménager pour ses détentes galantes.

— En ce cas dors bien, et prends beaucoup de précautions.

Bisou ! J'ai horreur de ce mot. Les mecs qui me disent : « Hortense te fait un bisou », j'aimerais leur pisser contre, tellement les niaiseries me font honte !

Dix minutes plus tard, on va chercher l'autoroute du Soleil. En pleine nuit !

*
* *

C'est mézigue qui pilote. À pareille heure, un volant devient une arme qu'on ne peut mettre entre n'importe quelles mains. Tu objecteras que je suis un mec comme les autres et que je peux fort bien piquer du pif sur mon volant. Que nenni, dirait un Italien. J'ai un pote médecin, dont je tairai le nom, pas qu'on le fasse chier, qui me prescrit des petites pilules antidorme. T'en gobes deux, au moment du dernier journal TV, et t'es assuré de ne plus roupiller avant le lendemain soir.

Mes compagnons, moins bien équipés que moi, pharmacieusement parlant, en concassent sauvagement. Le Gravos, surtout, qui reproduit à s'y méprendre les halètements d'un remorqueur en train de remonter les chutes du Zambèze (et des moins belles).

Ça yoyotte sous ma coupole, la seule où tu peux être assuré de ne pas rencontrer de ramollis. Toujours ces événements brutaux qui se succèdent, puis s'imbriquent (de broc). Dieu retrouvera-t-Il les extrémités de l'écheveau ?

L'autoroute, à pareille heure, devient le fief presque exclusif des routiers.

Tiens, voilà des mecs bien ! Ils bandent dur, because les constantes trépidations, ont le vocabulaire imagé, cassent la graine de bon appétit et sont courageux. M'est arrivé de voyager avec eux, quand j'étais étudiant. On se marrait tels des boscos. Ils connaissaient des auberges où une dame pute te faisait dégorger Nestor dans un petit cabanon, au fond de la cour. Elle t'essorait pour pas cher. Après la cérémonie, te demandait d'aller lui chercher un broc d'eau, biscotte elle ne devait pas se montrer. La vie, quoi, comme je dis puis et, à mon unisson, tous les magnaux de Montcarrat, de Saint-Chef et de Bourgoin-Jallieu ! Un ravitaillement superbe, question fesses. Après, on en avait pour des heures à gamberger, à recommencer, à être heureux peut-être ?

De souvenir en souvenir, de kilomètre en kilomètre, nous atteignons la coquette localité de Pompechibre, nichée dans un verdoyant vallon, loin de toute agglomération importante. Il s'agit d'un minuscule village à flanc de coteau. La demeure de Rigobert Panoche est une ancienne maison de pierre, transformée en villa *Mon Repos* par un homme peu soucieux du patrimoine passé.

Je stoppe ma guinde de fonction à une centaine de mètres de la propriété. À distance, j'aperçois de la lumière au rez-de-chaussée. Je réveille Hanoudeux et Bérurier.

— Allons, messieurs, les secoué-je, nous voici à pied d'œuvre : réveillez-vous et ôtez le cran de sûreté de votre pétoire.

Ils déhottent de la carriole. Le Mastard s'approche d'une haie qu'il s'empresse de compisser, accompagnant sa miction d'une salve de vents rageurs et particulièrement miasmiques. Après avoir libéré un mètre cube de gaz, il se déclare prêt à donner l'assaut.

Marchant sur la bordure herbue du chemin, nous nous approchons de la résidence secondaire (voire tertiaire) du mandataire.

Devant la façade l-est une zone de stationnement entourée de rosiers « Madame Édouard Herriot ». Une baie vitrée donne sur un séjour pompelard, qu'on distingue à travers des voilages poupette. C'est cette pièce qui est éclairée.

Avant de lorgner l'intérieur, j'examine la bagnole stoppée et constate avec une accélération cardiaque inhérente à l'émotion que j'éprouve (dirait un terrassier albanais), qu'il s'agit probablement de celle de Pierre Cadoudal, l'ami – voire l'amant – d'Éléonore : Mercedes berline de couleur bleue.

Donc, la carburation est bonne.

J'imite, avec le coin de ma bouche, le mélodieux appel de la fauvette en rut pour alerter mes troupes ; d'un geste péremptoire, je leur ordonne de se rendre devant l'entrée.

Tandis qu'ils s'exécutent, je m'approche de la fenêtre. Le salon est désert. Sur une table basse placée perpendiculairement à la cheminée, on peut voir une boutanche de whisky avec quatre verres contenant encore du breuvage. Un seau de cristal dans lequel des glaçons ont fondu et plusieurs bouteilles d'eau minérale à peine entamées leur tiennent compagnie. Un journal du soir et une gazette sportive gisent sur la moquette.

À pas de loup, je rallie mes sbires, pistolet au poing. La porte massive ornée (?) d'une grille en fer forgé comporte un loquet ouvragé représentant un écureuil en train d'en sodomiser un autre. Je l'actionne et, ô miracle, il tourne dans le sens des aiguilles d'une montre, ce qui fait que la lourde s'ouvre avec une docilité silencieuse.

Nous laissons nos chaussures à l'extérieur et entrons. Qu'aussitôt, nous sommes saisis à la gorge par une effroyable odeur de brûlé.

— Ils ont fait un barbe-cul ! chuchote l'homme par qui le scandale arrive.

Nous nous guidons (de course) à l'odorat et enquillons l'escadrin du sous-sol. Ça pue de plus en plus fort. Et cette puanteur est tellement insoutenable que je dois appliquer mon tire-gomme sur mon tarbouif pour continuer de respirer.

En bas, nous percevons le sourd ronflement d'une chaudière fonctionnant à tout berzingue. L'air est délétère, tant à cause de la chaleur que de l'odeur.

Et c'est la chaufferie.

Vision d'horreur !

Tu veux que je raconte ? Pas raisonnable, car c'est franchement dégueu, tu sais ? Si ? Bon !

Alors, donc, puisque tu insistes, figure-toi que l'énorme chaudière du chauffage central est portée au rouge. À côté de ce foyer, un tas de fringues féminines et masculines gisent pêle-mêle. Dans le fond de la chaufferie, le corps d'un gus au crâne défoncé. Son visage est barbouillé de sang coagulé. Je suis prêt à te parier le prépuce de Louis XVII contre une boîte de sardines, que ce cadavre est celui de Pierre Cadoudal, l'aminche de la belle Éléonore.

Fort de cette certitude, je m'empare d'un tisonnier posé sur le sol et m'en sers pour ouvrir la porte de fonte. Ce que j'aperçois, au milieu de l'incandescence, ce sont des reliefs presque entièrement calcinés.

On les a tronçonnés pour mieux les faire pénétrer dans le brasier. Je crois distinguer un bassin noirci, une tête devenue celle d'un squelette carbonisé, un genou, d'autres lambeaux épurés par le feu. Mes deux compagnons, dont les faciès paraissent illuminés de l'intérieur, demeurent abasourdis.

« Mon Dieu ! m'exclamé-je en appartement (selon Béru qui croit dire : en aparté), dans quelle extraordinaire affaire ai-je fourré mon nez aquilin ! Nous étions réunis pour mon annif, tout baignait dans le beurre et les crus prestigieux, et il a fallu qu'un dérangement téléphonique me précipite dans le meurtre et l'extravagance ! »

— Tu croives quoi ? balbutie l'homme qui a le cul à la place de la figure.

M'abstiens de répondre. Trop tôt pour déterminer quoi que ce soit.

— Bien, au charbon ! décidé-je ; et c'est le mot qui convient, il colle pile-poil à la situation. Hanoudeux, enchaîné-je, vous allez essayer d'éteindre cette chierie afin que les restes récupérés soient encore identifiables. Je ne vous conseille pas de verser de l'eau sur le foyer, mais de l'étouffer, peut-être en jetant de la terre dessus.

« Toi, Alexandre-Benoît, rassemble les hardes entassées ainsi que le moindre objet que tu trouveras et grimpe le tout au salon, nous serons mieux que dans cet enfer pour les examiner. Quant à ma pomme, je vais procéder à une étude approfondie de la maison et de ses dépendances.

Mes péones ne pipent mot et mettent mes ordres (en anglais : *my orders*) à exécution.

Elle est vraiment d'un classique « bourgeois décalé », petit-fils et fils de con, con lui-même par hérédité incontournable. Nulle fantaisie. Le style froufrou mâtiné (et soirée) kitsch ! On n'a pas regardé à la dépense pourvu que ce soit bêta à souhait. Pas le moindre flagrant délit de bon goût. Tout a été conçu par des gens d'une confortable médiocrité qui tenaient à l'affirmer haut et clair.

Cela dit, mes investigations m'apportent des précisions intéressantes. Par exemple : deux des chambres du haut ont été récemment utilisées. Des visiteurs infractaires[1] y ont dormi, du moins se sont-ils allongés, à en juger aux couvre-lits sur lesquels on aperçoit des traces terreuses. Celui de la seconde chambre comporte une flaque d'urine en son milieu et des nœuds de liens, tranchés d'un coup de lame, sont encore après les quatre montants. À l'emplacement

1. Cherche pas ce mot sur le dico : il est de moi.

supposé de la tête je décèle quelques cheveux. Enfoiré de Mathias, qui va se faire déguiser en homard aux îles, alors que j'ai tellement besoin de lui ! Évidemment, nul n'est irremplaçable ; pourtant des pros de sa compétence, y en a pas des chiées.

J'hésite à alerter la gendarmerie de Joigny, comme j'en ai l'obligation, et décide de foutre le pataquès en branle au petit jour. Histoire de mettre à profit mon avance de quelques heures pour faire procéder aux *first* constatations. Aussi sec, j'empare le tubophone. Ça sonne occupé. Alors le coup de grelot de miss Éléonore me revient en mémoire : elle m'a déclaré utiliser un poste placé dans les toilettes et ne pas raccrocher pour que nous puissions la repérer.

Je pars visiter les chiches de la villa. N'ai pas à chercher longtemps. Les premiers sont les bons. Faut dire qu'ils sont situés dans la salle de bains de la chambre. La partie vécé est isolée du reste par une cloison de faïence contre laquelle figure un poste mural. Le combiné pend au bout de son fil serpentin. Je me retire sans y toucher.

Pour téléphoner, je vais à la voiture afin de réclamer en urgence prioritaire les gars de l'Identité, ceux du labo, plus deux inspecteurs de renfort. Je demande également qu'on consigne à son domicile le mandataire Rigobert Panoche après avoir interrompu sa ligne téléphonique jusqu'à ce que je donne le feu vert.

« Quoi encore, fesse de rat ? » me demandé-je avec cette familiarité qui entretient un courant de sympathie entre ma personne et moi-même.

— Attendez un instant ! enjoins-je à mon interlocuteur. Dites aux techniciens du son de se procurer un échantillon vocal du mannequin de mode Éléonore et de le comparer avec l'enregistrement de l'appel que j'ai reçu à mon bureau dans la soirée. Urgent !

Cette fois, je raccroche. Malgré ma pilule miracle, et sans doute à cause des péripéties vécues, j'en ai un coup dans les vasistas. Une soif qu'un homme cultivé réputerait « inextinguible » et un glandu « dévorante » me marais-salante le tube digestif, des molaires du fond jusqu'à l'estomac.

Me rends à la cuistance avec l'espoir d'y dégauchir une bouteille de Perrier. Le réfrigérateur en est presque plein. À la seconde je te reconstitue la bande sonore du film *L'Enfant de la jungle*. Le Gradube me rejoint en biberonnant un flacon de whisky de la manière dont j'use avec l'eau qui fait pschitt.

— Les grandes idées s'rencontrent ! fait-il en me portant un toast signé Johnnie Walker.

Il écluse sa boutanche de raide, moi ma boutanche de Perrier. Judicieuse répartition d'un drink classique : c'est moi qui rote et lui qui est soûl !

17

Course en sac

En attendant les auxiliaires parisiens, je me love sur le canapé du salon pour une dormure précaire. Rêves et cauchemars entremêlés.

Quel imbroglio. Quelle pépinière à questions ! Champ plus vaste que toute la Beauce, où se cultive le point d'interrogation. Pourquoi la vieille voisine d'Éléonore est-elle montée chez elle non armée, alors qu'elle disposait d'une arquebuse relevant de l'artillerie lourde ? Pourquoi l'œil bidon de ladite a-t-il été replacé dans sa cavité oculaire après qu'on l'eut vidé de ce qu'il contenait ? Et que contenait-il ? Pourquoi a-t-on détruit ma Ferrari ? Pourquoi a-t-on buté la vieille bonne-gouvernante d'Éléonore ? Pourquoi un malfrat inhomologué par les polices s'était-il ingénié à prendre l'aspect de cette vioque ? Pourquoi a-t-on virgulé une grenade dans notre pavillon ? Pourquoi le couple Éléonore-Pierre Cadoudal se trouvait-il dans cette maison de campagne ? Comment le mannequin savait-il que je dirigeais l'enquête et de quelle manière a-t-il eu mon fil professionnel ? Pourquoi les gens qui étaient avec eux dans la villa du mandataire les ont-ils entravés dans un premier temps, puis trucidés, dans un second ? Pourquoi le carré de l'hypoténuse est-il égal à la somme des carrés des deux autres côtés ? Bonne question ; je vous remercie de me l'avoir posée.

Black-out complet.

Une arrivée nombreuse me tire du sirop.

J'avise un groupe d'hommes mal réveillés, dont la maussaderie est contiguë au mécontentement. Je leur prodigue quelques vibrantes paroles sur leur sens du devoir, nani-nanère, mais ça ne les amadoue pas davantage que si on leur montrait les gentilles princesses monégasques tournant un film sur leur entrée au Carmel. Néanmoins, ils écoutent mes explications, font connaissance avec les pièces à conviction et se consacrent aux tâches que je viens de leur dévolure. Qu'espérer de mieux ?

Quand mon petit trèpe est à pied d'œuvre, Hanoudeux me prend à part :

— Monsieur le directeur, j'ai trouvé le sac à main de la femme brûlée dans le foyer de la chaudière, après l'avoir éteint.

— Intéressant.

Il a placardé l'objet dans un cache-pot marocain et va le chercher.

— Pourquoi l'aviez-vous dissimulé ? j'y demande.

— J'estimais que vous deviez avoir la primeur pour l'examiner.

L'officier au visage ingrat est l'heureux bénéficiaire de mon regard chaleureux. Pas si mal que ça, l'Auverpiot ! Je sens venir une onde bienveillante à son égard !

— Où est Bérurier ?

— Il dort dans la voiture ; je pense qu'il a trop forcé sur le whisky pour garder la forme.

Haussement d'épaules : il ne changera jamais, l'homme à la queue d'âne.

Je prends place à la table du salon pour inventorier cette chose puante et noircie qui fut un réticule féminin. Son fermoir est à demi fondu, aussi dois-je l'éventrer à l'aide de mon Opinel (citation gratuite de l'illustre marque). Ce qu'il contient est presque entièrement calciné : un passeport aux pages soudées par le feu, une liasse de billets de banque (probablement des coupures de 500 points) qui se sont agglomérés, un poudrier d'or, un trousseau de clés et un agenda en aussi pitoyable état que les biftons.

Ma loupe de poche en batterie, je tente de déchiffrer les infimes bribes de texte subsistant à la une du document douanier, mais il s'agit d'un boulot que seuls des spécialistes au matériel sophistiqué seront à même de mener à bien.

— Mon bon ami, lui dis-je, vous allez rentrer à Paris avec le Gros et faire établir une expertise de ce que contient le sac. Pendant qu'elle s'opérera, vous rendrez visite à Rigobert Panoche, le proprio de cette casa. Allez-y avec Béru : il saura admirablement obtenir des réponses aux questions que vous ne poserez pas ! Je veux un interrogatoire très pointu, vous m'entendez ? Consacrez-y le temps qu'il faudra. Éléonore et son copain comptaient-ils parmi les relations du mandataire et de sa gerce ? Tout est là !

— Nous allons étudier ces différents points, monsieur le directeur.

J'harangue les troupes fraîches pour leur dire d'investiguer comme des malades et de ramener leur provende à la Grande Taule. C'est l'officier de police Hanoudeux qui est, jusqu'à nouvel ordre, chargé de centraliser les informations relatives à cette affaire.

Là-dessus, on va rejoindre le Penseur du Val dans l'auto de fonction qui pue très fort la porcherie surmenée.

*
* *

L'Hôtel de l'Écu de Bourgogne vient d'ouvrir lorsque mes potes m'y déchargent.

« Pourquoi cette lubie ? » demanderas-tu au flic qui assure le service d'ordre devant l'école communale de ton quartier. Je te répliquerais bien « parce que », mais tu prendrais cette réponse (Pilate) pour une impertinence, ce qui ne serait vrai qu'à moitié. Disons que, souvent (pour ne pas dire toujours), je me laisse guider par mon instinct.

Qu'espère-t-il, ce bougre si fantasque ? Maintenant, on devrait circuler, y a plus rien à voir. Eh ben, bibi a des états d'âme. J'éprouve une envie incoercible de prolonger mon séjour ici, biscotte un pressentiment m'en avertit : je devrais revenir très vite.

C'est bizarre, tu sais, un grand policier doublé d'un grand écrivain. Il fonctionne au renifleur, aux élans secrets. Qu'en général bien lui en prend.

Avant de mouler le tandem, je tends le bigophone portable de Béru au Clermontois.

— Tenez, vieux, prenez cet appareil et ne vous en séparez plus avant que je le récupère. Dormez avec lui, conservez-le aux chiottes, voire pendant que vous limez votre brancard, je veux pouvoir vous appeler à tout moment, O.K. ?

Il opine, terriblement ému, le bougre.

— Monsieur le directeur, borborygme-t-il, je ne sais comment vous exprimer combien la preuve de confiance que vous me témoignez…

— Alors n'exprimez pas. Je peux vous le confier : lors de notre première rencontre, je vous ai trouvé aussi sympathique qu'une diarrhée fourvoyée dans mon slip ; mais à l'usage, mon opinion a changé.

Là-dessus, je déhotte de la tire et pénètre dans l'hostellerie.

L'établissement correspond à ce que j'aime, au fond de mon âme provinciale à jamais. Il est vieillot, propret, et sent la gelée de coing. Cependant, c'est pas l'époque où le « connassier », dirait le Chérubin obèse, fructifie.

Deux personnes s'offrent à mon regard avide : un cuistot en veste blanche et une servante en blouse bleue.

Le premier sort des cageots de légumes d'une fourgonnette, la seconde promène un aspirateur asthmatique sur la moquette de l'escalier.

— Vous désirez ? s'inquiète le cuistot.

— Une chambre, réponds-je.

Il sourcille, car il est infréquent qu'un quidam réclame une piaule aux premières heures de la matinée. Son regard souligné de bouffissures, dues à une insuffisance de sommeil autant qu'à un excédent d'alcool, s'emplit de perplexité d'abord, puis d'inquiétude. Je porte alors à ma connaissance que je suis inrasé, froissé, amer de la clape et chassieux des lanternes.

D'un sourire, j'essaie de lui inspirer confiance.

Vaine entreprise.

— Vous n'avez pas de bagages ?

— Si, mais ils sont restés chez moi.

Comprenant qu'il me faut mettre le pacsif, je lui flanque ma brème sous le blair. Tu crois que ça l'amadoue ? Il n'en renfrogne que davantage.

— Pourquoi la police ? grommelle-t-il.

— Une vocation de jeunesse, réponds-je. Mais dites-moi, cher monsieur, vous êtes douanier ou hôtelier ? Je vous montre ma carte professionnelle indiquant le grade que j'assume à la P.J. de Paris. En outre je suis prêt à verser des arrhes. Éventuellement le président de la République peut se porter caution pour moi. Ces garanties suffisent-elles ? J'ajoute que le ministre des Finances est un ami intime qui se ferait un devoir de vous envoyer les polyvalents si vous le souhaitiez !

Contre toute attente, c'est l'aspireuse qui met les pendules à l'heure.

— M'sieur Paul, dit-elle, vous z-avez pas r'connu ce monsieur ? C'est lui qu'écrit les San-tantonio, dont Mme Marthe aime tant !

Dès lors (comme dit Jacques, qui aurait pu faire un geste, merde !) l'attitude du taulier passe de l'ombre à la lumière. J'ai droit à des salamalecs, des excuses, des courbettes, des serments. Plus à la meilleure chambre (avec balcon) de l'établissement.

Un peu plus tard, me voici à loilpé entre des draps de campagne parfumés à la lavande des Alpes. La préposée m'amène un pot de caoua et des tartines d'un pain croustillant, ainsi que du beurre et un pot de confiture de coing ! Tu noteras la fiabilité de mon tarbouif !

Je petitdéjeune en grande sérénité et de bon appétit. Pour ne pas risquer d'importunances ancillaires, je vais déposer mon plateau dans le couloir, pile à l'instant où une ravissante fille blonde en jean passe, bardée d'un attirail de peintre. Or il se trouve que je trique à en ridiculiser la colonne Vendôme.

L'exquise personne s'avise du phénomène, conserve son calme et va même jusqu'à m'adresser un sourire complimenteur.

— Votre journée commence bien, me dit-elle.

— Erreur, réponds-je : elle s'achève.

Je vais me coucher.

18

Des puces comme s'il en pleuvait

M'éveille à cause des odeurs supraterrestres qui investissent mon nez délicat.

Me sens bien. Presque un peu heureux. Pas chaleureux, le taulier de l'auberge, mais j'ai idée qu'il y tâte au piano à queues (de casseroles). Mes babines s'humectent spontanément.

Babines ! Voilà ma joie sectionnée. Et pourquoi ? J'ignore où est Salami ; je passe désormais mon temps à le perdre, et c'est lui qui me retrouve.

Je récapitole (de Toulouse). Nous étions ensemble à la Grande Volière, cette noye, dans le bureau du commissaire Mayeul. Ensuite il y a eu cet appel téléphonique de la pseudo-Éléonore qui m'a incité à la décarrade express en compagnie du Gravos et de l'O.P. Hanoudeux. Donc le basset hound est demeuré à la P.J.

Tu sais quoi, Éloi ? Il me manque. Mine de rien, il prend une place dans mon existence, ce surdoué !

Tout chagrin, démaquillé de l'intérieur, je m'offre une douche revigorante. Pas de rasoir. Je râperais une frangine si je la dégustais dans cet état. Tu crois que la Juliette Drouet aimait que son Totor lui fasse minouche ? Et Mme Gambetta, hein ? Mme Tristan Bernard ? Mme Castro ? Mme Charles Magne ? Mme Tolstoï ? Elles devaient avoir la peau des cuisses irritée, ces chéries. Cela dit, les sensations voluptueuses compensaient l'inflammation. Chacun voit midi à sa porte, disait Mémé ; pour elle, y avait aucun doute : elle habitait en face de l'église !

Je déteste remettre mes effets de la veille. Chaque morninge je m'installe dans des vêtements nickel et dûment repassés. Si je m'attarde dans le pays, je m'achèterai du linge de corps.

La salle à briffer de L'Écu de Bourgogne compte quelques clients. Ces messieurs-dames (gens de passage principalement) sont en train de s'expliquer avec un lapin à la moutarde accompagné de polenta rissolée dans le beurre. Est-il aussi bon que celui de M'man ? Le plus simple, si je veux comparer, est d'en prendre.

Tout en clapant, je me livre à mon autocritique. Ainsi, je me demande quel démon à la mords-moi-les-burnes m'a incité à rester dans ce patelin, alors que j'ai tant et tant à faire à Lutèce.

Un serveur en pantalon noir trop court et veste blanche trop large vaque de table en table avec une expression si désolée qu'on a envie de lui proposer une virée au boxif de la ville.

— Monsieur boira du vin ? il s'informe, redoutant une réponse affirmative.

Nonobstant mon altruisme proverbial, je réponds qu'un bourgogne fruité, légèrement frais, éblouirait mes muqueuses.

Il est en train de me le faire déguster, quand la voix du Caruso des fourneaux retentit :

— Voulez-vous me flanquer ce chien dehors, Léonce !

— Tout de suite ! promet l'esclave.

Mais il n'a pas le temps d'interviendre : Salami, l'objet de ma contrariété, est déjà là, dressé sur sa base, ses antérieurs posés sur mon bénoche.

Il me sidérera toujours, le bougre.

— Cher ami, lui fais-je, ne me dites pas que vous venez de Paris à pied ?

Mon pote aux étiquettes traînantes secoue la tête.

— Auriez-vous fait du stop ?

Haussement d'épaules négatif du cador.

— Elle est à vous, cette bête ? s'informe le taulier, abasourdi.

— Ça n'est pas une bête : c'est mon secrétaire, réponds-je.

Puis, à Léonce le loufiat :

— Vous voulez bien rajouter un couvert pour mon collaborateur ? Ne lui servez pas de lapin, à cause des os qui sont traîtres chez ce volatile. Un filet de bœuf vous conviendrait-il, Salami ?

— Vouahi ! répond ce dernier, tout joyeux.

— Avec des pâtes comme garniture ?

— Vouahi !

Je fais signe à Léonce-le-Navré d'enregistrer la commande.

Mon compagnon retrouvé grimpe sur le siège que je lui désigne, visiblement satisfait.

— Mon bon, attaqué-je, expliquez-moi comment vous avez pu me rejoindre ?

Nous nous livrons alors à ce jeu « questions-réponses » qui nous conduit, par des chemins détournés, à un entretien détendu.

Tu finirais par trouver fastidieux ces échanges entre nous parce qu'ils manquent d'une spontanéité indispensable à un dialogue rapporté. Aussi, doré de l'avant et vu que tu as parfaitement compris le fonctionnement de nos rapports, je m'attacherai désormais à occulter leur motricité pour n'en conserver que l'essentiel.

Or donc, Salami m'explique qu'à son retour quai des Orfraies, Bérurier s'est abandonné à une colère retentissante contre Hanoudeux qui, profitant de son sommeil, l'avait ramené à Paname sans le prévenir. Il hurlait au rapt, à la « violation de domicile sur sa personne ». Après avoir filé un bourre-pif au Clermontois, il s'était hâté de récupérer sa vénérable Citroën d'avant guerre pour retourner dans l'Yonne. Mon fidèle clébard avait profité de son misérable véhicule.

Une panne dont on craignait l'irrémédiabilité ayant stoppé le retour de Zorro à la sortie de l'autoroute, le basset finit le chemin pédestrement et n'eut pas grand mal à détecter mes effluves, lesquels s'enrichissent de mon eau de toilette d'élection, dont je ne vais pas te répéter qu'elle se nomme New York, New York sans avoir de points communs avec cette bourgade U.S.

Nous devisons, tout en mangeant, et la salle à bouffer de l'hôtel fait silence, fascinée par l'étrange spectacle d'un homme en « conversation » animée avec un canin…

Le dessert assimilé, nous buvons chacun un café serré ; après quoi je demande au taulier enfin subjugué où je pourrais louer une voiture.

Pendant que nous déjeunions, Salami et moi, des clients qui m'ont reconnu se sont empressés d'expliquer au patron de L'Écu de Bourgogne quel prestigieux personnage je suis, si bien que l'irascible est devenu mouton bêleur. Il me dit qu'inutile de payer une guinde, il va se faire un plaisir inouï de me prêter celle de son épouse. Ainsi, parfois, naissent et se développent des amitiés solides.

La voiture, une exquise petite Twingo jaune-jaune d'œuf, est pratiquement neuve, Mme Marthe ne l'utilisant qu'une fois par semaine pour aller se faire tirer par Éric Bouchu, son fromager. Le véhicule sent le cul et le munster, odeurs admirablement complémentaires. Quelques préservatifs usagés jonchent les tapis de sol et je découvre, dans la boîte à gants, une tétine pour veau à laquelle on a assuré une certaine fermeté en la bourrant de papier préalablement mouillé.

Après une période chagrine, le ciel a opté pour le beau temps et un soleil flageolant fait des gammes.

Je biche la route de Pompechibre, peu fréquentée. Avise, au loin, la silhouette d'un Charlie Chaplin gonflé à l'hélium : Béru ! Il a ôté son soulier droit et avance en claudiquant.

Mon camarade l'a détecté avant moi et émet de petits gémissements, histoire de me le signaler.

— Je sais, mon ami, le calmé-je, mais je n'ai pas le droit de mettre en péril les amortisseurs d'une voiture obligeamment mise à ma disposition.

D'accélérer pour doubler le tas de gadoue. Il s'est placé face à nous et actionne son pouce auto-stoppant. Sans un regard, je passe devant le Mastard.

Il me reconnaît à la dernière seconde, hurle mon nom, agite ses bras, se met à nous courir au fion. Je baisse ma vitre pour en rater le moins possible. Fectivement, je perçois :

— Colique ! Sans-couilles ! Furoncle ! Dégueulis de crapaud !

Le reste ressortit à la même inspiration, mais se perd dans le crépitement de l'été.

Je roule et l'oublie…

Tout là-bas, au bout de la ligne droite, la bicoque du sieur Panoche. Des véhicules tricolorisés y abondent. Silhouette d'un gendarme. Non : de deux.

Je commence à ralentir. Sur ma gauche, près d'un cours d'eau bucolique, j'avise les ruines d'un château. C'est beau comme une gravure écossaise.

« Tiens, pensé-je, si j'allais jeter un regard d'artiste sur ces vieilles pierres dont je pressens l'émouvance ? »

J'accepte aussi sec ma propose et emprunte le chemin conduisant à ce site, certain qu'il vaut le détour.

Et pour le mériter, il le mérite !

Si tu savais combien !

N-au plus que je m'en approche, n-au plus la construction me semble intéressante : c'est du moyenâgeux qui se situe entre le XIIe et XIIIe siècle. En ces temps de gadoue à marée haute, il fait bon piquer une tête dans le passé. Le rush vers le cacateux, la pourrissance, le renoncement et le reniage des valeurs me flanque le vertigo.

J'admire un donjon bouffé par les plantes impitoyables. Putain d'elles ! Pourquoi ne préserve-t-on pas les survivances de l'Histoire ? Ça te passionne, ta pomme, la course à l'H.L.M. ? L'architecture clapier qui part en couille avant que les murs ne soient secs ? J'aurais dû exister à l'époque Bayard pour guerroyer en armure, piner des frangines à cotillons profus. Tu te rends compte la régalade que ça devait être, leur minoucher la fente médiane sous des épaisseurs d'étoffes ?

Misteur Salami manifestant une envie impérieuse de se dévoiturer, j'ouvre nos portières. Contrairement à ce que je croyais, il compisse ballepeau, le bougre, mais fonce derrière moi en jappant d'allégresse.

Je me retourne, et alors qu'aspers-je ? La peintresse entrevue ce matin dans le couloir de l'hôtel lorsque j'y évacuais le plateau du petit déje.

Elle s'est installée sur un promontoire qu'on pourrait également qualifier d'éminence s'il était rouge. Chevalet dressé, dûment calé par un gros caillou, la ravissante blonde œuvre avec ferveur.

— Oh ! Oh ! lui lancé-je.

Elle me répond par un geste de sa main tenant le pinceau. Dès lors, je marche dans sa direction, précédé de mon hound qui paraît sensible aux jolies personnes. Il est très porté sur l'humain, ce canin !

Faut dire qu'elle est superbe dans le soleil qui répand de l'ambre sur sa peau et de l'or dans ses cheveux[1].

Sa chemise ouverte offre son buste à l'été[2].

Le foot ! Ce matin, j'ai pas eu le temps d'enregistrer ses yeux fauves sertis de vert, non plus que ses lèvres charnues que surmonte un imperceptible duvet. Pour te parler de son décolleté, faudra qu'on prenne rambour la semaine prochaine, tant il y a à dire et, plus encore, à faire ! Le dargiflard remplit son rôle (et son futal). Côté vitrine, le ventre est plat. Les cuisses, bien modelées, ne font pas du tout casse-noisettes.

Sans conteste, Il est chouette, le Seigneur, de te proposer un tel sujet, en rase campagne.

— Vous me permettez d'admirer ? demandé-je-t-il.

— C'est un bien grand mot ! répond-elle en souriant.

Je m'approche du chevalet. Elle travaille à l'aquarelle et je te supplie de croire qu'elle y tâte. Duraille à maîtriser. Chaque coup de pinceau est capital. Avec l'huile, tu peux avoir des remords, revenir sur ta barbouille en couches sédimentaires. Mais l'aquarelle te nique à la moindre faute de carre.

Je dis, en grande conviction :

— Magnifique !

— Vous exagérez ! fait-elle, sans donner dans la fausse modestie.

1. La phrase n'est pas de moi : je l'ai extraite d'un polar du cardinal de Retz.
2. Ça, c'est de moi.

— Non, et vous le savez très bien. Quel dommage que cette œuvre ne soit pas finie !

— Pourquoi ?

— Vous l'auriez signée et ainsi j'aurais su votre nom.

Ça l'amuse. Elle aime ce genre de libertinerie.

— Je m'appelle Mélanie Izaure.

— J'ai entendu parler de vous, j'assure sincèrement.

— Vous croyez ?

— Pourquoi mentirais-je ? Tenez, vous avez exposé l'an dernier dans une galerie de Saint-Germain-des-Prés : Le Sablier.

— Exact. Vous avez de la mémoire !

— Et le goût du beau.

On bavasse à la décontracte. Mélanie me raconte qu'elle prépare pour Nathan un album consacré aux châteaux des XIIe et XIIIe siècles. Pour le réaliser, elle se respire une centaine de ces nobles demeures plus ou moins en ruine. Une cinquantaine déjà figurent dans ses cartons.

— Je vous fais perdre le rythme, m'excusé-je.

— Du tout ; j'allais m'arrêter.

Nous nous asseyons dans l'herbe rase et nous adossons à un muret.

— C'est l'heure de ma pause-casse-croûte, annonce-t-elle ; une saine habitude que mon père, médecin nutritionniste, m'avait inculquée.

Elle saisit un mignon sac tyrolien de cuir fauve gros comme les couilles de Béru. En extrait une Thermos et un sandouiche enveloppé de papier d'alu.

— On partage ? demande l'artiste.

— Sans façon ; je viens de déjeuner.

— Je peux vous demander ce que vous faites ici ? Vacances ?

— Grand Dieu non. J'enquête.

— Sur quoi ?

— Une série d'assassinats.

— Vous êtes journaliste ?

— Même pas. Je suis le directeur de la P.J.

Ça la lui tronçonne sec.

— Vous !

— Vous me preniez pour un représentant en colifichets ?

Soudain, elle s'écrie, en désignant la vicinale j'sais-pas-combien, au fond du vallon :

— J'ai aperçu des allées et venues de gendarmes…

— Eh bien, voilà.

— Il y a eu un meurtre dans la région ?

— Deux !

— Si je m'attendais à une chose pareille ! Ça a eu lieu dans la villa du virage ?

— Exact.

Elle me défrime d'un air soigneusement sidéré.

— Et vous êtes là à discuter au lieu de vaquer à vos recherches ?

— Mais je vaque, ma douce amie, je vaque.

Son regard dérouté m'amuse.

— En bavardant avec moi ?

— Bien sûr… Vous travaillez ici depuis combien de temps ?

— C'est mon quatrième jour.

Je me lève pour faire le tour des féodales ruines. Passé le donjon, on a une vue imprenable sur la villa des Panoche. J'avise deux tires de gendarmes tricolorisées, plus quatre autres bagnoles dont une ambulance et la Mercedes de Pierre Cadoudal. Ça effervesce dans le secteur. Tiens, des voitures de presse radinent à tire-d'aile et larigot. Tu croirais le parkinge de la Foire de Paris.

Me rapproche de Mélanie, la surplombe pour plonger dans son décolleté. Il laisse pressentir deux blanches colombes en leur nid douillet. Je n'ai plus envie d'affronter mes collègues d'ici. Jactes, explicances, questions diverses, considérations à n'en plus finir. Temps perdu qui ne revient pas.

— Pardonnez-moi, mais vous êtes vraiment le directeur de la P.J. ?

Afin de chasser le nuage de doutes qui plane, je lui montre ma pièce d'identité magique.

En manière d'excuse, elle murmure :

— À votre âge !

— L'avaleur n'atteint pas l'ombre des allées ! riposté-je si vite qu'elle croit à du Corneille.

M'assieds derechef sur l'herbe rêche.

— Je suis bien, avoué-je. Voilà un instant de répit auquel je ne m'attendais pas. Dans une enquête policière, le moment arrive, inévitable, où j'ai besoin de brancher le pilotage automatique et de laisser fonctionner la machine flicarde.

Je la regarde grignoter son sandwich jambon-beurre avec une sorte d'attendrissement. Elle le clape par menues bouchées, essuyant les commissures de ses lèvres à tout bout de champ (disait le laboureur à ses enfants). Plus je l'examine, plus je la trouve fumante, cette fille. Artiste, mais pas vanneuse ; intello, mais pas chiante ; jolie, mais pas pimbêche ; sensuelle, mais pas saute-au-zob.

— Êtes-vous en puissance d'homme ? lui demandé-je abruptement, en fils de la montagne que je suis originairement.

— Absolument pas ! répond-elle.

Ça y est ! V'là que j'ai droit à une brouteuse de pelouse !

— Les femmes ? risqué-je, flegmatique.

— Vous gelez !

Ne reste que l'onanisme, ce qui serait dommage.

— Je donne ma langue au chat, annoncé-je gravement.

— Je suis vierge ! déclare-t-elle avec une nubile simplicité.

— Ça existe ? m'écrié-je-t-il.

— La preuve !

— Conséquence d'un vœu ?

— Non : d'un début de viol. À seize ans, j'ai subi les assauts de mon beau-père. Rien que de très banal : il est entré dans ma chambre alors que j'étais nue et a « perdu la tête ».

— Ensuite ?

— Je me suis débattue ; il est tombé en arrière et s'est fendu le crâne sur l'angle de la cheminée de marbre.

— Mort ?

— Non, mais le cerveau a été lésé ; c'est un légume, aujourd'hui.

Elle enveloppe ce qui subsiste de son en-cas dans le papier froissé. Replace ces reliefs dans son sac.

— C'est la première fois que je parle de cet épisode à quelqu'un.

— Quelles en furent les suites ?

— Il n'y en eut pas, du moins pour moi. Ma mère, quand je lui racontai la vérité, décida de ne rien dire. Officiellement, ce fut un banal accident.

« Le bonhomme vit toujours et ne paraît pas malheureux. Il pique même des fous rires, tout seul, dans son fauteuil.

— Et vous faites cette confidence à un flic ! m'exclamé-je.

Elle hausse les épaules.

— Vous m'inspirez confiance ; mais si vous décidiez de l'utiliser contre moi, je suis prête à « rendre des comptes », selon la formule consacrée.

Un pâle sourire glisse sur ses lèvres, comme l'a écrit la pauvre reine Fabiola dans son livre relatif à la nidation des mammifères.

Cette déclaration faite d'un ton calme me ravage l'âme instantanément.

— Quel âge avez-vous, Mélanie ?

— Vingt-trois ans.

— Ce n'est pas raisonnable de sacrifier l'amour à un accident malencontreux. Vous en êtes la principale victime.

— Je n'y peux rien. Ce traumatisme a eu des conséquences qui échappent à mon contrôle.

Je me retiens de lui dire : « Laissez-moi vous guérir ! »

Terre-neuve, l'Antoine, dans ces cas particuliers. Surtout quand il s'agit d'une jolie fille en détresse !

19

Profites-en pendant qu'il en reste !

Et c'est vrai que tu as besoin de lui porter aide et assistance. Sa grande dignité juvénile qui opère. Une grande fifille de deux douzaines d'années, non déberlinguée, c'est intimidant. Et si belle ! Si tentante ! Quelle rencontre !

— Je crois savoir pourquoi je viens de vous faire ces confidences spontanées, déclara-t-elle.

— Ah oui ? modulé-je.

Elle murmure, d'un ton effarouché :

— C'est parce que je vous ai vu, ce matin.

— C'est-à-dire ?

— Hormis celui de mon beau-père, je n'avais jamais aperçu de sexe d'homme.

— Et alors ?

— Depuis le jour fatal, la perspective de regarder un pénis m'épouvantait, me répugnait, surtout.

— Quel dommage !

Elle sourit triste.

— C'était plus fort que moi, admet-elle. Chose stupéfiante, de me trouver brusquement en présence de vos attributs m'a causé un choc. Un choc… positif. Instantanément, je me suis sentie délivrée de ce sortilège. Comment vous expliquer ?

— Je suis ravi d'avoir été l'électrochoc salvateur, chère Mélanie. Sans doute pourrez-vous rattraper le temps perdu, nonobstant Verlaine ?

Elle secoue la tête.

— Vous ne me comprenez pas : ce n'est pas du tout à cela que j'aspire. Je souhaite simplement rencontrer un homme sans être terrorisée par sa qualité de mâle. Un homme capable de m'inspirer l'amour et, qui sait, le désir.

— Vous devez avoir du succès auprès des garçons ?

— Comme cela ne m'intéressait pas, ils ont su se comporter en simples camarades.

— Aucun d'eux n'a tenté sa chance ?

— Quelques-uns, mais mon attitude les a rapidement dissuadés de poursuivre. Pour eux, je suis Mélanie, la fille solitaire.

— Ils doivent vous supposer des mœurs particulières ?

— Rien dans mes relations féminines ne saurait le faire croire.

Sur ces paroles mélancos et un poil de cul mélodramatiques, Salami opère un retour de théâtre. Il est haletant, baveur, et a le pelage constellé de minuscules chardons.

— Vous venez de traquer quelque gibier, l'ami ? l'interrogé-je.

En manière de réponse, il aboie à deux ou trois reprises, d'un ton sec, puis me fait signe de le suivre.

— Pardonnez-moi, dis-je à la douce artiste, mon collaborateur a une information à me communiquer.

Et de filocher ce basset hound d'un genre si particulier.

Il va presto, le brave cador, sans toutefois courir. Son fouet blanc et fauve reste rectiligne, dans le prolongement de son dos pour l'aérodynamiser. Ses pattes épaisses et torses tricotent la pente herbue. Il se dirige vers une pièce d'eau croupie cernée de saules vénérables, aux troncs ouverts. S'arrête au pied de l'un d'eux dont il commence à gratter furieusement la rude écorce. Il geint d'impatience, contient mal les aboiements qui lui viennent spontanément.

— Qu'avez-vous, Salami ? le calmé-je. Vous paraissez dans tous vos états.

Alors il tourne sa tête en forme de marteau vers ma pomme et, à cet instant, je te le jure, c'est presque comme s'il parlait enfin.

— Il y a quelque chose dans le ventre de cet arbre ?

— Vouahi !

— Je vais vérifier.

Il me cède la place et je pénètre à l'intérieur du vieux tronc désabusé.

Ne mets pas longtemps à repérer ce qui le chicane : une cravate ! C'est de la toute bioutifoule baveuse Hermès. Le motif représente une profusion de minuscules moulins à vent blancs, sur fond bleu ciel. Elle est attachée à une branchette poussée curieusement à l'intérieur du tronc. Je la dénoue, la roule sur trois de mes doigts avant de l'enfouiller. Après quoi, je conduis plus loin mes investigances. Elles me permettent de découvrir une balle fichée dans le saule. Grâce à mon couteau légendaire, l'en extrais, la glisse dans ma vague arrière.

Tiens, du sang ! Une traînée contre l'écorce interne.

Hors de l'arbre, on décèle également des taches brunes dans l'herbe. Le diligent Salami est en train de les suivre, mais je préfère interrompre sa quête aux indices car elle nous conduit droit à la maison « des meurtres ». Je ne suis vraiment pas pressé de connaissancer mes confrères du coin.

*
* *

Retour auprès de Mélanie, laquelle s'est remise à peindre. Talent sûr. Chaque contact de son pinceau avec le papier apporte un élément indispensable à l'œuvre.

— Quand votre livre sortira, je l'achèterai, promets-je ; à moins que nous ne soyons mariés d'ici là.

Elle s'interrompt de barbouiller, tourne la tête vers moi, l'air mi-indécis, mi-fâché.

— Il ne faut pas plaisanter avec ces choses-là ! dit-elle.

— Je ne plaisante pas. C'est très clair : je vous propose de m'épouser.

La jeune fille est devenue pâle. Son mécontentement, son incrédulité font place à une émotion intense.

— Expliquez-moi. Cela est si… extravagant.

— Je sais, mais j'obéis toujours à des pulsions, et chaque fois bien m'en a pris : comme si la Providence me contraignait à proférer certaines phrases avant que je les eusse pensées. Je ne peux encore vous déclarer un amour éperdu puisque je ne vous connais pratiquement pas, pourtant un élan me saisit, qui ressemble à un télescopage d'âmes.

Je me tais, la gorge nouée par un trouble dont j'ignorais. La prends dans mes bras, la presse contre moi.

« Non, mais qu'est-ce qui arrive à mes châsses, Anastase ? » Des giboulées dans mes lotos ? Ça se brouille. Ma glotte est plus grosse que la boule d'un bilboquet. Et je vais te dire : je ne trique même pas. C'est la first fois que, pressant une superbe fille contre moi, mister Popaul interprète *Le Bel Indifférent*.

Sa joue, peu à peu, brûle la mienne.

Elle a été commotionnée, adolescente. Le bec verseur de son saligaud de beau-père lui a donné le dégoût du mâle. Et puis, ma pomme, avec M'selle Zigounette battant la mesure, je surgis dans le couloir au moment où elle passe devant ma porte. C'est tellement inattendu qu'elle n'a pas le temps de se mettre sur la défensive. C'est dard-dard le panorama imprenable sur le phare d'Ouessant. Elle pense, inconsciemment, mais en français : « Seigneur, le bel engin ! Qu'il doit être agréable à palper, à bisouiller, à prendre dans l'escarcelle ! » Et ce traumatisme répare celui infligé par le vilain mec à sa mother. Cette planturade pulvérise dans son esprit la trique noueuse et veinée[1] du beau-parâtre. Le goût de la vie (et du vit) lui vient. C'est le grand retour après une si longue absence. Tout est à faire ! Et bibi de répondre : « Présent », comme jadis nos pères au maréchal Pétrin.

— Je veux que nous vivions un formidable amour, murmuré-je.

Elle ne bronche pas. Je sens le doux papillotement de ses paupières sur mon cou.

Je devrais probably lui placer une pelloche vénitienne ? Mais je m'y refuse. Le spirituel d'abord, l'intendance suivra de loin.

---

1. Je l'imagine telle !

20

Nul n'est prophète en son pays

Une voix énorme, destinée à des échos gothiques, sort de la villa pour partir à l'assaut des planètes limitrophes :

— Écoutez-moi, les mecs. Si vous voudriez qu'j'vous cause franchement, j'doive vous jurerer su' l'honneur qu'j'vous encule tous ! C'est pas d'gaieté d'bite, mais j'voye guère l'moilien d'faire aut'ment !

Tout de suite après cette déclaration, Bérurier jaillit de la maison du mandataire, rouge comme la crête d'un coq blanc. Furax, il va au fourgon de la gendarmerie et se dégrafe le bénoche, dans l'intention bien arrêtée de le compisser avec une impétuosité rassurante en ce qui concerne une menace de prostate.

— Dites donc, il faut pas vous gêner, espèce de gros dégueulasse ! l'apostrophe un gendarme en faction devant la demeure.

Il se tait en découvrant le mandrin de Sa Majesté.

— Dedieu la verge que voilà ! balbutie le pandore. J'en ai jamais vu de pareille ; et pourtant j'ai assisté à des tas de conseils de révision !

Oubliant la plus élémentaire discrétion, il s'approche du Mastard pour avoir un panorama plus complet de son intimité.

— Elle va chercher dans les combien ?

— Elle n'est pas à vendre, rétorque le Rogue.

— Je parle de sa longueur ?

— La dernière fois qu'une dame m'l'a sucée, elle dépassait les quarante-quatre centimètres.

— Parce que vous arrivez à trouver chaussure à votre pied, avec un calibre pareil ?

— Qu'est-ce vous croiliez ? Les frangines ont la chaglatte extensive.

— Ça doit pas toujours leur être agréable, assure le gendarme enjalousé.

— L'essentiel est qu'ça rent', non ? Une fois dans la place, la nature y met du sien.

Parvenu en fin d'épanchement, Alexandre-Benoît secoue le monstre avant de lui faire réintégrer sa cage.

C'est sur ce coucher de soleil que je me montre.

— Ah ! t'v'là, rugit le Mastodonte en m'apercevant. J't'remercille pour la façon qu'tu t'arrêtes quand t-est-ce j'sus en rade. Que, n-en outr', ces cons d'poulets d'ici m'envoyent aux bains trucs biscotte j'ai pas d'commission rogaton. On s'croirerait en Papoisie, j't'jure !

Sur ces entremiches, un perdreau civilard sort de la maison et nous interpelle avec la voix d'un ours brun souffrant d'une angine.

— Qui est-ce encore ce nouveau ? il lance. Un gandin de Paris ? Vous êtes accrédité pour venir nous casser les pieds pendant notre travail ?

— Écoutez, mon vieux, réponds-je, je ne vois pas pourquoi vous prenez mal notre présence. Cette affaire a débuté à Paris et il est normal que nous suivions ses ramifications. Je vous signale que c'est moi qui vous ai prévenus.

Son cri de mammouth au fond d'une grotte de l'époque tertiaire attire un de ses collègues que je reconnais : Simon Darbandais, qui fit un stage dans notre crèche, il y a de cela une douzaine d'années.

M'apercevant, ce dernier pousse une exclamation à alvéoles gutturés. Puis vient à moi, le cul serré kif les lèvres d'une institutrice anglaise pendant la projection d'un film hard, dont le rôle principal est interprété par sa mère.

— Monsieur le directeur ! Si je m'attendais… Mais comment se fesse ? Je veux dire : se fait-il ? Vous ici ! En personne ! Sans escorte, sans tambour, sans trompette !

Tu le conçois aussi clairement que je l'énonce : mon arrivée improvisteuse devient événementielle. Bérurier profite de la renversée et se laisse choyer mollement, en homme « qui n'en pense pas moins ».

— C'est vous qui dirigez l'enquête, Simon ? je fais à Darbandais.

— En effet, monsieur le directeur.

— Savez-vous à qui appartient cette maison ?

— Nous venons de l'apprendre.

Je le cisaille en jetant négligemment :

— Je souhaiterais un rapport plus que détaillé sur Rigobert Panoche, son propriétaire. Comment vivait-il ? Qui recevait-il ? Enfin, vous voyez ?

Sidéré que j'en sache déjà tant, mon confrère opine comme un cheval de haras.

— Nous allons nous y atteler, promet-il.

— Voyez-vous, poursuis-je charitablement, je suppose que les meurtriers ne sont pas venus fortuitement dans cette maison de campagne. On peut dire qu'ils s'y sont carrément installés et y ont pris leurs aises. Des crapules ne bivouaquent pas ainsi dans une propriété qui leur est inconnue. Ici, on a dormi, on a allumé un feu d'enfer pour incinérer des cadavres, toutes choses auxquelles ne se livreraient pas des gens sur le qui-vive. Vos gars vont devoir enquêter dans le voisinage. La crèche a beau se trouver isolée, elle est en bordure de route. Plusieurs bagnoles ont dû séjourner sur ce terre-plein, au moins deux, ça sûrement.

— Pourquoi ? demande étourdiment Simon Darbandais.

— Il y en a une sur place, les meurtriers ont bien dû repartir par leurs propres moyens !

— C'est évident.

— D'où la nécessité d'une seconde tire !

— Naturellement.

Je pose ma main absolvatrice sur son épaule cintrahabiste.

— Comme je viens de le dire, nous ne voulons pas chasser sur vos terres, Simon, simplement l'affaire de Paname déborde jusque dans l'Yonne et le temps presse.

— Je comprends tout à fait, monsieur le directeur, et croyez à notre entier dévouement.

Béru pousse un hennissement de vieil étalon humant le fion d'une pouliche.

— Bordel à cul, Sana ! C'est toive qu'as mon bigophone portatif ?

— Je l'ai prêté à notre confrère Hanoudeux.

— T'es généreux av'c les affaires des autres ! Moive qui l'croivais perdu ! D'c'fait j'ai pas pu prendre des nouvelles de ma pauv' femme qu'est probab'ment clamsée à l'heure dont j'cause.

— Emprunte celui du gendarme ici présent. Vous permettez, brigadier ?

Le pandore, qui n'est pas sans grandeur d'âme, tend son déconnoir au Gros. Béru forme le numéro de l'hosto.

— Allô ! lance-t-il à la standardiste, passez-moive la chamb' 333 ! Oui : trois, trois, trois ! Si personne répond, branchez-moive su' la morgue d'l'hôpital, car c's'ra qu'ma dame est cannée.

Bref silence. Nos confrères et ma pomme attendons la suite du suspense.

L'organe du Mahousse reprend, teinté d'angoisse :

— Escusez d'vous déranger, c'est pour avoir des nouvelles fâcheuses d'mame Berthe Bérurier qu'j'étais l'époux. Pardon ? Vous disez ? Causez pas la bouche pleine, j'me croive en communicance avec un' pompe à merde !

« Comment ? Ah ! c'est toive, Berthe ! J't'entends à peine. Tu vis toujours ? Dis donc, ma grande, c'est du peu au jus, si j'me fille à ta pauv' voix qu'est comme une chandelle qui s'éteint. Quoive ? Tu quoi ? Tu manges ! Comment ça, tu manges ? Tu veux dire qu'tu communilles ? On t'adminis' les cinq sacr'ments ? Ben cause, bordel ! Avale c'qu't'as dans ta grande clape d'vache ! Oui, v'là, j't'entends.

« Quoi-ce ? Tu bouffes une omelette ! Non, je rêve ! Une om'lette quand t-est-ce on a un panard dans la terre glaise et l'aut' su' une plaque d'verglas ! Attention, Berthe : faut pas m'la faire. Mourante t'étais, mourante tu restes ! D'alieurs les docteurs s'sont portés garantis. J'ai déjà donné mon costard gris au pressinge pour qu'ils le teindent en noir ! Et j'ai offerte ton manteau d'fourrure à une personne dont j'connais et qui va l'faire reprendre, biscotte y l-est trop grand pour elle ! Alors tu voyes : y a plus à y r'viendre. Soye raisonnab', ma grosse : la vie n'a qu'un temps. Si tu m'en croives, laisse quimper ton omelette et commence tes arrangements av'c le Seigneur, biscotte ta garce d'vie n'a pas été très cline. Plutôt glauque même, à des moments.

« Hein ? Comment ? Quoi ? T'y peux rien ? T'es guérie ? C'tait une fausse alerte ? Ah ! bon… C'est dur à admett', mais j'm'y f'rai. J'en ai vu d'aut'. Simp'ment, Berthe, ton manteau d'fourrure, j'croive qu'on devrait l'laisser à celle dont j'l'ai donné, ça s'rait plus corrèque, tu comprends ?

Il coupe la communication devant une assemblée de policiers effarés. Il a un regard balayeur et déclare :

— La chiasse av'c les gonzesses, c'est qu'on peuve jamais avoir confiance en elles !

*
* *

Me revoilà seul dans ma chambre de L'Écu de Bourgogne, si bien géré par M. Paul et Mme Marthe. Le Gros se siffle une boutanche « en terrasse ».

Et moi ?

Eh bien, je vais te dire, Casimir : moi rien, moi que dalle, moi ballepeau. Le désert, le vide, le néant ! Me sens coupé de l'enquête ; pire : totalement étranger. De l'histoire ancienne. Obsolète, qu'ils diraient, les gargarisés du vocabulaire !

Un sentiment inpratiqué depuis lurette et des décades : the love. Je ne pense plus qu'à Mélanie. Ne parviens pas à me la représenter autrement que par un reflet d'or sur l'azur, kif la très sainte Vierge Marie.

Sitôt que je m'en suis allé tout à l'heure, le mystère s'est produit. Ses traits, ses yeux, son odeur ont fait place à un miroitement éblouissant. Je me reproche de ne pas être resté auprès d'elle, à la regarder dessiner, aquareller. Elle me manque à crier ! Je suis dingue d'elle. La veux !

Je vais abandonner l'enquête ; la confier à mes hommes. Ils sont qualifiés. Des gars bien. Pourquoi veux-je tout faire ? Four et moulin, toujours. Pauvre glandu : « vis ton cœur » au lieu de chiquer les supermen !

C'est chouette, ce que je me raconte confidentiellement, non ?

La sonnerie du bigophone me dérêvasse.

C'est l'O.P. Hanoudeux.

— Heureux de pouvoir vous joindre, monsieur le directeur.

La lichouille, dare-dare : un petit coup de mise en train sous les roustons.

— Vous avez du nouveau ?

— Énormément, au point que je ne sais par quoi démarrer.

D'ordinaire, je réponds : « Commence par le début », mais l'expression est tellement éculée qu'elle me flanque la gerbe. Alors j'attends sa décarrade. À lui le crachoir.

— D'abord, permettez-moi de vous apprendre la mort des Panoche : ils se sont suicidés au gaz, à moins qu'il ne s'agisse d'un accident. On les a retrouvés dans leur cuisine, devant un camembert entamé et une bouteille de morgon.

Je me flanque mentalement des coups de latte dans le train : j'ai fait un mauvais calcul en les laissant mariner chez eux. Ils ont eu la tête prise et se sont jetés hors de leur destin.

— On est assurés du suicide ? S'asphyxier en savourant un calandos, c'est plutôt rare.

— Les robinets de la cuisinière étaient ouverts. De toute manière, les confrères spécialisés s'occupent du problème.

— Les mandataires sont « partis » sans laisser de message ?

— Rien ! Ils n'ont pas non plus passé de coup de fil.

— Je pencherais plutôt pour un meurtre, soupiré-je. Mais que vous arrive-t-il, vieux, on dirait que vous zozotez ?

Court silence. Le malheureux murmure :

— Bérurier m'a cassé trois dents de devant d'un coup de poing, sous prétexte que je l'ai ramené à Paris contre son gré. Mais soyez tranquille, monsieur le directeur, je ne tiens pas à faire d'histoires.

— C'est bien, mon garçon, c'est excessivement bien : chez nous, on lave son linge sale en famille ; tu auras vite l'occasion de lui revaloir cette gâterie. D'autres choses encore ?

— La boucle d'oreille découverte dans la cuisine d'Éléonore, à Saint-Cloud…

— Alors ?

— Le joaillier qui l'a expertisée l'estime à un million de francs.

— La paire ?

— Non : pièce !

Sifflement reptilien de ton incontournable Santonio.

— Dis donc, elle était aux as, la jolie Éléonore ! Il est de plus en plus indispensable de retrouver la sœur jumelle de cette boucle. Eh bien tu as accompli du bon travail. Ça ne t'ennuie pas que je te tutoie, Hanoudeux ? J'ai du mal à vouvoyer les gens que j'estime.

— Au contraire, monsieur le directeur, vous m'en voyez flatté. Mais je n'ai pas terminé, ajoute cette corne d'abondance vivante. Il y a un troisième point dont j'ai omis de vous entretenir hier, cela concerne les deux types à moto qui ont attaqué votre domicile. Nous en avons identifié un : celui qui se tenait à l'arrière, le lanceur de bombe. Il s'agit d'un terroriste recherché en Italie, un Libyen du nom de Tuladi Bouffi, connu sous le sobriquet de « Dynamitos ».

— Magnifique ! m'écrié-je. C'est fou comme l'enquête progresse quand je ne suis pas là !

— Vous pensez revenir bientôt ? risque le « nouveau ».

— Demain, promets-je mélancoliquement.

21

Salami tombe sur un os !

Elle ne descend pas pour le dîner, ce qui me rend malheureux à en vomir dans le décolleté de Lady Di. Entend-elle m'éviter ? Probable. Je l'ai chargée trop vite et elle a pris peur. Dommage, car il y a du brocheton meunière comme entrée et des tournedos aux morilles en plat principal. Pour finir, une tourte à la rhubarbe avec une crème au séné.

Le Mammouth clape à l'énergie. Après lui, inutile d'envoyer son couvert à la plonge : tout est fourbi nickel. La serveuse qui l'a à la chouette parce qu'il lui glisse un doigt dans l'encoche chaque fois qu'elle s'approche de notre table lui objecte :

— Fallait pas donner vos arêtes au chien : il risque de s'étrangler. Le brochet c'est traître.

— Je les ai pas données au cador : je les ai mangées, la rassure le convive ; c'est c'qu'a l'plus de goût.

La malheureuse ancillaire en reste comme un tas de farine.

Salami, qui n'aime pas le poisson, l'a remplacé par du jambon morvandiau. L'ayant consommé en deux gueulées, il me charge de commander une seconde portion. Je lui fais remarquer que lorsqu'un quadrupède partage le repas d'un homme, il se doit de contrôler sa voracité.

Vexé, le basset hound saute de son siège et, histoire de me faire chier, va planter sa truffe entre les jambes d'une touriste batave, là où elle sent la charcuterie fumée.

La Néerlandaise lui flatte la tête. Encouragé, mon auxiliaire lui prodigue un coup de langue sur la moniche. Cette compatriote de Van Gogh, sensible à une caresse jamais éprouvée, évase sa rampe de lancement. Dès lors, Salami entreprend une dégustation soignée, malgré la culotte de cette femme, qui est lâche (la culotte) du fait de son obésité en cours, tandis que le mari briffe vigoureusement, ses lampions de Delft hors des orbites. Il en est au tournedos, lequel ajoute encore à la gloire de Rossini, larmoie de bonheur. En cet instant privilégié, il sait bien que la France est la patrie des délices.

Son épouse n'en doute plus. Elle bouffe au ralenti, contrairement à mon chien qui passe la surmu. Il s'explique à outrance, les babines dans celles de Mme Magret Van Der Plume. Je ne lui savais pas des dons de cette ampleur, le hound ! Un virtuose ! Sa réputation risque de connaître un essor fulgurant.

Aux rives de la pâmoison, la touristeuse cesse de boulotter. Elle se met à trembler, imprimant un mouvement de transe à toute la table. La vaisselle s'entrechoque. Tu jurerais les prémices d'un séisme à Tokyo. Le cornard doit cramponner le matériel de table, pas qu'il malle sur le parquet. Il questionne sa grosse en hollandais moderne. Elle répond sous forme d'onomatopées apatrides.

Mémère est à trois langues fourrées du fade. Ça y est, elle le libère en poussant des porcineries qui rameutent tout le restif : clients, serveuses, cuistots, tauliers, cavistes. Jusqu'au petit demeuré, gardien du parking ! Reculée sur le dossier de sa chaise, Magret mord sa serviette pour obstruer sa liesse sensorielle. Elle pousse des « Wiiing ! » des « Hompfff ! » des « Grrraouch ! » Et bien d'autres, inconnus au royaume d'Orange depuis Guillaume Ier.

Satisfait, Salami regagne notre table avec une infinie discrétion. Il reprend sa place et se pourlèche d'un air repu. De toute évidence, il est content de soi.

Peu à peu, la chère dame des polders retrouve son calme. Obligée de fournir un éclaircissement, elle n'y manque pas. Explique qu'elle a avalé une guêpe. L'importune l'a piquée à la joue. Oh que ça fait mal ! Mme Marthe, la taulière, veut appeler un médecin. Mais la courageuse Néerlandaise refuse :

— *Né, né ! Finite ! Gute !* Tout ça très bon !

On leur réchauffe la viandasse. M. Paul rajoute de la sauce, et même une tranche de foie gras pour mieux rossiniser le tournedos.

L'ambiance redevient sélective.

Ne pouvant me contenir davantage, le dîner terminé, je monte frapper à la chambre de Mélanie dont j'ai repéré le numéro sur le registre des entrées.

Silence.

— Y a plus personne, me dit une voix, comme je récidive.

Volte fulgurante du héros.

— Comment ça ?

Une vieille femme de chambre teinte en rousse sous le harnois est là, chargée d'une pile de draps et de varices concentrationnaires.

— Elle a quitté l'hôtel, m'annonce la brave Carabosse ; paraîtrait qu'elle venait de recevoir des mauvaises nouvelles.

Je mire la gorgone, kif on regarde un œuf devant une source lumineuse pour s'assurer qu'il est bon. Il se produit, en moi, une espèce d'éboulement. Je secoue négativement la hure en guise de protestation.

Mélanie partie !

Si au moins j'étais venu la voir avant le dîner. Mais non : je ne doutais pas un instant qu'elle ne descende.

Quatre à seize je dévale l'escadrin de bois dont les marches font un bruit de rafiot à l'amarre.

De nouveau, la caisse : le grand livre encore ouvert à la page où est enregistrée l'arrivée de la jeune artiste : *Izaure Mélanie, 16, rue du Parc-Royal, Paris 3e*.

Je prends note.

*
* *

Pour tout t'avouer, je crois qu'elle en tient pour moi, Mme Marthe : la façon qu'elle me conjure de conserver sa tire pour regagner Paris, en flattant mes testicules du bout des doigts. Son regard bovin se charge de braises tandis qu'elle me parle. L'extrémité de sa gentille langue de génisse frétille entre ses lèvres.

J'accepte son offre, ce qui met le comble[1].

— Écoutez, fait-elle, frappée d'une idée, après-demain je dois aller à Paris ; je prendrai le train et nous pourrions nous retrouver

1. Le comble à quoi ? demanderas-tu. Eh bien le comble à ce que tu voudras. Si tu savais ce que je m'en branle !

directement à l'Hôtel des Trois Hémisphères, près de la gare de Lyon ?

— Belle idée ! approuvé-je, en décidant séance tenante et in petto de dépêcher Bérurier en mes lieu et place (l'hôtelière gagnera en quantité ce qu'elle perdra en qualité).

Elle me lâche la bite, me permettant ainsi de partir.

*
* *

Cette fois, nous sommes au complet : Béru, Salami, bibi. L'autoroute dégagée m'incite à rouler plus vite que la vitesse motorisée. L'Infâme roupille à l'arrière, j'en profite pour faire le point avec mon cher hound, sans pour autant cesser de penser à Mélanie Izaure. Les gens dotés d'une intelligence supérieure, comme moi ou moi, ont cette rare faculté de pouvoir dédoubler leur esprit.

— Vous rendez-vous compte, mon cher, que cette banale affaire de téléphone fourvoyé débouche sur une véritable hécatombe ?

Au lieu de capituler, je récapitule, dresse la liste des allongés : Mme Maubec de Pré-Bénit ; Mouchka, la nounou d'Éléonore ; Tuladi Bouffi, le dynamiteur et son acolyte ; mon voleur de Ferrari ; le gazier qui a buté la vieille nounou ; Éléonore ; son copain Cadoudal. En tout huit personnes ! Plus deux autres s'il est avéré que le mandataire des halles et son épouse ne se sont pas suicidés. Jolie brochette, n'est-il pas ? Salami hoche la tête, impressionné.

Je balbutie :

— Et avec cette ratatouille de macchabées, c'est toujours le point mort. Vraiment, vous m'en voyez navré, mon cher. Pour notre première enquête, j'eusse souhaité des résultats positifs, alors que nous sommes ballottés par les événements. Cette histoire me rappelle les cirques à plusieurs pistes de jadis, où l'on essayait de suivre trois spectacles simultanés.

Mon compagnon s'agite, émet ses très brefs jappements mobilisateurs d'attention. Ensuite, la communication s'établit selon notre nouveau code.

En substance, il déclare, le clébard à cerveau humain :

« L'affaire a commencé par Éléonore. C'est elle qui en est la clé de voûte. Qu'elle soit morte n'empêche pas que tout s'est produit à partir d'elle. »

— Je sais, lui réponds-je.

Mon extraordinaire canin poursuit :

« Ne trouvez-vous pas ahurissantes, San-Antonio, les circonstances de sa fuite de Saint-Cloud ? Au fait, la vieille Maubec a-t-elle déféqué ? Uriné, dans les toilettes ? Pendant qu'elle y est enfermée, Éléonore voit surgir l'ennemi. Vous estimez plausible qu'il arrive en marchant à travers un jardin public ? Je ne suis qu'un chien, mais ça me laisse sceptique. Par miracle, une échelle est à sa disposition. Vous ne vous tapotez pas le menton, mon cher directeur ? Mieux encore : Mlle de La Liche abandonne une boucle d'oreille de très grande valeur. S'agissait-il d'un joyau lui appartenant ? Est-il concevable de porter un bijou de ce prix quand on est seule chez soi, la nuit ? »

L'aboiement qu'il libère est chargé d'ironie. Ma parole, il me prend pour un gugusse, ce chien !

« Si vous le voulez bien, ajoute-t-il, en arrivant, j'aimerais retourner dans l'immeuble de Saint-Cloud. D'accord ? »

— D'accord ! soupiré-je, dominé !

22

Œufs – raie – cas

Tout est mouvance. Ça fait penser à ces viscosités en couleurs qui tournent à l'intérieur d'un bocal. La matière est toujours pareille, mais le mouvement la modèle sans cesse différemment.

De retrouver le petit immeuble des deux dames mortes (Éléonore et sa voisine du dessous) me flanque un sentiment bizarre ressemblant tellement à de la tristesse que ce doit être au moins de la mélancolie. On a apposé les scellés. Rien qui fasse plus sinistre. Maison du crime, tu vois ?

Je grimpe au premier pour faire sauter ceux du mannequin. Bérurier me suit en bâillant. Quant à mon clébard, il a foncé à l'extérieur et je l'entends japper d'allégresse. Son hérédité de chasseur qui le survolte.

L'apparte recèle une vilaine odeur douceâtre. Il sent « la mort refroidie ». C'est fade et gerbant.

La lourde des chiches, démantelée, est restée entrouverte. Je la pousse pour pénétrer dans les tartisses. Les deux traces de balles sur le mur. L'impact a fait sauter des éclats de plâtre.

Nouvelle inspection, faite d'un œil neuf. Allons voir si la vieille a utilisé les vécés. Pas songé à les examiner. Et ça se prétend policier émérite, ce faux camelot du calembour !

Attends que je ranime les tisons de ma mémoire, comme dit si joliment Mme Bernadette Chirac dans le livre qu'elle projette d'écrire. J'évoque Mme Maubec sur son trône. Sa tête dévastée dont le temporal gauche s'appuie contre le mur. Elle… Oui, ça y est : elle est assise sur l'abattant des chichewomen. Donc elle est venue se planquer dans cette dérisoire cachette. Un soudain danger l'y a contrainte. Mais ça n'a servi à rien puisque elle a été seringuée à travers le chétif panneau.

Je soulève le couvercle de la cuvette, cette dernière est clean. Au moment de le rabattre, j'avise un morceau de papier à lettres collé contre la paroi du conduit d'évacuation.

— Béru ! appelé-je.

Le Mammouth se pointe.

— C'qu'y a ? s'informe-t-il.

— Tu veux bien repêcher le fragment de faf bleu, au fond de l'eau ?

Docile, il s'agenouille, retrousse sa manche et se met à tâtonner dans les abysses goguemuchards. Finit par récupérer l'humble objet de ma convoitise, et le dépose sur la tablette du lavabo voisin.

— Pourquoive t'l'as pas attrapé toi-même ? bougonne-t-il.

— Parce que, contrairement à ma pomme, tu as des rapports privilégiés avec la merde, mon bon.

Le Mastard se fâche :

— Y en a qui s'croivent réell'ment sortis d'la cuisse d'Gulliver. Et qu'aiment humilier leur monde ! Quelle journée pourrie : mon épouse qui n'meurt pas, mon supérieur hiéraltique qui m'oblige à jouer au gandousier ; j'sus réell'ment un mec maudit !

Et tu ne sais pas ?

Il se met à pleurer.

Insensible à sa peine, j'examine le lambeau de lettre qu'il vient de récupérer. L'encre s'est en grande partie diluée, cependant on parvient à déchiffrer les quelques mots qu'il comporte : *Ce qui serait dramatique et aurait des consé*... C'est tout ! Laisse voguer ton imaginaire, mon San-A.

Aboiement de Salami, désireux de me voir. Je mate par une fenêtre. Il von karajanne de la queue, l'air triomphant.

— Vous désirez, maître ? lui lancé-je.

De la tête, le clébard m'enjoint de redescendre. T'avoueras que c'est le monde renversé ! Pourtant, je cède à son invite.

— Vous avez découvert quelque chose, cher ami ? lui demandé-je quand je l'ai rejoint.

— Vouahi !

Il m'indique que je dois l'escorter. Nous nous éloignons du délicat immeuble pour gagner le jardin public proche. Le hound va précautionneusement, l'air réfléchi. Je comprends qu'il piste les traces de l'agresseur précédemment relevées.

— Nous avons déjà accompli ce parcours, dis-je à mon mentor.

Il m'accorde un court regard où je crois distinguer une lueur de mépris.

Les traces sont plantureuses dans la terre meuble des massifs de rosiers nains. Nous nous arrêtons pour les examiner de re (tu sais quoi ?) chef ! Derechef. Pointure 44 ont estimé les confrères scientifiques. Au-delà de cette zone fleurie, on retrouve l'herbe rase, vierge de toute trace.

— Rien de nouveau ! fais-je au clebs.

Il imperturbe et poursuit sa route tranquille.

— Où diantre m'embarquez-vous ? protesté-je.

Indifférence souveraine de mon guide. Sa conduite commence à me briser les testicules.

— Pensez-vous que je vais vous filocher jusqu'à la Saint-Trou-de-Balle, laquelle coïncide avec la vôtre ! fulminé-je d'un ton rendu puissant par l'abus d'oligoéléments auquel je me livre.

Il s'arrête, jappouille un vague truc d'une voix cassante, me gratifie d'un vent cinglant et réitère son mouvement de tête du début.

Avec un soupir de destroyer touché par une mine, je continue de le suivre. Ma patience prend de plus en plus de la gîte. Comme s'il voulait en rajouter, le basset force l'allure. Ses membres ont beau ne mesurer qu'une quinzaine de centimètres, quand il se met à tricoter, il bouffe de la lande, mon camarade !

N'importe : je lui garde ma confiance. Le talonne.

Il franchit tout le parc et stoppe devant une fosse à compost située dans un angle du mur isolant le jardin public d'un lotissement voisin. Mon valeureux collaborateur saute dans cette réserve d'humus et de déchets organiques et se met à creuser énergiquement. Il gratte des antérieurs, s'excite, grogne, ronchonne et finit par extraire un godillot à laçage semblable à celui qu'a immortalisé Van Gogh dans un célèbre dessin au crayon.

Le cher cador me l'apporte.

— Êtes-vous en train de m'expliquer, excellent Salami, qu'il s'agit là d'une des chaussures de l'assassin ?

Il me vote un jappement qui, traduit du basset, signifie :

« Pourquoi croyez-vous que je me crève le cul, connard ? »

Et il retourne fouiller afin de m'obtenir la paire !

*
* *

— Du quarant'-quatr' ! grommelle Béru. Y s'en faut d'trois pointures qu'j'eusse eu pu les garder par la sute. Là, é sont terrereuses, mais décrottées et cirées, tu peuves les mett' pour une noce.

Je présente sa trouvaille à messire Toutou. Lui dis d'un ton de rêvassement :

— Nous avons trouvé leurs traces de départ, pas celles d'arrivée.

Il s'assied, me considère d'un air pénétré, sa grosse bite traînant sur la moquette.

Reprenant notre langage convenu, il déclare :

« Je me suis déjà fait la réflexion, mon cher maître. C'est pourquoi j'ai couvert, en zigzag, tout le trajet de l'immeuble au parc. Je me dois de vous apprendre que je n'ai trouvé qu'un seul cheminement d'ici au fond du parc. *Il semble donc que votre assassin soit parti de la maison sans y être arrivé.* »

23

La magie, c'est toujours du bidon

Quoi de plus beau qu'une vigne au soleil, sinon tes fesses, ma chérie ?

Je stoppe ma guinde d'infortune, une Range Rover prêtée par mon garagiste, sur le bas-côté du chemin. Uniquement pour admirer cette étendue sage et verte descendant mollement la colline. Le raisin n'est pas mûr, mais il paraît déjà bien formé, prometteur de délices futures. Quel somptueux présent que le vin ! Il tient toujours ses engagements.

Avec un soupir d'obscure reconnaissance, je repars. Il fait tendre, le ciel est bleu, je me sens paisible et vacant. Hier soir j'ai dormi à la maison. M'man était sereine. Alors je me suis mis à la recherche du téléphone de Mélanie la fugueuse et l'ai trouvé.

Elle-même a répondu. Ne lui ai posé aucune question à propos de son départ précipité de l'auberge. J'ai comporté naturellement, avec calme et gentillesse, comme s'il était normal que nous ne nous soyons plus revus depuis l'épisode du château en ruine.

Sans la brusquer, mais avec fermeté, je lui ai arraché un rendez-vous pour samedi, treize heures, à La Guirlande Fleurie, place des Vosges. J'ai pensé qu'un restaurant dépourvu d'épate, à l'heure ensoleillée du déjeuner, lui inspirerait confiance. Elle a dit « D'accord » ; nous verrons bien.

Maintenant, Ferdinand, tu te demandes ce que je viens branler dans les vignobles enchanteurs du Bordelais ? Non ? Ah ! tu as deviné ! Eh bien oui, j'ai eu soudainement envie de faire la connaissance du papa viticulteur d'Éléonore. Pourquoi ? Comme ça. Une foucade.

Au sommet de la colline, la vigne cesse pour laisser place à une esplanade plantée de superbes platanes. Au-delà des arbres, une demeure de pierre claire, d'un style grave mais harmonieux. Un solo de violon interprété par un virtuose du crincrin retentit à l'intérieur du castel. Sur la droite s'élèvent les constructions nécessaires à l'exploitation.

Une femme grande et opulente du donjon, genre intendante de province à chignon, répond à mon coup de sonnette.

— Pourrais-je m'entretenir avec M. de La Liche ? j'articule après m'être humecté les lèvres de ma langue caméléonesque.

Elle a pour moi le regard que tu portes à un étron collé sur ta godasse.

— Monsieur ne reçoit personne ! assure-t-elle, tranchante comme une carre de ski.

— Même si je me permets d'insister ? je demande en lui montrant ma brème poulardière.

Évidemment, voilà qui la désoriente.

— Monsieur est paralysé et aphasique depuis près d'un an.

— En ce cas, Madame ? risqué-je.

Elle marque un temps d'hésitance et cède.

— Je vais la prévenir. Si vous voulez bien entrer…

Me guide en une vaste pièce dont le mobilier date de Charles X, roi qui n'a pas laissé un souvenir impérissable dans l'Histoire.

J'encastre mon prose en un fauteuil de bois blond et attends. Des odeurs de cuveau me parviennent, tonifiantes. Me reviennent des souvenirs de vendanges. La grande cuve aux vapeurs chavirantes dans laquelle mon grand-père, le mari de Mémé, foulait le raisin aux pieds. Il marchait sur place, seulement vêtu de sa chemise. Il ne portait que des caleçons longs, mais n'en mettait pas pour la circonstance et retroussait les pans de sa vieille liquette, si bien que, parfois, lorsque je grimpais à l'échelle pour bavarder avec lui, j'apercevais sa grosse chopine à tête ronde au gré de ses dandinements.

Je me lève pour examiner, par l'une des grandes fenêtres, l'arrière de la maison. Il donne sur un jardin où fleurs et légumes coexistent en bonne intelligence. Sous une tonnelle garnie de rosiers grimpants, un homme est assis dans un fauteuil d'infirme, un plaid sur les jambes. Belle et surprenante tête de Buffalo Bill vieilli. Cheveux de neige portés longs, favoris frisottés, moustache de conquistador, mouche au menton. Aramis à la retraite. Nobliau d'une époque révolue.

Qui vois-je surgir dans ce jardin à la Trenet ? L'ami Salami que j'avais laissé dans la voiture après lui avoir expliqué qu'on ne se présente pas chez les gens avec un chien. Il a probablement sauté par une portière à la vitre baissée, le bougre. Et le voilà qui se livre à une inspection des lieux.

Il renifle le vieillard, lequel n'y prend pas garde car il est dans la semoule. Mon chien l'abandonne pour fouinasser aux abords du manoir.

Du coup j'entrouvre la fenêtre afin de le rappeler à l'ordre.

— Salami ! Vous seriez très aimable de regagner la voiture ! lui lancé-je sèchement.

Il tourne la tête vers moi et, de sa patte avant droite, m'adresse un geste désinvolte. Puis m'oublie spontanément. Je le vois humer l'air du jardin avec volupté. Repère-t-il les effluves d'une chienne en chaleur ?

Une sensation de présence me fait réagir. Derrière moi se tient une splendide personne qui t'inciterait à traverser le Sahara à bicyclette rien que pour lui glisser deux doigts dans la chaglatte afin de t'en faire un esquimau.

La survenante doit avoir la trentaine. Elle est brune avec les yeux d'un bleu infiniment pâle, une bouche charnue, humide comme le rez-de-chaussée d'une jouvencelle visionnant un film hard en l'absence de ses parents, des joues kif de la peau de pine, tellement elle est lisse. L'arrivante porte un ensemble de daim en provenance de chez Zilli, dans les tons jaune, et des pompes devant valoir deux mille francs pièce.

Elle me détronche d'un air poli mais neutre.

— Monsieur, vous désirez ?

Je m'approche avec un maximum de sobriété, m'appliquant à lui cacher l'irrésistible bandaison qui m'empare. Me présente.

Répugnant à exciper de mon grade, je lui dis être le commissaire San-Antonio.

La jeune femme n'en marque ni plaisir ni surprise, se contente de me désigner le fauteuil que j'occupais précédemment.

— Puis-je savoir qui vous êtes ? fais-je-t-il avec grâce, en croisant les jambes par-dessus ma bandaison.

— Hélène de La Liche ! répond-elle brièvement.

Me voici un brin paumaga.

— Une fille de… ?

Et de désigner le vieux sous sa tonnelle.

— Sa femme ! corrige-t-elle.

— Pardon, j'ignorais que M. de La Liche fût remarié.

Dis, il a remis le couvert avec du modèle surchoix, le viticulteur. Pas étonnant qu'il ait craqué les plombs, à son âge, avec un sujet semblable dans son paddock, pépère.

Lit-elle mes pensées dans ma tête féconde (ou faite conne) ? Toujours est-il que j'ai droit à un sourire indéfinissable qui me file l'envie de le transformer en collerette à paf.

— Vous connaissez sa fille Valériane, célèbre à Paris sous le nom d'Éléonore ?

— Je l'ai fréquentée avant lui : nous travaillions à Rome pour le même couturier, Franco Lemmanché. Nous étions très liées, elle et moi. Elle m'a invitée à passer huit jours ici, dans leur demeure familiale. Son père a eu le coup de foudre ; de mon côté je n'ai pas été insensible au charme de ce gentilhomme et nous nous sommes mariés.

— Jolie histoire ! apprécié-je.

— Qui, malheureusement, n'a pas duré très longtemps puisque, trois ans après notre union, une attaque l'a dépossédé de presque toutes ses facultés.

— Et vous continuez de rester auprès de lui ? Mes compliments.

— N'est-ce pas mon devoir ? demande-t-elle d'un ton brusque.

— Sans doute, mais quelle jeune et ravissante femme dans tout son éclat sacrifierait sa vie à un être privé d'esprit et de mouvements ? Surtout n'ayant été son épouse que si peu de temps.

— Monsieur, chacun réagit selon sa nature. Je dois dire que la mienne me faisait rêver d'une vie calme dans la sécurité.

— Je comprends, coupé-je. Bien, je suis ici pour enquêter à propos d'Éléonore ; c'est donc d'elle que nous devons parler, si vous n'y voyez pas d'objections ?

— Elle a des problèmes ?

— C'est un euphémisme que d'appeler ainsi ce qui lui est arrivé.

Ma vise-à-vise blêmise.

— Elle est morte ? balbutie-t-elle.

— Je suis navré de devoir vous l'apprendre aussi brutalement.

Hélène de La Liche est en proie à une violente émotion.

— Non ! Non ! fait-elle, avec de la rage dans la voix ; ce n'est pas possible !

Je laisse s'écouler un silence de replâtrage. Le temps qu'elle assimile la nouvelle.

En fin de comte, comme on dit dans la noblesse, elle murmure :

— Un accident ?

— Non, madame : un assassinat !

24

Viva Salami !

Il existe plein d'instants bizarres !

Parce que imprévisibles. Ils t'arrivent sans bruit, pendant que tu penses à autre chose.

Je te prends ma visite au viticulteur. Je l'ai entreprise poussé par mon flair poulardier. Me suis dit : « Il serait intéressant de découvrir l'endroit d'où est sortie la fameuse Éléonore, à l'existence si étrange, au destin si tragique », ce qui t'explique mon départ pour le Sud-Ouest. J'y trouve ce que je n'attendais pas : un vieil aristo dans la semoule et une ravissante femme séduisante à t'en faire éclater les testicules.

L'annonce de la mort de sa belle-fille la plonge dans un chagrin infini, auquel succède une prostration inquiétante. Avec ménagements, je lui pose quelques questions sur son amie. Elle y répond distraitement, par motoculteur[1].

Il ressort de ses déclarations qu'elles se rencontraient rarement mais se téléphonaient volontiers. Éléonore répugnait à voir son père depuis que ce dernier avait perdu l'esprit. Sa carrière de mannequin marchait très fort. Beaucoup d'hommes la courtisaient, mais elle n'en aimait qu'un seul : Luciano Casanova. Par ailleurs, elle cultivait une sorte d'amitié amoureuse (à sens unique) avec un attaché de presse nommé Pierre Cadoudal. Si elle connaissait un gros mandataire des halles, M. Rigobert Panoche ? En effet. Valériane en plaisantait souvent. Ce type était fou d'elle, au point de lui offrir

1. N'importe quel écrivaillon, à ma place, aurait écrit « monosyllabes », mais je sais m'écarter des ornières propres aux sentiers battus.

un apparte à Saint-Cloud ! Mais il ne représentait rien d'autre qu'un pigeon ne demandant qu'à se laisser plumer. Il donnait beaucoup tout en obtenant peu. Non, Éléonore ne lui avait jamais parlé de sa voisine du dessous, Mme Maubec de Pré-Bénit.

Nanti de ces informations, dont la plupart m'étaient connues, je sollicite d'Hélène la permission de prendre congé. Et c'est là que se positionne l'« inattendu » dont je te parle en tête du présent chapitre. Mue par une pulsion que je te qualifierais volontiers d'« incoercible » si ce terme ne me paraissait excessif et un peu con, l'épouse du paralytique me saisit l'avant-bras et, les yeux emplis de larmes, la voix rauque, me supplie :

— Commissaire, ne repartez pas ce soir ! Restez ici pour dîner et dormir ! L'horrible nouvelle que vous venez de m'apprendre me terrifie !

Son superbe regard brille sous la pluie de son âme, comme l'a si joliment écrit la marchande des quatre-saisons de Vivaldi.

Une telle requête met des crépitements dans mon cœur et mon testicule droit (le plus fort).

Comment repousserais-je pareille sollicitation ?

— Madame, réponds-je à travers mes dents bien plantées, ma qualité de policier m'empêche d'accepter cette invitation.

— Mais votre qualité d'homme ? riposte-t-elle.

Vaincu, je souris niaisement.

Je dois à une riche hérédité provinciale de faire étalage de la bonne cuisine qu'il m'est accordé de consommer. La bouffe est pour moi le premier de tous les arts. La chère Mme de La Liche me donne à claper : des ortolans confits, une omelette aux cèpes, un gigot aux flageolets, un plateau de fromages à grand spectacle et une bombe glacée non éclatée. Les vins ? Un monbazillac 1967 en ouverture et du cheval-blanc de la même année, classé monument historique.

La jeune femme chipote en face de moi, par pure politesse. Avec la ligne qu'elle se paie, elle ne peut s'offrir une telle abondance de mets qu'en photo.

Nous parlons bien sûr de la disparue. Mon hôtesse s'est ressaisie, sa voix est ferme. Elle veut savoir si je retrouverai son assassin. Dans la splendeur du moment, je le lui promets. Nous sommes dans notre converse ouatée, sous le grand lustre hollandais de la salle à manger, quand des aboiements véhéments éclatent, venant de l'étage supérieur.

Je reconnais mon baryton-basse de Salami. Il y va de l'organe, comme s'il passait une audition pour le grand rôle de *Rigoletto*.

— Qu'est-ce ? s'inquiète la belle.

— Mon chien, fais-je en me levant. Vous permettez ?

Et de foncer dans le hall où je hèle l'ami hound.

Sa tête s'inscrit entre deux balustres du premier.

— Ah ! çà, mon ami, seriez-vous devenu fou ? lui crié-je.

En guise de réponse, il m'intime de le rejoindre.

J'obtempère.

Le cador m'attend au first floor, le fouet en liesse. Il halète d'avoir tellement jappé, se dirige vers le couloir qui dessert les chambres et stoppe devant la dernière porte.

— Quoi ? soufflé-je.

Du chef, il m'enjoint d'entrer. Lors, je frappe à la lourde : silence.

— Il n'y a personne ! grommeluché-je.

Mimique péremptoire de l'animal.

« Baste, songé-je : du temps qu'on y est… »

Et je tourne le loquet.

La porte ouverte me révèle une pièce baignant dans la pénombre. C'est la chambre campagnarde dans toute sa poésie : rideaux de cretonne, papier peint à motifs floraux, meubles sombres luisants de cire, bondieuseries de classe.

Proche d'une vaste cheminée, éteinte en cette saison, se trouve un fauteuil à oreilles, tendu de velours bleu passé. Une femme est lovée sur le siège, l'air apeuré. Elle porte une chemise de nuit en pilou qui lui tombe jusqu'aux chevilles et, chose archidémodée, un bonnet de nuit « fanchon », style Charlotte Corday. Aux pieds, de grosses charentaises fourrées. Bien que nous soyons en juillet, un fichu tricoté couvre ses épaules. Son visage est bistre, son regard égaré. Face pour une illustration du *Horla* de Maupassant.

Mon chien s'est élancé vers elle puis, parvenu à un mètre de cet être étrange, s'arrête, le poil hérissé, et le flaire en émettant des espèces de plaintes ressemblant à des grondements.

— Calmez-vous, Salami, le morigéné-je, cette personne est parfaitement inoffensive.

— À un point que vous n'imaginez pas ! déclare la voix d'Hélène.

Elle murmure :

— Votre chien a découvert un secret de famille qui, à vrai dire, n'en est pas un. Mina, comme vous pouvez le constater, n'a guère l'usage de ses facultés, qu'elles soient mentales ou physiques.

— Qui est-ce ?

Mon hôtesse se rapproche de moi ; elle a un geste surprenant : elle glisse son bras sous le mien et son épaule gauche fait connaissance avec mon épaule droite.

— La demi-sœur de Valériane. Mon époux l'a eue d'une domestique espagnole ayant servi longtemps au domaine. La pauvre fille s'est livrée à mille louches manœuvres afin d'avorter ; elle n'y est point parvenue, mais vous voyez le résultat ?

« La Liche est un homme d'honneur, au grand cœur. Il a décidé de reconnaître l'enfant et l'a élevée sous son toit, sans tenir compte des sentiments de sa femme. En m'épousant, il m'a fait jurer que je m'occuperais de Mina lorsqu'il aurait disparu.

— Et vous comptez tenir parole ?

Elle a un sursaut et se sépare de moi.

— Mais naturellement, voyons ! Pour qui me prenez-vous ? Je vous l'ai dit : j'adore ce pays, cette maison, et si Dieu le veut bien, j'y finirai mes jours !

— Pardonnez ma question et laissez-moi vous féliciter. Dans ma profession, on rencontre plus fréquemment des forbans que de nobles âmes.

Alors, ça se fait tout seul : j'approche mon visage du sien, à la recherche de sa bouche. Elle entrouvre ses lèvres, et c'est la toute superbe pelloche asphyxiante. Nos dents crissent, nos muqueuses vendangent, d'autant que j'y vais spontanément d'une paluche tombée à la motte. Ça devient vite une seule fournaise, elle et moi ! Un enlacement frénétique ! J'ai juste le temps de la porter sur le lit. Mon bâton de maréchal est oblique, dans le sens de la hauteur.

Toi qui sais tellement de choses sur mon comportement amoureux, tu dois te souvenir que j'aime entreprendre les dames par une tyrolienne de broussailles. Là, que non point ! C'est carrément le dépeçage express. Une qui voudrait une ravissante petite culotte saumon, bordée de dentelle blanche, n'aurait que de se baisser pour ramasser la sienne ! La voilà penchée sur le haut pucier de Mina, les jambes en fourche. D'un médius averti, je jauge son degré hygrométrique. Superbe ! À tel point que tu pourrais croire que madame a déjà été livrée !

Je lui perpètre une triomphale entrée de gladiateur dans la voie royale que causait Malraux. On voit que son nobliau la tire plus depuis lurette. Dis donc, la manière niagaresque qu'elle débonde, Ninette ! N'en jetez plus, on va dépasser la cote d'alerte ! Et moi qui lui vadrouille le centre d'hébergement à rythmes alternés. Tantôt c'est la fringante chevauchée genre retour de la chasse royale, tantôt la fantasia berbère éperdue sous le balcon du sultan !

Au début, elle gémissait, murmure de source sous le cresson de la fontaine ; puis ces plaintes ravies l'ont cédé aux cris de l'extase avant de passer à la vaste clameur de liesse, style « Retour de l'Empereur » à Golfe-Juan. Enfin j'ai droit aux sonorités de l'olifant du pauvre Roland appelant son tonton dans le fatal défilé de Roncevaux.

Avec un art consommé qui m'a valu le Grand Prix spécial du prince de Monaco (le pauvre), je suspends le mouvement. Elle faillit disjoncter du sensoriel. En réclame, en exige plus beaucoup ! entend être finie d'urgence. Azay-le-Rideau ! C'est plus supportable. Tu vas voir la diabolicité de l'Antonio, chérie ! C'est l'instant qu'il choisit pour tomber à genoux et s'installer entre les divins brancards de la future veuve ! Final de grande classe, à la menteuse et aux fingers bienveillants ! Cette simultanéité obtient chaque fois un triomphe en fin de parcours. L'apothéose, disons-le en toute modestie. Le hurlement qu'elle libère, à l'instant de son lâcher de ballons, est perçu jusqu'à la mairie de Bordeaux.

La dame de ces lieux reste anéantie, haletante, la chatte béante mais les yeux clos.

— Vous pourriez fermer la porte quand vous vous livrez à de telles fornications ! fait une voix aigre comme un dégueulis à la bière[1].

Je me retourne et découvre l'austère et revêche rombiasse qui m'a reçu à l'arrivée.

Ma chouette zitoune lui adresse des courbettes affectueuses la mettant en fuite !

1. Même lorsqu'il écrit en prose, la poésie san-antoniaise reste inaltérable !

Didier VAN CAUWELAERT
(de l'Académie française par présélection naturelle)

25

Les pans du voile

— Cette personne n'a pas l'air très contente, observé-je, non sans finesse.

— Elle ne l'est jamais, soupire Hélène ; il y a longtemps que je l'aurais congédiée si elle ne s'était occupée de Valériane depuis son enfance. Elle a secondé sa mère et j'ai l'impression qu'en son bel âge elle a eu des faiblesses pour mon époux. Dans la bourgeoisie de nos provinces, la maîtresse servante est un personnage-clé, et Dieu sait que mon mari en a usé et abusé ; c'était un homme à femmes.

Elle se met sur son séant, masse ses admirables seins et soupire :

— Je crains qu'avec cette fâcheuse interruption vous n'ayez pas eu votre part de bonheur ?

— N'avons-nous pas toute la nuit devant nous, ma chérie ? objecté-je.

Ses yeux brillent de con-cul-pis-sens.

— Vous êtes un amant étourdissant, murmure-t-elle.

— J'aime l'amour !

Soudain, je me sens en proie à une vertigineuse timidité en réalisant que nous venons de faire l'amour à trois mètres vingt-trois de la demeurée ! On tombe dans la basse fornique, en vérité. Pourtant, cette farouche séance de haute baise ne paraît pas l'avoir perturbée. Elle est toujours enroulée dans son fauteuil aussi vaste qu'un appartement, la bouche entrouverte, crétine à outrance.

Messire Salami est couché aux pieds de l'infante de Castille, la contemplant avec attention. Parfois, il la renifle, comme si de comestibles effluves s'en dégageaient.

— Allons prendre le dessert ! décide ma partenaire d'une voix enjouée.

Je remets de l'ordre dans ma mise et la suis.

En bas, la brigadière pousse le fauteuil du vieux Buffalo Bill dans le hall pour l'emmener coucouche-panier.

Soudain, je suis interpellé par une idée : « Putain de ses couilles, y a combien d'éclopés à roulettes dans cette affaire ? » Et de procéder au bilan : le propriétaire du chenil d'où provient Salami ; Luciano Casanova, l'ex-coureur de rallyes, fiancé à Valériane ; le beau-père de ma douce Mélanie Izaure ; M. de La Liche, le viticulteur ; sa fille illégitime, Mina.

C'est beaucoup, non ?

Oui, tu trouves ? La loi des séries, que veux-tu.

Nous dessertons de concert (je n'écris pas « de conserve », tu pourrais croire qu'on en clape).

Elle me propose ensuite du café, mais je n'en fais jamais le soir. On décide d'un petit tour à l'extérieur pour s'humidifier les soufflets.

L'est en pleines vapes amoureuses, la dame du paralytique. Nos doigts s'entremêlent, nos cuisses se frôlent. Chaque deux pas, elle décrit une demi-volte pour me proposer sa langue délicate et agile. Très pointue, je remarque, d'une prestesse de prêtresse. Me contraint d'arquer au pas de l'oie. Nuit de Chine, nuit câline !

Cette partie de fion qui se profile ! Je la vis par la pensée, échafaude mille jolies péripéties agrémenteuses… Pourtant, mon esprit reste lié à Mélanie Izaure, mon aquarelliste. On est pas banals, les matous : nous sommes là à pâmer pour une gerce tandis que notre cœur est plein d'une autre !

*
* *

N'ayant pas prévu de dormir chez l'habitant, je ne me suis muni d'aucun vêtement de nuit ; nous décidons que c'est ma sublime conquête qui viendra dans ma chambre et non moi dans la sienne, ainsi n'aurai-je point à déambuler dans le couloir.

Vêtu de ma seule toison naturelle, je m'allonge sur le grand lit paysan de la pièce où, la fatigue de la journée aidant, je sombre presto dans un sommeil rural.

Des aboiements de chiens, lointains, montent à mes fenêtres. J'adore ces appels de la nuit, qui en éveillent d'autres, toujours plus loin à travers la campagne.

Mon abandon est intense ; j'ai été bien inspiré de suivre mon instinct. L'existence ici doit être souveraine. La vieille demeure arc-boutée dans ses vignobles environnants, le rythme lent des saisons inexorables, les joies radieuses que dispense la nature… N'ai-je pas toujours rêvé d'une vie rurale ?

Des écharpes de brume se dissipent momentanément pour me livrer le tendre visage de Félicie : son soupir de miséricorde, ses yeux anxieux qui voudraient sauver le monde entier. Je sommeille dans la béatitude.

Je dois carrément dormir, et profondément, puisque, tout à coup, je sens mister Popaul happé par une bouche tiède. Oh ! que la réalité est longue et douce à me revenir.

D'un effort, je joins le geste à l'extase et m'empare délicatement d'un sein dur comme ceux de Maillol.

— Je vous réveille, s'excuse mon hôtesse.

— Merveilleusement, assuré-je.

J'actionne l'antique poire électrique. Une tulipe de verre fixée au-dessus du page me découvre l'un des vêtements de nuit les plus émouvants qu'il m'ait été donné de visiter au cours de ma vie vaguement libertine. Plus que vaporeux : arachnéen, dirait un romancier agréé par la commission des Sites. Cela ressemble à une buée bleue ouatant ses doux volumes. Ah ! les divins bouchons de carafe taillés dans des rubis ! Ah ! la forme sublime des seins ! Et ce ventre parfaitement plat, t'en as déjà rencontré de semblables ? Ces cuisses profilées, cette chatte mystérieuse (même pour moi qui m'en suis goinfré naguère !). Petit Jésus, y a que Vous pour accorder de tels présents à Vos créatures !

Je la monte style partie de dada du dimanche. Négligemment, pour ainsi dire. L-arrive même qu'à force d'une langueur trop poussée je déjante, because la madame, question babasse, c'est entrée libre ! La vraie craquette de pouliche.

Telle qu'elle décarre, notre séance nocturne peut se prolonger toute la nuit. Petite tringlette amitieuse à laquelle succèdent : tarte aux poils et taquinerie canaille dans l'œil de bronze, toutes choses d'un intérêt certes mineur, mais qui obtiennent généralement un vif succès d'estime.

Je termine l'exploit caméléonesque que représente un cunnilingus, lorsque j'entends gratter à ma lourde.

Quittant pour un instant l'autel des voluptés, comme l'écrit si bien mon ami Robert Hue dans son ouvrage sur la vie des Chartreux, je vais ouvrir et, la bite en liesse, me trouve en face (avec un fort surplomb) de Salami.

— Mon cher, pesté-je, vos interventions nocturnes sont intempestives et pour tout dire de mauvais goût !

Il me virgule l'un de ces regards dont seuls sont capables les chiens de sa race, et crache à mes pieds un objet qu'il avait en gueule.

Quelle n'est pas mon ahurisserie en constatant qu'il s'agit de la fameuse boucle en diamants et saphirs découverte dans la cuisine d'Éléonore à Saint-Cloud.

Je la ramasse. Mon cador pénètre dans la piaule et va s'affaler sur la descente de lit, où il flaire le déshabillé de ma conquête. Mine de rien, je glisse la découverte du brave toutou dans un vase contenant des fleurs séchées, à la saine odeur de foin.

Reprise de mes occupations en cours. Troublé par l'étrange gibier que m'a ramené Salami, j'écourte la saillie. Pique des deux, opère une passe pour combat singulier à la lance (infortuné Henri II) et vide les ballasts afin de pouvoir refaire surface. Ce que je.

La viticultrice n'en finit pas de me bisouiller de-ci, de-là, et ailleurs, apparemment conquise. M'explique qu'elle doit rallier sa chambre, mais m'informe qu'elle passera pour le gentil calumet de l'aube. Les nanas séduites tiennent à t'essorer de fond en comble. Souci du travail bien fait ? Preuve d'amour ? Volonté de ne rien laisser perdre ? Une fois de plus, je donne ma langue au chat.

Salami également, qui se croit autorisé, de par la situasse, à lui frivoler sa longue menteuse sur le mollusque. Hélène en émet un cri de surprise puis, réalisant la nature de cette bonne manière supplémentaire, déclare en riant :

— Tel maître, tel chien !

On ne peut lui reprocher de se montrer bégueule.

Ayant donné un tour de clé, je vais explorer le pot de fleurs où j'ai planqué la boucle. L'en retire, accompagnée de bleuets. L'examine dans la lumière de la lampe d'opaline.

Incontestablement, il s'agit bel et bien du second pendant d'oreilles. Voilà qui se corse.

— Salami, appelé-je, vous pouvez me dire où vous avez trouvé ce bijou ?

Un grognement me fait comprendre qu'il est à moitié dans le sirop et qu'il n'a pas envie de me fournir un rapport détaillé dans l'instant.

Sans doute a-t-il raison ?

Je vais mettre le joyau dans la poche supérieure de mon veston, sous ma pochette de soie, et me confie aux bras de Morphée. Repos bien mérité après un voyage de plusieurs heures et des coups de rapière répétés.

Mon endormissement s'opère moelleusement, comme lorsque tu pousses une pirogue à l'eau.

26

Et si on allait se faire foutre ?

Rien de plus vivifiant qu'un coq !

Rien de plus chiant aussi quand, aux jeunes aurores, il attaque ses vocalises sur un tas de fumier ou la ridelle d'une charrette. Le Chantecler de service y va de la gorge plein pot, le sagouin ! En moins de jouge me voici plus réveillé qu'un soleil de 14 juillet ! Dans un sens, c'est préférable, compte tenu du ruban que j'ai à parcourir.

Salle de bains exquisément désuète dont les appareils ont traversé plusieurs générations sans encombre. Le bain purificateur que je m'octroie manque de quelques degrés ; il n'en est que plus stimulant. N'ayant pas de rasoir à dispose, je conserve ma barbe de veilleur de nuit et renfile mes hardes d'hier, bien décidé de filer directo à Saint-Cloud en arrivant.

Mon chien se lèche les roustons, puis mordille dans son pelage ras une puce campagnarde qui s'y est fourvoyée.

Avant de quitter l'hospitalière (ô combien !) demeure, je griffonne sur une page de mon agenda : *Merci de tout ♥, ce fut sublime*, et vais la glisser sous l'huis de Mme de La Liche.

Nobody n'est encore réveillé. Je tire les austères verrous de la porte d'entrée qui, illico, se mue en porte de sortie.

Ma grosse Range est garée sur le côté du castel. Elle tourne en souplesse, ce qui me permet une décarrade discrète.

Étrange nature humaine ! En ce frais morninge, j'ai l'âme comme un rayon de miel et le corps en fête.

Assis sur le siège passager qui lui est acquis dorénavant, le génial basset continue de courser sa puce du bout des incisives, avec un bruit grignoteur de contrôle-des-billets-m'sieurs-dames !

Je coule mon médius et son proche voisin, mon index, dans ma poche poitrine. La boucle est bien là, qui m'attend. Je la fais miroiter devant le blair de Salami.

— Vous me racontez ?

Et nous nous mettons à converser.

Salami m'explique qu'il a repéré le bijou chez la sœur hispano-demeurée.

— Où se trouvait-il ?

— Dans le tiroir de sa table de nuit.

— L'innocente vous a vu agir ?

— Elle dormait.

— Votre présence ne l'importunait pas ?

— Elle l'ignorait car je m'étais introduit subrepticement dans sa chambre.

— Que pensez-vous de votre découverte, cher Salami ?

— Ce que vous en pensez vous-même, cher San-Antonio.

Là-dessus, il se rendort. La supériorité de nos frères canins sur nous est qu'ils disposent d'un potentiel de sommeil beaucoup plus important.

Pendant que l'extraordinaire animal en concasse, je me perds en divagations mentales, rythmées par le ronron sage du moteur et le moelleux déplacement de la grosse bagnole. Je me remémore ce que m'a dit mon nouveau « collaborateur » : malgré leur aspect décousu, les différents éléments de cette affaire sont unis comme les perles d'un collier par le fil qui les traverse. Ce fil, il est absolument évident que c'est la belle Valériane-Éléonore. Encore une fois, tout se ramène à elle. C'est dans son apparte de Saint-Cloud qu'on a trouvé la première boucle d'oreille, et c'est dans sa maison familiale que mon cador a découvert la seconde !

T'as déjà plongé ton tarbouif mal mouché dans une béchamel de cette ampleur, ta pomme ? Pour ma part, je me demande si c'est pas la première fois que je suis confronté à un brouillamini pareil !

T'as vu zigouner les étoiles filochantes dans un ciel d'été ? Vzoum ! vzoum ! les météorites vadrouillent en tous sens. C'est du kif sous ma coiffe.

Un gros « Q » attelé à une énorme remorque louvoyante manque de m'emplâtrer. Affolé, ce débile déclenche sa sirène, comme s'il escomptait qu'elle répare sa connerie. L'incident réveille mon compagnon de voyage, lequel reprend ses investigations concernant la puce qui l'incommode depuis le départ.

— Voulez-vous que j'achète une poudre pucicide ? lui proposé-je.

Il m'assure qu'il compte s'être défait de l'importune avant notre arrivée et reprend son cliquetis de tondeuse. Brusquement, le voilà qui s'interrompt pour tourner la tête de mon côté.

— Vous souhaitez me dire quelque chose, my dear ?

Tu parles, Charles ! comme disait cette pauvre Lady Di à son grand. Nous sortons notre langage particulier dont la mise au point va à pas de géant.

Ce qu'il entend me communiquer est pri-mor-dial : *Lorsque la belle Éléonore m'a appelé, depuis la maison de sa mise à mort, elle a prétendu ignorer où elle se trouvait, alors qu'elle était dans une propriété appartenant à son « riche protecteur », le sieur Rigobert Panoche !*

Je méduse plus fort que Géricault quand il eut signé sa fameuse toile.

— Salami, murmuré-je, non seulement vous pensez mais, de surcroît, vous réfléchissez !

Au lieu de savourer la flatterie, il pique rageusement son museau dans le pelage de sa cuisse droite.

— Vous la tenez ? demandé-je avec intérêt.

Il claque des mandibules et répond, soulagé :

— La garce ! Cette fois je l'ai eue.

*

* *

Sur les couilles de neuf heures, nous stoppons dans un restauroute afin d'y prendre des carburants liquides et solides. La Range se contente d'essence, Salami d'un steak haché, moi de deux œufs au plat. En dépit de ses bonnes manières, mon cador termine sa pitance avant que je n'aie commencé la mienne. Sacrifiant à une tradition canine (ainsi que féline) dûment établie, il pourlèche ses babines à plusieurs reprises avant de déclarer :

— Ne m'avez-vous pas parlé – à moins que je ne vous aie entendu le dire –, que le fils de la dame Maubec devait arriver de Londres ?

— Si fait.

— Peut-être vous apprendra-t-il des choses intéressantes à propos des activités de sa mère ?

— C'est très possible.

— Concernant l'œil artificiel de cette dame, il m'est venu une idée, San-Antonio.

— Je l'accueillerai avec intérêt, comme toutes celles dont vous voulez bien me faire part.

Il incline la tête afin de se gratter l'oreille efficacement.

— Supposons qu'on l'ait contrainte à le sortir sous la menace ?

— Quand ?

— Alors qu'elle était déjà chez Éléonore.

— Eh bien ?

— Ses agresseurs prélèvent ce qu'elle y cache et lui remettent sa prothèse en hâte.

— Pourquoi auraient-ils accompli avec répugnance, je présume, un geste si naturel à la vieille femme ?

— Parce qu'elle était K.O. Un peu plus tard, elle a récupéré sans que ses assaillants s'en aperçoivent et a couru se barricader dans les toilettes. Du coup, ils l'ont mitraillée à travers la porte.

Je gamberge.

— Cette théorie n'est pas sotte, Salami. Si vous ne m'intimidiez pas autant, j'ajouterais qu'elle est vachement chiée.

L'air blasé, il soutient son menton de sa patte droite et se prend à méditer.

27

La meilleure façon de ne jamais reculer, c'est de toujours avancer

Relingé, briqué, propre-en-ordre, comme disent mes bons Helvètes, me revoilà à pied de hautes œuvres dans mon somptueux burlingue.

Autour de moi, mon état-major, que dis-je : ma garde prétorienne ! Béru, Pinaud, Blanc, plus mon nouveau, Hanoudeux le Clermontois. Ce dernier me rend compte de ses multiples vérifications et investigances. Tu sais que je me suis fait à sa frime de mulot des champs ? Et que je la juge plutôt sympa, à présent qu'on se connaît mieux ? Dans le fond, c'est un gentil auquel sa timidité godiche donne un air sournois. C'est comme le Fernet-Branca : il te file la gerbe à la première gorgée, puis tu t'aperçois que c'est un vulnéraire de première force et le moment vient où tu ne peux plus t'en passer !

Il consulte des notes rédigées d'une écriture sage sur du faf quadrillé.

— Le laboratoire a examiné le sac à main aux trois quarts calciné récupéré dans la chaudière. Nos confrères se cassent les dents dessus. Il contenait dix-huit mille francs en billets de cinq cents que, peut-être, la Banque de France remplacera. Le poudrier d'or et le trousseau de clés sont devenus de vagues lingots informes, quant à l'agenda, il n'y a plus grand-chose à en tirer. Ce dont on est certain, c'est que les textes qui y figuraient furent écrits par Valériane de La Liche. Le passeport lui appartenait indiscutablement.

« Par ailleurs, les cheveux sur l'oreiller sont bien les siens. Un dernier point, si vous le permettez, monsieur le directeur : des spécialistes ont comparé la voix enregistrée ici même l'autre soir, lorsqu'une femme se prétendant Éléonore vous a appelé de l'Yonne, avec celle de son répondeur du quai aux Fleurs. Indubitablement elle est identique ! Je dois aussi vous signaler que le labo, qui s'explique avec les cendres de la chaudière, procède à un examen plus complet des ossements, car quelque chose dérange ces messieurs.

— Quoi ?

— Ils n'ont pas précisé. D'autre part, ils ont retrouvé le bridge de trois dents que portait Éléonore à la suite d'un accident.

— Merci, mon ami, voilà du bon travail, complimenté-je, car un général doit savoir pincer l'oreille de ses grognards de temps à autre pour leur faire reluire le lobe.

Je sors de ma fouille deux objets de taille presque similaire : la boucle d'oreille trouvée chez la demeurée du père La Liche, et la balle récupérée dans le tronc du saule à Pompechibre.

— Maintenant, nous avons la paire, déclaré-je en déposant la boucle sur mon sous-main ; prière de découvrir l'origine de ces bijoux.

Puis, mettant la bastos à côté des pierres précieuses :

— Il me faut un rapport serré sur ce projectile. A-t-on procédé à l'autopsie de Pierre Cadoudal, le compagnon d'équipée d'Éléonore ?

— Elle a lieu cet après-midi, monsieur le directeur !

Ici retentit un hurlement sauvage.

Alexandre-Benoît vient de le pousser.

Nous lui faisons face.

L'Hénorme est dans tous ses états.

— Mais qu'est-ce y l-a à toujours m'licebroquer su' l'bénoche, ton saligaud d'clébard ? Ma gueule n'y r'vient pas ou qu'est-ce ?

— Ton bénouze doit sentir le bec de gaz, tranché-je.

— N-en tout cas, j'veuille que tu susses qu'si y r'commencerait, j'y file un coup d'saton dans les cerceaux ! Toi qui causes chien courrerament, traduis-y !

— Inutile : il a compris. N'est-ce pas, messire ?

Salami acquiesce et, délibérément, avec une lenteur de majesté, se met à arroser la seconde jambe du Gros.

Ne se tenant plus de fureur, ce dernier veut mettre sa récente menace à exécution, mais mon cador lui chope la cheville shooteuse et la tire si violemment que mister Gras-Triple part à la renverse et s'abat (dirait la reine de) sur un téléscripteur, lequel, en fin de compte, lui choit sur le portrait. Bilan : le pif éclaté, la pommette droite entaillée, son antépénultième dent brisée, les lèvres fendues, une oreille déchiquetée avec, pour couronner le tableau, une entorse du genou ; la malheureuse victime de l'infernal basset écume, promet de trucider mon chien dans les meilleurs délais. Selon lui, la façon la plus délectable d'en finir avec le maudit consistera à le flanquer dans la gueule béante d'une bétonneuse, que, justement, y en a une chiée près de son domicile, consécutivement à la construction d'un groupe « escolaire ».

Des gardiens de la paix, appelés à la rescousse, emportent ses imprécations et lui-même à l'Hôtel-Dieu très proche.

Je sermonne alors le fautif.

— Mon cher, lui déclaré-je sévèrement, quelle mouche vous pique de prendre ce bon gros flic comme tête de Turc ? Il s'agit d'un très brave homme, au demeurant.

Le clebs bâille d'ennui et me répond, d'un ton badin :

— Sa connerie m'insupporte !

— Il va bien falloir vous y faire, rétorqué-je vertement. Béru est un collaborateur précieux doublé d'un ami auquel je porte la plus grande tendresse ; de grâce, Salami, ne me mettez pas dans la pénible situation d'avoir à choisir entre vous et lui !

Il adopte ce que j'appelle son « attitude Rodin » : son regard lourd planté dans mes yeux. Comme je ne fuis pas les siens, à la longue il rebâille, pète et décroche ; signe évident que je sors vainqueur de l'affrontement.

Magnanime, je n'en tire pas vanité, sachant combien une victoire est fallacieuse.

— Reprenons ! fais-je à mes hommes, d'un ton léger.

C'est l'instant choisi par le bigophone interne pour m'annoncer la venue de Dimitri Maubec, le fils de la vieille dame assassinée.

Je congédie mes potes d'un signe et l'huissier m'introduit presque aussitôt le visiteur.

Il s'agit d'un plus que quinquagénaire rose, rond et blond, déplumé de la calotte, aux yeux clairs, aux paupières lourdes lui donnant l'air ensommeillé. Il porte un costoche angliche à carreaux marron, une chemise blanche et une cravate noire, signe de son deuil très récent.

On se shake les hands. Ce gazier fait représentant en bonneterie. Je lui devine un cottage *Sam' suffit* dans la banlieue de London avec, dans cette construction pareille à quinze cents autres, une femelle tachée de rousseurs et des gamins ayant un clavier Pleyel dans la bouche.

Je l'entraîne dans le fond de mon bureau, là que deux larges fenêtres me dispensent le soleil quand il y en a, et de la pluie les trois cents autres jours de l'année.

Ce coin intime, me le suis fait aménager depuis le départ du Vieux.

Il forme un agréable renfoncement entre le cabinet de travail et le minuscule baisodrome arrangé par Achille. Il l'appelait son lieu de relaxation, mais il y a bouffé davantage de chattes qu'il n'y a de grains dans un sac de blé. Pas bégueule, il m'arrive de l'utiliser. Cependant, le souvenir de l'ancien dirluche me perturbe le sensoriel et je préfère emmener mes bonnes fortunes au studio Mon Bijou de la mère Troussal, une ancienne secrétaire de nos services qui, ayant ramassé un pacsif commak au Loto, a largué la poule pour créer ce lieu de délassement où toute la Grande Taule va se faire déstructurer l'intime.

Donc, c'est dans mon petit no man's land que j'accueille Dimitri Maubec. Deux canapés disposés de part et d'autre d'une table basse, et c'est tout. Les gens que j'y reçois ont des choses à me dire. J'ai remarqué que les langues se délient mieux dans cet endroit de détente que derrière mon imposant bureau ministre, plus vaste qu'une table de ping-pong.

— Vous êtes au courant des faits, monsieur Maubec ? m'enquiers-je avec un sourire dévastateur.

— Oui, monsieur le directeur.

— J'aimerais savoir ce que vous en pensez ?

— Cette affaire m'a anéanti. Comment peut-on abattre froidement une femme de cet âge ! Elle menait une vieillesse confortable, heureuse même.

— Sans heurt ?

Mon interrogation le laisse bouche, tu sais quoi ? Bée !

Je peux admirer à loisir ses deux molaires en or et son incisive noircie.

— Vous hésitez à me répondre ? noté-je d'un ton mi-nèfle, mi-poire.

— Heu, je, non !

— Qu'est-ce qui vous a troublé dans ma dernière question ?

Il balance. Moi, tu me connais de *a* jusqu'à l'oigne. Me lève et vais prendre une boutanche de très vieux porto dans un classeur transformé en cave à liqueurs. Verres Baccarat, s'il vous plaît (pardon : *if you please*). En chope deux entre mes doigts écarquillés. Les emplis sur la table.

— Cher monsieur Maubec, voici une bouteille qui doit avoir votre âge ; elle m'a été offerte par une femme exquise. Je ne la bois qu'en compagnie de gens qui « en valent la peine ».

Nous choquons nos glasses délicatement.

— Sublime, apprécie mon visiteur, après l'avoir goûté. Comment savez-vous que c'est ma boisson d'élection ?

— C'est celle des gens intelligents possédant assez de discernement pour ne point se shooter avec des alcools violents.

Je sirote à l'unisson.

— Je préfère celui-ci aux vintages, fais-je en reposant mon godet. Maintenant, cher ami, répondez-moi loyalement : quel était le secret de votre mère ?

Avant de laisser son porto, il le respire. J'ai mis dans la cible avec ma boutanche !

— Maman a eu une existence mouvementée pendant la dernière guerre car elle était agent de renseignement des services d'espionnage britanniques en France. Ses actions d'éclat furent innombrables. À la Libération, le roi George VI la décora de l'ordre de la Jarretière.

— Elle était d'origine anglaise ?

— Par sa mère.

— Quelle fut sa vie ?

— Elle est née en France, a fait ses études secondaires en Angleterre. Au début des hostilités, elle est entrée dans les forces de Sa Majesté où elle n'a pas tardé à œuvrer. Pendant son combat elle a été arrêtée, torturée. Elle y a même laissé un œil. Et c'est durant cette période de la France occupée qu'elle a rencontré Ludovic Maubec, mon père. Ce dernier militait dans les rangs socialistes en cours de réorganisation. Par la suite sa carrière s'est brillamment développée. Il est devenu un ministre dont l'activité intermittente a duré un quart de siècle.

— Et vous, dans tout ça ?

— Je suis né peu après la guerre. J'ai passé mes vingt premières années à Paris avant d'aller poursuivre des études bancaires en Grande-Bretagne. Je m'y suis marié et définitivement établi.

J'occupe les fonctions de président-directeur général à la Banque centrale et j'ai deux enfants. Après le décès de mon père, maman est venue habiter chez moi, mais ça n'a pas très bien marché avec Dorothy. Elle a préféré regagner la France où elle a acheté le rez-de-chaussée d'un charmant petit immeuble de Saint-Cloud.

— Vous la voyiez souvent ?

— Chaque Noël, elle le passait chez nous, et aux vacances d'été je l'emmenais dans le sud de l'Espagne où j'ai fait bâtir une maison de vacances.

— Avez-vous l'impression qu'elle avait des activités clandestines ?

Là, le mec ouvre des yeux de chat déféquant dans la cendre encore brûlante d'un âtre.

— Des activités clandestines ! Elle ? Vous savez son âge, monsieur le directeur ?

— Nous avons trouvé un pistolet de fort calibre à l'intérieur de son oreiller.

Il sourcille, puis :

— Reliquat de son passé aventureux, probablement. Ses prestations dangereuses au cours de la guerre l'avaient beaucoup marquée : elle les évoquait fréquemment. Une fois âgés, les gens d'action, surtout quand ils furent des héros, restent pleins de leurs souvenirs épiques.

— Il n'empêche qu'elle a été assassinée, objecté-je.

— Selon ce que j'ai lu dans la presse, c'est sa voisine qui était visée.

— Simple supposition de journalistes. Vous pouvez me parler de sa prothèse ?

— Vous faite allusion à son œil de verre ?

— En effet.

— Mon Dieu, que vous en dirais-je ? Je l'ai toujours connue ainsi. Du moins à partir du jour où, étant gamin, je l'ai surprise dans sa salle de bains en train de l'extraire de son orbite comme on évide un fruit de son noyau. Souvenir de cauchemar ; je ne l'ai jamais oublié.

— Saviez-vous que cet œil constituait une cachette ?

— Comment cela ?

Je donne à mon visiteur les explications nécessaires. Il est stupéfait.

— C'est du roman ! s'exclame-t-il. Comment pouvez-vous avaler pareille baliverne, monsieur le directeur ?

— Les flics sont tous des saint Thomas qui croient ce qu'ils voient, riposté-je d'un ton glauque et plus cassant qu'un fémur de nonagénaire. Son œil artificiel lui a été ôté, puis remis à l'envers. Il comporte une cavité inhabituelle dans ce genre de prothèse ; donc cette « baliverne » nous intrigue !

— Je n'étais au courant de rien ! affirme-t-il avec un tel accent de sincérité qu'on pourrait le mettre sous verre pour en faire un tableau.

— Mme Maubec était fortunée ?

— Le mot est excessif. Disons qu'elle disposait d'une confortable aisance.

— De nos jours, c'est ce qu'on appelle être riche, assuré-je. Est considéré comme tel tout individu qui n'a pas besoin d'engager la montre de son vieux père pour payer sa location !

Soudain, un incident sans grande importance, mais qui m'intrigue : mon chien qui semblait somnoler, les babines entre ses pattes avant, se dresse et s'approche du téléphone en aboyant de façon feutrée.

Aussitôt, le ronfleur retentit. Salami se tourne vers moi en un mouvement d'invite. Du coup, je fonce pour décrocher.

Une voix de femme, sensuelle et vibrante, me fulmigue dans le cornet :

— Bonjour, fuyard. Je vous dérange ?

L'organe de la belle Hélène de La Liche.

— Oh ! bonjour, piteusé-je. Pardonnez mon départ en catimini. Vous le savez, je n'avais pas prévu de passer la nuit dans le Sud-Ouest et un travail urgent m'attendait à Paris.

La voix lascive me pourve d'un tricotin avec lequel il me serait impossible de battre le record du monde de cent mètres haies que j'ai établi l'an passé.

Elle soupire :

— Vous me manquez horriblement.

— C'est réciproque, mon général ! plaisanté-je.

— Si vous saviez… Rien que d'entendre votre voix…

— Je vais devoir changer de slip, affirmé-je.

— Alors il faut que nous nous revoyions très vite. Vous pensez revenir ici ?

— Pas pour le moment, mon enquête me mobilise sur Paris et sa région.

— Et moi, je peux aller à vous ? Je saurai me montrer discrète. Quelques-uns de vos instants perdus suffiront à me rendre folle.

Oh ! dis donc, ce ton rauque, ces inflexions suaves ! Quelle braguette, même blindée y résisterait ?

— Je veillerai à ce qu'ils soient fréquents et pas perdus pour nous, ma chérie. Où comptez-vous descendre ?

— L'Hôtel des Sirènes Bleues, aux Ternes.

— Vous viendriez quand ?

— Dans la soirée. Mon train doit arriver vers vingt-deux heures.

Donc, elle avait déjà tout combiné !

— Je dévorerai ta chatte à pleines dents ! promets-je, en décochant un sourire radieux à Dimitri Maubec, lequel m'écoute avec effaretude.

Puis je deviens pis que grave : consterné.

Tu sais quoi, Godefroy ? Hier, j'ai complètement oublié mon rendez-vous de la place des Vosges avec Mélanie Izaure !

Je suis un être abject, abominable. Un étron, une déjection, une indignité.

Je voudrais mourir.

Seulement je trique trop pour me filer une bastos dans la pensarde !

28

C'est en inventant l'invraisemblable qu'on reconstitue la réalité

On ne s'est plus dit grand-chose avec le fils Maubec. Je lui ai donné la permission d'enterrer sa vieille mother, et il est reparti sous les pluies londoniennes. Sa vie était là-bas puisqu'il y avait fait souche. Les expatriés quittent leur terre avec esprit de retour.

Puis ils bâtissent une cabane, font des chiares qu'ils scolarisent et s'aperçoivent un jour que la porte de leur frontière s'est refermée derrière eux. Les mâchoires du piège les ont happés. Alors ils se consolent en retournant au pays natal pour y passer leurs vacances et ensevelir les vieux. Leurs mômes sont français pur sang, avec les Gaulois pour ancêtres. Tous : Mohamed, Luigi, Manuel et les autres. Leur pays ? La France hexagonale : 550 000 kilomètres carrés. Vive Le Pen !

Quand le demi-Rosbif s'est retiré, je compose le numéro de Mélanie Izaure pour des excuses circonstanciées. C'est une dame pas joyce qui me répond. Guindoche, voire crispée. Elle me dit que sa grande fille n'est pas là et me demande ce que je lui veux.

Je réponds que c'est pour une commande. Je suis l'éditeur Dard et je prépare un gros volume consacré à la clé à travers les siècles. La génaire me conseille de rappeler pendant le déjeuner. Je promets.

Détente. Autour de moi, une zone d'accalmie. Le ciel s'est obscurci. Va y avoir de l'orage. Grosses boursouflures vénéneuses au ras des toits de zinc.

Mon chien se met à jouer au toutou et non plus à l'oracle ou au phénix. Il s'approche, met ses pattounes avant sur mes genoux et me regarde avec tendresse. Je dis bien : tendresse. Cette lueur dans ses yeux ne trompe pas. Je caresse son crâne ovoïde.

— Vous avez du vague à l'âme, vous aussi ? lui demandé-je.

Il secoue négativement la tête ; ses oreilles ressemblent aux pales d'une hélice. Sa grosse patte d'alligator, large et râpeuse, caresse ma main.

— Vous ne trouvez pas que notre enquête piétine ? On est là, on s'agite, on brasse l'air. Mon équipe furète de gauche et de droite. Et puis rien de vraiment positif n'en sort.

Le hound hausse l'épaule et se met à moduler je ne sais quoi en entrechoquant ses dents de devant.

— Vous voudriez qu'on cause de l'affaire ?

Il acquiesce véhémentement. Bon, adoptons notre dispositif de conversation habituel. La progression est lente, mais le cheminement conduit au but.

— Vous avez un sentiment général, Salami ?

— Il me semble.

— Quel est-il ?

— Nous faisons fausse route depuis le début ou presque.

— Intéressant, mon cher. Vous pourriez développer cette assertion ?

Là, il part dans une démonstration semi-philosophique concernant le visible et l'invisible. Faudrait pas qu'il verse dans le cérébral, sous prétexte que c'est un animal intelligent !

— Nous prenons trop les événements pour ce qu'ils sont, sans nous demander suffisamment ce qu'ils cachent, rétorque cet étonnant champion de la réflexion.

Un silence d'une haute teneur intellectuelle s'étale sur nous, comme, sur l'herbe, la nappe d'un pique-nique[1].

— Précisez ! invité-je.

Il se lèche les roustons et reprend :

— J'ai la certitude qu'il existe dans cette affaire beaucoup moins de protagonistes que vous ne le pensez.

— Comment cela ?

— Je vous prends, par exemple, la maison de l'Yonne.

— Eh bien ?

— Vous croyez en mon flair, n'est-ce pas ? Ainsi qu'à mon instinct ?

— Aveuglément.

— Je me suis efforcé de détecter les récents effluves qui y subsistaient. Vous n'êtes pas chien, vous aurez de la peine à concevoir ce que je vais vous dire. La présence d'un être vivant perdure quelques heures dans un lieu clos. Passé ce délai, son odeur devient pratiquement indécelable.

— Et alors ? insisté-je-t-il, le cœur battant telle l'infection d'un furoncle ?

— Quand j'ai pénétré dans cette villa, savez-vous combien de fumets humains j'ai aussitôt détectés ?

— Dites !

— Trois !

— Hein ! j'exclame comme dans une comédie de boulevard d'avant la future guerre.

1. Métaphore saisissante que seul San-Antonio pouvait offrir à la littérature.
Robert LAROUSSE (dit « le gros Bob »)

— J'ai pensé à quelque carence de mon sens olfactif, cher Sana. Pourtant, je suis intensément convaincu qu'il n'y eut pas plus de trois individus dans la maison.

Je pressens qu'il parle juste. En éprouve une certaine vexation. Ainsi ce fils de chienne, avec son flair, dénouerait plus rapidement que moi les embrouilles criminelles !

Sans pitié pour ma vanité, il reprend :

— Autre chose : une seule voiture a servi, celle qui se trouvait dans la cour. Vous pouvez me croire, car vous n'ignorez pas que mon odorat est infaillible, concernant les carburants !

— Mais sacrebleu[1], Salami ! tonné-je-t-il, s'ils étaient trois dans la villa, que deux sont morts et que l'unique voiture n'ait pas bougé de la propriété, comment est reparti le troisième ?

L'animal qui pense plus vite que son maître reste coi, réfléchissant.

— Il eût été de la dernière imprudence qu'il s'en aille de là-bas à pied !

— Peut-être y avait-il un vélo dans la demeure ?

— Hum ! Un peu voyant comme mode de locomotion au cœur de cette campagne tranquille.

Pensif, il se lèche les claouis. Puis, brusquement :

— Quelqu'un est venu récupérer le criminel ! exulte le Sherlock Holmes des cadors.

— Possible, me refréné-je. Imaginons une bagnole, voire un véhicule utilitaire en attente à quelques kilomètres. Le meurtrier et le conducteur disposent de téléphones portables.

— Ce doit être cela, le scénario utilisé, opine mon Watson à poil.

Mon turlute réclame son papa. Je vais décrocher en murmurant :

— Ne bougez pas, mon bon.

Dans le déconophone, la voix frisottée de l'obligeante hôtelière de l'Yonne qui me prêta sa tomobile-à-baise. Elle m'annonce qu'elle va venir la récupérer demain matin et m'attendra dans sa chambre, bras et chattes ouverts : la 108. Elle se promet une « monstre joie » (c'est son expression).

— Elle sera partagée, promets-je avec un ton qui lui essore les glandes.

1. Juron de bonne qualité qui, de ce fait, ne m'est pas familier.

Je la quitte pour appeler Blanc. Lui dis que le Gravos étant à l'hosto, il devra aller restituer une jolie Twingo à une non moins jolie dame au cul effervescent. Son épouse se trouvant inapte à l'amour, du fait de sa très récente maternité, il aura là l'occasion de s'éponger l'intime.

Gêné, le Noirpiot me remercie néanmoins, sachant combien sont dures les exigences de la nature.

Je retourne à Salami.

— Où en étions-nous de nos réflexions déductives, mon lieutenant ? je demande.

— Je pensais à vous.

— N'était-ce pas de l'énergie gaspillée ?

— Au contraire. Vous comprenez, San-Antonio, je suis venu d'une manière intempestive dans cette enquête. Je dois cogiter beaucoup pour suppléer mon inexpérience.

— Vous faites merveille, mon bon.

— Comme vous.

Étant sensible aux louanges, il se passe une langue dans le cul, manière de faire un sort à la mienne[1].

— Vous disiez donc que vous pensiez à moi ?

— Plus exactement aux agressions dont vous fûtes victime, sans grand dommage heureusement.

— Sans dommage ? Une Ferrari ?

— Les pertes matérielles importent peu ! assure ce sage. Votre vie constitue un bien autrement précieux qu'une automobile, fût-elle mythique.

La leçon durement assenée me muettise.

Constatant ma bouderie, il la néglige.

— Il n'y avait aucune raison qu'on s'en prenne à vous, poursuit-il. J'entends à vous personnellement. Que les événements du petit immeuble de Saint-Cloud mettent la police en branle est chose normale, mais il est presque impensable que des malfaiteurs s'attaquent à des policiers. Pourtant, ce fut le cas ici.

— À votre ton, je pressens que vous tenez une explication à ma disposition, cher camarade ?

— Il me semble.

1. Louange.

— Dites vite, génie du siècle !

— Avant que vous ne fussiez au courant du meurtre de Mme Maubec, vous étiez déjà dans leur collimateur, annonce-t-il.

— De qui parlez-vous ?

— Des gens qui ont tissé cette toile d'araignée.

— Comment cela ?

— J'ai entendu mon vénéré maître dire, dans mon chenil de naissance, ce proverbe transalpin : « Qui tu vois t'a vu. »

— J'avoue ne pas saisir…

— Par extension, on pourrait ajouter : « Qui tu entends t'a entendu. »

Son aboiement pénétré me déconcerte. Je jette du phosphore à ma pensarde comme on lance du pain aux mouettes. Les plaquettes de freins de mon caberlot sont chauffées au rouge et fument. Souvent, me suis trouvé confronté à de tels exploits cérébraux : « condamné à piger vite un mystère », si j'ose dire.

Ça produit un crissement aigu d'acier sur acier.

Et puis, plouf ! Bien reçu ! Le feu passe au vert !

— Je comprends. *Vous suggérez par là que si les troubles de mon réseau téléphonique m'ont fait capter les communications d'une autre ligne, celle-ci, en revanche, a perçu les miennes ?*

Salami remue la queue d'allégresse.

Bien que n'étant pas chien, j'en fais autant !

29

Les premières lueurs de l'aube

Je veux pas te faire chier la bite en te nomenclaturant tout ce qu'on chafaude, le cador et ma pomme. Notre horizon devient limpide comme un matin de printemps, lorsque les frêles papillons jaunes, presque blancs, chavirent au-dessus des carrés de choux. On échange des idées, des suppositions. On pèse le pour et le contre. On hasarde, on suggère, on écarte, on acquiesce. De fil en anguille, on constitue un bâti qui tient debout. Instant d'exaltation ! Amitié surprenante unissant l'homme au chien. Complicité farouche. Que pourrais-je t'ajouter encore de galvanisateur ? De sublimement gaulois ? D'infiniment pompelard ? Faut pas craindre ! Flamberge de l'ineptie au vent ! Sus ! Suce !

N-à la fin, le clébard tire une langue susceptible de faire jouir deux chattes à la fois ! Il a soif. Moi aussi. Là divergent nos hydratations : de la flotte pour lui, une demie de champ' pour moi[1].

Ensuite de quoi, messire s'endort. Les animaux ont besoin de repos davantage que les individus.

Je looke ma Pasha. Onze plombes et des. D'un pas aérien, je vais quérir l'ascenseur. Parvenu dans la cour, je réclame une bagnole et un chauffeur. Ça mélodise dans mon âme : je tiens le bambou, dirait l'héroïque Bérurier, petit-fils, fils et père de con…

L'agent Cognard est du Berry, le pays des légendes et des jeteurs de sorts.

— Seize rue du Parc-Royal, dans le Marais ! lui jeté-je en prenant place à son côté, ce qui le flatte.

C'est le genre d'immeuble-blockhaus où il faut montrer patte blanche, et surtout sa gueule dans un appareil vidéo. Une voix féminine m'écoute et baisse le pont-levis (de la maison Dupont-Lévy). Des déclencheurs cliquettent sur mon passage. Je parviens dans un silence panthéonesque au troisième.

La porte de l'apparte est ouverte ; une soubrette en blouse rose et coquin tablier blanc m'attend. Me salue d'un déférent :

— 'jou' m'sieu'.

Et me happe.

Hall, salon. Tableaux croûtonneux d'inspiration corotienne, mobilier surbourgeois, nostalgique de Louis XV, dit le Bien-Aimé. Enfin, tu mords le climat ? Sans oublier l'immense et triomphal bouquet dans un vase chinois posé sur le piano demi-queue (le pauvre).

— M'dame arrive ! ajoute la camériste.

Qu'effectivement.

Ne ressemble guère à sa voix téléphonique, la maman de Mélanie. Je l'avais jugée revêche et rebuffante, ben mon vieux, j'étais

---

1. Tournure de phrase m'ayant fait perdre des voix lors de mon élection à l'Académie française.

loin de la vérité ! Seigneur, la superbe créature ! Elle a été mère de bonne heure car elle a dans les quarante balais. Et quels ! C'est l'éclosion femelle triomphante, dans toute sa gloire ! Te la décrire ? À quoi bon-ce ? Ça ne servirait qu'à te faire triquer à vide ! Sache seulement qu'elle est d'un châtain-roux rarissime, avec un regard fauve et une bouche qui ne doit pas déraper quand elle te taille un calumet. Sa fille lui ressemble, certes, mais « autrement », si tu peux me comprendre. Tu peux ? Au poil ! La dame est visiblement quelqu'un d'énergique et de dominateur. Elle sait ce qu'elle veut et doit l'obtenir par United Parcel Service.

Ce qu' j'sus sensible, dirait Alexandre-Benoît, c'est ses jambes ! Putain, ces cannes ! Tu parcours le Louvre de la cave aux combles, sans omettre un seul chiotte, t'en trouveras pas une autre paire qui s'en approche.

— Puis-je savoir en quoi ma fille intéresse la police ? elle s'inquiète.

— Je viens solliciter un éventuel témoignage de Mlle Izaure.

— Un témoignage ! incrédulise la ravissante personne.

Je pulvérise ses craintes naissantes :

— Elle avait dressé son chevalet dans une localité de l'Yonne où a été commis un double meurtre. Je souhaiterais savoir si elle est en mesure de nous fournir quelques renseignements.

— Cela m'étonnerait, dit la mère.

— Pourquoi ?

— Quand elle travaille, Mélanie ne voit ni n'entend rien.

« Elle est complètement isolée par sa création. Je pense qu'elle ne va pas tarder ; asseyons-nous.

Donnant l'exemple, elle se coule dans un fauteuil qui me permettrait de guigner sa culotte si elle ne portait des saloperies de collants. Presque illico, la femme de chambre rentre en scène.

— Qu'y a-t-il, Mariette ?

— Mademoiselle vient de téléphoner pour dire qu'elle ne rentrerait pas déjeuner : elle bouffe avec son éditeur.

— Vous n'avez pas de chance, fait la très jolie maman. Dois-je lui dire de vous appeler ou reviendrez-vous ?

— Je la contacterai, tranché-je.

Je me lève, elle aussi. Mon mouvement a été si brusque qu'en l'exécutant je perds l'un de mes mocassins.

— Pardonnez-moi, balbutié-je, confus.

Je repêche ma grolle et veux la remettre en conservant la position verticale ; pour cela je clochepiede, ce qui me fait renverser la table basse escortant le fauteuil. La dame ne peut se contenir et chope la rifouille. La vraie. Celle qui dégénère presto en fou rire. Tu n'ignores pas combien ces réactions du grand zygomatique contagionnent ? Voilà que je me gondole également. On en pleure ! Impossible d'enrayer le phénomène : elle pouffe, moi saucisse. Hurle ! J'enchaîne sec.

Du temps s'écoule ; que veux-tu qu'il fasse ? Et ça dure. Cela cesse quand nous nous trouvons sur les rives de l'asphyxie.

Alors, changement brutal. On se visionne en plein dans les vasistas. On est graves ; « tout chose » serait mieux approprié. On se mate par-derrière les yeux, là que débutent les rivages de l'âme. Mes lèvres s'approchent des siennes, comme on écrivait jadis dans les petites « livraisons » du samedi chargées de faire goder l'amateur. À bouche que voulez-vous, mes biches. Salade de museaux, dirait-on à Lyon où on est beaucoup plus intelligent qu'ailleurs. On foisonne des muqueuses. Je l'arpente de ma dextre effrénée ; tout le parcours du combattant : les loloches, le pétrousquin, l'entre-deux. Ça poisse, Dudule ! Elle pâme, s'abandonne total. D'autres, à sa place, protesteraient pour la forme, diraient les niaiseries en vigueur. Elle, pas une broque ; t'entends que son souffle haletant qui m'embrase le visage.

Presto, je dégage ma sentinelle de sa guitoune pour la faire participer à une ardente guerre de tranchées. Elle morfle l'intégralité de l'objet, moins les quatre centimètres de réserve, dans l'étui à cigare. Elle a le michier appuyé contre un secrétaire Napoléon III, ébène, incrustations nacre. Mes coups de boutoir font chanceler une statuette d'albâtre représentant justement l'Empereur, le vrai : Poléon Pommier. Je la rattrape au vol et achève de limer madame en tenant le Corsico à la main. La jeune maman de Mélanie se chope le panoche le plus rapide qu'il me fut donné de provoquer. Plein les baguettes ! Elle en perd presque connaissance, l-au point qu'il est violent, son paneton ! Glisse sur le chiraz à dominante bleue.

Prompto, je rengaine mon Fredo qu'a pas eu le temps de signer son bon de réquisition, et viens en aide à Mme Izaure. La dépose sur un siège Récamier. Elle y récupère ses esprits. M'enveloppe d'un long regard indescriptible. Je sais qu'elle n'occultera jamais cet instant de sa mémoire, non plus que de sa chaglatte. Un cadeau, au détour de la vie haletante ! Et moi, salaud d'homme, je pense à la gentille peintreuse que j'avais promis d'épouser. Ça paraît pas trop réalisable après une telle aventure. On est quoi ! Roulés, concassés comme dans une bétonnière. Des larmes m'embuent. Je me penche sur elle pour un baiser final aussi langoureux que celui qui nous a permis de faire connaissance.

Je devrais lui dire quelque chose.

Ne trouve rien.

M'esbigne.

En reprenant place dans la voiture, je m'aperçois que mon mocassin est resté chez Mme Izaure. Tant pis. Ça lui fera un souvenir. Après le pied qu'elle s'est offert, je peux lui faire cadeau de ma godasse.

Que dis-tu ? Rien ? Ah ! bon, je croyais.

30

Le chiendent

Un peu moudu comme je te sais, tu te dis : « Un chapitre pour rien ! Il nous a replacé son éternel couplet de la séduction-bite-en-l'air, notre Victor Hugo des Relais H. Juste il voulait qu'on le voie bouillaver la maman de la pure jeune fille qu'il convoitait, ce sadique ! Il écrit des pouèmes pour la gentille Mélanie, seulement il embroque sa jolie mother contre un secrétaire Napo Troisième (lequel n'avait rien à branler dans un salon Louis XV, je dois conviendre). »

Ben, tu vas voir, beau cornichon en fleur, que rien n'est gratos dans l'œuvre du maître. La plus petite virgule a sa raison d'être. L'imprimeur oublie une parenthèse et faut le retenir, pas qu'il s'hara-kirise la brioche, l'Antonio. Un style comme le sien ne permet pas le moindre écart. Question méticulosité de l'écriture.

Montaigne aurait passé pour le rédacteur de la chronique gay de *La Croix*.

— Où que je dois-je-t-il vous conduire, monsieur le directeur ? s'inquiète mon agent-driver.

Je lui file l'adresse de mon bottier, aux Champs-Élysées. Il branche le gyrophare des cas d'extrême urgence, si bien que quarante-deux minutes plus loin, me voilà chaussé de targettes en peau d'autruche. Ça me donne un côté vaguement rasta, je ne le nie pas, mais j'aime, et c'est une raison qui prime, selon moi, toutes les autres.

Retour à la casa Poulette.

Y trouve Pinuche, mélanco, avec le bon Salami, le museau posé sur ses ribouis.

— J'ai reçu un appel du labo pour toi, grand : ils ont identifié l'écriture du morceau de lettre trouvé dans les toilettes de Mlle Éléonore, tu te rappelles : *ce qui serait dramatique et aurait des conséquences*… C'est celle de Pierre Cadoudal, son copain. Et puis…

— Quoi donc ?

Ma vieille morille déshydratée se met à regarder en elle-même et, bien entendu, n'y trouve rien puisque le vide y règne en maître. Il se crispe tel un anus de constipé, puis soudain s'auroreboréalise.

— J'y suis : un handicapé a quelque chose à te dire, voire même à te montrer de toute urgence. Je crois me rappeler son nom : Sade !

— Plutôt Casanova, non ?

— Pas impossible, convient le Débris.

— Eh bien ! en route pour l'hosto !

— Veux-tu que je t'accompagne ? J'ai ma Rolls.

— C'est gentil.

Nous nous apprêtons à appareiller lorsque mon ronfleur retentit. Je marque un léger temps d'hésitance, mais il y a une telle détermination dans cette sonnerie que je vais décrocher.

Une voix de femme en pleine exaltation que je ne reconnais pas immédiatement :

— Monsieur le directeur ? Ici Lucienne !

Coup de sonde dans mes souvenirs. Doivent y figurer une bonne vingtaine de Lucienne dont j'ai tringlé les trois quarts.

Sentant mon hésitance, ma correspondeuse précise :

— Lucienne Izaure !

— Pardonnez-moi, confusé-je, nous n'avons pas eu le temps d'échanger nos prénoms. C'est gentil de m'appeler : je pensais très fort à vous.

— Imaginez qu'il vient de se produire une chose ahurissante, enchaîne-t-elle précipitamment, signe qu'elle ne doit pas être seule.

— Je vous écoute ?

— Peu de temps après votre départ, un individu masqué s'est présenté chez nous. Il a menacé ma femme de chambre d'un revolver et est entré. Savez-vous ce qu'il a exigé que je lui remette ?

— Aucune idée, jolie dame.

— *Votre chaussure !*

Je deurondflance, jette un regard ahuri sur Pinaud-la-Gâtoche dont le radieux sourire me décroche les roustons.

— Ma chaussure ! reprends-je.

— Oui, monsieur. Votre chaussure. Je ne m'étais même pas rendu compte que vous l'aviez laissée. L'homme l'a aperçue, s'est précipité dessus et s'est sauvé en l'emportant. Stupéfiant, non ?

— Tout à fait. Comment était-il, cet étrange agresseur ?

— À cause de son foulard sur le visage je n'ai pas vu ses traits. D'autant qu'il avait une espèce de casquette de footballeur américain à longue visière. Il était vêtu d'un blouson de cuir fauve, d'un jean, et portait des baskets. Son allure générale était celle d'un homme jeune.

Un temps. Puis, l'éminent San-A. :

— Merci de m'avoir prévenu, ravissante madame. Nous allons nous occuper de cette histoire. Selon mon sentiment, vous n'avez plus rien à redouter.

— Vous le pensez vraiment ?

— Tout à fait, je vous en donne ma parole.

Elle murmure :

— Vous croyez que…

Se tait, mais j'ai pigé. Il renifle tout, le bel Antonio.

— Oui, madame Izaure : nous nous reverrons, promets-je, et le plus rapidement possible ! J'ai réellement envie de vous fourrer !

Je raccroche sur cette promesse catégorique et presque bifide. Pinaud essuie d'une main tremblante la commissure chassieuse de ses yeux veloutés.

— Saperlipopette ! jure-t-il, j'ai encore une nouvelle à te transmettre, mais là ! je ne me rappelle plus quoi.

— Pas grave, César, je suis sûr que, sur ton lit de mort, ça te reviendra.

Et nous décarrons enfin en direction de l'hôpital.

*
* *

À mon arrivée, il pleurait…

Il fixait le plaftard, et des larmes dégoulinaient des fentes de ses yeux. Généralement, on se tient à la verticale, alors nos pleurs tombent. Dans le cas présent, elles ruisselaient dans ses oreilles. C'était affligeant. La plupart des handicapés jouissent d'une grande force de caractère leur permettant de s'assumer. Voir chialer ce garçon qui, naguère, bouffait à pleines chailles la vie et la vitesse me file un coup de buis.

Je me penche sur sa couche.

— Votre âme est à l'orage, cher Casanova ?

Lui saisis une pattoune. Il amorce un sourire à travers son rideau de pluie.

— Prenez sous mon oreiller ! fait-il.

J'obéis, ramène une lettre froissée que je lui présente.

— Lisez !

Je commence par la signature : « Valériane ».

Renseigné sur le rédacteur de la babille, j'en prends connaissance :

Luciano mio,

Je crois que l'heure est venue de te dire adieu. Vois-tu, mon bien-aimé, certaines périodes de notre existence sont pareilles à des boomerangs dont tu veux te défaire mais qui reviennent te frapper par-derrière au moment où tu ne t'y attends plus.

Lors de mon séjour romain, un concours de circonstances m'a amenée à rencontrer des gens que j'ai trouvés intéressants de prime abord, mais qui, à l'expérience, se sont montrés dangereux. J'ai voulu les fuir et le répit que j'ai connu ensuite m'a donné à croire que j'en étais débarrassée. Hélas, ils ont réapparu avec des exigences plus fortes qu'auparavant. Ma vie est devenue un enfer. Je sais que tous mes efforts sont vains et qu'ils me feront disparaître car je suis au courant de trop de choses les concernant. Devant cette éventualité, je tiens à te dire que tu auras été mon unique amour. Un sort funeste nous aura brisés, Luciano mio. Puisse Dieu nous réunir un jour, et pour toujours. Je t'aime.

Valériane

— Belle lettre, apprécié-je en la repliant. Je la remets sous l'oreiller ?

— S'il vous plaît.

— Vous avez une idée de ce dont elle parle ?

— Pas la moindre.

Ses yeux ardents plongent en moi comme la canule d'un clystère dans le cul d'une jument[1].

Télépathe, il comprend tout à la vitesse de la lumière.

— Elle est morte, n'est-ce pas ?

— Oui, monsieur Casanova.

— Comme elle le craignait ?

— Hélas.

Pas la peine de le mener en barlu, je ne suis pas gondolier. Lui dresse un résumé des dramatiques événements de l'Yonne. Je gaze sur le plus pénible ; à quoi bon le torturer ?

Des crispations bouleversent ses traits. Il semble vieilli par le chagrin.

— Cela ira vite, à présent, dit-il avec calme.

— Qu'entendez-vous par là ?

— L'homme n'est pas fait pour être une larve ; et quand la dernière flamme qui brillait en lui vient d'être soufflée, rien ne peut l'inciter à s'attarder.

— Si ! affirmé-je avec force.

— Quoi ? Dites-le-moi !

Je toque son front de mon doigt replié.

— Ça, mon cher Luciano. Tant qu'un individu est capable de penser, il est en mesure de vivre. Chacun est une planète qui influence celles qui l'environnent. Tout homme rayonne, qu'il soit

---

1. La réputation de San-Antonio s'est bâtie uniquement sur la poésie de ses métaphores.

Hubert MONTEILHET (de l'Académie française)

ingambe ou dans un lit. Vous, Luciano, vous assumerez votre chagrin et vous serez revivifié. Vous organiserez votre infirmité afin de tenir votre place. Si vous le voulez, je vous aiderai.

On se sépare sans trémolos.

Nos regards, un point c'est tout.

Deux hommes, quoi !

31

Allons voir ailleurs si j'y suis

Je ne suis pas dingue de cuistance japonouille. La chinoise, j'en raffole, mais la tortore Soleil-Levant, qu'on te sert crue la plupart du temps, me fout la gerbe et la courante. Malgré ces désagréances, je me dois d'accepter l'invitation du Débris pour la primordiale raison que l'établissement où il compte me traiter lui appartient. Les ressources de la Pine, réalisées sur le dos d'une compagnie américaine spécialisée dans les cosmétiques masculins, continuent de croître malgré la crise.

Peut-être est-il opportun de rappeler aux lecteurs que maître Pinuche s'est enrichi grâce à une géniale idée qu'il sut habilement proposer à une société U.S. Il s'agissait tout bonnement d'élargir les goulots de ses flacons, ce qui entraînait automatiquement une surconsommation du produit d'environ quarante pour cent. Dès lors, la fortune du Fossile fut assurée, son contrat ayant été traité de façon superbe par le fameux cabinet d'avocats Spring, Spring and Winter de New York. Depuis cette juteuse négociation, Pépère enfouille une fraîche fabuleuse, mais, flic dans l'âme, le surprenant personnage n'a pas voulu quitter la rousse qui demeure sa raison d'exister.

Son restau est hyper-classe. Tous les pingouins en smok. Six tables conviviales aux plaques de cuistance briquées sont alignées dans une salle moderne à l'éclairage savant. Des échassiers émaillés, hauts de trois mètres, la décorent. Le show est assuré par les chefs en toque, au ceinturon garni de coutelas. Ils jonglent avec ces derniers, exécutent un circus d'enfer pour épater le client franchouillard. Des végétaux, crustacés, morceaux de viandasse sont découpés en fines lanières, arrosés de mixtures ocre et touillés sur la plaque chauffante.

— Spectaculaire, hein ? me dit le Bêlant.

— Bel exercice, conviens-je, mais je ne vois pas mes amis Bocuse, Savoy ou Lasserre se prêter à un tel numéro. Faut choisir entre la bouffe et le music-hall !

Une assiette de ces joyeusetés est proposée à Salami. Mon cador les dédaigne ostensiblement.

— Il n'a pas faim ? déplore César.

— Je crois qu'il n'aime que la bonne bouffe.

Tout en clapant ces mélancolies, je pense à l'histoire de mon mocassin devenant l'objet d'un hold-up.

Tu trouves pas qu'elle vire Tintin, mon équipée sauvage ? Je sais des vendangés du bulbe qui, en lisant ça, vont déclarer que j'opère un dérapage de méninges. Me réputeront braque et branque. Feront courir le bruit que je suis embroussaillé de la coiffe !

— César, dis-je brusquement, as-tu eu l'impression que nous étions suivis ?

Il achève de pignocher une saloperie rouge entortillée d'un machin vert.

— Non, s'étonne le Parcheminé. Pourquoi ?

— Parce que j'ai la preuve qu'on me file.

— En général, ce sont les policiers qui suivent les autres.

— C'est bien pourquoi la chose me déconcerte.

Je lui résume l'affaire du mocassin perdu. Voilà qui étonne cet infiniment placide.

Il réflexionne et finit par murmurer :

— Faut-il que cette personne t'ait bouleversé pour que tu partes de chez elle en oubliant ta chaussure.

La remarque me plonge en moi-même pour une prise de conscience éclair. J'ai un phénoménal coup de cœur pour la fille et c'est la maman qui écope du phénoménal coup de bite. Mon intime, l'évêque, qui fait pénitence en ligotant mes graveleuseries, va encore se respirer un rab de prières pour solliciter le salut de mon âme. Cher Pierre, drôle de farce que le Patron t'a jouée en déclenchant entre nous une amitié qui dure depuis trop longtemps pour ne pas être éternelle !

— C'est juste, conviens-je : elle me trouble.

Le sage revient à ma confession.

— L'œil ! laconise-t-il.

Malgré cette sibyllinerie, je pige illico.

— Tu parles de celui de la vieille ?

— Il m'est immédiatement venu à l'esprit.

— Tu crois que ce qu'il contenait n'a pas été découvert par ceux qui le cherchaient et qu'un incident fortuit, voire quelqu'un, les aura orientés sur moi ? Je suis le directeur de la police. Ces gens doivent savoir que lorsque je mets la main sur un élément déterminant au cours d'une enquête, je ne le planque pas dans mes pompes !

— Tu sais, Antoine, la plupart des malfrats raisonnent en fonction de leur tempérament.

Il hèle le maître d'hôtel qui doit ses yeux bridés à une constipation irréductible davantage qu'à ses origines extrême-orientales.

— Le téléphone, je vous prie ! dit la Pine de sa voix souveraine.

Lorsqu'on lui a fourni l'objet de ses désirs, il appelle la Grande Cabane, se fait connaître, réclame l'officier de police Hanoudeux et demande à icelui de venir stationner non loin de sa Rolls ; charge à lui de repérer toute personne qui me filerait le dur et de l'alpaguer sans vergogne, le cas échéant.

Cette précaution arrêtée, nous poursuivons ce que je suis contraint d'appeler « notre repas ».

*
* *

Un jour, j'ai lu un bouquin intitulé *La Maison du retour écœurant*. Au cours de ma vie, j'en ai connu pas mal des crèches qu'on aurait pu nommer ainsi. Mais aucune qui méritât à ce point cette appellation.

Toujours flanqué de Pinuche et de mon cher Salami, je reviens une fois de plus à Saint-Cloud, dans la résidence du Bonze-Hydrophobe, haut lieu de mystères s'il en fut.

Un air crincrin et nostalgique résonne en moi ; toujours, dans ces situations indécises. C'est comme un truc que mon âme fredonne à mon insu. Quelques notes qui s'étirent…

Ça sent déjà le renfermé.

Nous commençons par l'appartement de la dame de Pré-Bénit. Puis grimpons à celui d'Éléonore (d'Aquitaine, puisqu'elle est de cette région). La première habitait le sien, la seconde y passait seulement de temps à autre. Qu'attendait-elle pour l'occuper ? Elle possédait déjà son « chez-soi », avec une vieille bonne, dans un quartier romantique de Paris.

Alors ?

Je viens de prendre place devant la coiffeuse. Le meuble n'a jamais servi. Je me pose une question imbécile : n'est-ce pas la première fois que je m'assieds dans ce logement au cours de l'enquête ? Je vois la vie quelque cinquante centimètres plus bas que lors de mes précédentes visites. Est-ce important ?

Je sens qu'on frôle mon genou. C'est le basset hound qui y pose sa tête de veuf éploré.

— Bizarre, n'est-ce pas, mon bon ami ? lui murmuré-je.

Clin d'œil.

Nous avons un instant d'abandon, lui et moi, et nos idées s'agencent en sourdine. Bouge pas, Éloi, t'auras des surprises avant qu'on ait installé des stations Shell sur la Lune !

Me lève pour musarder à la cuistance. La fenêtre est fermaga, mais mes collaborateurs ont laissé l'échelle dressée contre le mur. Une échelle par laquelle le meurtrier est reparti, mais qu'il n'avait pas empruntée pour venir.

— Tu viens avec moi, grosse bite ?

Le clébard feint de ne pas comprendre ; il déteste les surnoms grossiers autant que le tutoiement.

Cette fois, je ne céderai pas !

— Bien, dis-je, j'irai donc seul !

Il me considère avec une certaine exaspération. Lui aurait fallu un maître plus rompu aux bons usages que je ne le suis. Il subsiste en moi des relents « peuple de France » qui lui éclatent les burnes.

Le jour s'éternise, malgré le soleil voilé par les écharpes du crépuscule, disait Max du Veuzit, un fameux romancier (ou cière ?) qui poétisait la jouvencellerie de ma Féloche, autrefois.

Ce périple, je commence à le connaître. La vaste zone engazonnée, les sapins verts (plus un bleu-qui-coûte-chérot) ainsi que d'autres essences. Puis les plates-bandes à droite. Et ça enchaîne sur le jardin public. Au fond, la fosse à compost où Salami a trouvé les godasses.

Soudain, une chose me trouble. Comme chaque fois, c'était « la vue d'ensemble » qui me manquait.

Un halètement, derrière moi.

Me retourne pour voir radiner Salami bite à terre, oreilles en envol d'albatros, babines retroussées sur un ricanement canin.

Il me rejoint, le regard un peu torve.

— Môssieur a fini de me faire la gueule ? je demande.

Il affecte de ne pas entendre.

— Mon cher, poursuis-je, vous avez mauvais caractère et je n'en ai pas toujours un bon : nous sommes quittes. J'étais en train de faire une constatation : vous voyez la fosse où vous découvrîtes des souliers d'homme, tout là-bas, près de la sortie du square ? Maintenant retournez-vous et regardez le petit immeuble que nous venons de quitter, puis, par la pensée, tirez un trait imaginaire allant dudit à l'excavation : vous vous rendez aisément compte que celui-ci est loin de passer par la partie florale ? D'où je conclus que c'est sciemment que l'assassin a foulé la terre meuble, *afin d'y laisser des fausses empreintes*. Juste ?

Le chien acquiesce avec raideur, puis va lever la patte contre le tronc argenté d'un bouleau. On ne peut affirmer que cette brève émission représente un soulagement pour lui, mais elle lui permet de maintenir une autorité qui avait tendance à prendre de la gîte.

Ragaillardi par cette manifestation péremptoire, il me réclame audience d'un jappement convenu et, usant de notre « code », déclare :

— Mon cher, vous ne m'apprenez rien. Il y a un moment que mon siège est fait et je ne comprends pas que vous tergiversiez à proclamer des choses qui s'imposent d'elles-mêmes.

Quelques coups de Klaxon feutrés interrompent ce début d'animosité entre nous. Ils proviennent de la Rolls. Nous regardons en direction du parking et apercevons la Pine qui exécute des gestes sémaphoriques à notre intention.

— Qu'arrive-t-il encore à ce déchet ! soliloqué-je en me dirigeant vers la vénérable Guenille.

Guilleret, le businessman franco-ricain nous consent quelques pas de rapprochement.

— Du nouveau ? m'enquiers-je.

— Nos services techniques te cherchent pour t'annoncer deux nouvelles. La balle que tu as extraite du saule a été tirée par le pistolet ayant tué Mme Maubec. Quant aux fameuses boucles d'oreilles, elles ont été achetées au début de l'année à la bijouterie Haulmann-Riveur, avenue de l'Opéra.

Une douce chaleur baigne soudain mes précieuses, comme lorsqu'une jeune fille de la bonne société les enveloppe de son haleine parfumée.

— On a le nom de l'acquéreur ? risqué-je.

— Évidemment : M. Rigobert Panoche, 11, quai Flaubert.

« Tiens, me dis-je, après cette affaire j'irai passer quatre jours en Italie avec Félicie et je relirai *Madame Bovary*. »

Je suis commak, moi, que veux-tu, et personne n'y pourra rien !

— Bonté divine, le labo, ça me revient à présent ! s'égosille Pinuche.

— Qu'est-ce qui te revient, cerveau moisi ?

— En étudiant à fond le foyer de la chaudière, ces messieurs se sont aperçus qu'il contenait les fragments de plusieurs cadavres antérieurs à celui que nous y avons trouvé.

Ma jubilation fait le grand écart.

— Rien que ça !

Il me produit son ineffable sourire radieux.

— Notre histoire tourne à l'affaire Landru, dirait-on !

*
* *

Dernier tour du proprio. Regard chez la veuve de l'ancien ministre, puis à l'apparte de la belle Éléonore. Je sais que je n'y reviendrai plus. Lorsque je quitte des lieux définitivement, les objets inanimés ont une manière spéciale de me dire « bye-bye ».

La Royce (pourquoi toujours Rolls, puisqu'ils sont deux ?) décolle en souplesse, avec un fléchissement de son gros cul qui exprime sa puissance. Nous quittons cet endroit douillet où les deux copropriétaires auraient dû connaître des jours paisibles. On franchit la zone privée pour emprunter la douce voie arborisée.

Je guigne au passage l'officier de police Hanoudeux dans une Renault de couleur violine. Il prépare sa décarrade pour nous suivre.

On file. Cent mètres. Deux cents ! Un vacarme de tôle meurtrie retentit. Je mate par la lunette arrière.

— Stoppez ! crié-je au driver de Pinaud.

Message reçu. Il pile.

Je me dérollsse à toute sauce. Deux tires se sont emplâtrées derrière nous : une japonouille aux faux airs sportifs que la voiture du Clermontois a emboutie avec violence.

Le conducteur de la guinde sculptée au pare-chocs, bien que se trouvant dans son droit, jaillit de sa pompe et se met à fuir.

Alors là, tu verrais Salami à l'œuvre, t'en oublierais les Rintintin et consorts. Un cador qui a le pot d'échappement au ras des pâquerettes ! Il court pas : il deltaplane ! Tu jurerais un Walt Disney ! En moins de temps qu'il n'en faut à ta femme pour changer de Tampax quand elle a rancard avec son amant, il a rejoint le lascar, fait ni hound ni deux, lui empoigne l'intérieur du falzuche. Le v'là avec les crocs bien arrimés dans le cul du fuyard.

Le gars tourne pour lui faire lâcher prise, mais Hanoudeux vrille le canon de son arme de service dans cette cavité si utile aux porte-drapeau. Que, n-en plus, je viens renchérir d'une manchette à la glotte.

Le gussier n'insiste pas. Sonné, mordu, braqué, cerné, il se laisse passer les menottes.

C'est un mec type « Sur un marché persan ». Brun, basané, avec de grands yeux noirs qui doivent ensorceler les gambilleuses de bals populaires.

— Je n'ai rien fait ! déclare-t-il d'une voix perturbée.

Si tu raisonnes de près, c'est exact : il n'a rien fait. Peut-être qu'on s'est emportés à tort, nerveux comme nous le sommes.

Pour dédouaner ma conscience, je le fouille rapidement. Trouve un riboustin de gros calibre dans une gaine de cuir fixée à l'intérieur de sa jambe gauche.

— Et ça ? je lui demande. C'est pour la pêche au thon ?

Fin de l'épisode turbulent.

32

La meilleure façon de marcher…

… C'est de mettre un pied devant l'autre et de renouveler l'opération jusqu'à ce qu'on soit arrivé à destination.

Je m'en fais la réflexion en arquant rue du Faubourg-Saint-Honoré en direction du boulevard Haussmann. Je vais d'un pas léger, savourant cette déambulation dans Pantruche après la grosse poussée circulateuse du soir. Dans mon job, il est rare qu'on se déplace à pincebroque. On a toujours le prose sur une banquette de bagnole, ce qui ne fait travailler que les muscles fessiers.

Guilleret, saboulé prince charmant : grimpant beurre frais, veston de lin chocolat, limouille crème à col ouvert (une vraie laiterie à moi tout seul !), mocassins de daim souple, je crois que j'en jette ! Les regards des gerces et des mistounes m'informent mieux que les miroirs des vitrines. Je ratisse large : les dames mûrissantes aux regards de vaches rêveuses, les gosselines délurées qu'impertinent de la prunelle et hydratent du slip, les mornes doudounes convoyeuses de chiares que leurs julots vergent en pensant au tiercé-quinté plus ou à Paris-Saint-Germain ; même des ados tout juste « grandes filles » qui me croisent en supputant la longueur de ma queue. Le grand concert des sens, du sexe, des désirs à fleur de chatte. Moments rarissimes pour moi qui vis à deux cents à l'heure.

Flâneur ; quel beau métier ! *Le Flâneur salarié* qu'il a écrit le pauvre Béraud, fils de boulanger à monocle ! Haïsseur d'Anglais sous l'Occupe ! Fallait-il être jobastre ! Martyr qui flanquait la gerbe ! Que reste-t-il de tout cela ? Dites-le-moi !

J'arpente, léger comme Mercure aux pinceaux ailés, oblique en direction des Ternes…

Salami entendait m'accompagner, mais je lui ai expliqué qu'allant limer une sœur, sa présence était inopportune. Valait mieux m'attendre dans la guinde du père Pinuche. Il a accepté d'assez bonne grâce.

Avisant un fleuriste encore ouvert, j'emplette un bouquet d'orchidées dans les tons violet veiné de jaune, enveloppé d'un délicat papier-dentelle. Montrer à la femme du viticulteur qu'on a des usages et quelques moyens, dans la rousse.

Tout fringochard, je me pointe à la réception de l'Hôtel des Sirènes Bleues, dont l'enseigne est justifiée par un superbe motif en mosaïque, signé Dutruc et Pelluchard, représentant deux naïades blondes, dans l'onde d'azur, pourvues de loloches rose jambon.

Un Italien appelé Florian (il est affable) m'indique que Mme de La Liche occupe l'appartement 1918, ce qui aurait fait plaisir à Georges Clemenceau. Il m'annonce en admirant mes orchites (comme dit le Mammouth). Un ascenseur feutré me hisse au septième ciel dans un majestueux ronron.

La lourde de la friponne est ouverte et la dame m'attend, très sobrement dévêtue d'un déshabillé mauve, presque transparent, en totale harmonie avec mes fleurs. Elle les prend, les serre contre ses seins luxurieux et me tend sa bouche par-dessus le bouquet. J'y vais d'une pelle à gâteau d'une extrême voracité.

Sachant vivre, elle a sucé de la menthe en m'attendant, histoire de se faire une bouche. Attention délicate s'il en est, car il m'a été donné de croiser la langue avec des personnes venant de fumer, ou de manger du saucisson à l'ail, toutes choses extrêmement désagréables et qui ne se prêtent guère à l'entreprise d'étreintes ardentes.

Trop de nos compagnes ignorent encore combien une haleine chargée ou un con mal fourbi sont pernicieux en amour. Les hommes délicats, auxquels j'ai, ma vie durant, tenté d'appartenir, ne peuvent se livrer totalement à l'acte sexuel que débarrassés de ces malencontreusités que certaines de nos partenaires ont tort de juger négligeables ou vénielles. Le total assouvissement ne s'opère que dans un climat de détente absolue.

Pour ma part, amies lectrices, il m'est arrivé de passer de l'érection triomphale à la carence éperdue, pour de sordides histoires de poils de cul équivoques ou de fumets suspects. D'où mon penchant pour les dames d'un niveau social élevé. Il ne répond pas à des sentiments politiques, Grand Dieu non, mais à une recherche exacerbée de l'hygiène. Cela ne veut pas dire que la femme du peuple ne se lave pas le fion, Seigneur non ! Mais ne disposant pas toujours du matériel ablutionnaire requis, la pauvrette connaît des manques entraînant chez les chichiteux de mon espèce des renâclages dramatiques.

Foin de cette digression à l'eau de bidet inchangée. Comme annoncé plus haut, Hélène est plus clean qu'une pierre de torrent et plus comestible qu'une pomme épluchée.

Perdons la turpide habitude de nous raconter nos coups de verge par le détail. Sache brièvement que notre embrasement est total, que je m'empare d'elle urbi et orbi, avec une fougue proche de la frénésie, allant jusqu'à la visiter en des régions peu fréquentées (du moins le crois-je) de sa personne. Qu'elle perd pied à trois reprises, le prend à sept, crie grâce à cinq (mais je ne tiens pas compte de ces suppliques trop haletantes pour être sincères), et qu'enfin elle atteint à une apothéose sensorielle dont l'Hôtel des Sirènes Bleues se souviendra longtemps, et qui me vaut une salve d'applaudissements lorsque je repars, après avoir juré à ma comblée de revenir dans le courant de la nuit pour une sérénade sans doute moins physique, mais tout aussi ardente.

*
* *

Pinuche et Salami m'attendent à deux mètres dix de l'établissement. En ce mois de juillet suave, on peut se garer presque n'importe où.

Lorsque je suis monté, le Rolls driver qui m'a tenu la porte ouverte demande :

— Où dois-je conduire monsieur le directeur ?

— À Villacoublay, réponds-je. L'aérodrome.

33

Pour tout te dire…

Quand, dans ma prime enfance, comme disent les vieux cons, nous revenions d'une longue promenade dans les bois de mon Dauphiné natal, Grand-mère souriait en me voyant hâter le pas en fin de parcours. Elle plaisantait : « Ça sent l'écurie : les chevaux se dépêchent. »

Ma pomme d'y repenser au moment où nous allons atteindre le terme de cette enquête. J'ai tendance à gazer. Pour preuve, je te prends cette dernière partie de trous avec dame Hélène. Elle s'est déroulée en deux plombes et je te la résume en treize lignes dactylographiées, double espacement. Cela dit, il existe une autre raison à cette précipitation : le souci de ne pas me complaire dans les descriptions scabreuses.

Si beaucoup de mes lecteurs (et surtout « trices ») les raffolent, il est des grincheux qu'en protestent. Ils se sont envoyé la soubrette ou tapé un rassis en me bouquinant, mais me font payer le plaisir qu'ils y ont pris. Les gens de cette sorte ne te pardonnent jamais les agréments ou bénéfices qu'ils tirent de toi. Quand tu leur arraches une émission séminale, c'est comme si tu venais d'utiliser leur carte de crédit dans un Bancomat. Tout juste s'ils ne portent pas plainte pour détournement de foutre ! Ah ! c'est des drôles, tu sais ! On n'en a jamais fini avec eux !

Tu penses ! Bien sûr que je lui ai choyé la fouinasse, à la viticulteuse. Évidemment que je lui ai mandoliné la crinière à moule. Elle y a eu droit, à ma menteuse sur le pétoncle. Et il a été pour son pétrus joli, le finger fureteur. De ce côté-là, ne te caille jamais la laitance, Hermance. Ne suis-je pas le prince qui essore ? L'Attila des paillasses ! La terreur des glandes endocrines et exocrines. Je crois te l'avoir dit : les poils pubiens ne repoussent plus là où je les ai broutés.

Mais trêve des confiseurs et autres fanfaronnades. Un jet blanc à cocardes tricolores nous drive d'un coup d'ailes en Charente-Maritime où une chignole nous emmène jusqu'au domaine de La Liche.

Nous stoppons à deux cents mètres du manoir.

Ah ! que c'est bon, en cette noye sereine, de retrouver les senteurs de la nuit, son crépitement d'élytres et la douce brise provenant de l'océan[1]… Je respire à pleins poumons tandis que Salami compisse notre pneu arrière gauche, et César, le pneu avant droit. Toujours, les gens d'action avant de donner l'assaut.

Une loupiote « pour la nuit » répand une lumière fibreuse dans la zone du perron. Au premier, une pièce est éclairée. Les rideaux l'emprisonnent, mais ça forme un rectangle de clarté jaune.

1. Tu ne vas pas me dire, mais ça vaut du Proust, merde !

J'ouvre la valise à soufflet, style trousse de médecin d'avant la Grande Guerre, et en retire ce dont j'ai besoin. Puis, je m'adresse à mes deux compagnons.

— Vous allez attendre à l'abri des arbres cernant la terrasse, leur dis-je. Restez calmes et silencieux jusqu'à ce que je vous expédie un signal avec ma loupiote de poche. Dans ce cas, César, tu iras sonner à la porte principale, laquelle est constellée de verrous la rendant allergique à mon traditionnel sésame. Compris ?

— Complètement ! assure le loqueteux de la coiffe.

— Toi également, Salami ?

— Naturellement, répond-il. Mais il ne faut pas en profiter pour user d'un tutoiement auquel je répugne.

C'est à se demander si ce clébard ne serait pas un peu snob sur les bords !

Ce que j'ai prélevé de ma valdingue ?

Entre autres, une échelle d'alpiniste, large d'à peine dix centimètres. Elle est munie à son extrémité d'un grappin et d'une corde.

Ce qui suit, tu l'imagines sans difficulté, malgré la chose molle et visqueuse qui te tient lieu de cerveau.

Que dis-tu ?

Oui ! Exactement ! Je lance mon harpon en direction de la corniche surplombant la façade. Un premier essai pour du beurre ; elle retombe dans un massif d'hortensias, sans faire davantage de bruit qu'une pomme chutant dans l'herbe, les saxifragacées étouffant le choc. La seconde fois, exécutée après que j'ai mieux visé, les pointes du projectile se coincent entre deux blocs de pierre. Je tire : ça ne bronche pas. Lors, ton bel Antonio tend les échelons souples et s'y engage après avoir posé ses grollons.

Ascension rapide, aussi aérienne que celle d'un trapéziste de cirque. M'élever jusqu'au *first floor*, comme disent les anglophones, est un jeu d'enfant. Grâce et souplesse !

En moins de temps qu'il n'en faut à mon chibraque pour porter à l'incandescence le clito d'une rosière berrichonne, me voici à la fenêtre de la chambre où je fis l'amour à Hélène de La Liche.

Imagines-tu que ses volets fermés vont me résister longtemps ? Que non point ! Et sa croisée, dis ? La considères-tu réellement comme pouvant opposer un obstacle sérieux à l'intrépidité san-antoniaise ? Fichaise ! Diamant. Ventouse ! Tu lisais déjà mes aventures alors que je les signais « Bibi Fricotin » pour ne pas faire de peine à mes parents.

Il est dans la place, l'Antoine de tes rêves, ma chérie ; heureux comme un poisson dans l'eau, ou comme Ulysse qui fit un beau voyage organisé par le Club Med.

Je visionne l'extérieur : clair de terre de Verlune. Là-bas, sous les platanes centenaires, je devine la partie blanche de monseigneur Salami, chien d'élite.

Doucettement, ce qui est duraille comme la bataille[1] car, dans cette demeure patricienne, les portes grincent et les planchers craquent, je passe dans le couloir, heureusement garni d'un tapis Sé Pârtou provenant d'un marchand de la rue de Téhéran.

Enfin, l'unique objet de mon voyage : la chambre de l'enfant adultérin du viticulteur.

Un rai de lumière filtre sous la porte ; or, moi, contrairement à beaucoup, j'ai le culte du rai[2].

Le bon Mathias, rouquin de son état et bricoleur de génie par vocation, m'a confectionné un petit instrument d'optique tout à fait remarquable dans sa simplicité. Il s'agit d'une plaquette réfléchissante qui se glisse sous les portes. Un astucieux système permet au miroir inquisiteur de se soulever à sa partie extrême, une fois qu'il a dépassé l'huis, transmettant ainsi ce qu'il capte de la pièce…

Mon réglage est très affiné.

N-en fin de compte je saisis, tout ce qu'il y a de parfaitement, l'occupante de la chambrette. Elle est installée devant son poste de téloche, comme cinquante-huit millions de Français en ce moment. Elle mate une émission pleine de rebondissements consacrée à la tuberculose de l'escargot. Je visionne la personne de trois quarts face : intéressant. Lovée dans son fauteuil, en chemise de noye inciteuse, un long drink – probably du gin-tonic – à portée de main, elle se masse nonchalamment les bouts de seins. C'est étourdissamment beau.

1. Intraduisible pour les jeunes, les cons et les incultes.

2. Jeu de mots étourdissant : « culte du rai », « raie du culte ». Un auteur qui en arrive à ça sodomise ses pairs, crois-moi.

J'attends, espérant que sa caresse va se prolonger et, qui sait, « déboucher sur quelque chose ». Mais foin ! Sa dextre retombe kif l'aile d'un moulin à vent, métaphoré-je toujours, depuis que M. Montmayeul, mon instituteur, m'a fait apprendre du Verhaeren dans le texte et en version originale.

Elle écluse une gorgée de son breuvage.

Le temps passe. Je me sens emporté par une magie suave. Et pourtant j'ai les bourses à peu près vides ! Ma bitomanie qui court sur son erre.

La notion de mes deux compagnons poireautant sous les arbres me déléthargit. À regret, à mille regrets, je retire mon instrument de sous la porte.

Je t'ai déjà raconté que j'imitais le chaton à la perfection ? J'ai des dons. Tiens : le cri du le pen en colère, je te l'ai jamais fait ? Et çui de l'arlette-laguiller prenant son peton ? Non plus ? Mon gros succès c'est quand j'imite le pasqua des garrigues traquant le juppé à tête de chibre. Tu crois y être !

Mais pour t'en reviendre à cet instant culminant de l'action, c'est le chaton en manque de lolo que je reproduis. À peine un « miaou ». Un infime couinement. Une mouche prenant son pied ! Même pas : le gémissement du protozoaire constipé.

Assis en tailleur dans le couloir, style Happy Bouddha, j'émets à fréquence répétée mon tout petit miaulement. Elle va bien finir par le percevoir, malgré le bruit du téléviseur ?

Oui ! Hip ! Pipe, pipe ! Avale !

Je l'entends qui se déplace dans la chambre. Le loquet tourne. Elle apparaît.

Ma vue la tétanise, comme disent les grands du polar, quand ils chatoient du style à s'en craquer les hémorroïdes.

— Bonsoir, lancé-je gentiment. On se rencontre enfin. Comment dois-je vous appeler : Valériane, Éléonore ou Mina ?

34
Traduit du mystère

D'un de ces rétablissements dont j'ai le secret, je me mets à la merveilleuse, mais temporaire hélas, verticale.

Nous voici nez à nez. Dedieu qu'elle est superbe. Et quelles lèvres ! Doit t'affûter le plantoir avec grâce.

On se charbonne des prunelles, indéfiniment.

— J'ai visionné des photos de vous, mais je ne pensais pas que vous fussiez si belle ! déclaré-je pour commencer.

Elle demeure verrouillée telle une braguette de pasteur anglais. Ne s'est pas remise de mon coup de théâtre. Alors, doucement, d'un geste enveloppant, je passe mon bras sous le sien.

— Allons ouvrir la porte à mes assistants, proposé-je ; ils n'ont pas mon talent de funambule.

Nous descendons. J'ai l'impression d'emmener au bal un automate de Vaucanson (lequel était dauphinois comme moi).

Une fois en bas, je libère la lourde, l'entrouvre et actionne ma loupiote. Aboiement excité de ce bon Salami qui accourt ventre au sol.

— En voici un auquel vous avez posé problème, ma chère, fais-je à la demoiselle de La Liche, et qui me fut précieux pour dénouer cet écheveau. Dans la chambre de votre demi-sœur, il découvrit votre odeur, et dans la maison de Pompechibre, il en discerna une autre qu'il a retrouvée ici.

« Mais grâce à vos dons de comédienne, vous m'avez bien abusé lors de ma première visite, puisque je vous ai prise pour cette pauvre Mina…

Pinaud se pointe, la goutte au nez, enfrileusé par la nuit cependant douce. Il commence à ronds-de-jamber et bêler des salutations complimenteuses dont la sénilité filerait la gerbe au portrait de Marie-Antoinette exécuté par Mme Vigée-Lebrun.

— Sois gentil, César, murmuré-je, avant de roucouler tes fadaises à cette jeune femme, passe-lui les menottes.

— Comment ? s'étrangle la Pinasse.

— Comme d'habitude, en donnant deux petits coups secs sur ses poignets avec les boucles d'acier. Il s'agit d'un système qui existe depuis très longtemps, preuve qu'il est performant.

Mon regard comminatoire l'amène à obéir. Clic clac ! merci Kodak, le ravissant mannequin se déguise en coupable en moins de temps qu'il n'en faut à un touriste français pour gerber une gueuze lambic sur la place Royale de Bruxelles.

— Merci, cher Pinuche. À présent, explore la garde-robe monumentale que j'aperçois au fond du hall. Tu y dénicheras bien un vêtement quelconque, fût-il masculin, pour protéger mademoiselle de la fraîcheur nocturne.

— Où me conduisez-vous ? questionne ma prisonnière d'une voix dépassionnée.

— Voyage surprise, réponds-je.

— Est-ce légal ? risque la sublime personne.

— Sûrement pas, mais où serait le charme ? Ma réputation s'est bâtie sur des succès remportés dans la plus complète illégalité ; sans eux, évidemment, elle n'aurait pas été tolérée longtemps.

On joue à rebrousse-chemin.

Bagnole-zinc volant.

Villacoublay-Rolls pinulcienne-Pantruche-sur-Seine !

Je devrais me sentir fatigué, m'assoupir à l'instar de Pinaud. N-au lieu de ça, il pète le feu, l'Antonio, chérie ! Et, chose intéressante à enregistrer, mon chien également, qui se tient assis bien droit sur son siège, la ceinture attachée au-dessus de sa grosse bistougne. Ses longues étiquettes composant une sorte de coiffure médiévale, il ressemble à La Hire, le copain de la Pucelle. J'aimerais tailler une bavette avec lui, mais biscotte la prévenue, m'en abstiens.

En cours de trajet, je fais le point. Passe en revue les épisodes échevelés de cette aventure hors du commun. Je souris au hasard qui a manigancé ces travaux de la téléphonie sur mon réseau.

*
* *

Me revoilà aux Ternes, qui méritent bien leur nom, la nuit. Moi, Paris, j'ai de curieuses relations affectives avec lui (je devrais dire « avec elle », mais je le pense toujours au masculin). Il a des coins qui me font chialer, d'autres qui m'emmerdent. Parfois, les uns et les autres sont contigus. Je bande pour un angle de rue, un vieil immeuble du Marais, une échoppe de bouif, un arbre en perdition au bord d'un trottoir.

Y a plein d'images qui me disent tristement adieu. La marée bétonnesque arrive, qui submerge tout. À Dieu va ! Puisque leur rêve c'est Nouille York, Tokyo ou São Paulo, qu'ils continuent leur diarrhée de ciment ! Qu'ils construisent des buildings attenants au Louvre ! Vous gênez pas, les gars : bétonnez ! Reste encore de la place sur le parvis de Notre-Dame, dans les jardins du palais de Versailles, au milieu de la place de la Concorde. Juste une chose : laissez-nous prendre une photo avant, histoire de montrer à nos enfants martiens les cacas de Le Vau, Visconti, Jean Goujon et consorts ! Les hommes auront tué l'Homme ! Cas de force majeure : opérations immobilières. Fric à gagner ! Secret défense, comme chez les éléphants ! Délit d'initié ! Initiés ? Mais ils le sont tous ! Y a que vous et moi qu'on n'a pas prévenus ; encore heureux, sinon on se serait joints aux goinfres à dents longues !

L'Hôtel des Sirènes Bleues.

Un S.D.F. roupille sous un porche voisin. Lit de carton, couvrante de guenilles. Deux boîtes de conserve en guise de cuisine. Une poussette déglinguée, trouvée aux ordures, lui tient lieu de camping-car. Un kil de rouge pour le bonheur. Où chie-t-il ? Où baise-t-il ? Que dis-tu ? Tu t'en fous ? Eh ben t'as raison : moi aussi. Enfin presque. S'il fallait m'occuper de tous ceux qui crèvent, j'aurais plus le temps d'aller acheter mon caviar !

— Venez ! intimé-je à Éléonore.

Elle descend du carrosse. Salami également. Je laisse la Pine à ses rêves de gâteux : le sommeil d'un vieillard c'est sacré ; ne jamais le déranger surtout, il répète !

Le concierge du soir, espoir, sourcille en nous apercevant dans cet étrange équipage.

— Mais ! Mais ! chromatise-t-il en nous voyant pénétrer dans l'ascenseur.

De loin, je lui montre ma brème.

— Pas d'inquiétude, lui fais-je, c'est juste pour dire bonsoir à une amie.

Voici la porte de ma dulcinée. J'y grattouille.

— Qu'est-ce que c'est ? gazouille la presque future jeune veuve.

Naturellement, je réponds : « C'est moi », comme tous les cons dans mon cas pour faire savoir qu'ils sont « eux et là ».

Flatteuse exclamation dérobée. Je précise « flatteuse », car elle est de joie. Je distingue un froissement d'étoffe.

La lourde s'ouvre.

Elle apparaît.

Un jour, je demanderai à Claude Serre, mon illustrateur d'élection (et de dilection)[1] de m'exécuter une fresque de la stupeur. Toute la gamme, qui va de la simple surprise à l'abasourdissement intégral. Pour Hélène de La Liche, c'est dans la zone paroxystique qu'il faudrait chercher.

Mets-toi à sa place, Boniface ! Elle croit que je reviens pour un rab de bite, et que trouve-t-elle dans le couloir ? La brave Éléonore-Valériane, avec qui elle vient de s'entretiendre en long, en large et dans le sens du Gulf Stream. Que veux-tu parier ? La belle Hélène a dû lui raconter mes performances radadesques : dimensions du Grand Meaulnes, manière de verger, de préliminer, de limer. Et aussi combien elle m'a chouettement en pogne ; qu'elle me tient bien, pauvre faucon fourbu que je suis, de son gantelet de cuir.

On sonne. Elle bondit, la mouillette béante, comme la bouche de l'angineux chez le toubib, en train de pousser ses vocalises aphteuses. Manque de bol, je viens lui jouer « patatras » en nocturne. Lard ou cochon ? Porc, peut-être ? Elle ne sait plus, la pauvrette, derrière les jolis poils de sa chattoune.

— Entrons, je vous prie ! dis-je à ces deux gerces classées monuments hystériques dans la série : « Ces foutues garces qui nous prennent pour des manches à burnes ».

Lorsque nous sommes à l'intérieur de la pièce qui sent encore l'amour, je donne un tour de chiave à la serrure et mets la clé dans ma vague. Les doubles rideaux de la fenêtre sont tirés, donc no risques de ce side-là.

La môme Éléonore étant menottée, je lui ôte galamment la cape dont Kid Vieillard l'a affublée avant que nous ne quittions le vignoble.

1. Mais pas d'érection parce qu'on n'en est pas.

— Asseyez-vous sur le lit toutes les deux, chacune sur un oreiller, le dos appuyé au montant : vous serez mieux pour deviser car cela risque d'être long.

— Puis-je mettre une culotte ? demande Hélène.

— Ma chère, murmuré-je, ne me privez pas d'un spectacle dont je ne saurais me lasser. Si vous saviez combien, au cours de ma carrière, j'ai eu l'occasion de conduire un interrogatoire dans une ambiance pareillement capiteuse !

Je sors mon magnéto de mes fouilles de clown, le branche, vérifie la rotation des bobines.

— Ça tourne ! annoncé-je.

35

Ouvrage de dames

Un qui me passionne, c'est le signor Salami !

Tu le verrais suivre l'interview, tu le prendrais pour un juge britannique emperruqué et tu l'appellerais « Votre Honneur ». Il possède une chose commune aux lords : il adore les sièges. La façon dont il pratique un fauteuil est révélatrice de son sens de l'humain.

Drôle de quatuor que nous formons là. J'ai acalifourchonné une chaise et me suis accoudé à son dossier, posture qui m'est familière et vient de mes origines paysannes. Je ne me rassasie pas de ces deux mousmés ravissantes, que dis-je, superbes ! Moi, tu sais la longue portée de mon renifleur ? En les voyant côte à côte, je réalise qu'elles y vont du gigot, les deux. Mais sûrement pas en exclusivité absolue (au reste, Hélène me l'a prouvé). Ces jeunes femmes s'épanouissent entre elles de la craquette volage, sans pour autant négliger les chouettes vergeries masculines.

— Cette affaire est typiquement féminine, préambulé-je. C'est comme un complot du XVIIe siècle adapté à notre époque. Mes chères dames, nous voici réunis afin d'établir un résumé, assez exhaustif cependant, de la plus rocambolesque des histoires.

« Ma méthode, adorables et funestes créatures, est de vous exposer l'affaire telle que nous l'avons reconstituée, mon adjoint quadrupède et moi.

Je leur souris tendre.

— Vous n'aurez qu'à remplir les blancs, vous avez tout à y gagner. Dans votre cas, le parti pris du silence a des conséquences désastreuses.

Je change de salive et place mon menton sur le socle constitué par mon poing droit. Ce qu'elles sont belles, ces garces !

— Vous vous êtes connues à Rome chez un couturier fameux dont vous devîntes les modèles-vedettes, surtout vous, Éléonore. Une sympathie spontanée vous poussa tête-bêche entre les jambes l'une de l'autre.

Là, je dois préciser qu'à cette rapide évocation, Salami se passe un large coup de langue sur les babines.

Je poursuis :

— C'est en Italie, je présume, mademoiselle de La Liche, que vous avez rencontré certaines gens d'une organisation d'Europe centrale ou du Moyen-Orient dont, je l'avoue, je ne sais pas grand-chose. Je suppose que vous fûtes la maîtresse de l'un d'eux ? Généralement c'est par le sexe que débute ce genre d'équipée. Le cul dans l'engrenage, si vous permettez à un vieux soudard de s'exprimer ainsi ! De fil en aiguille, vous devîntes un élément important de ce réseau.

« Vos charmes, qui sont grands et ravageurs, jouèrent un rôle prépondérant. Les hommes que vous approchez tombent illico sous votre coupe, qu'il s'agisse de ce benêt de Pierre Cadoudal, le chargé de presse, ou de Rigobert Panoche, le propriétaire de la « villa des crimes », voire du pauvre Luciano Casanova pour qui, je pense, vous nourrissiez un réel amour.

Je la fixe un instant. Elle est calme, détachée de la situation. Aucun sentiment ne transparaît sur ce beau visage plein d'harmonie. Crois-moi ou va te faire enduire le paf de crème fouettée pour le déguiser en bûche de Noël, il y a lulure que cette gerce a franchi le point de non-retour dans la discipline criminelle. Je devine que son existence marginale, terriblement aventureuse, a pris le pas sur l'autre.

Par contre, sa belle-doche ne perd pas une miette de mes paroles et me considère avec admiration, prunelles écarquillées, nichemards dressés. Elle a changé sa position pour éviter l'ankylose, se tient légèrement de guingois, ce qui distord son sexe qui, du coup, m'adresse une jolie moue perverse.

Le tableau est féerique, et mon baromètre à foutre vertigine vers les beaux fixes, il te sèche la corgnole, t'humecte à l'excès l'inséminateur de slip.

Brusquement[1], je quitte ma monture cannée pour m'approcher d'Éléonore.

— Ouvrez la bouche !

Elle hésite, se décide à obéir.

Je visionne sa denture éclatante.

— Vous portez un bridge de trois dents, dû à un accident d'équitation ; vous voulez bien le décrocher ?

Elle fait ce que je lui dis. Je saisis l'objet saugrenu sans enthousiasme. Les frangines, comme je le répète à tout bout de champ, tu leur clapes le greffier voracement, mais leur brosse à dents t'écœure.

— Voilà qui établit la préméditation, déclaré-je.

Elle laisse tomber jusqu'à moi son regard de reine outragée.

— Pardon ?

— On n'a pas eu le temps de confectionner cet appareil depuis le massacre de Pompechibre. Conclusion : vous l'avez commandé avant, alors que vous possédiez toujours l'autre ; ce qui prouve vos intentions.

Elle referme la bouche. Dommage, car c'est un chouette monument à visiter pour un braque en costume de plongeur.

Mon sourire est soudain tenu en respect par un flingue surgi de je ne sais où. De sous le matelas, probable ?

C'est la chère Hélène qui m'en fait respirer l'orifice.

— Je suis navrée, dit-elle, mais il faut nous laisser tranquilles. Ôtez vos ridicules menottes à Valériane en gardant le bras droit levé. Surtout ne tentez rien d'extravagant car je n'hésiterais pas à presser la détente de ce revolver ; il est pourvu d'un silencieux, vous l'aurez remarqué.

— Bigre ! fais-je. Voilà qu'on change de style ! Je n'attendais pas un tel coup de théâtre, ma chérie ! Croyez-vous réellement

1. Je fréquente beaucoup cet adverbe.

débloquer la situation en utilisant les grands moyens ? Quand bien même vous me tueriez, ça ne modifierait plus votre position.

— C'est notre problème. Faites ce que je vous dis ! Allons, vite !

Et alors, tu sais quoi ? Oui : je suis certain que tu as deviné, René. Tu l'avais oublié, au milieu de cette tension, l'ami Salamoche ? Ça semble pataud, ces clébards rase-mottes. Ils font un peu « tortue sans carapace ». Seulement quand ils te sortent le grand jeu, la « fidèle Lassie » ressemble à un chien d'aveugle.

Depuis son fauteuil, il bondit d'une formidable détente sur le page et saisit à pleine gueule le poignet de ma partenaire de forniqueries.

Qui hurle à s'en éclater les cerceaux.

Et lâche sa belle arquebuse.

Que j'empare.

Tu voulais de l'action, Léon ? T'en as. Oh ! cet animal ! En comparaison l'« Homme aux dents d'or » de J'Abonde n'aurait pas été foutu de casser une noisette. Il y est allé de si grand cœur qu'il a un mal… de chien à retirer ses ratiches du bras de médème.

Quand il y parvient, ce qu'on découvre n'est pas joli à voir. Le haut de sa dextre ne forme plus qu'une plaie sanguinolente. Il a craqué le cartilagineux, pété les osselets, déchiqueté les chairs. Un sacré fauve, mon innocent toutou !

— Merci de votre rapide intervention, cher ami, lui fais-je. Je pense que vous pouvez laisser madame, maintenant.

Docile, il retourne sur son fauteuil et, flegmatique, se lèche les burnes.

Je reprends mon interrogatoire.

36

Bouquet final

Voilà.

On s'est installés de la façon suivante dans la partie « détente » de mon bureau : ma pomme dans un des deux fauteuils club, Béru l'endommagé, dans l'autre, Pinaud sur une chaise garnie de cuir.

M. Blanc est assis en tailleur sur le tapis, tandis que Hanoudeux le Clermontois se tient à genoux, les miches sur les talons. Salami reste entre mes jambes, le dard bandant.

Au début de cet aréopage, le Gros a déclaré que si le clébard demeurait avec nous, lui s'en irait car, désormais, ce serait la haine à vie. Il a même « loyalement prévenu » qu'il donnerait sa démission et deviendrait représentant en vins dans le Beaujolais. Justement, le frère de Bernard Pivot, viticulteur en renom, était prêt à le prendre comme « pubis relaxation » dans son entreprise.

J'ai eu un mal inouï à arroser de ma raison le brasier de sa fureur. J'ai demandé à Salami de faire amende honorable et de présenter des excuses à sa victime. Il a cédé d'assez bonne grâce et s'est approché du Mastard, la patte tendue. Vaincu, ce gros brave homme a fini par la serrer. Devant tant de magnanimité, le hound lui a filé une langue sur les couilles, à travers son pantalon, gracieuseté qui a touché Alexandre-Benoît.

C'est donc en toute harmonie que se déroule notre récapitulatif final.

Malgré Pinuche, qui en sait un peu plus davantage que ses collègues, c'est moi qui me farcis les explications.

Dur-dur, dans une affaire criminelle de cette envergure, se doublant d'une histoire d'espionnage. Démarrer par quoi ? La fin ou le commencement ? Il t'est arrivé de pêcher à la ligne, técolle ? Et d'enchevêtrer ton fil jusqu'à l'inextricable ? Une « perruque », il appelait ça, papa. Ben pour le fameux Tantonio, c'en est une superbe qu'il a à débrouiller. Une perruque à côté de laquelle celle du Roi-Soleil aurait eu l'air d'une chatte d'adolescente.

On l'a vu, Éléonore qui avait le goût de l'aventure s'encanaille dans la Ville Éternelle avec une fameuse équipe de méchants pour lesquels tuer, dynamiter, torturer n'est que broutilles, farces et attrapes de 14 Juillet. La superbe fille qui jouit d'une excellente situation devrait s'en contenter. Elle possède tout : un père riche, une carrière de rêve ; elle est courtisée, adulée, régnante. Mais le démon est là. Il lui faut exister dangereusement. Devenir une walkyrie.

De mœurs éclectiques, je crois vous l'avoir appris, mes chers Sacaburnes, elle marie sa collègue-maîtresse-complice à son vieux papa déjà gâtochard. À quoi correspond une pareille démarche ? Probablement à un besoin de se créer une parenté officielle. Le dabe parti, elles resteront ensemble, ces petites chéries, avec la possibilité de s'amuser à papa-maman jusqu'à la fin de leurs jours.

Seule ombre au tableau de famille : la frangine adultérine qui semoule au manoir. Ne l'oublie pas, cette malheureuse, car elle va jouer un rôle, muet certes, mais indépourvu d'intérêt…

Examinons maintenant les autres protagonistes de ce livre absolument surprenant, que tu devrais acheter à un grand nombre d'exemplaires car sa cote, je te le parie, ne fera que grimper. Tu seras heureux de pouvoir le distribuer à tes enfants quand ils se mettront à leur compte, parce que ça, mon pote, crois-le : c'est pas de l'emprunt russe !

Qui avons-nous à mettre sous notre loupe ?

Before tout : Mme Maubec.

Alors ça oui, c'est DU personnage. Pas de la frimante de troisième zone, mais de la vieille héroïne blanchie sous le harnois, comme on dit chez les glandus, voire même chez moi quand j'ai omis de prendre mes granulés au phosphore. Figure sortie de l'épopée ! Grande dame mâtinée d'aventurière, elle aussi. Là-dedans, les femmes ont des couilles, et pas seulement celles de leurs julots. Je serais père d'une jouvencelle, je ne la laisserais pas passer le véquende avec ces nanas, tellement je craindrais qu'elles la foutent enceinte. Il faut savoir, camarades, que la veuve de Casimir Maubec est l'épicentre de l'affaire.

Cette femme d'action indomptable dirigeait après guerre un service de renseignement particulier. Elle avait constitué un dossier sur tous les grands de ce monde détenant « un cadavre dans leur jardin ». Vous avez entendu parler, il y a quelque temps, de cet ancien ministre des Armées françaises, soupçonné d'avoir été un agent de l'Est ? Il ne s'agit pas là d'un cas exceptionnel. Nombre de personnages occupant un poste suprême traînent des charognes plus ou moins décomposées. Les répertorier, c'était devenu chez la mémé une sorte de sport : une marotte dont le côté explosif ne vous échappe pas. Si elle l'avait voulu, elle aurait foutu la merde sur les cinq continents en même temps.

Je vais chercher une boutanche de château-l'angélus dans ma réserve, la débouche à l'aide d'un tire-bouchon à air comprimé et la fais circuler parmi mes apôtres. Chacun s'en télégraphie une chouette rasade dans les canalisations. Foin de componction vineuse.

On lichetrogne à la cantonnier. Je laisse boire Bérurier en dernier, sachant que le flacon ne survivra pas à ses coups de glotte.

Ce gorgeon de pichtegorne grand luxe met une heureuse ponctuation dans mon récit. Sagement, j'attends que le Mastard feule avant de reprendre, ce qui ne tarde pas à se produire, soulevant les longues étiquettes de Salami.

Je poursuis mon exposé :

— Derrière la Maubec, tu as les Panoche. Curieusement, je ne les aurai pas rencontrés au cours de l'enquête. Ils seront restés en retrait. Cependant, le mandataire a un rôle important, puisque c'est lui qui prêtait sa maison de campagne isolée aux maîtres du crime ayant besoin d'un coin à l'ombre pour commettre une « élimination » et faire disparaître les corps. Une sorte de sire de Gambais, ce seigneur de Pompechibre !

« Je gage que cette monstrueuse complicité devait lui rapporter un max. Peut-être le tenait-on par d'autres affaires clandestines ? L'enquête l'établira. Mais il n'a pas attendu les conclusions de la Justice et s'est gazé avec son brancard devant un calandos et du picrate. L'épopée des Halles !

« Dernier protagoniste notoire : Pierre Cadoudal, l'attaché de presse. Mon avis ? Un connard amoureux de Valériane de La Liche et se laissant prendre dans ses rets (ou par sa raie ?). Elle s'en est servie à sa guise, l'a manœuvré, puis supprimé bassement le moment venu.

« La conclusion est là : Mlle de La Liche apprend que sa voisine du dessous a eu recours à un procédé qui connut son heure de gloire : le microfilm. Tu peux photographier la Bible de manière à ce qu'elle tienne sur quelques millimètres carrés. On a trouvé encore mieux depuis, mais la chère dame en est restée à ce procédé. Elle dispose, pour planquer ces documents explosifs, d'une cachette à toute épreuve : son œil de verre ! Le plus extraordinaire de cette aventure, c'est que la vieille femme a raconté dans un livre de souvenirs intitulé *Mes missions* que sa prothèse oculaire lui avait servi à passer des documents au nez et à la barbe des Allemands, après son opération.

« Éléonore avait reçu ce livre de sa voisine elle-même, à l'issue d'un thé pris chez celle-ci. Coupable imprudence d'une héroïne amollie par les ans ! La découverte de ce que son organisation cherchait depuis tant de temps a grisé Valériane. Ce microfilm dans le creux de la main, elle s'est sentie puissante. Elle possédait tout à coup un pouvoir terrifiant et une fortune sans fin… »

— Si bien qu'elle a décidé de garder sa trouvaille ? exprime l'officier de police Hanoudeux.

— Gagné ! Ricane l'Hénorme. Tu continues ?

Ces échanges stériles, vagues considérations de cabaret, ne sont proférés que par besoin de détente, mais ils ne font pas évoluer la situation ; c'est pourquoi je renoue avec mon récit sans plus attendre…

— Donc, enchaîné-je, la fille agit avec précision et rapidité. Comme en état second, préciserait un con. Elle reçoit chez elle sa vieille voisine et lui administre, par spray, un soporifique. Profite du léger temps d'absence mentale de la dadame pour lui ôter son œil bidon et y prélever le microfilm. Remet la prothèse à la va-vite, sans se rendre compte qu'elle est à l'envers.

« Revenue à elle, la mère Maubec, toute chavirée par son étourdissement provoqué, réclame les gogues. Éléonore l'y conduit. La mémé s'y enferme d'un geste naturel. Elle se regarde machinalement dans la glace, en digne fille d'Ève. Elle aperçoit son œil à l'envers, constate qu'il est vide et se met à gueuler au charron. Lors, le mannequin prend son arquebuse d'aventurière et seringue l'autre à travers la lourde…

« Ensuite ? Ben je dois imaginer, n'ayant point encore recueilli les aveux de la meurtrière. J'ai le sentiment, pourtant, qu'elle avait dûment mijoté son coup. À cause de quoi ? Des croquenots d'homme qu'elle a passés pour opérer sa mise en scène. À qui les a-t-elle empruntés ? Proviennent-ils de son exploitation viticole du Sud-Ouest ? Toujours est-il qu'elle les chausse et part à travers le parc, non sans avoir préalablement dressé l'échelle d'un jardinier contre la fenêtre de sa cuisine. Elle va les jeter dans la fosse à compost, remet ses propres souliers et s'enfuit en direction de la gare.

« Accaparée par cet emploi du temps chargé, elle ne s'est pas aperçue qu'elle avait perdu l'une de ses boucles d'oreilles dans la cuisine. Si ce genre d'étourderie n'existait, les flics n'auraient plus qu'à se reconvertir dans la moule de Bouchot. »

37
Petite causerie, grands effets

Il est tard et ça se met à torpeurer dans mon burlingue. Pour « tenir le coup, on l'a bu », dirait Béru, et ça nous pâtouille un tantisoit la pensarde. Ce récit, en fait, constitue une épopée. La napoléonienne, c'était du Lucky Luke, en comparaison !

Mes potes sont des ogres affamés. À me dévorer de questions incessantes. Leurs : « Mais pourquoi ? », « Comment se fait-il ? », finissent par me rompre la cervelle et les claouis, ces deux pôles de l'homme. Leurs hameçons venaient me pêcher l'histoire au fond de l'estomac. Qu'à la longue, j'en prenais des crises…

— Pour quel motif es-tu devenu la cible de la bande à Éléonore ?

— Parce qu'elle a persuadé les méchants de sa bande que j'en savais long comme la grève des éboueurs sur elle.

— Comment a-t-elle eu l'idée de te faire porter le bada ?

— À cause de ce putain de secteur téléphonique perturbé. Il me permettait de capter ses communications, mais, en retour, elle captait les miennes ! Ah ! on peut dire que les P. et T. m'ont offert un chouette cadeau d'anniversaire ! Elle a exploité cette anomalie à outrance, faisant croire à ses complices qu'elle devait s'effacer temporairement par mesure de sécurité, mais en faisant le nécessaire pour me les coller dans les pattes. J'ai failli y laisser ma peau en plus de ma chignole de rêve !

— Elle va t'être remboursée ? bêle le gars César.

— Je ne sais pas ; mon avocat s'en occupe.

Sais-tu ce que me déclare alors l'Ineffable ?

— Au cas où elle ne le serait pas, je t'en offrirais une autre !

Les larmes m'en viennent. Chère vieille Pine !

— Penses-tu, je roulerai en voiture thaïlandaise, pour changer !

Mon cher Blanc est le plus acharné dans les questions. Lui, c'est boulot-boulot. Vachement opiniâtre sur une enquête. Il veut la décortiquer jusqu'au bout.

— Pierre Cadoudal, dans tout ça ?

— Un amoureux transi d'Éléonore. Elle avait besoin d'assistance pour accréditer sa propre fin. Elle savait qu'elle pouvait compter sur lui. Sans doute lui a-t-elle inventé un joli conte de Noël.

— Pourquoi s'est-elle réfugiée dans la villa du mandataire ?

— Parce que c'était l'endroit idéal pour réaliser son plan.

— C'est-à-dire ?

— Elle était allée trop loin et, grâce au microfilm, avait un avenir assuré. Il lui fallait disparaître officiellement pour se fondre ensuite dans une identité nouvelle d'où ne viendraient la déloger, ni la police, ni les gens de son réseau.

— Alors ? houspille l'Enfoirure béruréenne qui n'a pas envie de jouer davantage aux devinettes et donne sa langue aux pourceaux.

— Je parie que Hanoudeux a compris ? fais-je.

— À la seconde ! exulte le Clermontois.

— Dis-le-lui !

L'Homme des volcans éteints a un sourire de supériorité.

— La bâtarde demeurée ?

— Gagné !

— Ça vous gênererait d'éclairer la loupiote des ceusses qu'ont pas vot' génille ? gronde cet ours bien léché mais irascible.

— Notre collègue parle d'une enfant adultérine, Mina, que le père d'Éléonore fit à une servante ibérique. La jeune fille vit, recluse, dans son manoir, car elle est à moitié idiote. Hélène, l'amie très intime et la belle-doche de Valériane, n'a eu qu'à l'amener par la route jusqu'à Pompechibre. Pour fêter leurs retrouvailles, ces braves gens burent un whisky dont les verres restèrent au salon ; oubli fâcheux de ces dames. Comme il était tard, on décida d'aller se reposer.

« En fait, Cadoudal y alla le premier. Les deux femelles « s'occupèrent » alors de la bâtarde. Elles la mirent à mort et commencèrent son incinération en prenant soin de mettre les propres vêtements d'Éléonore dans le foyer, ainsi que son sac à main et son bridge dentaire (elles détruisirent, avant de brûler l'innocente, sa propre denture à coups de marteau).

— Ce sont des hyènes ! balbutie M. Blanc qui s'y connaît, étant du pays où on en fait l'élevage.

— Il y eut un hic, lui passé-je outre : l'ami Pierre, réveillé en sursaut, déboula dans la chaufferie et découvrit ce que je vais appeler, sans l'ombre d'une hésitation, « la scène dantesque ». Bourré d'épithètes que je n'énumérerai pas étant donné ma vaste culture, telles que : « épouvanté, tétanisé, horrifié », etc., il s'enfuit, les deux meurtrières aux trousses.

« Comprenant qu'il n'aurait pas le temps de bricoler sa bagnole (la clé de contact était restée dans sa chambre), il se sauva à travers champs et tenta de se planquer dans le tronc creux d'un vieux saule. Les garces l'y débusquèrent sans mal. Pour le forcer à sortir, Éléonore lui tira dessus. Blessé, le pauvre type se rendit et les suivit.

Je les regarde tous avec lassitude.

— Vous m'avez essoré à mort, les mecs !

— Plus qu'une chose encore ! supplie mister White. Pourquoi Valériane de La Liche t'a-t-elle téléphoné ?

— Patate de mâchuré ! grondé-je. Pour que sa mise en scène réussisse, il fallait bien que nous découvrions « son corps » rapidement. Cette enquête se devait d'être emballée dans la foulée. Les attentats dont je fus victime servaient admirablement ses desseins. Nul doute qu'après cette équipée sauvage, j'allais croire à sa disparition physique. Elle m'appelait au secours ; quand j'arrivais, il était trop tard, elle avait cramé et son copain gisait près de la chaudière !

— Mais le lit où l'on a retrouvé quelques-uns de ses cheveux ? fait Hanoudeux.

— Toujours pour la beauté du scénario : les liens prouvaient qu'on l'y avait retenue prisonnière avant de l'incinérer.

Brusquement, le Pachyderme à alcool se dresse.

— Écoutez, les mecs, moive j'en ai quine de ces affaires de salopes, faut qu'on va grailler, qu'aut'ment sinon j'tombe d'inanité ! Je connais un troquet ouvert la noye dans l'troisième, que son andouillette-pommes-pailles j'en déflaque dans mon calbute d'y penser !

Vaincus par l'argument, nous le suivons, la queue basse, à l'exception de Salami.

On décide de fréter la Rolls de César, œuf corse.

Escalier descendant, Blanchouillard me saisit le bras, comme si nous dévalions les marches de la mairie après notre mariage.

— Pourquoi un mec est-il allé récupérer ton mocassin chez la dame qui te veut du bien ?

— Cela prouve que la bande d'Éléonore réagit et m'a à l'œil dans l'espoir de retrouver le microfilm. Demain, je donnerai une conférence de presse pour mettre toute l'affaire à plat : ils comprendront qu'ils font fausse route et me lâcheront la barbichette.

— Et ce fameux microfilm dans tout ça ?

— Seule Valériane sait ce qu'il est devenu. Comme elle ne veut pas en casser une broque, il est peu probable qu'on le retrouve. Elle joue son futur là-dessus et compte sur lui pour se faire arracher du trou.

On arrive dans la cour de la Tour pointue, nous nous empilons dans la Rolls. À tout seigneur tout honorant, je prends place à l'arrière, près de Pinuche. Blanc et Hanoudeux occupent les strapontins ; le Tas-de-saindoux s'épanouit au côté du chauffeur, Salami à ses pieds odorants.

— Dis-moi, Sana…

Le All Black qui remet ça !

— Quoi, encore ?

— Le bout de lettre de Pierre Cadoudal trouvé dans les vécés ?

— J'ai fait drainer la canalisation par des spécialistes, ils ont retrouvé d'autres fragments de la bafouille. Elle date de plusieurs semaines et répond à une babille d'Éléonore dans laquelle elle annonçait à son amoureux qu'elle comptait abandonner son métier de mannequin. Tu sais, Blanche-Neige, tout n'est pas d'une importance capitale dans notre job !

— Et la vieille nounou d'Éléonore, qui l'a tuée et pourquoi ?

— Probable qu'un gonzier, venu fouiller l'apparte, à la recherche du microfilm, surpris par la mémé, l'a descendue. Puis il a pris son apparence pour parer à d'éventuelles visites. Ça te suffit, maintenant ?

À cet instant, la voiture ralentit et stoppe. Le chauffeur en sort, suivi de Salami.

— Qu'y a-t-il, Marcel ? demande César après avoir baissé la vitre de sa portière.

Le driver de grande maison répond, très gourmé :

— C'est à cause de M. Bérurier, monsieur. M. Bérurier produit des vents tellement effrayants que l'air devient irrespirable à l'avant. Même le chien n'y tient plus. Dans une Rolls-Royce, n'est-ce pas un sacrilège ?

Épilogue

C'est le Vieux qui a insisté.

« Mon cher, m'a-t-il dit au téléphone, vous ne pouvez pas refuser cela au signor Coglione. C'est lui qui m'a offert Salami. Il l'a obtenu à la suite de savants croisements et en a fait ce que vous savez. Actuellement paralysé, il agonise dans une clinique de Rome. Sa volonté suprême est de revoir son chien. Est-il concevable que nous le privions de cette dernière joie ? »

J'ai répondu :

« Vous avez raison, boss. »

Et me voilà dans la Ville Éternelle, flanqué de mon pote, à grimper un perron de marbre blanc.

Je suis intercepté dans le hall par une infirmière si jolie que j'accepterais de retourner à Paris en marchant sur les mains, si j'avais la possibilité de bouffer sa chatte à l'arrivée. Je lui explique la raison péremptoire de mon basset en ce lieu aseptisé. En tant qu'Italienne, elle comprend ce cas de force majeure et me laisse gagner la chambre 26.

Le signor Coglione est un homme d'une soixantaine d'années, dévasté par la maladie. Il gît sur sa couche, le teint plombé, les yeux mi-clos, la respiration saccadée.

Je m'incline sur ce qui, dans quelques heures, sera sa dépouille.

— Je vous amène Salami, lui fais-je doucement.

Cette annonce semble lui redonner un peu de vie. Il écarquille ses vasistas, amorce un mouvement de la nuque pour essayer d'apercevoir mon compagnon.

— Sainte mère du Dieu tout-puissant ! chuchote-t-il. Donnez-le-moi, que je caresse ce bien-aimé !

— Montez ! enjoins-je-t-il au quadrupède.

Celui-ci hésite, puis saute sur les jambes du malade, lequel se met à pleurer à chaude pisse en touchant son pelage du bout de ses doigts fanés.

— *Signore*, me dit-il, j'aurai pu, grâce à votre diligence, le revoir avant de m'éteindre ; soyez-en remercié. Dieu vous récompensera. Puisque vous êtes ici, ultime visiteur de mon étrange vie, je vais soulager ma conscience.

Je lui objecte que je ne suis pas prêtre.

— Cela vaut mieux pour recevoir ma confession, assure le moribond.

Il démarre sans plus attendre :

— La mère de Salami s'appelait Pavana. Elle était pathétique, avec ses grands yeux bleus, comme ceux d'Ophélia. Je ne parvenais pas à me séparer d'elle, ni pendant le jour, ni au cours de la nuit. Elle partagea ma couche, si bien que ce qui devait se produire arriva : je devins son amant. Ah ! mon ami ! Quelle volupté infinie ! Quel bonheur, coupable certes, mais incommensurable ! J'ai cru mourir d'amour ! Trois mois plus tard, Salami naissait. Voilà ma confession, ami de France. Désormais, je vais pouvoir partir en paix.

Fectivement, le père Coglione ferme les yeux avec, j'en suis convaincu, la ferme volonté de ne jamais les rouvrir.

De retour sur la large voie romaine ensoleillée, je demande au chien ce qu'il pense de ces surprenants aveux.

Il trottine, songeur.

Soudain il stoppe et tourne la tête vers moi.

— J'espère que vous n'avez pas attaché le moindre crédit aux divagations de ce vieux fou ! me dit-il. Moi, un enfant d'homme ! Mais qu'on me traite carrément de con pendant qu'on y est !

GRIMPE-LA EN DANSEUSE

Roman d'une haute tenue morale et littéraire
dans lequel l'auteur assure la concordance des temps
et met un préservatif pour baiser

1997

À mon cher Hippolyte,
qui a la charge redoutable
de perpétuer une lignée d'exception.

San-Antonio

Excellente première partie

1

Pendant que je la grimpais en danseuse, Salami faisait semblant de dormir dans le dressing-room.

Il avait suivi passionnément notre première étreinte, marquant son intérêt par de légers gémissements. Ceux-ci ayant troublé ma concentration, j'avais prié mon cador de s'évacuer à côté, avant de faire rebelote à la dame. Déçu et vexé, il s'était résigné de mauvaise grâce, allant jusqu'à nous gratifier d'un vent maléfique avant de nous laisser.

Cet animal, doué d'une intelligence supérieure, appréciait fort les ébats humains ; au point d'avoir voulu, la semaine passée, participer à une séance de baise à laquelle je me livrais avec une donzelle dévoreuse de membres.

Cette personne me taillait le calumet de l'happé lorsque le polisson quadrupède se permit de lui passer une langue dans l'ornière à délices.

Affolée par cette intervention inattendue, ma partenaire avait poussé un cri dont les occupants de la chambre voisine doivent se souvenir car il était de force 4 sur l'échelle de Richter.

Je me montre d'une grande bonté envers les animaux, mais sans tomber dans la zoophilie pour autant. La confusion des genres, why not ? Des espèces, que non point ! Je suis un homme rapide du braque, mais qui croit en Dieu. Ce sont là deux forces complémentaires grâce auxquelles j'aurai traversé l'existence avec un minimum d'encombres. Mon mérite aura été de mêler adroitement matérialisme et spiritualisme, alors que mes semblables s'estiment obligés de neutraliser l'un au profit de l'autre. Sépare-t-on deux béquilles ?

Ces considérations, qui ne sont pas sans queue ni tête, conviens-en, auraient pu me distraire de ma partie de baisanche si je les avais conduites plus loin, aussi les abandonnai-je promptement pour accorder à ma partenaire ce qu'elle espérait de moi.

Nous nous jetâmes donc dans la frénésie sexuelle que nous espérions l'un de l'autre, la conduisîmes à son apothéose, et nous nous retrouvâmes ensuite pareils à deux naufragés rejetés sur la plage par une tempête somme toute bienveillante.

À présent, ami lecteur, comme l'écrirait un auteur du XIXe siècle, voire du dix-huitième arrondissement, quelques explications s'imposent.

Tu te poses deux questions essentielles auxquelles je me dois de répondre. Où se trouve San-Antonio ? Qui baise-t-il ?

Réponses. Je suis à Ostende, ville belge sur la mer du Nord, connue pour sa plage et son ostréiculture (ce qui équivaut à dire qu'on y déguste en abondance des huîtres et des moules frisées). J'enfile le parfait amour en compagnie d'une personne prénommée Astrid, en souvenir probablement de l'infortunée reine que son époux (qui ne fut ni un grand roi, ni un bon conducteur) fracassa contre un sapin helvète peu avant la dernière guerre.

Cette inchanceuse altesse était scandinavement belle, aussi son tragique trépas porta-t-il un rude coup à la monarchie d'outre-Quiévrain. Heureusement pour notre vaillante alliée, le fils de cette reine de légende (Boudin Ier), dégota à son tour une épouse édifiante nommée Babiola, avec laquelle il eut beaucoup de messes et de chapelets, mais pas d'enfants.

Me montrant intarissable sur les familles royales, il me plaît de préciser que la souveraine eut un frère qui, bambocheur notoire, défraya les chroniques mondaines. Le champagne et les serpentins qui plurent sur sa vie n'empêchèrent pas la municipalité de Marbella (Andalousie) de lui ériger une statue à un carrefour de la ville. Las ! le sculpteur qui la réalisa, oublieux des règles de la perspective, l'édifia grandeur nature, si bien que le personnage ressemble à quelque Charlie Chaplin modèle réduit.

Cette silhouette informelle n'ajoute pas grand-chose au prestige de la noble et ardente Espagne, et ne retire rien à sa gloire. Étant nulle, elle est donc non avenue.

Et voilà, j'en ai terminé avec cette question royaleuse.

Mais parlons cul, façon de ne pas se cantonner dans l'historique.

Mon Astrid à moi, je l'ai rencontrée sur le vol Nice-Paris, que je faillis d'ailleurs rater. Un hasard plein de mansuétude m'avait placé à son côté. Je fus d'emblée sous le charme de ses grands yeux bleus et la fascination de sa bouche vorace, dont illico j'imaginai le somptueux va-et-vient le long de ma tige maîtresse.

Nous nous sourîmes spontanément, avec cette merveilleuse connivence des couples qui jouissent d'une sécrétion spontanée, si j'ose dire.

En guise d'entrée en matière, je lui fis intelligemment remarquer combien le temps était beau. Elle m'avoua s'en être aperçue. Là-dessus, l'avion décolla sans problème.

Lorsque nous atteignîmes l'altitude de huit mille mètres, je m'enhardis à déposer ma dextre sur son genou. Elle ne me rebuffa point. J'y vis un tacite consentement. Sa jupe étant de l'espèce portefeuille, ce fut pour ma main un jeu d'enfant de repter jusqu'à son slip. Je l'obtins en direct car, compte tenu de la météo, elle ne portait pas de collant, cette honte de la civilisation.

La peau de ses cuisses me sembla plus douce que des pétales de lis.

Mon sens tactile la parcourut avec opiniâtreté. Je n'y découvris aucun bouton malvenu, nul grain de beauté intempestif, pas le moindre poil avant-coureur. C'est donc d'un médius altier que j'établis une tête de pont à l'orée de sa chatte.

Guère plus tard, je feignis une légère quinte de toux et portai ma main à ma bouche de manière à ce que mon doigt-estafette se trouvât sous mes narines vigilantes. Un délice ! Rarement odeur de chattoune ne me parut plus suave. J'en fus transporté.

Au moment où nous nous posâmes à Paris, Astrid (elle m'avait annoncé son merveilleux prénom dans un râle) avait prit son foot à deux reprises ; une première fois à l'aplomb de Valence (Drôme), une seconde en survolant les vignobles bourguignons, à gauche de la Romanée-Conti.

Quand nous atterrîmes, je coltinais dans mon bénoche une hallebarde de garde pontifical. Cette érection me quitta rapidement lorsque je vis ma compagne de voyage à la verticale.

Cette chérie mesurait plus d'un mètre quatre-vingt-quinze ! Ce qui, sur l'instant, m'impressionna, car les femmes plus longues que moi me font peur. Je me suis rarement risqué à baiser des filles dont la taille dépassait largement la mienne. Les dinosaures femelles m'ont toujours effrayé.

Elle ne s'aperçut pas de ma médusance et s'engagea dans la travée, son « biouty quèse » au bout du bras. Elle réussit à me palper les bourses de sa dextre valide avant de s'engager dans l'escadrin. Je n'en conçus nul émoi, donc aucune reconnaissance. Elle m'avait prévenu qu'elle serait attendue à l'arrivée. Cette annonce, contrariante sur le moment, devenait source de soulagement.

N'ayant qu'un bagage à main, je me fondis dans la foule sans même apercevoir le glandu qui l'attendait et devait ressembler, selon toute logique, au géant Atlas.

Je l'oubliai sans plus tarder.

Rentrai chez moi avec l'impression d'avoir une figue de Barbarie inépluchée à la place du cœur. Je venais de conduire Félicie sur la Côte d'Azur pour qu'elle se remette d'une méchante congestion pulmonaire qui m'avait beaucoup inquiété. Je déteste que ma Féloche ne soit pas à la maison. Il est rare qu'elle la déserte, et quand cela se produit, je me figure qu'elle est en danger.

J'ouvris les volets, branchai la téloche. Un con vint parler d'autres cons. Je le culbutis dans le néant en enfonçant une touche. Décidément, l'enfant se présentait mal.

Midi approchant, je mourais de faim. Ma chère vieille avait laissé une cargaison de pâtés, plats précuisinés, viande de porc et de mouton dans le congélateur. La vue de ces denrées me coupa la chique. Néanmoins je fis décongeler deux chaudelets[1] dans le four à micro-ondes et m'en fus les grignoter sous la tonnelle du jardin… Des oiseaux pépiaient autour de moi. Logique : ils étaient là pour ça.

Je me demandais pourquoi j'étais revenu si rapidement du Midi, alors que j'aurais pu m'accorder sans problème un jour de vacances supplémentaire.

On est des pauvres mecs, les fils. On croit adorer nos mères mais on préfère courir les gueuses au lieu de déguster leur fin de vie à la cuillère ! Je lui avais laissé Salami ; comme si le clébard pouvait

1. Pâtisserie non sucrée, à l'anis, en forme de palette de peintre, fabriquée uniquement à Bourgoin-Jallieu (Isère) et dont San-A. est friand.

compenser mon absence dans le cœur de M'man ! Le cador n'avait pas apprécié. Lorsque j'avais quitté l'hôtel, il avait feint de roupiller sur la terrasse, la truffe entre ses pattounes. Aucune réaction à ma rapide caresse. Visiblement, je n'étais à ses yeux qu'un sale tocard.

Lentement, ma mélancolie s'est muée en sommeil.

J'ai posé mes pinceaux sur la table de fer, croisé les mains au-dessus de ma bite et fermé les yeux. N'aurais-je pu faire pareil, auprès de Féloche ?

Le jour où elle disparaîtra, cette infamie cheminera à mon côté, derrière le corbillard, dans les allées du cimetière !

*
* *

Notre sonnette, je la reconnaîtrais entre cent mille !

Un tintement aigrelet, vaguement rageur ; rouillé aussi, pour être perfectionniste.

Chute libre. Je sors du sirop. Rouvre les lotos. Entre les pampres de la vigne grimpante, le soleil éclate en mille rayons.

L'Antoine se verticalise pour aller déponer.

Ahurissement.

Tu sais qui est là ? Astrid, la grande Belgiume !

Mes lampions s'élargissent à en devenir des fenêtres de mansardes Louis Chose…

Je lui fais grâce des onomatopées chargées de traduire la stupeur.

— Ça vous épate, hein ? exulte la longue jeune femme.

— Il y a une explication à chaque mystère, réponds-je.

— Dans le cas présent, la voici !

Elle fait tourner au bout de son index l'étiquette en cuir de ma petite valdoche.

— Vous l'aviez perdue ! ment-elle. (Désignant le texte de l'étiquette, elle dit :) « Commissaire San-Antonio » ; je ne me doutais pas que vous étiez policier.

— Cette fiche est ancienne : je suis directeur de la P.J., à présent.

— À votre âge ! Félicitations.

— Donnez-vous la peine d'entrer.

On traverse le jardin. Nos rosiers sont en fleur.

— C'est charmant chez vous, assure la visiteuse. Je ne vous importune pas, j'espère ?

— Au contraire !

Tout en affirmant, je songe : « Putain, ce qu'elle est grande ! »

Je me vois mal barré pour manœuvrer un sujet mesurant une quinzaine de centimètres de plus que moi. Gulliver chez les géantes ! Tu parles : son prose m'arrive à la poitrine. Me faudra une échelle, ne serait-ce que celle des pompiers de Paris, pour l'embroquer debout. Tu crois qu'elle va pouvoir me réanimer le brandon ? N'oublie pas que je suis un cérébral !

La fais entrer au salon. Il sent déjà le renfermé, l'oubli. Pas surprenant que les gens sortent si rapidement de votre existence, ce sont les objets qui les évacuent.

Fauteuil.

— Je vous sers un verre ?

— Inutile de vous déranger, assure-t-elle en caressant ma grosse veine bleue à travers mon futal.

Gagné !

Rien que cet effleurement, l'ami Zobard monte en première ligne.

D'un geste doux elle me le met à jour. Beau bébé, madame, si vous saviez ! Joufflu, vermillonnant à souhait. Il est trop sympa pour qu'elle ne l'embrasse pas.

Voilà comment tout a commencé.

2

J'avais tort de me paniquer à propos de mes prestations. Je suis même tombé dans l'excès contraire, à croire que son gigantisme m'excitait. Je lui ai interprété une séance bourre-miches grand style, sur la carpette du salon, tant étaient forts mon impatience, exaltation et tout le chenil !

Au cours de notre furia, cette longue seringue a filé un coup de talon dans un bonheur-du-jour qui nous vient de Mémé, et la vieille pendulette en faux saxe lui est tombée sur la tronche, fendant son cuir chevelu sur cinq centimètres.

Comme ça se passait loin de moi, qu'avais la figure dans ses nichebabes, je me suis pas rendu compte de sa théière fêlée. Elle a pris son foute dans une mare de sang. Tu parles si ça faisait riche, ce raisin sur le tapis de ma mother ! D'autant qu'il est dans les tons bleu pastel. Mais l'asperge m'a assuré que le blood s'en va à l'eau froide. Et c'est vrai qu'on a pu le ravoir. La pendulette étant nazebroque, j'ai décidé d'en acheter une autre à M'man, une chouette avec un mouvement d'humeur dans le balancier. Après quoi seulement, en parfait galant homme, j'ai drivé la môme dans un dispensaire où on lui a posé quelques points de suture.

La vie est faite de petites conneries de ce genre, imprévisibles mais pénalisantes. Tu t'en accommodes en remerciant le ciel de ce que ça ne soit pas plus grave.

Lorsqu'on a été de retour chez Féloche, une surprise m'attendait : Salami !

Quand il m'a vu, sa queue s'est placée en forme de cor de chasse et il a ri. Oui, ri de toute sa gueule. Il redoutait de se faire houspiller, pourtant son plaisir de m'avoir rejoint primait sur ses craintes.

— Vous êtes décidément un chien peu ordinaire ! lui ai-je dit. Quel moyen de locomotion avez-vous adopté ?

J'ignore si tu as lu *La Queue en trompette*, le précédent San-A. dans lequel démarre le personnage de Salami.

Au cas, inexcusable, où tu l'aurais raté, je te signale que j'ai établi une sorte de code me permettant de communiquer très ouvertement avec mon chien. Il est tellement intelligent que nos « échanges » sont de véritables conversations.

Il m'apprit qu'il s'était rendu, la veille au soir, au siège d'une grosse maison spécialisée dans le transport des primeurs, avait sans aucun mal séduit un routier par sa gentillesse, ce qui lui avait permis de rallier Paris d'une traite. Un fameux démerdard ! Ensuite, il était venu à pincebroque depuis Rungis jusqu'à Saint-Cloud, de quoi s'user les patins de freins !

Je l'ai fait rentrer, l'ai choyé, restauré.

Il a piqué le somme réparateur pendant que j'allumais la grande une fois de plus.

Elle aimait en choper de partout, l'Astrid, comme dans la fameuse chanson de Piaf, si délicate, qui dit « ça vous rentre aussitôt par le bas, par le haut ». Bitoune à tous les étages pour ma gigantesque potesse ! Recto, verso ! En diagonale. Quand la frénésie biche une fille dotée d'un tel appétit, tu peux mettre les bouchées doubles.

Cette fois, je l'ai consommée dans mon plumard, loin des petites porcelaines fragiles. Ses pinceaux dépassaient du lit. Elle exécutait des soubresauts démanteleurs. Comme si je n'avais pas suffi à la besogne, elle me complétait la présence à l'aide d'éléments étrangers. Tu peux pas croire tout ce qu'elle s'est viandé, en plus de mes attributs : une statuette de saint Jean l'Évangéliste, un modèle réduit de la tour de Pise, mon stylo Montblanc ; banderillée de partout, la géante ! Après la séance, elle oublierait de tout restituer, c'était couru. Je lui prévoyais des objets en instance dans l'oigne ou la case Trésor. Tiens, elle m'a même englouti un plumier en carton bouilli, acheté à Téhéran avant les ayatollahs. Plus revu ; il a dû lui remonter dans les intérieurs, s'y dissoudre ou s'incorporer. J'allais pas en faire une histoire ! Porter plainte pour vol à la chatte !

La journée s'est poursuivie dans les délices un tantisoit sauvages. La nuit venue, on ne pouvait plus remuer.

J'ai sorti du congélateur une blanquette de veau, laquelle constitue, tu ne l'ignores pas, le chef-d'œuvre de Féloche. On l'a clapée en silence, tous les trois.

Ma sauterelle détournait son regard de celui du chien.

— Il m'intimide, a-t-elle murmuré. Il a des yeux humains !

Une indéfinissable expression a retroussé la babine suintante du basset hound. Ce drôlet, on l'aurait laissé agir, je te parie qu'il était cap' de s'encastrer ma tour de Nesle.

J'ai proposé à Astrid de la ramener à Paris, mais elle a répondu, avec un sourire timide de grande bringue en fleur :

— Ça vous dérangerait que je dorme ici, sur un tapis ?

Récriement du Valheureux.

Alors, on a retrouvé ma chambrette de jeune fille qui sentait fort l'amour. La jouvencelle m'a posé brusquement une étrange question :

— Antoine, ça vous serait possible de venir passer un week-end à Ostende, dans notre maison de famille ?

Ce qui m'a alerté, c'est le ton qu'elle a pris pour formuler sa question. Sa voix contenait une espèce d'anxiété.

— Pourquoi pas, ma chérie ?

— Je dois vous avertir qu'elle est hantée.

— Chouette alors !

— Bien entendu, vous ne croyez pas au surnaturel ?

— Pas encore !

— Venez passer une nuit à la villa *Look* et vous changerez d'avis.

Elle paraissait très sérieuse ; de légères perles de sueur marquaient les ailes de son nez.

— Racontez-moi ! la priai-je.

— Cela ne se raconte pas, fit-elle gravement, car ce n'est jamais pareil… Quand pensez-vous pouvoir venir ?

Je réfléchis, me livrai à un survol rapide de mes occupations, obligations, engagements.

— Demain, ça vous irait ?

Son visage devint aussi radieux que celui de l'ogre venant de découvrir un pot de beurre avant de sodomiser le Petit Poucet.

*
* *

Sur les couilles de midi, nous arrivons à Ostende. Le temps est plombé comme la mine d'un crayon de charpentier.

Debout sur le bord de mer, je contemple les vagues grises, ourlées d'écume livide, donnant l'assaut au casino, kif dans la chanson de Caussimon : *On voyait les chevaux de la mer, qui arrivaient la tête la première. Et qui fracassaient leurs crinières, le long du casino désert.*

Éternelle colère du flot dans son combat stérile.

— C'est beau, n'est-ce pas ? murmure Astrid.

— Très !

Superbe et désespérant.

Comme à Ostende et comme partout ; quand on se demande si c'est utile, et puis, surtout, si ça vaut le coup ; si ça vaut le coup de vivre sa vie.

— Je suis née ici, ajoute-t-elle. Vous croyez à l'importance du lieu de naissance ?

— Sans doute, quand bien même ne correspondrait-il à rien de déterminant. L'être humain se croit conditionné par son point de départ. Il faut bien qu'il se fixe des repères.

— Maintenant, allons à la maison !

De loin, elle me désigne une crèche anglo-normande, égayée de colombages. Elle comporte un crépi crème, ses volets sont couleur lie-de-vin, il y a de la faïence autour des fenêtres. Un jardinet de vingt mètres carrés l'isole de la chaussée. Romantique et mélanco. On doit s'y faire chier. L'habitation dégage une impression d'abandon et de parfaite dignité.

— Elle appartenait à ma mère, m'apprend la géante. À sa mort, je l'ai héritée. Mon père qui déteste la mer du Nord n'a pas dû remettre les pieds ici depuis la disparition de son épouse. Il faut dire qu'il est d'origine italienne du côté maternel.

Elle sort un trousseau de clés de sa poche et fait jouer les quatre ou cinq serrures interdisant l'entrée de l'habitation (voire la permettant).

Bien sûr, ça fouette le renfermé, et aussi le sel, le bois humide. Dans l'ensemble, ce sont là de bonnes odeurs, vivifiantes.

Des oiseaux de mer tournent bas, en piaillant, dans le ciel de suie.

La demeure d'Astrid n'est pas très vaste : trois pièces par niveau. En bas, c'est classique belge : un salon pomponnette qui évoque soit ta vieille tante Rosine, soit l'officine d'une gentille dame pute élevée par sa maman. Une salle à manger bourrée de faïences. Y en a-t-il, des delfteries accumulées, des housses à théières et à œufs coque ! Puis vient une grande cuisine où des cuivres étincellent.

Un merveilleux escadrin, aux marches couvertes de grès, mène à l'étage. S'y trouvent deux chambres unies par une salle de bains.

— Comme vous le voyez, ce n'est pas grand, déclare mon hôtesse.

Je vais pour lui répondre, mais Salami me devance et donne de la voix.

— Eh bien ! Que vous arrive-t-il, mon cher ? l'interpellé-je.

Il me regarde, perplexe, et sa queue se met à pendre.

Pris en flagrant délit de perte de contrôle ! Ça la cogne mal pour son standinge de clébard génial. Il refrène à grand-peine ses tendances aboyeuses. Je le devine sur les nerfs.

Il hume les pièces du premier avec lenteur et circonspection. Visiblement, l'animal est tourmenté par un problo d'ordre instinctif.

— Vous ne m'avez pas l'air dans votre assiette, Salami. Flaireriez-vous un danger, une présence ?

Il se retourne, me considère de ses grands yeux ovaux. Sa maussaderie est déroutante.

— On peut visiter le grenier ? demandé-je à Astrid.

— Naturellement.

Elle me montre une porte, en bout de vestibule.

Galetas : cimetière des choses nasées par l'usage. Rebut ! Dernière halte avant la benne à ordures. Deux vasistas aux gonds et fermetures rouillés, aux vitres dépolies par la saleté et mal nettoyées par les intempéries.

Mon cador inspecte les pouilleries entreposées : meubles invalides, objets éclopés, tableaux décadrés et crevés, malles en déglingue, caisses au contenu pour toujours oublié. Des jouets pathétiques, des hardes de satin moisi, des casques militaires provenant d'armées hétéroclites, des piles de bouquins aux reliures de cuir disloquées.

J'observe le hound. Dans ces combles, il semble beaucoup plus calme. La poussière reniflée à bout portant le fait éternuer.

De recherches lasses, nous redescendons.

Ma grande Flamande m'attend, assise dans un fauteuil crapaud de la chambre principale, les jambes croisées, le buste offert.

Je viens la rejoindre. Prévoyant que je risque de lui lutiner le cou du dindon, je prie Salami de quitter la pièce. Ça fonctionne au doigt et à l'œil, nous deux.

— Existe-t-il dans votre demeure une pièce davantage « hantée » que les autres ? demandé-je.

— Oui : celle-ci.

Je me tais. Pas un son. Le léger crépitement du silence quand il atteint à la perfection. Mémé m'expliquait que c'était le bruit du sang dans nos oreilles qui donnait cette impression d'imperceptible ressac.

— Le fantôme a ses heures ? finis-je par questionner.

Elle hausse les épaules.

— Vous ne me croyez pas ?

— Si, mais j'attends les manifestations surnaturelles promises, ma chérie. Généralement, elles se produisent à heure fixe ?

— Pas précisément. Elles ont lieu aussi bien de jour que de nuit…

— D'autres personnes que vous les perçoivent ?

— Naturellement. D'ailleurs j'ai le plus grand mal à trouver quelqu'un pour le ménage. Cette demeure a une réputation qui l'a rendue invendable.

— Je suppose que vous avez consulté des gens sur ce problème ?

— Beaucoup ; cela allait des prêtres exorcistes aux charlatans. En vain.

— Ces phénomènes ont bien eu un commencement ?

— Ils remontent à une bonne vingtaine d'années.

— Qui habitait ici ?

— Ma mère et moi.

— Et votre père ?

— On le rejoignait à Bruxelles pour y passer l'hiver. Le ménage de mes parents n'a jamais été très valide.

Le mot me fait sourire. Un ménage « valide ». Marrant !

— Vous vous rappelez ce que furent les premières « manifestations » ?

— Lorsqu'elles ont commencé, maman a craint des infiltrations ou des affaissements de terrain et elle a fini par convoquer un maçon. Différents sondages ont montré que tout était normal.

— Et votre mère n'a pas pris peur devant la répétition de ces phénomènes ?

Hésitation de ma camarade de baise.

— À vrai dire, c'était une femme à l'esprit fragile. Elle a fini par se convaincre que ces étrangetés étaient dues à des interventions occultes de ma grand-mère à qui, initialement, la maison appartenait. Les ayant décidées bienveillantes, elle a cessé de s'en inquiéter.

— Et vous ?

Astrid hoche la tête.

— En ce qui me concerne, je les ai toujours connues.

Je me retiens de dire : « Que demande le peuple, alors ? » Pourquoi me casser les bonbons avec son revenant de service et me traîner jusqu'à Ostende si elle prend aussi son pied avec le surnaturel, la grande tringleuse ?

J'ignore ce qui me fait ça. La maison hantée, peut-être, mais j'ai pas envie de l'embroquer pour le moment. Lui propose un bouffement sur le port qui s'anime. Justement, elle veut me faire connaître un endroit plaisant nommé À la Grosse Moule.

En sortant, j'interpelle sir Salami, lequel est acagnardé dans le vestibule du premier. Dédaigneux, il secoue la tête, à croire que je lui proposais quelque malfaisance. L'air de me dire : « Nous sommes ici pour élucider un mystère, et vous ne songez qu'à forniquer ou à manger ! »

Dans le fond, les hommes, ce n'est pas son pied. Je devine qu'il nous méprise. Les gonzesses, il veut bien. Une langue traînante sur la cicatrice à bouton, il est partant. Mais c'est plutôt par curiosité, je devine.

À l'instant où nous descendons l'escadrin, un curieux patacaisse s'opère, kif si les ridelles d'un camion chargé de troncs d'arbres venaient de céder et qu'une avalanche de fûts se répande à l'intérieur de la casa. Putain ! ça surprend. Les fondations du cottage en chevrotent.

— Vous voyez ? murmure Astrid sans s'émouvoir.

Le bruit, ainsi que les vibrations qui en consécutent, cessent. Tout redevient absolument calme et silencieux. Juste le Salami des familles qui se met à hurler à la mort comme le chien des Baskerville.

Mon hôtesse me défrime, l'air un tantisoit moqueur.

— Je vous sens déjà moins sceptique, remarque-t-elle.

— C'est toujours ainsi ? je demande.

— Oh ! non : il y a des variantes. Beaucoup, même.

— Et ça ne vous émeut pas ?

— C'est comme si la marée haute m'impressionnait, ou bien le tonnerre. La première fois j'ai sans doute eu peur, mais on se fait à tout.

Très franchement, cette manifestation m'a surpris, voire perturbé. C'était tellement brutal, violent et inattendu ! On se juge un homme fort, ne croyant pas aux « esprits malins », mais qu'un fait insolite traverse votre quiétude et vous voici en alarme.

La sérénité de ma grande séductrice est contagieuse.

— Vous n'allez pas prétendre que ce sont des forces de l'au-delà qui font un tel boucan ! m'insurgé-je.

— Mais si, mon chéri. Quoi d'autre, sinon ?

— Sacrebleu ! tout le quartier a dû entendre !

— Il a entendu ! Seulement il est blasé. Une chose est positive dans cette aventure : jamais il n'en a résulté le moindre danger. Les voisins s'y sont faits, comme les riverains d'une gare s'habituent au vacarme des trains.

— Personne n'a exigé qu'on démolisse votre maison ?

Elle hausse les épaules.

— Régulièrement des pétitions sont présentées au bourgmestre. Elles n'aboutissent jamais : la clause « maison hantée » n'est pas retenue par la loi.

— On a dû beaucoup écrire sur cette affaire ?

— Énormément. Un géologue a même soumis une thèse plausible qui suggérait l'existence d'un cours d'eau souterrain. Celui-ci serait profond et irait se jeter loin dans la mer. Le mouvement de la marée contrarierait son débit et une résurgence engendrerait ces bruits.

— Que pensez-vous de cette proposition ?

— Pas grand-chose, car je me dis que ce ruissellement, si tel en était l'origine, se serait manifesté depuis bien plus de vingt ans.

Nous quittons la maison au moment où le soleil se met à faire risette. En une heure, la ville s'est éveillée. Il a jailli plein d'éventaires et de beaux bambins blonds se poursuivent en riant. Pourquoi trouvé-je au spectacle de cette station un air début de siècle ? Ça devait être ainsi, les lieux balnéaires, autrefois. Avant que les estivants n'y déambulent à poil et que des engins infernaux, conçus pour la vitesse, ne saccagent la faune marine et les tympans des humains.

Elle me guide par la main jusqu'à La Grosse Moule, ainsi baptisée parce que la devanture du restaurant en question représente un gigantesque mollusque lamellibranche.

Bien qu'étant profondément alpin, je raffole des fruits de mer. Entre une raclette et des belons, je n'hésite pas.

Nous attaquons par les huîtres tandis que s'élabore une langouste à l'armoricaine qui nous sera servie avec des frites. Un meursault de gala met la touche finale à ces satisfactions bassement organiques, réputées intellectuelles pour donner bonne conscience.

Les serveuses sont vêtues de jolies robes noires, décolletées des cuisses, et de tabliers blancs sur lesquels est représentée une énorme moule à l'emplacement de la chaglatte. On comprend que ça a été pensé.

Bien entendu, la converse roule sur le hantement de sa maison de famille. Elle paraît presque fière de cette particularité, alors qu'elle semblait éprouvée quand elle m'a demandé de venir. Faut dire que peu de crèches sont honorées d'esprits frappeurs, voire tapageurs ! D'accord, la chose a ses désagréments mais constitue un pôle d'intérêt non négligeable.

Je suis occupé à larguer les amarres d'une fine de claire pour la gober, lorsqu'une présence s'immobilise devant notre table. Levant les yeux, je découvre un mec en blazer bleu et pantalon blanc. L'individu est âgé d'une trentaine d'années. D'un blond doré, il a les châsses frappées d'albinisme, à savoir qu'elles rougeoient comme le drapeau japonais à l'aurore.

Ma compagne semble effrayée par cette présence inopinente. Elle rend son regard fixe au survenant, une huître dans la clape, ne se rappelant plus s'il s'agit d'un mollusque ou d'une émission séminale.

Alors moi, le chevalier Bayard, de demander au trouble-fête :

— Ça ne va pas, monsieur ?

Au lieu de me répondre, le mec saisit notre plateau empli de coquillages et balance son contenu sur la tête d'Astrid.

Ma camarade de plumard en biche de partout : les cheveux, le bustier et même la culotte. Elle hoquette (sur glace), suffoque, s'ébroue, asthmatise.

Tu connais ton San-A., l'aminche ? Tu crois qu'il va supporter de telles voies de fait sur la personne d'une gerce dont il ramone le conduit clandestin ?

Je jaillis au-dessus de la table. Ma « pleine mer » effarouchée se cache le visage pour ne pas voir la suite. Je cramponne la régate du gnace et l'attire à moi. Mon intention est de lui placer un coup de boule entre les deux yeux.

Généralement je réussis très bien ce gag : mon tagoniste est assommé, n'y voit plus clair pendant un moment et a le tarbouif qui triple de volume. Dans le cas présent, y a un défaut : pendant que je le halais, il a eu le temps d'empoigner la boutanche qu'il me brise sur la tronche. Une quille pleine aux deux tiers ! Si c'est pas malheureux !

Toutes les cloches de Rome se mettent à carillonner.

3

Sacré étourdissement !

On ne peut pas dire que je perde connaissance, mais ça ressemble néanmoins à une absence. Le sang m'aveugle. Il y a des cris partout ! Je chancelle, suis contraint de me rasseoir. Un mal de tête éléphantesque déclenche dix turbines sous ma coiffe.

Tel un taureau estoqué, je tente de me relever. En vain. Mes cannes s'enfoncent à l'intérieur de mon torse.

Puis quelqu'un, l'une des serveuses à grosse moule, me semble-t-il, fait un peu de ménage sur ma personne. Me bassine la frime, me tamponne le crâne doucement. Chère petite maman d'un jour que la vie tient à notre disposition !

Une Flamande à l'accent belge, saboulée maître d'hôtel, me tend un verre de schnaps. Merci, docteur ! J'avale ce trait de feu. Secousse sismique, grimace simiesque. Putain, voilà qui réveille !

L'horizon s'éclaircit. J'aperçois les convives qui se remettent à claper sans me perdre de l'œil. Tout là-haut, mon point culminant s'est exhaussé. La bosse du siècle, je m'offre.

— Touchez pas ! recommande mon infirmière bénévole.

— Où est l'enfant de salaud qui m'a fait ça ?

— Un policier l'a arrêté.

— Et la personne qui m'accompagnait ?

— Il l'a emmenée également. On attend l'ambulance pour vous conduire à l'hôpital.

— Inutile ! Un médecin de quartier suffira. Quelques points de suture, c'est pas la mort d'un homme.

— Non, non ! Vous devez aller à l'hôpital. D'ailleurs on vient déjà vous chercher !

Je cesse de protester, me laisse embarquer avec mon aubergine. Tout en m'aidant à sortir, la gentille serveuse me demande :

— Le type qui vous a blessé : un mari jaloux ?

— Je l'ignore, c'était la première fois que je le voyais.

Avant de prendre congé de cette âme dévouée, je lui dis :

— Il y a une huître prête à être gobée, dans mon assiette. Soyez gentille, avalez-la pour moi !

4

Tu sais combien de points de soudure (Béru dixit) ? Huit ! Autrement dit mon crâne est à fermeture Éclair désormais.

À l'hôpital Van de Chibrac, ils m'accaparent en grand. M'hospitalisent d'autor. La boule a demi rasée, mon look proverbial en morfle un sérieux coup. De plus, vu qu'avant de me recoudre ils m'ont administré force calmants, ma cervelle patauge dans la choucroute. Les choses de la vie me paraissent incertaines et « dénudées de fondement », pour citer à nouveau le Gravos.

Malgré mon état comme ma queue (expression attribuée, celle-là, à Gérard Barray), je ne peux m'empêcher d'évoquer les ridicules événements m'ayant conduit sur ce lit de douleur. Ce blondinet élégant, surgissant à notre table, renversant le plateau d'huîtres sur la frite de ma géante, puis me fracassant une bouteille de bourgogne sur le dôme, voilà qui n'est pas courant. Les clients de La Grosse Moule vont devenir exigeants, désormais, et réclamer des attractions à tous les repas.

Au lieu de regimber, je décide de prendre mon parti de l'aventure et me laisse glisser sur la planche savonnée conduisant au néant.

Je ne saurais te préciser la durée de mon absence, sache qu'une voix féminine marquée du délicieux accent d'outre-Machin me ramène à la réalité.

Je braque mon objectif sur une personne qui, aussitôt, devient le mien. Une policière, my dear ! Mais pas n'importe laquelle ! De la fille de first class, jeune (une vingt-septaine d'années, blonde, Ophélie Winter ressemble à une rouquine de beuglant, en comparaison), regard sombre pailleté d'or (là, je littératurise un brin). L'uniforme bien coupé met ses formes ravissantes en valeur.

Elle m'adresse un sourire qui m'amène spontanément trois gouttes de sperme au bout de la bite.

— Nous avons dû prendre connaissance de vos papiers d'identité, m'annonce-t-elle. Vous êtes le directeur de la P.J. de Paris ?

— Pour le moment, oui, mais les promotions sont changeantes, vous savez.

— Vous n'en resteriez pas moins l'immortel commissaire San-Antonio, que toutes les polices du monde envient à la France.

— C'est trop d'éloges, réponds-je. Qu'est-ce que vous faites, ce soir ?

— J'assiste à un gala de la police, donné au profit de ses orphelins.

— Et ensuite ?

— Un gala ne se termine jamais de bonne heure…

— Ma patience ne connaît aucune limite devant un coup de foudre.

— Mais vous êtes hospitalisé !

— D'une façon arbitraire. Un type de ma réputation qu'on couche pour une bosse ! Voilà de quoi attiser l'ironie des journaux les plus charitables, chère ravissante collègue.

Là-dessus, elle extrait un carnet de procès-verbeux de sa poche.

— Nous devons devenir professionnels, monsieur le…

— De grâce, laissez tomber mon grade !

— Comment dois-je vous appeler ?

— Chéri, puisque vous le ferez avant demain soir !

— Vous êtes un homme bien sûr de soi !

— Non : de la vie. Nous sommes trahis par nos regards, ma gentille. Vous avez envie de moi, il me semble, presque aussi fortement que moi de vous. Contrarier ces deux inclinations serait criminel.

— Puis-je enregistrer votre déposition ?

— Ce n'est pas une déposition, c'est une déclaration !

Elle parvient à garder son sérieux.

— Vous êtes dans un hôpital, avec la tête fendue à la suite d'une brutale agression, je suppose que l'incident va avoir les suites qu'il mérite ?

— Quelles suites voulez-vous donner à la réaction d'un amoureux jaloux ? Car c'est de cela qu'il s'agit, si j'ai bien compris ?

— En effet. Votre assaillant est fiancé à la jeune femme qui partageait votre repas. Il vous suivait. En vous voyant attablés tous les deux, il n'a pu se contenir.

— Eh bien, cela prouve qu'il tient à elle. Ils vont faire la paix, se marieront et auront un enfant crétin ou deux, histoire de perpétuer la vaillante Belgique.

— Vous faites montre d'une grandeur d'âme impressionnante, monsieur le directeur.

— Sans le savoir, j'ai outragé ce garçon, je lui dois réparation.

— Sa promise m'a chargée de vous exprimer ses regrets ; elle est tellement bouleversée par ce qui s'est passé, qu'elle vous prie de la pardonner et de ne plus chercher à la revoir.

— Ce vœu pieux sera exaucé, chère Irma.

Elle sursaille :

— Comment connaissez-vous mon prénom ?

— Il est écrit en belles lettres bien rondes sur la couverture de votre bloc.

Elle rosit et murmure :

— Je me prénomme Irma, mais mes familiers m'appellent Ira.

— Ils ont tort, je conserve celui de l'état civil. Pouvez-vous m'indiquer un bon hôtel, à Ostende ?

— Le Miramar. Pourquoi ?

— Parce que j'aime vivre une passion dans un cadre digne d'elle.

Je cramponne mon bigophone de chevet et demande à la préposée de me passer l'hôtel Miramar. En moins de jouge, je retiens la dernière suite encore disponible. Elle donne sur le large.

On voyait les chevaux de la mer, qui arrivaient la tête la première...

Mes yeux se plantent dans ceux de l'exquise policière.

— Tu vois ? C'est pas plus difficile que cela, lui fais-je.

5

J'obtiens mon visa de sortie en fin d'après-midi.

En décarrant, les vastes miroirs du hall des admissions me renvoient le reflet de l'émir Kelgueulkila. Félicie me croiserait devant les somptueuses plantes vertes, elle passerait son chemin, malgré la voix du sang !

Because les drogues ingérées, je me sens un brin flottant.

Au bureau des sorties, une secrétaire issue de l'ancien Congo belge me remet une enveloppe de couleur paille, contenant un objet dur.

Je l'ouvre.

C'est un mot de la grande Astrid, ainsi libellé :

Je n'oserai plus jamais reparaître devant vous après un tel scandale. Pardonnez-moi d'avoir un fiancé aussi irascible. Merci de ne pas le poursuivre en justice ; votre fair-play est à la hauteur des sentiments que vous m'inspirez.

Avant de regagner Bruxelles, je vous laisse la clé de « ma maison hantée » pour que vous récupériez votre chien ; vous pourrez la glisser dans la boîte aux lettres en partant. Adieu. Je ne vous oublierai jamais.

A.

Intéressante missive, qui traduit parfaitement le profond embarras dans lequel se trouve la grande perche. M'est avis que le blondin va lui faire payer chérot son coup de cœur pour moi.

Une chose me trouble infiniment : mon gnon sur le dôme avait totalement occulté dans mon esprit le souvenir du brave Salami. Sans ce mot de la grande, je l'aurais laissé à Ostende ! Tu parles d'un bon « maître » que je suis !

Des sonnailles retentissent encore dans mes portugaises à chacun de mes pas. Ils n'avaient pas tort de vouloir me garder quarante-huit plombes, les hospitaliers. M'enfin j'en ai connu d'autres ! Des plus méchantes ; des vraiment terribles, auxquelles je n'étais pas sûr de réchapper.

L'hôpital Van de Chibrac est en dehors de la ville, sur une dune dominant la mer. Me rendant compte de la distance à franchir, je me fais appeler un taxoche par l'ex-Congolaise dont la peau est demeurée sombre malgré le changement de nom de son pays. Les « pourboires » étant prohibés, je lui adresse une mimique suggestive, promenant l'extrémité de ma menteuse entre mes lèvres pour figurer une procédure de minette.

Elle est d'abord surprise mais, comme je poursuis mon propos en brandissant mon médius au-dessus de mes autres doigts repliés, elle prend le parti de rire, ce qui, de tous les partis, est le meilleur.

Le port, la jetée… Les jolies maisons à colombages…

Le ciel s'est alourdi, mais des traînées d'or continuent de lui donner des vibrations exaltantes.

J'aperçois ma bagnole sur le parking, près de la jetée. J'irai la chercher plus tard. Auparavant, il me faut songer au brave Salami qui a le ventre vide et la vessie pleine… (Si toutefois il a pu assurer son autonomie jusque-là.) J'entre dans la maison.

Illico, des gémissements me parviennent, en provenance du premier.

Non de souffrance, mais de rage…

Je prête l'oreille : pas d'erreur, c'est mon « surdoué » qui émet ces bruits.

— Salami ! Ho ! Ho ! lancé-je de mon vigoureux organe, guère altéré par ma blessure au caberluche.

Un aboiement joyeux retentit et le chien débouche en trombe au tournant de l'escalier. Dans quel état ! Il est entièrement blanc au point de ressembler à une statue de plâtre ; le bout de ses antérieurs est ensanglanté. Il tire une menteuse de vingt centimètres et a l'air à bout de forces.

Je le caresse, apitoyé par son dénuement.

— Que vous arrive-t-il, bon ami ? lui demandé-je.

Il rebrousse chemin et regrimpe l'escadrin en s'assurant que je le suis…

Au premier, les portes des chambres sont ouvertes.

Messire franchit celle de droite, fait quelques pas à l'intérieur, puis s'assied, soulagé, en honnête cador venant d'accomplir sa tâche.

Je pénètre à mon tour et sursaute. Après tout, peut-être que je ne sursaille pas et que c'est seulement dans mon caberluche que ça s'opère ? Qui peut le dire ? Est-ce important ?

Toujours est-elle (dirait un pote à moi qui prend du prose) que je me trouve en présence d'un spectacle ahurissant.

Je ne savais pas que c'étaient de redoutables fouisseurs, ces bassets hounds. Mon clébard a démoli une partie du mur ; en réalité, il s'agit d'un briquetage neutralisant un ancien conduit. Pas surprenant qu'il se soit zingué les paturons en grattant : il a éventré une fraction du tuyau. Lui en a-t-il fallu de la persévérance, de l'énergie et de la force, pour mener à bien ces travaux d'Hercule !

Je m'approche de la brèche.

Un instant, je reste sans piger. C'est tellement abracadabrant ! J'ai besoin d'étudier la chose de très près.

Je finis par réaliser que deux cadavres ont été engagés dans cette cheminée : un corps d'homme et un corps de femme, nus, disposés tête-bêche. On y a d'abord placé l'homme, la tronche en bas. L'excavation mise au jour par Salami permet de le voir depuis le ventre jusqu'au cou ; au contraire, la femme est visible des pieds au sexe, son buste disparaissant dans la hauteur du conduit.

Vision d'enfer ! écrirait, sans trop se casser le trou de balle, un plumitif loin de posséder mes qualités littéraires.

Messire produit une plainte en forme d'interrogation. Le genre de modulation signifiant : « Qu'est-ce que tu en dis, bouffi ? »

— De quoi se l'extraire et se la mordre ! le complimenté-je.

Lors, cet animal d'élite se lèche les roustons en signe d'autosatisfaction.

Domptant une répugnance que tu comprendras malgré l'extrême faiblesse de tes moyens mentaux, je passe ma hure par la longue brèche et, m'éclairant tant mal que bien de ma torche électrique, fais connaissance avec les dépouilles. Elles puent moins qu'on peut s'y attendre. Faut dire qu'ils ont été momifiés par le temps. Ils me font songer à ces corps entreposés dans les catacombes de Palerme. Ils sont boucanés.

Je cherche un objet contondant susceptible de m'aider à agrandir l'ouverture. Un bronze d'art représentant Albert Ier, en train de faire le roi pendant la guerre de Quatorze, me sert de masse. Je tiens Sa Majesté par le col et frappe le mur avec le socle.

Mon travail va bon train. Derrière moi, Salami gémit d'excitation. Les éclats de brique jaillissent comme les étincelles d'un feu d'artifice. Je biche du plâtre dans mes lotos.

Putain ! Quel métier de con, quand on y pense ! Toutes ces aventures inragoûtantes auxquelles nous devons sans cesse souscrire ! Les jeunes s'imaginent que c'est un boulot formide que celui d'enquêteur… Faut pas craindre ! Toujours à tripoter de la mort, de la merde, s'exposer à mille dangers. Braver les intempéries, faire ballon des joies familiales !

Voilà : j'ai mis au jour le conduit, du plancher au plafond. Chouette étal, mes frères. La tête de l'homme disparaît encore dans le trou, entre les deux étages, mais son corps est entièrement visible : celui d'un individu assez grand, très maigre. La femme est encastrée dans son compagnon, en une posture qui, de leur vivant, aurait dû être érotique, à savoir que leurs jambes en fourche s'emboîtent jusqu'à ce que leurs sexes se juxtaposent.

Je considère le tableau avec froideur. Curieux comme le temps fait perdre à la mort son caractère effrayant. Un squelette finit par devenir un objet. Il n'est plus que matière. Où donc est la belle âme qui l'habillait si bien ?

Exténué par ses heures de labeur, Salami est allongé sur ses antérieurs. Il continue de haleter tout en suivant mes faits et gestes de ses grands yeux empreints de renoncement.

— Il faut soigner les entailles de vos pattes, mon cher ! lui dis-je.

Il m'adresse un signe de tête rassurant et se met à lécher le sang rougissant ses extrémités, me rappelant ainsi que la pharmacopée ne concerne pas les canins.

— Vous souhaitez savoir ce qui est arrivé à mon crâne ? proposé-je, répondant à son regard interrogateur.

— Vouahi ! approuve-t-il.

— Un fiancé irascible, fais-je.

Et de lui narrer mes tribulations avec l'albinos d'Astrid.

Il m'écoute attentivement.

— Si je m'étais trouvé là, je lui aurais arraché les testicules avec mes dents ! gronde mon Valeureux.

— À quoi bon, soupiré-je, je n'ai aucun ressentiment. Voyez-vous, Salami très cher, il est temps de quitter cette maison de cauchemar. Sans doute y reviendrons-nous. Mais la gravité de votre découverte réclame réflexion. Pensons un peu à nous ; un bon repas et ce que les bonnes gens appellent une nuit réparatrice nous feront le plus grand bien.

Nous décambutons après que je nous ai époussetés pour « enlever le plus gros ».

Contrairement aux instructions que m'a laissées ma conquête d'un jour, je conserve la clé de sa baraque hantée et truffée de cadavres par-devers moi.

Récupération de ma tire. Elle est stationnée sous un panneau indiquant la proximité de l'hôtel Miramar.

Je te passe la personne en uniforme qui m'accueille avec componction et, qui sait, compassion. Te fais grâce du chasseur flamand, ainsi que du réceptionniste suédois, lesquels me guident jusqu'à ma suite. Ce dernier demande, au vu de mon pansement :

— Monsieur a eu un accident ?

— Le Manneken-Pis m'est tombé sur le crâne parce qu'il y avait trop de vent, dis-je. Vous ne l'avez pas lu dans les journaux ?

6

Pour commencer, en ancien petit garçon parfaitement élevé par sa maman, je défais ma brève valtoche et range mes harnais dans les meubles cossus du palace.

À peine neige achevé ma rangette que le valeureux Salami manifeste le désir d'aller compisser le port d'Ostende.

— Vous auriez pu prendre vos précautions avant de monter ! reproché-je.

Il me décerne un regard flétrisseur, lourd de mépris et d'infinie déception.

— Il est vrai, amendhonorablé-je, qu'avec la formidable découverte que vous avez faite, votre vessie est devenue le cadet de vos soucis.

Lors, nous redescendons. Messire hound va batifoler dans les pelouses du parc, chercher un lieu digne de recevoir sa miction. Il opte pour un superbe massif de pensées et se soulage avec délectation car pisser lorsqu'on y est contraint par une très forte envie constitue une forme aboutie de la volupté.

S'étant allégé, il revient à moi en boitillant, because ses pattounes ébréchées. Las ! nous nous trouvons en présence d'un couple de bourgeois allemands (tu peux pas te gourer : ils portent des chapeaux de feutre vert à plumes). Je ne te le mentionnerais pas si ces braves Teutons n'étaient accompagnés d'une chienne hound.

En apercevant Salami, ils poussent des exclamations fridolines, avec des H majuscules partout. Ils me cernent, me gratulent comme si j'étais Blériot venant de traverser la Manche dans l'autre sens, me déclarent, en boche fin de siècle, que mon clébard est un spécimen de toute somptuosité, et la dame se met à me pétrir les bras (je vais les laisser pendre, pour voir si des fois…). Le mari, qui se vante de s'appeler Aloïs von de Kall, attire soudain mon attention sur le fait que leur bête est équipée d'un de ces cache-pots chargés de protéger le fion des femelles en chaleur. Rien qui m'écœure davantage ! À tout prendre, je préférerais voir la jouvencelle avec son attirail ragnagneur !

Petit Jésus chéri, merci de m'avoir décidé « homme » avec mon gros bec verseur. J'étais fait pour posséder une jauge, moi !

Je salue le couple et leur fille basset, puis fonce aux ascenseurs.

Une fois dans mon apparte, j'assure la chaîne de sûreté, mets mes godasses dans le compartiment double accès où le préposé viendra les prendre pour les briquer, et m'offre un bain voluptueux que Salami accepte de partager avec moi. Ses longues oreilles étalées sur l'eau mousseuse, il reprend goût à l'existence.

— Sacrée aventure, hein ? l'interpellé-je.

Mon pote ouvre un œil d'alligator somnolent et, avant de le reclore, libère un léger sourire plein de mansuétude.

— Si on prenait un dîner en chambre ? lui proposé-je.

Son sourire revient aussitôt et sa queue immergée frappe l'eau du bain comme les pales d'un mixer.

— Que mangeriez-vous en particulier ?

Il rêvasse un bout, les yeux au ras de l'eau.

Je pousse mes questions ; il finit par m'avouer qu'il dînerait volontiers de deux douzaines d'escargots suivies d'un triple contre-filet accompagné de pâtes.

Je reprends :

— Cette chienne vous tentait ?

En manière de réponse, il libère un chapelet de bulles qui éclatent gracieusement à la surface du bain.

— Si c'est là l'effet qu'elle a produit sur vous, me marré-je, vous n'êtes pas prêt à jouer la version canine de *Roméo et Juliette* !

Nous quittons l'eau mousseuse et je fourbis le pelage mouillé de mon compère. Après quoi, je décroche le téléphone pour appeler mon pote Mathias chez lui.

Par chance indicible, c'est le Rouquemoute qui décroche. En me reconnaissant, son bonheur est si vif que je le perçois illico.

— Patron ! Quelle joie ! Je pensais à toi ! Tu sais qu'il y a un mois que nous ne nous sommes vus !

— Alors réjouis-toi, Rouillé : on va se retrouver cette nuit même !

Je sens à des ondes que son enthousiasme se met à prendre de la gîte.

— Au bureau ? demande l'Incendie de forêt.

— Non, mon bébé. À Ostende, Belgique. Je t'attends à l'hôtel Miramar, très bon établissement, tu verras. C'est près de la plage.

Prends une trousse à investiguer : j'ai des macchabées à te soumettre. Ça urge ! Nous devons procéder aux examens avant le jour, parce que ces clients relèvent de la police belge.

— Qu'est-ce que c'est ? éructe, toute proche, la voix de sa dragonne.

— Le commissaire, bafouille l'Incendié.

Car pour ceux de ma garde prétorienne, je resterai toujours « le commissaire », n'importe les promotions époustouflantes.

— Et que veut-il « encore » ?

— Que j'aille le rejoindre en Belgique immédiatement.

— Quouaha ! Mais pour qui te prend-il ? Passe-le-moi.

Elle lui arrache le combiné et m'apostrophe sans vergogner :

— Dites donc, Antoine !

Je ne la laisse pas aller plus loin.

— Ô mon cher amour ! m'écrié-je, quel bonheur d'entendre ta voix rauque qui, d'emblée, me met en érection. T'écouter me fait réaliser ce que tu représentes pour moi, la passion brûlante que je te vouerai jusqu'à la mort, et bien au-delà.

« Je t'en supplie : viens avec ton affreux Rouquin et, pendant qu'il travaillera, je te prendrai au travers d'un lit, mon Inextinguible. Urbi et orbi. Car tu aimes à être sodomisée, n'est-ce pas, ma Frêle ? La possession, parce que douloureuse, est davantage ressentie. Tu prendras des bains de siège ensuite pour mettre de l'émollient dans ta babasse saccagée. Et pendant que ton pot se remettra de ces soudardises, eh bien, tu me pomperas à la langoureuse, fière fille de France, si noble et catholique de partout !

Silence.

Puis, l'organe (vocal) de Xavier, affolé :

— Que se passe-t-il, patron ? Ma femme est au bord de l'évanouissement…

— Simple question hormonale, mon grand. Un peu de vinaigre sur ses tempes et tu sautes dans ta caisse !

Comme je vais raccrocher, il égosille :

— Mais je n'ai pas de bagnole, la mienne est chez le carrossier !

— Va en chercher une à la Grande Taule, mon rabbit. Cela s'appelle des voitures de service, je te ferai un bon plus tard.

J'attends le repas, en grande détente, nu dans un peignoir de bain frappé des armes du palace. Mon « exténué » ronfle en dormant. Il doit rêver de sa trouvaille, car ses pattounes avant s'agitent avec frénésie.

D'en ce qui me concerne, j'évoque la macabre (comme ils diront dans la presse) découverte de mon brave toutou. Ce couple emmuré, sec, momifié, a je ne sais quoi d'hallucinant. Depuis combien d'années est-il là ? Qui est-il ? Comment sa disparition a-t-elle pu s'opérer sans causer de patacaisse ? M'est avis, Tonio, que te voilà encore propulsé dans des aventures qui, pareilles aux hérissons, ne manqueront pas de piquants[1].

Coup de sonnette en coulisse (lit-on dans les brochures de théâtre).

Je me lève, referme les pans du peignoir et vais ouvrir. Me trouve en présence de l'Allemande et de sa chienne.

La Chleuhe s'est attifée en dame de la bonne société germaine : tailleur mélangé tweed et velours, dans les tons verdâtres si chers à nos amis d'outre-Rhin, chemisier saumon ; un rêve !

— Je vous prie d'excuser moi, déclare-t-elle. J'ai pensé, en voyant le beau chien de vous, qu'on pourrait organiser la petite mariage avec ma fille. Je paierai le saillie, ou bien je garde à vous un petit bébé ?

— Madame, galantiné-je comme en un château de Bavière, rien ne me flatterait davantage que d'entrer dans votre famille, sous quelque forme que ce soit. Il va sans dire que les fornications de mon basset hound ne sont pas tarifées. J'aurais honte de négocier, avec une aussi jolie femme, une semence dont la valeur est peu de chose comparée à celle de MM. Goethe, Schiller ou Beethoven.

— *Ach !* fait-elle, comblée. Que *schön* est la galanterie françouze !

Elle s'accroupit pour caresser Salami, lui murmurant de précieux encouragements :

— Allez ! Allez ! *Herr* Chien ! L'amour vous faites avec bédite madmaselle. Elle est prête à recevoir le beau bâton de vous !

Tout en jactant, cette perruche bavaroise flatte les superbes roustons de mon cador, sans la moindre gêne.

---

1. Je t'accorde que çui-là n'est pas très marrant, mais je le laisse quand même à l'intention de quelques cons dont il ne faut pas brusquer les méninges.

Le clébard n'apprécie pas ces encouragements et émet un grondement préambuleur de fâcheries.

— Vous devriez le laisser, *Frau*, lui conseillé-je. Cet animal se montre plutôt taciturne et déteste être sollicité en ce qui concerne l'amour. J'ai l'impression que vous le convaincriez davantage par l'exemple.

— Comment cela ?

— C'est très simple, je vais vous montrer.

Je glisse ma paluche experte sous les plis de sa jupe pour rendre visite à une moulasse teutonne plantureuse comme les somptueux jarrets de porc accompagnant les choucroutes de son pays.

La grosse n'en attend pas davantage pour geindre, pâmer, rouler d'énormes lotos de faïence bleue. Elle masse ses roberts après avoir arraché son corsage. Une frénésie formide l'empare. Ses clameurs rappellent le but victorieux de l'Allemagne en Coupe du Monde.

Intéressé, malgré son self-control proverbial, l'hound s'approche de nous. Il hésite un peu et se met à arpenter de la menteuse la crevasse de notre visiteuse. Perdant toute retenue, mon Botero livre à Salami un maximum d'accès, puis enlève sa culotte. Ses cris de pâmade couvrent le bruit confidentiel de notre sonnette. Et voilà que quelqu'un s'inscrit dans l'entrebâillement de la lourde : l'époux, curieux de connaître le développement de cette histoire d'amour à huit pattes.

En apercevant sa gerce en train de se laisser groumer la calebasse par un cador, il s'immobilise.

— Môssieur ! il blatouille, qu'est-ce que ça signifie ?

— Mon mâle se montrant réticent, votre épouse a cru opportun de procéder à une mise en train.

Tu sais quoi ?

Voilà qu'il me soufflette ! Comme Don Moncul avec le vieux Dugland, père du bon Cid de Normandie. Alors là, j'en cracherais mes paupières ! Tu te rends compte ? Une baffe ! À moi, San-Antonio ! Mais je vais l'énucléer, l'étriper, l'écouiller, cet aigle à deux têtes de nœud !

— Vous pouvez constituer vos témoins. Dès huit heures du matin, demain, les miens se tiendront à leur disposition dans le salon de musique de l'hôtel ! m'articule l'homme aux femelles en chaleur.

Sa pouffe, épouvantée, s'enfuit.

Lorsque le couple a vidé les lieux, deux mecs du room service se pointent avec notre bouffement de gala. L'incident ne nous empêche pas de l'attaquer gaillardement.

Dis-moi, Éloi, il s'en passe des choses à Ostende. Je m'étais toujours figuré qu'il s'agissait d'une station du Nord où on se faisait tarter et où il fallait mettre une canadienne au lieu d'un maillot de bain quand on se baignait.

Mon regard croise celui de Salami. Nous éclatons de rire, lui et moi. Réellement, je te jure.

À certains moments, il a des expressions humaines, faut reconnaître.

7

Je roupille d'un profond sommeil lorsque le biniou vrombit. J'hagarde, comme chaque fois qu'on est réveillé en sursaut.

Le concierge m'annonce le sergent Van Loy.

— Faites monter !

Calcul rapide : trente secondes pour perdre ma gueule ahurie, me lotionner la frite avec New York, mon eau de toilette élective, et ouvrir la fenêtre pour aérer ma chambre polluée par les vents nocturnes de Salami.

Il me mate d'un œil qui ressemble à un quartier de Berlin sinistré.

— Vous devriez arrêter les féculents, lui conseillé-je. À cause d'eux, mes nuits sont moins belles que vos jours.

Que peuvent me vouloir les flics à pareille heure ? Au fait, je consulte la pendulette dans la partie salon : un bronze d'art représentant un pélican presque grandeur nature qui, au lieu d'offrir ses entrailles à ses enfants affamés, leur apporte l'heure.

Vingt-trois heures moins des.

Le ronfleur de la porte.

J'open, et devine quoi ? Bien sûr : Irma, ma jolie sergente. En grand uniforme, belle à croquer sous son képi.

— Je vous réveille ! déplore-t-elle.

— Je m'étais assoupi en vous attendant, m'excusé-je. Figurez-vous que lorsqu'on m'a annoncé LE sergent Van Loy, j'ai cru qu'il s'agissait de quelqu'un d'autre.

Elle accepte le siège que je lui désigne.

— Votre soirée était réussie, adorable Irma ?

— Elle ressemblait à celle de l'an dernier comme lui ressemblera celle de l'an prochain.

— Un café ?

— Non, merci.

— Alors un alcool ?

— Sans façon ; je m'ennuyais tellement que j'ai bu deux whiskies.

— C'est peu pour un policier, fût-il féminin.

— Mais c'est trop pour l'Alcootest.

Moi, tu me connais ? C'est automatique : une frangine est installée dans un fauteuil, aussitôt je m'agenouille devant elle.

— Je vous remercie d'être venue. Je n'y comptais guère.

— Pourquoi ?

— Je pensais que dans cette réception mondaine, vous alliez être encerclée par une foule de poulardins aux yeux exorbités.

Ma voix s'enraye tel un disque 78 tours sur un gramophone ayant appartenu au père de Foucauld[1].

Que viens-je d'apercevoir, aux pieds, ou presque, de ma douce Irma ? La culotte de Mme von de Kall en personne. La grosse truie l'a abandonnée sur le terrain. Bien entendu, mon regard provoque celui de la sous-officière. Elle semble surprise, puis gênée.

Et moi, riche de cette présence d'esprit qui continue de me confondre :

— Salami !

Mon cador se montre avec le regard éperdu de l'aviateur ricain qui a largué la bombe d'Hiroshima et s'est retiré ensuite dans un monastère pour se mettre à l'abri des retombées.

— Je vous en prie, mon vieux, lui dis-je, ne laissez pas traîner vos jouets !

Pas besoin d'ajouter un croquis. Le bougre saisit le slip et l'emporte dans la chambre en agitant son fouet triomphalement.

— Il est cocasse ! assure Irma.

1. Ermite au Sahara, tu parles s'il devait se plumer, le pauvre chou !

— Oui, conviens-je : ce chien est un personnage de roman. Une espèce de surdoué de la gent animale. Non seulement il comprend tout, mais il est également capable d'assurer une véritable conversation.

Ces belles paroles étant dites, je tends la main vers le commutateur.

Une pénombre capiteuse nous bienfaisante.

Suave. Le salon n'est plus éclairé que par la lampe de chevet de l'autre pièce.

L'Antonio s'installe sur le bras du fauteuil. Position clé, toujours. Napoléon ! Les autres grands chefs de guerre idem. Surplomber l'adversaire, en avoir constamment une vue d'ensemble.

Avant d'actionner, un minimum de jactance est indispensable. Ça facilite. Alors je dis :

— Que vous soyez venue me voir restera l'un des grands bonheurs de ma vie, Irma.

— Une victoire ? ironise-t-elle.

« Tu as oir ton cul, tite salope ! » me confié-je en appartement[1]. Et de débuter par le « poutou » dans le cou, le souffle embrasé aux pourtours labiaux, ponctué d'une paluche effleureuse dans le bénitier du diable.

La colombe commence à roucouler.

Pas brusquer le mouvement, surtout !

Je l'entreprends dans le velours. Mordillement des lèvres, ensuite, la menteuse investigatrice. Merveille : la douce sergente s'est lavé les ratiches auparavant. Doit avoir un nécessaire de première urgence dans son sac à malice. Goût mentholé. Je préfère aux exhalaisons de munster. Lui compte les dominos du bout de la langue. Trente-deux ! Normal ! Elle frénétise, comme je dis puis. Tout son corps frémit. Pâmade d'arrière-gorge. Sorte de légers sanglots escamotés. Elle incandesce ! Dès lors, je largue ses loloches pour foncer au point névralgique. Madoué ! C'est déjà la marée haute dans sa babasse à crinière d'or ! Moment d'y aller en dégustation rapide. Plat à emporter !

Elle raffole, la gosseline ! Ça la déclenche en grand. La voilà qui se mord les poings, pousse des cris qui feraient érecter un nonagénaire aux roustons nasés ! Bientôt elle se tortille et y va de la

1. Mot employé par Béru à la place d'aparté.

beuglée sauvage… Des mots flamands surgissent dans sa délirade. Elle me hurle des choses positives ; probable qu'elle me demande de décélérer, vu qu'elle est au bord de la déflaque. Dans ces cas-là, je sourde-oreille. Ma volonté doit primer la sienne. « C'est moi qu'a la bite, c'est moi le patron ! » clamerait Bérurier.

Loin de céder à ses suppliques, comme l'écrirait Mme de Sévigné, je passe la surmu. Train d'enfer. Charge héroïque. La petite chérie est au bord des abysses. Veut refouler ma tête ; que tchi !

À bout de résistance, elle béchamelle tout ce qu'elle sait en libérant des cris de stade italien en délire.

Elle agonise à rebours. Pantelle, sans énergie ni force. Si tu voyais à quel point elle se montre touchante, ma douce chérie. Je la dévêts paternellement, mais avec des gestes d'amoureux. La porte à mon lit.

J'hésite à lui pratiquer une engouffrade libératrice. Non, non : ce serait dommage. Alors je me couche à son côté et la prends tendrement dans mes bras.

Dors en paix, vaillante petite Belge ! Je veille sur ton sommeil. Plus tard, lorsque tu auras récupéré, je t'interpréterai l'entrée des gladiateurs dans le cirque de Gavarnie.

Salami profite de cet instant de grande félicité pour nous honorer d'un vent plus nocif que les précédents.

— Dites donc, l'ami ! l'apostrophé-je dans le noir, ces bonnes manières qui faisaient votre charme semblent vous avoir quitté. Vous seriez bien bon d'aller finir la nuit dans la salle de bains !

Il m'obéit en soupirant.

8

Une fois de plus, on sonna longuement à la porte de ma suite. J'allis ouvrir, cul nu, une serviette de bain sur mon olifant de chichoune, toujours très gaillard à l'heure où les boulangers sont dans le pétrin.

Trois personnages décomposés par l'épuisement se trouvaient sur mon seuil.

Je reconnus sans difficulté : Mathias, Pinaud et Bérurier.

— Je n'attendais que Grouchy, fis-je en manière d'accueil.

Le Rouque expliqua :

— Lorsque je suis allé quérir un véhicule à la Grande Maison, nos amis y fêtaient la promotion du commissaire Bochibre, des Mœurs. Apprenant que tu me voulais sans délai en Belgique, ils ont insisté pour se joindre à moi et nous sommes venus avec la Rolls de César. Son chauffeur étant absent, j'ai dû la conduire.

— Voilà qui est noble, apprécié-je. Merci, les gars. Navré pour votre fatigue, mais j'ai besoin de vous de toute urgence.

En deux mots et quelques phrases succinctes, je leur résume la situasse.

— Pas banal, ces deux cadavres dans le conduit, apprécie le lauréat du prix Cognacq.

Je visionne ma Cartier.

— Il est quatre heures vingt, reprends-je, j'aimerais qu'à six heures tu sois en mesure de me dresser un rapport relatif à ce couple victime d'un « accident de père Noël ».

— Je vais m'y employer, assure le courageux Dépigmenté.

Je siffle bas, de façon modulée.

Salami apparaît, l'œil hostile.

— Mon cher, lui dis-je, vous allez guider nos amis jusqu'à la maison où vous fîtes la macabre découverte. (Puis, me tournant vers Mathias :) En voici la clé.

— Tu ne viens pas av'c nous ? s'étonne le Mastard.

— Impossible : je suis occupé.

Et de désigner la chambre du menton. Aucune force naturelle ou surnaturelle ne saurait empêcher le Mammouth de mater en direction du pieu. Il émet un râle d'excitation.

— Dedieu ! la belle bête ! murmure-t-il. Tu dois avoir l'impression de limer Claudia Sifflet !

— Je n'en suis pas encore là, c'est de la créature qu'on doit manipuler avec précaution. J'attire votre attention sur le fait qu'elle appartient à la police d'Ostende. Donc, pas un mot devant elle sur ce qui vous amène ici !

Je congédie le quatuor.

Mais ne puis retrouver le sommeil. Tout ce qui me vient, c'est un chibre calibre mastodonte. Il me méduse par ses proportions inusitées. Tu crois que le paf acquiert en volume et en puissance quand on est un mâle dans la force de l'âge ?

Je me recouche auprès d'Irma, m'efforçant de faire tenir ma bestiole tranquille. C'est trop lui demander.

Débordé par cette énergie ardente, je l'entreprends à l'endroit précis où je l'avais abandonnée. Quel somptueux réveil ! Ma vigueur autant que mon ampleur la disjoignent. Elle est presque sur le point de crier la fameuse phrase de Milady à d'Artagnan :

« Mais vous êtes deux, c'est pas possible ! »

La troussée mémorable perpétrée, la sergente sombre derechef dans les brumes de la jouissance ardemment conquise.

Pour ma part, je demeure survolté. Alors je m'arrache des toiles, ponce Coquette au lavabo pour lui redonner son innocence de jeune fille et, vêtu d'un peignoir éponge, me rabats dans la partie salon.

Bruits classiques du palace : ils sont roux-combaluziesques. Le petit jour commence toujours par la chanson des chasses d'eau et le roucoulement des baignoires. Chalet de nécessité fait loi.

J'attends le retour de mes guerriers.

Pas longtemps.

Les trois Rois mages de Galilée ! Barbus, poussiéreux, chiasseux, chassieux, radinent. Foin des offrandes classiques. Ils ont des bouilles de gens enterrés vivants par un obus malencontreux. Des Pierrots blancs de plâtre, aux regards éteints.

— Alors ? dis-je à Mathias.

La plus brève des questions, et qui se suffit à elle-même.

— Nous devons parler ! fait-il, lugubre.

— Y a un os ?

— Pas exactement, mais ton histoire de momies se complique.

Je suis à lécher, comme ma grosse zigougnette quand elle s'évade de mes brailles.

Bérurier a repéré le bar de la suite et s'assied devant lui, les cannes en fourche, afin de l'inventorier.

La Pine dort déjà sur le petit divan Récamier.

— Installe-toi, fils, et raconte. Au fait, Salami n'est pas avec vous ?

— Il nous a quittés au sortir de la maison. Nous avons eu beau l'appeler, je t'en fous ! On aurait dit qu'une force le contraignait à filer.

— J'ai l'habitude : il reviendra.

— C'est un cador lunatique, non ?

— Passablement. Bon, à présent, au rapport, lieutenant !

— Depuis combien de temps crois-tu que ce couple est emmuré ? me demande-t-il.

— Une vingtaine d'années, non ?

Il calcule sur ses doigts, lentement, d'un air appliqué.

— Selon toute vraisemblance, ils sont dans cette cheminée depuis cinquante-trois ans !

— Queue main ? m'écrié-je, ce qui est la meilleure manière de clamer l'adverbe « comment » quand on est frappé de stupeur ou qu'on a l'accent dauphinois.

— À quelques mois près, confirme le bon Mathioche avec un sourire en comparaison duquel celui de l'Ange de Reims fait songer à Fernandel dans *Ignace* !

— Sur quoi te bases-tu, blondinet, pour affirmer la chose avec cette péremptoirité ?

— Sur l'identité de l'homme momifié.

— Tu sais de qui il s'agit ?

— Il portait une gourmette en argent.

Il sort une chaînette à maillons plats, pourvue d'une plaque.

Avide, je tends la main.

— J'aimerais que tu maîtrises ton impatience un instant, fait-il sans me confier le bijou. Un homme féru d'Histoire, comme toi, n'ignore rien de celle du IIIe Reich.

— Pas grand-chose, en effet.

— Tu sais qui était Rudolf Hess ?

— Traite-moi de con, pendant que tu y es ! Il s'agissait du dauphin d'Adolf Hitler. L'un de ses premiers compagnons de lutte. Il a été incarcéré avec lui à Landsberg à la suite du putsch de Munich en 1923 ; il devint son secrétaire particulier en 1925 ; peu de temps après, le Führer l'institua son successeur avec Goering.

— Impeccable ! exulte la Lampe-à-Souder. Tu peux poursuivre un peu plus loin la bio de ce gus ?

— Hum, elle tourne court en mai 41. Au début de la guerre avec la France et l'Angleterre, Hess s'est sauvé d'Allemagne aux commandes d'un avion. Il est allé se poser en Écosse pour se livrer aux autorités britannouilles. Des années après sa mort, on se perd encore en conjectures quant à ses motivations. Le procès de Nuremberg n'a rien révélé à ce sujet. Il fut condamné à la prison à vie.

— Bravo pour la nécro du bonhomme ! applaudit mon pote. Si tu le permets, je vais essayer de la compléter par un éclairage nouveau. As-tu entendu parler du général Karl Hecht ?

Je m'applique à ce que mes deux sourcils ne composent plus qu'une ligne continue au-dessus de mon regard rayonnant d'intelligence.

— Plus ou moins, et moins que plus, dis-je. Il était considéré par les nazis comme un jeune chef de guerre extrêmement doué, n'est-il pas ?

— Effectivement.

— Je crois vaguement me rappeler qu'il a disparu tragiquement dans un accident de la route. Mais là, j'en mettrais pas deux centimètres de ma bite à couper.

— Et tu ferais bien ! affirme-t-il. Cet officier supérieur n'est pas mort d'un accident de la circulation, mais d'une injection de strychnine. Son cadavre a été ensuite fumé dans ton fameux conduit avec celui d'une femme qui demeure inconnue.

Je me déguise en point d'exclamation, lequel, sous l'effet d'une curiosité inextinguible, se muerait en point d'interrogation.

— Voudrais-tu dire que le macchabée trouvé chez ma copine ?…

— Oui, mon cher.

— Mais il s'agit là d'une découverte effarante !

— Qui prendra place parmi « les grandes énigmes de l'Histoire ».

— Tu as une idée de ce qui a pu se passer ?

— Assez vague, mais valable. Suppose que Rudolf Hess n'ait pas été seul à quitter l'Allemagne, et qu'il ait joué la belle avec un ami : le général Hecht. Ils fuient à bord de deux zincs. Mais Hecht a moins de bol que Hess : il est abattu par une batterie allemande positionnée sur la côte belge. Voire par une escadrille britannique en mission.

Mon cerveau bat la campagne. Si tu perçois des cris, c'est qu'il la cogne trop fort !

J'entrevois tout un amphigouri à rebondissements. Mon imaginaire met la surmu. Une femme l'aura vu sauter en parachute, le rejoint, lui propose de le cacher (ou accepte, ce qui est pareil). L'amène dans la bicoque d'Astrid. À qui appartenait-elle, à l'époque ? Je vais avoir de quoi phosphorer avec ce problo hors catégorie.

Bérurier, toujours assis devant le bar, se maquille l'intérieur au Mumm Cordon rouge. Il procède en silence et seuls ses rots rendent compte de sa présence.

— Xavier ! appelé-je de ce ton feutré que prend un homme pour prier une dame d'ôter sa culotte, puis-je vous demander l'impossible, à tous trois ?

— Je t'écoute.

— Il s'agit d'une chose énorme…

— Que de préambules !

— Il faudrait que vous puissiez embarquer ces squelettes à Paris afin d'étudier ce mystère à fond !

Il ne répond pas, du moins pas à moi, car il s'adresse au Mastard :

— Tu entends ce que demande Antoine ?

— Inquiète-toive pas, grand ! Ces messieurdames sont déjà dans l'coffiot d'la Rosse-Rosse, enveloppés dans des couvrantes. J'm'ai gaffé qu'tu tiendrerais à avoir ces gus sous la pogne.

Un nœud gordien me bloque le corgnolon.

— Vous êtes sensas, mes drôlets ! Des comme vous, je n'en retrouverai jamais.

Je regarde l'heure : cinq heures trente du matin ; c'est déjà demain…

— Essayez de roupiller un peu dans ce salon, leur conseillé-je. Si mon lit n'était pas occupé, je vous le laisserais volontiers.

Alexandre-Benoît grommelle :

— T'sais, dans les escargots, c'est pas la coquille vide qu'est intéressante.

Mon duel avec Aloïs von de Kall me revient à l'esprit. J'en touche deux mots à mes mousquetaires.

— Vous voulez bien me servir de témoins, les mecs ?

— On préférerait que ça soive pou' ton mariage, dit Béru, mais, comme que comme, tu peuves escompter sur nous !

9

Mathias et le Gros se rendirent seulâbres au rancard fixé dans le salon de musique.

Étant l'un des deux adversaires, il m'était impossible de les accompagner, mais le Rouque m'a raconté l'entrevue.

Les représentants d'Aloïs von de Kall, germaniques comme lui et compagnons de golf, acceptèrent avec enthousiasme d'être ses témoins. Il y avait là un directeur de laboratoire pharmaceutique et un officier à la retraite. Au dire du gars Xavier, la personne d'Alexandre-Benoît les dérouta.

L'officier prétendit que, leur client se trouvant l'offensé, il lui revenait le choix des armes, à quoi le Mammouth rétorqua véhémentement que, l'idée de ce duel « à la con » venant de von de Kall, c'était à moi qu'échéait cette prérogative. Il se permit d'ajouter qu'il défoncerait la gueule de tout contestataire. Les Germains durent en passer par là.

S'ensuivirent différentes propositions qui médusèrent les golfeurs d'outre-Rhin. Le Mastard suggéra que nous nous battions à coups de jambons de Bayonne de poids égaux. Une telle offre provoqua les hauts cris de ces messieurs. Bérurier n'insista pas et conseilla un duel à poings nus, ce qui, d'après ses vues, convenait à un antagonisme masculin.

Le fabricant de remèdes allégua que cela tournerait à la bataille de palefreniers et que ces méthodes voyouses seraient indignes d'un homme de qualité. Sa Majesté objecta que c'était Dieu Soi-même qui avait mis ce type d'affrontement au point (voire aux poings). Mais le refus catégorique des bouffeurs de choucroute l'amena à proposer la lapidation. L'on amènerait de la grève une quantité de gros galets équitablement répartis. Chaque combattant, « enfermé dans un cercle » avec ses projectiles, les utiliserait jusqu'à épuisement du stock…

Bien sûr, les Teutons voulurent opposer leur veto, c'est alors que Mathias, qui n'avait encore rien dit, s'en mêla, fit valoir que le jet de pierres est une forme de combat remontant à la plus haute antiquité, et qu'il figurait même dans la sainte Bible.

Comme il se signa en proférant ces mots, les adversaires, ébranlés, finirent par accepter.

Tous ces messieurs (les natifs de la rive droite du Rhin et ceux de sa rive gauche) louèrent la main-d'œuvre du cireur de lattes du palace pour rassembler des munitions dans un coin escarpé du littoral. Rendez-vous fut pris pour midi pile.

— J'croye qu'y faut qu'j'fisse un brin d'toilette, rapport à une loufe dont j'ai dû craquer en louc'dé pendant la discutance et qui pourrait bien n-avoir eu un retentiss'ment dans mon bénoche.

Il ôte sa veste, son chapeau, ses pompes et se rend dans la salle de bains.

— Cette connerie de duel est grotesque, soupiré-je. Comme si nous n'avions pas plus urgent à faire que ces pantalonnades !

— Je suis tranquille pour toi, sourit l'Embrasé, car je sais ta technique au lancer de pierres ! À cinquante mètres, tu atteins une boîte de conserve ! À plus forte raison la gueule d'une tête carrée !

Je nous fais monter un petit déje confortant. La Vieillasse en concasse si ardemment que nous attaquons sans lui.

Tout à coup, des cris de trident éclatent dans la pièce voisine.

Irma surgit, nue, pathétique dans son effroi et son costume d'Ève magnifiquement taillé sur mesure.

Son triangle des Bermudes est couleur d'or jaune. Ses seins blancs, à pointes chercheuses ocrées, ressemblent, non pas à des poires, mais à un tableau de Botticelli (1444-1510), grand spécialiste des madones.

Elle se rue, hagarde, blottit son visage pathétique contre ma poitrine et éclate en sanglots que je n'hésiterais pas à t'affirmer « convulsifs » pour peu que tu me laisses lécher ta chatte !

Débouche alors l'Homme-au-Gros-Moignon. Personnage troglodyte s'il en fut, précédé de sa bitoune de quarante-cinq centimètres hors tout. La bestiole est en posture d'emplâtrage féodal et branle du chef quand il marche. Elle paraît à la fois pensive et déterminée.

— Voilions, voilions, mon p'tit cœur, tente de calmer le Phénomène, faut pas n-avoir peur d'un chibre, à vot' âge ! Vous l'dégustasseriez au lieu de n-enfuir comm' de d'vant la montre du Loque Nénesse, vous comprendreriez qu'y peut deviendre un camarade de jeu pou' vous !

Je m'emploie à rassurer ma gentille sous-officière, y parviens sans trop de mal. Après quoi, je procède aux présentations, en lui composant un slip avec ma main. Le Considérable s'écrie :

— Vous êtes flic et vous piquez un' panique en voiliant un chibre d'honnête homme ! Mais ma p'tite puce, caisse ça s'ra l'jour où un vrai méchant vous braqu'ra av'c un riboustin d'pro !

Les choses rentrent dans l'ordre. Le Connétable de la Bérurerie se rapatrie dans son bénoche (le calcif étant hors d'usage, il en fait don au vide-ordures) et s'inonde de mon eau de toilette. Irma ma douce s'attife et réapparaît, sublime, en sergente.

— Quand nous reverrons-nous ? Et nous reverrons-nous ? me chuchote-t-elle dans le couloir où je suis venu lui rouler la dernière pelle (en anglais : *the last shovel*).

— Vous m'avez laissé votre numéro de téléphone privé, croyez que je m'en servirai ! promets-je, sincère jusque entre les doigts de pied.

Je la suis du regard.

Avant de prendre l'ascenseur, elle se retourne et m'adresse un petit signe.

Chérie ! Je sens remuer ma bête du Gévaudan dans sa tanière.

Franchement, cette fille constitue un morcif de roi ! Et comment, que je vais te la passer au composteur !

Non sans une pointe de vague à l'âme dans la région thoracique, je rallie mes compagnons.

*
* *

Figure-toi une crique coincée dans la partie érodée d'une falaise. À peine plus grande que l'adorable place de Furstemberg. Elle est jonchée de papiers gras et de boîtes de conserve vides, consécutifs à des agapes en plein air. Nos munitions sont en place, à l'intérieur de deux cercles distants d'une quinzaine de mètres l'un de l'autre. Les trois Allemands arrivent en même temps que nous. Compassés, cons passant, raides et sévères.

Aloïs von de Kall a cru opportun de se loquer d'un blazer noir et d'un futal gris. Chemise blanche, cravate style régate à rayures. Ses tifs blondassous-grisonneurs plaqués à la Gomina lui font comme quand tu t'enfiles un bas de gonzesse sur la tronche.

Mathias et l'officier en retraite tirent au sort le camp des combattants. Le mauvais côté me revient : j'ai le soleil en pleine poire.

Les quatre témoins s'alignent entre nous.

Le jet du premier projectile échoit à mon adversaire.

— Quand c'est qu'vous voudrerez ! fait le Gros.

Qui ajoute :

— Surtout, gaffe à ta gueule, Tonio !

Le propriétaire de la bassette en chasse choisit un caillou de la grosseur d'une pomme, l'assure bien dans sa main tel le joueur de pétanque et me regarde.

Je lui souris. J'ai les deux mains dans mes poches.

L'homme fait aller son bras d'avant en arrière et lycée de Versailles. Moi, tranquille façon Baptiste, je me dis : « Le tout, mon Sana, c'est de procéder exactement comme au tennis : ne pas perdre le projectile des yeux ».

— Hhhan !!! hurle notre allié.

Son gadin passe à dix mètres de ma personne.

— À vous, *messieur* ! me fait le zigus des produits pharmaceutiques.

Je secoue négativement la tête (tu remarqueras qu'on n'écrit jamais qu'on la secoue positivement).

— Je laisse mon tour, *mein Herr* ! réponds-je.

Cette déclaration jette un brin de confusion dans le camp issu de Germains. Les témoins se concertent. Nos « adversaires » se posent la question de savoir si ma décision est « korrecte ».

Alexandre-Benoît gueule haut et fort à la pinaillerie. Il dit que les Français sont chevalins (pour chevaleresques) mais qu'y faudrait point trop leur briser les couilles sous prétesque qu'la mariée est trop belle. Son argument l'emporte. Aloïs est donc invité à poursuivre sa lapidation.

À l'instant où il choisit son deuxième projectile, des aboiements retentissent et un drôle d'équipage débouche dans la crique. Il se compose d'un couple de hounds pure race : la « fifille » des Allemands et mon brave Salami. Les deux se trouvent unis par les liens provisoires, mais dans l'immédiat bloqués, de la copulation.

La chienne (comblée) s'avance vers son maître en haletant de bonheur. Contraint, mon cador la suit sur ses pattes postérieures. Il tient une boule de chiffon dans sa gueule et la dépose aux pieds de mon adversaire. Cette étoffe n'est autre que la culotte de *Frau* von de Kall.

Le lapideur la reconnaît et blêmit.

Il éructe de ces trucs dont les « Bourbines » ont le secret et qui, pour nous Latins, semblent appartenir à la robotique.

— Vasistas ? Vasistas ? interrogent les golfeurs.

— La culotte de ma femme ! révèle Aloïs, dépassé par l'événement.

— Elle doit avoir un bioutifoule dargif ! rêvasse le Gros : pile ma pointure ! N-aux dimensions du slip, j'peuve vous dire qu'j'y pratiquererais volontiers l'coup d'l'échelle double.

« T'sais pas c'qu'il s'agite ? demande-t-il à l'officier. Tu dresses une échelle à deux pentes au milieu de la chamb' et la dame monte d'puis l'intérieur. Ça y oblige d'écarter sa moulasse, fatal ! Alors tu t'mets à tab', grand ! Et t'y vas à la régalade jusqu'à ce que son peton y fasse lâcher prise. Là, faut s'gaffer pour tes cervicables, biscotte si tu morfles un cul d'cinquante kilos dans la poire, t'as les vertébrés qui dérouillent…

« J'suppose que ces combines vous échappent. Vous aut', c'est à la papa-maman sans la bonne, un coup pou' lancer ton bitos tyrolien, un aut' coup aller l'chercher. C'qui vous intéresse, c'est d'êt' écrémés ; l'côté fouille-baise, v's en avez que tchi à branlocher.

Il dit, dans un silence quasi religieux. Lui excepté, tu n'entends que les halètements de la chienne.

Salami a orienté vers moi le centaure qu'il compose partiellement. Dans notre langage convenu, il m'interpelle :

— J'ai pas l'air trop stupide, comme ça, Antoine ?

— Croyez-vous que les hommes ont l'air fin quand ils baisent ? C'est pour faire diversion que vous vous êtes payé Mirza et nous avez rejoints ?

— J'avais peur qu'il vous arrive un turbin, admet-il.

— C'est votre première aventure avec une chienne ?

— Oui, mais je préférerais me faire sa patronne.

— Quelle idée !

— Les femmes sont tellement plus salopes ! La reproduction de l'espèce, vous savez, est une notion primaire. Le plaisir est ailleurs !

Nous nous taisons soudain en voyant repartir les trois Allemands, tête basse. Seul, l'ancien officier nous adresse un salut plein de raideur.

Leurs silhouettes massives se découpent en ombres chinoises sur la dune.

— Pensez-vous que je vais devoir attendre encore longtemps dans cette ridicule posture ? s'inquiète Salami.

— Il faut laisser la nature dénouer les attaches que vous avez établies, réponds-je.

10

Coup d'émotion. Intense, parce que rarissime, chez le Gravos.

Au moment de prendre place dans la Rolls afin de regagner Paris, il a une cabrade de tout son être, tourne le dos au noble véhicule, et éclate en sanglots.

Nous le regardons, alarmés.

Qu'arrive-t-il à notre Patapouf ?

On ne sait par quel bout l'interroger. C'est si brusque, si fort et déroutant !

Je m'y risque enfin et pose ma main fraternelle sur son épaule de bœuf.

— T'as le blouse, Alexandre-Benoît ?

Son chagrin redouble ; il bieurle, stalactite du tarbouif, récupère de la langue ses sécrétions intempestives.

— J'peuve pas ! dit-il en frappant du pied.

— Que ne peux-tu point, mon valeureux ?

— T'quitter !

J'en reste groggy de stupeur.

Lors, le Taureau-Fougueux se délite :

— J'ai un pressentiment, grand ; comme quoi ça cagate dans ton heuroscope. Kif si tu courirais un danger. Alors je veuille pas t'laisser !

Ces paroles me troublent, mais je me refuse à chiquer les demoiselles en pâmoison. C'est pas la première fois que je flaire de la foirade dans mon avenir immédiat, toujours je passe outre ces « grimaces ». Mémé les aurait appelées ainsi. Je m'ébroue de l'âme, chasse les noires prémonitions, et la carburation redevient vite normale.

— Arrête, lui fais-je. La Maman Soleil est allée faire le thème astral du Bon Dieu, tu ne vas pas la remplacer !

Ma plaisanterie tombe à plat telle une limande chue de l'étal du poissonnier.

— Écoute, grand, quand t-est-ce j'étais moujingue, m'arrivait d'ressentir des impressions tordues. Chaque fois, un turbin consécutait : on avait un' vache qui gonflait d'avoir mangé d'la luzerne, ou bien pépé se sélectionnait un doigt en coupant du bois, quand c'était pas la mère Bérurier qu'accouchait d'un fibrome !

« Là, j'sus catégoriel. Ça m'a biché pendant l'repas. La sensation qu'un' couill'rie monumentable t'guettait. Et ça m'passe pas. Du coup, j'vous l'dis : maccache pour c'qu'est d't'mouler. J'ai pas envie d'aller traîner mon gros cul dans un carrerosse pendant qu'des nuages noirs s'accumoncellent su' ta tronche !

Le digne Pinaud intervient ; tout ce qu'il profère est frappé au coin du bon sens, diraient une flopée de glandus :

— Il faut laisser sa place à la superstition, Antoine, même si on n'est guère porté sur ces fadaises.

— Ah ! tu voyes ! s'enflamme le Dodu. La clause est entendue : j'reste !

À l'énoncé de cette affirmation, Salami se met à japper d'allégresse, comme si une telle décision le ravissait. Pourtant il apprécie modérément le personnage du Gros. Sa délicatesse naturelle de chien de race surdoué le poussant vers des hommes un tantinet plus délicats.

Pinuche intègre sa Rolls à la place passager, Mathias s'installe au volant. Le carrosse suranné glisse sur l'asphalte avec son chargement de momies.

Lorsqu'il a disparu, le Roi-Soleil (en anglais : *The King Sun*) me déclare brusquement :

— T'aurais pas un peu d'fraîche belgium ? Faut qu'j'vais m'ach'ter un slip neuf.

Illico, je lui débloque un crédit.

— J'espère qu'j'ai point changé d'taille, réfléchit mon ami, ça fait environ trois ans qu'j'ai ach'té l'dernier. J'croive qu'çu-là, j'vas l'chosir noir, c's'ra moins salopant !

Il s'éloigne en direction des magasins. Salami gémit en regardant l'entrée de l'hôtel. Il semble m'inviter à y pénétrer. Ce dont.

Passant à l'orée du grand salon, j'aperçois mon adversaire du matin, le pauvre Aloïs von de Kall.

Assis sur un canapé circulaire, face au hall, on dirait qu'il guette quelqu'un. Mon impression est fondée puisque, sitôt qu'il m'avise, l'Allemand se précipite sur moi.

— *Messieur !* dit l'homme d'un ton agressif et glacé, j'ai été frustré de mon duel, à cause de ces stupides animaux en chaleur ; j'entends que nous n'en restions pas là.

Et tu sais quoi ?

Voilà qu'il me tire un ramponneau en pleine frite, sans le moindre signe avant-coureur. Je morfle à l'œil droit et je sens mon « arcane souricière » (Béru dixit) qui craque. Un nuage rouge opacifie ma vue. Mais, bordel à cul ! je vais me faire démanteler complet dans cette ville !

Alors la rage m'empare. Au moment où le Teuton double du gauche, je lui biche le poignet et l'attire à moi.

Il chope mon genou dans son paquet de vieux roustons ; une secousse, ça craque : son épaule se démet de ses fonctions. Mais c'est pas terminé. Il en a trop accumulé, l'Antonio. Il veut bien être gentil, gentleman de partout, seulement, too much c'est trop, comme l'affirmait la Queen lors de son jubilé.

Au jugé, je lui place un crocheton à la margoule qui rend la liberté à son râtelier. J'écrase celui-ci du talon sur le plancher. Pendant un temps, il va manger du fluide, le cocu.

Ma rogne ne m'ayant pas quitté, il a encore droit à une manchette napolitaine à la nuque, puis, pour le finir en apothéose, à un coup de savate au foie.

Groggy, saignant, hoquetant, gerbant, geignard, il s'écroule pour le compte. M'est avis que, sous sa coiffe, il y a déjà une sirène d'ambulance.

Fallait qu'il se passe quelque chose, non ?

Des estivants qu'estivaient dans le salon ont tout vu. Ils témoignent à décharge en ma faveur, comme quoi c'est le golfeur qui m'a agressé. La police est appelée. Elle procès-verbalise. On ambulance l'assaillant.

La grosse doudoune au vilain jalmince ne veut pas accompagner un époux par qui le scandale est arrivé. Elle affirme qu'elle demandera le divorce ; veut absolument me soigner. Bien entendu, je refuse de convoyer la Teutonne en ses appartements.

Survenance de Béru, slipé à neuf ! Ses hauts cris quand il aperçoit le grand chef déguisé en quartier de London sinistré pendant le Blitz ! Il l'avait prévu ! Ses « prédilections » se vérifient toujours ! Il a la certitude que ma période cagateuse démarre s'l'ment. Va s'produire des « périphéries » mouvementées, il sent. La fameuse prémonience des Bérurier !

La grosse Bertha, réalisant qu'il est mon ami, l'enveloppe de ses rets pour l'amener à sa raie.

Il me regarde, indécis.

— Va, lui dis-je, et sois heureux, assure haut et fort la réputation de notre peuple bien-aimé.

Alors, il ! Que veux-tu, la chair est faible ; la sienne surtout. N'a jamais su résister à un coup de rapière, Elephantman.

Sa presque partenaire l'ayant jaugé d'un regard averti, il annonce avant de la suivre :

— J't'vas lui faire « pince de crabe » : l'pouce dans la moniche, l'indesque dans l'œil d'bronze, tout en y craquant l'clito. Si tu perçoives pas des échos d'la manœuvre, c'est qu'elle est frigidaire !

Il disparaît. Moi, je vais bassiner mon lampion à l'eau froide. Las ! le miroir de la salle de bains me rend compte du désastre. Faut encore des points de suture.

Salami m'a suivi et, dressé contre le lavabo, observe la plaie. Il se met à gémir, m'explique que je ne peux rester en l'état. C'est pourquoi, sans plus attendre, je retourne à l'hosto de la veille. Y retrouve les mêmes gens.

— Vous êtes boxeur professionnel ? me demande l'interne.

— Pas encore : je fais des gammes.

Je ressors, pansé, mercurochromé, avec toutes les couleurs de l'arc-en-ciel sur le portrait et une pommette aussi grosse qu'un nichon de la dame von de Kall ; je me dis que l'homme est peu de chose, qu'un coup de poing fait passer de l'état d'Apollon à celui de Gorgone.

*
* *

— Tu l'as entendue ? demande mon Volumineux, rouge, mais de satisfaction cette fois.

— On me recousait pendant que tu défonçais ta pécore.

— T'as tout raté, mec ! Sa goualante était si tell'ment forte, qu'la direction n'a envoilié quéqu'un voir c'qu'arrivait. Quand j'y ai déballé misteur Braque, l'a failli évanouir ; fallait pas songer un' seconde à engager pareille bricole dans son cent' d'accueil. Elles font toutes ça au début. J'doive les acclimater à la langoureuse : un grand bouffement intégral préalavement, n-ensuite un' savonneuse à la Marie-en-Toilette. J'finis toujours par driver Coquette à bon porc.

« Videmment, t'as l'moment incontournab' où l'monstre entre en scène. Force et souplesse ! Tu doives y chuchoter des tendresses suaves, y dire qu'son gros pot d'vache va connaît' l'estase. Que, d'accord, j'vas y craquer la bagouze, mais qu'ça s'ra bénef pour la sute. N'importe quel chibre d'âne pourra faire du tout-terrain dans sa moniche désormais. T'entrecoupes de p'tites languettes espresses, c'est surtout ta galanterie qui primordiale.

« Moive, la grosse, j'y ai fait l'coup du patriotisme : elle va pas renoncer à un' bite qu'toutes les Françaises raffolent, même les gamines du catéchisme. Ça veuille-t-il dire qu'un' Allemande s'rait pas cap' d'engouffrer un bidule que…

À cet endroit, je me suis endormi, terrassé par une étrange fatigue. J'en ai eu quine, brusquement, de toutes ces giries et aussi de me faire tabasser la gueule par des quidams jaloux. Affronter des bandits, O.K., mon métier le veut. Mais se laisser causer des déprédations par des cornards, c'est décourageant.

Salami et Bérurier ont fini par m'imiter.

Un silence luxueux nous environnait, rythmé par la grosse rumeur des vagues. Je pensais, en demi-teinte, à ma chère Félicie, lâchement quittée pour une gonzesse qui allait m'embarquer dans une ahurissante aventure dont je ne discernais pas le moins du monde les aboutissements. Y avait juste *les chevaux de la mer, qui arrivaient la tête la première…*

Eux aussi fonçaient à l'aveuglette.

Comme moi !

11

Pourquoi voulais-je attendre la nuit avant de retourner dans la maison « aux deux cadavres » ? Une idée fixe, comme ça.

On s'est payé un dîner soi-soi au palace. Des huîtres plates (je m'en ferais péter la sous-ventrière) et un jarret de veau aux pâtes, presque caramélisé. Une pure splendeur ; rien de plus royal que les plats simples quand ils sont cuisinés avec art. Le Mastard, homme de traditions, s'est cru obligé d'écluser du vin blanc avec les mollusques, moi j'ai préféré un bouzy bien frappé.

Je te raconte ces détails dont t'as rien à cirer, pour te montrer que la vie, faut toujours la tenir en main, pas la laisser vagabonder à sa guise, sinon elle te nique.

C'est après le gratin de poires au vieux calva qu'on est entrés dans le sérieux.

Béru me demande, à en brûler son pourpoint, après une exhalaison étrange venue d'ailleurs :

— J'superpose qu'on va usiner, maintenant ?

— On pourrait ! admets-je.

— C'est quoive, ton projet d'croisière ?

— Retourner « là-bas », évidemment.

— Tu veuilles dire dans la crèche aux macchabées ?

Acquiescement du fin limier à la frime malmenée.

— À c'propos, on t'a dit qu'on y a esgourdé de drôles de bruits ?

— Je suis au courant, assuré-je.

— Quand ça s'est produite, j'ai cru qu'un train entrait dans la baraque ! Pourtant y a pas l'métro dans c'patelin.

— Il s'agit d'une maison hantée.

L'Obèse hoche gravement sa hure.

— Oh ! alors… Y a pas grand-chose à espérer. À Saint-Locdu-le-Vieux, on en a une aussi. Cel' d'la mère Ravinet qui f'sait guérisseuse. La noye, ses volets battaient si fort qu'l'plâtre d'la façade partait en sucette. On avait beau les attacher, rien n'y f'sait. Et puis on entendait des cris d'trépassé ; on prétendait qu'c'tait l'âme d'son grand-père qui la ramenait. Le vieux s'tait pendu jadis dans l'guernier après avoir zingué son clébard d'un coup d'douze dans la tronche, biscotte y s'résoudait pas à l'quitter.

Je le laisse égrener ses souvenirs ruraux. Une grisaille de mélancolie m'enveloppe. Je me sens à merci. De quoi ? D'un mauvais coup du sort, d'un rhume, d'un dérapage de mon destin ?

Plein de boustifaille et de tristesse, je donne le signal des opérations. Nous décidons de nous rendre à pincebroque sur les lieux des multiples étrangeries ostendaises.

Le Mammouth a cessé de jacter. Il va, les mains dans les poches de son bénouze, étrennant son slip neuf avec des vents de bonne espérance.

Salami trottine, négligeant les effluves proposés à son odorat.

Les artères sont encore très animées ; c'est joyeux, la Belgique.

Nous parvenons devant la demeure de la grande Astrid et nous apprêtons à traverser le boulevard lorsque nous voyons survenir une tomobile décapotable d'origine britannouille. Le véhicule freine et stoppe pile devant la grille de la villa *Look*.

Un type d'allure plutôt jeune, vêtu d'un blouson et coiffé d'une gapette en jaillit, sans seulement ouvrir la portière.

Il tire une clé de sa fouille et pénètre dans la maison.

— Qui peut-ce-t-il être ? interroge Béru, sans grand espoir de réponse.

Je note le numéro de la plaque minéralogique, laquelle est anglaise comme le véhicule, et referme mon calepin, quand une sorte de gros projectile m'effleure : Salami vient de bondir dans la Morgan quatre places dont le moteur soubresaute encore, bien qu'on eût coupé le contact. Il se positionne à l'arrière, s'écrase sur le plancher au point de se soustraire complètement à la vue des passants, voire à celle du conducteur.

— Qu'est-ce y branle, ton clebs ? s'inquiète Divan-le-Terrible.

— Son boulot ! réponds-je.

Peu de temps s'écoule avant la réapparition du Britániche. Il tient précieusement un objet insolite : une cage dorée contenant un oiseau mécanique au plumage coloré. Je l'avais aperçue sur une console, lors de ma première visite, et avais pensé qu'il s'agissait d'une boîte à musique ; sans doute en est-ce réellement une.

Le gazier la dépose sur le siège avant, reprend sa place au volant et décarre rapidos.

Nous le suivons de nos regards bourrés jusqu'aux cils de curiosité.

— Pas ordinaire ! apprécie l'homme de Neandertal.

— Mais intéressant ! complété-je.

Nous traversons le boulevard et pénétrons (peine-étron) à notre tour chez la belle (et mystérieuse, en fin de compte) Astrid.

Qu'à peine qu'on entre (Béru dixit), un boucan infernal retentit, comme si un attelage de trente tonnes venait de rater un virage et de défoncer la maison des Macheprot.

— La fiesta continue, bougonne mon Fidèle. C't' fois, c'est plus important qu'à not' première visite. Qu'est-ce y peuve faire c'boucan ? Un' nappe frénétique ? Pourtant ça r'ssemb' pas à un bruit d'eau. Et même si, y aurait pas d'raison qu'y s'produisasse d'temps z-aot' kif la chiasse d'eau des chiches !

Il dit d'or, l'Énorme. Il a du saindoux dans la boîte crânienne, mais celui-ci parvient à suppléer son absence d'intelligence.

— Tu connais les proprios d'c't' baraque foraine ?

— Elle appartient à une gonzesse que j'ai rencontrée en voyage. Une Belge de deux mètres d'altitude, chouettement portée sur le manche à burnes.

— L'y habite ?

— D'une façon sporadique.

— Tu croives que l'pavillon y sert pour des opés margoulines ?

— Non.

— Biscotte ?

— Si c'était le cas, elle n'aurait pas insisté pour que j'y vinsse, sachant que j'appartiens à la Grande Cabane !

— Mouais, gronde Taureau-Fougueux, toujours duraille à convaincre. Tu penses qu'elle a des potes étranges qu'utilisent son clapier hanté pou' des manigances plus ou moins glauques ?

— Possible.

— Mouais, tu t'mouilles pas !

— Parce que je n'ai encore aucune idée arrêtée sur cette question, vieux protozoaire.

À ce moment précis, un nouveau bruit nous fait sursauter, bien qu'il ne soit pas d'origine surnaturelle : la sonnerie du téléphone.

12

Au troisième appel, je décroche.

Une voix d'homme âgé, au fort accent germanique, demande :

— Stendley ?

Et bibi mézigue de répondre dans un françouze d'une lenteur exaspérante :

— Quel numéro demandez-vous ?

Mon terlocuteur m'épelle les chiffres mentionnés sur le cadran.

— Vous faites erreur, mens-je d'un ton maussade, et je raccroche.

Quelques brefs instants passent, la sonnerie retentit derechef (comme dirait Edgar).

Je ne touche à rien.

Ça vrille à six reprises, puis le correspondant abandonne la partie, conforté dans la certitude qu'il avait auparavant composé un faux numéro.

— J'voye pas c'qu'ça rime, ton manège, me fait l'Hippopotame. T'aurais engagé la converse, ça pouvait m'ner quéque part ; là, t'sais même pas l'blase du gazier !

J'oppose au Chieur-de-Long la main fascisante du gladiateur.

— Il a demandé un certain Stendley, nom britannique. Le visiteur à la Morgan l'est ; il est clair que c'est à lui que le type espérait parler.

— Et alors ?

— J'ai relevé le numéro de sa voiture, ce qui nous permettra d'obtenir son adresse. Mais qu'as-tu, Alexandre-Benoît, tu sembles inquiet ?

— C'est rapport à mon nouveau slip. J'croive qu'j'eusse dû l'prend' d'un' taille plus grande ; après la bouffe, j'ballonne, et y glisse jusqu'à mon zobinet.

Je l'assure de ma compassion et, le plantant là, j'entreprends de fouiller méthodiquement la crèche. Le conduit démoli fait désordre, surtout quand on sait ce qu'il recelait. En moi croît une question : les occupants de cette house, ainsi que ses visiteurs diurnes ou nocturnes, savent-ils quels hôtes s'y trouvaient cachés ?

L'Astrid m'y amène pour constater des phénomènes plus ou moins surnaturels. Mais voilà que mon cador déniche beaucoup mieux. Cinquante piges qu'un couple, fumé comme harengs, fait partie intégrante des murs. Qui pouvait supposer pareille chose ? Pas la grande fille, non plus que le garçon à la Morgan, nés longtemps après les faits…

Me voyant inactif et déconcerté, le seigneur à l'énorme bedaine surplombant une bitoune plus énorme encore ronchonne :

— Si on irait s'torchonner, Antoine ? J'commence à « flapir ».

— Rentre ! conseillé-je. Pour ma part, je compte passer la noye ici.

— Quelle idée grenue ! récrie le Cosaque du beaujolais nouveau. T'espères quoi-ce ? Voir des spectres ?

— Qui sait…

— T'es complèt'ment à la masse, Sana ! Av'c leur boucan, on pourra pas fermer l'œil !

— Il m'appartient d'assumer seul mes initiatives tordues ; file à l'hôtel !

Mon féal écuyer ne veut rien entendre. Sancho Pança est farouchement décidé à partager la folie de son maître !

Nous bivouaquons dans le « dormitorio ». Je laisse le lit au Mammouth et me contente d'une bergère. Disposant toujours d'un nécessaire sophistiqué, je saupoudre le vestibule d'une espèce de poussière pareille à du poivre gris.

Me faut du temps pour m'endormir, car mes nerfs sont très sollicités, d'autant que les ronflements insoutenables du Gros Porc me concassent le bulbe.

Je passe par des engourdissements intermédiaires, flotte, tel un noyé du bon roi Louis XI, sur le cours nonchalant de mon sommeil, ressens de brusques accélérations du rythme cardiaque.

Un bruit surnaturel me ramène à la franche lucidité. Comme tout le monde, tu as vu des films d'épouvante axés sur le macabre. Des moments de bravoure fantomale où les gémissements des trépassés se mêlent aux rumeurs du vent ? Un truc de ce genre, je perçois. T'amènerais une môme de seize ans, vierge de partout, elle bicherait de telles chocottes qu'elle cramponnerait ton joufflu et s'époumonerait dedans pour appeler au secours.

En sueur, je me séante. Les vrombissements du Gros finissent par vacarmer seuls, le reste s'estompe. Putain de sa sœur, il y a fatalement une explication à ces phénomènes auditifs. Des années qu'ils se produisent, et ce ne sont pas toujours les mêmes ! Pour ma part, j'ai dû en percevoir trois ou quatre différents : camion, chemin de fer, avalanche, « nuit des trépassés » ! À qui pourrais-je raconter ces sornettes ? Qui donc les croirait ?

Vaille que vaille, la fatigue aidant, je replonge dans le sirop de dorme. Mais franchement, ce genre de roupillon ne me fait pas oublier les bonnes noyes campagnardes dans des maisons épargnées par les fantômes et non encombrées de cadavres à demi centenaires.

La grosse voix du flot me ressaque les étagères à mégots, tandis que des senteurs marines sollicitent mon appétit.

Je bâille une dizaine de fois consécutives, comme si j'assistais à une conférence sur la croissance économique de la république de San Marino.

— T'es toujours dans les bras de l'orfèvre, Béru ? cantonadé-je.

Pas de réponse.

J'appelle :

— Alexandrovitch, que dirais-tu d'un solide brique-faste à l'hôtel ?

La question ne provoquant aucun écho, je m'offre la verticale chère à tous les primates. Le lit voisin est vide. Il n'y subsiste que des remugles.

Sa Majesté a dû aller se mettre en règle avec la nature.

D'un pas incertain, je gagne la porte.

Une double constatation s'impose à l'homme d'élite que tu te plais à reconnaître en moi.

La première, c'est que les formidables grolles gisent dans la pièce ; la seconde, c'est que le loquet de la lourde est tiré de l'intérieur.

Je me gratte simultanément le front et les roustons.

— Parfait, murmuré-je. Si on se met à vagabonder dans la quatrième dimension de bon matin, qu'est-ce que ce sera la nuit prochaine !

13

Suis-je-t-il à l'extrémité de mes surprises ?

Non, mon chéri.

Ayant ouvert la porte de la chambre, je marque un temps de stupeur en découvrant, dans la poudre dont j'ai recouvert le sol, d'énormes traces de pas. Quand je déclare « énormes », c'est « monstrueuses » que je devrais dire. Le gazier capable de chausser les croquenots qui les ont produites avoisine le 48, si ce n'est le 50 ! Vains dieux, ces nougats !

Et attends, Armand, c'est pas tout. Les empreintes en question n'arrivent pas de l'escalier, mais, au contraire, s'y dirigent, comme si leur auteur avait quitté la chambre voisine pour gagner la sortie. De quoi se la peindre et se l'encadrer avant de l'exposer au musée de l'Homme, non ?

Un aboiement familier m'arrache à mon trouble. Je reconnais l'organe de baryton noble du cher Salami. Tant pis pour les marques de pompes, je vais lui ouvrir.

Il est assis dans le bref jardinet dont il a franchi la grille.

— Votre présence me comble, mon cher, lui lancé-je en forme de bienvenue. Si vous n'aviez jamais vu d'homme en train de perdre la raison, voilà qui est fait.

Il entre, tique en découvrant ma poudre constellée de traces. Je lui fournis l'explication qu'il est en droit d'espérer. Par instants, il se frotte un œil avec le caoutchouc de sa pattoune avant droite. Je lui raconte les événements avec un maximum de sobriété car il serait superflu d'en rajouter. Il m'écoute, indéfinissable. Douterait-il de moi ?

Un bruit d'une extrême violence retentit brutalement, nous contraignant à baisser la tête. Il fait songer à l'attaque en piqué d'un avion supersonique. Tout tremble alentour, et nous avec. Puis la manifestation s'interrompt brutalement comme si l'on venait de couper un contact électrique.

Mon pote quadrijambiste ne peut retenir un bref hurlement, style « à la mort ».

— Pourtant, nous achevons le XXe siècle après Notre-Seigneur Jésus-Christ ! soupiré-je. Voyez-vous, Salami, au cours de ma carrière riche en péripéties, il m'est arrivé de côtoyer le surnaturel, mais jamais avec une telle intensité. Seul un illusionniste de classe parviendrait à recréer pareils phénomènes. Et avec le concours d'accessoires sophistiqués !

Nous visitons la demeure pour la énième fois, toujours avec la même pugnacité en ce qui me concerne.

Rien !

Qu'écris-je : RIEN !

Je termine par une exploration minutieuse de la chambre où nous dormîmes. Sa fenêtre ainsi que les volets sont hermétiquement fermés de l'intérieur, crochets bloqués. Aucun passage secret ! Nulle porte dérobée ! Pas la moindre trappe ! De quoi devenir dingue !

Mais, nom d'une tarte aux poils ! j'ai le sommeil terriblement léger : deux mouches qui s'enculent, je sursaute ! Le bruit d'un loquet, d'une clé activée, de lattes de bois geignardes, et il est illico transformé en « Chevalier Blanc », l'Antonio ! Comment mon vieux Mammouth a-t-il pu s'éveiller (oui, tiens : juste s'éveiller, lui dont le retour à l'existence ressemble à une reprise d'activité de l'Etna), se lever drapé dans ses cent quarante kilos, sortir (mais par où, bordel !) et tout refermer ? Comment se serait-il déplacé dans le vestibule sans laisser de traces ?

— Salami, imploré-je, répondez-moi franchement : vous croyez à quelque grand mystère, vous ?

Il me fixe avec je ne sais quel profond mépris puis, pour lever toute équivoque, se lèche les roustons qu'il a plantureux.

— Non ? reprends-je. Vous êtes réfractaire au fantastique ?

Le hound ne se donne pas la peine de me répondre. Il bâille, m'explique qu'il meurt de faim et tombe de fatigue.

— Allons à l'hôtel, décidé-je, vous me raconterez, chemin faisant, vos propres aventures.

Mais, dans un premier temps, le « chemin faisant » se limite à quelques mètres car, à peine la bicoque quittée, mû par j'ignore quel réflexe, je me retourne. Pourquoi ? Une pulsion, comme dit puis un ami à moi, ex-ramasseur de mégots devenu directeur de la Régie des tabacs. Mon sub me conseille de contempler la taule de miss Astrid. Elle semble si innocente dans le matin maussade ! Tu dirais ces maisons peintes par Magritte, pavillons à prétention cossue. Qui pourrait croire que cette crèche abrite des magiqueries ?

Elle est dolente dans la grisaille du jour que juillet ne parvient pas à faire vibrer. Univers sans espoir. Je comprends que ce pays ait inspiré tant de grands peintres.

Un bâillement prolongé de Salami m'arrache à ma mélanco. Il s'est assis, la bite traînant sur le trottoir. Son regard s'est davantage ovalisé.

— Vous en êtes où ? l'à-brûle-pourpoints-je.

D'un mouvement de tête, il me désigne le haut de la maison.

— Eh bien ? ne comprends-je-t-il point.

Même hochement de son museau galochard.

— Le toit ?

Négation du cador.

Le ciel ?

Soupir exaspéré.

— Alors quoi ? La cheminée ?

Il émet un cri de satisfaction.

— Donc, la cheminée, reprends-je. Qu'a-t-elle de particulier ? Grand Dieu : elle fume !

Expression comblée de mon compagnon qui signifie : « Enfin ! tu te débouches la pensarde, connard ! »

Et moi, les châsses perdues dans des volutes grises vrillant un instant le ciel de Flandres avant de disparaître :

— La cheminée fume épais, cependant le chauffage est éteint en cette saison !

Je plante là mon toutou pour retourner dans le pavillon.

Le soupir de non-résignation qu'il pousse soufflerait d'un seul coup tous les cierges de Lourdes.

La Maison du Mystère !

Commako que je devrais tituler ce book. Mais ça serait un peu trop vieillot. De notre époque, vaut mieux appeler un polar : *Ma bite dans le compotier* ou *Grimpe-la en danseuse*, c'est plus sérieux.

Nouvelle incursion chez les fantômes.

On ne distingue pratiquement plus les traces de pas dans le vestibule : nous les avons brouillées, Salami et moi.

Je cherche la chaufferie. Le pavillon n'étant pas excavé, je la trouve dans un bout de local attenant à la cuisine.

Comme prévu, la chaudière est éteinte. Un ballon plus ou moins rouillé fournit l'eau chaude.

Dès lors, c'est au grenier que je me rends, sans escale. Je me repère et découvre la gaine du chauffage : elle est froide.

Tenant à « hallucinér » cette anomalie (dirait le Gros, pour « élucider »), j'amène une commode détiroirée sous le vasistas, m'y juche, dépone la tabatière et me hisse sur le toit. Je ne crains pas le vertige. M'est arrivé d'emplâtrer des mastardes sans avoir la tête qui tournait !

La fumée s'exhale toujours, épaisse, mais presque inodore. Tout juste si je crois renifler des relents de soufre. Je pose la main au-dessus du conduit : pas la moindre chaleur. Réellement, cette foutue baraque est un véritable sac d'embrouilles !

Avant de quitter mon poste élevé, je regarde le panorama. Pas mal, Ostende, vue d'en haut. Je louque au pied de la maison et aperçois Salami en « conversation » avec une dame âgée. Elle le caresse, lui flatte le museau, et voilà ce cador de merde qui la suit ! Pas loin, car la vieillarde habite la villa voisine. Je moule mon mirador et dévale les étages.

La personne d'à côté se nomme Troussot-Déclez.

Elle répond sans tarder à mon coup de sonnette.

— Monsieur ? s'enquiert-elle avec son bel accent qui ne sera jamais napolitain, quand bien même tu le recouvrirais de sauce tomate.

— Mes respects, dis-je. Je viens récupérer mon chien…

Par une enculade de portes ouvertes, je l'avise en train de glouttonner un reste de gratin inidentifiable vu d'ici.

La dabuche est une personne si gentille que j'en chierais dans sa culotte !

— Pardonnez-moi, fait-elle, mais ce pauvre animal semblait si exténué, si affamé… Vous boirez bien une tasse de café avec moi pendant qu'il se restaure ?

— Volontiers ! accepté-je.

Et si tu savais comme j'ai raison !

14

C'est une personne bien agréable, Mme Troussot-Déclez. Le genre d'octogénaire (et mèche) proprette, aimable, contente d'être encore de ce monde, toujours prête à rendre service à ses semblables, surtout quand ils ne lui demandent rien.

Elle volubilise dans sa cuisine-salle à manger où trône une photo-portrait, retouchée au crayon, de feu son mari. Il l'a quittée y a lulure, Émile, mais il semblait déjà gâteux (le con sert tôt en *sol* mineur, qu'on disait à la communale, inoubliable). Sa dame s'est engagée dans le veuvage, comme d'autres à Médecins sans frontières. Elle trottine entre un vieux passé vermoulu et un futur dont tu ne donnerais pas trois balles.

Me raconte qu'elle est née dans la maison où nous sommes. Elle y a eu ses premières règles, ses premières amours, ses premiers défunts.

Ensuite, ça s'est mis à fonctionner tout seul. La vie, quand elle a pris ses marques, t'as plus qu'à la laisser faire. Tout se met en place, s'agence, naît, croît, disparaît au rythme convenable. *Les Quatre Saisons* de Vivaldi !

Moi, ni une ni l'autre, je la branche sur la demeure voisine !

Alors là, changement à vue. Elle devient grave, voire soucieuse, se signe, regarde la pendule de Brel, qui dit oui, qui dit non…

J'attends. Ne jamais brusquer une femme âgée. Les cols du fémur volent bas à cet âge-là.

Elle soupire :

— Ah ! monsieur, vous mettez le doigt sur un sujet douloureux.

M'abstiens de rétorquer qu'il vaut mieux le mettre là que dans sa minouche mitée.

Je la file en aiguille, l'ancêtre. J'y vais aux questions innocentes, donc insidieuses. Cette situation a-t-elle toujours existé ?

— Non, non, mon « pauvre » monsieur, ça remonte à une bonne vingtaine d'années, Astrid Degueulmann était petite fille. Je vous parle de cette enfant parce que c'est en sa présence que tout a débuté.

« Un matin, sa mère se trouvait au marché. Il s'est produit un grand bruit, comme au cours d'un bombardement, le sol vibrait, les murs tremblaient. On eût dit que la villa *Look* allait s'écrouler. La fillette est sortie en hurlant ; je l'ai rattrapée et amenée chez moi. La police est venue, les pompiers aussi. Ils ont visité la maison, tout exploré de fond en comble et n'ont rien détecté d'anormal. On a conclu à une légère secousse tellurique. Et la chose a été oubliée.

« Mais voilà que, quelques mois plus tard, un phénomène de ce genre se reproduit. Nouvelles visites techniques. Ils ont pratiqué des sondages, mais « woatt ! ». Sans obtenir le plus léger résultat. L'existence s'est organisée avec ces manifestations étranges, rarement les mêmes. Les bruits diffèrent, la violence aussi. Parfois, beaucoup de temps s'écoulait entre deux vacarmes avant qu'ils deviennent quotidiens. Ils n'ont jamais causé d'accident. Si je vous disais qu'on en prend l'habitude.

Elle se tait, me sourit gentiment.

Puis, j'ignore pourquoi, me déclare tout de go :

— Je me prénomme Gwendoline ; ma mère était irlandaise.

Brave chérie, va ! Elle sent la violette.

— Vous pouvez me parler de vos voisins Degueulmann ? demandé-je.

Mémère esquisse une moue qui, sans être dubitative, manque toutefois d'enthousiasme.

— Il n'y a qu'Astrid de sympathique dans ce lot de femmes. La grand-mère Mina était franchement mauvaise, toujours à dire du mal de tout le monde ; quant à Blanche, la mère d'Astrid, elle ne valait guère mieux. Le genre geignarde. Elle rendait la terre entière responsable de ses problèmes.

— Elle ne vivait pas avec son époux ?

— Très peu : quelques mois l'hiver, à Bruxelles. Puis elle a fini par résider complètement à Ostende. Il faut dire que la ville est prenante ; pour rien au monde je ne voudrais habiter ailleurs.

— Pendant l'occupation allemande, qui demeurait dans leur maison ?

Elle réfléchit :

— Mais… Mina, avec Siméon, son époux. On le déplaçait en chaise roulante parce qu'il était devenu hémiplégique à la suite d'un accident. Il est mort avant la fin de la guerre. Un homme bizarre, un peu rustre. Maçon de son état.

Elle demande qu'à jacter, ma brave perruche. Les interlocuteurs ne doivent pas se bousculer à son portillon ; plus tu as de souvenirs à raconter, moins tu trouves de gens pour les écouter. Ce morninge, je constitue son aubaine.

Salami a torché sa gamezoule et pourlèche des babines en nous écoutant d'une longue oreille distraite.

La maison de la mémé renifle comme dans les bouquins de Simenon : la bouffe et l'encaustique.

Je lui souris, ce qui la comble.

— Dites-moi, madame Gwendoline, ça s'est passé comment, la guerre, par ici ?

Elle sourcille et réfléchit.

— Ç'a été dur : nous étions en plein dans la zone de défense des Allemands. Il ne fallait pas broncher.

— Dans les débuts, vous n'avez pas remarqué un changement d'habitudes chez votre voisine Mina ? Mettons en 41 ?

Le front de mémé bandonéone.

— Je ne me souviens pas.

— Autre chose, chère amie irlando-flamande : les Degueulmann ont-ils procédé à des travaux dans leur maison ?

Elle opine presque aussitôt.

— C'est tout à fait exact. Juste avant son accident, Siméon a construit un conduit de ventilation pour sa cheminée qui tirait mal. Il l'a dressé en quarante-huit heures, et tout seul, sans même l'aide d'un de ses compagnons.

Tout à coup, ma question l'intrigue.

— Pourquoi me demandez-vous cela ?

— J'enquête sur les bruits insolites du quartier, fais-je, et j'amasse le plus de renseignements possible sur le pavillon d'à côté.

Je me lève, alourdi par le pollen que je viens de butiner.

— J'ai pris un grand plaisir à votre conversation, assuré-je-t-il, sincère. Dans le cas où il vous reviendrait en mémoire quelques détails susceptibles de m'intéresser, soyez gentille de me prévenir : je suis au Miramar, M. San-Antonio.

*
* *

Ma conviction de retrouver Béru à l'hôtel est tellement ancrée dans ma tronche que je suis anéanti quand le personnel m'affirme ne pas l'avoir vu de la matinée.

Sa disparition m'avait troublé, mais pas terriblement inquiété. D'esprit cartésien, comme tous les gens de ma race, je conservais la certitude qu'il y avait « un truc ». Qu'une explication rationnelle me surviendrait en moins de jouge.

Mon accablement de la veille me rebiche. Afin de ne pas naufrager dans mes angoisses et autres redoutances, je compose le numéro de Mathias à la Grande Cabane.

C'est lui qui me répond.

— J'allais t'appeler pour te donner de nos nouvelles, me déclare le Feu-de-Brousse. Tout s'est passé normalement.

— Vos passagers ?

— Bien rangés et étiquetés sous chiffre dans la morgue de la maison mère. De votre côté, *quid novi* ?

— Béru a disparu.

— C'est-à-dire ?

— Victime du fantôme de la maison hantée, assuré-je.

Et de lui raconter notre équipée nocturne. Je lui parle de ma poudre révélatrice de traces géantes.

— Celles du Gros n'y figuraient pas, précisé-je. En outre notre chambre était fermée de l'intérieur. J'ai eu beau m'évertuer, je n'ai pu dénicher le moindre passage secret : armoire pivotante, trappe cachée, etc. Que t'en semble, mon beau blondinet ?

Silence.

— Je sais ta religiosité, poursuis-je. Tu appartiens à ce monde hermétique des Remparts-d'Ainay, à Lyon, où les jeunes filles ont pour fière devise : « Dieu et mon doigt ! » Peut-être acceptes-tu l'inexplicable comme étant un signe du Très-Haut ?

Il ne relève pas le sarcasme et déclare :

— Je pense beaucoup à cette maison d'Ostende, Antoine. Sans parler de surnaturel, elle a, d'évidence, quelque chose d'inquiétant ; mais cette impression provient du couple qui s'y trouvait emmuré, je présume.

Je lui rapporte l'interview de mammy Gwendoline.

— Le grand-père était maçon et a bâti, seul, un conduit annexe à la cheminée pendant la guerre.

La Roucaille pousse un cri de paon dont la roue est à plat.

— Voilà qui est capital ! égosille-t-il. Cet homme a organisé le recel des cadavres du général allemand et de sa compagne. Tu tiens une piste solide !

— Solide ! piteusé-je. Les protagonistes sont cannés depuis des chiées : le grand-père, la grand-mère, la mère…

— Il subsiste néanmoins des contemporains de cette affaire, telle la voisine qui t'a parlé tout à l'heure. Sans doute peux-tu en dénicher d'autres ? Il n'y a pas de raison qu'on retrace les conquêtes d'Alexandre le Grand, mort trois siècles avant Jésus, et qu'on soit tenus en échec par une histoire dont les témoins vivent toujours !

— C'est juste, reconnais-je.

Il soupire.

— En ce qui concerne Alexandre-Benoît, je suis convaincu que l'énigme de sa disparition va s'éclaircir rapidement.

— J'en accepte l'inauguration, te répondrait l'homme concerné !

15

La glace à trumeau de la suite présidentielle me renvoie une triste image. Plaie sur la tronche, œil au beurre noir, mine défaite.

Pensif, le brave Salami ne me quitte pas des yeux. Il semble sincèrement peiné.

— Je ne tiens pas la grande forme, hé ? lui fais-je.

Il se met « en état de conversation », c'est-à-dire que son attitude, ses gémissements et ses longs regards expressifs contribuent à établir une communication entre nous.

— En vérité, vous n'êtes pas dans votre assiette, me fait le bon toutou.

Il ajoute :

— Je ne parle pas de votre gueule amochée, mais votre esprit est ailleurs. Vous ne parvenez pas à réfléchir. La disparition de Béru vous enlève toute possibilité de concentration.

— Ah oui ?

— Vous en doutez ? Tenez, pas une seule fois vous ne m'avez interrogé sur mes agissements de la nuit. Vous me quittez hier alors que je me dissimule dans la voiture de l'Anglais venu subtiliser une cage à oiseau automate dans la maison hantée ; je réapparais ce matin, épuisé, et vous ne me posez pas la moindre question, comme si la chose vous indifférait !

Je sursaille, que dis-je, tressaute !

— Seigneur ! Mais vous avez mille fois raison ! penaudé-je. Quel policier lamentable je deviens ! Je vous demande très humblement pardon, mon ami.

Je me laisse quimper dans un fauteuil, en biais, passe mes jambes par-dessus un accoudoir.

— Baillez-moi vite vos aventures, ô chien d'exception…

N'en pouvant plus de mon détachement, le hound se lance impétueusement dans un rapport suce-sein (dit Béru pour succinct) que voici.

Peu de temps après avoir pénétré chez Astrid, le jeune Rosbif en est donc reparti avec son étrange butin. Il a emprunté la route de Dunkerque ; en moins de jouge, il prenait le tunnel sous la Manche. Parvenu de l'autre côté, un flic britannouille a aperçu Salami et a interpellé le conducteur. Ahurissement du dénommé Stendley en découvrant un cador à bord de sa tire. Patacaisse. Il a dû décliner son identité.

— Notez ! m'enjoint brusquement le clébard : Stendley Mallory, 24 Oxford Street, London[1], je l'ai conservé en mémoire. Vous le savez, poursuit-il, nous autres canins ne pouvons être admis au Royaume-Uni qu'après une longue quarantaine. Ne voulant pas être emprisonné dans les chenils de Sa Majesté, j'ai profité de ce que le policeman verbalisait pour bondir de la Morgan et disparaître.

« Avec mille précautions, j'ai gagné la file des véhicules se dirigeant sur la France. Un vieux couple hollandais, apitoyé par ma détresse, m'a ramené sur le continent. De retour à Dunkerque, j'ai réussi à sauter sur le marchepied d'un camion belge se rendant à Bruges ; comme vous le savez, les camions, ça me connaît. Mille fois, j'ai failli tomber, mais le dieu des bassets m'a pris en pitié et me voilà !

1. Tu te rends compte : un animal qui, lorsque je l'ai eu, ne connaissait pas les chiffres, et encore moins les marques de bagnoles !

— Fabuleux ! m'écrié-je-t-il. Vous êtes un collaborateur plus que précieux.

Mes démonstrations de reconnaissance sont écourtées par la venue d'une visiteuse. Il s'agit d'Irma Van Loy, ma jolie policière.

Elle n'est pas en uniforme, mais porte une robe d'été agréable, jaune et blanc, avec une grosse fleur bleue sur le sein gauche (celui que je caresse toujours quand je vais au cinoche avec une belle)…

Je croyais jusqu'alors que sa tenue policière lui seyait, mais je dois conviendre qu'elle a davantage de classe sans.

Elle se précipite dans mes bras et m'étreint farouchement.

— Oh ! mon amour ! Mon amour ! balbutie-t-elle. Pardon de venir vous voir à l'improviste, je n'y tenais plus.

Elle glisse une jambe entre les miennes jusqu'à sa chattoune et s'active du pubis de Dechavannes. Ne m'en faut pas plus mieux pour que mon escartefigue[1] mette baïonnette au canon.

Dès lors, les jeux sont faits. Son slip va coiffer une Diane chiasseresse qui passait par là, elle lève haut la cuisse pour livrer accès à sa moniche et je rentre en triomphateur dans cette exquise consœur.

Rut de sentinelle ! Violent et rapide. Reusement que je lui ai déjà prodigué des pâmades délicates car, si elle devait me juger sur cet assaut, elle n'aurait qu'une idée profane de mes performances amoureuses. Il faut de tout pour faire une bonne tringlée : du suave, des roucoulades, mais aussi des emplâtrages vertigineux, rudes et sans mièvreries.

Cette farouche étreinte, comme on lit puis dans les romans pour masturbés occasionnels, ne dure pas dix minutes. Mais quelle harde ! Les jambes en *x*, le cœur chamadeur, elle s'adosse au mur pour ne pas défaillir.

Salami, conquis, met son museau prognathe entre les cannes de ma collègue et milite pour un rapprochement des espèces. Je me retiens de lui flanquer un coup de savate dans le caudal, sachant bien qu'il ne me le pardonnerait jamais.

Irma-la-Tendre va procéder à un raccord et revient, toujours tourneboulée. M'annonce qu'elle a deux jours de repos, avec encore du foutre dans les yeux.

1. Mot provençal signifiant textuellement : « écarte figue ».

— Donc, tu es libre, petite ensorceleuse ?

Ma question lui flanque des spasmes arrière-coureurs dans le mollusque à crinière. Ne me répond pas « oui » mais « voui ».

— En ce cas tu m'accompagnes à Londres ! décidé-je.

Aux anges, elle est. Tiens : touche ! Tu sens qu'elle spongie déjà, ma très chouette ? Oh ! et puis, je vais lui pratiquer une petite langue frétillante sur le bigornuche, du temps que nous y sommes. Comme disait le maréchal Lyautey : c'est pas quand on sera morts qu'on se fera dégorger le baby !

Un peu plus tard...

Tel le ciné muet de jadis, qui ne faisait pas de bruit. Entre les scènes, on passait un panneau pour aider le spectateur à suivre l'histoire.

Deux ans après...

Ou bien :

Le jour du mariage...

Le reste s'opérait dans l'imaginaire du public.

Donc, *un peu plus tard*, Irma étant de nouveau essorée, nous partons. Salami fait la gueule, vu que je ne l'emmène pas, biscotte la fourrière des Britiches.

Je passe un accord avec le room service pour qu'on lui apporte de la bectance de qualité, car il est fine gueule, le bougre.

— Vous devriez profiter de mon absence pour vous mettre à la recherche de Bérurier, conseillé-je. À quoi sert votre odorat si vous êtes infoutu de retrouver un type qui pue comme un abattoir en grève !

Ulcéré par ce dur propos, il me tourne le dos.

16

Mlle Van Loy, c'est du bonheur à l'état brut. Mémé disait des filles sympas qu'elles étaient « des bouquets de printemps ». J'ai baigné pendant toute mon enfance dans ses lieux communs, maximes de couturière, adages de coquetier. Pas surprenant que j'aie réagi en me lançant dans les calembredaines turpides, les néologismes de rez-de-chaussée, les jeux de mots crassouillards…

Nous suivons le littoral jusqu'à Dunkerque et allons nous engouffrer dans ce fameux tunnel qui n'a pas interrompu l'insularité de la grande Albion, quoi qu'on en ait dit.

Le temps resplendit, assurerait ma marchande de radis préférée.

Je pilote d'une main gauche, réservant une main droite à la chattoune de ma compagne, pas la laisser refroidir. C'est dingue comme elle m'inspire, la gentille Flamande. Si je m'écoutais, je ne retirerais mon bâton de maréchal de son écrin que pour le fourbir entre deux lancers de fumée.

Nous voici donc au pays du pudding levant. Direction London.

Avant toute chose, s'assurer d'un bivouac. Biscotte mes goûts de luxe, je prends une chambre au Dorchester. On faillit remettre le couvert, mais ne voulant pas que mes glandes soient plus desséchées que le Sahel saharien, nous ressortons immédiatement. Auparavant, je donne un coup de turlu à Stendley Mallory.

Personne ne répond. Tu connais mes pulsions et impulsions ? Sans l'ombre d'une hésitance, je décide d'opérer une violation de domicile.

Laissant ma tire à l'hôtel, j'affrète l'un de ces merveilleux taxis londoniens qui te font réaliser ton débarquement sur une autre planète.

— Tu veux bien m'attendre dans la voiture, ma tendre aimée ? fais-je à ma gente enfourchée. Je n'en ai que pour un instant.

Le taxi-driver objecte qu'il ne peut s'attarder dans cette artère à haute fréquentation.

— Qu'à cela ne tienne, gazouille la douce Irma, je vais en profiter pour acheter des slips dans le magasin que j'aperçois là-bas.

Décidément, ils achètent tous des calbutes, dans ce book !

Ainsi est fait et j'engouffre l'immeuble[1].

Il est cossu, d'une raideur victorienne sur les bords.

Le personnage qui m'intéresse occupe le troisième étage.

Par acquit de conscience, je sonne longuement, à deux reprises, avant de dégainer mon sésame.

L'apparte où je déboule est ravissant, exquisément meublé et décoré ; il sent le parfum qui n'est pas vendu en bonbonne.

1. Locution qu'on ne peut utiliser sans posséder un permis de san-antoniaiser, en cours de validité.

Tu piges illico qu'il est occupé par un gay luron. Un minuscule living, une chambre davantage conçue pour la baise que pour la dorme, une salle de bains pourvue d'un bidet français à jet rotatif, une kitchenette dans laquelle tu ne peux guère accommoder que des sandouiches : c'est le pied-à-terre froufrou dans toute sa grâce.

La première chose que j'avise dans le salon, c'est la cage à oiseau (au singulier) engourdie la veille dans la maison d'Astrid. Elle trône sur un bonheur-du-jour (voire de la semaine passée) en palissade (dirait le Mastard pour palissandre). Je nihune-hideuse : la recouvre d'un châle indien jeté sur une banquette et l'emporte sans haut-de-forme de procès.

Mon absence ne s'est pas prolongée au-delà de quatre minutes et ma tendre Irma continue d'empletter.

Elle vient de se décider pour un adorable slip blanc agrémenté de fleurettes roses et hésite devant une culotte noire dont la qualité dominante est d'être fendue entre les jambes.

— Puis-je te souffler mes coupables penchants et t'offrir la lingerie de mon choix ?

Elle rosit, biscotte la vendeuse est une vieille peau dont la place serait davantage justifiée chez un marchand d'eczéma purulent…

Sans attendre la réponse de ma « collègue », je me détermine pour un élégant sous-vêtement bleu ciel, muni de dentelle, et un remake des « pantalons » de grand-mère dont les jambes, pourvues de rubans, s'arrêtent au-dessus des genoux.

— Succès assuré ! chuchoté-je à ma conquête. Avec cet équipement, je t'assume dans la catégorie levrette à deux reprises non-stop !

Sans vouloir dilater des burnes ni des pectoraux, je peux te garantir qu'elle piaffe d'impatience, la petite Ostendaise. Cette gosseline, m'est avis qu'elle a opéré un mauvais départ dans le sirop de mec. L'a dû s'embourber un glandu inexpérimenté qui me l'aura bâclée, style la petite trempette du bûcheron à la bûcheronne. Mornitude du scieur de long !

Je cigle nos emplettes à l'eczémateuse revêche. Elle sait trop, la chère âme, qu'elle peut revêtir toutes les suggestiveries de sa boutique, les seuls trucs qu'elle se branchera dans l'armoire à bidoche, c'est des trognons de choux ou des betteraves sucrières.

La vie est féroce pour certains, tu sais !

Et pour certaines encore plus.

Alors, bon, nous quittons le magasin, Irma son paquet à la main, moi la cage, enveloppée du châle, dans les bras. London est si lumineuse que nous décidons de gagner l'hôtel à pince.

La facilité avec laquelle j'ai récupéré le larcin de Stendley Mallory me rend maussade au lieu de m'exciter. Je sais trop bien que rien n'est aisé dans la vie et que ce qui se réalise facilement a quelque chose d'escamoté. Les victoires sans gloire nous laissent sur notre faim.

Bon, alors on marche.

J'ai longtemps cru préférer New York à London, avant de comprendre que je mettais à côté de la plaque. Il y a un je-ne-sais-quoi dans la capitale britannouille qui crée un trouble et génère le respect.

— À quoi penses-tu ? demandé-je à ma gentille, la voyant en méditation.

— À ce que tu viens de m'acheter. Je voudrais te faire une séance d'essayage : j'adore t'exciter.

— C'est de la frénésie !

— Je n'avais encore jamais éprouvé un tel désir.

— Alors, on prend un cab ?

— Oh oui !

Je lève la main pour héler un sapin. Aussitôt, une grosse bagnole noire s'arrête à notre hauteur. Nous nous avançons jusqu'au moment où je constate qu'il ne s'agit pas d'un bahut.

— Excusez-moi, dis-je, c'est une méprise.

Un personnage qui se tenait à côté du conducteur descend du véhicule en souplesse et dépone la lourde arrière.

— Montez ! dit-il d'un ton que je te vas qualifier de tranchant.

— Mais ! riposté-je avec éloquence.

C'est à cet instant que je remarque le revolver qu'il dissimule sous une paire de gants.

Mon regard croise celui de l'homme.

— Voyons, fais-je d'un ton bon enfant, on ne tire pas sur quelqu'un en plein Londres !

— Vous prenez le pari ? demande froidement le gars dont les yeux sont aussi courtois que ceux d'un crotale (de Chavignol) ou d'un Croate de Belgrade.

— Qu'est-ce qui se passe ? demande la petite chérie qui, jusque-là, ne s'est aperçue de rien.

— Prenez place !

Seulement, y a une chose que tu ne dois pas oublier : elle est flicarde !

— Je ne monterai pas ! déclare-t-elle résolument.

— Si, et vite ! intime notre tagoniste en lui enfonçant le mufle d'acier de sa seringue entre les côtes.

Ma collègue panique peut-être en apercevant l'énorme membre de Bérurier, par contre, un vilain qui la braque la laisse de marbre.

Négligeant mes points de suture, j'en profite pour filer un coup de boule dans le menton du bandit.

Il s'écroule en lâchant une rafale.

Cri déchirant d'Irma.

Je veux la retenir, mais le truand choit entre elle et moi.

Le mec au volant juge la partie trop mal engagée pour ses fesses et opère un démarrage d'alezan sauvage.

17

La vie, c'est commak.

Tu crois que tout baigne et, en une pincée de secondes, tu es précipité dans l'horreur. Souviens-toi des Hiroshimiens, le 6 août 1945. Ils se trouvaient tranquillos en train de bouffer du riz Uncle Ben's ou de baiser, et voilà que l'aigle américain leur pond un œuf de sa façon, les précipitant dans l'enfer ! Dieu sait qu'ils étaient charognards, les Japonouilles, mais cette bombe nous les a brusquement rendus fraternaux.

Ainsi de mégnace pâteux. Satisfait et vibrionnant dans Oxford Street, ma cage sous le bras. Un vautour noir fond sur nous et l'univers bascule.

Tout va à folle allure. J'enjambe l'assaillant, écarte son arme en shootant dedans, me penche sur Irma. Elle a morflé les bastos dans le côté droit. Sa robe est déjà trempée de sang.

— J'ai mal, balbutie-t-elle, très mal.

Puis s'évanouit.

Oh ! ce sentiment d'impuissance ! Ce désespoir glacé !

Effervescence autour de nous. Je vois une grappe de visages effarés : des Angliches, des Indiens, des Jaunes… J'entends des coups de sifflet. La rumeur de la circulation. Des autobus à impériale continuent de passer.

Je serre fort la main de ma tendre Belgette. « Amour, ne t'en va pas ! exhorté-je muettement. Ne me quitte pas ! Je t'en conjure, vis ! »

À deux mètres de la petite flique, il y a l'arme du meurtrier, avec son groin camus. Un petit mec, genre jockey à la retraite, se penche pour la ramasser.

— *Don't touch !* aboyé-je.

Il stoppe son geste.

Je décris une demi-volte pour voir où en est notre agresseur.

Dans le fion, mon pote ! Disparu !

— Où est passé le tueur ? hurlé-je-t-il.

Le gars que je suppose indien fait un geste de la main. Je me détronche pour mater : ballepeau ! Il s'est fondu dans la foule.

J'ai un élan pour me lancer à sa recherche ; à quoi bon ? Tu parles qu'il a dû mettre la surmu !

Anéanti, je glisse ma dextre dans l'échancrure corsagère de ma compagne. Je détecte de la vie, mais ça breloque et s'affaiblit.

Là-dessus se pointe un drauper, puis une bagnole de poulets et enfin une ambulance.

Les bobbies s'activent sans gueuler ni gesticuler : à la britiche ! On emporte ma gentille. Un perdreau aux manches zébrées de blanc se saisit délicatement du feu en le bichant par l'extrémité de son canon et le glisse dans un sac en plastique. Exactement comme dans les films.

Les gonziers du service technique arrivent à leur tour, flashent à tout va, à tout vent.

Jusqu'alors j'ai l'air de compter pour du beurre. Personne ne m'a rien demandé. Mais d'autres chignoles radinent. Ces messieurs créent une sorte de no man's land dans une partie de la rue, qu'ils délimitent avec un ruban rouge.

Enfin, un officier de police survenu dans une grande limousine noire sur laquelle le roi George V a appris à conduire daigne me prendre en considération, du moins s'occupe-t-il de moi.

— Puis-je vous prier de décliner votre identité, sir ? me dit-il.

Rivalisant d'impassibilité, je dépose ma cage à oiseau sur le trottoir et produis ma brème officielle.

« Touché, coulé ! » dirait mon cher Benloulou.

Mon terlocuteur est un bonhomme en fin de carrière, au visage brique, aux crins blanchouillards et aux yeux pervenche.

— *Indeed !* s'exclame-t-il.

— Tout ce qu'il y a d'*indeed*, confirmé-je.

Dès lors, il se présente en bonnet difforme : « Superintendant Mac Mahon ! » Me prie de carrosser en sa compagnie. Et nous voilà en décarrade dans la City.

— Navrante histoire, n'est-il pas ? me déclare-t-il.

— Dramatique, renchéris-je.

Ce gusman contrôle admirablement sa curiosité, comme tous les Britanniques lorsqu'ils sont anglais ; n'empêche que je suis con et for (je veux dire contraint et forcé) de lui lâcher du lest… Le fais à ma manière, racontant à ce Rosbif violi sous le kébour qu'en France nous sommes sur la trace de trafiquants de drogue très dangereux : il vient d'en avoir la preuve. Cette enquête m'a conduit en Belgiquerie (où je suis entré en contact avec la sergente Irma Van Loy) puis nous a branchés sur l'Angleterre. S'apercevant de cette filature, les crapules nous ont allumés illico-dare-dare.

— Vous auriez peut-être été bien inspirés en appelant le Yard, suggère de son ton placide le superintendant Mac Mahon.

Je lui rétorque que nous comptions le faire mais n'en avons pas eu le temps. À quoi bon zizaner ?

Et c'est la routine flicarde qui me happe. Rapport, déclaration, la lyre…

*
* *

Mon réflexe est de me rendre à l'hosto. Bâtiment austère, avec encore du gothique dans sa façade. Des religieuses aussi joyeuses qu'une épidémie de peste bubonique accueillent le public derrière une longue banque sculptée de têtes de lion. Je demande après miss Van Loy, hospitalisée quelques heures plus tôt.

— À quel titre ? s'inquiète mother Gladys.

J'estime plus ingénieux de lui présenter ma carte. Certes, elle est française, mais le mot « police » est international. La brave sœur hèle un certain Thimoty, somptueux gâteux en blouse verte (harmonisée à son teint) et lui enjoint de me piloter.

La ganache d'outre-Manche m'entraîne jusqu'aux ascenseurs datant d'Oliver Cromwell ; je m'attends à voir l'immense cage d'acier s'élever. Au lieu de, elle descend.

Nous parvenons à un long couloir peint gris foncé et cacaboudin. Le gâtoche verdâtre me précède sur une cinquantaine de mètres linéaires, puis stoppe devant une très grande porte montée sur un rail, la fait coulisser.

À ce point de mon livre, je pige.

Tout !

Nous sommes à la morgue ! Dieu sait que je ne suis pas une mauviette, mais devant cette brutale autant qu'implacable réalité, un vertige nauséeux m'empare. Pour un peu, je tomberais à genoux et me mettrais à gerber sur le carrelage.

Héroïquement, j'accompagne mon cicérone jusqu'au bout. Le dabuche n'est pas pressé, prend même le temps de tirer de ses brailles un mouchoir vaste comme une nappe à pique-nique. Lui fait l'offrande de résidus qu'il contemple nostalgiquement avant de les empocher.

Enfin, il ouvre le compartiment numéro 8 et s'écarte.

Eh bien oui : elle est là. Chaste dans sa nudité de morte. Son flanc droit est percé de quatre trous d'un rouge quasiment noir !

Naguère, elle se donnait à moi avec passion. Qui pouvait penser que, quelques heures plus tard, elle gésirait dans cet abominable récipient de zinc, en attendant d'être la chose d'un médecin légiste ?

Je voudrais lui dire des mots d'amour, ou bien pleurer. Mais je me sens de pierre également. Aussi monolithique qu'elle.

Il va falloir apprendre la nouvelle à ses collègues ; à ses parents, surtout. Elle est partie joyeuse, pimpante dans sa jolie robe estivale. Sur la plage d'Ostende, *les chevaux de la mer, arrivaient la tête la première*.

— *That's all ?* me demande la ganache couleur chlorophylle.

— *Yes, sir :* c'est tout !

18

C'est pas pour enfoncer le clou, mais tu imagines mon retour à l'hôtel, l'âme bourrelée de chagrin, une cage à oiseau dans une main, des culottes pernicieuses dans l'autre ?

Je pose mes deux paquets sur le lit et décroche le bigophone pour turluter à la maison « Ça renifle ». Je retrouve quelques bribes d'énergie en reconnaissant le mâle organe de Jérémie.

— Putain, c'est toi ! Ton silence commençait à m'inquiéter, déclare mon cher All Black.

— Je suis à Londres ; il faut que tu m'y rejoignes immédiatement, fais-je en écho. Commande le zinc réservé aux missions spéciales. Je t'attends à l'hôtel Dorchester.

— Tu ne veux pas me dire de quoi il retourne ?

— Si je jactais, je craquerais, balbutié-je. Arrive, je t'en supplie.

Je raccroche.

J'ai juste la force d'aller bouclarès et de balancer mes tartines à travers la pièce. Cela fait, je me fous à plat ventre sur le lit.

Il avait raison, Béru : mon destin se met à schlinguer les cagoinsses bouchés ! Il prévisait, le Gros, que quelque chose allait m'arriver ; et à lui idem par la même occase. Roncevaux, Roland sans Durandal !

Franchement, j'aurais dû rester près de Félicie !

Toujours cette sensation de présence.

Il a peur de quoi, l'homme ? De l'homme, t'as remarqué ? Bien davantage que du serpent minute ou du grizzli. L'horrible homme des neiges ! L'homme de loi, d'armes, d'argent, de lettres, d'État, de paille, de peine, de la rue. Primate aux pensées torves. Branleur, fourreur, sodomite.

Brutalement, je me livre à deux constatations : 1°, je dormais ; 2°, je ne dors plus.

Je roule sur le côté. Seigneur, thank you very moche.

Jérémie Blanc est assis à mon chevet. Les jambes croisées, le regard inquiet…

— Je n'ai jamais vu quelqu'un en écraser de cette façon, à l'exception des opérés de frais. J'ai eu beau sonner, tu ne répondais pas ; c'est un gars de la réception qui est venu actionner le verrou avec un passe spécial.

— Tu es là depuis longtemps ?

— Dix minutes ; tu avais une expression de total abandon, alors j'ai compris qu'il fallait te laisser récupérer.

Je lui propose ma main. Il s'en empare et la pétrit lentement, pour me communiquer sa force tranquille, son énergie. Je le contemple dans la lumière glauque filtrée par les voilages.

— C'est beau, un nègre, murmuré-je.

Il sourit et attend, bien décidé à ne pas me presser. Je l'ai souhaité. Il est là. À moi de commencer les tirs au but.

— Tu es passé sous un tramway ? ne peut-il s'empêcher de questionner en désignant mes plaies à la tête.

Ça floconne tout seul. Au fond, je suis un narratif. J'aurais peut-être réussi dans le journalisme ?

Je lui raconte bien tout, chronologiquement, au Jéjé. J'y vais à voix posée, lente comme le pas du paysan arpentant ses champs. Je lui bonnis la géante qui m'invite à Ostende, la maison hantée, mon duel foiré avec le Teuton, mon coup de foudre (et de foutre) pour la malheureuse Irma, l'enlèvement du couple momifié par mes potes. L'identité de l'homme, le général Karl Hecht, mort d'une injection de strychnine il y a cinquante-trois ans. Le retour de la Pine et du Rouquemoute à Pantruche. Le Gros en proie à de funestes pressentiments refusant de me quitter. La nuit chez l'asperge. L'arrivée du Rosbif venu s'emparer d'une cage à oiseau. Le basset qui se coule dans sa trottinette et manque se laisser fourriérer au pays du bacon levant. Le coup de fil d'un homme âgé, à l'accent germanique. L'inexplicable disparition d'Alexandre-Benoît Bérurier. Les traces de pas géants dans la poudre de perlimpinpin. Mon départ pour London en compagnie de l'adorable sergente. La récupération aisée de la cage, suivie presque aussitôt de cette tentative de rapt au cours de laquelle notre petite consœur a trouvé la mort (écrirait une certaine presse à envelopper des œufs ou à évacuer les Tampax forclos). Pour finir, mon S.O.S. à lui, Jérémie, et mon engloutissement dans un sommeil opaque.

— Pauvre grand, soupire l'ami en négatif, tu traverses une période plus noire que je ne le suis. Il s'agit de courber le dos et de foncer.

Puis, changeant de ton :

— Tu ne m'as pas dit ce que contient cette fameuse cage.

— Pour l'excellente raison que je l'ignore.

Ses lotos pareils à des boules de billard s'élargissent jusqu'à ressembler à des ballons de foot.

— Tu viens de passer des heures en sa compagnie sans l'examiner ?

Je lui souris triste.

Manifestement, c'est pas la grande forme, comme me le faisait remarquer Salami.

— Je t'attendais.

19

Alors voilà. C'est un oiseau, quoi. Une espèce qui vient des îles (je ne sais lesquelles ; pas les Britanniques, en tout cas).

Il a des plumes de couleur à dominantes bleues, éteintes par le temps, qui furent probablement somptueuses. Ses pattes grêles sont fixées sur un perchoir doré. Blanc a glissé sa forte pattoune par la porte et palpe la bestiole. Il retire sa dextre, place la cage à l'envers pour examiner le dessous où figure une plaquette de cuivre. Je l'entends marmonner :

— Ludwig Kaul. Munich.

Il me défrime.

— Que faisons-nous ? On dépiaute le volatile ?

— On n'a guère le choix.

Docile, il l'arrache de son socle pour le déposer sur la table.

À la renverse, le pensionnaire de la petite loge grillée ne ressemble plus à grand-chose. La magie des objets est subordonnée à la manière dont ils nous sont présentés.

Le Bronzé-de-Partout le scrute, centimètre carré par centimètre carré.

— Tu cherches une ouverture ?

— Oui, mais en vain : on ne lui a même pas laissé de trou du cul.

S'emparant de son stylo Montblanc[1], mon ami Vendredi sonde le zize à petits coups rapprochés.

— C'est plein, déconvient-il ; un corps de bois sur lequel furent collées de véritables plumes. Évidemment, ça évite les risques de décomposition.

— Ce que vous ne trouvez pas à l'étalage figure peut-être à l'intérieur, déclaré-je. Attends que je me passe un peu les nerfs !

Saisissant la cage, je la mets sur le tapis et l'écrase à coups de talon.

À vrai dire, ce n'est pas du travail d'orfèvre et je ne me sens pas très fier de ma prestation. L'oiseau romantique n'est plus qu'une épave dans une carcasse de fer saccagée, hérissée de petites tiges.

Je continue de m'acharner dessus, ivre de haine, comme si je le rendais responsable de la mort d'Irma. Et, au fond, n'est-ce pas un peu de cela qu'il s'agit ? Sans cette bestiole, elle vivrait encore, ma jolie policière !

Sonnerie du bigophone.

Jérémie décroche.

— Ne quittez pas !

Il pose sa paluche en nageoire de tortue marine sur le combiné.

— Le superintendant Mac Mahon, ça existe ? me demande-t-il.

J'empare le biniou.

— Ici San-Antonio ! m'annoncé-je sèchement.

Pas le moment qu'il vienne me les briser, ce branleur plein de gin ou de whisky.

— Navré de vous importuner, sir. Je voudrais faire appel à votre mémoire pour un détail : auriez-vous eu le réflexe de noter le numéro minéralogique de vos agresseurs ?

— Non, dis-je, mais peut-être y a-t-il eu des témoins qui…

Il se permet de m'interrompre.

— Certes ! fait-il, mais la voiture était pourvue d'un système de « retournement ». Sitôt que les choses ont dégénéré, le conducteur l'a actionné, si bien que les plaques se sont renversées pour présenter

1. Publicité rigoureusement gratuite. San-Antonio, s'il est à louer pour son œuvre, n'est en tout cas pas à vendre.

des faces complètement blanches. Depuis quelque temps ce procédé est utilisé par nos truands.

— Même dans ce domaine, la Grande-Bretagne est à l'avant-garde du progrès, proféré-je avec aigreur.

— Ce sera tout, sir ; pardonnez-moi.

Je raccroche puis éclate de rire. Un rire sauvage, mesquin, minable.

— Qu'as-tu ? s'inquiète le Gentleman des bidonvilles sénégalais.

Je lui relate ma brève converse avec le couperosé.

— En quoi ça t'amuse ? s'étonne-t-il.

Je le prends par l'épaule.

— En me posant la question, ce gland m'a rappelé que j'avais la réponse ! Faut-il que mes blessures ainsi que ma peine fussent grandes pour que je l'eusse occultée. Quand j'ai réalisé que l'auto en question n'était pas un taxi, machinalement j'ai filé un coup de saveur sur son numéro. Tu veux bien noter ?

— C'est parti, fait-il en sortant son stylo et son carnet (un des calepins de Papa dont je l'approvisionne, mon père en ayant laissé un stock inépuisable).

Je ferme les paupières, dont l'une est gonflée comme la capote d'un tilbury.

— Vingt et un ! dicté-je, kif un médium en transe. Plus loin, quatre. Et dessous les lettres W W C.

Un temps de récapitulation.

— C'est tout, grand ?

— Je suis absolument certain de ne pas me gourer.

Il traduit sa pensée d'une formule magistrale qui lui est familière :

— T'es chié, Antoine !

— Tu trouves, toi, que je suis chié ?

— Et maintenant, on continue d'explorer la cage ? s'enquiert-il.

— Tu parles !

Si quelque chose est dissimulé à l'intérieur, ça ne peut être que dans le fond.

Je la ramasse et sors mon couteau, inséparable compagnon de mon existence mouvementée. Le premier « plancher » est fait de tôle mince recouverte de feutrine velouteuse. Je procède kif avec une boîte de conserve, à savoir que je plante le ya dans le plateau circulaire et découpe celui-ci sans me soucier des ébréchures.

Le Négus est en catalepsie ; bientôt, ses gobilles vont lui pendre sur les joues. Ma besogne produit un léger bruit grinçant qui ajoute au sucepince.

Voilà ! Le disque mal ébarbé cède, je l'enlève. Nous apercevons alors une épaisseur d'ouate rose que j'entreprends de palper. Je sens sous mes doigts des trucs de formes différentes. En retire un au hasard, enveloppé de papier de soie. Je le tends au Niac.

— À toi l'honneur, Burnes sombres !

Il frémit en dégageant l'objet, pousse un sifflement admiratif. Il a, entre ses mains d'ex-escaladeur de cocotiers, un bracelet composé de diamants gros comme des noisettes.

Soufflé, il le fait jouer à la lumière.

— Tu as vu cette couvée de millions ! balbutie-t-il.

Je plonge dans le coton à pleines paluches. En retire dix autres pacsifs. Certains sont petits : les bagouzes. D'autres plus volumineux : les colliers. Nous dénichons également des pendants d'oreilles et des broches. Débarrassés de leur emballage, tous ces joyaux étincellent à la lumière du lustre. Mis en tas, ils font caverne d'Ali Baba !

— Tu as une explication quant à leur origine ? demande Jéjé.

— Naturellement : il s'agit là d'un butin provenant de rapines nazies. Le général allemand, parti en même temps que Hess, pensait l'utiliser pour s'aménager un avenir confortable. C'était un homme cupide et utopique ; comme si les braves Britiches allaient lui accorder un permis de séjourner ailleurs que dans une prison !

— Alors, ta version des faits, Homme blanc ?

— Des plus simplistes. Le coucou de l'officier a été abattu, mais le général s'en est tiré. Il a pris sa fameuse cage et a tenté de fuir. Seulement quelqu'un l'a rejoint. Qui ? Mystère. Peut-être la fille qu'on a retrouvée dans le conduit avec lui ?

« Il a été amené ici. Probablement avait-il aussi des paquets de bank-notes et en a-t-il proposé à la personne qui l'a pris en charge ? Une fois dans cette maison, on l'y a tué pour le détrousser et on a emmuré son cadavre avec celui de la femme. Je pense que ma « copine » Astrid possédait des grands-parents pas très cathos.

— Ceux-ci ne se sont doutés de rien, à propos de la cage, rêvasse le Noirpiot.

— Sinon ils l'auraient explorée cinquante piges avant nous. Ils l'ont conservée parce qu'elle était charmante.

— Jugeant normal qu'un aviateur se baguenaude dans le ciel de guerre avec cet objet incongru ?

— Peut-être ont-ils cru à une mascotte ; c'était la mode, chez les aviateurs, de voler munis d'un porte-bonheur souvent ahurissant.

Mon brave aminche acquiesce :

— Probable, en effet. Mais alors, comment l'Anglais a-t-il connu l'existence et l'inestimable valeur de cette volière ?

— Excellente question à laquelle nous devrons trouver une réponse.

L'inexorable compte-gouttes du temps, disait si joliment la marquise de Sévigné dans l'un de ses télégrammes à la comtesse de Ségur, nous laisse déductionner un bout, après quoi je murmure, me parlant à moi-même :

— Qu'allons-nous faire de ce tas de cailloux ? Il est impossible de retrouver les malheureux Juifs auxquels ils furent pris et qui sont sans doute morts depuis longtemps.

Jérémie rêvasse en tripotant les gemmes.

— Il y aurait de quoi construire un dispensaire dans un coin déshérité d'Afrique, là où les bébés ont les yeux bouffés par les mouches.

Il ajoute :

— Car, enfin, cette fortune sort du néant…

Pourquoi suis-je aussitôt séduit par cette idée ?

— Tope là, Blanche-Neige ; on va s'y coller dès que nous en aurons terminé avec cette affaire. Et nous ne laisserons personne créer une fondation de ceci-cela, plus ou moins poreuse, que des requins marloupins, façon Crotte-Joseph, écument à la grande louche !

La poignée de main que nous échangeons (d'ailleurs on ne l'échange pas, puisqu'on la constitue) est de celles qui scellent.

Soudain : miracle ! Je me sens délivré du mauvais sort qui m'accablait. Un soleil miséricordieux se lève sur mon marasme.

— Nous allons prendre un coffre dans une banque londonienne avec signatures conjointes, poursuis-je. Le moment venu, nous négocierons la vente de ces pierres afin d'alimenter le financement de « notre » dispensaire.

— Nous le baptiserons « Saint-Antoine », fait gravement le Bougne.

— Ne commençons pas à mégalomaner ; nous l'appellerons tout simplement : « l'Hosto ».

Comme il était tard, nous décidèrent de sauter le dîner et nous nous couchîmes sans tarder.

20

Dès le lendemain morninge, les bijoux sont placardés dans la salle des coffiots d'un sanctuaire à pèze comme il n'y en a qu'en Grande-Bretagne. Lorsque tu pénètres dans ce temple de la sterlinge, tu redoutes d'avoir laissé ta braguette béante ou d'arborer du foutre sur ton bénoche. Des mecs à frime de cierge, noirement vêtus, consentent à nous louer une tirelire fortifiée, sise dans une crypte marmoréenne où le moindre pet doit ressembler au roulement du tonnerre dans la jungle birmane.

Notre pactole, réuni dans un sanitary bag de salle de bains, retourne à l'obscurité pour, je l'espère, une durée plus courte que celle venant de s'écouler.

Satisfaits, nous pénétrons dans un pub, histoire d'arroser cette victoire partielle.

Devant deux whiskies sans eau, servis en des petits verres, nous décidons d'une conférence au sommet.

— Notre conduite me paraît toute tracée, attaqué-je : il faut retrouver la bagnole des meurtriers. Apparemment, rien de difficile à cela puisque nous avons son numéro. Seulement, si je me mets à sa recherche, je vais droit aux emmerdes, après ce qui est arrivé.

— Ben, y a moi ! objecte Saint-Vendredi. Moi : blanc comme un lis ! Je vais m'en occuper. Cela dit, on pourrait peut-être se cogner le tronc, mec ? Je commence à prendre la crampe du nageur de fond. Tu boufferais pas chinetoque, pour changer ?

— Si tu veux.

Y en a un qui m'a l'air chouettos à l'hôtel. Pas le genre d'endroit où on te sert du rat crevé à la sauce piquante. Nous nous y rendons sans férir le coup. Ce que nous commandons, je ne te le raconte pas, j'aurais l'air de tirer à la ligne. Des machins appétissants, toujours est-il, dorés, onctueux et pas chérots. C'est pour ça que le monde occidental est submergé de restaus chinois qui, la plupart du temps, ne sont même pas asiatiques.

La briffe expédiée, nous nous séparons momentanément. L'homme des savanes part à la recherche de la tire, moi à celle de mon équilibre. Certes, j'ai franchi, je le sens, le cap des tempêtes, encore me faut-il récupérer cette incomparable légèreté de l'être qui rend mon existence si riche et si harmonieuse.

Une main dans la poche de mon grimpant, j'arpente Oxford Street. Décision subconsciente : me rends chez le dénommé Stendley, voir la frime qu'il pousse après la disparition de sa cage à zoiseau. Et puis aussi bavarder de choses et autres. « De la discussion jaillit la lumière ! » assurait Papa. C'est ce qu'il est allé raconter un jour à deux mecs qui se battaient. Ben, il en a pris plein le portrait, mon géniteur, biscotte les adversaires, mécontents d'être interrompus par son prêche, lui ont ciré la gueule en grand. De l'incident datait son premier bridge (sur la rivière Kwaï).

J'arrive à la hauteur de l'immeuble qu'habite Bébé Rose. Mon cœur commence à se pignoler quand j'avise sa Morgan à proximité de la garçonnière.

Nous allons enfin lier connaissance, le mec et bibi. Mon coup de sonnette mélodise dans l'escadrin…

Je perçois un bruit de pas, léger. On délourde et me voici face à face avec le chérubin. À l'intérieur, ça mouline de la musique nouvelle, de celle qui te fait saigner les tympans kif le tarbouif d'un boxeur inexpérimenté.

Le gars est assez joli garçon : plutôt grand, mince, vaguement rouquinant. Il porte un bermuda bleu et un tee-shirt ample que ça imite le drapeau de l'Union Jack.

— Vous désirez ? me demande-t-il.

Et ma pomme, dans la superbe langue qu'emploie la Couine Élisabeth II lors de ses discours au Parlement :

— On m'envoie chercher la cage !

Je lui annonce la chose benoîtement, avec amabilité, ponctuant d'un sourire pour parfumeur primé.

Là, la frime du minet s'étrécit et ses yeux déclenchent les antibrouillard.

— Mais… je ne comprends pas…, articule-t-il avec ses molaires du fond.

— Que ne comprenez-vous pas, sir ?

— J'ai prévenu…

— Qui et de quoi ?

Il a la mine angoissée d'un gars contraint de traverser le désert de Nubie sur le tricycle de son petit frère.

— Eh bien… mister Flow… Je l'ai informé de la disparition de la cage. D'ailleurs il était déjà au courant. Ses hommes ont vu sortir d'ici le type venu la voler !

Je lui délivre un hochement de tête sceptique qui met le comble à ses alarmes.

— Vous me permettez d'entrer ?

Ce disant, je le pousse à l'intérieur de son enculodrome avec deux doigts en fourche.

Il se liquéfie, comme la glace vanille que tu as abandonnée en plein soleil pendant que tu bouffais la chatte de ta tire-crampeuse.

Mécolle de relourder soigneusement.

Ayant procédé, je fais front au jeune homme.

— Voyez-vous, Stendley, soupiré-je, mister Flow trouve cette affaire pas catholique-anglicane du tout et m'envoie pour l'élucider.

— Mais je n'ai rien fait ! geint le minet, catastrophé.

— On va voir…

— J'avais pour mission de la prendre dans la maison d'Ostende et de la ramener ici.

— Seulement elle a disparu avant que vous ne la remettiez à Flow.

— Ce n'est pas ma faute !

— Vite dit ! Qui pouvait être au courant de l'intérêt qu'elle présentait ?

— Je l'ignore. Moi-même, je ne sais pas ce qu'il y a dedans.

— Ah non ?

— Parole !

Il dérouille un monstre coup de genou dans les ballottines et s'écroule, puis, semblable au Trou vert, il verdit[1].

— Vous n'êtes pas sérieux, mon garçon, fais-je en m'asseyant sur une délicate banquette Tudor que je réveillerai plus tard.

Laissons-le récupérer. Pour tromper la tante, je lui sifflote *Roses de Picardie*, un vieux truc qui produit toujours sa petite émotion.

Mister Mallory revient doucement, n'ose parler ni broncher, des fois que ça redéclencherait la foudre…

— Vous alliez souvent dans cette maison ? ai-je l'idée saugrenue de demander.

— C'était la seconde fois.

— La première, à quelle occasion ?

— Je devais prendre une livraison.

— De quoi ?

— De salamis italiens.

Ce mot, à cet instant, m'attendrit et m'étonne.

— Il y en avait beaucoup ?

— Six. Des gros.

— Vous aviez le droit de les passer en Angleterre ?

— Le Marché commun, répond-il.

Nous en sommes là de cette converse à bâtons rompus quand le bigophone rameute. Le pédaleur de charme m'interroge du regard. Je lui fais signe de ne pas répondre. Le ronfleur trémulse sept fois encore et cesse.

Je profite du silence revenu pour méditer derechef.

— En somme, vous vous êtes rendu à deux reprises à Ostende ?

— Juste.

— Sans jamais y rencontrer quelqu'un ?

— *Never*.

— Quels sont vos moyens d'existence ?

— Je m'occupe d'une troupe de théâtre.

— D'amateurs ?

— Oui.

— Et ça vous rapporte suffisamment pour vous assurer ce délicieux appartement ?

1. Çui-là je l'ai déjà fait, mais on ne s'en lasse pas.

— Je m'arrange.

— Un peu avec le cul, un peu en travaillant dans des combinaisons glauques ?

Me penchant sur lui, je vocifère :

— Où habite mister Flow ?

Effarouché, il pousse un cri de souris enfilée par un rat d'égout.

— Vous ne le savez pas ? s'étonne-t-il.

S'agit de ne pas le laisser réfléchir : je m'agenouille et lui balance deux douzaines de baffes à une allure de ventilateur emballé. M'arrête, hors d'haleine.

— Réponse ? aboié-je.

— 106 Saint-James Street.

Me vient alors aux lèvres une phrase de ma tante Pernet. Chaque fois que j'allais la visiter (sur l'ordre exprès de Papa) elle me tapotait la joue et murmurait : « Bien sage. »

Me reste plus qu'à prendre la cordelière des rideaux (et non celle des Andes) pour le faire tenir tranquille.

*
* *

Quarante minutes plus tard, très exactement, je me présente au domicile de mister Flow. Maison de très grand standing, en briques noires ; portes et fenêtres peintes en blanc, de même que leur encadrement. Ça m'a l'air de baigner pour ce monsieur.

Je gravis un perron de huit marches, flanqué de deux candélabres en fer forgé, et mon index flirte avec la sonnette.

Une soubrette arrogante, aux cheveux cendrés et à la moustache retroussée façon Bismarck, m'ouvre.

S'enquiert.

Je dis.

Elle secoue la tête catégoriquement.

— Monsieur ne reçoit que sur rendez-vous !

— Peut-être Monsieur fera-t-il exception pour un pauvre directeur de la police parisienne, réponds-je sans m'émouvoir. Montrez-lui toujours ma carte, je vais prier pendant ce temps !

21

La duègne de mes pensées revient rapidement. À sa roguerie s'est substituée une expression déférencielle. Nous gagnons le premier étage, qu'à Londres on appelle *the first floor*, et l'adjudante de service m'introduit (en aucun cas ce ne saurait être « à charge de revanche »).

Je te ci-joins un vaste bureau meublé d'acajou sombre.

Un étrange personnage boit du café à une petite table dite d'appoint. Un zigus âgé d'un demi-siècle, petit, trapu, avec des cheveux épais, mal teints en noir, dont les favoris révèlent qu'ils sont en réalité couleur queue-de-vache (en reality show, naturellement). Presque pas de menton, une peau de caïman, des yeux d'un bleu si clair que, dans l'ombre, on les croit entièrement blancs. Il est vêtu d'un costume prince-de-galles, cravate en tricot noir, pochette très épanouie, de couleur verte.

Il se dresse pour m'accueillir, sans grand enthousiasme. Me salue d'un vague hochement de tête, s'abstenant de me tendre la main, me désigne un canapé à quelques encablures de sa table.

— Pas très bien compris, mâchonne-t-il. Français et détective ?

— Directeur de la P.J. de Paris, confirmé-je.

— Oui, et alors ?

Pour un Anglais, on ne peut dire qu'il possède des manières de gentleman !

— Alors, que fait un détective, mister Flow ? Il enquête !

— Comprends pas !

— On parie que si ?

Je t'ai raconté ses gros sourcils ? Il devrait les teindre également, mais non, il les laisse à leur roussâterie.

Voilà qu'il se beurre délicatement un toast rond, le rompt en deux parties, tel un prêtre au moment de la communion et l'engloutit d'un seul gloupement. Sa mastication est celle d'un chien : vorace, donc brève. Ce gazier connaîtra des problèmes avec son estom' avant lurette.

— Pressé ! grogne-t-il à travers sa déglutition. Dites ce que vous avez à dire.

— Maison d'Ostende, le parodié-je, cage à oiseau, petit gay à la Morgan, *you see, signore* ?

— Non !

— Voiture à vous, numéro tournant, jeune femme assassinée ! Ça ne vous revient toujours pas ?

Il ne répond rien, boit une gorgée de café et va presser un timbre situé sur son burlingue.

Je le contemple ; lui, non. Tu jurerais qu'il a occulté ma présence.

Sa dragonne à baffies réapparaît.

— Raccompagnez-le ! qu'il enjoint, le courtois, en me désignant avec un cigare sorti d'un coffret.

Je me lève, cinglé par l'affront.

— Je ne pense pas que vous choisissiez la meilleure méthode, lui jeté-je en gagnant la porte.

Furax d'être traité en puant, je précède la woman of bad-room et dévale l'escalier, aveuglé par la rage.

Juste comme je parviens au rez, tu sais quoi ?

Faut que je te raconte ça, c'est trop poilant : ma tronche éclate ! Je ne dispose que d'une fraction de seconde pour m'en rendre compte. Des trilles lointains d'oiseaux de paradis passent, zéphir sonore.

Retiens, la nuit ! qu'il égosille, le grand motard à pendeloques.

C'est inutile : la nuit, elle est bien là !

Pour un bon moment !

*
* *

La bagnole roule.

Et tout en roulant, tangue.

Mais à ce point, c'est pas une voiture !

Des flammèches scintillent à l'intérieur de ma citrouille. Tiens, j'aime bien les citrouilles, d'abord c'est bon à claper, et puis c'est joli, de forme, de couleur. Je connais un artiste ami qui ne peint que ça. Des citrouilles, des courges, des potirons ! Il acharne. C'est féerique.

Ça remue de plus en plus. Parfois, ça s'accentue, et le véhicule bondit pour retomber à grandes claques ébranleuses.

« Connard ! s'exclame mon subconscient, lequel ne me ménage pas. On te mène en bateau, fils ! »

La voilà l'expliquance : un barlu !

À chaque instant, on en croise d'autres, et c'est ce qui nous fait tangoter plus ou moins fortement selon l'importance dudit. Certes, je distingue des ronflements de moteur, mais assourdis car j'ai la pensarde dans un sac.

« Seigneur ! élevé-je-t-il mon âme, dans quel tas de merde me suis-je encore fourré ! »

Car, vois-tu, les impulsifs de ma pire espèce sont souvent niqués par leur fougue. J'aurais dû, au lieu de foncer stupidement, prendre d'élémentaires précautions. Pour commencer, attendre le Black, lequel, précisément, se mettait en quête du propriétaire de la tire des meurtriers. Mais non, cocorico, c'est moi ! Le coq gaulois de la basse-cour France. Fait aux pattes avec une facilité déconcertante. Un puceau, un idiot de village ! Bonjour tout le monde, ici San-Antonio, le « rosier » de la rousse parisienne.

Poum ! un coup de goume sur la coquille. Un grand sac. La Tamise.

Chanson de ma grand-mère :

Sur les bords de la Tamise
Nous nous en irons tous les deux,
Goûter l'heure exquise
Du printemps qui grise...

Je ne pense pas que l'heure qui va suivre sera tellement exquise pour ma pomme. Lorsque, connaissant sa qualité de flic, un vilain le fait estourbir dans sa propre maison, c'est qu'il est fermement décidé à l'éliminer.

Avant de me sacquer, on m'a saucissonné.

Les bras le long du corps. J'ankylose[1].

Manière de gagner un peu d'aisance, dirait mon tailleur, je fais de formides efforts pour décoller mes mancherons.

Pas zaisé !

C'est surtout aux épaules qu'on a mis la sauce.

---

1. Note pour Jean Dutourd :
« Oui, Jean, on doit dire "je m'ankylose" ; mais ça changerait quoi à ma carrière de saltimbanque ? »
San-Antonio

Je réfléchis. M'exhorte : « Antoine, mon biquet, va falloir t'en sortir. » Cette détermination m'agrée. Du bout des doigts, je caresse mon futal. Ma poche droite. Je sens un truc dur qui n'est pas mon sesque (comme dit Béru). Réfléchis. Identifie. Mon Opinel, le compagnon fidèle de tous les sujets de l'ancien Dauphin de France. Le couteau le plus simple et le plus résistant qu'on ait jamais inventé depuis l'âge de la pierre taillée.

Dès lors, une farouche résolution me bite : m'en emparer.

Yes, but how ?

De mes salsifis engourdis, je délimite son volume. Pas d'autre soluce que de trouer mon falzuche. Comment ? Avec l'ongle de mon pouce, dis-tu ?

T'en as de bonnes, bonhomme. Tu croives que ça se pratique commak, toi ?

J'essaie.

Tu sais à quoi je pense ?

Au moment où j'escrime, un gonzier me lit dans ses cagoinsses. C'est un endroit de rêve pour savourer un bon Sana. Les sphincters relaxes, l'urètre attendant son tour, l'homme en défécation m'apprécie en plein. Chier en me lisant fait partie des authentiques félicités de ce monde, lequel parcimone de ce côté-là !

Après un temps de grattouille menue, je réalise que mes ongles, coupés court, ne me sont pas d'une grande aide. Par contre, en saisissant l'étoffe entre le médius et l'index, je peux faire pivoter quelque peu la poche.

Je suis certain que t'as pigé. Je ne vais pas t'écrire un documentaire là-dessus. De trémoussements en tractions digitales, je parviens à orienter l'ouverture de la pocket et à y faire pénétrer ma pince de homard.

Ça y est : je touche le corps renflé du ya, le cueille.

T'as gagné « le » premier manche, gars, mais pas encore la guerre !

Comme ça que je m'adresse à moi.

Pas le style gnan-gnan, tu vois ? Homme sain dans un corps sain, préceptait le maréchal Pétrin. Maintenant, s'agit de sortir la lame. Reusement, ce vieux couteau je le connais comme mon zob. Deux décennies et mèche que je le virgule dans ma vague avec ma vaisselle de fouille, mon tire-gomme et mes clés. Il est souple et soumis, s'articule fastoche. Malgré mes ongles soignés, je glisse l'extrémité de l'un d'eux sous la pointe, dans la rainure.

Je m'y reprends cent fois.

Plus ? Ça se peut.

Mais tu sais où je finis par arriver ? Oui : à mes fins !

Le voici à l'équerre. J'accomplis des prodiges de contorsions et d'agilité, histoire de le bloquer avec ma cuisse. Dès lors (comme dit Jacques), je peux scier l'extrémité de mes liens.

Ténacité !

Persévérance !

Volonté !

Que pourrais-je encore ajouter ?

Plus rien, dis-tu ? Ça suffit ?

Bon, laisse-moi t'apprendre qu'au bout de quatre minutes d'efforts, ma main est libérée !

Là, je vais changer de chapitre pour que tu aies le temps de m'admirer.

22

Ça y est ?

Ton bain de saint siège est fait ? Tu l'as admis que je suis le first ? Le better ?

En ce cas je poursuis. Chien qui court après sa queue ! Remarque, moi je ne cours jamais après la mienne puisqu'elle m'attend en subissant, trop souvent, l'inexorable loi de l'attraction terrestre.

N-à mesure et fur que du temps passe, je guéris tout à la fois de mon étourdissement et de mes liens.

La canot tomobile ronfle toujours régulièrement, par contre, le mouvement du trafic fluvial se calme.

Pas besoin d'être grand éclair pour piger ce qui m'attend. Les scouts du père Flow naviguent vers un coin désert du fleuve nonchalant pour attacher deux gueuses de ciment à chaque bout de mon sac et me balancer dans la sauce. Ils doivent avoir un endroit à eux pour évacuer les gêneurs. La lenteur de la Tamise est propice à la formation d'étangs et autres bras morts.

J'attends à l'intérieur de mon suaire de grosse toile, non sans l'avoir fendu de haut en bas pour m'en dégager complètement le moment venu.

Mes noirs pressentiments m'ont largué, et Dieu sait cependant que ma situation reste précaire.

Je ne veux pas te faire un cours à répétition sur les mérites de l'Opinel, nonobstant, il est bon que tu saches qu'il est pourvu du cran d'arrêt le plus simple qui se puisse imaginer : une virole à faire pivoter à la naissance du manche et la lame est bloquée ! De couteau de poche rural, il se trouve promu poignard (si tant est qu'il s'agisse là d'une promo).

Le ronron du moteur baisse de rythme. Je perçois des frôlements soyeux contre la coque. Aucun doute, le barlu pénètre dans une étendue de roseaux. Tiens-toi prêt, mon Antoine, pense que la moindre fausse manœuvre te serait fatale. Les gaz sont coupés. L'embarcation continue de courir sur son tu sais quoi ? Oui, erre !

S'immobilise.

Une bâche isole l'habitacle. Une main la fait coulisser. Deux mecs pénètrent dans le roof, sans doute courbés biscotte la basseur du plaftard. L'un se place à ma tête, l'autre à mes pieds, ainsi qu'il sied en pareille circonstance.

Alors là ! là, mes chéries, vous ne seriez pas peu fiertes[1].

Au moment où les forbans me soulèvent, mon corps décrit un arc de cercle consécutif à mon poids. Fatal !

J'attends que ces messieurs m'aient évacué de l'habitacle pour tenter mon va-tout. Voilà qui est fait. Vas-y, l'homme ! Souvent, Papa m'appelait « l'homme », tellement il était fier d'avoir procréé un garçon.

La ruade du mec Sana est simiesque (dirait le Mastard pour sismique). Le julot me coltinant par les agacins est projeté en arrière, tandis que l'autre lâche prise. J'ai si dûment préparé mentalement ma manœuvre qu'elle s'opère comme au cinoche à partir de la vingt-troisième prise. Je jaillis du sac éventré kif Lazare de

1. Ben oui, fiertes ; si t'es pas content, introduis-toi du contondant in the fion !

son linceul. Mon Opinel serré dans la main droite (à la voyou), j'ai une détente de Jaguar (pas le gros minet, la KJR à injection). Vlahouhou ! Le coup de ya est net, d'une telle violence que ce couteau pour casse-croûte tranche la gorge du type d'une portugaise à l'autre !

Et tu sais quoi, Benoît ? Le type en question n'est autre que le meurtrier de ma tendre Irma ! Tu ne vas pas prétendre que la justice immanente n'existe pas !

Étrangement, au lieu de calmer ma rancune, la vue de l'égorgé ne fait que l'attiser.

— Crève ! lui dis-je. Crève, et prends ton temps !

Ce louche réflexe vengeur libéré, je m'occupe de l'autre gonzier.

En l'occurrence dire que je m'occupe de lui est un euphémisme, vu que l'individu, en chutant à la renverse contre l'un des plots de ciment prévus pour mon immersion, s'est éclaté la base du crânibus. Ça s'appelle faire philippine, non ?

Je suppose que c'est nerveux. Toujours est-il que je m'assieds sur le plat-bord et me mets à rire comme un congrès de bossus. Je regarde gargouiller l'assassin de ma gentille consœur. Il a les yeux exorbités et un râle caverneux s'échappe de son larynx sectionné.

Me distingue-t-il encore ?

— T'aurais dû rester devant ton verre de Guinness ! lui lancé-je quand s'apaise ma rifouille.

Le tueur tué !

Fable !

Je fixe chacun des blocs aux cannes des malfrats et les virgule dans la tisane. Je pige pourquoi ils ont élu cette anse du fleuve cimetière aquatique : ils n'en finissent pas de couler. Leurs carcasses deviennent floues, s'estompent, puis disparaissent complètement. Les joncs serrent les rangs à nouveau. Qui donc pourrait imaginer que deux cadavres reposent en ces profondeurs ?

Des martins-pêcheurs font entendre leurs cris. J'avise un vol triangulaire de canards sauvages.

Une harmonie universelle s'étale sur ce coin d'Angleterre qui me rappelle les traditionnelles gravures représentant des moines britannouilles pratiquant le lancer léger et accrochant leurs prises dans les arbres.

J'étale le sac dont je me suis libéré sur la flaque de sang. N-ensuite je mets le moteur en marche.

Manœuvre délicate, biscotte le foisonnement de plantes. Enfin, je m'extirpe de ce piège végétal et rallie le milieu du fleuve de Sa Grassouillette Majesté. Direction : London.

Ayant dégauchi une gapette marine à ancre dans le vide-poches, je m'en coiffe bas. Plus je passerai inaperçu, plus ce sera confortable pour ma pomme.

Je drive lentement.

La vraie campagne commence à donner des signes de fatigue et finit par le céder à la banlieue. Alors je vogue à la recherche d'un coinceteau peinard où je pourrai abandonner mon barlu sans me faire repérer.

J'avise un endroit rassérénant : une ancienne usine désaffectée. Des murs de brique en ruine, un ponton de ferraille dont ne subsiste que l'armature rouillée. Je m'échoue près de cette désolance qui ressemble à Mme Thatcher telle qu'elle est probablement devenue depuis sa mise à pied.

Le plus malaisé est de pratiquer un trou dans la coque de mon embarcation afin qu'elle coule (sage précaution en ce qui concerne mes empreintes de gitane). Une épave parmi d'autres, ça ne se remarque pas. C'est ce que je me dis chaque fois que je vois une retransmission de séance à l'Assemblée nationale.

23

Nous fûmes de retour à Ostende en fin d'après-midi. Je n'avais pas eu de mal à rejoindre le divin Jérémie, au retour de l'expédition ci-avant décrite, car il attendait, embusqué près du domicile de Flow, dont il avait obtenu l'adresse grâce au numéro de la voiture.

— Tu aurais pu poireauter longtemps, fis-je-t-il, si ma bonne étoile n'y avait mis du sien.

Il me répondit avec simplicité qu'il marchait « au pif » et savait pertinemment que j'apparaîtrais bientôt.

Son africanerie, se basant sur des présages de force 5, le lui certifiait. Il avait eu des indices incontournables : premièrement, un chien noir sodomisant un chien blanc ; deuxièmement, une capote anglaise oblitérée gisant dans un square ; troisièmement, la rencontre d'un homme-tronc tenant un parapluie. Toutes choses indiscutables dans le langage des « signes ».

J'espérais très fort récupérer Béru et Salami à notre hôtel. Hélas, ni l'un ni l'autre n'y étaient ; le repas destiné à mon cher basset n'avait pas été touché.

Dès lors, une intuition mauvaise se mit à faire des misères à mon muscle cardiaque. Ayant mesuré l'impitoyableté des gens auxquels nous nous heurtions, je craignis qu'il leur fût arrivé un turbin. Par « turbin », j'entends : rien de bon.

Le regard éloquent de Jérémie m'indiqua qu'il partageait mon appréhension.

— On « y » va ? dit-il seulement.

J'acquiesçai.

Nous nous dirigèrent pédestrement vers cette satanée villa, pleine de mystères et de fantômes.

Nous parvenions en vue de ladite, quand nous aperçurent la voisine Mme Troussot-Déclez. Elle battait un méchant tapis à sa fenêtre, comme cela se faisait dans les maisons bourgeoises où l'aspirateur n'avait pas encore droit de cité. Nous adressa un geste amitieux auquel je répondis par un autre.

La présence de Blanc à mon côté l'incertituda.

— J'ai du café tout frais ! nous lança-t-elle. Venez donc en prendre une tasse.

À la vive stupeur de mon pote, j'acceptis et nous pénétrâtes dans le vieux pavillon encaustiqué et ronronnant.

Je fis les présentations.

La chère Gwendoline déclara en serrant la dextre de Jérémie :

— Monsieur est noir, n'est-ce pas ?

— En toute franchise, oui, admis-je, mais il ne mord pas, ne fait pas ses besoins sur les parquets et vous récite *Le Songe* de Jacques Attali sans rater un seul vers.

Pendant qu'elle serva le caoua, je demandis :

— Auriez-vous aperçu mon chien, aujourd'hui ?

— Aujourd'hui, non, répondit ma vieille amie. Par contre, hier au soir, en fermant mes volets, je l'ai vu rôder autour de la maison. Je l'ai appelé, mais il a fait semblant de ne pas entendre.

— C'est un cyclothymique, l'excusis-je.

Elle eut un hochement de tête rassurant : de toute évidence, elle ne s'offusquait pas du côté lunatique de mon basset.

— Vous avez entendu beaucoup de manifestations, ces derniers temps ?

Ma question pouvait sembler grenue, posée à cette mémé qui, depuis plus de vingt piges, se farcissait les étranges bruits d'à côté. Mais c'était mon inspiration « enfouie » qui me la dictait. Aussitôt, l'ancêtre s'aggravit et son beau regard pâle où la cécité allait bientôt faire loi prit une expression soucieuse.

— Curieux que vous me demandiez cela, murmura-t-elle.

— Pourquoi ?

— C'est une des rares fois en un quart de siècle qu'il n'y a pas eu de bruit au cours de la nuit, non plus que ce matin. Si je vous avouais : ça me manque !

Elle ajouta, si bas que je devinai les mots plus que je les entendis :

— Et ça me fait presque peur.

Ainsi est la vie : les phénomènes surnaturels nous effraient, mais ils nous troublent davantage encore quand ils cessent.

Nous ne tardirent pas à prendre congé de l'aimable douairière. Ce fut pour piquer droit sur la maison hantée (du moins l'était-elle encore la veille).

Rien n'avait bougé, si ce n'est que je ne vis plus trace, au sol, de ma poudre de perlimpinpin.

Je la fis visiter entièrement à M. Blanc. Jamais la banalité de l'endroit ne s'était révélée avec un tel réalisme. Souvent, on ne découvre les choses que lorsqu'on les montre aux autres. Ce logis médiocre, pour gens médiocres, me parut affligeant à force de banalité.

Soudain, je poussis une exclamation dont mon compagnon me réclama la raison.

Je venais de penser à Stendley Mallory, le gay personnage transbahuteur de cage à oiseau. Je l'avais dûment ligoté dans sa chambre avant de la quitter, pour éviter qu'il donne l'alerte. Ne risquait-il pas de mourir d'inanition ?

Je narris ces préoccupations au Noirpiot, qui calma mes angoisses.

Il me persuada que l'analité du boy devait s'exercer en compagnie d'autres follingues, lesquels se mettraient à sa recherche. Ces valeureux sujets (à caution) de Sa Majestouille commenceraient par venir chez lui. Blanc me pariait un cocotier de son jardin familial contre un coquetier de notre cuisine, que le propriétaire de la Morgan était libre à l'heure où je m'inquiétais pour sa personne.

Je ne demandais qu'à être rassuré et le fus instantanément. Nous reprîmes nos recherches.

J'entrepris une minutieuse relation de ma noye en compagnie du Gros.

— Nous étions couchés dans cette chambre, lui dis-je-t-il. La porte donnant sur le vestibule était fermée de l'intérieur.

Il m'écouta tout juste. Ses énormes lotos luisaient telle la menotte d'une étudiante, amidonnée par la semence de son love-friend.

S'en fut ouvrir la lourde de la salle de bains. Comme cette dernière desservait les deux chambres, il la franchit pour déponer la porte donnant sur l'autre bed-room.

Revint peu après : un air de commisération attristait son beau visage, en comparaison duquel l'encre de Chine paraît de couleur pastel.

— Il sera sorti par la seconde chambre, bougonna-t-il.

— Si cela avait été le cas, j'aurais vu la trace de ses pas dans la poudre. Et puis la lourde était également fermée de l'intérieur.

— Elle ne l'est plus !

— Parce que « quelqu'un » l'a ouverte depuis l'autre nuit ! gueulai-je. Tu ne me prends pas pour un taré, j'espère ?

Cet éclat remit les pendules à l'heure.

D'ailleurs, par un fait exprès, celle du salon, en bas, se mit à carillonner.

Blanc retourna dans la salle d'eau et licebroqua à jet vigoureux, comme pour laisser davantage de place à ses pensées.

Il revint en se rajustant.

— Écoute, murmura-t-il, je crois trop en Dieu pour croire au surnaturel. Tout ça, c'est du music-hall, Antoine. Tu sais quoi ? Ta putain de baraque, elle n'est pas hantée, elle est truquée !

Je haussis les épaules.

— Prouve-le !

— Je vais essayer. Tu devrais prendre l'air pendant que je résous ce casse-méninges. Je déteste qu'on me regarde quand je réfléchis : ça brouille mes ondes.

— Excusez-moi, monsieur Einstein, je ne vous avais pas reconnu, ricané-je en m'évacuant.

Sans s'émouvoir, le grand Jéjé s'assied sur la bergère où je dormis l'autre nuit.

Quant à moi, je pars m'offrir un grand verre de gueuze dans un établissement proche.

24

En contemplant l'animation d'alentour, je me prends à évoquer la petite policière flamande si lâchement assassinée à Londres. Elle était courageuse et jolie, aimait la vie, aimait l'amour… Je lui propose cette virée chez les Rosbifs et son destin déclare forfait.

Allons, chiale pas, Antoine. Nous sommes tous, plus ou moins, le destin des autres ! L'existence est un carrousel en folie. Il s'emballe, et beaucoup d'entre nous tombent, désarçonnés.

Irma se promenait sur cette place en souriant de toute sa beauté, de toute sa jeunesse. Les hommes la regardaient, certains la désiraient.

En fin de compte, cette drôle de bière a un goût de dégueulis consécutif à une sévère gueule de bois. Je hèle le loufiat, lui demande de la remplacer par un verre de vin de Moselle. Le pinard, on connaît mieux, nous les Franchouilles. Bien sûr, des buveurs de whiskies sont apparus, des siroteurs d'apéros qui rongent le marbre sur lequel ils tombent ; mais la majorité des Gaulois préfère le jus de la treille.

Lorsque j'ai liché mon godet, j'en réclame un nouveau. Besoin d'euphoriser.

Il branle quoi, le Mâchuré, dans cette maison maudite ?

N'y tenant plus, je douille mes orgies et vais le rejoindre.

Crois-moi ou va te faire tétaniser la tige, mais il n'est plus là, mon aminche très estimable.

Je l'appelle.

Pas de réponse.

Je repars pour une visite express de la turne : nobody.

« La magie, ça n'existe qu'au music-hall », prétendait-il il y a moins d'une demi-heure. IL AVAIT RAISON ! Il ne croit qu'aux miracles divins, mon Négro, pas du tout aux tours de passe-passe. C'est une philosophie défendable.

Mon âme trempée dans mon corps d'airain m'intime de venir à bout de ces mystères à la graisse de télescope géant.

Je me dis : « Le siège de l'énigme se trouve dans ces deux chambres presque contiguës. Dieu m'est témoin que je les ai inventoriées, sondées, étudiées. »

En pures pertes, comme dit Blanche.

Cent fois sur le métier remets ton ouvrage, a déclaré je ne sais pas quel branleur de mes fesses.

Alors, je tire le lit. Dessous, le plancher est plein de limons mais sans secrets.

Déplace l'armoire, Sana !

Ballepeau. Je ne découvre qu'un pan de tapisserie telle qu'elle fut lorsqu'on la posa.

Le canapé, now.

Re mon cul !

Pas de trappe non plus sous le vieux tapis de la piaule.

Couillesque, non ? dirait l'épouse du président U.S. qui parle un peu de français.

Je traverse la salle de bains pour gagner la deuxième carrée. J'y réitère mes investigances sans obtenir davantage de succès.

Ne reste que la bath-room, mais elle n'offre pas grande possibilité de planque. Le lavabo est parfaitement scellé dans le mur, le bidet et la baignoire dans le plancher. Quant à l'armoire à pharmacie, elle est si étroite qu'elle ne saurait cacher une issue clandestine.

Qu'y a-t-il encore à examiner ? La douche au pommeau rouillé ? J'ouvre son vieux rideau opaque, jauni, pisseux. Tout est lamentablement banal.

Je m'apprête à déclarer forfait lorsque mon attention est sollicitée par une vétille. Tu sais, faut vraiment être flic d'exception, tel bibi, pour noter ce détail : l'appareillage de ce sanitaire ancien comporte, comme tous ceux de sa génération, deux robicos : un pour l'eau froide, l'autre pour l'eau chaude. Il en existe un troisième, placé nettement plus bas, et qui paraît moins vétuste. Je le saisis, veux l'ouvrir, en vain : il ne tourne pas. Un ustensile de cette nature, fixe, avoue que ça ne rime pas à grand-chose ?

Encuriosé jusqu'au rectum, je le cigogne avec acharnement. Et voilà qu'en tirant vers le haut, il déclenche un bigntz inattendu. Le tub de faïence se rabat kif une trappe (d'ailleurs c'en est une) et je manque m'engloutir dans un trou noir. Sais-tu ce qui m'épargne le plongeon aux abysses, Narcisse ? Uniquement ce prodigieux instinct de conservation, grâce auquel je continue d'honorer ma carte d'électeur.

Pendant que je tripatouillais le faux robinet, de mon autre main je me tenais à l'un des vrais.

Ce geste m'a été salutaire au moment où le socle a cédé. Il m'a permis une prise d'appui, légère mais suffisante pour soutenir mon bond arrière.

Debout au bord de l'excavation, le guignol en chamade, je considère le « néant ». J'appelle ainsi cet abîme, vertigineux, exhalant des relents putrides.

Un grincement, suivi d'un claquement, le fond de la douche vient de reprendre sa place, tout seul comme un grand.

Ni vu, ni connu.

Plusieurs minutes sont nécessaires pour que je retrouve une pulsion sanguine digne de mes coroners (pardon : coronaires, je me crois encore à Londres).

Éberluage complet de ton San-A. tuméfié.

Ainsi, il avait vu juste, le Mâchuré. Cette crèche est truquée comme le galure d'un prestidigitateur !

Ayant repris un rythme cardiaque valable, je redéclenche la douche trafiquée.

Le trou.

La ténèbre.

— Hooo ! Hoooo ! lancé-je à pleins poumons.

Si on était dans un roman policier, je dirais : « Seul le silence me répond. » Dieu merci, tu es en train de te respirer une œuvre littéreuse en parfait état de marche, dans laquelle il y a davantage de cul que de clichés.

Ma loupiote-stylo au mince faisceau ne me révèle que les parois de pierre d'un puits sans fin.

Terrible constatation ! S'ils ont valdingué là-dedans, Bérurier et Blanc sont morts.

Comment auraient-ils survécu à pareille culbute ? Quand tu songes qu'Albert Ier, le Roi-Chevalier que je te causais très naguère, s'est tué en alpinismant dans les Ardennes, montagnettes ressemblant à des taupinières, imagine ce que cela aurait donné dans les Alpes.

Que dis-tu, mon Lulu ?

Ç'aurait pas pu être pire ?

Ah ben oui, c'est vrai.

Même en tombant d'une chaise, si tu te tues, t'es mort !

25

Le tub reprend sa place, une nouvelle fois. Mon époustouflance perdure, comme on dit puis dans les books aux miches bien torchées. Je perplexite sauvage. Et Salami ? Lui, s'il est parvenu à pénétrer dans la baraque, en aucun cas il ne lui aura été possible d'actionner le système d'ouverture.

Génie, mais chien !

Brusquement, j'abandonne le terrain et fonce en ville pour y faire des emplettes. Les magasins sont en train de fermer, toutefois j'ai la bonne fortune de trouver une boutique de sport encore ouverte. J'y achète une échelle d'alpiniste, deux fortes lampes aux batteries longue durée, un piolet à manche court, un rouleau de corde et une paire de gants en faux chamois.

Alors que je moule l'endroit, je me casse le pif (ça va achever mon traitement facial) sur Aloïs von de Kall, mon ci-devant antagoniste.

L'Allemand a le portrait dûment rectifié par la rouste que je lui ai flanquée.

Nous restons un instant face à face, indécis, puis pouffons de rire en découvrant nos bouilles saccagées et nos regards ahuris.

Dieu sait, cependant, que je n'ai pas le cœur à me marrer.

Les éclats de notre hilarité font se retourner les passants.

— Monsieur, finit-il par déclarer de sa bouche édentée, je suis heureux de pouvoir vous présenter mes excuses. Étant d'un tempérament excessif, je supporte difficilement les frasques de ma femme. Voilà pourquoi je réagis très mal.

La main qu'il m'offre ressemble à un chapelet de francforts. Je la presse « spongieusement ».

— Désormais, me dit cet homme bafoué, je vous considère comme un ami et vous pouvez me demander tel service qu'il vous plaira.

— Il en va de même en ce qui me concerne, réponds-je avec cette magnanimité dont, à la maternelle déjà, je faisais montre.

— Consentiriez-vous à boire une bouteille de champagne avec moi ?

— Avec joie, mais plus tard. Pour l'instant, cher Aloïs, je suis aux prises avec des difficultés sans nombre.

Spontanément, mon nouvel allié propose de s'engager dans la légion san-antoniaise :

— Puis-je vous aider ?

Mes yeux croisent les siens : ceux d'un bon type, en fait.

— Vous me tentez…, je murmure, rêveur.

Il me presse. Dans ma mouscaille de l'instant, j'accepterais l'assistance du nonce apostolique, s'il me l'offrait.

— Je serais heureux de pouvoir m'employer pour vous, certifie ce cousin issu de Germains.

Commak s'est faite notre alliance. Devant la pharmacie Gueulrance dont les gros bocaux à l'ancienne nous nimbaient de clartés rouges et vertes.

En cours de route, j'ai résumé à cet homme qui, très naguère, voulait ma mort, l'essentiel de nos tribulations, en passant toutefois sous silence le cadavre de son compatriote dans la cheminée. Aloïs poussait moult interjections d'origine bavaroise.

Je le guida à la « maison des morts » (aurait dit Dostoïevski) et l'entraînis jusqu'à la « douche fatale ». Actionnis le robinet du bas, ce qui lui découvrit l'orifice du puits.

À quoi bon te rapporter ses rudes exclamations de stupeur ? Il se croyait dans un film de Fritz Lang, période *Docteur Mabuse*.

Mes fortes lampes en action nous permirent de voir le fond. J'eus un élan de gratitude envers le Seigneur quand je constatis que ledit se terminait par une nappe d'eau. Grâce à cet élément, on ne se fracassait pas la poire en tombant mais on pouvait, à tout le moins, s'y noyer, or, nul corps n'était apparent.

— Vous comptez alerter les *fire-men* ? me demanda mon équipier, pour qui le terme français de pompier ne concernait qu'une caresse buccale.

— Plus tard, lui fis-je. Il me faut, auparavant, poursuivre ma mission.

À sa grande surprise, je me mis en slip puis attachis l'échelle au tuyau de vidange du lavabo proximiteux. Auparavant, à l'aide de mon pic, j'avais bloqué le système de fermeture.

Mon récent ami me biglait avec des lotos qui le faisaient ressembler à l'inspecteur Derrick, lequel pourrait très bien jouer le rôle d'une tête de cheval aux haricots rouges, en cas de force majeure.

— Vous n'avez pas peur ? questionna-t-il.

— Bien sûr que si, répondis-je, mais où serait le charme ?

Je m'assis, les jambes pendant dans le vide, fixis l'une des lampes autour de mon cou et m'emparis de l'échelle après avoir pris le rouleau de corde en bandoulière.

Mon dernier regard à Aloïs me permissit de réaliser à quel point il appréciait mon sang-froid. J'en fus dopé.

Ces menus barreaux de fil de fer scièrent la plante de mes pinceaux. Leur étroitesse freinait ma descente. *In petto*, comme on dit en italien, j'adressis un salut admiratif aux courageux alpinistes qui défient le vide avec cet accessoire si fragile d'apparence.

Je me demandais s'il serait suffisamment long pour permettre d'accéder au fond.

Il s'en fallut d'un mètre. Du bout des orteils, je pris contact avec une eau glacée, idéale pour accompagner le Ricard, mais impropre au bain.

Je prias en aparté (se dit : *apartheid* quand tu habites l'Afrique du Sud) le Seigneur de ne pas jouer au bel indifférent avec moive, et lâcha tout.

Ploff !

J'eus de la baille jusqu'à la ceinture et me mis à exécuter un solo de castagnettes avec les dents.

— Ça va ? demanda mon ci-devant duelleur, dans un français dont je renonce à reproduire l'accent avec des lettres.

— Un pneu vieux ! répondis-je, voulant dire « on ne peut mieux ».

Ces civilités échangées, j'examina le puits à la recherche de la Vérité.

Avisis une voûte pareille à une bouche noire. Elle était basse, l'eau montait à moins d'un mètre de sa courbure. Soutenant ma lumière afin qu'elle ne soit pas immergée, j'avancis.

Peut-on appeler cela une grotte ?

La réponse est oui, à l'unanimité.

Le claquement de mes chailles se fait de plus en plus bruyant.

Je voudrais héler, manifester mon arrivée d'une manière ou d'une autre, mais le froid de cette tisane me paralyse les éponges, les muscles, les testicules. Malgré ces légers handicaps, je continue ma progression.

Chemin faisant, je me pose des questions. Comment et quand les occupants du pavillon ont-ils eu connaissance de ce puits ? La grand-mère Mina et son vieux branleur savaient-ils qu'il existait ? Probablement pas, sinon le pépé ne se serait pas crevé l'oigne à confectionner un faux conduit pour planquer le cadavre du général allemand et de la gonzesse qui l'accompagnait.

Cependant, la trappe est, de toute évidence, plus récente que l'installation sanitaire.

Voilà que le souterrain s'élargit. L'eau dans laquelle j'évolue passe par-dessus un muret et choit dans une excavation profonde, en bouillonnant.

J'y braque mon projo.

Quelle secousse ! Kif un courant électrac me vrillant de part en part. J'aperçois, en contrebas, une masse sombre sur de grosses pierres : Jérémie !

Il est à plat ventre.

Je l'appelle. Il ne remue pas, ne profère aucun son. Ce qui s'est passé, je ne le pige que trop bien. Demeuré seul, il a procédé à une inspection minutieuse des lieux, a découvert le gag de la douche et a culbuté. Puis, comme moi, mais à tâtons, il a suivi le tunnel. N'ayant aucune lumière pour se guider, le cher Négro a fait philippine et basculé dans le vide. Béru a sûrement dû agir de même. Mes potes ont été piégés par le souterrain.

Que dois-je faire ? Revenir au puits et crier à l'Allemand d'aller quérir du secours ?

Bien sûr, ce serait la sagesse.

Seulement, tu le connais ton Sana, Armand ?

Fougueux, toujours, et, la plupart du temps, intrépide !

Je détortille mon rouleau de corde, attache l'une de ses extrémités à une aspérité rocheuse semblable à une dent de cachalot.

Descente de ton héros au sourire si doux et à la queue si raide.

Que me réserve-t-elle ? Je n'ose y penser. Je dévale en me hâtant le plus lentement possible pour retarder la réalité si elle doit être affreuse.

M'y voici.

La carcasse du Négus est à moitié immergée du bas, mais, t-heureusement, sa frite est à l'air libre.

Ma main pétrifiée se porte à sa jugulaire.

Tu veux que je te dise, Élise ?

Sabbat !

Pardon : ça bat !

26

Des bosses, j'en ai rencontré. Des bosses de chameaux, de dromadaires, de « bossus ». J'ai vu des plaies et des bosses. Je connais le Bosphore, la Bosnie. J'ai dansé la bossa-nova. J'ai lu Bossuet. J'ai visité Boston. J'ai actionné des bossoirs sur des bateaux. J'étais à la reprise de *Bobosse* d'André Roussin. Moi-même, je suis un formidable bosseur, malgré tout ça, je n'ai JAMAIS contemplé une aussi grosse bosse que celle de Jéjé. Une tronche à impériale, ça lui constitue. Tu croirais ces monstres de la nature figurant dans des books médicaux. Ses tifs à ressorts n'ont pas pu extenser assez et son cuir chevelu ressemble à une courge béante, éclatée sous l'effet du mûrissement.

Je m'agenouille à son côté, lui caresse le visage.

— Blanche-Neige, chuchoté-je, tu m'entends ?

Il balbutie quelque chose. Je crois déceler : « Fais pas chier ! »

Loin de me formaliser, sa rebufferie me réjouit. Il vit ! Excepté Toulouse-Lautrec à son père accouru auprès de son lit de mort, les agonisants ne s'expriment pas aussi crûment[1].

— Tu as quelque chose de cassé ?

— Le petit doigt de la main gauche et la colonne vertébrale.

— Tu sens tes pieds ?

— Je me les suis lavés hier matin.

— Si tu déconnes, c'est que tu fonctionnes. Je vais tenter de te remettre droit. Tu y es ?

Le saisissant à deux bras, je lui restitue la verticale.

— Ne me lâche pas, geint-il, je dois avoir une hanche zinguée !

Homme d'action dont la détermination n'est plus à démontrer, je coltine mon Black jusqu'à une sorte de plate-forme à l'abri de la baille. L'y dépose avec précaution. Puis réfléchis. La sagesse serait d'aller quérir de l'aide en retournant au puits pour alerter le Teuton.

Je m'y résous lorsqu'il se produit un brassement de flotte. Tu sais quoi ? L'Aloïs qui se radine. Je braque la luce sur sa poire à poils blonds. Lui aussi s'est mis en slip. Aveuglé, il cligne des spots comme un hibou insomniaque réveillé par le chant du coq.

— Besoin d'assistance ? il demande.

Loin de le remercier, je l'agonise :

— Vous êtes complètement frappadingue ! glapis-je. Qui va aller réclamer du secours, maintenant que nous sommes tous dans cette gadoue ? Putain, ce que c'est con, un Boche !

Sa frime devient marmoréenne dans la lumière crue.

— Monsieur, dit-il, vous me rendrez raison de vos insultes !

— C'est ça, fais-je. Un nouveau duel, mais à la française !

— C'est-à-dire ?

— On se place côte à côte et on se fait secouer le panoche par deux gonzesses. Celui qui déflaque le plus loin est déclaré vainqueur !

Sa bouille interloquée m'hilarite.

1. Le père de Toulouse-Lautrec sanglotait à son chevet, regrettant la rigueur avec laquelle il avait traité son fils. C'est alors que le mourant murmura : « Vieux con », puis s'éteignit.

— Allez, concilié-je, on ne va pas passer nos existences en querelles d'Allemands ! Je salue votre courage et vous prie de pardonner mon mouvement d'humeur !

Il se détend, m'accorde un sourire indulgent.

— Vous autres, Français, êtes plus légers que des plumes d'oiseau, déclare-t-il.

— Ça ne nous empêche pas de gagner les guerres par nations interposées, réponds-je. Mais nous continuerons cette conversation plus tard, dans l'hypothèse où nous pourrons sortir de ce merdier ! Je propose que vous demeuriez auprès de mon ami blessé pendant que je poursuivrai cette exploration.

Sans attendre son acquiescement, je poursuis mon cheminement, en avançant sur le côté de la grotte pour avoir pied. Le froid est si vif que mes chailles renouvellent leur récital sévillan.

Now, dirait un Britannique parlant couramment l'anglais, laisse-moi te donner une idée plus précise des lieux.

L'endroit est aussi grand que l'intérieur de la pyramide du Louvre. Au fond de cette pièce d'eau insane, la galerie continue.

Je contourne l'étang pour joindre l'issue.

— Ça va ? crie l'Allemand.

— Je me crois sur la Croisette ! réponds-je.

Avec la même intrépidité, je poursuis dans le tunnel qui s'offre. À peine y ai-je parcouru cinquante mètres qu'un énorme bruit retentit, terrifiant, féroce.

Le guignol chamadeur, je m'immobilise.

Ça produit une sorte de déferlement. Tu connais la pointe du Raz ? Non ? Eh bien, ça !

Rien de plus insoutenable que le bruit quand il est paroxystique. Je me demande comment les très jeunes peuvent encaisser dans les portugaises des assauts de décibels capables de faire péter les ampoules électriques.

Pourtant, malgré le malaise que me provoque cette charge sonore, je fonce courageusement vers sa source.

In-di-cible !

D'autant qu'il est réverbéré par le souterrain, kif le son dans un instrument à vent.

Les paluches plaquées sur les baffles, je monte en ligne.

Au bout de peu, se présente une autre grotte beaucoup moins grande que la précédente. Elle est le point de jonction du premier déversement dans lequel je patauge, et d'un second, terriblement impétueux, qui se rue sur « le mien ».

Les deux, faisant alliance, se muent en un torrent fracassant, qui se précipite contre les barreaux d'une grille. Ce rush produit les « bruits infernaux » qui « hantent » la maison. Tonnerre d'apocalypse, variant au gré du débit. Car le deuxième cours d'eau est très irrégulier. D'un instant à l'autre, il s'enfle ou s'affaisse, passant de la fureur à la sagesse, selon des « sautes d'humeur » imprévisibles.

J'attends, affolé par ce grondement aux phases capricieuses. Le faisceau du projo que je porte au cou illumine l'eau en folie, ses gerbes intenses. Il y a de la féerie, comme toujours dans les spectacles aquatiques.

Puis, le deuxième torrent, celui que j'appellerais « le fou », se tarit doucement, devient sage ruisseau, et enfin modeste écoulement.

Mon ouïe, délivrée, s'emplit d'une félicité nouvelle.

Alors, à pas entravés, j'avance vers la grille.

Bien qu'elle soit placée en un point surélevé du souterrain, elle baigne dans l'eau. Une montagne d'alluvions, stoppées par ses barreaux, se sont agglutinées là sur plus d'un mètre. Je l'escalade, ayant l'intention de franchir l'obstacle car il ne monte pas jusqu'à la voûte.

Tout cela est limoneux. Aussi glissé-je et tombé-je à plat ventre sur une masse molle. Je cherche un point d'appui pour me remettre debout. Mes mains préhensiles se saisissent d'un truc spongieux qui, sans que je le voie, m'écœure. Parvenant à braquer la lumière sur la « chose », je ressens l'une des plus insoutenables émotions de ma vie.

Surtout, ne crois pas que j'en rajoute, ma loute.

Tu pigeras tout et mieux quand je t'aurai révélé que le monticule sur lequel je suis juché se compose de cadavres en putréfaction.

Hein ?

T'as tes vapes ? Tu souhaites que je marque une pause ?

Comme tu veux, darlinge ! C'est toi qui choises.

27

Pétrifié par une horreur que n'importe quel écrivaillon qualifierait de sans nom, je demeure un certain temps (pour le moins) avec le cerveau court-juté.

Ce que je vis là (Médicis) rendrait dément le membre le plus sensé de l'Institut. Je m'enfonce dans cette pâte de macchabées décomposés. D'où proviennent ces anciens vivants ? Qui a constitué ce charnier ?

Ça s'emberlife sous ma coiffe. Les légistes qui s'occuperont de cette trouvaille ne pourront plus bouffer de gras-double avant l'année prochaine.

Je promène mon projo portable sur cette abomination. Apparemment, tous les défunts ne sont pas tombés de la dernière pluie.

Alors, soulevé par le dégoût, je m'arrache à cette sanie d'humainerie, saute contre la grille, l'escalade, la franchis. Une fois de l'autre côté, je m'immerge jusqu'à la ceinture pour me dessouiller un minimum. Mais dans l'état où je me trouve, il me faudrait un bain d'acide sulfurique pour redevenir clean.

Seigneur ! Quelle aventure ! Je ne devrais l'écrire qu'avec des points d'exclamation !

Ça donnerait à peu près ceci :

— !!!!!!!!!!!! (!!!!!!!), !!!!!!!!?

Ce serait plus éloquent et conforme à ce que j'éprouve.

Un bouquin entier ! Faut pas craindre. T'as des gonziers de la plume qui osent. Tiens, Machin (son blase m'échappe), n'a-t-il pas pondu un roman sans utiliser un seul *e* ? Je me demande, en grande sincérité, à quoi ça rime une telle gageure ? Pourquoi jouer au malin en bannissant la plus importante des voyelles ? Il a voulu construire un jeu de patience d'un genre nouveau, *ct crivain d ms couills* ? Je pige pas très bien sa trajectoire.

Quand on songe combien c'est duraille de s'exprimer avec tout l'alphabet ! Et t'as des croquants qui saluent l'exploit ! Si j'étais con, moi aussi, je relèverais le défi. Pondrais un polar en n'utilisant que les voyelles. Le signerais « *.A.A..O.IO* ». Tu mettrais des mois à le décrypter. Mais ensuite tu te sentirais mieux armé, plus intelligent.

Faudrait procéder de même avec les classiques. Montaigne sans *i* ; Voltaire sans *a* ; Victor Hugo sans *u*. Putain, ce pied !

En attendant, j'ai repris mon cheminement dans l'eau qui vient de baigner ces cadavres en pourrissement.

Je patauge lourdement. Une peur dont j'arrive pas à me dépêtrer : hideuse, poisseuse, fétide, est collée à mon individu.

Mes pensées tournent en ronflant dans ma tronche. Je ne sais plus ce que je fais, ni où je me rends. Une détermination surhumaine m'anime : fuir l'abomination. Retrouver l'air pur.

Alors je marche, marche. Le plus rapidement possible. Parfois, le cours d'eau souterrain décrit une grande courbe. À d'autres moments je m'enfonce jusqu'à la poitrine dans une dépression de son lit. Je tombe dans la baille. Ma lumière s'éteint. Elle n'a pas résisté à ce second plongeon. Voyage au bout de la nuit, qu'il écrivait le grand méchant Céline. M'y voici. Trempé, claquant des dents. Mais avançant tels les soldats de l'Empereur dans l'immensité russe.

Au bout d'une plombe (à vue de pif), le vacarme se renouvelle. N'ai que le temps de me plaquer contre la paroi ; un déferlement de flotte est sur le point de m'entraîner. Ça dure ; je suis épuisé, transi. Ma volonté de survie subsiste cependant. Je VEUX m'en sortir. Coûte que coûte.

Enfin, le flot diminue, ses hurlements infernaux cessent. Je reprends ma progression.

Je pourrais t'en filer encore des pages, car mon calvaire se poursuit longtemps. Mais à quoi bon se complaire dans une description montée sur boucle ? Ce qui t'importe, à toi, gentil lecteur qui as le fion dans un fauteuil ou sur une banquette de train, c'est la suite. Car il n'existe qu'une chose qui soit passionnante dans l'existence : l'après. Le présent ne fait que t'en donner le goût.

Or, donc, ayant marché comme un damné (et je pèse mes mots), la récompense m'arrive sous la forme d'un demi-cercle de lumière perdu dans les ténèbres.

Qui a parlé de la carotte brandie devant le nez de l'âne ? Ce glandu de La Fontaine ? M'étonnerait pas de lui. J'ai spontanément eu horreur des moralistes. La seule excuse du pauvre Jean, c'est d'avoir écrit ses bêteries en vers, ça les a rendues plus aisées à mémoriser ; en prose, son œuvre eût été veau, vache, cochon, couvée ! Mais je piétine du narratif en un pareil instant ! Quel autre moudu fais-je !

La lumière, te répété-je.

Et la plus noble qui soit : celle du dehors.

Je bande mon énergie. D'ailleurs que banderais-je d'autre dans un tel dénuement ? La bistougne, tu sais, ça va avec la santé. Dans la détresse, elle n'est plus une compagne valable, ni avalable.

Je titube, chancelle, exténue.

La clarté grandit. Cependant, dirait Doreille, furet à mesure que j'avance, me rends compte qu'il fait nuit.

Pourquoi m'en étonnerais-je ? Il en est l'heure.

Mais achtung : pas n'importe quelle nuit. Celle-là est de juillet, c'est-à-dire presque boréale. Je commence à distinguer la mer sous ses chevaux d'écume lancés à la recherche du casino…

Oui, la mer, au loin. Que je vois danser. Je m'en branle qu'elle soit du Nord, toutes les mers sont les nôtres.

Une énergie nouvelle me porte. J'ai de la flotte jusqu'aux cuisses, pourtant je parviens à courir. L'air du large ! L'air marin ! La douceur angevine !

L'eau monstrueuse de l'immonde tunnel scintille malgré la sanie qu'elle charrie. Elle prend un air d'innocence. Tu paries que les amoureux du clair de lune viennent se débiter des fadaises sur ses rives ?

Je mate alentour. Constate que je suis à quelque distance de la ville, dans un univers de dunes sages. Ne peux rassasier mes soufflets d'oxygène. D.Q.S. Quelle virée en enfer !

La lune pâle semble errer dans un ciel de velours sombre, écrirait Cunégonde Manchakhouil qui est juryste au Femina Vie heureuse.

Allons, ne t'attarde pas, Saint-Antoine, mon ami. Pense à ton brave Jérémie blessé, à ton nouvel allié allemand, qui se morfondent au fond d'une caverne insalubre !

Soudain, un sanglot imprévisible m'échappe : je songe à Béru englouti. Probablement gisait-il dans le monceau de cadavres que j'ai escaladé. Qui sait si je ne l'ai pas foulé aux pieds, cet être fruste mais admirable ? Ce qui m'épouvante, c'est de ne plus le « sentir ». Je suis toujours en contact plus ou moins occulte avec les gens que j'aime, comme si des liens mystérieux me maintenaient attaché à eux, nonobstant l'éloignement.

En cet instant, toute « communication » est rompue.

À mon bonheur d'être délivré, succède une sensation de rupture définitive.

— Ô Béru, balbutié-je, mon vieux Béru !

Car les grandes douleurs ne sont pas fatalement muettes !

28

N-heureusement, la nuit est tiède comme l'entrejambe d'une femme adultère.

Marchant d'un pas raide, je cesse bientôt de claquer du bec et de frissonner.

Me pose des questions. Entre autres celle-ci : que vont penser les gens qui me rencontreront vêtu d'un seul slip détrempé, avec mon crâne ravaudé, en partie rasé et mon physique de théâtre endoloré ? Comment opérerai-je mon retour au palace dans cet accoutrement ? Les flics, c'est couru, m'intercepteront !

Et puis cette autre, encore : que vais-je entreprendre pour récupérer mon Noirpiot blessé et le brave Aloïs ? Seul, il n'y faut pas songer. J'ai besoin d'assistance. Mais à qui la demander ? À mes confrères belges ? Seulement, aller à la police, c'est allumer la mèche de la big affaire ! Beaucoup trop tôt, à mon avis, ma découverte va déclencher un patacaisse dont on parlera sur les cinq continents, voire sur les océans où on reçoit parfaitement les infos.

En attendant, j'arque en direction de la ville dont les éclairages composent un halo dans le firmament.

Soudain, les dunes franchies, j'avise une maisonnette isolée dans le paysage sans arbres. De la lumière brille aux fenêtres.

« Vérole à cul, me dis-je familièrement, ce serait bien Satan[1] si je ne trouvais là ne serait-ce qu'un vieux sac à me foutre sur le râble… »

1. San-A. n'aurait-il pas voulu dire : « ce serait bien le diable » ?

Taudis, tôt fait.

Me dirige vers cette humble chaumine, qu'on causait jadis, et toc-toc-qui-est-là !

Une voix épaisse comme de la brandade de morue demande quelque chose en flamand. Probablement pour s'enquérir de « qui-je-suis-qu'est-ce-que-je-veux ».

— Un naufragé ! réponds-je en allemand, langue qui me semble plus adaptée aux circonstances.

On délourde.

J'ai alors devant moi une personne de sexe éminemment féminin, si je m'en réfère au tablier de sapeur qui tapisse son pubis et aux monstrueux nichemards en ballottage sur son ventre de bouddha.

N'estimes-tu pas cocasse, Anastase, que je vienne implorer de la vêture auprès d'une personne entièrement nue ? Si, hein ?

Je commence à raconter un naufrage imaginaire à l'habitante, quand un faible aboiement retentit. Je décris un arc de ciel (ou de cercle) et qu'aperçois-je ?

Tu as deviné ! Eh ben oui, mon pote : Salami !

En animal (je ne puis dire « en personne »), mais dans quel état ! Il est couvert de plaies et porte une attelle rudimentaire à la patte avant gauche. Me voyant, il conjugue ses forces pour tenter de se mettre debout. Impossible ! Le malheureux cador retombe sur le flanc en gémissant.

Tu me verrais précipiter, tomber à genoux devant lui, palper sa truffe tiédasse en lui prodiguant moult paroles de tendresse et de réconfort.

— Que vous est-il arrivé, ami précieux ? Dans quel fâcheux état vous récupéré-je après m'être rongé d'inquiétude !

Son fouet bat le sol en signe de contentement. Moi aussi, j'ai tendance à remuer la queue lorsque je suis heureux.

— Je vais vous transporter en ville où nous nous mettrons en quête du meilleur vétérinaire. Votre patte est cassée ?

À sa manière habituelle, il me dit qu'il l'ignore. En fait il a été cruellement mordu par un gros rat, d'où la raison de son pansement.

— Un rat ! exclamé-je-t-il ; il en est donc dans ces dunes ?

— Non, rectifie le basset : il m'a attaqué dans le souterrain.

— Vous connaissez le souterrain ! Qu'y faisiez-vous ?

— J'y cherchais votre idiot de Bérurier ; ne m'aviez-vous pas donné pour mission de le retrouver ?

À cet instant, une voix retentit derrière des rideaux dissimulant un lit. Une voix grasse, enrhumée, pleine de projets d'expectoration :

— Hé ! la gravosse ! S't'ramènes pas ton michier d'urgence, j'réponds plus d'rien. Av'c la crève dont j'ai attrapée, j'ai l'mandrin qui surchauffe à trop l'maint'nir à la force du poignet.

J'abasourde !

Béru ! Mais, Seigneur, c'est trop too much ! Que vais-je faire pour Vous revaloir tant de grâces ?

Je fonce au plumard et arrache à demi la cretonne fanée qui le masque.

Ma joie n'est pas fausse. Il est bel et bien là, le Mammouth : habillé de ses seuls poils de nature, le mât de cocagne dressé. Ce dernier vacille gentiment comme celui d'un drapeau dans le vent. Sa Majesté tourne la tête vers moi.

— Qu'est-ce c'est c't ouistiti ? grommelle cet être d'énergie. Non, mais gênez-vous pas, l'ami ! Si vous voudriez l'portrait en pied d'ma bite, v'n'avez qu'à prendre un' photo !

— Béru mon vieux complice !

— C'est la mère Hortense qu'son vieux con plisse, confondez pas !

Je me tais en voyant son regard mécontent.

Salami jappe. Je me retourne.

— Il a perdu l'esprit, me révèle le cador. Je l'ai retrouvé ainsi dans le souterrain, parmi un monceau de cadavres. Le spectacle était abominable.

Le brave animal me narre son épopée. Obéissant à mon ordre de mettre le museau sur le Mastard, il a fouinassé dans toute la région, étendant ses recherches de plus en plus loin. Il désespérait de les voir aboutir lorsque, se désaltérant à un ruisseau douteux, à quelques kilomètres d'Ostende, il a vu un veston d'homme dans un remous. Il a plongé, s'en est saisi et a reconnu la tenace odeur du Gros.

Alors, courageusement, mon clébard a remonté l'étrange cours d'eau, parcourant en sens inverse le chemin que je viens de faire. Il a marché de la sorte jusqu'à la grille de retenue des macchabées, est passé à travers les barreaux. Une fois de l'autre côté, a perçu des gémissements : ceux d'Alexandre-Benoît. Celui-ci, choqué, cabossé, suffoquant, a nez en moins pu se cramponner à Salami. Le digne hound lui a apporté les soins qu'il pouvait fournir. Lorsque Béru en a été capable, il l'a guidé à la grille. Cent fois, le Mastard a essayé de l'escalader mais, trop faible, il ne parvenait pas à se hisser jusqu'à son sommet. C'est la Providence qui l'a tiré d'affaire.

À un certain moment, l'apport grondant du second ruisseau a été si impétueux que notre ami fut propulsé jusqu'au haut de la barrière de fer. À demi noyé, Bérurier a tout de même réussi à la franchir. Mais las ! le flot furieux avait une telle force que mon pauvre chien faillit périr dans cette précipitation féroce.

Il leur fallut des heures pour quitter l'effroyable tunnel.

Le destin les ayant à la chouette, leur errance les amena jusqu'à la maison dans la dune, habitée par la mère Hortense, ravie de l'aubaine.

— Voyons, gros, murmuré-je, tu ne vas pas prétendre que je suis un inconnu pour toi. Après tout ce qu'on a vécu, durant des années !

Il se dresse sur son séant, me scrute loyalement, puis branlant le chef :

— J'vas vous dire. Vot' frime m'dit fectiv'ment quéqu' chose ; y s'peuve qu'on s'soye vus alieurs ; nanmoins du fichtre Dieu si j'm'rappelle z-où. Toujours z-est-il que j'voudrais finir maâme ici présente dans d'bonnes conditions. J'y ai déjà fait la minouche gloutonne ainsi qu'le pouce dans l'œil d'bronze, maint'nant désormais, faut qu'on va passer n-aux choses sérieuses. Ça vous ennuirerait d'tirer l'rideau, c't' p'tite princesse a p't-êt'e pas enville d's'donner en spectac' quand on y écarquille la moniche pou' l'entrée triomphalesque du gladiateur !

Je souscris à ses désirs et boucle les amants en leur alcôve odorante.

La troussée se déchaîne, si forte que tu croirais une retransmission de la *Tétralogie* de Wagner.

Je t'en épargnerai la description, à toi qui connais par cœur les saillies du Taureau de Saint-Locdu. Bien sûr, les hurlements de sa partenaire sous l'assaut d'un membre légendaire, dont la faculté de médecine de Paris s'est assuré le prélèvement post mortem, font-ils vibrer les vitres du logis. Certes, le vieux sommier de la veuve n'a jamais été surmené pareillement et grince comme un rafiot par gros temps. Mais ce serait basse complaisance de la part d'un écrivain de ma trempe que de s'étendre sur le sujet.

Dominant ses plaies, bosses, voire d'éventuelles fractures, mon chien est parvenu à gagner le lit et à se dresser contre. Par l'échancrure des rideaux, il contemple la démesure du Démoniaque et en retire de la perplexité.

— Excellente prestation, n'est-ce pas ? murmuré-je.

— Bestiale ! me répond-il.

J'éprouve derechef un sentiment d'abandon. Pense à mes deux compères prisonniers du souterrain, sous la villa maudite. Je ne peux les y laisser pourrir davantage sous prétexte que ce goret de Béru s'essore les glandes.

— Vous me faites chier, tous, hommes et bêtes, déclaré-je en me dirigeant vers la lourde.

29

Salami arrive à me suivre, émettant une plainte à chaque pas. Il garde une patte repliée, ce qui semble toujours tristounet chez un chien.

Vêtu d'un bleu de travail ayant appartenu au défunt de la baiseuse des dunes, j'avance d'un pas déterminé, un gros rouleau de cordage à la main.

Nous nous déplaçons en silence jusqu'à la ville en endormance.

Des beffrois égrènent des coups que je n'ai pas la présence d'esprit de compter, mais à quoi bon, puisque j'ai une montre.

Nous allons, dans une mornitude blafarde.

De retour à la casa, je trouve les choses dans l'état où je les ai laissées. Le réceptacle de la douche, parfaitement bloqué, révèle le puits.

Je m'empare de la deuxième lampe électrique à forte batterie, gardée en réserve, et me tourne vers le cador.

— Cher Salami, proféré-je, je pars pour récupérer mes compagnons. Si, au petit jour, je ne suis pas revenu, je compte sur vous pour donner l'alerte. Votre vaste intelligence vous en fournira les moyens.

Là-dessus : seconde descente aux enfers du Bayard version fin de millénaire.

Arrivé à la base de l'échelle d'alpiniste, je fixe ma corde de renfort à celle-ci et glisse jusqu'à l'eau froide. M'engage dans le souterrain de naguère.

— Hééé oooooh ! hurlé-je à pleins soufflets, façon tyrolienne.

— Hééé oooooh ! me lance un organe marqué de l'accent allemand[1].

Bon ! Ils sont toujours là. Loué en soit le Seigneur.

À nouveau, c'est la patouille dans la flotte glacée. Mais, cette fois-ci, la perspective d'apporter la délivrance à mes amis me gonfle d'une farouche énergie.

Combien de temps mets-je à les rejoindre ?

L'ignore.

Et comme tu t'en branles le panais à deux mains[2], je ne me perdrai pas en supputations stériles.

Le fait est que je réalise notre jonction. La lumière dont je suis porteur, davantage peut-être que ma présence, les requinque.

— Courage ! leur fais-je, ça va être la fin de cette rude épreuve. Un grand coup de collier et, bientôt, nous viderons les bouteilles de notre réfrigérateur de chambre.

On s'organise pour coltiner le Noirpiot, Aloïs et moi.

Cheminement faisant, je leur relate le dénouement heureux de mon expédition.

De retour dans le puits, j'aide le Deutsch à grimper en pommier, ce qui n'est pas évident. Il a beau jouer au golf, ce mangeur de choucroute reste avec son gros cul plombé, et je suis obligé de le pousser par en dessous avec ma tête jusqu'à ce qu'il atteigne l'échelle. Après quoi je me laisse à nouveau filer dans la baille, fixe solidement la corde au torse du Négusman et remonte jusqu'à la salle de bains.

— À présent, nous allons te haler, le Frizou et moi, lancé-je ; fais-toi léger !

— T'inquiète pas, je viens de licebroquer ! ricane le All Black.

*
* *

1. Faut-il que celui-ci soit prononcé pour se manifester à l'aide de deux interjections !

2. Sauf si tu l'as court.

Tu nous verrais, dans ma suite du Miramar, tous les quatre (Salami en est, œuf corse). Trempés, égrotants, claquant du râtelier, contusionnés de partout.

Le bal des épaves !

On s'en tamponne, des tapis, des sièges recouverts de velours frappé !

Le frigo est mis à sac. Chacun se biche son élixir préféré : Aloïs boit de la bière danoise, Jéjé du rhum, moi de la vodka, et mon pauvre chien bouffe des gaufrettes salées.

Ensuite de quoi, nous décidons de prendre le bain du siècle.

Le Chleuh rejoint sa base et donc sa Teutonne bien-aimée. Je fais couler celui de mon pote. Lui prépare des trucs chauds et veloutés, pleins de baumes odorants, de mousse arachnéenne. L'aide à s'y allonger.

— Merveilleux, balbutie-t-il d'un ton de bonheur indicible.

Pendant qu'il macère, je m'offre une douche sauvage : mille aiguilles me criblent la viande, brûlantes au début, tièdes, puis glacées ensuite. Je pourrais tituler cette soirée abasourdissante : *Histoire d'eau*. Ne parviens pas à m'arracher à cette flotte domestiquée après mes tribulations dans la fange et la pourriture.

Le visage offert à cette averse bienfaisante, les yeux clos, je me mets à penser très fort à ma Féloche. Comme elle doit morfondre, sans nouvelles du prince.

Sais-tu que c'est un beau fumier, ce monarque de son cœur ?

Saisi d'un je-ne-sais-quoi, mais violent, je sors de mon averse, enfile un peigne noir, je veux dire : un peignoir, et fonce au turluphone.

Je vais y en casser une savoureuse.

À l'autre bout, son bigophe ne sonne qu'une fois, une seule. Preuve qu'elle ne dormait pas, malgré l'heure industrielle.

— Antoine ! dit-elle.

Puis éclate en sanglots.

Je manque mourir de honte.

Comment ai-je pu la laisser plusieurs jours sans nouvelles, ma vieille chérie d'amour ?

Maudit sois-tu, fils indigne !

Le meilleur de tous les êtres, celui dont tu peux être assuré qu'il ne te trahira jamais, t'attend à chaque seconde de sa noble existence, espère un mot, un signe de toi. Et au lieu de lui accorder cette aumône, tu suis ta route frelatée sans daigner te pencher sur sa pathétique tendresse.

Ce que je lui exprime, c'est du hors antenne. Pas publiable. Mon cœur au ralenti, you see ? Le trop-plein d'âme.

N-à mesure que je dévide, d'autres mots affluent. Y a qu'à laisser se dérouler le moulinet, un gros poisson d'amour est ferré à l'autre bout. Je laisse du mou pour me donner l'occasion de tout lui dire.

Ça se poursuit pendant une plombe, cette scène d'expiation.

Je perçois un bruit, me retourne. Jérémie est derrière moi, tout nu, avec sa toison à ressorts et sa big chopine façon poste à essence.

Elle pleure en m'écoutant, la Vigie des cocotiers.

Putain, c'est si larmouillard, ce que je débite ?

Le Mâchuré fait deux pas de plus et tend la main pour que je lui remette le combiné.

— Maman Félicie, c'est Jérémie ! il bredoche. Votre grand connard de garçon me fait chialer. Il vous aime, vous savez. Vous représentez l'essentiel de sa vie.

Il bonnit encore. On baigne dans une émotion intarissable (d'Olonne). Musicale, il me semble. Y aurait de quoi se montrer gêné par tant d'impuderie. Mais non, au contraire, elle fait du bien à entendre.

Il se tait brusquement, à cause d'un cri que vient de pousser M'man.

— Qu'y a-t-il ? m'inquiété-je.

Elle paraît dans tous ses états, ma vieille.

Alors, il me rend l'appareil.

— C'est re-moi, M'man, qu'est-ce que tu as ?

Elle suffoque comme lorsqu'on a trop de choses importantes à dégorger et qu'on n'arrive pas à trouver le bon bout.

— Voyons, ma chérie, ressaisis-toi ! je supplille.

Elle finit par se calmer un peu.

— Je me demande ce qui s'est passé, fait-elle à voix basse. En parlant à M. Blanc, j'ai eu une sorte de vision. Pourtant, ce n'est pas mon genre, tu me connais ? C'est la première fois qu'une telle chose se produit.

— Dis-moi…

Elle marque un silence troublé par sa respiration oppressée.

— C'est tellement fou ! soupire-t-elle d'un ton effarouché.

— On ne peut rester sensé toute sa vie sans une défaillance de temps à autre, plaisanté-je. Raconte, ma poule.

Encouragée, vaincue, elle parle.

Ce qu'elle me dit ?

Je te préviens, Lucien, tu vas en prendre plein les socquettes.

— Je vais avoir du mal à reconstituer cela, murmure-t-elle. J'ai vu brusquement une villa avec des briques rouges et des faïences autour des fenêtres.

La molette de mon anus se bloque. Ce qu'elle énonce, ma chère vieille, c'est le pavillon d'Astrid, non ?

Elle continue :

— J'ai vu arriver une grosse voiture haute sur roues. Un couple en est sorti. Un homme très blond, une femme très grande.

Je stupéfie crescendo. C'est Astrid, avec son gazier, qui me casse des boutanches de bourgogne sur la coiffe, qu'elle narre.

— Ils ont sorti un tapis du coffre de l'auto et l'ont coltiné dans la maison, continue ma mère très aimée. Ils sont montés au premier étage avec leur charge et se sont rendus dans une salle de bains.

Nous nous défrimons, le gars Jéjé et moi, nous demandant si c'est du lard ou du cochon, dirait puis ma grand-mère.

À n'y pas croire, n'est-ce pas, Grégoire ?

Ne vadrouillerions-nous point dans la quatrième dimension ? P't-être même la cinquième, si chère à Beethoven !

— Et après ? je blagadoche d'une intonation misérabonde.

Le ton de ma chérie s'affermit. M'est avis qu'elle sort de son hypnose passagère.

— Je… Je ne sais plus très bien. Je vois encore une douche avec son rideau déchiré.

C'est vrai qu'il y avait un fort accroc à celui de la villa *Look*.

Félicie émet un petit rire frêle.

— Voilà, ajoute-t-elle, soulagée : c'est terminé. Tout est normal à présent. Mais quelle sale impression ! Je n'aimerais pas devenir médium.

Ce tubophone avec diffuseur incorporé est commode, t'as pas besoin de résumer ta converse pour affranchir un tiers.

— Tu permets ? demande le Noirpiot en cueillant le combiné dans ma dextre.

Il rassure :

— Ne vous tourmentez pas, madame Félicie ; c'est à cause de moi que vous avez eu ces visions. Ma jeune sœur, Cadillac V 12, est médium, et une partie de sa voyance m'a été impartie quand elle a eu atteint la puberté. Ce don, chez moi, n'est pas direct, mais passe par le truchement d'une personne réceptive, comme vous… Je vous explique : ce que vous avez décrit, c'est moi qui le percevais sans être conscient et j'en ai imprégné votre esprit. Dans mon village, au bord du fleuve Sénégal, on appelle ce phénomène le *Jaka Tali*. Il est réservé à des êtres dotés d'une extrême sensibilité. Si nous n'avions pas communiqué à cet instant, jamais il ne se serait produit sur vous.

Je bigle mon pote, impressionné jusque dans ma périphérie testiculaire. Ainsi, non seulement l'homme de race noire est l'ancêtre de l'humanité, mais il détient, de surcroît, les dons les plus mystérieux.

Bonsoir, Maman.

Retourne te coucher.

Dors bien et fais de beaux rêves : ton grand t'adore !

30

Jérémie et Salami voulaient m'accompagner, mais j'ai véhémentement refusé. Pécloteurs comme je les voyais, ça m'aurait meurtri les burnes de les faire remonter en première ligne. Je leur ai expliqué que je ne retournais pas à la villa pour réaliser un remake de la bataille de Verdun, mais pour « guigner ». Et ce, sur la foi d'une « vision ». De quoi débiter des ronds de pine avec un coutelas de boucher ! Je sombrais dans le Nostradamus de fête foraine !

Cependant, cartésien ou pas, je m'y suis rendu.

Maintenant que je la connaissais de combles en souterrains, elle était devenue, pour moi, la concrétisation du « maléfice ». Je me disais que, même si on la rasait, elle demeurerait une sorte de bastion maudit. Que si le diable existait et siégeait quelque part, ce ne pouvait être que dans ce pavillon d'apparence innocente.

L'air de la nuit fraîchissait ; les bouffées qu'il véhiculait puaient le cadavre en décomposition. Du moins mon « subconscient » en détectait-il l'ignominie.

Il n'y avait plus de circulation, et même en stationnement, les bagnoles parcimoniaient. Aucune ne se trouvait aux abords de la villa *Look*.

Je me suis blotti dans un renfoncement pour la contempler sans être remarqué. Close et noire, seul brillait au clair de lune l'éventail de verre surmontant l'entrée.

Au bout d'un long temps d'inertie, j'ai éternué. Ç'a été un déclic : d'un pas mécanique, j'ai traversé la chaussée afin de pénétrer dans la maison. Je la savais par cœur et n'avais pas besoin de loupiote pour m'y diriger.

Le salon.

Un fauteuil Voltaire dont les bras perdaient leur cloutage m'accueillit. Je m'y installai, me relaxant un max. Nonobstant la sinistresse pomponnée de l'endroit, je m'y sentis bien. J'avais besoin d'opérer un survol complet de cette histoire. En la démarrant au moment où le général Karl Hecht fut amené ici avec sa cage à oiseau, pour y être trucidé. À cette époque, le vacarme du torrent épisodique ne se produisait pas. Plus j'y pense, plus je suis convaincu que le grand-père d'Astrid ignorait la présence du puits, sinon il ne se serait pas fait éclater les varices en créant une sépulture dans un faux conduit ! À propos du puits : pourquoi son orifice est-il situé au niveau d'un premier étage au lieu du sous-sol ? Emplacement complètement illogique, non ?

Ça coince, y a pas !

Mais casse la tienne, dirait mon amnésique de Béru. Le fugueur teuton arrive ici. Fut-il guidé ou accompagné par la femme découverte avec lui ? J'ai déjà dit quelque part qu'il devait, outre sa cage truquée, trimbaler sur soi un beau pactole de sterlings ou de dollars, ce qui a provoqué son assassinat. S'il avait eu ballepeau, le couple de grands-parents l'aurait balancé à la Kommandantur ; seulement les deux rapaces ont voulu griffer le magot !

Ensuite ?

Ben la guerre s'achève. Pépère devient hémi ou para (plutôt) plégique. Le temps s'écoule. Les deux ancêtres clabotent près des deux cadavres emmurés. Blanche, leur fille, après un mariage plus ou moins raté, vient s'installer ici. Dans quelles conditions ? Pour y mener quelle existence ? Comment a-t-elle élevé Astrid ? Mystère !

Quand on commence à se poser des questions par salves, on est vite submergé.

J'interromps mes gambergeries un instant pour tendre l'oreille aux bruits urbi et orbi. Silence. Pourtant, il m'avait semblé… Mais oui : on gratte à la porte. Je vais déponer. Rien face à moi. Je baisse les yeux : Salami ! Il est tout bancroche, mais présent ! Il souffre et pousse de courtes plaintes inescamotables.

— Vous ici ! théâtralisé-je. Au lieu de vous reposer !

Le cador entre sans m'accorder le moindre regard, gagne le salon. C'est fantastique, l'odorat de ces animaux, pour nous, juste capables de détecter des odeurs de pets ou de soupe aux choux. Nous sommes, comparés à eux, des infirmes de l'odorat.

Il se couche près de mon fauteuil et, exténué, s'endort.

Brave toutou, si courageux, si pugnace ! Du bout des doigts j'effleure son pelage rêche, un tantinet huileux. Il émet un soupir d'aise dans son sommeil, tandis que je reprends le cours de mon récapitulatif.

Ce qui me trouble, au sujet de cette foutue baraque, c'est le puits. Il n'a pas été foré « après » sa construction, cela aurait été impossible. *Donc, on a bâti le pavillon par-dessus !* Elle date de quand, cette crèche ? À vue de pif et compte tenu de son architecture, je la situerais début de siècle. Qui l'a fait bâtir ? Va falloir tirer la chose au clerc, dirait un de mes amis notaire[1].

Qui a eu l'idée d'en faire une fosse commune ?

Autre chose : pourquoi cette espèce de torrent qui gonfle par instants a-t-il surgi voici environ vingt ans, qu'est-ce qui le rend sporadique, d'où provient-il ?

---

1. Je la replace à tout bout de champ, celle-là, parce que l'un de mes meilleurs amis est réellement notaire.

Attends, Fernand, c'est pas terminé, oh ! que non. Dans mon coffre à idées, c'est aussi tumultueux que dans les profondeurs mystérieuses de cette maison. Qu'est-ce que la bande organisée de Londres trafique avec la quiète (en apparence) villa *Look* ? Comment a-t-elle appris ce que contenait la cage à oiseau qui poireautait dans cette pièce depuis un demi-siècle ?

Y a de quoi phosphorer, tu ne trouves pas ?

Alors, je gamberge.

Et quand on gamberge trop longtemps dans le noir, on finit par s'endormir, t'as remarqué ?

Deuxième partie incomparable

31

Elle allait, le coup de pédale aérien. Sa jupette, soulevée par le vent de la vitesse, découvrait ses longues cuisses musclées. Ses lèvres charnues, retroussées par l'effort, lui composaient une expression mi-amusée, mi-douloureuse.

Les côtes sont plutôt rares, dans la périphérie de Bruxelles ; cependant, certaines déclivités innocentes constituaient des « coupe-pattes » qui la forçaient à se mettre en danseuse pour les escalader.

Comme elle atteignait le haut d'une petite pente, elle s'aperçut qu'un chien la suivait avec difficulté. Un basset hound aux trois couleurs réglementaires : blanc, noir et fauve. Outre sa morphologie « rase-mottes », l'animal souffrait d'un handicap supplémentaire : il portait un fort pansement à la patte avant gauche, qui lui ôtait sa vélocité de chasseur.

La belle stoppa au sommet de la rampe pour attendre le blessé. Celui-ci semblait au bord de l'exténuement ; il se coucha sur le talus dès qu'il l'eut rejointe.

— Mais je te reconnais ! s'exclama la jeune femme. Tu es le chien de San-Antonio !

Le clebs fouetta l'herbe de sa queue.

Du coup, elle descendit de vélo pour s'approcher. Lui caressa la tête des oreilles au museau. Il fut sensible à cette marque d'intérêt et lui octroya un coup de langue sur la main.

— Comment diable te trouves-tu ici ? murmura-t-elle, passablement troublée.

Salami n'eut pas envie de se perdre en explications. Il reprit sa posture abandonnée.

La cycliste regarda autour d'elle, quêtant une inspiration.

— Tu pourrais tenir dans le panier à provisions de mon porte-bagages ? questionna-t-elle.

Il acquiesça d'un bref jappement. Lors, elle bloqua sa bécane contre un panneau de signalisation et vint se saisir de l'animal.

Bien qu'il y mît du sien, son installation dans la corbeille ne fut pas une mince affaire. Il souffrait beaucoup et poussait des gémissements dès que sa patte blessée heurtait un quelconque obstacle. Astrid, heureusement, agissait avec douceur.

Lorsqu'il fut en place, elle enfourcha la selle de cuir, opération qui captiva le basset, lequel, un instant, eut une vision charmante qui le fit saliver.

Cahin-caha, ils partirent. La bicyclette bleue[1] décrivit quelques embardées avant d'acquérir sa vitesse d'équilibre.

Quand elle eut atteint la bonne allure, le danger de chute devint inexistant. Salami oublia ses maux pour se laisser emporter par la griserie du moment. Il faisait doux, sa compagne sentait bon. Il s'abandonna à la félicité de la promenade jusqu'à passer un léger coup de langue dans l'entrefesse de la pédaleuse de charme qui en glousa de plaisir.

Ils achevèrent leur randonnée une heure plus tard.

La jeune femme habitait non loin du bois de la Cambre, une maison particulière de belle allure, dont le grand jardin était cerné d'une grille aux piques belliqueuses. Elle cala sa bicyclette contre le perron et saisit le basset à bras-le-corps pour le descendre. Ce faisant, elle constata que son passager bandait démesurément, n'en fut ni flattée ni dégoûtée. La promiscuité des hommes et de leurs frères « inférieurs » engendre fatalement des phénomènes de nature.

Quand ils eurent gravi les marches, un serviteur à la peau bistre vint annoncer qu'un « monsieur » l'espérait au salon. Elle s'y rendit immédiatement et son plaisir fut grand d'y découvrir San-Antonio. Nonobstant la désagréable péripétie ayant mis fin à leur brève liaison, elle conservait de ce fringant policier français un souvenir

1. Clin d'œil à ma charmante amie, Régine Deforges.

troublant. Pas mal de sa personne, plein d'un charme enjoué, il faisait l'amour avec un brio difficile à oublier.

— Je ne me rappelais pas vous avoir laissé mon adresse, fit-elle en lui offrant sa bouche charnue.

Il n'eut qu'à se hisser sur la pointe des pieds pour la cueillir.

— Chère belle âme, répondit le galant, il n'est guère difficile de retrouver une personne dont on possède l'identité, surtout lorsqu'on exerce ma profession.

Puis il s'enquit, montrant Salami :

— Comment se fait-il que mon chien soit avec vous ?

— Il me suivait. Comme il était blessé, je l'ai pris sur le porte-bagages de ma bicyclette.

Elle regardait son front suturé.

— Votre blessure se cicatrise ?

— Celle de la chair, oui, mais pas celle de l'amour-propre, repartit le héros.

— Oh, oh ! Envisageriez-vous une quelconque vengeance ?

— Nourrir des sentiments aussi mesquins, se récria le chef de la police, grand Dieu non ! Je souhaite simplement exprimer à votre ami le point de vue d'un homme agressé par surprise. Mais rien ne presse.

Ils se dévisagèrent un instant avec complaisance.

Elle murmura :

— Vous avez prolongé votre séjour en Belgique ?

— Votre pays a du charme.

— Vous comptez y rester un certain temps ?

— Jusqu'à ce que j'aie élucidé les mystères de votre maison familiale d'Ostende, chère Astrid.

Le visage de la jeune femme devint grave. San-Antonio nota qu'une forte veine grossissait sur sa tempe droite tandis qu'une expression d'épuisement défaisait ses traits.

— Vous parlez de ces fameux bruits ? demande-t-elle.

— D'eux et du reste, jeta San-A. avec désinvolture.

— Du reste ?

— De TOUT le reste.

Il continuait de sourire.

— Vous me permettez de m'asseoir, darling ? Je viens de vivre des péripéties exténuantes.

Elle fit le geste qui convenait à pareille requête et prit dans une boîte de cristal une dragée qu'elle offrit au chien. Son visiteur prit place dans un énorme fauteuil de cuir faisant songer à un hippopotame somnolent.

— Je fais un métier éprouvant, reprit-il. Parfois, je l'assimile à celui d'un défricheur de brousse se frayant un passage dans la sylve à coups de machette.

Salami, exténué, se prit à ronfler près d'un important porte-parapluies d'inspiration chinoise. Son bruit était cocasse.

— Que puis-je vous proposer ? demanda la longue fille.

— La botte ! répondit-il du tac au tac, car la fatigue me donne envie de baiser.

Sa réponse la sidéra. Jusqu'alors il se comportait avec elle de manière certes hardie, mais sans se départir de ses façons enjouées. Astrid le considéra d'un œil incertain.

— Je vous trouve bizarre, finit-elle par murmurer. Auriez-vous bu ?

— Non, rassurez-vous : j'ai toute ma tête, comme disent les bonnes gens. Puis-je vous poser une première question ?

— Pourquoi première ?

— Parce qu'elle sera probablement suivie de beaucoup d'autres. J'aimerais savoir ce qui vous a incitée à me faire venir à Ostende ?

— Je tenais à vous montrer ma maison hantée.

— Cela s'appelle jouer avec le feu, ma chère.

— Je ne comprends pas…

San-Antonio lissa entre le pouce et l'index le pli tranchant de son pantalon.

— En réalité, reprit-il, quand vous avez su ma profession, la peur vous a saisie. Vous n'avez pas cru à la fortuité de notre rencontre et avez pensé que les polices européennes s'intéressaient à vous. Alors vous avez joué le tout pour le tout en m'amenant dans votre foutue bicoque. La maison hantée ! Qui donc vous aurait soupçonnée par la suite : c'est VOUS qui me l'aviez montrée !

Elle détourna les yeux et répéta :

— Je ne comprends pas.

— Cela va être votre système de défense, ma grande ?

Elle lui décocha un regard venimeux qui s'éteignit instantanément.

— En somme, de quoi m'accusez-vous ?

— Très bonne question. Disons que, pour commencer, je vous accuse de tout. Ce sera à l'instruction de répartir les charges entre vous et vos complices.

Elle s'écria :

— Mais quelles charges ?

Il cessa de sourire et déclara d'un ton plein d'une violence mal contenue :

— Le nombre de gens assassinés dans le cours d'eau souterrain ne va pas être facile à déterminer, vu leur état de putréfaction !

Il se produisit un affaissement chez la femme. Pendant un moment, elle fut absente de la conversation.

— La peine de mort n'existe pas en Belgique, reprit-il. J'ai été l'un des premiers à la combattre. Mais devant des gens comme vous ou Dutroux, je sens croître en moi des incertitudes.

En manière de réaction, elle se pencha et, s'emparant d'un contacteur de TV posé sur une table basse, l'actionna. San-Antonio la considéra avec surprise. Elle pianotait rapidement le minuscule clavier.

Soudain, il se produisit une faible explosion. Le Français se crut happé par un séisme. Le siège opulent dans lequel il s'était assis se mit à gonfler exagérément, au point de devenir un monstre qui l'écrasait, le tordait, l'étouffait littéralement.

Il poussa des cris qui se perdirent dans l'infernal malaxage. Le souffle lui manqua.

Son ultime impression fut qu'il était digéré par quelque abominable estomac.

Malgré ces bruits, Salami dormait toujours profondément, exhalant parfois des soupirs.

Astrid sonna le valet de couleur.

Quand il apparut, elle lui dit, montrant le fauteuil tortionnaire, que lorsque « ce serait fini », il devrait remettre le siège en état et rouler le mort dans le « tapis de transport ».

L'ancillaire acquiesça.

32

Bérurier allait de sa démarche plantigradeuse, escorté de la mère Hortense aux bas tire-bouchonnés. L'hôtesse marchait avec la grâce d'un train de chalands trop lourdement chargés. Elle ronchonnait en flamand, dialecte rigoureusement inconnu du Gros.

À la fin, il se retourna et l'apostropha en ces termes :

— 'coute-moive, la mère. Qu'tu prisses ton panard dans ton jargon, j'veuille bien ; mais qu'tu m'fisses la converse en belge d'aut'fois, j'peuv' pas suiv'.

Son égérie du moment lui décocha au clair de lune un franc sourire auquel manquaient dix-huit dents.

— Tu fas fite ! traduisit-elle. Je, plus vingt ans !

— Personn' l'r'grette mieux qu'moive, assura le chéri de ces gorgones. Tu d'vais t-êt' girond' quand ton pétrousquin traînait pas su' tes talons ! Maint'nant, faut t'rassembler à deux pognes les plis d'la babasse pour pouvoir t'encastrer conv'nab'ment.

Elle baragouina de l'inaudible. Il n'y prit pas garde.

— J'sais pas c'dont j'ai eu, soliloqua Alexandre-Benoît, mais j'ai resté des heures sans m'souviend' d'rien. Quand l'Grand est v'nu dans ta cambuse, j'l'ai point r'connu ! Un monde, non ? Des années qu'on s'pratique. C't aprève qu'ça m'est r'v'nu.

Ils cheminèrent ainsi jusqu'à la ville. Béru fila au Miramar où il apprit des employés l'absence de son valeureux chef. Quant à Jérémie, il gisait encore, épuisé. Après un temps de désappointement, suivi d'un autre (à peine plus long) de réflexion, il se dirigea vers la « maison hantée ».

Il vit un 4 × 4 stationné devant la grille. Le véhicule avait son hayon ouvert. L'Hénorme coula un regard à l'intérieur et aperçut Salami endormi. Un méchant détail fit se cabrer le puissant auxiliaire de San-Antonio : une pièce de fonte se trouvait attachée au collier du chien.

— De Zeus ! grommela Sa Majesté ; ça s'rait-il-t-il qu'on veuille noyer c'pauv' animal ?

Son cœur décrivit une volte de manège équestre dans sa poitrine.

— 'coute-moive, la vieille, chuchota-t-il galamment à sa conquête. Faut qu'j'allasse m'rend' compte de c'qui s'passe à l'intérieur. Toive, tu vas faire l'pet dehors. Si j'tardasserais trop à reviendre, va préviendre les flics et dis-leur qu'a une oubliette dans la douche d'la salle d'bains. T't'rappell'ras ?

Elle assura « qu'oui ». Ce gros type brusquement débarqué dans sa vie, sa chaumière et sa chatte la subjuguait avec son énorme paf et sa volonté inflexible et genouflexible.

Dès lors, Bérurier s'attaqua à la porte d'entrée qui n'avait rien à lui refuser. Après un délai des plus courts, il put pénétrer dans l'étrange pavillon.

La cage d'escadrin était éclairée et des voix lui parvenaient d'en haut.

Le bon Mammouth se félicita de ce que les marches fussent en grès. Il largua les godasses prêtées par la veuve, d'énormes ribouis ayant appartenu à son défunt époux, et monta précautionneusement à l'étage. La porte de la première chambre béait, de même que celle qui la séparait de la salle d'eau.

Il risqua un regard et aperçut un couple accroupi devant un tapis roulé. Muni d'un canif, l'homme tranchait les cordes qui le liaient.

Quand il eut achevé, il déroula la carpette, aidé de la fille. Au centre, un corps. Alexandre-Benoît reconnut San-Antonio. Il éprouva un vertige, et un cri immense, qu'il n'arrivait pas à extérioriser, gonfla sa poitrine.

Comme il se ruait vers lui, l'homme, un personnage grand et blond, au regard d'albinos, actionna une manette en forme de robinet et le récipient s'écarta pour découvrir un puits.

Le rush inopiné du gros homme le stupéfia.

Sa compagne décrivit un demi-tour en portant la main à la poche de sa veste d'été qu'alourdissait un revolver. Le Taureau fou la chargea avant qu'elle n'ait eu le temps de le dégager. Ce qui s'opéra alors ne pourrait être décrit que par un ralenti cinématographique.

En décomposant le mouvement, on se serait aperçu que le Soudard la télescopait plein cadre et la renversait. Simultanément, le compagnon de la fille manœuvrait la fermeture du puits. Celle-ci s'opérait assez rapidement. À cet instant, Astrid avait la tête au-dessus du trou. Il se produisit un craquement hideux : sa boîte crânienne éclata sèchement, et j'ai trop de talent, crois-moi, pour te sortir la piètre métaphore de la coque de noix.

Lorsque le bac de la douche se remit en place, seul le tronc de la femme subsistait, sa tête sectionnée était allée rejoindre les trépassés du charnier.

— D'accord, murmura ce Dodu, a m'surait vingt-cinq centimètres d'trop. Mais quand même…

Anéanti, son compagnon fixait le corps sanglant avec des yeux fous.

— T'as gagné l'canard, hein, mon pourri ? fit Bérurier d'un ton mort.

D'un élan imprévisible, il lança son pied droit dans les bourses du blondin[1] qui exhala une plainte pareille à un râle et fléchit sur ses genoux. Sa Majesté ne lui laissa pas le loisir de récupérer. Il continua de shooter dans les génitoires de l'autre à grands coups appliqués, faits pour détruire. Sa victime gisait depuis longtemps sans connaissance qu'il cognait toujours.

Il l'aurait réduit à l'état de cataplasme, d'abord et d'ectoplasme ensuite, si une voix faible n'avait murmuré :

— Le finis pas tout de suite, gros. J'ai des choses à lui demander !

— Sana ! hurla le Touffu en s'abattant sur son ami.

Alors, un peu comme dans Aragon, la diane belge sonna.

Les perdreaux d'Albert II, prévenus par Hortense en alarme, arrivaient, toutes sirènes hurlantes.

De tout un peu

C'était le titre d'une rubrique lue jadis dans je ne sais plus quel baveux. Elle aurait mieux fait de se tituler : « De rien de rien », car on n'y lisait pas grand-chose, et moins que ça. Je le reprends pour te conclure ce book si plein de bruit et de fureur.

1. Mon pauvre Antoine, va ! Si tu savais combien je t'évoque la mémoire !

Note, je pourrais y aller au délayage. Te dégauchir encore une douzaine de chapitres extensibles en dilatant le bidule subsistant. N-à quoi bon ? Dans un polar de ce niveau, quand t'as eu droit au pourquoi du truc, ne te reste plus qu'à passer les serviettes chaudes, kif à la fin d'un repas chinetoque, et à préparer ta bite pour aller tirer une péteuse.

Pour t'en reviendre, trois jours après les péripéties que tu as suivies, nous sommes réunis au Bistrot Saint-Honoré, rue Gomboust, où je savoure, moi si tellement amateur, les meilleurs œufs en meurette du monde et de sa périphérie. Le patron remue son gabarit de colosse dans une cuisine de quinze mètres carrés qu'il transforme en palais de l'enchanteur Merlin, tandis que la gentille Babeth, sa dame, distribue ses sourires et ses pots de juliénas à la ronde.

J'ai rassemblé dans ce lieu délicat les protagonistes de mon historiette : Jérémie, Pinuche, Mathias, Béru, sans oublier le merveilleux Salami dévolu chef de table. Sa serviette passée dans son collier, il mange sans gloutonnerie une solide entrecôte accompagnée de spaghettis spécialement cuits à son intention.

Tous les six, éclopés ou pas, nous dégustons la jaffe bourguignonne dont les fumets ensorcellent…

Le Rouquin et la Vieillasse sont les seuls à se sentir dans leur assiette. Le Noirpiot, Béru, ma pomme, péclotons, profondément affectés par l'abasourdissante aventure que nous venons de vivre. Les récentes nuits ont été animées ; la « maison de l'au-delà », comme l'a baptisée un journaliste bruxellois, m'aura marqué pour le restant de mes jours. Battrais-je le mémorable record de Mathusalem (969 ans), que je me rappellerai cette grille de retenue dans les profondeurs du cours d'eau de l'enfer, avec les cadavres accumulés par le courant, pressés, décomposés, formant une monstrueuse pâte dont j'éprouve toujours le contact sous mes pieds et le long de mes jambes. Aux dernières nouvelles, les auxiliaires de la police ostendaise auraient déjà dénombré plus de cent cinquante corps !

Un frisson me parcourt, écrirait-on dans les livres chargés de détremper les petites culottes des lycéennes d'avant Mai 68.

— Tu as froid ? s'inquiète la Pinasse auquel rien n'échappe concernant la maladie.

— Non, c'est la volupté ! Ces œufs sont proprement fabuleux.

— J'ai enfin découvert qui était la femme emmurée avec le général allemand ! s'exclame le Rouquemoute.

— Que ne le disais-tu-t-il !

— J'ai mis deux types très « affûtés » sur sa piste. Il s'agit d'une certaine Liselotte Stupfer, maîtresse et collaboratrice du général Karl Hecht. Elle avait le grade de lieutenant. On l'a portée disparue à la suite d'un raid américain qui a rasé son quartier ! Les empreintes du cadavre momifié, et surtout sa denture, ont été révélatrices de son identité.

— Voilà un nouveau point éclairci, fait le Noir.

— V's'avez c'dont j'ai appris ? intervient brusquement sa Majesté-à-Grosse-Panse (entre autres).

Nos regards le pressant, il déclare :

— Un savant russe aurait inventé l'moilien d'corresponde a'v'c les sourds-muets en y filant un' cord' à violon dans l'cul, fixée à un ballonnet gonflable. Au plus tu gonfles, au plus l'sourdingue chope les sons dans l'recteur.

Nous convenons unanimement de l'intérêt brûlant de cette information. Puis ayant consommé l'un de mes deux z'œufs nappés de sauce au vin rouge, je biche le micro :

— Vous savez, Pinuche et Mathias, que nous connaissons maintenant l'origine des bruits surnaturels ?

— Un cours d'eau ? fait l'homme qui se teint en blond avec un pot de minium.

— Exact, mais ils ne sont perceptibles que depuis une vingtaine d'années. Or le torrent existait déjà il y a des millénaires.

— Pigé, fait le Flamboyant ! Un glissement de terrain ?

— T'es vraiment l'Oracle des Temps Nouveaux, applaudis-je. C'est lorsque les Travaux publics belges ont construit l'autoroute Ostende-Colomb-Béchar que l'affaissement du sol s'est produit. Seulement il a eu lieu l'été, en période aride, et l'on a simplement comblé la dépression avec de la terre de remblai. Lorsque le cours d'eau a repris force et volume, il s'est frayé un lit qui l'a conduit au puits de la villa *Look*. Il faut préciser, qu'il est enrichi, plusieurs fois en vingt-quatre heures, du trop-plein des huîtrières, d'où le brutal gonflement de son flux. Et si la vieille voisine n'a rien entendu l'autre nuit, c'est uniquement parce que la sécheresse actuelle a tari son débit momentanément !

Comme Mathias m'écoute avec un intérêt risquant de le faire claper froid, je me hâte de préciser :

— Je tiens ces infos de la police belge qui a mis le paquet sitôt la découverte du charnier !

— Abordons ce dernier, propose la Pine en train de se brûler les doigts et le gosier avec des escarguinches de Bourgogne plus gros que les testicules de Béru.

— Pour pouvoir en parler, il faut, auparavant, évoquer ce que j'appellerais le puits clandestin. Son forage remonte à la guerre de 14-18. À la première occupation allemande, des résistants flamands connaissant l'existence du ruisseau souterrain l'avaient creusé à l'intérieur d'un castel, rasé ensuite par un lâcher de « marmites alliées ». Ils l'avaient rendu indétectable en situant son orifice à la hauteur d'un premier étage. Par un caprice des bombardements, seul le conduit était resté intact… Nos confrères d'outre-Quiévrain (ne manquerait pas d'écrire un moudu mou de la) vont s'employer à déterminer ce qui s'est alors passé. Mon sentiment est que le propriétaire du terrain, sitôt que ce lui fut possible, bâtit un pavillon autour du puits aux cadavres pour en préserver le secret. Si, par la suite, le nouvel acquéreur, c'est-à-dire le grand-père d'Astrid, avait connu sa présence, il n'aurait pas eu à fabriquer la gaine destinée à servir de tombeau aux deux déserteurs nazis.

« Nous avons appris que la feue Blanche avait modernisé la salle de bains désuète, vingt ans auparavant ; il est évident que c'est au cours des travaux qu'on a découvert le puits. Plus tard, sa fille a réalisé la « douche-oubliette ».

Nos mastications, à des rythmes différents, composent un concert de mandibules en comparaison duquel ceux de Karajan ne seraient que déchaînements de crécelles…

Le gars Jéjé, l'homme qui descend des cocotiers, comme d'autres du général Grant, abandonne un moment son petit salé aux lentilles.

— Terminons-en, fait-il avec une brusquerie inaccoutumière. Il serait bon de savoir comment cette maison est devenue un dépotoir à macchabées.

— La fatalité, ajouté-je en sauçant mon plat pour en récupérer le meilleur. Nous allons être affranchis de tout, mais pour cela, il faut que l'albinos émerge de la semoule dans laquelle monseigneur Groduchibre l'a plongé. Par les étranges domestiques de la décapitée, nous avons déjà une idée de ses activités. La gredine appartenait à une bande internationale. Elle en dirigeait la branche continentale, la « maison mère » étant à Londres. Sa maison d'Ostende constituait un parfait cimetière pour leurs victimes. Qui pouvait se méfier de ce pavillon hanté que personne n'osait approcher ?

« À propos des grosses traces dans ma poudre de perlimpinpin, je crois avoir l'expliquance. Le soir où nous avons dormi à la villa, le Mammouth et moi, quelqu'un s'y trouvait qui n'a pas eu le temps de se placarder et a attendu que nous soyons endormis pour se carapater. Soucieux de ne pas laisser ses empreintes, il a chaussé de vieilles godasses de mareyeur décorant un dessus de commode. Concernant la fumée grise, façon conclave négatif ? Un signal que l'homme a émis pour signifier à ses complices, qui l'attendaient, de ne pas approcher. Ce devait être un membre de la « branche britannouille ». Les gens de cette *murder organization* utilisaient cette maison avec discernement, soit pour se débarrasser de quelqu'un, soit pour y déposer des « marchandises en transit », comme les saucissons de cette petite frappe de Mallory, qui contenaient de la drogue.

« J'ai dans mon caberluche la certitude bien ancrée que nous avons découvert une sacrée termitière, mes amis. Nos confrères britanniques, belges, allemands et d'autres lieux aussi huppés vont avoir du pain sur la planche à surf !

— Cela dit, murmure Jérémiade à mon oreille, je me demande comment, au bout de cinquante piges et mèche, ces Anglais ont découvert le secret de la cage à oiseau ?

— Un mystère que nous ne percerons probablement jamais, conviens-je-t-il à regret.

Et puis notre tortore s'achève. Je file au rade pour douiller la Zabeth. Comme elle est occupée avec des étrangers qui ne sont pas d'ici, je biche un hebdo abandonné au bout du comptoir.

Je te l'ai toujours affirmé, que ma vie est un roman, le plus cornediable de tous ceux que j'aurai pondus…

Tu sais quoi, Benoît ?

Faut vraiment t'y dire ?

J'ouvre ce baveux à une page sur laquelle s'étale la photographie du général Karl Hecht ; un historien anglais vient d'écrire un énorme book sur lui, déjà best-seller au Royaume-Uni. Le gars s'est livré à une super-enquête et raconte toute la saga du copain de Rudolf Hess. C'est marle, un historien. Je vois mon pote Decaux, par exemple : il retrouve un préservatif usagé de l'archiduc Maximilien et il te reconstitue la dynastie des Habsbourg. Tous des Sherlock !

L'English, un certain Dressbitt, a retracé l'équipée de Hecht et de sa suffragette. L'avion abattu au-dessus d'Ostende, les deux passagers qui s'arrachent des décombres (emportant la cage-coffre-fort) pour, il suppose, trouver refuge chez l'habitant. Il décrit l'oiseau rare, Dressbitt, en publie même la photo parue dans un catalogue réservé aux boîtes à musique. Côté Rosbifs, quelqu'un de la bande ligote le book, reconnaît l'objet (lequel ne musiquait plus, car on avait remplacé son mouvement par les joyaux), et les Anglais s'en emparent sans prévenir Astrid, bien entendu.

T'as compris, baffi ? Depuis trois semaines, la vérité est narrée noir sur blanc et points sur les *i* !

Salami est venu me rejoindre au rade et se dresse sur ses antérieurs.

— Vous vous rendez compte ? lui fais-je en brandissant le magazine devant son museau.

Il renfrogne, puis me dit dans notre « langage » :

— Hé ! Mollo, le Grand, ne vous excitez pas : je ne sais pas ENCORE lire !

PRESQUE FIN

Concluette

Ce même après-midi, à dix-huit heures de relevée, Bérurier se présenta à l'hôtel Guillaume II où il avait rendez-vous avec le couple von de Kall, de passage à Paris. Aloïs étant allé s'acheter des cigares, le Gros en profita pour sodomiser son épouse avec beaucoup de mal et de beurre (il restait celui des toasts).

Le mari revint avant que les partenaires fussent désunis. S'ensuivit une rude bataille de palefreniers, portant dommages à leurs physiques respectifs ! Après quoi, leur sympathie instinctive reprit le dessus et ils se réconcilièrent au cours d'une partouze homérique qui devait, pour toujours, sceller leur amitié et disloquer le fondement de *Frau* von de Kall.

FIN

NE SOLDEZ PAS GRAND-MÈRE, ELLE BROSSE ENCORE

Roman foutral

1997

À Claude Serre
que j'admire et que j'aime.
San-A.

La plupart des hommes pensent recouvrer leur virginité une fois qu'ils ont remis leur slip après s'être fait sodomiser.

*
* *

Pour un écrivain, changer d'éditeur, c'est comme changer de transat à bord du *Titanic*.

*
* *

On croit que certaines femmes ont des yeux cochons, alors qu'elles ont des yeux de truie.

*
* *

La mort est notre lot de consolation.

*
* *

Donner, compense l'amertume de ne pas recevoir.

*
* *

Je suis, certes ; mais es-tu ?

*
* *

Drôles de ballonnements

L'hôtel du Dragon Couillonné à Hong Kong.

Dans la salle réservée au karaoké.

Une dizaine de clients, en partie asiates, sinatrisent *Strangers in the Night*, ravis de se découvrir une admirable voix. L'interprète qui chante le plus fort est un Japonais gras comme un sumo, aux cheveux oléaginés, dont les yeux doivent être la réplique doublée de son trou du cul. Il est accompagné d'une mignonne entraîneuse au nom poétique de Gling-Gling, ce qui, traduit du mandarin, signifie : « Éjaculation matinale sur une feuille de nénuphar ».

Nonobstant ce couple d'un soir, sont également présents : une famille pakistanaise, deux jeunes mariés italiens en voyage de noces, un évêque anglican avec sa tétineuse de membrane, et enfin un Français corpulent (mais moins que le Japonouille), originaire de Normandie, rouge et à l'étroit dans un smoking n'ayant pas suivi les péripéties de sa surcharge pondérale.

L'air fameux emplit la pièce. Des éclairages compliqués ponctuent la musique de diarrhées lumineuses.

Les assistants se divertissent au sein de cette cacophonie à laquelle ils contribuent. Les hommes, tu l'auras peut-être noté, sont toujours disposés à se croire parés de dons. Ceux-là ne se savaient pas crooners et c'est un grand sujet de fierté pour eux que de le constater. L'inventeur de cet appareil a fait énormément pour la vanité universelle.

Et voilà qu'au plus poignant de la chanson, il se passe une chose stupéfiante, donc rarissime : au beau milieu d'une strophe, le Japonouille explose.

Je sais, cette déclaration paraît difficilement concevable par un individu comme toi, qui baise sa femme à l'horizontale et prend ses vacances en août. Pourtant elle est incontournable. L'obèse vient bel et salement d'éclater ! Le bruit a été sourd tel un pet sous les draps. Sur l'instant, on pense qu'il s'est pris une bastos explosive dans le baquet. Mais non. La détonation s'est produite *à l'intérieur de son ventre*. Un cratère considérable s'opère dans sa bedaine. Sa limouille au plastron amidonné, sa large ceinture noire, le haut de son futal à bande de soie, déchiquetés, ne contiennent plus ses entrailles fumantes, lesquelles glissent lentement sur le tapis avec un gargouillement « silencieux », semblable à celui que provoque un pénis en éruption dans une chaglatte venant de jouir.

Curieusement, l'homme conserve sa verticalité, probablement parce qu'il n'est point mort. La douleur plisse ses paupières.

Les chanteurs se sont tus. La dame pakistanaise s'évanouit, vu que son sari blanc et or est instantanément couvert de sang et de matières qui couperaient l'appétit à un chacal affamé. L'horreur croît. L'évêque gerbe. La musique imperturbable continue de se dévider.

Le gros Français au smoking trop juste se précipite pour retenir l'« explosé ». Son mouvement brusque fait éclater son bénouze, découvrant à l'assistance prostrée un cul inslipé mais toisonné d'astrakan.

Réaction inévitable : la plupart des clients se sauvent, redoutant probablement une seconde déflagration.

Le Japonais n'en finit pas de clamser. Ces gens-là ont tellement l'habitude de s'harakirier qu'ils parviennent à vivre un certain temps avec la brioche béante.

Sa copine Gling-Gling, de saisissement, fait pipi sur le tapis tout en claquant des ratiches.

Un serveur qui apportait des rafraîchissements laisse choir son plateau à la vue du drame. Le gros Franchouillard pète si fort que le barman se jette à plat ventre, croyant à une détonation d'arme à feu.

Bientôt la police se pointe et le tohu-bohu se calme.

Les prédictions de Monsieur X

Salami dresse la tête et me regarde. Ses oreilles tombantes se soulèvent légèrement telles les ailes d'un condor se préparant pour l'envol.

— Inquiet ? je lui demande.

Il affirmative du museau.

— À cause de cette détonation ? reprends-je. Un pot d'échappement, mon cher. Vous avez vu la circulation dans cette ville !

Mon explication ne lui suffisant pas, il va à la porte de la chambre, se dresse sur ses antérieures et actionne la béquille de la serrure.

Le voilà parti sans crier gare, dirait-on à la S.N.C.F.

Son attitude me déroute car c'est pas le genre à faire du zèle pour des quetsches. J'hésite à le suivre. Seulement comme je suis nu sous mon peignoir, je reste dans ma luxueuse carrée garnie de satin et de trucs-machins chinoisants qui flanqueraient la chiasse verte à un mouflon. Le temps de compter jusqu'à deux, et le biniou émet un appel plaintif d'agnelet ayant perdu sa mère dans le métro.

Je décapsule.

Organe du Gros, aux langoureuses inflexions de machine à laver :

— Amène ta viande, mec, le bigntz s'est produit !

Impossible de lui en arracher davantage : il a déjà raccroché.

Je soupire et retourne habiter mon pantalon.

La première chose que je vois en sortant de l'ascenseur, c'est un policier chinois en train de savater le fion de Salami. Mon brave clébard pousse un cri de stupeur et de souffrance mêlées, puis se retourne pour défrimer son tortionnaire.

L'homme et l'animal échangent un long regard dont un écrivain médiocre assurerait « qu'il est dépourvu d'aménité ». Toujours, les connards, t'auras remarqué, les formules élimées, ils en raffolent.

Bérurier qui a vu la scène se précipite.

— Non mais, de quoi me permets-je ! vocifère mon Mammouth bien-aimé. Des voix d'portefaix su' la personne d'un chien d'client à deux mille balles la chamb' ! On croive rêver !

J'endigue vite fait ce début d'incident plomatique, faisant valoir à mon solide auxiliaire que nous ne sommes pas venus en Asie pour beurrer de noir les lotos des flics.

Un cordon de perdreaux isole la salle de karaoké. Défense d'approcher.

Dans ce pays singulier, ma position de dirlo de la French rousse n'impressionnerait même pas un coolie postal. Alors j'entraîne le Mastodonte en direction du bar où il se laisse convoyer avec la grâce d'un pétrolier géant exécutant une manœuvre dans le bassin des Tuileries.

— Raconte ! lui enjoins-je.

Il récapitonne :

— J'venais d'viendre dans la salle du cacatoès, là qu'des moudus égosillent pour s'faire croir' qu'y z-ont la voix d'Pivotrôti. N-entrôtre monde s'trouvait un gros Jap av'c un' gonzesse décolletée jusqu'à sa cramouill'. Y s'poilait comm' un brie entamé. Et v'là brusqu'ment soudain qu'il esplose !

— Qu'entends-tu par là ? coupé-je.

Le Gravos violit.

— J'entends c'qu'j'dis, bougonne-t-il. Y d'vait êt' dynamité d'l'intérerieur, biscotte sa brioche a éclaté.

— Tu penses qu'il a morflé une balle dum-dum dans le baquet ?

— Putain, j'cause en bon français ! J'te dis qu'il a esplosé. Tiens, vise : j'ai encore des brimborions d'merde su' mon r'vers.

— Attends, fils, ne nous excitons pas. Tu prétends en somme *qu'un explosif se trouvait dans son corps* ?

— Textuel, grand. Il avait un trou dans l'bide et des lambeaux d'bidoche lui pendaient. T'as déjà vu un clebs savant sauter à travers un cerceau tendu d'papelard ? Si tu t'rappelleras, ça forme des languettes du côté qu'y r'ssort. Le baquet du mec, c'est pareil !

— C'est invraisemblable !

— Qu'ma bite m'sure quarante-cinq centimètres aussi, c't invraisemblable, et pourtant ça est !

— Il aurait fallu introduire cette bombe dans son organisme.

— P't-êt qu'on a profité d'un' opération d'appindixit ? Des fois qu'il traînait c't outil d'puis lurette, not' magot, va-t'en savoir. Et puis l'moment chosi, on appuille su' un contacteur et c'gros sac éclate.

J'écoute les divagances d'Elephant Man. Pas si connes, après tout !

— Tiens, v'là la péteuse dont avec laquelle il était qui sort. Les draupers hongkongais ont dû l'interrogeger.

J'avise une chouette Asiateuse, au visage de porcelaine, bouche délicatement carminée, de l'ocre aux yeux, et probablement peu de poils au fion, le système fourré des Asiates s'avérant chétif. Elle m'a l'air un peu déconcertée, Fleur-de-Latrines. L'a du mal à se remettre du drame. D'ailleurs, un flot de sang a inondé sa robe. Dans son émotion, s'en est-elle aperçue ?

Galant, je l'aborde en anglais :

— Miss, votre exquise toilette est terriblement tachée. Me permettez-vous de vous reconduire à votre domicile afin que vous vous changiez ?

Je me pointe à un moment de sa vie où la désemparance la réduit à merci ; ma peau blanche et l'exquisité de mes manières lui inspirent confiance.

— Merci, dit-elle.

Et nous sortons sous le regard stupéfait d'Alexandre-Benoît.

Je susurre quelques paroles réconfortantes à un gazier de l'hôtel, les accompagne d'un charmant billet de banque comportant l'effigie d'un mec pontifiant que je n'ai pas l'heur de connaître. En moins de temps qu'il n'en fallait à Agamemnon pour écrire son nom en pissant dans la neige, la tire (une Rolls) se pointe, pilotée par un gus aussi vert que sa carrosserie.

Nous prenons place. Elle donne son adresse au driver. Décarrade mœlleuse. On biche le tunnel sous-marin.

— C'est affreux, ce qui vous est arrivé, attaqué-je-t-il. Vous connaissiez la victime ?

La jeune vierge m'apprend qu'elle a rencontré le gros Japonouille au bar de l'hôtel, à l'heure de l'apéricube. Elle a accepté de boire un Campari-gin avec lui, puis de dîner. Après le bouffement, les tourtereaux se sont amusés à karaoker. Jeu innocent et particulièrement stupide qui, de ce fait, connaît un gros succès. Ils braillaient comme des putois épileptiques, lorsqu'il y a eu une sourde explosion. Son compagnon s'est retrouvé avec une guirlande de tripes sur ses godasses vernies.

Elle claque des chailles en évoquant cette abomination. Manière de la réconforter, je pétris ses jolies mains safranées.

Rien n'est très loin de n'importe où, à Hong Kong. Aussi arrivons-nous à destinance rapidement.

Charmant immeuble de moyen standinge. Les balcons donnent sur la mer. Un ascenseur garni de laque (good laque to you, dis-je puis toujours) nous propulse au dix-huitième étage. À ce niveau, on voit le Japon et les côtes australiennes[1].

L'apparte comporte deux pièces, une cuisine et une salle de bains, ce qui est largement suffisant pour se faire tirer. La yellow môme navigue dans son logis, toutes portes ouvertes. Se dessape rapidos, répulsionnée par le raisin souillant ses harnais. La voilà en délicieux costume d'Ève. N'a pas l'air d'avoir froid, ni d'éprouver de la pudeur. On sent que la nudité constitue sa tenue d'intérieur préférée. Débarrassée de ses hardes souillées, elle prend un bain en se gaffant de ne pas mouiller sa chevelure.

Tout se passant à la bonne franquette, je m'enhardis jusqu'à m'asseoir sur le bord de la baignoire de faux marbre pour lui frotter le dos. Elle apprécie mon doigté, surtout lorsque je lui hasarde un finger in the babasse. Les petites caresses toutes bêtes font souvent davantage plaisir que les enfourchements cosaques. Je vois des dames pour lesquelles tu te casses le bol lorsqu'il s'agit de leur offrir quelque chose, et c'est toujours avec tes mains, ta bouche et ton paf que tu leur donnes le plus d'agrément. Comparée à une babiole du faubourg Saint-Honoré, une chouette queue veloutée produit un effet magique.

Cela dit, sachant que cette beauté marne dans le pain de miches, je me la joue prudemment, pas écoper du sida. Quand t'as réussi à ramener intact ton beau zobi de campagnes mémorables, tu dois éviter de prendre des risques, hein, Francisque ? Faut exister avec son temps.

En grande pro, elle admet fort bien cette précaution élémentaire, d'autant que mes fantaisies lubrico-lyriques sont nombreuses et variées.

L'heure qui suit est plus capiteuse qu'une conférence sur la spongiosité du scaphandre à fermeture Éclair.

1. Trouvez l'erreur.

Tout en la tirant résolument, la tête dans le guidon, j'évoque les circonstances qui m'ont amené à Hong Kong.

Ça s'est fait bizarrement. Si tu promets de m'envoyer un chèque de mille balles pour mes frais de mémoire, je te bonnis la chose. Ça joue ?

*
* *

M'agine-toi que je me trouvais au restaurant Le Jardin du Royal Monceau. J'y traitais Messire le Vieux, dont la santé s'était pleinement rétablie et qui repartait pour un tour de piste.

Participaient à ces agapes, outre le dabe et moi son brillant successeur : Félicie, Jacques Attali, Philippe Bouvard, Robert Hossein et sa jolie Candice, ainsi qu'Antoine Pinay. Pardon ? Ah ! il est mort, Antoine Pinay ? Alors ce devait être quelqu'un d'autre.

La chère était excellente, aux dires de mes invités, tous gens polis. Les sauces exquises se consommaient à la cuillère plate, c'est te dire !

Quand voilà soudain un serveur qui se pointe, lesté d'un bigophone portable.

« C'est pour vous, monsieur le… »

Je le foudroie du regard car je déteste qu'on me donne mon titre en présence d'Achille, lequel le porta si longtemps et si haut.

M'excusis, me levis et m'éloignassa de la table d'une bonne encablure. Ensuite je jetis dans l'appareil ces quatre syllabes qui se suffisent à elles-mêmes (et à moi aussi) :

« San-Antonio ! »

Un organe masculin, noble et beau, déclara :

« — Navré de vous importuner, monsieur le directeur. Mais le temps presse. Après réflexion, j'ai décidé de porter à votre connaissance exclusive certains renseignements particulièrement importants.

« — Qui êtes-vous ?

« — Je me serais déjà nommé si j'avais jugé bon de le faire. Une série d'assassinats vont être perpétrés dans les semaines qui viennent. Le premier sera commis demain matin à Londres ; il concernera l'ambassadeur du Danemark Knud Vejle et aura lieu dans Regent's Park où Son Excellence aime promener son labrador. Je vous éclairerai au gré de mes informations des opérations suivantes. Bonsoir ! »

Le mystérieux correspondant raccrochit sans brusquerie.

J'haussis les épaules et coupis le contact.

De retour à table, je constatis qu'Hossein tenait l'auditoire sous son charme en stigmatisant la malhonnêteté effarante de l'horrible individu qui, naguère, faisait la manche au profit d'une organisation caritative en enfouillant le plus clair du carbure. Mon pote prédisait la fin du monde pour tout de suite et sans doute avant. Cette prophétie provoquait des hochements de tête point trop paniqués chez des personnes davantage gagnées à ses spectacles qu'à ses prédictions.

Préludes à une répétition

Miss Gling-Gling jouit sans crier gare.

D'ailleurs, elle ne crie pas du tout. Ces Jaunes ont le panard sur coussin d'air. Tu ne sais jamais, quand tu leur bricoles « la bouche d'ombre » chère à Hugo, si elles sont satisfaites ou en panne des sens. Mais je n'ignore pas que beaucoup de frangines bruyantes en rajoutent, histoire de faire plus gai et de fournir des apaisements à ta conscience coïtale.

Je reste dans l'expectative, dirait un éboueur mauritanien.

A-t-elle eu sa part de fade ou bien ne prend-elle son foot qu'avec des partenaires précis et dans des circonstances particulières ? Les pros du fion parcimonisent du sensoriel. À vivre horizontalement, à taster des chibraques toutes catégories, une blasance les empare, ces pauvrettes. Je ne pousse pas la fatuité jusqu'à lui demander si « elle a senti quelque chose », elle serait cap' de me répondre : « Oui, le caoutchouc brûlé », comme dans la fameuse blague du petit Lulu.

Tout ce que je me contente c'est de rester allongé près d'elle, les mains croisées sous la tronche en guise d'oreiller.

Les yeux perdus dans le plafond tendu de soie noire, je continue mon évocation de l'« affaire »…

*

*   *

Le lendemain de ce dîner pris avec des êtres qui me sont chers, j'avais occulté le coup de turlu facétieux (que je croyais). Mon équipe de mousquetaires se colletait avec des braqueurs spécialisés dans les convoyeurs de fonds. De drôles d'épées, ces mecs. Du genre sanguinaire. Ils tiraient d'abord, disaient bonjour ensuite. De temps en temps, on touche des « tout fous » ultra-branques de ce style. Sortes de desperados pour qui l'existence (la leur y compris) n'a pas davantage d'importance qu'un carré de papelard froissé sur un colombin champêtre.

Donc, ça chauffait à la Grande Taule. Nos armes sentaient la poudre et le sang. Une vraie guerre !

Je suivais les opérations depuis ma calèche, attendant que les hostilités se déclenchent. Mon poste de radio m'aidait à tromper la tante, comme disait mon oncle. Parfois, je baissais le niveau pour capter des nouvelles de mes guérilleros, puis je revenais aux infos officielles.

Je me rappellerai longtemps la manière que la peau de mes roustons s'est plissée lorsqu'un chevalier des ondes a annoncé l'assassinat, à London, de l'ambassadeur du Danemark ! Je te jure que « ça m'a fait drôle ».

« Nous venons d'apprendre que Son Excellence Knud Vejle, représentant du Danemark en Grande-Bretagne, a été tué dans Regent' Park alors qu'il y promenait son chien. »

Sans charre, je te jure que mes baskets se sont mises à me serrer aux chevilles. Me suis senti infiniment con, avec, je te répète, des aumônières moins soyeuses que de la peau de crocodile.

Le julot du poste narrait le drame en termes concis, sans luxuriance de style. Pile-poil, il expliquait que le diplomate déambulait lentement dans les allées du parc quand, soudain, une sourde détonation avait retenti et qu'il s'était abattu, le ventre déchiqueté. Aux premières constatations, la police de la Mère Majesté pensait que Knud Vejle possédait sur soi une grenade défensive, laquelle avait probablement explosé à la suite d'un faux mouvement.

Après quoi, douze jours se sont écoulés, parmi lesquels deux fériés. Je me souviens, on mangeait des artichauts dans la cuistance, Féloche et moi. J'en raffole. Je sais qu'ils sont générateurs de flatulences, mais t'as rien sans rien.

J'y allais aux incisives pour racler le « charnu » lorsque le bigophone…

T'as déjà compris, l'artiste ? Oui, il s'agissait du « monsieur à la voix grave » du Royal Monceau. Il en savait aussi long que la queue-de-cheval d'Attila sur mes faits et gestes.

« Bonsoir ! m'a-t-il lancé. Je voulais simplement vous informer que le numéro 2 de la série sera trucidé après-demain à l'hôtel du Dragon Couillonné de Hong Kong. C'est loin, non ? »

Et il a raccroché sans que j'aie le temps de lui en casser une.

Dès lors (les Anglais disent : des lords), j'ai pris le tuyau au sérieux. Huit heures plus tard, nous étions dans le vol de Hong Kong, Bibendum et moi. J'eusse préféré le concours de M. Blanc, mais il séjournait à Garches avec une guitare dans le plâtre à la suite d'un accident de la circulance.

Je ne voulais pas emmener Salami, mon cador prodige. « Tu le soigneras bien ! » ai-je recommandé à M'man. Et puis, comme je sortais ma tire du garage, il a sauté à l'arrière. Pas mèche de l'en faire descendre. J'allais pas l'évacuer à coups de latte dans le prose. C'est un seigneur, ce clebs ! Un aristo de la gent canine. Il te coule des regards qui te remuent le sous-couilles. C'est commak qu'il aura connu Hong Kong, le brave basset.

Voyage sans incident. Alexandre-Benoît a éclusé pendant le vol en first (aux frais du contribuable) sept bouteilles de pommard, plus une de vodka (y avait du caviar). C'est dire qu'il a beaucoup ronflé.

Assis devant nous, un couple de Scandinaves en voyage de noces. L'homme aussi a dormi. Sa jeune femme blonde embrassait bien et se laissait trifouiller la chattoune sans chiquer les bégueules. L'avion étant presque vide dans le compartiment des premières, nous avons pu nous isoler complètement. Les fauteuils s'allongeaient pour la nuit et on disposait de plaids. Tirer une crampette mignonne dans de telles conditions ne relevait pas de l'exploit. Je l'ai fourrée princesse, ce qui l'a ravie. Elle n'a ni crié ni gémi, mais voulait de pleins chariots de zobs. Le jeune marié, lorsqu'il l'entreprendrait à son tour, entrerait l'arme à la bretelle, sans efforts superflus. Je suis un gars serviable, dans mon genre, qui aime faciliter le confort de ses semblables.

Je venais de lui aligner le coup de grâce quand une hôtesse s'est pointée pour s'enquérir de nos besoins.

« D'un bidet », j'ai fait, en récupérant mon braque qui se trouvait encore dans tous ses états.

La môme, une Jaune impassible, a sourcillé en découvrant mister Popaul déguisé en champion de bouillave, l'air de se demander à quoi un mandrin de ce calibre pouvait servir, sorti de son contexte. Les stewards niaques qu'elle épongeait possédaient des cure-dents en guise de bistougnette. Qu'aurait-elle pensé du formide chibre de Bérurier ?

La Suédoise est allée se défricher l'escarguinche comme elle a pu dans les tartisses. Elle a murmuré, avant de me quitter, avec un merveilleux accent d'emballeuse de harengs fumés :

« — Je ne prends plus la pilule depuis mes fiançailles et je suis fécondable…

« — Et moi, fécondeur ! ai-je parachevé. Je vous souhaite une honeymoon de rêve, ma chérie ; maintenant, l'avenir est à vous ! »

Ensuite de quoi, j'ai regagné ma place et piqué le somme réparateur.

Le marié de frais roupillait toujours, insoucieux des cornes qui, doucement, sans bruit, lui poussaient…

À la livraison des bagages, sa gentille épousée s'est approchée de moi et m'a dit, avec une simplicité de bon aloi :

« C'était réellement magnifique, je ne vous oublierai jamais. »

Tu vois bien que la vie vaut d'être vécue, même si on doit en chier pour la quitter.

Nouvelles d'ailleurs

Le Dragon Couillonné se trouve sur la terrasse du quarantième étage, d'où tu jouis d'une vue faramineuse sur la baie de Hong Kong illuminée. La nuit, savourée de ce point exceptionnel, est, tu sais quoi, Lola ? Enchanteresse ! Ça te ferait chier si je te disais encore que le ciel est « clouté d'étoiles », comme dans les beaux romans à la couverture tellement sobre qu'on est obligé de l'habiller d'une jaquette illustrée pour pouvoir en vendre quelques-uns ?

Eh bien, oui ! il est clouté d'étoiles aux scintillements étranges venus d'ailleurs.

Y a des lieux commak, dans le monde, dont la beauté force l'admiration.

J'écluse un long drink dont je n'ai pas pigé le nom. Il y a de l'alcool de riz naturellement, et puis d'autres substances d'apparence foutreuse. C'est doux et agréable. Je dilectionne pour les trucs sucrés, tout en ayant vaguement honte de ce côté loukoum de mon personnage.

Béru s'est fait déponer une bouteille de vin chinois, dont l'étiquette rouge, vert et doré flanquerait des cauchemars à mes nobles amis d'Yquem. Il la vide en multipliant ses moues critiques.

Entre nous, Salami feint de rêvasser ; en réalité, il scrute sous les jupes d'une dame dodue qui, du fait de son embonpointement, conserve les jambes écartées. Quelle trouble félicité peut lui apporter un tel spectacle ? C'est là un mystère que je tente d'éclaircir.

— Vous éprouvez quelque agrément à contempler cet entrejambe de matrone ? l'interrogé-je.

Il me regarde de son œil blasé, puis jappouille à sa manière, entre ses fortes canines, usant d'un code que nous établîmes pour correspondre.

— Cette personne, me signifie-t-il, m'inspire tout à la fois dégoût et curiosité. Je lui suppose un sexe malmené par sa déjà longue existence, qui a dû guerroyer sur tous les champs de bataille de l'amour au point de n'être plus qu'un conglomérat de chairs informes et sans doute inutiles. Voyez-vous, mon cher soi-disant maître, l'autre soir je visionnais un film hard pendant que vous faisiez du courrier sur l'abattant de votre secrétaire. Il montrait les mornes ébats filmés d'une fille besognée par deux mâles stupides, aux sexes plantureux. L'un des gaillards se donnait à traire, cependant que l'autre la prenait par-derrière. Je mis un temps à réaliser que le second, en fait, la sodomisait, ce que l'énormité de son phallus et la minceur de la partenaire n'induisaient pas à penser. Ce qui me frappa, c'était l'impassibilité de la jeune femme sous les assauts brutaux de ce triste sodomite. Elle encaissait la charge stoïquement, non plus avec agrément, mais par inadvertance, comme s'il eût été normal qu'une issue, à l'origine étroite, pût recevoir un tel « rebrousse-chemin ». J'en fus profondément (si j'ose dire) choqué ; attristé, aussi, car des manigances pareillement dépravées portent atteinte à toute la classe des mammifères à laquelle j'appartiens au même titre que vous.

Il se tut, la prunelle incertaine. Puis revint à sa contemplation initiale.

— San-Antonio, m'interpella-t-il au bout d'un temps d'incertitude, sauriez-vous me ménager une entrevue privée avec la personne dont je guigne l'entrejambe ?

— Why not ? répondis-je, dérouté par cette surprenante requête.

Joignant le geste à la promesse, je me levai et m'approchai de la vieille peau convoitée par mon chien.

Elle leva sur moi un regard serti de rides semblables aux rayons d'un miroir-soleil Louis le Quatorzième. Me sourit car, comme infiniment de douairières, elle me trouva beau et me supposa un membre que toutes les braguettes n'ont pas le privilège d'héberger.

Je me présentai civilement. En pressant ma puissante dextre, elle déclara se prénommer Ruth, prénom qui correspond assez à l'état dominant de ma sexualité. Son accent me fit pressentir qu'elle avait à voir avec l'Autriche.

Elle y était née.

Nous devînmes rapidement amis…

Lorsqu'un courant de sympathie fut créé, je lui présentai Salami et lui confiai qu'il s'agissait d'un animal phénomène, doté d'intelligence, et que ce dernier espérait composer un traité sur les sentiments pouvant se développer entre une femme et un basset hound.

Je suis infoutu de retracer ici les arguments de mon propos, toujours fut-il qu'une heure plus tard elle se rendit dans son appartement, accompagnée de mon fidèle compagnon.

Bérurier cuvait dans son fauteuil, sous la Voie lactée immense et radieuse.

Je m'abstins de l'éveiller et gagnai ma chambre.

En y pénétrant, j'avisai le signal lumineux du téléphone chargé de me prévenir qu'un message m'attendait au standard. Je l'appelai aussitôt. Une préposée à la voix de souris trempée dans l'huile me le lut.

Il était ainsi libellé :

Ne quittez pas encore Hong Kong. Vous appellerai demain à midi. Votre ami.

Je décidai illico d'obéir à cette injonction ! Ou à cette adjuration, si injonction te semble un peu trop rude.

J'avais le ventre plein, les burnes vides, et m'endormis d'un sommeil affable[1].

Le lendemain fut un autre jour. Un ouragan s'était déclenché pendant la nuit, décoiffant les mouettes et agitant avec vigueur les gratte-ciel. Il s'accompagnait de rafales de flotte qui n'étaient pas de la pluie, mais bien des vagues arrachées à l'élément liquide, comme disait mon très ancien prof d'histoire-géo.

Nous fûmes donc consignés dans le palace, Béru et moi. J'y empletta tous les quotidiens de « King Kong » (selon Alexandre-Benoît) et branchis la téloche.

Le meurtre du Japonouille se taillait la part du lion. Cet homme opulent et corpulent travaillait dans la pétrochimie. Il possédait des succursales un peu partout dans le monde et sa fortune restait inchiffrable, ce qui m'a toujours semblé inquiétant. Il était marié à une femme alliée à la famille impériale. Ses enfants fréquentaient l'université d'Oxford, à l'exception de l'aîné qui le secondait dans les affaires. Ce gros tas de fric se nommait Tupu Duku, tels la plupart des Japonais dans mes livres. Il bossait énormément, voyageait sans relâche, tout en sacrifiant beaucoup à Vénus. Il possédait des « correspondantes » dans tous ses points de chute, qu'il comblait de libéralités, sans trop les fatiguer, son zizi ne dépassant pas les dimensions d'une chenille processionnaire retour de Compostelle.

Son meurtre fait grand bruit (tu parles : il a explosé) tant par son importance sociale que par son étrangeté.

Selon les premières informations en provenance de Tokyo, ce paquet de lard avait subi une intervention relativement bénigne puisqu'il s'agissait d'une hernie même pas étranglée, opérée dans une clinique suisse sur les bords du lac Ladoga. Pardon ? Le lac Ladoga n'est pas en Suisse, dis-tu ? Et tu crois que je vais me formaliser pour un détail aussi mince ? Disons le lac du Bourget et n'en parlons plus !

Cet acte chirurgical fut réalisé par le professeur Kulmaniess (Jean), praticien de grand renom qui réussit avec brio, jadis, la

1. Selon Florian.

double amputation de la Vénus de Milo, sauvant cette dernière de la gangrène.

Appelé par téléphone, le chirurgien a mal pris les doutes exprimés par l'agence Omicron et parle d'engager un procès en divagation. Bref : c'est le grand bouzin. Le Mikado actuel, dont personne, pas même lui, ne se rappelle le nom, a exprimé ses regrets, précisant qu'ils sont attristés. Hong est sur le pied de guerre, Kong également. Le gouvernement jap de mes deux réclame le rapatriement du corps de toute urgerie.

Tu mords le climat ? Comme disait l'autre jour le Pommier sinistre britannique aux Communes : ça chie des bulles carrées !

Je lis toute ma documentation, ne rate pas un flash à la téloche.

Le dynamité me sort par les yeux. La plupart des baveux passent la même photo de lui : elle le représente en pyjama brodé (à moins qu'il s'agisse de sa tenue de samouraï honoraire). Impossible de distinguer ses prunelles. Son sourire impénétrable renforce l'énigme du personnage.

Je coupe la tévé, jette mes canards dans la corbeille à fafs, et regarde la gigue des éléments déchaînés. Des trucs hétéroclites voltigent, soufflés par la monstrueuse bourrasque : imprimés, bonzillons, préservatifs usagés, vêtements de toute sorte…

J'ignore quels comptes le Seigneur est en train de régler, mais je peux t'assurer qu'Il n'est pas content !

À travers les déferlances, j'entends un grattement à la porte. Salami qui rejoint sa base.

— Alors, expérience concluante, messire ? lui demandé-je.

Il se couche sans répondre et s'endort, la truffe dans l'oigne.

Des questions à l'appel

Les journaux du lendemain ayant eu le temps de « piocher l'affaire », d'interviewer des gens, ils établissent un lien entre l'« explosé » jap et l'« explosé » danois. Londres et Hong Kong se sont mis en rapport. Les polices, européennes et asiatiques, travaillent en relation. Étant établi que les victimes ont eu une fin de même nature, on recherche, de part et d'autre, à quel moment de leur existence il aurait été possible de leur bricoler ces bombes « internes ». Si le Japonouille a subi l'intervention chirurgicale évoquée plus haut, le Danois, lui, possédait un abdomen vierge de toute cicatrice. L'Excellence, contrairement à l'homme d'affaires, menait une vie rangée. On ne lui connaissait aucune liaison.

Nous dormîmes très convenablement. À travers le mur séparant nos chambres, j'entendais les ronflements inhumains du natif de Saint-Locdu-le-Vieux. De toutes les scories de la vie quotidienne, cette musique de nuit est la moins supportable.

Sur le matin, Salami se rendit aux toilettes. Il savait se servir des gogues pour humains, allant jusqu'à utiliser la chasse quand celle-ci ne s'actionnait pas au moyen d'une chaînette située hors de sa portée.

Comme je me trouvais réveillé, nous parlâmes.

Guéri de son mutisme de la veille au soir, il ne fit aucune façon pour me révéler que la « dame » lui avait prodigué caresses et gourmandises à satiété, l'avait même embrassé sur la gueule. Salami s'était complu à lécher sa chatte, manière de « se reconnaître », disent les bonnes gens. Elle sembla apprécier une telle délicatesse ; lui, déplorait qu'elle eût la foufoune par trop salée. Je portis à sa connaissance que ce genre d'inconvénient apparaît chez les femmes d'un âge certain et l'engagis à se mettre en quête de partenaires plus jeunes. Se montrant fin psychologue, le hound fit valoir que les expériences contre nature sont essentiellement le fait de vieilles délaissées par l'amour. Il parlait juste. La principale cruauté du destin étant de transformer les hommes en carcasses obsolètes, histoire de leur apprendre à mourir.

À bout de philosophie matinale, nous commandâmes deux breakfasts de belle composition, celui de Salami ne différant du mien que par l'absence de jus d'orange, car il détestait les fruits.

Tout en grignotant ses rôties beurrées, il aborda l'« affaire » nous ayant amenés en Chine.

— Que pensez-vous, dit-il brusquement, de ce correspondant qui vous signale des meurtres avant qu'ils ne se produisent ?

Je haussis mes robustes épaules et lui annoncis que mon mystérieux interlocuteur devait entrer de nouveau en contact avec moi aux environs de midi.

— Prendrez-vous des dispositions, à ce propos ?

— Naturellement, ripostai-je. Je vais prier le standard de rechercher l'origine de l'appel lorsqu'il se produira. En admettant bien entendu que la chose fût possible.

— Quoi d'autre, encore ? fit le clébard, dont les interrogations sentencieuses commençaient à m'irriter la peau des testicules (principalement du droit, plus développé que son camarade).

— Je vais acheter un magnéto pour enregistrer notre communication.

Il approuva et ses longues oreilles balayèrent les miettes de notre brique-faste.

Puis il réfléchit et déclara :

— Notez que l'« homme » se doute parfaitement que vous agirez ainsi.

— Il n'empêche que je dois le faire ! laissai-je tomber en passant dans la salle de bains.

À partir de midi, me voici sur le pied de guerre.

Mon petit matériel est en place et j'ai rendu visite aux polyglottes préposées de la téléphonie du Dragon Couillonné.

Demoiselles charmantes, plutôt belles et imbégueules. Les ai arrosées généreusement, tellement qu'elles en gloussaient pintades. Une qui m'avait d'emblée à la chouette, c'était la petite Ko-Hit, une adorable gosse qui s'était fait décolorer les cheveux en blond Ophélie. Tentative risquée, mais le résultat lui conférait un attrait supplémentaire. Il arrive que l'étrangeté soit payante ; pas forcément, remarque : j'ai connu une frangine qui s'était épilé les poils pubiens pour se faire tatouer une chaglatte d'un vert agressif. Ça m'a flanqué la gerbe. Je voulais bouffer une chatte, pas un plat d'épinards ! Mais je te le répète : en ce qui concerne Ko-Hit, l'expérience est positive. Une Chinago blonde, ça porte aux sens. Aux miens, toujours est-il.

Bon, alors j'attends.

Bérurier également. Il est brusquement d'un grand sérieux, l'Obèse, l'air pénétré. Aujourd'hui est un day « avec ». Il n'a même pas de boutanche à portée de glotte.

Pour ce qui est de Salami, il rêvasse, couché dans une flaque de soleil.

Pourquoi suis-je tendu, moi d'ordinaire si désinvolte ? Je pourrais avoir des doutes. Me dire que le mec m'a bluffé avec l'annonce de son coup de grelot.

« Crrrreeeeee » fait le ronfleur, à cet instant.

Je décroche.

Ça y est. LA VOIX. *THE VOICE* !

— Bonjour ! elle dit calmement.

Et moi, bonne truffe :

— Bonjour.

— Vous êtes disponible, tantôt ?

— Complètement.

— Prenez la navette de trois heures p.m. pour Macao.

— Pourquoi ?

— Cela risquera de vous intéresser.

Et il raccroche ! Alors que j'avais tant et tant de questions à lui poser, dont la principale aurait été : « Pour quelle raison me prévenez-vous de ces meurtres qui affectent des étrangers, moi qui suis français ? »

Je sonne le standard téléphonique, tombe sur Ko-Hit.

— Chérie, lui fais-je, ici San-Antonio du 1848, vous sauriez me dire d'où émanait l'appel que je viens de recevoir ?

Tu sais quoi, Benoît ?

Miss Réglisse me déclare spontanément :

— Vous n'avez pas reçu de communication.

— À la minute même ! dis-je-t-il, mon combiné est encore aussi chaud que l'adorable triangle pileux blotti entre vos cuisses !

Un court moment de silence succède, dû à sa concentration cérébrale.

— En ce cas, c'est qu'on vous a appelé de l'hôtel, déclare la Chinoise aux cheveux d'or.

Ça fait « plouf ! » dans ma caberle, kif lorsque tu fais éclater un sac en papier gonflé d'air.

Je l'interroge, en grande piteusité :

— Existe-t-il une possibilité de savoir le numéro de l'appartement d'où on vient de me parler ?

— Non, puisqu'il s'agit du réseau interne…

— Tu l'as dans l'dos, hein ? grommeluche le roi des Cavons.

— En fait, non. L'homme qui me grelotte est ici, il n'est que de le chercher.

— Autant s'mettre en quête d'un' meule d'aiguilles dans un' botte d'foin ! Il y a combien de chamb', dans ce boui-boui ?

— Plus ! ricané-je. T'as qu'à les visiter, l'une après l'autre, en demandant à chaque locataire si c'est lui qui a bigophoné au plus illustre poulardin de l'Hexagone !

Macao, l'enjeu du fer[1]

L'hydroglisseur hydroglisse sur la mer couleur de jade. Il est à peu près plein, mais pas bondé.

La première fois que je suis venu à Macao, nous étions serrés comme (je me refuse à dire des sardines) les briques composant un mur. Je me rappelle la gentille Chinetoque pressée contre mon abdomen. Elle trémoussait du prose avec une telle frénésie qu'à l'arrivée, ma nature irrépressible avait décoré sa robe d'une chandelle romaine digne d'un taureau camarguais. C'est seulement quand nous fûmes à quai que je pus constater mon erreur fâcheuse : cette aimable Asiate était en réalité un bonze d'art fraîchement coulé. Qu'il lui restât des bavures semblait logique.

Disposant de ma liberté de mouvement, je musarde sur le pont, observant les voyageurs réunis là, cherchant quel d'entre eux est susceptible de se déguiser, sans crier gare, en feu d'artifice. Franchement, impossible à déterminer dans cette foule, qu'un plus écrivain que ma pomme qualifierait de « bigarrée ».

Tandis que j'arpente bâbord, Béru parcourt tribord, et lycée de Versailles. Nous nous croisons, tantôt à la proue, tantôt à la poupe (que mon gros connard appelle la « soupe », naturellement). Salami suit résolument, la truffe au ras de mes mocassins. Il paraît tout drôle. Quand je me tourne pour lui jeter un mot amitieux, il lève à peine la tête. Il y a chez cet ami de l'homme une sorte de

1. Aucune relation, même sexuelle, avec le fameux film *Macao, l'enfer du jeu.*

préoccupation déconcertante. Flaire-t-il les prémices d'une fatale explosion ?

Je poursuis ma ronde.

Soudain, un bref mais impératif jappement me fait retourner une fois de plus. Le basset a l'air fou de rage ! Le voilà qui se dresse sur son dargif, que tu dirais un pichet ancien. De sa pattoune avant droite, il me gratte le prose.

— Hé ! dites donc, monseigneur, protesté-je, qu'est-ce qui vous prend-t-il ?

Loin de me lâcher prise, il me fouit le michier avec une énergie accrue. À cru !

Furax, je porte la paluche à l'endroit délictueux et perçois un objet plat et dur fixé à ma ceinture au moyen de deux petits crochetons.

L'empare.

En une fulgurance non chronométrable, je réalise qu'il s'agit d'une chose au format d'une pochette d'allumettes. Elle est en plastique, et comporte une espèce de cadran moins gros que celui d'une montre de femme.

Réaction éclair de l'Antonio : éloigner ce machin de ma personne. Je le virgule de toutes mes forces en direction du large. Je fais bien ! Des moments, je dois convenir que ma vie est un chef-d'œuvre. À peine ce bidule survole-t-il le flot berceur qu'il éclate. Détonation sèche produisant un bref éclair. Ses menus débris disparaissent dans l'onde d'émeraude.

Alors je me penche sur Salami.

— Je vous dois la vie, une fois de plus, lui fais-je avec une gravité empreinte d'émotion (de censure).

Je n'oublierai jamais son mouvement de tête, ni son expression pleine de pudeur, de satisfaction dominée et aussi, me semble-t-il, de tendresse bourrue. Le côté : « Laissons ça là et parlons d'autre chose. »

Survenance du Mastard, radieux.

— Gure-toive qu'j'ai un monstre ticket av'c un' p'tite passagère choucarde comm' tout. Amerloque, elle est. À voiliage av'c un vieux gonzier fané des cannes qu'é pousse dans un' carreriole, t'as dû les perc'voir ?

— En effet. Une jeune mulâtresse ?

— Non, a n'a pas d'tresses, n-au contraire, ses ch'veux sont coupés à la garçonne.

Il exulte.

— Paraît qu'y vont passer quéqu' jours à Macarriole, biscotte l'ancêtre adore flamber dans les salles d'jeu. Y n'lu reste plus qu'ça comm' plaisir, c'pauv' kroum. L'éjacule du pognon n-à la place du foutre. Si on séjournerait là-bas, nous z-aussi, qu'j'aye l'temps d'y mett' un grand coup dans les baguettes ? V'là des éternances qu'j'm'sus pas embourbé une Ricaine. T'sais qu'é sont salingues. Presque z-autant qu'les All'mandes.

Sa vie glandulaire ne m'intéresse pas pour le moment. D'autant que Salami m'adresse des signes d'intelligence afin de me prévenir qu'il souhaite m'entretenir d'urgence.

Je cède à son instance.

— Voyez-vous ce couple accoudé au bastingage ? m'exprime-t-il.

Je mate dans la direction indiquée et avise un homme de race white en compagnie d'une Jaunette. Il porte un blazer blanc sur un pantalon marine et une chemise bleu céleste. Il est de taille moyenne et a les cheveux drus et grisonnants bien qu'il n'ait pas franchi les eaux territoriales de la quarantaine. Sa compagne est probablement nue sous sa robe imprimée rouge carmin ; si elle porte un slip, celui-ci ne doit pas dépasser la taille d'un timbre de quittance. J'appellerais ça : un cache-clito.

— Eh bien ? encouragé-je mon ange gardien.

— C'est la femme à la robe rouge qui vous a accroché l'explosif à la ceinture.

— En êtes-vous sûr ?

— Absolument. Essayez de vous souvenir : un marin du bord, transportant un carton de bouteilles, vous a obligé à vous arrêter. L'homme à la veste blanche m'a alors marché sur la queue. J'ai poussé un cri. Vous vous êtes retourné ; à cet instant, tandis que vous vous teniez dos au large, la fille est passée derrière vous et a eu un geste auquel j'ai peu pris garde. Aussitôt après, j'ai découvert l'objet insolite fixé à votre ceinture alors que le couple se hâtait de gagner l'autre bord.

— Cher ami, soupiré-je, vous me devenez de plus en plus irremplaçable ; sans vous, ma mère aurait perdu son soutien de famille.

*
* *

Lorsque nous débarquons à Macao, je calque ma conduite sur celle des criminels.

L'homme aux cheveux gris et sa Chinagogue frètent un landau pimpant, mené par un cocher enfanfreluché.

D'en ce qui me concerne, j'opte pour un taxi, véhicule moins romantique mais beaucoup plus rapide. Le driveur rechigne à charger mon chien ; un billet de banque neutralise son hostilité envers nos amies les bêtes. Béru, à demi défenestré, adresse des gestes prometteurs à sa noiraude.

Sais-tu que la demoiselle de compagnie est choucarde tout plein ? Vingt-cinq piges, l'air malin, la douceur angevine, le regard bleu nonobstant la bruneur de sa peau. Elle a noté l'adresse de leur hôtel au dos de son billet de voyage hydroglissé. Il ira la rejoindre de notte. Sa Majesté peut rêver : un avenir de délices lui appartient déjà.

On circule mollo dans la ville enchevêtrée. Les tires klaxonnent kif à la Belle Époque lorsque tes tympans saignaient en traversant la place de l'Étoile. Devant nous, la carriole chamarrée sonnaille de tous ses grelots.

Cahin-cahotant, on finit par parviendre devant le plus grand casino de la ville où il m'est déjà arrivé de perdre quelques talbins lors d'une enquête asiateuse.

Le couple suivi s'y engouffre. Je conserve mon sapin avec ordre de m'attendre. Sais-tu pourquoi ? Mon admirable cador n'a pas le droit de nous suivre dans l'enfer du jeu et je tiens à ce qu'il patiente dans les meilleures conditions possible. Une pluie de billets s'étant derechef abattue sur lui, le chauffeur me jure ses grands et petits dieux qu'il attendra le temps qu'il faudra.

Alors on pénètre à son tour en ce lieu frelaté où l'homme se délecte à paumer le carbi qu'il a eu tant de mal à gagner.

Dans cet immense temple du hasard fripon, je raconte enfin à Gradube l'attentat auquel mon cher ange gardien m'a permis d'échapper. Lui désigne discrètement les deux homicidaires. Ces derniers s'approchent d'une table de roulette foireuse. Le beau gusman s'empare d'une place vacante, cependant que sa souris ravageuse se tient debout derrière lui, les mains en appui sur le dossier de sa chaise.

La grande roue cliquette. Le croupier dit des trucs en anglais. Des êtres blêmes, qui doivent s'aérer chaque fois qu'ils soulèvent l'abattant des chiottes, flambent en silence avec des airs pénétrés. Ils ont la certitude de leur crédulité : croient en leur chance. Si elle est absente ce soir, ils reviendront la courtiser demain. Faites vos jeux, tas de zozos ! Rien ne va plus dans votre caberlot ! Se faire éponger stoïquement avec une foi de croisés ! Espérer décrocher une timbale dont le contenu serait paumé dans l'heure qui suit ! Quelle dégénérance !

J'ai des potes comme ça, que j'aime bien pourtant et qui me font de la peine pis que s'ils souffraient d'une grande vacherie organique.

Je les retrouve parfois sur la Côte. On bouffe ensemble la bouillabaisse vacancière dans les hauts lieux : Tétou, Bacon. Au dessert, ils cessent d'être de bons compagnons de table. Deviennent pleins d'ailleurs et de manque. Le démon qui les reprend en charge. Le moment est venu d'aller semer leurs droits d'auteur sur la pelouse verte des casinos. Je les quitte en grande mélanco, comme tu laisses l'aminche allant se faire faire une dialyse.

Embusqués à quelques mètres du couple, nous attendons. Jusqu'alors, ils ne semblent pas s'être aperçus de notre intérêt pour eux. L'homme et la femme paraissent à ce point dégagés que j'en arrive à me demander si Salami n'aurait pas berluré. Après tout ce n'est pas le Saint-Père, il peut se gourer.

Une plombe s'écoule.

À la distance à laquelle je me tiens, je ne puis suivre les péripéties du jeu, aussi ignoré-je si le mec au blazer blanc gagne ou perd.

À un moment donné, la gonzesse se penche sur son compagnon pour lui jacter dans les étiquettes. Bref acquiescement de ce dernier et la voici qui quitte la table de roulette.

— Continue de t'occuper de lui ! enjoins-je au Gros.

La fille ondule du baquet en se déplaçant. Son petit cul est sympa à filocher. À noter pourtant que je préfère les fourreaux à bites un peu plus larges. Question de confort. J'aime mes aises.

Je l'avais subodoré : la miss se rend aux tartisses. Dans cette usine à engranger le pèze des gogos, ils sont aussi vastes que le Palais des Congrès.

Ma « cliente » disparaît par la porte marquée « Dames » en plusieurs langues, dont certaines sont usuelles.

Je vais me planquer devant des appareils à sous disséminés hors de l'« enfer » histoire de ne pas laisser les clilles se refroidir.

J'engage une pièce dans l'une des pompes-à-osier, actionne le bras déclencheur. Un gargouillement métallique s'opère et une pluie de jetons se déverse dans la sébile de cuivre.

Écœuré, je les laisse.

J'avais risqué ce nickel pour le perdre, pas pour décrocher le pactole.

Niques

Le temps passe et la môme ne se montre pas. M'est avis qu'elle se refait une beauté après cette traversée battue par les brises du large.

Je rongerais volontiers mon frein, mais je ne sais plus où je l'ai fichu.

Ma Cartier, alerte et inexorable, m'indique à présent vingt-neuf minutes d'attente. Je mets bout à bout le temps nécessaire à l'accomplissement de tout ce qu'il est loisible de faire dans des cagoinsses, depuis les fonctions naturelles jusqu'à la branlette de pensionnat, en passant par la recharge de maquillage et de colin-tampon. Là, ça commence à devenir too much.

Perdant patience, je toque à la lourde des gerces. Ce à plusieurs reprises et en forçant la dose. Elle s'entrouvre et une cerbère portant un vague uniforme de salutiste surgit. La dame ressemble à un dragon sans queue. Je lui accorde en urgence un sourire de placier en assurances et un billet de banque. Elle réagit plus spontanément au second qu'au premier.

J'explique à cette catastrophe vivante que mon amie s'est absentée pour venir en ce lieu de recueillement. Je l'attends depuis lurette et elle n'est pas reparue.

La naine des enfers me vote un rictus dont les caries raviraient mon ami Traxel, l'un des meilleurs dentistes de Haute-Savoie. M'explique que les goguemuches comportent deux issues. Cette révélation me précipite dans une piscine emplie d'amertume.

Honteux comme un renard qu'une poule aurait pris, je regagne la salle de jeu où une seconde déconvenue m'attend : notre zigus n'est plus là. Par contre, j'aperçois Sir Béru en train de tourner tel un toton teuton entre les tables.

M'approche de lui :

— Il t'a semé ?

— J'm'aye aperçu d'rien ! avoue le coupable ; c'mec flambait. N-à la roulette d'à côté, y s'est produite un' natercaltion ent' deux niacs qu'a failli s'chicorner, biscotte l'un deuze avait engourdi un' plaque qu'aurait appartiendu à l'aut'. J'm'aye r'tourné, not' gonzier s'était emporté. Et toive, ta fleur d'nénuphar ?

— Évaporée, avoué-je.

Le Gravos murmure :

— On est quittes : zéro-zéro, balle au centre !

Par équitation d'conscience (selon Babar), nous avons parcouru toutes les salles du casino à la recherche de notre couple maudit. Rien ! Ces m'sieurs-dames s'étaient évacués vers des contrées plus calmes. Tu parles qu'ils devaient l'avoir à la caille que leur attentat ait foiré.

De mon côté j'enrageais. Au lieu de les filocher, on aurait dû les griffer illico. Mais où les aurions-nous serrés, ces gueux ? On n'était pas accrédités le moindre pour épingler un malfrat. Ces choses-là ne se produisent que dans les books de la collection « Pincemi et Pincemoi ».

J'avais déjà la queue entre les jambes : elle ne pouvait pendre davantage. Ça s'appelait une foirure de force 5 dans le vocabulaire tantonien.

On a quitté le temple du jeton en traînant les panards. Pas heureux dans nos tronches, espère. Chacun se traitait de glandu et en offrait autant à son pote.

Dehors, le driver-man patientait stoïquement dans son carrosse transformé en sauna. Ça cigognait dur car il avait coupé son moteur et, du coup, la clime ne fonctionnait plus.

En ouvrant la portière, j'ai eu un haut-le-corps : Salami ne se trouvait plus à l'intérieur.

— Où est mon chien ? j'ai hurlé avec tant d'énergie et de férocité que le Portugais moyenâgeux s'est mis à flouzer dans son bénoche de coutil blanc.

— Il s'est sauvé, *senhor*, a clapoté le mec.

Et d'expliquer en grande piteusité :

— Il faisait tellement chaud à l'intérieur que j'ai baissé une vitre pour lui permettre de respirer. Au début il s'est tenu tranquille, puis, soudain, il a réussi à s'échapper. J'ai essayé de lui courir après, mais il fonçait comme un dard.

— Ça ne m'étonne pas, soupiré-je. Heureusement quand il fugue c'est pour la bonne cause.

— Alors quoi, maugrée Alexandre-Benoît, on s'sucide ou on va s'faire cuir' un' soup' z-aux choux ?

Je le félicite d'avoir usé d'un *x* pour assurer le pluriel de « chou », puis, acceptant l'avenir immédiat avec stoïcisme, je lui demande :

— C'est comment, l'hôtel de ta petite garde-malade mâchurée ?

Il me considère d'un œil incrédule. Son regard s'embue. D'une voix enrouée par l'émotion, il déclare :

— C'est beau d'penser à ma bite n-en un pareil moment, mec. Toute ta granderie d'âme est là.

Tel un vassal d'autrefois, il s'incline sur ma dextre suzeraine et en baise le dos avec dévotion.

La truffe et l'oignon

L'hôtel Vasco de Gama (1469-1524) compte parmi les plus modernes de Macao. Des chasseurs en livrée grenat, apparemment et à parements jaunes, fourmillent sur le terre-plein d'accueil, kif des morbacs dans la jungle pileuse de Bérurier.

Nous prenons deux chambres contigüantes. Comme le réceptionniste s'inquiète de nos bagages, nous répondons que, partis de Hong Kong pour la journée, nous avons brusquement décidé d'y prolonger notre séjour. Le mec, mal convaincu, me demande de lui laisser l'empreinte de ma carte de crédit. Ce dont je fais.

Ma pomme, veux-tu que je te dise ? Plein le fion, des hôtels ! Toujours à y louer des nuits, des plumards, des salles de bains. J'aspire à autre chose qui, sans être une vie pantouflarde, me permettrait de souffler. J'ai un peu de blé à gauche, M'man en a également à droite : on pourrait s'acheter un chouette appartement à Paname, dans un quartier eurf : Passy, Auteuil. Ou bien on se chercherait une maison dans le Marais, possédant un jardin romantique. Y a des tas de soluces.

Parfois, au hasard de mes déambulances, je stoppe devant quelque agence immobilière, spécialisée dans les crèches dites « de charme ». Et puis je me dis que ma Féloche est duraille à dépoter. P'pa est mort dans notre maison clodoaldienne. Au fond du garage, il y a encore le vélo dont il se servait pour aller jusqu'au bureau de tabac, acheter ses Gauloises bleues. Après tout, c'est assez classe, Saint-Cloud, on pourrait rebecter notre pavillon. Je suis bien avec la municipalité, elle nous donnerait sûrement l'autorisation de construire une aile en additif. Je connais un architecte génial. Pour décider M'man, je lui laisserais lâchement entendre « qu'il faudra bien que je me marie un jour pour lui confectionner une petite-fille qui porterait son prénom ».

Allez, go ! En rentrant, je lui fourre cette idée dans le crâne, ma Mother tant chérie. Et on se lance illico dans les bioutifoules réalisations. Je suis certain de lui filer le virus de la pierre.

Voilà à quoi je gamberge au huitième étage du Vasco de Gama, en admirant la vue sur le Bosphore.

Comment ? Y a pas le Bosphore à Macao ? Ben, mon vieux, ça te regarde. Moi, les cartésiens de ton espèce, je les laisse quimper dans leurs certitudes préfabriquées, point à la ligne.

Tandis que le Kolossal se met en quête de sa bronzée ricaine, je vais faire des emplettes.

Rien de plus fastoche. Des villes comme celles-ci, Singapour ou Hong Kong, sont des bazars à l'échelle planétaire. Tu y trouves tout et n'importe quoi. Tu n'as qu'à marchander pour le plaisir.

En moins de cent mètres de bitume, j'ai acheté ce qu'il me fallait et je reviens au Marco Polo. Non, je me goure : au Vasco de Gama. Me livre à un numéro de haute transformation tellement réussi que le fameux Frégoli en gerberait son goûter de la veille.

Le bel Antonio, si pétulant, est entré dans la chambre 813[1], l'homme qui la quitte est un vieillard chenu, aux cheveux de neige, dit-on dans les vieux fascicules de *La Veillée des chaumières*.

Coiffé en brosse, moustache en crocs, la démarche claudicante soutenue par une canne en bambou de Malacca, le front ridé par

1. Bref hommage à Maurice Leblanc.

trop d'hivers vécus, le regard assisté de lunettes à monture de fer, vêtu d'un complet gris austère, le Sana tout joli est devenu inidentifiable. La meilleure des preuves est que, repoussant le bœuf Béru dans le couloir, celui-ci se retourne et m'apostrophe vertement :

— Dites don', l'aïeul, c'est pave biscotte v's allez fêter vos cent berges qu'y faut faire esprève d'bousculer l'monde. J'parie qu'v's êtes angliche, pour s'permett' des prévôtés pareilles !

— Ta gueule ! réponds-je sans perdre mon sang-froid (dirait Sancho).

Je poursuis ma route. Le silence qui succède est d'une telle densité que le chapelet de pets lâché par Sa Majesté fait l'effet de manœuvres navales dans l'Atlantique Nord.

Une cage d'ascenseur me soustrait à sa stupeur.

*
* *

Ces grandes cités d'Asie ont une odeur particulière. D'épices, de musc, de farine de riz, de vérole inguérissable, de crasse sédimentaire, de culs mal torchés, de patchouli, de poisson qui s'abandonne, d'alcool frelaté, de hardes exténuées, de vapeurs d'essence, de vomissures communes, de coquillages oubliés. Elles puent la mer, l'amer et la merde. C'est le destin des fortes concentrations d'hommes dans les pays de soleil.

Je déambule au hasard des rues, fortifié par une sensation de « protection supérieure ». On a voulu me tuer, je ne suis pas mort ; le reste doit être pris au second degré.

J'erre avec application, si je puis dire. D'autres l'ont déclaré avant moi : l'immobilisme est le pire ennemi de l'humain. Se déplacer est déjà en soi un acte d'indépendance, la manifestation d'une volonté. Exister, c'est bouger.

Je vais, vais, ballotté par le vacarme de Macao, bousculé, agressé à travers tous mes sens.

Brusquement, tu sais quoi ? Je sens qu'on frôle mes meules. Je déteste. Mon cul est ma propriété exclusive. Même les frangines n'en ont pas l'usufruit. Et attends, illico la caresse se mue en inquisition. Voilà qu'on veut me triturer l'oigne ! J'arme ma droite et volte pour la placer dans le portrait du pédogue. Mais mon poing ne rencontre que le vide. Entraîné par mon élan, je titube et pars en avant. M'étale sur le trottoir.

Je te raconte ? Tu me donneras un petit quelque chose pour ma peine ? Bon !

Me relevant, j'avise Salami près de moi. L'air plus navré que jamais.

— Vous ! m'écrié-je.

Il remue du fouet, sa babine se retrousse pour un sourire qui atténue sa maussaderie apparente. Le drame de ces hounds, c'est qu'ils ont toujours l'air de suivre un enterrement.

On parlemente.

Il déclare :

— Pardonnez-moi de vous avoir fourré ma truffe dans le fondement, mais je voulais absolument vous identifier, chose malaisée de par votre accoutrement.

— Qu'étiez-vous devenu ? demandé-je. Ne deviez-vous pas nous attendre dans le taxi ?

— En effet. Mais la Chinoise qui vous avait plastiqué a quitté précipitamment le casino et j'ai cru judicieux de la suivre.

J'allégresse de bas en haut :

— Vous l'avez fait ?

— Bien sûr ! Elle s'est rendue dans un curieux endroit proche d'ici où son compagnon l'a rejointe un peu plus tard.

— Votre efficacité me confond ! Vous voulez m'y conduire maintenant ?

— Naturellement. Mais dites-moi la raison de votre transformation.

— Ce territoire est exigu et je suppose que tout le monde se casse le nez sur des gens qu'il n'est pas toujours sain de rencontrer.

— Je comprends. En tout cas, votre transformation est parfaite.

Nous abandonnons bientôt l'avenue pour pénétrer dans une voie presque aussi populeuse mais beaucoup plus étroite. Nous parcourons quelques centaines de mètres avant que le chien stoppe près d'un établissement pourvu d'un restaurant vitré de culs de bouteilles, ressemblant à une taverne.

— C'est ici ! m'indique Salami.

Un escalier assez bref conduit à une porte basse ornée de hauts-reliefs représentant des sirènes. D'ailleurs l'enseigne est The Siren.

La cata

Les verres dépolis de la devanture laissent filtrer une lumière glauque d'aquarium dans cette salle basse. Les murs sont blanchis à la chaux et parés de gravures représentant une flotte d'autrefois : caravelles, bricks, goélettes. Les tables massives sont dûment encaustiquées. Un plantureux comptoir (des Indes), hérissé de pompes à bière mieux briquées que des pompes à merde, constitue l'autel de cette chapelle où des convives sont occupés à boire et à manger.

Ayant repéré une place disponible, je m'en empare.

Une Asiate vêtue d'un corsage blanc et d'une jupe noire me saute sur le paletot pour satisfaire mes désirs.

Je lui annonce que je voudrais claper. Aussi sec, elle me désigne la nappe en papier sur laquelle le menu est imprimé et décoré de dessins alléchants.

J'opte pour des rouleaux de porc farcis au gingembre et un canard du jour (en chinois : *fi gâ rô*). Plus une bibine anglaise pour faire la trombe évacuatrice.

Tandis que la serveuse s'emporte, je fais plus ample connaissance avec l'endroit.

I-li-ko mon intérêt se pose sur un individu énorme puisqu'il est obèse, assis seul au milieu du restau. Very curious bonhomme en vérité. C'est un monstre de race blanche, vêtu d'un smoking immaculé et d'une chemise de soie noire « enrichie » de broderies dorées. Autant que sa mise à pareille heure et en un tel lieu, la table à laquelle il se tient déconcerte. À première vue j'ai pensé qu'il y prenait un repas. En fait il reste immobile, bras croisés devant un bocal de tomates à l'huile, une vétuste balance d'épicier, dite de Roberval (comme on n'en trouve plus que dans des pays tellement reculés qu'ils sont ailleurs), un plat de maquereaux (ou assimilés) marinés, et une bouteille de vin portugais rosé.

Ses cheveux noirs descendent en frisottant sur ses mâchoires. Une chevalière ornée d'un diamant à peine plus gros qu'une boule d'escalier alourdit sa main gauche. Si ce mec te flanque une tatouille sans débaguer, t'es bon pour passer six mois en réanimation à l'Hôtel-Dieu.

Un tel pachyderme humain me fascine. Je raffole des « personnages » et celui-ci est peu commun.

Quand la barmaid apporte ma commande, je lui demande, presque timidement, qui est ce monsieur. Elle adopte un air de profond recueillement pour m'apprendre qu'il s'agit du maître des lieux.

Si je laissais la bride sur le cou à ma curiosité, je poserais cent autres questions, seulement je me ferais remarquer. Aussi passé-je à l'examen plus général de la clientèle.

Peu à en dire. Elle est à majorité européenne. Par contre, toutes sortes de nationalités s'y côtoient, latines pour l'essentiel.

Je briffe avec appétit les denrées convenables qui me sont servies.

Dehors, mon merveilleux Salami doit tirer une langue plus longue que la traîne de Bokassa lors de son sacre. En voilà un (Salami) qui ne rechigne pas d'être à la peine, malgré qu'il soit si peu à l'honneur ! J'espère qu'il s'est dégauchi un coin d'ombre.

Au moment où la serveuse m'amène le canard enduit d'une sauce brunâtre épaisse, tu sais quoi ?

Oui : t'as deviné ! Le couple du casino entre. Et attends le plus bath : il prend place à une table proche de la mienne.

Je ne bronche pas, entreprends de becter le duck. C'est pas du bressan, ce coin-coin. Devait faire de l'anémie-pas-graisseuse. Quand tu as ôté sa peau croustillante de sur ses os, ce qui reste remplirait à peine une dent creuse.

Les charmants aminches du bateau s'installent et se mettent à jacasser en anglais. La préposée vient s'enquérir de leur commande. Je ne prends pas garde à leur menu. Un point d'interrogation aussi gros qu'une crosse épiscopale occupe mon caberluche.

Bon, je les ai retrouvés, mais de quel recours disposé-je ? De quoi puis-je les accuser ? De m'avoir accroché aux basques un explosif que j'ai foutu à la baille et que mon chien seul a aperçu ? Tu le vois témoigner en justice, le hound ? « Levez la patte droite et aboyez je le jure ! » S'il y a des dilemmes insolubles, celui-ci en est un !

Là-bas, le patron obèse vient de se retourner et adresse aux arrivants un léger salut. Conclusion, ces gens sont des habitués.

J'achève mon bouffement sans avoir découvert de soluce à mon problo. Seul élément positif : le couple habite l'hôtel. Fort de ce tuyau, tu goupillerais les choses de quelle manière, tézigue pâteux ? Attendre la noye et risquer une visite tardive ? Faut-il encore connaître le numéro de leur carrée…

Oui, c'est dit : on va refondre notre pavillon de Saint-Cloud. Ça contrariera Félicie au début, mais elle sera toute joyce d'avoir une chicarde demeure ; humain, non ? On dispose de quelques vagues parentés qu'on invitera pour les faire chier. Des bêcheurs jaloux qui croient que directeur de la rousse n'est pas une situasse bien assise, malgré « la retraite qu'est au bout ».

Je sursaille.

Étais parti dans les rêvasseries du promeneur solidaire et glacé. À quelques centimètres de « mes tueurs » ! Faut le faire, non ?

Je demande la douloureuse à la serveuse.

Me l'apporte avec, sur le plateau, une boutanche d'alcool de riz et une petite tasse de porcelaine, au fond de laquelle, tu ne l'ignores pas, une fille montre son frifri lorsque le godet est plein. Me le remplit rasibe. Déclare en se fendant la coucourbe qu'il faut le vider sans en verser.

Ce dont.

Gloup ! Cul sec (je parle de celui de la connasse qui montre le sien au fond du minuscule gobelet).

Allez, bonsoir, ladies and gentlemen (si toutefois il y en a ici). Il met les adjas, l'Antonio, emportant dans ses rétines les traits de « ses assassins ».

Salami et le soleil m'attendent dans la venelle, le premier à l'abri du second, grâce à un porche ombragé. Le bon basset se dresse sur ses quatre moignons en m'apercevant.

— Je ne vous ai pas trop fait attendre ? lui demandé-je.

Il me regarde et ses lotos se mettent à pendre de part et d'autre du sabot lui servant de museau.

— Quoi donc ? je lui questionne. Vous en poussez une tête, vieux chien de cirque !

Malgré cette apostrophe, son saisissement perdure.

Je fais trois pas en direction d'une boutique vendeuse de bimbeloterie où se trouve une glace piquetée de taches. M'y contemple. Qu'est-ce qu'elle braille, dans *Faust*, Marguerite ? Ah ! Je ris, de me voir si belle en ce miroir. Pétasse !

Tu verrais ma bouille, Gribouille !

Je ne te parle pas de mon grimage ! Ce qui se passe « en dessous » est bien pire. Imagine-toi que je suis « bleu » ! T'entends ? Bleu « noyé ». Mes lèvres le sont également, mes portugaises, mes paluches, ma queue aussi, je gage ?

Mamma mia, que m'arrive-t-il ?

Au secours ! Un empoisonnement ? C'est ces saletés de rouleaux de porc, tu paries ? Ils me semblaient succulents, cependant ! Seulement faut toujours se gaffer du cochon.

Ça me rappelle un jour qu'on était une trentaine à se vider la boyasse dans un restau de cambrousse, à même le parquet. Au mariage d'Angèle, une cousine à Maman. Elle épousait un charcutier de la haute société dauphinoise. Le porcelet incriminé provenait de chez lui ! Il l'avait fait élever spécialement pour sa noce, mais le pauvre animal avait dû se choper une sale maladie avant son sacrifice, si bien que sa chair était devenue vénéneuse pour l'homme. Ça nous avait bichés comme la foudre, cette partie de tord-boyaux. Les plus chanceux avaient eu le temps de gagner les cagoinsses, d'autres s'étaient soulagés dans la cour de l'auberge où les anciens combattants célébraient les armistices de 18 et de 45. Mais la grosse majorité de la noce foirait sur place, dans ses brailles. T'aurais vu s'assombrir la toilette de la mariée ! Pauvre chérie ! Elle était postière à Bourgoin-Jallieu, Angèle, et avait fait des sacrifices inouïs pour pouvoir se payer une robe de cette classe. Une chiasse collective d'une telle ampleur, de mémoire de « magnauds » ça ne s'était jamais vu. Juste deux personnes avaient échappé à cette chierie collective : ma Félicie, qui ne bouffe jamais de porc, et le père Mazurier, qui avait cassé son râtelier, la veille, en mangeant une omelette.

Je te raconte tout ça parce que t'as la chance de ne pas être bégueule. Mais j'en sais que de pareilles évocations révulsent, convulsent même ! Qui me vouent aux gémonies ! Me réputent inlittéraire. Quelle chance ai-je de pouvoir les sodomiser de tout mon cœur ! Au figuré, naturellement, parce que avec la chopine que je traîne, au sens propre ça leur ferait trop plaisir !

Me voilà qui floconne de l'esprit alors qu'il m'arrive une cata sans précédent !

Que faire ? Où porter mon infortune ?

À l'hôpital le plus proche, tu penses ?

Oui, n'est-ce pas. C'est d'ailleurs ce que Salami me suggère.

Ce qui s'appelle « gagner le canard »

Pour cela, me faut un bateau, non, excuse, un taxi ! Ça s'embroussaille sous ma bigouden.

Je regarde alentour. Ne vois que des gens couleur safran ou vert bronze.

Tiens ! un pousse-pousse ! Ce mode de locomotion me prêtait à rêver quand j'étais chiare. Je dois lui faire un signe car le léger véhicule à traction humaine s'arrête devant moi.

— *Yes, sir ?* me demande implicitement le coolie express.

J'effortise pour me hisser dans la carriole.

— Hôpital ! proféré-je.

Trois syllabes qui me coûtent beaucoup. Le gus a un regard éloquent sur ma personne. Je ne dois pas lui sembler très faraud et je suis disposé à te parier, chérie, un coup de bite contre un coup de soleil qu'il est en train de se demander si je vais être en état de lui régler la course.

Il décarre en trombe d'Eustache. Moi, j'évanescente de plus en plus, avec une cruelle indifférence. À croire que ce qui m'arrive ne me concerne pas.

Salami trotte de son mieux, la menteuse de plus en plus pendante.

La vie est belle. Non : elle est conne. Enfin, elle…

Et puis merde !

Note que je reste conscient. Mais détaché de tout. Tu me lirais *Le Dormeur du val* ou bien un traité sur l'hémophilie chez l'escargot de Bourgogne, ce serait du kif. M'en fous.

Le trotteur finit par stopper.

Je m'efforce de porter la main à ma fouille.

— *How much ?* articulé-je.

No réponse.

Quatre mains s'élèvent pour m'emparer… Je me sens extrait du pousse-bis[1] sans ménagement hospitalier. Au reste (peut s'écrire Oreste), mes manipulateurs me laissent choir sur le sol, kif un colombin parvenu à maturité.

---

1. Pousse-bis, simplification du mot pousse-pousse.

Outré par cette brutalité, Salami se met à leur aboyer contre furieusement, prêt à mordre. L'un des pseudo-infirmiers sort une matraque de son bénoche, dont il se sert de godemiché à l'occasion, et lui en porte un coup tellement violent sur l'occiput que le choc produit le son caverneux d'un gong philippin.

Mon ami à quatre pattes tombe raide comme barre.

Je veux injurier ces salauds canicides, seulement c'est le cloaque dans ma gargante, et mes cordes vocales sont aussi désaccordées que deux vieux époux.

Où suis-je ?

En compagnie de qui est-ce ?

J'essaie de mater. N'aperçois que des frimes asiates. Le pousse-poussier s'éloigne.

Tantonio-de-ses-Burnes se dresse mal que bien tant sur un coude. Ce qu'il avise lui semble idiot.

Une étendue boueuse, très vaste, comportant des mares. Prisonniers de cet univers, serrés, cancaneurs, une chiée de canards blancs barbotent avec délectance. Impossible de les dénombrer dans cette grouillance fétide.

Curieux hosto, ne me dis pas le contraire !

Les Chinagos me ramassent par les paturons et me traînent sous un hangar de tôle ondulée.

Une dizaine de mètres, et je suis lâché devant une pyramide de sacs malodorants. Toute proche, il y a une grosse machine antédiluvienne actionnée par un moteur fixé sur un socle de béton. Une large courroie de cuir va de celui-ci à l'appareil. Pour l'instant, l'engin est au repos.

Les « infirmiers » s'asseyent sur le sol, dos aux ballots.

L'un deux se met à fumer une cigarette longue et mince. Son pote se contente de balancer des louises au riz cantonais en me défrimant d'un air infiniment distrait. On pige qu'il s'intéresse moins à mon destin qu'aux fientes des canards concentrationnés.

Le tandem attend.

Qui ?

Je ne vais pas tarder à le savoir, aurait écrit le bon Dumas (ou l'un de ses dix petits nègres).

Au bout d'un certain temps, déclarerait un confrère soucieux de précision, je vois surviendre une Jaguar de couleur vert anglais, aux chromes étincelants. Elle est drivée par un chauffeur davantage chinois que finlandais, en livrée également verte ; j'ai remarqué que les gens fortunés du coin assortissent leur personnel navigant à la tire qu'il pilote.

La voiture approche, roulant avec une infinie lenteur dans la fange, puis stoppe à trois mètres quinze de moi. Son conducteur descend de son siège et, marchant sur la pointe des pieds pour ne pas souiller ses tartines briquées à mort, ouvre la porte arrière me faisant face.

Nonobstant la chavirance de mes sens, j'avise, à l'intérieur du véhicule, une femme superbe et singulière. Tu la prendrais pour une héroïne des années twenties. Elle porte une robe en voile émeraude, une capeline de paille légère. Ce qu'elle a de particulier, c'est son maquillage presque blafard coupé de deux ronds roses aux joues. Les lèvres sont serties d'un trait rouge sang, les yeux sombres agrandis au crayon noir. Personnage d'un cinéma muet qui nous parviendrait en couleurs. On s'attend à trouver plusieurs rangs de perles en sautoir sur sa poitrine plate, et un long fume-cigarette entre ses doigts.

Elle me regarde longuement, sans se gêner.

Un objet. Voilà ce que j'ai l'impression d'être.

— Pouvez-vous venir jusqu'à moi ? demande-t-elle dans un anglais où perce un accent d'Europe centrale.

Je balbutie :

— Ce serait volontiers, mais je suis incapable de bouger.

La star du muet dit alors quelques mots à son chauffeur, lequel répercute un ordre aux deux Chinois. Ces derniers m'approchent, m'empoignent, et me soutiennent jusqu'à la Jag.

Je vois de tout près la surprenante créature. Elle est plus vioque que je ne l'estimais. La soixantaine, peut-être ? Mais avec davantage que de beaux restes. Cette dadame, si je me trouvais dans mon état normal, je lui ferais volontiers fumer la minouche !

— Nous allons vous faire disparaître, me dit-elle.

Comme je reste privé de toute réaction, elle insiste :

— Vous saisissez ce que je vous dis ?

Brève approbation de l'apostrophé.

— Vous voyez cette grosse machine, sous le hangar ?

— Oui.

— C'est une broyeuse. Mes ouvriers vont la mettre en marche et vous introduire dedans, tête première, après vous avoir dévêtu. Vous serez haché menu ; on mélangera le résultat de l'opération à du son et les canards se régaleront.

J'acquiesce pour lui signifier que je comprends.

— Nul ne saura ce qu'il est advenu de votre personne. Vous disparaîtrez to-ta-le-ment, deviendrez fiente. Regardez cette étendue pestilentielle. Croirait-on que beaucoup de gens y sont incorporés ? Non, n'est-ce pas ?

— Intéressant ! parviens-je à articuler.

— Vous n'êtes pas saisi d'effroi ?

— Je ne m'en rends pas compte.

— Vous êtes courageux.

— Dans la bonne moyenne, c'est tout !

— Et vous ne me demandez pas pourquoi nous vous anéantissons ?

— Vous devez avoir vos raisons.

Elle crispe des mâchoires, mémère ; son regard se durcit dans son masque vaguement funèbre et, assurément, carnavalesque.

— J'ai rarement vu un homme montrer autant de détachement pour son sort.

— Vous oubliez que je suis sous l'emprise de la drogue que vos amis m'ont fait absorber.

— Je n'ai pas d'amis.

— Disons vos complices.

On se défrime un bout. Elle avec intensité, moi d'une prunelle détachée, ce qui semble la mettre hors d'elle. Elle aimerait m'entendre claquer des chailles, cette perverse.

Je lui souris tendre.

— Si nos routes s'étaient croisées dans d'autres circonstances, nous aurions peut-être connu des moments exceptionnels, murmuré-je avec difficulté.

— Vous trouvez que ceux-ci ne le sont pas ?

— Les instants réellement rares sont ceux que l'on consacre à l'amour ; ceci est mon credo.

Elle paraît fugitivement moins « dure », à croire que mes paroles la touchent confusément.

Mais il ne s'agit que d'une brise rapide ; il en souffle parfois, le soir, avant la tombée de la nuit.

Elle crie encore quelque chose à son chauffeur.

Peu après, les laquais des canards[1] branchent leur putain de batteuse. Celle-ci produit un boucan du diable. La large courroie de transmission est distendue ; on a du mal à admettre qu'elle entraîne les rouages de ce tas de rouille.

— Donc, vous choisissez de mourir sans avoir compris pourquoi ? soupire la femme à la Jaguar.

— Je meurs « pour moi », comme tout le monde ! réponds-je, non sans une grandeur d'âme si confondante que le futur roi de Grande-Bretagne et d'Irlande du Nord en bédolerait plein son bénoche.

— Curieux homme ! fait la vamp des années tangoteuses. Eh bien, donc que votre destin s'accomplisse.

Elle adresse un signe aux trois Jaunes.

Broyer du noir

Je vais te dire un truc que tu ignores.

On a eu sauvé la vie de gens en train de mourir, simplement en leur parlant. Tu ne vas pas me croire, et pourtant c'est extrêmement vrai. J'ai vécu ce cas. Un gonzier qui marchait devant moi dans une rue de Sofia. Un vieux kroum avec une casquette à visière de cuir. Poum ! Le voilà qui titube et s'écroule. Je me précipite. Il avait les vasistas en partance. Agenouillé près de lui, je l'exhorte de ne pas calancher.

Je ne sais pas le bulgare, malgré mon Francisque qui, les jours de libations, entonnait une chanson faite d'onomatopées après avoir annoncé : « Chanson bulgare. »

Le type dont je te cause, il devait se demander ce que je lui borborygmais. Cela l'empêchait de passer « de mon vit à tes pas », comme dit Bérurier. Il efforçait de piger. De la sorte, il a retenu sa perte de conscience. Les secours sont arrivés et on l'a bricolé d'urgence. À cause du regard qu'il m'a lancé, j'ai grimpé près de

1. Jeu de mots intraduisible en chinois.

lui dans l'ambulance. Parvenu à l'hosto, du temps que j'y étais, j'ai attendu ; ça ou visiter des églises à bulles, hein ? Ben, il s'en est tiré, Fédor Machinchouette.

C'est pour te dire que la vieille tubéreuse a eu raison de me parler. Jacter a opéré une réac' salutaire en moi.

Je me baisse un chouïe pour mirer ma frime dans le rétroviseur extérieur. Pas d'erreur : je débleuis à vue d'œil.

Les deux éleveurs-de-canards-équarrisseurs m'encadrent. Je chique le mec qui tombe en digue-digue et ne peut plus tenir sur ses flûtes. Cela justifie que je les biche chacun par une épaule. Ils me soutiennent pour m'entraîner au supplice.

Un pas, puis deux. Je stoppe, style mec épuisé, au bord extrême de l'anéantissement. Et soudain, bandant mes muscles, je les serre férocement l'un contre l'autre, non sans exécuter un pas en arrière. Leurs théières se choquent violemment. Ils s'effondrent, mous comme les seins de Mme Jeanne Calmant. Je leur file, presque en même temps, un coup de saton dans la gueule. Leurs deux frimes s'aplatissent un peu beaucoup.

Que remarqué-je, au plus intense de l'action ? L'un des deux niaques n'a-t-il pas un revolver fiché dans sa ceinture, contre son dos ? Dans des instants pareils, il est plus agréable de ramasser ce genre de talisman qu'un trèfle à quatre feuilles. C'est pas qu'il me tienne chaud mais je trouve la vie plus confortable avec cet outil dans la pogne. Entre ça et un thermomètre à mercure, y a pas à hésiter.

Lesté du riboustin (il date des 40 jours de Pékin), je me repointe à la Jaguar.

— Je crois qu'il y a contrordre, fais-je à la dame des « jours anciens ». Dites à votre chauffeur de nous ramener en ville !

Ce que je viens de te narrer s'est opéré si vite qu'elle n'a vu que du feu. Son air stupéfait est vachement gratifiant pour ma vanité…

— C'est moi qui commande ! reprends-je en virgulant une bastos dans le pavillon de la guinde qui, de ce fait vandalique, se trouve enrichi d'une prise d'air supplémentaire.

La daronne regarde le ciel par le nouvel orifice.

— Ma voiture ! balbutie-t-elle avec puérilisme.

Pour la consoler, je tire dans le tableau de bord d'acajou. Le poste de radio éclate.

Je fais signe au driver de reprendre le volant. Sinon, la troisième balle fera un trou dans sa vareuse.

Résigné, Pô Té O Chou retourne s'asseoir.

— Moteur ! enjoins-je, comme si j'étais réalisateur d'un film d'action.

Le mec démarre. Mais qu'est-ce qui lui prend-il, à ce nœud ? Voilà qu'il appuie secco sur la chanterelle. L'auto rushe ! Ses boudins miaulent. De la gadoue gicle contre les glaces. Et le magot braque tout pour nous jeter dans une mare. Le douze cylindres rugit ! Ça rage sous le capot ! On remue une vase monstre. Dans un premier temps, on enfonce jusqu'à la baguette chromée décorant la carrosserie, biscotte le lourd engin paraît aspiré par des profondeurs turpides. Maintenant on a de la boue jusqu'au niveau des vitres. Plus mèche de déponer les lourdes.

La vieille pétasse a reconquis son self-control. Elle semble n'attacher aucun intérêt à ma pétoire.

— À présent ? me demande-t-elle.

— C'est la question que je m'apprêtais à vous poser, réponds-je.

La peau de garce soupire.

— Quel gâchis ! J'adorais cette voiture.

— Vous en achèterez une autre ; à moins qu'un corbillard ne constitue votre prochain véhicule.

— Depuis sa place, Pô Té O Chou a déclenché un S.O.S. Dans moins de dix minutes, mes gens viendront rétablir la situation.

— Ce qui me laisse le loisir de vous abattre tous les deux !

Elle a cette réponse qui mériterait un grand coup de chapeau si j'en portais un :

— Et alors ?

Je n'éprouve aucune envie de disputer une joute oratoire avec cette vieillerie. Joignant le geste à la décision, je foudroie le conducteur d'un coup de crosse sur la calebasse. Il pique du nose sur son beau volant en bois de je ne sais quoi.

Quant à la belle douairière des temps jadis, je lui réserve un crochet au bouc, ce qui est beaucoup plus distingué qu'un vulgaire gnon au sirop de Colt.

Ces affaires courantes expédiées, j'entreprends de m'extraire du véhicule. Par chance, les glaces continuent de fonctionner, bien qu'elles soient électriques donc mises en péril par l'eau.

Sortir de l'auto est fastoche, mais du bourbier beaucoup moins, car cette fange infecte joue aux sables mouvants. Impossible d'y prendre pied. Dès que mon poids porte sur l'une de mes guibolles, celle-ci s'enfonce. Je n'ai d'autre ressource que de me jeter à plat ventre sur la gadoue et d'opérer des mouvements hybrides de natation et de reptation conjuguées.

Dix broquilles de cet exercice exténuant m'amènent enfin sur un sol meuble. Une assemblée de canards médusés me regardent sortir de leur mare, bonhomme d'argile devant ressembler à une statue animée.

Je mate les alentours. C'est plat. Seul le hangar dans lequel continue d'ahaner la vieille broyeuse propose un abri dérisoire. Tout autour, une campagne pelée, piquetée au loin de constructions typiques. L'âcre odeur de fiente et de pourrissement que je charrie me flanque la gerbe.

Fuir ? Mais mes fringues boueuses pèsent cinquante kilos.

Que fiche ? Que faire ? Que branler ?

Je fais appel à mon « lutin » personnel, forme inaboutie de ce que les gens de bonne condition nomment leur « ange gardien ». Certaines de nos habitudes, parmi les plus courantes, se perdent ou se mettent en sommeil. Aussi suis-je tout réjoui de retrouver, à point nommé, cette pratique remontant à ma jeunesse.

— Camarade, l'apostrophé-je familièrement, si tu es toujours opérationnel, prouve-le-moi.

Faut tout te dire ?

The miracle, mec !

Véritable.

Ceux de Lourdes, en comparaison, ressemblent aux tours de cartes d'un prestidigitateur de fête foraine.

Mes yeux se portent sur l'énorme broyeuse. D'où sort-elle, cette machine des temps enfuis (voire enfouis) ? Elle se compose d'un bloc concasseur de forme cubique, sous lequel se trouve le récipient de récupération. L'ayant tiré, je m'aperçois qu'un charmant garçon de ma corpulence peut s'y lover sans avoir été haché menu au préalable. Cependant, une colle majeure se pose : comment refermer le tiroir, une fois planqué à l'intérieur ?

Me mets à fouinasser sous le hangar. Y déniche une corde de belle longueur. Et après ?

Juste que se pose le point d'interrogation, je vois surviendre une Range Rover sur le chemin de la « canarderie ».

Grouille-toi d'être génial, petit homme, ça urge !

Me croirais-tu si je te confiais que l'idée magique me déboule en trombe sous la coiffe ?

Tu sais quoi, Benoît ? La courroie de transmission. Je lance ma corde par-dessus, réunis les deux bouts. M'introduis dans le compartiment, tire à moi. Ne reste plus qu'à m'arc-bouter dans mon logement étroit en halant les extrémités de la ficelle. Ce que j'espérais s'opère : ma traction se répercute sur la sangle et, par brèves saccades, le casier se referme. Quand il ne subsiste plus qu'un espace étroit, je largue l'un des bouts de la corde tout en tractant l'autre, ce qui me permet de récupérer le tout.

Sache, ô illustre lecteur, mon ami, mon frère, mon père nourricier (rien à voir avec l'académicien Goncourt qui paume ses manuscrits), que tout est nickel quand des gonziers se pointent dans le hangar.

À l'oreille, j'estime qu'ils sont deux.

Chose curieusement étrange, ils n'ont pas l'air mobilisés par la Jag immergée. Se causent sur un ton conciliabulaire.

Je comprends qu'ils s'occupent des deux Chinagos estourbis par mon accolade fraternelle. Les raniment, les interrogent.

Leur inempressement à secourir la vieille dans la flotte fangeuse me désempare. Ils devraient effervescer pour arracher mémère à la gadoue, non ? Tu es bien de mon avis ? Au lieu de ça, ces foies jaunes (de canards) pérorent tels les milliers de volatiles épars sur le terrain.

Du temps s'écoule.

Je me fais vieux dans mon tiroir de morgue empestant la décomposition. Putain, si un jour je retourne claper au Palais de Jade ou au Dragon Ailé, je commanderai du poulet à la citronnelle après mes rouleaux de printemps !

Je patiente, comme seul un véritable flic est capable de le faire.

Les conversations cessent.

Ronflement de leur chignole. Décroissant.

Je n'entends plus que les ricanements des pensionnaires ailés.

Soudain, une paix intégrale s'étend sur Macao-les-Bains.

Un tiroir, qu'est-ce ?

Le silence perdurant, sur fond de cancanements, la rassurance me revient.

Elle est de courte durée. Sais-tu pourquoi ? Parce que la question m'arrive de plein fouet, dirait un charretier : comment vais-je sortir de ce putain de tiroir ?

Grâce à mon système de corde, j'ai pu m'y enfermer, mais pour m'en extraire ? Hein, dis ?

T'as une idée à proposer ?

Moi non plus.

Me trouve bouclarès dans ce compartiment tel un macchabée dans son lardeuss sans manches. Je suis coincé absolument, dans l'impossibilité de remuer. Mon Dieu, quel con fus-je. N'avais que le souci de me placarder. Côté planque, parfait ; mais après ?

Beau essayer de cigogner la caisse de fer, je n'obtiens que des « boum-boum » d'instrument à percussion.

Foutu qu'il est, ton sublime Antoine ! S'est autopiégé. Quand les méchants reviendront, ce qui ne tardera pas, ils n'auront que d'ouvrir le tiroir et m'emparer. Probable qu'ils me le feront réintégrer après m'avoir fait passer par le broyeur.

Bis repetita placent : je lance un nouvel S.O.S à mon lutin salvateur. Ne va-t-il pas se fatiguer de mes implorades ? À trop quémander, on lasse vite.

Eh bien, crois-moi ou va te faire niquer avec un plantoir de jardinier, il répond sans tarder, le charmant ange gardien.

Moins de trois minutes s'écoulent et je perçois un bruit singulier, fait de halètements et de plaintes.

Alors le voile se déchire ! disait-on dans les fascicules hebdomadaires d'autrefois, commis par des gens qui écrivaient aussi vite que ma pomme mais ne disposaient pas de mon talent saugrenu.

Salami !

Ma vie durant, plus les cinquante années qui succéderont, je ferai pénitence pour expier cet oubli passager. Je ne cherche pas d'excuses, mais tu ne m'empêcheras pas de penser que cette amnésie momentanée consécutait des drogues neutralisantes qui me furent administrées. Inconcevable autrement.

Mon cher copain quadrupède, frappé honteusement par ces gredins, m'était sorti de l'esprit ! Tu entends ça ? Occulté ! Extrait de mon existence, ce merveilleux toutou auquel je la dois !

— C'est vous, Salami ? demandé-je-confirmation-t-il.

Le cador d'élite émet un gémissement affirmatif.

— Comment vous expliquer ! attaqué-je dans une envolée en comparaison de laquelle, la veine poétique de Lamartine semblerait moins lyrique que l'annuaire des chemins de fer.

— Taisez-vous, bougonne-t-il, je ne suis pas en mesure d'écouter vos conneries.

Me le tiens pour dit.

— Je possède une corde, rengracié-je, je vais passer l'une des extrémités par l'interstice. S'il vous est possible de vous en saisir et de tracter, je pense que ce putain de tiroir s'entrouvrirait suffisamment pour que je puisse sortir mes doigts de mon côté.

Éperdué d'espoir, j'agis comme annoncé, réussis à dégager l'un des deux bouts. Salami s'en empare à pleine gueule et entreprend de haler.

Sur l'instant, je pense que je vais l'avoir in the bab', car rien ne se passe. Mais un basset hound est d'une farouchité à toute épreuve. Grognant, gémissant, jappouillant, il s'obstine, tire à mort. Ses griffes raclent le sol. Il se prodigue avec une telle énergie que le casier de fer frémit. S'écarte d'un centimètre. Puis de deux.

— Maintenant, reprenez haleine ! conseillé-je à mon sauveteur. Je vais saisir la corde avec mes dents pour avoir les mains libres et prendre appui sur le cadre.

Nous conjuguons nos efforts (au présent de l'indicatif), et cette fois ça bouge nettement.

P'pa chantait une autre chanson à la gomme narrant un emménagement difficile (connotation égrillarde, turellement). Le refrain c'était : « Encore ! Encore ! Encore un p'tit effort ! »

Ses copains rigolaient. Moi j'étais mi-amusé, mi-gêné. Toute mon enfance, je me suis trouvé un peu en porte-à-faux. Je le respectais vachement, mon dabe, mais par moments j'avais l'impression d'être son grand frère. Dans le fond, la vie n'est faite que de petits trucs comme ça ; c'est pourquoi elle reste indécise.

Une fois détiroiré, je me courbe en deux pour reprendre ma respiration. Seigneur, quel effort ! Mes ongles sont ébréchés et j'ai l'auriculaire gauche profondément entaillé par une aspérité de la tôle.

— Fantastique ! fais-je en soufflant. Vous avez été superbe !

Je me tais à la vue de mon malheureux clébard.

Le coup de goumi balancé lors de notre arrivée a déchiré la peau de son crâne et l'on aperçoit l'os blafard de l'occiput. Comme il a énormément saigné, sa tête et son large poitrail sont uniformément rouges.

— Dans quel état ils vous ont mis ! m'exclamé-je, avec les vibratos de l'émotion dans la voix.

— J'ai cru mourir ! admet Salami.

— Venez, je vais vous laver.

Nous sortons. Paysage asiatique dans tout son dépouillement. Au loin, des maisons aux toits pagodes. Entre elles et nous, les petits étangs où s'ébattent les Donald de Macao.

J'avise une fontaine, légèrement à l'écart. Y conduis mon sauveur et, usant de mon mouchoir, le toilette au mieux des disponibilités.

— Je vous conduirai chez un vétérinaire dès que possible ! promets-je.

Je me tais, pétrifié[1].

Temps mort pour un vivant

Comment t'informer de ce qui s'est passé ?

J'aimerais te l'apprendre avec ménagement. Tiens, par exemple : suppose que « la dame à la Jaguar » eût été ta tante, hein ? Eh bien, tu serais « détanté » au moment où je te parle. Et tu sais pourquoi ? Oui, t'as deviné ? En ce cas tu viens de gagner le droit de me faire une pipe, chérie.

Hélas, mes tendres zamilecteurs, la vieille capelinée n'est plus, du moins plus autre chose qu'une personne noyée dans une Jaguar 12 cylindres embourbée.

Que je t'exprime…

1. Superbe fin de chapitre ! Ne rien ajouter avant l'arrêt complet du véhicule.

Pour fuir, j'ai baissé la vitre. La guinde s'enfonçait doucement ; l'afflux de boue liquide a précipité le naufrage. N-à présent, elle est *totalement* immergée. Seul le pavillon affleure encore mais, comme déjà les canards en ont fait une aire de repos, il est invisible pour qui n'est pas informé de la situation.

— Vous êtes au courant de ce qui est arrivé ? demandé-je au valeureux basset en lui désignant le marécage.

— Plus ou moins, répond mon compagnon qui a horreur d'être pris en flagrant délit d'ignorance.

Charitable, je lui raconte.

Immédiatement, il questionne :

— Vous avez relevé le numéro minéralogique de l'automobile ?

— L'opportunité de m'en était pas apparue avant ce naufrage.

— Il nous le faut si nous voulons percer l'identité de votre aventurière, déclare cet animal d'exception.

— Sans doute, mais je ne m'en ressens guère pour aller le vérifier, ce cloaque a déjà failli m'engloutir.

— J'irai donc ! tranche Salami.

On se défrime. Avec son poil rouge de sang, sa déchirure sur la tête, ses yeux de politicien convaincu d'abus de biens sociaux, il génère la compassion.

Un élan m'embrase :

— Allons-y de concert, mon ami, l'un soutenant l'autre.

Action sublime et fraternelle qui crée les légendes et forge les amitiés indéfectibles.

*
* *

Notre état dénuementiel est tel qu'une voiture de menues livraisons, à trois roues, stoppe à notre hauteur.

Un gros zigus frisotté, au front taurin et au regard de bon Samaritain, se penche sur notre misère.

— Des problèmes ? me questionne-t-il en portugais, langue que je manœuvre moins parfaitement que l'espanche, mais suffisamment toutefois pour commander un steack aux fraises dans un restau ou une turlute baveuse à une dame compatissante.

J'explique à cet être de bien que nous venons d'avoir un accident d'auto, lequel, à la faveur d'un virage mal négocié, nous a précipités dans une mare. Il s'associe à notre infortune en nous chargeant jusqu'à Macao.

Lorsque nous abordons la banlieue populeuse, je le prie de nous y arrêter.

Il.

Remerciements. Je lui propose un billet de banque qu'il refuse avec hauteur.

Lorsque son étrange véhicule a disparu, j'entraîne Salami en direction d'un marché forain aux éventaires de plein air. Dans cet univers coloré, je fais l'emplette de fringues qui ne feront pas oublier mes fournisseurs de France, mais ont le mérite de me rendre méconnaissable. J'achète un jean, un polo, un blouson et des baskets, plus un bonnet de coton pouvant se rabattre bas sur le front.

Chez un autre marchand, j'emplette un sac Adidas de grande taille à l'intérieur duquel mon basset tient sans avoir à se mettre en pas de vis.

Cette fois, je suis plus à l'aise, paré pour me mesurer à d'autres péripéties que je te promets pas tristes, d'or et d'orgeat.

*
* *

Le Faro Hotel est un établissement modeste (qualificatif qui constitue une promotion).

On m'y loue sans encombre une chambre avec vue sur l'Algarve (elle est accrochée au mur) et lavabo marchant en pool avec les chiches.

Le papier de la tapisserie n'a pas été changé depuis la première communion du président Salazar et la pièce sent le fondement de nonagénaire retiré de la circulation.

Pas réjouissant. Mais, dirait Rockefeller : il faut toujours faire contre mauvaise fortune bon cœur.

Je délivre mon cador.

L'est carrément sonné, le brave. Se coule sous le lit de fer, jusqu'au mur, et s'endort déjà, anéanti.

Je m'accroupis pour lui parler :

— Vous n'avez pas faim, cher ami ?

Il grogne que, peut-être, mais préfère roupiller. Le plus simple est de lui foutre la paix. Il a besoin de dormir, moi également, après de pareilles tribulations. Nous essaierons de claper une autre fois.

Dans tous les hôtels, qu'ils fussent le Waldorf Astoria ou celui des Voyageurs de Saint-Locdu-le-Vieux, c'est toujours la chanson d'un aspirateur qui m'éveille. Le mec qui inventera un bouffe-poussière silencieux fera davantage pour l'humanité en péril que Sir Alexander Fleming avec sa pénicilline.

Je bâille, médite, puis vais licebroquer dans les tartisses qui, comme j'ai l'horreur de te le dire, tiennent compagnie au lavabo.

Cette humble fonction satisfaite ou, plus exactement, ayant satisfait à cette humble fonction, je coule un regard inquiet sous le paddock. Le clébard roupille avec un tel abandon que je n'ose supputer la date de son éveil. N'était son souffle régulier, je le craindrais mort. Quand aura-t-il récupéré ? Mystère. En attendant, dors ô mon chien dévoué ! Laisse revenir tes forces, se cicatriser tes blessures !

La femme de chambre aspiratrice toque un coup bref à ma lourde et l'ouvre dans la foulée. C'est une petite brune dont l'origine portugaise se dilue dans du sang jaune. Vingt-cinq ans, mais bien conservée pour son âge. Ses cheveux appartiennent à la partie ibérique de son personnage : ils sont flous et gonflés.

Me constatant nu, elle n'en marque aucune gêne ; au contraire, ses yeux descendent jusqu'à ma chopine matinale en train de battre la mesure à quatre temps. Bien élevée, la fille m'adresse un sourire complimenteux ; je l'en remercie en flattant la bête dodelinante pour attiser son aspect gaillard.

— *Very nice !* elle dit alors, Maria.

Elle a déjà vu le loup péter sur la pierre de bois car, loin d'effaroucher, elle accorde une caresse affectueuse à la bestiole. Laquelle ne se sent plus de joie et dilate en adoptant des teintes tourmalines.

Poliment, je m'informe d'« est-ce qu'une pipe de bon accueil l'intéresserait ? ».

La môme décline une offre aussi alléchante (et à lécher), alléguant qu'une telle pratique lui donne mal au cœur. Réponse discourtoise s'il en est.

Je veux répondre à l'affront par l'exemple et m'apprête à lui déguster le bigornuche lorsque je suis stoppé dans ce bénévolat par la mauvaise tenue des lieux. Je sors de cette impasse en lui dévoluant un bank-note qui lui permettra d'acquérir les accessoires indispensables pour faire de son cul douteux un objet de convoitise.

Elle me remercie et se retire sans avoir « aspiré » ma chambre, laquelle ne s'en portera pas plus mal, la poussière, ici, étant sédimentaire.

Saboulé, je descends à la réception, mot pompeux en l'eau-cul-rance, mais ne vais pas me crever le fion à en chercher un autre mieux approprié.

— Puis-je téléphoner en Europe ? demandé-je à la tenancière moustachue occupée à se tirer les brèmes avec un jeu de tarot si crasseux que les figures ne seraient discernables qu'en les passant aux rayons X.

Elle mentonne en direction du bigophone et je vais utiliser icelui dans le minuscule bureau attenant.

Ne me faut pas trois minutes pour accéder aux trompes d'Eustache de Pinaud.

Il est tout joyeux en identifiant mon mâle organe.

— Quelle bonne surprise (en anglais : *good surprise*) ! s'écrie Baderne-Baderne. Figure-toi que nous fêtons l'anniversaire de Geneviève-Marthe, mon épouse. Je voulais vous inviter, Béru et toi, mais ta mère, qui nous fait la joie d'être des nôtres, m'a expliqué…

Je stoppe sa déferlance en lui racontant mon histoire par le menu.

— Tu as de quoi écrire, l'Ancêtre ? fais-je en forme de péroraison.

— Bien sûr.

— Alors note ce numéro minéralogique. Il s'agit d'une bagnole immatriculée à Macao, coquette cité qui ne se trouve pas dans le Limousin, mais près de Hong Kong, en Asie. Je veux l'identité et l'adresse de son propriétaire.

Il transcrit en bavochant les lettres et les chiffres dictés.

— Appelle les services compétents !

— C'est pressé ? s'inquiète la Déjection biliaire.

— Mais non, penses-tu, prends tout ton temps : je vais te rappeler dans une heure. Passe-moi Maman, si tu veux bien.

Et c'est un instant de bonheur.

Il a de bon, le Vétuste, d'être un homme qui prend la vie au sérieux et à cœur ce qu'on lui demande de faire.

Lorsque je le rappelle, il s'est démerdavé pour m'obtiendre le renseignement. M'man a regagné Saint-Cloud, reconduite par le chauffeur de Pinaud. Il est très tard à Pantruche, s'il est tôt en Asie.

En attendant, je me suis octroyé un bouffement, genre breakfast angliche, extrêmement reconstituant ; aussi est-ce un homme plus paré que Le-Monial[1] qui se lance, inépuisable d'énergie, dirait un littérateur de mes fesses bien connu de sa concierge, sur le dur sentier de la guerre.

Chez « Madame »

Marrant, je n'avais pas prévu ça.

Et cependant, le découvrant, je ne pouvais que m'exclamer : « Bon Dieu ! mais c'est bien sûr ! », parodiant ainsi le fameux commissaire Bourrel dans *Le train sifflera trois fois* de Marguerite Duras et Roux-Combaluzier.

Tu sais ce qu'est la demeure de ma vieille vamp marécagée ? Un bordel, mon chou. Mais attention : pas le boxif infâme pour docker aux pistons entartrés ! Non, le claque tout suprême dans lequel les riches et les puissants (pléonasme) vont se faire souffler dans le gicleur ou détartrer le pot d'échappement au gode d'ivoire vaseliné.

L'immeuble rouge Sienne est construit en forme de pagode avec toit en volutes, gnagnas suspendus un peu partout, lanternes, dragons convulsés en relief sur la façade : une chiasserie qui ferait gerber un crapaud à peau verruqueuse.

La porte est magistreuse, moulurée, laquée et tout. Au-dessus, y a un texte chinois ressemblant à deux escabeaux cassés au cours d'un déménagement. Sous-titré en anglais, on peut lire : *The Yellow Moon*[2], dont tout porte à supposer qu'il s'agit de celle des pensionnaires.

J'hésite à me présenter en ce lieu de délices, ma mise m'apparentant davantage à un trimardeur qu'à un prince de la finance.

1. Jeu de mot intraduisible en turc, en letton et en mauritanien.
2. *Moon* = Lune.

Vais-je me laisser brimer par un accoutrement ? Que non point. En vertu de quoi, je gravis le perron et actionne le cordon de soie tressée par lequel s'annoncent les visiteurs.

Un Jaune en smoking blanc vient ouvrir.

Tu as déjà vu Lady Di regarder deux chiens qui s'enculent ? Les lotos du cerbère me font songer à cette excellente personne tant vénérée du public. Note qu'il est courant de voir une belle fille affublée d'un glandu, mais je n'en ai jamais rencontré qui provoque à ce point la sympathie apitoyée de ses contemporains. Elle a préféré son bidet au trône d'Angleterre, ce choix lui aura valu l'estime du peuple.

Ainsi donc, pour t'en reviendre, le délourdeur du claque m'examine comme les anciens douaniers soviétiques le touriste se pointant à leur frontière au volant d'une Rolls.

— Vous désirez ? me demande-t-il, à court d'aménité (il n'a pas été livré ce matin).

J'use du seul argument en vigueur dans les cinq parties du monde. À savoir que je sors à demi de ma fouille une liasse de dollars plus épaisse qu'une tranche de pudding.

— Ce sont des vrais, assuré-je en lui soumettant une coupure à titre d'échantillon.

Et d'ajouter :

— Je suis un journaliste espagnol en reportage à Macao.

Mes façons le rassurent car il m'accorde un sourire, transformant sa frite en pamplemousse qu'on commence d'éplucher.

Je pénètre dans ce temple de la volupté. Elle devait le gérer de première, la sirène des marécages. Tout est riche, opulent : les tentures, les meubles, les œuvres d'art.

Nous quittons le hall pour gravir un escadrin en bois de machinchose (tu te rends compte ?). Une musique soutient des chants cassecouilles, mélopesques et niacouards. Le genre de ragasses sonores qui font grincer des chailles et mettent des lancées dans les roustons.

— Si vous voulez bien entrer dans le cabinet du choix ! fait le safrané.

Je m'empresse.

C'est une sorte de salon semi-circulaire dont toute la partie courbe est composée d'écrans de télévision.

Le manager m'explique que chacun correspond à une chambre « de travail ». Un contacteur comporte autant de boutons qu'il existe de taules. En les pressant, tu obtiens la piaule désirée. Tu as loisir, alors, de contempler les pensionnaires. Une fois le circuit accompli, il ne te reste qu'à faire ta sélection. Le poste d'une pièce « en cours d'exercice » ne s'éclaire pas afin de préserver l'anonymat et les ébats du client ; par contre la photo couleur de l'occupante s'y inscrit dans les différentes poses de ses prestations. Le procédé est, si j'ose le prétendre, d'une grande discrétion.

Me voilà donc parti à butiner le boxif de la mère Tatezy.

Il est parfaitement équipé. Tu y trouves toutes les races : Scandinaves, Arabes, Chinoises, Noires, Blanches. On te propose de la Japonouille, de l'Italienne, de l'Anglaise, de l'Indienne. C'est le cul de Babel ! T'en as l'eau à la bouche.

D-en plus, pour les ceux qu'aiment le trognon de chou, sur un second contacteur t'as des gitons, des minets aux yeux de biche, des costauds tout en musculature, des Noirs au zob colossal, des androgynes, des gnards atteints de gibbosité, des…

Dedieu ! Qui reconnais-je, voire reconnaissé-je ? J'en ai l'aorte comme une figue de Smyrne, toutac.

Pauley Franginot !

T'as bien lu ? Hein ? Que dis-tu ? Que ce nom ne te dit rien du tout ? Mais putain, y a pas que des mecs qui s'appellent Pasqua, Zola, Van Gogh ou San-Antonio dans la vie ! J'en sais d'autres, heureusement. Et parmi ceux-ci Franginot Pauley. Pour tout te dire, je le croyais mort, cézigue. J'en reviens pas qu'il soit toujours vivant et prenne encore des betteraves sucrières dans les miches ! Après ce qu'il lui est arrivé, j'aurais parié la ménopause prochaine de Line Renaud contre un abonnement au *Chasseur français*, que même les asticots consécutifs à son trépas étaient décédés.

Jamais, au cours de ma carrière, je n'ai rencontré un enculé professionnel ayant tant de couilles ! Excepté dans l'oigne !

T'as deux minutes, que je te narre ?

Franginot, il a toujours aimé le travail en lupanar. Lui, la drague dans le bois de Boulogne, c'était pas son five o'clock tea. Il s'expliquait dans un clandé où il assumait le rayon « messieurs et garçonnets ». Sa dernière usine s'appelait Le Bouquet d'Auteuil, une boîte de rendez-vous plutôt chicos.

Il affurait assez gros. Y avait un côté attractif dans ses transports peu communs. Quand les clients ne le « consommaient » pas, ils s'amusaient à lui carrer dans le prose des objets pas croyables, genre balayettes de gogues ou ampoules électriques. Son record : un magnum de champ' millésimé. Faut vraiment avoir l'anus aussi large que les arènes de Nîmes pour s'enquiller un truc de ce volume ! Une autre fois, ç'avait été un melon d'eau à grosses côtes. Cet endoffé n'arrivait plus à l'expulser ; y a fallu le lui décalotter, tel un œuf coque, dans l'intestin, et le vider à la cuillère !

Si je te raconte ces choses inragoûtantes, c'est pour te faire piger de quel individu il retourne.

Un jour, le gros patacaisse se produisit dans sa vie de sodomite ! Il s'est passé du vilain grabuge au Bouquet d'Auteuil. T'as entendu parler de Ramona, le fameux truand, surnommé « The King » ? Sa spécialité ? Le braquage de banques. Il raffolait des petites succursales de banlieue. S'y pointait travesti en gonzesse, accompagné d'un gazier sérieux, portant beau. Le couple demandait à parler au dirluche. Ce dernier les recevait en développant le tapis rouge. Les trois s'enfermaient dans son bureau. Ils ressortaient, vingt minutes plus tard, avec le fondé de pouvoir ligoté dans sa partie supérieure, la zézette sortie, une cartouche de dynamite, mèche allumée, scotchée aux roustons. Les alarmes neutralisées, ces messieurs-dames n'avaient plus qu'à se servir. Puis, ils se cassaient dans le calme après avoir serré les mains de l'assistance.

Le sang-froid du King, ses trouvailles, en faisaient un héros de légende.

Le vice de Ramona, c'était d'emplâtrer une frangine en levrette pendant qu'une tante, qui n'était pas à héritage, hébergeait entre ses miches une statuette représentant Charles XIV de Suède par Bosio. Pourquoi avoir transformé cette œuvre d'art en godemiché ? Seul le gangster aurait été en mesure de répondre à la question.

Un jour qu'il se prodiguait, assisté de Pauley, une crise homicidaire l'avait conduit à étrangler la gentille Églantine, mignon tapin de vingt ans, fleuron indiscuté du Bouquet. Les proprios du claque s'étaient écrasés à condition que Ramona les débarrasse du côté résiduel de son délit.

Mais la cata les guettait, puisque Franginot s'empressa de mettre le cap sur le Quai des Orfèvres et de tout raconter à nos services.

On gaula l'assassin au moment où il emmenait sa victime du côté des Andelys pour la flanquer en Seine lestée d'un bloc de béton. Convaincu de meurtre et d'un tas d'autres forfaits, il avait chopé perpète, bien que son bavard eût plaidé la crise de folie érotique. Pauley chargea copieusement sa carriole aux Assiettes. Mis hors de soi, le tueur lui prédit qu'il ne finirait pas l'année. Le champion du magnum culier disparut effectivement peu après.

Et voilà qu'un concours d'événements me permet de revoir l'ami de Charles XIV. L'univers est bel et bien aussi minuscule que je l'ai cru.

Fasciné par le petit écran révélateur, je le regarde plein châsses. N'a pas changé en cinq ou six ans, misteur Prends-de-l'Oigne. Si, s'est fait teindre en blonde et poser des brillants sur les ailes du pif ainsi qu'aux lobes des baffles. Il porte son costume marin familier, dont la culotte courte révèle ses cannes lisses et potelées de vieux bambin. En attendant la pratique, il lit le dernier book de Didier Van Cauwelaert qui fait un tabac en Francerie.

— Ce garçon est bien ? demandé-je au trouduculteur.

— Nous n'en avons que des compliments.

— Alors, ce sera lui !

Mon mentor me sourit.

— C'est l'un des collaborateurs les plus chers de la maison, assure-t-il.

Comme quoi j'ai eu tort de lui montrer mon matelas de talbins.

— Combien ?

— Mille dollars de l'heure !

— Pour ce prix-là, on devrait se payer la reine d'Angleterre !

Le Jaune hoche la tête :

— Essayez, sir. Si ça ne marche pas, vous pourrez toujours revenir.

En soupirant, j'extrais les billets et en compte dix de cent points. Le gonzier les saisit prestement.

— Si vous voulez bien m'accompagner, sir…

Le « sir » lui file le dur en réfléchissant. Il se dit que l'existence est pleine d'imprévus à ras bord.

Au fond de la pièce « du choix », une porte laquée coulissante à laquelle je n'avais pas pris garde. Elle donne accès à un coquet ascenseur tendu de soie chamarrée.

Mon hôte m'offre un circuit touristique au premier étage. Lorsque l'appareil stoppe, une lampe s'allume dans la cabine.

— Un instant ! s'excuse le cicérone ; il y a quelqu'un dans le couloir.

Un moment passe, la lumière devient verte et la porte s'ouvre. Nous suivons un vestibule moelleux. Les paturons s'enfoncent dans de la moquette plus haute que les foins en mai.

Bref parcours. Des portes dorées s'échelonnent, chacune marquée d'un numéro.

L'officiant s'arrête devant l'une d'elles et presse un timbre.

Le faux blond, mais vrai pédoque, aperçu sur l'écran, nous ouvre.

— Voici Jimmy ! me fait le Chinago en smoking.

Il exécute une courbette et disparaît.

— *Go in !* gazouille mon petit pote au prose en forme de hotte à vendanges.

J'entre !

La méditation de Taïau

Bien sûr, il ne me reconnaît pas, ainsi vêtu, et des traces de maquillage accréditent mon personnage de julot-tâte-bites.

— *Hello ! my cat*, susurre la follingue en me plaçant d'emblée une main tombée à la braguette.

— Touche pas à ça, Pauley ! lui lancé-je tout à trac. C'est du produit exclusivement réservé aux dames.

En s'entendant appeler par son blase de jadis, il devient d'un vert bleuté semblable à celui de mon habit d'académicien.

Se recule, comme l'effet.

Son regard pend dans sa gueule, énucléé qu'il est par la stupeur.

Il voudrait jacter, prendre une contenance, mais il a suffi de prononcer son ancien nom pour qu'il disjoncte complètement.

— Tu ne vas pas nous faire une crise cardiaque, Bébé-Rose ! gouaillé-je.

Tu sais quoi ? Il court s'agenouiller devant son bidet et se met à gerber.

Pendant qu'il appelle Hugues, je m'assieds dans l'unique fauteuil de la pièce à baiser, pose mes pinceaux sur la soie du couvre-lit et chantonne *Roses de Picardie*.

Franginot se bassine le museau à l'eau fraîche ; ça dure.

— Tu as sali ton beau costume marin ! déploré-je. Nettoie-le, sinon tu vas puer comme des chiottes d'autoroute !

Docile, il prend un linge-clean-bite, l'humecte, frotte les souillures honteuses.

Quand il se retourne, je suis en train de faire tourner le pistolet fauché au niacouais autour de mon index.

— Non ! implore-t-il. Je vous en supplie !

— Tu connais la nouvelle, Pauley ? Ramona s'est évadé de la Santé, le mois dernier.

En entendant ça, il bédole dans sa culotte de petit garçon.

— Décidément, tu me les auras toutes faites ! ricané-je. Note que tes sphincters ne doivent plus ressembler à grand-chose, avec ce que tu leur infliges !

Ça commence à fouetter mochement chez messire Toutdansloigne. J'ai idée que je l'ai dévasté complet, le pauvre trognon.

— Je suis venu te proposer une affaire sérieuse, vieux foireur.

Et de ranger le pétard dans mes brailles, ce qui paraît plaire à mon terlocuteur.

— Ta vie en échange de renseignements sur la taulière de ce bouic. Tu trouves ma propose correcte ou irrecevable, chieur d'élite ?

Il donne l'impression de ne pas comprendre. Sais-tu pourquoi ? Parce que, effectivement, il n'entrave que pouic à ce marché. Ça tourbillonne sous sa coiffe surmenée.

— J'ai plusieurs cordes à mon arc, reprends-je, manière d'éclairer un peu son réverbère. Il se trouve que la rubrique « Mère Maquerelle » prime la rubrique « The King ». Qu'elle est ton adresse à Macao ?

Il ne moufte pas.

— Parle plus fort, j'ai pas entendu, fais-je en marchant sur lui.

— Rue de Lisbonne, quatre cent quatre, sixième gauche, chevrote la fiotte.

— Montre-moi tes papiers.

Il va à une penderie de bambou pour les prendre dans le veston qui y est rangé. Me tend un porte-cartes de croco (ici, le croco est moins chérot que, chez nous, la matière plastique).

Je prends connaissance des pièces d'identité qu'il contient.

— Ah ! tu es devenu belge ! ricané-je. Et tu t'appelles Peter Brueghel ? C'est un nom qui fait bien au bas d'un tableau, ça, ma loute. Comment t'es-tu dépatouillé pour obtenir ces fafs bidons ?

— C'est Sa Grâce qui me les a procurés. Elle a le bras long.

— Qui, « Sa Grâce » ?

— Ben… la patronne d'ici.

— Où l'as-tu connue, et quand ?

— À Paris, il y a six ans. Elle était en cheville avec les tauliers de la maison où je m'expliquais. De temps en temps, elle fait une tournée en Europe pour recruter de nouveaux effectifs : Paris, Londres, Amsterdam. Je l'ai intéressée. Sur le moment, j'ai décliné son offre. Et puis j'ai eu cette histoire avec Ramona. J'ai compris qu'il fallait disparaître. Le temps de réunir mes économies, je suis venu ici, en prenant plusieurs lignes d'avions pour brouiller ma piste.

Ça y est. Je l'ai apprivoisé, Dudule. Il a pigé que je ne le buterai pas et, malgré son froc merdeux, reprend goût à l'existence.

— À partir de quelle heure seras-tu chez toi, Peter ?

Que je l'appelle par son blase bidon lui cause un grand plaisir. Il y voit la promesse d'un armistice.

— Pas avant minuit : on finit tard.

— En Asie, les lois sociales sont moins rigoureuses qu'en France, ricané-je.

Je le laisse se démerder. Dans certains cas, l'inconvénient d'une maison close, c'est qu'elle le soit !

Le gonzier au smok me reconduit.

Juste qu'il dépone, j'avise un couple en train de gravir le pet-rond. Mes attenteurs du bateau ! Je me jette en arrière.

— Mon argent ! fais-je en repoussant la porte. On m'a volé ! Je veux qu'on appelle la police.

Le gong de l'entrée retentit.

— Venez ici ! fait le réceptionnaire en ouvrant une lourde ; je m'occupe de ça tout de suite.

Moi, ce que je demande, c'est juste de ne pas me casser les naseaux sur les arrivants.

J'entends une voix d'homme dire en anglais :

— Sa Grâce est ici ?

— Non, je l'attends, répond le préposé. Allez au bureau, je vous rejoins dans un instant.

Il réapparaît presque illico. Alors je prends un air penaud en tenant mon pognozof à la main.

— Navré, balbutié-je : je l'avais mis dans une autre poche.

Le Jaune rit blanc, m'assure que c'est sans importance ; après quoi je vide prestement les lieux.

*
* *

De retour dans ma carrée, je trouve Salami en train de bâiller telle la vieille babasse de la reine Mary, quand elle grimpe un escalier.

S'ébrouant, il me déclare qu'il irait volontiers faire du repérage de pissat canin dans les rues agaçantes.

— Un instant ! lui fais-je.

J'appelle le palace où l'Empereur des soûlots est censé se morfondre en m'attendant. On me le livre aussitôt. Il ne semble pas s'alarmer de mon absence.

— Ah ! c'est toive ! Qu'est-ce tu branles ?

— Personne, assuré-je.

Ricanement de frère Béru-des-Entomeurs :

— J'peuve pas en dire autant. M'agine que j'ai tombé su' la gerce la plus « feu aux miches » d'ma vie sequesuelle. Dedieu, c'volcan ! C'est l'Etromboli à elle tout' seule. Un' troussée attend pas l'aut'. L'a amené son vieux paralytique dans ma piaule pour pas perd' d'temps. Y nous r'garde tringler, pépère ; ça l'distractionne agriab'ment. Mater reste un lot d'consolance pou' un dabe qu'a les pruneaux et le panais en berne !

« Allons bon ! V'là ma Noiraude qui m'met du miel su' la tige avant d'la pomper ! Je vas l'app'ler « P'tite-Abeille », c'te greluse. C'qu'é peuve inventer comm' saling'rie est inimaginabe.

Je raccroche pudiquement, avant que la Ricaine ait transformé son goumi en pâtisserie grecque.

M'a fallu sortir Salami dans mon sac de voyage. La vieille a cru que je décarrais à la cloche de bois. Pour la rassurer, j'ai douillé trois nuits d'avance. Vaut mieux pas ergoter quand on triche.

Mon hound avait tellement besoin de libérer sa vessie que t'aurais cru la source du Yang-Tseu-Kiang. Après quoice, je l'invite à manger dans un restau indien exhibant un gigantesque pain de viande pyramidal qui embaumait. Je suis toujours surpris de voir des gens connus pour leurs famines cuire pareille quantité de bidoche.

La viande, préparée avec des aromates, n'a pas emballé Salami. Il l'a bouffée pourtant parce qu'il mourait de faim, mais d'un air maussade. Lui, ce qu'il raffole, c'est la tortore franchouillarde. Quand je l'emmène claper une entrecôte marchand de vin au Bistrot Saint-Honoré, rue Gomboust, il ne peut réprimer de petites giclettes de bonheur. C'est une fine gueule, ce clébard-là !

La becquete expédiée, nous allons traînasser dans les rues grouillantes de Macao. La vie y est d'une folle intensité et te soûle. Je préférerais me faire moine dans quelque monastère perdu des Abruzzes plutôt que de passer le restant de mon existence dans l'une de ces métropoles échevelées et vacarmeuses.

Quand on en a quine de dérouler du ruban, on fait halte en un square où des oiseaux s'installent en ramageant. Font un vacarme de tous les diables.

Pendant qu'ils se houspillent, je réfléchis, récapitule : l'ambassadeur danois de London, le Japonais de Hong Kong, et le gars moi-même, bâton de vieillesse de Félicie ! Seulement, à ma pomme, on n'a pas eu le loisir d'implanter une bombe et, grâce à mon chien, j'ai pu me défaire à temps de l'engin agrafé à mon bénoche.

Mon héroïque clébus, toujours lui, suit le couple dynamiteur jusqu'à l'établissement où il gîte. Je m'y rends. Nonobstant mon accoutrement, on me retapisse et me drogue. Envapé, je suis conduit dans un élevage de canards (pas encore laqués). Une bordelière sortie d'un roman des années 20, arrive afin de me trucider. Mais tu te farcis pas l'invincible Antoine comme un pedzouille. Je reprends la situasse en pogne et m'échappe après que la « dame à la Jag » (j'allais dire « à l'Hispano ») se fut noyée avec son driver.

Par Pinuche, j'apprends le nom de la propriétaire de la bagnole engloutie : une Britiche devenue la plus éminente taulière d'Asie. C'est elle le Deus ex machina de cette surprenante histoire. En fait, son luxueux lupanar lui sert de façade, si je peux me permettre. Elle avait d'autres activités, beaucoup, beaucoup plus importantes que le pain de cul, mémère. Généralement, on utilise d'honnêtes maisons pour dissimuler un clandé ; dans son cas, c'est le boui-boui qui assure la bonne apparence de ses affaires secrètes. Un comble, n'est-il pas ?

Tu le savais, toi, que les chiens ont des borborygmes ?

Moi non plus. Faut que le père Salami accroche les wagons en force pour que je m'en rende compte.

— Je vous prie de m'excuser, me dit-il, mais cette nourriture indienne était ignoble.

Nous devisons une paire d'heures puis, jugeant le moment venu, je pars à la rencontre de mon destin.

Péripéties dans la périphérie

Or donc (s'écrit également « condor »), j'arrive à l'immeuble de Franginot, l'homme qui peut remplacer ta femme au cul levé. C'est de la masure pour bourses moyennes, avec des prétentions au standing promis par les promoteurs (à deux temps). Un causophone est situé près de la porte, ainsi qu'un tableau pustulé de boutons correspondant à chaque locataire. J'enfonce celui réservé à Peter Brueghel. Pauley devait guetter mon arrivée car il décroche aussi sec.

Je sens son anxiété dans le « j'écoute ? » qu'il profère. Tu as déjà vu des locomotives entrer en gare ? Un truc commak, fabriqué avec un halètement.

— Un oiseau venu de France, me nommé-je-t-il.

Déclic. Je pousse la lourde vitrée ferforgétisée.

Une odeur asiate me chope aux naseaux. Ça renifle la denrée alimentaire développée sur toute sa chaîne, jusqu'à la partie ultime : un carré de papier oblitéré par un anus.

— Vous montez avec moi ? demandé-je à Salami.

Mais ce foutu clébard n'est plus là. De toute façon, je n'ai pas besoin de lui pour rendre visite à un mecton qui a le fion plus large que l'autoroute du Soleil.

Sixième étage.

La radieuse pédale a déjà entrouvert sa porte. Par habitude, j'y toque avant de la pousser. Son entrée pourrait être celle d'un logement d'Aubervilliers. Une patère, une reproduction d'impressionniste évoquant les bords de Seine, un guéridon supportant un vase de fleurs artificielles.

— Hello ! Pauley ? appelé-je de cette voix niaise qu'on se croit obligé d'adopter en pareil cas.

Rien !

Cet endoffé aurait-il pris peur et se serait-il carapaté par l'escadrin tandis que je frétais l'ascenseur ?

De la lumière brille dans ce que je suppose être le living. M'y rends. Non, il ne s'est pas sauvé, le Franginot. L'est bien là, assis dans un fauteuil, avec la lame d'un poignard enquillée jusqu'au manche dans la poitrine. Il n'est pas tout à fait mort. Il a d'ultimes soubresauts et ses yeux retiennent un peu de vie.

— Pauley ! appelé-je en me penchant sur lui. Tu m'entends ?

Je crois déceler un frémissement sur ses lèvres, mais je me goure probablement.

Ma vaste intelligence se réactive. Un éclair pour piger : après mon départ du boxif, il s'est affalé, l'enfoiré, a tout raconté aux complices de la vieille Anglaise. C'est un délateur, on ne se refait pas ! Alors ils ont préparé une embuscade chez le pédoque, lui faisant croire qu'ils allaient m'y cueillir et « m'emmener promener au clair de lune ».

Lorsque je me suis annoncé, ils ont supprimé mon compatriote. Peut-être se trouvent-ils encore dans l'apparte ?

Je griffe la vieille pétoire et fonce à la chambre à coucher. La pièce est vide. Un regard dans la petite cuisine par acquit de conscience. Personne ! Elle sent l'oignon, ce qui n'a rien de surprenant ! Ils ont joué leur partition de première, ces salauds !

Je repasse dans l'entrée et pousse une frime cataclysmique. Ils sont quatre. Trois Chinagos et un Européen. L'un d'eux tient une mitraillette braquée sur moi. Que je te précise : ces mecs appartiennent à la police et portent des uniformes vert et jaune.

— *Hands up !* m'intime celui qui a des galons.

Je lève les pognes.

— Messieurs, je leur articule, vous êtes, au même titre que moi, victimes d'une machination.

Mais autant fumer une queue de vache rousse en se persuadant que c'est un Davidoff ! Je suis cuit ! Les mâchoires du piège se sont refermées sur mézigue !

C'est pas la fête à Dudule, crois-le. Ce circus, madoué !

Un traquenard de ce calibre me rend fou. Je me dis que c'est une insulte à la conscience humaine. C'est pourquoi, au moment où le coing en uniforme va m'assujettir les bracelets, je pique ma crise des grands jours. Faudrait me filmer au ralenti pour concevoir le turbin de bibi !

Je vais tâcher de reconstituer la scène de mémoire.

Bon, il lève une boucle pour emprisonner mon poignet gauche. Au même instant, je lui saisis les sœurs Ninette de ma main droite et les tords avec une extrême violence. Il bleuit, donc devient vert à cause du mélange des couleurs. Je le bourrade à mort sur son pote à la mitraillette, lequel lâche une rafale. L'homme aux bracelets chromés la biche en plein dans le tee-shirt. Effrayés, ses deux compagnons reculent. J'empoigne le vase de fleurs artificielles et le propulse dans la gueule du flingueur, lequel choit. Suivant une vieille coutume dauphinoise, je lui fabrique un suspensoir avec ma chaussure droite, en souvenir de ma jeunesse vouée au rugby.

À moi la sulfateuse ! J'utilise sa crosse pour estourbir le flic blanc qui voulait remonter en ligne. Ne subsiste plus qu'un gars aux pommettes tellement saillantes qu'on pourrait les transformer en portemanteaux.

Il tâtonne pour dégager son pistolet, sans me quitter des yeux. C'est précisément ces deux mirettes que j'astique au beurre noir avec toujours la crosse de l'arme.

Bon, ben : voilà le travail, mesdames-messieurs. Faut-il vous les envelopper, vous allez loin ?

La suite relève de la bonne petite ménagère.

Je les fixe l'un aux autres avec leurs menottes (quel joli nom). Je sais où tous les poulagas du monde placent la clé des cabriolets : dans la vague arrière de leur grimpant. Les en déleste. Me reste plus qu'à virguler les caroubles dans les chiches.

Voilà. Maintenant, faudrait peut-être que je pense à moi, non ? C'est beau l'altruisme, mais ça rapporte quoi ?

Sors.

Que m'arrive-t-il ? Je vais me mettre à écrire en style télégraphique, à l'instar de Marcel Proust-Proust ! À peine franchis-je la porte palière que je découvre mon éminent Salami assis sur le carreau mosaïqué de l'étage.

À ma vue, il se précipite, flamberge au vent. Quoi de nouveau, Pussycat ? Du regard, il m'intime de ne pas bruyanter. Je me dirige vers les ascenseurs, mais mon cador s'y oppose.

Nous nous rabattons donc sur l'escadrin. Je commence à descendre : nouvelle résistance de mon ange-chien-gardien. Alors je grimpe à sa suite. On atteint le haut de l'immeuble. Là, un dialogue s'engage, selon naturellement notre code.

— Le bâtiment est cerné, m'apprend mon ami à poils. Il y a des hommes aux aguets à l'étage au-dessous de celui de Pauley. J'ai flairé quelque chose quand nous sommes arrivés tout à l'heure, c'est pourquoi je suis allé vérifier. Bien m'en a pris. J'ai repéré deux voitures de police en stationnement dans les rues avoisinantes. Lorsque vous êtes rentré, ils ont investi la maison ; j'ai profité de ce que la porte restait ouverte pour y pénétrer à mon tour.

Je caresse son crâne blessé.

— Héroïque compagnon !

Conscient de la précarité de ma situation, je regarde autour de moi.

Deux appartements. À la maigre lumière du couloir, je prends connaissance des noms écrits au Dymo. À droite : « Mr. and Mrs. KALMANN » ; à gauche : « Miss LAMB ».

C'est à cette dernière que j'accorde ma préférence.

Avec des précautions infinies, je biche mon inséparable sésame. J'ai pris soin de le récupérer dans mes précédentes hardes.

Passionné, Salami me regarde agir de ses grands yeux qui le feraient ressembler à un chien s'il n'en était un. Je titille en extrême souplesse. Mes doigts de gynécologue toujours sur la brèche (si j'ose parler de la sorte) se font aériens. Un léger « cric », un « crac » plus marqué, la lourde se fait une raison.

Je m'insinue à l'intérieur, suivi de messire hound aux pattes de velours.

Referme.

Ce logement est la réplique de l'autre. Même vestibule, même living et, donc, même chambre.

L'oreille contre le trou de serrure, je perçois une respiration que la plupart des romanciers souffreteux réputeraient régulière. Surtout pas toucher aux lieux communs ! Le souffle d'un dormeur est régulier, comme le membre « turgescent » d'un bandeur. C'est la dure loi de l'écribouillure chez les forçats du pointalalignisme.

Actionne le loquet menu, menu.

Entre bientôt.

La faible clarté qui tombe des étoiles me découvre une rouquinasse quadragénaire, entièrement nue, couchée sur le ventre. Un gros cul à fossettes me sourit. Cette dame sent le fort, kif la plupart des gens à la peau porcine.

« Et maintenant ? me demandé-je sans ambiguïté. Ne serais-je pas un poisson en nasse ? Les draupers vont découvrir leurs camarades morts ou enchaînés, l'hallali se déclenchera. Chasse à l'homme en règle ! Je vais être abattu à vue. Ô Dieu ! l'étrange sort ! »

Tout en réfléchissant sur le mode déclamatoire, m'approche de la fenêtre, l'ouvre sans bruit. Mate en direction du plume. La rousse sème à tout vent car elle pète en dormant. Si j'en crois les flacons encombrant sa piaule, cette bonne femme doit se prendre des somnifères à 45°.

Retour à la croisée pour étudier la topographie. Illico je m'aperçois que l'enfant se présente bien, puisqu'il existe une sorte de corniche pour marquer le dernier étage. M'est avis qu'un mec de ma trempe doit pouvoir atteindre l'angle de l'immeuble sans trop d'encombre ni, surtout, s'offrir un billet d'orchestre.

— Écoutez, dis-je à mon camarade d'épopée, je vais vous reconduire au palier et refermer la porte à clé de l'intérieur. Ensuite, je filerai en marchant sur la moulure jusqu'à l'angle du bâtiment. Parvenu là-bas, à la grâce de Dieu, comme disent les bipèdes auxquels j'appartiens : soit j'y trouverai une voie de salut, soit je m'y planquerai pour attendre des jours meilleurs.

Mon interlocuteur baisse sa queue au furet à mesure que je dis.

Inconvaincu par mes paroles, il m'interprète la grande scène de *Mater dolorosa*. Pourtant, se rendant compte que mon plan est réalisable, il émet un soupir genre freins pneumatiques, et disparaît.

Ayant relourdé, je vote un souvenir intense à M'man, une exhortation plus modulée au Seigneur dans le cas où, et je joue la toux pour l'atout.

Première difficulté : clore la fenêtre derrière moi suffisamment pour qu'elle n'attire pas l'attention, car tout l'immeuble est climatisé. J'y parviens au-delà de mes vœux puisque le claquement annonçant le blocage se produit. Ce qui revient à dire que je suis « enfermé dehors » !

Seconde embûche (de Noël) : me déplacer sur un rebord large d'une vingtaine de centimètres. On a beau savoir braver le vertige, il compte néanmoins parmi les ennemis irréductibles de l'*Homo sapiens.*

Le dos collé à la paroi, je me déplace en me récitant du Lamartine D.Q.S., période lacustre.

Un pas… Deux… Trois… Qua a a a…

La moulure de pierre a cédé sous mon poids.

Dans le cul, Lulu !

Un asile doré

Un ami à moi assure : « La paresse est la meilleure façon de se reposer avant d'être fatigué. »

Si je t'avouais que je pense à cette déclaration en chutant. À ça, et à Salami, lequel va se retrouver seulâbre à Macao et, probablement, y finir ses jours. S'il ne retrouve pas Béru, que pourra-t-il faire, le pauvre biquet ?

Fallait bien qu'un jour je fasse une pirouette de trop ! Elle s'y attend, ma douce Félicie. Mais n'est-ce pas l'esprit même de notre condition, ce perpétuel sursis ?

Tout en réfléchissant, je tombe.

Moins rapidement que je ne pense !

Peur ? Effroi ? Je ne sais pas. C'est « autrement ». À vrai dire, l'incrédulité prédomine. Mon refus de cesser est tel que le fait me semble impossible.

Putignace de Diou, dirait un de mes potes, pêcheur d'Islande au large de Mandelieu, vais-je bientôt parvenir à destination, yes or no ?

L'inconfortable de ce valdingue, c'est de choir de dos. Ne peux voir que la Voie lactée de la région. Pas mal, d'ailleurs. J'aimerais prendre congé avec l'étoile Polaire que Mémé m'a fait découvrir autrefois, par une nuit d'été suave où les grillons et les rainettes s'en donnaient à cœur joie. Ne la repère pas dans ce fouillis d'astres et de planètes. Tant pis.

Brusquement, je suis happé par l'attraction (ou la traction) terrestre. Souffle coupé, secousse mortelle. Reins en purée. M'éparpille dans le firmament dont mes châsses étaient pleins.

Mais laissons le temps au temps.

Je dois être dans l'au-delà puisque je perçois une musique un peu gnagna pour violoncelle de Guérande (Maurice Baquet, lui, joue du violoncelle Cérébos). Cela dit, interprète-t-on des slows au paradis ? Note qu'il est présomptueux d'espérer une place en first d'entrée de jeu, avec toutes les idioties que j'ai pu faire !

Un long moment dégouline du sablier.

Suis-je mort ?

Réponse : en toute objectivité, je ne le pense pas.

Seconde question : en ce cas, comment puis-je exister encore ?

Je relève mes stores californiens. L'immeuble d'où j'ai chu est bien là, vertical, écrasant !

Troisième et dernière interrogation : alors ?

Ben alors, mon mec, l'explication est claire : je viens de tomber dans un camion empli de riz en vrac. C'eût été des patates, je ne m'en sortais pas. Je comprends, à présent, ma dilection pour cette céréale ! Une prémonition, probable.

Je patiente, manière de récupérer, de me préparer un avenir d'à la fortune du pot (car, du pot, tu le vois, j'en ai) !

Je distingue des allées et venues. J'entends du remue-ménage. Ça crie dans plusieurs langues vivantes. Moi, not con, je repte à l'intérieur du riz. M'en rentre par tous les orifices, y compris l'orifesse. J'ai envie d'éternuer. Reusement, le barouf devient si intense que t'entendrais pas brailler Pavarotti, quand bien même tu serais assis sur ses genoux.

Je n'ai rien de mieux à faire que d'attendre en récitant des actions de grâces pour remercier la Providence.

Ma vessie, malmenée par mon valdingue, devient ingérable. Je la libère en espérant qu'elle préparera le riz aux semailles prochaines.

Bon. Miraculé, certes, encore faut-il continuer d'assumer le spectacle. Car, comme je l'ai lu un jour sur la tombe de M. Moïse Cohen : « Après mon décès la vente continue rue d'Aboukir. »

Je te prille de croire, grand ami lecteur (et trice), que ça remue dans le landerneau ! Des tires, des tires ! Des sirènes ! Je distingue la clarté éblouissante des floods de téloche. Charogne, ici on ne pleure pas la main-d'œuvre, non plus que la marchandise.

Et puis, tout ayant une fin, l'animation se calme. Les lumières s'éteignent. La nuit s'avance lentement vers des aubes mauvaises à boire.

Je me déléthargise. Matant par-dessus les ridelles du véhicule, je ne vois personne, ni rien d'inquiétant. Au reste, qu'est-ce qui peut t'inquiéter, en dehors d'un incendie ou d'une inondation, quand l'homme cesse de te harceler ?

Je saute du camion, accompagné d'une pluie de grains blancs. M'ébroue pour en expulser un max.

Putain ! Ce que je me sens endolori (je devrais écrire « endoloriz »). Quand, levant la tête, j'avise la corniche d'où je suis tombé, je mesure combien le Créateur a joué le jeu avec moi ! *Paris Match* consacrerait six pages à l'événement.

Tirant la « piote », je m'éloigne. Mais pour aller où ? Au palace du Gros ou à l'hôtel du Pou Sauteur ?

À Macao, la vie ne s'arrête jamais ; tout juste si elle ralentit dans la périphérie. Pas besoin d'être sorti de Sorbonne pour piger qu'il m'est désormais impossible de séjourner dans ce putain de bled sans me faire crever vite fait, soit par la maréchaussée, soit par les péones de la bordelière cannée. Quand bien même je me déguiserais en garde pontifical ou en marchand de crevettes grillées, ne parviendrais pas à passer entre les mailles du filet.

Cette évidence se mue en psychose fulgurante. J'en suis littéralement paralysé. Mon ébranlement physique et moral en est la cause. Je rêve d'un trou à rat, d'une bouche d'égout, d'un épouvantail à moineaux. Me cacher ! Quickly ! Me radier de la surface de l'Asie !

Me trouve au fond d'un terrain plus ou moins vague où ce coin de la cité meurt. Commence ensuite le no man's land qui la sépare de la Chine populaire.

Soudain, j'ai la gerbe morale. Seigneur, que viens-je risquer ma peau et ma liberté dans ces pays pour coolies et touristes kodakeurs ! Vite que je m'arrache à ce cauchemar jaune et rentre chez nous, tirer des plans sur la comète et en faire exécuter pour la refonte de notre pavillon. M'man, je lui aménagerai une chambre princière avec salle de bains en marbre saumon. Pour moi, je te l'ai dit : une petite construction annexe. La bonne prendrait ma piaule actuelle et on engagerait une femme de ménage pour l'aider à briquer tout ça. Elle commence gentiment à avoir du carat, ma Féloche ; je la contraindrais à se la couler chouette. Ne s'occuperait plus que de la cuistance, car elle est irremplaçable dans cette discipline. Lorsque tout serait au point, je tâcherais à me marida avec une frangine pas trop chiante, ni bêcheuse, ni mélomane, qu'appartiendrait à aucune société féministe, voire féminine, qu'aimerait la bonne bouffe et baiser dans une chambre tendue de cretonne d'où l'on voit la montagne, et qui me ferait un joli chiare, un seul, de préférence une fille.

Un bruit me rend lièvre. Je me jette dans l'ombre d'une lignée de bambous.

Un gazier asiate (mais pas trop) sort d'un bungalow entre deux Samsonite. Une jeune femme en peignoir de soie ramageux l'escorte jusqu'à leur garage, y pénètre derrière lui.

Quelle impulsion dingue me pousse ? N'ai jamais été foutu de répondre à pareille question. Toujours est-il (haie-t-il) que j'enjambe la barrière de bois pour foncer à la porte restée ouverte. Une sorte d'instinct me motive. Qui dira suffisamment l'impétuosité de nos réflexes, à nous autres gens d'action ?

J'avais déjà réalisé – et pour cause – l'étroiture de la maisonnette. Mais elle est si coquette et charmante que, tout de suite je la juge adorable. Ce que les vieilles peaux mariant leur fille déclareraient être « un nid d'amour ». Je renifle pour vérifier s'il n'y a pas de marmots dans la crèche. Les chiares, y compris les mieux tenus, génèrent des remugles de lait, de bouillies, de langes souillés. Ici, rien de tel.

On pénètre directo dans une pièce composant tout le rez-de-chaussée : espèce de living avec kitchenette, un coin repas, et surtout un salon où la téloche trône, autel inévitable de l'habitat nouveau.

Au fond, un escalier de bois en pin veiné de roux. Je l'escalade grâce à trois enjambées dont la souplesse humilierait Noureïev. À l'étage, deux chambrettes desservies par une salle de bains. Je te le répète : c'est de la maison de poupée pour jeunes mariés !

Dans la première chambre, je découvre un lit défait sentant le sommeil du couple. Coup d'œil sur la seconde. Elle deviendra celle d'un futur bébé car elle est tapissée en rose praline, mais ne comporte en fait de mobilier qu'un divan-lit et un vieux placard de brocante.

Je pose mes ribouis et m'assoye (Béru dixit) sur le canapé de dépannage.

Ronflement d'une tire en décarrade. Choc de la lourde. Les marches grincent malgré leur état neuf.

Je perçois un cri de frayeur. Une voix mal assurée (ne jamais lésiner sur les assurances) demande :

— Il y a quelqu'un ?

Chiasserie ! Ma présence est déjà éventée !

Comment diantre ?…

Pas dur : je laisse une traînée de riz derrière moi ! Ah ! il est fufute, ton Sana, chérie ! Tu parles que la gonzesse qui fait son ménage au cordeau a repéré cette piste de Petit Poucet d'entrée de jeu !

Inutile de laisser croître son début de panique. Je me montre dans le couloir.

— Hello ! gazouillé-je avec toute l'affabilité dont je suis capable.

Loin d'être calmée par mon surgissement, la voilà qu'égosille ! Elle veut fuir. Dans sa précipitation, rate un degré ; et il n'est pas Fahrenheit ! Tombe ! S'entorse du genou. Pleure de souffrance et de peur.

Je remise ma stupide pétoire pour lui porter aide.

— Pour l'amour du Seigneur, ne craignez rien ! l'exhorté-je. Je ne vous veux pas de mal. Au contraire, ne puis-je m'empêcher d'ajouter en constatant qu'elle est jeune et jolie.

Tu crois réellement que je suis un charmeur, dans mon genre ? Et pourquoi pas. Elle cesse de glaglater, ne gémit plus que de douleur. Alors, avec des gestes d'infirmier chevronné, je la soulève et la porte jusqu'en sa chambre, tout en lui suçotant des mots rassurants :

— N'ayez aucune crainte, petite fille. Je suis le contraire du grand méchant loup.

Tu sais quoi ?

Elle demande, sans cesser de grimacer, biscotte la fâcheuse entorse qui l'immobilise :

— Français ?

— De part et d'autre, avoué-je. Et vous ?

— Luxembourgeoise !

— Vous êtes ma première !

Son français est un peu ébréché car il ne doit plus servir depuis un certain temps. C'est vrai, ce que je lui bonnis : elle est ma première Lux-Benelux.

Au cours de cet échange mondain, je l'ai allongée sur son pucier. J'examine sa salle de bains, y trouve une pommade évasive ; mais tout ce qu'on attend d'elle c'est des vertus adoucissantes.

Mon massage lent, plein de savoir, la calme.

— Auriez-vous une bande pour envelopper votre rotule ?

— Le tiroir du bas de ma coiffeuse.

En possession du tissu élastique, je me surpasse. Je sais une foule de chosefrères qui se blessent en s'envoyant des coups de pied dans les chevilles. Ils n'ont pas mes mains de magicien pour soigner ces dernières.

Je m'applique tellement, la panse avec une si foutrale délicatesse que la chère enfant me demande si je suis toubib. Je lui réponds que non, mais que j'ai pratiqué du secourisme à mon âge tendre.

Ces urgeries accomplies, je lui crache mon histoire. Le fais sans détours ni fioritures. Lui révèle mon job (carte de police à l'appui) ; cause de mon enquête qui m'a conduit jusqu'à Macao, via Hong Kong ; l'attentat auquel j'ai échappé de justesse ; ma rencontre avec la bordelière anglaise, puis avec le pauvre Pauley.

— Vous le voyez, fais-je, je suis dans la situation du chasseur devenu gibier.

Tu veux que je vais te dire, Casimir ? Mes accents de sincérité la convainquent : elle me croit.

Je pose mon regard en velours potelé sur le sien.

— Maintenant, écoutez-moi, reprends-je. Si vous n'avez pas confiance, je partirai.

Elle ne se tâte pas dix ans, mais dix secondes.

— Mon époux est à Hong Kong pour quatre jours, fait-elle, vous pouvez rester ici pendant son absence.

Au cours de ces tribulations, son peignoir s'est entrouvert, me permettant de considérer sa chatte avec l'intérêt qu'elle mérite.

Elle est blonde !

Ça barde

Salami m'a rejoint un peu plus tard. Avec cézigus, pas à se mouronner : il retrouve toujours son maîmaître. Chez les cadors, l'odorat est le premier de tous les sens, alors qu'il est tellement atrophié en ce qui nous concerne, les hommes. Note que, personnellement, je juge mes semblables trop puants pour souhaiter les renifler davantage.

Donc, mon hound s'est pointé une heure après moi au domicile de Cypria (c'est le blase de mon amie). Elle lui a tout de suite tapé dans l'œil car il raffole des femmes blondes.

Je les ai présentés l'un à l'autre. Échange de caresses effrénées.

— Il est terriblement affectueux, a-t-elle gloussé lorsqu'il lui a filé un coup de langue mouillée sur le tablier de sapeur.

— Il a beaucoup de sentiment pour le beau sexe, ai-je convenu.

Afin de diversionner, j'ai demandé à mon clébard s'il se sentait cap' de dénicher l'hôtel Vasco de Gama où loge le Gros, bien qu'il n'y soit jamais allé. À quoi mon auxiliaire à poil rétorque que je le prends pour un demeuré.

Fort de sa suffisance, j'écris un billet que je fixe à son collier. Le texte est bref : *Suis Salami*. Je livre mes instructions au brave messager. Il me fait de la peine, avec la peau éclatée de son crâne en sabot.

Il accepte un bol de lait upérisé très frais, et repart, non sans avoir fait les yeux doux à la choucarde hôtesse.

Et toi, mon con, me connaissant tel que je te connais, de penser : « Ça y est, c'est maintenant qu'il va caramboler la jolie Luxembourgeoise ! »

Certes, l'idée et l'envie m'en sont venues ; cependant, je réfrèfrène cette pulsion familière. Non que j'aie décidé de « m'acheter une conduite », comme disent les pipelettes périphériques, mais j'en suis dissuadé par un coup de sonnette péremptoire.

À pareille heure !

Le jour s'est levé tant bien que mal ; dans le ciel, les étoiles se sont éteintes et le soleil a rendez-vous avec le portrait pâlissant de Mao.

— Vous attendez quelqu'un ? demandé-je à ma presque Belge.

— Personne !

M'approche de la fenêtre pour un coup de périscope rapide. Mon sang ne fait pas qu'un tour : il se fige. Sont groupés devant la puerta : le gars chicos du bateau, puis du casino, puis du restau ; les deux gaziers de l'élevage de canards ; enfin le maître d'accueil du bordel à Lady Trucmuche.

Je sais comment ils ont fait pour dégauchir ma planque : le riz fatal, naturellement ! Ah ! dis donc, il me la copiera, l'Uncle Ben's.

Ces gentlemen sont armés : deux pistolets-mitrailleurs, leur arme favorite, et deux browninges. De quoi t'envoyer pique-niquer à la morgue !

— C'est la bande de la vieille Angliche, apprends-je à la tendre Cypria. Ils viennent m'abattre. Vous leur direz que je vous menaçais.

Je lui adresse un baiser gazouilleur avant de tenter l'impossible. La piaule voisine, plus exactement sa fenêtre, donne sur cent mètres carrés de pelouse. Pas à tergiverser satanique. Saute, Médor ! Le temps d'ôter mes grolles, je me lance dans un massif de *bourniqués sextuples à floraison polyvalente exacerbée*. Ne produis pas davantage de bruit qu'un lancer de foutre sur un édredon de soie.

De l'autre côté du pavillon, on cigogne carrément la porte. Une voix que je retapisse comme étant celle du bordelier lance un péremptoire :

— Police, ouvrez !

Presque aussitôt, des coups sourds ébranlent la lourde et mes nerfs.

Mon instinct de préservation me dicte de fuir, mais mon côté profondément chevaleresque me retient. Puis-je abandonner cette jeune femme blessée aux mains de ces truands sanguinaires ? Tu le ferais, toi ? Ben pas moi !

Au lieu de me carapater, je reviens contre la maison.

Sais-tu ce qui joue en ma faveur ? Le soleil levant, mon bébé. Il se met à arroser, créant des ombres. L'une d'elles est mouvante (mais pas émouvante !). Elle s'allonge sur la pelouse, à ma gauche. Je m'accroupis derrière des *quo vadis résurgeants*.

L'un des deux coolies surgit, sa sulfateuse en pogne. Ce qui s'opère ? Trop spontané pour être narrable. J'ai un élan félin. Simultanément, saisis sa machine à arroser les pois de senteur et mets une patate dans la gueule encore tuméfiée du niaque. Il se dérobe plus vite que la femme de ton meilleur ami lorsque tu la pointes dans les gogues de l'hôpital où tu es venu rendre visite à ton pote en réanimation. Pour assurer le coup, je lui biche le menton et propulse sa tronche contre le mur. J'ai mis trop de jus et le craquement qui s'ensuit me laisse mal augurer de son avenir.

Le fracas en provenance de la façade est éloquent : les assaillants défoncent la lourde. Tu parles d'un sans-gêne ! Que faire ? Je n'ai le temps de peser ni le pour ni le contre. Me déplace jusqu'à l'œil-de-buffle percé dans le mur pour éclairer la cuisinette. Il est situé pile en face de la porte d'entrée.

Brrang ! L'huis éclaté à coups d'épaule s'abat. Le deuxième manar, flanqué du gérant de boxon, entre dans la crèche. Alors c'est plus fort que moi : je plante le canon du pistolet-mitrailleur dans la vitre du hublot et virgule une salve salvatrice. Un sec crachotement : les deux entrants culbutent l'un sur l'autre, fauchés à la fleur de l'âge.

Le gazier à cheveux gris ne pige pas et amène son visage de séducteur dans l'ouverture. Bien cadré, qu'il est, le Rudolph Valentino d'Extrême-Orient. Je lui fais cadeau de ce qui restait dans le chargeur, il rejoint ses deux compagnons sur le parquet étincelant.

Elle va avoir du boulot pour le « ravoir », avec la flaque pourpre qui s'élargit, la Cypria : sept litres de raisiné multipliés par trois ; le boudin risque d'être bon marché ! Surtout ne me crois pas cynique. Je dis pour faire de la présence car, si tu veux la vérité, je me sens vachement seul !

Duraille de rentrer dans la coquette maisonnette avec ce tas de macchabées accumoncelés. Suis obligé d'exécuter (le verbe est de circonstance) une grande enjambée pour pouvoir y pénétrer.

Dans sa chambre, l'adorable hôtesse défaille, plus pâle encore que les mecs exsangués. Me virgule un long regard de désespoir.

— Vous ne craignez plus rien, ma chérie, la rassuré-je, j'ai eu raison de ces gangsters. On va venir me chercher. Après mon départ, vous me laisserez un délai de dix minutes, si vous le voulez bien ; après quoi vous préviendrez la police. Vous n'aurez qu'à raconter la vérité, en oubliant toutefois la complaisance que vous m'avez accordée, ça vous évitera des ennuis.

Elle croise ses bras charmants sur sa poitrine bien ferme.

Et sais-tu ce qu'elle balbutie ?

— Je crois que je ne vous oublierai jamais.

Sympa, non ? Ça t'est arrivé, à toi, une jeune femme qui te parle de la sorte après que tu as buté quatre mecs dans son coquet logis ?

Jamais, n'est-il pas ?

S.D.F. = sans domicile fixe

J'attends à la porte du jardin. Inutile de laisser pénétrer le Mammouth jusqu'à l'intérieur pour qu'il patauge dans le raisin et distribue ses empreintes comme des prospectus.

L'adorable Cypria guette mon envol depuis sa fenêtre. Je lui virgule des baisers à tout va. Je peux t'assurer qu'elle constitue une grande rencontre dans ma carrière. On s'est séparés en se jurant que c'était du provisoire, et qu'un jour prochain on se retrouverait dans une alcôve ombreuse afin que je lui joue l'*Introduction du Grand Mongol* dans l'*Ouverture de la chaste Suzanne*. À titre d'information, elle a touché ma bite, bien faire comprendre qu'elle peut fantasmer sur de l'authentique. Elle s'est laissé marida par un Asiate de je ne sais plus où, qu'a pas un goumi à casser les noix ! Ils sont puissamment intelligents, les Jaunes, seulement le Seigneur leur a dévolu davantage de cervelle que de chibroque. Or, affirmait la marquise de Rabutin-Chantal : « Un bel esprit n'a jamais remplacé un beau paf. »

Un temps modique s'écoule. Je me jette dans le massif bamboulesque qui m'abrita lors de mon arrivée, en voyant survindre une Rolls. Illico, je songe à une seconde vague lancée par l'organisation de la défunte bordelière.

Cette crainte se renforce quand le noble tas de ferraille ralentit et stoppe au niveau de la maison.

Ma surprise confine à la stupeur lorsqu'en descend, tu sais qui ? La Pine ! Oui, mon amour, elle-même, plus en os qu'en chair, plus chassieux que briqué et plus fripé qu'une feuille de papier Lotus venant de torcher un dysentérique.

— César ! béé-je.

Il s'arrête. Dieu qu'il est glorieux dans le soleil levant (au pays duquel nous sommes). Si vrai ! Si simple et démuni, malgré la Royce.

— Comment as-tu fait pour être déjà là ?

On se gratule, s'irrite la peau des joues à la rugosité de nos barbes poussantes.

— Un concours de circonstances, Antoine. Après notre conversation d'hier, je raccroche, puis demande les renseignements d'Air France. Le vol pour Hong Kong partait une heure plus tard. Alors j'use de notre code prioritaire et fais bloquer deux places.

— Pourquoi deux ? l'interromps-je.

— Marthe a absolument voulu m'accompagner, répond l'homme du Tertiaire.

*
* *

Nous reprenons le chemin du centre-ville. La Vieillasse m'explique qu'à leur arrivée, ils ont loué ce monument à roulettes de style Roycetique pour la simple raison que sa gerce et lui ont contracté l'habitude de ce véhicule dont l'illustricité, bien que s'émoussant, conserve un prestige indéniable.

Ouf ! Fin de la phrase placée dans ce texte à titre d'exercice respiratoire.

César n'a pas trouvé le Gravos au Vasco de Gama. Il a pris une suite avec sa rombiasse, laquelle s'est endormise tout de go, sonnée par le décalage horaire. Quelle n'a pas été sa surprise d'entendre gratter à la lourde et de découvrir Salami !

— Ce chien est absolument fabuleux ! affirme le vieux Rémoulade. Il se fait comprendre avec facilité et son intelligence est des plus vives !

En entendant ces louanges, mon brave hound en a la bite suintante.

— À présent, dit le Vétuste, tu vas finir de tout me raconter !

— D'accord, mais remise cette brouette dans un parking car je sais que les quartiers animés me sont néfastes.

Il obtempère.

Nous voici donc à l'abri provisoire d'un bâtiment construit en coquille d'escarguinche, logeant plusieurs milliers de tires. Notre carrosse, noyé dans une extravagante concentration de véhicules, passe rigoureusement inaperçu. Quand bien même ce serait un véritable corbillard, nul ne le remarquerait.

Détendu, sinon relaxe, je reprends pour le plus vénérable de mes collaborateurs un récit détaillé de mes tribulations depuis la mort du diplomate danois jusqu'à l'hécatombe que je viens de perpétrer pour sauver ma peau et, probablement, celle de la Luxembourgeoise.

Lorsque j'en ai terminé avec cette vigoureuse narration, j'attends la réaction de mon vieux complice, lequel est de surcroît un vieux con plissé.

Comme elle tarde à venir, je me tourne vers lui. Terrassé par le côté haletant de mes aventures, la Ganache s'est endormie, produisant un petit bruit chuintant de marmite norvégienne sous pression. Gagné par l'exemplarité, je bascule mon siège et en fais autant.

Nous roupillons un couple d'heures, diraient mes chers amis canadiens. Après quoi, le Bigorneau se met à haleter tels, jadis, les pittoresques tortillards à l'assaut d'une rampe.

Son début d'asphixie le précipite dans la réalité. Il toussote et demande :

— Crois-tu que les buralistes d'ici vendent des Gitanes papier maïs ? Je n'ai pas eu la possibilité d'en acheter une cartouche avant de partir.

— La chose est manifestement douteuse, l'alarmé-je-t-il. En tout cas, si tu n'en déniches pas, profite de l'occasion pour arrêter de pétuner. Tu as l'âge où le cancer du fumeur se met à prospecter.

Il branle du chef.

— Chacun sa vie, chacun sa mort ! déclare mon pote. Bon, il faudrait dresser un plan d'action.

— Comment pourrais-tu m'aider ? Tu dormais comme une chauve-souris en plein midi !

César se rebiffe :

— Ne connais-tu point, depuis le temps que nous travaillons ensemble, ma faculté de pouvoir me reposer sans perdre mon sens auditif ? Je n'ai pas raté un seul mot de ton récit, Antoine. La conjoncture est telle que nous devons te soustraire aux recherches conjuguées de la police et des gredins qui te traquent. L'urgence nous commande de te ramener à Hong Kong au plus vite. Je vais trouver un moyen. En attendant, il faut absolument te cacher.

— Plus facile à décider qu'à faire, marmonné-je (ou, à la rigueur, marmotté-je).

La Pine n'est pas un chenu démoralisable. Manière de tromper son besoin de fumer, il sort une boîte de cachous et la secoue dans le creux de sa main.

— Ils sont terriblement forts, annonce-t-il. Je devrai me rincer la bouche avant de pratiquer un cunnilingus à une personne délicate de la vulve. Je connais certaines jeunes filles que mes doigts imprégnés de nicotine font hurler.

Il interrompt ses confidences et bâille grand comme l'entrée du tunnel sous la Manche.

Puis, dans la foulée :

— Sacredié ! J'ai la solution à ton problème, mon petit.

— Dis toujours !

— Ici !

— Je ne pige pas.

— Cette Rolls ! Grâce à ses vitres teintées, il est impossible de voir à l'intérieur. On va chercher un coin retiré : un fond de travée si possible. Dans les périodes d'accalmie tu pourras te dégourdir les jambes, et même te rendre aux toilettes. Quand tu y séjourneras, assure le blocage général du coffre et des portières. Moi, je vais louer une autre automobile et je viendrai t'apporter des vivres.

Dès que j'aurai récupéré Alexandre-Benoît, nous entreprendrons quelque chose pour te sortir de ce mauvais pas.

Sa gentillesse est si totale, sa tendresse si authentique, que je lui saute au cou. Un cou de vieux dindon à fanons !

Nous dégotons une place de choix, dans un renfoncement situé contre les chiches où un seul véhicule (en anglais : *vehicle*) peut se loger, fût-il Rolls par sa mère et Royce par son père.

Après avoir donné libre cours à ma vessie, je prends possession de mon nouveau domicile.

Ô temps suspends ton vol

L'existence, dans de telles conditions, tourne vite à la philosophie monastique. Tu réfléchis au ralenti, c'est-à-dire en profondeur. Quelque chose qui ressemble rapidement à la félicité de l'âme t'investit.

Dans cette Rolls sentant le cuir et le parfum asiatique, je me laisse voguer sur des néants temporaires. Je songe au passé, à la vie, aux gens qui valurent la peine d'être rencontrés. Deux heures plus tard, la Pine se présente dans une Nissan rouge avec un sac de traiteur, probablement réputé à Macao, contenant une boîte de caviar, des toasts, une moitié de canard laqué, des litchis et une boutanche de vodka polonaise.

— Tu feras la dînette, murmure Papa Lapine. J'ai retrouvé Alexandre-Benoît et nous sommes en train de cogiter ferme à ton sujet. Essaie de dormir. Je repasserai demain matin.

Nous nous entretenons un moment encore. Tu sais de quoi ? Oui : de choses et d'autres, tu as deviné. Ensuite, l'Ancêtre se démoule du parking.

Pour ma part (dirait Dufeu), je goinfre ces délicates victuailles avec un appétit de militaire en manœuvre, siffle, sans trop y prendre garde, les deux tiers du flacon ; fais un peu de ménage dans l'habitacle et me prépare pour la nuit.

Le plus commode est de m'allonger à l'arrière de la tire dont les strapontins sont relevés, ainsi cette précaution supplémentaire me soustrait-elle à d'éventuels regards indiscrets.

Passablement schlass, je m'endors honteusement, goret repu, sans être importuné par des rêves trublions.

Du moins le crois-je confusément.

En fait, si ma période d'endormissement ne suscite dans mon subconscient aucune tribulation, je reste informé, de manière ténue, de ce que « j'habite un véhicule ».

Sensation très vague, je te le dis. Et qui me procure une agréable impression de liberté. Et puis, « oblitéré par l'alcool », je m'anéantis com-plè-te-ment.

Il est très difficile de « raconter son absence ». Tu ne le peux faire qu'en puisant dans l'imaginaire, donc en trichant.

Puisqu'il faut en passer par là, sache, lecteur fidèle, que ma reprise de conscience s'opère avec une lenteur colimaçonne.

Pour commencer : des bribes d'éléments dont le plus fort est une notion de clarté.

Que dis-je ! De vive lumière. Si c'est le cas, qu'en est-il du garage ? Seconde déduction, celle d'être « en déplacement ». Pas de doute : la Rolls roule et Royce simultanément.

Dès lors, mes méninges devenant moins poisseuses, je me dis que mes potes ont bien œuvré et qu'ils sont venus me chercher. Comme j'étais ivre mort, ils m'ont laissé en concasser tout mon soûl.

On roule, roule…

J'ouvre les bigarreaux en grand. Depuis le plancher de la caisse, je vois défiler les arbres d'une route. Leur espèce m'est inconnue, ce qui n'a qu'une importance fragmentaire.

Ma clape manque de fraîcheur. L'impression d'avoir bouffé, la veille, un édredon cuit à la grande friture.

Le moment est peut-être (en anglais : *perhaps*) venu de reprendre contact avec mes aminches.

S'l'ment, dirait Elephant Man, à l'instant précis où je tente de dessouder mes lèvres, ça se met à jacter sur l'avant de la tire. Ça cause chinois, ou un patois du genre. C'est rapide, guttural et ponctué de légers coups de cymbales.

Monumentale perplexité du fameux Sana.

Très vaguement, et sans m'y arrêter plus d'une seconde deux dixièmes, je songe que mes collègues ont un condé pour me faire passer la frontière.

La chose est tellement folle que je la repousse. Il est plus vraisemblable que la Bande infernale (j'aime assez cette appellation) a retrouvé ma trace et m'embarque vers son repaire.

Là, y a un hic. Tu veux que je te dise ?

Macao, possession portugaise depuis 1557, a une superficie de 15,5 kilomètres carrés ! Donc on ne peut rouler longtemps en bagnole et demeurer sur son territoire !

Do you realise, bouffi ?

Pénétré de cette constatation, je prends le parti de fermer ma grande gueule et me replace en hibernation.

*
* *

Je suis disposé à te parier le dernier préservatif de l'ex-président Bourguiba contre le prépuce de Mlle de La Vallière (laquelle boitait mais baisait de première), que la suite des événements risque fort de marquer ma fin.

Aussi invraisemblable que ça peut sembler, les deux mecs de l'avant, des voleurs de voitures, sans aucun doute, n'ont pas l'air de se gaffer de ma présence ; la gonzesse que j'ai vergée la semaine dernière à Romorantin cherchait à me vexer en prétendant que mes ronflements avaient perturbé son sommeil. Salope !

La pensée qui m'harcèle, Marcel ? « Si je laisse ces gens me mener jusqu'à l'endroit où ils comptent se rendre, je serai en position de faiblesse. » Mon unique atout réside dans l'effet de surprise, comme toujours.

Doucement, et moins encore, je m'agenouille sur le plancher de la caisse. Je tiens en pogne le vieux pistolet du défunt coolie, vide, mais toujours intimidant.

Devant moi : deux nuques maigrichonnes à peau safranée.

Quatre portugaises décollées.

Les passagers portent des vestes de coutil caca d'oie. Moi qui m'habille chez Cerruti, Cardin et Jack Taylor, je ressens une confuse nostalgie pour les hardes plébéiennes. Si je n'en porte pratiquement jamais, c'est uniquement pour donner satisfaction à Félicie parce qu'elle m'adore fringué smart.

Je t'en reviens aux deux gonzmen. Ils devisent tandis que la route dévide son interminable ruban bleu, écrirait un poète assermenté.

Dans le rétroviseur, je visionne la frite du conducteur. Pas tibulaire pour un li[1].

Enfin, l'inévitable se produit : le mec m'avise dans son miroir. Ça lui disjoncte le self-control. La Rolls embarde. Ses roues de droite escaladent le talus[2], lequel forme une pente à je-ne-sais-pas-combien-de-degrés-mais-y-en-a ! Il a poussé un cri de kamikaze qui a tatouillé le système de son colyte ! Ce dernier, un con foireux, ouvre sa portière pour s'extraire. L'y parvient. Las, après un début d'escalade, la Royce bascule sur lui, l'aplatissant telle une merde sous la botte d'un scaphandrier.

Tout chavire. Je me trouve vautré sur le pavillon du véhicule, dans la position du crapaud embroquant sa crapaude.

Pour ce qui est du conduc', excuse, je ne le vois plus. Si ! La pesante brouette y va d'un demi-tour supplémentaire, le faisant réapparaître par magie.

Que lui est-il arrivé ? Il a le cou sectionné par sa ceinture de sécurité. Tu vois, qu'elle n'est pas aussi sécurisante qu'on l'affirme !

M'est avis, mon bon Antoine, que tu devrais te remuer le fion, biscotte des flammes sortent du capot défoncé !

Reptant, suant, poussant, m'arc-boutant, je parviens à me dégager de la légendaire calèche par la portière tournée vers le ciel. Je suis contusionné. J'hémorragise du groin et d'une oreille. Mon genou (qui prendrait un *x* si je parlais des deux) me fait mal.

Peu de circulance sur la route, mais spontanément les gens stoppent. Des péquenots avec leur char à buffles, des vélomotoristes montés à quatre sur le même engin.

Ma présence d'esprit n'a d'égale que mon absence de conformisme. Je récupère le pistolet dans le pêle-mêle de banquettes et, en loucedé, le virgule dans la rizière.

N-ensuite de quoi, je m'écarte de la Rolls, m'allonge sur le sol, chiquant l'évanouissement. Je n'ai pas envie de causer chinois, n'ayant pas le temps matériel de l'apprendre.

---

1. Qu'est-ce qu'il rouscaille, l'autre pomme, là-bas ? Que le li n'est pas une monnaie, mais une mesure itinéraire ? Tu ne te rends pas compte à quel point je m'en torche l'orifice austral, grand !

2. À propos de talus, t'as lu le Santantonio précédent qui titule : *Grimpe-la en danseuse* ? Presque un chef-d'œuvre !

Comme dans tous les pays civilisés, les bourdilles finissent par arriver, suivis d'une ambulance, puis d'un véhicule bizarre occupé par des Martiens casqués faisant office de pompiers. Ces derniers noient les décombres de la Rolls. Les flics renoncent à m'interroger. Les ambulanciers m'ambulancent.

Je te raconte pas l'établissement hospitalier où j'échoue. Il tient du marché aux puces et de la halle aux grains. Des lits de fer alignés dans une pièce aussi confortable que le tender d'une ancienne locomotive à charbon, des infirmiers, aux blouses souillées, s'occupent nonchalamment des malades. Je crois même distinguer un médecin vêtu de bleu de travail dans cet univers de rêve (les cauchemars font partie des rêves).

Le personnage, après des circonvolutions, s'approche de moi. Il me poulstâte, me fait thermométrer, jette un coup d'œil à mes plaies et bosses, hoche la tête et se casse après avoir virgulé quelques consignes à une môme jeunette à qui je boufferais volontiers la case trésor, même sans baguettes.

Ladite ne tarde pas à m'enduire les blessures de mercurochrome. À ma demande gestuelle, elle se penche sur mon genou tuméfié, décèle un épanchement de si-beau-vit, me pose compresse et pansement.

Comme il semble y avoir un lapin agité dans mon slip, elle marque un temps de surprise. Ayant abouti à une conclusion proche de la vérité, se retire en regrettant que sa peau ne lui permette pas de rougir.

Peu after, deux policiers en uniforme se pointent à mon chevet : l'un grand et maigre, l'autre long et ascétique. Ils parlent mal l'anglais à eux deux. Suffisamment, cependant, pour enregistrer ma déposition. Certains mecs font dans la nuance, moi c'est dans le laconique.

Je leur dis qu'étant venu visiter Macao avec des amis, j'y ai loué une voiture. À peine sortais-je du garage que deux individus sont montés de force dans la Rolls, me contraignant à stopper sur un chantier d'immeuble. Une fois là, ils m'ont assommé et j'ai perdu connaissance. Je n'ai repris conscience que dans cet hôpital, ignorant même où il se trouve.

Les deux fonctionnaires de la Chine popu ont l'amabilité de m'apprendre que je suis à Po'v Kong, province du Kal Vâ Dôss, situé à moins d'une chiée de lis de Hong Kong. Mes traumatismes étant sans gravité, ils proposent de m'emmener à la ville voisine. De là, ils me feront reconduire à Victoria, la capitale de l'« ancien territoire » (aiment-ils à préciser), sitôt que l'enquête sera terminée !

Jolie nuance. Toujours attendre les fins de phrase avant de se réjouir.

Tu la vois bien la gueule que je pousse ? Pas besoin que je m'approche de la fenêtre ?

Non ?

Bon !

Nuits de Chine, nuits câlines

Tu sais, les Chinagos, c'est pas dans les restaus de Saint-Germain-des-Prés que tu peux t'en faire une idée précise. Entre rouleaux de printemps et porc au citron, ils sont coopérants, compréhensifs, d'une gentillesse infinie. Je les vois, quand ils te passent une serviette chaude, avant et après le repas, le sourire plein de miséricorde (à nœuds). T'es fondant, prêt à aller effacer les graffitis que des cons touristeurs dessinent sur la Grande Muraille.

Seulement, mon kiki joli, lorsqu'ils t'hébergent dans leurs geôles, ça se passe autrement.

Remarque, ils sont prudents avec moi. Polis. Ça les empêche nullement de me tenir à dispose dans l'aile de leur caserne destinée aux « cas spéciaux », je suppose.

Une chambre avec un lit, chiotte, barreaux aux fenêtres et verrous extérieurs.

Tu sens l'ambiance ?

La bouffe à base de riz et de poissons frits à l'huile de vidange. Promenade dans une cour grillagée telle une volière de zoo. La vie bien comprise, quoi !

Le lendemain de mon arrivée, je suis interrogé par un petit gonzier chauve, à tronche de bouddha encéphalique, dûment galonné.

Avec six vilités, il réclame les raisons de mon voyage à Hong Kong.

— Tourisme ! lui réponds-je.

— Celles de l'« extension » à Macao ?

— Tourisme, répété-je avec la même imperturbabilité.

Paraît se contenter de cette déclaration définitive. Me questionne ensuite à propos de ma profession.

J'explique que je dirige une branche importante de la police parisienne. Lui demande de téléphoner de ma part au consul de France à Hong Kong, voire à celui de Pékin s'il préfère, affirmant à cet évadé de bocal que n'importe quel diplomate français se portera garant de moi.

Il demeure impaplein[1].

La converse se poursuit dans une espèce de léthargie cafardeuse. Le gnome ne semble intéressé ni par les questions qu'il pose, ni par mes affirmations. Est-ce dans sa nature de perdreau ? Souffre-t-il de la vésicule biliaire ? A-t-il trouvé sa gerce à califourchon sur la verge de son supérieur ? Autant de suppositions sans réponse.

Une seconde journée va s'écouler, qui n'apportera pas la moindre modification à mon statut de « prévenu ».

Ma « chambre » sent le renfermé et le pet asiatique refroidi. Une pluie antédiluvienne s'abat sur la Chine. Il en vase à la lance de pompelard, dirait-on !

Je commence à bourdonner sec. Estime que mon destin joli est à une bifurcation. J'appelle mon « lutin personnel », mais il ne doit pas avoir de succursale en Chine populaire, car il fait la sourde portugaise.

Pas confortable, ma situasse. Mes pinceaux s'enfoncent dans le marécage chinois. Va-t-il m'absorber, comme le fut la Jaguar de la bordelière dans la mare aux canards ?

Non, mon vieux Léon !

Car un gardien se pointe : un vieux ramolli, trop petit pour son uniforme, lequel est en revanche trop grand pour lui.

Me fait signe de l'accompagner.

---

1. San-Antonio a commis une erreur : il voulait très probablement écrire « impavide ». (La belle-sœur de son éditeur.)

Allons-y, Riri !

Le crapauteux de l'autre jour est assis sur l'angle de son burlingue, dans l'attitude adoptée par les acteurs dans un rôle de chef.

Deux mecs en civil se tiennent face à lui. Ils jactent tous dans la langue de Confucius. Quand j'étais môme, mes parents m'avaient acheté un minuscule piano produisant des sons à peu près identiques.

— Ces hommes vont vous reconduire à Hong Kong, m'informe le crapaud.

Musique céleste que mon être accueille avec des transports difficiles à contrôler.

J'avise, sur la table, mes papiers engourdis lors de mon arrivée.

— Reprenez votre bien ! jette l'officier avec l'enthousiasme chaleureux qu'il mettrait à dynamiter un furoncle à point sur la fesse de Pol Pot[1].

Me le fais-je dire deux fois ?

Que non point. Avec une prestesse de langue caméléonesque, je renfouille mes fafs.

— Bon voyage ! ajoute le cher homme.

Geste bref de la main aux deux civils, lesquels s'inclinent avant de m'emboîter le pas.

La guinde chargée de me « rapatrier » n'est pas chinoise mais anglaise. Elle évoque un taxi londonien, avec sa caisse carrée.

Mes convoyeurs me font mettre à l'arrière, se réservant l'habitacle avant. Et on décanille.

Le paysage ne laisse pas que d'être monotone, écrirait une personne de la bonne société catéchumène. Des maisons d'humilité, des canarderies, des haies de roseaux…

Mon cœur se gonfle d'allégresse à l'idée de quitter enfin ce merdier.

Arrivé à Hong Kong, je m'offrirai un bain parfumé, un gueuleton à tout casser et, why not ? une petite tripoteuse de chibres diplômée. Ensuite je dormirai un max, pour oublier les sales moments que je viens de traverser.

L'auto roule raisonnablement, avec un ronflement de mécanique bien éduquée.

1. Dont le vrai nom est « Saloth ».

Une douce somnolence me taquine les méninges ; j'ai dû être piqué par la mouche tsé-tsé ! À quoi bon résister ?

J'ai de nouveau roupillé puisque je m'éveille ! C.Q.F.D.

Nous sommes arrêtés à la lisière d'une immense rizière, dans un chemin (une piste plus exactement) boueux. Un Jaunet actionne une pelleteuse pétaradante, au milieu d'un nuage de mazout mal brûlé. Il a déjà foré pas mal, si j'en juge à l'énorme monticule de terre extraite.

En apercevant mes escorteurs, il cesse de creuser, descend de sa machine et fait quelques pas dans notre direction. Salutations à la manière ampoulée du pays.

D'un seul coup, d'un seul, je pige. Le trajet jusqu'à Hong Kong ? Tiens, zob ! En fait, on m'a amené là pour se débarrasser *complètement* de ma personne.

Tu souhaites une preuve ?

Le gonzman qui se tenait au côté du chauffeur déboutonne sa veste. D'où je suis, je distingue la bride d'un holster.

Ma parole, il dégage l'« ustensile » de son harnais, le citronné ! Oh ! que je n'aime pas ! Ça pue le grand départ ! Mon « rapatriement » est en réalité un guet-apens. Ces gueux vont me plomber et me virguler dans le trohu. Une tombe profonde de trois mètres est le meilleur gage d'un repos éternel. Onc n'entendra plus parler du Sana joli. Il sera à tout jamais absent de la surface du globe, ton pote tant aimé !

Je plonge par-dessus le dossier de la banquette avant. Le conducteur n'avait pas coupé le moteur, j'enclenche le levier de vitesse sur « drive » et enfonce à mort le bistougnet. Élan rageur de la chignole. Les trois vilains se retournent, mais n'ont pas le temps matériel de réagir. C'est l'embugnage catégorique. Le « tchlaff ! » déterminant. Comme ils étaient groupés, l'avant de ma caisse les fauche simultanément, les précipitant dans « ma » fosse qui, vu leur nombre, n'est pas d'aisances.

Drôle de pêle-mêle, Angèle !

Marche arrière. Saute de la guinde et m'approche du trou. Ya yaïe, ce désastre ! Dans cette nature marécageuse, il est déjà empli d'eau à moitié (donc n'est pas « empli »). Mes glandus barbotent miséreusement dans la gadoue.

Et moi, tu sais quoi ?

Sans perdre un instant (on peut également dire : sans perdre une seconde), je me juche sur le siège de la pelleteuse et engage la marche avant. Puis l'évacue d'un bond léopardien. Le lourd engin dandine en ronflant avant de basculer dans ce qui devait devenir mon tombeau.

J'attends. Perçois des gargouillances de triste augure. Ce que je visionne, c'est pas dans ton feuilleton tévé du dimanche après-midi que tu le verras. La machine a piqué verticalement sur mes postulants tueurs, les plaquant dans la flotte. Je distingue confusément une jambe hors de la baille, un bras, puis un autre. Le moteur de l'appareil continue de vrombir et de loufer son nuage noir.

C'est marrant, nous autres Cancers sommes sous un signe d'eau, on me l'a toujours dit. La lune et l'eau, voilà pourquoi nous poétisons au-dessus de notre cul !

Au bout de quelques minutes, le moteur est noyé et le silence se fait. Les deux bras s'enfoncent dans la bouillasse argileuse.

Bon, ben, que veux-tu, ces trois glandeurs auraient dû rester devant leur tasse de thé, non ?

Les chinoiseries continuent

Je roule au hasard, en songeant que j'aurais dû choisir l'agroalimentaire, c'est mieux que la police pour faire carrière. Mais enfin, dirait l'autre : « Ni temps passé, ni les amours reviennent. »

Ma position, mise à plat, se révèle catastrophique, pour ne pas employer le mot « cataclysmique » que d'aucuns grinchouillards trouveraient excessif.

Si tu résumes : je suis recherché pour meurtre à Macao et vais l'être incessamment en Chine populassière où déjà l'on a décidé d'avoir ma peau (en anglais : *my skin*).

Je suis littéralement prisonnier de ce pays d'où il est plus difficile de sortir que d'entrer à l'Académie française où mon cher Bertrand Poirot-Delpech doit vachement sa morfondre avec sa belle moto chromée.

Les rarissimes panneaux indicateurs, rédigés dans la langue de Mao, ne me sont d'aucune utilité. Note que je cherche à m'orienter au soleil, mais d'une manière telle qu'un Indien Comanche en pisserait dans sa culotte à franges.

Dans la vie, deux actions diamétralement opposées me donnent envie de chanter. Oh ! c'est pas en me rasant que je joue les Caruso, j'aurais trop peur de me couper. Non, c'est en conduisant et en jouant aux cartes. La première occupation parce qu'elle me passionne, la seconde parce qu'elle me fait chier.

Voilà pourquoi j'entonne une chanson de Papa, lequel la tenait lui-même de son vieux.

Ça dit comme ça :

Que ne t'ai-je connue au temps de ma jeunesse
Dans un rêve brûlant, j'aurais pu t'emporter.

Le rêve brûlant tourne à la chiasse jaune. Là-bas, tout au fond de la route d'un vilain bleu ardoise (j'ai toujours été sensible aux couleurs), j'avise un barrage policier. Des bagnoles sans grâce, des uniformes verdouillards. Quelques véhicules sont stoppés pour les besoins d'un contrôle.

Je me dis, non sans urbanité : « Fiston, tu l'as dans le prosibe ! »

Nonobstant, je reste calme. Tout juste que je ralentis, because quand tu roules sur un pont dont il manque une partie, t'es pas pressé d'atteindre l'endroit où il déclare forfait.

Cette manœuvre spontanée me sauve la mise, Élise.

Sais-tu pourquoi ?

Parce qu'un énorme camion exige le passage à coups d'avertisseur rageurs.

Tu veux la place, Chian-Li ? Prends-la, mon mignon !

Le monstre me saute en répandant cette abondante fumée noire que lâchent, dans ce patelin, tous les moteurs à gasoil.

Mégnasse pâteux n'hésite pas. Coup de manivelle à droite ! Très proche, l'est un bosquet de roseaux et bambous aux troncs épais. M'y engage. Merde, l'endroit est marécageux ! Fatal : des bambous ! Me voilà enlisé. M'extrais de la tire après avoir ôté mes ribouis et retroussé mon futal.

Les poulardins ont-ils discerné ma manœuvre ? Pas sûr.

Je patiente. La circulance est fluide. Pendant une accalmie, je coupe des roseaux et les utilise pour composer un paravent destiné à masquer entièrement la voiture enlisée. Tu vois ? Elle est bien planquée, hein ?

Le meilleur, pour ma pomme, c'est de laisser passer du temps. Le barrage finira bien par être levé. D'autant qu'il ne doit être que de routine, mes hauts faits ne pouvant déjà être connus des autorités.

Pour user les minutes superflues, j'inventorie le contenu de la guinde. Y déniche une petite boutanche d'alcool de riz et un paquet de chewing-gum. Tiens, les States envahissent la Chine popu ! À charge de revanche !

Me cogne une lampée de gnôle parfumée et remets la mâchouillette en place, n'ayant pas vocation de ruminant. Rien ne me déprime davantage que ces tocards mastiquant à vide. Ils s'imaginent pas le combien ils ont l'air débiles à remuer les mâchoires sans but lucratif. Quelle sinistre invention ! Faut-il avoir les méninges poreuses pour se livrer à un tel exercice ! Tu les vois, sur les stades surtout, bovins régurgiteurs, flasques du cerveau, du chibre aussi, probable. Ah ! si tous les cons du monde voulaient bien cracher leur gum !

Le temps s'enfuit, je demeure.

Le soleil a accompli un chouette arc de cercle, changeant les ombres de place.

Je vais risquer un z-œil sur la route : le barrage n'y est plus. Puisqu'il en est ainsi, reprends à pied ta marche errante, homme de bonne volonté, ton destin te réclame.

J'arque et siffle pour me mettre du cœur aux semelles ; je le sais que cette déambulation est stérile, parce que la Chine est une cage.

Des véhicules ralentissent en me doublant. Voyant que je suis un être étrange venu d'ailleurs, ils continuent leur route en accélérant.

Ce que je ressens est encore inconnu du réseau de nerfs qui tissent ma personnalité.

Où vais-je ?

Je l'ignore.

Qu'attends-je ?

Rien.

Nourris-je un espoir de m'en tirer ?

Oui.

Fondé sur quoi ?

Sur mon optimisme inaltérable.

J'avance, un point c'est tout. Tu viens avec moi, Éloi ? Je te ferai des frites en arrivant !

Un grincement de freins. Je m'abstiens de me retourner. Si ce sont des perdreaux, j'aurai tout le temps de les contempler.

Le capot d'une Mercedes me dépasse de quatre-vingts centimètres et s'immobilise.

Je tourne enfin la hure sur le conducteur.

Stupeur ! Il s'agit d'une conductrice, blonde à ne plus savoir qu'en faire.

Elle a une expression étonnée, finit par me proposer un lumineux sourire au centre duquel ses chailles étincellent comme si elle bouffait les steaks avec des diamants.

Des rencontres de ce troisième type, je croyais qu'il ne s'en produisait qu'au cinoche, quand le scénariste s'était fait une entorse en écrivant. Je montre les trente-deux miennes à la chérubine.

— *Hello !* qu'elle me fait en britannique.

— Hello ! je lui réponds en français.

— Vous êtes en panne ? enchaîne l'exquise.

Tiens, à la faveur d'une phrase, on se rend compte qu'elle n'est pas native du Royaume-Uni.

— Hélas !

— Où allez-vous ?

— Où vous voudrez m'emmener.

Son sourire fait place à une expression d'anxieusité. À toute vibure, la jolie personne se pose à mon propos un maximum de questions.

Je tire mes fafs, les lui montre ; elle les regarde d'un œil brillant d'intérêt.

— Français ! dit-elle d'abord. Et policier ! complète-t-elle.

Je rempoche mon bien.

— Montez !

Tu parles si je me grouille d'occuper le siège passager, lequel passe cependant pour être celui du mort.

Décarrade moelleuse.

— Suédoise ? m'enquiers-je-t-il.

— Comment l'avez-vous deviné ? Aux plaques de ma voiture ?

— Je ne les ai pas vues. Seulement il n'y a que les Scandinaves, et en particulier les Suédoises, pour posséder une telle beauté couleur d'or.

Oh ! pardon. J'envoie le bouchon, non ? Mais faut pas lésiner, avec les dames.

Tout humide déjà, je pressens. La manière qu'elle bouge son popotin exquis sur son fauteuil, tu piges qu'elle aimerait se faire mastiquer la fente au sirop de mec.

Je la confesse. Elle est l'épouse du consul de Suède à Guangzhou, c'est-à-dire Canton. Elle vient de visiter la bouddhasserie de Chuchdon Mongkon, datant du XIIIe siècle avant Dupont. Haut lieu de la foi et du pléonasme, on y soigne les gens atteints de catharsis évolutive.

Accepterait-elle de m'emmener jusqu'à Canton ?

Sans hésiter !

Mille mercis !

Y a pas de quoi.

Ma gratitude est si vive que je saisis sa dextre posée sur le volant et la porte à mes lèvres.

Ma deuxième Scandinave de ce polar de luxe, ça s'arrose !

Ayant l'habitude de piloter d'une seule main, elle ne la reprend pas après que je l'ai bisouillée, mais la pose sur ma protubérance de cérémonie.

Elle glousse un rire d'heureuse surprise.

Ma chose et les autres choses étant ce qu'elles sont, nous nous arrêtons, la fellation pouvant entraîner des accidents corporels lorsqu'elle est pratiquée par la conductrice d'un véhicule en mouvement.

Amour ? Peut-être pas.

Orgue ? Non.

Délices ? À coup sûr.

Franchement, elle sait te capter les ondes courtes avec une technique exceptionnelle et une grande économie de moyens.

Je suis pas du genre sucé qui se pâme, pourtant, au moment le plus décisif, je ferme les yeux de « tout much c'est trop tout ». Quel enfant de gogoles a fait courir le bruit que les Nordiques ne valaient pas un coup d'aquavit pour le radaduche ? Ah ! les enfoirés ! Je voudrais qu'ils se laissent entonner le clairon vingt secondes par cette gerce, tu les verrais changer d'opinion, Léon !

Et puis, tout a une fin, même les ivresses. Satisfaite, et moi K.-O., nous disjonctons.

La belle Nordique cramponne son tube de rouge dans la petite trousse passée à sa ceinture, pour une recharge expresse.

Pendant qu'elle vermillonne ses lèvres de sirène, je mate d'un œil ahuri les deux zigus coiffés de chapeaux pagode qui nous sourient de l'autre côté de la vitre.

Ils ont d'assez bonnes gueules.

Dommage qu'ils brandissent des pistolets.

Pipe à la cantonaise

Mais qu'est-ce qu'il m'arrive, nom du Seigneur ? Pourquoi cette acharnerie du sort ? Cette constante coalition ? Je ne demande qu'à travailler et à brosser les dames, moi ! Qu'à choyer ma Maman chérie !

Ils nous veulent quoive, ces bipèdes ? Ce ne sont pas des flics, guenilleux comme ils sont ! Alors des malandrins ? Ça existe, en Chine ?

Parbleu : partout où il y a des hommes, le crime s'enflamme, tel le papier lorsqu'une loupe est interposée entre le soleil et lui.

La petite chérie, troublée en pleine recharge labiale, cesse son badigeon et regarde.

Voit !

Très maîtresse d'elle-même, et un peu de moi, déjà, de par sa bouffarde salace. Ne bronche pas.

— Que croyez-vous qu'ils veuillent ? m'interroge-t-elle.

— Nous demander l'heure et la montre qui l'indique.

Elle éclate de rire. Puis baisse sa vitre.

— *Tsin tsin rô bêr hu ?* questionne-t-elle en cantonais moderne.

Époustouflé il est, l'Antonio vénéré (mais pas vénérien).

Une converse brévo-gutturalesque s'engage.

— Puis-je savoir ? murmuré-je à la faveur d'une infractuosité de leur jacte.

Ma partenaire du cercle polaire me rancarde :

— Ces hommes viennent de s'évader d'un pénitencier. Ils veulent pénétrer dans le territoire de Hong Kong et exigent que je les conduise à deux kilomètres de la frontière, dans une localité où l'un d'eux a un frère passeur.

Dis voir, Édouard, ce ne serait pas l'embellie dont je rêve sans trop y croire ?

— Votre sentiment ? m'enquiers-je auprès de ma camarade pipeuse.

— Une telle requête, présentée par deux bandits armés, mérite réflexion, ne trouvez-vous pas ?

— Je suis plutôt pour, assuré-je, réprimant mon enthousiasme ; cela me permettrait de profiter du passeur.

Marché conclu. Les convicts, dirait-on dans les books traduits de l'amerlock, prennent place à l'arrière. L'un des gus ne se départ pas de son riboustin. Fétichisme ? Prévoyance exacerbée ? Qui peut le dire ?

Le parcours se déroule sans incident.

Ma gente tomobiliste ne se formalise pas de l'aventure. Tout en roulant, elle murmure :

— Soyons très vigilants à l'arrivée. Cela m'étonnerait qu'ils prennent le risque de nous mettre en contact avec un passeur ! Ils vont tenter de nous liquider avant de parvenir à destination.

— Nous sommes sur la même longueur d'onde, ma chérie. Puis-je connaître votre prénom ?

— Selma.

— C'est adorable, approuvé-je. Il faudra que vous veniez me voir à Hong Kong, je vous montrerai mes estampes japonaises.

Soit à la dérobée, soit ouvertement, j'observe nos deux passagers.

Pour l'heure, ils se tiennent peinards, allant jusqu'à ôter leur chapeau de paille. J'apprécie le savoir-vivre car il est un gage d'harmonie.

Parfois, celui qui a remisé son arme fournit des indications concernant le trajet.

Une heure dégouline et l'homme, comme nous longeons des plantations de crachoupèdes frémoises à feuillages sextuples, lesquels constituent un écran particulièrement dense, tapote l'épaule divine de ma défoutrailleuse par voie buccale.

— *Chî râc !*

Ma sublime ralentit.

— *Jû pé !* reprend le vilain.

Docile, Selma tourne à droite en me demandant :

— Et à présent ?

— Faites ce qu'il vous dit. Quand il vous ordonnera de stopper, arrêtez-vous, jetez-vous au sol après avoir actionné la portière en douce.

Et moi, pendant ce temps ? T'es-tu demandé ce que je branlais, moi, pendant ce temps, Bertrand ?

Devine !

Tu donnes ta langue ?

Je préfère celle de ta gerce, à moins qu'elle ait bouffé du munster.

À ma droite, sous le tableau de bord, il y avait tu ne devines pas quoi ? Un extincteur de bagnole. M'en suis emparationné coquinement, l'ai décapsulé, le tiens prêt.

— *Jôs pin !* enjoint le niac.

Les deux mecs n'ont pas le temps de piger. La Suédoise a freiné pile, ce qui embarde mes guignolos. Puis a sauté hors de son bolide.

Quant à messire mézigue, te leur file le jet moussant en pleine tarte au citron. Ils étouffent ! Crient tant mal que bien, intensifiant leur asphyxie. À travers le nuage blanc je leur distribue des coups du vaporisateur qui me sert désormais de matraque. Bientôt la mousse rougit. Deviendrais-je cruel dans ce foutu patelin ?

Maintenant, sorti de la guinde, j'en évacue nos passagers. Est-il besoin de préciser que je procède sans ménagement ? Non ? T'es certain ? Bon !

Par ici la bonne soupe ! Je ramasse les flingues sur le plancher.

Mes deux évadés sont plutôt lamentables. Je les laisse étancher leur raisin.

— Je ne savais pas que l'on pouvait vivre des aventures aussi passionnantes, m'assure la Suédoise, aux anges.

Et de me bouffer le mufle à en perdre sa laine, dirait Bérurier !

À pleurer !

Le mec voulait inciser la commissure de mes yeux pour que je fasse chinois ; j'ai refusé tout net. Tu m'imagines, me présentant chez Féloche avec la frite de Mao ? On a transigé en « obliquant » mes paupières à l'encre de Chine. Ça allait mettre du temps à partir, cette saloperie, mais l'essentiel était que ça ne soit pas indélébile.

Ensuite, on m'a rasé de très près ; pas seulement la barbe, mais les favoris et la nuque. Combien de fois me suis-je travesti au cours de ces pages échevelées ?

Y avait une chignole dans la cour du « passeur », me suis longuement miré dans son rétroviseur. Pas laubé ! Européen je suis, Européen je demeure malgré ces bricolages à la gomme.

Me sentais plus désorienté qu'une girouette sans vent. Ces Chinagos me tapaient sur le système.

Selon le programme élaboré, nous devions attendre la nuit et partir à bord d'un barlu pratiquant la pêche au lamparo. Au large, une autre embarcation, immatriculée à Hong Kong, nous prendrait à son bord, pendant que trois de ses marins permuteraient avec nous. Dans le fond, l'astuce semblait benoîte, le passeur étant en cheville avec certains garde-côtes de la Chine populaire qui ne vigilaient que d'un lampion.

J'ai enfilé des hardes marines et me suis mis à attendre en bouffant un bol de riz accompagné de poissecaille séché.

En bâtonnant dans ces immonderies, par simple instinct de conservation, j'évoquais l'adorable Selma. Quelqu'un de bien ! J'espérais très fort la retrouver à H.K. Je rêvais d'une nuit à grand spectacle avec elle, une noye ne cessant pas au chant du coq, ni aux premières infos, mais se prolongeant tout le jour.

Tandis qu'elle me chatoyait dans la pensée, j'ai perçu de drôles de sons à quelques mètres de moi. Cela ressemblait à des appels formulés à voix basse, ce qui n'est pas pratique pour héler. Me suis déplacé en direction du bruit. Ai parcouru une vingtaine de pas et, pour donner le change, souscrit à une miction sans urgence (utile de toute façon).

C'est en remettant mon outil miracle en place que j'ai découvert la source de la manifestation vocale.

En ai été pétrifié !

Entre des touffes de raminagrobis, tu sais qui ?

Je suis ému, mon cœur se serre tel le rectum d'une jeune Anglaise nubile devant le chibre de Bérurier.

Salami !

Voilà, c'est lâché ! Salami, mon basset bien-aimé. Mon plus que fidèle ! Salami ! Le cador de ma vie ! Le surchien[1] de ma carrière.

Comme il a changé ! Comme il est au fin fond des exténuances ! Les pattes en sang. Ses flancs se touchent. Sa truffe est devenue blanche. Sa plaie à la tête suppure.

— Salami ! béé-je. Ô Salami, que t'est-il arrivé ?

— Beaucoup d'avatars, mais ce n'est pas une raison pour me tutoyer.

— Ainsi, vous m'avez retrouvé à travers cette foutue Chine ! C'est davantage qu'un miracle ! Beaucoup plus qu'un prodige !

— En apparence, mais il y a une explication rationnelle à tout, fait le canin.

— Vous me raconterez, mon cher, mon merveilleux ami ?

— Il y a plus urgent. Pour l'instant, vous êtes en grand danger !

— Je sais, mais…

— Non ! Vous ne savez pas ! Nous sommes dans le repaire de dangereux criminels.

— Croyez-vous me l'apprendre ?

— Ils sont pires que vous ne le supposez, mon cher. Ils viennent d'égorger la ravissante jeune femme qui vous a conduit ici !

Je reste saisi. Et pas par la bite, crois-moi ! La nouvelle me tchlague l'âme.

Selma ! L'exquise Suédoise. Selma la courageuse ! Égorgée !

— Vous êtes sûr ? balbutié-je de mes pauvres lèvres vidées de sang[2].

— Je l'ai vu ! assure-t-il.

Et de narrationner :

— Avant d'arriver, ils ont tenté de vous liquider, mais vous avez immédiatement pris le dessus, comme toujours.

Il remue la queue.

Ah ! Non, pardon : c'est moi !

— Vous les avez contraints à vous guider jusque-là et exigé que le « passeur » décline son identité, vous l'avez communiquée à la dame blonde en la priant de tout raconter aux autorités si elle ne recevait pas de vos nouvelles avant demain midi.

— Comment diable êtes-vous au courant, mon bon ami ?

1. Surchien dans le sens de « surhomme ».
2. Bien exprimé, hein ?

— Je me trouvais là pendant la conversation. Après cette transaction, la jolie personne est repartie. Seulement un homme que vous n'aviez pas vu s'est glissé à l'intérieur de l'auto.

« Mû par mon instinct, je me suis élancé derrière elle. Ils ne sont pas allés loin. Quand le véhicule a pénétré dans la forêt que vous apercevez sur la gauche, l'homme s'est montré à la conductrice, l'a obligée à s'arrêter et lui a tranché la gorge. Il a retiré son corps de la Mercedes, l'a caché dans les roseaux et s'est installé au volant. Je pense qu'ils l'enterreront dans les parages, car il eût été compromettant de faire de la route avec une passagère égorgée.

Je me mets à sangloter à sec.

Ô Selma, visage entrevu…

— Je la vengerai ! déclaré-je d'une voix cornélienne sur les bords.

— En attendant, prenez garde à vous ! fait mon raisonnable compagnon. Dites-vous bien que si, ayant supprimé cette femme, ils se sont mis à modifier votre physique, au lieu de vous assassiner également, c'est qu'ils ont un plan.

Il parle d'or, ce cador, Victor !

Ne pas confondre abordage et sabordage

À la noye chutante[1], nous appareillons. L'embarcation de bois sent fortement le poisson et le gasoil. Elle mesure une quinzaine de mètres et un vénérable moteur la propulse en produisant le bruit du « Bol d'Or » motocycliste.

Profitant de ce que les pêcheurs vaquaient aux derniers préparatifs, le génial Salami s'est embarqué à la sauvette et placardé sous un amas de filets brillant d'écailles.

Une pluie fine hachure le crépuscule. La mer est calme, presque étale, tu la prendrais pour le lac d'Aiguebelette (Savoie) où se déroulent les compétitions internationales d'aviron.

1. San-Antonio veut sans doute parler de « nuit tombante ».
LEROY-MERLIN

T'ai-je dit que le « passeur » m'a contraint à rendre les flingues des deux furoncles ? Certes, je n'étais pas chaud, mais il s'est montré tellement intraitable que j'ai cédé. Pas le moment de rompre les relations diplomatiques avec ces têtes de bonzes à hépatite variable !

La côte nous fuit. Le bateau dodeline mollement. Bientôt, un mataf allume les lampes fixées à des mâts de misère. Pour un peu, je me croirais à Venise : nuit sur le Grand Canal. Ne manquent que les chants et les accordéons.

On navigue d'un bon pas, assurerait Béru. Tiens ! en voilà un qui, pour cette enquête, m'est aussi utile qu'un trou à ma chaussette. Ses prestations se situent entre rien et pas grand-chose.

Moment de quasi-inaction générale. Excepté le pilote, les hommes n'en branlent pas une datte. Curieuse fresque. Ces visages jaunes et anguleux me filent le bourdon.

Par instants, je caresse, à travers l'étoffe de mon jean, la seule arme dont j'ai pu me munir : une penture de porte rouillée. J'en ai longuement affûté la pointe sur une pierre, de façon à la transformer en hallebarde sans manche. Peut-être me servira-t-elle, le moment venu ? Va-t'en savoir, Édouard.

La lune brille à mare chiaro.

On passe entre des barlus en train de pêcher. Ce serait une chouette promenade, en d'autres circonstances. Nous piquons en direction de la pleine mer. Devant nous, sur la gauche, Hong Kong resplendit à s'en faire craquer le compteur électrique.

On vogue encore un bout puis, au large, un projo de couleur rubis émet quelques brefs signaux. Un de nos hommes y répond par des coups de loupiote.

« Eh bien, me dis-je, il semblerait que nous nous préparons à un abordage imminent. »

Fectivement, les deux embarcations se dirigent l'une vers l'autre. Celle qui vient à nous fonce entre deux immenses gerbes d'écume, aussi ne tarde-t-elle pas à nous accoster. Grâce à la vive lumière de nos phares de pêche, je me rends compte qu'il s'agit d'une vedette rapide appartenant à la police de Hong Kong. À son bord, trois Chinois en uniforme. L'un d'eux, galonné, porte des lunettes à monture dorée. Ce dernier parlemente avec le « passeur ». Après quoi, le patron de notre barcasse me fait signe de changer de bateau. J'obéis, pensant que les deux évadés vont me suivre, mais à ma grande surprise, je suis seul à rallier le barlu policier. À nouveau quelques mots gutturaux se perdent dans le grondement de la vedette ; nous piquons vers la cité illuminée.

Je ressens un spasme cardiaque : Salami !

Il est resté avec les forbans !

Quelques minutes passent. Nous fendons le flot à l'allure d'un exocet ; mais cela ne dure pas.

À la suite d'un cri poussé par l'officier, le pilote réduit les gaz, puis les coupe. La vedette se met à incohérer sur l'océan berceur. Rien qui te foute davantage le mal de mer qu'une embarcation sans contrôle, « bouchonnant » au gré des vagues. Le riz rance et le poissecaille daubé que j'ai clapés avant de partir font les cons dans mon estomac.

L'ouistiti à besicles jette un ordre ; aussitôt, le flic qui n'est pas aux commandes pénètre dans l'habitacle et ramène une sorte de sac carré en caoutchouc ainsi que des palmes qu'il lance à mes pieds.

Son chef m'interpelle en chinois, me prenant pour tel, dirait ta concierge de derrière son fibrome.

Docile, je remplace mes tartines par lesdites (Piaf).

Dans ma tronche, un foisonnement de points d'interrogation aussi gros que des crosses d'évêques. Ces draupers compteraient me faire faire de la plongée sous-marine ? À vingt milles de la côte ?

Maintenant que je suis chaussé de savates aquatiques, ils me chargent le barda sur la poitrine, le bouclant avec une agrafe de sécurité.

Mon ahurissement cède le pas à une trouillasse noire. Vont-ils me jeter à la soupe dans cet accoutrement ? Sans appareil respiratoire ?

Non mais dites, Brigitte, ces vaches m'assassinent tout bonnement !

Là, je comprends plus rien. Un tel salmigondis. Et pourtant, Dieu sait combien je suis génial dans le civil.

Le paquetage est lourd comme s'il contenait du ciment mouillé.

Je m'offre un regard désespéré alentour : le bord acajou de la vedette, le poulardin assis nonchalamment dans le fauteuil pivotant et qui allume une cousue, son collègue occupé à soulever la banquette arrière pour prendre, dans le compartiment servant de coffre, un pistolet-mitrailleur.

L'officier semble indifférent. Tu dirais Michel Rocard avec des lunettes et la jaunisse.

Ma pomme ?

Ben quoi, ma pomme ?

Décide de faire « quelque chose pour moi ». Hésite entre réciter mon acte de construction, me flanquer au jus ou autre chose. C'est pour autre chose que j'opte.

Me penche pour assurer ma palme droite. N-en vérité, et tu l'as déjà compris : je dégage la ferraille adhérée à mon mollet[1].

Au moment que je l'ai en pogne, je perçois le léger bruit du cran de sûreté relevé. Pas d'autre solution que de jouer ta brème à fond la caisse, mon Tonio. Me fends pour une botte secrète qui n'est pas de radis ! Une salve m'étrille la casaque. Ça me brûle le râble. Grâce à ma position inclinée, j'évite de morfler la totalité du chargeur dans le buffet. Des abeilles brûlantes butinent mon dos. Par contre, le mitrailleur feinté s'octroie vingt bons centimètres de penture dans le pylore. S'écroule contre l'officier binoclard, le déséquilibrant ! Le sus-désigné bascule dans la mer de Chine.

Prenez garde à la penture !

Attends, c'est pas fini !

Reste le pilote et il a du réflexe ! Son browning crache déjà. Je prends tout dans le poitrail. Tir groupé impec'. Il devait remporter les premiers prix au stand d'entraînement.

Mais, y a un défaut le concernant : le sac que les deux autres m'ont ajusté sur la poitrine ! Il sort de la poudre blanche des six orifices pratiqués par les bastos. J'ai eu la vie sauve à cause d'un étrange gilet pare-balles composé de vingt kilogrammes d'héroïne ! Pas banal, pour un flic, tu conviens ?

Malgré mon fardeau crevé, je me jette à genoux, ramasse le pistolet du mitrailleur et le vide en direction de l'homme de barre.

Seulement, il n'en subsiste qu'une seule. Comme il se la prend pleine poire, il n'y en a pas besoin de plus.

Une nouvelle corvée : m'occuper de l'officier tombé à la baille. Cet olibrius, dit-on en latin, est un peu perdu car il a paumé ses besicles de Penseur dérodinisé. Il tâtonne pour se hisser à bord. D'un

1. Bien entendu, un objet n'est pas *adhéré*, j'écris ça pour voir si tu réagis aux impropriétés de termes.

coup de gaffe d'amarrage je lui fais lâcher prise ; mais le harpon entre dans sa gueule suffocante et ressort de l'autre côté du cou.

Moby Dick !

Pas de doute : les flics étaient en cheville avec les passeurs et entendaient me déguiser en mort pour faire croire à leurs supérieurs qu'ils avaient neutralisé un trafiquant de came.

J'ose pas compter les allongés que je sème derrière moi !

*

* *

Je le repère grâce à ses lamparos.

Peu rapide, il bourdonne vaillamment en libérant sa fumée d'apocalypse.

D'un coup de klaxon je lui intime de stopper ; il y consent spontanément. J'ai braqué le projo de la vedette sur le bateau de pêche. Les occupants, aveuglés, mettent les bras devant leurs yeux pour échapper à l'intensité du faisceau.

Devant ce ramassis de gredins, je me retiens de cracher une rafale de mitraillette. J'en ai trouvé quatre à mon bord. Gaz réduits, ma coque heurte la leur. Je m'en tamponne.

— Salami ! crié-je d'une voix si forte, que Neptune s'en cloquerait le trident dans les miches !

Un aboiement fait écho à cet appel. Une forme allongée, blanche et noire, légèrement marquée de fauve, sort du tas de filets. Mon clébard éclopé se pointe en aboyant, à la stupeur des Chinetoques.

Sa queue fouette ses flancs et je constate qu'il rit.

— Sautez !

Tu parles qu'il ne se fait pas prier, l'adorable toutou. Comme mon navire est surélevé par rapport au sien, il manque rater la marche ; mais j'ai prévu la chose et, agenouillé sur l'une des banquettes, l'ai saisi au bon moment.

C'est alors que les « passeurs », m'ayant reconnu, défouraillent.

— Vous l'aurez voulu, bande de vermine ! égosillé-je-t-il en balançant dans leur rafiot la grenade incendiaire que j'avais préparée « à toutes fins utiles ».

Départ en trombe.

Ma radio de bord nasille. On réclame des nouvelles, depuis Hong Kong.

Je laisse le poste crachoter ses questions.
Pleine sauce !
Regard en arrière.
Un brûlot aux flammes pourpres flamboie au loin.
C'est plus la mer Jaune, c'est la mer Rouge !

Le marché (flottant) aux puces

Il est des villes où la vie ne s'éteint jamais. New York, par exemple, ou Hong Kong. C'est à peine si leur rythme trépidant se calme un peu vers quatre heures du mat'. Il ne s'agit même pas d'un assoupissement de ces cités en folie mais seulement d'un changement de rythme. L'équipe de jour commence à se mêler à l'équipe de nuit ; il en résulte la tension prudente des passations de pouvoir.

J'ai moulé la vedette policière dans une zone morte du port marchand avec un max de prudence. Excepté quelques clodos emplis d'alcool dormant dans les renforcements, je n'ai fait aucune rencontre de mauvais aloi.

J'ai beaucoup arqué. À un certain moment, je suis parvenu dans la partie réservée aux sampans, véritable agglomération flottante où stagnent des familles entières dans des embarcations insalubres. À mon côté, Salami marchait bas, tant ses pattes à vif le faisaient souffrir. Je me suis rendu compte qu'il ne pourrait poursuivre longtemps encore cette déambulation nocturne. Il aurait fallu dégauchir un sapin mais, dans mon accoutrement cataclysmique, quel chauffeur accepterait de me prendre à bord de son rongeur, quand bien même je lui ferais renifler mes talbins ?

Pour couronner le tableau, je me sentais aussi délabré que mon hound. Ça faisait des chiées d'heures que je charriais ma viande sous le ciel d'Extrême-Orient, avec l'estomac presque vide. J'ai eu un coup de vape. Me suis assis sur une grosse bitte qui passait par là. Des jonques sortaient une rumeur de vie navrante et des bribes de radios crachouillantes.

En face de moi, de l'autre côté de la baie, se dressait une montagne arrondie faisant songer au « Casque de Néron[1] ». Je fus gagné par une étrange langueur et fermis les yeux. Je vacillais sur mon siège de fer. Au moment où j'allais basculer, un léger bruit me détorpeura. Je discerna alors une vieille Chinoise en train de pisser sur la planche servant de passerelle à son barlu. Elle licebroquait debout kif un homme, mais sa miction profuse indiquait la nature de son sexe.

Elle m'aperçut et me débita une phrase sur un ton aimable, sans marquer la moindre gêne. Je lui répondis d'un geste bienveillant.

Elle termina son pissat et s'avança jusqu'à moi. Ce n'était pas ma personne qui l'intéressait, mais mon brave toutou. Elle se mit à le caresser tout en me parlant. Étonnée de ne pas recevoir de réponse, elle m'examina et s'aperçut que je n'étais point asiate.

Le fait ne la prit pas au dépourvu. Plus grand-chose ne pouvait surprendre cette femme édentée. Quand elle vit les pattounes à vif de mon cador, et sa plaie au crâne, elle eut un grand élan de pitié et me pria (par gestes) de la suivre sur son paquebot. J'acceptis volontiers.

Le sampan était réellement sans pans.

Je veux parler de pans de chemise.

Une demi-douzaine d'êtres vivaient à son bord, dont les vêtements de nuit se composaient seulement d'un tee-shirt réclame.

Ça fouettait vilain le poisson anciennement pêché, le cul intorché, les menstrues mal contrôlées, l'eau croupie, le riz en sac, le pet en liberté, l'algue, la basane moisie, le benjoin, le piment séché, le rance ranci, le musc, le mauvais parfum éventé, la sodomie à sec, la déjection, la sueur de groupe, le cordage humide, le désespoir consenti, la mer Jaune et, surtout, oui surtout : la misère endémique et définitive.

Une loupiote à acétylène répandait une lumière d'égoutier dans cette demeure flottante dont on avait définitivement oublié qu'elle naviguait autrefois.

À force de m'énucléer pour capter l'endroit, je finis par découvrir un vieux magot semblable à ceux des ivoires « ouvragés », dont la barbe effilée pendait jusqu'à ses testicules, un gros mec plus obèse

1. Montagne dominant Grenoble.

qu'un lutteur japonouille et trois fillettes s'échelonnant de treize à seize ans. Seule l'aînée était éveillée. Elle me parut mignonne toute pleine, dirait le Mastard. Elle possédait d'exquises pommettes, une bouche comme sur certaines gravures, des seins menus mais drus et une chattoune qu'ombraient légèrement des poils plus fins que ceux d'un pinceau pour miniaturiste.

La vieille femme fit s'allonger mon chien et entreprit de passer je ne sais quel onguent sur ses plaies.

Elle se retourna et me dit quelque chose dans une langue que je ne parlerai sans doute jamais. Voyant mon incompréhension, elle réunit quelques mots d'anglais dévoyé. Je crus saisir que l'excellente personne me proposait sa petite-fille aînée.

Au reste, comme disait le frère d'Électre[1], elle jeta un ordre assez vif à la jouvencelle, laquelle, sans rechigner le moindre, écarta les cuisses et m'adressa un sourire d'accueil.

Égoïstement, je pensai que dans cet antre la vérole devait voler bas et le sida peut-être ? Aussi, fis-je à la petite demoiselle un sourire que, jadis, la maison Cadum voulait acheter une fortune à Félicie, laquelle refusa. J'acceptai cependant une natte dépenaillée à son côté. M'y couchis et m'endormis avec célérité.

La rumeur portuaire m'arracha au sommeil. Un boucan d'enfer (et je préciserai même d'enfer Rochereau) m'éveilla. Au sein d'un tel brouhaha, je me demandis comment j'avais pu fermer l'œil, voire les deux. Le raffut indescriptible ne s'apparentait à aucun autre. Se composait de mille clameurs simultanées, de grincements par millions. Fallait être totalement privé d'ouïe pour subir cette agression.

Je me demande pourquoi le phénomène d'agglutination rassemble les humains avec une pareille frénésie. Ils se haïssent à mort et pourtant éprouvent le besoin de vivre en bancs, comme les poissons ; de s'écraser, de se piétiner en des cités tentaculaires. Merde ! Y a encore des déserts, que je sache ! Des toundras, des steppes, et, sans vouloir chercher si loin, des plaines du Morvan, des plateaux de Millevaches, des cirques de Gavarnie ! Mais eux autres, c'est des rues saturées, des souks, de la bordèlerie foraine, des métinges et défilés qu'ils ont

1. Plaisante astuce, insaisissable par les incultes.

besoin ! Faut que leurs hostilités se frôlent, se touchent, s'entrepénètrent. Moutons for ever en panurgerie irrémédiable.

Mes pensées moroses sont tempérées par des sensations luxurieuses, voire luxuriantes. Je visionne l'intérieur de la jonque. Le gros type et deux des fillettes se sont barrés pour chercher la bouffe quotidienne, probable. Le Chinago à la barbe traînante fume une bouffarde malodorante qui pue le goudron chaud et la chaussette d'été béruréenne. Salami grignote les puces morflées dans cette tanière. Mon cent quatre-vingts degrés s'achevant sur ma personne, je découvre la motivation de mon état languide.

Figure-toive que la grand-mère utilise mon membre pour donner un cours de fellation à sa petite-fille. Tu les verrais s'escrimer, les pauvres chéries ! Un berger pyrénéen en chialerait de pitié ! N'ont pas la clape suffisamment large pour me faire un collier à zob de leurs lèvres minces. La vieille obtient quelques résultats parce qu'elle est édentée, mais l'ado va périr d'étouffement si elle s'obstine. D-en plus, ça me racle le casque suisse, leur commerce.

Sans les brusquer, je leur retire le pain de la bouche. Puis tente de leur expliquer qu'il ne faut pas chahuter avec ces outils de haute précision. À me peler le radis de la sorte, elles vont me mettre en invalidité !

J'extrais à la dérobite un bifton de dix piastres américaines de mon aumônière et le leur présente.

La vioque me griffe dix centimètres de main dans sa hâte de l'emparer.

Bon, c'est pas le tout : j'écluserais bien un café serré, après cette séquence. Tu me comprends ? J'espère que je vais trouver un bar dans les parages.

Alors je prends congé de mes hôtesses. Le barbu fumeur reste impavide. S'est-il seulement aperçu de ma présence sous son taud ?

Ouf ! me voilà à quai, inquiet. Salami devient dingue à force de trucider sa cargaison de puces.

— Venez, nous allons acheter un pucicide puissant, l'encouragé-je.

Et puis je la boucle.

Que voudrais-tu dire, toi, gros malin si, ayant vécu les aventures relatées ci-dessus, tu apercevais une Jaguar verte stoppée devant le sampan, avec la vieille bordelière anglaise accoudée à sa portière dont la vitre est baissée ?

Rencontre-surprise

Sur « l'écran noir de mes nuits blanches[1] », y aura sarabande de fantômes, je pressens.

Je suis là, planté près de la Jag, complètement siphonné, bras inertes, testicules fripés, chopine en fil à plomb soudain captivée par le noyau terrestre.

Mémère me visionne de son regard intense, les lèvres crispées. Aujourd'hui, foin de robe verte et de capeline onduleuse, elle porte un tailleur strict bleu marine et blanc.

— Vous n'êtes guère fringant, murmure-t-elle.

Elle a dû prendre froid dans la mare car sa voix est enrouée.

Mon incrédulité perdure. Sacré bordel à cul, je l'y ai vue s'enliser avec sa caisse. De mes yeux vue. Et la vaste mare, dont je ne soupçonnais pas la profondeur, l'a happée toute crue. Se remet-on d'un séjour de plusieurs heures dans la vase ?

Par contre, au volant ce n'est pas le même type. Celui-là est un zigus grassouillet, de style indien, dont le crâne est rasé comme le compte en banque d'un petit commerçant après le dernier tiers provisionnel.

— Ne restons pas ici, dit l'Anglaise, montez !

— Pourquoi monterais-je, après les démêlés que nous avons eus ? objecté-je.

— Parce que nous devons « assainir » la situation.

— Je n'ai jamais voulu la polluer, assuré-je. Votre équipe m'a médicamenté, enlevé, conduit dans une « canarderie » afin de m'y réduire en aliment pour volailles et autres joyeusetés du genre. Je trouve l'expérience suffisante. Nous ne sommes plus à Macao. Ici, je dispose d'appuis me permettant d'affronter n'importe quel problème.

Elle soupire :

— Vous voulez bien regarder mon chauffeur ?

— Il me rappelle un orang-outan que j'ai beaucoup aimé.

Tout en dérisionnant, je bigle à nouveau le driver. Il a baissé sa vitre, s'y est accoudé. Tiens ! il fume la pipe ? Non, c'est pas une bouffarde mais une petite sarbacane.

1. Nougaro dixit.

Juste le temps de constater, un minuscule dard m'atteint au cou. Vivement, je l'en arrache. Trop tard : il produit déjà son effet.

Je sombre dans une léthargie cousine germaine du néant.

Léthargie ne signifie pas inconscience.

Si, dis-tu ? O.K., je retire.

Je suis dans une torpeur, au fond de laquelle je pige tout, sans pouvoir réagir. Je me rends parfaitement compte que le chauffeur descend de son siège et me fait grimper à son côté. Je réalise également que mon cador ne participe pas à la croisière ; mais je sais qu'il saura me retrouver.

Nous quittons ce port minable et nous dirigeons vers le centre.

Malgré mon état, il me reste suffisamment de lucidité pour me permettre d'admirer cette cité verticale, dont l'ambition semble d'aller à la rencontre des Martiens. Entre mer et montagne, elle s'érige en capitale universelle des affaires, Métropolis du fric et de son corollaire, le crime. La plus forte densité humaine sur notre globe furonculeux.

À l'arrière du véhicule, Madame prend ses aises. Indifférente à l'incident qu'elle vient de créer, elle allume une cigarette noire à bout doré.

Me suis toujours méfié des gens fumant ces sortes de saloperies. Ne sont pas catholiques.

Tétanisé mais observateur, je la contemple dans le rétro. Et voilà qu'à travers mon atonie, je fais une constatation : *cette dame n'est pas celle qui s'est flanquée dans la « boutasse » aux canards !* Je te parie ta bite à couper contre la médaille des Arts et Lettres (à propos : M. Touchose me l'a expédiée par la poste, avant d'aller vendre des moules ; je ne l'en ai pas remercié car il a omis de joindre un timbre pour la réponse) que je suis confronté à un cas particulier. À bien observer, je note des différences : elle porte une cicatrice au menton, en forme de « i grec » et une tache de vin sous l'oreille. En approfondissant l'examen, d'autres dissemblances se révèlent : l'ongle de son petit doigt de la main gauche est très long, ses yeux sont affligés d'un léger strabisme divergent et elle a une mouche sous une pommette. Conclusion : sœur jumelle !

Je regarde les rues populeuses. Nous fendons la foule à l'allure d'un enterrement officiel. Il me serait aisé d'ouvrir la portière et de descendre, malheureusement tout mon être est frappé d'une incommensurable apathie le rendant inapte au moindre effort.

Attendre et voir ! assure un proverbe anglais.

Un gratte-ciel plus vertigineux que les autres. Une rampe marbreuse pour les chignoles. Au fond, les ascenseurs. Une famille de dix personnes pourrait se loger dans chacun d'eux. Le driver se précipite, ouvre la lourde à Médème, puis vient m'extraire comme si j'étais paraplégique. Me soutient (je devrais dire me coltine) jusqu'à la cage garnie de miroirs et de banquettes de cuir. Un péone est survenu, qui a pris sa place au volant et emmène la guinde dans les profondeurs.

La cabine jaillit vers le ciel, plus rapide que n'importe quelle capsule Apollo.

À quel étage nous propulse-t-elle ? Mystère ! M'en fous ! Univers fastueux. Tous les ingrédients sont réunis : laque blonde, glaces biseautées, peau de Suède, soie sauvage, et j'en oublie.

Déjà prévenu de notre arrivée, un domestique attend au garde-à-vous.

L'aide le chauffeur à m'introduire chez Poupette sœur. Hall féerique, enculade de salons poustouflants. On m'emporte en une chambre très sobre, si on la compare au luxe traversé.

Les convoyeurs m'étendent sur un lit de cuivre, puis se retirent.

Je mate le plafond constellé de caméras mobiles « couvrant » la totalité de la pièce jusqu'en ses moindres recoins. Quelque chose d'autre m'incommode.

Oh ! oui : la chambre ne comporte aucune fenêtre, il n'y a pas de poignée de porte à l'intérieur. Être contraint vous débarrasse des alternatives, souvent angoissantes. « Repose-toi, fiston de Félicie, et attends confiancieusement. »

Si les hommes comprenaient la puissance du temps qui passe, ils vivraient beaucoup plus vieux. C'est le grand guérisseur d'ici-bas.

Sur ces paroles dont la profondeur me flanque le tournis, je mets ma gamberge en roue libre. Juste je me dis que, de retour à Pantruche, j'achèterai une améthyste à Félicie. C'est une pierre semi-précieuse, relativement modeste, mais dont la couleur épiscopale l'enchante.

Combien de minutes s'écoulent, Raoul ? Aucune idée.

Toujours est-il que mon état se normalise et que mes forces reviennent dans leur écrin d'énergie[1].

N-à un certain moment, diraient des gens épris de précision, les loupiotes éclairant ma geôle se mettent en veilleuse et un écran mural, de grandes dimensions, s'allume.

Apparaît en G.P.[2] le buste de ma ravisseuse.

— Vous avez recouvré vos moyens ?

— À peu près, semble-t-il.

Elle me sourit ; son système vidéo est agencé de telle sorte que nous avons la possibilité de nous regarder en conversant.

— Nous allons donc pouvoir parler. Pour débuter, j'ai quelques précisions à vous communiquer.

— La première étant que vous n'êtes pas la dame à la Jaguar verte de Hong Kong ?

Elle déglutit, biscotte sa surprise de m'entendre causer ainsi. Mais c'est pas le genre de femme à en faire un frometon.

— Vous vous ressemblez d'une façon stupéfiante, comme beaucoup de vraies jumelles, toutefois certaines différences existent entre vous.

Et de les lui énumérer. Elle me scrute par caméras interposées.

— Vous êtes la dernière personne à avoir vu ma sœur, fait-elle lorsque j'ai terminé ma jacte ; je dois savoir ce qu'elle est devenue !

— L'ultime fois que je l'ai rencontrée, et la seule d'ailleurs, elle quittait l'élevage de canards où ses gens ont voulu me réduire en poudre.

— Pour aller où ?

— Quand elle reviendra vous le lui demanderez. Personnellement, je l'ignore.

— Vous n'avez pas la confidence facile.

— Vous préféreriez que j'invente n'importe quoi ?

— La vérité me suffira.

1. Seul San-Antonio est capable d'écrire avec pareille originalité. Et peut-être également Bernard-Henri Lévy, quand il a pris son Gériavit.

2. G.P. = gros plan.

Son regard est fixe. Il existe quelque chose d'implacable chez cet être. Tu sais qu'avec cette pétroleuse, je ne suis pas au bout de mes peines !

— La vérité, soupiré-je, est-ce que ça existe ?

— Vous avez tort, murmure-t-elle. Ces atermoiements ne déboucheront sur rien et ne vous feront même pas gagner de temps. Car la mort est en vous, monsieur San-Antonio.

— Depuis le jour de ma naissance, je le sais. Il en est de même pour chacun de nous.

— Seulement, l'énorme majorité des hommes ignore l'instant de leur trépas.

Elle prend un objet qui se trouvait hors du champ et l'amène en évidence devant l'objectif.

— Vous voyez ce petit appareil ? C'est un contacteur. Presque en son milieu, vous devez distinguer une touche rouge. Exact ?

— Et alors ?

Elle pose son index sur le bitougnot en question.

— Si j'enfonce ce petit bouton, vous explosez, mon cher, comme ont explosé le Danois et le Japonais. Comme beaucoup d'autres exploseront encore de par le monde.

Hé ! Oh ! Elle me moitise la raie médiane, la guenuche ! Ça veut dire quoi, cette menace ? Elle se fout de ma hure ou bien ? Elle a du fading dans la moelle pépinière ! Elle me chambre ! Me le fait à l'intimiderie !

— Vous êtes sceptique ? enchaîne-t-elle. Vous vous dites : « Je n'ai subi aucune intervention chirurgicale depuis des années ! » N'est-ce pas ? Oublieriez-vous que l'incision d'un abcès constitue déjà un geste opératoire ?

Vérole ! Je me liquéfie en entendant ça. C'est exact : le mois passé, j'ai dû me faire ouvrir un mauvais bubon à l'aine préfecture Laon ! Un simple coup de lancette chez un toubib grec d'Athènes où je folâtrais avec une gentille scripte de tévé rêvant du Parthénon.

Qui me l'avait indiqué, ce dévoyé d'Hippocrate ?

Je me concentre : parbleu, la scripte, ou prétendue telle ! Je l'avais levée au cinoche. Elle était venue s'asseoir près de moi, au début du film.

Le con de Tantonio ! Gamin se croyant marle ! Pauvre mec !

Allons, ton self, grand ! La demoiselle du septième art m'a savamment « pris en mains, en bouche, en fesses » au Studio Florentin, en lisière du bois. Un éblouissement ! Elle semblait posséder douze culs, vingt-quatre chattes et dix mille langues. Cette apothéose ! Sa voracité sexuelle me confondait. Un feu d'artifesses de cette ampleur ? Encore jamais ! Je la quittais le panoche en flammes. Me l'enduisais de vaseline, de retour à la casa Félicie, sans parvenir à m'en rassasier. L'amour ? Que non pas. Ce qui m'emportait ? Sa furia ! Aussi quand elle m'a proposé de partager avec elle un séjour en Grèce, gagné soi-disamment dans un concours, j'ai accepté. Déjà, ce vilain furoncle évoqué ci-dessus me chicanait. Avec le recul, je suis convaincu que la miss en question, au cours de ses papouilleries savantes, me l'avait provoqué. Me rappelle une piqûre ressentie à cet endroit, alors qu'elle me chipolatait la mandragore. Elle s'est excusée comme quoi le chaton de sa bague de fiançailles « accrochait ».

Une fois à Athènes, le mal a empiré. C'est elle, toujours, qui m'a conduit chez un toubib, prétendument ami de son père.

Le doc a voulu procéder à une « neurasthénie » partielle, dirait Béru pour anesthésie, et c'est pendant que j'étais vaponé qu'il a effectué cette implantation !

Je glaglate dans mon for intérieur. Pourtant, t'es pas une limace, mec. Flouzer dans tes loques serait contraire à tes principes.

À quoi aurait servi que le maréchal Pétain ait gagné, derrière son burlingue, la bataille de Verdun, si tu te répands en apprenant que tu as un explosif contre ta burne droite, hein ?

Tiens, au fait…

Je palpe le haut de ma cuisse où me vint le maudit abcès. Effectivement, je perçois une induration. Au début, la chose m'inquiétait vaguement. Et puis je m'y suis habitué. Un homme, que fait-il d'autre, sinon accepter toutes les couilleries de l'existence ?

La femelle me défrime par écran interposé. Seigneur, qu'elle a l'expression fumière ! Un outil pareil, c'est bon à équarrir vite fait ! « Un coup de tavasson derrière la tronche », assurait pépé Gégène, qui n'aurait pas fait de mal à une mouche.

— Vous sentez, sous le bout de vos doigts ? demande-t-elle.

Elle brandit son déclencheur si près de l'objectif que son image en est brouillée.

L'index à l'ongle peint caresse le détonateur.

— Je presse, et vous avez un cratère plus large qu'un saladier à la place du bas-ventre.

Je lui adresse un doux sourire fait d'innocence et de pureté.

— Vous aimez détruire, votre sœur et vous. Comme c'est étrange, de la part de femmes belles, faites apparemment pour l'amour.

— Ceci n'empêche pas cela, ricane-t-elle.

Son visage me pétrifie. Je t'épargne les comparaisons de circonstance, ayant trait : au serpent, à l'hyène, au rapace, à la peste bubonique et autres charmanteries du genre.

« Elle va me buter ! me dis-je, intensément. S'amuse de préambules, mais ma mort est programmée et cet entretien *ne s'achèvera pas autrement* ! »

Le grand boum

Me tiens (en hâte) le raisonnement suivant : tant que vous parlerez, elle ne pressera pas le « bouton fatal[1] ». C'est le silence, ton ennemi de l'instant.

Je la devine hésitante ; puis, tout de go, elle me déclare :

— Si je pouvais être sûre que ma sœur soit crevée, je serais soulagée !

Mon signal d'alerte générale vibrionne dans mon cassis. « Gaffe, l'Antoine ! Gaffe bien : elle prend un biais pour t'amener aux aveux ! »

— Ma chère, repartis-je, il ne doit pas être tellement difficile de retrouver quelqu'un sur un territoire à peine plus vaste que la place de la Concorde entouré de Chine comme une écharde l'est de viande !

— On peut le quitter par air ou par mer !

Je cherche un truc quelconque à objecter, ne trouve rien de valable et laisse quimper.

1. Ne jamais oublier que t'es dans un book à trente balles, mon Antonio, les poncifs doivent rester souverains !

— Je suppose que vous faites le nécessaire pour découvrir sa trace ? finis-je par demander.

D'un ton courroucé elle me lance :

— Cessez d'aller et venir dans votre chambre pendant que nous parlons !

— Je vous prie de m'excuser, chère madame, peut-être comprendrez-vous que je sois sur les nerfs ? Dites-moi, quelque chose m'intrigue en ce qui me concerne. Vous m'obligeriez en éclairant ma lanterne, comme nous disons en France.

Elle me fixe. Son strabisme léger prend de l'importance.

— De quoi parlez-vous ?

— De ceci : votre excellente sœur avait l'intention de me faire trucider et j'ai subi quelques attentats de ses gens auxquels j'ai miraculeusement échappé.

— Eh bien ?

— Elle ignorait donc que ma destruction se trouvait implantée dans ma chair et qu'il suffisait de presser un bouton pour m'anéantir ?

Là, elle cille ; je note également un léger retroussis de sa lèvre supérieure.

— Regardez ! m'ordonne-t-elle en approchant à nouveau le contacteur de l'objectif. Ne perdez pas cette petite touche rouge des yeux car c'est elle qui va déclencher votre mort.

Sadique femelle dont la main ne frémit même pas.

J'emporterai donc, dans l'au-delà, cet index posé sur un bouton, avec, en arrière-plan, des yeux dilatés par une sauvagerie effroyable.

Une sèche détonation retentit, dont les ondes de choc n'en finissent pas de vibrer.

Dans la chambre, San-Antonio s'écroule, ruisselant de sang.

Castor for ever

Elle dépose son appareil sur un meuble de verre et se dirige vers le bar du living pour se servir un porto exceptionnel, réservé uniquement à son usage personnel.

Le rare breuvage a été transvasé dans un flacon ingrat pour passer inaperçu. Quand elle a des invités, elle leur sert un scotch de qualité, puis se verse une forte dose de son nectar, laissant entendre à ses hôtes qu'il s'agit d'une vague mixture, presque d'une médication. Elle va jusqu'à réprimer une grimace de dégoût en l'avalant.

Son verre en main, elle revient à sa télé interne.

Une petite fumée, assez faible, inscrit ses volutes dans la geôle.

Elle actionne la touche chargée d'élargir le champ. Plan général de la pièce. L'Anglaise découvre son prisonnier au sol. Il gît, à demi déculotté et baignant dans son sang.

Lors, elle achève son rarissime porto et se rend dans la chambre du meurtre télécommandé.

Odeur d'explosif et de mort.

Elle en raffole. Une griserie l'emporte. Elle regarde la pièce dévastée, confusément surprise par les caprices de l'explosion. Le lit de cuivre déchiqueté en son milieu ; l'homme foudroyé a eu la région du bas-ventre saccagée. Il continue de perdre son sang en abondance.

La Britiche vient jusqu'au cadavre d'un pas glissant. Trouve le spectacle d'une réelle beauté. Ce sexe magnifique, dont les proportions la rendent nerveuse, n'a pas abdiqué et reste dilaté, tendu dans l'agonie. Des spasmes l'agitent. Tableau tragique, féroce ! La meurtrière s'agenouille, trempe le bout de ses doigts dans l'affreux liquide avant de porter la main à sa gorge et d'y tracer des arabesques pourpres. Puis, suce sa dextre shakespearienne en poussant des râles de jouissance.

Elle agit avec une lenteur indicible, de plus en plus proche de la pâmoison.

Après avoir réitéré de nombreuses fois cette répugnante manœuvre, elle prend le phallus dans sa bouche et lui accorde une fellation que les plus suaves courtisanes des XVIIe siècle et arrondissement n'ont même pas soupçonnée.

Qu'en découle-t-il ? si l'auteur libertin peut s'exprimer ainsi.

Le blessé passe de la mort « cruelle » à la mort « voluptueuse ».

Mais oui, messieurs-dames, c'est comme ça.

J'étais commotionné par l'explosion : le cerveau dévissé ; les yeux en billes de grelot ; la notion de tout submergée par la notion de rien ; les feuilles de chou débranchées ; des fourchettes à escarguinche enfoncées dans les tympans ; la manne liquoreuse tournée sauce gribiche.

Malgré cela, je me devais la vie sauve.

À moi et à personne d'autre. Sais-tu porque ?

Parce qu'à la révélation de la bombinette implantée dans ma cuisse, je n'ai fait ni douze ni treize. Ai sorti, en douce, mon Opinel, l'ai ouvert, et me suis livré, sans défaillir, à un charcutage de ma personne. Dur, dur, mon pote, d'enquiller de l'acier dans sa viande et de s'y découper un morcif d'homme de trois centimètres de diamètre sur deux d'épaisseur. Sans me vanter, je connais pas des masses de gus capables d'une telle automutilation.

La mémé ne se pose pas de questions. Te me démoniaque le nougat en fauvissant du tarbouif. Une lionne en rut !

Cette décapeuse d'aubergines, mamma mia ! Elle dévore, fouissant, rugissant, glapissant, tout en se barbouillant de mon raisin.

J'ai cru m'évanouir lorsque j'ai eu pratiqué ce trou dans mon cuissot. Et ce, sans cesser de jacter pour donner le change, je te le fais remarquer !

Eh bien, ton Sana éblouissant, mon très cher frère, il emplâtre miss Siamoise avec un tel brio que la rombiasse pousse des gueulées d'orfraie. Elle déclare, à s'en fissurer les cordes vocales, les soufflets et la gargante, qu'elle n'a jamais joui d'une manière aussi forte. Mon dard (que j'appelle également « mon gros Frédéric ») est un épieu *incandescent* planté dans sa babasse. Sa moulasse est loin d'être du produit de tripier. C'est vachement flexible, brûlant, captateur. Préhensile, tiens, je cherchais. Kif une main ! Sûr qu'after pareille ramonée, va falloir la mettre en hibernation, Coquinette ! Qu'elle refroidisse un brin après cette traversée de l'enfer. Elle serait en métal, elle fondrait !

L'emplâtrage cosaque la rend si bruyante que ses larbinuches se pointent, craignant un assassinat. J'ignore s'ils avaient vu tirer leur patronne auparavant, mais je peux te déclarer sous la foi du serment et le tiroir de la commode, qu'ils n'en reviennent pas. Faut dire que l'exercice de mémé époustouflerait l'homme-tronc qui a gravi l'Everest l'an dernier !

Vient de se mettre à la califourche sur ma chopine, la darlinge. Les cuisses ouvertes à l'extrême. Elle a déchiré le haut de sa robe pour dégager ses bouées de signalisation marine. Divine surprise :

comparés à ses flotteurs, ceux de Mlle Ferrari auraient l'air de deux blinis froids. Tu croives que c'est à la violence de son excitation qu'on doit d'aussi extravagantes protubérances, Hortense ?

Pardonne-moi de ne pas pousser plus avant mon descriptif salace, mais il risquerait de choquer les gens huppés qui me lisent, telle Son Altesse la princesse Pilar, sœur du roi d'Espagne, en compagnie de laquelle j'ai eu le privilège de dîner récemment.

Notre étreinte se poursuit, puis se prolonge et, peu après, se répète sans qu'en diminue la farouche intensité.

Les valets se sont assis en tailleur (de pipes) sur le parquet et regardent se développer nos figures. Cette baise dantesque, perpétrée à l'aide d'une carabine à viande d'un calibre insoupçonné d'eux, les émerveille, sidère, intimide, pétrifie. Se retiennent de broncher et de parler. Ont conscience d'assister à un haut fait de la race blanche. Grâce à nous, l'Occident retrouve sa place prépondérante. Imagine-toi la scène, Arsène : ce couple ruisselant de sang et de sueur, en folie de rut. Tragique allégorie de l'amour triomphant des affres de la mort ! Nous sommes peints en rouge comme des Indiens en fête, fous d'une exaltation indicible. Mémé jette toutes ses réserves dans la joute, fait feu de la chatte et du michier.

Je cherche à identifier ses plaintes et ses cris. Qu'exprime-t-elle ? Un mot, un seul, qui comporte quatre lettres en français et trois en anglais :

— Tout ! Tout ! (Soit : *All ! All !*)

Et sais-tu ce que c'est, « tout », en pareille aventure ? Non ? Approche ton oreille, sois vraiment conque pour une fois ! « Tout », ça signifie : « Fondons-nous en un seul corps, prends ma substance et donne-moi la tienne ! Qu'un seul feu nous consume ! »

Seigneur, combien cette criminelle est sublime dans son total dépassement : cet être du Mal, cette tueuse glacée, est ennoblie par sa folie des sens. Ce « don vorace » de soi confine à une rédemption. Déesse de la brosse, elle rayonne.

Nous nous abîmons dans le plus profond épuisement. Un à un, les domestiques, fascinés, se retirent pour annoncer au monde qu'ils ont assisté au plus formidable coït depuis que l'homme a marché sur la Terre !

C'est à peine si, dans mes tréfonds, une question vacillante se pose à moi :

« Et maintenant ? »

Je marche au super

Oui : et maintenant ?

Quel va être mon sort ?

Cette aventurière impitoyable, terrassée momentanément par la tornaderie de notre baise-broc, va-t-elle être rédemptée par le plus grandiose coup de verge jamais homologué chez les Globiens, ou bien sa récupération réalisée, reprendra-t-elle le cours de ses forfaits ?

Pour l'instant, elle garde les yeux clos. Son maquillage n'existe plus qu'à l'état de bouillie sanglante. Je lis ses rides sur son faciès encore gracieux.

Subconsciemment, elle lutte afin de recouvrer sa lucidité.

D'où mon angoisse.

Tu sais quoi ? L'Antonio phénoménal trouve suffisamment de ressources pour caresser le bout de ses seins avec sa dextre posée à plat.

Et magine-toi que ça la réintéresse, la vieille frivole.

— Vous allez me tuer, chuchote-t-elle.

— Je ne me lasse pas de vous, gazouille ton pinsonnet du dimanche.

Et de m'exhorter :

« Sana, mon mignon, tu es en cale sèche, mais si tu déniches un regain de réserves en toi pour lui faire rebelote, alors là tu deviens un surhomme ! Allons, forgeron, c'est pour ta peau que ton pilon travaille ! »

Je la reprends à la pince de crabe, le pouce dans l'œil de Caïn.

Effet immédiat. Nouvelle mobilisation générale de ses sens.

Rien ne devient aussi rapidement brûlant qu'un fourneau qui n'était pas éteint !

Pour succéder, je lui propose la langue fuligineuse, puis l'embroque mammaire (ses plantureux nichebabes le permettent), le clavecin de Mozart, le retour de Zapata, le clito à marée haute, la dilatation de Vulcain, le triangle isocèle, l'entrée du choléra à Pont-de-Beauvoisin (il entrait toujours à Marseille, ça devenait chiant), la tête de nœud fouineuse, les œufs en meurette du Bistro

Saint-Honoré, le grenier à foin, la sodomie de muscidés, le spéculum de ma mère l'Oye, l'arrivée des Huns à vingt et un (après avoir conquis Troyes, Foix, Sète), la mort de Pompée, la… Comment ? Tu dis que c'est trop too much ?

O.K., je stoppe là. Mais c'est déjà pas mal, non ?

Après cette nouvelle séance de « relations intimes » hystérique, nous sombrons dans l'inconscience la plus fabuleuse qu'il m'ait été donné de ne pas vivre[1].

C'est elle, cette fois, qui se lucidifie la première.

Elle se dresse à demi sur un coude, je la sens qui me contemple. Cherche-t-elle un point de ma personne ou planter une lame, voire vider un chargeur ?

Je rouvre à mon tour mes vasistas.

Son expression me rassure d'emblée. Une femme posant sur un mec un tel regard ne saurait lui vouloir du mal.

— Vous êtes donc indestructible ? demanda-t-elle.

— Les jours ouvrables seulement.

Je lui réponds, en ponctuant d'un sourire enjôleur à même de lui faire craquer la chattoune.

Alors elle pleure.

Non mais, t'entends ça que je dis, p'tit Louis ?

Elle chiale pour de bon, et pas qu'un peu. Ses larmes achèvent de brouiller son visage. Tu sais qu'elle semble avoir cinquante piges de mieux, l'Anglaise ? L'est dévastée par nos paillasseries. Une vieille peau en loques, voilà ce qui reste d'une dame avec qui je viens de me propulser dans les étoiles comme avec personne d'autre jamais !

Elle jacte d'abondance. Me dit qu'elle a vécu pour des pelosses jusqu'à tout à l'heure. Sa frangine et elle souffrent depuis l'enfance de cruauté mentale due à des parents déséquilibrés. Sont devenues des filles monstrueuses, pratiquant le vice et le crime en virtuoses. Elles essayaient des hommes, qui les décevaient toujours, même lorsqu'ils se montraient bons amants.

Nonobstant leur qualité de jumelles, à mesure et au fur que se développèrent leurs situations, des dissensions se firent. La jalousie, sans doute ? L'une se fixa à Hong Kong, l'autre à Macao. Elles

1. Fatalement, puisque je me trouvais inconscient.

travaillaient pour la même organisation criminelle, « Le Doigt de Satan » : meurtres en tout genre, coups de main, attentats, escroqueries en Bourse, rackets. Une espèce de mafia extrême-orientale ayant des ramifications dans toutes les places influentes de la planète. Pour le moment, cet organisme mettait en branle une vague d'assassinats destinés à éliminer les personnages susceptibles de lui nuire ou qui risquaient de le gêner ; sans oublier des gens dont la puissance et la position sociale entravaient sa mainmise. L'affaiblissement notoire des grandes sociétés occultes italo-américaines, telles que Mafia, Camorra, Main noire, dont les chefs furent arrêtés, laissait prévoir une vacance à plus ou moins longue échéance et c'était le moment idéal pour remplacer ces associations vétustes par une force aux méthodes entièrement neuves.

À ce point de confidences, la vieille chérie, exténuée par nos étreintes éperdues, marqua un temps. J'en profitis pour lui demander ce qui motivait cet excès d'honneur me concernant, car ma qualité de directeur de la police parisienne ne devait pas représenter un grand danger pour « Le Doigt de Satan » !

— Vous êtes modeste. Vous ne vous rendez pas compte du nombre d'affaires que vous avez résolues ! De toutes les organisations auxquelles nous étions affiliées et que vous avez jetées bas ! Mais vous êtes l'Attila des sociétés marginales ou occultes ! À cause de vous, plusieurs de nos amis ont été anéantis. Vous n'êtes pas seulement le directeur de la police parisienne, vous êtes surtout la terreur des terroristes.

— Puis-je vous poser encore une question ?

— Toutes celles que vous voudrez, mon cœur.

— Pourquoi votre sœur a-t-elle, à plusieurs reprises, attenté à ma vie, puisque celle-ci se trouvait à la disposition d'un contacteur ?

La « mystérieuse » se permit un sourire énigmatique.

— Vous resterait-il assez d'énergie pour me sodomiser ?

— Pour peu que je disposasse de quelque oléagineux, bien sûr !

Elle hélit un larbin et lui enjoignit d'apporter un lubrifiant, ce qu'il fit dans les meilleurs délais.

Nanti de cet adjuvant de service, je n'eus aucune peine à forcer ma geôlière comme elle le souhaitait. Elle hurla davantage que précédemment sous ma charge plantureuse. Prit un fade tellurique en appelant sa mère laquelle, probablement, n'existait plus, ou très peu.

Il y eut une nouvelle période de récupération.

Comparée à elle, dame Jeanne, notre centvingtenaire nationale, aurait pu jouer Sophie dans *Les Malheurs* de ladite.

Je lui laissis le temps de se remettre. Pour ma part, je venais de lui libeller un gros coït sans provision, ce qui me gardait lucide et prompt.

— Vous êtes un amant unique au monde, balbutia la walkyrie du fion.

Je la remerciai d'un sourire ensorceleur pour cette louange, bien qu'elle fût amplement méritée. Puis, avec cette inexorabilité qui assure mon hégémonie, je revins à ma question. Je suis, tu le sais, d'une rare pugnacité :

— Je continue de m'interroger, belle amie : pourquoi a-t-on voulu me tuer à Macao, puisqu'il suffisait de presser un déclencheur à distance ?

Elle me regarde de ses grands yeux d'infini[1].

Un temps.

Histoire de la pousser aux confidences, je glisse deux doigts voyous dans la fente de sa tirelire.

Curieusement, pour une femme ayant des heures de vol, elle sent bon du frigounet ; sa comestibilité est tonifiante et maintient en son partenaire un appétit lascif.

— Alors, ma chérie ?

— Je suis l'une des très rares personnes à avoir su que vous étiez « chargé » ; c'est le terme que nous employons.

— Il est très explicite.

— Ainsi, ma sœur l'ignorait-t-elle. Lorsqu'on vous a « orienté » sur Macao, j'ai demandé à Nelly de s'assurer de vous et de me prévenir. Mon plan était le suivant : que vous soyez un instant réunis. Alors, j'aurais fait exploser l'engin implanté dans votre cuisse. Connaissant sa puissance, j'étais convaincue que ma jumelle serait tuée ou très gravement blessée. Comprenez-vous, darling, je ne pouvais plus la tolérer, il fallait qu'elle soit éradiquée de ma vie.

J'opine du chef, après avoir opiné du zigouigoui pharaonique.

1. Aucun doute : San-Antonio est bel et bien notre plus grand écrivain actuel de langue française.

Jérôme GARCIN (critique équestre)

— La haine passe par des chemins imprévus, laissé-je-t-il tomber. Qu'est-ce qui a motivé cette modification de vos plans ?

— Elle ! La garce ! Elle a voulu prendre l'initiative de l'opération, une première fois en vous faisant trucider à bord de l'hydroglisseur, mais le coup a raté ; ensuite, dans la canarderie. Vous vous êtes, là encore, tiré d'affaire. La baraka est en vous, mon bel amour !

— J'ai réchappé également à un troisième attentat fomenté par les péones de votre sister.

Et de lui raconter l'attaque du pavillon de la gente Cypria. Ça, elle l'ignorait, ma vieille baiseuse à répétition.

— Où peut-elle être ? murmure-t-elle, parlant de sa frangine.

Jadis, les gens de soixante carats portaient un râtelier (quand ils en avaient les moyens). Maintenant que tout le monde est parfaitement calcifié et pratique l'hygiène buccale, les nonagénaires croquent des pommes vertes. C'est à cela que je pense en admirant sa denture étincelante.

Je dis :

— Votre jumelle s'appelle Nelly. Et vous ?

— Barbara.

— Ce prénom m'a toujours fait rêver, avoué-je. Dans les bouquins anglo-saxons, il fourmille. Eh bien, pour tout vous dire, votre sœur est décédée.

Elle soubresaute, me regarde profond, mais profond, si tu savais, jusqu'à là que mon gros côlon fait un nœud.

— Vous l'avez tuée ?

— Non. Elle a eu une impulsion qui devait causer sa perte.

Posément, d'un ton de narrateur consommé (à la petite cuillère), je lui explique nos démêlés de la mare.

Elle m'écoute, frémissant d'une allégresse peu charitable de la part d'une frangine déjumelée par la mort.

— D'ordinaire, poursuis-je-t-il, les mares sont peu profondes. Hélas, celle-ci l'est dans des proportions permettant l'engloutissement total d'une voiture !

J'ajoute, ponctuant de la prunelle :

— Je ne puis vous celer la vérité, après les instants fabuleux que nous venons de vivre.

Pour bien mettre les brèmes à plat sur le tapis, je lui confidencie mes tribulations postérieures au décès de la bordelière.

— Ainsi, terminé-je, vous voici débarrassée de cette femme qui gâchait votre vie.

Elle ne répond pas, joint les mains comme une Madone lourdaise exécutée par un pourvoyeur saint-sulpicien.

Compassionné, je la prends dans mes bras et la berce.

La vie est dure, par moments ; même pour une aventurière d'exception !

Conséquence d'une flatulence

Ainsi, j'ai fait découvrir deux choses à cette femme dans la même journée : qu'elle pouvait connaître la jouissance éperdue, et qu'elle n'avait plus sa sœur jumelle. Cette double constatation modifiera profondément sa vie, n'en doutons pas.

Elle me dit d'ailleurs, au cours d'un repas pris dans sa chambre, que son existence d'aventurière va cesser. Elle informera ses « partenaires » qu'elle est malade et doit se soigner ; leur annoncera son prochain départ pour la Suisse. Là-bas, elle achètera un chalet à Gstaad et s'y retirera. S'avoue richissime. Ayant toujours eu envie d'écrire, elle entreprendra le récit de sa vie ardente et diabolique. Nul doute que cela donnera un succès de librairie. Son souhait est que je lui rende visite fréquemment. Nous connaîtrons des étreintes frénétiques et accomplirons de ces copulations majuscules qui empêchent l'individu de vieillir.

Elle semble sincère, touchante, oserai-je assurer, génératrice d'émotions intenses.

Gagné par cet élan, je biche l'« ancienne Barbie » dans mes bras et la recalce avec presque de la tendresse. Je sais : il s'agit d'une criminelle impitoyable, mais sa rédemption n'en sera que plus belle. Les brigands devenus saints ont une autre dimension que les vertueux de naissance dignes d'un culte de dulie. Se préparer, sa vie durant, à la canonisation, tels certains de mes potes aux honneurs suprêmes, relève du « fonctionnariat ».

Hugh ! J'ai dit !

Ce léger supplément octroyé, je pose encore une question à la rédemptée. Nous marchons au rythme de : une baise, une révélation !

— Après mon combat naval au large de Hong Kong, j'ai passé la nuit à bord d'une jonque ; au matin, vous m'attendiez devant ce bateau. Comment avez-vous su que je m'y trouvais ?

Elle hoche la tête :

— Votre bombe implantée émettait un signal que je captais sur un récepteur. Je pouvais, de la sorte, suivre vos déplacements dans un rayon de deux cents miles.

— Cette invention est diabolique ! m'exclamé-je, admiratif.

— Nous en possédons beaucoup d'autres, je vous les ferai connaître. Mais quel courage il vous a fallu pour taillader ainsi votre propre chair. Maintenant, mon adoré, je vais mander un médecin pour qu'il traite votre blessure mieux que je ne l'ai fait. Un tampon imbibé d'éther est une thérapie bien pauvre.

La voilà qui me sourit avec éperduance.

Gilles de Rais devait probablement avoir cette expression quand il pratiquait une dame entre deux massacres.

Soudain, je me cabre.

— Darling, pouvez-vous envoyer un valet devant chez vous ? Sans avoir trop à chercher, il devrait découvrir un basset hound à proximité. C'est mon chien, il s'appelle Salami. Vous me permettrez de le faire entrer ?

Elle sonne la valetaille et donne des ordres. Ses boys foncent.

Barbara me sert un gobelet d'alcool de riz. Je l'aime, mais glacé ; celui-ci est tiédassou. Froid, c'est plutôt agréable. Tiède, ça a le goût de merde. J'y trempe mes lèvres. Bouhâ[1] !

J'espérais récupérer mon « fidèle ami », mais les minutes s'écoulent en vain, écriraient trois mille neuf cent quatre-vingt-quatorze romanciers homologués dans l'annuaire de la pêche au lancer.

Enfin, les deux larbins reviennent. L'un d'eux fait un récit à percussion. Il a le teint de certains fromages hollandais.

1. Et je pèse mes mots.

Ma dulcinée du tabasco l'écoute, maussade, ensuite me traduit :

— Ils n'ont pas trouvé votre chien, alors ils ont fait une petite enquête dans le quartier. L'animal a bel et bien été aperçu, mais les voisins prétendent que la voiture de la fourrière l'a ramassé.

Cette pernicieuse nouvelle me creuse un second trou dans le corps (à l'emplacement du cœur).

— Il faut faire quelque chose ! m'écrié-je, en retirant ma bitoune des lèvres de Barbara.

Elle se déglande la bouche pour m'assurer qu'elle dépêche quelqu'un immédiatement.

— Non, je m'en charge ! dis-je.

Seulement, c'est à cet instant que le docteur se pointe pour me soigner.

— Je vais aller chercher votre animal moi-même, me rassure ma dernière maîtresse en date.

Elle passe dans son dressinge tandis qu'on introduit le toubib.

Personnage intéressant. Pas chinois pour un yen, plutôt bavarois, je suppose. Sa tête carrée appelle le casque à pointe et sa moustache rousse laisse présager ce que doivent être ses poils pubiens.

À la vue de ma blessure, il éternue des interjections en caractères gothiques, veut apprendre comment elle s'est produite. Je lui explique que je me suis fait ça en me rasant, mais ça n'amuse que moi. Il me demande de passer à sa clinique pour envisager une greffe. Je réponds que je tâcherai de prendre rendez-vous au retour de mes vacances d'hiver. Écœuré, il fait son devoir en arborant une tronche de démarcheur en cercueils.

Ses soins ont avivé ma souffrance. Je ne sentais pas l'explosif implanté. Maintenant que je l'en ai extirpé, il semble que des rats d'égout boulottent ma cuisse.

Le Bavarois bavard se barre.

Je réclame une bouteille de bordeaux pour effacer de l'alcool de riz l'irréparable outrage.

À présent, le moment est venu de retrouver « mon équipe » lénifiée. Premier coup de turlu à Macao. L'hôtel Vasco de Gama m'apprend que mes « hommes » ont quitté leur honorable établissement pour une destination non précisée. Pensant que les deux Kongs sont revenus à Hong, je grelotte donc au Dragon Couillonné ; ici comme dans le territoire portugais, on ne les a pas revus.

Alors ? Qu'en est-il de ces zozos ? Sont-ils rentrés à Paname ou bien continuent-ils de me chercher à travers l'Extrême-Orient ?

Un verre de Château-Margaux 1985 ne me guérit pas de ma saumâtrerie luxuriante.

J'essaie d'un second : rien. Je me sens étreigni par une anxiété tourbillonnante telle qu'il m'en prend parfois au moment où ma bouchère va avoir ses doches. L'air se fait poisseux, la pression atmosphérique pesante et la vie pue le baril de morue salée.

J'erre dans le luxueux apparte. Tout y est d'un raffinement étudié, diraient les cons professionnels qui balancent des mots pour « faire genre ». Jouxtant la chambre, le vaste dressing. Au-delà, un bureau-boudoir aux murs décorés de gravures friponnes du XVIIe siècle, qui n'inciteraient même pas un collégien à se cogner un rassis.

Sur une fine table de laque noire, un fax est en train d'accoucher.

Pourquoi saisis-je-t-il la feuille fraîche émoulue ? Quel diable m'y incite ? Quel réflexe flicard ?

Je lis :

Je viens d'entendre votre appel. Ainsi vous tenez ce damné Français ? Belle renversée ! Je vous félicite. Rappelez-moi le plus vite possible.

Peter

*
* *

L'Anglaise roule au volant de sa petite Rover 212 à injection. Le véhicule noir se faufile, tel un gros insecte, dans la circulation.

Sur la banquette arrière, messire Salami réfléchit en considérant le dos légèrement dénudé de la conductrice. Le cador est prêt à parier un repas chez Lasserre contre un os à moelle que le « Grand » l'a baisée tout récemment. Il juge la partenaire un brin fripée pour le « Casanova », mais il connaît l'éclectisme de ce dernier en matière amoureuse.

Il se redresse et examine la dame dans le rétroviseur.

Curieusement, elle fait de même. L'œil sagace du basset hound l'irrite inexplicablement.

— Cessez de me contempler ainsi, espèce de sale roquet ! l'apostrophe-t-elle.

Il ne dérobe pas son regard pour autant. En chien intuitif, il perçoit la totale nocivité de la donzelle. Quand elle est venue le retirer de la fourrière, il l'a un instant prise pour sa sœur de Macao mais, grâce à son odorat, a vite réalisé l'erreur.

Maintenant, il est sur le qui-vive. Où le conduit-elle, et pour y faire quoi ?

Écœuré, mal à l'aise, il craque une louise. Une chouette vesse canine. La bouffe de la fourrière était à ce point infecte que son vent est insoutenable. Tu croirais à une grève des éboueurs de la Villette, reconduite pendant six mois.

Barbara émet un cri d'horreur lorsque l'odeur lui titille les fosses nasales (ne pas confondre avec les forces navales).

Elle vocifère (à souder, voire à repasser), flanque un coup de son sac en cuir au clebs et baisse la vitre de son côté. Salami, qui ne tolère pas de telles irrévérences, s'élance de la banquette arrière et prend appui sur le dos de la conductrice pour sauter à l'extérieur.

Son exploit s'opère pile devant une voiture de police roulant sirène bloquée et dont le conducteur se carrait la speed limit au fion.

Déselfcontrôlé, le flic veut éviter le chien. Y parvient au détriment de la Rover qu'il embugne par le travers gauche, l'enquillant sous les roues d'un énorme bus scolaire peint en noir et jaune. S'ajoute à ces deux couleurs le rouge du sang anglais de Barbara donnant une évocation des drapeaux belge et allemand.

La baiseuse effrénée, broyée comme un excrément sous la botte d'un soudard, rend à Dieu une âme dont Il n'espérait plus grand-chose.

*
* *

L'action est la récompense de l'inaction.

Je commence à me sentir vieillir, chez ma gourgandine. Que branle-t-elle, l'Albioneuse ? L'en met du temps pour ramener mon cher Salami. Des vapeurs me bichent lorsque je songe aux fourrières d'ici qui sont peut-être expéditives et ne gardent pas les cadors errants.

J'ai pratiquement éclusé ma boutanche de bordeaux quand une idée germe en mon esprit fémalin[1].

1. Il serait malvenant d'évoquer chez moi un esprit fécond.

Mû par une pensée à ressort, je retourne dans le cabinet de travail de Barbara. Me penche sur la feuille du fax où l'imprimante a tracé, non seulement le texte voulu par l'expéditeur, mais également ses coordonnées. Tu parles si je les note !

Une heure passe derechef. Toujours nada. Que branle-t-elle, mon hyper-baiseuse ? Sa chaglatte ? Irritée comme elle est !

Je commence à m'éplucher les oignons à pleins ongles lorsqu'enfin on sonne. Je fonce vers l'entrée pour accueillir mon chien.

Déconvenue (des cons venus). Ne vois qu'un zigus de la police municipale qui, dans son uniforme couleur chlorophylle, ressemble à un citron vert affublé d'une casquette et d'un ceinturon.

Il jacte avec le larbin : une tête de nœud aux airs de chat constipé. Je pige que pouic à leur bavasserie, mais note l'expression particulièrement solennelle de l'ancillaire.

Leur converse se calmant, je demande au valet ce qu'il se passe car il est évident que ça ne tourne pas rond dans ce moulin à farine.

Le ouistoto joint l'éloquence au laconisme. En trois noms dénudés d'articles, il me campe la situation :

— Accident. Madame. Morte.

Enfin « lui » !

En énormes caractères noirs sur une plaque de cuivre :

Jef MAPPINE & Peter GROSZOB
Import-Export

L'immense porte de verre dépoli à double vantail possède, en guise de poignée, une reproduction du pouce de César.

Je sonne, du moins l'espéré-je, car le timbre ne génère aucun bruit. Néanmoins un déclic succède et un des battants s'écarte.

Univers somptueux : tapis, tentures, tableaux s'harmonisent dans des tons beige et bleu. Mobilier chiassement futuriste : verre, acier, palissandre.

Derrière une table de marbre azur, une ravissante Eurasienne, seule dans le vaste espace, triture un appareil à l'usage mal déterminé.

Elle me distribue des sourires de bienvenue dont la chaleurosité ferait fondre la calotte polaire, et trimbale des nichebabes olidesques dans une robe de velours noir.

M'avance en souriant jusqu'à pouvoir capter les deux jolies bêtes tapies dans son bustier.

— Vous désirez, sir ?

— J'aimerais parler à Mr. Peter Groszob, de la part de miss Barbara.

Je surprends le mouvement qu'elle opère pour presser un bouton (qui n'est pas celui de son clitoris) sous le bureau.

— C'est à quel propos ?

— Private.

À compter de cette seconde, j'ai l'impression désagréable d'être regardé à travers un spéculum. Je périscope et renouche sans peine deux petits objectifs logés dans une moulure du plafond.

— Mr. Groszob ne reçoit que sur rendez-vous.

— Dommage ! laissé-je-t-il tomber. J'aurais pu lui épargner certaines tracasseries consécutives à la mort très récente de son amie Barbara.

Sans insister, je place une courbette d'adieu et tourne l'étalon.

Un léger zonzonnement me parvient.

— Je vous en prie, sir ! hèle la fille.

M'arrête.

Retourne.

— Pardon ? ingénué-je.

L'hôtesse se lève.

Elle a un prose qui fournirait une couverture vachement attractive au futur livre du futur roi d'Albanie, intitulé : *Et mon zog, c'est du poulet ?*

— Venez ! elle m'enjoint (de cul lasse, naturellement[1]).

Je suis son bilboquet à crinière dans un dédale de couloirs jusqu'à une porte matelassée de cuir et cloutée d'or. À droite, une plaque de verre s'inscrit dans le mur. La gonzesse pose sa main dessus. Un temps bref : l'huis coulisse.

1. Plus c'est réchauffé, meilleur c'est.

— Vous pouvez entrer !

Voici un arc de détection d'armes : je le franchis et une sonnerie retentit.

— Vous voulez bien vider vos poches dans cette corbeille ? m'en prie la convoyeuse.

Je dégage mes quelques bricoles perso, y compris l'Opinel chirurgical évoqué antérieurement.

Nouveau franchissement de l'arceau. Tout est O.K. cette fois-ci. Une autre lourde coulisse et je déballe ma viande dans le sain des seins dont la règle est : super-luxe, super-confort.

Un homme est seul derrière un vaste bureau design. La soixantaine harmonieuse, le cheveu noir calamistré. De race blanche, mais avec un zeste de citron : pommettes saillantes, regard légèrement oblique.

Je le défrime, les mains croisées bas devant mes plantureuses génitoires ; il en fait autant.

Manière de fuir ses yeux acérés, je contemple une magnifique collection de statuettes d'ivoire datant de l'époque Ping-Pong, plus particulièrement un groupe de trois Chinagos occupés à se sodomiser courtoisement.

Enfin mon terlocuteur exprime :

— Qu'est-il arrivé à Barbara ?

Je tique en reconnaissant sa voix. C'est celle de l'homme qui m'a passé les coups de fil auxquels je dois de me retrouver en Chine.

Alors là, j'entre en érection mentale.

Sans y être convié, je m'empare d'un siège faisant face à Peter Groszob et en obstrue l'issue de mon gros côlon.

— Cher correspondant, jusqu'alors anonyme ! modulé-je, enfin je vous vois !

Son impassibilité est considérablement ébréchée.

— Vous ne sauriez imaginer le plaisir que me procure notre rencontre, poursuis-je. J'ai tant de questions à vous poser !

— Contentez-vous de répondre aux miennes ! riposte-t-il.

— Que pourrais-je vous apprendre que vous ne sachiez, mon bon Peter ? Ma vie est cristalline comme du sperme de garçonnet.

— Qu'est devenue Barbara ?

J'ouvre les yeux du chat déféquant dans des braises brûlantes.

— Sachez qu'elle est morte tout à fait accidentellement, dans sa voiture. Comme sa sœur. Étrange destin, non ?

Cette fois il est secoué pour de bon.

Avec calme, et sans omettre la ponctuation, je lui décris les circonstances ayant entraîné la mort des dames jumelles.

— En somme, péroraisonné-je, la triste fin de Nelly est conforme à vos vœux, mon cher ; à cela près que vous vouliez la faire périr de ma propre explosion, ce qui serait passé pour un « accident du travail » auprès de vos « associés ». Son trépas a été décidé par Barbara. Vous y avez consenti car vous étiez l'amant de cette dernière. Au passage, je vous adresse mes compliments : c'était l'une des toutes premières baiseuses que j'aie pratiquées.

« Quant à votre collaboratrice de Macao, elle ignorait que je fusse « chargé », mais elle a phosphoré et pressenti qu'il se tramait quelque chose. Elle a alors tenté de me faire liquider par ses gens avant mon arrivée, chacun de vous possédant, semble-t-il, sa garde prétorienne. Hélas pour sa santé, le coup a raté.

Il est tout bizarroïde, le big chief, pas joyce du tout dans ses baskets du dimanche.

— Je parie, ajouté-je, que ces très chères sœurs se haïssaient à cause de vous, mon brave Peter. Ah ! il faut reconnaître que vous possédez un grand charme, avec, je devine, la manière de vous en servir !

On se défrime avec des yeux d'entomologistes. Puis, me sentant d'humeur bavasse, je remonte à la tribune :

— Si vous me permettez, votre organisation paraît rocambolesque. Elle est le fruit d'aventuriers séniles ; ce n'est plus à vos âges qu'on devient Alexandre le Grand, voire simplement Al Capone.

« Apprenant le décès accidentel de votre maîtresse, j'ai profité de ce que je me trouvais chez elle pour fouiller son bureau et rassembler certains dossiers que j'ai déposés en lieu sûr avant de venir ici.

« Entre autres choses passionnantes, j'ai mis la main sur la liste des prochains « explosables ». Du beau monde : M. Agnelli, le Premier ministre canadien, Boris Eltsine, et pas mal d'autres ! Inutile de vous préciser que je les ai déjà fait prévenir.

Celui que j'appelais « mon mystérieux correspondant », la secousse encaissée, reprend du poil de la bêbête :

— Rendez-moi rapidement ces documents, sinon vous le regretterez !

— Si j'avais à le regretter, monsieur Groszob, vous ne vous en remettriez pas !

Son visage cesse d'être figé. Marmoréen, ça s'appelle en littérature-pousse-café.

— Ne parlez pas à tort et à travers, fait-il. Regardez plutôt.

Il se lève et s'approche d'un énorme téléviseur. L'appareil est monté sur un axe et pivote. Groszob presse une touche noire. L'écran s'allume. L'image met un temps à se constituer. Enfin, elle finit par se « rassembler », se coaguler, et que vois-je ?

Non, ne cherche pas à deviner, tu te fraiserais !

Une pièce blanchie à la chaux, nue comme l'œil dans son orbite. Deux nattes sont étalées sur le sol et trois personnes gisent dessus dans une grande détresse physique : les vêtements lacérés, des plaies au visage, la denture ébréchée, le crâne bosselé.

Je retiens un cri en reconnaissant Béru et les époux Pinuche.

— D'accord ? me demande Groszob.

centre
démie
glotte
Épi graphe
ne
logue

Je pourrais encore longtemps.

Ne veux pas.

Ma devise, tu la connais ? « Tire des coups, mais jamais à la ligne ! »

Pour t'en reviendre à la situasse si bourrée de dynamite qu'elle va finir par m'éclater à la gueule…

Voir ce trio, misérable, saccagé, brisé, fait gonfler mon cœur d'une rancœur monotone. Ce saligaud, c'est donc Satan en personne !

Il m'explique, complaisamment, qu'il s'est assuré de mes compagnons, à leur retour de Hong Kong, les a mis en lieu sûr après les avoir « consciencieusement » interrogés. Conclusion, on joue à « Je te tiens, tu me tiens par la barbichette ».

Il propose un échange, le Dracula d'Orient-Extrême : je lui restitue les documents engrangés chez sa vieille complice et il me rend ces trois navetons. Correct ?

T'imagines, Titine, que je vais attacher foi à sa propose ?

Il ne relâchera jamais des gens (moi le premier) qui en savent si long sur son industrie. Nous sommes dans l'impasse.

Son œil impitoyable me scrute ironiquement.

Je fonctionne du bulbe à la vitesse d'un hydroglisseur de compétition.

N-à ce point précis du récit, intervient un intermerde, dirait le Gros. On apporte à bouffer aux prisonniers. Ce simple fait va décider de la suite (et de la fin) de cette inestimable histoire qui sera classée « tête des ventes » par les Relais H et, peut-être, monument historique !

Sais-tu quoi ?

Tu tiens à ce que je t'y révèle, Adèle ?

Alors voilà :

Le mec qui donne la bouffe à mes aminches je l'ai aperçu avant d'entrer dans le burlingue de Groszob.

Tu me lis bien, avec tes lotos globuleux ?

Que signifie cette constatation ?

Que la geôle de mes patriotes cons est située sous le toit qui nous abrite !

Pas à hésiter.

Je t'ai causé de la statue en ivoire de l'empereur Suç Mao Pin' sur un socle de marbre blanc ? Non ? Ben, elle !

Me le biche par le cou, le monarque de la dynastie Dû Trong.

Il pèse autant qu'un cochon mort. Le brandis pourtant d'une seule paluche et lui fais donner l'accolade à mon hôte.

Où tu vois le tyran, en Suç Mao Pin', c'est qu'il écrabouille le dôme du vieux nœud. Groszob n'a pas eu le temps de réagir, le voilà avec la calotte crâneuse au niveau du nez ! Ça décoiffe, hein ? Le sang jaillit par ses deux portugaises à la fois, ce qui n'est jamais bon cygne.

D'un seul coup, l'Antonio récupère sa sérénité.

J'essuie, à l'aide des rideaux, le buste souillé de Sa Majesté, manière d'effacer mes empreintes. Ouvre deux tiroirs du bureau. Pourquoi n'en ouvré-je pas davantage ? Parce que c'est dans le deuxième que je découvre un pistolet de fort calibre. Outil sérieux et qui doit valoir une fortune. Ses flancs chromés recèlent un chargeur de neuf bastos. De quoi rire et s'amuser en société !

*
* *

Nous l'avons récupéré le lendemain, dans une rue du centre.

Pour ne pas retourner en fourrière, Salami avait trouvé une astuce : marcher au côté d'une vieillarde. Il circulait ainsi sans craindre les lassos des traqueurs de chiens vagabonds. L'ennui, c'est qu'il ne pouvait choisir son itinéraire.

Il m'apprit par la suite qu'il avait toujours gardé confiance en moi et en sa bonne étoile.

Un chien pareil, je te le jure, il n'en existera jamais deux !

Présentement, nous sommes en vacances sur la Costa del Sol avec Félicie.

Le soir, nous jouons au rami *tous les trois*.

C'est Salami qui gagne.

DU SABLE DANS LA VASELINE

1998

À Fabrice Carpentier de Caro
dont les activités sont si loin des miennes,
mais dont le cœur est si proche du mien.

San-A.

J'étais indéniablement philanthrope.

Je voulus traverser à gué un marigot infesté de cons. Quand j'atteignis l'autre rive, j'étais devenu misanthrope.

San-A.

De nos jours, à défaut de se distinguer, on se singularise.

*
* *

Fais des pieds et des mains, certes, mais fais surtout du sexe.

*
* *

Un critique gastronomique mange pour gagner son pain.

*
* *

Les vaches qui regardent passer les trains connaissent les horaires.

Albert Benloulou

*
* *

Le point de suspension, c'est le parent pauvre de la ponctuation.

*
* *

Il n'y a pas plus con qu'un homme ayant les couilles pleines.

Zoulet

1

Il paraît gentil, l'ours. À preuve, c'est le jouet du premier âge. Son pelage épais, son air rigolard et sa démarche de gros plein-de-miel inspirent confiance.

Seulement il a quarante-deux dents et aime s'en servir. Alors tu penses : bonne nuit les petits, mon cul ! Martin, t'as pas intérêt à le réintégrer dans les Pyrénées.

Redoutable jusque dans le jeu de Scrabble qui ne comporte pas deux Z pour pouvoir écrire « grizzli », il t'arrache la tronche d'un coup de patte, comme toi l'aile d'un ortolan. Faut se rendre à l'évidence : nounours est un fauve plus sanguinaire que ceux d'Afrique et du Bengale.

Celui de mon histoire est un ours blanc du nom savant de *Thalarctos maritimus*. C'est précisé dans le programme. Superbe mâle de trois ans, il a été découvert sur je ne sais quelle banquise arctique où il se faisait chier à attraper des poissons par un trou pratiqué dans la glace.

Ses chasseurs faillirent l'épeausser pour le transformer en descente de lit mais, impressionnés par sa taille, ils jugèrent qu'il rapporterait davantage de blé sous un chapiteau que dans la chambre à coucher d'une vieille pétasse. Le brave Martin s'est retrouvé à Hambourg.

Dans un premier temps, le zoo voulut l'acquérir. Heureusement pour mon récit, un jeune mec, beau comme une bite d'archange, était là, qui surenchérit jusqu'à l'obtenir. Ce garçon, dont je te fais état, était le fils cadet du plus important des brasseurs allemands.

Il consacrait sa vie au cirque et à l'enculage à sec d'obèses (des deux sexes) rencontrés au hasard de ses pérégrinations. Le bruit court que ce magnifique éphèbe aurait rendu mère Daisy Bringer, la femme la plus grosse des U.S.A. (460 kg avec sa culotte). Mais c'est là un ragot de couloir (à lentilles) car notre dompteur n'a jamais reconnu le fruit de ses amours.

Cet Adonis s'appelle Erwin Liebling. Il est plus blond que blond, se fait décolorer entièrement (poils pubiens et culiers compris).

À la piste et à la ville, il est habillé de blanc et se change sitôt qu'une infime tache souille ses vêtements.

Cette maniaquerie faillit lui causer des désagréments, le jour où il planta son couteau dans le ventre d'un serveur de restaurant qui avait renversé le contenu d'une saucière pleine de coulis de tomate sur son plastron. Fort heureusement, l'employé portait un bandage herniaire, ce qui valut au dompteur d'éviter la prison.

Son ours blanc lui permit de réaliser le tour de magie le plus extraordinaire jamais présenté dans un music-hall. À vrai dire le plantureux plantigrade n'était pas pour grand-chose dans le succès du dompteur, mais sa masse immaculée et son air bonnasse en renforçaient l'impact.

Le numéro s'opérait ainsi : on amenait sur la scène une énorme cage de verre qu'on plaçait sur des tréteaux nickelés. Liebling démontrait, en tournant autour, puis en passant dessous, sa parfaite transparence et l'impossibilité d'un double fond. Il faisait grimper le *Thalarctos maritimus* à l'intérieur. Deux gracieuses assistantes intervenaient alors et tendaient un immense châle devant les parois vitrées. L'artiste immaculé comptait jusqu'à trois, puis d'un geste délicat, il leur arrachait l'étoffe, laquelle disparaissait instantanément. Stupeur ! La caisse en verre était vide. L'Allemand claquait des doigts et l'ours surgissait des coulisses, habillé en magicien : smoking et gibus noirs, déclenchant une formidable ovation.

Erwin passait à la seconde partie de son tour. Pendant que son animal retournait derrière la scène, il recrutait un volontaire dans la salle ; il ne s'agissait pas d'un compère. Il le choisissait pittoresque pour que le public puisse en rire. Il invitait l'homme à s'installer dans la cage. Les deux filles revenaient, déroulaient leur tissu. Le « Maître » comptait à nouveau et s'emparait du châle, le transformant en drapeau américain. Cette fois l'ours se trouvait à la place du volontaire. Le mot « magie » était le seul dont on pouvait qualifier un tel exercice.

Erwin Liebling acquérait rapidement une renommée universelle. Il avait décidé de ne se produire qu'à Vegas dont il devenait l'une des incontournables gloires. Les obèses abondaient aux States pour sa plus grande jouissance.

Au moment où débute cet admirable récit, il avait pour maîtresse un « sang-mêlé » d'une demi-tonne, appartenant au même spectacle que lui. L'individu arrivait dans un palanquin véhiculé par une dizaine de porteurs athlétiques. Son rôle consistait à dévorer un porcelet vivant devant l'assistance. Le goret poussait des cris atroces que le balèze lui mangeait dans la hure. La ligue protectrice des animaux voulut faire interdire l'exhibition, mais le représentant de la loi, mandaté pour la circonstance, avait constaté que la bête sacrifiée était en réalité un faux cochon de brioche et de sirop de groseille, astucieusement articulé, dont les cris d'agonie étaient assurés par un enregistrement dissimulé entre les cuissots du boulimique. Ce dernier avait immédiatement mobilisé la sexualité particulière d'Erwin, qui le prenait plusieurs fois par jour, soit par l'anus, soit entre les bourrelets de sa chair, génératrice de replis profonds auxquels l'Allemand confiait sa semence.

En dehors de ces surprenantes étreintes, le fils du brasseur s'affichait en compagnie de pin-up tapageuses qu'il ne touchait pas. Il les comblait de cadeaux, les gavait de champagne et se laissait photographier avec ces donzelles de magazines pour asseoir son standing.

Tels se présentaient les faits lorsque nous débarquâmes dans la vie de « l'homme en blanc ».

Je dis « nous » car je n'étais pas seul, tant s'en faut ! Nous étions redevables de ce voyage collectif aux U.S.A. à Pinaud appelé là-bas par ses affaires américaines.

Tu dois te souvenir, ô mon lecteur comblé, que la Pine, dit la Vieillasse, a fait fortune sur le tard aux États-Unis grâce à deux idées que n'eût pas désavouées Christophe Colomb[1]. À cause de

1. Il proposa à une fabrique réputée de pâte dentifrice d'allonger l'empennage de ses brosses à chailles et d'agrandir l'orifice de ses tubes, accroissant ainsi ses ventes d'un tiers.

ce concept génial, le doux César perçut des dividendes forcenés qui modifièrent sa vie : appartement de grande classe à la Muette, domestiques, Rolls, suceuses de luxe, vêtements de chez Zilli, villa sur la Côte d'Azur, caviar, montres Cartier, manteau de zibeline à Médème, thermalisme de haut niveau, chien de concours, shampooing au foutre de puceau ; tout ! Que dis-je : tout !

Chaque année, la société en question organise un symposium dans quelque lieu touristique des States. Fastueux, notre cacochyme ami a tenu à nous offrir le voyage, aux Bérurier et à moi. M'man a décliné l'invitation because une crise aiguë de rhumatismes, si bien que nous débarquâmes à cinq dans cette ville insolite. Joignant l'utile à l'agréable, nous y menions grande vie. Pinuche ne lésine pas. Il sait jouir de sa fortune et en faire profiter les amis.

Ce soir-là, il a pu obtenir des places au marché noir pour le Gladiateur, le meilleur music-hall de Las Vegas où se produit notre roi des prestidigitateurs, flanqué de son fameux ours blanc « Pussy ». Le numéro est remarquable et fait chanceler la raison. Le public reste incrédule devant des sortilèges défiant l'entendement. Le bel éphèbe blond évolue avec grâce. Il parle peu, agit avec précision, ponctue ses gestes de brefs commentaires ironiques.

Tous les spectateurs en bavent des ronds de serviettes, à l'exception d'Alexandre-Benoît qui joue à l'esprit fort. « C'est pas marle, y a un truc ! » affirme-t-il à voix haute, qu'à la fin, n'en pouvant plus, je le rembarre :

— C'est bien parce qu'il y a un truc que le numéro est exceptionnel, Pine-d'Âne !

Invaincu, il continue de faire la moue. Ses sarcasmes me battent les roustons jusqu'à la hauteur des genoux, aussi lorsque l'artiste réclame un « volontaire » lui adressé-je de grands gestes pour mobiliser son attention. Ce prince du mystère m'avise et vient à nous.

— Vous, monsieur ? me demande-t-il.

— Non, mon ami ici présent, rectifié-je.

Il mate l'Ignominieux et esquisse une moue réprobatrice.

— Je crains que la corpulence de votre compagnon n'enlève de la légèreté à ma démonstration. Par contre, poursuit-il en mettant la main sur l'épaule de César, ce gentleman fera merveilleusement l'affaire.

Toute la salle applaudit et Pinuche se laisse embarquer sur la scène, effarouché mais pas mécontent de son succès. Une fois sous les feux de la rampe, il salue la foule puis envoie un baiser à son épouse du bout de ses doigts jaunis par la nicotine.

Le Maître l'aide à s'installer dans la cage. Les deux gonzesses en maillot fluorescent développent leur large châle destiné à masquer la boîte de verre. Herr Liebling saisit l'étoffe par le bas. À l'orchestre, un roulement de tambour, ponctué d'un coup de cymbale. Poum ! Le tissu se met à flotter au-dessus de la salle. Tu sais quoi, Benoît ? Oui, puisque je te l'ai déjà dit plus haut : il s'est changé en immense drapeau américain. Le public frénétique des paumes. Et puis se fige en réalisant que la vieille ganache n'est plus dans la caisse mais, qu'à sa place, il y a l'ours placide, immaculé des crocs jusqu'au bout de la zitoune.

Re-ovations !

Clameurs ! Sifflets, car en Ricanerie c'est ainsi que l'on marque sa satisfaction.

L'Allemand salue, l'ours également et aussi les deux grognasses. La musique attaque l'*hymne à la paix*. Des jeux d'éclairage rythment les vivats. Erwin Liebling en bande dans son falzar. Un haut-parleur beau parleur annonce que l'artiste signera ses photos au foyer. Des nanas dépoilées un max se mettent à proposer du pop-corn d'abondance. Le public en achète par seaux de plastique de cinq litres ! Geneviève-Marthe Pinaud, enamourée, commente la prestation de son époux valeureux. L'allure qu'il avait, ce vieux con, dans les projecteurs !

Elle a hâte qu'il réapparaisse pour lui sauter au cou, lui rouler la pelle du vainqueur.

Seulement il tarde.

Il ne revient pas.

On ne le reverra que deux mois plus tard.

Sur un autre continent.

2

Nous avons passé plus de vingt minutes à attendre le magnat de la brosse à dents. Nous pensions qu'il s'attardait à palabrer en coulisse, le Fossile. Je l'imaginais racontant sa vie aux machinos, ou bien se faisant expliquer des trucs techniques, curieux de tout comme il est ! On glandouillait dans la salle ; déjà une armada de Noirpiots s'activaient en pilotant des aspirateurs géants pour évacuer les papiers gras, les cacahuètes écrasées, les gobelets de Coke, les petites culottes perdues, les programmes froissés et toutes les scories qui déshonorent une salle de spectacle U.S. après chaque représentation. Les machines turbinaient à mort : on ne s'entendait plus respirer. À la fin, un gusman baraqué Tarzan nous a priés de quitter les lieux sur un ton sans réplique.

J'ai tenté d'expliquer que nous attendions un ami qui avait participé à la représentation, mais le videur se moquait de mes éclaircissements comme de sa première branlette. Il a ouvert grands les bras, tel le Christ du Corcovado en surplomb de la baie de Rio, et nous a refoulés vers la sortie.

Le dompteur vêtu de blanc continuait de signer sa photo à des donzelles enflammées et gloussantes. C'était un vachement beau mec. Son bronzage sortait probablement d'une bouteille mais achevait de le rendre ensorceleur. S'il avait réclamé une pipe, toutes les pécores se seraient jetées à genoux devant lui, la bouche béante, pour la lui tailler en biseau.

La mère Pinaud commençait à les avoir moites de son César volatilisé. Elle nous éburnait, le Gros et moi, comme quoi nous devions « entreprendre quelque chose ». En réalité, cette vieille salade redoutait que son cosaque fasse du gringue aux assistantes du prestidigitateur ; elle avait remarqué qu'il louchait sur leurs gambettes pendant la soirée.

J'ai fendu le flot des admiratrices, frôlant sans répulsion nichebards et joufflus. Ce troupeau de biches humides sentait fort le parfum d'Uniprix et la chaglatte survoltée. Je suis néanmoins parvenu jusqu'au héros après avoir empoigné une chiée de loloches pour assurer ma déambulation.

Arrivé devant le grand homme, je lui ai voté un sourire éblouissant.

— Pardon de vous importuner, j'y ai dit, je viens prendre des nouvelles de mon ami, le père Dunœud que vous avez fait disparaître.

Il a froncé ses sourcils d'or.

— Je ne comprends pas, a-t-il répondu.

— Moi non plus ; il n'a pas reparu après son escamotage. Expédiez-vous vos cobayes dans la quatrième dimension ?

Ma plaisanterie ne l'a guère amusé. Il s'est levé si brusquement que sa chaise s'est renversée.

Les pucelles ont protesté en réalisant qu'il arrêtait là sa séance d'autographes, mais il est demeuré intraitable. Il a foncé vers la salle vide, avec ma pomme en remorque. Les aspirateur's men ont stoppé leur boucan en le voyant radiner. Ce gus marchait vite, je devais presque courir pour conserver le contact.

Le rideau de fer était baissé. Nous avons emprunté une porte sur la droite de la scène, puis traversé un espace immense. Rien de plus angoissant qu'un grand théâtre vidé de sa magie. Ne subsiste plus qu'une étendue morte. Les décors étaient repartis dans les cintres, les projecteurs alignaient leurs grappes noires, seules quelques loupiotes répandaient une méchante clarté funèbre sur cet univers saugrenu.

Dans le fond, une sorte de petite pièce éclairée, meublée d'un burlingue, derrière lequel un gros type rubicond remplissait des fiches.

Le prince (ou le roi) du mystère lui demanda s'il avait aperçu, rôdant en coulisse, le doux vieillard qui s'était prêté à son expérience. Le gros répondit négativement. Il n'avait même pas jeté un œil sur le moniteur de service.

À cet instant, les deux greluses servant de comparses au magicien quittèrent leur loge proche en s'esclaffant. À présent qu'elles avaient autre chose que leur raie culière pour leur servir de culotte, elles me semblèrent jolies. Je les interceptai sans prendre l'avis de leur patron et les questionnai à propos de Pinuche. Elles me dirent lui avoir indiqué le chemin des chiches, ce qui ne m'étonna point car César a maille à partir avec sa prostate depuis quelque temps. Ces charmantes personnes me le montrèrent, à moi aussi, et je débouchai dans un domaine carrelé où une musique suave encourageait le relâchement des sphincters. Une double alignée de vasques attendaient le bon vouloir des vessies, tandis qu'à l'extrémité de cette voie royale, une rotonde garnie de portes s'offrait à la convoitise des chieurs en gestation.

Je fis le tour de ce palais de la Délivrance et constatis qu'il était désert. Un détail, cependant, retint mon attention : dans un des urinoirs se trouvait un mégot jaune de Gitane maïs pareil au cadavre d'un cancrelat africain. Sur tout le continent, seul César Pinaud pouvait jeter un clope pareil.

Cette découverte me confirma le passage de la Vieillasse en ces lieux de recueillement. Je les vidai (de ma personne), toujours suivi par les frangines d'Erwin Liebling.

Une fois hors des latrines, je découvris que deux couloirs opéraient leur jonction à cet endroit. L'un desservait la scène, l'autre les loges. J'empruntis le second. Une des portes, restée entrouverte, me permit de surprendre le Maître, en slip et au téléphone.

M'apercevant, il obstrua le combiné de sa main libre et me lança :

— Trouvé quelque chose ?

— Non.

— Il aura pris la sortie de service et vous attend probablement dehors.

— Possible.

Je lui fis un signe de la main et poursuivis mon chemin. Mes petites potesses me filochaient le dur avec obstination, comme si elles devinaient que j'en avais une chouette à disposition. De la rapière sachant monter les œufs en neige et servir de perchoir à six cacatoès à la fois. Elles me guidèrent jusqu'à la rue. À Las Vegas, il ne fait jamais nuit. La ville est embrasée du coucher au lever du soleil. Toutes les couleurs de l'arc-en-ciel dans leur totale apothéose ! Elles doivent se voir depuis Mars.

Les deux gerces m'ont virgulé une double œillée interrogatrice.

— Je dois retrouver mon copain, leur ai-je dit, et m'occuper d'un couple d'amis aussi dégourdis que des bordures de trottoir. Si vous n'avez rien de mieux à branler, dans deux heures vous pouvez me rendre visite à l'hôtel Gamma, appartement 2001, kif *l'odyssée de l'espace*. Y a du champagne plein le frigo et le bidet est à jets rotatifs.

Elles ont ri et ont suivi leur route.

Moi, je suis allé repêcher mes naufragés à l'intérieur du music-hall.

3

Ils ressemblaient à des mouettes exténuées sur un rocher, chacune piétinant un mètre carré de moquette sans se décider à prendre son envol. La Pinaude se montrait plus désemparée qu'un gardien de prison devant la perte de ses clés. Elle regardait alentour d'un air angoissé et, because une ancienne opération de l'anus, lâchait des chapelets de vents menus, pareils à ceux libérés à la messe par ces vieilles religieuses bourrées de féculents, lesquels sont connus sous le nom de « pets-de-nonne ».

Les Béru ne valaient guère mieux. Une profonde détresse se lisait sur leurs trognes vultueuses. Les States semblaient peu leur convenir. Ils gardaient un mutisme auquel je n'étais guère habitué. Pourtant, en me voyant, les trois lancèrent un même cri :

— Alors ?

— César a dû se perdre dans les coulisses, dis-je. Il aura emprunté une sortie de secours débouchant sur l'avenue de derrière et ne s'est pas retrouvé. Rentrons à l'hôtel, il ne tardera pas à nous rejoindre.

Nous fîmes ainsi. Notre palace étant proche, nous y allâmes pédérastement. Nous nous déplacions par deux : le Gros et la Pinaudière devant, Berthe-au-Gros-Cul et moi derrière. L'énorme salope se cramponnait à mon bras comme un peigneur de plafond à son pinceau. Soudain, elle murmura :

— Faut qu'je vais vous faire une confidence, Antoine : j'croive qu'c'magicien m'a envoûtée.

— Qu'entendez-vous par là, ma très chère Berthe ?

— Depuis qu'je l'aye vu, il m'obscène. L'a dû m'j'ter un flirt amoureux. Si j'vous dirais, pour n'rien vous cacher : je mouille de penser à lui. Vous voudriez vérifier ?

— Non, non, refusai-je, je vous fais confiance.

— C'est l'plus bel homme dont j'ai jamais rencontré, Antoine. Y m'passerait sa langue dans l'train, j'crillerais d'bonheur.

Ces confidences meublèrent le chemin du retour. Nous arrivâmes à l'hôtel pour constater l'absence de la Guenille. Je te passe les larmes de la loufeuse. Dans l'émotion ambiante, Béru joignait ses pets aux siens pour un duo de flageolets absolument poignant.

À force de promesses fallacieuses et de paroles sédatives, je parvins à envoyer la dame coucouche-panier. Berthe la borda (je dirais volontiers : la bordella) et lui brancha un film porno, production de charme, extrêmement réussie, représentant Cléopâtre VII se laissant brouter la moniche par César. Du coup, la rombiasse en oublia son César à elle, et de son médium sec, activa un clito qui l'était davantage.

Je pris congé de mes légionnaires, leur assurai que j'allais m'occuper de cette troublante affaire et gagnai ma chambre où j'ôtai : veston, cravetouze et tarbouis. Me servis un double bourbon-Coca et le bus, englouti entre les bras d'un fauteuil aussi profond qu'une pensée de Bernard-Henri Lévy.

Je me consacris au mystère pinulcien, envisageant calmement les différentes hypothèses générées par sa disparition. Puis, l'éclairage tamisé et la boisson m'enrôlèrent dans un sommeil de bonne qualité.

Le ronfleur du bigophone m'arracha à cette félicité. Je saisis l'appareil bleu à incrustations de nacre. Un concierge à l'accent anglais m'informa que les demoiselles Morgan étaient à ma disposition.

— Faites-les monter, enjoignis-je.

Elles furent là en moins de temps qu'il n'en faut à un surdoué pour apprendre les langues orientales. Fraîches et pimpantes, un beau sourire auquel on venait de passer la troisième couche incitait à la lubricité.

Je les fêtis comme il convenait, non sans avoir réintégré mes souliers.

À les contempler, assises l'une à côté de l'autre sur un canapé de bambou, on s'apercevait qu'elles étaient sœurs, non pas jumelles mais séparées seulement par une pincée d'années.

L'aînée se nommait Marika, la cadette Maud afin, sans doute, de les doter des mêmes initiales. Leurs lèvres s'entrouvraient sur des perles éclatantes. J'eusse aimé que miss Bitoune s'en fasse un collier. Cet espoir n'était pas insensé si on s'en référait à leur air fripon.

Je préparai des cocktails de mon invention dont la teneur en alcool se montrait largement supérieure à celle d'un yaourt bifidus actif. Elles le trouvèrent si tellement bon que je dus leur en confectionner seize à la suite. Elles tenaient bien le coup et ne déraillaient point.

Je mis la badinerie sur le prince de la magie, mais elles changèrent de converse illico dard-dard subito. Visiblement, il s'agissait d'un sujet tabou. Je n'insistas point, sachant qu'il est sot de vouloir extraire des renseignements de quelqu'un décidé à la boucler, quand on n'a pas l'opportunité de lui effeuiller la denture avec un marteau de savetier ou de lui carrer un manche de pioche dans l'œil de bronze. Je mis fin au bavardage en les lutinant à la française, méthode préférable à toutes les autres. Je m'activis avec un bonheur à tout casser ; j'adore pratiquer deux filles simultanément. L'exercice contraint à des prouesses stimulantes, pleines de créativité.

Je les entrepris de si belle façon qu'elles en perdirent tour à tour : leurs chaussures, leur culotte, leur jupe, leur chemisier, leur soutien-loloches en dentelle noire, leur sens des convenances et leur lien de parenté.

Ce fut une séance assez hard dans le genre, avec sécrétions à discrétion, pâmeries répétitives, initiatives outrancières, gamahuchages forcenés, arrêts sur image, branleries à cinq mains, coup franc dans le rond central, tirs au but chantilly. Pour la première fois de ma tumultueuse existence dépravée de bonnes intentions, j'eus droit à un double mâchage de roustons : Marika m'engouffra la balloche droite tandis que Maud se contentait de la gauche, qui est d'un diamètre légèrement inférieur à sa jumelle. Ce fut là un très fort moment de ma vie sexuelle, laquelle serait presque aussi intense que mon activité cérébrale si je lui consacrais davantage de temps ; mais chez moi, l'âme prime la chair et j'ai connu des orgasmes spirituels, en priant, plus capiteux que ceux auxquels j'accède en tringlant. Comme quoi les desseins du Seigneur sont impénétrables, eux !

Ce doublé à mes valseuses accrut mon plaisir. Jugeant ma délivrance imminente, je crus opportun d'en avertir ces dames afin qu'elles prissent leurs dispositions concernant la répartition des bénéfices. La plupart des femmes (parmi celles que je fréquente) ont la saine habitude de ne rien laisser perdre de mes excédents de bagages. Je craignais que leur dualisme les incite à des politesses au moment crucial, au risque de faire capoter mon panard, chose détestable entre toutes. Pour parer au danger, je pris les devants et désignas ma réceptrice universelle, en l'occurrence l'aînée, me basant sur cet élémentaire raisonnement : plus on a de la bouteille, mieux on sait la vider. Touchée par ce legs inattendu, l'admirable partenaire m'emboucha séance tenante cependant que sa gentille sœur, peu rancunière, me pétrissait les bourses comme le boulanger de jadis son levain.

Ces efforts conjugués eurent raison de ma réticence opposée par pure coquetterie et je me défis avec brio de quelques millilitres d'une semence de haute qualité qui, mieux ciblée, aurait pu devenir président d'un tribunal de haute instance, ou chef de clinique d'un hôpital parisien.

L'intense jouissance en résultant fut de brève durée. À peine ma partenaire achevait-elle de savourer mon ultime spasme qu'il s'opéra dans la chambre un remue-ménage silencieux, si je puis dire. Je perçus quatre détonations étouffées, un cri escamoté et une plainte rauque. Le bruit sec d'une porte refermée conclut ce chapelet sonore.

Je constatis alors avec horreur et stupeur que la tronche de ma douce pompeuse venait d'éclater sur mon bas-ventre. J'avais le bide, le paf et les cuisses rouges de sang. Légèrement en retrait, la jeune frangine dégustait sa dose également et sa boîte crânienne bâillait kif le couvercle d'une chope à bière bavaroise.

Tout autre que ton San-Antonio joli aurait jailli du lit, gueulé au charron, accompli mille conneries dictées par l'affolement. Ma pomme ? Que nenni, mon z-ami ! Une minute d'intense réflexion, puis j'ai attrapé mon babillard avec précaution.

Une souris gazouilleuse m'a répondu.

— Vous avez un détective attaché à l'hôtel ? lui ai-je demandé.

— Certainement.

— Alors dites-lui de grimper au vingtième étage, chambre 2001. Qu'il se munisse d'un passe car la porte est fermée.

Ensuite je laissis retomber l'appareil et me mis à réfléchir comme la galerie des Glaces.

4

Le détective arborait un complet de soie beigeâtre chiffonné et un nœud pap' dont chaque aile représentait une plume de paon. La chose me rappela l'aversion de Félicie pour ces oiseaux ;

elle assurait, preuves à l'appui, que leur parure bleu et vert portait malheur.

L'arrivant était un bourlingueur fatigué, aux cheveux gris, à la trogne violacée par l'alcool. Des varices de comptoir sillonnaient son gros pif, style carte des voies navigables. Un péone du concierge l'escortait, du genre sud-amerloque souligné d'un zeste de négritude.

Sitôt qu'ils eurent ouvert la porte, je leur criai de s'approcher du lit en décrivant un détour pour ne pas brouiller d'éventuelles traces de l'assassin. Le spectacle aurait flanqué la cagate à un constipé chronique. Imagine ces deux belles filles mortes et nues affalées sur ma partie basse, leur raisin continuant de dégouliner, et bibi a loilpé sous les victimes, la bitoune pas dégonflée en plein, à trois centimètres de la bouche vernissée de rouge et de foutre de la môme Marika ! Tu prends conscience, Hortense ? Nick Pinkerton, le fameux privé du super-palace, en avait le dentier pantelant ! Son accompagnateur trépidait de trouille dans son bath uniforme de pêcheur de pourliches.

— De quoi s'agit-il ? questionna le détective.

— Si je vous dis que tout ça résulte de la nacelle d'un téléphérique qui vient de se décrocher, vous ne me croirez pas, ripostai-je. Moi, mon vieux, à votre place, je ne toucherais à rien et j'appellerais la police, sinon ces messieurs risquent de vous faire pleurer les miches, vous ne pensez pas ?

En guise de réponse, il a saisi le turlut et composé le numéro de ses « collègues » officiels. Il avait raison de ne pas se prendre pour Columbo car il sucrait si fort qu'on se demandait comment il dégagerait Big Zob de ses brailles pour lancequiner.

*
* *

Ils n'ont pas traîné, les draupers de Vegas. En moins de jouge le quartier a résonné de leurs sirènes. Bien plus fort que dans les films ! Ici, c'était pas un produc qui casquait les dépassements, mais le contribuable du Nevada. Ça n'en finissait pas de radiner, de ululer, de freiner à mort. La lumière des gyrophares montait jusqu'au plaftard de la chambre, kaléidoscopait d'étranges motifs sans queue ni tête.

En entendant ce ramdam, le privé de l'auberge n'a pas hésité : il a dégainé son flacon de remontant et l'a tuté d'une seule glottée, puis a roté avec la force d'un chalumeau oxhydrique ; si tu chopes ça en pleine poire, t'es schlass avant que le nuage ne se dissipe.

Et alors la brigade montée s'est pointée. Une horde ! Y en a eu de partout en même temps. Pas des sympas ! Le chef était un gonzier à l'air sauvage, ça provenait de son œil blanc qu'il trimbalait dans une orbite au pourtour désossé. Il possédait une tronche carrée, marquée d'eczéma, avec la moitié gauche de la mâchoire entièrement aurifiée (consécutivement à l'accident qui lui avait dévasté la prunelle). Il portait un costard marron avec une chemise à damier et une cravate rouge sur laquelle était peint un héron. J'avais encore jamais vu un zigus commak, même dans les films d'épouvante comme *La Nuit des morts-vivants*.

Il s'est avancé jusqu'au pied du lit pour visualiser le tableau : ça valait un Vermeer. Le privé bredouillait des choses dont Nonœil se foutait comme de sa première culotte « Petit Bateau » (en anglais : *Little Boat*) ; il matait l'étrange groupe que nous formions, ces demoiselles et moi. Son mono-regard errait du con de ces jeunes filles à ma chopine contrite. C'était peut-être la première fois qu'il admirait une partouzette flinguée.

— Ces gens-là n'avaient pas l'air de s'embêter, a-t-il conclu.

Ensuite il a fait signe aux spécialistes de l'Identité et ces messieurs ont tiré des portraits de famille à tout va. Ils me faisaient la part chouette ! D'ici une heure, la bourdillerie de Las Vegas n'aurait pas assez de murs disponibles pour y placarder des gros plans de mon chibraque. J'avais hâte de parler au borgnus, de lui narrer le massacre ; mais il savourait la situation à la cuillère, ce forban ! Je me disais qu'en apprenant ma profession, il déflaquerait dans ses hardes !

Sans charre, jamais je n'étais resté si longtemps avec mon chauve à col roulé exposé aux pires convoitises.

Lorsque les photographes eurent terminé leur documentaire et le légiste enregistré les ultimes constatations sur les sœurs Brontë, on m'a enfin libéré des trépassées. J'ai remisé ma matraque entre mes jambes, faute de mieux, et couru à la salle de bains pour me défaire du sang qui me souillait.

Tandis que je me fourbissais la viande, le perdreau-chief est venu me rejoindre et a refermé la porte d'un coup de talon familier. Je me suis demandé s'il pratiquait de la sorte à son domicile. Sûrement pas, car sa bobonne n'aurait pas toléré ses manières !

Il s'est assis sur le bidet et m'a considéré d'un œil (et pour cause) pensif.

— Pas banal, hein ? a-t-il attaqué.

Puis il s'est carré deux plaques de chewing-gum dans la clape, côté dents saines, ces saletés restant collées aux chailles métalliques.

— J'aimerais bien un résumé de cette affaire, me dit-il ; je suis l'inspecteur-chef Kesselring.

J'opinas, me séchis et pris place en face de lui sur le rebord de la baignoire. On composait un heureux tandem. Je nous vis dans la grande glace et ne pus m'empêcher de sourire à nos images saugrenues. Il m'interrogea sévèrement sur l'objet de mon hilarité. Je lui désignas nos frimes, mais ça ne l'amusa pas. Ce mec manquait d'humour, aussi me promis-je de prier pour lui à l'occasion, car un homme qui ne sait pas rire est en grand danger.

— Je vais tout vous raconter, assurai-je.

C'est ce que je fis, en termes précis, bien que j'eusse des défaillances en américain.

Je narris l'objet de notre séjour à Vegas, notre soirée au music-hall, la disparition du cher Pinaud, l'aimable concours prêté par les assistantes du prestidigitateur, concours qui bifurqua sur cette dramatique partouze. Ce type devait appartenir à quelque église pas catholique car il tordit le pif à mon évocation libertine, mais il mit vite cette partie de trous sur le compte de la frivolité gauloise et parut en prendre ses parties.

Il eut une période de scepticisme lorsque j'affirmai ne pas avoir entendu le meurtrier. Il m'était délicat de lui expliquer à quel point tu te places en deçà des réalités quand deux langues féminines te pourlèchent en chœur et frénétiquement la roustonnerie. Il pouvait pas piger, cécoinsse pâteux. Lui, en dehors de calcer sa petite médème à la papa et de se faire tailler un calumet à la va-vite par une indic, il ne savait de la volupté que ce qu'il en découvrait dans les revues sur papier couché.

— Et vous n'avez pas vu le ou les tireurs ? a-t-il insisté.

— Rien, vous dis-je ; ces jeunes filles me mobilisaient complètement.

De son bon œil, il m'a coulé un regard d'envie.

— Vous êtes bougrement dépravés, vous autres !

— Non : normaux. Français, quoi !

— Pourquoi êtes-vous resté dans le lit sous ces deux filles ?

— Pour que vous eussiez la possibilité d'exécuter les constatations d'usage sans que le moindre indice eût été déplacé.

Son lampion a exprimé de l'estime.

— Dites, c'est une réaction de pro, ça ?

— Je suis directeur de la police parisienne.

Ça lui a filé un coup de buis sur le cassis. Et il a éclaté de rire ! Il était sauvé !

5

À compter de cet instant, nous sommes devenus aussi copains que Cauchon et Jeanne d'Arc.

Je m'habituais à son grand z-œil blanc, posé dans la vaste orbite tel un œuf dans un nid, et à son eczéma aux intentions purulentes. Nous n'avions certes pas la même culture. La sienne ne remonte qu'à 1592, tandis que la mienne date du VIe siècle avant Jésus-Christ. Ne confondons pas pop-corn et quenelles Nantua !

Kesselring m'a demandé de l'accompagner à l'hôtel de police, un coinceteau douillet de trente-deux étages, mieux équipé que la Nasa, avec vue sur la vallée de la Mort.

Une fois là-bas, dans l'intimité d'un burlingue de dix mille mètres carrés découpé en box vitrés, une secrétaire au teint cuivré et au regard de jais, comme on dit dans les romans à peine moins fameux que les miens, avec loloches ballottantes et cuisses de pouliche, a recueilli mon boniment. Rien à voir avec nos bons vieux rapports de chez nous pianotés sur ordinateur d'un doigt frileux par un pote qui a longtemps hésité entre la carrière de flic et celle de maréchal-ferrant. Chez les Yankees, tu causes et ça s'enregistre, propre en ordre, sans ratures, répétitions ni impropriétés de termes. N'importe quelle crapule, ayant appris à lire sur une machine à sous, te torche des aveux en comparaison desquels *La Confession d'un enfant du siècle* passerait pour le mode d'emploi d'une poudre insecticide traduit du romanche.

Pour piloter ce machin, y avait pas besoin de sortir de Princeton. Tout ce qu'avait à branler l'opératrice, en dehors de son touffu joli, c'était de faire répéter un mot mal prononcé, et encore l'appareil suggérait-il une tripotée de synonymes concordant avec le sens de la phrase. En voyant fonctionner l'engin, je pensai à tous mes confrères trémulsés de la coiffe dont il rendrait la prose intelligible.

Sous la baguette du chef énucléé, j'ai pondu un bath résumé de mes tribulations. Au reste, c'était bien davantage qu'un résumé puisque au total, j'ai fait cracher quarante-six feuillets à l'imprimante.

Quand mon récit a pris fin, je me sentis lessivé. Impitoyable, mon « Nick Carter » m'avait obligé à détailler la partie troufignesque de mes exploits. Et comment j'en broutais une tout en astiquant la moniche de l'autre ! Ça lui plaisait ; je devinais qu'il n'en finirait pas de ligoter ma littérature à ses confrères, en épluchant des cacahuètes aussi salées que mes écrits. Ils en goderaient tous. En emporteraient des copies chez eux pour faire s'essorer leur bourgeoise, sans se douter qu'ils installeraient le diable dans la culotte de leur rombiasse. En fin de compte ce ne serait pas fameux pour la paix de leur foyer.

Une qui, déjà, y allait de sa mouillette, c'était la secrétaire. Un énervement pendulaire lui trémoussait la cage à pafs. L'avait du mal à avaler sa salive. Si on poursuivait sur le sujet, elle réclamerait une suspension d'audience pour se détartrer le mollusque. Note qu'avec son teint ambré, ça lui allait bien de rougir, Dolorès. Elle avait une tête à cloaque ! Sa libido enregistrait des creux de vingt mètres kif ceux effacés par mon cher Bombard lors de sa traversée homérique[1] !

Ça n'a pas manqué : cinq minutes plus tard, elle s'est excusée pour aller s'éponger le raminagrobis.

Son prose décrivait un balancement harmonieux. Nonobstant la gravité de l'heure, j'imaginais parfaitement les sensations qu'on

1. Tu vois, Alain : je ne t'oublie pas.

pouvait tirer d'une monture pareille ! Je la devinais du genre expansive. On s'acheminait dans le démoniaque, avec cette miss. Elles sont brûlantes, dans sa région. Pas besoin d'un briquet pour leur flanquer le feu aux miches.

Mon confrère m'a adressé un sourire en coin.

— Vous me l'avez foutue dans un drôle d'état, avec vos prouesses !

— La nature a ses exigences.

Lorsque je restais vingt secondes sans le regarder et que je jetais ensuite un coup de périscope sur son visage, la gerbe me prenait. Je les croyais mieux doués pour la chirurgie faciale, les Ricains. On aurait pu lui aménager un minois moins draculesque !

— Dites voir, il a murmuré, puisque vous êtes du métier, j'aimerais avoir votre opinion sur un point qui me chicane…

— Volontiers ; quel est-il ?

— Pourquoi est-on venu abattre ces deux sisters dans votre lit ?

— Bonne question, reconnus-je. Je me la pose également mais ne lui ai pas encore trouvé de réponse. Peut-être étaient-elles suivies par un jaloux qui n'a pas supporté le charmant spectacle que nous offrions ?

— Ça vous convient comme explication ? a-t-il marmonné.

— Pas terrible, mais dans un cas de ce genre, on prend ce qu'on a.

La secrétaire névropathe est revenue, l'air languide. Elle m'a tendu le rapport. J'en ai profité pour renifler ses doigts : ils sentaient la chatte.

— Vous êtes gauchère ? lui ai-je gentiment demandé. Ou bien c'est la main réservée aux branlettes ?

Elle en est restée pareille à un potiron tombé d'un chêne et ses yeux ont fait, en double, le signe de l'infini.

L'officier de police est parti dans une rifouille inendiguable. Il s'humanisait à toute allure.

J'ai signé ma déposition après l'avoir relue ; mon confrère m'a tendu sa carte de visite.

— Il est bien entendu que, jusqu'à nouvel ordre, vous ne devrez pas quitter Vegas sans m'en aviser ; vous connaissez la formule.

— Soyez tranquille.

Il a ajouté d'un ton sarcastique :

— Cette taule est un véritable labyrinthe, Dolorès va vous driver jusqu'aux ascenseurs.

Poignée de phalanges. La gnère m'a précédé. Une fois hors de vue, je lui ai mis la main sur le haut du valseur, là où il commence à se passer des choses frivoles. Elle a eu une réaction de vibromasseur branché sur le 220 volts.

— Vous habitez seule ? l'interrogeai-je.

— Oui, pourquoi ?

— Parce que ça me ferait plaisir de me pointer chez vous avec un bouquet de roses thé à la main droite et une bouteille de champagne dans la gauche. Qu'en pensez-vous ?

— C'est une excellente idée.

— Alors on dit quelle heure ?

— Je serai libre à partir de six heures p.m.

— Je ne me rappelle plus votre adresse ; ça doit venir de ce que je ne l'ai jamais sue.

Elle rit, me la fournit, puis me jette ce long regard que les vaches de Dizimieu-les-Tronches (Isère) avaient pour le tortillard de la ligne de l'Est.

Ce qu'il y a de chouettos avec le rapport qu'elle vient d'enregistrer, c'est qu'il me dispense de jouer les fiers-à-bras. Tu parles d'une préface !

Humidifiée comme une chasse d'eau, elle me convoite tandis que sa mignonne chattounette fait des bulles.

*

* *

Je me sens en manque de caoua. Moi, quand je rate l'expresso du matin, je désempare. C'est le starter de la journée. Je décide d'aller auparavant chez les Pinuche, vérifier que Baderne-Baderne a enfin rejoint sa crèche.

Hélas non !

Ne trouve que son vieux cactus à poils courts en train de faire sa gym' du morninge au milieu du salon. Spectacle d'une haute teneur énergétique. Mémère est en petite culotte de soie rose. Elle porte des bigoudis, un enduit vert épouvante sur sa figure de belette ; ses seins ressemblent à deux gants de toilette pour enfant.

— Ravie de vous voir, cher Antoine, gazouille l'aimable fée Carabosse ; si cela ne vous choque pas, je vais poursuivre mes exercices de restructuration corporelle. Ils me font le plus grand bien.

— Faites, faites, douce amie. César dort encore ?

— Parlons-en : il n'est pas rentré de la nuit !

Voilà qui me met brusquement la zifollette en berne.

— C'est une blague ? glapis-je.

— Du tout ! L'abject vieillard a découché, ni plus ni moins. Il aura levé une créature pernicieuse, en sortant de scène hier soir, et payé une fortune pour se faire mâcher les glandes car, je peux vous le confier, ses érections sont rarissimes et inutilisables ; ce n'est pas d'un chausse-pied dont il a besoin, mais d'un crochet à bottines !

— Son absence ne vous inquiète pas ?

— Grand bien lui fasse ! Que ce fossile égrotant entonne son chant du cygne à sa guise, l'essentiel est qu'il ne trouble pas le mien !

Je considère ses cuisses plissées autant qu'une serpillière en service, ses têtes de fémur en portemanteau. Surprenant, la vie, comme ça s'accroche à tout et à rien. La momie de Néfertiti est beaucoup plus sexy que cet échassier éthique ; et pourtant elle reste farouchement femelle, la mère, avec sa vétuste connasse stratifiée et ses festons d'haridelle.

Elle accomplit encore quelques mouvements gymniques qui l'entraînent jusqu'aux rives de l'épuisement. S'arrête, haletante. Me convoite d'un regard tapi au fond de ses prunelles gélatineuses.

— Je dois vous avouer une chose, mon cher petit : si d'aventure mon corps vous inspirait quelque appétit, ce serait un grand bonheur pour moi de vous accueillir dans mon flanc. Votre prodigieuse vitalité m'a toujours fascinée et m'aura déclenché bien des rêves lubriques.

Ses yeux se sont faits infiniment soumis, presque humbles.

Dominant ma répulsion, je me saisis de son sein gauche, aussi flasque que la couille la plus anémiée de son époux. Impression débectante d'empoigner un morceau de fraise de veau.

— Ne dites plus rien, ma merveilleuse amie, vous me feriez perdre la tête, ce que je ne me pardonnerais jamais ! César a toujours été un père pour moi !

Je m'esquive en temps opportun.

Les chattes nous boufferaient si nous n'y prenions garde. Plus elles sont vieilles, plus elles ont d'appétit !

6

Un jour où je me livrais à quelques libations chez Bérurier, j'aperçus une ancienne photo le représentant en compagnie de ses chers parents. J'eus le sentiment d'admirer les héros porcins d'un comice agricole. Mêmes fortes rondeurs, mêmes colorations violines, même blondeur de poil, même regard enfoncé, profondément stupide et matois.

Entré dans sa chambre, après avoir toqué à plusieurs reprises et sans succès, je le surprends dans un état mal assuré de réveil en cours qui me remet en mémoire ce portrait de famille. Il n'est vêtu que de sa veste pyjameuse et son sexe phénoménal s'étale sur le drap de dessous dans une langueur mérovingienne.

— La paix soit avec toi, lieutenant de Saint-Avit ! lui dis-je, histoire de redonner sa chance à M. Pierre Benoit de l'Académie française.

— B'jour, grommeluche-t-il avec la voix d'un écoulement d'évier à moitié obstrué.

— Ta Baleine est déjà levée ?

Il regarde à sa sinistre et constate la cruelle absence.

— À fait ses blabutions intimes, suppose l'époux.

— La porte de votre salle de bains est ouverte et les lieux déserts, fais-je valoir.

— L'a passé voir chez Jeune-Vieille-Marthe si le dabe est rentré d'sa découch'rie.

— J'en viens, assuré-je : César n'a pas reparu et Berthaga ne s'y trouve point.

— Alors ell's'ra été pomper l'grand Noirpiot des bagages ; é n'en pouvevait plus d'ses abominaux.

Il bâille comme le tunnel sous la Manche.

— Qu'est-ce qu'tu penses d'l'évaporance du Débris ?

— Rien de bon. Le père la Dorure n'est pas homme à fausser compagnie à ses invités sans explications.

— Tu croives qu'il a eu un accident ?

— Je ne crois rien, mais redoute tout.

Un vent de tempête balaie les couvertures en boule sur ses petons.

— Faudrerait p't-êt préviendre les perdreaux, non ?

— C'est fait.

Et de lui narrer mes démêlés de la nuit.

— V'là aut' chose ! renaude le Goret héritier. T'es certain qu'c'est pas à toive qu'l'meurtrier en veuillait ?

— Il a tué les souris et s'est abstenu de me praliner.

— Ça prouve pas charrette.

— Toujours est-il que les demoiselles ont été foudroyées et que je me porte bien !

— Alors, le pogrom ?

— Les archers de Las Vegas s'occupent des deux filles assassinées, nous, nous allons chercher notre pote !

*
* *

Ainsi fut fait.

Nous enquêtâmes toute la journée : au music-hall et dans les bars d'alentour. Nous questionnâmes les ouvreuses, les techniciens, les caissières, les aboyeurs. Nous recherchâmes les conducteurs de taxis ayant travaillé aux heures de fermeture des théâtres. Nous interviewâmes des putes, des marchands de pop-corn, des camés (dont l'un se prénommait Léon), des mendiants aveugles, des hommes-troncs ingambes. En vain, en vin, en vingt ! Il semblait que César Pinaud se fût volatilisé pour de bon, après l'expérience de la malle !

Épuisé et contrit, je larguai le Mammouth en fin d'aprème pour aller plonger miss Bistounette dans les miches de Dolorès.

La gentille fourbisseuse de motte habitait une maisonnette typiquement américaine, aux murs de bois et au toit d'Eternit, posée sur un morceau de pelouse agrémentée d'un arbre d'une espèce inconnue.

Ouf ! Plusieurs lignes sans point, je souffre. Un admirable motif, inspiré de Walt Disney, sans pour autant représenter un nain, mettait une note accueillante dans ce minuscule domaine.

Sur le seuil d'une bicoque identique, une gamine à la peau sombre caressait sa petite chatte en rêvassant.

J'actionnariats la sonnette de Dolorès, mais personne ne se manifestit. La mélodie qui succéda se mua vite en czardas de Brahms. Nothing !

Comme je n'aime pas le lapin, je me mis à proférer des jurons dans ma merveilleuse langue maternelle, laquelle en possède beaucoup et de très variés.

La fillette s'arrêta d'incandescer sa nubilité fendue pour s'intéresser à mon cas.

— Il n'y a personne ? lui demandai-je en désignant la maison de poupée.

— Si ! répondit-elle d'un ton convaincant.

— En êtes-vous sûre ?

— Elle m'a donné ça, proféra-t-elle.

Pour preuve, elle ramena du fond de sa bouche une mastiquée de gum qu'elle gonfla à l'air libre jusqu'à l'éclatement.

Ébranlé par sa certitude, j'empoignis le pommeau de laiton et tournis. La porte se fit un plaisir de s'écarter.

Je pénétras directo dans une pièce invaste servant tour à tour (voire simultanément) de cuisine, de salle à manger, de centre de loisir et d'auditorium.

— Miss Dolorèèès ! appelai-je, de ma gorge et de mes vœux.

Toujours rien.

Encuriosé par l'inertie ambiante, je passis outre le livinge, ce qui m'amenit dans la chambre à coucher de la branleuse (l'onanisme devait être une habitude du quartier).

L'objet de ma convoitise était étendu sur son couvre-lit de soie bouton-d'or, transformé en drapeau espagnol par le sang qui le maculait.

— Excusez-moi, balbutiai-je, j'ignorais que vous fussiez morte.

Car il n'y avait pas le moindre doute à ce propos. La secrétaire bâillait large sous son menton, à tel point qu'on lui voyait le larynx !

Je n'entris pas plus avant dans la piaule et exécutis la volte qui s'imposait.

Une fois dehors, je constatis que la fillette jouant naguère au sifflet dans la tirelire avait regagné son logis.

Je m'emportis vers des régions plus vivantes.

7

Franchement, ça commençait à bien faire, et je la trouvais saumâtre. Y avait de quoi se la sectionner au ras des moustaches pour s'en faire un étui de sabre.

Comme un con (que dis-je : comme cent cons), j'avais pris un taxi pour venir. Quand le patacaisse consécutif à ce nouveau meurtre éclaterait, on ne mettrait pas longtemps à découvrir ma visite chez la gonzesse, et alors je peux t'assurer qu'il vaserait des écrous rouillés et des flocons de glaves sur le pauvre Sana !

J'arquai le plus vite possible, sans toutefois courir. Bientôt j'atteignis le centre, ses blocs d'immeubles, ses salles de jeux se succédant dans des sarabandes de lumière, le vacarme des boîtes, le grondement de la foule, la zizique chavirante et cacophonesque qui te farcit les coquilles.

Histoire de me désendolorer les cages à miel, je pensai à des coins de France, bien champêtres, avec des rivières aux cascades foisonnantes de truites, des clochers sommés de coqs, des vaches rêveuses, des mousmées au barbu propret, des messes de minuit, des fournées de pain chaud, des toutous assoupis près de l'âtre, des concierges médisantes comme Pelléas, des sièges du Parti communiste, des marchands de bugnes, des Ateliers de la création, des vespasiennes repeintes, des 11-Novembre, des 25-Décembre, des 1er-Janvier, des 1er-Mai, des 14-Juillet, des 29-Juin (mon anniversaire et celui de Georges Chassot), des 15-Août, des poésies de Musset, des cirques de Gavarnie, des bittes d'amarrage et des bites dans le cul.

Malgré cette plaisante jonglerie de l'esprit, je n'arrivais pas à occulter la vision de la branleuse égorgée. Trop de tumultueuses questions me comprimaient le bulbe pour que je parvinsis à leur trouver des débuts de réponse.

Me disais seulement que l'Antonio venait de plonger vivant dans un bain de gadoue dont il aurait quelque difficulté à s'arracher.

Supputais les façons de m'en tirer.

Prendre un vol pour une ville de la côte telle que Frisco, et de là sauter dans un long-courrier pour Palavas-les-Flots, voire me casser via le Mexique ? Mais cela ne rimerait pas à grand-chose.

Un mandat international serait lancé contre moi et ma carrière ressemblerait à des graffitis de pissotière afghane.

Non : je devais faire front !

Retrousser les manches de mon pantalon et avancer à gué !

Je rejoignis l'hôtel.

Béru venait d'attaquer sa quatrième bouteille de vosne-romanée (vaut mieux que ceinture dorée).

Il compulsait un horaire des compagnies aériennes. M'informa qu'il venait de bigophoner à M. Blanc pour le prier de nous rejoindre ici toutes affaires cessantes avec Salami. Selon ce porc-épic, seul un chien doté du flair de mon hound serait capable de retrouver la piste de César dans cette cité de mouscaille.

Je le félicitas de cette initiative, la jugeant pleine de sagesse.

L'Obèse m'apprit en outre qu'il n'avait aucune nouvelle de sa jolie Baleine et que la mère Pinaud passait la journée à se faire tirer par les plongeurs mexicanos de notre caravansérail, rétribués à raison de cent dollars la tête de nœud. De telles prestations valaient beaucoup plus, compte tenu de la prouesse qu'elles représentaient, mais ces hommes à la sève puissante, descendants des Incas pour la plupart, n'en étaient pas à un coup de rapière près. La chère femme s'en fourrait jusqu'aux carotides et cela sans protection, insoucieuse du sida et autres babioles vénériennes. Le Gros me révéla qu'elle s'était déjà pris cinq goumes dans les échasses et que deux autres basanés attendaient leur tour, sagement assis au salon, où leur hôtesse avisée avait fait apporter tequila, sel et quartiers de citron.

J'eus un sentiment de tristesse en apprenant cette gabegie. Nos rangs se décimaient fissa. D'abord Pinuche, proprement évaporé, puis Berthe, la dompteuse de pafs ! Ensuite la Pinaudière piquant sa crise de jalousie exacerbée en s'en faisant placer plein les miches, histoire d'assouvir une rancœur peut-être sans objet ! Chiasse de vie ! Et pour couronner la mouise, cette épidémie d'assassinats dont étaient frappées les dames intéressées par ma séduisante personne ! Juste le Mastard qui menait sa vie de sac à vérole comme si de rien n'était. La santé à marée haute. La picole, des vents variés : zéphyresques ou en bourrasques, selon. Il les produisait en artiste, kif Mozart liquidant des arriérés avec les haricots de mouton du roi de Prusse.

Décidément, Paris me manquait ; Félicie encore plus et aussi une exquise manucure qui fourbissait les lunules de ma main gauche, tandis que ma droite parcourait son clito, s'assurant que mes ongles « n'accrochaient » pas. Elle avait l'art de se couvrir les cannes d'une immense serviette sous laquelle je batifolais des phalangettes. Ça lui donnait l'air rêveuse, Reine. Des collègues l'interpellaient, ou bien le patron, une grosse loche à tronche de paf mâtinée cake. Elle répondait que tchi, trop concentrée sur sa décarrade en suspens. Parfois, en lâchant les amarres, elle libérait une longue plainte d'accordéon à bout de souffle. Terminus !

Je te raconte et toi, pauvre pomme, de glousser : il en rajoute, Sana ! Si on le prenait argent comptant, il nous ferait gober que toutes les gerces ont les salivaires sud sous pression vingt-cinq heures sur vingt-quatre. N'importe ! Me crois pas, fesse de taupe ! bien sûr que j'en remets. N-en réalité, elles sont virginales à qui mieux mieux ; et vaginales, donc ! Certaines veulent passer pour des prudes ; des frangines au self impressionnant, des petites sœurs Machin qu'ont le fouinozoff en terre réfractaire. Si ça les amuse, why not ? Moi, ce qui m'importe, c'est pas ce qu'elles veulent faire croire : c'est ce qu'elles me font !

8

Je déteste bouffer dans un restau tentaculaire. Pour moi, la clape doit s'opérer en des lieux à l'échelle humaine ; sitôt que je croûte dans un établissement de plus de dix tables, je deviens agoraphobe.

T-heureusement, avant de partir, je me suis équipé d'un guide des States comportant des adresses valables pour user de son tube digestif sans le noyer sous des niagaras de ketchup.

Je jette mon tu sais quoi ? Oui : dévolu, sur une boîte en étage : le Schubert, sa spécialité étant la truite aux amandes. M'y rends, escorté d'un Alexandre-Benoît devenu désabusé lui aussi. Malgré les flacons de bourgogne qu'il s'est entiflés, il macère dans de sombres morosités.

— Tu veux qu'j'vais t'dire ? murmure-t-il en déchiffrant un menu accroché dans l'entrée du building. Si la bouffe existerait pas, j'm'fererais chartreux au Carmel. T'as vu ? Y proposent d'la blanquett' d'veau à l'ancienne ; c't écrit en parisien, on peuve avoir confiance.

Nous nous engouffrons dans l'ascenseur garni de velours bleu roi. Le liftier porte un uniforme taillé dans le même tissu, si bien que tu l'écrases contre la paroi sans t'en apercevoir.

Ici les élévateurs vont plus vite qu'une fusée *Apollo* à la recherche de son orbite (d'âne).

Poum ! Tziiing !

Et nous voilà à destination. Dans ce mot, il y a « destin ». Si je te le fais remarquer, c'est pas en pures pertes, comme dit Blanche.

Nous déboulons dans une taule au décor français, époque Mistinguett, ressemblant à la vénérable crèche du grand Lasserre où la gentillesse et la classe de mon pote Louis font merveille[1]. Mais différence notoire, c'est une minette en jupette ras-la-touffe qui nous reçoit.

Est-ce que nous avons-t-il réservé ? elle demande dans un américain très pur. *No ?* C'est pas grave : il lui reste justement une table *for two* près de la cage à zoiseaux. Elle nous y pilote.

Fasciné, le spadassin de la rousse lui concocte un petit toucher de moniche chemin faisant. L'hôtesse a le sens de l'accueil car elle ne moufte pas.

On s'installe. Qu'à peine une nouvelle gerce avec une tunique tonique nous apporte deux coctaux maison, à base (je déduis à l'odeur) de bourbon, de gin, de Marie Bizarre, de sirop de menthe, de beurre fondu, de lotion antipelliculaire, de citron vert et de jus de choucroute crue.

Le Mastard trouve le breuvage si raffiné que je ne résiste pas au plaisir de lui offrir le mien. Il le siffle, comme un chasseur son chien lorsque ce dernier fait des chichis avant de ramener un faisan assassiné.

Pendant sa seconde dégustation, je perçois dans le brouhaha un rire qui me gouzille les trompes de la rue Saint-Eustache.

— J'ai oublié d'aller me laver les mains, m'excusé-je.

1. Ceci n'est pas de la pub mais un élan de l'estomac.

— T'as touché quéqu'chose d'sale ? s'étonne le Grand Veneur.

— Oui : je te donnais le bras !

Et de musarder à travers les tables pour rechercher l'origine de l'hilarité qui m'a fait tressaillir le gland.

Ce n'est pas long. J'avise Berthaga dans une loggia en surplomb par rapport (sexuel) à la salle.

Pas seule, qu'elle est, la délicate dame. Deux hommes l'escortent : Liebling, le prestidigitateur à l'ours, et un sang-mêlé monumental : il lui faut deux sièges pour poser son dargeot. Je reconnais l'amant de l'Allemand. La Berthaguche n'a pas fait long pour emparer l'homme au smok immaculé. Devant une pareille fougueuse de la moule, l'Erwin a arrangé une partie d'obèses qui doit le mettre en transe.

Curieux, comme la libido s'organise chez d'aucuns ! Longtemps, je me suis fait une certaine idée de la baise classique : papa, maman, la bonne… En existant, j'ai constaté que ce programme élémentaire ne suffisait pas à tout le monde. Qu'il y avait beaucoup de chemins de traverse, de combinaisons drolatiques, de transfugeances, d'agrémentations, d'éperduances.

Je sais un pote à moi qui enfilait un fauteuil Voltaire bien conservé pour son âge. Il prenait de sombres panards râpeux entre ses bras, la quéquette enquillée dans un accroc du siège. Il l'appelait Germaine en jouissant. Après, il s'oignait le gland de vaseline pour combattre l'irritation consécutive. Ce mec, je l'ai perdu de vue. Dommage, j'eusse aimé suivre sa trajectoire sexuelle. Avec quoi a-t-il entretenu des liaisons par la suite ? Objets inanimés, avez-vous donc un cul ?

Je m'approche du trio. Le magicien me reconnaît secco. Il a les traits tirés comme des crampes, le regard désenchanté.

— C'est « encore » à moi que vous en avez ? me demande-t-il d'une voix haineuse.

Berthe qui lutinait le cétacé sur la banquette relève la tête.

— Cher Antoine, minaude-t-elle, vous ici ! Est-ce possible ?

Je lui raconte : le pur hasard. Précise que son seigneur et maître m'accompagne. Elle n'en est pas émue outre mesure.

— Comment ce gros goret prend-il-t-il not' séparance ?

— Ah ! il s'agit d'une séparation ? m'enquiers-je.

— Éternelle ! péremptoirise l'Ogresse.

— Béru l'ignore ?

— Pas pour longtemps : j'vais tout y dire.

— Vous partez avec l'un de ces messieurs ?

— Av'c les deux, Antoine, si vous sauriez comme ça marche !

Et sans vergogne, elle commente le mode d'emploi ; le faisant nécessairement en français, ses deux partenaires de table ne peuvent suivre, ni donc intervenir.

— Pour vous expliquer, Antoine : le presqu'agitateur me prend à la Duc-Dos-au-Mal, ce qu'j'raffole, tout en f'sant feuille de rose à Gulliver. Ça paraît compliqué, mais si vous voudrez, après le dîner on vous apprendrait la manière ; c't enfantin. Ensuite, on continue par « à dada sur mon cochon », une vieille pratique de ma tante Isabeau dont elle me montrait quand j'allais passer les vacances chez elle. L'avait un voisin serrurier, duquel vous pouvez pas savoir toutes les parties d'troulala qu'on s'payait, av'c lui et aussi Gracieusa, sa fille adoptive. Y z-étaient pas riches, ces gens, pourtant on passait des heures merveilleuses n-avec eux. Voiliez-vous, Antoine, c'est pas la fortune qui fait l'bonheur, mais une superbe ramonée de miches. Des tringlées dont j'gueulais pire qu'une putoise ; au point qu'tantine branchait la téloche à fond pour couvrir.

« Ah ! le Guy Lusc, j'l'y suis r'connaissante ; *La Reine d'un jour* elle titulait, son émission. Déjà, une connasse gagnait des chiées d'cadeaux : des chambres à coucher, des trousseaux d'mariées, des autos, des vacances au Touquet ou au Tibet, j'sais plus, des tampons périodiques pour toute sa vie, des croisesières à Enghien-les-Bains, des godemichés rotatifs, des attiraux de pêche au requin, des caquelons pour la fondue, des collections de livres qu'on pouvait toujours revende à des bouquinisses, des jumelles d'théât', des vélos d'course aux roues lentille-culières, des arrosesoires pour son réséda, des lampes d'chevalets, des tableaux d'peinture, et mille aut' trucs qu'y fallait un camion pou' les livrer n-ensute dans son F2.

« Si bien qu'sa vie d'v'nait int'nab', la pauve fille. N'lu restait plus l'moind' coin où bouffer, chier, dormir, s'faire tirer. Mais j'éloigne, Antoine. Pour vous reviende, ces messieurs m'ont découvri ma sensualité qu'j'm'doutais à peine. On rit comm' des fous. Si j'vous avouerais, n-avant d'venir, on a réussi à carrer des maracas dans le fion de M. Gulliver, ci-joint. On n'a pas pu ressortir encore l'deuxième ; quand y remue, vous pens'riez qu'on attaque une rumba.

Voyant que son ami teuton commence à marquer des signes d'impatience, elle se tait.

L'autre me prend aux parties, ou plus exactement « à » partie.

— Laissez-nous ! aboie-t-il. Vous n'attirez que des malheurs. Mes partenaires sont mortes en votre compagnie ! Vous avez le mauvais œil, mon vieux !

— Si vous continuez sur ce ton, vous, vous en aurez *deux*, je rétorque.

— Vous oseriez me toucher ?

— Seulement de mes phalanges, mais je les passerais à l'alcool ensuite.

— Au moindre geste belliqueux, je vous fais démonter le visage par Gulliver.

— Vous parlez de votre tas d'immondices ? demandé-je en désignant sa demi-tonne de stupre. Vous confondez force et graisse !

L'empaffé comprend mes paroles, malgré son ciboulot rempli de paille. Il repousse leur table pour pouvoir se dresser. Une telle manœuvre évoque le regretté paquebot *France* appareillant dans le port du Havre. Que me prépare cette avarie d'humanité ?

— Écrase-le ! grince le magicien de mes grosses.

Docile, le baleineau me saisit par les revers. Ses intentions sont claires comme celles du monsieur débraguetté courbant sa petite bonne portugaise sur la table de la cuisine : il compte me filer sa tronche de bœuf dans les gencives.

Peu soucieux de me laisser alpaguer après la castagne, je joue les poltrons et glapis :

— À l'aide ! Cet ogre est fou ! Il veut me tuer !

Toute la salle retient son souffle. Le cachalot mobilise l'attention générale. Dans un ralenti de cinoche, il recule son front bovin et l'abat sur mon visage (en anglais : *my face*).

Ce hurlement de douleur, my nephew !

Pas moi qui le pousse ! Lui !

Y a de quoi, Benoît ! Pendant qu'il me tenait par le veston, ma dextre pernicieuse s'est emparée d'une fourchette que je présente devant mon portrait de légende à la seconde où il abat son groin.

Oh ! le gag !

Les quatre dents argentées rentrent dans ses trous de nose et ressortent par la paupière inférieure, juste sous l'œil. Le monstre est stoppé net. Avec cet objet insolite planté dans la bouille, il est très surréaliste ! Le raisin jaillit de sa terrine en quatre geysers abondants.

La pédale magicienne s'en évanouit ; elle est sujette à des vapes chaque fois qu'elle a ses ragnasses. Le taulier, prévenu, accourt, se fait expliquer, supplie au calme ! Pas avertir les casquettes plates, surtout ! Sa licence tient à coups de pots-de-vin !

Au plus fort de l'émotion, qui surgit ? Son Altesse Béru the First. Et que voit-elle dans cette chauffourée ? Sa rombiasse en compagnie de deux mecs ! Il lui place un ramponneau préliminaire à l'œil droit, histoire d'accentuer son maquillage du soir.

— C'est jusqu'un à compte ! prévient-il. J'te vas verser les intérêts d'r'tard en rentrant.

On assiste alors à une grande, très grande scène de femme outragée. Elle vide son sac, la Gravosse, style benne basculante. Raconte à Taureau-Fougueux qu'avec son énorme chopine à écarquiller les honnêtes chattes, il a toujours brossé comme un godemiché ! Mieux vaut prendre un pilon à aïoli dans la moniche que sa rapière de démolisseur ! Après cette expérience, la dame Béru se sait apte à une nouvelle vie sensorielle. Ce prestidigitateur lui a dévoilé des horizezons inconnus. L'y a montré que la baisance, c'était pas de l'embroquage massif, mais du va-et-vient velouté. À compter de tout de suite, Alexandre-Benoît, faut plus qu'y lu joue *J'sus l'maît' à bord*. Finito, c'temps-là. Quitte à c'qu'elle s'inscrite au Parti communiss, ell' f'ra valoir ses droits ! Doré de l'avant, il la nettoyera soi-même personnellement, la merde de ses slips ! Adios, baby ! Elle le quitte pour toujours ! Viva la libertate !

Il en est anéanti, de ce discours, Sac-à-Lard ! Y décèle pis qu'une rébellion : une révolution ! Il hébète ! Voudrait assener des flétrissures ! Ne le peut. Il se croyait Danton, se découvre Louis XVIII !

Le magicien a repris conscience. Il gagne la sortie, suivi de Berthy et du poussah à la fourchette.

Je balance un instant, me demandant si nous devons nous casser ou rester ! J'opte pour la seconde solution : seuls les coupables fuient, l'homme de bonne conscience n'abandonne pas le terrain ! Alors nous rejoignons notre table, très regardés.

Puis l'indifférence humaine reprend le dessus et, très vite, on nous oublie.

9

Notre croque fut plus que mélanco : sinistre. Non à cause des mets sans imagination, mais de par la prostration de mon camarade. Les cons ne sont pas faits pour le désespoir. Il est l'apanage des gens intelligents, de ceux qui le vivent comme il doit l'être. J'ai toujours l'impression qu'un con malheureux souille son chagrin.

Pourtant l'ambiance en valait d'autres. Si le taulier possédait des racines françaises, sa rombiasse en charriait d'ibériques, aussi la musique sentait-elle sous les bras.

Au Gamma, un surcroît de détresse attendait Alexandre-Benoît : pendant le dîner, la Grosse était venue chercher ses effets et en avait profité pour chourrer l'osier du ménage que Bibendum serrait dans une chaussette trop portée, manière de décourager les éventuels rats d'hôtel.

Ce nouveau coup du sort terrassa mon ami. Il s'effondra en sanglotant dans un fauteuil.

— C'est d'trop ! articula-t-il. N-au point qu'j'en sus, ou j'me tue, ou j'm'soûle.

Je lui fis valoir qu'il ne s'était encore jamais suicidé mais, en revanche, beaucoup enivré. Il devait donc user d'une solution parfaitement maîtrisée.

Il en convint et pour commencer se fit apporter six boutanches de côtes-du-rhône.

Je voulus prendre des nouvelles de la Gorgone des palaces. Elle ne se trouvait pas dans ses appartes. Contre un billet de dix dollars, le portier de nuit me révéla qu'elle était partie en compagnie d'une grosse femme, avec armes et bagages. Je fus alors heureux et fier de n'avoir jamais convolé ; l'amour mène souvent à la rupture et celle-ci au dégoût de soi-même (un peu) et des femmes (beaucoup).

Désabusé, lassé de ce long voyage, mécontent du genre humain, doutant de la magnanimité du Seigneur (qu'Il me le pardonne), je me réfugias dans ma chambre et branchis les infos locales. Une gonzesse, à la menteuse bien huilée, racontait les accidents mortels du soir dans le Nevada.

Il n'est pas un pays où la *speed limit*[1] soit plus rigoureuse qu'aux U.S.A., et cependant c'est celui des plus grandes catastrophes. La guenuche commentait des images absolument terrific : un énorme camion-citerne couvant deux chignoles de tourisme plus aplaties que le béret du général Massu. Détail effroyable, la tronche sectionnée d'un conducteur avait roulé au sol. Ses yeux encore ouverts exprimaient l'horreur de la collision.

Ne voulant pas m'enfoncer davantage dans le marasme, je zappai et sélectionnai un film hard. Très captivant. Ça racontait une jolie dame d'une trentaine damnée, voyageant en avion avec sa fillette. Elle occupait le milieu d'une rangée de trois places. Sur la gauche, sa gamine dormait à poings fermés, dirait un boxeur. À sa droite, un beau ténébreux du Bronx ou de Cloak City chambrait la maman en lui faisant caresser un steel braque à cataloguer dans les chibres classés monuments historiques. Processus classique : n'y tenant plus, la passagère se sert du monstre zob comme brosse à dents. En consécutent des plaintes, des cris, des râles.

Une hôtesse, attirée, s'astique la motte aussi sec (si l'on peut dire). Un officier du bord, mystérieusement prévenu, radine, le décolleté sud béant. Dard-dard, il embroque la jeune femme sur les genoux d'un vieux pasteur, après que sa partenaire eut placé chacun de ses talons sur le dossier d'un fauteuil.

L'ecclésiastique, qui dormaillait, s'imagine dans les rets (ou raies ?) d'un rêve érotique. Au moment où il découvre le charmant barbu de la demoiselle, une épaule bien prise dans un uniforme galonné obstrue sa vue, cependant qu'un cataclysme se déchaîne sur ses guiboles pastorales. Or, il a de l'arthrite ! Croit qu'on y arrache une guitare ! Putoise à plein gosier ! La confusion monte comme de la chantilly bien battue.

Ça réveille l'archevêque dont il est le péone et qui ronflait Grand Prix à son côté. Il pense, lui aussi, à quelque songe d'ammoniaque[2]. Une pluie de cheveux blonds ruisselle sur son bénoche ! Il se tourne

---

1. Vitesse limitée.
2. San-A. écrit trop vite : il a voulu dire « démoniaque ».
L'Éditeur

vers son coadjudefruit. C't un mec qui a perdu sa toiture et son crâne poli brille kif la tête de mon nœud après que je l'eus ointe de beurre pour la rendre plus gouleyante.

— Que se passe-t-il ? demande-t-il avec l'accent canadien.

— Au Grand Dieu si je le sais ! répond son escorteur. Il semblerait que l'hôtesse ait eu un malaise et que l'officier la ranime.

— *Oh ! Yes, my God ! Again !* râle la délicieuse jeune femme en simulacrant une pipe, à vide (et avide).

L'en prend plein les baguettes, Ninette, sous les yeux des deux religieux effarés.

Là, je pousse, tu vas dire, et je suis en train de perdre des tours pour mon accession au paradis. Mais le cher Bon Dieu ne s'en offusque pas, Lui : Il se marre. S'Il nous a donné des zigounettes, à tous, c'était pas pour qu'on en fasse des tringles à rideaux ! Ça Le réjouit, nos ramonées éblouissantes. On Lui rend hommage, Notre Père qu'êtes soucieux. Il bénit nos élans (du corps et de l'âme). Plus on malmène nos génitoires, plus Il est satisfait de Son œuvre. Il préfère la musique des sommiers à celle des harmoniums. Le Cantique des Cantiques !

Et maintenant, tous en chœur : *La Grande Pâmade* ! Paroles de saint Augustin sur une partition de Montemoilesblancsenneige.

Ce vol devient une partouze interstellaire. Une ravissante Chinoise se trousse pour faire un trot anglais sur le braque du commandant de bord, qui, heureusement, a mis le pilotage automatique.

Mais je veux pas abonder. C'est pas mon genre. Je ne prends jamais parti : j'ai les miennes. Chacun se fait dégorger l'escarguinche suivant ses pulsions.

Le film s'achève dans une délirade totale. Je coupe la téloche. Mon slip reste d'un calme empreint de sérénité. Mon caberluche est trop sollicité par mes soucis pour que je puisse franchement réagir devant ces dévergondages à cent balles la pute.

Que faire ?

Écluser de l'alcool ?

N-à quoi bon ? Ça n'a jamais rien solutionné du côté vésicule biliaire.

Dans la rumeur nocturne que ne supprime pas totalement l'insonorisation de l'hôtel, je perçois, insistantes, désespérantes, les sirènes de police, de pompiers, d'ambulances également. À n'importe quelle heure, une ville saigne, souffre et brûle. On a baisé abusivement sur cette minuscule planète, les gars, et créé notre propre asphyxie. On respire un air corrompu qui a déjà été pété deux ou trois fois. Bientôt, on ne pourra plus gonfler ses soufflets. Nos poumons rouleront sur la jante. On finira comme les momies de Palerme, raides et parcheminées, empilés sur des étagères.

Il existe des positions propices à la réflexion. L'une de mes préférées consiste à me tenir assis à une table. J'allonge les bras, contemple le néant ; alors les idées affluent, les perspectives prennent une signification différente.

Les pales de ma gamberge se mettent à girer, lentement pour commencer, puis s'emballent.

Je revois la représentation du magicien allemand : son ours escamoté et restitué dans un déguisement, le père Lapine, tout joyce de prêter son sénile concours à un numéro de prestidigitation, les deux assistantes choucardes butées dans ma chambre, le flic à gueule de Frankenstein, sa secrétaire se jouant *La Chatte sur un doigt brûlant*, la maisonnette ricaine où elle gisait trucidée, mon altercation avec l'hyperobèse que j'ai failli énucléer, la double fuite des dames Pinuche-Béru qui s'en sont (et Dalida) allées vers d'autres amours…

Ô vie, comme tu es sauvage parfois !

En y regardant de près, tout gravite autour de Liebling. C'est en sortant de sa cage que César s'est évaporé ! Ce sont ses jolies partenaires qu'on a assaisonnées sur mon lit ! C'est en sa compagnie que Berthaga s'est enfuie ! Ce gussier se trouve à l'intersection de toutes les embrouilles. Il doit bien y avoir une raison à cela ?

Quelle heure est-elle ?

Regard à ma Cartier cloutée de diamants. (« Un jour, on t'assassinera pour te voler cette montre ! » prophétise sombrement M'man). Il est zéro heure vingt. Ici, la soirée commence.

Une giclette de New York-New York sur mon minois prolétaire, un coup de peigne à ma chevelure d'irrésistible. J'humidifie mes lèvres d'un panais cacheteur d'enveloppes.

Paré, Antoine ?

Je n'ai pas de mal à dégauchir l'adresse d'Erwin. Il habite une résidence de luxe. L'entrée de marbre blond est surveillée par un gardien en uniforme bleu nuit à boutons d'or. L'homme promène sur la vie en général et les visiteurs en particulier le regard d'un faucon myope épiant un agnelet au-dessous de lui. Pour l'instant, il est en converse avec un couple de Noirs enfourrurés. Il finit par décrocher une clé d'or à un tableau et se lève pour aller montrer je ne sais quoi aux bronzés.

— Vous désirez ? me demande-t-il.

— Voir M. Liebling.

— N'est pas encore rentré.

Il appuie sur le bouton de l'ascenseur, fait pénétrer les Blacks et les rejoint. Glissement feutré de l'appareil.

Avec une noble impudence, je contourne son pupitre pour examiner le tableau des caroubles. Sous chacune d'elles figure, en anglaise noire, le nom du locataire. Je repère celle du prince de la magie, l'empare et attends le retour de la cage élévatrice.

N-instant après, me voici devant une lourde, en comparaison de laquelle celle de Notre-Dame passerait pour la porte des gogues. J'y sonne. Rien ne s'opère. Réitère, en pure perte. Dès lors, j'use de la clé. J'ouvre, tourne ensuite le loquet intérieur afin que l'huis ne se referme pas, puis descends remettre la chiave à son crochet. Le hall est toujours désert !

Je remonte !

10

Dans l'appartement, je mets le blocage de sécurité. L'endroit est, je te le répète, fastueux. À l'américaine, hélas ! Les meubles sont laqués blanc avec des dorures à faire caca sur les tapis, lesquels ont des couleurs et des motifs inhumains.

Inspection rapide. Une vaste entrée décorée d'affiches sous verre, un living encombré de matériel professionnel, un minuscule bureau dont l'Allemand doit très peu se servir, une salle de bains pour films érotiques, enfin, et surtout, une chambre immense qui pue la babasse, le chibre, le fion, l'encens, le stupre, plus un tas de malodorances susceptibles de faire dégobiller un huissier de province !

Un grand sentimental, ce dompteur-prestidigitateur : ses murs sont garnis d'immenses photos des animaux qui lui servirent de partenaires au long de sa prestigieuse carrière. Outre son ours actuel, je découvre un tigre immaculé, une chèvre naine, une oie de Foix, un alligator Hermès, une autruche et un berger allemand (ou issu de germain).

Tandis que je passe cette étrange revue, je perçois un frôlement sur mes échasses. Sursaut de l'homme d'airain ! Je baisse la tête. Qu'avisé-je ?

Si tu devines, je te paie des bugnes.

Un serpent constrictor, mec !

Dans une chambre à coucher, ça impressionne davantage que dans la forêt équatoriale. Tu parles d'un motif ! Doit mesurer au moins trois mètres, ce bestiau sans pattes !

Il me rampe sur les targettes. Alors, mécolle, mammiférien à outrance auquel les reptiles flanquent la chiasse verte, je réagis comme un endoffé et je shoote dans ce long tuyau recouvert d'écailles.

Misère ! Que viens-je de faire là !

V'là tous ces sacs et ceintures en devenir qui me prennent à partie ! Le temps de réciter mon acte de « constriction », je suis chaudement habillé pour l'hiver d'un pardingue en peau de boa, des chevilles au menton ! Le sentiment de m'enfoncer dans une broyeuse vivante qui triture le moindre centimètre cube de mon être ! Me jette au sol, me déglingue ! Me tréfile ! M'élongue ! À ce train-là, je serai plus long que lui dans quelques instants ! Pour m'évacuer, faudra m'enrouler comme un cordage. On m'enterrera dans une grande boîte pour copies de films.

Je suis bloqué, moi qui débloque sans arrêt ! je n'ai que le bras droit hors de cette gaine vivante car il était levé au moment où l'animal m'a emparé. Je ne dois pas disposer de plus d'une ou deux minutes avant de périr étouffé.

Gisant sur la descente de lit, j'attrape un paturon de la table de chevet, tire dessus. Le petit meuble se renverse. Une pluie de préservatifs choit. Parmi eux, tu sais quoi, François ? Un pistolet, mon drôle. D'assez belle prestance : crosse gaufrée, détente en acier bleui. Ma paluche libre s'en saisit. J'applique l'orifice du pétard contre l'énorme tube de chair qui m'enserre.

Feu !

Une gerbe de sang m'éclabousse. Une gigantesque secousse dénoue l'effroyable bestiole. Le reptile blessé se tord, se déroule, fouette la chambre à tout va, compose une série de 8, puis le sigle des jeux Olympiques. Il est tellement puissant dans la souffrance qu'il brise : les meubles, les tableaux, les miroirs, les vitres, ce qui l'entaille un peu partout…

Devant cette terrifiante tornade, je m'affole. Je veux en finir avec ce monstre. Lui faire éclater la tronche me semble le plus judicieux. Seulement, si tu veux bien l'admettre, la tête, c'est ce qu'il a de plus petit, le serpent. Et comme il se trémousse follement, impossible de la prendre en photo ! Je n'ai que des nœuds de chair écaillée à portée. Et je connais ballepeau à l'anatomie du boa ! Le cœur, je ne sais fichtre pas à quel niveau il se situe dans cette lance d'arrosage !

Reusement, Monsieur Bon Dieu, qui a déjà pardonné mes écarts de foi, vient à mon aide. L'idée géniale, c'est Lui qui me la souffle. Je vais à l'une des larges fenêtres à guillotine (comme toujours dans les patelins anglo-saxons) et l'ouvre au max. N-après quoi, je ramasse un gros briquet d'argent rehaussé de jade, l'actionne. Une discrète molette permet d'en régler la flamme. Je monte cette dernière. Un vrai chalumeau ! L'approche du constrictor ! Oh ! qu'il déteste ça ! Il s'agite plus fort encore ! Se noue serré ! Forme une masse grouillassante. Inexorable, je le refoule avec ma lampe à souder jusqu'à la fenêtre ouverte. Cézigus sent l'air frais de la noye, se précipite. Ça s'opère kif un tour de magie à M. Liebling. D'un seul coup, d'un seul, le snake disparaît, comme happé par le vide lumineux et l'infernal vacarme de la circulation…

Je me penche au-dessus de la street, distingue une guirlande ronde attirée par les profondeurs et qui s'engloutit dans une flambée de néons apocalyptiques.

11

Je donnerais volontiers dix ans de ta vie pour explorer les lieux à fond, mais hélas je dois m'évacuer vers des contrées moins houleuses.

J'emprunte l'ascenseur jusqu'au sous-sol afin d'éviter le gardien. Une fois là, me mets en quête d'une issue de secours. Les Ricains sont gens trop organisés pour ne pas en avoir prévu. Je la dégauchis sans mal et me retrouve dans une voie secondaire.

D'une allure de promeneur, je rejoins l'artère principale. Y a rassemblement sur la voie publique ! Des cops en uniforme s'affairent autour de débris calcinés que je tente de « déchiffrer ». De la fumée noire ! Des tôles enchevêtrées ! Un serpent agonique continue de convulser dans les décombres ! Dantesque ! D'autant que j'avise un corps humain couvert de neige carbonique, dispensée par des tomobilistes compatissants.

Avisant un Noir en blouson blanc, je le questionne.

Cécolle me transmet ce qu'il sait : comme il arrive fréquemment aux U.S., un python est tombé de l'immeuble, écrasant le capot d'une voiture appartenant au *Daily Red Indian*. Le véhicule a pris feu. Son conducteur est mort.

Beau boulot en vérité ! J'aurais mieux fait de rester devant mon Dubonnet-cassis. Lâchement, je joue cassos et vais rejoindre mon oreiller. L'Amérique me pompe l'air : elle est pleine d'Américains !

*
* *

La dorme, enfin ! Pas franche et réparatrice, plutôt un sommeil lourdoche de poivrot, et cependant je n'ai rien éclusé. Me sens environné de dangers perfides. Roupille d'homme traqué, de celles qu'on voit au ciné. Tu sais, le trimardeur exténué, réfugié dans une grange et qu'une petite fille à tresses blondes découvre en venant chercher des œufs au poulailler. Subsistent dans mon anéantissement des flashes peu réjouissants : la secrétaire de police, zinguée de première dans son logis ; le boa en folie disparaissant dans les abysses de la ville ; les restes du mec de presse…

Par moments, c'est le spectre de Pinuche qui me joue *Hamlet*. Ma pomme, dans ce bigntz ?

La petite voisine de Dolorès m'a vu entrer chez la morte. Fera-t-elle de moi une description conforme à ma réalité ? En tout cas, le gardien de l'immeuble où crèche Liebling ne ratera pas mon signalement. Ils ont l'œil exercé, ces cerbères de maisons huppées.

C'est pourquoi, très bientôt et sans doute avant, on va venir toquer à ma chambre…

Tiens ! Que te disais-je ?

Boum, boum, boum !

Regard à ma montre. Cinq heures dix-huit !

Les coups reprenant, je saute, sans escale, du lit dans mon slip, en maugréant :

— Oui, oui, j'arrive !

Et de dégager le système de fermeture. Qu'à peine je gire la poignée, ma lourde est violemment poussée de l'extérieur. Je dois pas être stable sur mes fumerons car je tombe assis sur mon cul aristocratique. Une tornade de poils me submerge, une langue dégoulinante et large comme une tranche de bayonne me lèche goulûment, telle la grande Daphné, en Angleterre. Elle composait un ravissant bouquet de mariée en réunissant dans ses deux mains ma bite et mes roustons, qu'elle savourait avec frénésie, la chérie !

Là, c'est pas une nière qui me déguste, mais mon indéfectible Salami, survolté par nos retrouvailles. Il émet des gémissements de bonheur, mon bébé ; gambade sur place, kif un bourrin au dressage. Le bonheur de me retrouver lui fait enfin perdre sa retenue coutumière.

— Cher compagnon, lui dis-je, vos démonstrations de joie constituent pour moi un baume qui arrive à point nommé !

Ayant proféré, je saisis M. Blanc par le cou pour une accolade sans guillemets. Doux instants d'une euphorie sédative dont mon âme en peine se repaît[1].

Et puis, voici venir mes confidences.

Jérémie m'écoute ardemment, presque solennellement. Il vient de traverser l'Atlantique exprès pour ça. Alors, comme on perce une poche de pus consécutive à une déconne cellulaire, je me vide de mes tourments, déboires et autres échecs. Évacue toutes les saloperies : la disparition de la Pine, la mort sur ce lit même des sœurs broutées, la fugue des épouses frivoles, le prestidigitateur cocufieux, l'incident du maudit serpent, mes démêlés avec la police et le meurtre de la jolie secrétaire… Tout, quoi !

---

1. Phrase de toute beauté qui justifierait pleinement l'entrée de San-Antonio à notre Académie. Robert SABATIER

D'énoncer ces abominations à voix haute me donne la mesure de leur caractère follement dramatique. Dis : il y va un peu fort, le « malin » ! On peut pas croire qu'il se produise tant d'embrouilles dans un laps de temps aussi bref !

Le All Black suit mon récit, la bouche ouverte. Entre les deux gants de boxe rouges lui servant de lèvres, on voit sa langue charnue sur un lit de mousse plutôt gerbante. Ses énormes lotos, plus grands que les phares d'une Panhard-Levassor des années vingt, ont une fixité anormale ; Salami m'écoute aussi, l'air grave, l'occiput proéminent.

Quand je me tais, Jérémie murmure :

— Tu me racontes *Les Derniers Mystères de Las Vegas* !

— En quelque sorte, conviens-je. Je suis pris dans un sale remous, grand primate ! Comparées à lui, les chutes du Zambèze font songer à un pissat de sénateur.

— Tu penses que les archers vont t'alpaguer ?

— Tu ferais quoi, toi, à leur place, face à un type qui se trouve partout où a lieu un turbin de force cinq sur l'échelle de Richter ?

— Si tu leur jouais rip ?

— Je t'avoue que l'idée m'a effleuré, mais pour quoi faire ? Déclencher un patacaisse du diable et foutre ma carrière en l'air ?

— Tu devrais au moins te planquer quelque part dans le pays, en attendant une embellie !

— À quoi bon ? Non, le meilleur parti à adopter est de faire front.

— Qu'en dit le Gros ?

— La trahison de sa Baleine l'a cisaillé, il n'est plus qu'un vieux rafiot qui prend l'eau.

— L'expression est plaisante, concernant Béru. Pourquoi est-il sonné ? Ce n'est pas la première fois que Berthe met les adjas avec un autre gusman ?

— Oui, mais c'est la première fois qu'elle joue la matrone-de-l'air avec un Adonis. En comparaison de ce magicien, Julio Iglésias ressemble à l'un des nains de Blanche-Neige ! En outre, Berthe a révélé à son con-joint qu'il était zéro pour la lonche, à côté de lui !

Mon black pote claque des doigts.

— Bon, assez jacté, on va se mettre en quête de César, pour commencer.

— Maintenant ? effaré-je. Tu viens de te cogner douze heures d'avion !

— Nous avons dormi pendant le vol, Salami et moi. Il ronflait si fort que l'hôtesse m'a fait part des doléances des passagers. J'avais pu lui éviter le voyage en soute vu qu'il n'y avait presque personne en first…

Avant de nous décanter, j'emmène mon bon toutou dans l'apparte du Débris. Des chaussettes retirées d'un sac à linge sale lui permettent de recharger ses batteries olfactives. Il hume longuement un maillot de corps, un slip comportant le cachet de la poste, ainsi qu'un paquet de Gitanes.

Puis nous reprenons l'enquête à zéro !

12

Las Vegas est le genre de ville qui ne s'arrête jamais. Ne ralentit même pas. Vingt-quatre plombes à ronfler comme une toupie (où sont mes totons d'antan ?).

En cette aube blêmassoue, le Gladiateur ressemble à une gare routière en cours de nettoiement. Après la dernière séance, ils « font » la salle, mais attendent le matin pour briquer l'entrée à cause des loques humaines qui la souillent pendant la nuit.

J'explique à mes deux arrivants la manière dont je suppose que Pinuchet s'est escamoté. Il a emprunté l'accès des artistes. Ensuite il sera venu nous retrouver dans le hall ; de toute évidence, c'est en contournant l'établissement qu'il a été « dévié ».

Je te parie une tarte aux poils contre la coiffure d'un horse-guard qu'on le guignait depuis l'intérieur, sinon comment ses ravisseurs auraient-ils pu se douter qu'il sortirait par les coulisses ?

Salami bat l'air de son fouet ; ses brefs jappements me signifient qu'il souhaite se rendre à l'issue de service. Nous obtempérons spontanément. Je tire de ma poche le calecif de l'Ancêtre afin que mon limier se « refasse un nez » sur le terrain. Il renifle, le regard mi-clos. Puis décarre ! Chouette spectacle. Le hound batifole de la truffe sur le trottoir, va, pisse un coup machinal.

Par moments, il stoppe, les narines palpitantes, attentif à des voix intérieures. Il nous a oubliés, médium en transe. Nous nous abstenons de toute question pour ne pas troubler sa mission. Il repart. Quelques mètres. Revient, l'air préoccupé, voire déconcerté.

— Vous détectez l'odeur de Pinaud ? hasardé-je-t-il.

Un aboiement sec, mais affirmatif.

— Voudriez-vous dire, mon cher, qu'elle ne s'exprime que dans un rayon très réduit ?

— Ouah ! fait-il.

— Selon vous, poursuis-je, César aurait été intercepté dès sa sortie des coulisses ?

Il acquiesce, puis fonce brusquement, flamberge au vent. Ne va pas loin puisqu'il parcourt à peine trois mètres. Se tient en arrêt devant une porte aussi étroite que celle de Gide (André, pour les messieurs). Il flaire les deux marches d'accès. Respire de plus en plus fort, émet à nouveau ces sortes de cris escamotés dus à l'énervement. Des griffes, il racle le soubassement de la lourde.

Au bout d'un temps, il se tourne vers nous comme s'il se rappelait brusquement notre présence et gémit derechef.

— Vous voulez franchir ce seuil, cher Salami ?

Il prononce presque distinctement la syllabe « oui ». Un jour, il parlera, je prédis ! Et peut-être aura-t-il l'accent italien ?

Je m'avance, décidé à lui venir en aide. Le chien s'écarte pour me permettre une plus grande liberté de mouvement. La guigne veut que j'aie laissé mon sésame en France, estimant qu'il me serait inutile au cours de ce voyage « d'agrément » !

Le grand Jérémie intervient.

— Je sais ce qu'il te faut, assure-t-il.

Et, miracle ! il me tend l'instrument convoité.

— Il se trouvait sur ton bureau. J'ai pensé qu'ayant besoin de nous, tu aurais très certainement besoin de lui également.

Ce mec, je passerais ma vie à l'embrasser si je ne craignais pas de passer pour un « preneur de rond ».

En moins de temps qu'il n'en faut pour traduire le mot « con » dans le langage des sourds-muets, je viens à bout de la porte.

Un escalier raide. Sur la droite, un gros commutateur de porcelaine. Je l'actionne. Une lampe d'usine éclaire l'endroit. J'escalade les marches interminables comme celles de la tour Eiffel.

Le cabot avance devant moi en ahanant : avec ses petites pattounes atrophiées et torses, n'est guère doué pour l'alpinisme, mon toutou bien-aimé. Il s'arrête fréquemment, tourne sa boîte à oreilles pour s'assurer qu'on lui filoche le dur. Rassuré, il reprend son ascension en laissant une traînée de bave argentée derrière lui.

Le soixante-quatrième degré nous permet d'atteindre une immensité obscure dont nous ne pouvons concevoir les limites. Je tâtonne à la recherche d'un autre bitougnot électrique. Finis par le dénicher, au ras du plancher. La lumière fut !

Nous sommes dans les cintres du music-hall. Des portants, des cordages, des toiles enroulées, des décors pressés les uns contre les autres… Ça me rappelle le Châtelet dont j'eus l'opportunité de visiter la scène et ses dégagements, plus vastes que la salle elle-même ! Une plate-forme de ciment compose une sorte de large trottoir au bord du gouffre.

Salami semble soudain perdre ses moyens. Aurait-il le vertige ?

— Allons, venez ! le stimulé-je.

Il obéit à regret, le ventre collé au sol.

Tout à coup, il stoppe délibérément, le museau entre ses pattoches, et émet un grognement d'alerte.

— Qu'avez-vous, mon bon ? m'informé-je.

Il continue son manège, la tête pointée vers le vide. Pas d'erreur : il veut m'indiquer quelque chose.

Alors je m'agenouille près de lui afin d'examiner minutieusement la plate-forme.

Je ne mets pas longtemps à découvrir ce qui fait tiquer notre sauciflard à poil court : un bouton de manchette sur lequel sont gravées les initiales de César Pinaud !

13

Cette trouvaille jette un éclairage nouveau sur l'affaire, comme disait la princesse Melon Larby qui aurait mieux fait de prendre le métro.

Elle prouve que la Vieillasse est venue dans les hauteurs du théâtre. Non qu'il se soit fourvoyé, mais parce qu'on l'y a conduit.

En sortant par la porte « des artistes », quelqu'un l'a obligé aussitôt à emprunter l'accès destiné aux machinos.

Dans quel but ? Mystère ! En tout cas, son ou ses ravisseurs ont jugé le moment opportun pour l'entoiler. Pépère se trouvait provisoirement seul et à l'écart de la foule : on n'a pas laissé passer l'occase.

Qu'a-t-on fait de la Guenille, ensuite ? On l'aura gardé au chaud jusqu'à ce que l'établissement soit totalement vidé, et embarqué plus tard dans un lieu plus propice à une détention…

J'en discute avec le sombre Jéjé.

— Ces « américaneries » ne me disent rien qui vaille, maugrée mon Mâchuré. Pour qui la séquestration, ou la neutralisation de Pinaud, présenterait-elle un intérêt ?

— Je n'en sais foutre rien ! réponds-je. Peut-être César a-t-il surpris un secret lors de sa présence dans les coulisses ?

— C'est possible.

Je glisse le bouton de manchette dans ma poche à briquet.

— Un élément positif, enchaîne White Snow : c'est bel et bien une personne du music-hall qui s'est emparée de lui !

— Probable, en effet.

— Le magicien ?

— Pas directement, car à l'instant du rapt, Liebling signait des autographes dans le hall.

Toujours prudent, Salami s'éloigne au maximum du vide et longe la corniche en reniflant. Nous le suivons sans bruit pour ne pas le déconcentrer. Il hume les cordages enroulés sur des chevalets de bois, s'arrête devant des panières d'osier avec son petit gémissement d'impatience.

M. Blanchâtre dispose d'une loupiote de fouille dont la lumière crue troue la pénombre.

Cheminant à pas comptés, nous atteignons l'extrémité de la plateforme et obliquons. La galerie de béton n'est plus très longue, passé l'angle. Elle cesse quelques mètres plus loin, en formant un balcon hérissé de projecteurs. Vaguement rassuré par un surcroît de largeur, Salami se livre à une inspection acharnée. Ses plaintes sporadiques reprennent.

Tout à coup, il gratte le sol et saisit entre ses incisives une chose qu'il vient déposer devant mes tarbouis : le deuxième bouton de manchette de notre ami.

Cette fois je pige : proprement kidnappé, mon bien cher fumeur de Gitanes maïs a joué les Petit Poucet en semant des objets personnels.

Je désigne la trouvaille à Jérémie. Il opine. Tu penses qu'il est sur ma longueur d'onde, le Barbouillé !

— Il a laissé des traces à ton intention, chuchote-t-il. Il savait que tu fouinasserais partout !

— Mais pourquoi abandonner son autre bouton au bout de la galerie puisqu'on ne peut aller plus loin ?

— Il y a fatalement une réponse à ta question, rêvasse Jérémie, ces jumelles lui servaient de munitions. Il ne les a pas gâchées en pure perte.

Un long instant passe sur nos réflexions. Salami rompt la méditation tripartite en me fourrant sa truffe dans le couloir aux lentilles.

— Que voulez-vous ? demandé-je, importuné.

Il se place face au mur, comme s'il voulait désigner une chose intéressante. Je regarde cette interminable falaise de béton. Une théorie de câbles arrimés à des arceaux d'acier scellés composent une harpe muette.

Le génial cador se retourne pour cligner de l'œil.

— Êtes-vous en train de m'indiquer, irremplaçable Salami, que notre vieil ami a été descendu par le truchement d'une corde, d'une poulie et d'une corbeille ?

Il lâche une foutrée de salive au bout de sa langue longue comme ces cornes à chaussures permettant aux ventripolents de ne pas se baisser.

— Et vous seriez capable, reprends-je, de retrouver celle qui servit à cette singulière opération ?

Goguenard, il se dresse laborieusement sur ses postérieurs pour, du pif, me signaler l'un des cordages.

— Si vous ne commettez pas d'erreur, vous êtes singulièrement fortiche ! admiré-je.

L'une des extrémités du lien en question se termine par un crochet que bloque la poulie. Je m'apprête à tirer dessus lorsque mon auxiliaire poilu s'interpose en touchant mon mollet (j'en possède deux, tu peux choisir).

— Autre chose à me montrer ? questionné-je.

— Ouah !

— Quoi donc ?

Cette fois, le génie canin colle sa truffe sur le ciment.

— Je ne comprends pas, avoué-je.

— Moi, si ! déclare mon frangin des savanes.

De son index ressemblant à un Mars, il me désigne une plaque de fer mesurant un mètre sur deux, encastrée dans le sol.

— Ouah ! ouah ! approuve joyeusement mister Hound.

Un anneau est fixé à la trappe. Jérémie s'en saisit et tire dessus. Nous découvrons que cette plaque constitue en réalité la fermeture d'un conduit.

— Passe-moi ta lampe ! dis-je au All Black.

Il.

Le faisceau plonge dans un trou plus sombre que l'oigne de mon pote. Nous ne voyons rien d'autre, seulement du néant (car c'est à cela que ressemble le noir traversé par un rai lumineux).

— Nous ne sommes pas plus avancés, fais-je-t-il.

Alors, il se passe un fait méritant d'être signalé à l'attention de la foule grouillante de mes lecteurs tant idôlatrés !

Salami, encore lui, se prend à hurler à la mort. Tu connais ? T'as déjà vu des chiens pointer leur museau sur la Voie lactée, fermer les yeux et moduler une interminable plainte trémolesque ?

C'est très impressionnant. Te voilà avec du funeste dans l'âme. Mauvais présage, disaient les gens de la campagne avant l'invention de la télévision ; depuis lors, ils regardent *Téléfoot* au lieu de s'intéresser aux cris de leurs toutous.

Je tente d'endiguer le solo de mon clebs :

— Arrêtez votre sérénade ; s'il y a encore du personnel d'entretien à bord de ce putain de vaisseau, il va vous entendre !

Mais tu peux toujours l'exhorter, Bédiglasse, c'est viscéral chez lui, ce hurlement. Ça lui part des entrailles.

Le gars Jéjé, dit « l'Intrépide », tu sais ce qu'il est en train de concocter ? Il a saisi le bout de la corde muni d'un crochet et se l'assujettit autour de la poitrine.

— Quoi ! Tu vas descendre dans ce trou ?

— Si tu as la force de me déshaler, ça me paraît tout à fait indispensable.

— Tu es plus lourd que moi ! objecté-je.

— Mais beaucoup plus souple. À cinq ans, j'escaladais déjà des cocotiers de trente mètres ! Tu y es ?

C'est vrai qu'il est souple, ce primate ! Pas besoin de m'arc-bouter : je le sens à peine, tant il racle de ses semelles les parois du conduit.

Le rouleau de corde perd de l'embonpoint.

Temps à autre, je demande :

— Ça boume ?

— Au poil !

La lumière de sa lampe se dilue dans de la crème de suie.

— T'es encore loin du terminus ? crié-je. Je vais arriver au bout de la ficelle.

— Plus qu'un ou deux mètres ! annonce l'Écho-des-Savanes. Surtout, ajoute-t-il, ne lâche pas, sinon je ne pourrais plus remonter !

Je comprends sa crainte, aussi dès que la tension cesse, me hâté-je de fixer la corde restante à l'anneau de la trappe.

— Quelles sont les nouvelles du Sud ? m'enquiers-je.

— Sois pas pressé, mec ! Laisse-moi le temps de faire le point !

Résigné, je m'assieds au bord de l'ouverture, les jambes dans le vide.

14

Salami s'est calmé, pourtant il continue d'émettre de légères plaintes. De toute évidence, une couillerie l'obsède.

Une louche inquiétude me ronge. Et si le corps de ma bonne Pinasse gisait au fond de ce conduit ? Mon clébard l'aurait-il flairé ? Ça expliquerait ses larmoiements. Aucun son ne me parvient du puits d'où la vérité tarde à sortir.

L'immense nef est pleine de menus bruissements. Objets inanimés ? Quoi, inanimés ! Ils « existent », les objets. Ils possèdent une âme. Des savants t'affirmeront qu'il s'agit d'un phénomène de dilatation ou, au contraire, de contraction. Et alors ? C'est la preuve qu'ils ne sont pas *immuables*. Rien ne l'est complètement dans l'Univers. Gravitation, dilatation, expansion… TOUT bouge ! Hormis la quéquette au père Lanturlu.

— Tonio !

L'appel assourdi de Jérémie émane du noyau terrestre.

— Présent !

— Inutile que je me cogne la remontée par la corde, il y a une issue donnant sur l'arrière du théâtre…

— Tu as des nouvelles de la Pine ?

— Pas la moindre. Par contre, j'ai autre chose.

— Quoi ?

— Patiente cinq minutes, je te raconterai ça les yeux dans les yeux, ce sera plus stimulant !

— Comme tu voudras.

Je remets tout en place après avoir ramené le cordage. Salami est heureux à l'idée de plier bagage. On se refoule peinardos. Ces marches n'en finissent pas et nous rabotent les flûtes.

Enfin, retour à l'air pollué de la ville. Le mahomet arrose Vegas sans lésiner sur l'énergie solaire. L'air pue l'essence et la vieille friture saturée.

J'avise le gars Jéjé, au coin du bâtiment. Les mains dans ses poches, il semble fatigué et ressemble davantage à Nelson Mandela qu'à Eddie Murphy !

Nous nous jonctionnons.

— Tu disais donc ? à brûle-pourpoins-je.

Il bâille grand. Son effort alpiniste a fini de le mettre sur les rotules. Maintenant, le voyage accumule des kilos de plomb dans ses paturons.

— Bizarre théâtre, annonce-t-il ; je n'ai pas encore compris à quoi servait ce conduit. J'ai constaté qu'il débouchait sur un couloir de ciment menant à une sortie de dégagement. Généralement, l'utilité des choses apparaît spontanément, mais là, j'avoue ne pas piger. Cela dit, j'ai fait une découverte intéressante.

— À propos de César ?

— Non, du magicien dont tu m'as parlé. Son ours blanc gît au fond du conduit, la tête fracassée.

Je branle le chef.

— Ça commence à devenir palpitant, fais-je.

Il n'a pas de pot avec sa ménagerie, le bel Allemand. Son boa en cours de domptage valdingue dans la rue, le plantigrade assurant sa gloire du moment se fait éclater la calebasse et je ne parle pas de l'obèse chéri avec ma fourchette enfoncée dans la gueule. Décidément, la Bérurière débarque dans son existence à un moment peu propice aux ébats voluptueux. Se trouve au chômedu, Liebling, pour un bout de temps ; car ça ne se dresse pas en trois cours par correspondance, des partenaires aussi particuliers.

— Très bien, soupiré-je. Tu cherchais Pinuche et tu as Martin ! En ce qui concerne la Pinasse, tu n'as pas découvert d'autres traces de son passage ?

— Si, dit-il.

Il extrait un stylo-réclame de sa poche, qui vante les mérites du dentifrice dont le génie pinulcien a accrû le chiffre d'affaires.

Je l'empoche avec une certaine émotion.

Pauvre César jouant au Petit Poucet en circuit fermé (puisqu'il a semé ses « cailloux » à l'intérieur du music-hall). On l'a fait pénétrer par la porte des machinos afin de le hisser dans les cintres, puis on l'a descendu dans les profondeurs de l'établissement pour, tout compte fait, l'évacuer vers une destination inconnue.

À quoi rimait ce déplacement saugrenu, incohérent même ?

Tu le sais, toi, Bazu ?

Nous sommes logés à la même enseigne, non ?

*
* *

Nous rentrons à l'hôtel, car c'est le jour qu'on « fait » les meilleures nuits !

La réception du Gamma nous révèle que l'établissement est complet. Qu'à cela ne tienne : Jérémie utilisera la chambre désertée par les Pinaud.

En gagnant les ascenseurs, qu'avisé-je-t-il, assis dans le hall ! Kesselring, avec son œil laiteux, sa ganache en or massif et son eczéma purulent. Entre les bras de son siège plantureux, il a l'attitude d'un mec décidé à attendre longtemps.

Sans barguigner, je me dirige vers lui.

— Monte te reposer pendant que je salue le directeur de la police ! lancé-je à mon pote.

Il m'obéit, non sans avoir « photographié » le personnage d'un regard aussi sagace que l'objectif d'un Leica.

Nonœil-à-la-Frime-Daubée m'accueille d'un branlement de chef.

— Vous ici ! déclamé-je comme dans une pièce de patronage.

Geste mou de mon homologue signifiant : « Vous le voyez. » Puis il me désigne le frère jumeau de son fauteuil en attente d'un cul. Je l'honore du mien.

— Seriez-vous là pour moi ? je demande.

Opination de Kesselring.

Son monoregard m'incommode.

— Vous avez une chance infernale ! fait-il.

— Vraiment ? m'étonné-je. Qu'est-ce qui vous le donne à penser ?

— La manière dont les choses s'organisent pour vous.

— J'avoue ne pas comprendre.

— Dans un premier temps, je fais votre connaissance alors que vous êtes au lit sous deux filles assassinées. Troublant, n'est-ce pas ?

— C'est le moins qu'on en puisse dire.

— Donc j'éprouve vis-à-vis de votre personne un sentiment de méfiance.

— Tout à fait justifié.

— Ce qui m'induit à vous faire suivre.

Là, j'estomaque.

— J'ai été suivi ? béé-je comme un bleu accroché par son fond de culotte à la plus haute branche d'un réverbère.

— Par un spécialiste, un Asiatique tout à fait remarquable. Il pourrait vous accompagner dans votre baignoire sans que vous vous en aperceviez.

— Chapeau ! D'ordinaire mon sixième sens m'avertit !

— Il n'existe pas de sixième sens avec Mondoloo.

Visiblement il est fier de son collaborateur, Mirette-Fanée ; ainsi qu'un papa de son petit garçon surdoué.

J'attends la suite en phosphorant à perdre haleine, repassant par la pensée mes fesses et gestes depuis ma sortie de l'hôtel de police.

Fine mouche (à miel), il sent mon anxiété. S'en repaît ; je le devine un brin sadique sur les bords.

— Mon fileur est équipé d'un appareil nous permettant de garder le contact.

— À Vegas, on n'arrête pas le progrès ! ironisé-je.

— Sans Mondoloo, reprend mon confrère, je vous aurais arrêté pour le meurtre de ma secrétaire. Mais par lui j'ai appris que vous n'avez fait qu'entrer et sortir. Vous avez hélé Dolorès avant de pénétrer dans la maison. Au bout de dix secondes, vous en êtes reparti précipitamment. Mon auxiliaire a voulu jeter un œil à l'intérieur ; ce qu'il y a trouvé n'aurait pu être perpétré dans un laps de temps aussi court.

— Dieu est en général plein de prévenances avec moi, conviens-je.

Gueuledaubée a une moue complimenteuse.

— L'important est que vous en soyez persuadé ! Puis-je vous demander ce que vous alliez faire chez elle ?

— Elle me plaisait, révélé-je.

— Je l'avais remarqué !

— Comme vous vous en doutez un peu, je suis un coureur de femmes invétéré. Sitôt qu'une robe bien habitée croise ma route, j'entre en transe.

— Cette frénésie a dû vous causer pas mal de désagréments, non ?

— Quelquefois, mais ils ne sont rien comparé aux joies que j'en ai tirées.

Je suis un peu honteux de me vanter devant un homme pourvu d'une frime pareillement dévastée. Les bons coups de bite, cécoinsse, c'est au claque de la mère Lola qu'il les donne. Probable qu'à cause de ses fonctions il grimpe gratos, mais ça me surprendrait qu'il déchaîne les passions ; à moins de s'équiper d'une capote en peau de porc-épic !

— Si vous me parliez de votre perquisition illégale chez Liebling ? Elle a coûté la vie à son serpent, ce dont je me fous, mais également à un gars du *Daily Red Indian*.

À quoi bon tergir le verset ? dirait Salman Ruddy. Puisque Kesselring joue franc-jeu avec moi, je vais être réglo avec lui.

15

En vertu de quoi, je lui raconte très à fond mon odyssée depuis ma déposition à l'hôtel de police, sans rien lui celer : mon rendez-vous manqué avec Dolorès, les frasques de nos dames, mon altercation avec Gulliver, ma visite chez Liebling et mes démêlés avec le serpent, la venue de M. Blanc et du chien, l'exploration dans les cintres du music-hall, la curieuse trajectoire de Pinaud (le kidnappé semant ses boutons de manchettes), l'ours blanc, enfin, trouvé mort au fond du conduit.

La triste fin du plantigrade vedette le fait tiquer plus que le reste.

— Voilà un magicien qui n'a pas de chance avec ses animaux savants, résume-t-il.

— Vous le connaissez ?

— C'est une célébrité : il fait courir les foules. Il y a même ici un zoo fameux qui porte son nom.

— Le Gladiateur jouit-il d'une bonne réputation ?

— L'établissement par lui-même, oui.

Je flaire une réticence.

— Mais ? insisté-je.

— Celle de son propriétaire est plus contestable : Nello Manzoni a appartenu à la pègre avant de se ranger des voitures.

— Je ne crois pas beaucoup à la rédemption des truands, dis-je ; elle n'intervient que lorsqu'ils sont gâteux, s'ils vivent assez longtemps pour le devenir.

Mon terlocuteur approuve.

— J'ai demandé votre curriculum à notre ambassade de Paris. Vous êtes un super-flic, là-bas.

— Ça se raconte dans les chaumières, en effet.

— Efficacité à cent pour cent, grâce à l'emploi de méthodes pas toujours orthodoxes. Courageux, téméraire, homme d'esprit…

— N'en jetez plus ! Je connais le reste.

L'œil valide exprime une certaine bienveillance. Drôle de gus, ce Kesselring ; m'est avis que son passé ne doit pas être triste. C'est pas en jouant aux quilles qu'il s'est fignolé ce physique hiroshimiesque !

Mon camarade yankee conclut :

— Vous m'avez l'air d'une grosse pointure. Je suis tout disposé à vous apporter mon concours, car ici les choses ne se passent sûrement pas comme chez vous.

— Merci, fais-je avec sincérité.

Il me tend la pogne. Je constate qu'il lui manque l'auriculaire de la main droite. Peut-être s'est-il trop curé l'oreille ?

— Mon prénom est Ray ! annonce-t-il.

— Le mien : Antoine !

On s'en triture neuf et on se quitte après qu'il m'a donné son numéro de portable.

*
* *

Avant d'aller me toiler, je passe par l'appartement du Gros. Il est vide, mais l'odeur du Monstre y stagne encore, terriblement « physique » et présente.

Un feuillet blanc, souillé de ce qui lui tient lieu d'écriture, repose sur la moquette : *J'sus t-été briffer et faire un peu d'enquête. Sandre.*

Brave homme ! Cher cocu boulimique ! Que le Tout-Puissant te garde sous Sa protection.

Au plus fort de mon sommeil, dont la masse spécifique est 207,21 et la densité 11,3, je suis réveillé par des grattements à la porte.

— *What is it ?* questionné-je, d'un ton plus voilé que la roue d'une voiture d'enfant réutilisée par un clodo.

— Mouah mouah ! répond Salami.

D'humeur fulmigène, je lui ouvre.

Il est assis dans le couloir, l'une de ses pattounes posée sur une délicieuse petite culotte jaune, sertie de dentelle noire.

M'apercevant, il se dresse, cueille délicatement le sous-vêtement entre ses incisives et me l'apporte en dirigeant la *Cinquième* de Beethoven avec sa queue.

Je suis aussitôt prêt à prendre le relais, tant son trophée est affriolant.

— Où avez-vous trouvé cette merveille, mon royal ami ? lui demandé-je.

Il cligne de l'œil et, d'un court hochement de tête m'invite à l'accompagner.

— Un instant, dis-je, je dois passer une tenue décente.

Avec promptitude, j'enfile ma robe de chambre (en attendant mieux), mes mules vernies aux semelles cardinalices.

Ces dispositions express ne m'ont pas pris deux minutes, cela n'empêche pas mon hound de perdre patience et de me jouer de la truffe de Pan.

Nous voici dans un couloir long comme l'avenue de la Grande-Armée. Zébulon trace à toute vibure avec, toujours, l'affolant slip dans la bouche. Je connais la fantaisie de mon gaillard, mais juge son comportement plutôt singulier. Quelle croisade entreprend-il ? Où me drive ce satané quadrupède ?

Le galant stoppe devant une large porte à deux battants située dans la partie de l'hôtel cataloguée « super-luxe », lui valant les deux vantaux.

Mon cicérone jappouille sur un air convenu ; une superbe Noire vêtue en femme de chambre, à la jupe plus courte qu'une prestation de serment, dépone en nous montrant simultanément l'émail de ses dents et les poils de sa chatte.

— Mais oui, qu'il a bien fait la commission, ce chéri ! gazouille-t-elle.

Puis, à moi :

— Vous possédez là un chien exceptionnel ! Figurez-vous qu'il a suivi Mademoiselle jusqu'ici. Il est entré avec elle et, une fois au salon, a hardé comme un fou. Mademoiselle, vous allez voir, est une personne très portée sur le sexe. Devant la frénésie de l'animal, elle a ôté sa culotte et cet exquis basset s'est mis en devoir de la minoucher d'une langue extraordinairement experte. Aux dires de ma patronne, aucun humain, homme ou femme, ne lui a procuré autant de plaisir dans cette savoureuse discipline. Cela dit, je cours vous annoncer.

Et elle nous laisse en faisant voleter sa jupette plissée.

Je me tourne vers Salami :

— Vous en faites de belles !

Il baisse la tête et ses oreilles composent un O'Cedar sur le plancher.

— Je ne veux pas me laisser aller à une scène de jalousie, reprends-je ; je vous l'ai signifié en son temps, la zoophilie me répugne et me révolte. M'imagineriez-vous « pratiquant » une chienne afghane ou me faisant laper par un bouvier des Flandres ?

Agacé par mon sermon, il se lèche les roustons, exercice peu courant chez l'individu non contorsionniste.

La jolie Noire réapparaît.

— Vous pouvez entrer ! annonce-t-elle, claironnante.

Puis baissant le ton, elle chuchote :

— Vous me paraissez étranger, alors sans doute l'ignorez-vous : Mademoiselle est la fille de Jo Morton, le plus grand propriétaire des jeux de Vegas, familièrement connu sous le sobriquet de Lucky Love.

— Beau parti ! apprécié-je, et je pénètre dans le toril.

Sa petite culotte jaune à dentelle noire se montrait trompeuse. Elle casse pas trois testicules à un escargot, la miss, et possède davantage de carats que toutes les vitrines Cartier réunies. Pour introduire sa poitrine dans son soutien-gorge, elle utilise une balayette à crins durs et une pelle à charbon. Le nez crochu, style Polichinelle, le menton qui part à sa rencontre, la bouche en arc-de-cercle, les baffles haute fidélité, la peau du ventre à festons et la moule aussi consistante qu'un chewing-gum sous ta semelle, telle est la Vénus honorée par mon intrépide Salami.

— Compliments pour ton prix de Diane, marronné-je en m'avançant. Tu l'as levée au colombarium où elle attendait son tour ?

— *Hello ! Hello !* minaude la vieille bricole en ponctuant l'accueil d'un geste mutin.

Elle est entièrement nue, si l'on excepte un anneau d'or à la cheville et un rectangle de sparadrap, à l'avant-bras.

Le salon est vaste, délicieusement meublé Louis XIV, ce qui fait plus intime. Elle prend place entre les bras tentaculaires d'un fauteuil sur le siège duquel se dresse un godemiché mobile qu'elle happe de sa vénérable chaglatte. Me désigne un trône identique, mais non équipé de bilboquet.

— Je vous ai demandé de venir pour vous parler de votre merveilleux basset, attaque de but en blanc le « Fantôme de l'Opéra ».

Je ne marque pas davantage de réaction que le zouave de l'Alma lorsque la Queen Bernadette Première passe sur son pont.

La vioque ne semble point trop affectée par ma réserve.

— Combien ? abrupte-t-elle en écartant l'une de ses mamelles qui lui chatouillait le nombril.

— Pardon ? ébaubis-je.

— Je veux vous acheter votre chien.

— À condition qu'il soit à vendre, madame !

— Dix mille dollars ! tranche la tarderie.

— Mes amis n'ont pas de prix ! assuré-je. Vous me proposeriez un million de dollars, je refuserais ! Cela dit, si l'intéressé vous préfère comme maîtresse, libre à lui, je m'inclinerais et ne vous demanderais pas un cent !

Ce ferme langage répand la désolation sur le portrait craquelé de la dame aux sens débridés.

— Salami ! interpellé-je, souhaitez-vous me quitter pour partager l'existence de cette exquise personne ?

Le hound a une forme de rictus. Ses babines retroussées laissent voir sa langue violacée sur un flot de salive mousseuse.

— Je vous trouve répugnant, poursuis-je, sentant croître en moi colère et dégoût. Vous choisissez les partenaires féminines les plus effroyables, comme cette énorme Teutonne dont vous bouffâtes la minouche naguère, en Belgique.

Bien entendu, je m'exprime en français pour n'être pas compris de notre hôtesse.

Le médor lubrique me toise avec aigreur. Je lis ses pensées qui me disent à peu près ceci :

— Sombre idiot, vous croyez que lorsqu'on est chien, et basset de surcroît, on peut prétendre brouter miss Univers ? Vous savez bien que les humaines qui nous sont accessibles se recrutent chez les tarderies à la limite du possible. Heureusement, nous avons une dilection pour la venaison, le faisandé, voire la charogne. Ces pétasses qui vous flanquent la gerbe attisent notre sexualité. Entre Mlle Ophélie Winter et la vénérable reine Mary, nous n'hésitons pas : l'ex-souveraine a notre préférence.

« Des miens ancêtres ont subi de puissantes érections devant les photographies de Mme Golda Meir ou de Mère Teresa. Si bien que cette dame dévêtue, jugée impraticable selon vos critères, est terriblement excitante pour moi. Ce sexe fané vous déprime, mais m'embrase au plus haut point. Voyez comme sa posture dans le fauteuil fait décrire à sa chatte le signe de l'infini. Il vous donne des haut-le-cœur, mais me met en bandaison.

— En ce cas, régalez-vous, mon vieux et, accessoirement, allez vous faire foutre !

M'étant incliné devant la momie sans bandelettes, je gagne la sortie.

La Noirpiote au cul nu m'intercepte dans l'antichambre.

— Vous partez déjà ? déplore-t-elle.

— Ma présence est sans objet, jeté-je.

— Vous croyez ? articule-t-elle d'une voix rauque en plaquant son bas-ventre contre ma couleuvrine.

D'un geste automatique, je porte ma dextre à son crépu.

— Ma fille, lui dis-je, vous êtes une grande pécheresse ; espérez-vous prendre ainsi le chemin de la rédemption ?

— Non, convient-elle ; mais je n'ai jamais voulu l'emprunter !

Cette personne étant lascive et dépourvue de rhumatismes, je lui interprète *L'Enfilée d'Austerlitz* au pas lent des sapeurs de l'empereur Poléon.

C'est fatigant mais ça paie !

*
* *

Retour dans ma carrée, exténué mais inmécontent de moi. Chaque coup tiré, je ne cesse de le répéter, se capitalise. Pour ma part, je préfère placer du foutre que du pognon ; ce n'est pas une garantie pour l'avenir, mais ça conserve le cœur en fête.

Un petit toilettage à mistress Bistougnette et je réintègre mon lit. Juste comme on cigogne ma lourde. Quoizencore !

Je vais te le dire, Casimir.

Mon hound, derechef.

Un peu penaud, la menteuse en traîne de mariée, un sourire désenchanté sur les babines.

— Il s'agit d'un come-back ou d'un simple salut en passant ? demandé-je.

Monsieur Toutou, en guise de réponse, vient lécher mes pinceaux.

— Faute regrettée est entièrement pardonnée, assuré-je.

Je me pieute enfin pour de bon, du moins je l'espère.

Salami me rejoint après plusieurs sauts infructueux, et s'allonge au pied du pucier, contrit mais heureux. Il forme un traversin de poils au fond de ma couche.

Avant d'en concasser, j'évoque ses aventures sexuelles. Qu'est-ce que j'en ai à branler qu'une vioque se fasse gober le frifri par mon basset ? Un jour le Soleil s'éteindra et la Terre sera devenue un tas de cailloux. J'en cause souvent avec Albert ; on aime à envisager le futur des futurs, lui et moi. On est toujours du même avis parce qu'on n'est pas cons ensemble. Ça crée des super-liens.

Un jour, je te parlerai de lui.

Fatalement.

16

Me voici dans la zone calme de la ville. Dieu sait qu'il n'y en a pas des brouettées ici ! Quand je m'en irai de ce foutu bled, mes cages à miel bourdonneront pendant des semaines d'avoir été agressées aussi violemment par le vacarme des jeux. T'en es cerné complètement, depuis le hall de l'hôtel jusqu'aux chiches ! Des gonziers triturent des appareils à sous en posant culotte, et lorsque tu achètes une capote à un distributeur, si elle est aux couleurs du drapeau ricain, t'as droit gratos à une boîte de douze !

Les Yankees sont de grands enfants. Je vais te donner ma version : ce sont des grands cons ! S'ils n'étaient pas encadrés et dirigés par les trépanés du gland, ça ne serait qu'un peuple d'alcoolos bouffeurs de pop-corn. Pas même capables de devenir gangsters ! Les vrais, ceux qui ont constitué le fameux folklore américain, étaient ritals, allemands, ou irlandais. Des mecs, quoi !

Tu vas me bricoler les humeurs en prétendant que la « race originelle » était faite d'un conglomérat d'Européens dont la première livraison a été effectuée par le *Mayflower* en 1620. D'ac, seulement c'étaient des puritains, ces gaziers, des pères la Dorure qui procréaient après avoir percé un trou dans la limouille de leur rombiasse ! Pudibonds ! Une main pour se branler, l'autre pour le signe de croix ! Heureusement, ils ont eu l'idée d'aller pêcher des esclaves, les pincecornés ! Par barlus entiers t'ont ramené de la viande africaine qu'ils vendaient au kilo. Il leur manquait une case ! L'ont remplacée par celle de l'oncle Tom ! Maintenant, ils sont frottés à la mine de plomb, les moussaillons du *Mayflower* ! Il y a eu la foire aux Nègres. Il y aura la foire aux Blanchâtres ! Solde avant liquidation totale ! Tu sais avec quoi ils opèrent la grande conquête de l'Ouest, les Mâchurés ? Avec leur bite ! L'arme absolue !

Oh ! que je me marre !

L'immeuble n'a que huit étages revêtus de verre réfléchissant. Portier chamarré à l'entrée. Négus, of course, burlingue d'accueil, componctif en plein et en diable. Autre employé pour la réception. Un Blanc, cette fois ; que dis-je : un blond ! Décoloré à mort.

La bouche suceuse avec des lèvres d'une mobilité extrême qui ne laissent rien perdre. Me considère sans déplaisir. Un peu gourmé, l'œil mouillé chaglatte.

Je mets le comble à son émoi discret en lui décochant un regard si libidineux qu'un caméléon éjaculerait sur du tissu écossais.

— Bonjour, bonjour ! susurré-je.

Il bat de ses longs ramasse-miettes et soupire :

— Que puis-je pour vous ?

Histoire de lui embraser l'oigne, je réponds :

— Beaucoup de choses, dont l'une serait de m'annoncer à M. Nello Manzoni.

Il cesse de pâmer. Suppose que je me pointe au Vatican et demande à parler au pape ? Eh bien ça !

— Mais…, bêle la biche aux abois, M. Manzoni ne reçoit pas !

Sourire mi-figue, mi-raisin sec du gars moi-même.

— Il ne faut pas croire tout ce qu'on raconte, mon chou ; expliquez-lui que le chef de la police parisienne, recommandé par Ray Kesselring, celui de la police de Vegas, veut le rencontrer d'urgence.

Ça lui cisaille son début d'érection au ras du nerf optique.

— Je vais voir, patauge-t-il.

— C'est cela, voyez !

Ma requête est répercutée à travers le buildinge, évaluée, soupesée, considérée, commentée, disséquée pour, enfin, être prise en considération puis agréée.

Un mec, aux aisselles rembourrées à l'acier suédois, finit par surgir : deux cents livres sur une armature d'un mètre nonante, un nez longuement martelé au gant de cuir, des sourcils en surplomb comme une visière de tennisman et, au milieu du menton, un creux pareil au trou du cul d'Élisabeth II.

— Monsieur est le chef de la sécurité, me révèle charitablement le réceptionniste.

— Je l'ai déjà vu dans des films, assuré-je.

King-Kong (plus Kong que King) m'entraîne vers un ascenseur si rapide qu'on parvient à destination avant d'actionner le bistougnet.

Brève déambulation le long d'un couloir insonorisé. On pénètre dans un sas pourvu d'un arceau détecteur qui ne réagit point à ma présence. Une nouvelle lourde débouche dans le secrétariat du dénommé Manzoni. Deux filles dorées de la chatte au grenier téléphonent. L'une en anglais, l'autre en italien.

Tête de Kong attend. Il pue un parfum que j'ai reniflé jadis chez quelque vieille pute borgne : jasmin, violette et rose trémière.

Un zonzon discret provenant d'une caméra lilliputienne, fixée au plaftard, m'interpelle.

— Venez ! fait mon accompagnateur.

Il sonne à une porte en bois-de-foutre épluché. L'huis s'écarte. Entrée des gladiateurs dans une immense pièce entièrement tapissée de peau de vergogne couleur chamois.

Une baie en encorbellement constitue la partie magistrale du bureau. Sans aucun doute, les vitres sont à l'épreuve des balles.

Nous cheminons comme deux pèlerins en direction du trône. Je nomme ainsi une table taillée dans du marbre de Carrare d'un bleu lapis-lazulien, flanquée d'une chaire gothique et sommée d'un dais de grand dadais.

Le royal, le médiéval personnage habitant ce décor moulagaufre époque lavement, est un courtaud proche de la soixantaine. Sa chevelure anthracite est séparée par une raie médiane qui doit se poursuivre à travers son système pileux en friche jusqu'à celle de son cul. Puisqu'il ne saurait y avoir de véritable gangster sans balafre, il en porte une de dix centimètres au cou, du niveau de l'oreille jusqu'aux amygdales. Il tente de la dissimuler sous un foulard de soie blanche. Un individu que la vie de Nello chicanait a dû vouloir l'en débarrasser (de la vie). Mais en ratant son cou, il a raté son coup.

Le plantigarde du corps adresse un geste à son maîmaître signifiant que je ne suis pas chargé. Manzoni lui ordonne d'aller promener son intelligence ailleurs et nous restons seuls.

Cette région de la pièce ne comporte pas d'autre siège que celui du fameux. Ça ne semble pas l'émouvoir.

— Je vous écoute, me lance-t-il, comme décharge un taureau.

— Mon nom est San-Antonio, je dirige la police parisienne.

— On me l'a dit. Ensuite ?

Il appert (dirait Dekouil), que cet homozygote se montre désagréable dans un but de purification. L'existence doit le faire chier ; ou alors c'est celle des autres qui lui bat les roustons ?

Je me laisse glisser sur le tapis et m'y assieds.

Ça le souffle.

— Qu'est-ce que ça veut dire ? il demande.

— Que je suis fatigué. Dans la bonne vieille Europe dont vous avez dû entendre parler, il y a plusieurs sièges dans une même pièce. Mais vous avez raison : on s'en passe très bien.

Je lui souris. En découvrant son regard ensanglanté comme deux glaves de phtisique, j'imagine qu'il va sonner son Hercule pour me faire jeter, à moins qu'il ne s'en charge lui-même à coups de tatane.

Quelques secondes d'une tension extrême.

— Vous êtes drôle, finit-il par déclarer. C'est dingue, non ? Le chef de la police parisienne, assis en tailleur devant mon bureau ! Quand je vais raconter ça à Ma !

— Qui est Ma ?

— Ma mère ! Elle a quatre-vingts ans et un tonus du diable.

Il se dresse, me tend la main pour m'aider à me relever.

— Allons dans le coin salon, là-bas !

Il branche un contacteur et lâche :

— Mon scotch avec deux verres !

On s'installe dans la partie lointaine, mais humanisée, de son camp du Drap d'Or. L'une des secrétaires, celle qui jactait en rital, entre et va à un bar dissimulé derrière un tableau de laque chinoise, dont les dragons enchevêtrés feraient vomir son goûter à l'ancienne reine de Belgique.

Flacon en cristal taillé, verres cerclés d'or, seau à glace gravé. La môme nous verse des rasades d'honnêtes gens. Profitant de ce qu'elle est inclinée devant moi, Manzoni passe la main sous sa jupe. La frangine reste impénétrable bien qu'ayant trois doigts dans la moniche. Elle s'évacue non sans m'adresser un sourire ravageur.

— Tchin ! dit Nello. Du comme ça vous n'en avez encore jamais bu !

Je déguste. Un nectar ! Je ne suis pas accro aux whiskies mais c'est du tout-suprême.

— Vous savez combien ça coûte, ce machin-là ? fait le Ritalo-Ricain. Mille dollars la bouteille !

Flegmatique, je tire un talbin de cent pions de ma vague et le dépose sur la table.

— Ma quote-part, annoncé-je.

Impassible, mon hôte empoche le bifton.

— Je vous offrirai ma tournée tout de suite après, assure-t-il.

Puis, redevenant sérieux :

— Racontez ce qui vous amène ?

— Vous êtes bien propriétaire du Gladiateur ?

— Entre autres boîtes, parfaitement. Pourquoi ?

Me fais un plaisir de lui dévider les événements que tu n'as pas encore oubliés malgré ton délabrement mental. Parle du magicien d'Oz et de son ours blanc. Narre la truciderie des deux assistantes sociables. Retrace l'enlèvement de Pinuche après un viron dans les cintres. Juste, lui tais ce qui ne le concerne pas.

Il m'écoute, le regard comme deux cerises noires, les mâchoires tétanisées, écriraient certains confrères.

Dès que je la boucle, il empare son bigophone :

— Dites à Weston de venir immédiatement !

Blême, il est !

Ça va chier des coquilles d'huîtres, je t'annonce.

— Vous ignoriez ce que je viens de vous relater ? risqué-je-t-il.

— On m'avait simplement prévenu que l'Allemand ne présenterait pas son numéro à cause de problèmes techniques…

J'ai souvent lu, dans des books, à propos de gens en colère, que leurs yeux « jetaient des éclairs ». Je trouvais l'expression glandeuse. J'avais tort !

17

On commente, le Rital ricanisé et moi.

Il a l'air sincèrement en pétard. M'étonnerait qu'il feigne. Pourquoi perdrait-il son temps à jouer la comédie ?

Bien installé dans son bastion inexpugnable, il n'en a rien à masturber des grenouillages de ses péones. Mais un régnant ne tolère pas de manigances dans son dos.

Et puis voilà que le biniou du ci-devant truand se manifeste. La voix d'une des fées gazouille :

— Monsieur ! Un chien s'est introduit dans l'immeuble, il est à votre porte, que faut-il faire ?

— Appeler la fourrière et lui dire de nous en débarrasser !

Mais le gars mézigue réagit prompto.

— Un instant, si vous le permettez ! lancé-je en bondissant.

Je fonce à la porte. Mon intuition ne m'a pas trompé puisque je me trouve en présence de Salami !

— Vous commencez à me plumer l'os ! m'emporté-je. Qu'est-ce qui vous prend de me coller au fion de cette manière ? Vous ne voyez pas que je suis en conversation sous seing privé ?

Il penaude. Je m'excuse auprès de mon hôte, lui explique que cet animal est l'un de mes plus féaux collaborateurs. Tout ça…

L'entrée inopinée du clébard dans sa forteresse volante fait quelque peu chuter sa rogne. Il est amadoué par le regard du basset, se risque à le caresser, mais le zigus mandé se pointe (d'asperges), portant une sorte de caisse d'osier d'où s'échappent des varechs.

— Qu'est-ce que c'est que ça, Weston ? interroge notre amphitryon.

Il s'agit d'un grand mec creux et blondassu, à la frime criblée de taches brunes.

— Je crois que vous allez être content, monsieur Nello !

Il fait coulisser la longue baguette assurant la fermeture de sa bourriche (c'est le mot le mieux approprié pour qualifier ce cageot rudimentaire), rabat le couvercle et hisse le tout pour que son « boss » prenne connaissance du contenu.

Tu sais quoi ?

Une langouste, mon petit vieux. Un monstre marin devrais-je plutôt dire, car j'ai jamais vu un crustacé décapode de cette importance ; il doit peser cinq ou six kilos. On demeure sans voix, Manzoni et moi.

Le gars Weston explique :

— Mon plus jeune frère est pêcheur à San Diego. Je lui avais dit que s'il dénichait un jour une langouste exceptionnelle, il me l'envoie car vous en êtes terriblement amateur, pas vrai ?

Le balafré acquiesce.

— J'ignorais qu'un bestiau pareil pouvait exister ! admire-t-il.

Soudain, il se produit un incident plus que regrettable : Mister Salami, encore lui, se met à aboyer comme ses collègues hounds lorsqu'ils lèvent la trace d'un sanglier. Il détale en direction du dolmen servant de bureau. Son vacarme assourdissant me file dans une rogne indicible.

— Salami ! mugis-je, façon féroces soldats. Tu vas te taire !

Je le rattrape derrière la chaire curule de l'Italoche et le frappe sur la croupe à grandes claques furieuses qui lui arrachent des gémissements de douleur.

Et, tout à coup, je stoppe mes voies de fesses.

Y a de quoi, Éloi !

Figure-toi une déflagration inouïse. Un début de projet pour esquisse de fin de monde. Les vitres, pourtant archi-Securit, se lézardent, tel le maquillage de Nancy Reagan. De la fumaga ! Une odeur nocive, tousseuse ! Des plaintes ! Salami hurle en trombe ! Une sonnerie d'alarme ! De l'eau choit du plaftard, la détonation, ou la chaleur dégagée, ont déclenché le système anti-incendie.

Du raisin dégouline de mon front. C'est bordélissimo. Pompéïesque ! Confusiesque !

Des coups retentissent contre la porte. Des voix s'élèvent.

Je regarde mon cador : il porte une entaille sur le dos, due à un tesson de verrière.

— Vous l'aviez senti venir ? je murmure, reprenant le voussoiement auquel il tient autant qu'à ses burnes.

Il opine, hébété.

— L'odorat ?

Regard lourd, un brin flétrisseur, signifiant : « Tu as trouvé ça tout seul, con d'homme ! » Je lui demande pardon d'avoir douté de lui une fois de plus.

Et nous nous dirigeons vers l'épicentre du séisme.

Du pas chouette, mon chéri ! De la dégueulasserie à l'état brut !

Manzoni a la moitié de la tronche arrachée. Ne lui reste que l'œil et l'oreille gauches, plus quelques chailles disséminées dans de la purée de gencives. Kesselring est battu ! D'autant que Nello est extrêmement décédé.

Son dirluche, lui, a morflé plein bide, avec extension dans les joyaux de la couronne. Il vit encore, mais sans enthousiasme. Ses gémissements vont en s'affaiblissant. Je capte son regard en cours de vitrification. Des bribes de crustacé parsèment la moquette. Le coup de la langouste piégée, je ne le connaissais encore pas.

Un spécimen pareil, c'est dommage qu'il se soit désintégré. Y aurait fallu le naturaliser.

Les coups redoublant à la lourde, je vais ouvrir. Juste comme mon escogriffe-convoyeur décide d'enfoncer la porte, malgré son blindage.

Emporté par son élan, il traverse la largeur de la pièce et se fraise dans une vitrine contenant des statuettes d'ivoire. Il reste pétrifié, la hure à l'intérieur du présentoir. Une scène hautement burlesque souvent utilisée par Laurel et Hardy.

S'annoncent les deux mectonnes, terrorisées.

Tant de sang répandu, de chairs ouvertes, de bris de broc, ont raison de leur résistance. L'une s'évanouit, l'autre se tord sur le tapis pour amortir les effets et les méfaits d'une opportune crise de nerfs.

Salami, retrouvant son self-control, fourre sa truffe sous une jupe comme à l'orée d'un terrier de garenne.

18

Œuf corse, les matuches ont rappliqué fissa, la casquette en forme d'étoile de mer, bardés de tout le chenil classique. Ces zigus, c'étaient pas des tendres. Ils avaient largué leurs nounous depuis longtemps. On sentait qu'ils interrogeaient les prévenus avec des battes de base-ball plutôt qu'en leur récitant des psaumes.

Ils ont fait venir leur service d'urgence et deux gars portant le badge de la Croix-Rouge (en anglais : *Red Cross*), ont pansé ma plaie frontale en posant suffisamment de sparadrap pour que je ressemble à la doublure de Frankenstein. Ils avaient de l'estime vis-à-vis de ce que Jules Renard appelait joliment « nos frères farouches », puisqu'ils ont désinfecté l'entaille infligée à mon chien.

Pendant qu'on traitait mes avaries de machine, trois costauds ont recueilli ma déclaration. Encore une ! Je vais finir par écrire mes Mémoires chez ces emmanchés !

J'ai décliné mon blase, mes origines et, à la rubrique profession, ai pudiquement annoncé « fonctionnaire », ce qui est l'expression de la vérité, puis leur ai fait un récit circonstancié de l'attentat.

Les émules d'Eliot Ness m'ont écouté, impassibles comme des colins dans leur turbotière, avec la mine dubitative d'un kangourou venant de se faire ratisser les poches par un pickpocket. Mon récit paraissait too much à leur cervelle spongieuse. Cependant, au fur-mesure de leur enquête, ils réalisent que je suis hors de ce coup fourré. C'est Weston qui a apporté la langouste, sans se douter qu'elle était piégée, sinon il aurait pris la tangente avant la valse de ses burnes dans les pommiers en fleur.

Il a prétendu que cette grosse bébête provenait de son frangin ! Y a un défaut dans ce patacaisse à savon ! Un crustacé fraîchement pêché qu'on veut offrir, on se grouille de le livrer, non ? S'il est arrivé en service rapide de la côte Pacifique, quand l'a-t-on « équipé » ? Et comment a-t-on pu le faire à l'insu de celui qui l'a amené ?

T'aimes les mystères, toi ? Ben t'es servi avec ce book, grand ! T'as la toute grosse ration ! Mes choses-frères vont m'attaquer pour concurrence déloyale, comme quoi je leur fais du tort. Non seulement sur la qualité (exceptionnelle chez moi), mais par la surabondance des péripéties.

Les draupers mollissant de l'interro, je dégaine mon portable.

— Vous permettez ? je questionne.

— Vous voulez appeler votre avocat ? me demande un rouquinant décoré d'une tache de graisse en étoile de shérif sur son revers.

— Pour quoi faire ? Non : je contacte un ami.

— Confiez-moi son numéro, je vais le composer moi-même.

— Volontiers. Merci de prendre cette peine.

Graillonnement du turlu. Puis une voix évoquant un croassement de corbeau.

— Qui est à l'appareil ! interroge rudement mon bigophoniste.

— Kesselring ! hargnit mon homologue.

Le flic qui joue les dragées Fucas blablute :

— Ici Morning, je vous passe quelqu'un.

Et de me tendre les cent grammes de matière plastique à pile. L'est tout rouge d'incompréhension. Il a une attaque de bubons purulents en réalisant que je suis copain comme porc avec son supérieur morganatique.

— Alors, jovialise Nonœil, où en êtes-vous de cette enquête, collègue ?

— Au-dessous du niveau de la mer, réponds-je. Dans votre merveilleuse ville, les véroleries pleuvent sur moi, comme les jetons dans les casinos. Chaque fois que j'actionne une manette, une nouvelle couillerie me tombe sur le râble.

Lui livre un compte rendu suce-seins de mes avatars.

En m'écoutant, il joue du xylophone sur ses ratiches de jonc avec son stylo.

— J'arrive ! déclare-t-il lorsque je me tais.

19

Je me mets à l'attendre dans le bureau des deux secrétaires, lesquelles se sont « rapapillotées », disait ma grand-mère[1].

Elles chialent d'abondance, avec tant d'énergie que Salami n'ose même plus leur filer un coup de menteuse dans la gorge du dindon.

Ces chougneries me battent les reliquaires. Tu parles qu'elles devaient l'aimer à la folie, ce forban de Manzoni ! J'ai idée qu'elles s'apitoient surtout sur leur situasse compromise.

Mon valeureux toutou égoutte son panoche sur mes pompes. Il a chaud et s'emmerde, deux bonnes raisons d'aimer Contrex.

Malgré sa promesse, Kesselring n'arrive pas. Dans la pièce du carnage, ça ne chôme guère : des zigotos à brancards, des photographes en surnombre, un chenil d'apocalypse ! Ça tubophone à outrance, sur des chiées d'appareils amenés en renfort. Les actualités télévisées, d'autres, seulement radiophoniques. Des gonzesses de la presse à sensation, vachement plus culottées que les mecs !

Ça finit par me passer les testicules au moulin à légumes, ces sanglantes histoires.

Et mon vieux Pinuche, qu'en est-il advenu dans ce patelin de l'an 3000 ? Et cette monstrueuse hécatombe, qu'on paraît m'offrir en manière de divertissement, tel un impromptu signé Al Capone au lieu de Molière ?

Vivement la classe ! J'en ai plein mes hauts-de-chausses.

1. Ce terme signifiait à la fois « réconforté » et « réconcilié ».

N'y tenant plus, je quitte le secrétariat où l'on m'a cantonné et pars à la recherche du flic qui a tenu à pianoter soi-même sur mon téléphone tout à l'heure.

— On vient de m'appeler sur mon portable pour me fixer rancard dans le hall de Radio City, l'informé-je.

— Qui ?

— La personne de tout à l'heure, évasivé-je. Vous permettez que je file ?

— On a vos coordonnées ?

— Vous le savez bien !

— En ce cas, c'est O.K.

Ne me le fais pas répéter. Pas besoin de siffler Salami : il a déjà sa truffe dans mon pot d'échappement.

La rue me ravigote. C'est que je commençais à déprimer chez feu Nello !

Je longe la file de camions et cars coagulés par l'événement. Au moment où je presse le pas, j'avise une bagnole de police caparaçonnée de projos et gyrophares. Un flic grand comme la statue de la Liberté y est adossé, me regardant venir.

Lorsque je parviens à sa hauteur, il ouvre la portière avant côté passager.

— Putain ! Vous en avez mis du temps ! fait-il d'un ton rageur.

— Mais c'est Kesselring que j'attendais chez Manzoni ! rétorqué-je. C'est ce qui fut convenu !

— Alors j'ai mal compris les ordres du patron, rengracie le gussier en comparaison duquel Schwarzenegger pourrait tenir le rôle d'un nain de Blanche-Neige dans une matinée enfantine.

Il ajoute :

— Le boss n'a pu venir lui-même !

Je m'installe, lui idem, et on décarre dans un déferlement de sirène qui auraient donné à Beethoven l'impression d'avoir recouvré l'ouïe.

— Où allons-nous ? proféré-je.

— Chez lui, justement.

— Il ne s'occupe pas de cette nouvelle affaire ?

— L'est en vacances depuis ce matin, pour dix jours.

— Il a de la chance.

On frictionne sur le macadam, après avoir largué la ville du toc. Tous ces mecs agrippés à des machines à sous ou qui blêmissent autour d'un tapis vert me filaient la nausée.

Le grand mec a conservé sa sirène hurlante et ne s'occupe pas du compteur de vitesse. J'ai jamais eu confiance dans ces caisses ricaines dont la tenue de route dansante ramène l'estomac au niveau de la glotte.

— Il habite la campagne ? m'informé-je.

— Le plus possible, mais il a un pied-à-terre à Vegas.

— Il m'a appris qu'il était marié.

— Exact.

— Elle ressemble à quoi, Mme Kesselring ?

— À personne d'autre qu'à elle-même, heureusement. Quand il l'a épousée, elle venait d'être élue miss Pacific.

— Chapeau ! Il a des dons de séducteur cachés, car en fait d'Apollon…

— Il en a, affirme mon chauffeur avec détermination.

Le paysage s'élargit de plus en plus ; les Rocheuses s'épanouissent, formidables. Leurs cimes enneigées étincellent au soleil. Bientôt nous quittons l'autoroute pour une voie plus pondérée. De vastes propriétés surgissent dans des vallons enchanteurs ou sur des collines aux formes arrondies. La végétation est luxuriante ; partout, ce ne sont que conifères d'un vert argenté, érables rouges, houx massifs ingénieusement taillés. Les toits sont en chaume. Les barrières d'enceinte peintes en blanc. Faut reconnaître : le fric sait tirer parti de tout, y compris de la nature.

— Pas mal, le patelin, apprécié-je.

Je me retiens d'ajouter que les poulets doivent être douillés comme des pédégés pour pouvoir s'offrir de telles crèches !

Mon driver ralentit et s'arrête devant un portail coulissant. Léger coup d'avertisseur : le panneau de deux tonnes se met en mouvement, et découvre un parc admirablement complanté avec, au centre, dans une clairière de rêve, une demeure tellement « aboutie » que « le Roi-Soleil » s'y sentirait aussi frustré que dans le château de Fouquet.

On se range au bord de la terrasse en pierres blondes. Kesselring surgit, impec' dans un short écossais qui lui arrive aux genoux, et une limouille de lin blanc. Un sourire épanoui fait rutiler les carats emplissant sa bouche.

— Bienvenu, cher confrère ! me dit-il avec une chaleur inconforme à sa nature.

Serrements du jeu de paumes.

— Classe, votre gentilhommière ! complimenté-je. Si notre ministre de l'Intérieur possédait une telle propriété, il serait emprisonné !

— Les Français n'ont jamais rien compris au capitalisme, m'assure mon homologue. Chez vous, les nantis ont le tempérament socialiste, et le peuple des instincts bourgeois.

Me saisissant familièrement par le bras, il déclare en m'entraînant :

— Entrons, je vais vous présenter à ma femme.

20

Je vais vous présenter à ma femme !

Le nombre de gonziers m'ayant sorti ça !

Première strophe d'une romance : mes plus chouettes maîtresses, c'est toujours leurs époux qui me les ont fait connaître, comme pour s'assurer qu'elles allaient tomber entre de bonnes mains !

Lorsque je rencontre leur dame, après ce préambule incontournable, je suis déjà conditionné, paré pour les manœuvres de printemps. Oh ! ces regards échangés ! brefs et intenses, où le programme est clairement exposé, délibérément accepté.

« — Mes hommages, madame.

« — Enchantée de vous connaître[1]. »

Nous pénétrons dans le living auquel je m'attendais : peint en blanc, tapis rouges, meubles design, toiles tarabiscotées au modernisme éculé comme les brodequins du curé d'Ars que le diable a tellement fait chier, le pauvre ! Une téloche à l'écran plus vaste que

1. On ne doit pas dire « enchanté », mais toutes le font, excepté quelques intellectuelles de haut niveau qui crient cependant : « Bourre-moi, salaud ! » pendant que tu les baises. Juste retour de mes choses !

celui du Gaumont Palace et, devant ledit, une femme brune dans un fauteuil d'infirme !

Nous avançons ; elle tourne la tête.

Oh ! la très belle créature ! Si très belle que mon zigomuche farceur n'a même pas un tressaillement et reste tout con dans mon bénoche. Tu te rappelles Caroline de Monaco quand elle était jeune ? Eh bien, elle ! Visage harmonieux, regard sombre, à la fois intense et langoureux. Une bouche que tu voudrais bouffer. Et tout le reste à l'avenant ! Le buste est superbe ! Le ventre ? Plat, mon pote ; si tu le contrôlais au niveau de maçon, la bulle resterait au milieu.

Seulement, Achtung ! Descends pas davantage, t'aurais trop de chagrin ! ELLE N'A PLUS DE GUIBOLLES ! J'entends « à elle ». Car on ne peut appeler « jambes » cet appareillage relevant de la robotique. Matière plastique et acier ! Sangles de cuir ! Joyeux anniversaire et bonne allée, grand-mère !

Je pantoise kif le prince Charles le jour où il apprit qu'il était issu d'un clonage. Finis par m'incliner. Puis, murmurer :

— Mes hommages, madame !

Et elle de répondre :

— Je suis enchantée de vous connaître !

Mais comme elle le dit en américain, c'est moins grave.

— Ma femme se prénomme Mary, ajoute l'homme aux ratiches d'or.

— Le plus beau prénom du monde, dégaufré-je à sec.

En songeant, le cœur plus serré que la taille d'un danseur de flamenco : « Pauvre fille exquise dont la jeunesse se flétrit dans sa fleur trop tôt moissonnée. »

— Que prenez-vous ? demande l'époux. Bourbon, gin, cocktail ?

— Ce que vous voudrez.

Il se rend à un bar vitré bien garni. Ils en possèdent tous dans ce pays dès l'instant qu'ils ne sont ni réfugiés cubains, ni livreurs de pizzas. Se consacre à des mélanges plaisants à l'œil et cuisants au gosier.

Je me concentre sur son épouse. Feindre de ne pas s'apercevoir qu'elle a des jambes en fer serait sans doute charitable, mais profondément hypocrite. Aussi, l'homme entier (au sens d'étalon) que je suis ne peut-il s'empêcher d'interroger :

— Un accident ?

— Non, répond-elle avec un tragique enjouement : c'est volontaire.

J'en reste sidéré.

— Pouvez-vous m'expliquer ?

— Sans problème : je me suis allongée sur une voie ferrée en gardant mon buste hors des rails.

— C'est abominable !

Une femme aussi exceptionnelle ! Quelle raison peut justifier un tel acte ?

— Je n'ai pas eu le courage de mettre « complètement » fin à mes jours.

— Vous avez préféré vous mutiler !

— Elle vous raconte sa folie ? intervient Ray, bourru. Malheureusement, je n'étais pas là pour l'empêcher de la commettre : un séminaire à Hong Kong. Elle possédait des jambes admirables, et maintenant je suis marié à une armure !

Je ne réponds pas, atterré par cette révélation. Soudain, Mary se met à regarder la télévision, bien me signifier que je dois lui lâcher… j'allais dire : « les baskets » !

*
* *

Une habitude déconcertante des Ricains : ils se gavent de haricots rouges mais ne pètent pas davantage que les lords d'Angleterre quand ils sont en séance.

Je vois mon pote Kesselring : il m'a invité à bouffer et, en l'absence de domestique, a ouvert une grande boîte d'un cassoulet capable de transformer n'importe quel aérophage en mitrailleuse et, pour succéder, du pudding en conserve ! Le tout arrosé de bière ; tu mords la quiétude de tes entrailles après semblable festin ?

Prudente, l'adorable cul-de-jatteuse s'est contentée de salade non assaisonnée et d'une pomme californienne. Mon rêve serait qu'elle retourne à sa télé et branche un film de guerre, me permettant ainsi une libération partielle de mon gros côlon ! Encore faudrait-il une superproduction à l'action intense ! Pas de la broutille genre *Guerre des Malouines*, mais plutôt *Apocalypse Now*, ou alors *Les Apaches attaquent à l'aube*.

Mon confrère vient à mon secours en craquant un vent dont le volume équivaut au contenu d'un jéroboam. Rassuré par ce précédent, je me relâche à vents feutrés.

Lorsque nous sommes seuls et « déventés », j'attaque mon compte rendu de l'affaire Manzoni. Il m'esgourde avec sérieux, malgré nos échanges flatulents susceptibles d'ouvrir un nouveau mode d'expression aux muets accidentels.

— Pourquoi lui avoir rendu visite ? demande-t-il à l'issue de mon rapport.

— Parce que je cherche toujours mon vieux camarade Pinaud. Un pressentiment me dit que ce putain de music-hall a joué un rôle déterminant dans sa disparition, aussi ai-je tenu à discuter du problème avec son propriétaire. Logique ?

— Que vous en a-t-il dit ?

— Il a prétendu tout ignorer de la question et je l'ai pensé sincère. Il a mandé le directeur de l'établissement, un certain Weston. Mais à cause de la putain de langouste, ces deux messieurs ont explosé avant de parler.

Il réfléchit, réprimant de légers mouvements de tête.

— Si on buvait un Bacardí ? suggère mon hôte.

— Je n'ai rien contre.

Pendant qu'il barmane, j'appelle l'hôtel Gamma et réclame la chambre de Bérurier. Ça sonne, mais personne ne répond. Me rabats alors sur celle de Jérémie (ex-Pinuche). Le Noirpiot émerge depuis peu des vapes.

— Ma fatigue était si grande que je n'arrivais pas à trouver le sommeil ; alors j'ai éclusé une demi-bouteille de gin et je suis devenu plus insensible qu'un minéral. Où es-tu ?

— Chez le chef de la police.

— Pépins ?

— Non. Au contraire, ça baigne !

— Salami est avec toi ? s'inquiète-t-il.

— Oui, dis-je inconsidérément car, en fait, je ne l'ai plus revu depuis mon arrivée dans cette maison.

— Quel est le programme ?

— M'attendre.

— Je vais me plumer.

— Paie-toi un rab de dorme ou visionne la téloche.

— Elle n'est pas regardable ici, et je n'ai plus sommeil.

— Alors va faire de la musculation au gymnase de l'hôtel.

Je raccroche. Pourquoi suis-je angoissé brusquement, comme si le ciel devenait tout noir ?

Ah oui ! Salami. Par saint Médor, il est bel et bien monté avec moi dans la tire du grand royco !

— Je me demande où est passé mon chien, fais-je à mon hôte qui revient avec deux Bacardí tassés.

Il rit :

— Ne vous tracassez pas ; mon voisin possède une paire de levrettes, l'une des deux doit avoir ses chasses.

Des levrettes ! Pas tellement son genre, à mon traversin. La baise sur échasses n'est pas son blot.

— Si vous le permettez, je vais tout de même essayer de l'appeler, m'obstiné-je en me dirigeant vers la porte-fenêtre.

À cet instant s'opère un fait peu ordinaire. Un grondement, un bris de vitres et de bois. Faut que je te raconte presto, sinon tu vas t'étrangler avec le manche de ton Esquimau.

Sais-tu ce qui vient d'intrusionner dans ce bath living ? Un motard, mon drôle. Authentique chevalier des enfers. Non ! Erreur, je dis faux dans ma précipitance : deux motards. Bolides et combinaisons noirs, casques rouges !

Déglingue générale ! En dix secondes, la pièce est obscurcie par les gaz d'échappement. Les « anges de la mort » foncent à travers le salon, escaladent les sièges, percutent les meubles, brisent les objets, font éclater les miroirs. C'est du vandalisme poussé jusqu'au délire ! Véritables acrobates, ils décrochent les tableaux des murs et les crèvent sur la pointe de leurs bottes.

La déjambée hurle. Son vieux, toujours en bermuda, saisit le goulot presque inexistant d'un flacon de gin pour en faire une matraque, mais l'un des attaquants lui fait éclater la tronche d'une bastos au calibre exceptionnel.

Le même se rue sur moi. Je plonge, mais trop tard : une locomotive me percute. Je suis soulevé du sol et catapulté dans l'âtre, heureusement éteint. Ma théière file à la rencontre du néant.

Je m'y engouffre.

21

Une sensation de chaleur ; de cruelles lancées dans le carafon. Putain ce que j'encaisse ! Comme si l'on m'avait posé une scie circulaire sur la nuque en guise de compresse.

Et puis une nouvelle odeur, reconnaissable entre toutes : ça pue le chien mouillé.

Achève de cohérer du bulbe. Je me dis : « Salami ! » Essaie d'avancer la main en direction de ma rotonde. Vsoum ! Un coup de panoche sur le dos de ma dextre ! Tu penses qu'il leur met le raminagrobis en folie avec une bavarde de cette superficie ! Quand il gloupe une gonzesse, lui couvre toutes les perforations sud d'une seule lampée !

Mon mouvement prouvant ma réanimerie, il jappe d'aise.

— Brave toutou ! soupiré-je-t-il.

La turbine emballée sous ma coiffe tourne avec plus de mesure. J'efforce de m'asseoir. Y parviens sans trop de mal. La tête du cador est contre la mienne. Il sent l'ouverture de la chasse et la course au lièvre à travers champs.

Je clos mes yeux d'archange. Le son des luths faiblit.

Second exercice périlleux : m'agenouiller.

J'avise le cadavre de Kesselring sur le tapis réalisé d'après un carton de Miró (Bolant de son nom de code). « Ils » se sont acharnés sur sa dépouille et ont achevé de le dévaster, passant et repassant sur lui avec leurs engins. Complètement disloqué, tuméfié de la tronche aux papattes. Fallait-il qu'ils le haïssassent pour le broyer ainsi !

Tout est serein à présent. Les oiseaux pépient, les insectes font entendre leur bruit d'élytres. Les levrettes de la propriété voisine émettent de brefs hurlements. Sentent-elles la proximité de la mort ou celle de mon chien à la bistougnette traînante ? Les deux, peut-être.

Et si je prenais des nouvelles de ma moitié d'hôtesse ?

En me déplaçant, je passe devant un miroir vénitien. Il n'a pas échappé au vandalisme des motards, mais un lambeau de glace est resté fiché dans le cadre. J'y mire le ci-devant beau gosse nommé San-Antonio. Ce déchet ! Vache déperdition au plan sex-appeal ! Déjà, la bombe, chez Manzoni, avait passablement bricolé mon physique avantageux, mais alors là, je ressemble davantage à un vieux chaudron cabossé dans une décharge publique, qu'à un séducteur semi-professionnel. Une coupure traverse ma gueule de l'oreille gauche au tarbouif. Ma lèvre supérieure est violette, plus dilatée que les testicules d'un frimeur s'offrant une orchite double, et l'une de mes paupières pend comme un store lyonnais aux ficelles emmêlées.

Informé de mon nouveau look, je vais à l'éjambée. Pas clamsée, mais tu dirais un petit mammifère traqué. Sa poitrine se soulève et s'abaisse à une vitesse folle. Son regard plein d'horreur est exorbité. Elle tremble de la tête aux moignons.

— Vous ont-ils tiré dessus ? je lui demande tout bas.

Ne répond pas. Cette gonzesse semble avoir perdu les pédales. Mais qu'en ferait-elle, dans son état ?

— Madame Kesselring, balbutié-je… Laissez-moi vous examiner, je voudrais voir si vous êtes blessée.

Son hébétude a quelque chose de désespérant. Un être humain pareillement « diminué », si tu me passes l'expression, qui, prise à la lettre (je ne puis dire *au pied* de la lettre), pourrait passer pour l'une de mes incessantes calembredaines, est insoutenable.

M'accroupis, moi tout sanglant, devant elle, tout égarée.

Non : rien ! Les deux vandales l'ont épargnée.

Ils en avaient seulement à son mec. Par contre, elle est traumatisée. Tu penses qu'une ravissante fille qui va se faire volontairement sectionner les guibolles par un train est fragilisée du bulbe, non ? Alors, ce sac[1] de son salon et le meurtre horrible de son époux, ont dû lui tournebouler complètement les méninges, à la jolie chérie !

Terrible, comme il y a des êtres marqués par le destin ! Des maudits, des pas-de-bol, des forçats de la scoumoune.

Je prends ses mains dans les miennes, lui transmettre un peu de mon énergie. Mais elle ne réagit pas. Elle est dolente. Pire : ailleurs.

Allons, Tonio, ne te laisse pas terrasser par la misère d'autrui. Tu as toujours été un homme fort, tu te dois, et tu dois à des millions de lecteurs, de le rester.

Dans une pièce contiguë au livinge est le bureau privé du chef de la police. Cette crèche a beau constituer son domicile personnel, because les fonctions de son proprio, elle comprend un agencement

1. De l'expression « mettre à sac ».

permettant de garder le contact avec la maison mère. Le temps de m'y repérer, je suis en liaison avec celle-ci.

Je demande à m'entretenir avec l'adjoint de Kesselring. Bien sûr, je dois parlementer ; mais quand je leur dis de m'appeler à la campagne du boss, tout s'arrange et je finis par obtenir un certain capitaine B.B. Fricotein dont je subodore l'énormité à l'encombrement de sa respiration. Quelques mots en anglais dévoyé lui font piger qu'un fait d'une exceptionnelle gravité vient de se produire et qu'il doit amener son gros cul de toute urgerie chez son chef. N'ai plus qu'à attendre.

Il a été con, Pinuche, de nous proposer ce voyage aux Zétasunis. Ne le répéterai jamais assez !

22

Cinquante-deux minutes après que j'ai raccroché, deux bagnoles policières débouchent en pleine trombe chez feu Kesselring. Quatre mecs en jaillissent, dont le capitaine B.B. Fricotein. Je l'imaginais gros, il est colossal ; rougeaud, il est apoplectique. Me fait songer à Atlas, plus exactement à la sphère que ce dernier trimbale sur son dos.

C'est pas un homme de mansuétude : gueule de vache, regard fumier, bouche jouisseuse. Comparé à l'arrivant, Ray avait l'angélisme des premiers communiants de jadis, avec leur cierge et leur brassard.

Je vais à lui, comme le vent au moulin. Il feint de ne pas voir ma valeureuse dextre tendue. À son côté, tu sais qui ? Le géant qui m'a drivé jusqu'ici naguère. Les deux autres ne méritent pas d'être mentionnés. Ce sont, disait Céline, « des êtres sans importance collective ; tout juste des individus » !

— Alors quoi ? fait la barrique.

— Venez voir !

Je les guide dans le séjour. Les quatre bourremen reniflent, regardent, se raclent la tuyauterie. Devant le cadavre de leur chef, ils paraissent quelque peu intimidés, comme s'ils le surprenaient en train de déféquer ou de se taper un rassis.

Ils se repaissent de la scène ; puis le grand se risque à poser la main sur la poitrine du borgne.

Après s'être relevé, il regarde la citrouille et prononce :

— Mort !

Ce qui est à la fois laconique et péremptoire, hautement constatatif en tout cas.

Brusque rupture de tension. Le capitaine s'approche de la veuve.

— Navré, Mary ! murmure-t-il. Si je m'attendais à une chose pareille !

N'obtenant pas la moindre réaction, il hoche la tête et va s'asseoir à une table de jeu encore valide après le séisme. Adresse un geste à l'un de ses équipiers. Celui-ci prend place également, sort un carnet de la giberne accrochée à sa ceinture.

— Vous, là ! me lance Fricotein.

J'approche.

— Identité ?

Je m'exécute une fois de plus, non sans l'avertir que mes coordonnées figurent déjà sur ses tablettes.

— Ça ne vous dispense pas de répondre, fait-il, en tirant un mouchoir de papier de sa poche pour y incruster un glave triple zéro qui a de la conjonctivite.

— Que s'est-il passé ?

Je prends la voix de Shéhérazade débitant *Les Mille et Une Noyes* au calife Aroun Arachide. Narre tout : l'arrivée des motards noirs à casques rouges, leur barbarie, la froide exécution de mon hôte, la manière dont l'un d'eux m'est rentré dans le lard et m'a propulsé dans l'âtre.

Il a un regard sur mes plaies. Elles ne l'émeuvent pas ; pourtant elles sont pas mal dans leur genre. J'hantise à la pensée qu'elles me laisseront peut-être des marques indélébiles. C'était la grande mode, chez les officiers teutons, avant la Dernière, les spectaculaires cicatrices du courage. Celui qui n'avait pas eu la frite entaillée sur vingt centimètres passait pour un pleutron. Ces gonziers ont toujours été un peu tordus. Cette race s'accomplit entre la torture et la choucroute : pleure des larmes de bière en écoutant Wagner, récite des vers de Schiller à une frangine au lieu de lui bouffer la chatte. Des mecs éloignés de moi, quoi ! Tout ce que je leur reconnais, c'est la Mercedes Benz et la charcuterie fumée, encore préféré-je une Ferrari et un jambon Pata Negra ibérique.

Mais quelle idée d'aborder pareils sujets au moment où ma situation n'est pas spécialement florissante ? Tu crois que ça vient de mon gros choc sur la calbombe, Albert ? Oui, n'est-ce pas ? À force d'engranger des coups d'estoc, un ramollissement de mes méninges s'opère, fatal !

J'exprime de plus en plus péniblement. Je patouille de la clape, comme si je venais d'écluser un magnum de bourbon.

Le poulet (je devrais écrire « chapon ») déclare à ses poulagas :

— Ce type, somme toute, on le rencontre dans tous les coups foireux. Dès qu'il est en compagnie de gens importants, ils sont butés ! Vous ne trouvez pas ça un peu étrange ?

Tu parles s'ils opinent, ces lèche-culs ! D'autant que le gros sac va probablement hériter la succession de Ray Kesselring !

— Passez-lui les bracelets, poursuit l'obèse, et embarquez-le à l'usine !

Me voyant chanceler, il ajoute :

— Auparavant, faites-le soigner, sinon on aura des emmerdes.

Les lardus m'emportent aussi sec. Patachon et Doubles-Pattes demeurent sur place pour attendre des renforts et s'occuper de la pauvre petite médème qui se chausse avec une tronçonneuse.

Dans la tire poulardière j'accuse un vrai malaise. Tu sais, le tournis des grandes circonstances. Vais-je clamser ou ne pas ? M'acagnarde de mon mieux. Au moment où la voiture décarre, j'entends aboyer Salami. Il l'a lugubre de me voir enchristé, le pauvre Pine-à-Terre ! Depuis qu'il a déboulé aux Amériques, il passe son temps à me perdre et à me retrouver. C'est couillesque, à la fin.

Ma glissade dans les quetsches s'accentue. Je largue les amarres.

*
* *

Une vertigineuse chute de tension, il a diagnostiqué le toubib noir de l'hôpital. Il portait une barbe grisonnante et ressemblait à l'oncle Ben's. De bons yeux en tout cas. On voyait qu'il n'aimait pas les flics, à la façon dont il s'abstenait de les regarder.

Quand ces deux glands ont prétendu m'emmener, il a monté le ton :

— Il doit rester sous surveillance médicale pendant quelques jours.

— Pas question ! a henni l'un de mes vilains.

Les grosses lèvres du colored sont devenues blanches et ses prunelles évoquaient le ciel breton un jour de pluie.

— Si vous l'emmenez, ce sera après m'avoir signé une décharge !

Impressionnés, les gars se sont consultés, puis ont tubophoné je ne sais trop à qui.

À la fin ils sont partis, et ça ne m'a pas fait pleurer.

23

Cette journée s'est terminée dans une confusion nauséeuse. La tronche me faisait souffrir, il me partait plein de feux d'artifice sous la coiffe. J'essayais de me concentrer, mais ça foirait de partout, car mes idées prenaient l'eau.

J'ignore dans quel hosto les bourdilles m'avaient largué, ça devait être un établissement de grande banlieue, aux peintures fatiguées, qui puait le désinfectant.

« Oncle Ben's » m'avait à la chouette, sans doute parce que j'étais français. Il venait me voir à tout bout de champ et a voulu me passer la tête au scanner. Il a longtemps examiné les clichés devant une plaque de verre lumineuse.

— C'est grave, docteur ? ai-je balbutié en souriant.

Il a promené son index coffee and milk sur les radios. Moi, j'ai jamais pigé grand-chose à la lecture de ces photos d'intérieur.

— Une légère fêlure du rocher, a-t-il murmuré.

— C'est quoi, la thérapie ?

— L'immobilisation jusqu'à la recalcification.

La nuit a été calme sur l'ensemble de mon front, grâce aux médications. Sommeil en buis massif. Pas de rêve, du moins me laissant un souvenir pénible. J'avais besoin de repos, aussi m'en gavai-je littéralement.

Dans l'après-midi du second jour, Fricotein et Doubles-Pattes se sont pointés pour me reluquer de près. Ils tenaient à m'emballer mais, une nouvelle fois, le toubib a écarquillé ses lotos en déclarant que je souffrais d'une fracture du crâne et ne pourrais quitter l'établissement tant que mes jours seraient en danger. Il a ajouté que si la police me retirait de force, il convoquerait la presse.

Comme les subordonnés de la veille, les deux compères ont joué cassos.

À cet instant, je traversais une aire de détente.

— Je vous remercie, ai-je dit au brave médecin. Je tiens à vous dire que je n'ai absolument rien à me reprocher. Ces flics font du zèle avec tout ce qui leur tombe sous la main.

— Je les connais, m'a répondu Papa Doc. Ils ont abattu mon plus jeune fils l'an dernier parce qu'il avait emprunté une voiture pour épater sa petite amie. Il faut être un enculé de policier pour douter d'un gars comme vous. Votre visage exprime le courage et l'honnêteté.

Et il est parti vers d'autres personnes à soigner. Deux infirmières ont pris le relais : une petite Conchita mexicaine et une Black aux cheveux grisonnants. Pendant qu'elles s'occupaient de moi avec dextérité, un chant s'est élevé à l'extérieur. Une voix de basse à grumeaux, dans un dialecte style africain, un peu comme ça :

Timéli, timélou
Pompon timéla
Timélamélou coucou dou la bayère
Timéli, timélou
Pompon timéla
Timélamélou coucoudou la baya

Ça me rappelait Mémé, quand elle poussait sa goualante dans une noce ou un baptême.

L'avait une collection de scies d'avant la Quatorze, qu'elle entonnait sans trop en être priée, de sa petite voix aigrelette : *Timélamélou coucoudou la baya*.

Les convives l'accompagnaient en martelant la table. Ils étaient bien cons, autrefois ; davantage qu'aujourd'hui, mais si gentils dans leur innocence !

À présent, on ne chante presque plus aux fêtes familiales, je veux dire de rengaines ingénues, d'ailleurs les individus se marrent de moins en moins.

Moi, cette sérénade me turluzobait : elle me semblait chargée de présages.

Quand les deux filles en blanc ont eu mis les adjas, j'ai posé un pied sur le sol, puis l'autre, et me suis traîné à la fenêtre.

Tu sais quoi ?

Mais oui, bien sûr ! On se connaît trop pour que t'aies pas deviné.

En face de l'hosto, y avait le rond-point des bus, et sur ce refuge, Blanc et Salami. Le Noirpiot donnait l'aubade, le cador battait la mesure avec sa queue.

Formide, comme image !

J'en avais plein le cœur et l'âme, de ces deux voisins de palier. Mon brave Jérémie, avec sa frime de premier à la communale de Taïba. Pas du tout l'air d'avoir cueilli les papayes avec une foufourche à ses débuts ! Devant lui, le distingué Salami, bibite traînant sur le macadam. Chose singulière, ils portaient tous deux des lunettes de soleil. Une boîte ferblanteuse gisait à leurs pieds, flanquée de cet écriteau : BLIND. Traduit de l'américain cela signifie AVEUGLE.

Je prends jamais de photos, mais j'ai regretté de ne pas avoir un appareil sous l'index. Tu les aurais vus, les deux, j'ai eu les yeux plus mouillés que la chatte d'une petite pucelée assistant à un concert de Michael Jackson. Ce Sénégalais et ce basset hound, en pleine communion ! Maman, je te raconterai ça, de retour à Pantruche !

J'ai ouvert la fenêtre située au quatrième et joué le sémaphore en folie.

Recta, mes deux féaux m'ont retapissé.

Le Négusman a fait un bref signe d'approbation, et illico a changé de répertoire. Moulant sa rengaine folklorico-obsolète, il s'est lancé dans une improvisation en comparaison de laquelle *Les Feuilles mortes* auraient eu l'air d'un spot publicitaire consacré à des déodorants corporels :

> Surtout, feins d'aller plus mal, Grand.
> Ne te laisse pas arracher de cet hosto,
> Sinon les roycos te feront passer le goût du brignole.
> T'es embarqué dans un coup fourré
> Pour servir de bouc émissaire.
> On s'occupe de tes varices avec Béru.
> Tiens-toi prêt jour et noye.
> Tchao, Bambino.

Voici la mélopée qui me fut offerte devant l'établissement hospitalier.

Sans perdre un instant j'en tirai la leçon et regagnai mon lit pour plonger dans le coma.

Mon état alarmant inquiéta le personnel. Le toubib, rappelé en hâte, se montra soucieux. Je ne pus m'empêcher de lui adresser un léger clin d'œil. Il ne réagit pas, mais n'eut plus que deux rides sur le front à la place de la portée de musique qui s'y incrustait naguère.

Il prit ma tension pour se donner une contenance et murmura :

— Il y a maintenant un flic près de votre porte dans le couloir.

D'un regard je lui fis part de ma reconnaissance.

Au long cours de ma fausse somnolence, je me contraignis à refaire le parcours de cette histoire à la mords-moi-le-nid-de-la-mésange-rémiz (lequel ressemble à un testicule). Me mis dans la peau des flics.

Je comprenais leur défiance à mon sujet : on assassinait des sœurs jumelles dans mon lit ; on égorgeait une secrétaire de police chez elle au moment où je m'y pointais ; je provoquais un accident mortel en balançant un serpent boa par la fenêtre d'un appartement où j'avais pénétré illégalement ; on faisait exploser, en ma présence, un caïd de la ville et son bras droit ; on abattait devant moi le grand chef de la rousse. Vraiment, ça faisait trop. Légitime qu'on veuille me neutraliser, tout patron de la rousse parisienne que j'étais.

Il avait raison, Blanche-Neige, les matuches d'ici ne pouvaient guère tomber amoureux de moi !

24

Me suis réveillé à différentes reprises, mais tout juste, comme la libellule effleure la surface étale d'une pièce d'eau.

Permutation des services de nuit et de jour. Des hommes de peine, des filles de salle se sont mis à briquer les sols bulgommés et j'ai endossé la réalité.

Une exquise Noirpiote au teint adorablement cuivré et aux yeux bourrés de paillettes d'or est venue prendre ma temp', à l'aide d'un thermomètre instantané : on te cloque un bistougnot dans l'oreille, tu patientes une seconde et t'es informé de ta surchauffe.

La gentille s'était fait décréper les tifs, ça lui allait bien.

Pendant qu'elle remisait son appareil, elle m'a chuchoté :

— On va venir vous chercher pour vous conduire à la radiographie.

Chère enfant ! Elle devait avoir les poils intimes plus rêches que le crin servant à rembourrer les banquettes d'autobus, mais je lui aurais volontiers becqueté la case trésor, quitte à m'irriter la peau des joues !

Elle m'a souri tendre. Tout le monde semblait me tenir en sympathie dans cet hosto.

Une plombe plus tard, ma lourde s'est ouverte en grand, deux infirmiers sont entrés. Ils portaient des blouses bleues, des calottes rondes, des masques de tissu sur le nez et la bouche. Se sont approchés de moi, ont actionné deux pédales au pied de mon lit pour dégager les roulettes dont il était muni. Puis m'ont sorti de la chambre. Dans le couloir, assis à califourchon sur une chaise, se tenait un bourre baraqué comme l'Arc de triomphe. J'ai vite pris mon regard vitreux des grandes occasions et me suis autorisé un râle extrêmement bien troussé.

Le poulet a quitté son siège pour nous suivre ; les consignes étaient manifestement sévères. Il avait laissé sa casquette sur le sol, près de la chaise ; un hippopotame aurait pu s'en coiffer !

Notre cortège s'est déplacé en silence jusqu'aux ascenseurs. L'un des deux infirmiers, un grand Black, s'est chargé du tableau de commande et a appuyé sur le bouton du bas. Tandis que la vaste cage s'enfonçait, son collègue a tiré un ramponneau imparable à la mâchoire du poulaga. Au bruit, j'ai su qu'il venait de lui ravager une chiée de canines et pas mal de molaires. Le zig est resté coi, la mine terreuse, le regard déstabilisé.

Le Noir a stoppé la cabine entre deux étages.

— Remuons-nous le cul ! a-t-il préconisé d'une voix qui ressemblait à celle de Jérémie (mais ce devait être un effet de mon imagination).

En moins de temps qu'il n'en faut à un enculé pour devenir enculeur, le gus fut dépouillé de son uniforme, allongé dans le lit en mes lieu et place, bordé, estourbi derechef avec sa propre matraque.

Action prompte, décisive, sans paroles. Pas une fausse manœuvre, pas un geste de trop.

Une pincée de secondes plus tard, j'ai revêtu l'uniforme du mec. Trois tailles trop grand, dis-tu ? Et alors ? T'as jamais calcé de frangines te dépassant de la tête ?

Blanc et Béru, puisque ce sont eux, bien sûr, ôtent leur panoplie d'infirmiers, rendent sa fonction à l'invention d'Otis et nous gagnons le niveau le plus bas qui est la blanchisserie.

Comme je perds du temps à retrousser le bas de mon futal pour ne pas marcher dessus, le Gros grommeluche :

— L'gandin qui s'fignole du sur-m'sure alors qu'on a un' lampe à souder au fion !

La buanderie buandait pas, vu qu'on était dimanche. Délaissant le bloc des elevators, on s'est mis à la recherche des escadrins et on les a dégauchis.

N-ensute, on a fonctionné à l'inspiration. Me rappelle plus si c'est la Madone ou son fiston qui nous a pris à la chouette, toujours est-il qu'à force de pousser des portes marquées « Accès interdit », on a déboulé dans le garage où des ambulances s'alignaient « comme à la parade », dirait un journaliste sportif.

Je suis convaincu que tu as déjà pigé ?

Oui, mec, on s'en chauffe une. Dodge blanche aux ailes bleues, portières avant frappées du sigle de la Croix-Rouge. Personne ne nous demande rien pour la bonne raison qu'il n'y a âme qui vive dans le secteur. Sortie en catiminette.

En face du bâtiment, Salami nous attend, sagement assis, la queue autour des pattounes. Son air de veuf désabusé vole en éclats lorsqu'il nous avise dans cette chignole. On dépone. Il a du mal à s'y hisser, on l'aide en le tirant par son collier. Courtes-Pattes me démontre sa joie de manière plus mesurée que naguère, notre séparation ayant été moins longue.

Une fois l'hôpital dépassé, Jérémie branche la sirène.

— Où allons-nous ? questionné-je-t-il.

— Nous retournons là-bas !

— C'est-à-dire ?

— Chez Kesselring.

Ça me la coupe au ras du manche à couilles.

— Tes raisons ne doivent pas manquer d'intérêt, lâché-je, ma stupeur dissipée.

— C'est un endroit où les poulardins n'auront pas l'idée de venir nous chercher.

— Une partie d'entre eux sera probablement sur place.

Mon black aminche esquisse une moue qui n'arrange pas la proéminence de ses lèvres.

— Une infime, répond-il. Salami, resté sur place par la force des choses, y a fait des découvertes intéressantes.

— Comment le sais-tu ?

— Il me l'a raconté.

Jappements joyeux de l'intéressé, fier d'être sur la sellette. C'est un cador vaniteux, il ne lui déplaît pas d'avoir la vedette.

— Comment est-il parvenu à se rapatrier sur Las Vegas ?

— Il s'est faufilé dans une tire de perdreaux en cachette de ces messieurs.

Nouvel aboiement de mon hound, radieux.

Je caresse sa caboche au dôme pointu, ça le met en frétillance. Son entaille sur le dos paraît O.K. ; ils cicatrisent plus vite que nous, les clebs.

— Ainsi tu comprends ce qu'il veut dire, toi aussi ? demandé-je avec une pointe de jalousie.

— Pas dif' : il est télépathe ! Quand il pense très fort, tu le captes.

— Je sais.

Le brave toutou me regarde ardemment.

— À propos, grand primate, que voulais-tu me dire dans ta chanson, hier ? Qu'on m'embarquait dans un coup fourré pour servir de bouc émissaire ?

— On va en parler, attends un peu.

*
* *

Et nous revoici devant la propriété de mon défunt homologue. Jéjé a stoppé sa sirène depuis un bon moment déjà et roule à pas comptés, comme l'a si bien écrit la comtesse Tumela dans son livre de souvenirs titulé *Le Feu occulte*.

Une seule voiture est en stationnement à l'extérieur. L'avait raison, le Négus : ils ont mis les bouts.

— Attendez-moi, ordonné-je. Mon uniforme évitera toute défiance.

— Mais si la veuve est là, elle te reconnaîtra !

— Pas avec mon pansement sur la tronche. De plus, il justifie que je n'aie pas de kebour.

Je m'extrais de la guinde. Salami file une reniflette à l'extérieur et émet un gémissement avertisseur.

— Quoi ? le questionné-je.

Il remet la gomme.

— Du danger ?

Il opine.

Je sors l'outil du flic de sa gaine pour le placer dans mon bénouze ; il me fait froid au bide.

D'un pas décidé, je marche vers la porte-fenêtre du salon. Me sens confortable dans ma viande, à l'aise.

C'est seulement en pénétrant dans la demeure que je réalise la raison de mon bien-être : je suis nu-pieds.

25

Elles sont deux poulardines : une Noire et une Blanche. En chemise d'uniforme bleue, flingue à la ceinture. Deux pépées pas mal chacune dans son genre. La Noire est blonde, la Blanche est brune : logique. Elles matent à la téloche un feuilleton, d'une telle indigence que l'écran en chiale de pitié (d'ailleurs, elles doivent l'essuyer fréquemment pour pas voir trouble).

Je n'avise personne d'autre céans. Où est la tronçonnée ?

Le living a repris meilleure figure car on a balayé les bris et débris. Mais les tentures arrachées, les tableaux crevés, les meubles éventrés racontent avec éloquence ce qui s'est passé.

L'arrivée d'un collègue pareillement dénuementé surprend ces jolies. Elles m'accablent de questions sur des tons peu amènes, sans prendre en pitié mon faciès démoli.

Drôles de panthères, aussi accessibles à la charité chrétienne qu'une borne kilométrique.

— Du calme ! lancé-je avec péremptoirité.

Las ! mon accent franchouilleux me casse la cabane. Les donzelles se regardent brièvement puis, avec un ensemble de duettistes expérimentées, capables d'exécuter un numéro de haute voltige, pouces dans le train et yeux fermés, dégainent leurs soufflants.

Je sais qu'on trouve des nières aussi promptes que des matous ; mais là, ce n'est pas le cas, les deux moukères accusent un retard d'au moins trois secondes sur ma pomme.

— Hé ! les filles, ne vous énervez pas, ça risque de chancetiquer votre cycle ! leur lancé-je, en joignant à mon discours le flingue du policier de l'hosto et ce sourire désarmant qui m'a valu jadis le prix du plus beau bébé de France !

Elles interrompent leur geste. Sur ces entrefesses, Blanc et Béru s'annoncent.

— Si un feu vous fait plaisir, servez-vous ! leur proposé-je en désignant les deux pécores.

Ils ne se gênent pas et cueillent leurs joujoux sans façon.

— Où est Mme Kesselring ? je demande-t-il.

La Noirpiote blonde désigne le plaftard.

— Au lit ?

Elle ne répond pas.

— Surveillez ces deux pouffes, enjoins-je avant de quitter le salon.

L'escalier desservant le premier est en bois rouge verni. Il évoque la batellerie de luxe. Les marches recouvertes de caoutchouc absorbent le bruit des pas.

Dans cette crèche, il n'est de vaste que le salon ; c'est souvent ainsi chez les gens ne détestant pas en mettre plein la vue à leurs relations.

L'étage s'inscrit dans un rehaussement et ne comporte que deux chambres. La porte de l'une est grande ouverte. La pièce est vide. La seconde est fermée et laisse échapper des bruits significatifs. Pas besoin d'avoir passé son monitoriat de « tireur de fond » pour deviner qu'on lonche à tout va.

Que fais-je, nonobstant ma dignité de gentleman ?

L'œil à la serrure, mon pote ! Comme n'importe quelle bignole, maîtresse de balais !

J'ai une vue de first quality.

Satan conduit le (trou) de bal ! Tu verrais cette partie de braque ! Faut dire qu'il est chibré d'importance, le calceur ! Un goume d'au moins trente centimètres, autant que j'en puisse juger. Le tout bel outil de compétition. Le possesseur d'une telle pièce montée se classerait médaille d'argent derrière le Gros dans un concours du Jockey Club.

J'ai une perspective imparable sur son fer de lance. Dedieu, la bestiole ! Il en pénètre une personne écartelée dont je n'aperçois que : les genoux, mollets, pinceaux et mains crispées sur les meules du tringleur.

Cette dame émet triomphalement des plaintes et les encouragements de mise (si je puis me permettre) en ces circonstances.

Toujours le même scénar : « Oui, oui ! Ah ! que c'est bon ! Encore ! Plus fort ! » ; si j'en omets, pardonne-moi.

Turellement, mon angle de vision se trouve limité. Cependant, je découvre en bordure de champ, dirait-on en cinématographie élémentaire première année, des objets étranges, qu'en homme cultivé je qualifierais de « magrittiens ».

Il me faut du temps pour les identifier, compte tenu qu'ils sont couchés sur le sol.

Je m'efforce pourtant, et puis je pige. Ça fait comme lorsqu'une dame de charité te palpe les roustons à travers le futiau. Je me dresse, ne voulant pas passer la journée à torticoler.

Assurément, la vie (la mienne du moins) est pleine d'imprévus.

Au bas de l'escadrin, j'avise le visage sombre de Jérémie, lequel, pour être noir, n'en est pas moins anxieux.

— Alors ? demande-t-il à voix basse.

— Séance de baise à la chambre ! le renseigné-je sur le même ton.

— Bien ?

— Très correcte, pour des Ricains.

Sur ces entremiches, la personne tringlée arrive au terminus de son fade et lance un grand cri de victoire, ainsi que beaucoup de gerces en pareils cas. L'étalon pique des deux pour ne pas demeurer en rade. Son apothéose, plus sobre, s'exprime par un grognement porcin dépourvu de vantardise.

Désunification du couple.

Je trémulse en reconnaissant le grand flic m'ayant conduit ici depuis le domicile de Nello Manzoni. Pas pour dire, mais tout ça fait un peu sac d'embrouilles.

Moi qui réfléchis à la vitesse de la lumière, je mets au moins douze secondes pour piger ; surtout ne le répète pas, ça nuirait à ma renommée.

Le bouillaveur va se fourbir la tige dans la salle de bains attenante. Pendant ce temps, la jolie médème caresse le corail de sa coquille Saint-Jacques, profiter des ultimes ondes de choc.

Puis messire Chibrac revient et se saboule.

Ils échangent quelques niaiseries post-baisance, style : « C'était bon, chérie ? »… « Merveilleux, mon amour ; ta grosse queue me rend folle. » Plus d'autres fadaises (ou *fa* dièse) de ce cru qu'il serait inutile et vain de transcrire en un livre de cette qualité.

Au terme de ces inepties, le long perdreau actionne la targette et sort. Il est superbement accueilli et cueilli par un crochet au bouc qui le couche, bras en croix sur la moquette.

La veuve a eu les jambes sélectionnées par un jury mais en aucun cas sectionnées par une locomotive. Ses cuisses, Dieu thank you, sont admirablement prodigieuses et parfaitement intactes.

Près du plume, sa batterie orthopédique attend d'être réintégrée. C'est elle que j'avais retapissée par le trou de serrure.

Mary me visionne avec crainte et fureur. Moi, impavide, tu sais quoi ? Je cramponne ses deux cornes d'abondance en acier nickelé et vais les virguler par la fenêtre, dans les massifs de roses.

— À quoi bon conserver ces tristes choses, maintenant que vos exquises jambes ont repoussé ! fais-je plaisamment.

Voyant que l'amant au membre de gladiateur se redresse à demi, je le refoudroie d'un coup de bouddha en ivoire imitation.

Cette fois, la veuve n'en mène pas large.

— Ma chère, lui dis-je-t-il, allez donc dans la salle d'eau vous dégager les voies respiratoires. Ensuite nous deviserons.

Elle quitte sa couche pleine d'odeurs légères et se rabat sur son bidet pour un petit trot anglais absolveur de péchés.

Troublé, je la contemple en cours d'ablutions. Nul spectacle en ce monde, sinon le sommeil d'un bambin, n'offre autant de grâce.

Il y a une espèce de pardon universel dans le geste de la femme se décamotant la babasse.

Loué soit le Seigneur qui nous a préparé une planète Terre complètement ronde. Tu imagines à quel point nous aurions l'air cons si elle avait été cubique ? Comment ferions-nous pour passer d'une face à l'autre ?

Je parie que t'avais encore jamais songé à tout ça, dunœud !

26

Discrètement, Don Salami s'est pointé, la bite et l'œil lourds. L'animal semblait désenchanté. Les poils de son dos, collés par le sang de sa blessure, accroissaient son aspect délabré.

— Ça ne boume pas, vieux lévrier ? je lui ai demandé.

Il m'a œilladé profond. Et c'est vrai qu'on lisait ses pensées clairement, comme dans un book de Jean Dutourd. Ça narrait Béru en train de loncher l'une des petites policières, en bas, et que ladite, défoncée par le goumi du Mastard, pleurait en appelant sa mère.

Ensuite, il m'a raconté – transmis plutôt – qu'il avait surpris des manigances surchoix entre les amants.

Je lui ai fourni les explications indispensables sur Mme Kesselring. Il s'était rendu compte illico qu'elle possédait toujours ses vrais fumerons. C'est pas à un chien de chasse professionnel que tu peux faire mordre ce genre d'artifice.

L'est sortie de sa salle de bains, le fion et la chattoune briqués à mort pour parer à de futurs coïts. En fouillant les vagues de ma vareuse poulardière, j'ai dégauchi une paire de menottes réglementaires. Jeu d'enfant que de traîner le gars K.-O. jusqu'à la tuyauterie du lavabo pour l'enchaîner.

Là môme Mary, rejambée, me voyait agir d'un air morne ne me disant rien qui vaille. Jusque-là, mon instinct m'a toujours sauvé la mise : j'ai des bouffées prémonitoires me permettant de détecter les louches élaborations de mes adversaires. Je devine ce qu'ils pensent et prévois ce qu'ils vont faire. Aussi, lorsqu'elle a ouvert un tiroir de sa commode pour y prendre un slip, mon guignolet a fait entendre sa sonnerie de gare.

Naturellement, elle a dégagé une mignonne culotte. Elle aurait pas dû la choisir blanche, car ça m'a permis de distinguer du noir à travers l'étoffe arachnéenne. À ce moment, je t'aurais parié la dent de sagesse d'un cachalot contre les premières règles de trois de ton arrière-grand-mère qu'il y avait un riboustin sous l'étoffe.

Pas du tout de l'article pour dame seule, oh que non ! Du chouette calibre de pro, au contraire, conçu pour faire éclater les serrures et les boîtes crâniennes récalcitrantes.

Tu sais quoi ? Moi, un jeté battu de danseur étoile. L'a biché mon peton sur la pommette droite, ce qui l'a envoyée à la rencontre d'un délicieux secrétaire de citronnier aux incrustations de nacre. La fille et le meuble se sont télescopés durement. L'abattant étant ouvert, elle se l'est pris dans le côté, région hépatique, tu vois ? Ça y a cisaillé le sifflet et toute belliqueusité.

Non sans noblesse, j'ai ramassé sa pétoire sur la moquette et l'ai glissée dans la fouille de mon pantalon, toujours trop vaste.

— À présent, les attractions sont terminées ; on va pouvoir s'expliquer, lui dis-je.

Elle a senti qu'il y avait des longueurs dans son scénario initial et qu'on allait devoir couper.

Du rez montaient des clameurs de gonzesse forcée. Ça m'a donné une idée. Je suis allé sur la galerie appeler Alexandre-Benoît.

Un vagissement m'a répondu.

— Laisse-le : il est en ligne et va avoir la communication d'une seconde à l'autre ! m'a informé Jéjé.

— Justement, demande-lui de stopper et de s'amener pour continuer sur terrain mouillé !

Le Mastodonte s'est pointé, en chaussettes, chemise, veston de tweed. Il tenait son bénoche sur le bras de manière cérémonieuse, comme s'il se rendait à la Maison-Blanche pour une fête de l'adultère organisée par Mme Clinton. Sa coucourbe le précédait, comme le drapeau d'un régiment. Ne manquait que la fanfare.

— T'as b'soin d'moi, Sana ? a-t-il grogné. J'allais juste procéder à un lancer franc !

Apercevant la fausse cul-de-jatte, il s'est écrié :

— Ah ! te voilà au courant ! C'est la chose dont ton clébard a appris à Jérémie. Faut croire qu'la p'tite madone est allée à Lourdes, non ?

Tandis que nous jactons, j'observe le comportement contondant de la veuve. Le monstrueux braque pachydermique de mon pote l'exorbite de partout. Elle le scrute, fascinée, ouvre la bouche, se lèche les lèvres, tremble de tous ses membres. Je m'en gaffais qu'elle nageait dans l'hystérie, cette moukère !

— Madame serait ravie que tu t'intéresses à elle, laissé-je tomber.

— Tu croives ? Un morcif pareil !

Le Conquérant dépose son grimpant sur un siège et s'approche de la proie.

— Chère p'tit maâme, rond-de-jambes-t-il, très dix-septième siècle, j'd'mande qu'à vous faire péter la charnière, croiliez-le-moi ! J'tais just'ment en train d'bien faire av'c un' p'tite policière qu'avait pas la craquette suffisesamment écarquillée pour mon braque, bien qu'é fussasse noirpiaude. Vaille que vaille elle grimpait au fade, mais j'croive qu'j'l'eusse amoché la gaine à pafs en forçant d'trop. J'la reprendrerai en main à un' prochaine séance.

« Nous deux, ça va pas être d'la bricole, j'y vois à vot' moulasse. Quand un' fente commence au nombril du vent' pour filer droit à l'œil d'bronze, j'sais illico qu'la dame est conçue pour ma hallebarde en viande d'homme ! T'nez, on va décarrer par un' mignonne levrette façon écuyer d'la Queen. M'tez-vous à genouxe et orientez vot' armoire deux portes en direction d'Mont-de-Marsan.

« Voilà, v's avez tout compris. Loncher un' dévergondée like you, c't un vrai bonheur ! Y avait qu'ma salope d'Berthy qui répondait au critérium eguesigé. Ouvrez n-un peu plus les jambons, maille dire, qu'j'm'sentisse chez moi. Peurfecte ! Oh ! ce bonheur ! Tout dans l'velours. Vous m'engloutissez un chibre d'quarante-cinq centimètr' comme si qu'ce s'rait un coton-tige pour bébé !

« Mais c'est l'nouveau Stade d'France, vot' moniche ! Vous l'agrandissez au magueneum de Dom Pérignon ! V's avez été dépucelée par un éléphant ou le nez du Concorde, j'voye pas aut' chose ! Un' jolie poupée d'vot' sorte, ça surprend à première vulve. Faut pas crainde d'engouffrer. Moi qu'ai toujours peur d'm'irriter l'cervelas quand j'lutine un' sœur, c't' fois c'est d'la prom'nade printanière dans le parc de Bagatelle !

Sa voix shunte, because l'effort endiablé. Également parce que sa partenaire surcomblée y va de sa mélopée amoureuse.

Je m'assois près des protagonistes.

— Douce Mary, lui chuchoté-je dans le cornet, vous vous faites astiquer de première tout de suite après les prouesses de votre jules, jamais vous n'aurez connu d'emplâtrage aussi complet. C'est du coït historique, ma puce. Depuis l'époque pharaonique, nulle femme sera allée aussi loin dans la volupté. Vous comprenez bien que ce qui se produit présentement est unique dans les performances amoureuses.

— Oui ! ouiiii ! confirme-t-elle.

Tu sais quoi ?

Non, je te jure, j'en ai la chair de volaille d'en causer ! Madame est la plus fieffée baiseuse que j'aie rencontrée, et on peut dire que j'en ai ramonées.

Au comble de l'hystérie, elle avance la paluche sur mes joyaux de famille, les dégage de leur écrin, les entonne comme Le Pen *La Marseillaise* ! Qu'un instant, j'en demeure indécis, indécent, incandescent !

Seulement, tu le connais, Sana, hein ! Bibite au vent, certes, mais le devoir avant tout ! J'attends que la souris ait atteint la cote d'alerte maximale, et je donne à Sa Majesté l'ordre d'évacuer sa base.

Putain, la gonzière, cette cata sensorielle d'être brutalement désertée du fion et de la gloupante ! Ces hurlements de fauvesse ! Elle rugit ! Se tord ! Appelle au secours ! Fume de partout ! Elle en veut, veut, veu eu eut !

Je lui chuchote à l'oreille :

— T'en auras si tu réponds à mes questions.

Pour l'attiser, Big Zob promène l'extrémité arrondie de sa matraque sur sa chattoune, la retirant presto quand elle cherche à l'emparer. Si bien qu'à bout de résistance, la petite veuve, ancienne cul-de-jatte, nous donne accès à ses confidences les plus secrètes.

Ça se passe en belle harmonie : un coup de ramonage, une question suivie d'une réponse, et on reprend la lonche philippine pour, après quelques allers et retours, revenir à la douche écossaise.

Cette putasse, on est en train de lui cisailler le système nerveux, je m'en rends bien compte, mais seul importe le résultat !

Depuis la salle de bains, son bandeur habituel perçoit nos manigances. Il lui crie des insultes ; des vraies ! La menace de tout et du reste ! Jure qu'il aura notre peau et nous bouffera les génitoires après les avoir arrosées de ketchup. Qu'il lui enfoncera, quant à elle, le canon d'une mitraillette dans la moulasse pour lui lâcher une rafale dont les projectiles ressortiront entre ses cheveux.

Elle n'en a cure.

Jouit ! Jouit !

Parle ! Parle !

Plus tard, Alexandre-Benoît assurera, à qui voudra l'entendre, que ça restera son interrogatoire le plus mieux réussi de sa carrière.

27

Si un jour je deviens vieux, ce dont je doute avec la vie que je mène, je ferai venir mes descendants autour de mon lit, style *Le Laboureur et ses enfants*, et leur dirai : « Méfiez-vous de l'indulgence car elle est négative. » Seulement, les descendants n'écoutent jamais les ascendants, sauf quand ceux-ci leur confient la liste de leurs placements sous comptes chiffrés. Si bien que l'expérience ne vaut pas davantage qu'une allumette grattée. Et c'est très bien ainsi car l'expérience n'est pas transmissible : elle s'acquiert.

Après la séance dantesque rapportée dans le précédent chapitre, j'ai pris, comme il m'arrive souvent, le risque majeur de téléphoner à B.B. Fricotein de la police lasvéguienne.

En langage glandu (le plus usité à notre époque), cela s'appelle « jouer le tout pour le tout ». Certains disent « le tout pour le toute », persuadés qu'un *e* muet excédentaire accrédite la culture qu'ils n'ont point.

Pour t'en reviendre, j'ai donc turluté au goret qui supplée le big chief décédé à fleur de peau (ou à la fleur de l'âge, au choix).

Lorsque je me suis nommé, il a poussé un cri de dinosaure en gésine.

La stupeur et le courroux l'enrouent, l'explosent, l'ébronchent. Un criminel en cavale, avoir l'impudeur, le front, le cynisme, le ce-que-tu-voudras, de lui tubophoner, lui fait pleurer les fesses, dilater les testicules.

Sa rage torrentielle et bourrasqueuse le conduisant à l'aphonie, je peux reprendre le crachoir :

— Écoutez, capitaine ! Le moment est venu de vous le révéler : je dirige la police parisienne. Je ne suis pas à Vegas pour jouer les gros bras, mais des circonstances personnelles m'ont conduit à des découvertes intéressant vos services au plus haut point. Je ne demande qu'à vous laisser faire votre lessive en famille. Venez à nouveau me rejoindre chez Kesselring, accompagné de gars en qui vous avez une absolue confiance ; vous ne le regretterez pas.

Cling !

Raccroché.

Des gargouillis m'apprennent que je meurs de faim. C'est qu'il paye de sa personne, bibi ! Je boufferais bien un petit morceau de n'importe quoi ; « la moindre », diraient mes chers Helvètes. Aussi me rends-je à l'office et me confectionné-je un sandouiche pain-beurre de cacahuètes. Aux States, une occase de se faire du lard ne se laisse passer sous aucun prétexte : ils adorent s'habiller de graisse, ici !

Nanti de ma rôtie, une bière engagée dans la ceinture, je vais attendre le capitaine B.B. au jardin. Les fleurs rivalisent de parfums, écrirait joliment une romancière publiée à compte d'auteur aux Éditions de La Chatte Nubile. Des abeilles américaines bourdonnent dans les massifs. Un pur enchantement !

Comme l'assure Mme Massenet, notre femme de ménage : devant une telle paix, on peut pas croire que les gens soient si méchants. Et encore nous sommes sur une petite boule de quarante mille kilomètres de circonférence. Mais imagine un peu que le Soleil soit habité, tu mords les dégâts, Thomas ? M'est avis que Dieu a voulu procéder à une tentative avant d'essaimer dans tout le cosmos. Il n'a pas fait long pour constater les résultats et a laissé quimper.

Je me suis endormi dans la mouvance végétale du jardin, mon chien contre mes jambes : en grande félicité.

C'est Salami qui, bien sûr, les a entendus se pointer le premier. D'abord une Lincoln grande comme le porte-avions *Clemenceau*, suivie d'un car de gonziers style gardes mobiles.

Le capitaine se trimbalait une hure apoplectique, aux lèvres et pommettes violacées. Pour ne pas être gêné dans la chignole par son riboustin, il l'avait amené sur le devant et l'on aurait dit un suspensoir.

M'a aperçu dans l'ombre dentelée. La sérénité de ma conscience devait être évidente car sa rogne est tombée kif la jupe d'une fermière s'apprêtant à en bicher une bathouze dans le michier.

Courtois, me suis levé.

— Merci d'être venu si vite, monsieur le directeur !

Un comble, non ? Le convict évadé remerciant les flics de répondre à son appel.

— Avant toute chose, je vais vous prier de me suivre, ai-je ajouté.

Nous sommes entrés dans la maison.

En voyant les deux policières menottées l'une à l'autre, il a bronché :

— Que signifie ?

— Vous n'êtes pas au bout de vos surprises, lui promis-je en l'entraînant à l'étage.

Quand il a découvert la belle Mary, nue et admirablement jambée, ça lui a fait comme au gars qui regarde dans la lunette des gogues avant de tirer la chasse et y découvre un lapin mécanique jouant du tambour.

Je peux te dire qu'il ne trichait pas, le gros lard, et que sa stupeur comportait le label d'authenticité.

Il a avancé le bout de ses doigts sur une cuisse de la donzelle.

— *My God ! My God !* il a bredouillé.

Puis il s'est tourné vers moi tel le condamné à la chaise électrique vers le bourreau lorsqu'il constate que les plombs ont sauté avant la décharge.

— Par le sang du Christ, a-t-il balbutié, que signifie ce putain de miracle ?

— Que le pauvre Kesselring a été honteusement dupé, puis assassiné par l'un de vos collègues. L'homme est à votre disposition dans la salle de bains.

Sac-à-Soupe va voir. Aperçoit le grand bandeur allongé sur le carrelage, enchaîné et bosselé.

— Stevenson ! glapouille le ventru, sidéré.

— Soi-même, enchéris-je. Un requin dans la pisciculture, mon cher. Avec des dents qui raclent les parquets. Doué pour le jeu du « culbutos ». Son dessein ? Liquider le Number One après être devenu l'amant de sa femme. Il a parfaitement rempli la première partie de son programme. Seconde phase : vous anéantir également ! Si je ne m'étais trouvé sur sa route, il l'aurait réalisée à brève échéance. Par ce système de carambolage, il devenait l'héritier du trône et il lui fallait tout : la place, la femme et la propriété de son chef.

Abasourdi, le larduche !

Pour dire de se faire baisser la tension nerveuse, il shoote trois penalties à la file dans la carcasse de son machiavélique subordonné, lequel perd conscience après avoir dégusté le dernier coup de saton dans ce qui serait le siège de son amour-propre s'il en avait.

Calmé tout à coup, B.B. Fricotein me prend familièrement par le bras.

— Expliquez-moi, mon cher confrère : pourquoi Mary a-t-elle fait croire qu'elle avait les jambes sectionnées ?

— Question d'assurances, my dear ! Le couple d'amants voulait palper une forte prime. N'oubliez pas qu'elle était une ancienne reine de beauté et donc surassurée. Profitant d'un voyage du mari sur un autre continent, le salaud d'à côté a perpétré son forfait en utilisant l'une de ses nombreuses maîtresses, speedée jusqu'au coma. Il l'a disposée sur les rails munie des papiers de Mme Kesselring.

« Après la tragédie de la voie ferrée, Stevenson conduisit lui-même l'enquête ; il a donc pu liquider proprement l'« accidentée » et lui substituer la belle Mary, équipée d'un appareillage préparé à l'avance. Le coup a merveilleusement fonctionné. D'autant que Ray n'entretenait plus de contacts intimes avec son épouse depuis longtemps. Leur union se trouvait régie par une sorte de statu quo.

« Cet homme physiquement disgracié mettait un point d'honneur à posséder une très belle femme. Il avait barre sur son épouse, pour avoir étouffé certains délits qu'elle avait commis et qui pouvaient l'envoyer dans un pénitencier jusqu'à la fin de ses jours.

« Restait à accomplir la suite de son plan machiavélique : liquider le Big Boss.

« Dès le début de son projet, il avait jeté son dévolu sur le massacre pur et simple, chose couramment pratiquée aux U.S. Le directeur de la police, sauvagement assassiné dans sa maison de campagne, mise à sac de surcroît ; quoi de plus élémentaire, au fond, mon cher Watson, dans ce pays de cow-boys !

« C'est moi qui, en quelque sorte, l'ai fait décider de l'instant. Il suivait mes pérégrinations et, depuis plusieurs jours, je semblais attirer le meurtre comme le préservatif percé attire les générations futures.

« Quand ce vilain véreux m'a amené chez les Kesselring, il a donné le feu vert à ses hussards de la mort. J'étais une aubaine à ne pas manquer. Bien pensé, non ?

« Je suppose qu'il va être mis à l'ombre, mais vous devriez vous méfier et procéder à une « purge » sévère dans vos effectifs car ce forban a sans aucun doute gangrené une partie de votre équipe. Les deux filles, en bas, vous permettront d'en découvrir suffisamment pour faire le ménage.

Nous nous quittons bonzes amis.

Il me jure fidélité. Me propose aide et protection pendant tout mon séjour dans sa cité de chiasse.

Ai-je-t-il une requête à formuler ?

Et comment ! Maintenant il serait grand temps que je retrouve la Vieillasse évaporée.

No problem : toute la rousse est à ma disposance !

C'est aimable de la part d'un gars qui, il y a moins d'une plombe, voulait me dépecer le trou du cul pour s'en confectionner une chevalière !

28

Pendant qu'il procédait à l'emballage et aux premiers interrogatoires de ses félons subordonnés, Fricotein nous fit reconduire en ville.

Il nous adjoignit deux de ses plus valeureux adjoints : des mecs aux lointaines origines polacks, blonds et défoncés de partout, dont le regard était aussi amène que celui de Dillinger, l'ennemi public.

La victoire que nous venions de remporter me parait d'une aura de spiritualité qui m'éclairait de l'intérieur. Si j'avais emprunté l'autobus, les très vieilles dames m'auraient conjuré de prendre leur place sur la banquette.

Je nous fis conduire chez Liebling, le prestidigitateur (tâteur de couilles étrangères aux siennes) dont je me languissais.

N'y vîmes que des peintres occupés à remettre l'appartement en état après mes démêlés avec le boa dévastator.

Mes accompagnateurs en uniforme se montrèrent des plus précieux et s'employèrent à me trouver la nouvelle adresse du chleuh en smoking blanc. Ils l'obtinrent par le gus de l'accueil, lequel n'avait rien à refuser à mes potes perdreaux. Ces deux-là, avec les frimes qu'ils se payaient, même la Sainte Vierge leur aurait balancé l'adresse de son fils en pleine Occupation !

L'endroit en question dépendait d'une importante salle de jeu. Imagine trois étages immenses réservés aux flambeurs et répartis selon la nature des divertissements. Une sorte de grand magasin consacré à tout ce que l'homme a su imaginer pour perdre un maximum de fric dans un minimum de temps !

Un escadrin de marbre permettait de passer au quatrième niveau. Là, une double porte cloutée d'or s'ouvrait au fond d'un hall tendu de velours rose du plus charmant effet. Un Noir en habit est venu déboutonner la lourde. La vue des policiers l'a fait ciller ; mais il a conservé sa dignité.

— Vous désirez ?

— M. Liebling ! ai-je answéré.

— Je ne connais personne de ce nom.

— Aucune importance, nous allons le chercher !

Et je suis entré dans le boxif, suivi de toute l'équipe.

— Pas de chien ici ! s'est mis à bramer le Noirpiot, à court d'arguments.

Jérémie l'a biché au revers :

— Tu veux qu'il te bouffe les testicules ?

Les deux flics ne réagissaient pas. Ils obéissaient aux consignes de B.B. Fricotein, qui étaient de se mettre sous mes ordres.

Suivi par son regard écœuré, nous traversâmes une vaste antichambre avec, en fond, un bar élégant.

Des messieurs venus se dégorger le cheneau patientaient en drinkant des boissons de couleur.

À la vue de notre troupe civilo-policière, ils ont pâli des genoux et regretté de ne pas être restés près du fibrome de leur gerce.

Soudain, une dame s'est pointée, mystérieusement alertée.

La commotion !

Tu sais qui ?

La Pinaude, en personne et robe du soir ! Coiffée duchesse Louis XV. Peinte par Goya ! Parfumée à la lance d'incendie. Triomphale !

— Mes tendres amis ! roucoule-t-elle. Quel plaisir de vous accueillir dans cette maison hospitalière dont je suis en train de me rendre acquéreur !

Ses rides sont si fines et nombreuses qu'elle semble avoir le visage enveloppé de crépine.

Alexandre-Benoît la prend à partie.

— Ma pauv' Jeune-Vieille (il n'a jamais pu prononcer Geneviève), dit-il, j'savais la vie astringente, mais j'n'eusse imaginé qu'un' ancienne bigote tell' qu'vous deviendrassiez mère maqu'relle ! Et dans quelles circonstances, grand Dieu ! N-au moment qu'not' cher César est disparu ! Kidenappé ; mort, peut-êt' ! Un népoux si dévoué, si nobe ! Mais v'savez donc toutes l'âme aussi noire qu'l'anus à Jérémie, fumières !

La Pinaudière fulmine :

— Bérurier, sortez immédiatement, sinon je vous fais jeter par mes gens ! Vous n'êtes qu'un porc mal embouché ! Un tas d'immondices ! La honte de la police française ! Une insulte de plus et je dépose plainte contre vous, espèce de poussah écœurant !

Fou il devient, l'Hénorme.

— V's entendez c't' branche d'vérole ! vocifère-t-il. L'est aussi appétissante qu'la culotte à mon arrerrière-grand-mère qui f'sait d'l'incontinencerie, et Maâme la reine-mère-pute m'prend aux parties ! C'est le Père-Lachaise qui s'fout du jardin d'enfants ! T'vas voir ton vieux pot, charognure ! J'te vas embroquer tout' crue, d'manière qu'tu peuves plus t'assesseoir jamais ! Raclure d'prostate ! Dégueulis d'rat malade !

Cris ! Houle teigneuse ! Des portes s'ouvrent ! On voit surgir des Yankees avec une pompeuse au bout du paf ! Mes flics s'époumonent dans leurs sifflets, espérant ramener le calme. Trois sodomites enchaînés par l'amour déferlent dans l'antichambre, à la recherche d'un havre de pets. Les pensionnaires de l'établissement se mêlent au concert, comme quoi y a plus mèche de travailler tranquille dans ce boxif ! Elles accusent la vieille French woman de saccager l'ambiance merveilleuse de naguère. Assurent que si la guenon achète la taule, elles s'en iront éponger les clilles ailleurs…

C'est pire qu'une révolte, sir : c'est une révolution ! Devant cette hostilité marquée, la Pinaude chocotte et s'enfuit sans prendre le temps d'aller rassembler ses bagages. Son rêve de prostitution américaine s'écroule, meurt à l'orée des bidets musicaux. Elle se croyait Madame Claude, n'est que la Mère Cottivet[1] du pain de fesses.

Le courroux du Valeureux l'a détruite. Sa superbe n'y résistera point. Chaisière de vocation, elle va le redevenir une fois son rêve « de grandeur » avorté.

Son éviction résultant d'un plébiscite met fin à la colère d'Alexandre-Benoît.

— Maint'nant, occupons-nous d'cette grosse loche d'presque digitateur ! décide l'Hercule à l'air con.

29

Les dames putes, en tenue de travail, lui font perdre l'odorat, Salami. Il se prodigue de l'une à l'autre, en leur carrant la truffe dans le fion. J'ai beau lui seriner que c'est l'Allemand qui m'intéresse, toutes ces chattes l'ensorcellent ; l'illusionniste est aux antipodes de ses préoccupations. Une rouquine, surtout, le passionne. Te lui fouignazoffe l'entre-meules avec l'application inspirée d'un « nez » mettant au point un parfum nouveau à base de tubéreuses.

Qu'à la longue, je m'emporte :

— Dites-moi, vieux, ne soyez pas plus chien qu'un homme. Nous ne sommes pas là pour flairer des frifris de moukères, mais pour rencontrer une lope de prestidigitateur. Si vous n'êtes pas foutu de lever sa piste, prévenez-moi, je m'y prendrai différemment !

Mon éclat bride ses ardeurs. Il me jette un de ses regards en double virgule dont il a le secret, puis décarre. Il longe le couloir,

1. Personnage du guignol lyonnais figurant une concierge cancanière.

gratte à une porte marquée « Private ». Constatant qu'elle est équipée d'un va-et-vient, la pousse.

Nous voici sur un palier d'où part un autre escalier. Au sommet des marches, une seconde lourde.

Je m'apprête à sonner quand mon instinct me dissuade d'achever ce geste.

Ravisé, j'en appelle à l'ami sésame, à ce point silencieux que t'entendrais voler le portefeuille d'un maquignon écossais. Les portes et les femmes s'ouvrent comme par enchantement devant moi.

L'index perpendicule mes lèvres. Mes compagnons deviennent des ombres. Salami cesse de haleter en pensant aux fragrances de sa rouquemoute. Déguisé en ectoplasme, j'avance en direction du salon.

En m'acheminant vers le repaire du magic-mec, je sentais qu'il se passait quelque chose…

— Ne bougez plus, ma Rose-Bleue ! chuchote la voix de Liebling, vous ne sentirez rien !

Selon moi, ça suffit !

J'ouvre à la volée !

Vision céleste ! Le Titien (à sa mémère) ! Brueghel l'Ancien et son fils ! Leonardo da Vinci peignant *La Joconde* avec Mme Thatcher pour modèle !

Berthy, nue comme à l'instant de sa naissance, est agenouillée sur un lit, le dargif offert, le menton posé sur ses mains croisées de madone. Équipé d'une seringue due au bon docteur Pravaz, l'« homme en blanc » s'apprête à la lui planter dans le train.

— Stop ! crié-je en bondissant sur lui avec la souplesse d'un léopard survolté par une abstinence prolongée.

Il se tourne vers moi.

Et comme il est bien inspiré !

Mon poing, dans la force de l'âge, percute à grande vitesse son menton désuet. Un parpaing pareil ne pardonne pas.

Couac-île-en-soie, le magicien d'Oz-les-Moulineaux est soulevé du sol pour une lévitation de vingt centimètres. Il s'écroule kif un pantalon privé de jambes et de cul.

Impavide et solennel, je ramasse l'injection en devenir sur la moquette de haute laine.

Entrée des gladiateurs, Bérurier en tête. Il voit sa bourgeoise offerte, béant de tous ses orifices, et la fureur qui l'animait contre la Pinaudière repart en éruption volcanique ! Ramasse l'homme en blanc, entreprend de le teindre en rouge à grands ramponneaux évoquant le bûcheron maniant sa cognée. Comme l'autre est à demi inconscient, il le maintient debout avec sa main gauche tandis qu'il le castagne de la droite.

Les deux poulets admirent la volée en connaisseurs. Ils ignoraient que les pacifiques Français qui ont toujours besoin des Ricains pour achever leurs guerres puissent dérouiller un quidam avec tant d'énergie et de maestria. Ils matent, intéressés, le physique de l'Allemand en train de se détériorer à tout va. Ses « arcanes sourcières » pour commencer, ensuite ses pommettes, puis son nez dûment aplati, sa bouche pareille à celle des gugus, ses dents qu'il se met à baver sur son plastron naguère immaculé. Beau travail de défiguration !

Le Mastard est superbe dans son œuvre anéantisseuse. Inépuisable. D'une farouchеté peu commune !

Ayant achevé de le « détroncher », il décide de l'écouiller et lui satonne l'entrejambe avec application, prenant son temps, son élan, visant juste.

Berthe a caché sa vaste gouttière en s'asseyant dessus et regarde, mi-éplorée, mi-admirative. Elle reconnaît bien là son magistral époux. L'Attila des cornards !

À cet instant, il venge tous les cocus de l'univers, Alexandre-Benoît.

L'un des perdreaux s'adresse à moi :

— Pensez-vous qu'il va le tuer, sir ? Parce que, dans ce cas, mon confrère et moi sortirions pour ne pas être témoins, comprenez-vous ?

— Rassurez-vous, dis-je, il s'agit là d'une simple correction ; un peu vive, certes, mais vous l'admettrez lorsque je vous aurai appris que la dame nue est son épouse.

— Ah ! je vois, réalise l'uniformé.

— Tu devrais faire une pause ! conseillé-je au Mammouth. Avec la ration de marrons que tu viens de lui servir, tout Las Vegas pourra préparer sa dinde de Noël !

Épuisé par l'effort, et plus ou moins hébété, mon cher compagnon de croisade laisse retomber ses bras.

Lâché, le dompteur dompté choit comme une bouse de vache au débouché de l'intestin. L'une de ses jambes est agitée d'un tremblement que je me permettrai de déclarer « convulsif ».

Lors, dame Berthe quitte la couche qui l'obstruait et va courageusement à son époux.

— Ah ! mon homme ! Mon homme ! fait-elle, t'es vraiment unique. J't'd'mande pardon d't'avoir vexé, mais tu m'connais ? Chez moi, un coup d'pine n'consécute pas. Ça va, ça vient, ça réchauffe ! Tu y sais, hein, gros loup ? Dis-moi qu'tu y sais et qu'tu n'm'en veuilles pas !

Le Gravos garde l'air songeur.

Sa femelle l'implore de toutes ses mamelles puissantes et de son cul, dont chacun des volets pèse un quintal.

— Mouais, finit par soupirer Bérurier-le-Preux, j'sais, ma poule, j'sais.

Il arme son bras et lui balance l'un des taquets les plus monumentaux qu'il m'ait été donné d'apprécier.

T'as entendu craquer, toi ?

Non ? Eh bien moi, si !

30

Ensuite les choses se sont déroulées de la façon suivante : le Mammouth est parti pour l'hôtel avec sa Baleine à demi évanouie, convoyés par les deux poulardins qui ont eu droit à nos congratulations. Je leur ai confié la seringue de Liebling pour faire analyser son contenu.

Quand ils eurent pris la tangente, Jérémie a donné un tour de clé à la lourde, puis a saisi un vase de fleurs et balancé sa flotte dans la poire sinistrée de notre escamoteur d'ours. Le remède est chétif, mais il ravigote un mec. À preuve : l'Allemand s'est ébroué et a essayé de décapsuler ses châsses batraciques. À grand-peine ! Il se payait des cocards gros comme des coupes à fruits. Juste un liseré de regard filtrait sous les tuméfiances.

Nous l'avons empoigné par les jambes et les épaules pour le placer sur le lit. Minutieux, mon black pote l'a ligoté avec les cordes du rideau, les recettes éprouvées étant toujours les meilleures !

Un silence religieux régnait, à peine troublé par le lapement de Salami se léchant les couilles. D'un commun accord, le gars Jéjé et moi décidons de laisser Erwin Liebling mariner dans les incertitudes. Rien de plus efficace pour amener un zigoto aux confidences.

Il nous matait comme il pouvait par les fentes rouges remplaçant ses yeux, et l'on pressentait à quel point il regrettait l'époque où il se rendait à la maternelle de Düsseldorf ou de Brême avec son goûter dans son petit panier.

Combien de temps a passé de la sorte ?

Aucune idée.

D'ailleurs tu t'en torches, non ?

À la longue, il a cédé :

— Que me voulez-vous ?

C'était surtout pas le moment de moufter. Nous nous sommes comportés en sourdingues absolus et on n'a pas bronché d'un cil.

Alors Liebling a remis ça :

— Répondez ! Qu'attendez-vous de moi ?

— Devinez ?

— Je ne vois pas.

— Dommage !

Le Négus est allé lancequiner et s'est lavé les mains ; il a contracté des habitudes d'hygiène depuis son époque arboricole.

On s'est replongés dans un mutisme onctueux et une douce somnolence a fini par nous gagner. Ducon a tenté de la mettre à profit en tirant sur ses liens, ce qui a déclenché un sévère aboiement de notre bon basset.

— S'il recommence, mords-lui les roustons, ai-je conseillé à mon quadrupède.

Je crois que nous dormions bel et bien quand Erwin a proféré d'un ton décidé :

— On ne va pas rester indéfiniment dans cette situation ridicule !

— Plusieurs jours si nécessaire, a rétorqué Blanc, d'autant, vous l'avez vu, que nous avons la police avec nous !

Ça l'a fait méditer. Piteux, il a renouvelé sa question avec insistance :

— Qu'attendez-vous de moi ?

— D'abord la vérité, ensuite nous aviserons…

Avec le recul, je m'en rends compte, nous devions être vachement impressionnants, mais notre attitude s'est avérée payante. Sans que nous proférions le moindre mot, il a fini par se défarguer de ses péchés capitaux. Il jactait en grande réticence, débondait des trucs qui lui arrachaient la gueule comme du tord-boyaux de pirates.

Tous trois attendions ses révélances plus lentes à filtrer que le caoua d'une vieille cafetière entartrée. Il a commencé à plaider la légitime défense. Il travaillait pour la Mafia, l'ancien immaculé de frais. Il avait eu un jeune amant italien, un ténorino dont la voix, l'obésité et le regard velouté l'ensorcelaient. À cause de cet amour, il s'était laissé gangrener ; en lui glissant une bite dans le fion, il avait mis le doigt dans l'engrenage, si je puis me permettre pareille métaphore. Et il eût été dommage que je ne me la permisse point.

Grâce au soutien de la Cosa Nostra, sa réputation devint rapidement internationale. Mais ce n'était pas pour ses beaux yeux que les mafieux (ou maffieux) tressaient sa gloire. En réalité, ils se servaient de lui pour acheminer leur drogue à Las Vegas, l'une des principales bases U.S. de la chnouf. Pour ce faire (à repasser), ils avaient créé le Zoo Liebling où étaient rassemblés bon nombre de fauves. Les féroces pensionnaires voyageaient dans d'énormes cages dont les doubles parois recélaient de fortes quantités de stup'. Cette méthode ingénieuse offrait un gros avantage : les fonctionnaires des douanes se montraient peu enthousiastes pour examiner le logement des serpents, lions, tigres et autre panthères noires de fréquentation difficile.

Notre magicien habile et dépravé vivait mal la situation, s'attendant toujours à une visite du F.B.I. Il avait récemment prévenu ses « associés » qu'il entendait mettre un terme à leur collaboration. Tout d'abord, ils avaient ri de ses prétentions, mais comme il persévérait dans son intention de rompre, on lui avait sorti le grand jeu, en carbonisant ses deux assistantes, puis son plantigrade d'exception.

Vaincu, terrorisé, le bon Teuton avait été contraint de mettre les pouces.

Le moment me sembla idéal pour aborder le cas de César Pinaud. Les jours passaient et nous nous débattions dans des affaires cradingues n'ayant, apparemment, rien à voir avec notre cher disparu. Les requins qui possédaient ou géraient la boîte de nuit étaient claqués de mort violente. Ils n'avaient jamais marqué un semblant d'intérêt pour l'innocent vieillard. D'ailleurs je voyais mal en quoi ma bonne Pine pouvait troubler leur activité.

Quand j'entretins Liebling de notre pote, l'Allemand eut quelque mal à se le rappeler : la vie s'écoule vite, avec son cortège de couilleries, nous laisse peu de temps à consacrer aux gens de rencontre. J'eus beau mentionner le passage du Fossile dans les coulisses et les cintres, les objets qu'il y avait intentionnellement semés, Erwin ne put, en aucune façon, éclairer ma lanterne. Il donnait l'impression d'être définitivement hors circuit.

Tu ne l'ignores pas, mes ouvrages ont en commun avec les Galeries Lafayette, qu'il s'y passe toujours quelque chose. À peine venions-nous de réintégrer le silence qu'on toqua à la porte.

Curieusement, nous restâmes immobiles. Une tambourinade succéda alors, le visiteur (ou la visitrice) étant indupe de notre mutisme.

Les coups cessèrent, mais l'accalmie fut brève car un choc violent ébranla l'huis. Un second suivit. Cette fois, il eut raison de la dérisoire défense constituée par la serrure. Le panneau de la porte frappa le mur, pulvérisa une laque japonaise représentant la fille d'un empereur nippon en train de caresser sa chatte d'un long doigt recourbé.

Devine qui surgit ?

Gulliver, le surobèse pratiqué par Liebling ! Il doit venir pour un petit ramonage du gros intestin, car il est en survête blanc.

À la vue de son pote enchaîné, il émet l'espèce de clameur poussée par l'aurochs en rut quand il déflaque, se précipite sur moi comme l'avalanche sur le skieur fourvoyé et, avec une promptuosité dont je ne l'aurais pas cru capable, me noue ses colossales paluches autour du cou pour un broyage rapide de mon larynx.

Le prestidigidompteur le conjure de m'épargner. En vain ! Le monstre, la gueule encore saccagée par mon coup de fourchette, est toujours sous l'empire de la haine. Il ne peut percevoir quoi que ce soit de qui que ce fût.

Mes mains crispées sur ses poignets tentent un misérable effort destiné à enrayer l'œuvre homicide de ce robot en viande avariée.

J'étouffe ! J'ai mal !

Heureusement, l'énorme sac d'excréments lâche prise en hurlant. Je savais bien que mon cher Jérémie ne me laisserait pas quimper. Qu'il tenterait d'organiser une expédition de secours. Tu vas voir à quel point nous nous ressemblons, lui et moi.

Tu te rappelles la façon dont je m'y suis pris pour me délivrer du boa, l'autre jour ? Oui : une balle dans son corps interminable. Mais après ? Le feu ! Yes, mec !

Faute d'arme, mon ami Blanc a foutu le rif au survête de l'Ogre. Et sais-tu où ?

Au fion, mon chéri ! Le fond de son bénoche crame, de même que les poils de son derche et de son bel anus constamment oint pour les grandes manœuvres encülardières.

Il pousse des plaintes à fendre un bloc de marbre, chouchou ! Fonce à la salle de bains pour juguler le sinistre.

— C'est un douillet ! dis-je à Erwin. À propos, quelle est la nature du produit que vous comptiez injecter à Mme Bérurier ?

— Un sédatif, murmure-t-il. Cette femme est insatiable ! Elle exigeait que je lui fasse l'amour deux fois l'heure.

— Toutes les Françaises sont ainsi ! affirmé-je.

Nous le laissons avec son camarade de volupté et ses angoisses.

31

C'est beau, la passion.

En revoyant Salami, la vioque qui en est follement amoureuse fond en larmes, tombe à genoux devant lui et presse sa bonne tête contre une poitrine dévastée par les ans.

— Tu es revenu, mon bijou, mon amour, mon superbe amant ! pâme le catafalque. Je t'attendais, car je sentais que nous ne pouvions exister l'un sans l'autre, chéri. La vie nous a réunis et ne nous séparera plus. Je t'épouserai à Reno où tous les mariages sont possibles. Puis nous irons couler des jours ensoleillés et des nuits garnies de pleine lune dans ma propriété de Miami, aux pelouses émaillées d'orchidées. Nous aurons une vaste couche et tu dormiras la truffe dans mon sexe, n'en retirant ton museau que pour y glisser ta langue magique.

« Oh ! lape-moi, de grâce, mon indicible ! Afin de marquer notre union, je t'offrirai un collier d'or de chez Tiffany and Co. Te ferai confectionner un manteau de cachemire en prévision de l'hiver, et les jours sans caviar, tu mangeras du foie gras.

Ce discours enflammé alimente mon incrédulité.

Je suis de plus en plus convaincu que Salami sourit. Ses babines se retroussent et ses yeux toujours si graves s'emplissent d'une ironie de vieux sage écoutant déconner les générations nouvelles.

Maintenant, passons aux choses concrètes.

Question du lecteur (excellente) :

— Pourquoi te trouves-tu chez cette désaxée en compagnie de ton clébard ?

Réponse de l'interpellé :

— Parce que je viens de voir une certaine photo dans le journal.

Interrogation légitime du lecteur, beaucoup moins con qu'il n'en a l'air :

— De quoi s'agit-il ?

La franchise postale et proverbiale de l'illustre moi-même est spontanée.

— D'un article à la une sur la reprise du trust Manzoni par Jo Morton, dit Lucky Love, le principal propriétaire des jeux de Las Vegas. Voilà une succession rudement menée ! Bien digne des States.

Tout était préparé d'avance ; on n'attendait plus que le décès de l'Italo-Ricain pour signer la cession. Cela s'appelle passer des actes à l'acte (notarié).

Je laisse l'étrange couple se pourlécher et pars en quête de l'aimable femme de chambre qui m'accueillit si divinement lors de ma précédente visite.

Ne la trouve point.

Mon musardage me conduit dans une pièce chichement meublée comme l'est une chambre de malade : un lit à une place, dûment

« appareillé », et un fauteuil chromé. L'unique fenêtre est pourvue de rideaux hermétiques.

Dans le plumard gît un homme terriblement âgé, équipé d'un goutte-à-goutte. Il ne possède plus que des touffes disparates de cheveux blancs, ses rides font songer à une vue aérienne de la Beauce au moment des labours, son regard proéminent ressemble à une boule blanche de billard sciée en deux.

M'approche.

— *Hello !* je lui lance en grande allégresse.

Il pousse un vagissement.

Interloqué, je le visionne au plus près et une abasourdisance m'envahit.

Ce fossile, tu sais quoi, Benoît ?

C'est Jo Morton dont je viens de voir la gueule dans le baveux. Oui : le papa de la future épouse de Salami !

Pour piger ce bigntz, crois-moi, faut pas avoir de la sécrétion de gastéropodes à la place du bulbe !

Les cannes molles, je dépose le bas de mon dos dans le fauteuil. Je savais qu'aux U.S.A. il se passait des choses extravagantes, mais là je suis prêt à donner ma langue à la première chatte proprette rencontrée.

De quoi s'épiler le sous-bras pour se confectionner une brosse à dents !

Comment ! Nello Manzoni, l'un des manitous de la haute pègre est tué d'une langouste piégée apportée par son collaborateur et, illico, l'empereur du jeu de Vegas accapare son héritage !

Je décide d'interviewer le mec en question, vais voir sa fille (qui est un peu ma bru) pour lui demander de m'organiser une rencontre avec lui. Tout d'un coup, le ciel me choit sur la cafetière ! Je trouve le potentat gâteux, incapable d'acheter un paquet de Camel au tabac du coin !

Bien ! songé-je en me remettant sur pied d'une détente. J'en ai vu d'autres ; j'en verrai de pires ! Alors, comme le hurlent les réalisateurs hollywoodiens au moment de tourner :

— Action !

*

* *

Permettez-moi maintenant de vous narrer une scène très pénible que les esprits chagrins supporteront probablement très mal. Si je vous la livre, c'est parce que, inscrit sur les listes du Voyage sans retour, j'opte de plus en plus résolument pour la vie foiridondeuse. *Le sang est plus épais que l'eau*, prétendait mon confrère William Shakespeare, je compléterai en assurant que *le foutre est plus épais que le sang* (le mien, du moins).

Or donc, après cette manière de préambule déambulateur, te révélerai-je un fait outrancier. Rejoignant mon hôtesse et mon chien au salon, je les trouve emmêlés d'étrange façon. Tu as dû « visionner », dans des films X dont la télévision régale les miséreux instincts de ses clients, une dame agenouillée en train d'endosser un chibre au porteur plus gros qu'une matraque de C.R.S. ?

La position impliquée est appelée « levrette » par les catéchèses et les grands veneurs. Dans le cas présent, elle ne saurait être mieux indiquée.

J'ai déjà mentionné avec force, ma répugnance pour ces étreintes contre nature ; je tourne résolument le dos au monstrueux couple et me dirige vers le téléphone.

Lorsqu'il apprend que son French pote le biniouse, il lâche tout pour répondre, B.B. Fricotein. Un gentil, dans le fond !

Je tiens à sa dispose une affaire nouvelle, lui expliqué-je, laquelle, à n'en pas douter, va faire un boucan du diable. S'ajoutant au cas de son auxiliaire félon, il n'a pas fini d'être sous les flashes de l'actualité. Il aura droit aux plus hautes récompenses, ce rénovateur de la rousse lasvéguienne, c'est couru d'avance.

Je l'entends boucler son ceinturon et se ruer à l'extérieur.

Dans sa précipitation, il lâche une louise, ou alors c'est le cuir de son baudrier qui craque.

32

Il se pointe (d'asperge)[1] à notre hôtel quatorze minutes plus tard, suivi d'un seul hussard qu'il aime entre tous.

Je l'attendais dans l'antichambre en fumant une cigarette, chose rarissime chez moi car je n'ai jamais été tenté par le cancer du fumeur. Lorsqu'il m'arrive d'en griller une, c'est *une seule*, et j'attends des semaines avant de récidiver.

Fricotein est dans tous ses états, kif Charles Quint. Il a réalisé que je suis l'homme providentiel, celui par qui l'honneur, la gloire et la fortune allaient choir sur son destin.

— Du diable si j'ai déjà rencontré un être comme vous ! me déclare-t-il avec un bel accent de sincérité.

D'un regard je lui fais comprendre que je veux l'entretenir sans témoin, alors il envoie son sbire monter la garde dans le couloir.

Au moment où je m'apprête à prendre le crachoir, il annonce :

— J'ai élucidé le meurtre de Dolorès, la secrétaire de « Gueule-Cassée », notre regretté chef.

— Mes compliments ! Vous allez vite en besogne, cher Fricotein. Puis-je savoir le nom de son assassin ?

— Stevenson ! Le membre gangrené de notre police. La fille comptait au nombre de ses conquêtes. Grâce à elle, il connaissait toutes les activités privées du boss ; seulement, elle savait également sur lui des histoires qu'il n'aurait pas aimé voir dévoilées. Apprenant qu'elle vous avait fixé rendez-vous, il a pris les devants et l'a rendue muette en espérant vous faire porter le chapeau. C'est votre interrogatoire en nos bureaux qui lui a donné l'idée de vous impliquer dans ses desseins criminels.

— On ne fait pas dans la dentelle chez vous. Suivez-moi ! dis-je, en le saisissant familièrement par le bras, comme le font deux Italiens, les soirs d'été, pour s'aller draguer les touristes suédoises aux chattes si blondes.

---

1. Pourquoi d'aussi piteux calembours émaillent-ils la prose d'un écrivain pareillement doué et raffiné ?

Par goût de la mortification. À force de franchir « des points de non-retour », San-A. aurait mieux fait de rester chez lui.

L'emporte dans la chambre du « papa ».

Mon compagnon manque (ou faillit, au choix) tomber à la renverse à la vue du gisant.

— *Oh ! My God !* soupire-t-il en anglais dans le texte. C'est Jo Morton !

En entendant proférer son blase, le vieux « Lucky Love » sursaille.

— Je rêve ! s'écrie B.B. Fricotein. Mais ce gars vient de reprendre les affaires de Manzoni !

— En effet. Cela dit, l'avez-vous vu à la télé ou à la une des journaux, mon cher confrère ?

— Heu… Oui… Ce matin encore…

Je dénégate :

— Vous avez aperçu des extraits d'actualités datant de plusieurs mois, entendu des déclarations de sa fille. Mais lui, hein, my dear ? Lui, rien ! Il était là par personne interposée. On a lu des textes signés de sa main ; mais quant à sa présence physique : zob ! comme nous disons dans l'aristocratie française.

Groggy de stupéfiance, le collègue.

Je décide de porter le comble à ses ahurisseries, vais au placard de sa turne[1] que je débonde à double battant.

— Approchez, capitaine !

Il.

Contemple muettement le cadavre de la femme de chambre noire qui tant m'avait à la chouette. L'est assise en Z majuscule sous les fringues suspendues.

Je fais coulisser les hardes, découvrant la tête fracassée de l'exquise créature et déclare :

— L'héritière du papa Morton se comporte très mal avec ses domestiques, n'est-ce pas ?

J'ajoute en désignant le lit :

— Et guère mieux avec son géniteur. Elle a des circonstances atténuantes : tous ses plombs ont sauté ! À preuve : elle veut épouser mon chien ; mais je crois qu'il va falloir remettre la noce à plus tard !

1. On parlait déjà de l'« anneau de sa turne », maintenant c'est du placard.

Conclusion

Le landau est verni noir, attelé d'un cheval pommelé. Le cocher porte une gandoura de couleur sable et un énorme turban lui compose une tête pour citrouille d'Halloween.

Elle se tient à mon côté, sa main blottie au creux de la mienne. Elle sent la verveine. Elle paraît heureuse, emplie d'une douce félicité, M'man.

Chose inouïe, c'est elle qui a souhaité faire une escapade au Maroc.

Je l'ai déjà amenée deux fois à Marrakech, ma Féloche, aussi ai-je suggéré que nous pourrions aller ailleurs, plus loin : aux Marquises, par exemple, ou à la Guadeloupe ? Mais non : son hobby, c'était la Mamounia, si pleine de charme, et la fabuleuse palmeraie abritant des demeures somptueuses.

Elle venait, m'a-t-elle avoué, de lire le roman d'un magnifique écrivain marocain dont l'action se situait dans cette ville, et désirait voir les lieux si bien décrits par l'auteur.

Notre landau caléchait mollement à travers la fantasmagorie produite par les ombres huppées des palmiers. Partout, ce n'était que grâce et volupté. Nani, nanère…

Le carrosse a ralenti, puis s'est engagé dans une allée bordée de fleurs mauves et bleues. Au bout d'une cinquantaine de mètres s'offrait une ravissante villa mauresque dont la large terrasse proposait une échevelure (voire un échevelage) de plantes et d'arbres exotiques aux senteurs opiacées.

L'attelage a stoppé.

J'ai considéré M'man avec un rien d'effarement.

— Tu veux rendre visite à ton romancier ? ai-je baobé.

— Oui.

Ça m'a soufflé.

— Mais, ma chérie, on ne débarque pas sans crier gare chez quelqu'un, quand bien même on l'admire !

Et alors je me suis tu, sinon ma fosse à cloaque aurait fait des bulles !

Devine qui sort de la maison, Edmond ?

Pantalon de lin blanc, chemise azur, gourmette d'or au poignet ?

Oui, compagnon : Pinaud, dit Pinuche, dit Pinauder, dit la Vieillasse, dit Baderne-Baderne, dit César Pion, dit le Fossile, dit l'Écroulé, dit le Débris, dit l'Ineffable de La Fontaine, dit la Pinasse, dit Branlomanche, dit la Gelée, dit Pissenfroc, dit la Pendouille, dit Gouttaunez, dit la Sucette, dit le Père Laconique. C'est la première fois que je le vois bronzé et rasé correctement.

Il a l'air à l'aise dans une peau taillée sur mesure. Son regard inchiasseux pétille. Il s'avance, en écartant les bras, paré pour l'étreinte des retrouvailles. Mais, à mon bonheur de le retrouver vivant, succède une noire fureur.

— Arrière ! tonné-je. Je ne te pardonnerai jamais ! Tu es une purulence cholérique ! Comment as-tu pu nous plonger dans cette angoisse imprévue aussi bien que mortelle ! Venir jouer au sultan dans ce paradis pendant que nous nous faisions un sang d'encre à cause de ta disparition !

Puis, me tournant vers ma Féloche, très pâle :

— Et tu étais dans le coup, M'man ! Toi, en qui j'ai davantage confiance qu'en Dieu !

Elle se prend à sangloter, la pauvrette.

— Ne la houspille pas ! s'emporte le père Peau-de-Zob. Mme Félicie est une sainte. Tu n'as pas le droit de la faire pleurer !

Je penaude. Saisis ma chère Chérie par l'épaule. Baisotte les cheveux blancs moussant dans son cou.

— Entrons nous expliquer en buvant du thé à la menthe ! pérempte le Dabuche.

Désormais, il a perdu sa voix de saule pleureur et s'exprime en grande clarté. Un peu plus tard, j'apprendrai qu'il a cessé d'écluser, ne s'octroyant qu'une demie de roteux le dimanche afin de glorifier le jour du Seigneur.

Il est net, clair, nous résume sa vie matrimoniale (à ne pas confondre avec Paray-le-Monial). Durant la première partie de leur mariage, son brancard n'a été qu'une épouse affolée par la perspective de la maladie. Elle croyait souffrir de tous les maux homologués, sortant d'un hôpital pour entrer dans une clinique. Et un jour, elle a complètement basculé.

— Je me suis mis à gagner beaucoup d'argent comme tu le sais. Dès lors, Geneviève-Marthe a pris la grosse tête et a radicalement changé. De souffreteuse, elle est devenue pimpante. De prude, elle a tourné pétasse. La vérité est là : je suis le mari bafoué d'une ignoble pute décharnée, dont le corps évidé engloutit tout ce qui passe à sa portée. J'ai tenu le coup longtemps. Maintenant je craque.

« Ta mère, la plus honnête des femmes, a compris ma réaction. Souvent, j'ai pensé en finir avec l'existence. Mais j'ai réalisé que j'étais trop âgé pour me suicider ; supprimer l'ultime tronçon d'un itinéraire ne rime pas à grand-chose. J'ai donc décidé de continuer autrement. J'ai acheté cette délicieuse propriété dans ce coin de paradis. Une jeune femme veut bien se consacrer à ma fin de parcours : Fatima. Je vous la présenterai.

« Dans ce pays de soleil, je me sens enfin protégé, enfin heureux. Je me repose, me fais masser, emmène mon égérie dans les meilleurs restaurants. Je lis énormément et écris un livre de maximes. Je roule dans une Jaguar décapotable. Et, j'ose vous l'avouer, cultive des fleurs. C'est précaire et beau, comme la vie : épanouies à l'aube, fanées au crépuscule.

Au fur et à mesure qu'il en dévide, une émotion me point. J'ai repris la menotte de Félicie, plus douce qu'un gant de chevreau.

— Oui, je me rends compte, dis-je. Dans le fond, tu as osé faire ce à quoi rêvent la moitié des hommes.

Puis le professionnalisme réapparaît et je vire de bord :

— Tu veux bien nous parler de Las Vegas, César ?

Il a un sourire contrit.

— Explique-moi, insisté-je.

Il se décide, timide, l'air d'un puceau réprimandé.

— Ce voyage collectif, je l'avais prévu pour mettre à exécution mon projet, pensant qu'aux États-Unis il me serait plus facile de m'escamoter sans laisser de trace. Quand ce magicien m'a pris pour cobaye, j'ai su immédiatement que c'était l'occasion rêvée. La notion de « disparition » créait, si je puis dire, le climat favorable.

« Ma participation au tour terminée, j'ai musardé dans les coulisses, suis sorti pour entrer de nouveau dans le music-hall par la porte réservée aux machinistes. J'ai grimpé dans les cintres, m'appliquant à « semer » des indices afin de laisser entendre que j'étais venu là contre mon gré.

« Pendant cette déambulation, le Gladiateur s'est vidé. J'ai patienté pas mal de temps avant de descendre dans les sous-sols à l'aide d'une corde et d'une poulie. Il me fallait brouiller les cartes. Une fois dehors, j'ai pris un bus de nuit pour Los Angeles et, de là, un jet pour Londres. Le surlendemain, je gagnais le Maroc où cette maison m'attendait depuis plusieurs mois.

« Voilà toute l'histoire, mon petit Antoine. J'ai tenu à me confier à ta mère et l'ai autorisée à te dire la vérité si mon absence te causait trop de chagrin. Vous voir tous les deux ici prouve que c'est le cas, cela me met du baume au cœur, conclut-il en m'étreignant.

Il ajoute :

— Maintenant, je vais vous présenter Fatima.

Il sort un instant et revient, tenant par la main une créature de rêve. Sans charre, c'est la gonzesse la plus sublissime que j'aie rencontrée. Enfin, une des !

Mais l'heure tourne, mon lecteur chéri, je te la décrirai dans un prochain book car je sens que mes relations avec César vont s'épanouir de plus en plus.

Qu'est-ce que tu veux : je suis comme ça !

CECI EST BIEN UNE PIPE

Roman notoire
Super San-Antonio

1999

À la mémoire de René Magritte, l'un des génies de ce siècle.

S.-A.

Contrairement à l'homme, ses amours se décomposent avant de mourir.

*
* *

Il est faux de croire que Jeanne Bourin fasse de l'équitation.

*
* *

Ayant rapidement compris que demander était vain, je me suis mis à donner.

Et, depuis, tout baigne.

*
* *

Elle était myope. Lorsque je me suis déshabillé, je lui ai demandé d'ôter ses lunettes pour qu'elle ne prenne pas peur.

*
* *

Les enfants ?

Ils naissent, ils ratent le bac, ils se marient... Tu as à peine le temps de les apercevoir.

*
* *

Réflexion d'une dame ayant visionné *Jurassic Park* : « On ne distingue pas les faux dinosaures des vrais. »

*
* *

Rébus béruréen :

J'pourrais pas viv' sans mon premier.

Mon s'cond et mon troisième aident mon premier.

Mon tout est un État ricain.

Réponse : Wisconsin (vice-con-sein).

Première partie

LE CONSORTIUM

[Chapitre premier*]

Un Chinois à la con a écrit que l'expérience est une lanterne qu'on porte dans son dos et qui n'éclaire que le passé.

Vivre, c'est arpenter un tapis roulant allant en sens inverse de ton déplacement. T'as beau arquer, ce que tu peux espérer de mieux, c'est de pas trop reculer.

Se maintenir est une victoire, avancer, une utopie. Tes forces déclinent, et le moment vient où tu te retrouves à la case départ, la gueule déjà barbouillée de mort.

Cela dit, il n'y a pas de quoi s'affoler : on aura mis tout ce temps-là à cesser, sans avoir l'air d'y croire.

Je réfléchissais à ça, et à une petite Asiatique incroyablement menue. J'avais eu l'impression, en la calçant, de passer un préservatif après avoir soufflé dedans pour le préparer à la manœuvre.

Le car climatisé gravissait peinardement les pentes de la « Montana de Fuego ». L'horizon s'élargissait au fur et à mesure qu'on grimpait, sinistre et magnifique à la fois.

Lanzarote est une île sans arbres, plus glabre que la chaglatte d'une vieillarde. Un essaim de volcans provisoirement éteints compose des sortes de bubons émergeant de cette mer de rocaille. Les rares constructions, blanchies à la chaux, sont alanguies au soleil, entourées de plants de vigne poussant dans des creux sertis de pierres plates.

---

* Dans l'édition originale, les chapitres étaient simplement matérialisés par un changement de page. Nous rétablissons ici pour plus de lisibilité une numérotation.

Monde étrange, unique. Un astre mort ! Pas en plein, mais tout comme.

Et puis on arrête de monter, tourner, virer. Nous atteignons une esplanade haut perchée où se dresse un vaste restau panoramique. En opérant un trois cent soixante degrés, tu vois partout la mer. Yes, sir : on est bel est bien dans une île.

À sa manière, notre planète en est une, cernée d'infini, avec des archipels : Mars, Vénus, Jupiter et consorts.

Notre bus pullman se paie un majestueux arc de cercle avant de se ranger entre deux monstres de son espèce.

Les touristes pullulent : des Japs blêmes, des Scandinaves trop blonds, des Teutons trop gras, dont les femelles portent des culottes de cheval consécutives aux excès de lard fumé. Un ramassis de glandus, nantis de coups de soleil et de chapeaux de toile ridicules, coltinant un matériel photo qui achève de les enconner. La horde habituelle !

Installé sur le siège proche de la porte, je suis le premier à quitter le véhicule. Le zef contonde durement. Un vieil ilote nous rameute aussi sec dans un anglais qui n'a plus cours depuis les Plantagenêts, et nous entraîne en direction d'une crevasse.

Près de l'excavation : un tas de foin dans lequel est plantée une fourche.

L'ancêtre explique qu'ici, à Umanfaya, la température du sol atteint trois cents degrés à deux mètres de profondeur. Effectivement, une haleine brûlante monte de la fosse. Un rien théâtral, le vioque saisit la fourche et jette une brassée d'herbe dans la cavité. Un grésillement, et la gerbe s'embrase totalement.

Impressionnante, cette démonstration de la nature. Elle affirme sa puissance avec force et ironie, dirait-on.

Le Canarien est fier de sa flambée, comme d'un exploit physique que lui seul réussirait. Tout juste s'il n'attend pas des ovations. Se résigne à enfouiller quelques pourliches parcimonieux puis, d'un geste autoritaire, nous embarque un peu plus loin, là où s'ouvre une autre faille dont le diamètre n'excède pas dix centimètres.

Il ouvre un jerricane de flotte et verse son contenu dans l'orifice.

Putain d'elle ! T'as pas le temps de compter jusqu'à quatre ! Un sourd grondement monte de la terre et un geyser d'au moins vingt mètres jaillit vers le ciel avant de retomber en fine pluie sur les épaules du groupe hétérogène que nous formons.

L'assistance crie de surprise, de peur peut-être aussi ?

Une ravissante jeune fille accompagnant son père paralysé a eu un élan de frayeur et s'est blottie contre mon épaule. Aussitôt, elle s'écarte, confuse.

— Excusez-moi ! balbutie-t-elle avec un délicieux accent anglo quelque chose.

— Tout le plaisir a été pour moi, j'y rétroque dans un français se la jouant entre l'inflexion dauphinoise et l'intonation parisienne.

Son kroume paternel, gambe tout plein (puisqu'il est le contraire d'ingambe), ne s'aperçoit même pas de ma présence. En pleine choucroute, il semble se trouver ! N'a pas l'air tellement vieux, mais il a dû morfler un court-jus dans le cigare qui le fait patauger du bulbe. Sa grande fille le drive dans une chaise roulante ultramoderne, télescopique de partout, se pliant menu et pouvant se loger dans une poche de kangourou, voire de pardessus si t'as pas de marsupial à disposition.

Ce gazier a dû être quelqu'un de bien, ça se distingue encore sur ses traits. Cheveux bruns, grisonnants aux tempes, yeux de Delft, pommettes longtemps encaustiquées à l'aquavit. Dommage qu'il soit en pleine crise de décroissance !

Profitant de cette éminence sur laquelle on vient de faire halte, nous panoramons à la ronde. Notre troupeau prend la direction du restau avec une résignation bovine.

On clape morne dans cette ambiance lamentable de touristes au rabais, toujours soucieux d'obtenir le maximum en échange du minimum.

Le pinard de l'île n'a jamais mis en danger la réputation des pomerols et autres richebourgs, mais c'est déjà beau qu'un sol volcanique produise du vin, non ? La nature fait de ces cadeaux inattendus !

Je guigne sans déplaisir la demoiselle au papa déjanté. Si tu saurais ce qu'elle est chouque dans sa robe de lin blanc ! Blonde et bronzée ! T'aimes ? J'imagine son corps gracieux, peint au bain de soleil, avec le mignard triangle d'or de ses Bermudes. Son joli dargif tiendrait dans mes deux mains en conques.

Dis, je vais pas me mettre à goder devant ma tranche d'animal mort ! Je me morigène. C'est toujours du kif avec ma pomme : une bioutifoule polka s'insère dans mon champ visuel et j'ébullitionne du bulbe, trépigne de la bistougne ! La trempe-trempe de chérubin, ça devient systématique, à la longue. Je pourrais tenter de faire un usage différent de ma vie. Me consacrer aux autres sans leur carrer ma bite dans le fion ! Aller au secours des populations sous-alimentées du tiers-monde. M'occuper de jeunes délinquants. Convoyer des malades à Lourdes. Aider les veuvasses à couper leur bois pour l'hiver. L'homme de bonne volonté trouve toujours à s'employer. Un moment, que la charité le dispute chez moi à la braguette. N-à force de copuler, tu finis par te vider l'âme plus vite que les bourses. Il avait raison, Machin : faut « servir ». Le jour où Félicie me laissera (en admettant qu'elle déhotte avant moi), je m'engagerai dans une noble cause. Ça ne la remplacera pas, mais me rapprochera d'elle.

Je mange les petites patates de Lanzarote sans les éplucher, tant je les juge savoureuses. À la croque-au-sel !

Mais v'là qu'il se passe quelque chose à l'extérieur, comme dit Alain Térieur. Des mecs se précipitent vers l'excavation où le guide jette ses fagots.

Mû par mon instinct, je quitte la table. Plein de gens agissent de même. L'effervescence se coagule autour de la crevasse. Des badauds font cercle. Je les rejoins, joue des hanches et des épaules pour atteindre le premier rang.

La vacca !

Tu sais quoi ?

Deux chevilles de femme sortent du trou. L'intensité du brasier les a déjà gonflées de vilaines cloques rouges et elles rissolent tel du bacon dans une poêle à frire. Les chaussures racornies éclatent comme des marrons au four.

Une dame s'évanouit ; les mâles la piétinent sans vergogne ; galanterie pas morte.

[Chapitre II]

La police met plus de deux plombes à surviendre (faut dire que l'île mesure soixante kilomètres de long). Elle est représentée par deux pandores dont l'un me paraît demeuré et l'autre pas très intelligent.

Pendant qu'ils accouraient, le personnel du restau et les chauffeurs de cars sont parvenus à extirper du feu quelques restes de la victime : deux jambes (l'une est encore surmontée d'une fesse noircie) achèvent de se consumer en dégageant une odeur de barbe-cul.

Ça jacasse dur autour de moi. Babel ! Tout le monde questionne n'importe qui dans sa propre langue. Les perdreaux vont avoir beau schpile pour débroussailler cette historiette insulaire.

Le gars mézigue, tu le connais ? Toujours les décisions médianes. Première règle de conduite : fuir la tourbe, la meute, la populace. En vertu de quoi je m'arrange pour coincer le vieux guide à l'écart. Le procédé est simple et radical : montrer discrètement un bifton de *diez mil pesetas*, qu'il suit jusqu'à l'extrémité de l'esplanade, c'est-à-dire loin de la foule shorteuse.

Histoire de créer un climat harmonieux, j'enfonce la coupure dans la poche supérieure de sa chemise, laquelle hébergeait déjà un stylo Bic et un tronçon de cigarillo.

Le brave homme me regarde avec amitié ; chez l'individu habitué à vivre de pourboires, une gratification de cette qualité charme et intrigue.

— Je suis journaliste, expliqué-je. Français, de surcroît. Si vous acceptiez de répondre à mes questions, je trouverais probablement un autre billet à vous offrir.

Il rit sous sa moustache pinulcienne, roussie par des mégots court-fumés.

— Cette pauvre femme qui a si sottement chuté dans le *fuego*, vous l'avez vue avant son accident ?

Il réfléchit, puis hasarde :

— Je ne suis pas sûr que ce soit elle, *señor*.

— Vous ne quittez pas l'endroit, proféré-je, et allez sans trêve du terre-plein des bus à la « bouche de feu » ; elle n'a pu vous échapper.

Il en convient :

— Il me semble en effet l'avoir aperçue.

— Où et quand ? insisté-je.

— Il y a moins d'une demi-heure. Elle venait du parking et se laissait photographier par un jeune homme.

— Quel genre de personne était-ce ?

— Une belle *señora* d'environ quarante ans, aux cheveux roux. Elle portait une tenue verte avec beaucoup de bijoux, des lunettes de soleil très larges.

— Et le garçon ?

— Un grand brun avec un pantalon blanc et une chemise bleue ; lui aussi avait des lunettes teintées, mais il les avait relevées dans ses cheveux pour prendre les photos.

— Avec tout ce monde qui se presse ici, comment se fait-il que personne n'ait vu basculer la dame ?

— Il y a des moments d'accalmie entre deux arrivées de cars, vous l'aurez remarqué.

— Et son compagnon n'a pas appelé au secours ?

Le dabe rit ; lui reste trois dents fortement noircies par un abus de nicotine.

— Dieu seul le sait, *señor*.

— Vous pensez qu'on peut tomber dans ce trou tout seul ?

— Pourquoi pas ? Les touristes ont tendance à se pencher pour regarder dans le fond.

— Il y a déjà eu des accidents de ce genre ? insisté-je en lui attriquant un deuxième bifton bleu.

— Un jour, un Américain a failli s'y griller en voulant photographier de trop près la « bouche de feu », mais les gens qui l'entouraient ont pu le retenir et il s'en est sorti avec des brûlures aux pieds.

Je médite, ce qui n'est pas pour plaire à mon éditeur. Puis d'un ton à coup sûr songeur :

— Où est le type brun ?

— Je ne l'ai pas revu, avoue mon terlocuteur, lequel commence à se lasser de mon interro, nonobstant l'argent que je lui consacre.

Le vieux inspecte les alentours et hoche sa tête chenue.

— Il a disparu, *señor*. Vous pensez qu'il a poussé la femme ?

— Croyez-vous qu'on tue les gens après les avoir pris en photo ?

Le croulant gratte ses joues barbuses.

— Tout est possible, avec les hommes ! répond cet être plein de sagesse.

Sur ces paroles empreintes de scepticisme nous nous séparons.

La badauterie continue de brouhahater au bord de l'excavation fatale. D'une allure d'intellectuel constipé, je gagne le parking. Les conducteurs des cars véhémentent à propos de l'événement. Je me risque à les interrompre, ce qui me vaut des regards de molosses dérangés.

Je demande à la ronde s'ils ont remarqué un grand jeune homme, habillé d'une chemise bleue et d'un futal blanc, porteur d'un appareil photo.

Ils se poilent kif des boscos, les mecs. L'un d'eux me répond que ma question équivaut à chercher un curé sur la place Saint-Pierre.

Contremauvaisefortuneboncœurfaisant, je me retiens de lui dire qu'il charrie une frime de lépreux brûlé au troisième degré par l'explosion d'une lampe à souder, et que je ne distingue aucune différence notoire entre sa gueule et les selles d'un colon rongé par une dysenterie amibienne.

Je vais pour m'éloigner quand une petite voix chevroteuse me hèle :

— Monsieur !

Me retourne. À l'ombre d'un véhicule se trouve une petite vieillarde dont le corps en pas de vis est logé dans une voiture d'infirme. C'est un congrès de paralytiques qu'on a organisé dans la montagne du feu, tu ne penses pas ?

Ladite personne respire les vapeurs d'essence du terre-plein avec volupté. Une sorte de dais en toile lui assure un poil d'ombre.

— J'ai saisi votre question, me dit-elle avec un délicieux accent méridional, car je comprends l'espagnol. Je crois savoir de qui vous parlez.

Je l'embrasserais, malgré sa barbe à la Tristan Bernard.

— Vraiment ? roucoulé-je, plus charmeur que Rudolf Valentino dans *Le Fils du cheik*.

— Il avait une décapotable jaune, assure ma grenadière aux cannes fanées.

— Une femme l'accompagnait ?

— Non, il est arrivé seul. Mais il a abordé une fille rousse qui semblait l'attendre.

— Et ensuite ?

— Je ne sais plus, ils se sont éloignés.

— Vous ne les avez pas revus ?

— Le jeune homme seulement. Il a regagné sa voiture au bout d'une vingtaine de minutes et il est reparti.

— Merci pour ce renseignement, chère compatriote. Puis-je vous demander pourquoi vous êtes là, entre ces gros cars chauds et puants ?

Elle rembrunit :

— C'est rapport à mon gendre. Il refuse de pousser ma voiture. Comme ma fille Lucile s'est donné une entorse, elle a du mal à se déplacer, alors je suis restée ici pendant qu'ils visitent.

Soupir profond et long de la dame aux jambes sédentaires. Elle est entrée dans la catégorie des « encombrants », de ceux dont la famille attend le décanillage définitif.

Une recommandation expresse de l'ami Sana : ne jamais s'attarder en ce bas monde. Quand tu deviens gênant pour ton entourage, retire-toi dans un mouroir ou enjambe le parapet du pont Mirabeau sous lequel coulent la Seine et nos amours, tout le monde t'en saura gré.

Je souris tendre à mémé. Voudrais lui offrir un bouquet de violettes, ou un petit cadeau à trois balles, histoire de lui faire savoir qu'elle n'est pas seule en plein.

C'est l'instant choisi par un des cars pour descendre sur Arrecife. Dans un élan, je prends place à son bord.

*
* *

À ce stade de mon récit, ô lecteur frappé de constipation chronique et de gonflement gazeux dans le tissu cellulaire, il serait louable que je te révèle l'objet de mon séjour à Lanzarote.

Ce n'est pas pour pratiquer un tourisme de masse que j'y suis mais pour tenter de combattre l'un des fléaux de la planète. Que ce ton théâtral ne te paraisse point excessif, surtout.

Tu vas croire que je romance, que je fantômasse. Et pourtant, ce que je déclare ici est la sous-expression de la vérité. La certitude qu'un esprit démoniaque étendait sa toile d'araignée sur l'Europe s'est affirmée au cours d'un sommet des polices britannique, allemande, française et italienne. Trop de meurtres importants non élucidés dans ces pays. Trop d'affaires ténébreuses dans lesquelles intervenaient des banques et des holdings cotées en Bourse. Trop de « suicides » de P.-D.G. ont éveillé la suspicion des autorités.

Nous nous sommes donc réunis (les quatre partenaires) pendant une semaine dans un hôtel discret du Connemara pour une mise au point approfondie ; chaque participant était arrivé avec ses dossiers. Au bout d'une longue étude et une méticuleuse confrontation de ces documents, le doute n'était plus possible. Sans une réaction de vaste envergure, le chancre submergerait un jour notre société européenne, comme la Mafia certaines régions italiennes. Rien de plus inquiétant, de plus lancinant, que ces forces malignes qui croissent dans l'ombre en créant lentement un contre-pouvoir.

Notre « bande des quatre » disposait d'un bureau à Londres chargé de coordonner toutes les informations relatives à ce que, d'un commun accord, nous avions appelé le « Consortium », et d'une équipe de flics spécialisés dans les missions délicates.

Maintenant que je t'ai exposé l'affaire, cher confident aux glandes défaillantes, tu vas me demander pourquoi Lanzarote ?

Changeons de page, je te vas narrer la chose.

[Chapitre III]

Décidé à ne pas faire appel à mes effectifs habituels, jusqu'à nouvel ordre du moins, j'avais constitué un commando pour entreprendre cette croisade.

Maigre troupe de départ, mais je savais que, le moment venu, je n'aurais qu'un geste à faire pour qu'elle atteigne les proportions de celle du Cid.

Je m'étais délesté d'une grosse part du quotidien sur Jérémie Blanc, dont les qualités de chef ne sont plus à prouver. Pour un ancien balayeur des rues[1], il offre une gamme étendue de performances : malin, psychologue, courageux, déterminé.

1. Dont l'appellation officielle est « technicien de surface ».

Après l'avoir mis au courant de ce qui se perpétrait en secret, il m'a promis son entier dévouement en me confiant qu'il brûlait de se lancer lui aussi à l'assaut de cette nouvelle plaie d'Égypte.

« Patiente, lui ai-je dit. Attends que les vieux briscards des R.G. mis en piste commencent à déblayer le terrain. Plus tard, tu participeras à la kermesse. »

Il a branlé le chef (sans toucher à ma braguette).

Parmi les durs rameutés pour me prêter main-forte se signalait Franck Blando, un gus rayé des services à la suite de combines torves. Ce mec avait eu sa vie sentimentale saccagée par le jeu, bien avant de se faire virer de la poule pour la même raison. Dans la rousse, on l'avait surnommé « l'As-de-Pique » car c'était sa brème fétiche. Elle avait fini par lui porter la scoume puisqu'il se trouvait au tapis avec une ragouze en forme de clopinette cintrée.

Illico, son nom m'était venu à l'esprit. Blando possédait du chou, du culot et un minimum de scrupules, qualités indispensables pour réussir dans la partie « immergée » de nos activités.

Lorsque je l'ai contacté, il jouait à la passe anglaise dans l'arrière-salle du Rintintin, où une douzaine de cancrelats de son espèce flambaient leurs ultimes piastres. En m'apercevant, il s'est humidifié, réalisant d'emblée que si je venais à la relance, c'était pour du labeur marginal. À le voir avec ses potes dans cette ambiance cafardeuse, les pupilles dilatées par la concentration, j'ai ressenti une poussée d'altruisme. Je savais que ma propose allait lui insuffler une énergie nouvelle, au gars Franck.

De le trouver, brèmes en main, pareil à un hareng d'aquarium dont on n'a pas changé l'eau, m'a flanqué un coup de buis sur le cassis. Y a rien de plus con que les cartes !

Comme c'était l'heure de la jaffe, je l'ai emmené bouffer au restau de mon pote Louis Prin, boulevard Haussmann, qui, question vins de comptoir, ne craint personne. Je me rappelais qu'il raffolait du muscadet sur lie, l'artiste. On s'en est sifflé deux boutanches en savourant des cochonnailles. Tout en mastéguant, j'ai exposé le topo.

T'aurais vu l'aurore boréale qui lui a illuminé la tronche ! Transfiguré il paraissait, l'ami Blando. Ruy Blas auquel on ordonne de calcer la reine d'Espagne ! Soudain, il n'en avait plus rien à cirer de ses flushes et de ses brelans. Le positif, chez lui, c'est qu'il pige les choses d'instinct. Je lui proposai une mensualité de vingt-cinq raides, plus le remboursement de ses frais. Son calbute douteux a dû être à la peine davantage qu'à l'honneur, espère !

« Seulement, y a un petit détail à régler, ajoutai-je : tu vas me donner ta parole que pendant cette campagne, tu ne toucheras plus aux cartons, Francky. J'ai besoin d'un mec *totalement* disponible. Si je te prends à manier les biseautées, je t'envoie chez Plumeau ! »

Il a juré.

*

* *

Il s'est passé quelques semaines, au cours desquelles j'ai charpenté mon commando de l'ombre. Deux autres recrues d'un style différent : Magnol et Handermic. Le premier avait baroudé sur les cinq continents avant de marner pour les Renseignements généraux. Un casse-cou à qui il suffisait de crier « Chiche ! » pour le faire sauter d'un douzième étage avec un pébroque en guise de parachute. Quant à Handermic, c'était un furtif, un peu teigneux, qui haïssait la terre entière et évitait de se regarder dans une glace pour ne pas avoir à s'insulter. Mais à côté de cette particularité, un flic de première : madré comme un maquignon dauphinois et d'une témérité de roquet prenant à partie un doberman.

Mon équipe réduite et moi nous réunissions tous les deux jours pour faire le point ; mais à vrai dire l'enquête piétinait. Sitôt que nous pensions lever une piste, elle tournait court. Quoi de plus éprouvant que de rechercher un ennemi dont on ne sait rien, sinon qu'il existe ?

Il en allait de même pour mes homologues étrangers.

Et puis, une nuit, alors que je dormais profondément (M'man m'avait préparé un bœuf en daube hallucinant), mon biniou a carillonné. C'était Franck Blando.

« — Boss, m'a-t-il dit, je crois tenir quelque chose.

« — Raconte vite !

« — Je ne peux pas. Vous pouvez passer chez moi demain, en début d'après-midi ?

« — Naturellement. Mais pourquoi pas tout de suite ?

« — Je suis en province. »

Il a raccroché brusquement. La scène était assez saisissante, très film d'espionnage, si tu vois le genre ?

J'ai eu du mal à me rendormir.

*
* *

Le lendemain, il faisait un temps à ne pas mettre sa belle-mère dehors. Tu sais ce que ça veut dire, des trombes d'eau ? Eh bien ça ! Dix minutes dans les rues et, imper ou pas, la raie du cul te servait de cheneau.

Après ma douche, j'ai tubophoné à notre permanence de Londres ; le préposé m'a répondu que le R.A.S.[1] continuait toujours.

Dans sa cuisine, M'man épluchait des asperges en écoutant la radio où un animateur pour noces et banquets s'efforçait d'amuser des ménagères indifférentes.

« — Si je t'invitais à déjeuner ? ai-je proposé à ma Féloche.

« — Quand ? m'a-t-elle demandé.

« — À midi. J'ai envie de manger une andouillette qui ne sente pas trop la fosse d'aisances. Toi, tu prendrais des ris de veau. »

Elle a eu son sourire troublé et ébloui habituel qui faisait comprendre pourquoi mon dabe l'avait épousée toute vive quelques décennies plus tôt.

« — Et ton travail ? a-t-elle objecté.

« — J'ai fait mes devoirs et appris mes leçons », lui ai-je assuré.

Elle a regardé l'heure à l'horloge dont le balancier régulier me fait songer au cœur de ma Féloche (ils battent sur le même rythme).

« Dix heures dix, a-t-elle murmuré ; j'ai le temps de finir mes asperges. »

Nous sommes allés claper au Bistrot Saint-Honoré. On était dans la petite salle derrière, en amoureux, et M'man baignait dans les azurs.

Un curé sympa, escorté de Mlle Long-Bec et du neveu de la bicyclette à Jules, nous a adressé un petit signe. C'est touchant, un grand garçon de mon âge en compagnie de sa mother. Ça fait vieille tradition française. Le brave prêtre se sentait optimiste quant au devenir d'une nation en si bon chemin.

1. R.A.S. : rien à signaler.

Au caoua, j'ai demandé à ma gentille si ça lui dirait qu'on se paie une toile pour continuer la fiesta.

Elle n'en revenait pas. Ça faisait combien de temps que je ne l'avais pas emmenée au cinoche ?

« Auparavant, lui ai-je dit, il faut que je passe voir un de mes collaborateurs ; j'en aurai pour dix minutes. »

Quand on est parvenus devant la crèche de Franck Blando, je me suis mis sur un stationnement interdit en priant M'man de m'attendre dans la voiture.

La pluie venait de cesser, mais l'air ressemblait à une éponge ; même mes organes étaient imbibés de flotte.

Mon collaborateur suppléant piogeait au second étage d'une maison banale à Montparnasse. De la faïence bleue entourait les fenêtres sans égayer l'ensemble. T'avais l'impression que les habitants de cet immeuble étaient promis à des destins morbides.

L'escadrin schlinguait le chou et le produit pharmaceutique, kif un hosto de sous-préfecture. Jusqu'au premier, les marches étaient en pierre ; à partir du second, le promoteur avait jugé que du bois garni d'un Bulgomme suffisait.

Deux lourdes par niveau ; celle de mon collaborateur se trouvait être la plus proche de l'escalier. Pas de plaque de cuivre, mais une carte de visite aux caractères gravés, témoignage d'un confort disparu.

On fait beaucoup de gestes innocents dans la vie courante, relevant de la banalité grise des jours. Par exemple appuyer sur le bistougnet d'une sonnette.

J'ai pressé le timbre couleur d'ivoire.

Putain d'elle, ce bigntz !

Tu sais ce que c'est qu'une déflagration, ta pomme ? C'est une explosion accompagnée de projection de matières enflammées.

Écoute, c'est pas dif' : j'ai pris la porte en pleine poire. Le boum s'accompagnait d'un nuage de fumaga et d'une pluie de flammèches. J'ai senti du sang sur ma frime, et me suis mis à tousser comme un sanatorium d'avant-guerre. Les châsses me cuisaient ; j'étouffais.

L'odeur était révélatrice : le gaz ! Devait y avoir une forte fuite dans le logement de Blando ; l'étincelle déclenchée par mon coup de sonnette avait vérolé tout le circus et provoqué le « vraaaaoum ! ».

Prenant mon courage à deux mains, la droite plus haute que l'autre afin d'avoir davantage de prise, je suis entré dans l'apparte.

On y jouait *Désolation*, production russe à moyen budget : meubles disloqués, vitres retournées à l'état de silicates alcalins, rideaux à moitié cramés. Mon collaborateur gisait dans sa cuisine avec, au thorax, une brèche dans laquelle un couple de vautours aurait pu nidifier sans problème.

Te dire qu'il était mort, l'ami Franck, ressemblerait à une lapalissade.

J'ai bondi à son réchaud et coupé l'arrivée du gaz.

Je me sentais infiniment bité. En moins de temps qu'il n'en faut à un lapin de clapier pour éjaculer, j'ai réalisé : Blando avait mis le nez sur une piste et s'était fait repérer…

Ça bramait et cavalcadait dans l'immeuble. Des chiares, effrayés par la trouille de leurs mamans, pleuraient aussi fort qu'elles.

Un vieux nœud a passé une frime hagarde dans l'entrée et m'a assuré avec pertinence :

« — Ça sent le gaz !

« — Appelez les pompiers ! »

Il a eu une seconde d'indécision.

« Je vais en parler à la concierge », a-t-il décidé.

À ce moment-là, il s'est produit un fait banal en soi mais qui, compte tenu du bouleversement ambiant, m'a paru incongru : la sonnerie du téléphone.

J'ai déniché l'appareil dans le minuscule living et décroché.

Une voix de femme, avenante, a gazouillé :

« — Je suis chez M. Blando ?

« — En plein, lui ai-je répondu.

« — Ici l'agence de voyages Moulasse, boulevard Montparnasse. J'ai pu vous obtenir une place Paris-Arrecife via Malaga, pour demain matin.

« — Bravo, ai-je bafouillé, je passe la prendre. »

[Chapitre IV]

J'eusse aimé inspecter le logement en détail, histoire de mieux piger ce qui s'était passé, mais le feu gagnait à toute vibure et je devais planquer mes abattis dare-dare.

Me suis attelé entre les cannes du pauvre Franck et l'ai halé sur le palier juste au moment où Félicie, folle d'inquiétude, y débouchait, plus blême que le fantôme rendant visite à Mme Macbeth.

« — Tu es blessé ! s'écria-t-elle en découvrant ma frime ensanglantée.

« — Un bobo ! » la rassurai-je.

Elle voulut néanmoins me traîner dans une pharmacie où une gente dame à blouse blanche et aux yeux myosotis s'est occupée de mon entaille. Nous nous tenions assis face à face et je serrais ses jambes entre les miennes en chuchotant des fadaises mouillantes.

Pour finir, je lui ai demandé si elle vendait de l'aspirine. Sur sa réponse affirmative, je promis de venir en acheter très prochainement.

Son sourire me donna à penser qu'elle envisageait ce projet avec bienveillance.

Un quart d'heure plus tard, je déboulais à l'agence Moulasse. Une brune platinée (mais les racines de ses crins commençaient à la trahir) achevait de fourguer un voyage sur le Rhin à un vieux couple en déliquescence avancée.

Je lui expliquai que j'entendais quérir la réservation de mon pote et voulus savoir dans quelle île des Canaries se situait Arrecife. Je ne suis pas nullard en géo, mais une défaillance de mémoire peut se produire chez tout individu, fût-il un surdoué de mon espèce. « Lanzarote », me répondit-elle. Ça m'a fait plaisir car il s'agissait d'un des rares coins de la planète m'étant encore inconnus.

La blonde en cours de déplatinage, selon la demande instante de Blando, avait réservé une chambre à l'Atlantico Palace de Puerto del Carmen. Un voucher accompagnait le billet d'avion.

J'ai hésité à faire remplacer le nom de mon pote défunt par le mien. Prudent, je m'en suis abstenu.

Tu me croiras si tu as le temps, mais j'ai bel et bien payé une toile à M'man cet après-midi-là.

Le soir, on a bouffé ses asperges. Je les ai clapées de bon appétit malgré le remords consécutif à la fin tragique de mon collègue. Enfin, il se produisait QUELQUE CHOSE dans cette mystérieuse affaire !

[Chapitre V]

Les objets les plus neufs sont des épaves en puissance. Je me philosophais cette pensée sur les berges de la piscine. Une horde de zozos en slip de bain soulageaient leur vessie dans l'eau bleue. Rien n'est davantage débectant qu'une piscaille. Je ne m'y trempe plus depuis lurette, les bipèdes y batifolant me flanquent la gerbe. Quand je les regarde, bedonnants et variqueux, j'imagine leur oignon douteux, leur sexe suintant, toutes leurs saloperies mal gérées ; je me sens cruellement organique et propagateur de sanies.

Je chiquais au bain de soleil, allant jusqu'à m'oindre d'huile empestant le benjoin.

N-en fait, j'observais la foule au forfait tirant partie de cet éden, et songeais qu'après une longue immersion dans la médiocrité, je prendrais un pied éléphantesque dans le nouveau cimetière de Saint-Chef-en-Dauphiné où j'irais attaquer mon éternité à l'ombre de la « tour du Poulet » (XIIe).

J'avais loué une chignole à l'aéroport, une petite Renault bleu pervenche, trop exiguë pour qu'on y puisse tirer un coup convenable sans excès de souplesse et d'ingéniosité. Me souviens, y a pas si naguère, avoir embroqué la secrétaire de mon conseiller fiscal dans une tire du même type, une grande fille qui avait voulu jouer à la femme-serpent. Quand elle eut chopé son foot, il fallut une heure pour arriver à la dénouer. Ambitieuse, elle tenait à se faire emmancher en plaçant son talon gauche derrière sa nuque, ce qui eut pour effet de lui tordre la moniche comme la bouche d'une personne frappée de convulsions.

Après le coup de rapière joli, y avait plus mèche de la rectifier. Des crampes, ou j'ignore quoi, la forçaient à conserver cette position d'acrobate ayant raté son numéro. J'ai dû rechercher un garaco pour démonter les sièges avant de l'auto. Bon zig, il m'a ensuite aidé à la masser, tout en lui glissant (je m'en suis aperçu, tu penses !) le médius dans le gouffre de Padirac. C'était un vieux gazier, ravi de l'aubaine. Le restant de la journée, il ferait sentir ses doigts à des potes, leur prouver qu'il s'expliquait toujours dans la galanterie poussée. Sans les aubaines qu'il nous accorde, le monde ne serait pas existable.

— Bonjour ! me susurre une voix frêle comme un murmure de source sourdant sur un lit de mousse.

Pointalaligne.

J'arrache mon regard des nues où folâtrent d'aimables cumulus chantilly.

La jeune fille de la veille : celle qui voiturait son dabuche aux guitares fanées. En maillot de bain. Payant ! Sa poitrine est plus présente qu'elle ne m'avait semblé. Taille exquise, peau veloutée, ambrée ; le rêve. Un triangle de panne irréprochable, presque maçonnique. Son corps bronzé stimule sa blondeur ophélienne. Elle porte un léger deux-pièces jaune souci. En une fraction de seconde, je décide de le lui ôter dans les meilleurs des laids. En état second, le Sana. Visionnaire, je contemple sa chattounette à la cressonnière d'or.

— Je ne vous ai plus revu, hier ? remarque-t-elle sur un ton interrogationneur.

— J'ai pris un autre bus pour rentrer.

— Vous savez qu'il est arrivé un accident dans le trou inflammable ?

— En effet.

Je me lève galamment et lui désigne une chaise longue voisine de la mienne (en anglais : *the mine*).

— Si ma compagnie ne vous importune pas…

Elle s'installe. Pose son sac de plage entre nos deux sièges avec un long soupir de détente.

— Monsieur votre père va bien ?

— Il se repose. Depuis sa maladie, il vit à contre-courant, passe ses nuits éveillé pour s'endormir à l'aube…

— Attaque cérébrale ?

— Exactement.

Elle fait comme toutes les dames au soleil : se crème d'un air appliqué. Puis revient à ses moutons (des béliers à tête noire, aux cornes de mouflon).

— A-t-on su ce qui est arrivé à cette femme ?

— Selon la presse locale, elle se serait trop approchée du cratère et serait tombée, tête la première…

— Quelle affreuse mort ! Elle était étrangère ?

— Irlandaise, aux dires du journal. Elle voyageait pour distraire son récent veuvage. Est-il indiscret de vous demander votre nom ?

— Nouhr.

— N'est-ce point un prénom arabe ?

— Nous sommes égyptiens.

Ma stupeur, en apprenant cela, n'a d'égale que la dimension de mon sexe.

— Vous n'avez rien d'une Arabe ! m'exclamé-je-t-il.

— Parce que ma mère est anglaise.

Tout s'explique.

— L'union de vos parents a donné un magnifique résultat ! appréciai-je.

Elle eut l'air gênée de mon compliment. Il fallait éviter de la brusquer, manier le madrigal avec tact.

Nous devisâmes sobrement. Je la contemplais avec une telle avidité que j'aurais pu dresser le bilan de ses plus menus grains de beauté, et de tous ses poils follets. Nous nous exprimions d'un ton sérieux, lorsque je risquais un trait d'esprit, elle souriait poliment, sans y faire un sort.

J'appris que ses vieux avaient divorcé cinq ans auparavant, après l'accident cérébral de son father. La maman britiche menait depuis toujours une vie « particulière », en tout cas d'égoïste. Repoussant ce qui troublait son confort. Sans doute avait-elle des amants ? Nouhr resta muette sur ce point. Depuis que sa mère les avait largués, elle s'occupait du mari abandonné, se vouait à lui, ce qui me peina, car il est triste de voir un enfant sacrifier sa jeunesse, malgré la grandeur du geste.

Au bout d'un couple d'heures musicales dans le charivari des tritons et naïades survoltés, Nouhr me confia qu'elle fêterait l'anniversaire de son daron. Accepterais-je de prendre une coupe de champagne en leur compagnie afin de marquer l'événement ?

Je sautis sur l'occasion, tel le loup cruel sur la grand-mère du Petit Chaperon rouge. Parce qu'il faut toujours que j'en rajoute (c'est dans ma nature), je contre-proposas de les inviter à La Choza, un restaurant de poisson, dont les guides disaient le plus grand bien.

Elle y consentit avec un plaisir non dissimulé, comme on l'écrit dans les books d'avant la Quatorze. Cette délicieuse demoiselle devait se plumer à piloter le carrosse nickelé de son père.

Peu après, elle réunit ses quelques bricoles plageuses en m'annonçant qu'il était temps pour elle de retourner auprès du handicapé. Je sautis dans sa roue, alléguant que je n'étais pas un forcené du coup de soleil.

Nous regagnîmes l'hôtel où la fraîcheur des climatiseurs nous donna une sensation d'euphorie charnelle.

Le palace comportait trois étages. Le Seigneur, dans Sa bienveillance (ou bien le Démon, dans sa malignité), avait permis que nos appartements se trouvassent au second, à un jet de foutre l'un de l'autre… Nouhr créchait au 222 et moi au 228.

Je pris provisoirement congé d'elle, ma main ne se pressant pas de libérer la sienne, non plus que mes yeux de s'arracher aux siens ; aussi amorçai-je une érection prometteuse en parcourant les mètres linéaires séparant nos deux suites.

Une douche froide allait remettre ma pendule du bas à l'heure (c'est-à-dire sur six heures et demie).

Comme j'enfonçais ma clé dans la fente destinée à la recevoir, je fus hélé par une voix aussi douce qu'angoissée. Je vis la ravissante jeune fille dans le couloir, la mine défaite[1].

Tout en me dirigeant vers elle, je supposai que son paternel venait de clamser pendant son sommeil. Cela arrive communément. Personnellement, j'aspire à une mort consciente, voire acceptée. Déposer mon bilan en pleine dorme me donnerait le sentiment d'être floué.

— Votre père ? fis-je.

Elle acquiesça.

— Une crise cardiaque ?

Elle secouit négativement la tête, puis sans un mot, pénétrit dans l'appartement. Ce dernier se composait de deux chambres reliées

1. Je voudrais savoir à quoi correspond une « mine faite ».

par une salle de bains. Nouhr entra dans la première dont elle avait laissé la porte ouverte. Effectivement, le lit défait était vide. Les choses se compliquaient car la petite voiture d'infirme stationnait toujours dans la pièce.

Je me précipita dans la chambre, puis dans la salle d'eau et enfin sur le balcon. J'inventoria les penderies, les goguemuches et, en désespoir de cause, le réduit destiné aux bagages ; tout cela en vain. Il n'y avait pas plus de papa dans cette suite qu'il n'existe de mansuétude dans l'œil valide de M. Jean-François Le Pen.

La pâleur de ma voisine de couloir tournait à la chlorophylle. Je la sentis près de défaillir et n'eus aucun scrupule à la prendre dans mes bras, bien que je fusse torse nu. Elle y fondit en larmes, lesquelles se perdirent dans la toison de ma poitrine, refuge naturel des âmes en peine, pour peu qu'elles soient féminines et non octogénaires.

Je m'abstins de lui rouler une pelle, les circonstances ne s'y prêtant pas, mais ne pus empêcher miss Zifolette de se frotter à son pubis.

— Écoutez, mon doux cœur, fis-je en ajustant mon étreinte, il ne faut rien dramatiser. Il existe une explication à tout, même quand elle semble inconcevable.

[Chapitre VI]

Je lui fis subir un interrogatoire en règle, car dans notre profession, il n'est pas possible de progresser sans en passer par là. Je débutis par la condition physique de son daron : lui était-il possible de se déplacer seul ?

Nouhr fut formelle : c'était inenvisageable, sa paralysie des membres inférieurs était complète et irréversible.

— Donc, notai-je, pour quitter cette suite il a fallu qu'on le porte ?

— Oui, répondit-elle dans un souffle.

— Pour le déplacer, deux hommes sont nécessaires, à moins qu'un seul le charge sur ses épaules ?

Elle en convint.

— Croyez-vous que l'on puisse coltiner un infirme dans un grand hôtel bondé sans attirer l'attention ? insistai-je. Non, n'est-ce pas ?

D'un geste délibéré, je sonnis la femme de chambre.

La préposée ne tarda pas. Il s'agissait d'une personne courtaude, aux cheveux d'encre et à la moustache virile.

Ayant fait précéder mes questions d'un billet de deux mille pesetas qu'agrémentait le portrait d'un certain José Celestino Mutis, dont j'ignore tout, et même davantage, je fis parler l'aimable ancillaire.

En pures pertes, aurait dit Blanche.

Cette soubrette s'occupait de notre étage en compagnie d'un valet marocain ; elle vaquait d'une chambre l'autre et n'avait rien décelé d'anormal. Sachant que ce client dormait une grande partie de la matinée, elle « faisait » la 222 dans l'après-midi.

J'interviewai ensuite son coéquipier, lequel me fit la même réponse.

Pourtant, me dis-je avec l'obstination de Galilée, on est bel et bien venu chercher le handicapé dans cette pièce pour l'emmener vers une destination inconnue !

L'angoisse de ma compagne devenait convulsive. Je prévoyais la crise de nerfs en bonne et due forme ; cette perspective me tartinait la prostate au beurre d'anchois. J'ai, de par mon rude métier, assisté à bien des scènes du genre et elles m'ont toujours fait chier la bitoune ! Je ne peux pas souffrir les gaziers qui disjonctent, même quand il y a de bonnes raisons à cela.

Mes craintes se révélèrent infondées. Nouhr retrouva son self-control, quelques couleurs réapparurent, son regard se coagula, le léger cliquetis de ses dents cessa.

Pour l'aider à cette reprise d'énergie, je lui mordillis le lobe de l'oreille. Elle mit un certain temps à s'écarter de moi, ce qui se révélait de bon augure pour l'avenir.

Je m'installis au petit bureau de bambou, m'emparis d'un stylo, d'une feuille de papier à l'en-tête de l'Atlantico Palace pour noter quelques points essentiels.

Son père se nommait Alouf Zagazi. Il était issu d'une famille d'Alexandrie enrichie dans le commerce des pierres précieuses. Depuis son accident vasculaire, la boîte marchait au ralenti, sous l'impulsion de Nouhr, assistée du directeur commercial : un vieil oncle blanchi sous le harnois.

Alouf Zagazi ne s'était jamais compromis en politique. Fortement imprégné de culture occidentale (au point d'avoir marié une Britannique), il avait mené une existence « rangée », partageant son temps entre les affaires et la littérature. Quelques recueils de poésie rédigés en arabe et en anglais l'avaient fait élire à une académie, en qualité de docteur honoris causa. Aux dires de sa fille unique, il s'agissait d'un homme tourné vers les autres. On pouvait constamment lui demander de l'aide avec la certitude d'être entendu.

Nouhr ne voyait plus sa mère depuis la séparation de ses parents et souffrait de son indifférence. Ce genre de déception cause des plaies à l'âme auxquelles on finit par s'habituer, sans jamais les oublier.

À vingt-deux ans, elle ne connaissait de l'amour que ce que lui en avait enseigné un ami de son père, diamantaire romain d'une quarantaine d'années, beau et ardent. Elle n'avait pas su lui résister. Cet amant possédait une ravissante épouse et des enfants dont certains étaient encore en bas âge ; Nouhr savait, dès le début de leur liaison, qu'elle ne pourrait envisager le moindre avenir avec lui et s'était résignée. Il constituait un initiateur inventif pour lequel elle éprouvait davantage de reconnaissance que de passion.

Je fus frappé par la simplicité de ses confidences. Cela dénotait un besoin de franchise que j'appréciai. Je lui conseillis d'attendre dans sa chambre un éventuel signe de son paternel.

Les gens de la réception ne purent rien m'apprendre, non plus que le personnel en cours de branlage de couenne. Nul n'avait vu l'infirme dans la matinée.

Pendant que je décochais mes questions, je vis, tout en haut du hall, deux gaziers du service d'entretien, occupés à nettoyer l'immense coupole de verre coiffant l'établissement.

Au sommet de leur échafaudage d'apparence branlante, ils jouissaient d'une vue panoramique absolue.

Je pris l'ascenseur jusqu'au troisième et ultime niveau afin de m'approcher d'eux le plus possible et les interpellai. Le plus jeune, à qui il manquait déjà trente-quatre dents depuis lurette, se pencha pour m'entendre. Je lui expliquai que le papa paralysé d'une amie avait disparu ; est-ce qu'il l'avait vu ?

Le fourbisseur de verrière me répondit négativement et me fit remarquer que ses occupations le contraignaient à regarder en l'air plutôt qu'en bas.

Je n'insista point. Pourtant, au lieu de redescendre, je demeuris accoudé à la balustrade. L'Atlantico Palace était distribué par des couloirs en étoile aboutissant à ce hall, comme les rayons ceignant la tronche de la statue de la Liberté. Une fois de plus, je mesurai l'impossibilité de véhiculer discrètement, dans cette architecture, un homme hors d'état de se mouvoir.

Écrasé par le poids d'un tel mystère, je gagnai ma suite et téléphonai aux deux membres de mon commando.

Je n'obtins qu'Handermic, dit la Fouinasse. Il me répondit que les différents indices relevés tournaient court. L'éternelle image de « la poignée de sable » : je connaissais la chanson, paroles et musique, comme dirait mon cher Fred Hidalgo, le plus féal de mes féaux. Je le proclame ici Grand Connétable de la San-Antoniaiserie, titre dont il pourra se parer sa vie durant et orner ses pièces d'identité.

— En ce cas, saute dans un zinc et viens me rejoindre à Lanzarote, Atlantico Palace, enjoins-je à mon collaborateur. Attends que je te contacte ; rien ne doit laisser soupçonner qu'il existe une collusion entre nous, quand bien même nous nous trouverions seuls dans un ascenseur. Ça joue ?

— En plein !

— Il y a une gonzesse dans ta vie ?

— Y en a même plusieurs.

— Fais-toi accompagner par la moins chiante et venez filer le parfait amour.

— Volontiers.

— Avant de partir, cherche-moi un max d'infos à propos d'un certain Alouf Zagazi, diamantaire à Alexandrie, Égypte.

Je raccroche et écluse une forte lampée de « Pacharan » (cette liqueur qui me fait aimer l'Espagne), avant de rejoindre ma protégée.

[Chapitre VII]

Je la trouvai prostrée, le visage tuméfié par les larmes. Petite orpheline abandonnée dans une onde mauvaise à boire.

Elle occupait un fauteuil d'osier de la terrasse et s'abandonnait au soleil avec une telle expression de détresse que j'en eus le cœur coincé comme dans le chambranle d'une porte.

Toujours romantique, je m'agenouillai devant elle, humant son odeur de fille saine et d'eau de toilette raffinée.

Saisis ses deux mains, les élevai jusqu'à mes lèvres pour les baisoter avec une sobre passion.

— Vous n'avez rien appris de nouveau ? interrogea-t-elle.

— Non. À croire que votre papa s'est volatilisé !

En proférant ces mots, j'ai ressenti une secousse semblable à celle résultant du contact avec un fil électrique dénudé. Une brusque révélation ! Un phénomène tellurique ! La moelle de mes os s'est transformée en caoutchouc fusé. Les mecs de Pompei et ceux d'Hiroshima ont dû éprouver la même impression au sein de l'immense lumière de mort.

Alarmée, la petite a demandé :

— Qu'avez-vous ?

— Lorsque je réfléchis intensément, il m'arrive de me fourvoyer dans une autre dimension, avouai-je.

Mais elle avait déjà oublié sa question.

— Estimez-vous que mon père soit en danger ?

Cette bonne blague !

Tant de candeur m'a fait enfler la couille droite.

— Pas nécessairement, ai-je répondu charitablement. Quand on enlève quelqu'un, c'est généralement pour l'utiliser comme monnaie d'échange.

— Alors, on va me réclamer une rançon ?

— Probablement.

— J'espère que nous pourrons la payer, murmura Nouhr.

Ces paroles me touchèrent. Elle possédait une grande pureté d'âme. Un instant, le coupable désir me prit de caresser sa chatte du plat de la main. Une fois encore je refoulis l'âpre pulsion, l'heure n'étant pas aux ébats charneux.

— Il faut que je vérifie quelque chose, annonçai-je en abandonnant cette innocente proie (dirait La Fontaine).

J'allis au concierge et réclama du ton rugueux qu'adopte un con pédant en toutes circonstances :

— Deux cent vingt-quatre et deux cent vingt-six !

Le galonné racontait des horaires à un Britannique ressemblant au duc d'Édimbourg en train de filer le dur à sa rombiasse, les mains au dos.

J'empara sans vergogne la carouble qu'il me tendit. Il s'agissait de la 226, la 224 n'était pas au tableau. La pris avec un naturel habitué à revenir au galop lorsque je le chasse.

Douze secondes plus tard, je violis (pour la énième fois de ma vie) le provisoire domicile d'un couple d'origine batave, équipé d'un enfant de sexe mâle. Le môme avait une tronche de veau cloné sur la photo dont ses parents ne se séparaient jamais. Les individus entretiennent un culte pour ce qu'ils produisent, y compris leurs excréments.

De toute évidence, la famille Van Tulipp n'avait aucun rapport avec le disparu. Cela dit, sa chambre offrait l'avantage de jouxter la 224 : les balcons communs étaient séparés par une plaque de verre dépoli.

J'enjambis ladite sans meurtrir l'objet si convoité de ma virilité. Il me fallut précautionner, l'usager se trouvant chez lui.

Je rampis jusqu'à la porte-fenêtre ouverte et risquis une pupille dilatée par la curiosité. Madoué ! comme s'exclament les Bretons dans les albums de *Bécassine* (qui firent la joie de Félicie). Que découvris-je là !

Un monsieur et une dame, en train de jouer à la bête à deux dos du Gévaudan !

Enfourchement de toute beauté ! Une piquée pareille aurait décroché le prix d'excellence de la Baise classique au Conservatoire de Fouzitou, à Tokyo. Le mâle avait installé sa gonzière sur son goume viandu et la promenait dans la pièce. La pécore, rejetée en arrière pour mieux bénéficier du pal, se cramponnait au cou de son sparring-partner et gémissait sous ses assauts répétés. Il avait la santé ce julot : larder Ninette de son guiseau tout en lui faisant visiter Venise, bonjour l'exploit ! Un superbe tâcheron du braque ! Assez costaud et grand, avec des muscles onduleurs sous la peau. On l'aurait souhaité bronzé, las ! il était blanchâtre, style levantin.

N'ayant pas un tempérament de voyeur, je me rapatria dans l'autre suite, vaguement amer. L'idée m'était venue qu'on avait évacué Monsieur Papa tout simplement dans une piaule proche de la sienne, ce qui aurait expliqué la discrétion du rapt. Je faisais provisoirement chou blanc car j'imaginais mal la famille néerlandaise ou le couple d'amoureux en folie mêlés à cette ténébreuse affaire.

Je remis la bouclarde en place et revins arpenter notre couloir. Dans le sens opposé à mon apparte, après celui de Nouhr, se situait la tisanerie, puis les ascenseurs, flanqués de l'escalier. Poursuivant dans cette direction, on retrouvait la cohorte des autres chambres. Face à elles, l'immense espace circulaire du hall évoquant une salle d'opéra évidée. Je n'étais pas en mesure d'exploiter toutes les piaules ! Ç'aurait fini par faire jaser !

Une fois encore, je retournis auprès de la ravissante Anglo-Égyptienne. Elle téléphonait en arbi et semblait quelque peu rassérénée. C'était curieux de voir cette jouvencelle aux cheveux d'or employer la langue du Prophète. Ces inflexions gutturales convenaient peu à un être aussi charmant. La conversation me parut interminable.

Emporté par mon élan, je pressis sa tête contre moi. J'aimais sa frêleur, sa douceur veloutée. Quoi de plus noble et émouvant qu'une ado à la féminité débutante ?

Ne pouvant résister davantage à la tentation, je posis ma bouche sur la sienne et n'eus pas grand mal à forcer l'obstacle de ses dents. J'essayai de conserver une certaine chasteté à ce baiser, mais tu connais le Petit Raymond, le démon de la chair ? En moins de temps qu'il n'en faut à un écureuil pour grimper au faîte d'un chêne, je disposa d'une courgette de deux livres dont je me demandis anxieusement ce que j'allais en faire. Ce fut la ravissante qui me tira d'embarras. Percevant cet accessoire monolithique contre son pubis, elle y porta la main. À compter de cet instant fatal les choses s'enchaînèrent implacablement.

Médusée par le volume et l'ardeur de cet objet contondant, elle le dégagea timidement de mon maillot de bain. De mon côté, je lui rendis la politesse, souleva la jupette de plage (en espagnol *playa*), fis craquer le mince slip de mon index en crochet. Aussitôt, je glissis mon corps diplomatique entre ses cuisses serrées que, fort heureusement, nos aimables bricolages lubrifiaient d'abondance. Exquise pratique, taquinerie innocente. Popaul retrouvant Verginie ! Ce délicat manège la fit pâmer en moins de jouge. Je suppose que cette gamine, tourneboulée par l'angoisse, avait les sens perturbés. Elle émit de brefs gémissements et partit dans les azurs.

Loin de l'abandonner à cette rapide délivrance, je décida de l'exploiter à fond la caisse.

T'ai-je indiqué qu'elle se tenait sur le sofa de sa chambre pour téléphoner ? Non ? Je manque à tous mes devoirs de romancier sous contrat ! Je m'agenouillai devant elle, tirai sur ses jambes pour placer sa blonde chattounette au bord du siège et me livrai à une dégustation de superpro, en comparaison de laquelle celle d'un commandeur du Tastevin n'est que gobage d'huîtres.

Te dire la durée de cette séance m'est impossible, tellement je m'y consacris et y déploya de frénésie passionnée. Sa minouche survoltée possédait un goût de fraise des bois ! Elle m'enivrait davantage qu'un alcool raffiné ; je ne parvenais pas à m'en rassasier.

La gosse prenait fade sur fade et râlait de plaisir, presque de douleur, essayant de repousser ma tête, se tordant, protestant. Mais, inexorable (de lièvre), je continuais de la brouter, d'enfouir ma bouche goulue dans sa béanterie femelle. J'étanchais ma soif inextinguible à sa fabuleuse source, elle repartait une fois de plus dans l'apothéose sensorielle.

Pour conclure, je touchai mes dividendes avec discrétion et nous titubâmes jusqu'au lit. Deux animaux exténués par trop de débordements, trempés de foutre et de sueur, provisoirement inexistants.

Ressentis-je de l'amour, au fond de cet anéantissement ?

Qui pouvait le dire ?

[Chapitre VIII]

Un léger bruit de sanglots m'éveilla.

Elle pleurait dans mon bras replié, le nez sous mon aisselle gauche. Je me pris à lui caresser doucement la nuque en chuchotant des tendreries. Elle m'émouvait jusqu'à l'os. Je la sentais tellement fragilisée par la disparition de son pauvre papa !

Je lui demandai à qui elle avait si longuement téléphoné la veille. Elle me répondit : à son oncle d'Alexandrie pour le mettre au courant des événements.

— Que pense-t-il de cette disparition ? m'enquis-je.

— Il est très inquiet et craint une action des Frères de Memphis.

— De qui s'agit-il ?

— D'une organisation secrète se donnant pour mission de défendre l'intégrité de la culture arabe. Les écrits pro-occidentaux de mon père lui ont déjà valu pas mal de brimades.

— Pour quelle raison l'organisation en question viendrait-elle opérer ses exactions loin de sa base ? Et de surcroît dans une si petite île ? Ce serait courir des dangers superflus !

Elle hocha la tête, totalement désemparée.

Je regardai l'heure à ma montre étanche, une élégante Mathey Tissot indiquant trois plombes du matin. Je lui conseilla de prendre un bain et de se recoucher, car il était indispensable qu'elle retrouve ses forces avant d'affronter une période que je pressentais rude.

*

*   *

Sais-tu pourquoi les draupers mènent si souvent leurs enquêtes à bon terme ?

Qu'est-ce que tu dis ? Parce qu'ils sont cocus ?

En ce qui me concerne, je te ferai remarquer qu'étant farouchement célibataire, cette clause ne saurait jouer pour moi. Toujours est-il que les instants à venir te prouveront que j'ai le fion serti de nouilles[1]…

L'existence se joue sur des fils ténus. Tu en veux la preuve ?

O.K. ! À la fraction de seconde où je débonde la lourde de Nouhr, j'avise, tout près de moi, le dos d'un mec en train de sortir de la piaule 224, celle même, je te le rappelle, où j'ai vu un couple occupé à bien faire.

Le gars est le sabreur émérite de tout à l'heure. Il porte un jean et un blouson de toile blanche. Arc-bouté, il traîne une chose

1. Emplacement publicitaire disponible pour une fabrique de pâtes, à condition qu'elles soient de qualité, comme Lustucru, Panzani ou Platini. Concernant les tarifs, s'adresser à mon éditeur.

probablement lourde. Je prends le risque de « guigner » encore et j'aperçois une grande cantine de fer. À l'autre extrémité, la névropathe lui prête son concours.

Ce que j'éprouve ressemble au coup de panais velouté que les taiseuses expertes te passent sous les roustons en guise de préambule, façon de marquer leur territoire.

Un chant d'allégresse éclate dans mon âme rassérénée.

Se peut-il ?

JE SAIS que l'Égyptien se trouve dans cette malle. Question à cent roupies : est-il vivant ou mort ?

Le plus étrangement curieux c'est que l'homme d'action que je suis, si déterminé en toute occasion, est totalement désemparé par sa découverte. Dois-je intervenir illico, au risque de morfler un mauvais coup ? Ou bien attendre un peu et filocher ces drôles de pèlerins ?

J'opte pour la seconde soluce : les laisse prendre du champ.

Je veux bien que ce soit l'heure inerte de la noye dans un hôtel, cependant il y a partout des noctambules, surtout dans un endroit comme celui-ci, et une rencontre pourrait se produire, perturber dangereusement leur manœuvre.

Les deux porteurs ne parcourent que cinq ou six mètres et s'escamotent en plein couloir. Je ne l'avais pas remarquée de prime abord : une porte étroite se confond avec la fresque peinte sur le mur (ça représente un rivage enchanteur : mer bleue, cocotiers verts, vahinés brunes).

L'huis n'étant pas complètement fermé, je le pousse. Parviens sur le palier d'un escadrin de secours. J'entends les heurts de la cantine dans les profondeurs. M'engage dans l'escadruche. Je porte des espadrilles, comme toujours en pays de soleil. Ce qui m'accorde une démarche de mouche.

Un étage !

Puis deux !

Et trois !

Nous sommes dans le parking souterrain de l'Atlantico, éclairé en permanence. J'avise mes « voisins » et leur foutue malle. Ils se la coltinent lentement dans les travées jusqu'à un véhicule bizarre : espèce de pick-up haut sur pattes, équipé d'une cabine et d'un plateau arrière muni de ridelles.

Les amants ont le plus grand mal à charger leur fardeau, la fille n'ayant pas la force de le lever si haut. Le mecton finit par résoudre son problème : il place le coffre à la verticale, ce qui amène l'une des anses au niveau du plateau, puis il tire le « sarcophage » jusqu'à ce qu'il repose sur le véhicule.

Cette dure tâche accomplie, il saute à terre et, accompagné de sa pouliche, gagne l'habitacle.

Ronflade du moteur. Le véhicule, immatriculé dans l'île (je mémorise le numéro aussitôt) a connu des jours meilleurs car il dégage un âcre nuage de fumée noire, huileuse.

Ce que fait ton Tantonio divin, Manchaburne ? Il se hisse en souplesse sur la plate-forme et s'y allonge, blotti contre la cantine métallique. Je risque peu d'être détecté par le couple car une simple lucarne, aux dimensions d'un calendrier des Postes, permet à l'arrière de communiquer avec l'avant du pick-up.

On teufe-teufe hors du parking. Une rampe raide et courbe nous projette contre une ridelle, M. Alouf Zagazi et moi. Je me blesse au pouce droit. La douleur est si intense que je faillis hurler. Puis nous surgissons dans la nuit étoilée, fraîche et odoriférante.

Alors une relaxation bienfaisante s'opère, en dépit de ma souffrance. Je me mets à respirer à pleins chaudrons cette campagne insulaire où il pousse davantage de cailloux que de plantes.

Hélas ! je ne dispose d'aucune autre arme que de mon intelligence ; mais cette dernière, espère, vaut la production d'un arsenal.

[Chapitre IX]

L'intérêt d'habiter une petite île réside dans l'abrogation des longues distances. Après un quart d'heure de route, la voiture ralentit. Nous avons traversé quelques menues agglomérations endormies sous cette voûte céleste chantée si magnifiquement par Dubois-Donton[1].

---

1. Notamment dans les ouvrages : *Par les champs et par les grèves* et *Les Rêveries d'un promeneur solitaire*.

Je ni-une-hideuse : saute en souplesse du plateau et me planque dans l'ombre d'un buisson de dicotylédones dialypétales, également connus sous le nom de cactus.

Il était temps ! Le duo, déjà dévoituré, vient récupérer la cantine.

Je coule une œillerie goulue sur mon environnement. Découvre la mer à droite, un massif du genre montagneux-en-bas-âge à gauche. Les baiseurs saisissent leur mallouze par les oreilles et s'engagent dans un souterrain dont la bouche lance un cri silencieux[1] !

Cette constatation m'agrée. Tout se dévide le mieux possible. Ne me reste que d'attendre leur retour.

Les minutes s'égrènent. Les insectes nocturnes bruissent. La lune qui, cette nuit-là, fait les choses à moitié, s'appesantit sur le paysage minéral.

Enfin, les deux tourtereaux reviennent sans leur fardeau, se tenant par la taille, heureux de leur besogne, semble-t-il. Je les regarde monter dans leur tire, laquelle disparaît avec des pétarades fumeuses.

Tu devines si le gars Moi-Même, l'être le plus fabuleux que j'aie rencontré, s'engouffre dans le terrier. Le souterrain de Jameos del Agua mesure six kilomètres de long et servit de refuge à la population de Lanzarote lors de l'éruption de 1730[2].

Étourdi que je suis !

M'enfoncer tel un gros dard poilu dans les entrailles de la terre sans la moindre loupiote ! Faut être scrafé du bulbe, conviens-en ! Je ne dispose pas même d'une pochette d'allumettes ! Y a de quoi bouffer de la pâte dentifrice en tartines pour son goûter, non ?

Vingt mètres à tituber dans le fion d'Amin Dada[3]. Impossible !

Penaud comme un homme qui a trop pris d'huile de ricin avant d'aller baiser, je rebrousse chemin.

*
* *

1. Paragraphe de toute beauté. Ah ! comme j'aimerais avoir la plume de San-Antonio !

Valéry GISCARD D'ESTAING

2. Lis San-Antonio : il t'instruit sans te faire chier.

LAROUSSE

3. Homme-gorille de l'État ougandais : tyran obèse qui, lorsqu'il participait à une compétition de natation, assommait les concurrents osant le dépasser.

Une demi-heure que j'arque le long des cailloux en fleur. Et puis, ô divine Providence à intérêts compensés : un vrombissement. Je distingue un phare, loin derrière. Bientôt, une moto sort des vapes matinales.

Geste auguste du stoppeur.

Un curé !

Franchement, c'est mon ange gardien qui me l'envoie : il ne pouvait faire mieux.

Le prêtre s'arrête. Il est mince et ressemble au Fernandel de l'époque *Don Camillo*.

Charitablement, ce vaillant représentant de l'Église s'enquiert de mes desiderata. J'invente une faiblarde histoire de panne de voiture et hasarde qu'il pourrait me prendre sur le porte-bagages de son palefroi. Il y consent et me confie la mallette carrée contenant son matériel à extrêmonctionner. Je m'en empare avec d'autant plus de ferveur qu'à l'époque de la Saint-Barthélemy, mes ancêtres balançaient les protestants par les fenêtres sans les ouvrir.

Nous partons après quelques zigzags consécutifs à la surcharge ; mais les cycles et motocycles des pays situés au-dessous du 45e parallèle n'ont rien à foutre de cette sotte considération.

Tout en drivant, le brave ecclésiastique me parle, malgré le vacarme de son bolide, m'explique qu'il va administrer les ultimes sacrements à une vieillarde d'Arrieta, en fin de parcours. Il me demande où je compte me rendre ? J'y réponds à l'Atlantico Palace. M'annonce alors qu'un bus venant d'Orzola passe par Arrieta à destination d'Arrecife. Bingo !

*
* *

En arrivant à l'hôtel, je toque à l'huis de ma belle. M'y reprends à quatorze fois, tant est intense son épuisement.

Ses chers yeux ont beaucoup pleuré et évoquent des fenêtres gothiques. Pâle, marquée de cernes bleus, le cheveu collé par la sueur, elle ressemble à une Ophélie qui aurait tenté de se suicider au gaz.

— Oh ! mon Dieu ! fait-elle avant de se jeter dans mes bras, comme un parachutiste dans le vide.

Mon étreinte compte dans la vie d'une presque ado dont on vient tout juste de craquer la bagouze ! Les effusions se prolongent davantage que celles de mère Teresa et du Saint-Père. Nous n'en finissons pas de bouffer nos baisers à leur source, et d'en bouffer encore ! Puis d'en inventer de nouveaux que, ni Roméo, ni Juliette, ni même la Queen d'Angleterre n'avaient imaginés.

— Je pensais que vous m'aviez abandonnée ! murmure-t-elle après avoir essuyé les stalactites consécutant de nos frénésies labiales.

Et çui-là ? Tu crois qu'il peut t'abandonner, fillette ? En comparaison, les colonnes du Parthénon s'apparentent à du nougat.

Tu sais déjà qu'une fois de plus, je lui fais fumer la charnière !

La crise d'épilepsie forniqueuse surmontée, je narre mon aventure avec les voisins. Elle gémit d'angoisse. Et nous qu'on s'en payait une tranche pendant ce temps !

Elle se slipe, poloche, pantalone tandis que je réunis le matériel nécessaire à une visite poussée de la grotte de Los Verdes.

Je ne devrais pas entraîner la jeune fille dans une exploration dont on peut craindre qu'elle nous conduise à une funeste découverte, tu m'objecteras ?

Tu n'as pas tort.

C'est pourquoi j'ai raison d'agir ainsi.

[Chapitre X]

Tout souterrain recèle un mystère car il représente une anomalie géologique. Notre planète est faite pour rester dure et compacte. Qu'elle abrite en ses profondeurs (lieu présumé des enfers) des galeries au cheminement bizarre, assez semblable à celui du ver dans un fruit, nous déconcerte, et aussi nous effraie. Aussi marchons-nous silencieusement dans l'interminable terrier, tantôt aisément, parfois courbés. Les faisceaux de nos loupiotes dansent de-ci, de-là, à la recherche du coffre.

Me crois dans un récit de mon enfance. Fascicules périodiques tant attendus, le jeudi, dans l'inoubliable boutique de Mme Buéner. *Le Trésor de Fanfan et Fanette !*

Combien de temps ont mis mes lascars à arpenter ce lieu, aller-retour ? Une vingtaine de broquilles à tout casser. Et ils étaient lourdement chargés au départ. Donc leur trajet fut relativement bref.

Tu me croiras si tu voudras : c'est Nouhr qui met la main dessus !

La voix (ou la voie) du sang ?

Ça se passe commak : un éboulis de roches obstrue une partie du passage, nous obligeant à nous mettre de profil pour continuer d'avancer. Quelle force mystérieuse (ou prémonitoire) incite ma jolie Britanno-Égyptienne à escalader le monticule ? Sa lampe arabesque un instant et son rayon s'immobilise.

— Ici ! s'écrie l'exquise créature.

Je la rejoins. Elle a bel et bien gagné le canard (si j'ose parler ainsi de son malheureux papa dont la dépouille gît là et non Gillette, comme dans *Le Barbier de Séville*).

La cantine a été astucieusement planquée derrière des pierres, dans une cavité datant de l'ère tertiaire (à vue de nez).

J'avais constaté, sur la plate-forme du pick-up, qu'un cadenas en assurait la fermeture. Heureusement, comme tu t'en doutes (à moins que ta connerie se soit encore développée), je suis muni de mon sésame. En moins de temps qu'il n'en faut à un avaleur de sabres pour se faire une perforation intestinale, la serrure met les pouces.

— Vous devriez vous éloigner, maintenant, conseillé-je à ma compagne.

Elle braque sa torche sur mon visage altier.

— Vous pensez que mon père est là-dedans ? demande-t-elle, s'armant de courage (et non de sarment de vigne).

— Naturellement. Et on peut s'attendre au pire !

— Je m'y suis préparée ! assure la vaillante ado en soulevant la partie supérieure de ce qui est devenu, hélas, un cercueil.

Voilà, mes drôlets : le bahut de fer est ouvert. Son contenu surgit dans la lumière crue.

Tu croives à deux cris d'horreur, toive ? Que tchi !

Il y a double exclamation, certes, mais de stupeur, et à notre place, tu en ferais autant.

Pas de papa Zagazi !

Pas de cadavre !

Seulement des dollars !

Tu m'as lu, Lulu ? Des talbins verts de cent pions, réunis par pacsifs de dix. J'en extrais une embardouflée, vérifier qu'il ne s'agit pas d'une ou deux couches placées sur un corps.

Mais non, ces verdâtres emplissent la totalité de la cantine. Il serait intéressant de se livrer à une estimation. Mille dollars constituent une épaisseur de cinq millimètres. Le contenant mesure à peu près cinquante centimètres de profondeur, ce qui donne cent mille dollars à la pile ; il y en a bien une soixantaine dans ce volume. Ça ferait donc soixante fois cent mille, c'est-à-dire… six millions, non ?

Il a jamais été doué pour les chiffres, ton Antoine, ma lectrice chérie ; s'est toujours mis la pensarde en pas de vis, à la communale, lorsqu'un tortionnaire de l'Éducation nationale lui infligeait du calcul mental.

Allons-y pour six tuiles ; au cours du franc français, t'as de quoi quitter ton emploi chez Renault et te retirer à Nogent-le-Rotrou, après avoir fait réparer la maison de ta grand-mère.

Hypnotisés par cette fortune, tellement ahurissante et si éloignée de ce que nous redoutions, nous nous taisons, la petite Nefertiti et moi. Nous sommes à ce point estomaqués qu'on reste là, pareils à des serre-livres sans livres.

Je finis par retrouver ma dialectique proverbiale.

— C'est dingue ! laissé-je tomber. J'avoue ne rien comprendre.

Je remets les biftons, dans lesquels je viens de fourrager, en place. En prélève une liasse, en vue d'examens approfondis, rabats le couvercle, rajuste le cadenas.

— Rentrons !

Elle me suit.

It's good de revoir le jour ! comme disent les Esquimaux à la fin de leur nuit polaire.

On s'assied sur une roche pour reprendre souffle.

— Mais alors, papa ? balbutie la pauvre chérie.

Ben oui : papa ! Je m'étais lancé sur une fausse piste ; intéressante, c'est vrai, mais qui ne m'a pas conduit où j'espérais me rendre !

Drôle de coup fourré, non ? M'en est-il déjà arrivés de pareils ? J'ai beau chercher, je ne vois pas.

— Hein, dites, insiste la ravissante chérubine, et mon père ?

Ah ! non ! Elle va pas me casser les roustons après me les avoir léchés si bellement !

— Rentrons ! fais-je d'un ton rogue (et rauque).

[Chapitre XI]

Fallait se restaurer. Stupeur, pas stupeur, chagrin, pas chagrin, la machine réclame. Ce qui nous perd, mais aussi nous sauve, les bipèdes pensants, c'est cette nécessité d'ingurgiter périodiquement des calories.

Tu les vois, tous, dans les pires désespoirs, refusant la vie, mais finissant par accepter un casse-dalle, sandwiche-rillettes ou jambon-beurre. Les grands désespoirs, je vais te dire : tu te suicides, ou bien tu bouffes ! Combien en ai-je connu, des peines de cœur, qui capotaient dans le foie gras et la caille aux raisins ! La tortore a réconforté davantage d'amants trahis que la ciguë n'en a tués. Meurs ou mange ! Là est l'unique question !

La pauvrette, entraînée par mon exemple, se refait un projet de moral.

Les *papas arrugadas*, ces divines petites pommes de terre qui accompagnent un rôti de chevreau, enchantent nos papilles.

Tout en mastéguant, je turbine de la coiffe. Tu parles d'un roseau pensant, ton Antonio !

Ce bigntz du magot qui se greffe sur la disparition du dabuche à Ninette, voilà de quoi faire vociférer mes cellules grisâtres !

Et puis je prends une secousse simiesque dans le fondement ! Une voiture sport jaune, décapotable et décapotée, stoppe sur le petit parking jouxtant notre terrasse dans un crissement de freins.

Le paroissien qui escortait la dame tombée dans le brasier tellurique en sort, flanqué d'une gerce de vingt-cinq ans, bien conservée pour son âge. Type asiate, bouche happeuse, pif pas trop épaté, regard rieur, elle porte un boléro couleur Ravel et une jupette ras-de-moule également rouge. Ses nicheloques, sans soutenir la comparaison avec les glandes de Rita Cadillac, ont de la main, et même un certain tonus.

Elle m'avise d'emblée de jeu et je lis spontanément dans son regard : « Où tu voudras, quand tu voudras. » Message reçu.

Cela dit, c'est surtout son micheton qui me fait flipper. Il est saboulé de la même manière qu'à la Montana de Fuego : futal blanc, limouille bleue. L'ensemble ne sort pas du pressing et se trouve fripé jusqu'au point de non-retour. S'il roule en décapotable, cézigue ne doit pas rouler sur l'or. Vaguement hippie-artiste de demi-luxe, pour te le préciser. Pas antipathique, sans toutefois être vraiment sympa. Capable de beaucoup, et du pire en cas de force majeure.

Sa Chinetoque hésite au moment de s'asseoir, puis se pointe à notre table avec un sourire plus large qu'une moitié de brie.

— Bonjour, commissaire, roucoule-t-elle. Vous ne me reconnaissez pas ?

Je la scrute. Des petites péteuses du Soleil-Levant, j'en ai tellement transformé en girouettes sur la tête de mon paf, que pour les identifier, je serais obligé d'établir un catalogue raisonné.

— Il me semble, évasivé-je.

— Anne-Marie ! fait-elle, alors que je m'attendais à « Fleur-de-Mangue », ou un « Lotus Écarlate » quelconque.

Elle ajoute, afin d'éclairer ma lanterne qui reste sourde :

— Vous m'avez connue blonde avec un diamant dans la narine droite.

Ça me revient !

— Mais oui ! Vous étiez hôtesse d'accueil au Nénuphar de Jade, rue Pierre-Charron !

— Exact.

— Vous avez eu raison d'ôter ce foutu caillou de votre pif, je déteste tout ce qui est automutilation, et cette pierre fixée à votre nez m'incommodait.

— Je m'en souviens, assure-t-elle. Vous ne me faisiez l'amour qu'en levrette pour ne pas la voir. Peu après notre aventure je l'ai retirée et j'ai récupéré ma véritable couleur de cheveux.

Elle est nature, Anne-Marie. Un petit oiseau de Chine pépieur et sautillant.

Revenant à la situasse, elle me désigne son compagnon :

— Thomas Graham.

Et, à lui, comme il se doit :

— Commissaire San-Antonio.

— J'ai monté en grade, précisé-je. Je suis directeur, à présent…

— Félicitations !

On se visionne comme deux bull-terriers pourchassant la même souris, le type et moi. On s'hoche réciproquement la tronche.

Je présente ma camarade de table et le couple va se poser à quelques mètres de là.

— Pardonnez-moi, murmuré-je à Nouhr, les voyages sont générateurs de rencontres.

Elle demande, d'une voix rêveuse :

— Vous êtes policier ?

— Il en faut ! réponds-je d'un ton aussi léger que ma bite lorsqu'elle se met à goder.

— Vous ne me l'aviez pas dit, reproche-t-elle.

— La question ne s'est pas posée.

— C'est parce que vous vous intéressiez à mon père que vous avez lié connaissance avec moi ?

— Grands dieux ! qu'allez-vous imaginer ! Je vous jure que non, ma chérie. D'ailleurs c'est vous qui m'avez parlé la première.

La voilà, cependant, entortillée de méfiance.

— Cette fille est vulgaire, note-t-elle. Je n'imaginais pas que son genre puisse vous séduire ; vous me paraissiez d'une autre qualité !

Toujours la même rengaine, avec les frangines : quand elles te cèdent, elles t'estiment réservé à une élite ! Ça les dévalorise que tu t'embourbes des paillasses.

— Dans mon métier, nous sommes obligés parfois de nous sacrifier aux besoins de l'enquête.

Mais le cœur n'y est plus. Va falloir souquer ferme pour regagner l'entrée de son port de plaisance !

En attendant, je me trouve dans les perplexités… La minusculité de Lanzarote m'a mis au contact du gars qui escortait la femme brûlée vive. C'est une chance à saisir pendant que les prix sont abordables.

— Écoutez, déclaré-je. Pour des raisons professionnelles, je m'intéresse à l'homme accompagnant cette Chinoise ; je vous prie de passer outre votre aversion et de m'aider.

— De quelle façon ?

— En acceptant de fréquenter ce couple jusqu'à ce que je sache à quoi m'en tenir.

— Vous m'en demandez trop ! refuse ma jolie polisseuse de champignon comestible.

— C'est regrettable, car cet individu est peut-être lié à la disparition de votre père.

Elle tressaille.

— Vous le pensez réellement ?

— Je suis un vrai flic à la carrière fleurie. Je débarque ici et je trouve une femme précipitée dans la « bouche de feu », un paralytique enlevé, un trésor caché dans un souterrain, cela fait beaucoup pour une petite île jusque-là sans histoire.

En articulant, je plonge dans ses yeux jusqu'au fond de son délicieux slip blanc.

[Chapitre XII]

Lorsqu'on mène mon genre d'existence, on ne se rend pas bien compte de la fuite du temps.

Ainsi, je n'ai pas pris garde que nous étions dimanche ; les cloches de Puerto de Carmen me le rappellent en carillonnant les vêpres. Y a plus que dans les patelins à haute teneur catholique qu'on pratique encore cet office divin, après none et avant complies.

Tout baigne.

En quittant le restau, je suis allé prendre congé du photographe et de notre souris asiate. Je leur ai dit que ça me ferait plaisir de les revoir et la vaillante Nouhr a suggéré que nous pourrions grailler ensemble, le soir. Comme quoi, tu vois, c'est une gerce de caractère, capable de surmonter ses aversions.

Le couple crèche dans un appartement sur l'Avenida de las Playas. Il accepte mon invite et nous prenons rambour pour vingt et une heures à l'Atlantico Palace où la table est jouable dans son classicisme international.

Tu te doutes que, nonobstant nos perplexités et inquiétudes, nous nous réfugions dans la chambre où Mam'selle Zagazi a droit à une mémorable embroque relaxante, multi-obstruante et frénético-décapeuse. Ses sens parviennent à prendre le pas sur son tourment !

Cette fois, nous ne cédons pas au sommeil. Je me sens archidopé pour attaquer, bille en tête, les mystères accumulés.

Après avoir essuyé cette forte trempette, je me promets de m'occuper en premier lieu de nos voisins. J'ai examiné de près les dollars prélevés dans leur cassette. Sans me prendre pour un expert, j'ai décidé qu'ils étaient bons. Ayant changé quelque argent espanche à la caisse, je me suis livré à une comparaison minutieuse des talbins du coffre. Rien à redire : ces verdâtres respirent la santé.

— On gratte à la porte ! m'avertit ma conquête.

— Il y a une sonnette ! objecté-je-t-il.

Néanmoins je vais délourder et suis pétrifié par l'ahurissement. Inutile de te faire deviner l'objet de mon abasourdissance, tu n'y parviendras jamais.

Salami !

Tu réalises ? (en anglais : *Do you realise ?*). Il est là, le merveilleux toutou, les babines tordues par un machiavélique rictus, les oreilles et la bitoune traînant sur le sol, comme toujours.

Loin de m'effusionner avec fougue, il me fustige de son regard flétrisseur. M'en veut éperdument de l'avoir abandonné à Saint-Cloud, chez M'man qui pourtant le dorlote avec tendresse.

— Toi ! balbucierge ! Toi ! Mais comment as-tu fait ? Tu m'aurais rejoint à Rome, voire à Vladivostok, je pourrais l'admettre. Mais ici, en plein Atlantique ?

Il cesse de me fixer, pénètre dans l'apparte, hume avec délectation avant de se diriger vers le fauteuil où Nouhr reprend souffle, les bras ballants, les jambres allongées.

La jeune fille qui nous tourne le dos ne voit pas surviendre Rase-Mottes. Ce dernier catiminesque jusqu'à elle, emprunte la voie royale entre ses deux admirables cuisses et risque un coup de panoche sur la somptueuse fente béante. Du coup, ma protégée le constate et pousse un cri d'effroi qui mortifie profondément l'animal.

— Ne soyez pas effrayée, darling, ce n'est que mon chien !

— Quelle horreur ! Un chien qui me… Qui ose… Qui…

— Simple démonstration de sympathie, petite familiarité à la française, la rassuré-je d'un ton badin.

Mais elle demeure profondément outrée, au point de me demander si mes compatriotes sont zoophiles. Je me retiens de lui répondre vertement, ce qui serait mal venu de la part d'un monsieur auquel elle s'est offerte si ardemment.

Mon intérêt se reporte sur le fabuleux Salami, le canidé le plus stupéfiant qu'il m'ait été donné de rencontrer.

— Il va falloir que vous m'expliquiez ! exigé-je.

Il réfléchit, hésite. Habituellement notre communion est telle qu'il parvient parfaitement à me rendre compte de ses faits et gestes. Cette fois, cela doit lui sembler trop ardu car il prend le parti de se diriger vers la porte.

Je déponne.

Lui file le dur dans le couloir. Mister Couillaterre va à l'escalier jusqu'au troisième et dernier étage.

Porte 314.

Il y gratte. Personne ne réagit. Alors je sonne.

Au bout de la quatrième branlée sur le timbre, je distingue des maugréments. L'huis s'écarte et je me trouve nez à groin avec Alexandre-Benoît Bérurier, de l'Académie des tripes à la mode de Caen.

Il porte, pour tout vêtement, un maillot de déménageur à grosses grilles. Son zob en érection partielle dodeline du chef, interminable, énorme, violacé. La plus plantureuse tête de nœud de l'histoire humaine.

— Ah ! c'toive ! bougonne l'homme au gros moignon. J'croivais qu'on d'vait pas s'connaître ?

— Je ne t'attendais pas ! objecté-je, maussade.

— J'y sais, mais Handermic a eu un accide, just' au moment qu'y se rendait à la raie au porc : s'est fait faucher par un motard. L'est sal'ment amoché. D'puis l'ambulance qui le drivait à l'Hôtel-Dieu, m'a tubé su' son Natel, m'dire qu'v's aviez rancard ici. Y d'vait rejoindre un' pétasse à l'embarqu'ment. J'ai foncé. Elle attendait avec les biftons. S'l'ment ton con de clébard s'était rabattu à la Grande Volière pendant ton absence, y s'est ostiné à m'filocher. T'aurais cru un' âme en plaine ; m'a si tell'ment apitoyé qu'j'y ai pris un ticket donc à ce propos, j'd'mandererai de bien vouloir m'rembourser.

Il ponctue son bref récit d'un formidable pet roulant dans les confins du ciel, tels les prémices d'un orage.

— J'sus donc à pied d'œuvre, déclare le Gros avec une simplicité forcée. J'peuve t'dire que, comm' écrémeuse de paf, on n'peuve guère trouver mieux qu'la potesse d'Handermic. C'est pas qu'elle soye jolie jolie, mais a sait s'consacrer du cul ! Charogne ! Des qui t'arrachent l'copeau d'cette manière, tu peuves les compter su' les dix doigts d'la main !

Cet éloge fait, il m'invite à admirer la pièce rare de la chibrance française. Une personne d'à peu près quarante balais, forte et brune, avec d'énormes jambons zébrés de vergetures et une végétation pubienne dans laquelle il n'est pas prudent de s'engager sans boussole.

Je me livre à un rapide tour d'horizon, histoire d'affranchir le sire de Béruroche. Ce canevas le fait mouiller, ce qui auréole le chintz recouvrant son fauteuil. Il s'occupera discrètement du couple au trésor, décidons-nous, tandis que je me consacrerai à Thomas Graham, le propriétaire de la décapotable jaune.

Ces conventions établies, le Monumental se lève.

— Maint'nant, je vas t'd'mander un temps mort pour terminer c'bijou, dit-il. J'ai dégodé pendant qu'on jactait, mais ma jolie Miss Monde va m'redémarrer à la manivelle.

[Chapitre XIII]

Dans le courant de l'après-midi, alors que je m'abandonnais à une sieste hautement recommandée sous cette latitude, mon biniou a retenti.

Il s'agissait d'Anne-Marie, la Jaunette.

— Je vous appelle de la part de Thomas, me dit-elle. Il est féru de pêche et demande si cela vous intéresserait d'aller relever ses filets avec lui, avant le souper ?

Drôle de propose de la part d'un homme semblant guère me tenir en sympathie.

— Très volontiers, réponds-je.

— En ce cas il vous attendra à dix-huit heures au vieux port de Puerto del Carmen.

— J'y serai. À ce soir, mon petit cœur.

Après avoir raccroché, je perplexite un bout. L'aimable invitation, faite au débotté, me dépourve.

Ce mec me tirait une gueule pas possible à midi et à quatre plombes me propose d'aller traquer le mérou (la peau de mérou pète, ne manquerait pas de placer A.-B.) !

Je reprends mon endormissement sous la garde de Salami, conscient de ce qu'une parfaite forme physique est primordiale pour l'homme d'action que je suis.

*
* *

À l'heure dite, me voici sur le môle.

Le gars m'attend déjà, le jean retroussé jusqu'aux genoux, nu-pieds, avec une espèce de musette à l'épaule.

Il me sourit. Son accueil me laisse croire qu'il a abdiqué toute mauvaise pensée à mon endroit.

Bientôt nous prenons place dans une barcasse blanche, baptisée *Dolores*. Elle est équipée d'un moteur in-bord, lequel une fois lancé produit un bruit d'ancienne batteuse à blé.

Vaillamment, elle brise le flot peu agité à cet instant majestueux de la journée où la chaleur le cède à une suave indolence[1].

On tente de jacter, malgré les vociférations du deux-temps. Graham m'apprend qu'il est fou de la pêche et passe toujours ses vacances au bord d'une mer ou d'un océan.

Je lui demande ce qu'est son métier.

— Journaliste, me répond-il ; je travaille en free lance pour différents magazines britanniques.

Je mets ensuite la converse sur « notre » gentille Asiatique. Il l'a connue dans un hôtel de la côte normande au cours d'un reportage.

On trace, laissant derrière nous le sillage triangulaire offrant une sensation de liberté absolue.

Le port s'estompe doucettement, la côte se fond dans la brume de l'éloignement. On dépasse des embarcations de pêche, d'autres de plaisance. Un navire glisse au loin, impassible.

— Nous allons au Maroc ? finis-je par questionner.

Comme quoi il faut se méfier des idées reçues : j'ai toujours cru qu'on mouillait les filets à proximité des côtes…

— Nous y sommes presque, assure le pilote en réduisant la vitesse.

1. Comme me disait la marquise de Sévigné.

Malgré l'« heure tendre », le mahomet continue de cogner. J'éprouve avec volupté sa brûlure sur ma peau.

Mon barreur fait glisser sa petite sacoche de toile devant lui, y plonge la main.

— On va boire un coup ! décide-t-il.

Sa paluche ressort du sac. Mais au lieu de la boutanche annoncée, elle tient un riboustin de gros calibre.

Je souris, relaxe.

— Droit au cœur, mais épargnez le visage ! plaisanté-je.

Cette légèreté de ton le déconcerte.

Il me défrime avec la bienveillance du lion voyant calter sa femelle par un tigre royal.

— Joli traquenard, poursuis-je. Vous vous demandez probablement pourquoi je n'ai pas peur ? Tout simplement, mon cher, parce que quelqu'un a retiré les balles de votre pétoire.

J'ai parlé avec une si totale tranquillité qu'il est mordu par le doute et commet la plus sotte imprudence de sa vie, ce bugnazet ! Retire le chargeur pour vérifier mes dires.

Il a à peine le temps de constater que son magasin est en réalité bourré de bastos jusqu'à la glotte. Le gars moi-même, avec ce sang-froid que m'envierait un serpent python, dégaine le pistolet obligeamment prêté par Béru : une récente invention de Mathias. L'objet est extraplat et se loge dans une semelle spéciale, réfractaire à l'arceau de sécurité des aéroports.

Je flingue à la volée : tchloc ! tchloc !

Oh ! la frime du gonzier ! Stupeur et souffrance mêlées.

Sa dextre tenant le flingue a éclaté. On peut pas croire, un si menu joujou, les dégâts qu'il provoque. Mais la pogne est une misère en comparaison du « reste ». L'embarcation, livrée à elle-même, ne m'a pas permis d'ajuster mon second pruneau. Je visais l'épaule, c'est le cou qui a dérouillé, causant à l'emplacement de la pomme d'Adam un trou aussi béant que la chaglatte d'Ève.

Il pige son anéantissement. Une ultime lucidité lui fait regretter de n'être pas resté devant sa sangria !

— C'est toi qui as choisi, mon pote ! oraisonfunèbré-je. Quand on se fait tueur, on ne peut guère espérer canner de vieillesse au sein d'une famille éplorée.

Il s'abat en avant.

Je me signe discrètement, comme chaque fois que j'adresse un client au Seigneur.

Coup de périscope sur trois cent soixante degrés. R.A.S. La grande verte est déserte kif le Sahara pendant la Coupe du monde de foot.

J'empare l'énorme pierre servant d'ancre et l'attache aux pinceaux du mort. M'active sans hâte, connaissant le prix de la maîtrise de soi.

Un effort ! Et le voilà par-dessus bord. Je le regarde s'enfoncer, sans émission de bulles, dans les abysses. Ne reste de lui, au fond de la barcasse, que la musette et le flingue.

Le sac contient un appareil photo, différents objectifs et des rouleaux de pelloche. Je virgule la pétoire au jus, puis, à l'aide du seau cabossé du barlu, je fais disparaître les traces de sang consécutives au drame. Après quoi : moteur !

Ça tourne !

Direction la côte…

[Chapitre XIV]

San-Antonio is not con !

Au lieu de mettre le cap sur Puerto del Carmen, je me dirige vers Arrecife. À distance, je repère une crique déserte et abrupte.

Quand je n'en suis plus qu'à une cinquantaine de mètres, je place la barre perpendiculairement à la falaise et saute à l'eau.

Le temps d'exécuter quelques brasses, j'entends la barque s'écraser contre les rochers.

Ce bruit décuple ma vigueur.

*
* *

Il est vingt heures trente lorsque mon téléphone retentit. Je finissais juste de branler la petite Nouhr, afin de la soustraire au chagrin radinant à triples sanglots.

Ce qui me perdra, c'est ma compassion, toujours prête à s'exercer. Pour soulager l'humanité en détresse, tous les moyens sont bons.

Ainsi, cette adorable fille, ravagée par la disparition de son vieux, trouve un certain réconfort dans la jouissance physique. Pareille magnanimité du Très-Haut prouve que dans les pires moments Il continue de vigiler sur Ses créatures et de leur tendre la bouée de Son auréole.

L'appel mentionné émanait d'Anne-Marie. Sa voix se marquait d'inquiétude.

— Vous êtes rentré ? dit-elle. Figurez-vous que je suis sans nouvelles de Thomas ! Il y a longtemps que vous l'avez quitté ?

— Je ne suis pas allé en mer avec lui, mens-je. Cela dit, je l'ai prévenu qu'il ne m'attende pas.

— Pourquoi vous êtes-vous décommandé ?

— Pour une raison si sotte que j'ose à peine la révéler : je crains le mal de mer.

— Vous ! incrédulise-t-elle.

— Je sais, cela fait freluquet, mais nous avons tous nos petites faiblesses. Je peux traverser l'Atlantique à bord du *Queen Moncul*, en revanche, une coquille de noix me remonte le foie dans la gorge.

— Son retard m'alarme, avoue-t-elle.

— Il n'y a aucune raison, la rassuré-je. Ce soir la mer est aussi calme que l'eau d'un bénitier. Peut-être a-t-il eu un ennui de moteur ? Si c'est le cas quelqu'un le dépannera.

— Vous pensez ?

— Dites, c'est pas la mer de Béring ! Ça fourmille de bateaux dans le coin. Venez, nous l'attendrons en buvant des trucs enjôleurs !

— Que se passe-t-il ? demande mon exquise.

Je lui résume : le journaliste parti en mer n'est pas encore de retour.

— Ne vous avait-il pas convié à sa partie de pêche ?

— Si. Mais au dernier moment j'ai annulé la croisière.

En toute circonstance, il faut de l'aplomb. Tu chercherais vainement quelque trace de nervosité dans mon comportement. Rilaxe, l'Antoine. Salubre ! Ma conscience est aussi douillette qu'un lit de campagne bien bassiné.

Nous allons retrouver la Chinago sur la terrasse où on sert des apéritifs au nom britiche soûlant plus vite que les autres.

Anne-Marie se pointe dans une robe fuseau, fardée en guerre : vert aux paupières, rouge à lèvres bleu, si j'ose dire. Un brin carnaval, mais l'époque nous a habitués à pire. Elle commande un « lait de tigre ».

Nouhr s'occupe de notre invitée comme un scaphandrier d'un cerf-volant. La jalousie continue de lui déchirer l'âme. Ah ! il est duraille, l'apprentissage de la vie !

L'Asiate, malgré son impassibilité originelle, marque de plus en plus d'angoisse. Elle paraît tenir sincèrement à son Rosbif ; cela me surprend car, à l'autre bout du tunnel sous la Manche, on croise davantage de sales têtes d'haineux que de grosses têtes de nœuds.

Décidément, un tel repas ne me dit rien. Si j'avais su que j'allais écraser ce cancrelat avant le dîner, je ne les aurais pas conviés, Anne-Marie et lui.

J'en suis là de ma maussaderie lorsqu'un cri pour film d'épouvante retentit, en provenance du hall de l'hôtel. Un hurlement comme seuls les reporters brésiliens sont capables d'en pousser lorsque leur équipe marque un but.

Tout le monde se tait, se fige, se dresse !

Moi, je fais mieux : je vais voir de quoi il retourne.

Les gens sont pétrifiés, à l'exception d'une vieille morue nonagénaire se prenant pour une jouvencelle ; elle porte une robe blanche enrichie de pierres bleues au col, et une ceinture dorée compensant mal sa mauvaise renommée. Une traînée rouge carbonise sa chevelure platine avant de dégouliner sur sa toilette immaculée.

Crois-moi ou va repeindre la galerie des Glaces avec un pinceau planté dans l'oigne, mais si cette éclaboussure n'est pas du sang frais, moi je suis le frère aîné de Juan Carlos (celui qui porte le prépuce de Charles Quint en sautoir).

Et ça continue de goutter. Mémère voit avec effroi sa jolie robe de rosière se garnir de coquelicots. N'a pas l'idée de se soustraire à cette pluie effarante, mais continue de hurler.

Je scrute le plaftard. Tout là-haut, il y a toujours l'échafaudage sous le dôme de verre. Le liquide rouge qui en choit passe par une brèche entre deux planches.

Tu sais mon esprit de décision ?

Sans m'occuper de l'ascenseur, je fonce dans l'escadrin et le gravis par quatre degrés à la fois.

L'assistance essaie de réaliser l'importance de mes testicules à travers mon bénouze tendu. Les dames surtout.

[Chapitre XV]

Parvenu au troisième, il s'en faut de deux mètres pour pouvoir visionner le dessus de l'échafaudage. Je me mets en quête d'une échelle. Celle-ci devrait se trouver à proximité afin de permettre, dès demain, aux nettoyeurs de verrières, d'accéder à la plate-forme.

Connaissant les arcanes (sourcilières) de l'établissement, je me rue vers la porte destinée au service et découvre ce à quoi j'aspire, couché le long du couloir. L'escabeau est métallique, léger et à double révolution, aurait dit Robespierre que, merde ! on ne fait pas la « Terreur » en portant une perruque !

Ça commence à radiner ferme dans le secteur. En bas, la vieille ensanglantée continue de pousser ses cris plus persans que l'Ayatollah Comédie.

Une rumeur moutonne.

N'écoutant que ma curiosité, je place mon ustensile contre le praticable et escalade les barreaux plats avec la vélocité d'un plombier-zingueur gagnant la bordure du toit.

Quelque chose m'avertit que je vais tomber sur du peu banal, proche de l'irrationnel.

Une fois encore, mon pressentiment est justifié. Ma stupeur n'a d'égale que celle de Beethoven le jour où il apprit qu'il faisait de la musique et non de la peinture, comme on le lui avait laissé entendre.

Es-tu prêt à recevoir la dure vérité ?

Un homme gît sur les planches. Un homme dont la tempe est creusée d'un trou susceptible de servir de coquetier[1]. Et cet homme n'est autre qu'Alouf Zagazi, le père de Nouhr. Effarant, non ?

De toute évidence, il est mort depuis très peu de temps puisque sa blessure saigne encore. Je constate le phénomène (c'en est un !) avec les yeux d'un type qui, arrivant à Chamonix, découvrirait la plaine de la Beauce au lieu du mon Blanc (en italien *Monte Bianco*).

Ma cervelle est tuméfiée par l'ahurissement. Je risque la rupture d'anévrisme, dis-tu ? Et moi qu'ai pas fait mon testament !

---

1. Dans les pires moments, ce diable de San-Antonio conserve son don de la métaphore.

Un presque ululement retentit, poussé par Salami. D'où sort-il, ce vaillant ? Un moment que je ne l'ai vu. Sa longue plainte funèbre monte du hall, tragique.

Je passe sur la plate-forme pour m'approcher du corps. Une praline de forte pointure lui a ravagé la pensarde ; en y regardant de près, je m'aperçois que ce trou dans l'oreille droite a été provoqué par la sortie (et non l'entrée) de la bastos. Je bouge la tronche, constate qu'on a bien composté la tempe gauche. La quetsche est ressortie après avoir dévasté les méninges. Finis, les rhumes de cerveau pour le diamantaire. Exécution impec, comme un coup de grâce. Consolation dérisoire : il n'a pas dû souffrir.

« San-Antonio ! m'interpellé-je sans manquer de familiarité, puisque ton citron à toi est intact, presse-le et essaie de piger ! »

Facile à décider ; duraille à réaliser, surtout avec ce tohu qui bohute alentour. L'instant de surprise surmonté, ils veulent tous savoir ! Rien d'aussi bordélique qu'une horde de désœuvrés bénéficiant d'un fait divers.

Stoïque, messire Magueule inspecte, détecte, envisage, conclusionne. Le dabe devait déjà être allongé sur l'échafaudage lorsque le tueur lui a bricolé ce massage d'encéphale. D'où le coup est-il parti ? me demanderais-tu si tu possédais pour deux francs de jugeote. Je vais te répondre : d'une lucarne pratiquée entre le troisième étage et la toiture. Il en existe quatre à intervalles réguliers. Comment ? Intervalle se dit intervaux, au pluriel ? Ah bon ! pardon ! Ces petites ouvertures sont probablement chargées de ventiler un volume thermique sous le toit.

Tentons de comprendre le déroulement des faits.

Les ennemis de l'Égyptien l'ont hissé sur le praticable au cours de la nuit. L'infirme devait être vachement médicamenté pour rester inconscient si longtemps. Ce soir, alors que le dîner regroupait tout le monde en bas, dans un joyeux brouhaha, le tueur est monté dans les combles et a fait craquer la tronche de mister Zagazi.

Je me fais-je-t-il bien comprendre ou dois-je-t-il recommencer pour les retardataires ?

Ce qui me perplexite un chouïa, c'est cette attente entre le dépôt du vieux sur les planches et sa mise à mort. On aurait eu meilleur compte de l'assaisonner tout de suite. Ça ne mangeait pas de pain et ça évitait des risques superflus. Et puis, en fait, qu'est-ce qui a bien pu décider ses assassins à le transporter sous la coupole ? Cette témérité excessive, grandiloquente, m'abasourdit. Alors ? Un meurtre de fou ? Une mort sacrificatoire ?

Je largue la plate-forme pour chercher l'accès au sous-toit. Le déniche sans grand mal. Quelques marches et me voici sur une étendue cimentée. Les murs sont bruts, pas même blanchis à la chaux. Je m'approche de la lucarne repérée. Scrute l'endroit avec toute la sagacité dont un limier de ma trempe dispose.

Je sais qu'un être vivant, séjournant peu ou prou en un lieu, y laisse des marques. L'individu est constamment en cours d'émiettement. Pourquoi ? Parce qu'il est en vie et que toute combustion est résiduelle. Cet espace baignant dans la pénombre, j'en appelle à ma loupiote de fouille, balaie de son faisceau blême le sol avoisinant le fenestron. Une épaisse couche de poussière s'y est déposée. J'espère dénicher la moindre des choses : une douille de balle ou la carte de visite du tueur, mais zob !

Ma déconvenue est si vive que j'en lâche ma lampe. Cette brusque lumière rasante me permet de dégauchir des empreintes de pas, lesquelles restaient indécelables dans une clarté verticale. J'y lis les miennes, naturellement, produites par mes tatanes ritales (que je préfère aux pompes britiches, trop péniches de débarquement à mon goût), plus une série d'autres qui me médusent du radeau, comme l'aurait dit Géricault[1].

Sais-tu ce qui motive mon effarement ? Ces traces-là ont été produites par des pinceaux menus : de gonzesse, d'enfant, ou de nain. Quoi ?

Tu me parlais ?

Non ?

Ah bon ! j'ai cru.

---

1. Après son fameux *Radeau de la Méduse*, le plus célèbre tableau de ce romantique s'intitule : *Officier de chasseurs de la garde impériale chargeant*. Il représente un militaire complètement retourné sur son bourrin, le sabre en parade. M'est avis qu'il ne chargeait pas, mais déchargeait plutôt !

[Chapitre XVI]

Les objets conçus pour le cou sont rares : le collier, la cravate, le plat à barbe et la guillotine. Mais je dois en omettre…

Tiens ! la preuve : j'allais oublier les bras de femme.

Qui l'a prévenue et comment ? Je l'ignore. Lorsque je me suis approché du fauteuil d'osier où des cons patissants venaient de déposer Nouhr, elle en a littéralement giclé, comme la pâte dentifrice du tube trop fortement pressé. S'est jetée contre moi avec une farouchеté si intense que le personnel espagnol a fait son signe de Delacroix[1].

Je hais le chagrin de mes semblables !

Elle m'étreignait frénétiquement et si fort qu'elle ne sentait pas la truffe de Salami renifler avec discernement sa chatte de rêve. Ses seins s'écrasaient contre ma poitrine gladiateuse. J'eusse voulu (comme dirait M. Jean-François Revel, de l'Académie des bonzes-pilates) guérir sa peine, quitte à lui sacrifier deux heures de ma précieuse vie ! Mais tout ce que je pouvais lui prodiguer, c'étaient des chuchotis, banaux comme des fours, dans ses jolies oreilles ciselées.

L'assemblée respectait et sa douleur et mes efforts. S'apitoyant également sur les prestations de mon cher hound.

Il s'agissait là d'un grand moment de solidarité humaine. L'émotion gagnait. À la salle à manger, les mets, qui n'en pouvaient mais, s'étiolaient sur les chauffe-plats aux chandelles fondues. Les vieillards, gens proches de la mort, redoutaient celle-ci plus fortement que les jeunes et craignaient pour leurs os vermoulus, leurs chairs fripées, leur cœur chamadeur, leur foie racorni, leurs artères sclérosées, leur vessie lézardée, leurs reins infiltrants, leur rectum défoncé (de longue date).

Mourir du cancer ou d'un infarctus, comme tout le monde, soit ! Mais périr assassiné, en pleine saison, dans un établissement auquel les guides les plus ratiocineurs attribuaient quatre étoiles, faut pas pousser !

---

1. Qui fut le disciple de Géricault, justement.

La panique se développait, gagnait de proche en proche. Imaginait-on se faire trucider pendant qu'au piano-bar, le virtuose de garde interprétait *Strangers in the Night ?* Il y avait de quoi se poignarder le fion avec une andouille de Vire (Calvados).

J'ai aperçu Anne-Marie, à l'écart, l'air désemparée. Elle nous regardait effusionner, sans compassion ni envie. Trempait-elle dans les maniganceries de feu l'Anglais ?

Je sentais se dresser autour de moi une muraille implacable.

Deux draupers en uniforme évacuaient le cadavre sur une civière. Nouhr a voulu embrasser au front son pauvre cher papa. Là, elle a failli craquer, 'reusement que j'avais une main arrimée à son niche-babe : l'ai retenue, lui imprimant une énergie supplémentaire.

Apprenant qu'elle était la fille du défunt, les bourdilles lui ont demandé de gagner sa chambre et d'y attendre leur chef.

J'ai rapidement pris congé d'Anne-Marie. Notre bouffement serait pour une autre fois : à Pâques ou place de la Trinité.

*
* *

La chérie, dolente, s'est étendue sur son lit après avoir largué ses escarpins.

N'ai pu me retenir d'en ramasser un pour vérifier la pointure. Elle était plus grande que les traces laissées dans la poussière du galetas, s'en fallait de deux numéros environ.

Je cherche la petite bête, mais il vaut mieux la débusquer avant qu'elle vous bite !

Nouhr, vaincue par les émotions extrafortes, a sombré dans un sommeil quasi animal.

J'ai profité de son endormissement pour tuber au Gros. Ça ne répondait pas dans sa turne (dont l'anneau est réputé). Devait être en chasse, Bibendum. Ou plus simplement en train de claper !

Par désœuvrement, me suis alors invité dans la chambre du père Zagazi afin de fouiller minutieusement ses bagages. Nous autres, flicards, avons la marotte de croire qu'on tue rarement les gens pour rien ; surtout avec une telle mise en scène !

Ses fringues se trouvaient accrochées dans le dressing, les chemises empilées avec soin, les cravates rangées de manière à former une gamme chromatique de couleurs.

Science de poulaga : inventaire du moindre gousset, palpage de doublure, visite des pompes ; la totale !

Rien !

Et cependant, mon merveilleux instinct me filait son signal d'alerte rouge dans la moelle pépinière.

J'ai repris les valoches, les ai posées sur le lit afin de les investiguer une seconde fois plus à mon aise.

Aucun double-fond, les poches à soufflets étaient vides. Pourtant, j'éprouvais cette griserie un peu angoissante d'autrefois, quand je jouais à Chaud et Froid avec mes copains du cours élémentaire (mon cher Watson). Une « voix silencieuse » m'avertissait que je brûlais.

Lors, j'ai agi comme on doit le faire en pareille circonstance : me suis assis dans un fauteuil, les mains croisées sur l'estomac afin de mieux réfléchir.

Je contemplais la penderie béante, avec ses nippes bien repassées. Et les deux valoches sur le couvre-lit. Lorsque j'avais saisi ces dernières, quelque chose m'avait confusément surpris. Mais quoi ? Impossible de me le rappeler. Cela ressemblait à une fugace sensation oubliée sitôt qu'éprouvée.

J'ai fini par renoncer à chercher, d'autant que j'ai été brusquement mobilisé par l'arrivée d'un capitaine de la rousse, flanqué d'un journaliste du coin. Ce dernier n'avait rien d'un enquêteur de *Paris Match*. C'était le genre instituteur-pigiste à *La Gazette de Douarnenez*. Quant au chef drauper, il avait l'air plutôt emmerdé par ce qui lui échoyait (du verbe échoir). S'il avait connu l'étendue de la vérité, il se serait rendu à genoux à l'Ermitage de Notre-Dame-des-Volcans pour y implorer la Vierge.

Je te résume : une dame précipitée dans le feu de la terre ; un couple planquant des millions de dollars dans un interminable souterrain ; un Anglais homicidaire, abattu et flanqué à la flotte ; avec, pour finir, un kroum paralysé volatilisé et découvert flingué sur un échafaudage. De quoi rameuter les faitsdiverseux de la terre entière !

J'ai pris le parti d'apaiser l'âme de ce fonctionnaire peu habitué aux soubresauts de la planète. L'ai chopé à l'écart pour lui montrer ma brème, et j'ai eu la satisfaction de constater que mon nom légendaire était parvenu jusqu'en cet îlot. Oh ! il n'a pas baisé la pointe de mes chaussures, ni ne s'est bricolé une paluche devant ma personne. Ses démonstrations furent plus nuancées, mais révélatrices de sa considération.

Il s'appelait Ramon Bandalez Ejouy de la Puente. Son frère cadet appartenait au Real Madrid (il vendait des Esquimaux pendant les mi-temps).

J'ai conseillé au capitaine de ne pas faire de vagues car nous étions en présence d'un règlement de comptes entre groupuscules arabes. Moins les perdreaux occidentaux se mêleraient de la chose, mieux cela vaudrait pour la santé de tous. Ramon l'a parfaitement pigé. Il m'a assuré que son rapport conclurait à un accident de la circulation…

Pendant que nous échangions ces propos d'ordre professionnel, j'ai recouvré la fameuse idée égarée dans le tumulte niagaresque de mon incomparable cerveau. C'est la giberne du drauper qui me l'a ramenée saine et sauve, par association d'idées. À présent, je n'avais plus qu'une hâte : que Bandalez se taille.

Hélas, il s'est éternisé car il voulait parler à la fille du défunt. Je souhaitais les laisser seuls mais ils ont insisté l'un et l'autre pour que je participe à l'entretien.

Mon Dieu, pourquoi avez-Vous fait les « autruis » si chiants ? Je ne demande que leur cul aux unes et un peu d'amicalité aux autres. Pour le reste, je parviens à m'arranger.

Après le départ du capitaine Cassecouilles, la situation était provisoirement assainie. Bien sûr, des points épineux resteraient à éclaircir ; mais je ne suis pas homme à tirer la sonnette d'alarme sur le cordonnet d'un Tampax.

M'a fallu recoucher ma moitié d'orpheline et lui mignarder le trésor en camarade pour la détendre. Le repos a repris ses droits imprescriptibles.

Enfin j'ai retrouvé la piaule du défunt et me suis jeté sur la plus importante des deux valoches. Elle possédait une énorme poignée. C'est à elle que la sacoche du capitaine m'avait fait penser. Lorsqu'on la saisissait, on en avait plein la main ! Son cuir était beau et souple, de couleur chamoisante. Sans m'embarrasser de préjugés, j'ai pris mon Opinel pour trancher les coutures.

[Chapitre XVII]

Certaines gens me demandent parfois si j'ai du génie. Ils se croient flagorneurs alors qu'ils sont insultants, leur question supposant un doute. On ne badine pas avec l'incontestable !

Du génie ? Mais j'en ruisselle ! Et Dieu sait que je déteste la vantardise !

Je te prends ma besogne présente, consistant à écosser une poignée de valdingue. L'idée te serait venue de l'éventrer ? Bien sûr que non !

Ayant décousu cette sorte de banane de peau (à ne pas confondre avec peau de banane), je m'aperçois qu'elle constitue un étui à l'intérieur duquel se trouve un sparadrap recouvrant des renflements.

Je décolle la bande adhésive et, je te le donne en mille !

Tu sais quoi ?

Trois diamants, mec !

Pas du bouchon de carafe ! Pas le solitaire que tu gagnes à la tombola organisée au bénéfice des chiens d'aveugles ! Mais du carbone pur, à reflets un tantisoit bleus. Tu proposes ces cailloux chez Cartier, Jean-Dominique Perrin entre en érection ! In my opinion, le plus mastard va chercher quarante carats, et ses frères cadets dans les vingt-cinq ou trente !

Trois ! Comme les frères Karamazov ! Comme les quatre mousquetaires ! Comme les Grâces (Aglaé, Thalie, Euphrosine) !

Ma découverte me laisse baba. Je veux bien que le père Zagazi ait été diamantaire, mais de là à trimbaler pareil pactole ! S'agissait-il de sa fortune personnelle, soigneusement planquée ? Pas très prudent ! Des bagages, ça se vole, ça se perd. Encore si c'était un petit baise-en-ville qu'on garde à la main ! Ou un attaché-case… Mais non : de la valise de soute, vieux ! Presque une malle-cabine !

À nouveau le turlu.

Re-zob ! La chambre béruréenne ne répond pas.

Alors je me paie le luxe de sonner la cambuse voisine, celle du couple aux dollars : silence également. Ça commence à me défriser les poils pubiens !

Les trois pierres en poche, je retourne dans la chambre de ma protégée. Ne sais plus sur quel pied danser (assurait la mère Sahara Bernhardt après qu'on lui eut sectionné une guitare).

Irréveillée tout à fait, elle me regarde approcher.

— Je voudrais vous poser une question gênante, m'avoue-t-elle d'un ton dolent.

— Dites, ma chérie.

— Vous n'êtes pour rien dans ce terrible malheur, n'est-ce pas ?

Je la fixe un bout d'instant, puis :

— Voyons, mon cœur, vous sentez bien que non !

— Merci, répond-elle avec la foi de l'amour.

J'en profite alors pour la sonder une ultime fois :

— Le policier m'a fait remarquer que la poignée d'une de vos valises était complètement déchiquetée, le saviez-vous ?

Je la scrute jusqu'au fond de l'œil, vérifier qu'elle n'est pas désarçonnée par cette information.

Tu parles, plus sereine qu'un champ de blé au soleil ! Le regard limpide d'une biche admirant son faon (de chichoune). De toute évidence, cette nouvelle l'indiffère totalement.

Honteux de mon scepticisme pugnace, je la prends par l'épaule et ne puis moins faire que de lui murmurer des choses hard, inacceptables à un repas de première communion ou aux futures funérailles de l'ex-reine Fabiola.

Bon, l'ordre des choses s'accomplit : je la renfile, me lave la membrane au lavabo et connais ce désemparement saisissant tout homme dans ma situation. Si un jour je relate cette aventure, je l'intitulerai *Les Mystères de Lanzarote* (ou *de Lanzapète*, pour ne pas nuire au prestige de cette île enchanteuse).

Je laisse ma chère Nouhr, après l'avoir assurée que j'allais « m'occuper de tout » concernant son vieux father. Doit bien exister un service de pompes funèbres dans cet éden. Puisqu'on y meurt comme partout ailleurs…

*

* *

Je roule au clair de lune, un coude passé par la portière. La mer scintille, le ciel est d'un bleu très sombre. Cette absence du Mastard et de sa souris de bonne rencontre m'alarme (à la bretelle, voire à l'œil).

J'ai attendu longtemps, à l'hôtel, en vain.

Oh ! que je n'aime pas ça. Ce paradis est devenu celui de tous les dangers. En fin de compte, je me suis décidé à retourner au souterrain de Jameos del Agua, poussé par le besoin de faire n'importe quoi, mais vite ! Il y a des moments ou l'inaction te tape sur le cassis.

Parvenu à l'entrée, j'avise une Peugeot, sur la droite, garée à la n'importe comment. Ce serait assez dans le style du Gros, cette négligence. À Pantruche, il fait le bonheur des grutiers.

Je remise mon propre véhicule de manière plus orthodoxe et m'enfonce dans les profondeurs de la terre. Je m'arrête fréquemment pour sonder le silence de l'interminable galerie.

Il reste absolu. Seuls, des suintements d'eau et le trottinement furtif d'un rat se font parfois entendre.

Je vais le plus rapidement possible derrière la lumière crue louvoyant devant moi. Bientôt, je distingue l'éboulis derrière lequel est caché le « trésor ». L'atteins. L'escalade !

Misère !

Tu devines quoi ?

Non ?

Si ?

Ah bon !

Plus de cantine, Ernestine ! Mais, à sa place, Béru et la gonzesse de notre pote, inanimés, sanglants.

La gerce a la tête fendue par le milieu, de l'occiput à la glotte ; même son tarbouif, qu'elle avait assez fort, est divisé en deux parties égales, son cerveau idem : hémisphère sud, hémisphère nord. Il a fallu que son assassin mette le paquet et qu'il ait une arme aussi résistante qu'effilée !

Ce spectacle affligeant me flanque un haut-le-cœur possédant la vigueur d'un typhon japonais. C'est bien que je n'aie pas dîné ce soir car, à la vue de cette monstruosité, je serais allé au refile.

À présent, je dois pousser plus avant mes horribles constatations : où en est Bérurier, dit le « Chevalier Cradoche » ? J'enjambe son infortunée camarade d'un jour. Il est face contre la caillasse, Bibendum. Mais…

Non ! Il ne s'agit pas de lui. Ce zigus est de corpulence beaucoup plus réduite. Je le retourne.

Tu sais qui, Riri ? Le julot de la chambre contiguë à celle de Nouhr. Oui : l'homme pratiquant à sa partenaire l'enfourchement mongol, le transbahuteur de malle, you see ? Il a le museau éclaté par un quartier de roche propulsé dans la hure.

Je reconstitue les faits : Alexandre-Benoît flanqué de son équipière a filoché le couple jusqu'à la grotte. Une fois sur place, les malfrats se sont aperçus de leur présence et le carnage a commencé. Équipé d'une arme blanche, le mec a fendu la gueule de la pécore parisienne. Béru lui a alors défoncé la physionomie avec un bloc de pierre, mais sa complice est intervenue. Sous la menace d'un flingue, elle a contraint Sa Majesté à sortir les dollars de la galerie. Un vrai dessin animé ! Ou plutôt non : un film ancien, aux images saccadées.

Et ensuite ?

Qu'est-ce que cette aventurière a bien pu faire au célébrissime Béru ?

Brusquement, la recuite me chope. Si elle l'avait liquidé après lui avoir fait coltiner la cantine jusqu'à la chignole ?

Du coup, laissant là les deux viandes froides, je m'emporte vers l'extérieur.

[Chapitre XVIII]

Rien ! (en anglais *nothing*).

J'ai beau chercher aux alentours de l'entrée, après avoir constaté que la bagnole à l'arrêt est vide, je ne découvre rien d'anormal, et surtout pas de cadavre béruréen, ce qui est l'essentiel, conviens-en (et si d'hasard tu refuses de l'admettre, cours te faire enfoncer une borne d'incendie dans le recteur).

Force m'est de me soumettre à la dure constatation : Béru a été enlevé.

Par une gonzesse ! Voilà qui m'incrédulise complètement.

Je le connais, mon compère ! Il est impossible qu'une frangine, fût-elle armée et déterminée, lui impose sa volonté pendant plus de quatre secondes.

Il me suffit de retourner à l'hôtel pour en avoir le cœur net. Même s'il y a urgence, la dame calcée façon girouette n'a pu s'évaporer en abandonnant ses effets. Cela provoquerait une réaction de l'usine à ronflette. On la signalerait aux autorités pour l'accuser de grivèlerie.

Je repars en sens inverse, sous le beau clair de lune mentionné précédemment, qui flanquerait de l'urticaire à Werther. Je prends la route plus déserte que la conscience d'un tortionnaire gestapiste de la belle époque verdâtre.

N'ai pas parcouru un couple de kilomètres que je ralentis en apercevant un accident dans la clarté de mes phares.

Deux chignoles disposées en T à un carrefour de misère. L'une a dû couper la voie à l'autre. J'avise une silhouette couchée sur le chemin.

Moi, toujours au service de l'humanité souffrante, je range ma brouette sur le côté, tout en me disant que pour se percuter en un lieu pareil, faut le faire exprès.

Très vite, je pige qu'on l'a fectivement « fait exprès ».

À peine ai-je-t-il parcouru les quatre mètres me séparant de l'impact et me suis-je-t-il penché sur le pseudo-blessé que l'homme lève le bras droit et me gicle un jet de gaz dans le portrait.

Ultime sensation, je décèle une odeur de brûlé qui me rappelle le jour où M'man a laissé cramer les pommes de terre rates dans sa cocotte de fonte. Y a fallu poser une nouvelle hotte au-dessus de sa potagère, la chérie ! Heureusement les dégâts se sont arrêtés là !

Donc, pour t-en revenir, je repense aux patates carbonisées de ma Féloche.

Et puis, plus rien : le noir, le silence, l'insensibilité.

Une page de ma vie vient d'être tournée, connement, aux Jameos del Agua.

Deuxième partie

MAGIE NOIRE

[Chapitre premier]

Mme Petitpas est venue voir M'man pour lui apporter le soutien de sa présence.

La brave vieillasse travaillait chez Casino, autrefois. Ma mère l'a connue dans son magase, au moment qu'elle venait de « perdre » Papa (comme si nos morts étaient perdus). La Petitpas aussi était fraîchement veuve. Elles chialaient leurs hommes disparus de concert, les excellentes femmes. Le malheur rapproche les individus plus fortement que le bonheur qui, lui, s'oublie au détour du bidet.

La visiteuse, avide d'apprendre les chieries du monde, interrogeait Félicie à mon propos. Et ma mother, éternellement prête à en dévider quand il est question de moi, bonnissait pour la énième fois l'énigme la plus gratinée de la fin du siècle.

D'après ses dires, j'étais parti enquêter aux Canaries. L'un de mes principaux collaborateurs : M. Alexandre-Benoît Bérurier, m'y avait rejoint, escorté d'une dame de ses relations, découverte un peu plus tard dans une grotte, la tête fendue en deux, auprès d'un cadavre d'homme. Celui-ci était descendu avec une greluche, au même hôtel que nous.

Mme Petitpas en bavait des escarguinches, d'une semblable odyssée.

« Et alors ? Et alors ? » elle relançait, sitôt que ma chère darling fléchissait de la glotte.

« Nous avions disparu, le sieur Béru et ma pomme. Volatilisés. »

Un mois plus tard, j'étais retrouvé à Londres, chef-lieu du Pas-de-Calais. Le policeman m'ayant repéré, inanimé sur un banc de Hyde Park, m'avait conduit au Saint James Hospital. Diagnostic :

amnésie complète. Quelques jours de soins, puis rentrée dans la mère patrie (ou l'amère patrie). Re-hosto. Des séances à n'en plus finir de machins-choses variés, souvent douloureuses. Devant l'inanité des efforts déployés, M'man m'avait arraché aux hommes en vert ; cette couleur est désormais préférée au blanc de chez les carabins (le raisin y ressemble moins à du sang).

Ce récit de ma mère ne me rappelle rien. Depuis ma résurrection, je n'ai plus de mémoire. Désormais, l'existence c'est M'man, notre pavillon de Saint-Cloud, la vieille horloge du salon. Le brouillard mordoré d'un soir d'été, le bruit du vent, la nuit dans les branches du cerisier. À part cela, nothing ! Ballepeau !

Je bouffe avec plaisir les plats préparés par Félicie. La télé me fait chier : j'arrive pas à coordonner les images, à suivre les drames factices d'acteurs mal grimés. Lire m'est impossible, les caractères circulent dans les pages comme des fourmis affairées. Il existe en moi une fatigue qui me tient lieu d'occupation. Je quitte un fauteuil pour gagner un canapé, et ça me fait l'effet d'un voyage !

Je n'écoute plus la connasse, ses questions, ses pronostics relatifs à un proche rétablissement. Elle pue, une odeur douceâtre d'exhumation. Me fout la gerbe, cette salope ! Qu'est-ce que M'man va perdre du temps avec ce catafalque !

Féloche est en train de parler d'un chien nommé Salami, lequel se serait perdu au cours de ma mésaventure et dont elle déplore l'absence. Elle est persuadée que la présence de l'animal me « ferait du bien ». Je ne vois vraiment pas de quoi elle parle… Par instants, cet épais mystère me flanque une angoisse. Une espèce de cri me vient ; je le retiens in extremis, pas foutre la trouille à ma vieille !

La Petitpas finit par s'évacuer. Pas dommage. Elle me virgule sa main grise et mollassonne comme une patte de dinde ; que veut-elle que j'en foute ? J'articule un « Beurgh » sonore qui la lui fait retirer précipitamment. Taille-toi, vérole !

Quand elle a calté, je m'assoupis. Confusément, je sens que ma mère étale un plaid sur mes jambes et tire l'un des doubles rideaux afin de plonger mon visage dans l'ombre.

Dormir, c'est mourir un peu.

Avant de déclore, je songe à ce nom de chien : *Salami* ? Je voudrais aller plus loin, parvenir à concevoir ce cador. En vain.

Ma pioncette doit durer. Je conserve une très vague notion des allées et venues de mon ange gardien. Elles me procurent un suave réconfort teinté d'espoir.

Puis la clochette du portail retentit et la bonne va ouvrir.

Je suis arraché au sommeil. J'ôte la couverture d'un mouvement exténué. M'assieds.

Trois personnes de couleur surgissent : un homme et deux femmes. M'man se précipite, radieuse.

— Cher monsieur Jérémie ! C'est gentil de venir.

Elle tend sa joue au Bronzé et disparaît dans les tentacules de ses bras pieuvresques. N-ensuite, elle embrasse l'une des Noirpiotes.

— Ramadé ! Quel plaisir ! Cela fait si longtemps que nous ne nous sommes vues !

L'homme présente la seconde fille :

— Je ne sais pas si vous connaissez ma sœur, Cadillac V 12 ?

— Nous avons déjà dû nous rencontrer, assure my mother.

Re-bisouillages effusionnesques.

Le sombre trio s'approche de moi.

— Comment te sens-tu, mon Antoine ? demande le All Black avec un sourire dessiné par Man Ray !

Putain qu'il est haut, ce gonzier ! Je le reluque de l'entresol au solarium. Fatalement, nous devons nous fréquenter puisqu'il me tutoie et que ma daronne l'étreint de si bon cœur.

Je reste impavide. Malgré mon absence de réaction, les survenants m'accoladent puis le grand primate déclare :

— Nous voudrions, ma femme, ma sœur et moi, tenter l'une de nos pratiques sénégalaises sur Sana, madame Félicie. Vous savez que mon beau-père est un sorcier réputé. Nous avons appliqué son savoir à des gens de l'équipe qui s'en sont bien trouvés.

Mais ma chère chérie n'est pas à convaincre. Tout ce qu'elle demande c'est qu'on guérisse son « Grand ». Peu lui chaut que ça soit grâce à des professeurs illustres ou à de la poudre de perlimpinpin !

[Chapitre II]

La petite tribu me considérait avec gentillesse et curiosité.

— Tu ne me reconnais vraiment pas, Antoine ? a murmuré l'homme.

— Pourquoi cet adverbe ? j'ai bougonné.

— Quel adverbe ?

— « Vraiment. » On reconnaît ou on ne reconnaît pas !

Il a soupiré et s'est tourné vers ses compagnes en leur adressant un signe interrogateur. Celle qui s'appelait Ramadé s'est mise à chuchoter à l'oreille de l'autre curieusement nommée Cadillac V 12, ensuite de quoi elle a dit à son mari :

— Ce serait mieux que tu nous laisses, Jérémie.

Docile, il est sorti pour rejoindre Maman dans sa cuisine où s'élaboraient déjà des mets à classer dans les recettes de Tante Laure.

La plus jeune des femmes m'a fait asseoir sur une chaise, le buste droit, puis a ôté mes mules et mes chaussettes. Ensuite, elle a sorti de son sac à main imitation lézard, un petit pot d'onguent qu'elle a utilisé pour m'oindre les gros orteils.

— Que faites-vous ? ai-je demandé.

Elle n'a rien répondu.

Pendant ce temps, Ramadé m'enfonçait chacun de ses médius dans les oreilles et entreprenait de les vriller en psalmodiant des incantations dans une langue remontant au déluge.

— Fermez les yeux ! m'enjoignit-(chef-lieu de l'Yonne)-elle.

J'obéis avec passivité, indifférent.

La séance se poursuivit longtemps. Il y eut des variantes. Par exemple, les donzelles m'arrachèrent quelques poils sous les bras et les brûlèrent avec une allumette. Puis elles me soufflèrent dans les narines, et surtout me massèrent très longuement la nuque, toujours en dévidant leurs litanies.

Une étrange torpeur m'emparait. Je dodelinais de la pensarde. M'égarais dans des fantasmagories pleines de scintillements. La fatigue infinie, qui depuis des jours me réduisait, laissait place à une quasi-inconscience. Je me sentais délivré de moi-même, un peu comme si une mort bienveillante s'avançait vers moi d'une allure glissante.

Vingt doigts continuaient de s'occuper de mon être.

« Mon abandon est total ! » pensai-je.

Et puis un chant à deux voix s'éleva, accentuant mon extase. Pour la toute première fois de mon existence, je sus ce que signifiait « être heureux ». Dormir, s'éveiller, retrouver la grisaille, la terrible inertie d'un univers sans passé et sans devenir. Quelque chose ressemblant à une prémort, en somme !

Au cours d'une période assez longue je fus en « errance mentale ». Je ne pensais à rien de précis, continuais de flotter telle une fumée étirée par le vent.

Des odeurs, des bruits. Les premières de cuisine, les seconds de conversation.

À la fin, le grand diable vint risquer un œil sur moi. Ses fringues, imprégnées de senteurs culinaires, me mirent en appétit.

— J'ai faim, lui dis-je.

— Tant mieux ; Mme Félicie va en être ravie. Elle nous fait un coq au vin comme je n'en ai jamais mangé.

Il tendit les mains et m'aida à m'extraire du canapé.

— Quelle heure est-il ? demandai-je.

— Vingt heures trente.

— Alors il ne va plus tarder, murmurai-je, sans trop savoir ce qui motivait mes paroles.

Le gars fronça les sourcils :

— Tu attends quelqu'un ?

Sa question m'embarrassa. Pourquoi venais-je de proférer ces mots ? À quoi correspondaient-ils ? À nouveau, j'avais la tête vide.

— Je crois, finis-je par admettre.

— Qui ?

— Un homme.

— Tu le connais ?

— Non, mais on vient de lui confier un contrat contre moi.

— Un quoi ?

— Un contrat : l'ordre de m'abattre, si vous préférez.

— Où as-tu été chercher ça ?

— Je ne sais pas.

Et c'était exact. Je tentai de débusquer une indication quelconque dans ma tronche déserte, en vain. Les certitudes naissaient spontanément en moi.

En traversant le vestibule, il me vint une inspiration fulgurante.

— Allons dans ma chambre ! décidai-je.

— Tu te sens mal ?

— Je voudrais procéder à une vérification.

Soumis, il me prit le bras et m'aida à monter l'escadrin.

Parvenu dans ma piaule, j'allai m'asseoir sur mon lit ancien, aux montants de noyer, puis me mis à contempler la tête du plumard.

Je dis :

— Auriez-vous un crayon feutre ?

Il en possédait un.

J'en ôtai le capuchon et traçai trois points sur le bois.

— C'est un signe maçonnique ? interrogea le visiteur.

— Non : c'est là que se produiront les impacts des balles tirées sur moi.

— Écoute, Antoine. Tu ne crois pas que tu délires ?

— Peut-être, mais il y aura bientôt trois trous à la place de ces points, et, sans doute, ces projectiles auront-ils traversé mon corps avant de se loger là.

— Si tu penses réellement une chose pareille, il faut quitter cette maison !

— Non ! lançai-je farouchement. Le destin doit s'accomplir ; il est vain de vouloir en modifier le cours.

— *Ce soir à Samarcande !* railla le Black.

Mais il avait une drôle de voix et ses yeux sortaient de sa tête. Nous redescendîmes. La faim me tenaillait. Le coq au vin jaune du Jura embaumait. Les deux femmes examinaient leurs assiettes d'un œil incertain.

— Ça ne va pas ? s'inquiéta M'man en nous voyant surgir.

— Si, si, la rassurai-je, je me sens beaucoup mieux.

Pour le lui prouver, j'attaquai gaillardement une aile nappée d'une sauce onctueuse, qui mit aussitôt mes papilles en liesse.

M'man était allée quérir deux boutanches de château-chalon à la cave, et ce dîner improvisé ressembla au festin d'un grand traiteur.

Comme nous atteignions le dessert, j'eus un nouveau « flash ». Brutal. Je me vis en compagnie d'un couple dans la nacelle d'une grande roue foraine. Celle-ci cessait de tourner au moment où nous nous balancions au faîte de son orbe. Soudain, le couple me faisant face se jetait sur moi et m'empoignait, l'homme aux épaules, la femme aux chevilles, dans l'intention évidente de m'expédier dans le vide.

Leur promptitude fut telle qu'ils faillirent réussir. J'avais déjà le buste à l'extérieur quand, d'un effort surhumain, j'arrachai mon pied gauche à l'étreinte de la donzelle et le lui envoyai dans le museau. Cela produisit le bruit d'un colis contenant de la porcelaine brisée. La fumelle lâcha tout et partit à la renverse, dans une posture identique à la mienne. Elle héla son compagnon, un nommé Julius (ou quelque chose dans ce genre). Il tenait à elle puisqu'il m'abandonna afin de voler au secours de sa polka.

J'en profitai pour réintégrer complètement notre coque. Mes jambes tremblaient, mon cœur chamadait. Un courroux démesuré m'animait. Je lançai alors un ignominieux coup de pied entre les jambes de mon agresseur, penché pour aider sa camarade. Le choc fut à ce point violent qu'il perdit connaissance, lâcha tout et valdingua dans le vide. Il entraîna sa copine dans sa chute.

Et puis…

Rien ! De nouveau le noir.

À table, tous me considéraient avec inquiétude.

— Antoine, mon chéri ! Tu ne te sens pas bien ? demanda M'man.

J'avais le guignol fou et je suais comme un beignet retiré de la friture.

Je les regardai alternativement ; leurs mines anxieuses m'attendrirent. Je réalisai que cette tribu m'aimait et se tourmentait pour ma gueule. Je devais connaître ces gens. Un lien certainement très fort nous unissait.

— Un léger malaise, assurai-je. Je ne suis pas très faraud.

Ce mot ne m'était sans doute pas familier puisqu'il me surprit.

M'man insista pour que j'aille me pieuter.

En fait, je ne demandais que ça. Ils me bordèrent à quatre. Je n'avais jamais bénéficié d'une pareille assistance, pas même à l'hosto.

Un peu plus tard, j'entendis, depuis le couloir, le grand primate dire à Félicie :

— Écoutez, si cela ne vous ennuie pas, je dormirai sur le canapé du salon, cette nuit. Ma femme et ma sœur rentreront en taxi.

[Chapitre III]

Ainsi fut fait.

Mais, hélas, je ne pus trouver le sommeil, à cause de l'acompte que j'avais pris avant le dîner. Mes volets, percés d'un cœur, comme les gogues de campagne, laissaient filtrer deux clairs de lune pour amoureux. Pourquoi étais-je brusquement en état d'érection avancé ? Une exigence de la nature ! Je n'avais pas étreint un corps de femme depuis mille ans et mèche ! J'essayai de recouvrer les sensations ardentes découlant de la fornication, mais l'évocation restait confuse.

C'est alors que je pensai à Pilar, notre employée de maison, une Espagnole de quarante balais. Contrairement aux dames ibères, son système pileux croissait sans exubérance excessive ; elle n'avait ni bottes de foin sous les bras ni odeur décourageante.

Au bout de peu, et même de moins que ça, la matraque qui me perpendiculait restait raide à en foutre le tournis à la colonne Vendôme. Avais-je déjà bénéficié des faveurs de Pilar ? J'avais beau explorer la brume de mon caberluche, aucune révélation ne s'en dégageait. Le plus simple était que je m'en informe.

Avant de quitter ma piaule, je mis le traversin sous mon drap, afin de rassurer ma chère chérie si, l'inquiétude la poussant, elle venait vérifier mon sommeil.

Nu-pieds, je gagnai le fond du couloir où se trouvait la chambrette de notre soubrette, laquelle m'ouvrit sitôt que j'eus frappé. Elle ne dormait pas encore, occupée à écrire une lettre d'amour à un certain Manuel Gonzalo, demeurant à Fuente Girola (Andalousie).

L'accorte femme portait une chemise de noye échancrée, ne celant rien des mamelles dont elle pouvait s'enorgueillir. À ma vue, elle eut une expression de surprise.

— Vous avez besoin de moi, messiou ? s'informa-t-elle avec une gentillesse emplie de bonne volonté.

Me sentant d'humeur peu loquace, je pris le parti de lui montrer mon chapiteau. Celui-ci ne réclamait aucun sous-titre.

Cette Sud-Européenne n'esquissa ni mouvement inspiré par une pudeur outragée, ni refus marqué.

Je lui plaçai une main errante sur la cressonnière. Elle l'accueillit sans étonnement, ce qui m'induisit à penser que j'avais déjà dû lui prodiguer une telle marque de sympathie. Je voulus pousser l'entreprise, mais la belle âme m'avertit, non sans confusion, qu'un empêchement de nature ne lui permettait pas de souscrire à mes désirs, du moins sous la forme classique.

Elle me consentit alors une fellation de dédommagement qui manquait de fougue (les Ibériques comptent parmi les peuples les moins inspirés par cette discipline). Je me laissai donc essorer en homme attendant de cette pipe pleine d'inappétence, davantage de paix corporelle que de jouissance véritable.

Poussé par l'amour-propre, j'espérais qu'au moins elle consommerait ma semence. Au lieu de cela, elle la déposa dans un Kleenex et s'en fut se rincer la bouche à l'Eau de Botot, ce qui n'est guère le fait d'une amante passionnée.

Somme toute, Pilar avait accepté de « traiter » ma grosse bistoune par pur altruisme. C'était gentil, certes, mais décevant sur le plan sensoriel. Cela étant, tu ne peux tenir rigueur à une employée de maison aux gains relativement modestes de te pomper le nœud avec une réserve voisine de la répulsion. Depuis 1789 d'abord, le Front populaire ensuite, les étreintes ancillaires ont passablement perdu de leur intensité.

Elle revint de son cabinet de toilette, l'haleine fraîche, le sourire miséricordieux. Un foisonnement d'images pieuses garnissait les murs de sa chambre, transformée en chapelle ardente. L'on comprenait, devant ce décor, que le culte à Marie primait, ici, celui voué à Vénus.

J'allais prendre congé d'elle, hésitant entre quelques mots tendres et l'attribution d'un billet de banque, lorsque je perçus un brusque remue-ménage à quelques mètres de là.

M'élançai.

La lourde de ma piaule béait ; d'une ruée, j'y pénétrai.

Seigneur tout-puissant !

Mon regard de vrai faucon capta instantanément ce qui différenciait la pièce d'une chambre à coucher normale. Je vis le Sénégalais, de dos, torse nu, un flingue en pogne. Devant lui, un homme se trouvait à demi couché sur mon pucier, la nuque ruisselante de sang. Sa main droite étreignait une arquebuse équipée d'un silencieux, laquelle fumait comme la locomotive d'un train stoppé par une horde d'Indiens plus ou moins comanches.

Le bruit de ma survenance fit volter le colored.

En m'apercevant, il parut saisi d'une stupeur proche de la panique.

— Mon Dieu ! Toi ! furent les trois syllabes qu'il réussit à proférer.

Je réalisai la nature de son émotion : il me croyait dans le lit, transpercé de balles.

Pour en avoir le cœur net, il tira sur le drap, découvrant le traversin, ensuite, il déplaça l'oreiller. Il se mit alors à claquer des dents tel un squelette sortant l'hiver sans son cercueil.

Faut dire qu'il y avait de quoi se prendre par la queue pour s'emmener promener.

Tu sais quoi, Benoît ?

Le tireur nocturne avait largué trois bastos dans ce qu'il estimait être ma carcasse. Celles-ci avaient traversé l'oreiller avant de se loger dans la tête de lit, pile sur les points marqués au crayon feutre !

Pareil miracle époustouflait mon pseudo-ami. Il me fixait, les commissures de sa bouche fleuries d'une écume désagréable à regarder.

— Tu vois ce que je vois ? demanda-t-il en désignant les impacts dans le panneau de noyer.

J'acquiesçai, aussi désemparé que lui.

Le mystère c'est fascinant.

Seulement ça fait peur !

[Chapitre IV]

— C'est comment votre prénom déjà ?

— Jérémie.

Je redis les trois syllabes à plusieurs reprises, pour me les mettre en bouche.

— Et nous nous connaissons bien, prétendez-vous ?

— Deux frères ! Il est insensé que tu aies occulté notre amitié. On fonctionnait sur la même longueur d'onde, les deux…

Nous discutons en présence du type plié en deux sur mon lit.

— Vous l'avez entendu arriver ? m'enquiers-je.

— Confusément. Des pas dans le jardin, très légers ; il fallait l'oreille d'un Africain pour les percevoir. Je suis sorti et j'ai découvert une échelle d'alpiniste accrochée à une fenêtre du premier étage. Alors j'ai rebroussé chemin et gagné ta chambre en courant. Au moment où je suis arrivé, ce salaud te tirait dessus. Dès lors je l'ai cartonné.

« Bon Dieu, je t'ai cru mort, Antoine ! J'ai failli dégueuler mon cœur sur le tapis !

Je vais dans le corridor tendre l'oreille. Tout est calme. Des odeurs de coq au vin flottent encore dans le pavillon. Par grande grâce divine, M'man n'a rien entendu car sa chambre est au rez-de-chaussée, de l'autre côté de la maison.

Rassuré sur ce point, je relourde et me tourne vers mon ange gardien.

— Te rends-tu compte de ce qui arrive ? demande-t-il.

Comme je reste muet, il poursuit :

— Il t'est venu un don surnaturel : *Tu as la mémoire de l'avenir !* Tu es capable de décrire avec une affolante précision des faits qui ne se sont pas encore produits !

Ces paroles me flanquent les copeaux, tout à coup. C'est vrai ce que dit ce mec !

— Tu as été jusqu'à marquer sur cette tête de lit des impacts de balles en devenir, poursuit-il. Au fait, comment se fait-il que tu te sois levé ?

— J'ai eu envie de déglander et suis allé trouver la bonne.

Il rit :

— On dit de certains que le cul les perdra ; toi, il te sauve ! Bon, coupe-t-il, c'est pas le tout : nous devons prévenir les autorités.

Je lui biche l'aileron.

— Pas si vite ! Tu imagines ce que serait la vie de Félicie, désormais, sachant qu'un homme a été abattu dans ma chambre ?

Ça le douche.

— Que faire ?

— Nous allons évacuer ce type dans un endroit propice à recevoir une charogne.

— Je l'ai flingué avec mon arme de service, objecte-t-il. Quand il sera découvert, ce ne sera pas difficile de remonter jusqu'à moi.

— Non, assuré-je.

— Pourquoi ?

— Parce que depuis très longtemps j'ai pris la précaution d'équiper mes « mousquetaires » de pétoires anonymes, Grand.

Alors, le Primate des Gaules pousse un grand cri.

— Quoi ? je lui demande, alarmé.

— Antoine ! gosille-t-il. Antoine, mais TU ES GUÉRI !

J'abasourde. Qu'est-ce qu'il raconte, ce Noirpiot à qui il ne manque qu'un os en travers du nez pour ressembler aux anthropophages des dessins humoristiques de jadis ?

— Ça y est ! continue-t-il d'exulter. Fini le cauchemar : tu as recouvré la mémoire ! Tu me retutoies, tu m'appelles « Grand », tu me parles de tes « mousquetaires » et des mesures que tu as prises pour les armer.

Je le regarde fouguer ! Comme il est heureux, Blanche-Neige ! Des larmes me viennent, je l'étreins puissamment. C'est vrai que mon cigare refonctionne. Je suis le big de la rousse !

— Grâce à mes nanas, sois-en certain ! Elles étaient déconfites de constater qu'elles ne t'avaient pas guéri, mais ce n'était qu'un retard. Tu renais à la vie ! Ce que Mme Félicie va être joyce ! Allons la réveiller pour lui annoncer ce miracle !

Je le retiens :

— Non ! Mettons d'abord de l'ordre dans sa maison.

Lui désigne le cadavre auquel, jusque-là, nous n'avons accordé aucune attention, et qui gît sur mon pieu, une olive dans le chignon.

— Il faudrait une vieille couverture pour l'envelopper, assure mon frère du Sénégal.

— Il doit y en avoir sur le dernier rayonnage de la penderie.

Fectivement, juché sur une chaise, Jéjé déniche la couvrante souhaitée : une relique sentant l'antimite. Nous décousons sa marque d'origine, l'étalons sur le sol et saisissons ensuite le corps pour le déposer sur la berlue. On le manipule avec soin, histoire de ne pas provoquer de gros épanchements sanguins.

Lorsqu'il est allongé à nos pieds, nous constatons du peu banal : l'agresseur est une femme habillée en mec. Elle porte un pantalon gris et un blouson en soie imperméabilisée. Elle est coiffée kif un julot : rasibus, avec tout juste deux centimètres de crins et une baffie bidon à la Craque Câble.

— Une gonzesse, soupire l'homme des fromagers géants. Ça me sape vachement le moral !

Je m'accroupis près de la défunte. J'éprouve cette sensation de *déjà-vu*, si agaçante. J'ai rencontré cette fille antérieurement.

Mais où ?

Mais quand ?

J'ai assurément renoué avec mon passé et le brouillard noyant ma mémoire se dissipe ; pourtant il subsiste énormément de zones opaques.

— Elle semble te fasciner, cette frangine ? note Jérémie.

— Je cherche à la situer. Je vois du noir, beaucoup de noir, déchiré par le faisceau d'une lampe, une fille plantée sur la verge d'un mec… Et deux voitures accidentées sur une route, la nuit. C'est là que tout bascule. Je m'engouffre dans un élément plus désert que le néant.

— Et avant ? murmure doucement mon compagnon.

— Avant, il y a un cadavre sur un échafaudage.

— Pas possible ?

— Très haut, au sommet d'un vaste hall.

Je cache mes yeux dans ma main, comme le font les mages de music-hall pour marquer leur concentration.

— Puis je distingue l'énorme poignée de cuir d'une grosse valise contenant des pierres précieuses.

Au fait, ne les avais-je point enfouillés, ces cailloux ? Que sont-ils devenus, au cours de mes tribulations dans le coltar ? Quelqu'un m'en aura soulagé, c'est sûr !

Je suis brusquement terrifié à la perspective de tout ce que je vais devoir « retrouver ». Je pressens un monceau de mystères à résoudre.

— T'as l'air abattu ? me fait l'Écolier des Savanes.

— Tous les gus auxquels l'on demande de vider l'océan avec un seau doivent traverser cette phase de découragement, soupiré-je.

Il me biche par le cou, me bise au temporal.

— Ne te tracasse pas, je t'aiderai. Pour l'instant, déménageons cette fille.

Nous enveloppons la morte dans la couvrante, puis Jérémie, sans produire un effort démesuré, charge le tout sur son épaule.

— Je vais l'évacuer par la fenêtre, annonce-t-il, c'est plus prudent dans l'hypothèse où Mme Félicie se lèverait. Ta « meurtrière » a bien fait d'apporter son échelle ! Lorsque nous serons dans le jardin, décroche-la, inutile de l'abandonner sur place.

*
* *

La tueuse possédait sûrement un véhicule. Je l'imagine mal frétant un taxi pour aller buter un client. Question primordiale : était-elle seule ou accompagnée ?

Afin d'en avoir le cœur net, Jéjé escalade notre mur donnant sur une impasse adjacente. Ma pomme vais entrouvrir un tantisoit le portail, en tenant la clochette pour qu'elle ne tinte pas.

Un moment s'écroule, puis mon ami sort de l'ombre, ombre lui-même !

— J'ai repéré la chignole, annonce-t-il ; la fille l'avait planquée dans un renfoncement. Elle n'était pas fermée et la clé est au contact.

On se risque après un coup de saveur sur les alentours. Tout baigne. C'est chouette de crécher dans une banlieue chicos : les bourgeois se claquemurent dès potron pour se faire minette.

Le clair de lune d'opale continue de baigner ce coin de planète avec indifférence. Un astre mort, vraiment ! À se demander ce qu'ils sont allés foutre là-haut (ou là-bas), les astronautes. Des cailloux ! D'ailleurs, ils n'y sont plus retournés, t'as remarqué ? Le seul intérêt de l'opération, c'était de contempler la Terre à trois cent soixante mille kilomètres de distance… Ben ils l'ont vue ; alors basta !

Enquiller la trépassée dans le coffiot de sa voiture n'est pas dif' puisqu'il s'agit d'une Jaguar. Tu pourrais loger sa mère et sa grand-mère avec elle.

Le cinoche et les polars sont bourrés de gens tentant de larguer un cadavre transporté à bord d'une tire. Exposé ainsi, le problo semble facile à résoudre. Seulement, quand tu te trouves à pied d'œuvre, c'est une autre paire de manches (à couilles).

Les grandes options en pareil cas ?

Une fosse creusée dans un bois, une étendue d'eau, ou bien le jardin de M. Dutroux. La cuisinière de Landru a fait trop long feu, celle de Petiot idem. Moi, j'avais imaginé dans un de mes chefs-d'œuvre, de cimenter le défunt dans l'épaisseur d'un mur en construction, mais l'histoire avait foiré tout de même. Dans tous les suspenses, c'est comme ça : la morale, tu comprends !

Au bout d'un rapide colloque, Jérémie hausse les épaules et déclare :

— Je verrai bien !

— Ah non ! me récrié-je, on marche en tandem !

— Si tu veux. Je me mets au volant de ce corbillard, tu n'auras qu'à me suivre avec ma guinde que j'ai laissée près de ton portail.

Ainsi fut fait et la virouze a commencé. Au début, ç'a été l'errance. En quête d'inspiration, il n'optait pour aucun itinéraire défini. Sa tendance le poussait vers les routes secondaires. Enfin, à un moment donné, il a pris de l'assurance et j'ai compris qu'il tenait une idée. Son allure s'est accélérée, sans qu'il enfreigne la limitation de vitesse.

On a circulé à travers des localités endormies. Ensuite on a trouvé une campagne de bocages, un peu triste. J'ai reconnu les étangs de Hollande. De l'eau pareille à de l'étain vieilli[1] miroitait entre des joncs hérissés plus drument que la chevelure du dalaï-lama.

Le Noirzingue a adopté un chemin à ornières, puis de la main sortie par la portière, m'a enjoint de stopper. J'ai obtempéré. Le sol devenait bourbeux et les pneumatiques produisaient le bruit émis par le dixième protagoniste d'un viol collectif[2].

La Jag filait en naviguant entre les plantes aquatiques. J'ai ouvert ma porte et me suis ravisé, le geste déclenchant la loupiote du plafonnier.

Je ne voyais plus mon comparse. Alors, j'ai attendu en essayant de réfléchir à tout ce qui m'était arrivé depuis un bon bout de temps. J'évoquais, par fulgurances, le Consortium ; Nouhr, la jolie Anglo-Égyptienne, et Thomas Graham bouffé par les poissons. Je reprenais mal au bulbe. Féloche m'aurait dit que « je forçais ».

Par instants, je perdais le contrôle de mes pensées.

Quand le Grand est revenu, ça se gondolait vachement sous ma coiffe bretonne. Il a compris d'un coup d'œil la situation et m'a fait asseoir à la place passager.

— Tu es encore dans la déglingue, a-t-il dit ; il va falloir te faire rechaper sérieusement !

1. Cette comparaison pour te rappeler que j'ai du talent. J'aurais vraiment pu faire écrivain si j'avais été moins bon élève.

2. Faut-il qu'il n'ait pas envie de « nous » rejoindre pour oser des métaphores de ce niveau !

Bertrand Poirot-Delpech

— Tout a fonctionné ? demandai-je mollement.

— Un beurre ! Heureusement, j'ai eu le réflexe de fouiller ses poches avant de la confier aux grenouilles.

Il s'attendait à ce que je le questionne, mais je sombrais déjà dans la soupe de pois cassés.

[Chapitre v]

Nous sommes rentrés à Saint-Cloud au plus fort de la nuit. Ça dormait toujours au pavillon et M'man ne s'était pas aperçue de notre « escapade ».

Le grand Négus m'a recouché et bordé. Je crois même qu'il a déposé un mimi sur mon front, de ses lèvres en rebord de pot de chambre.

Le sommeil, préparé par mon état comateux (et non comme ma queue), a été spontané. On a beau dire, beau faire : rien de plus réparateur qu'une belle dorme.

Je me suis arraché de la compote de néant sur les testicules de dix plombes, plus frais que le cul d'un patineur inexpérimenté.

La maison bruissait : aspirateur, radio, chien du voisin énervé par une fumelle des environs. Le doux ronron de la vie félicienne…

Me suis levé, gaillard. Le mahomet y allait pleins phares et promettait implicitement des choses.

J'ai trouvé mon cueilleur de noix de coco devant la petite table, son téléphone portable en pogne. Il écoutait gravement un gonzier en train de bonnir des propos de force 4 sur l'échelle de Richter. N-après quoi, il a grommelé un vague au revoir avant de raccrocher. Ses beaux yeux en boules de billard se sont posés sur ma personne et il a paru soudain éclairé de l'intérieur.

— Tu sembles d'attaque ? a-t-il remarqué.

— Ça va jouer, ai-je reconnu. Où en sommes-nous de ce film à épisodes ?

Il sort de son veston un grand poudrier, moins connu sous l'appellation de « minaudière ».

— J'ai trouvé ceci dans la Jag.

— C'est de l'or ?

— Je crois plutôt à du plaqué, mais là n'est pas la question.

De l'ongle, il fait jouer l'ouverture de la boîte ; apparaissent alors un bloc de poudre compacte et, dans un compartiment plus petit, du mascara pourvu de son pinceau.

— And after ? insisté-je, devinant une suite.

L'homme aux canines de loup-cervier fait pivoter d'un tour la fermeture déjà actionnée. La partie maquillage compose une sorte de second couvercle, qui, en se soulevant, révèle un micmac sans rapport avec la cosmétologie.

Je défrime le blondinet d'un œil incertain.

— En quoi ça consiste ?

— Poste émetteur-récepteur miniaturisé. Regarde bien : ici, la grille du micro ; là, le côté récepteur. Entre les deux, les touches de manœuvre.

Je dubite, hâtif :

— À l'époque des bigophones portables, comment peut-on avoir besoin de ce genre d'engin ?

— Ces gens ont des raisons que la raison ignore, sentencieuse l'ancien cultivateur de manioc.

— Il faut confier cela à un spécialiste, déclaré-je.

— Je viens d'appeler Mathias pour lui demander conseil. Il est au lit avec quarante de fièvre, mais il désire qu'on lui porte l'objet.

— Bonne idée !

Auparavant je me rends à la cuisine où mon infatigable vieille est occupée à « tourner » un aïoli[1].

— Comment te sens-tu, ce matin, mon chéri ?

En guise de réponse, je me campe de façon avantageuse : une main sur la hanche, l'autre avancée en un mouvement plein de désinvolture.

Félicie me contemple un quart d'instant, et soudain elle crie :

— Tu es guéri !

Puis se précipite contre moi. Lui a pas fallu lerchouille pour comprendre, ma chérie.

À quoi a-t-elle pigé que le cauchemar venait de prendre fin ? À mon regard ? À mon sourire d'« avant » ?

1. Peut également s'écrire « ailloli », mais ça fait moins méridional.

Nous nous étreignons avec une farouchеté absolue. Viandesque, comme amour ! Je suis sa chair, sa raison de vivre !

— Oh ! mon Dieu ! mon Dieu ! psalmodie-t-elle, ces deux jeunes femmes t'ont sauvé !

— Ça se pourrait, confusionné-je, déjà prêt à renier tout ce qui n'est pas logique.

M'man me quitte pour sauter au cou du All Black.

— C'est fabuleux, cher Jérémie ! On va fêter ça. Dimanche prochain je vous convie à un grand repas avec votre famille. J'ai des bijoux de ma mère que j'offrirai à votre femme et à votre sœur : une bague dont la pierre est une améthyste, le violet va bien aux… aux brunes ; et une montre pendentif, en or rouge.

Nous quittons le pavillon sitôt que mon admirable ami a achevé d'essorer son émotion.

[Chapitre VI]

Un gamin de six ans, plus roux que son père, sourcils d'albinos, cils de goret, répond à notre coup de sonnette. Il est cul nu et tient du papier Lotus à la main, comme le petit glandu de la pub.

Il nous regarde, puis, sans nous adresser la parole, s'enfuit vers l'alcôve paternelle en criant :

— P'pa ! C't un nègre avec un grand con !

Les deux personnages ainsi qualifiés s'avancent dans l'appartement, jusqu'à l'auguste chambre où les Mathias procréèrent une douzaine et demie de rouquemoutes par inadvertance.

Notre pote gît dans sa couche surmenée, enfiévré et mal rasé, vêtu, non pas d'un pyjama, mais d'une chemise de nuit ancestrale qui fit, jadis, le bonheur de son père-grand.

— Alors, tu es remis, Antoine ? gargouille-t-il de sa voix saccagée par l'angine. J'en suis heureux, car les bruits les plus alarmants couraient à ton sujet.

— C'est pas parce que tu as quarante dans l'oigne qu'il faut débloquer ! s'emporte Jérémie, outré. Je te souhaite la même santé que celle de Sana.

Il jette l'appareil sur les roupettes de l'étalon sans réprimer son irritation.

— Voilà l'objet dont je t'ai parlé. De deux choses l'une : tu te sens capable de l'étudier, ou pas. Si c'est non, je le porte à tes auxiliaires du labo.

— Bien sûr que je peux ! proteste l'homme qui ressemble aux feux de la Saint-Jean. Laissez-le-moi.

— Non ! Il faut t'y mettre dare-dare, nous attendrons ton rapport au salon !

— Mais je…

Jéjé fait une moue nananiesque et récupère la minaudière.

— Tu es trop flagada du bulbe ? Tant pis !

— Pas si vite, bonté du Seigneur ! égosille le Rouillé. Je m'occupe de ça tout de suite.

Rassurés, nous le laissons pour gagner le livinge jonché de jouets, où l'antépénultien de la portée joue avec un soutien-gorge déteint à la place des aisselles, tandis que le dernier gueule dans son berceau.

Mon pote, orfèvre en la matière, entreprend de le bercer en lui fredonnant une chanson du fleuve Sénégal. Mais rapidos, Angélique, l'épousâtre du Savant, se pointe, lestée de provisions.

— Que faites-vous ici ? demande-t-elle avec l'amabilité d'un dogue allemand reniflant le fion d'un pitt-bull.

— Nous sommes venus prendre des nouvelles de votre mari ! réponds-je.

— Taratata ! Vous venez le harceler pour des questions de travail, sans tenir compte de ses quarante et cinq dixièmes de fièvre, j'en suis certaine !

Elle enroule, la gueuse. Vipère au groin, toujours ! Chez ses vieux, y avait des bénitiers à la place de bidets. Caractère de chiasse. Ses sempiternelles maternités lui ont-elles miné le moral à ce point ? Elle se tait, époumonée, bavante, le regard tubulaire. Jéjé s'avance, lui pose les mains sur les épaules. Il a les lotos fixes comme des pommes d'escadrin.

— T'as fini de rouscailler, poupée ? demande-t-il d'un ton polaire. Tu sais que tu m'excites à nous l'interpréter mégère-en-crise ? Si ! Donne ta main ! Tu le sens, mon engin ? Je parie que t'as encore jamais dérouillé une bite de négro dans la moniche ? Ça tient sa place. Tu veux qu'on essaie ? T'en reviendras pas.

« Viens sur le canapé, là-bas. Maintenant tourne ton cul du côté de Fourvière. Je retrousse ta jupaille, ma loute. Ta culotte ? Attends, vu sa valeur, je te la fais craquer : t'en achèteras une autre, avec de la dentelle, pour quand je reviendrai. Antoine ! Tu peux amuser le gosse pendant que j'enfile sa maman ?

« Écarte-toi bien, ma petite Angélique. Tu vas recevoir du beau monde ! Un braque tout de noir vêtu ! Chez nous autres, Africains, on dégaine à bloc car on est circoncis, alors le sujet vire au rose bonbon comme chez n'importe quel blanchâtre. Ma parole, tu es à essorer ! La vacca ! J'ai plus qu'à remonter le courant. Cramponne-toi au dossier, petite fille : ma membrane est impitoyable une fois lancée. Essaie de ne pas gueuler, sinon Fleur-de-Pivoine va venir aux nouvelles ! C'est pas royal, ça ?

Décidément, il change de style, Jérémie ; nous la joue Béru sur le sentier de la baise ! Lui, si réservé quand il balayait les trottoirs !

Le plus superbe c'est qu'il y a lulure, je me la suis faite aussi, l'Angélique ! J'en conserve un souvenir aimable. C'est le genre de femme sérieuse qui se laisse emmancher dans des moments particuliers, pour avoir des raisons de se confesser.

Le Sombre lui arrache un pied de haut vol, la dévaste en ses moindres recoins. Sa clameur de délivrance ressemble à celle jaillissant du stade de Turin quand la Juve vient d'en marquer un. Elle gît, haletante, au bord du canapé.

Puis, la réalité la remparant, elle se dresse.

— Vous vous êtes retenu, j'espère, cher ami ? interroge-t-elle. Je suis en période de fécondité. Seigneur ! si vous m'avez fait un négrillon, quel scandale ! Papa en mourrait de chagrin !

M. Jérémie Blanc calme ses angoisses ; assure qu'il sait vivre, me virgule une mimique réduisant à néant ses assurances. Tu penses s'il y est allé plein pot, le Barbouillé ! À vrai dire, ça l'amuserait que la Mathias ponde un dix-neuvième chiare pain d'épice. N'allons-nous pas, inexorablement, vers une uniformité des races ?

Sur ce, le Rouquemoute surgit dans sa roupane de grand-père balzacien.

— Pourquoi te lèves-tu malgré ta fièvre ? lui lance sa mégère inapprivoisable. Tu veux attraper la mort ?

— J'avais cru entendre crier ?

— C'était Gaétan ; les dents commencent à le taquiner.

Les cocus intelligents sont ceux qui mordent avec le plus d'appétit dans les vannes les moins crédibles ; confondre un cri d'orgasme avec celui d'un bébé exige beaucoup d'ingénuité.

— Tu as offert quelque chose à mes amis ? demande l'Angineux.

— Oui, oui, ne t'inquiète pas ! répond, non sans humour, Braquenoir, dit l'Intrépide. Où en es-tu de ton examen ?

— Parce que vous lui avez apporté de l'ouvrage ! s'indigne Angélique, la mal prénommée.

Je me penche à son oreille :

— Dis, chérie. Quand on a la moulasse pleine de béchamel, on ne la ramène pas !

Elle se cabre, mais n'insiste plus.

Le Rouillé nous révèle alors que, dans la minaudière, une minuscule bobine recèle un texte d'une durée de trente secondes, n'appartenant à aucune langue usuelle. On peut lui faire confiance car il en pratique vingt-huit, dont le japonais. Selon le savant Cosinus, il s'agirait d'un message codé. Il ne peut faire mieux à son domicile, faute d'un matériel d'« exploration » adéquat ; il écrit alors une lettre pour son assistante, une jeune fille très capable (y compris de lui tutoyer le souverain poncif, agenouillée devant ses cornues).

J'empare missive et cassette avant de prendre congé de ce couple admirable qui fait davantage pour la chère France que le zouave du pont de l'Alma.

[Chapitre VII]

— Et à présent ? s'informe le Black-Out, après que nous eûmes confié la minaudière à Julie Daumier, l'assistante de Mathias, surnommée Julie-de-la-Rousse.

— Il serait temps que je prenne contact avec les zigues de mon équipe marginale, décidé-je.

Chemin-conduisant-à-l'hôpital-faisant, je lui raconte toute l'histoire.

— À présent, conclus-je, le moment est venu que tu participes à la kermesse.

Nous atteignons l'hosto immense, avec des rues, des pavillons de ceci-cela, des écriteaux émaillés de partout, des gaziers en blouse chaussés de sabots blancs.

À l'information, je demande le sieur Handermic Lucien. Une ravissante demoiselle arabe, avec un sourire éclatant et un minuscule tatouage sur la fesse droite, potasse un fichier électronique pendant quelques secondes.

— Ce monsieur est décédé le lendemain de son admission, m'apprend-elle.

— De quoi ?

— Je l'ignore.

— Pourrais-je voir quelqu'un susceptible de me renseigner ?

La chère musulwoman me contemple avec un début d'agacement caractérisé.

— C'est pour quoi ?

— Pour ça ! fais-je en produisant ma brème professionnelle, image toujours magique.

La voilà qui trifouille son appareil et pose des questions à différentes personnes. Au bout du compte, elle murmure :

— Demandez Mme Martinet, l'infirmière-chef, en chirurgie, quatrième étage.

On ne peut dire que cette dame Martinet cherche des verges pour se faire fouetter. Il s'agit d'une accorte quadragénaire, boulotte et platinée, à la moustache épilée et à la bouche en forme de fraise mûre. Avec elle, on est sûr de ne pas courir plusieurs lèvres à la fois, son bec-de-lièvre inopéré compliquant les choses.

Je la charme de mon sourire ex cathedra, chargé des plus folles promesses, et, à travers sa tenue blanche transparente, je vois s'humecter son raminagrobis angevin.

Dans le long couloir-de-la-survie-provisoire s'intercalent des niches meublées de fauteuils. Nous nous rabattons sur la plus proche. Les pans de sa blouse se sont entrouverts lorsqu'elle s'est assise (dirait saint François d'), nous permettant de prospecter du regard ses parties en friche.

— Chère madame Martinet, fais-je à mon hirondelle, voici quelques semaines, vous avez accueilli dans votre service un homme accidenté du nom d'Handermic. Il est décédé le lendemain de son admission, vous en souvenez-vous ?

— Mon Dieu ! comment ne me le rappellerais-je pas ! s'écrie de façon zozotante l'admirable femme.

Son exclamation, annonciatrice de sensationnel, me déterge la glande supérieure du cerveau.

— Disez ! Disez ! l'imploré-je, en posant ma meilleure main droite sur son genou gauche le plus avenant.

— En dix-huit ans de carrière, ça a été mon unique cas de suicide !

Les poils amortisseurs que je porte sous les bras, de frisés se font crépus.

— Suicide ? incrédulé-je-t-il.

— Il s'est pendu pendant la nuit ! Fectivement, la chose est herpétique[1] dans son genre.

— Vous allez me raconter cela en détail, ma chère amie.

— Eh bien, on l'a amené à la suite d'un accident de la circulation. Un chauffard l'avait percuté de plein fouet et s'était enfui. Le blessé souffrait d'une fracture du rocher et de multiples contusions aux jambes. Sans être véritablement alarmant, son état inspirait des craintes au professeur Barray-Sarda, M. Handermic se montrait si agité que nous dûmes le sangler dans son lit. Lorsque l'infirmière de nuit vint le voir, peu après vingt-trois heures, les sédatifs semblaient produire leur effet et la garde crut bon de le détacher.

« Elle est revenue deux heures plus tard ; il dormait normalement. Mais lors de sa troisième visite, sur la fin de la nuit, la veilleuse le trouva pendu au montant du lit avec le lien ayant servi à le garrotter. Le docteur a estimé qu'il était mort depuis plus d'une heure.

Quand elle cesse de parler, ma dextre intrépide a atteint cette zone franche située entre ses ultimes varices et ses premiers poils pubiens car je suis, nul n'en ignore, un être charitable.

— Curieuse histoire, apprécie Jérémie, confiné jusqu'alors dans un silence subalterne. On peut se pendre à un lit ?

— Plus facilement qu'au cou d'Ophélie Winter.

Il fixe l'infirmière-cheftaine et demande :

— Comment cet homme inconscient a-t-il eu la force de se supprimer ?

1. Je dis bien : herpétique !

— Les médecins estiment qu'il a récupéré vers le milieu de la nuit et qu'un élan suicidaire l'a poussé à cet acte.

— Hmm ! diagnostiqué-je.

Les bruits parfois douloureux de l'hosto nous environnent. Dans une chambre voisine, une femme lance par moments un appel désespéré. Elle crie :

— Albin !

D'un ton plein de détresse, comme si l'« Albin » qu'elle hèle se trouvait en grand danger.

— Et ensuite, ma chérie ? insisté-je.

— Naturellement, l'hôpital a prévenu les autorités. Deux messieurs de la préfecture sont venus, ont posé quelques questions et sont repartis sans paraître très intéressés. Puis on a évacué le corps à la morgue ; je ne sais rien d'autre.

Je souris à notre exquise terlocutrice.

— Merci de votre aimable coopération, chère Madeleine (son blase est écrit sur un badge fixé à son revers).

Elle n'a pas envie de nous lâcher la grappe.

— Vous pensez que cette mort n'est pas naturelle ? demande la femme qui porte un stéthoscope au lieu d'une rivière de diamants au cou et un stérilet dans le four à micro-ondes.

— En tout état de cause, elle ne saurait l'être, Mado chérie, lui réponds-je en me levant. Triste suicide, convenez-en. Seuls des prisonniers exténués l'utilisent dans leur geôle parce qu'ils n'ont pas le choix…

Nous nous séparons sans langueurs excessives.

— On se cogne une bibine ? proposé-je. Je me déshydrate.

Une brasserie proche nous accueille ! Maison de tradition, avec loufiat à gilet noir ; il tient son plateau sous le bras, kif le discobole se rendant au stade. Une banquette de moleskine, à l'abri d'une plante verte d'époque 1900, reçoit nos séants esthétiques.

Jérémie allonge ses cannes en exhalant un long soupir d'homme en manque de roupille.

— Tu veux que je te dise, Antoine ?

— Vas-y !

— Ta vie ne tient qu'à un fil, et il n'est pas plus résistant que ceux de la Vierge.

— Crois-tu que je l'ignore ?

— Tu ne t'attaques pas à un groupe de forbans, mais à une puissance formidable qui ne peut tolérer le plus léger contrecarre. L'attentat de cette nuit le prouve, comme la mort de tes coéquipiers.

— Il en reste un, fais-je. Peut-être est-il toujours à la verticale.

— À vérifier !

Ces deux mots me dynamisent. Je dépoche mon portable pour chercher le numéro de Magnol sur le répertoire électronique. Crème-de-Suie pêche un baveux du jour sur le guéridon proche et se met à l'arpenter du regard.

Dans mon jacteur, c'est la classique sonnerie d'appel avec quelque chose de fané me faisant pressentir la non-réponse. Pourtant, contre toute intuition, ça dégoupille à l'autre extrémité.

— J'écoute, chevrote une voix d'octogénaire asthmatique.

— Pourrais-je parler à M. Magnol ?

— Il est en voyage, répond la dame.

— Vous êtes à son service ?

— Non : je suis sa maman.

Je flûtise des cordes vocales :

— Très honoré, madame Magnol. Ici San-Antonio, un ami de votre fils.

Elle exclamise :

— Par exemple ! Je lisais justement un article sur vous dans *Le Parisien* !

— Vous savez où est Maurice ?

— À Londres. Il est parti hier, en fin de journée.

— Pour longtemps ?

— Il pensait rentrer dans deux ou trois jours.

— Auriez-vous son adresse là-bas ?

— Ah ! non. D'ailleurs il a filé si vite qu'il n'a pas eu le temps de retenir une chambre ; mais j'aurai de ses nouvelles dans le courant de la journée, conclut-elle, confiante.

On se dit au revoir et je libère la ligne.

Au moment de rapporter mon coup de turlu au Grand, je constate qu'il est entièrement accaparé par sa lecture.

— Que se passe-t-il ? Lady Di est ressuscitée ?

Il finit de lire et abaisse le quotidien. Il a la gueule toute chiffonnée, le Négus.

— Ben quoi, bredouillé-je confusément, gagné par son émotion, les Martiens attaquent ?

Tout ce qu'il est capable de réagir, c'est de pousser le journal dans ma direction. Avec son index en chocolat, il me montre un texte à la une.

Je le déchiffre (aisément, car c'est écrit gros) :

CHANGEMENT À LA TÊTE DE LA POLICE JUDICIAIRE

Albéric Machekhouil, ancien directeur de la D.S.T., remplace San-Antonio victime d'une grave maladie.

Je m'abstiens de ligoter la suite, elle ne m'intéresse pas.

Un moment de silence, à contempler le col blanc de mon demi en train de se désagréger, puis je déclare, en grande sincérité :

— On ne peut plus logique : un trône ne reste jamais vide longtemps.

Je vois scintiller des larmes dans les châsses de mon ami. Étrangement, j'éprouve une profonde allégresse.

— Chiale pas, Blanche-Neige, je n'étais pas fait pour un tel poste. Beaucoup trop indépendant. Je farfule en toute circonstance. Veux-tu que je t'avoue une chose ? Me voilà soulagé. Je quitte mes fonctions dans les meilleures conditions. J'en prenais à mon aise avec elles. La preuve : cette sorte de « brigade secrète » que j'avais fondée avec d'autres huiles des polices européennes. Trop brasse-tout, l'Antonio. Chimérique à s'en pisser parmi ! À présent, vieux King-Kong, je vais démarrer une vie nouvelle.

Mais mon enjouement, pour sincère qu'il soit, ne le ragaillardit point.

— Et moi ? demande-t-il, honteux de sa question égoïste. Je vais devoir te quitter ? Rappelle-toi, un jour déjà, tu avais largué la rousse pour fonder une agence privée avec tes « hommes ». Elle a bien fonctionné, tu y as remporté de francs succès, et pourtant tu as fini par réintégrer la boutique !

— Les conditions différaient. Mais ne te tourmente pas, mon gentil : nous ne nous séparerons jamais. La tête que tu aperçois, en équilibre sur mes épaules, accouchera d'une solution lumineuse. Pour le moment, nous avons une montagne de mystères à mettre groggy. Retrouver Béru et mon brave Salami, s'ils sont toujours sur leurs quatre pattes, tous les deux. Résoudre les affaires de Lanzarote. Reprendre contact avec mes partenaires de la « bande des quatre ». Accomplir mille choses encore dont tu n'as pas la moindre idée, ni moi non plus !

Ma fougue est si ardente, mon énergie si palpable que le Black finit par éclater de son grand rire savanesque.

Sa bouche ? Deux gants de boxe en train d'applaudir !

[Chapitre VIII]

Quand je ne serai plus qu'une ombre
Pareille à d'autres ombres
À jamais

La chanson de Trénet me trotte dans le cigare. Qu'est-ce qui leur a pris de ne pas l'accepter à l'Académie, ces *roclores*[1] !

Je ne peux m'empêcher de penser à tous les moisis du bulbe qui y croupissent, garnis de Pampers. Ils préfèrent donc le salpêtre à la mousse des bois ?

Au fait, pourquoi te parlé-je du Grand Charles, monsieur, madame ? Ah ! yes : à cause de sa chanson. *Quand je ne serai plus qu'une ombre*. Seulement l'ombre naît de la lumière, sinon elle n'est que néant, dit-on à Bourgoin-Jallieu. Ceci nous ramène à la sempiternelle interro : « Il existe, ou merde ? » Tout ça, pareil une toupie infernale sous ma casquette, cependant que l'avion amorce sa descente sur London.

Près de moi, le mec aux cheveux à ressorts en écrase délicatement. Il ronfle peu, Jérémie, grâce sans doute à son tarbouif large comme une hotte de forgeron.

C'est dans le café suranné où j'ai appris ma mise à pied que nous avons décidé de filer dare-dare chez les Rosbifs. N'est-ce pas dans Hyde Park qu'on m'a retrouvé, le cigare zingué ? Par ailleurs, il est

1. Expression dauphinoise qui n'engage que moi.

grand temps de faire le point en compagnie de mes homologues de la « bande des quatre ».

Un feu de la Saint-Jean pétille en moi.

Sou-la-gé, l'Antonio de ces dames. Prêt !

À quoi ? Mais à tout, mon général !

À tout cœur, principalement. J'ai des arriérés à liquider. Elle est déjà loin, la pipe maussade de notre soubrette. Rien de plus affligeant qu'une fellation de misère. Baiser sans entrain est à la rigueur supportable. Mais une turlute du bout des lèvres me semble intolérable car c'est cette pratique qui donne la pleine mesure de la passion.

Idem pour la bouffe masculine, œuf corse. T'as des brouteurs de pelouse qui confondent chaglatte et enveloppe à cacheter. Blllm, blllm, sur le parvis glandulaire, et adieu, Rosine, je te connais bien ! Puis ils se torchent les babines d'un double mouvement d'avant-bras, les butors, kif un terreux venant de claper sa soupe matinale.

C'est la calbombe pleine de salaceries extrêmes que je déboule du zinc. En arpentant le tunnel de débarquement, Blanc bâille comme les brodequins de Charlot dans *La Ruée vers l'or* ; il émet un feulement pour remake du *Livre de la jungle*.

*
* *

Notre « siège » se trouve dans Sloane Street, au quatrième étage d'un immeuble peu folichon. Depuis les fenêtres on aperçoit, en se penchant, les frondaisons de Hyde Park et même un bout de la « Serpentine », le petit lac aux eaux sombres agrémentant ce lieu de promenade où les nurses en uniforme, les vieux gentlemen à chapeau melon et les étrangleurs désœuvrés promènent de riches héritiers en barboteuse, leur arthrite irréductible et des instincts homicides. Foin d'ascenseur. Un escalier de pierre recouvert d'un tapis plus percé que persan (aimé-je à répéter, et si tu n'es pas content je te lancetique au prose) feutre le bruit de nos pas.

Je reconnais la porte de noyer à grosses moulures. Nulle plaque pour indiquer le blase ou la raison sociale des occupants. La sonnette, un point it is all !

Deux de « ces messieurs » doivent m'attendre : l'Anglais et le Germain (le Rital demeure injoignable). Nous nous sommes fixé le ranque pour quatre heures p.m. et il est juste temps.

À mes surprise et déconvenue, personne ne réagit.

Je réitère mon dreling-dreling.

En vingt !

— Et on dit les Rosbifs ponctuels ! maugrée mon pote.

Nous poireautons sur le palier un bon moment avant de nous s'asseoir sur les marches, dirait un marmot de mes relations.

Une vieille tarderie, porteuse d'un manteau de renard malgré la saison, grimpe en direction du cinquième, laissant un sillage écœurant de poils exténués (les siens et ceux du goupil). La décrépitude nous jette au passage un regard de courroux en crue. Elle a tout de suite compris que nous n'étions pas des gentlemen. Notre dialecte français ne peut laisser planer le moindre doute.

D'autres minutes s'écoulent, tisseuses d'instants. Je me sens franchement courroucé par la légèreté de mes homologues.

Blanc, décidément en manque de pioncette, roupille la tronche appuyée au mur. Dans la pénombre escalière il fait songer à une statue nègre au modelé délicat. En bronze on le croirait, ce gourou. Je le revois sabrant la mère Mathias à grandes culées méthodiques. Elle jutait comme une perdue, la lauréate du prix Cognacq. À ce moment il ressemblait à un animal de la brousse concentré sur la survivance de son espèce.

Une deuxième femme surgit ; le contraire de la précédente puisqu'il s'agit d'une jeune fille rousse, au minois étoilé de taches de rousseur.

Elle marque un arrêt à notre hauteur.

— Ce monsieur est malade ? s'inquiète-t-elle en désignant l'Endormi.

— Pas du tout ; il trompe le temps avant que ce bureau n'ouvre.

— Il n'y a personne ? s'étonne-t-elle. Pourtant quand je suis partie en courses, voici une heure, trois messieurs y sont entrés.

Elle hoche la tête, sourit, déclare :

— Probablement sont-ils repartis…

Et de poursuivre la grimpette avec une primesauterie juvénile. Sa jupe imprimée forme une sorte d'abat-jour charmant qui laisse apercevoir son exquise culotte rose. Un brin d'effervescence parcourt mon slip dans le sens des aiguilles d'une montre marquant midi. Je rengracie de l'escarguinche. Pas de regrets, en Albionie, les filles commencent à bien baiser après la trentaine. Faut d'abord qu'elles s'appuient leurs mannequins à pébroque avant de connaître les zèbres venus d'ailleurs pour les révéler.

Jérémie se lève, s'étire.

— J'ai faim, soupire-t-il.

Son implicite requête me laisse froid comme les testicules d'un gazier apprenant à faire du patin à glace.

Soudain, un courant électrique prend possession de mon individu et croît en intensité.

M'approche de la forte lourde pour visionner les serrures. Elles ne sont que deux, mais coriaces. Les Angliches, faut le reconnaître, fabriquent toujours des produits de haute qualité.

Devant ces morceaux d'anthologie, mon brave sésame s'essouffle. En fin de compte, il triomphe parce que ces fermetures n'ont pas été actionnées à plusieurs tours.

Le battant s'écarte et nous pénétrons dans le P.C.

[Chapitre IX]

L'odeur, avant tout. Âcre et sauvage, avec quelque chose de douceâtre cependant, celle du sang frais et de la mort qui s'installe.

Combien de fois l'ai-je respirée, au cours de ma putain de carrière ?

On se regarde d'un air entendu, le Négusman et bibi. Nous avons pigé : y a eu du grabuge dans Sloane Street.

Tout est silencieux. Le hall d'entrée est aussi désert que le bénoche d'un membre de l'Institut.

Notre état-major clandestin comprend : un bureau meublé d'un énorme coffre-fort et d'appareils en majorité électroniques, une salle de conférences avec l'incontournable table ovale, un confortable salon aux fauteuils club (profonds comme mes recueils de réflexions) et équipé d'un bar recelant du whisky Lock Dhu[1], et enfin une kitchenette tout juste bonne à confectionner des toasts au caviar.

C'est dans la salle des réunions que ÇA se trouve. Et c'est pas beau ! Voire épouvantable. Je te narre par le menu.

Des gens ont poussé la table contre le mur du fond, histoire de dégager le centre de la pièce. Pourquoi, François ? Tout bonnement afin qu'on puisse accéder à l'énorme lustre hollandais.

Parlons de ce dernier ! Il est pourvu d'étranges pendeloques puisque trois hommes y sont attachés par les chevilles, la tête en bas. Il s'agit de mes partenaires allemand et anglais, avec Magnol, la troisième recrue de mon commando spécial.

Sombre découverte !

Leurs mains sont liées dans le dos. Leurs vêtements lacérés ressemblent aux pétales d'énormes fleurs fanées.

Lorsqu'ils ont été dénudés de l'hémisphère Sud, on leur a ouvert le ventre à l'aide d'une lame prodigieusement affûtée. La masse des viscères abdominaux grouille sur le tapis tels d'ignobles reptiles. Le raisin coule encore de ces blessures démoniaques[2].

Dans des books moins bien entretenus que les miens, certains auteurs te balancent le cliché sur « la mare de sang ». Ici, ils devraient passer la vitesse supérieure et parler de « lac de sang ». Tu connais celui d'Annecy ? Idem, en moins romantique. La femme de ménage qui s'appuiera la remise en état de la pièce méritera une belle prime.

Le Noirpiot détale pour aller gerber dans les lavatories, lui qui prétendait mourir de faim un instant plus tôt !

Je me tiens prudemment à distance du carnage. Pas la peine de foutre mes escarpins italoches dans l'odieuse confiture ! Je ne parviens pas à m'arracher à cette scène de cauchemar.

« Il faut raison garder ! » m'exhorté-je. Tiens, l'expression commence à faire long feu chez les politicards. Va bien se pointer un autre lavedu avec une formule nouvelle à mettre sur orbite. Temps à autre, t'as un nélu qui accouche d'une phrase fourrée Gambetta-Clemenceau-Lanturlu. Aussitôt toute la coterie s'en empare pour des effets de glotte.

1. Le seul scotch noir existant. Une merveille !
2. Seul de toute la littérature française, San-Antonio pouvait parler d'une « blessure démoniaque ».

FÉNELON

Pardonne-leur, Seigneur : ils n'ont qu'une vie à vivre, sont stupides mais pas méchants. Trop de banquets, de discours oiseux, de léchages autour d'eux : bite, anus, entre-doigts-de-pieds ! Ah ! que la France est belle, et comme on est fier d'être ses enfants ! Enfants de Pétain, de De Gaulle, de putes et de la patrie ! Tous réunis sur le parvis du Panthéon. Aux grands cons, la Nation reconnaissante. Tirer à vue ! La chasse d'eau, surtout !

Tu veux que je te fasse une confession ? Je ne lis plus les journaux, n'écoute pas la radio, ne regarde point la téloche ! Seule la terre m'importe. Avant d'aller y jouer la taupe hibernante, j'en admire le dessus féerique : l'eau et les plantes, une belle chatte et la prière ! Pour le reste, s'adresser au concierge ! Tu n'imagines pas à quel point je les sodomise profond et sincèrement ! À sec ! Je fais mieux que les enfiler : je les abrase ! Toute une trajectoire gadoueuse pour en arriver là !

Jérémie revient, couleur vert-de-gris.

— Le bout de la nuit ! balbutie-t-il.

— En effet, admets-je. Aujourd'hui, le fond de l'horreur est frais.

— Nous devrions jouer cassos, non ?

— Tu oublies que deux bonnes femmes nous ont vus bivouaquer devant la lourde ! Dans le signalement qu'elles fourniront, elles ne diront jamais que tu es norvégien !

Il me désigne un feuillet sur la table, accomplit un vaste détour pour l'aller chercher. Il s'agit d'un message composé classiquement au moyen de caractères découpés dans des baveux.

— Qui est Gaetano Listri ? questionne Blanc.

— Le quatrième membre de notre équipe : l'Italien.

Mon ami opine et me donne lecture du texte :

— *Gaetano Litri noyé dans le Tibre.*

C'est tout.

Mais c'est beaucoup.

Mon féal baisse la tête.

— Conclusion, tu restes l'unique survivant du quatuor ?

Sa voix est semblable à celle qu'ont les marées pour raconter leurs sinistres histoires, le soir, quand elles viennent vers nous[1].

1. Quel talent, ce San-Antonio !
Anatole FRANCE

Les exhalaisons de la mort violente nous chavirent.

— Retournons en France, fait mon pote, avant que ce massacre soit découvert, sinon les Rosbifs vont nous casser les roupettes jusqu'à plus soif. Tu les connais ? Plus charognards qu'eux, ça n'existe pas. On risquerait d'y laisser notre jeunesse, avec ces coriaces.

N'a pas tort, l'Ébènė. Franchement, je balance devant cette alternative. Et puis, la facilité l'emporte.

— D'accord, rentrons.

Une plombe et demie plus tard, nous prenons un Air France qui passait par Heathrow, au Terminal 2.

*
* *

Bref voyage, mais rude journée !

Nous sommes tellement choqués par ce que nous avons découvert à l'état-major que nous n'en cassons pas une. Le spectacle monstrueux reste monté sur boucle dans notre ciboulot. Parfois l'un et l'autre avons un tressaillement nerveux. On a beau être aguerri, un tableau comme celui de London met du temps à s'estomper.

Alors que nous roulons en direction de la porte de Clignancourt, au milieu d'un océan de bagnoles, Jéjé questionne :

— Tu sais où tu vas ?

— Où irais-tu, toi, à ma place ? Si tu devines, je te paie un dîner mémorable à L'Ambroisie.

Il fait claquer ses doigts de jazzman.

— Attends, je gamberge un brin.

Mais sa réponse tombe promptement :

— Chez la mère de Magnol ?

— Gagné !

Dis, il est pas mou de la tiare, Zébulon. J'ai toujours cru en ses capacités flicardières.

— Qu'est-ce qui t'a mis sur la voie ?

— Pas dif' : il a été assassiné avec deux boss de votre P.C. Il se trouvait en leur compagnie parce qu'il détenait une info de première. Comme tu étais dans la liqueur d'oubli, il a jugé indispensable d'en faire part à tes partenaires, d'où son voyage en England.

— Bien gambergé pour un primate dont les ancêtres avaient un potiron rouge en guise de trou du cul !

Ma boutade ne l'amuse absolument pas. Il décide de me laisser aller seul chez la dame et rentrer at home se changer.

[Chapitre X]

L'immeuble où créchait Magnol est situé rue de la Convention, dans le quinzième.

Sa mother répond présent à mon coup de sonnette. Elle est infiniment moins âgée que sa voix ne le laissait supposer au bigophone. Soixante balais environ, mais elle souffre d'une maladie des ficelles vocales et parle comme si elle avait son bonnet de nuit dans le clapoir.

Femme très agréable au demeurant. En me découvrant sur son paillasson, tout son être irradie rose.

— Vous, monsieur San-Antonio ! s'exclame-t-elle avec une joyeuseté qui me mine.

Je souhaiterais montrer de l'entrain, mais sachant quel énorme chagrin la guette, j'ai l'âme crispée, kif le frifri d'une vierge le soir de ses noces[1]. Lui souris néanmoins.

Cette personne a conservé une taille d'ado et un visage bourré de charme jusqu'aux oreilles. C'est précisément dans cette région que les rides commencent à se grouper. Un léger fond de teint et il n'y paraîtrait plus. Ses yeux bleus sont vifs, sa bouche sensuelle et ses flotteurs terriblement tentants. En toute autre circonstance, tu sais que je lui ferais volontiers deux doigts de cour ? Trois même, au besoin !

J'ai toujours été branché par les dames automnales : elles m'excitent. Il y a dans leur être une sorte d'appel muet. Leur résignation n'est qu'apparente. Des incendies non circonscrits continuent de brandonner dans leur corps.

— Vous prendrez bien un verre de porto ? propose-t-elle.

— Avec plaisir.

1. Métaphore obsolète de nos jours.

Marthe RICHARD (prix Nobel de l'Happé)

Elle sort deux verres taillés d'un buffet. Je la regarde s'activer et mon cœur se serre. Les drames nous télescopent à l'improviste. À un moment où l'existence paraissait fonctionner normalement, sans bruits inquiétants, sans trépidations.

J'hésite. Peut-être devrais-je la préparer doucement, lui confier que j'ai des inquiétudes à propos de son garçon. D'un autre côté, je me dis qu'elle vit sans aucun doute ses ultimes instants relaxes. APRÈS, plus rien ne sera jamais pareil. Et si je lui apportais un peu de bonheur ?

Son porto n'est pas de la drouillasse d'épicier, mais un vrai vintage vieux de dix ans.

Lui en fais compliment.

— Vous souffrez d'une affection de la gorge ? lui demandé-je.

Elle hoche la tête.

— On m'a opérée, il y a dix ans.

Elle attend que je bonnisse l'objet de ma visite. Une lampée et je plonge :

— Maurice est sur une enquête délicate, chère madame. Un gros ennui de santé, vous l'avez lu dans les journaux, m'a éloigné quelque temps de nos problèmes. Ne sachant où le joindre, j'ai pensé que j'obtiendrais vraisemblablement des indications à son domicile. Verriez-vous un inconvénient à ce que je jette un coup d'œil à sa chambre ?

— Pas le moins du monde.

Elle ajoute :

— Je suis inquiète car il ne m'a pas appelée depuis son départ.

— Vous savez, en Angleterre rien ne se passe comme ailleurs.

Je suis parvenu à prendre un ton léger qui la rassure momentanément. Elle se lève et me guide jusqu'à une porte peinte en imitation bois, bien qu'elle soit en bois !

La carrée de mon éphémère collaborateur n'est pas très vaste et me rappelle la mienne. Même lit de bois, haut sur pattes, mêmes rideaux ajourés aux fenêtres, même fauteuil Voltaire. Curieusement, c'est ici que la mort de Magnol me frappe de plein fouet. Je le connaissais superficiellement, mais il est évident que nous avions un tas de points communs.

Outre le lit cité plus haut, la chambre comprend une garde-robe et une petite table surchargée de choses hétéroclites : un énorme coquillage nacré, un plumier d'écolier, un sous-main râpé gonflé de paperasses, un cadre à pied recelant la photo de ses parents, plusieurs pipes dûment culottées sur un râtelier, un poignard africain servant de coupe-papier, le téléphone et un répertoire.

Mme Magnol s'est discrètement retirée, pas avoir l'air de surveiller mes fesses et gestes.

Pour commencer, j'examine la photo du couple qu'elle formait avec le père de Maurice. Le gazier ne semble pas avoir inventé l'insecticide à éléphants. Gueule morne, plis charognards aux lèvres. Le genre à cafter en classe et à scier les branches sur lesquelles se juchaient les copains. Est-il mort, ou vit-il sous d'autres cieux, avec une seconde dame ?

Par contre, quarante piges en arrière, sa première épouse était belle et fringante. Dans son regard brillait une flamme venue directo du réchaud. Et ses jambes, dis ! Faites pour la gambille. Ses hémisphères appelaient la main de l'homme, irrésistiblement. Elle me filerait le tricotin, sans charre !

Mais je ne suis pas ici pour m'abîmer dans des contemplations fuligineuses. J'ai école.

Exploration du sous-main. J'y débusque des paperasses sans importance : facture d'une bagnole achetée d'occase au garage Mercantyle, avenue de Suffren (Lancia décapotable) ; une bafouille du Trésor rappelant au destinataire un arriéré de quatre mille six cent vingt francs à carmer avant le 25 de ce mois ; une lettre passionnée d'une certaine Yolande, expliquant combien elle a apprécié le pouce qu'il lui a carré dans l'œil de bronze en cours de minette ; une carte postale en provenance de Côte d'Ivoire signée illisible ; et enfin une invitation aux fêtes célébrant la libération de Fouzy-Tondouha.

Indécouragé, j'empare le répertoire bigophonique. Il est peu achalandé. Ne fréquentait pas grand monde, Magnol. J'y relève mes coordonnées, celles de Franck Blando et de Lucien Handermic. Il contient aussi les noms d'un médecin, d'un dentiste, d'un labo d'analyses, de deux garagistes, de seize restaurants, de deux pompeuses de dards, d'un marchand de vins, d'un club de boxe, plus des blases inconnus de moi. Rien à glander de cet opuscule car tout ce qui s'y trouve consigné a été écrit depuis un certain temps, la pâleur de l'encre en fait foi.

Ces déconvenues successives pourraient me plonger dans le désenchantement ; mais, curieusement, elles ne font qu'attiser ma conviction secrète. Je te l'ai moult fois rabâché : ce qui différencie un flic d'un con courant, c'est l'instinct. Nous détenons le flair et lui obéissons spontanément.

Ainsi, à partir de l'instant où je me suis assis à cette table, j'ai SENTI qu'elle supportait « quelque chose » de déterminant pour ma pomme. En vertu de quoi, cherche, mon Sana ! Ta queue remue, c'est bon signe !

Le moment est venu de t'octroyer un temps mort, fiston. Tu viens de subir une grosse épreuve physique, s'agit de ne pas bousculer tes méninges, tu dois les laisser dériver à leur guise, comme disait le duc du même nom.

Je saisis la coquille, si décorative ; la nature fait bien les choses : ses formes et ses couleurs aboutissent à la plus réussie des œuvres d'art. Elle est de la taille d'une noix de coco (le dessert préféré de mes amis communistes). Je t'ai déjà mentionné sa teinte nacrée, j'ajoute ses reflets blonds, ses volutes s'assombrissant jusqu'à prendre un ton abricot.

Et brusquement, tu sais quoi, Dubois ?

J'actionne la lampe de bureau et entreprends de « mirer » le coquillage, comme une fermière les œufs qu'elle va mettre à couver.

Je suis si confiant que je n'éprouve pas la moindre surprise en découvrant, logé dans l'ultime arabesque, un petit objet compact et sombre.

Duraille de le récupérer. Pour y parvenir, j'emprunte la tige de métal tendant les rideaux de la fenêtre. Tords l'une de ses extrémités afin de la transformer en crochet pour touiller le fond de la corne d'abondance.

Après de nombreuses tentatives, je finis par ramener une pochette de carton composant le cadre provisoire d'une photo d'identité. Celle d'un homme d'une trente-cinquaine d'années, blond avec une moustache noire donnant à croire qu'il se teint, soit les tifs, soit les baffies. Sur l'étui sont imprimés le nom et l'adresse du photographe : « Studio Octave Dodièse, 18, rue Saint-Antoine. Paris ».

La suite de mes recherches est infructueuse.

Lors, je vais rejoindre Mme Magnol dans son living. Elle est occupée à faire de la tapisserie, passe-temps désuet à notre époque. Son canevas représente une chasse à courre. On y voit un piqueur sonner du cor au milieu de chiens surexcités.

— Très bel ouvrage, flagorné-je.

Elle a un sourire mélanco :

— Ne me flattez pas, je sais parfaitement que c'est horrible, mais cela me meuble l'esprit. Maurice est très peu à la maison. Comme je déteste la télévision, il ne me reste que la lecture et le point de croix.

— Vous n'avez pas de… de compagnon ?

— Trop de déceptions de ce côté-là ; je suis parvenue à l'âge du renoncement.

— Vous avez tort de penser ainsi, madame Magnol : vous êtes une femme très désirable.

De stupeur, elle plante sa longue aiguille dans le cul d'un lévrier et me fixe d'un air incertain, cherchant à déterminer si je la chambre ou pas.

Mes yeux doivent s'injecter de convoitise car elle se met à rougir et déclare en dérobant les siens :

— Merci. Il y a bien longtemps qu'un homme ne m'a pas adressé pareil compliment !

C'est dit avec une telle nostalgie que je m'avance jusqu'à sa chiotterie de canevas, tombe à genoux près d'elle, attitude extrêmement pompeuse lorsque c'est autrui qui agit ainsi, lui biche la dextre pour en baiser le dos.

Elle est toute retournée.

— Allons, allons, balbutie-t-elle, ne me troublez pas, ce ne serait pas charitable.

— Je ne fais qu'obéir à un élan du cœur et des sens, plaidé-je, comme dans une pièce d'Édouard Bourdet. Au premier regard, j'ai éprouvé une espèce d'euphorie. Si je me laissais emporter par ma sensualité, je vous soulèverais de votre chaise.

Je joins le geste à la parole. Elle ne résiste pas.

— Et après ? demande-t-elle, mourante.

— Je vous porterais sur le canapé, proche de la cheminée.

Dont acte.

Une fois allongée, elle ne questionne plus, largue les amarres.

Seigneur Jésus ! Tu sais quoi ? Des bas ! Oui, tu lis bien : de vrais bas, avec porte-jarretelles ! Et petite culotte rose, je te prie d'agréer ! Comme quoi, elle continuait de cultiver en serre sa féminité, cette exquise ! À défaut de séduire des mecs, elle se séduit elle-même. Je l'imagine, au soir sans chandelle, à se bricoler le sillon magique en rêvant d'Olivier de Kersauson, de Didier Van Cauwelaert, de Bertrand Poirot-Delpech ou de Tony Blair, hommes avec lesquels la nature n'a pas chipoté. Du talent et de la gueule, les salauds !

Tu verrais le slip affriolant, jusqu'où je l'envoie dinguer !

Certes, elle s'est morflé quelques vergetures, Henriette (son nom est écrit en fine anglaise sur sa médaille de baptême), et on distingue des amorces de cellulite, de-ci, de-là, mais ça reste véniel. Ne m'empêche pas de lui soumettre un bâton de Guignol absolument extravagant, du pilon de pharmago !

Elle perd pas de temps en gâteries prélavables. Se le veut directo dans la moniche, pendant qu'il est admirablement joufflu et écarlate. Elle sait qu'un tel état de grâce ne dure pas, craint que je ravise du trognon ; le voir flasquer avant terme l'épouvante. Depuis combien d'années elle ne s'en est pas chopé un commak par l'entrée des fournisseurs ? Une expérience de cette ampleur, faut se l'engouffrer dard-dard, pas « y » laisser refroidir, dirait-on sur mes terres d'origine, en bas Dauphiné.

Mais pas question de te tartiner la prostate avec mes prouesses. Par moments – rarement – me viennent des bouffées de pudeur. Sache seulement que je la démarre papa-maman, sans virtuosité excessive. Mon but est de lui faire choper un panard de premier secours, juste la débarrasser de son trop-plein, pour tout de suite after, lui déballer le grand service d'apparat, comme la môme Ferguson n'en a jamais connu ! Y compris lorsqu'elle se faisait chevaucher devant ses chiares, au bord de sa piscaille, par un glandu coiffé peau-de-fesse, sans se gaffer que mon pote Angeli, depuis le pommier du voisin, flashait son prose rouquinos à tout berzingue !

La Couronne britiche ? Juste bonne pour jouer au bilboquet ! Quand je vois toutes ces royales connasseries, je prends la gerbe de forte gueule de bois ! La grande Albion ? Musée de la mère Tussauds ! En tout cas des erreurs. Et l'autre, la chère défunte qu'un brave Franchouille bourré a transformée en sainte de fête foraine ! Pas de quoi se manger les couilles sans recracher les noyaux !

Veux-tu que je te dise ? Je préfère la Formule 1 à toutes ces infâmes mômeries. La sublime Di, trépassée, le cul sans doute plein de semence égyptienne. Rappelle-toi cette apothéose du corbillard. Elle était devenue Queen, la Mère Teresa des palaces ! Le monde entier se tordait de douleur : Rosbifs, Japonouilles, Ruscoffs, Touaregs, garçons coiffeurs, clodos soiffards. Vénérée, presque canonisée par l'humanité de cette année-là, pour aller faire la cantinière du zouave au pont de l'Alma ! Heureusement que nous sommes quelques-uns et zunes à nous taper le dargif par terre ! Quelques-uns en pleine hébétude devant ce formidable chagrin collectif ; cette partouze de pleurs monstrueuse ! Des kilolitres de larmes ! Le débit du Nil à eux tous, locataires de la planète Terre. La princesse Bitauprose refroidie en bagnole comme un simple dimanchier rentrant de Gambais ou du Tremblay-sur-Mauldre ! Et, depuis, des bouquins par dizaines pour perpétuer le vécu de cette Sainte-Qui-Couche !

Mais je me laisse aller aux délirades : mon éditeur va protester parce que je génère des frais de composition extravagants ! Me faut t-en reviendre à ma merveilleuse. Elle me rappelle l'enseigne d'un marchand de godasses : « Aux Mille Pieds ».

Ses jouissances se succèdent comme les gerbes de blé tombant d'une botteleuse. Un coup de levrette tzigane, et poum ! elle pâme ! Un brin de tyrolienne à cresson, et vlan ! elle clame son panoche ! Le petit refrain à trois doigts (deux dans la coucha et le troisième dans le borgne), elle sanglote de trop tout !

Dire qu'il s'en est fallu d'un pet d'escargot que je lui passe outre, cette fabuleuse virtuose. Je serais canné sans savoir ce qu'est une authentique partie de baise. On va mettre des millénaires à se rétablir d'une aussi faramineuse tringlée.

Nos exploits matelasseurs perdurent. J'ai la bienheureuse certitude de ne risquer aucune rupture de stock. Alors, nous recommençons jusqu'à ce que nos sexes, brûlés par l'intense frottement, deviennent douloureux.

Seigneur, pardonnez-moi de toujours Vous implorer quelque chose : faites qu'elle ait de la vaseline !

[Chapitre XI]

Fla-ga-da !

Ah ! la belle, la noble fatigue.

Ma bitoune, bien ointe, repose dans mon kangourou ainsi qu'un nouveau-né dans ses langes. Quand pourra-t-elle reprendre du service ? Pas avant plusieurs jours, je le crains. Une chance qu'elle ne soit pas partie en copeaux sous mes coups de rabot féroces, l'exquise Henriette.

Son ramadan a pris fin, le temps de l'abstinence est terminé. J'ai beau avoir le panais comme une lampe à souder, je compte visiter souvent cette femme, des régalades Fauchon sous un bras, mon missile à tête fureteuse sous l'autre.

Puis je me prends à évoquer son garçon évidé, là-bas, dans la salle de conférences du P.C. londonien.

Misère ! Ce qui l'attend, la chère âme ! Souhaitons qu'on lui taise les détails.

Rue Saint-Antoine, je repère sans difficulté la boutique du sieur Octave Dodièse. Trois appareils Kodak, bas de gamme, se courent après dans sa vitrine, avec quelques photos de mariages, résumé d'une humanité souffreteuse promise à un destin saumâtre.

J'entre.

Deux personnes : le mari et sa rombiasse. Le type est la réplique d'une pauvre bite entrevue dans un hosto, par l'échancrure d'un pyjama pisseux. Petite tronche presque chauve, yeux proéminents, étiquettes décollées, plaques d'eczéma un peu partout. Sa camarade d'existence fait songer à une poupée gonflable passablement dégonflée. Elle est roussâtre, mal peinte, avec sur le visage une expression d'ennui hébété. Robe en lainage marronnasse, ceinture de plastique vert. Au cou une main de Fatma fraîchement sortie de la culotte d'un cavalier berbère.

Voilà pour les protagonistes.

Le magasin est sombre comme l'intérieur d'un de ses appareils photo. Des odeurs méchantes émanent de l'arrière-boutique, mi-chimiques, mi-oignons frits. Ça, c'est pour le décor, auquel on doit ajouter une constellation de portraits désespérants par la détresse qu'ils expriment.

Le batracien (il évoque un crapaud) essaie de m'accueillir avec le sourire, mais tout ce qu'il obtient c'est une grimace de constipé ayant perdu l'espoir d'accoucher un jour d'un bel étron qui ressemblerait à son papa.

— Vous désirez ? s'informe-t-il avec civilité.

— Je suis venu vous montrer deux portraits d'identité, dis-je-t-il d'un ton urbain. Voici le premier…

Et de lui présenter ma brème professionnelle sur laquelle je photomatone avec enjouement.

— Et voilà la seconde, poursuis-je en produisant le spécimen planqué dans la coquille (n'oublie jamais le *q* de ce mot, sinon tu risques de déconcerter).

Ma carte de directeur de la rousse lui a fait perdre une grosse partie de sa capacité thoracique. Son coup de projo à l'autre est effectué avec détachement.

— Alors ? chevrote mister Guette-au-Trou.

— Je m'intéresse à ce personnage, déclaré-je en le sondant d'un regard de lynx.

Il tâtonne la poche supérieure de sa blouse blanche, y puise des besicles d'alchimiste lituanien et les chausse, non sans s'être filé l'une des branches dans l'œil.

Se met à scruter la photographie.

Dubitate.

Je me dis, avec une voix mentale désespérée : « Chou blanc, Antoine, tu t'es chatoyé la gamberge pour peau de zobinche ! »

— Très sincèrement, je ne me rappelle pas, bredouille le crapaud-bluff.

Et là, il a l'initiative du siècle, cet ange brachycéphale.

Tu sais quoi ?

Il présente l'image à sa poupée dégonflée.

— Ce ne serait pas toi, Muguette ?

Elle regarde et déclare :

— Mais oui !

Un zéphyr souffle sur ma bite en feu.

Comme je m'apprête à passer au questionnaire poulardier, elle embraye :

— Je l'ai faite le jour où tu es allé chercher maman à Maisons-Alfort pour son anniversaire. Je fermais le magasin plus tôt, à cause de mon repas. Au moment où j'allais monter à l'appartement, cet homme a frappé à la vitre. J'ai rouvert car il me semblait l'avoir déjà aperçu. Il m'a suppliée de lui faire des identités dont il avait un besoin urgent… Il paraissait franchement ennuyé. Alors j'ai accepté.

Son regard angélique de connasse-fière-de-l'être me prend à témoin de magnanimité.

Mon sourire complice lui chauffe l'âme et incursionne jusqu'en sa culotte dont je soupçonne l'inintérêt.

— Vous venez de dire que vous pensiez le connaître ?

— En effet. Deux ou trois fois je l'ai croisé dans le quartier en faisant mes courses.

Elle reprend la photographie pour la regarder plus attentivement.

— Il a un accent étranger, fait Muguette.

— De quelle région ?

Elle devient pensive, ce qui accroît son air borné.

— Ni anglais, ni italien, assure-t-elle avec une catégoricité impressionnante.

— Europe centrale ?

— Peut-être.

— Vous pensez qu'il habite près d'ici ?

— Probablement. Je crois même qu'il demeure à la pension de famille Moulapine, près du garage. Elle est gérée par un vieux Russe d'au moins quatre-vingt-dix ans ; mes parents qui ont créé ce magasin à la fin de la guerre l'ont toujours connu.

Une lueur, qui ne saurait être d'intelligence, mais disons de curiosité, passe dans sa prunelle d'enfoirée.

— Je peux vous demander pourquoi vous vous intéressez à lui ?

— Qui vous en empêcherait ! réponds-je d'un ton mutin. Votre client ne vous a pas donné son nom ?

— Ce n'était pas la peine puisqu'il a attendu.

— Vous avez parlé pendant le développement ?

— À peine ; je m'occupais du tirage. D'ailleurs c'est le genre de personne qui ne recherche pas la conversation. Il a lu ce catalogue de chez Canon et, mon travail terminé, a insisté pour me donner cinquante francs de plus.

— Tu ne me l'avais pas dit ! lâche aigrement Fesse-de-Rat.

— C'était l'anniversaire de maman, j'ai oublié, répond la malheureuse connasse que son singe doit tenir d'une main ferme.

Je quitte ce couple charmant afin de visiter la pension Moulapine.

[Chapitre XII]

Le mastic des fenêtres ne tient plus et les vitres en semi-liberté font un bruit de troïka lorsqu'un lourd véhicule martyrise la chaussée.

Dans cet hôtel, tout est exténué : les meubles, les rideaux, le patron et le personnel (limité à deux femmes de chambre dont les ménopauses ont coïncidé avec l'assassinat de ce pauvre Nicolas II).

Le taulier gît derrière sa caisse, sur un étroit lit de camp qui poserait problème à Valentin-le-Désossé. Franchement dans les quetsches, le général Dourakine ! Que dis-je : dans la salle d'attente de la morgue.

Je renonce à lui adresser la parole et me mets en quête (ou enquête) de ses soubrettes. Précisément, en voici une sortant des gogues, la jupe encore à demi troussée, la moustache australe détrempée, le visage en lune joufflue, les cheveux gris sale et la barbe frisottée.

Je l'accoste avec une expression d'admiration en comparaison de laquelle celle que j'arborerais en accueillant sur mes genoux Emmanuelle Béart entièrement nue ressemblerait à la grimace d'un magot chinois souffrant de coliques néphrétiques. Ça ne la trouble pas, mais l'intrigue.

— Gentille madame, attaqué-je, je cherche un monsieur dont voici la photo. Habite-t-il cette maison ?

Présentation de l'image.

— Vous êtes police ? fait-elle du ton de quelqu'un à qui on ne la fait point.

— Je suis police, admets-je. Mais après tout, il n'existe pas de sot métier.

Elle acquiesce de la tige et assure :

— C'est photo M. Vokowiac.

— Quelle chambre ?

— Volga.

— Je vous demande pardon ?

— Ici, chambre, pas numéro ; noms rivières.

— Très original. Et la Volga coule à quel étage ?

— Tout de suite premier ; tout de suite escalier.

— Vous ange ! assuré-je en attaquant l'escadrin d'une allure martiale.

Me voici premier étage ! Derrière la lourde comportant le nom du prestigieux fleuve, écrit au pochoir, une musique cosaqueuse retentit.

Je frappe léger, comme le ferait une souris blanche en quête d'une couenne de gruyère.

Presque instantanément, l'huis s'écarte. Je me trouve en présence d'un zig blond, à moustache noire. Regard clair, bouche mince, expression sournoise, mais cependant joli garçon. Il porte un jean, un blouson de daim, un polo crème et tète un long cigare noueux.

— Qu'est-ce que c'est ? demande-t-il au risque de faire chuter deux centimètres de cendre.

— Police, déclaré-je sans forfanterie excessive.

— Que me voulez-vous ?

L'accent slave met du moelleux dans sa voix.

— Seulement un instant de conversation, ce ne sera pas long.

Alors bon, il me fait entrer dans une petite chambre confortable. Au centre : une table ronde et trois chaises cannées. Obéissant à son signe d'invite, j'en adopte une.

Il prenait le thé à mon arrivée, Nestor ; pareil aux gens d'Europe centrale, il le boit léger.

Je l'entreprends bille en tronche :

— Vous connaissez Maurice Magnol ?

Mimique surprise ; sincère ou parfaitement imitée ?

— Absolument pas. De qui s'agit-il ?

Je tire sa photo, exécutée par Muguette Dodièse.

— Il s'agit de vous, n'est-ce pas ?

— Naturellement.

— Elle se trouvait chez l'un de mes subordonnés.

Il s'abstient de produire un bruit de pet avec sa bouche et hausse les épaules.

— Ça m'intrigue !

— Pas tant que moi, monsieur Vokowiac.

Là-dessus, un ange qui faisait sa ronde passe d'un vol pâteux d'oie sauvage. Lorsqu'il s'est taillé par la fenêtre ouverte, je reviens à notre interro :

— Il y a quelques jours, vous débarquez chez un photographe du quartier. Vous faites rouvrir la boutique et suppliez qu'on vous tire le portrait d'urgence. L'émule de Nicéphore Niepce étant absent, sa rombière se charge du travail. Très honorablement, ajouté-je en examinant une fois de plus l'image. Cette dame vous livre six épreuves et voilà que je découvre l'une d'elles soigneusement dissimulée dans l'appartement d'un de mes flics présentement disparu. Bizarre, n'est-ce pas ? Mais il doit bien y avoir une explication, vous êtes d'accord ?

Il gagne du temps en m'offrant une moue dubitative dont je n'ai strictement rien à cirer.

— Peut-être l'aurais-je perdue, propose-t-il sans conviction.

À cet instant précis, je « vois » que Vokowiac meurt d'envie de me fausser compagnie. Il a des fourmis sous les roustons et guigne la fenêtre ouverte, kif un prisonnier d'Alcatraz.

— Vous savez, murmuré-je-t-il, contrairement à ce que l'on prétend, le plus court chemin d'un point à un autre n'est pas la ligne droite, mais la vérité, belle et pure !

Il se dresse et arque en désœuvrance autour de la pièce.

— Risqué ! laissé-je tomber.

— Quoi ? bredouille-t-il, décontenancé.

— Il y a quatre ou cinq mètres d'ici au trottoir ; à votre place, je craindrais de me donner une entorse.

C'est un drôle de corps, ce gazier ! Il rougit tel un écolier surpris en train de se tailler une plume.

— Ça ne changerait pas grand-chose à votre problème, poursuis-je, vous seriez serré en moins de jouge par mes archers.

Il ne répond pas, continue d'hésiter. Je ne saurai jamais le résultat de ses cogitations car la porte s'ouvre brusquement, découvrant un quidam cagoulé de noir et armé d'un pistolet-mitrailleur : un Brandoliny spécial X.P. 87 à éjaculation précoce.

Le surgissant, sans perdre une fraction de seconde, arrose la piaule posément, de gauche à droite comme on doit le faire avec une caméra. À titre perso, je biche une volée de quetsches dans la caisse d'horloge.

La violence des impacts me déchaise, je tombe à la renverse, privé d'oxygène, sur le plancher de haute laine. L'épuisement d'un chargeur ne dure pas lurette, cependant il me paraît aussi long que l'éternité. Le temps, soudain démultiplié, me rend compte de l'expulsion de chaque bastos.

J'entends le cri avorté de mon interlocuteur, le vois me rejoindre à dame avec une chiée de geysers jaillissant de son corps.

Seulement, lui ne portait pas de gilet pare-balles !

[Chapitre XIII]

Laisse-moi marquer un poil de récupération. Ça va tellement vite ! Juste le temps de piger et d'autres péripéties s'enchaînent. Spectacle permanent. Pour le prix d'un seul ticket t'as droit à tous les épis-zobs, dirait le Gros.

Le mitrailleur masqué est en train de remplacer son magasin lorsque se pointe un nouveau larron : un grand gars sombre tenant son pistolet à deux pognes et n'hésitant pas à placer trois pruneaux indélébiles dans la cagoule de notre assaillant. Lequel se recroqueville pour canner. Ses semelles de tennis, à deux étages, raclent un bref instant le sol, puis s'immobilisent pour le laisser rigiditer cadavériquement. De sa cagoule sourdent des ruisselets pourpres.

Me remets tant bien que mal debout, en passant par la position à genoux. Suis à ce point essoufflé que plus mèche d'en casser une broque !

À mon avis, me reste des séquelles de ma période sirop. Quand ce bigntz s'achèvera, j'irai (si je m'en tire) faire une croisière vers de gracieuses contrées, en compagnie de Mme Magnol. Je me vois très bien folâtrer au gré de la houle, dans la cabine de luxe d'un paquebot rital. Nous négligerons les excursions et resterons à bord pendant que les Kons-Kodak partiront à l'assaut du Pirée. Nous nous goinfrerons de salacités aussi belles que *Le Lac des cygnes*.

Me tenant la cage « thoraciste », je m'efforce de sourire à Jérémie Blanc.

— Si ce glandeur de Roland t'avait eu à Roncevaux, il ne se serait pas fait zinguer comme un plouc ! parviens-je à susurrer.

Il m'approche pour un examen minutieux.

— Pas de bastos égarées ? demande-t-il.

— Non. Heureusement, ce nœud m'a tout placé dans le buffet.

Et d'ajouter :

— En m'obligeant de porter ce gilet, tu m'as sauvé la mise ! Comment se fait-il que tu sois intervenu presque instantanément ?

— T'accompagner n'aurait servi de rien ; nous aurions été deux à nous faire asperger d'acier. Mais, en te filochant, je pouvais veiller au grain. La preuve !

Je reviens à la dure réalité des choses et, emporté par une idée qui vaut son pesant de poil à gratter, bondis hors de la turne, bousculant dans le couloir la grosse Babouchka, attirée par le barouf. Me rue à l'extérieur.

Pourquoi agis-je ainsi ?

Pour la raison suivante : notre agresseur armé et cagoulé me suivait à bord d'une tire pilotée par quelqu'un d'autre, fatalement. Conclusion, un complice l'attend, et il ne va pas s'éterniser si son pote tarde à réapparaître.

Mon camarade Tu-Tues dans ma fouille, je sors de la pension Moulapine sans me presser, l'œil plus aigu que celui du faucon cherchant sa proie. Je ne distingue rien d'anormalien. Ça me désempare car j'espérais du double file.

Lors, la voix de l'homme qui a les couilles noires et le bout de la queue rouge me parvient depuis la fenêtre du premier :

— Une bagnole décapotée, devant la camionnette !

Je retapisse aisément, à cinq mètres de la pension, le véhicule utilitaire mentionné par Jéjé. Le dépasse. Fectivement, une ancienne Type E cigaroïde est en stationnement infractionné à l'angle de deux rues. Un gus portant un imper au col relevé, des lunettes de soleil enveloppantes et une gâpette plate se tient au volant, à demi retourné pour guetter son complice.

Tu me verrais fulgurer, René ! Là, oui, c'est du chouette travail ! En un bond de couguar, je me trouve assis au côté du mec, l'orifice de mon feu appliqué entre deux de ses côtes.

— Gardez vos mains sur le volant ! lui fais-je d'une voix froide comme le fion d'un Esquimau venant de se torcher avec de la neige. Si je vous tire dessus, ça produira un trou tellement large qu'il faudra l'obstruer avec de la paille.

Le conducteur obéit et regarde droit devant soi la rue, avec ses magasins d'alimentation et les braves ménagères en courses. C'est un homme anguleux, à la peau rouge brique (réfractaire). Il reste là, figé. Résigné ? Que non pas : sans doute attend-il un instant favorable pour tenter « quelque chose ».

— Surtout ne vous impatientez pas, conseillé-je, vous risqueriez de causer un grand chagrin à vos proches, si toutefois vous en avez. À propos de chagrin, votre camarade tueur est mort dans l'exercice de ses fonctions : trois balles dans la tête, c'est radical pour la migraine.

Il reste de marbre ; au fait, comprend-il le français ?

Un peu de temps s'écoule, Jérémie Blanc, le bien nommé, surgit enfin !

Il fulmine : ces enfoirés de Ruscoffs prétendaient l'empêcher de sortir avant l'arrivée de Police-Secours ; il a eu toutes les peines du monde à s'arracher.

— Tu as tes cadennes sur toi ? lui demandé-je.

— Je ne sors jamais sans mes bijoux.

— Alors, passe-les à monsieur !

Et voilà le driveur menotté, ce qui est aisé puisqu'il a toujours les mains sur le cerclo.

— Tiens-le à l'œil, recommandé-je, je vais retourner chez Raspoutine ; je ne serai pas long.

[Chapitre XIV]

Le vieux est sorti de ses vapes (consécutives à l'âge et à la vodka). Il se tient, bras en croix, devant la porte de Vokowiac pour en interdire l'accès. Pittoresque bonhomme. Très grand, creusé par les ans, le crin blanc, le regard délavé ; il porte un futal intemporel, pourvu de vastes poches aux genoux, une chemise épaisse sur le maillot de corps dont il ne s'est pas départi depuis la révolution d'Octobre et un gilet de laine beige propre aux vieillards égrotants.

L'admirable grabataire invective ses servantes en moscovite ancien, s'arrête parfois pour jeter un regard réprobateur aux deux cadavres qui déshonorent son plancher. Alors il se signe, à la russe, c'est-à-dire de droite à gauche, puis émet des bribes de litanies d'une voix de basse noble.

Ne m'ayant pas vu entrer tout à l'heure, il me demande si je suis policier. Bien que révoqué depuis quelques heures, je réponds par l'affirmative.

Maintenant, au boulot !

Il s'agit de ne toucher à rien. Je soulève cependant le devant de la cagoule. Peu ragoûtant, car l'une des valdas tirées dans la calebasse du tueur est ressortie par l'œil gauche, non sans avoir creusé un cratère dans sa gueule. Cette défiguration ne m'empêche pas de constater que le mort m'est rigoureusement inconnu.

Je le palpe entièrement. J'ai affaire à un pro, car ses poches ne contiennent que deux chargeurs de rechange et une liasse de billets de banque. Pas la moindre pièce d'identité.

À cet instant, la sirène des perdreaux ramdame dans les lointains.

Je m'évacue prestement en assurant Chaliapine de mon proche retour.

*
* *

À l'époque où il était « technicien de surface », Jérémie fréquentait nombre de ses compatriotes sénégalais. Sa promotion sociale ayant laissé sa simplicité intacte, il les voit toujours lors de ses congés.

Lorsque nous nous retrouvons seuls avec notre prisonnier, la question se pose de savoir où l'emmener pour « l'interviewer à l'aise ». L'accès de la Grande Taule m'est interdit, du moins déconseillé maintenant, et je dois fliquer en amateur.

— Je sais ! affirme soudain White Snow.

J'attends la suite. Elle vient sans tarder :

— Un gars de mon village habite Saint-Ouen ; il vit seul, ses femmes sont restées au pays. C'est un bon copain, je l'enculais quand nous étions jeunes.

— Expérience ? demandé-je négligemment.

— Coutume. Chez nous, la sodomie n'a pas le côté plus ou moins scandaleux qu'elle conserve encore dans vos régions. Lactaire Délicieux (c'est son nom) se fera un plaisir de nous accueillir et d'héberger ce type.

— En effet, il ne peut rien te refuser, ricané-je.

Mais mon pote hausse les épaules, insensible à mes sarcasmes.

Nous circulons à bord de la chignole de Jéjé qu'il pilote avec brio. En vingt-cinq minutes, nous sommes rendus comme le goûter d'un petit garçon frappé d'une crise d'appendicite aiguë.

M. Lactaire Délicieux habite un immeuble en fin de carrière dont il est l'ultime occupant. C'est une bicoque de trois étages, bardée de pansements métalliques. Les vitres n'existent plus, sauf celles de son « appartement », encore partagent-elles leur rôle protecteur avec du contre-plaqué. Son logement se situe au dernier étage. Pour s'y rendre, il convient d'escalader un escalier auquel manquent plusieurs marches.

La tanière de l'Africain se compose de deux pièces que je préfère ne pas te décrire. L'une sert de chambre, de cuisine, de salle à manger et de latrines. Les chiottes traditionnelles faisant défaut, Lactaire Délicieux a tout bonnement pratiqué un trou dans le plancher et ses résidus tombent au second ; foutrement ingénieux, moi je trouve. Pas besoin de chasse-d'eau-toujours-en-panne-qu'il-faut-sans-arrêt-implorer-le-plombier-dont-les-factures-sont-délirantes-mais-qu'est-ce-y-s'croivent-ces-gens-là-pour-te-faire-payer-leur-temps-aussi-chérot-que-çui-d'une-pute !

La seconde pièce, plus exiguë, fait fonction d'atelier, car l'ami de Jéjé crée des bijoux à base de Croix du Sud, et de lourds bracelets style bagne de Cayenne.

L'orfèvre-en-chambre est un petit homme trapu, aux joues zébrées de cicatrices rituelles et à la tignasse rousse. Un bon sourire (hérité de son ancêtre qui posa pour la publicité Banania) dégage une panoplie de ratiches carnassières, en comparaison desquelles la denture de Blanc évoque les chailles d'un caniche nain.

Mon All Black est monté le premier pour expliquer le topo à son copain sodomite. Foin de longues palabres, le rouquin est d'accord sur tout. Je grimpe à mon tour, poussant mon prisonnier menotté devant moi.

À la vue de l'antre où nous le conduisons, le mec pige que son destin va se prendre un iceberg par le travers. Jusqu'alors il n'a pas moufté. Ses fafs le donnent comme étant un certain Isic Carek, de nationalité slovaque. Moi, je veux bien. Le malfrat habite London depuis suffisamment de temps pour avoir pris les manières britiches. L'habit fait le moine.

— Venez dans mon atelier, conseille Lactaire, vous y serez plus tranquilles : il n'a pas de fenêtre.

L'électricité étant supprimée depuis des décades, il s'y éclaire avec une lampe-tempête, prélevée, je suppose, sur un chantier. Cette dernière produit une lumière telle qu'on en rencontre dans les toiles de Rembrandt ou les spectacles de Robert Hossein.

L'endroit est « meublé » d'une caisse à la renverse servant d'établi, d'une autre, plus petite, utilisée comme tabouret, et enfin d'un carton où s'emmagasinent, pêle-mêle, les créations de l'artiste.

Avisant, au bas du mur, le reliquat d'une canalisation, je suggère à Jérémie de l'utiliser pour y enchaîner notre captif.

Il trouve la proposition classique, mais excellente.

[Chapitre XV]

Ce qu'il y a de déroutant (pour ne pas dire d'exaspérant) chez le sieur Carek, c'est qu'il ne répond pas aux questions qu'on lui pose, fussent-elles innocentes. Que je lui parle en français, anglais, italien ou allemand, il se comporte en tout point comme s'il ne me comprenait pas. Pas bravache, note bien. Non : indifférent. Le regard lointain, les traits détendus, kif un qui ne penserait à rien, mais profondément.

— Si je lui tirais quelques pains dans la gueule ? propose Jérémie, toujours serviable.

Je hausse mes robustes épaules.

— Ça n'avancera pas à grand-chose, cet homme est enfermé dans son mutisme.

Mon Noirpiot place une série de gnons à la face du client, par acquit de conscience, si je puis dire. Celui-ci rougit sous les impacts mais ne rompt pas, roseau impensant.

— Zob ! peste Blanc, découragé.

— Je te l'avais annoncé.

Nous traversons une période incertaine, au bout de laquelle Lactaire Délicieux se met à jacter dans son dialecte arboricole.

Mon camarade d'épopée l'écoute attentivement.

— Pourquoi pas ? finit-il par répondre.

Se tournant vers moi, il explique :

— Mon ami connaît des « manigances » qui rendent les gens loquaces.

J'opine à bouille rabattue.

— Mes vœux l'accompagnent. S'il parvient à obtenir un résultat, je lui voterai une belle prime sur ma cassette personnelle, promets-je.

Rebavassage entre les deux mâchurés.

Lactaire Délicieux reprend le crachoir. Il en casse tellement vite que sa menteuse va couler une bielle ! À la fin de leur palabre, Jérémie me demande de préparer les questions à poser, l'entretien avec cet enfoiré doit se dérouler en tête à tête.

— Facile ! Ton pote sait lire, au moins ?

L'éclat de rire de mon Jéjé ridiculiserait tous les éclats d'obus de Verdun !

— Lui ? Il est licencié ès lettres !

— Et il gagne sa croûte en fabriquant des bijoux de bazar ! m'exclamèche-de-cheveux-t-il.

Je les considère avec stupeur, mes deux bronzés. M'approche de la lampe pour, sur un brin de faf, écrire les points clés de l'interro. Puis tends ma fiche à notre hôte.

— À vous de jouer, mon bon ami.

Il biche ma note, la lit, acquiesce.

— À présent, attendez-moi dans la pièce voisine. Ça risque de durer un bon moment. Je regrette, mais je n'ai à vous offrir que du lait de palme, et il sent l'aigre.

Curieuse atmosphère, indeed.

Nous sommes assis dans la pièce à vivre. Par le trou des insolites latrines montent les remugles de la merde en accumulance. Le dénuement volontaire du locataire confine à je ne sais quelle grandeur, voire à la folie.

Je murmure :

— Il ne serait pas un peu mutilé de la coiffe, ton pays ?

— Non. Misanthrope seulement. Il part du principe que rien ne sert de rien. Que nos efforts sont injustifiés, notre intelligence inutile et que notre vie compte pour du beurre.

Nous nous taisons car le « magicien d'ose » surgit pour, assure-t-il, quérir du matériel. Fectivement, il se munit d'une grosse bougie, d'allumettes suédoises, d'amulettes mauritaniennes et d'un masque blanc crayeux au rictus diabolique.

Nanti de ces ustensiles, il repart.

Le temps reprend sa ronde silencieuse. Un gaspard gros comme un chat de concours traverse la pièce sans nous accorder le moindre regard…

[Chapitre XVI]

Notre attente dure plus de deux plombes. Sachant tirer parti des moments perdus, Jérémie a repris son éternel somme ; à croire que sa vie se déroule pendant les courtes interruptions d'un roupillon endémique.

N-en ce qui me concerne, je passe en revue les morts singulières ponctuant cette ténébreuse affaire. Un défilé d'assassinats perpétrés tous azimuts ! Tu parles d'une galerie de macchabées, mon neveu ! Ça gravelotte à verse : la femme précipitée dans la bouche de feu ; le diamantaire égyptien buté sur un échafaudage dans le hall d'un palace ; Blando, Handermic, Magnol, mes homologues, pendus par les pieds, et puis le reste… Sans compter Béru et Salami volatilisés.

J'ai dû m'endormir également dans le taudis du licencié ès lettres, car son retour me fait sursauter.

Il a le visage hermétique, avec du désenchantement dans les vasistas.

— Fiasco ? m'enquiers-je.

Il ne moufte pas et me tend ma liste de questions. Sous chacune d'elles, d'une petite écriture d'intello, il a inscrit les réponses obtenues.

Je te les livre telles qu'elles figurent.

Q : *À quelle organisation appartient-il ?*
R : Solution finale[1].
Q : *Le repaire de celle-ci ?*

1. Formule directement empruntée au nazisme.

R : Une petite banque privée suisse, située dans le canton de Berne.

Q : *Les principaux éléments qui la composent ?*

R : Des gens d'affaires internationaux implantés à Londres, Amsterdam, Paris, Milan, Zurich.

Q : *Par qui est-elle dirigée ?*

R : Un triumvirat dont les membres restent dans l'anonymat.

— Excellent ! complimenté-je. Cela a été difficile à obtenir ?

— Pas tellement, mais interminable, car j'ai dû procéder à l'éviction de sa personnalité.

En garçon discret, je ne cherche pas à savoir en quoi consiste cet exercice. Seuls, les résultats comptent.

— J'aimerais connaître le rôle tenu par cet individu dans l'Organisation. Vous pouvez le lui faire dire ?

— C'est fait, me répond Lactaire Délicieux. Il m'a appris, dans la foulée, moult choses que vous n'avez pas formulées sur votre liste.

— Je suis preneur, m'empressé-je.

— Isic Carek appartient à leur section tueurs. Ceux-ci sont nombreux et fonctionnent par deux.

— Notre zigoto connaît la banque privée dont il vous a parlé ?

— Il a dû s'y rendre à plusieurs reprises. C'est une succursale de la Grossmonisch Bank, située dans un bourg proche de la capitale fédérale, nommé Zobflask.

— Vous lui avez arraché d'autres renseignements ?

— Non. Il vous appartient de me donner les directives. Il est encore sous l'effet de mon traitement, dépêchez-vous.

— En ce cas, demandez-lui ce qu'il est advenu d'un de mes collaborateurs nommé Bérurier, disparu dans l'île de Lanzarote, voici quelques semaines.

J'aimerais ajouter : « Et aussi de mon basset hound », mais je crains de passer pour un tordu, aussi je me tais.

Le merveilleux Lactaire Délicieux se retire.

Notre conversation n'a pas interrompu le profond sommeil du gars Jérémie. Jugeant qu'il s'est suffisamment gavé de dorme, je le hèle. Il s'arrache à Morphée avec sobriété, sans halètements ni sursauts, en parfait gentleman de brousse qu'il est.

— Ton pote est exceptionnel, assuré-je.

Et de lui rapporter le récit de son compatriote. L'homme dont la chevelure est à ressorts exulte.

— Formidable, nous allons pouvoir aller de l'avant !

Le brusque retour du licencié stoppe notre euphorie. Il semble très sombre (sans jeu de mots stupide), le brave misanthrope.

— Eh bien ? risqué-je.

— Vous savez, préambule-t-il, voilà des années que je n'ai pas pratiqué la magie noire. Un accident vient de se produire : votre type a fait un arrêt cardiaque.

— Grave ? demande Jérémie.

— Plus maintenant : il est mort !

Cette circonlocution m'amuserait si je n'étais accaparé par la situasse.

— Vous avez eu le temps de lui parler de Bérurier ?

— Non, il venait de trépasser quand je suis retourné dans mon atelier.

— Dites-moi, elles sont souvent mortelles, vos incantations ?

— Jusqu'alors je n'avais eu qu'un seul malaise cardiaque à déplorer, encore avait-il été rapidement surmonté.

— Maintenant, il va falloir que nous vous débarrassions du cadavre.

— Je m'en occuperai. Il y a, non loin d'ici, une petite entreprise où l'on fabrique de la nourriture en conserve pour canins et félins. C'est un ami qui la dirige…

Je m'abstiens de le questionner plus avant, car les hommes qui réussissent sont ceux qui savent se taire.

J'ai du mal à lui faire accepter la liasse de talbins placardée, à toutes fins utiles, dans une poche secrète de mon veston. Jérémie est obligé de joindre ses adjurations aux miennes (mais dans leur dialecte) pour que notre délicieux Lactaire se résolve à enfouiller ma braise.

Je l'accolade en prenant congé.

Il en est sincèrement remué, le nihiliste.

— Surtout, surtout, murmure-t-il, prenez garde à vous, ces méchantes gens ont hâte de vous supprimer !

— Je sais, réponds-je, et je vais vous confier une chose primordiale : jusqu'à présent, ils n'y sont pas encore parvenus !

[Chapitre XVII]

Ce que j'aime, en Suisse alémanique, ce sont les maisons, à la fois opulentes et gracieuses. J'admire leurs toits plongeants et leurs petites fenêtres décorées de géraniums-lierres dont les fleurs vont du rouge orangé intense au rose légèrement violacé. Comme l'Allemagne voisine, la Confédération se caractérise également par ses enseignes ouvragées, véritables œuvres d'art en fer forgé. C'est un pays de jadis où le temps fait un arrêt sur image, dirait-on en langue cinématographique.

La Grossmonisch Bank se trouve à la sortie de Zobflask (ou à l'entrée si l'on y parvient en sens contraire). En Helvétie, les banques prolifèrent autant que les bistrots en France ; le moindre village a son agence, car ici l'argent occupe une place prépondérante. Le plus modeste terrassier, le paysan le plus démuni, possèdent un compte sur lequel fructifie leur épargne.

Nous sommes venus en passant par Munich où j'ai loué une tire, pour ne pas éveiller, en roulant françouze, les soupçons de ceux qui me traquent.

L'établissement n'est pas très vaste. Une volée de marches mène à la porte de verre Securit enchâssée dans un cadre de métal doré. Selon mon estimation, il doit comporter, outre le local destiné à la clientèle, une série de bureaux, tandis que l'immanquable salle des coffres occupe le sous-sol.

Avant de quitter l'Allemagne, des techniciens dépêchés par Mathias (guéri) ont bricolé notre Mercedes sur un parking d'autoroute. Entre autres choses, ils l'ont équipée d'un appareil capable de tirer deux cents photos minute sur simple pression d'un contacteur logé sous le volant. Ainsi ne passerons-nous devant la banque qu'une seule fois, car si c'est bien le nid de frelons dénoncé par Carek, les gens de l'intérieur doivent disposer de guetteurs humains ou optiques très exercés.

Prudence est mère de la sûreté, a écrit Jean de La Fontaine, qui m'a tellement cassé les burnes à la communale avec ses cigognes couillonnées, ses diligences en rideau, ses ânes sacrifiés, ses agneaux pleurnicheurs…

Peu after, nous atteignons Berne. La Fleur d'Ulysse, un hôtel suisse, normal quand on se trouve dans la capitale fédérale.

Nous avons le vif plaisir de lier connaissance avec Mlle Schwartz qui nous y attend depuis la veille. Elle est la correspondante de nos services spéciaux en Helvétie.

Il s'agit d'une grande fille (1,80 m) baraquée athlète de l'Est, aux cheveux courts coupés en escalier sur la nuque. Très blonde, avec des yeux noirs, incisifs. Peu de balcon : ses loloches sont un compromis entre l'œuf sur le plat et la moitié d'abricot au sirop. Mâchoire carrée. Elle pourrait poser pour une affiche annonçant les prochains jeux Olympiques.

Pas antipathique, note bien ; mais pas tellement sympathique non plus. Nuancée, quoi !

Sa poignée de main est énergique. Illico, je me demande si Fräulein Schwartz ne choperait pas son fade en savourant de la salade de poils ? La contemplant, tu ne peux t'empêcher de penser que cette Walkyrie n'a probablement jamais pris du paf, ou que si elle en a tâté, n'a pas été convaincue.

Je lui propose de dîner avec nous. Elle accepte avec beaucoup de parfaitement, bien qu'elle manque de cordialité avec Jérémie.

En tout cas, elle tient sa place devant une assiette garnie de porçaille, cette chérie ! Son appétit est aussi féroce que le regard d'un huissier saisi par la débauche. Elle engloutit une ration ultracopieuse de viande des Grisons, puis dans la foulée, un plat de *reuschtis*[1] accompagné de saucisses aussi énormes que la bite de M. Félix[2].

Nous devisons calmement à propos de ce qui nous amène en Bernerie. Je ne précise pas la nature des délits imputés à la bande. J'explique sobrement qu'il s'agit d'un groupe de criminels dont souhaiteraient se débarrasser « à l'amiable » les polices européennes. Si nous faisons appel à Fräulein Schwartz, c'est parce que notre qualité d'étrangers (un défaut en l'occurrence) est rédhibitoire. Il nous faut l'assistance d'un Helvète bon teint, parlant le dialecte du pays. Celle d'une dame constitue le nec plus ultra (Bérurier dirait : « le MEC plus ultra », est-il besoin de le préciser).

---

1. Pommes de terre tréfilées, cuites dans de la graisse de porc.
2. Personnage épisodique de la geste san-antoniaise, dont le membre viril dépasse en importance celui de Bérurier-le-Nanti.

La Suissesse se prénomme Fridoline. Je trouve cela parfaitement charmant, le lui déclare avec une certaine fougue qui la flatte.

Revenant au sujet en cours, elle m'avoue raffoler des missions à risque et se prétend spécialiste en la matière.

Banco !

Je commande une quille de champ' au dessert, pour fêter notre collaboration. On m'apporte du Charançon-Valseuses, marque inconnue et qui retombera dans l'anonymat après la première gorgée.

Nous nous séparons beaucoup plus tard, après avoir bu une poire du Valais afin de chasser le goût du roteux, puis quelques chopes de bière pour maîtriser celui de la poire.

La grande embarde plus ou moins pendant que je l'escorte jusqu'à sa caisse : une Castra 620 à fermentation directe. Elle déverrouille et je lui tiens galamment la portière ouverte.

— Heureux de vous connaître, roucoulé-je ; nous allons faire beaucoup de choses ensemble !

— J'en suis sûre ! confirme-t-elle en palpant ma braguette.

Tu le sais, à l'intérieur, on n'y joue pas *Le Désert des Tartares* !

La tige me chicane encore depuis ma séance avec Mme Magnol mais, en cas d'urgence, elle devrait être déclarée bonne pour le service.

D'autant que Fridoline a pour ambition de me turluter la Marquise des Anges.

Ainsi donc, elle ne se contenterait pas de « laver la vaisselle » ?

[Chapitre XVIII]

Après qu'elle m'eut fait voir les anges, notre correspondante s'est cassée sans me demander la monnaie de sa pipe.

Singulier personnage. N'a froid ni aux yeux ni aux miches. Te déburne un quidam en vingt coups de glotte, claque la portière et se fond dans la nuit.

Une aventurière, quoi !

Dans sa piaule, Jérémie s'est déjà attelé au développement des photos, car il s'est muni de l'outillage adéquat.

Je lui souhaite bonne nuit.

— Tu astiqueras ton bénouze, dit-il, à moins que tu entendes conserver les virgules qui le souillent pour ton courrier.

— L'inconvénient des fellations express, fais-je.

Je gagne ma turne bernoise pour une pioncette en bois massif.

C'est en me couchant que je remets en question ma condition de célibataire. Je regrette de me toiler sans avoir un cul de dame contre mon estomac.

Je dois émettre le bruit d'une armada de scieurs occupés à transformer la forêt de Fontainebleau en bowling quand la voix du Noirpiot m'arrache.

— Mvouiiiii ? articulé-je-t-il en soulevant avec peine mes paupières plombées.

— Pardon de te réveiller : j'ai des choses tellement intéressantes à t'apprendre que ça ne peut attendre demain.

Pour lors, je me désembue la gélatine nord et m'assieds au bord du lit.

— Viens jusque dans ma carrée !

Et ma pomme de le suivre, vêtu de mon beau slip bleu à bandes blanches.

De tous les clichés pris, seuls une demi-douzaine subsistent. Il les a étalés en deux rangées de trois sur sa table.

— Dommage que je n'aie pas le matériel approprié pour les agrandir, déplore Fleur-d'Anthracite. Mais avec cette loupe, on s'en sort.

Doctoral, il commente :

— Je te livre en vrac mes constatations. Contrairement à ce qu'on pourrait penser, la banque n'est pas une construction autonome mais fait partie d'une urbanisation composée de six pavillons implantés sur un demi-hectare de terrain. Ce dernier est ceint d'un grillage buffle haut de quatre mètres. Les piliers de soutien sont pourvus d'appareils de surveillance rendant impossible le franchissement clandestin de l'enclos.

« Par ailleurs, poursuit doc Jéjé, emporté par son emphase explicative, si on considère l'ensemble du lotissement, on comprend qu'il est situé à un endroit particulièrement discret puisqu'il se trouve bordé d'une rivière, d'un bois et de la route. Donc : pas de voisinage immédiat.

Il va chercher une boutanche de bière dans le petit réfrigéranium, la décapsule avec ses dents pour clavier Pleyel et la vide comme un qui la renverserait au-dessus de l'évier, réprime le rot consécutif et revient à sa démonstration.

— Maintenant, je vais attirer ton attention sur des trucs-machins pas ordinaires. Tu le remarqueras sur cette photo, entre les six constructions s'inscrit une pelouse agrémentée de massifs de fleurs.

— Exact.

— Reprends la loupe et examine chacun d'eux. Tu ne vois rien ?

Je frotte mes châsses encaustiquées de roupille.

— On dirait des tuyaux coudés ? finis-je par déclamer.

— Dalila[1], confirme l'Ébèné.

— Bouches d'aération ? proposé-je.

— Vraisemblablement, mon général.

— Ce qui impliquerait une vie souterraine ?

— Sans aucun doute.

Je me perds (de burnes) dans l'inspection de ces manches à air ingénieusement camouflées.

— Alors ? me demande l'investigateur.

— Tu as mis le doigt sur un élément capital, admets-je. On étudiera ça demain, à la lumière de l'astre du jour !

Et je retourne me pieuter entre mes draps encore tièdes.

*
* *

Sur un coup de bignoche, dame Fridoline se la ramène, pimpante dans un tailleur de daim vert et de bruyère en fleur.

Elle sent bon : parfum à base de tabac blond, si je me fie à mon tarbouif exercé. Elle est nette, sans arrière-pensées des recoins. N'a pas l'attitude d'une dame m'ayant ébroué le Petit Chose la veille. Elle fait P.-D.G. d'une société chocolatière ou dirluche d'une maison de cure, style Cambuzat.

1. Ce qui, traduit de notre langue privée, veut dire « C'en sont » (Samson).

Je lui ai laissé le fauteuil de ma chambre, me suis assis en tailleur, face à elle. Vue imprenable sur son angora qui, si elle ne porte pas de culotte, porte, lui, la raie au milieu.

Pendant que je contemple, Vendredi montre et commente les clichés. Notre collaboratrice n'en revient pas. Un bigntz de cette magnitude, en pleine Suisse, lui déboulonne les méninges.

— Vous croyez ? Vous êtes sûr ? qu'elle psalmodie, inconvaincue.

Patiemment, mon Diamant noir se lance dans ses explications. N-en fin de compte (en banque, puisque nous sommes en pleine Confédération), elle admet. Comprend que notre mission n'est pas une œuvrette de patronage pour petites filles à tresses blondes.

La démonstration achevée, elle se tourne vers moi.

— Cachottière ! lui fais-je avec un sourire de loup-cervier.

— Pourquoi me dites-vous cela ?

— Parce que vous êtes en réalité très brune.

Tu crois qu'elle rougirait ou fermerait son arche d'alliance ? Elle la béante, au contraire.

Ça ne l'empêche pas de s'informer, d'un ton aussi rigide que mon braque :

— Vous pensez modifier vos projets ?

Sourire angélique de Fra San-Antonio.

— Loin de là, ma belle âme : nous allons les activer !

[Chapitre XIX]

Nous arrêtons un plan dont le moins qu'on puisse assurer est qu'il est « d'action ».

S'ensuit un long conciliabule avec Mathias. Il prend note de mes désirs et m'annonce qu'il sautera dans le premier T.G.V. pour Lausanne où il louera un véhicule afin de gagner Berne. Il préfère, pour passer la frontière, voyager en dur, les douaniers du rail montrant un certain laxisme vis-à-vis des bagages.

Ce point réglé, la demoiselle Schwartz va se rendre à Zobflask et entrera en contact avec l'agence immobilière du coin pour s'enquérir des ventes et locations possibles, car il faut s'avancer à pas comptés. Elle « arrêtera » une maisonnette, ou un appartement dans la région. Ceci étant réglé, elle ouvrira un compte à la Grossmonisch Bank, expliquant qu'elle quitte son domicile bernois pour venir habiter cette riante vallée.

Le surlendemain, Fridoline y retournera pour déposer de l'artiche et prendre le chéquier qu'on lui aura préparé. À ce moment-là s'opérera la partie délicate de sa mission.

Discret, le Dark s'éclipse. Je pose sur ma visiteuse un regard moelleux comme de la Chantilly fraîche. Elle le subit avec calmitude.

— J'aimerais savoir ce qu'est l'amour, pour vous, belle amie.

— Est-ce bien le moment ?

— Pour en parler, il n'existe pas d'instants moins appropriés que d'autres. À ne rien vous cacher, lors de notre premier contact, j'ai cru que vous pratiquiez les femmes. Mais notre exquise séparation a jeté le doute en mon cœur.

Elle rit :

— Vous avez un langage du XVIIIe siècle ! En vérité, ma sensualité me rend avide de toutes les formes de plaisir, qu'elles soient saphiques ou orthodoxes.

— Vous vivez avec… quelqu'un ?

— Question bien française ! Oui, mon cher. Je vis même avec deux personnes : un couple d'amis rencontrés lors d'une mission en Roumanie. Je les ai aidés à s'installer dans mon pays, depuis, ils partagent mon corps et mon appartement.

— C'est une forme de liberté comme une autre, conviens-je.

Sur ces sages paroles, elle s'en va.

Une trente-sizaine d'heures s'écoulent.

Nous les occupons à découvrir des restaurants prônés par le rigoriste *Michelin*, et, au cours de la nuit, risquons un nouveau passage devant la Grossmonisch Bank.

Elle baigne dans l'obscurité, si l'on excepte les faibles loupiotes des alarmes classiques, tandis que l'urbanisation est éclairée par des lampadaires en forme de réverbères anciens. On distingue de vagues lueurs derrière les volets clos. Rien qui puisse inquiéter la paisible population de ce canton.

— J'ai des doutes, avoue Othello : tout est si calme, si serein…

— Tu espérais quoi, un exercice de tir à la mitraillette ?

Qu'à peine je viens de causer ces mots, une grosse tire s'annonce, ralentit ; puis stoppe non loin de la banque. Nous poursuivons inexorablement notre route ; mais, au premier virage, mon camarade s'écrie :

— Attends, grand ! Je vais aller mater discrètement. Ne te fais pas de mouron, ma frime se fond parfaitement dans la nuit.

Avant la fin de la phrase et de l'arrêt de notre véhicule, il a déjà débondé et disparu de mon rétroviseur.

Me voici seulâbre sur le bas-côté. La caisse émet des petits craquements en se refroidissant. Je baisse ma vitre pour percevoir l'odeur de la terre.

Pourquoi je ressens-t-il de la haine pour ces maudits du Consortium ? Des cancrelats, tous ! Il faudrait en faire un tas et y bouter le feu purificateur.

Je savoure ce temps mort, arraché à l'improviste. Il réactive je ne sais quoi en moi ; peut-être mon cerveau altéré par l'amnésie ?

Mister Négus ouvre la portière droite sans que je l'aie vu, ni entendu revenir. Puis monte à bord dans la lumière maussade du plaftardier.

— Quelque chose d'intéressant, capitaine Némo ?

— Je l'ignore. Une femme pilotait la Range Rover immatriculée en Deutschland. Dans le noir, je n'ai pu la défrimer. Elle portait un manteau de cuir sombre, et un foulard sur la tête. Deux bergers allemands, gros comme des ânes, l'accompagnaient, qui se sont mis à aboyer. Elle a actionné un contacteur. La lourde s'est ouverte et la voiture a disparu dans le lotissement.

J'embraye sans mot dire (et sans maudire). Une certitude radieuse me gonfle poumons et testicules. Tout mon individu réalise que nous touchons au but. Ça va craquer dans les prochaines heures. C'est aussi incontournable que la fin d'une gestation. Quand un être est terminé, IL FAUT QU'IL NAISSE !

Je rallie Berne en savourant la paix ambiante.

Dix secondes avant le largage de la « bombe », Hiroshima devait être aussi paisible.

*
* *

Tu ne devineras jamais ce que je trouve dans ma chambre en rentrant !

Je te dis ?

Fridoline et une autre gonzesse, mon baby chéri ! La seconde doit être la Roumaine recueillie, avec son époux, par notre « correspondante ». C'est une fille menue et brune, à la peau ambrée, au regard d'un vert étrange. Je ne suis pas amateur de cette couleur, mais quand elle s'applique à des yeux de bergère, elle est sublime.

— Je me suis permis de demander la clé de votre appartement, avoue la Bernoise.

— Heureux qu'on vous l'ait remise.

— Voici Elvira, l'amie dont je vous avais parlé.

J'adresse un sourire d'extrême bienvenue à sa camarade de baise.

— Si je l'ai amenée, c'est à cause de votre collaborateur, poursuit la charmante ; mon amie n'a jamais connu l'amour avec un Black et en rêve.

— Selon moi, son souhait a toutes les chances d'être exaucé, assuré-je.

Je fonce toquer à la porte de mon féal.

Il survient, une jetée de secondes plus tard, torse nu et en caleçon. Découvrant ces dames, il se jette en arrière, mais je le stoppe d'un péremptoire :

— Non, viens ! Tu es au contraire dans une tenue adéquate pour dispenser ce qu'on espère de toi !

Sans la plus légère vergogne, disait Paul Claudel, il se rend à mes adjurations.

Jérémie saisit la petite greluche par la taille et l'empale, en deux couilles la grosse, sur son brigadier[1]. Je sens qu'il va lui laisser un souvenir cuisant et qu'elle devra marcher Louis XV, la malheureuse.

Ce qui s'ensuit ne serait racontable que dans un ouvrage fortement licencieux. Obéissant à ma nature pudibonde, je le passerai donc sous silence.

Eh bien ! croive-moi ou va t'engager comme botaniste au Groenland, mais ce coup de rapière aura des conséquences incalculables sur le dénouement de mon conte de fées !

---

1. En langage de théâtre, le bâton servant à frapper les trois coups s'appelle le « brigadier ».

[Chapitre XX]

Là, tu incertaines, pas vrai, gros malin ?

Te demandes quel chamboulement l'emplâtrage d'Elvira par le premier de mes seconds peut occasionner ?

N'ayant rien de caché pour toi, je vais te mettre au parfum sans entraîner de perturbation dans ton budget.

Tandis que mister Réglisse y va de sa calçade grand veneur, ma collaboratrice prend inopportunément congé après avoir simplement passé un coup de menteuse express sur la fente déjà obstruée de sa potesse, par politesse, voire simple gourmandise. Puis, comme je lui présente les armes, elle me rebuffe gentiment :

— Non, pas ce soir !

Phrase désespérante qui mélancolise les mâles aux bourses pleines.

J'ai tout de suite pigé, à l'intonation, la définitivité de sa décision. Voilà pourquoi je remets mon guignolet dans ses starting-blocks.

Fridoline me sait gré de ma courtoisance et m'explique : Mme sa maman étant alitée, elle lui a promis de dormir dans sa maison.

Je la raccompagne à sa charrette où elle m'aumônise d'un baiser fourré.

— Vous voudrez bien appeler un taxi pour mon amie, demande-t-elle.

— Il n'en est pas question, me récrié-je. Nous reconduirons la petite Roumanoche dans les bras de son époux après usage, à moins qu'elle ne préfère passer la nuit ici ?

— Impossible ! Son mari est à une réunion de Suisse-Roumanie, et doit rentrer peu après minuit. Si, au contraire, vous pouviez écourter leurs ébats…

— J'y veillerai, promets-je.

Je rallie mes pénates.

« À Berne, j'ai le paf en berne », rimaillé-je, brusquement saisi par le spleen consécutif aux coups imperpétrés. Dans ma chambre, la bite de Jérémie fait rage. Tu croirais une bielle en folie. Sa partenaire clame en un unique chant sa souffrance et sa jouissance étroitement mêlées.

M'attarder ici serait du voyeurisme de lupanar, aussi vais-je attendre dans la carrée du Black la fin de la mousson.

J'éteins la lumière et l'obscurité m'endort.

*
* *

Le matin vint, m'éveillant par ses chants de coqs. Que raconté-je ! Nous sommes en pleine ville ! Donc : pas de gallinacé. M'éveillant à cause des camions vide-ordures.

J'avais roupillé dans la chambre de mon ami lequel, anéanti par l'amour, devait en écraser dans la mienne avec sa dulcinée.

Une fois sur mon séant, j'aperçus un rectangle de papelard au pied du pageot. En pris connaissance. Lus :

Pas le courage de te réveiller. Je vais raccompagner la petite. C'est l'affaire du siècle !

Jéré

Je foncis dans ma turne.

Stupeur !

Elle était déserte.

Je perplexitis. Me mis à la fenêtre pour mater la placette pavée servant de parking. N'y vis pas notre chignole…

Lors, je téléphonis à la réception et demandis si l'on avait aperçu mon aminche.

Réponse négative.

Alors je bichis les foies.

Un instant de déroute, puis je composis le numéro privé de Fridoline. Cela sonna longtemps.

J'allais raccrocher lorsque sa voix m'ouragana[1] les trompes. Je jugis qu'elle possédait un timbre de lesbienne mâle.

— C'est vous ? fit-elle, subjuguée par cette évidence. Je m'apprêtais à aller vous voir.

— Vraiment ?

1. Verbe « ouraganer », premier groupe, tiré du mot ouragan.

Robert ESCARPIT

Cet adverbe, un peu mou, me parut le seul mot de la langue française susceptible de servir de préambule aux questions qui me déferlaient.

— Je viens de voir mon ami roumain ; il se ronge les sangs. Figurez-vous que son épouse n'est pas rentrée cette nuit.

Point tellement surpris par la nouvelle, j'expliquai à la jeune femme que Jérémie avait disparu et la priai de me rejoindre dans les meilleurs des laids. Elle m'assura que, le temps de sauter dans sa chignole…

Je mis à profit son trajet pour prendre une douche rapide. Ne me rasis pas et mis une tenue sport, coupe britiche, qui me transforma en chasseur de grouse.

[Chapitre XXI]

La disparition de mon grand primate fut comme un épieu planté dans ma poitrine, écrirait le vicomte de Bragelonne au marquis de Sade. Je me sentis suinter du gland et adressai, par Chronopost, un message au Seigneur pour implorer Son aide. Il existe entre Lui et moi, une sorte de connivence qui L'incite à tendre l'oreille quand je Le prie.

Ma supplique partie, mon âme tourmentée connut un apaisement relatif. Je descendis sur la place afin d'y attendre Fridoline.

Elle surgit dix minutes plus tard au volant de sa caisse, le front comme un chèque barré, mais resplendissante dans une robe jaune agrémentée de blanc. Notre « correspondante » portait des lunettes d'écaille aux verres légèrement fumés.

— Vous savez, fit-elle sans prendre le temps de me saluer, ne fût-ce que militairement, je suis anxieuse.

— Il y a de quoi, admis-je. Croyez-vous qu'ils aient pu avoir un accident ?

— C'est la première chose dont je me suis inquiétée, dit-elle. En dehors d'un télescopage entre une moto et une camionnette, la police n'a rien eu à se mettre sous la dent cette nuit.

Existe-t-il plus stérile que la perplexité ? Elle conduit nulle part et l'on n'en revient pas !

— Nos ennemis sont plus forts que nous ne le pensons, assurai-je.

Ma partenaire hocha la tête.

— Que faire ? demanda-t-elle avec une certaine éplorance.

Elle paraissait dominée par les événements. Je parvins à forcer mon désarroi et déclarai d'un ton ferme :

— Nous ne pouvons rien entreprendre avant que mon équipier parisien n'arrive. Alors, seulement, nous déclencherons l'offensive.

Je considérai la ville autour de moi, triste et solennelle, bâtie de pierres grises tirant sur le vert. Des gens obsolètes circulaient le long des trottoirs à une allure de convoi funèbre. Une petite bruine intermittente justifiait les imperméables trop longs, les parapluies désuets et les feutres germaniques. J'avais la gorge nouée et me dis que je ferais bien de remettre mon gilet pare-balles. Il m'alourdissait, me donnant la désagréable sensation d'avoir dix ans de plus sur les endosses.

Fridoline me quitta pour s'occuper du mari.

J'achetai des revues françaises à un kiosque et retournai à l'hôtel.

J'étais flottant comme lorsqu'on démarre une maladie et qu'on ignore si elle va se déclarer carrément ou capoter devant l'aspirine.

*
* *

Au cours de l'interminable journée, ma « correspondante » me tubophona à deux reprises, espérant des informations. Elle-même ne savait rien et s'appliquait à calmer l'angoisse et la colère du cornard.

Je m'appesantissais à l'intérieur de ma carapace. Je regardais les chaînes franchouilles à la téloche, puis les suisses, mais c'était partout le même menu glandouillard, excepté sur Arte où je suivis un documentaire consacré au tapir, mammifère intéressant d'Amérique du Sud, à la petite trompe préhensile. Ces bestioles ahurissantes sont-elles venues fortuitement sur notre foutue boule ? Ou bien ont-elles été combinées par le Tout-Puissant ?

Dur de se déterminer, non ?

Peut-être saurons-nous un jour ?

Peut-être jamais.

Qu'est-ce qu'on en a à cirer ? Moi, en dehors du tapir, tout m'indiffère. Faut se spécialiser, dans la vie actuelle. Sinon, à trop connaître peu de choses, on reste traîneur de lattes.

Le soir arrivait en catimini dans le crachin préautomnal, quand le gazier de la réception m'apprit que des messieurs de la sourde bernoise m'attendaient. Le mec venant de bouffer un paquet de coton hydrophile n'aurait pas eu la gargane plus bloquée que la mienne à cet instant.

Fectivement, y avait deux pandores habillés de verdâtre, avec des galons, des baudriers, des kebours trop justes pour leurs tronches rubescentes.

L'œil sévère, le français approximatif (parlé avec une patate brûlante dans le clapoir), l'un d'eux m'a demandé si j'avais bien loué une Mercedes 220 SL à Munich.

J'ai admis la chose. Le fonctionnaire de police m'a alors révélé qu'on avait découvert ce véhicule dans le bois de Kartoffelmitschinken, à une trentaine de kilomètres d'ici. À son bord se trouvaient une femme morte et un homme de couleur agonisant.

Mon sang a fait un nombre de tours incalculable quand j'ai entendu cela. Jérémie mourant ! Il y avait de quoi dégueuler mon destin en même temps que ma collation de cinq heures, devant une pareille nouvelle.

Ils me posèrent les questions d'usage, auxquelles je répondis avec hébétude. Je leur tus ma profession ; d'ailleurs n'étais-je pas au chômedu, désormais ?

Ma déposition prit une bonne demi-heure ; ensuite, ils s'évacuèrent non sans m'avoir signifié de ne pas quitter la Suisse jusqu'à nouvel ordre.

Je promis et ils me donnèrent les coordonnées de l'hôpital où l'on avait conduit mon admirable Jéjé.

[Chapitre XXII]

L'enfant avait reçu deux balles dans la tête, qu'il déclamait le Victor. Je l'imagine, notre pouête national, avec sa barbe blanche, le soir, devant un auditoire à sa botte, récitant ses alexandrins pleins d'emphase. Ils chiaient pas la honte en ce temps-là. Trémolaient de la glotte, bien mettre en évidence leur génie. Poésie gaufrette ! Seulement elle se vendait. Va fourguer des vers, de nos jours ! T'en proposes à un éditeur, il défèque dans ses brailles séance tenante ! Compte d'auteur, Lamartine, Musset, Vigny !

Mais je m'écarte. Élève dissipé ! Ça figurait sur mes bulletins. Je rêvassais seulement, fuyais à tire-d'aile et larigot la grise monotonie du savoir.

Jérémie, comme sa partenaire, n'a reçu qu'une seule balle dans la tête. Mais d'un calibre qui fait des dégâts.

Selon le gentil infirmier d'origine albanaise, mis au parfum par les ambulanciers, le couple se trouvait à l'avant de la voiture. Quelqu'un, caché à l'arrière, les a froidement abattus. Paraît que la gonzesse est entièrement décalottée et que sa cervelle lui a servi de shampooing. Si mon merveilleux Noirpiot survit provisoirement, c'est grâce à l'appuie-tête qui a gêné le tireur, l'obligeant à placer l'arme de biais. Le professeur Dessantanski, chirurgien-chef de l'hosto, le juge inopérable pour l'instant.

Je me penche sur l'oreille de mon féal.

— C'est moi, chuchoté-je. Cramponne-toi à la rampe, Fleur-de-Suie. Je vais faire venir d'urgence ta sœur et ta femme. Elles doivent posséder des formules cabalistiques pour te sortir de là !

*
* *

Enfin une éclaircie dans ce ciel bas : l'arrivée du flamboyant Mathias, rutilant comme une aurore boréale.

N'est pas venu seul : Julie, son assistante, l'accompagne. Le Chalumeau oxhydrique me donne les raisons de cette arrivée supplémentaire :

— Nous avons toujours rêvé de faire un petit voyage ensemble.

— Je crains qu'il ne s'agisse pas d'un voyage de noces, préviens-je.

Je le mets au fait de la situation. En apprenant que notre pote Jéjé est entre la vie et la morgue[1], son visage perd sa coloration naturelle pour devenir cendré.

— Il faut que ces salauds paient ! gronde-t-il.

— Ça va être du peu au jus, promets-je. Tu as le matériel ?

— Tout, et davantage, Antoine.

1. Expression qui sert de titre à un remarquable San-Antonio [voir le tome 4 de l'édition « Bouquins »], lequel obtint le prix de la Fellation par contumace.

— Alors ne perdons pas de temps !

Nous déchargeons le coffre de sa chignole, après quoi je téléphone à Fridoline de venir nous rejoindre.

Je te rassure, dans l'hypothèse où tu aurais un train à prendre, désormais tout va aller très vite. Et cependant, ce ne sera pas de la tarte aux poils pubiens !

Fridoline semble très affectée par l'assassinat de sa potesse. À qui va-t-elle faire langue de velours maintenant ? Malgré tout, il s'agit de ce que bonne-maman appelait une « maîtresse femme », et les coups du sort, s'ils la meurtrissent, ne la terrassent point.

Je lui découvre les derniers détails de ma stratégie, façon Joffre préparant la bataille de la Marne. Elle suit attentivement le développement de mes instructions, pose quelques questions pertinentes et finit par se retirer sous sa tente, non sans avoir glissé dans son sac en bandoulière, un paquet que vient de lui remettre Mathias.

— Maintenant, la balle est dans votre camp, comme disait Henri VIII à François Ier lors de leur entrevue du Drap d'or, fais-je.

N'ayant pas le cœur (le corps encore moins) à des échanges salivaires, nous nous séparons.

Le grand bigntz va commencer.

[Chapitre XXIII]

Tu veux que je te dise, Louise ?

Le bol, ça existe.

Ainsi, pour l'exécution de notre coup de main, un orage d'une rare violence[1] sévit sur Berne et sa région. Tonnerre, éclairs, ciel plombé aux déchirures apocalyptiques, tout y est. Quel con a déclaré que « petite pluie abat grand vent » ? Je voudrais qu'il vinsse, ou venusse (Dutourd me conjure de ne plus flancher du subjonctif), assister à ce déluge wagnérien ! La lance est si intense que les balais d'essuie-glaces ne suffisent pas.

1. Dans les romans d'action, les orages sont toujours *d'une rare violence*, tu l'auras remarqué.

Nous sommes trois dans la bagnole louée par Mathias : lui, son assistante et moi. Je les ai conjurés de ne pas m'accompagner, leur faisant valoir que j'allais livrer une véritable bataille. Héroïques, ils ont insisté. Alors j'ai accepté leur aide, à la condition absolue que celle de Mlle Julie se limiterait à nous attendre au volant de la chignole, prête à un repli stratégique rapide.

À présent, on poireaute à quelques centaines de mètres de la banque, dans une voie privée conduisant à une vaste maison de maître où ne brille aucune loupiote.

Nous avons revêtu des tenues adéquates, le Flamboyant et moi : combinaison brune, cagoule de skieur ne laissant voir que nos yeux et nos voies respirateuses, gants de caoutchouc pour ne pas distribuer nos empreintes inconsidérément. Parés, quoi !

Nous sommes armés comme un commando : pistolet-mitrailleur en bandoulière, revolver à la ceinture, coutelas fichés dans nos bottes basses, et des grenades bien mûres, d'un genre spécial, dans nos larges poches. Du tout sérieux ! Comparés à nous, les parachutés de Normandie ressemblaient à des pêcheurs à la ligne. En outre, le Rouque se trimbale une gibecière emplie d'objets mystérieux dont il ne m'a pratiquement pas parlé. Connaissant l'homme, je sais qu'on peut lui faire confiance.

Les vitres de l'auto sont embuées, renforçant notre sensation de claustration.

— Tu es sûr que ta correspondante a bien fait le nécessaire ? se renseigne Mathias, pour dire de rompre le silence pesant.

— J'en suis convaincu. Elle est hautement qualifiée. Tu m'avais prévenu que tout se déclencherait plusieurs heures après la fermeture de la banque.

On continue de se racler l'os à moelle avec un couteau ébréché. Parfois, l'orage marque une accalmie, mais c'est pour passer la surmultipliée et remettre la sauce à fond la caisse.

Et soudain…

— Je crois que ça y est ! chuchoté-je, tellement je crains de me gourer.

Fectivement, on distingue une lueur derrière les fortes grilles de la banque. Cela produit un vague rougeoiement, puis lentement, cette clarté s'intensifie.

— C'est parti ! s'exclame le Brasero.

De contentement, il sort de la guinde pour licebroquer. Tous les héros pissent avant l'action. En homme avisé, il a retiré l'ampoule du plafonnier.

Lorsqu'il nous ramène sa vessie vide, le feu, dans la banque, a pris le nom d'incendie. Les fenêtres du rez-de-chaussée sont éclairées a giorno.

Bientôt, nous percevons ce bourdonnement sourd, caractéristique d'un foyer qui s'amplifie. Ce coin de campagne s'illumine progressivement.

— C'est beau ! murmure Julie-de-la-Rousse.

— Compte tenu du temps de chien, toute la banque risque de cramer avant que l'alerte soit donnée, fais-je.

Une joie malsaine me surexcite. Je voudrais que le feu anéantisse ce refuge de salopards.

Les vitres explosent ! Des flammes sortent par les ouvertures et lèchent la façade.

Soudain, une bagnole se pointe, emplie de bringueurs revenant d'un festin.

Elle ralentit, stoppe à bonne distance. Des gaziers bourrés à la clé jaillissent, braillant en swissdeutsch, terrifiés par l'importance du sinistre. Selon la tradition instaurée dans les pays « raisonnables », le conducteur ne s'est pas torché la gueule. Il prend la directive du S.O.S. Remonte seul dans sa guinde pour foncer jusqu'à la grosse ferme qu'on devine là-bas, au bout de la ligne droite.

Pendant son absence, les poivrots s'approchent de l'incendie en gutturant à s'en abraser les cordes vocales. Ils veulent pénétrer dans l'urbanisation, histoire d'alerter ses occupants. Mais que tchi ! On n'expugne pas une forteresse.

Dans notre voie discrète, cachée par des haies de noisetiers, nous observons le déroulement de l'affaire. Les barrissements d'ivrognes ont été enfin entendus. Des lumières naissent çà et là.

L'effervescence croît.

Armé de jumelles à foyers zoroastriens, permettant de scruter dans l'obscurité, j'aperçois quelques habitants du « camp » ; ils me font songer à des militaires.

Cette fois, la Grossmonisch Bank crame de ses fondations à sa toiture. Superbe ! Et si les incendiaires étaient des poètes, après tout ?

Tu ne crois pas ? Ah bon !

Nous vivons un instant d'apocalypse. Sous les rafales de pluie et de vent, l'immense brasier se cabre, puis reprend de l'ampleur.

Au bout d'un temps difficilement évaluable, les pompelards se radinent, coiffés de casques-pas-comme-chez-nous. Ils joignent leurs vociférations aux cris. « L'hydran ! L'hydran ! » gueule le chef du feu, un gros joufflu dont le cul ressemble au masque mortuaire de Mao. En Helvétie, l'« hydran » c'est la bouche d'incendie.

Ils finissent par la dénicher. Branchent leur tuyau, ouvrent la vanne. L'un des poivrots morfle un jet impétueux en pleine poire, ce qui lui fait glavioter son râtelier de famille qu'ici, par économie, on se refile de génération en génération.

Quand enfin la banque commence d'être aspergée, la girouette du toit gît dans la cave.

— À nous ! ordonné-je avec détermination.

À travers l'agitation générale, notre déplacement passe inaperçu ; les combinaisons que nous portons contribuent à notre anonymat…

— Les lumières, pour commencer ! enjoins-je.

Opinage du Rouque. Il extrait de sa musette (jouez, hautbois) un petit grappin qu'il propulse sur l'un des détecteurs, puis raccorde le filin du harpon à une sorte de compteur dont il actionne le bistounet. Il se produit une gerbe d'étincelles bleues, pareilles à celle des cierges magiques.

Naturellement, cette intervention se déroule loin de la foule et des pompiers.

— La voie est dégagée ! assure le Phénix.

Et de me faire la courte échelle pour m'aider à escalader la clôture.

Lorsque je me trouve en terrain ennemi, j'ai la surprise de le voir grimper après le grillage avec la vélocité d'un écureuil. Il a ajusté des crampons à ses pompes, le gueux, ce qui te prouve bien qu'il prévoit tout !

L'incendie, malgré l'affairement des firemen, continue son œuvre destructrice. Tu te croirais dans une production américaine. Ça flambe, craque, pétarade, gerbe, bouquetfinale ! Un vrai film de la Metro Durand Mayer. Nous, fantassins héroïques, reptons sur la pelouse. Depuis les pavillons, les chiens hurlent à la mort ou à je ne sais quoi d'autre ; peut-être à « nous » ? Les occupants ne les ont pas lâchés, heureusement ! ça nous compliquerait singulièrement la vie…

Nous nous sommes partagé le travail : Mathias, Front national, a opté pour les massifs de droite ; moi qui aurais pu être socialiste, pour ceux de gauche.

Le sinistre accaparant l'attention de tout le monde, on se la joue belle. Du gâteau ! Dans chaque tuyau coudé on largue une grenade, semblable à un petit œuf, après l'avoir dégoupillée. Elle contient un gaz soporifique capable d'endormir tous les fidèles de Saint-Pierre de Rome pendant la messe de minuit. Nous avions approximativement dénombré douze manches à air, il y en a onze.

On se retrouve près du dernier pavillon. Les chiens se sont tus, ce qui prouve l'efficacité de notre matériel.

Une formidable allégresse me survolte. Cela ressemble déjà à l'ivresse de la victoire. Mais achtung ! Du calme, petit frère, rien n'est gagné.

Le sixième pavillon se compose d'un living classique, de deux chambres, d'une cuisine et d'une salle de bains. Il est vide. Tout paraît figé, artificiel. Cela donne une impression de maison témoin. Rien ne traîne céans : pas la moindre cigarette, pas un magazine, pas une boutanche pleine ou vide, aucun slip de femme. Mais je ne m'attarde pas, j'ai quelque chose de primordial à dénicher.

Le Chalumeau, qui m'observe, demande :

— L'escalier ?

J'acquiesce.

Nous passons les pièces en revue, examinant le sol de chacune, en quête d'une trappe. Que tchi ! dirait Léopold j'sais-plus-combien de Belgique (le roi qui doit se pincer pour savoir qu'il existe).

Et pourtant elle tourne, affirmait Galilée chaque fois qu'il regardait la petite aiguille de sa montre.

L'escalier faisant communiquer ces pavillons au repaire souterrain est bien quelque part !

Concentration de celui que certains ont surnommé le « génie du siècle » et certaines la « bite de l'année ». Mathias me fixe intensément, comme pour joindre sa phosphoration à la mienne. Deux grands esprits ne se neutralisent pas : ils s'additionnent. Dans son regard incarnat je vois fulgurer des hypothèses majuscules.

— Pourquoi un escalier ? lâché-je-t-il, en état second.

Léger décalage horaire chez le prince de la mayonnaise chantée. Il finit par dire :

— Un ascenseur !

J'examine le living, mais une idée me zèbre la coiffe.

Qui dit ascenseur dit cabine.

Qui dit cabine dit cabinet.

Je cavale aux cagoinsses plus rapidement que le gars auquel on a entonné un litre d'huile de ricin.

[Chapitre XXIV]

Ingénieux.

Je vais tenter de te faire comprendre.

Les chiches du pavillon mesurent un mètre vingt de large sur deux mètres cinquante de long. La partie autour de la cuvette est carrelée en blanc, le reste peint à l'huile dans les tons bleu ciel, couleur qui apporte une parfaite relaxation à tes entrailles pendant que tu les libères. En y regardant de près, on constate une rainure entre céramique et peinture, celle-ci continue du plancher au plaftard.

Le mec qui s'est trop baigné dans la mer Rouge demande :

— Tu brûles ?

Ça se pourrait.

Je frappe le sol du talon : plus de doute, ça sonne le creux comme lorsque tu te cognes la tête contre la table en ramassant ta serviette. Ne reste plus qu'à dénicher le bouton de commande de cette cage.

— Tu veux bien me laisser faire ? propose mon pote.

— Et comment !

Il entre avec moi dans les gogues. Nous sommes comprimés kif deux garnements se taillant une plume. Le Homard procède à une inspection minutieuse du petit endroit. Puis, trouve en moins de temps qu'il n'en faut à ta bergère pour s'apercevoir qu'elle a épousé un con.

— Facile ! laconise-t-il en saisissant le commutateur électrique.

Mathias le prend entre le pouce et l'index et lui imprime un mouvement de rotation.

La partie avant du chiche se met à descendre, abandonnant la cuvette à son mélancolique destin.

Le cabinet-cabine parvient dans une sorte de sas en béton, fermé par une porte coulissante.

J'en tiens déjà la poignée quand l'époux de la friponne Angélique, pondeuse professionnelle et baiseuse intermittente, me tape sur l'épaule.

— Les masques ! jette-t-il d'un ton de reproche.

J'oubliais notre soporification ! Fissa, je me munis de cet élément indispensable et m'en affuble le groin. On s'entre-examine à travers nos vitres. Vachement science-fiction, tes potes ! On a l'air de tourner dans une culterie hollywoodienne, genre *Les Martiens attaquent à l'aube*.

Mais, assez débloqué.

Go !

Et nous gohons !

Je te le dis tout de suite. À quoi bon laisser se dessécher ta langue au chat, pour ce qu'elle est ragoûtante ! Une surprise monumentale se prépare.

Je m'attendais certes à tout, donc à rien ! N'empêche que j'en ramasse plein la frimousse, et Mathias idem.

Sidérant !

Figure-toi un immense couloir d'au moins deux cents mètres de long, brillamment éclairé par des lampes reproduisant la lumière du jour. Tu me suis ? Les murs sont peints à fresques et les barbouilles représentent les horizons de la Suisse bien-aimée. Formidable décor à nul autre pareil. C'est hyperréaliste ! Géant ! Tu reconnais la Jungfrau, dans les lointains. Les montagnes forment une chaîne infinie ; t'aperçois des chalets, des chemins sinueux ; au premier plan : troupeaux de vaches aux énormes cloches dont tu crois entendre la tintinnabulance, clochers à bulbes, ponts de pierre, et gussiers soufflant dans des cors des Alpes. Dans cette peinture colossale s'ouvrent des portes, des portes, des portes…

Voilà pour le décor, grosso-modiste, dirait le pauvre Alexandre-Benoît.

À présent, venons-en à la réalité.

Au milieu de l'interminable et très large couloir sont écroulés pêle-mêle, humains et animaux, terrassés par le gaz de Sa Rouquinerie Mathias Ier. Ils l'ont inhalé alors qu'ils se rassemblaient pour débattre de l'incendie, je suppose (en anglais, *I suppose*). La plupart sont en pyjama ou robe de chambre. Le soporifique les faisant ronfler, le bruitage ambiant évoque un combat aérien pendant la bataille d'Angleterre.

Nous entreprenons de débuler (abréviation de « déambuler ») parmi ces gisants. Notre produit les a anéantis à l'endors-toi-comme-je-te-pousse. Tiens, parmi les bipèdes, v'là les deux cadors de la gonzesse !

Et puis…

Oh Dieu de ceci, cela et de magnificence réunis ! Mes sens m'abusent-ils ? Se puisse-t-il ? Se pouva-ce ? Ce puisatier ?

Là, sur ma droite, près d'un mec étendu face contre terre…

Le Rouquemoute l'a aperçu en même temps que moi.

— C'est lui ? fait-il en avoixbaissant.

— Il me semble, exhalaisonné-je, et je tombe à genoux, telle la poire trop mûre.

Que soudain, emporté par l'émotion, je me prends à chialer derrière mon masque kif un veau de batterie sous les mamelles de sa chère maman.

— Salami ! hoqueté-je. Salami, mon amour !

[Chapitre XXV]

Mon élan de joie retient les questions qui m'affluent. Les diffère, devrais-je plutôt dire. Je caresse à pleines mains le poil rêche de mon pote quadrupède. Il sent bon le rude toutou. Son sommeil artificiel n'a rien d'alarmant, sa respiration est régulière. Parfois, il agite ses grosses pattounes torses comme s'il courait au fion de quelque rabbit.

Pendant ces démonstrations de tendresse, Mathias se livre à une opération simple et fastidieuse : il photographie tous les gens allongés. Ainsi pourrons-nous constituer un dossier sur le Consortium.

Il est en plein turf, moi en pleines effusions, quand la porte menant au sas coulisse ; ce sont des gus sortis pour observer l'incendie qui reviennent. En nous découvrant, ils ont le réflexe de se précipiter. Hélas pour eux, le gaz aspiré par le courant d'air les cueille à froid ; ils titubent, s'effondrent. Bingo !

J'abandonne (très provisoirement) Salami, pour visiter les lieux. Presque toutes les pièces ressemblent à des cabines de bateau. L'ensemble possède un je-ne-sais-quoi de militaire. Certains logements sont occupés par des gens que le gaz a annihilés dans leur sommeil.

« Il n'y a, dans ce souterrain, que des hommes », songé-je.

Tiens, non, j'ai pensé trop vite. Voici une gonzesse ! Elle est allongée sur son pucier, le visage dans l'oreiller. Curieux, je m'en approche, la fais basculer sur le dos. Madoué ! comme le répète ma cousine de Quimper, tu sais qui ? Anne-Marie ! Oui, la potesse de Thomas Graham, le photographe dont la carcasse a alimenté les poissecailles au large de Lanzarote ! Si je m'attendais à la retrouver en ce lieu !

Drôle de chose que ma vie ! Tu parles d'un bouquet de violettes, Annette ! Je laisse la fille pour continuer mon exploration.

Survolté, de l'électricité plein le corps, je pousse infatigablement les portes se succédant le long de cette voie pour termites humains.

Ici est un grand type blond dont l'abandon n'efface pas la physionomie sévère. Il roupille en compagnie d'un bel éphèbe entièrement nu, tenant les aumônières de son compagnon de lit à pleines paluches. J'éprouve une étrange sensation. Renifleur surdoué, l'Antonio joli. Crois-moi ou va te faire aimer par l'un des chimpanzés du zoo de Vincennes (dont les fenêtres de l'appartement donnent sur la cage d'Albert Benloulou), je devine que cet enculeur de damoiseaux est le chef du caravansérail.

En sortant de sa piaule, je crie à mon prolifique (et néanmoins cocu) camarade d'amener sa boîte à images et d'exécuter un documentaire.

Il droppe !

Vachement excitant, cette descente chez la Belle au Bois pionçant. Cela a je ne sais quoi d'onirique, dirait un livreur de pizzas de mes relations.

Je passe deux appartes vides, m'engouffre dans un troisième. Et alors, la grande muraille de Chine me choit sur les durillons. Des surprises de ce tonnage, je finirai cardiaque, impossible autrement.

Tu veux savoir ?

Béru !

Oui, mon lecteur vénéré.

Alexandre-Benoît Bérurier !

Superbe.

Dans son endormissure, il trique comme une harde de cervidés. Jamais, au tout grand jamais, au never si tu préfères, je ne lui ai vu une bite pareillement calibrée ! Je le répète : il bande, jazz-band, prébande, contrebande, bande à part, à s'en exploser les siamoises ! Un tel paf, c'est de la folie. Ça défie les lois de la pesanteur !

En maintes occases, j'ai pu admirer son membre d'exception. Je le trouvais énorme, voire gigantesque. Mais là, Babylas… Un bras de déménageur ! Une troisième jambe ! Le pilon d'une baratte ! La bielle d'une locomotive haut le pied ! C'est le phare d'Ouessant, un minaret, la tour de Gustave, un silo nucléaire ! Comment peut-il être inconscient et goder de la sorte ? Mystère de la nature béruréenne !

Quel hymne de reconnaissance dans ma pauvre âme ! Quelles intenses promesses, non encore répertoriées, fais-je au Créateur ?

Le Gros, intact, que dis-je : érectionnant ! Pouvais-je rêver d'une telle fin à cette aventure extraordinaire ?

Non, n'est-ce pas ?

Merci.

L'orage a cessé. L'incendie brasille au sein des décombres. Ne reste plus personne dans le landerneau. Le temps et la fatigue ont ruiné les énergies.

Nous allons, Mathias and me, courbés sous la charge. Une civière dégauchie dans la cité taupinière nous permet de coltiner le major Bérurier jusqu'à la tomobile. N-ensute c'est le tour d'Anne-Marie.

La laborantine nous assiste de son plus mieux. Gentille fille, dévouée, qui ne pleure pas sa peine.

Nous finissons par mon cher Salami. Lui, je le porte en le pressant sur mon cœur.

Troisième partie

CONCLUSIONNELLE ET CONCLUANTE

[Chapitre premier]

Une vieille Arbie teinte en roux carotte répond à mon coup de sonnette. Sa peau est davantage plissée que les testicules d'Antoine Pinay. Lui reste trois dents : une canine, une incisive et une molaire conservées en souvenir de l'époque où elle consommait des nourritures solides. Sa bouche me rappelle l'anus de la chère vieille reine Mary, une figure sympathique de la monarchie britannique (et probablement la seule). Ses yeux flétris sont emplis de crème vanille.

J'explique à cette vénérable relique que je suis attendu par miss Zagazi. Ça lui en babouche un coin. Me rétorque que sa maîtresse ne reçoit personne.

— Si : moi ! assuré-je avec une telle fermeté que la géronte en est ébranlée comme la voûte de l'église abritant le saint suaire de Turin.

Sans obstacler davantage, elle m'entraîne vers une villa blanche de style arabisant. La construction est charmante, relativement modeste. Nous franchissons un patio mosaïqué dans les tons vert et bleu. Je perçois de la musique. Pas du tout le genre mélopette nasillardeuse puisqu'il s'agit de *Rhapsody in Blouse*, de Gershwin-Gum.

On pénètre dans un salon réalisant la jonction des civilisations (mauresque et occidentale). Les sièges sont d'ici, mais pas le piano à queue, ni les tableaux signés Derain, Rouault, Matisse et Picasso.

Dans un angle ombreux de la pièce, une femme est lovée tel un chat sur un canapé. C'est Nouhr, ma merveilleuse rencontre de Lanzarote. Seigneur ! Comme elle a changé en quelques semaines ! Pâle, les traits tirés, le regard flottant, ce n'est plus qu'un vague reflet de la somptueuse jeune fille qu'elle était lors de nos relations.

Malgré l'après-midi, elle est infardée, les cheveux à l'abandon, et porte une robe de chambre de soie noire avec des savates argentées. J'éprouve un choc en la retrouvant dans cet état et mon cœur se serre kif le couloir à lentilles d'un hétérosexuel qu'on s'apprête à sodomiser.

Je vais à elle d'une allure incertaine, fou de tristesse, d'angoisse…

— Bonjour, ma chérie, balbu-siège.

Ses yeux paraissent voilés, leurs pupilles en sont dilatées ; des cernes bleutés les soulignent.

Me penche pour un baiser qu'elle subit sans avoir la moindre velléité de le rendre.

— Qu'as-tu, ma belle âme ? m'inquiété-je.

Elle détourne la tête sans répondre.

— Tu es médicamentée ? risqué-je.

Bref haussement d'épaules.

Elle ne répond pas, regarde autour d'elle, comme une qui cherche du secours, puis, tout de go éclate en sanglots.

Je la presse sur ma poitrine gladiateuse. Baisote ses cheveux, mordille son lobe.

— Ô Nouhr, Nouhr bien-aimée, que s'est-il passé ? murmuré-je. Fais un effort et dis-moi ce qui t'est arrivé depuis notre séparation.

Elle parvient à s'exprimer, à clarifier sa pensée. Pour commencer, elle trébuche, marque des silences interminables ; mais au furet à mesure, son verbe s'affirme, sa confiance en moi revient. Elle en a vu de dures, dirait la bonne Mme Claude que j'eusse aimé connaître (à titre personnel car je n'use pas des dames-faites-pour). La mort combien dramatique de son père ; ma disparition, au plus culminant de son malheur ; les sévices infligés par des individus sans vergogne s'acharnant à lui faire révéler la planque de certaines pierres précieuses. De quoi conduire n'importe quelle enfant de Marie à la neurasthénie et à la drogue.

Je te parie une blanquette de veau contre une banquette de dévot que je me pointe à pitre (je veux dire : à pic). Cette malheureuse, lassée de tout, même de l'espérance, était en train de sombrer corps et biens au moment où Bayard réapparaît. Mais mon regard plongé dans le sien et mes doigts effleurant son triangle d'or la gaillardisent. Elle entrevoit le salut ! S'épanche.

Pauvre jeune fille broyée par la férocité de la vie. Son dabe, depuis des années, trafiquait avec des gens redoutables qui devenaient de plus en plus exigeants. Affolé par ces acolytes implacables, il s'est réfugié dans la maladie ; a feint une attaque. Sa grande fille dévouée est entrée dans son jeu avec une abnégation n'appartenant qu'aux femmes lorsqu'elles ne sont pas salopes.

Le père Zagazi a fui l'Égypte pour les Canaries, emportant les gemmes que l'on sait, c'est-à-dire une fortune. Seulement, ses ex-complices n'ont pas été dupes et l'ont vite retrouvé. Lui, mais pas son gâteau !

Les choses se sont alors envenimées.

Alouf simulait si admirablement l'handicapé que ses ennemis ont été pris de doutes. La fouille poussée de sa chambre et de ses bagages n'ayant rien donné, ils ont décidé de frapper fort et l'ont hissé sur l'échafaudage du hall pour lui faire subir une dernière épreuve. Ils comptaient sur la panique.

À tort ! L'Arabe n'a pas moufté. Alors, ils l'ont supprimé pour terroriser sa fille.

À présent, il est temps de te préciser, mon lecteur au cerveau désossé, une chose très importante : la bande du diamantaire n'a rien à voir avec les gens du Consortium. Pour les cailloux, il s'agit uniquement de gangsters issus du marché gemmologique. Qu'ils soient venus sévir aux Canaries en même temps que les « autres » est une pure coïncidence.

La tendre enfant cesse de larmoyer. L'on dirait (long-dix-raies) qu'en s'abandonnant sur mon épaule, tout en caressant ma chopine forcenée, elle retrouve les chemins de la vie et la paix de sa jeunesse.

Je cesse progressivement de la questionner pour descendre, sur le gué de mes baisers, jusqu'à son adorable pubis. Qu'existe-t-il de plus tonique qu'une minette salubre ?

La jouissance expulse de son esprit les ultimes miasmes de sa terrible aventure.

Assise sur ses talons à peau de caïman, la vieillarde qui m'a accueilli considère nostalgiquement notre étreinte. Lui a-t-on jamais bouffé la cramouille, à cette carabosse en désincarnance ? J'en doute, sachant qu'une pareille pratique n'a pas l'agrément du Prophète…

Dommage pour mes potes de là-bas. Comme ils ont raison de venir sur la planète France !

[Chapitre II]

Quarante-neuf heures plus tard, dans le vol Le Caire-Paris. En first. Places E et F. Un couple.

La fille blonde aux yeux clairs, un peu pâlotte. Le garçon brun, le regard qui humidifie les femmes (on le devine baisant beaucoup et pour pas cher). Elle serre la dextre du gars entre ses cuisses. Il en profite pour lui zigougner le clito. Quand ils ne parlent pas, ils s'embrassent à pleines muqueuses.

La demoiselle a pris son foot à deux reprises depuis le décollage. Lui attend l'arrivée pour se laisser essorer, mais son tricotin fait pouffer les hôtesses qui ont l'œil.

Si tu parviens à mettre des noms sur ce duo tu as gagné les zœuvres complètes de Mazarine.

Tandis que les réacteurs réactent, j'affranchis ma chère Nouhr sur les autres « Mystères de Lanzarote ». Odyssée de l'espace ! Elle est passionnée, y a de quoi ! Je lui narre l'affaire Thomas Graham, le Britannouille fâcheusement mort en mer. C'était un homme de main du Consortium ; il se trouvait dans l'île pour accomplir deux missions (entends par là buter deux personnes : la victime du brasier tellurique et moi). L'Irlandaise rousse, épouse d'un des leurs, mort de les avoir trahis, était supposée connaître des éléments susceptibles de les gêner. Quant à mézigue, ma curiosité prenait trop d'ampleur et m'entraînait inexorablement sur leur piste. Graham reçut donc l'ordre de m'éliminer. On l'avait maqué avec Anne-Marie, l'une de mes conquêtes passagères qui appartenait déjà à l'Organisation lorsqu'elle était hôtesse au Nénuphar de Jade. Thomas n'étant pas assez malin pour m'avoir, c'est lui qui engraissa les squales de l'Atlantique.

Comprenant que je m'étais tiré du guet-apens au détriment de son jules, l'Asiate avertit ses chefs. C'est alors que ceux-ci décidèrent de me neutraliser et de m'emmener à Londres !

Pendant que je guerroyais sur tous les fronts, mes trois « assistants » ne chômèrent point. Frank Blando, le plus avisé, et qui savait frapper aux bonnes portes, eut vent du « repaire bernois ». Las ! son informateur fut vite châtié pour sa trahison et mon confrère dut également en payer le prix.

Il est intéressant de noter combien j'avais eu le nez creux en constituant ce commando spécial. Chacune de mes recrues parvint à découvrir une pièce du puzzle qui, hélas, leur coûta la vie. Sans doute, ce trio d'élite ne prit-il pas suffisamment de précautions ? L'hydre que nous avions à écraser n'appartenait pas à la race des malfaiteurs traditionnels. Pour assurer le bon fonctionnement de cette machine à détruire, des fonds secrets affluaient d'un peu partout. On les « engrangeait » en des lieux innocents, comme le souterrain de Jameos del Agua, pour les injecter ensuite dans la caisse noire de la Grossmonisch Bank lorsque se présentait une occasion de les blanchir.

Ma compagne de voyage s'est assoupie. J'écoute sa respiration calme avec bonheur. M'est avis que je me suis pointé juste à temps, avant que l'accoutumance la rende irrécupérable.

Je la sauverai ! Promis ! M'occuperai d'elle jusqu'à ce qu'elle reprenne tout à fait goût à l'existence. Nous avons des devoirs envers ceux qui parcourent un bout de route en notre compagnie.

Je le sais bien que « toujours » n'existe pas…

D'une pensée l'autre, je reviens à Mme Magnol et à ces instants inattendus et si fous que nous avons connus, elle and me.

La vie, tu veux que je te dise ? Faut la bouffer comme une choucroute ! Par contre, elle, on ne la réchauffe pas.

De la chère femme à la voix cassée mais au mistigri performant, j'en viens à son fils. Qu'est-ce qui l'a branché sur notre P.C. londonien, Maurice ? Selon moi, son enquête l'a amené à filocher quelqu'un du Consortium chargé de neutraliser notre équipe. Peut-être le saurons-nous quand, à la suite de notre « dératisation » bernoise (les polices officielles s'attaquent sérieusement au problo), tout sera étalé au grand jour !

J'ai confiance : en Dieu, en moi, un peu en les autres lorsque ma vésicule fonctionne normalement. Si, dans mon négoce, t'es pas optimiste, vaut mieux vendre des bulles de savon sur les Grands Boulevards !

Pour en revenir à Magnol, le cliché trouvé chez lui et mon lutin intérieur me soufflent qu'il était branché sur Vokowiac. Très possible qu'il se soit ramené à l'hôtel du vieux Ruscoff pour explorer la turne du gus et lui ait, ce faisant, chouravé une photo. Comme Jérémie le supposait, il a voulu prévenir mes partenaires, attendu que j'étais devenu amnésique.

Puisque je suis en train de mettre à l'heure toutes les pendules du pensionnat, faut que je te bonnisse un gag inénarrable s'il n'était justement narrable.

Tu te rappelles le message trouvé dans la minaudière de ma « meurtrière en puissance » ? Mathias avait donné sa langue à la chatte de son assistante. Eh bien, elle est parvenue à le décoder, la géniale demoiselle.

Je te dis tout ?

Tu ne te marreras pas trop fort ? Ni pisseras pas sur la moquette ?

Mes coordonnées, mec ! Seulement les miennes, les personnes avec qui je vis, mes habitudes, tout ça…

Dis, y a pas de quoi se carrer un melon de Cavaillon dans le fion ?

[Chapitre III]

Je n'ai fait qu'une halte de trente-six heures à Saint-Cloud. Le temps de présenter Nouhr à M'man et de l'installer dans la chambre d'ami (on l'appelle, chez nous, la « chambre à donner »).

Félicie a ouvert grands ses bras à l'Anglo-Égyptienne. Chaque fois qu'elle me voit avec une femme, elle s'imagine que je vais l'épouser toute crue et lui planter des chiares. C'est une idée fixe, la chérie. Elle tient à ce que je fasse souche avant que le Petit Jésus ne la rappelle à lui…

En attendant, on s'est livrés à une répétition générale, la gosse et moi. J'avais mis une cassette des Tambours du Bronx pour essayer d'atténuer le fracas de notre tringlée. Quand t'as les roubinches en crue, tu les essores en stéréo, c'est logique. On y a été plein pot, tant et si fort que notre soubrette et venue guigner par le trou de serrure. Outrée, elle ne m'a plus parlé de la soirée !

Tu sais comment sont les gerces.

Le lendemain, j'ai pris le petit zinc assurant le service Paris-Berne-Lugano. Ça nous a pas mal secoués et une dame anglaise a gerbé dans son doggy bag. J'en ai été méchamment satisfait. On est dégueulasses, les Français !

À l'hôpital bernois, j'ai retrouvé mon Jérémie, entouré de sa femme et de sa frangine. Pour lui, c'était pas encore Byzance, mais on le réputait sauf et il commençait à parler. La piaule sentait bizarre, comme chaque fois que « ces dames » se livraient à leurs pratiques salvatrices. J'ai aperçu des gésiers de poulets sur de la gaze et j'ai failli faire kif la Rosbif de l'avion.

On s'est dit peu de choses, Blanc et moi, en tout cas l'essentiel. Puis, il a demandé des nouvelles de Béru et Salami. Je lui en ai donné, et des fameuses ! C'est en découvrant le chibre du Mastard qu'ils lui ont laissé la vie sauve. Un engin pareil, ils voulaient faire des expériences. Pour cela on lui a injecté un nouveau produit en comparaison duquel le Viagra n'est qu'une pastille de menthe !! Son zob a encore pris de l'embonpoint ; ça fait trois semaines qu'il n'a pas débandé. Faut se relayer pour lui éponger l'asperge. Son cas est étudié dans les facultés. Quant à mon bon cador, on l'a épargné pour qu'il lui tienne compagnie. Ils étaient aux petits soins pour le Gros.

En quittant Jérémie, je chantais *O sole mio.*

De l'hosto, je me suis fait driver chez Fridoline Schwartz. Je ne l'avais plus revue depuis la nuit du gros badaboum. Je n'ai trouvé chez elle qu'une femme de ménage guatémaltèque ; cette dernière m'apprit qu'elle était en voyaze.

[Chapitre IV]

Élevée pour l'Exposition universelle de 1889, la tour Eiffel qui devait être éphémère a franchi gaillardement son siècle d'existence. Tout laisse supposer qu'à moins d'un conflit atomique ou d'un séisme naturel, elle continuera d'incarner Paname pendant le troisième millénaire.

La Grande Roue de Vienne (Autriche), constitue un autre symbole de ferraille. Pour l'une et l'autre, un seul ennemi : la rouille !

C'est sur quoi je médite en filant ce couple dans le vaste parc du Prater bordant le Danube qui, loin d'être bleu comme l'a prétendu ce benêt de Strauss, est aussi brun qu'un tas de merde…

Les deux amants se tiennent par la taille, c'est l'attitude amoureuse la plus formelle que je connaisse. Temps à autre, ils stoppent pour se rouler une galoche asphyxiante, puis poursuivent leur chemin en direction de la fameuse attraction.

La musique d'Anton Karas, qui assura le succès du film *Le Troisième Homme*, tourneboule dans ma tête, lancinante. Sûr qu'elle va me rester collée dans le cigare pendant plusieurs jours. Je suis coutumier du fait. Un air me chope au lasso et sévit en moi jusqu'à me flanquer mal au cœur.

Les amants vont à la caisse pour prendre leurs biftons. Je les imite. Ils sont tellement accaparés par eux-mêmes qu'ils ne m'accordent aucune attention.

C'est seulement lorsque je m'installe en leur compagnie dans une nacelle que la femme me découvre.

— Vous ici ! s'écrie-t-elle, comme le connard des vaudevilles quand il trouve son meilleur copain dans l'armoire à glace.

— Inouï ! m'exclamé-je-t-il. On peut dire que le monde est petit !

Gênée, elle me présente son ami :

— Cornélius.

J'en serre quatre à un zigotard de taille médiocre, portant une moustache de séducteur italien période néoréaliste.

— Monsieur est roumain, je suppose ? fais-je en souriant chaleureusement.

— Heu… oui, admet Fridoline, embarrassée.

Pourquoi, à cet instant précis, éprouvé-je l'impression d'avoir déjà vécu cette scène ? Quand était-ce ? Il y a du brouillard autour de cela.

La roue ne s'arrête pratiquement pas, elle ralentit à l'extrême pour permettre aux clients de prendre place. Sa rotation se poursuit, insensible, et lorsque le dernier chargement est opéré, elle adopte son orbe souveraine.

Nous nous élevons, découvrant un horizon qui va s'épanouissant.

— C'est beau ! remarqué-je.

Elle ne répond pas et tient la main de son chevalier servant comme si elle craignait le vertige.

— Au fait, soupiré-je, vous l'ignorez, mais mon collaborateur s'en est sorti. Je dois admettre qu'il existe de la magie nègre dans ce miracle. Sa femme et sa sœur, des filles hautement qualifiées en la matière, sont à son chevet depuis quatre jours. Les médecins bernois leur font une de ces gueules !

Je ris de nouveau.

Seul.

Ma correspondante helvète murmure je ne sais quoi dans la trompe d'Eustache de son calceur. Lui qui n'a pas moufté depuis mon ennacellement dit enfin un mot :

— Évidemment !

Je me penche pour mater en bas. Les gens sont minuscules et les arbres guère plus grands. Les flonflons (dirait Suzanne) de la fête nous parviennent, ouatés par la brise et la distance.

Bath !

— C'est la première fois que vous montez à bord de ce manège ? demandé-je.

À cet instant, la roue cessa de girer et se mit à tanguer. Elle venait d'atteindre le point culminant de sa trajectoire.

— Une panne ? fis-je.

Je n'eus pas le temps d'en demander davantage. Avec un extraordinaire synchronisme, ils se jetèrent sur moi et me saisirent, l'homme aux épaules, Fräulein Schwartz aux chevilles, dans l'intention de me virguler par-dessus bord. Leur promptitude fut telle qu'ils faillirent réussir. J'avais le buste à l'extérieur quand, d'un effort que des auteurs au petit bonheur qualifieraient de surhumain, j'arrachai mon panard gauche à l'étreinte de la gueuse Fridoline et le lui propulsai dans le museau. Elle lâcha tout et partit à la renverse pour adopter une posture identique à la mienne. Dès lors, son compagnon m'abandonna afin de voler à son secours.

Je profitis de ce répit pour réintégrer complètement la carène. Je venais de regarder la mort entre les yeux. Je tremblais. Non pas comme une feuille, seuls les plus que cons usent de ce cliché, disons comme un marteau-piqueur. Malgré mon trouillomètre bloqué, je filas un ignominieux coup de tatane entre les jambes de mon agresseur, penché pour aider sa camarade de baise.

Le choc fut si violent qu'il lâcha tout et valdingua dans le vide, entraînant sa copine avec lui.

Leur sort tragique ne m'émut pas.

Ils avaient froidement assassiné Elvira et mis à mal Jérémie !

Toutes choses ne se pardonnant qu'au paradis.

[Chapitre V]

Avant de pousser la porte, je renifle à fond. Ça sent le chou farci et la rouelle de veau longuement mijotée.

J'entre dans la cuisine.

Image merveilleuse : M'man, un tablier blanc noué à la taille, est en train de préparer une tarte aux airelles sous le regard fasciné de Nouhr.

Mon arrivée suscite des exclamations de joie et des baisers à n'en plus finir.

Un bonheur intense me submerge. C'est trop beau, trop tout !

— Je sentais que tu serais là pour le dîner, fait ma vieille. Mon instinct ne se trompe jamais. J'ai ouvert un bordeaux Petit-Village, ça te convient ?

— Je n'aurais pu choisir mieux.

Elle s'exclame :

— Que je te dise : M. Machekhouil, le nouveau directeur de la police veut te voir d'urgence ; il assure avoir une proposition intéressante à te faire.

— Tiens donc ! ricané-je. Serait-il impressionné par sa tâche écrasante ?

Bon, on se ré-embrasse. On se sent cool ; on baigne, quoi !

Cinq minutes plus tard nous voilà à table. Félicie a placé un romantique bouquet de roses pompon sur la nappe et deux bougeoirs d'argent.

La fête !

Pendant qu'elle va chercher l'entrée, je caresse l'exquis raminagrobis de ma protégée. De la soie sur du satin, sa chatte. Franchement, lorsque la vie t'a à la chouette, elle ne lésine pas.

— J'oubliais ! annonce M'man en apportant des hors-d'œuvre plus beaux qu'une toile de Rubens. J'avais donné à la teinturerie le costume que tu portais lorsqu'on t'a ramené d'Angleterre. Il était en piteux état. Ils ont trouvé un petit paquet cousu dans l'une des épaulettes.

Elle va quérir l'objet.

En le voyant, ce qui pouvait subsister d'ombre dans ma mémoire se dissipe.

Redoutant d'être détroussé au cours de mes tribulations, j'avais planqué les diamants dans le rembourrage de mon veston.

Je les tends à Nouhr.

— Qu'est-ce que c'est ? demande-t-elle.

— Ta dot ! réponds-je.

TREMPE TON PAIN DANS LA SOUPE

1999

À la mémoire de Jean-Claude Lateltin qui fut le plus talentueux des architectes et un incomparable ami.

San-Antonio

NOUVELLES « RÉFLEXIONS » DE FRÉDÉRIC DARD

Je suis un chic type de pacotille.

Plus le temps passera, moins on rencontrera de gens ayant navigué à bord du Titanic.

La voix d'un homme qui parle doucement couvre toutes les autres.

J'investis dans l'amour.

Le slip de Béru ? Un havre de pets !

Il avait une voix à vous dégoûter de vos oreilles.

La réussite m'a rendu plein d'insuffisance.

Je t'aime, malgré toutes tes qualités.

La poire est un fruit inconsommable : le jour même, c'est trop tôt. Le lendemain, c'est trop tard.

Le non-su perpétue l'innocence.

L'homme est toujours disposé à s'asseoir.

Nous aurons une explication orageuse si le temps le permet.

Ne fais pas le malin, car on a autant de chance de trouver de la merde dans ton slip que sur un trottoir.

*
* *

Tout ce qui rend les Anglais joyeux m'est insupportable.

Albert Benloulou

Première partie

JEU DE MASSACRE

1

Méfie-toi des Ricaines, fiston !

Si d'aventure tu en brosses une et que tu lui éternues dans la mandoline, n'oublie pas de récupérer ton sirop de burettes à la cuillère et de recompter tes poils de cul avant de la quitter.

C'est ça, la chiasse, avec les petites Yankees. Elles oublient, après calçage, que tu leur as déguisé les doigts de pied en bouquet de violettes et t'assignent devant les tribunaux pour viol et enfoutraillage de leur belle robe dominicale ; kif ce pauvre dadais de président Clinton à l'éjaculation trop précoce pour être délectable.

Tu parles d'un glandu !

Il lui suffit d'appuyer sur un bouton pour mettre le monde à feu et à sang, mais il est pas foutu de contrôler ceux de sa braguette !

À cause de ce benêt, l'aigle américain s'est déplumé du croupion. On en verra d'autres, baby. Des plus tordues encore ; fais confiance à la connerie humaine.

Voilà le style de mes cogitations à l'instant où je poireaute dans le salon d'attente d'une clinique feutrée de Neuilly.

Elles sont telles, mes pensées, parce que c'est précisément à une jeune Amerloque que je viens rendre visite.

Miss Pamela Grey est une fille à papa made in U.S.A. dont le géniteur s'est emmilliardé dans le commerce du blé. Tu le vois, Éloi, ce book démarre comme les anciens polars de la « Série noire » dans lesquels tu trouves immanquablement une riche héritière menacée de rapt par des gangsters de haute volée, décidés à faire cracher le dabe au bassinet…

Mais que je te module le pedigree de la gentille. Quand elle avait douze ans, sa maman, une Argentine volage, a joué cassos avec un beau ténébreux, en engourdissant un rude pacsif de dollars à son cornard.

De ce fait, la môme Pamela a vécu dans des collèges et universités de grand luxe jusqu'à ce qu'elle décroche un master d'économie. Ce parchemin en poche, elle est revenue au domaine familial avec des projets d'agences de voyages d'une conception nouvelle. Auparavant, elle a décidé de prendre une année sabbatique, ce qui est fréquent chez les jeunes gens friqués hésitant à plonger dans l'existence.

Elle s'est organisé un séjour en Europe et a choisi le mode de transport le plus long, à savoir le bateau. Une traversée en first à bord du *Princess Butock*, le nouveau fleuron de la Cunard, comme on dit puis à Bourgoin-Jallieu, mes villes natales.

Afin de ne pas se sentir seulâbre, elle a convié une amie de faculté à l'accompagner : Elnora Stuppen, fille aînée d'un pasteur noir sans fortune mais équipé de solides relations. Les deux condisciples se lièrent d'une brûlante amitié et devinrent bientôt inséparables. Peut-être se bouffaient-elles le cul ? Cette impertinente supposition, émise par un esprit biscornu, n'engage que moi. Je propage fréquemment des idées malveillantes, pour la puérile satisfaction de n'être jamais dupe ; je préfère soulever un doute de mauvais aloi plutôt que d'être floué en jouant les crédules.

Cette traversée de l'Atlantique Nord s'effectua dans d'aimables conditions. Sauf en son ultime partie, au cours de laquelle la compagne de Pamela disparut.

Une absence à bord d'un navire génère rapidement l'inquiétude. Le bâtiment fut exploré de la cale à la dunette (ce qui, en langage terre à terre, se traduit par « de la cave au grenier »). En vain ! La ravissante ne réapparut point. Son évaporation agaça fort le commandant Mortimer, lequel n'avait eu à déplorer, au cours de sa carrière, que la noyade d'un fêtard ivre s'obstinant à jouer les funambules sur la rambarde, et l'extinction de gérontes exténués qui avaient confondu le prestigieux paquebot avec un mouroir.

Miss Grey pleura fort l'absence de sa compagne dont elle prévint la famille. Elle marqua son intention d'écourter son voyage et de retourner aux States par avion. Son père l'en dissuada, alléguant qu'elle avait grand besoin de s'étourdir, au contraire. La jeune fille se rendit à ce raisonnement, car on est toujours enclin à choisir la route de la facilité, moins pentue que celle du devoir.

Une fois débarquée à Southampton, elle prit le train pour Paris, ville dont elle rêvait depuis ses premiers Pampers.

Las ! un sort mauvais devait décidément gâcher son voyage. Parvenue à la gare du Nord, elle fut victime d'une bousculade sur le pont de bois provisoire en surplomb des voies et fit une chute d'une sixaine de mètres. Résultats ? Vertèbre brisée, fractures du rocher, de l'épaule gauche et du talon droit. Un complet, comme tu peux voir !

Ainsi saccagée, les vaillants sapeurs-pompiers parisiens la transportèrent à l'Hôtel-Dieu. Elle n'y passa que quelques heures, car son paternel, prévenu du drame, la fit transférer dare-dare dans une clinique cinq étoiles où la bouteille de Vittel est facturée au prix du Dom Pérignon.

Maintenant, ne voulant pas te voir dépérir de curiosité, je vais, presto, dissiper les rudes points d'interrogation qui t'assaillent avec la fureur d'un essaim de guêpes dans lequel un gamin vient de shooter.

Les faits qui viennent d'être évoqués se sont déroulés hier. Or, figure-toi que ce morninge nous avons reçu la visite d'un monsieur dont le pavillon proximite le nôtre.

Cet homme travaille aux pompes funèbres. Contrairement à ses confrères qui ont la réputation de se montrer joyeux drilles en dehors de leurs fonctions, ce personnage paraît coltiner le poids du monde sur ses crevardes épaules. Notre ancillaire ibérique vint m'informer de cette visite matinale alors que je procédais à mes ablutions.

Je passai une robe de bain en tissu-éponge, chaussai des babouches marocaines et descendis. Je pensais que le bonhomme venait me concasser les testicules pour me faire signer une pétition quelconque destinée à modifier les habitudes du quartier. Je renonçai à cette supposition en le voyant accompagné d'un branleur de quinze ou seize ans auquel la timidité donnait un air sournois.

L'escamoteur de cadavres me présenta une main aussi blême et froide que celles de ses clients.

— Alphonse Charretier ! se présenta-t-il.

— Nous nous connaissons de vue, assurai-je.

Il en convint.

— Pardon de vous déranger, reprit ce passeur de Rubicon, mais j'ai une sépulture dans trente minutes et le petit va en classe.

Ces deux raisons me parurent suffisantes pour que je l'invite à parler.

Il le fit doctement.

— Je tiens à vous entretenir d'un fait troublant, préambula-t-il. Mon fils Paul-Robert, ici présent, vient de passer quinze jours à Londres afin d'y enrichir son anglais. Il en est revenu hier après-midi avec ses camarades de classe et affirme avoir été le témoin d'un attentat en débarquant à la gare du Nord.

— Un attentat ! m'étonné-je-t-il avec une incrédulité à peine dissimulée.

Mon attention se fixe sur Paul-Robert, lequel soutient hardiment l'éclat de mes prunelles.

— Oui, m'sieur ! assure le fils Charretier, soudain désintimidé.

— Raconte-moi cela, mon garçon.

Son rapport fut bref, concis et marqué d'un tel accent de sincérité que je ne perdis pas de temps à le mettre en doute.

Sitôt sur le quai, il se rappela avoir laissé dans le porte-bagages de son wagon un cadeau destiné à ses parents. Plantant là ses condisciples, il rebroussa chemin afin de le récupérer, puis se mit à courir pour rattraper le « rang ». Comme il franchissait la passerelle à grand renfort de coups de coudes, il assista à une scène qui l'impressionna fortement. Une jeune fille se déplaçait au sein d'un groupe d'hommes pressés. Tout à coup, l'un d'eux se baissa, lui saisit les chevilles à deux mains et, avec une rare promptitude, la fit basculer par-dessus la rampe. Le flot des voyageurs continua de s'écouler, le gamin en fit autant. Presque aussitôt des cris retentirent ; mais Paul-Robert, abasourdi par ce qu'il venait de voir, rejoignit les autres lycéens sans se retourner.

Il ne souffla mot du drame à personne, pas plus à sa mère, venue l'attendre, qu'à ses amis.

Au cours du dîner familial, il se cantonna dans un mutisme inhabituel. Les siens en furent d'autant plus alarmés qu'il avait beaucoup à raconter.

Un peu plus tard, son croque-mort de père l'alla voir dans sa chambre et parvint à le confesser.

— Vous comprenez, déclare ce dernier, en apprenant une chose pareille, je me suis dit qu'il convenait de vous en parler puisque nous sommes voisins.

Je l'assure qu'il a bien agi et entreprends de faire jacter Charretier fils.

Pas con, ce mouflard. Certes, ce qu'il a vu l'a traumatisé, mais cela n'a rien enlevé à son esprit d'observation.

Selon lui, l'agresseur de la jeune fille n'était pas seul ; il appartenait à un groupe d'individus chargés de masquer son acte. C'est pur hasard que Paul-Robert ait assisté au forfait, grâce à sa petite taille, je suppose.

Vachement fier de paterner le témoin d'un presque meurtre, le pompeur-funèbre-général ! Les macchabées, il connaît. Blindé, il est ! Mais que son hoir ait visionné un crime, voilà qui l'enorgueillit jusqu'à la marque de son slip située à vingt centimètres de son anus.

— Dis bien tout à monsieur, mon chéri, conjure-t-il.

Le petit gazier ne demande pas mieux.

Il commence à mesurer son importance. Me confie que les hommes ayant neutralisé la voyageuse étaient des étrangers. Ces gens n'avaient pas des gueules d'ici. Tous très grands, ils portaient des impers à épaulettes et tenaient chacun un attaché-case de cuir rougeâtre.

Les Charretier (ceux-ci ne jurent pas) me prennent bientôt congé. Ennoblis par leur démarche civique, ils s'en vont, qui à ses cadavres nourriciers, qui à ses branlettes, la conscience en paix.

2

Dans la chambre de Pamela Grey, je découvre quatre personnes. Elle, d'abord, inconsciente, plâtrée et drainée de partout, le toubib, puis un petit homme chauve tout rond, et enfin un mec blond d'une trentaine d'années, au regard couleur banquise.

La ravissante infirmière qui m'escorte annonce en me désignant au professeur Jean Nédeux (c'est écrit sur son badge) :

— Monsieur est de la police.

La présentation n'est pas pompeuse mais produit toujours son effet.

J'accorde un salut général de prélat blasé.

— Veuillez me pardonner si j'importune, déclamé-je, l'on m'a informé à la réception que le père de miss Grey se trouvait auprès de sa fille et un entretien avec lui est indispensable.

Le bonhomme à la chevelure en peau de fesses parle un français très convenable. Il exécute un pas dans ma direction en disant « Hello » et me présente une main appétissante comme une grappe de saucisses en conserve. Je presse l'ensemble en cherchant à qui me fait songer le bonhomme. Oh ! oui : à ce petit Ricain, made in Italy, qui forme un couple comique avec Schwarzenegger. Il en a la pétulance et la cocasserie. Ayant appris dans la journée d'hier l'accident de sa fille, ce digne personnage a illico affrété son jet privé (un Fépalcon 416 caramélisé) pour accourir à son chevet ; preuve d'une fibre paternelle plus tendue qu'une corde de violon.

Son collaborateur de confiance, mister Los Hamouel (le mec aux yeux d'acier), a insisté pour l'accompagner ; c'est vachement gentil de sa part, car au lieu de traverser l'Atlantique Nord, il aurait pu se faire constricter le python par une radasse de luxe.

Le gars en question m'est aussi sympathique qu'une flaque de dégueulis sur la banquette arrière de ma Jaguar. Mais trêve de « billes versées », dirait joliment un homme nommé Béru. Fuyant son regard de reptile, je me consacre à David Grey et à sa fifille qui aurait dû rester devant son dry martini, en prenant soin, toutefois, de cracher le noyau de l'olive qui le décore.

La môme ne devait pas être très belle avant son « accident ». Maintenant, elle est franchement tartignole, avec sa tronche asymétrique. L'une de ses pommettes obstrue son œil droit, son nez, bourbonien d'origine, est devenu picassien. Ses délicates oreilles ressemblent à des chanterelles. Elle possède un menton d'herbivore, escamoté comme un tiroir trop enfoncé. On a dû lui raser la tête pour rafistoler sa boîte crânienne, ce qui finit le tableau. M'est avis que, doré de l'avant, va falloir qu'elle passe une chiée d'annonces dans *Le Chasseur français* pour se dégauchir un époux et qu'elle chipote pas sur le blason !

— Cher ange, murmure David Grey d'un ton frémissant telle l'eau du thé qui se met à bouillir.

Je le visionne. Pas surprenant qu'il ait procréé une tarderie pareille, avec son physique ! De plus, un tic l'oblige à soulever à tout instant son sourcil gauche, comme s'il marquait une surprise. Je n'aime pas les individus affligés de ces brèves convulsions. J'imagine toujours qu'il s'agit d'une astuce destinée à capter l'intérêt de l'interlocuteur.

S'estimant superflu, le toubib s'emporte discrètement.

— Je crois savoir que la police a déjà dressé un rapport à propos de l'accident ? me dit le businessman.

— Naturellement, accordé-je, mais depuis, certains éléments nous donnent à penser que nous sommes confrontés à un attentat.

Il stoppe son tic pour tiquer.

— Un attentat ! ginocule le plus grand nain de ma connaissance.

— Un témoin s'est présenté avec quelque retard pour affirmer la chose.

— Digne de foi ?

— Absolument. Il assure que cette jeune fille a été cernée par un groupe d'hommes. L'un d'eux l'a saisie aux chevilles et fait basculer sur les voies.

Le vieux requin friqué joue à la bille de loterie avec ses yeux ; ses lèvres remuent très vite, kif celles d'une grand-mère corse en train de réciter son chapelet en faisant rissoler des châtaignes dans l'âtre.

Il balbutie :

— Mais pourquoi ?

Et ça, crois-moi ou sinon va te faire pratiquer une trachéotomie dans le rectum, c'est une réplique de bizness-man dans toute son apothéose. Il veut savoir, le collectionneur de dollars, ce qui a motivé pareil crime. Ça rapporte quoi et à qui, de l'avoir déglinguée, sa Pamela ?

David Grey traduit notre brève converse à son porte-chéquier, lequel ne parle pas la langue de Jean Dutourd. Pour quelle raison est-il si hermétique ? Une huître ! L'écoute son boss sans sourciller. Pour dissiper sa maussaderie endémique, faudrait la chirurgie esthétique. Ainsi « accrocherait-on un sourire à sa face », comme le chante si bien mon cher Aznavoche.

Quand le « nessman[1] » cesse de gosiller, le grand flegmatique déclare tout de même :

— C'est l'action de quelques voyous, ce pays en est plein.

— Vous croyez, Los ?

— L'Europe devient le continent de la violence, la France principalement. En apercevant une jeune et jolie voyageuse à la mise recherchée, ces vauriens ont aussitôt éprouvé le besoin de lui faire du mal !

Je le considère en réprimant mon envie impérieuse de tirer un pain dans sa bouille blafarde, manière de lui donner des couleurs.

— Selon le témoignage recueilli, ces individus étaient largement adultes et d'apparence étrangère, dis-je en anglais.

Tête-de-Nœud feint de ne pas entendre. Ce croquant, je donnerais dix ans de ta vie pour pouvoir rassembler toutes ses dents dans une boîte de pastilles Valda vide.

Pourquoi cette antipathie réciproque et admirablement spontanée ? Ils sont bizarres, les zhumains ; se séduisent ou se haïssent, mus par des courants mystérieux, positifs ou négatifs. Se soufflent le chaud ou le froid à travers la gueule, au premier regard échangé. Mais c'est pas grave : on aura l'éternité pour mieux faire connaissance et s'aimer.

Le père David reste perplexe.

Me demande si je compte ouvrir une enquête ?

— Non seulement je vais l'ouvrir, mais je ne la refermerai qu'après sa conclusion, lui réponds-je-t-il.

Il réfléchit et murmure :

— Le médecin juge ma fille intransportable pour le moment. À la suite de ce que vous venez de me dire, j'entends prendre toutes les précautions utiles pour assurer sa sécurité.

— Je l'organiserai personnellement en plaçant un garde en permanence dans le couloir et une auxiliaire de nos services à l'intérieur de sa chambre. Je vais donner des instructions immédiatement !

Et de sortir mon déconneur portable de ma fouille.

1. Abréviation de businessman.

Le marchand de blé, les yeux embués, me voue, sur l'heure, une reconnaissance de dette (voire une dette de reconnaissance) inestimable.

Ses mains potelées pétrissent mes triceps brachiaux en grande vigoureusité.

— Vous m'inspirez une grande confiance, déclare-t-il.

— Je ne la décevrai pas, promets-je.

— Si Pamela reste sous votre protection jusqu'au moment de son rapatriement aux States, je vous récompenserai.

— Gardez-vous-en bien, monsieur Grey. Chez nous, les policiers sont parfois à louer, mais jamais à vendre.

Je doute qu'il apprécie ce remarquable trait d'esprit. Toujours est-il qu'en attendant mieux, il fourre une petite boîte de métal jaune dans ma poche de poitrine.

— Voici un appareil en or que je vous demande de remettre à ma fille sitôt qu'elle aura repris conscience. Vous n'oublierez pas ?

— Soyez tranquille.

3

Après avoir pris congé du marchand de blé, je me rapatrie au Bistrot Saint-Honoré, rue Gomboust, où j'ai donné rembour à Mouchekhouil, mon successeur. On peut dire que le nouveau dirluche de la Grande Volière est mon contraire. Un homme de dossiers, collectionneur de médailles. Chaque 11 Novembre, il aère sa batterie de cuisine, ce qui le fait ressembler à un sapin de Noël. Plutôt corpulent, le cheveu blanc argenté, le teint coloré, le regard très pâle ; habillé par un tailleur voué au classicisme, style IIIe République, il garde un côté passéiste qui sécurise ses supérieurs et rassure ses subordonnés. Je l'avais peu vu avant qu'il me succède, le situais dans les « braves cons pas si cons que ça ».

On s'en presse cinq et nous éclusons d'urgence les deux kirs que Babeth, la compagne d'existence de François-Joseph (le gros bon dieu des fourneaux), nous livre en Chronopost.

— Heureux de déjeuner avec vous, assure loyalement le boss. Comme je vous l'ai dit, je souhaite l'union sacrée entre nous. Nous devons être complémentaires : vous l'action, moi la paperasse !

— Vous parlez d'or, monsieur le directeur ! approuvé-je avec un tel accent de sincérité qu'un caniche royal en mouillerait ses couches-culottes.

Mon vis-à-vis de récrier :

— Ah ! non, nous n'allons pas nous gargariser avec nos titres ! Je vais vous appeler Antoine, vous m'appellerez Bingo ; c'est le surnom que je traîne depuis l'École supérieure de police.

— Volontiers.

— On vous a aménagé un bureau design dans une aile du « château » ; ça convient à votre tempérament baroudeur !

Je le remercie de sa prévoyance et de ses gentillesses. Sans charre, on peut devenir un tandem aussi soudé que les doigts de la main, affirmerait Béru.

— En outre, déclare Mouchekhouil, comme il ne faut jamais modifier une équipe qui gagne, j'ai veillé à ce que le duo Bérurier-Blanc continue de travailler avec vous exclusivement.

Un beurre, cet homme !

D'une mandibule énergique, nous attaquons le jambon persillé.

— Vous avez un fer au feu, présentement ? questionne mon supérieur.

— Il semblerait.

Et de lui raconter les deux chapitres précédents, sans omettre un paragraphe.

Tu sais qu'il est pas mal, ce fonctionnaire moisi sous le harnois (de cajou). M'écoute en dégustant un chirouble en costume d'apparat.

Quand j'ai fini de narrer, Bingo murmure :

— Tout ce que vous me racontez là repose sur les dires d'un jeune garçon.

— C'est exact.

— À son âge, fabuler est un jeu.

— Possible, mais je pense connaître les individus, y compris les gamins. Ce môme portait la sincérité dans son regard. Rétrospectivement il était encore effrayé par ce qu'il avait vu.

Je n'ai pas convaincu mon remplaçant. Nous achevons notre hors-d'œuvre et la bouteille l'escortant.

Bingo remonte à la tribune :

— Je crois avoir mené jusqu'à ce jour une vie d'honnête homme, pourtant vous ne sauriez imaginer toutes les « inventeries », comme disait ma mère, dont j'ai régalé mon entourage ! Je les débitais avec une tranquille impudeur que vous m'auriez donné le Bon Dieu sans confession. C'est pourquoi les déclarations de votre ado ne me troublent guère.

En l'écoutant, je comprends ce qui fait la force (et la faiblesse aussi) des flics : l'incrédulité. Le doute est leur arme number one. Après tout, peut-être a-t-il raison ? Il est possible que Paul-Robert soit un brin mythomane.

Le déjeuner se poursuit. On cause de la maison Parapluie. Deux draupers, tu penses !

Mouchekhouil se boit un marc de Bourgogne, moi je reste au vin. Les clients s'en vont, repus. Une jeune vierge en deuil, me faisant songer à Électre, me jette le regard que cette dernière eut pour Apollon. Je lui promets ma bite d'un mouvement imperceptible des lèvres. Elle marche derrière son vieux papa : un kroum qui ne sourit que lorsqu'on lui extrait une molaire gâtée.

Adios, petite môme ! Je te reverrai à la Saint-Lulure, ou jamais. Dommage, j'aurais éprouvé du bonheur à te carrer Coquette dans la poche marsupiale ! Ce sera pour une autre fois, avec une autre.

Une apathie (qui vient en mangeant) s'étend sur le Bistrot. Histoire de la juguler, Babeth branche la radio. Bouge pas, tu vas voir. Ma vie c'est toujours comme ça. Le préposé à l'antenne interrompt le programme pour nous vaporiser dans les trompes un flash spécial.

Ouvre grand tes entonnoirs à conneries, lecteur ami, car ça va t'en obstruer un coin. Le jet privé de David Grey, le milliardaire amerloque, vient de se fraiser en mer, au large des côtes d'Irlande, soixante-quinze minutes après avoir décollé du Bourget. L'équipage d'un chalutier, à l'aplomb duquel s'est produit le drame, a vu l'appareil exploser en vol. Les marins du *Funny Girl* n'ont repêché aucun corps, la mer étant particulièrement mauvaise. Point final.

Je file un coup de saveur sur Bingo. Il chauffe son verre de marc dans le creux de sa main, comme on le fait avec un oisillon tombé du nid.

— Pas si mytho, le chiare de mon voisin, soliloqué-je.

Il opine.

4

Béru se contorsionne sur son siège, à croire qu'un boisseau[1] de puces lui chicane le fondement.

— Il y a du fluide glacial sur ta chaise, gros ? m'inquiété-je-t-il.

— C'est pas ça. Figurerez-vous qu'pou' la première fois d'ma vie j'sus constipé. V'là deux jours qu'j'arrive point à mettre bas. N-en désespoir d'Écosse, Berthy m'a donné un lav'ment, mais je lui y ai r'craché à la gueule intégralement. J'ai peur que j'aye une conclusion intestine. Ça nous est jamais arrivevé dans la famille. Un Bérurier qui bédole plus, c'est la fin du monde, en pire !

Nous le rassurons de notre mieux. Jérémie Blanc promet de demander l'intervention de Cadillac V 12, sa sœur, qui connaît une thérapie africaine pour chaque cas, du plus bénin au plus désespéré.

Quelque peu rasséréné, car il a vu cette dernière à l'œuvre, le seigneur des Saloirs consent à se pencher sur l'affaire Grey, père et fille. Elle est d'importance et génère des ramifications. Déjà, elle captive Jérémie, lequel piaffe d'impatience dans ses tartines-blocs, comme le dit notre grosse loche d'A.-B.B. Fissa, il entrevoit le topo, cet athlète de la matière grise.

— À mon avis, dit-il, on a agressé Pamela pour attirer son père à Paris et lui régler son compte car, aux States, ce type doit être surprotégé.

— Cohérent, admets-je.

— Ah ! y a de l'espoir ! annonce le Mastard en confiant à nos sens auditifs et olfactifs le plus formidable vent de toute l'histoire de la flatulence.

Nous le félicitons chaleureusement.

Requinqué par cette manifestation bruyante de ses entrailles paresseuses, il parle enfin travail.

— Pour c'qu'est d's'lon moi, reprend l'Homme-au-Gros-Moignon, faut qu'on va à la raie au porc du Bourget, bavasser avec les mecs

1. Exception grammaticale des noms en « au ». L'on dit « un boisseau », « des bois sales ».

ayant z-eu la possibilité d'approcher l'avion du temps qu'y stationnait à Paname.

— Je projetais de faire cette démarche, avoué-je, agacé par la propose du Ballonné.

*
* *

Et de nous pointer dans la zone « aviation d'affaires » de la troisième aérogare de la capitale.

Nous tombons sur deux enquêteurs de la police de l'air déjà sur place. Je connais le plus jeune, Alexandre Barbouille, pour l'avoir eu comme stagiaire il y a quelques années. Un mec du Nord, blond-blé, avec un regard d'albinos souffrant de conjonctivite. Nos confrères sont surpris de voir radiner les huiles de la rousse.

— Vous déblayez le terrain ? m'enquiers-je, après la tournée de phalanges pressées.

— Nous arrivons, monsieur le directeur, assure Barbouille. Votre présence ici semblerait indiquer que l'affaire vous intéresse ?

— Elle me passionne. Quelles mesures avez-vous prises ?

— Mon collègue Latour et moi demandions la réunion des gens qui, de près ou de loin, ont eu à s'occuper de ce vol privé. Du reste, les voici.

Fectivement, quatre gaziers se radinent, en provenance de directions différentes. Deux portent des combinaisons bleues, deux sont en tenue de ville. Ils pénètrent dans le local vitré, encombré de bureaux et de planches à dessin. Un haut-parleur raconte des trucs techniques sur la météo.

— Ces messieurs sont à votre disposition ! me fait cérémonieusement Latour.

— Commencez, commencez ! décliné-je. C'est votre job.

Alors bon, vaguement gênés par nos tierces présences, les deux enquêteurs attaquent. Ils veulent savoir où a stationné le zinc pendant sa brève escale, qui le gardait, le nom des employés s'étant occupés du contrôle et de son ravitaillement.

Les responsables fournissent à tour de rôle et à qui mieux mieux leur témoignage.

L'équipage est resté à proximité de l'avion, cinq personnes au total : pilote, copilote, radio, steward, hôtesse. Les techniciens au sol exécutèrent leur travail avec la diligence coutumière. Plein de kérosène, vérifications sous la surveillance du commandant de bord. Tout était O.K. Ils ont admiré ce joyau de l'aéronautique moderne, ultra-performant, racé, luxueux. « Un sacré beau jouet ! » a affirmé l'un d'eux.

Je laisse déferler. Routine ! C'est nécessaire.

Les multiples questions satisfaites, je demande la liste des passagers ayant pris place à bord. Pas longue, mon cher Lockolmès : David Grey et son collaborateur Los Hamouel, that all.

Ils ont souscrit aux formalités de douane et de police. Ne détenaient comme bagages qu'un attaché-case chacun. Les deux mallettes furent passées au couloir détecteur, comme il se doit.

— Cependant, objecté-je doucement, devant cette satisfaction générale, un explosif a bien été introduit à bord !

Personne ne répond. Quelques légers hochements de têtes renfrognés.

Je ne sais qui suggère, sans y croire tellement, que la charge fatale a pu être embarquée aux États-Unis.

On en apprendra davantage si l'on parvient à récupérer la boîte noire.

La pêche est ouverte.

5

Bon, ça ne nous mène pas à grand-chose.

Si je te raconte, c'est pour t'expliquer le côté tâtonnant d'une enquête. Lorsque tu n'as rien à te foutre sous les chailles, tu mâches du chewing-gum pour tromper ta faim. Seulement, ça ne remplit pas la panse ! L'estom' réclame toujours. Faut pas trop le berlurer, qu'autrement il se fâche. On ne va pas brouter de l'air et boire du vide jusqu'à la Saint-Lurette !

Et puis c'est le génial Blanc qui *défriche une voie à travers la forêt vierge de notre ignorance*, comme l'écrivait Mme de Staël aux évêques de Troyes, de Foix et de Sète.

Sa propose me botte (secrète).

En moins d'une plombe, tout est bouclé et nous convoquons les médias pour une conférence de presse relative à l'attentat perpétré contre David Grey.

On a une salle, à la cabane Pébroque, pour ce genre de cérémonie : un lieu gai comme le hall d'une gare de province désaffectée. La table centrale est ovale et à peine plus grande que les arènes de Nîmes, avec des sous-main pour marquer les places. Sur les murs, quelques croûtes issues du Mobilier national, offrant des personnages constipés, engoncés dans des habits du siècle dernier.

J'accueille, dans cet endroit frivole, les représentants de l'actualité. Une douzaine : presse écrite, TV, radio. Je la leur bonnis romanesque à souhait.

Topo ? Miss Pamela Grey, fille du célèbre grossium ricain, est venue en Europe, études achevées, pour enrichir sa culture. Elle naviguait avec une potesse à bord du *Princesse Butock*. Au cours de la traversée, son amie a disparu. Tout porte à croire qu'elle a péri en mer. Premier drame !

Vous me suivez-t-il bien, messieurs ?

Ils !

J'enchaîne.

Pamela se pointe à Pantruche, first étape de son circuit. Las ! parvenue à la gare du Nord, la pauvrette ne tombe-t-elle pas d'un praticable provisoire installé au-dessus des voies ? Très grièvement blessée, elle est transportée dans une clinique réputée. Second drame !

Dare-dare, nous ouvrons une enquête à deux battants et, rapidement, un témoin se présente, affirme qu'il a vu un homme saisir l'Américaine par les chevilles et la balancer de la passerelle. Sur l'instant, abasourdi, il n'a pas réagi, mais sa conscience faisant des siennes, il est venu la libérer dans nos bras séculiers et nous fournir une description très précise du criminel.

Turellement, les médias me pressent de questions pour que je leur répercute le signalement de l'agresseur. M'y refuse, alléguant le secret professionnel, car il est impossible de créer le moindre encombrement sur la piste que nous suivons. Ils maugréent, mais l'admettent. Une chroniqueuse, un peu masculine avec son béret et sa canadienne puant le suint, m'interroge avec une fausse innocence : peut-elle rencontrer le « témoin » ?

Ce que j'espérais !

— Je n'ai pas le droit d'en faire mystère, réponds-je, mais je prie « nos amis journalistes » de ne point le harceler.

Promis, juré !

Ils notent fiévreusement : *Félix Galochard, 116, rue de Turenne, Paris 3e*.

Une idée de Jérémie : proposer à M. Félix de servir d'appât. « Ce vieux branleur ne demandera pas mieux que de nous donner un coup de main. »

L'ancien prof s'est déclaré ravi quand bien même la chose présentait un certain danger. Sa retraite anticipée lui pèse. Mis en disponibilité de l'Éducation nationale pour exhibitionnisme (lorsqu'on possède une queue mesurant quarante-huit centimètres, on est enclin à la montrer), cet érudit surmembré se languit dans son appartement. Des cours privés donnés à des cancresses de quinze ans jouant avec son énorme paf ne suffisent pas à remplir sa vie. Il a besoin d'« autre chose », ce Léautaud du Marais. Sa misanthropie ne le dispense pas d'être attiré par ses contemporains. Il les pratique à petites doses, après les avoir sélectionnés suivant des critères particuliers. Il les veut pittoresques plutôt qu'intelligents, partant du principe qu'un individu aux facultés mentales développées fait chier tout le monde, alors que le con divertit par le simple étalage de sa sottise.

Fort de son accord enthousiaste, je l'instruis de son rôle ; il l'apprend au rasoir. La gare du Nord, la passerelle de bois, l'endroit de la chute. Ne lui décris point l'agresseur puisqu'il doit se montrer muet à son sujet. Rien de plus discret que le non-informé.

Nous l'avons équipé d'un bip. Il lui suffira de presser en cas de danger pour obtenir une aide immédiate.

Paré ! Notre leurre est en place, fasse le ciel que le poisson morde !

*
* *

Une commission « rogaton » (selon Béru) s'est pointée des U.S. pour flanquer son tarbouif dans l'affaire Grey. Z-étaient quatre gonzmen aux carrures terribles ; des malabars fringués de tissus infroissables à petits carreaux verts et jaunes, coiffés de chapeaux de paille ronds et chaussés de grolles à triples semelles permettant de dormir debout.

Mouchekhouil les a reçus avec les égards dus à leur prestigieuse nationalité et les a emmenés déjeuner chez Lasserre toutes affaires cessantes. Après ça, ils n'avaient plus qu'à dresser un rapport à l'intention de leurs supérieurs.

Comme j'allais quitter la Grande Taule, le standardiste m'a branché une communication de Félicie. La chère chérie me demandait de passer à la clinique vétérinaire où l'on soignait Salami d'une forte hernie à l'aine. Le bon toutou était guéri. Je promis de l'aller chercher, car mon cador émérite me manquait cruellement. La vie sans lui perdait de sa tonicité.

En m'apercevant, le basset hound poussa une clameur d'allégresse qui me ravit. Je m'accroupis devant lui et pressai sa bonne caboche contre mon cœur. J'aime le contact de ses poils rêches et leur étrange odeur d'huile et de lin. Sachant vivre, il ne me lécha pas la frite, comme le font la plupart des canins. En revanche, il enfouit sa bonne tête en forme de sabot sous mon bras pour mieux renifler mon aisselle.

Ce fut un instant de profonde amitié.

Il portait encore un pansement et se déplaçait avec précaution, ce qui ne le retint pas de humer avec une évidente volupté sous les jupes de l'assistante venue me présenter la facture. Tu ne l'ignores pas, mon brave basset est très attiré par la femelle de l'homme. En maintes circonstances, je l'ai vu passer une langue recueillie dans la merveilleuse fente de personnes cependant peu portées sur la zoophilie.

Nous rentrâmes à Saint-Cloud très euphoriques. Nous fredonnions le même air, car ce chien d'exception possède l'oreille musicale et aboie *La Marseillaise* sans faire la moindre fausse note.

J'abandonnai ma Jag devant la grille et nous avançâmes vers le pavillon avec lenteur à cause de l'opération subie par mon brave toutou. Mes fruitiers jaunissaient. Les premières feuilles mortes commençaient à joncher l'allée de ciment bordée de buis. Malgré cette mort annoncée de la nature, notre petite propriété restait accueillante. J'éprouvais le besoin de m'y blottir.

Après le repas, je m'installerais au salon afin de dépiauter les envois de bouquins que je reçois régulièrement. Je ne veux pas qu'on les ouvre à ma place, pour avoir le plaisir de la découverte. Déballer la prose d'un ami : Didier Van Cauwelaert, de Caunes, Bouvard, Dutourd et d'autres, me ramène à l'époque de la distribution des prix. Les ouvrages que je recevais alors me donnaient un bonheur particulier.

Comme mon quadruple clopine, je lui propose de le porter, mais il refuse d'un mouvement de tête qui fait voleter ses longues oreilles. Il a raison : une rééducation doit s'effectuer avec la seule énergie de l'intéressé.

En entrant, je réalise illico que « nous avons du monde ». Un murmure de voix provient du salon et je distingue des ombres par la porte vitrée.

Je demande à Carmen qui vient nous faire chier en ce début de soirée.

Elle me répond : « *El voisine.* » Puis se met à fêter le retour du chien prodigue à grand renfort de caresses et d'onomatopées ridicules. Pour mieux se prodiguer, elle s'accroupit, me permettant de constater qu'elle a un bonnet de hussard entre les cuisses, en guise de culotte.

Inémoustillé par cette vision plus luxuriante que luxurieuse, j'ouvre la lourde du salon. Y découvre Féloche en converse avec Charretier, le pompiste (puisqu'il travaille aux pompes funèbres) et une dame ayant la forme d'un 8 (en français : huit). Il s'agit de l'épouse de ce dernier.

Outre son embonpoint, son corset donnant à sa jupe la forme d'un abat-jour, sa couperose de chef-cuistot et son odeur de lard ranci sur les dents d'une scie, cette opulente personne offre une particularité que je lui souhaite passagère : elle pleure à pierre fendre…

Son chagrin est tonitruant et s'accompagne de plaintes réelles. M'man, tu la verrais prodiguer sa bonté à tout-va ! Les mots qu'elle trouve ! Ce ton miséricordieux ! Ce sourire d'Austerlitz ! Ces gestes menus, si fraternels ! Quelle richesse de posséder une mère pareille !

M'apercevant, le sépulcreur se dresse pour se jeter à mon poitrail, comme à celui d'un cheval emballé.

— Vous ! Oh ! vous ! fait-il avec la voix d'un broyeur d'ordures grippé.

Et d'ajouter avant que j'eusse le temps de formuler une question :

— On a kidnappé Paul-Robert !

6

Tandis que Mme Charretier ruisselait et que Félicie l'épongeait, nous nous sommes rendus, l'escamoteur de défunts et moi, chez des gens du nom de Malapry, demeurant à un jet de foutre de nos crèches. Ce, pour la raison péremptoire que le fils aîné de ces banlieusards va à la même école que Paul-Robert. Le matin, les paternels conduisent les deux garnements au collège Poirot-Delpech ; ils y déjeunent et rentrent en bus en fin d'après-midi.

Ce soir, à l'heure où les premières lueurs de l'aube rosissent le Fuji-Yama, une automobiliste les a interpellés et a demandé à Paul-Robert s'il était bien le fils Charretier. L'adolescent en convenant, la mystérieuse a prétendu alors se rendre chez lui et l'a invité à prendre place auprès d'elle. Il l'a fait spontanément, trop occupé à rougir pour pouvoir réfléchir sainement ! Depuis, personne ne l'a revu.

Inquiétée par son absence, la Charretier a tubophoné aux Malapry où Bernard, le camarade d'études, a raconté ce qui venait de se passer. Affolement de la maman, puis du papa rentrant de ses Pompes.

Avant d'entreprendre quoi que ce soit, le croque-mort a voulu me mettre au courant de cette angoissante aventure.

Nanard Malapry est un grand dadais au visage ravagé par l'acné. Il bubonne de toute la gueule ! Boutons gros comme des noisettes, au sommet couronné de pus éternel. Ne doit pas effervescer les rangs des filles ! Tu parles d'une tare à la fraise, Thérèse !

D-en plus, il est atteint d'un léger bégaiement qui le pousse à employer les mots de la phrase suivante. Ses étiquettes sont écartées kif celles d'un éléphant en rut et il a des miettes squameuses plein les sourcils. Il crèche dans un petit immeuble de deux étages en bordure du jardin public.

Les parents ?

Comment te les décrire ? Tu vois ton beau-frère et sa grognasse ? Eh bien ça ! Lui, déplumé du chapiteau, un bide qui s'embonpointe, un collier de barbe genre instit. Elle : petite, malportante, jaunassouse. Je suis certain que son haleine sent l'égout négligé !

Mais il faut de tout pour défaire un monde.

Présentations.

Le barbu commence à chercher des locutions éruditionnaires, histoire de m'impressionner, me prouver sa culture.

Sa mousmé veut lui couper la parole. Ces deux-là, ça doit pas être l'Éden. La vie commune les a rendus haïsseurs, les pauvres. Quand un couple n'arrive plus à se supporter, c'est la Berezina !

Pour couper court, je demande à leur abruti de fils s'il a une chambre. Affirmatif, mon policier !

— Alors, allons bavarder gentiment tous les deux.

Dans le fond, il préfère, malgré la frite que font ses vieux.

T'as des foyers, mais alors des chiées et des chiées, où l'existence s'écoule moins bien qu'à Saint-Laurent-du-Maroni[1], jadis !

La piaule du garnement est moins vaste qu'une cabine téléphonique ; elle prend le jour par un fenestron à travers lequel on voit la lune. Pleine comme une vache sur le point de vêler.

— Assieds-toi, fiston !

Comme il n'existe en fesses de siège qu'un tabouret, il se dépose poliment sur le bord de son couvre-lit de satin frileux pour m'en laisser la jouissance. Me scrute, plein d'intérêt et de crainte.

Je lui souris amitieusement.

— Ça boume ?

— Ouais, il dubitate.

— Tes études, tu parviens à les rattraper ?

— Sans problème.

— En classe, tu es près du tableau ou du radiateur ?

— Du tableau, car j'ai de très bonnes notes, excepté en dessin.

— Chapeau !

Geste modeste de mon terlocuteur. C'est vrai qu'il n'a pas l'air bête lorsque tu l'observes mieux. Son élocution flancheuse le dessert, mais son regard futé éclaire le personnage.

— Tu t'en doutes, mon brave Bernard, c'est pour te parler de la « dame à l'auto » que je suis ici.

Acquiescement du môme.

— Commençons par le début. Naturellement, Paul-Robert t'a raconté, en arrivant au collège, l'agression à laquelle il a assisté ?

— Il m'a appelé hier au soir pour m'en parler.

1. Charmante contrée où l'on expédiait les forçats.

Tu penses ! À cet âge, devenir le seul témoin d'une tentative d'assassinat est une chose qu'on a besoin de confier.

— Il a partagé ce secret avec d'autres camarades ?

— C'est probable. Nous sommes une petite bande de copains…

— Tu n'as pas participé au voyage à Londres ?

— Je devais, mais j'ai eu une angine au moment de partir.

— Si bien que tu as fait ceinture, concernant les petites Anglaises ?

Il écarlatise et se met à contempler la lune joufflue. On dit « con comme la lune » et l'on a raison. Surtout lorsqu'elle est ronde. Asiate, là-haut ! Violée par l'homme. Salope !

Il l'a diffusée urbi et orbi, son aventure, le fiston du corbillateur ! Son témoignage le promeut héros à part entière. De quoi s'assurer une auréole jusqu'à la fin de l'année.

On toque à la porte. Mme Pue-de-la-Gueule se pointe pour nous émietter son inquiétude.

— Tout va bien ? demande-t-elle avec la voix d'une infirmière venant s'enquérir du lavement en cours.

— Parfait, gentille madame, et ça ira mieux encore lorsqu'on nous laissera deviser tranquillement.

Elle faillit libérer ses gencives du chlorure de vinyle qui leur sert de denture. Calte, après une œillerie orageuse.

— Elle serait pas un brin casse-burettes, ta dabuche ? demandé-je à mon jeune copain.

— Carrément chiante, ratifie-t-il.

— C'est pas grave, assuré-je.

Là, il s'enhardit :

— Pour vous, non. Mais pour mon père et moi…

Je tente de le réconforter :

— On n'a qu'une mère dans la vie !

— Heureusement ; parce que, avec deux comme ça, le coup ne serait plus jouable !

Il devient franchement drôle, débarrassé de sa timidité.

— Maintenant, il faut qu'on en vienne à l'essentiel, fais-je.

— L'enlèvement ?

— Tu penses qu'il s'agit réellement d'un rapt ?

— Si vous êtes là, c'est que vous le croyez également, non ?

Dis donc : il a du jus, quand il s'y met, Malapry fils.

— C'est juste, admets-je. Malin comme je te sens, tu vas me raconter l'histoire très en détail.

Il se concentre :

— Quand nous sommes descendus du bus, j'ai tout de suite repéré la fille dans l'auto, près de l'arrêt !

— Elle attendait ?

— Oui, monsieur. Sa vitre était baissée et elle fumait.

— Tu viens de dire « la fille » ; elle était plutôt jeune ?

— Vingt-cinq ans environ.

— Signalement ?

— Blonde, avec des mèches plus foncées. Elle portait un tailleur de cuir pareil à de la peau de dauphin. Je n'ai pas vu ses yeux car elle avait des lunettes teintées.

Je griffonne ces précisions sur l'un des fameux calepins à couverture noire dont Papa avait acquis tout un lot avant de mourir.

— Ensuite, Bernard ?

— Elle nous a regardés quitter le car et a donné un léger coup de klaxon pour attirer notre attention. Je me suis approché de sa tire.

— Qu'est-ce que c'était comme bagnole ?

— Une Saab décapotable noire.

— Alors ?

— Elle m'a souri et a dit : « Je voudrais parler à votre ami. » J'ai fait signe à Paunert.

— C'est quoi Paunert ?

— Le diminutif de Paul-Robert.

— Pardon : j'aurais dû y penser… And after, milord ?

— J'ai appelé mon copain.

— Et puis ?

— J'ai entendu qu'elle lui disait : « Vous êtes le fils Charretier ? Je vais précisément chez vous : montez, vous m'indiquerez le chemin ! »

— Il a accepté ?

— Il ne s'est l'est pas fait dire deux fois. Une pépée pareille, vous imaginez !

— Il est sensible aux charmes féminins ?

Mon terlocuteur rougit jusque dans la raie culière.

— Ben, murmure-t-il, « on » a l'âge, non ?

— C'est pas moi qui vous jetterai la pierre, assuré-je. À huit ans, je bouffais la chatte de ma cousine Muguette.

Cette confidence faite, je reviens à nos moutonsss :

— Selon tes dires, et c'est un élément capital, la gonzesse en question connaissait ton pote puisqu'elle t'a déclaré vouloir s'entretenir avec lui.

— Probablement, oui.

— Par contre, il n'en allait pas de même du gars Paunert ?

— C'est juste.

— Vous étiez, non pas voisins, mais du même quartier, ton ami et toi ? Elle ne t'a pas proposé de monter avec lui ?

— Non.

— Tu as regardé filer la bagnole ?

— Je crois, oui.

— Tu n'aurais pas mémorisé le numéro de son véhicule ?

— Ça ne m'est pas venu à l'esprit.

— Les plaques étaient françaises ou patagonaises ?

— Françaises, ça j'en suis sûr.

— Et le département ?

— Je n'y ai pas pris garde.

J'ébouriffe sa tignasse d'un geste amical.

— Tu me bottes, môme. Si des choses te reviennent ou, plus simplement, s'il te prend l'envie de me parler, n'hésite pas à m'appeler : voilà mon tube portable, cet appareil ne me quitte jamais, même aux gogues !

Et alors, tu vas constater une fois de plus comme la vie est poilante. À l'instant où je parle de lui, mon biniou cocoricote.

Je te dis le reste ?

Bérurier m'informe qu'on vient de plastiquer l'apparte de M. Félix (le Gravos prononce « Félisque »).

7

Aux U.S.A., on appellerait la crèche de Félix Galochard un loft, chez nous, elle reste un grenier aménagé.

Le vieux prof a loué le suprême étage de son immeuble, en a fait abattre les cloisons, obtenant ainsi une pièce de deux cents mètres carrés. Il aurait pu peindre en blanc ce vaste volume de béton, histoire de tirer parti des maigres vasistas qui l'éclairent, mais ce n'est pas un homme de lumière, et ce clair-obscur douteux sied parfaitement à un rat comme lui. Un coin-cuisine pourvu d'un évier et un chiotte sans porte ni chasse d'eau forment les éléments confortables du domaine. Des paillasses dispersées sur le plancher constituent des chambres sur lesquelles Félix jette son dévolu au gré de ses humeurs.

Contrairement à ce qu'a prétendu Alexandre-Benoît au téléphone, le repaire de notre misanthrope n'a pas été plastiqué mais mitraillé.

Le prof en personne me raconte son odyssée.

Il était occupé à déféquer, dans l'extrême pointe nord de son logis, lorsque deux individus survêtus de combinaisons bleues ont pénétré dans son antre. Ils portaient des casquettes de grosse laine, rabattables de façon à former cagoule.

Constipé de nature (alors que Béru l'est d'une manière exceptionnelle), le pédagogue aux gogues stationnait depuis lurette sur le siège où il somnolait en attendant mieux. Il a eu l'intuition de ne point se manifester en voyant surviendre les intrus.

Ceux-ci ont erré de grabat en grabat, jusqu'à ce qu'ils repèrent une couverture gonflée sous laquelle dormait Homère, le chat de Félix. L'animal était vieux et émettait dans son sommeil un vague ronflement que, la demi-obscurité aidant, les tueurs attribuèrent à son maître.

Sans tergiverser, ils sortirent des pistolets de leurs vêtements et arrosèrent copieusement le malheureux félin. Criblé de balles dont une seule, bien placée, aurait assuré son trépas, Raminagrobis décéda sans s'être réveillé. Belle mort pour un chat castré !

Leur forfait accompli, les meurtriers s'emportèrent prestement.

Le vieux pédagogue au pénis d'exception commente son aventure. Depuis bien des décennies, il a l'insigne sagesse de ne s'étonner de rien et de bannir tout sentiment excessif. Il prend le temps et les gens comme ils viennent et pour ce qu'ils sont. Nonobstant, il est très meurtri par la mort tragique de son compagnon.

— Votre feinte était bonne, déclare-t-il, mais ma protection insuffisante. Je dois d'exister encore un peu à ma paresse intestinale. Si je possédais une once de foi, je remercierais mon ange gardien de sa sollicitude, mais je préfère vénérer le hasard plutôt qu'un Dieu par trop évasif et indolent.

Ayant dit, il se signe furtivement.

Je lui demande la raison de ce geste pieux.

— Simple précaution, me répond l'étrange agnostique.

Après la narration du digne pensionné, je passe un savon carabinier (il est de marque espagnole) au jean-foutre chargé de veiller sur notre ami. Tout avait cependant été prévu pour sa sécurité : une voisine coopératrice avait accepté que ce vigile de mes deux s'embusque derrière la porte située très près de l'escadrin menant au grenier de Félix. L'homme, un inspecteur rêvant davantage à sa retraite qu'à son avancement, avoue s'être laissé gagner par la promiscuité.

Sa provisoire logeuse, à la cinquantaine triomphante, comportait des renflures avant et arrière qui lui enfourmillèrent les mains. Il se risqua à les toucher : cela était doux et encore ferme ; d'autre part on ne le rebuffa pas. Il établit alors une tête de pont sur le mont de Vénus de la dame et ne tarda pas d'y planter son étendard (avec gland). Pour la commodité de l'exercice, elle le conduisit jusqu'à son lit de style Louis-Philippe où il la crucifia à l'aide d'un seul clou (mais de charpentier). C'est au cours de leurs ébats que les deux assassins rendirent visite à Félix avec l'intention bien arrêtée de faire cesser le versement de sa retraite.

Pauvre cher homme ! L'exécution de son matou lui fait racler la vase du malheur, comme disait le prince de Condé à sa concierge. Il ne pleure pas car il sait se dominer, mais le cœur saigne. Sa voix s'enroue et sa longue queue pend à l'intérieur du pyjama béant. Qu'en est-il de la période où il distribuait la photographie de son sexe à la terrasse des cafés avec, imprimé au verso, son numéro de téléphone ?

Je le lui demande, histoire de le soustraire au chagrin.

Le doux vieillard m'explique qu'à la suite de cette « campagne », il a eu des ennuis. Fort heureusement, un aliéniste de renom a certifié que cet être exceptionnel souffrait de troubles mentaux et le prof s'en est tiré avec une mise en disponibilité anticipée (de quelques mois seulement puisqu'il parvenait en fin de carrière).

Pour le consoler (il considérait son chat comme un parent), je lui offre une croisière à bord du *Mermoz*, cela va lui permettre de renouer avec les dieux de l'Olympe, le prestigieux bateau s'en allant caboter dans leurs eaux.

*
* *

Un peu plus loin…

Tête-à-tête avec mon colored pote, dans un bistrot proche de la place des Vosges, devant deux Branca Menta à l'arôme agressif. Nous mutismons de concert (pas de loup).

Torpeur. Des feuilles mortes déferlent en trombe dans la rue.

— À quoi penses-tu ? demandé-je au Mâchuré.

— À rien, répond-il : je bande.

— À blanc, si je puis me permettre ?

— Pas exactement : j'aperçois la chatte d'une fille, à deux tables de nous. Surtout, ne te retourne pas, ça romprait le sortilège.

— Elle est belle ?

— La fille non, mais son sexe est plaisant.

— Elle ne porte pas de culotte ?

— Si, mais inexistante ; tellement étroite qu'elle participe à l'écartement de sa vulve. Cette personne garde une jambe repliée sur la banquette, créant ainsi une providentielle brèche. Un présent du hasard, comprends-tu ?

— Pas de collants ?

— Des chaussettes.

— Que fait-elle, hormis montrer sa moule ?

— Elle écrit. Très vite, sur de grandes feuilles de papier. Je me demande si, à pareille allure, elle peut canaliser ses idées.

— Tu te rends compte de la somme de circonstances requises pour que cette personne t'exhibe sa connasse en cet instant ?

— Dieu existe ! déclare Jérémie, pénétré.

Il repart en contemplation.

— Je ne la boufferais pas, soliloque mon ami, car je pressens du « craignos » dans cette région, toutefois, je la prendrais volontiers.

— Veux-tu le lui proposer ?

— Penses-tu : elle gueulerait au charron. Un négro !

Je quitte ma banquette d'un cul délibéré et me dirige vers la personne de ses fantasmes. Il a raison : c'est pas Miss Univers. Mais t'aurais envie de tringler Miss Univers, toi ? La nière est plutôt rondelette, avec des cages à poumons comme les réacteurs d'un DC-8. Ses cheveux noirs, lustrés au beurre des Charentes, pendent sur la table. Temps en temps, elle les tire en arrière pour garder le contact avec son papelard.

Je m'arrête à son aplomb. Elle finit par relever la tête. Regard dur et direct, avec de petites lueurs dansantes.

— Quoi ? me coasse-t-elle rageusement.

Je lui montre discrètement ma brème souveraine, tricolore comme un 14 Juillet, et m'assois à sa table.

Ni ma qualité de flic, ni mon sans-gêne ne la dépourvent. Juste un poil de curiosité s'installe dans son iris.

— Sans doute l'ignorez-vous, attaqué-je, mais on a une vue imprenable de votre chatte.

Elle sursaute, réalise et déplie ses jambons. Interdite, confuse et furieuse, elle va sûrement me balancer sa tasse de caoua vide au portrait.

Mais non : elle se calme, finit par sourire.

— Merci de m'avoir prévenue.

— Seulement il est trop tard, assuré-je en grande sévérité.

— C'est-à-dire ?

— Vous apercevez le magnifique Noir derrière moi ?

— Eh bien ?

— Quinze minutes qu'il admire votre panorama. Vous savez combien ces Sénégalais sont sensibles ? Même la photo de la reine Mary les met en érection. Alors quand une personne comme vous les laisse admirer la case de l'oncle Tom, c'est du délire !

Loin de se fâcher, elle éclate d'un rire qui l'embellit provisoirement.

Saisissant ses feuillets, elle les déchire lentement.

— J'écrivais mon désespoir à l'homme qui vient de me quitter, mais il y a mieux à faire, dit-elle en allant rejoindre mon pote.

Le loufiat vigilant me sussure que « cette demoiselle » n'a pas réglé sa consommation.

Moi, tu me connais ?

— Qu'à cela ne tienne !

Jérémie se casse avec Mme de Sévigné.

Mon altruisme me laisse vacant.

8

Nous voici à nouveau seul à seul, mon vieux pays, comme déclamait le Colombiste à deux étoiles. Bérurier assiste au mariage d'un sien cousin et la Gloire du Sénégal file le parfait coït avec la personne dont je viens de mentionner.

Je me sens lourd de tout ce qui me choit sur la coloquinte par personnes interférées : Pamela en miettes dans son hosto, son daron abîmé en mer, le fils Charretier rapté, Félix attaqué dans son grenier de sombre guignol…

Drôle de tableau de chiasse !

Et toi, Bite-en-Berne, que glandes-tu dans ce troquet indigne de ta réputation ? Tu vas te carrer une cartouche de dynamite dans le recteur pour te donner de l'allant, ou bien ? Que deviens-tu ? Une bête crevée dans le courant du fleuve Vie ? T'as pas honte de chiquer les mollassons en contemplant ton verre ?

Mon caberluche est déconcentré par un fait surprenant : la rapidité d'action des gens mobilisés contre le magnat du blé ricain.

Il se fait tard. Le tapis où je mâchouille ma mélancolie commence à désarmer le navire. Le serveur d'origine surlatine met les chaises à plat ventre sur les tables vides. Ma nostalge gagne les lieux et les êtres qui m'entourent. Après la scarlatine et la grippe asiatique, rien ne se propage mieux que le vague à l'âme. Une poivrote boudinée dans un manteau de cuir râpé pour marchande des quatre-saisons (dirait Vivaldi) se commande un autre grand blanc, mais le loufiat objecte sa montre. Alors mémère enfile ses mitaines trouées de saint-cyrienne, rajuste son béret blanc, rassemble son paquetage et sort en brimbalant du fion entre les tables.

Un seul être vous manque et tout est dépeuplé !

Je m'évacue à mon tour.

Qu'en est-il du sieur Blanco ? D'ac', je lui ai arrangé son coup de bite, mais c'est pas une raison pour me laisser quimper chaussette !

Un froid vif s'est installé sur Pantruche pendant que je libationnais.

Voilà ma tire, déjà un peu givrée, comme moi. J'y prends place. Le Négus se rapatriera en taxoche !

Direction, mon usine à dorme.

En attendant qu'un feu rouge cesse de me faire chier, l'idée me biche de passer par la clinique de Pamela. Elle aura peut-être retrouvé conscience depuis ma visite, la Ricaine ?

J'y fonce.

Quoi de plus sinistros qu'un établissement hospitalier, la nuit ! Mon coup de cafard se mue en neurasthénie. L'infirmière, une Martiniquaise de La Garenne-Colombes, veut m'intercepter, ma brème l'en dissuade.

Me voici à l'étage de ma visitée. Près de sa lourde, un gazman de la Grande Taule fait semblant de ne pas roupiller en ronflant, mais réagit lorsque je tourne la poignée de la porte. Se dresse, me reconnaît, me virgule un sourire comateux. Il a dû louffer abondamment car cette région du couloir fouette les rives du Gange par haute canicule.

— R.A.S. ? je demande.

— Tout est impec', monsieur le…

Il ne sait plus comment m'appeler depuis que j'ai un suce-secteur (comme dit le Gros pour « successeur »).

J'ouvre sur la pointe du loquet. Calme et silence, odeurs pharmaceutiques. La veilleuse bleutée fournit une lumière inexistante, à laquelle les yeux s'adaptent rapidos. J'avise la garde dans un fauteuil, un plaid sur les jambes, profondément endormie. À cinquante centimètres d'elle, la riche héritière repose. Elle a son oreiller sur le visage.

Troublant, hein !

Tu ferais quoi, à ma place ? Tu donnerais la grande luce ? Moi itou. On est faits pour s'entendre, non ?

Je cille. Mais si je savais ce que je vais voir dans quatre secondes, je clignerais des stores bien davantage.

L'auxiliaire porte sur le temporal une bosse en comparaison de laquelle une aubergine provençale aurait l'air d'une piqûre de moustique. Je me penche afin de vérifier si elle respire. La réponse est « oui ». Mais ce n'est pas l'euphorie. Le coup de goume a ramolli sa coucourbe. Le zig qui lui a placé ce gnon est capable de tordre une enclume dans deux doigts ! Presto, je m'occupe de Pamela, retire la masse de plumes.

Yayaïlle !

Excuse-moi de le dire en coréen, mais je ne trouve rien de plus expressif pour manifester ma réaction (thermidorienne). La pauvre milliardaire n'aura pas disposé longtemps de son héritage. On lui a cigogné la gorge à coups de poinçon. Son corgnolon est pratiquement déchiqueté. À combien de reprises l'instrument métallique a-t-il plongé dans son gosier ?

Méfait de fou ? De sadique en tout cas. Bonjour les vocalises ! Quand tu te gargarises avec un outil de dix-huit centimètres, t'es naze pour la Scala de Milano. L'égorgeage pratiqué, le meurtrier lui a plaqué son oreiller sur le museau.

Je retourne à la lourde pour appeler le planton. Il grille une sèche en faisant les dix pas (sa mission lui interdisant d'en parcourir cent).

— Vous avez un instant, mon vieux ?

Vite, il écrase son clope contre sa semelle, le furtive dans sa vague et me rejoint.

— À vos ordres, monsieur le…

Cette fois ce n'est pas le choix de mon titre qui le muettise, mais le spectacle. Ses lotos délicatement injectés de vin vont de sa partenaire à la blessée.

— Oh ! putain ! finit-il par éructer.

— N'est-ce pas ?

— Elles sont ?…

— Un peu délabrées ! complété-je. Particulièrement la demoiselle sur laquelle vous deviez veiller.

Il retire de sa profonde son ci-devant mégot, va pour le rembecter, renonce. Sa mâchoire inférieure s'apparente à un sabot de croupier.

— Qu'est-ce qui a pu se passer ? demande-t-il d'un ton peureux.

— Ça ! fais-je. Pensez-vous pouvoir réussir dans le commerce des moules, ou dans celui du sapin de Noël ? Parce que, pour ce qui est de la rousse, y aurait comme un défaut.

De saisissement, il file un vent de noroît qui, on le pressent au bruit, a dû laisser des traces de freinage dans la voilure.

— Je n'y comprends rien, dit-il d'une voix morte. Je n'ai pas bougé d'ici.

— Fâcheuse somnolence.

— Non, non, écoutez, monsieur le… Je m'assoupis, mais le moindre bruit me réveille. Vous avez bien vu, tout à l'heure ? Dès que vous vous êtes approché, j'ai réagi. À la brigade, je suis un spécialiste des « planques » à cause de cette faculté.

Il est très malheureux !

Une obscure pitié me biche.

J'inspecte la pièce. Pas d'autre issue que la lourde et la fenêtre, encore cette dernière est-elle fermaga de l'intérieur. Les cagoinsses ne comportent qu'un fenestron par lequel un chat aurait de la peine à passer.

Je reviens à mon planton.

— Écoute, mec : rassemble ce qui te reste de chou pour venir à bout de ce casse-tête.

Mon ton conciliant lui redonne espoir.

— FATALEMENT, attaqué-je, le ou les tueurs sont entrés par la porte. As-tu quitté ton poste un moment, ne serait-ce que pour aller aux chiches ?

— Je suis venu relever Dargiflard il y a à peine une heure et je n'ai pas eu besoin de m'absenter.

Et voilà, tu sais quoi ? Ce guetteur flatulent se permet de me saisir le poignet.

— Ah ! mais, attendez ! dit-il. Attendez !

J'attends avec la docilité du godemiché libéré de ses obligations. Objets inanimés, avez-vous donc une âme ?

Il branle le chef, ses lèvres se reprennent à trembler.

— Non, ce n'est pas possible ! qu'il blagouche, tandis qu'un filet de salive dégouline de ses labiales comme de celles d'un bulldog devant une charcuterie.

— Dis toujours !

— Peu de temps après mon arrivée, une équipe est venue donner des soins à la Ricaine. Deux infirmiers et une infirmière. Ils poussaient un gros appareil à roulettes, genre machin de réanimation.

— Et alors ?

Le bon mec hausse les épaules :

— Je me disais que peut-être…

— Non, pas peut-être : sûrement ! Décris-les-moi !

— Tous les trois portaient la tenue de l'hosto : pantalon blanc, blouse et calot verts. La fille était blonde, jeune, avec des lunettes cerclées d'or. Les hommes m'ont paru costauds. L'un d'eux a un collier de barbe noire, son compagnon une cicatrice sur l'arête du nez.

— Pas mal, grand ; tu te mets à regrimper dans mon estime. Assieds-toi à cette petite table et rameute tes souvenirs pour me dresser un descriptif complet ; sers-toi du papier de la clinique !

Il biche. Une auréole d'humidité se constitue sur son grimpant. Son drame, c'est le manque d'étanchéité.

Pendant qu'il phosphore, j'use de mon portable pour appeler l'Hôtel-Dieu à l'intention de ma petite collègue saccagée. Nous sommes dans une clinique, m'objecteras-tu ; je te répondrai que je préfère les usines dûment équipées aux gentilhommières chicos dont l'efficacité a des limites.

Ce coup de turlu effectué, j'en donne un second à nos services labo pour leur demander de venir procéder sur place aux examens d'usage.

À sa table, mon veilleur de nuit se concentre sur sa dissertation.

— T'as pas remarqué si ces fameux infirmiers portaient des gants ? l'interromps-je.

Dure réflexion. Son sourcil droit remonte au milieu de son front. Il plonge dans une rétrospective acharnée.

— La femme, peut-être, finit-il par éjaculer ; mais pas les hommes.

9

Deux heures de la nuit sonnent à la vieille horloge dauphinoise lorsque je pénètre en notre logis.

Comme à l'accoutumée, je renifle pour déterminer ce que M'man a préparé. Pas une femme ne s'alimente aussi frugalement que ma Féloche ; pas une ne cuisine aussi bien. Elle confectionne de la frigouze délectable pour moi tout seul, mes déplacements ne changent en rien cette habitude, j'en suis certain. D'ailleurs, les bonnes se font du lard chez nous. En moins de jouge, la plus filiforme se transforme en barrique, pour le plus grand bonheur de ma Mother adorée.

À peine ai-je pénétré et humé des relents de rognons sauce madère que j'avise un rectangle de faf sur le sol.

J'y lis :

Mon Grand,

Ne fais pas de bruit en rentrant ; quelqu'un dort sur le canapé du salon.

Si tu n'as pas dîné, fais-toi réchauffer les rognons qui sont dans une coquelle[1] *sur le coin de la cuisinière.*

Combien ai-je trouvé de messages semblables au cours de notre vie ? J'aurais dû les conserver. Mais lorsque ma Vieille ne sera plus là, les « marques souvenirs » deviendront inutiles : ce sera elle, le souvenir.

Je ramasse pieusement le papier en me demandant qui peut dormir au salon ? D'autant que nous possédons une « chambre à donner » dans les combles. Il me faut tout le savoir-vivre dont je dispose pour me retenir d'aller voir.

Pendant que le plat chauffe, je débouche la bouteille de chambertin chargée de l'escorter en mes divines profondeurs. Chez nous autres Hexagoniers, la bouffe occupe une place prépondérante. Au cinoche je frémis quand, dans un film ricain, je vois les héros morfiller des sandouiches aussi tristes que nos feuilles d'impôts. T'es pas un véritable vivant si tu comportes en mange-merde !

Je clape silencieusement, en évoquant l'ahurissante affaire que le destin m'a envoyée.

Racontars d'un adolescent retour de London, et me voici plongé dans une guérilla pas charançonnée.

Certains plats, je me meurs à le répéter, plus ils sont réchauffés, meilleurs ils deviennent. Mémé affirmait que des trucs comme la blanquette ou le cassoulet, fallait les laisser « tatarler ». Voilà pourquoi elle en préparait beaucoup à la fois, pour le bonheur du réchauffage.

Tu dois penser, mon lecteur, que je suis à côté de la plaque. Parler bouffetance en un moment authentiquement dramatique dénote une

1. Coquelle : casserole de fonte dans notre Dauphiné.

singulière légèreté chez un homme ployant sous d'aussi graves responsabilités. Que veux-tu, mon albinos aimé : telle est ma nature. Je primesaute, batifole des méninges ; seulement, parallèlement, un turbin monstre s'opère sous mon haut-de-forme.

J'attaque les rognons de M'man avec l'émotion qui me saisit le jour où je fus reçu en audience privée par Mlle Violette Dubrac, la Reine de la Pipe, dont la grande spécialité était la fellation au thé de Ceylan : pratique d'une qualité exceptionnelle dont moult hommes politiques, vedettes de cinéma et monarques étrangers se souviennent encore.

Adepte inconditionnel de la moutarde Amora extra-forte, à nulle autre pareille, je savoure cet indicible plat avec le recueillement d'un prélat romain.

Un heurt discret à la porte m'incite à avaler tout rond la fournée de fricot que je viens d'entonner.

Manque m'étouffer.

Mais l'être qui m'apparaît me cause un mal beaucoup plus incommensurable que l'asphyxie.

Des années sans nouvelles !

Et puis, soudain, elle ! Qu'écris-je, je voulais dire : ELLE ! Voire même : E.L.L.E. !

Seconde monumentale ! Instant d'essence divine. De quoi en mourir de trop tout, car c'est too much !

Un tel paroxysme peut provoquer le décès brutal d'un individu ; pour le moins le rendre inapte, inepte aussi du temps qu'on y est.

Je la regarde, chaque pore de ma peau devient un œil scrutateur. Mon âme débordée ne peut plus suivre.

Elle ne pénètre pas dans la cuisine, son épaule droite prend appui contre le chambranle. Elle me capte, reste grave, muette, intense.

— Toi ! fais-je, à court de réactions intellectuelles.

— Je ne pense pas, répond-elle, car je crains d'être devenue quelqu'un d'autre.

Je me gargarise les châsses ! Seigneur, ce qu'elle est belle ! *La Femme de trente ans* que cause Balzac ! Le cheveu châtain clair, mince, les nichebabes discrets mais bien accrochés, son visage un peu pâle est criblé de taches rousses. Elle a toujours ses yeux incisifs et prompts qui voient et comprennent tout…

— Marie-Marie…

Me dresse si gauchement que je renverse mon verre de vin sur la table. Lors, la Musaraigne d'autrefois va prendre une patte à vaisselle pour éponger le divin breuvage.

M'est impossible de faire un geste. J'écoute seulement cigogner mon battant.

Trois ans sans nouvelles ; peut-être quatre, faudrait compter. Parfois je demande à Maman si elle a reçu une lettre de la môme. Féloche a un bref haussement d'épaules. Je pige qu'elle ne tient pas à aborder le sujet et n'insiste pas. L'existence est vacharde, qui unit des êtres et les sépare.

Mon picrate étanché, Marie-Marie s'assied à la table. Dit, montrant les rognons :

— Une féerie pour le palais, « elle » reste de première !

— D'où viens-tu ?

— De Suède.

— Qu'est-ce que tu foutais dans ce pays plat et glacé ?

— J'étais mariée.

Je m'écrie :

— Encore !

— C'est en forgeant qu'on devient forgeron. J'ai tenté une deuxième expérience. Elle s'est montrée presque aussi décevante que la première ; heureusement mon second époux s'est tué en faisant du vol à voile.

Son cynisme me fait grincer des paupières.

— Tu ne l'aimais pas ?

— Je n'aimerai jamais qu'un homme. Tu parles d'une fatalité !

Son regard se dérobe. Elle a un sourire triste comme un enterrement en musique.

— Et la police ? Tu travaillais pour certain service, passé un temps ?

— J'ai laissé tomber. Trop de routine, de désillusions… On a beau se raconter des histoires, ça reste administratif. À cause de ton exemple, je m'imaginais avoir le feu sacré. Mais les feux sacrés meurent quand ils n'ont plus rien à consumer. Et puis, le moment est venu de te le dire : j'ai un enfant.

Là, il blêmit l'Antonio ; comme dans les vrais livres où la stupeur fait blêmir les personnages.

— Toi !

— Je suis apte à procréer, tu sais. J'ai une petite fille.

— Quel âge a-t-elle ?

— Trois ans. Tu me l'as faite l'après-midi précédant mon départ. Nous étions allés dans un petit hôtel de la rue Chalgrin, t'en souviens-tu ? Une fringale nous avait saisis. Nous ne nous sommes même pas dévêtus.

Putain ! Qu'est-ce qui m'arrive ? Des mois que se préparait cet instant de grande dramaturgie ! Quelque chose d'inconnu se rassemblait en moi. Genre maladie incurable. Un manque que je ne parvenais pas à combler. Chagrin informulé, sournois.

Elle murmure :

— Tu es effrayé ?

— Pire que ça !

Ça tournique dans ma caberle.

— Comment s'appelle-t-elle ? fais-je à voix basse.

— Comment veux-tu qu'elle s'appelle ? Antoinette, bien sûr !

— Et tu ne m'as rien dit ?

— Parce que tu aurais tout lâché pour m'épouser ! J'ai préféré me marier avec un autre et te laisser continuer ta vie. La liberté est ton humus.

— Où est l'enfant ?

— Pourquoi crois-tu que je dors au salon ?

— Là-haut ?

— Oui.

— Tu la laisses seule ?

— À sa naissance j'ai pris une nurse à laquelle Antoinette s'est farouchement attachée ; je la garderai au moins jusqu'à ce que la petite soit scolarisée.

— Elle porte le nom du Suédois ?

— Il voulait la reconnaître, mais j'ai refusé. Quand on est l'enfant de San-Antonio, on ne peut avoir un autre nom que le sien ou celui de sa mère !

— M'man est au courant ?

— Depuis cet après-midi seulement. Je l'avais prévenue de l'arrivée d'Antoinette, mais sans lui préciser qui en était le père.

— Elle doit être folle de bonheur !

— Plus que ça ! Tu ne trouves pas que notre histoire tourne au roman d'amour début de siècle ?

— Je m'en fous. L'important est que ce soit. J'en ai marre du cynisme ronflant, fais-je.

On toque à la lourde : je reconnais l'index de ma Vieille.

J'ouvre, et ce qui subsistait d'univers me « débaroule » dessus, dirait-on chez nous autres « magnaux ».

M'man est là, statue de la Très Sainte Vierge Marie, tenant un enfant mal réveillé dans ses bras.

Vacca ! Cette secousse dans la moelle pépinière (dixit l'Infâme).

Antoinette !

On a beau posséder quelques dons littéreux, faire jeu égal avec M. Giscard d'Estaing au plan de la prosodie, il est des instants culminants où les mots ne sortent pas, kif la pâte dentifrice dont le tube a été oublié ouvert dans un tiroir.

Tu verrais cette merveille !

Antoinette est châtain-tirant-sur-l'auburn, genre sa mother. Elle aussi a les pommettes parsemées de points roux. Mais là s'arrête leur ressemblance. Tout le reste est signé San-Antonio, mes drôles. Les yeux, la forme du visage, le nez, les oreilles et jusqu'à ses ongles de pouces plus larges que la normale.

De son regard brouillé par la dorme elle me considère avec une curieuse gravité. On croirait qu'elle cherche dans ses souvenirs naissants où et quand elle m'a rencontré.

Je vais te le dire, ma fille : c'était une piaule faite pour les brèves étreintes, au lit malmené par des chiées de gens en mal de baise.

Maman me la tend.

M'en saisis à gestes craintifs.

Enfouis mon tarbouif dans ses cheveux fous.

Est-ce pour cet instant que je suis né ?

10

Je voulais entraîner Marie-Marie dans ma piaule de célibataire, mais elle a refusé.

— Je ne suis pas venue *pour ça*, me dit-elle.

La regarde jusqu'au fond de la France. Me retiens in extremis de goujater par un « pourquoi es-tu venue, alors ? ».

Nous sommes seuls au salon dont le canapé est équipé en plumard.

— Qu'est-ce qui t'a décidée à rompre ton secret ? demandé-je-t-il.

— Ma conscience. Une nuit, je me suis réveillée en sursaut avec la certitude que je n'avais pas le droit de te taire plus longtemps cette paternité, car l'enfant t'appartient autant qu'à moi. L'idée s'est développée et me voici.

— Que comptes-tu faire ?

— Retourner en Suède.

— Qu'est-ce que tu fabriques là-bas puisque ton époux est mort ? Tu aimes tellement les harengs à la crème ?

Elle me considère avec mélancolie et répond :

— J'ai ouvert une école de cours accélérés où l'on enseigne le français, l'anglais et l'italien. Nous sommes trois professeurs, ça marche très bien.

— À part ça, tu es une riche veuve ?

— Aisée, ça suffit.

— Si je résume, tu es venue me montrer notre fille et tu la remballes aussi sec ?

— Tu la reconnaîtras avant que je reparte ?

— Je vais me gêner ! Seulement mes fibres paternelles toutes neuves ne s'accommoderont pas d'une existence séparée.

— Je la laisserai à ta mère quelques semaines par an et tu pourras venir la voir quand tu voudras.

— Tu penses que c'est l'idéal pour une môme de rencontrer son père sur un rendez-vous ?

— On peut toujours commencer ainsi.

Tu sais qu'elle est authentiquement belle, la « poulbote » de jadis ? Elle a gagné en grâce et en sûreté, en élégance également, s'est affinée, affûtée serait plus juste.

— Tu me fais un cadeau empoisonné, Marie-Marie. Tu m'as déjà volé trois ans de sa vie et tu entends me rationner pour le reste ?

Elle s'apprête à répondre vertement quand un coup de sonnette déchire le silence, comme il s'écrit dans certains books pour branleurs ambidextres.

D'un même élan, nous consultons nos montres. Trois plombes du mat'. Même les bourreaux d'autrefois ne se manifestaient pas à cette heure.

Mais quoi : j'exerce un métier abolissant conventions et civilités.

Je m'enquiers au parlophone.

— Ici Charretier ! bafouille le croque-mort.

— Entrez ! murmuré-je, sans grand bonheur, dois-je avouer.

Et d'actionner la lumière extérieure.

— Qu'est-ce ? demande la mère de mon enfant.

— Un voisin dont on a kidnappé le fils.

— Mon Dieu ! s'exclame-t-elle, comme dans *Les Feux de l'amour*.

L'homme se pointe dans le jardin gelé, frotte ses lattes sur notre paillasson neuf. Il a le pique-brise violacé et le teint de ses clients.

— Je vous demande pardon, dit le malheureux père. Ne pouvant dormir, j'arpente le quartier. J'ai vu de la lumière chez vous et je me suis permis…

— Vous avez bien fait.

Il salue Marie-Marie.

— Madame, sans doute ?

— Pratiquement.

— Des nouvelles de Paul-Robert ? coasse-t-il peureusement.

— Pas encore ; nous devrions en avoir demain…

Il m'est arrivé, au cours de ma carrière, d'être confronté à des rapts d'enfants. Je croyais éprouver la mortelle angoisse des parents ; mais j'étais loin du compte. J'évoque la poupée endormie, là-haut, ses cheveux ondulés, son regard presque bleu, si attentif au monde, déjà !

— Je me doute de ce que vous ressentez, monsieur Charretier, cependant vous devez garder espoir.

Il secoue sa pauvre tête désemparée.

— Mon fils est un adolescent au témoignage fiable. On l'a kidnappé pour qu'il ne puisse reconnaître les agresseurs de l'Américaine. Or, il n'existe qu'un moyen de rendre les gens muets définitivement…

Des larmes creusent leur lit dans sa barbe de la nuit.

— Allons, allons, murmure le papa d'Antoinette, vous regardez trop de feuilletons télévisés, mon ami. Il n'y a plus que ça sur nos écrans ; ça et des pubes sur les chicaneries mensuelles des femmes et leur incontinence ! Ils vont finir par nous dégoûter de nos compagnes.

Tout en parlant, je suis allé chercher une bouteille d'eau de noix ramenée de nos « terres froides ». Lui en sers un plein verre.

— Buvez, Charretier. Ensuite vous rentrerez dormir, histoire de reprendre des forces.

Il opine, écluse de la façon dont les condamnés à mort dégustaient leur coup de Négrita avant de passer au coupe-cigare.

Je l'escorte jusqu'au portail poisseux de givre. Le ciel reste clair. Une confuse lueur naît à l'ouest de Pantruche.

Ma « Suédoise » m'attend sur le perron.

Je m'immobilise dans la pénombre pour l'admirer.

Cette soirée restera à tout jamais gravée dans mon cœur.

11

Que je te fasse rire, comme disent les moudus avant de te raconter une histoire lamentable : nous nous sommes endormis sur le canapé-lit du salon sans avoir limé la moindre. Pas même un échange de pelles ! Juste un moment, je lui ai placé une main tombée dans la fourche à moustache ; seulement Marie-Marie a bloqué son système de sécurité et c'est tout juste si j'ai pu me rendre compte que sa culotte était beaucoup moins sèche que notre four à micro-ondes. N'ai pas insisté.

Ce sont les petites péteuses qu'on force, sachant qu'elles ne résisteront pas à nos entreprises ardentes. Les intellos, telles que ma Musaraigne, faut jamais les brusquer : elles fonctionnent au chou et c'est grâce au cérébral que tu arrives à tes fins. En faisant le grand tour.

Donc, nous nous sommes abîmés, épuisés de fatigue et d'émotions.

Au matin, Antoinette nous a réveillés. Elle est entrée brusquement au salon, s'est approchée du canapé pour nous contempler, troublée de voir sa maman étendue au côté d'un homme à peine entrevu cette nuit. Elle portait une robe de chambre blanche brodée de petits bateaux bleus, des chaussons en forme de lapin aux longues oreilles. J'ai retrouvé ses yeux pensifs, étranges chez une enfant de son âge.

Puis sa nurse a surgi. Un grand cheval scandinave aux cheveux d'un blond presque blanc et une immense bouche faite pour tailler deux pipes à la fois.

Elle m'a jeté un regard réprobateur en murmurant une phrase d'excuses en suédois décadent. Y a des dialectes qui me font chier sans que je les comprenne. Le sentiment qu'ils servent à pas grand-chose et que ça ne vaut pas le coup d'enseigner ces gutturéries alors que t'as tant de jolies langues latines.

Marie-Marie a tendu les bras à sa fille et a dit à la grosse guerrière nordique de s'évacuer.

Au début, tu ressens un sentiment de bonheur teinté de ridicule. Se mettre à jouer papa-gâteau déroute pour un gusman menant mon existence. Tu n'es que gaucherie et tu te comportes en t'efforçant de chasser ta gêne. Et puis la vie opère son entrée en scène, son entrée en cœur, et alors tu glisses dans la félicité kif dans un bain tiède.

Seigneur ! ce qu'elle sent bon, cette mouflette ! Une odeur de nid, n'ayons pas peur des clichés.

Elle parle le français sans accent, avec déjà un bon début de vocabulaire.

Pour l'apprivoiser, je lui plaque des baisers (un cucudet écrirait « des bisous ») dans le cou. Un certain sentiment de défiance, elle éprouve, style « d'où sort ce mec mal rasé ? » Puis elle s'abandonne et, bientôt, nous rigolons comme des fous, tous les deux.

*
* *

Le caoua du matin est toujours stimulant, même à onze plombes. J'en suis à écluser ma quatrième tasse lorsque Jérémie Blanc déboule chez moi, joyeux parce que essoré de fond en comble.

— Comment ça s'est passé ? demandé-je.

— Formidable ! Une extraterrestre de l'amour ! Je l'ai astiquée pendant trois heures et elle en redemandait encore ! Cette frémissante venait de se faire larguer par un jobastre et avait décidé de se foutre à l'eau. Nous l'avons sauvée de justesse.

Je lui sers un café.

— Tu le prends toujours sans sucre ?

Il opine, puis interroge :

— J'ai aperçu une adorable gamine dans le jardin, avec un manteau de fourrure ; de la parenté ?

— Oui, dis-je : c'est la petite-fille de Félicie.

Il ne réagit pas immédiatement. Mais après un instant de réflexion, demande :

— Comment, sa petite-fille ? Tu as des frères et sœurs ?

— J'ai toujours été fils unique et entends bien le rester.

Tu verrais sa gueule bananiesque ! Ses lotos démesurés, sa bouche mousseuse.

— Attends, murmure l'Escaladeur de cocotiers, tu voudrais dire que cette gamine…

— C'est du San-Antonio pur jus de couilles, mon grand !

Je lui résume ma fabuleuse fin de nuit. Tu sais qu'il en pleure, le Mâchuré ? Ce ne sont pas des larmes de crocodile !

Son premier réflexe ?

— Tu vas la reconnaître, dit-il.

Ce n'est pas une question mais une impération. Tiens, ça y est : je viens de créer le point d'impération. Nous a-t-il manqué, le coquin ! Mais qu'est-ce qu'ils foutent les grammairiens ? S'astiquent le nœud sous leur table de travail ? Ne se rendent pas compte de l'urgencerie de la chose, de son « impérativité » ?

Reste à décider du signe. Je verrais un machin de ce genre : « * » ; y a sûrement mieux à trouver, faudrait que des lettristes envisagent la chose.

— Marie-Marie n'est pas là ? demande mon Black-Man.

— Elle est partie à la mairie, se renseigner sur les formalités à suivre pour une reconnaissance en paternité.

Il hoche la tête.

— Toi, en père de famille, ça va faire bizarre.

— Tu m'estimes incapable d'assumer ce rôle ?

— J'ai pas dit ça. Simplement, va falloir s'y habituer.

On joue cassos. Dans le jardin, il veut prendre la mouflette dans ses bras, mais ce grand tout noir, si éloigné des Scandinaves, l'effraie et elle court se réfugier dans les jupailles de son ogresse blonde.

— Où allons-nous ? s'enquiert mon frère de cœur.

— Chez les vieux du gamin kidnappé : c'est à deux pas.

On s’y rend pédestrement. Tout en cheminant, je lui apprends le meurtre de Pamela.

Il en est sidéré.

— Dis donc : cette affaire prend de l’ampleur !

— Et je sens qu’on en est au début ! Tu penses revoir ta Mme de Sévigné incandescente ?

— Un lot de ce calibre, ça s’exploite.

— Autrefois, tu ne trompais jamais Ramadé, murmuré-je, cette perspective te faisait horreur…

Il a la réponse qui s’impose, brève et cinglante :

— C’était *autrefois* !

Bon, voilà la crèche des Charretier : une maison de meulière avec des coquilles cimentées dans l’entourage des fenêtres et un paillasson monogrammé, comme celui du prince Napoléon.

La mother éplorée délourde. Visage bouilli par le chagrin et l’insomnie.

— On a retrouvé son corps ? glapit-elle.

— Hé là, doucement ! m’emporté-je, agacé par la théâtralité de cette gourde, tandis que son mâle surgit des cagoinsses, les bretelles traînantes telle une queue bifide.

Découvrant Jérémie, il clapote dans son égarement :

— Monsieur est nègre ?

Voulant sans doute demander s’il est policier.

— Pas du tout ! le détrompe mon Valeureux. Ramoneur seulement.

Le bruit miséricordieux de la chasse d’eau se mue en un murmure de source avant de s’interrompre tout à fait.

— Nous souhaiterions visiter la chambre de Paul-Robert, fais-je.

Les deux glandus nous guident par l’escalier. La piaule du gamin est la première à droite.

Ses dimensions et son aménagement tendent à faire croire que les darons du disparu ont un standing supérieur à celui des Malapry. À preuve : il dispose, pour faire ses devoirs, d’un bureau en acajou et, pour ses branlettes, d’un cabinet de toilette attenant.

Le Noirpiot s’assied sur la chaise de l’étudiant et inventorie les tiroirs.

— Que fait-il ? demande dans un souffle la mère du ravissé.

— Il cherche, réponds-je.

— Quoi ? dit le père.

— Il l'ignore, expliqué-je, mais le saura quand il aura trouvé.

Ce résumé d'une action policière accroît leur éplorance.

Dans notre job, la présence de la famille constitue un poids mort. Je n'ai pas le courage de virer ceux-ci de la manière anticonformiste dont j'ai évacué la dabuche de Bernard, naguère.

Tandis que le Blondinet des savanes entreprend le burlingue, moi je m'attaque au placard mural. Des fringues dans la partie penderie, pas en masse : « On grandit tellement vite à c't âge-là. » Principalement des jeans, des tee-shirts, des trucs de sport. Chaussures de ski. Je passe mes pognes à l'intérieur de ces tartines pour robot. De l'une d'elles je ramène un paquet de lettres réunies par un ruban. Toutes sont écrites en anglais et émanent d'une certaine Juny Largo, de Manchester, sa correspondante britannique, je suppose. Elle doit être plus âgée que Paunert, car elle travaille dans une étude d'avocats à Londres.

Les parents étant occupés à surveiller les agissements du « Grand Nègre », j'enfouillasse les missives avant de pousuivre mes investigations, comme on dit puis en littérature de première classe.

Notre perquise achevée, les pauvres géniteurs demandent si nous avons trouvé des éléments susceptibles de faire progresser l'enquête.

Je leur réponds « qu'il faut voir ».

Cette précision ne paraît pas les raies cons fort thé.

12

Réunion au sommet !

Le directeur nouveau la préside, sans pour autant me faire de l'ombre, à moi qui le prédécessa. Assis côte à côte à la vaste table des conférences, nous constituons désormais une hydre à deux tronches ; j'apprécie son comportement. Il est rarissime qu'un roi partage sa couronne spontanément et avec autant de gentillesse.

Tout l'état-major est laguche pour, a bien précisé Mouchekhouil, « avancer la main dans la main en évitant de mettre les deux pieds dans le même sabot ».

Pour commencer, je me livre à un résumé suce-seins de l'affaire. N-after quoi, Bingo en tire un premier faisceau conclusif.

À savoir que Pamela Grey a été attaquée gare du Nord pour provoquer la venue de son père à Pantruche. Il tique lui aussi sur la promptitude « d'exécution » des gens qui s'en sont pris au « roi du blé ». La façon dont ils ont utilisé sa fille pour l'appâter, puis dont ils les ont liquidés, révèle une bande sérieusement organisée. Ces gens pratiquent la politique de la « terre brûlée » : à preuve, le rapt du jeune témoin et la tentative d'assassinat contre M. Félix.

Là, je place un drop-goal d'un coup de saton magistral, interrompant le discours de mon co.

— Y a comme un défaut ! laissé-je tomber.

— Vraiment ? s'inquiète Bingo.

— Nous avons communiqué aux médias le nom du père Félix, *mais pas celui du môme Charretier. Comment, alors, les tueurs ont-ils eu connaissance de son existence* ?

Mes auditeurs, dirluche en tête, restent cois.

— S'ils ont pris au sérieux le pseudo-témoignage du vieillard, poursuis-je, c'est parce qu'ils ignoraient le rôle de Paul-Robert. C.Q.F.D.

Le silence de l'assistance se prolonge.

— Effectivement, finit par convenir mon sucecesseur.

Mes arrière-pensées butinent mon esprit avec un acharnement d'abeilles désireuses d'en mettre un rayon. Me viennent des bribes d'idées, des projets de déduction ; rien de bien solide encore. Faut que cela s'assemble.

— Je crois, soupiré-je, que nous devrions remettre cet os à plus tard et poursuivre ce tour de table.

Approuvé !

Je passe le micro à l'ineffable Rouquin, drôlement hurff dans un costard de velours noir qui met en valeur le Van Gogh lui tenant lieu de perruque.

— Qu'ont donné les relevés d'empreintes effectués dans la chambre de miss Grey ?

Là, il biche, le prix Cognacq de la grosse veine bleue ! C'est son instant. Il l'attendait en promenant sa dextre attaquée par les acides sur le zoizeau frétilleur embusqué à l'orée de sa braguette.

Il déclare, avec la voix qu'avait Adolf Hitler quand il vendait des croix gammées en chocolat sur les marchés, au moment des fêtes de Noël :

— Je suis en mesure de fournir l'identité des hommes qui ont tué Pamela Grey.

D'exaltation, Bingo faillit actionner le système éjectable de son dentier.

— En vérité ! s'exclame-t-il.

Le Rouque ouvre la chemise en bristol rouge placée devant lui.

— Grâce aux empreintes, je puis, sans le moindre doute, affirmer qu'il s'agit de deux repris de justice notoires. L'un se nomme Angelo Angelardi. C'est un élément de la Mafia sicilienne exilé en France où il s'est livré à des actions de grand banditisme. Condamné à quinze ans de réclusion pour le meurtre d'un convoyeur de fonds, évadé de la centrale de Poissy.

« Le second ne vaut guère mieux. Il s'appelle Pierre Labé, natif de Saint-Malo, accusé de meurtre et de tentative d'assassinat, il est surtout connu pour ses viols à caractère monstrueux. Il accède au plaisir en découpant les seins de certaines filles au système mammaire surdéveloppé. Peu lui chaut l'âge et la beauté de sa victime, seul le volume de sa poitrine l'intéresse. Il ne tue pas les femmes martyrisées par ses soins, si j'ose parler ainsi. Une fois assouvi, il leur demande même pardon de les avoir saccagées. Il lui est arrivé de pleurer à la vue de son forfait.

Ayant dit, le Blondirouge fait circuler les photos des deux messieurs.

Tu t'attends à voir des frimes de forbans, mais tu en es pour tes frais. Bien que ce soient des portraits de l'Identité judiciaire, ces gueules paraîtraient normales, voire avenantes, n'était le regard des inculpés. Le Rital possède des quinquets impassibles, tant tellement qu'ils font froid aux valseuses. Les falots du Breton seraient plus expressifs, mais il y brille une lueur qui inciterait un usurier syrien à léguer ses biens à une œuvre caritative, plutôt que de le laisser entrer dans sa boutique.

Le dirluche en titre interroge :

— Un mandat d'arrestation a été lancé contre ces individus, je gage ?

Il gage bien, Bingo, en oubliant une chose : c'est que les archers de la République ont tous, depuis des mois, une affichette reproduisant les frimes de ces gentlemen dans leurs poulaillers.

— Il va falloir intensifier les recherches ! fait-il doctement. Nous allons vous donner de gros moyens pour battre en brèche ces convicts. C'est la mobilisation générale ! L'hallali !

Tiens, il me rappelle le Vieux dans ses grandes périodes de péroraison glandulaire. C'est Achille sans son côté Grand Siècle.

— Je veux un filet aux mailles fines, messieurs, qu'un goujon ne saurait franchir ! Pas de cadeau pour ces sanguinaires. Ils bougent un cil, vous tirez ! Ce sont nos instructions, à San-Antonio et à moi ! Cela dit, il serait préférable de s'emparer d'eux vivants ; n'oubliez pas qu'ils détiennent un adolescent en otage…

Dislocation de l'assemblée.

— Vous paraissez rêveur ? s'inquiète Mouchekhouil.

— Il y a de quoi réfléchir.

— J'en conviens. Quel est votre sentiment ?

— Réservé. Nous avons affaire à des malfrats pas comme les autres. Il est évident que le coup vient des States et que les « manipulateurs » ont engagé de la main-d'œuvre européenne.

— C'est bien mon avis. Ne pensez-vous pas qu'il faille prendre contact avec le F.B.I. ?

— Si vous voulez que l'enquête nous échappe, il n'y a rien de mieux à faire !

Mon successeur opine.

— Ne pas monter bien haut, peut-être, mais tout seul, rostande-t-il.

— Vous avez tout compris, acquiescé-je en me levant.

*
* *

Toujours escorté de Jérémie, je passe prendre des nouvelles de notre malheureuse collègue, sauvagement agressée au chevet de la fille Grey.

État sérieux mais satisfaisant, m'assure l'interne de service en nous drivant à son chevet.

Fectivement, la courageuse femme repose sur sa couche blanche souillée de son sang généreux. Elle me reconnaît et un gentil sourire fleurit ses lèvres desséchées. Sa tronche enrubannée de gaze ne laisse disponibles qu'un œil et la bouche.

Je presse ses doigts posées sur le drap, prononce des paroles réconfortantes garantisseuses de promo.

— Vaillante amie, attaqué-je-t-il dans la nuance, avez-vous la force de me raconter ce qui s'est passé ?

— Bien sûr, répond cette gazelle foudroyée. Au cours de la nuit, une infirmière et deux de ses collègues sont entrés dans la chambre. L'un d'eux poussait un appareil à roulettes. L'autre est venu sur moi, a sorti un instrument de sa blouse et m'a asséné un coup sur la tête. J'ai à moitié perdu conscience, pas suffisamment cependant pour ne pas sentir sa main entre mes cuisses et entendre l'infirmière lui dire : « Vous croyez que c'est le moment ? » Alors il a retiré sa main, puis m'a frappée à nouveau sur le crâne et je me suis évanouie.

— Avant de perdre connaissance, vous avez eu le temps d'apercevoir ce que faisaient les deux autres ?

— Le second type était penché sur la blessée et la femme ouvrait l'armoire pour prendre les vêtements de l'Américaine.

— Elle les fouillait ?

— Non ; les empilait dans un sac de plastique, genre poubelle.

In petto, je me traite de blatte écrabouillée. Quelqu'un de nos rangs a-t-il seulement eu l'idée d'explorer le meuble pour y examiner les fringues de l'assassinée ? Non, bien sûr ! Une fille morte dans un plumard de clinique, t'as pas une pensée pour ses harnais, ils ne sont plus à l'ordre du jour.

— Merci de votre témoignage, mon chou, gazouillé-je. Lorsque vous serez en mesure de sortir, nous arroserons ça !

— C'est vrai ? qu'elle balbutie, émerveillée par cette perspective.

— Promis ! En attendant laissez-vous bien soigner.

Napoléon pinçait l'oreille de ses grognards en guise de gâterie. Moi, je fais mieux, j'évasive de la main sur ses mamelons qui ont tendance à choisir la liberté. Elle doit en rougir sous ses pansements, la darling.

— Et tu prétends vouloir épouser Marie-Marie ? murmure ce fumelard de Négro, une fois dehors.

Sa remarque me produit l'effet d'un verre d'eau froide en pleine gueule.

Je m'arrête sur le revêtement de caoutchouc qui absorbe le bruit de nos pas.

Cette réflexion se fiche dans mon âme. C'est vrai que j'avais déjà oublié la Musaraigne. Il n'existe plus pour moi, désormais, que « notre » fille fabuleuse. Le temps et ses deux époux ont tué doucement nos amours d'autrefois, à Marie-Marie et à moi. Dans le fond, j'étais dingue d'une gamine délurée, à l'innocence pathétique. Elle est devenue une riche bourgeoise chic, sachant contrôler ses sentiments et programmer sa vie.

Seigneur, cette bouffée de détresse qui m'envahit à toute volée ! Va falloir que je m'accroche fort à M'man, à mon turbin, à mes potes et, surtout, oui, surtout à la petite.

Le Noirpiot, qui pige tout, met sa dextre puissante sur mon épaule.

— Pardonne ma maladresse, fait-il, je t'ai blessé.

— Non, non, ce n'est rien, j'articule, il fallait bien que je prenne conscience des réalités.

Voilà ; je respire un grand coup. Très importants, les soufflets. Quand ils fonctionnent mal, le reste ne suit plus.

Bref conciliabule entre Jéjé et moi.

Nous mettons le cap sur le collège Poirot-Delpech.

Toujours bien ameublir le terrain avant de bâtir.

13

Nous déboulons en plein cours d'histoire-géo, pendant que le prof, une pécore à binocles, au nez pointu, explique à ses garnements le duel de Cinq-Mars et de Thou qui furent exécutés à Lyon (Rhône) pour s'être battus en duel.

Nous toquons à la porte vitrée. La demoiselle, rancie sous le harnois, vient ouvrir, l'air interrogateur.

Je lui annonce notre qualité de super-bourdilles et elle s'humanise un tanti-chouïa.

— Vous venez au sujet du jeune Charretier ? fait-elle.

— Gagné ! réponds-je. Pouvez-vous nous consacrer quelques instants ?

Elle peut. Sort dans le vaste couloir et relourde. Elle dégage une odeur de poivre, because les premiers frimas l'ont incitée à ressortir ses petites laines de l'armoire. Vu la façon dont elle les épice, les mites n'ont qu'à bien se tenir !

Je lui demande ce qu'elle pense de l'ado disparu.

— Bon élève, assure-t-elle, mais particulièrement rêveur.

— Vous êtes au courant de ses déclarations concernant un attentat à la gare du Nord ?

— La classe ne parle que de cela. Vous croyez qu'on l'a enlevé pour supprimer son témoignage ?

— Envisageable, répond Othello.

— Alors sa vie est en danger, dit la personne au slip festonné de toiles d'araignées.

— Ça se pourrait, admets-je avec la froideur d'un colin sorti du frigo sans sa mayonnaise.

« Faisiez-vous partie du voyage à Londres ?

— Si fait : je secondais le professeur d'anglais.

— Vous rappelez-vous de l'attitude de Paul-Robert, là-bas ?

— Elle n'avait rien de particulier.

— A-t-il participé à toutes les excursions ?

Elle rassemble ses lèvres autour d'une petite bite imaginaire ce qui, je présume, est l'indice d'une profonde réflexion.

— Il ne nous a pas accompagnés à Windsor car il souffrait d'un violent mal de gorge.

— Il est donc resté à l'hôtel ?

— Naturellement. Et le lendemain, il nous a quittés pendant la visite de la Tour de Londres, prétextant une forte température.

— Comment se comportait-il avec ses compagnons ?

Nouvelles cogitations de miss Coing.

— Je ne sais si cela provenait de son état fébrile, mais il restait en retrait du groupe et semblait abattu.

— Merci, mademoiselle, pour votre coopération. Vous êtes adorable !

Sa toison du dessous s'humidifie comme des poils d'artichauts fraîchement cuits.

J'ajoute, en l'enveloppant d'un regard velouté qui n'arrange pas son problème :

— Pouvez-vous dire au jeune Bernard Malapry, que j'aperçois devant votre bureau, de nous rejoindre ?

Bref intermède, au cours duquel je demande au Négus la raison de son sourire ambigu.

— Je ris de la conculmitance de nos pensées, répond-il.

Et puis survient mon petit pote de naguère.

— Je suis sûr que vous allez m'apprendre quelque chose ? primesaute Nanard.

— Pas impossible, admets-je. Mais ne restons pas ici ; il doit bien y avoir un endroit peinard où je pourrais te tabasser la gueule en jurant ensuite que c'est une invention de ta part ?

Il s'arrête d'arquer, devient lit vide comme la couche d'un cocu et me fixe, épouvanté.

Je plaque ma main dans son dos pour l'obliger d'avancer, avise une pièce dont la lourde est entrouverte : un réfectoire désert. D'une bourrade j'y fais pénétrer le jeune citoyen Malapry. Des remugles de gruyère brûlé et d'eau de vaisselle saturée flottent dans la pièce.

— Voilà ce qu'il nous faut !

Je soupire profond.

— Commence, toi ! intimé-je à Blanc. Je suis tellement remonté contre ce loustic que je risquerais de lui déboîter la mâchoire ou de lui briser une clavicule. Tu me connais ? Quand quelqu'un m'a déçu, je suis incapable de me contrôler.

Impavide, le Négro biche le garnement par une aile, l'oblige à s'asseoir devant une table poisseuse. Puis pose l'une de ses vastes tartines devant le malheureux, et extrait une paire de menottes de sa fouille arrière.

L'angoisse du pauvre môme se mue en désespoir.

— Oh ! non ! pleurniche-t-il. J'ai rien fait !

Jérémie ricane :

— Fausses déclarations à un officier de police, ça peut aller chercher cinq ans de taule quand le président de la correctionnelle est une femme et qu'elle a ses doches ! Une vie brisée dans l'œuf, quoi ! Les compagnons de cellule qui t'enculent comme une chèvre sans s'occuper du sida ; ton pedigree entaché à jamais : c'est payer cher une connerie de jeunesse.

L'infortuné gamin chiale sans retenue.

J'interviens, la voix conciliante :

— Je vais essayer de laisser ma rogne au vestiaire, trouduc. Ton pote a le béguin pour une coquine Britiche nommée Juny Largo, exact ?

Il acquiesce.

— L'affaire de la gare du Nord lui a donné l'idée de simuler un enlèvement et d'aller la rejoindre, je me goure ?

— C'est vrai.

— Il a demandé ton témoignage pour accréditer le rapt. Et toi, Bugnazet, tout heureux d'avoir la vedette, t'as foncé dans le scénario tête première. Réponse ?

Il opine.

— Où est-il en ce moment, le Casanova des sleepings ?

— À Londres.

— Avec sa darling ?

— Oui.

Je ne peux m'empêcher de sourire devant cette émouvante gaminerie.

— Il a du blé ?

— Ses économies. En outre, il a vendu son vélomoteur et ses skis.

— Eh ben ! dis donc, c'est le big love ! Bon, écoute, petit homme, je veux bien passer l'éponge sur ton faux témoignage, mais charge à toi d'aller casser le morceau à ses parents et aux tiens. T'auras sûrement droit à des coups de pompe dans le prose de la part de tes vieux, mais les autres seront tellement soulagés qu'ils t'embrasseront les mains ! Ça fera une moyenne !

On demande à la binoclarde la permission de l'emmener et le déposons devant son arrêt de bus.

Me voilà délivré d'un tourment qui me pesait sur la patate.

Le grand bigntz va pouvoir commencer.

Deuxième partie

LE COUP DE TRAFALGAR

14

M’man me dit :

— Tiens, Pilar a trouvé cette chose dans ta chemise au moment de la laver.

Elle saisit sur le buffet la petite boîte d’or que m’avait confiée le père Grey à la clinique.

Si je te disais que je l’avais totalement occultée de ma mémoire, assurerait le mecton préposé à la vidange de tes latrines.

L’objet est intéressant : une sorte de boîtier plat dont l’un des angles est percé de minuscules trous. Une plaque sensible, moins épaisse qu’une carte de visite, et de microscopiques éléments mettent le comble à ma perplexité.

Pour quelle raison le roi du blé m’a-t-il demandé de remettre à sa fille cet appareil si particulier ?

Je me chope la citrouille à deux pognes pour faciliter l’évocation (et non les vocations) de notre fin d’entrevue à la clinique.

Le rondouillard bonhomme m’a refilé ce truc-machin-chose sur le pas de la porte. Il se tenait dos à Los Hamouel son secrétaire, et a baissé la voix en me le remettant. Se gênait-il du grand-pas-sympa ? Plus je réfléchis, plus je le pense. Une enquête, je te l’ai sûrement déjà dit, ressemble à une toile pointilliste. Elle est composée de petites touches. Considérées isolément, elles sont sans signification ; c’est le recul et la vue d’ensemble qui rendent l’œuvre éloquente.

Voilà Marie-Marie qui rentre de faire des courses avec *notre enfant* et la nurse.

Tu la verrais, mon Antoinette ! *Une poupée !* comme disent les tocassons de la coiffe. Elle porte un adorable manteau anglais, bleu marine, avec un col de velours et des boutons dorés, un chapeau avec des pattes sur les oreilles. Son minuscule nez rose ressemble à une framboise.

Elle m'accourt contre et se jette dans mes jambes avec violence.

Et tu sais quoi encore ?

Sa mère a dû lui faire la leçon car elle crie : « Papa ! Papa ! » en riant aux larmes.

— Tu t'es bien promenée ? questionné-je.

— On a été avec Mimi.

— Qui est Mimi ?

Elle s'écarte et me désigne Salami, la langue traînante, le fouet triomphal, qui sourit en bavant sa fatigue de convalescent.

Comme il semble heureux, Ventraterre !

Je me baisse pour caresser le gros sabot de son museau.

Et pendant que je lui prodigue de la tendresse, à lui aussi, une voix faible et lointaine retentit dans la pièce, celle d'un homme qui déclare en américain (dialecte dévoyé de l'anglais) :

— B 28, j'écoute…

Qué zaco ? La radio ? Je mate alentour.

Je te dis tout, Bourdalou ?

Ma fille joue avec le boîtier d'or et c'est de lui qu'émane l'organe en question.

Il répète son annonce et poursuit :

— Vous êtes prié de décliner votre numéro de code !

Elle est raide, celle-là ! comme s'exclamait une dame que j'avais invitée à danser et serrais d'un peu trop près.

Je me saisis de la golden box, mais le contact s'interrompt. J'ai beau la tourner entre mes doigts, elle demeure silencieuse.

Tu ne trouves pas étrange et de bel augure qu'Antoinette l'ait déclenchée ? J'en suis soufflé. Je me tue à te le seriner : le hasard régit notre vie de flic. Sans son concours, nous ne serions bons qu'à régler la circulation devant les écoles maternelles.

*
* *

Bérurier de retour de noces ! Plus rouge qu'une cape de toréador, les yeux dans de la crépine sanguinolente, les lèvres écaillées par le beaujolais.

— Cela s'est bien passé ? questionné-je.

— Formide ! Une java à tout casser ! Si j'te dirais qu'en fin d'parcours, j'ai tiré la mariée dans sa belle robe blanche, tant tellement qu'son époux était rétamé.

— Bel exploit.

— Slave s'est passé d'la manière suvante, reprend le Queutard prénuptial. Vu qu'le conjoint pouvait plus arquer, c'est moi qu'je l'ai porté dans leur carrée. Sa p'tite jeune femme grimpait d'vant pour délourder. J'ai virgulé l'gars su' l'plumzingue com' un' hotte à vendange. Sa chérie semblait tout' chose d's'mett' la ceinture un soir pareil. L'avait les larmes à l'œil. J'ai voulu la consoler : on n'est pas un monstre sans cœur…

— La générosité même ! renforcé-je.

— J't'fais pas dire. Alors tu sais : un' chose en amenant un' aut'…

— Tu lui as offert sa nuit de noces ?

— Et quelle ! Tu juges ? Un' rapière au calibre d'la mienne, pour un' frangine qu'avait encore jamais vu péter le loup sur la pierre de bois, comm' disait grand-père ! Au débute, ell' crillellait grâce ; mais n-ensute s'est piquée au jeu. Reus'ment, c't-était un hôtel chicos où y avait du savon dans la salle d'bains. Personn' jamais dira à ce dont on parvient av'c un' savonneuse ! D'en plus, un' craquette c't estensib'.

— Bref, cette jeune femme est à même d'héberger n'importe qui désormais ?

— Positif'ment, grand. Positif'ment. Ell' a la vie d'vant elle à partir d'maint'nant.

Il est heureux de cette nouvelle mission, mon brave Béru à l'altruisme sans limites.

— On en est où est-ce avec ton affaire ricaine ? demande cet être de bite, mais également de devoir.

En termes professionnels je lui dresse le résumé de toutes les péripéties que tu viens de vivre dans l'un des récits les plus palpitants de cette fin de siècle.

— Montre voir c't'boîte magique qu'j'voye !

Il la soupèse, la flaire, l'ouvre, la bricole, et enfin la dépose avec défiance sur la table.

— Alors, elle a causé ? Qu'est-ce t'as fait pou' la déclencher ?

— Ce n'est pas moi c'est…

Me retiens *in extremis*, disait-on en italien, jadis. Si je lui raconte ma paternité et la présence de Marie-Marie chez nous avec « notre » enfant, il va tout lâcher pour foncer vers elles. Or je ne veux pas le démobiliser.

— … C'est la bonne, en l'astiquant, laissé-je quimper.

— Et toi t'astiquais l'Espagnole ! rigole-t-il.

— C'est ça.

— Le Négus est pas ici ?

— Il va arriver : il s'occupe de nos billets.

— Vous partez, les deux ?

— Nous partons, les trois, car tu es du voyage.

— Où c'qu'on va ?

— En Floride.

— C'est où, la Floride, en Afrique du Sud ?

— Tu brûles, gros !

15

Le domaine de feu David Grey est situé à Pahokee, sur la rive du lac Okeechobee en Floride, à quelque deux cents kilomètres de Miami.

Étrange demeure, frappée de gigantisme, au style indéterminé hésitant entre le colonial yankee et le château bavarois cher à Louis II. Elle se dresse sur une éminence plantée d'essences propres au 27e parallèle.

La propriété continue sur le lac par une île semblable à celle où fut aménagée la tombe foraine de Lady Di, la pauvre. Elle possédait une flopée de gardes du corps (et quel corps !), mais il a suffi d'un Franchouillard bourré pour la ravir à l'affection de la mère Deux, reine d'Angleterre, d'Écosse, d'Irlande et de la moitié du tunnel sous la Manche.

Pour t'en reviendre : le domaine est faraminable ! D'un mauvais goût exaltant la colossale fortune du propriétaire. Tennis, corral, piste d'hélicos, piscines olympiques. Il possède trop tout, tant tellement que qu'est-ce ça doit être chiatique d'habiter un endroit pareil !

La calme Buick louée à Miami semble être la tire du vétérinaire venu purger les bébêtes.

On arque vers l'entrée de cette citadelle conçue par Walt Disney et interprétée par des architectes bien décidés à se goinfrer.

Un valet de pique, ou de pied, je ne sais, nous accueille avant que nous n'eussions le temps de nous manifester. Un grand Noir aux cheveux gris à peine ondulés à l'aspect du juge dans la série des *Perry Mason*.

Ce mec n'a pas dû sourire depuis l'abolition de l'esclavage. Il attend, muet et immobile, confusément troublé par la présence de Bérurier, qui s'est fringué en blanc et chapeauté d'un panama, comme s'il jouait dans un remake *D'autant en emporte le ventre*.

J'affronte le majordome :

— Nous constituons, ces messieurs et moi, une commission rogatoire de la police française chargée d'enquêter sur l'assassinat de miss Pamela Grey, lequel, sans doute le savez-vous, a été perpétré sur notre territoire.

Son hochement de tête est aussi imperceptible que celui du Sphinx à qui tu demandes s'il est content de ne pas avoir été transporté au British Museum comme le reste de l'Égypte. Il attend.

Devinant quoi, je lui produis un papier des autorités ricaines nous autorisant à effectuer une enquête sur le territoire des U.S.A.

— En quoi puis-je vous être utile, sir ? s'informe l'oncle Tom.

— En répondant à nos questions, mon cher.

Il s'écarte pour nous laisser entrer.

Je t'ai décrit tellement de maisons saugrenues dans mon œuvre monumentale, que je renonce à en ajouter une de plus. Qu'il te suffise d'apprendre l'inouïsité de cette gigantesque bâtisse faite de briques et de brocs. On aimerait savoir à quoi pensent les gaziers pour se faire élever des palais de deux cents pièces quand une seule suffit pour tirer un coup ! En règle générale, ils n'épatent qu'eux-mêmes ; se balancent de la poudre aux châsses pour se prouver leur puissance.

Nous voilà partis en caravane dans (justement) ce caravansérail. Des enfilades de salons, des jardins d'été, d'autres d'hiver, et d'autres encore divers. Tout cela pour atteindre une piscine couverte, entourée de vitraux peints 1900, représentant des échassiers dans des roseaux. Très élégants. Des canapés d'osier recouverts de coussins imperméabilisés, un bar rutile, avec juke-boxe incorporé. Une démentiellerie yankee.

Une femme est assise, qui porte un maillot de bain noir, luisant comme de la peau de requin. Elle est très brune et bronzée à outrance. Dodue dans sa cinquantaine épanouie, elle défie le mauvais goût en utilisant un fume-cigarette pour star des années 30. Le comble : elle porte un chapeau de paille, style capeline, noué sous le menton par un ruban, comme il se doit quand on est en bikini.

Mal foutue, la rombiasse : le bide proche des nichemards, des cuisses kif les statues d'Arno Breker, et un tablier de sapeur luxuriant qui s'échappe, par grosses touffes, de son vêtement de bain.

Qui est cette pouffe extravagante ?

Notre mentor s'en approche pour lui chuchoter des choses à notre propos. La femme le congédie d'un geste plein de langueur et le gonzier se dissipe.

— Approchez, messieurs ! Approchez ! invite le cétacé, en français dans le texte.

Elle jacte notre belle langue moins bien qu'elle ne l'imagine, mais reste compréhensible.

Nous avançons avec une suffisance de bon ton.

Je m'incline :

— Mes hommages, madame. À qui avons-nous l'honneur ?

Elle a un grand rire, large comme une connasse de jument.

— Mais… à Mme David Grey ! répond-elle.

Le sol m'échappe telle la feuille de papier hygiénique du type tentant de se torcher l'oigne sur la lande bretonne par grand vent.

— Je… L'on nous avait dit que…

Elle se délecte de mon patouillage.

— L'on vous a dit que Grey et moi étions divorcés. C'est exact. Cela ne m'a pas empêchée de conserver son nom, du fait que je ne me suis jamais remariée.

Cette bonne raison ne m'explique pas ce que la vieille peau fabrique dans ce palais Carabosse. Elle me l'apprend sans que j'eusse à la questionner :

— Imaginez-vous, mon cher détective, que l'existence est la chose la plus stupéfiante qui soit. Son père étant mort, notre fille Pamela se trouve être l'héritière de ses biens. On assassine la chère enfant, et sa fortune me revient ! Étonnante trajectoire, non ?

— En effet ! admets-je. Et d'une folle rapidité !

— Qui donc irait concevoir un tel scénario ? fait-elle en primesautant derechef.

Je me tais, biscotte il est en train de s'opérer un machin très extrême sous mes yeux vigilants.

Magine-toi que Sac-à-Vin est littéralement envoûté par notre hôtesse. Il la consomme du regard, la bouche gobeuse, la braguette en forte dilatation.

Si tant est bien que la dame s'en rend compte. Elle fait « tilt » en découvrant le bénoche hypertendu du Gravos.

— Mistress Grey, dis-je-t-il avant que sa fascination la rende inapte à toute converse, je suis ravi pour vous d'apprendre que cette énorme fortune vous échoit. Seulement, il y a comme un défaut : ces morts auxquels vous la devez ne sont pas naturelles et résultent d'assassinats successifs. Tant que la vérité ne sera pas établie, vous ne pourrez disposer de votre héritage !

16

Une merveilleuse voix de soprano vient me chercher au fond de l'inconscience. D'une pureté à t'en faire changer de slip ! Je me laisse doucettement remonter à la surface du cloaque où je vaselinais. Ouvre mes vasistas.

Je suis allongé sur un lit dans lequel eurent lieu les derniers championnats du monde de partouze sur terrain couvert. Soie et brocart, bois doré incrusté de miroirs vénitiens, ciel de lit conçu et réalisé à l'intention d'une impératrice russe, avec plein d'angelots sculptés qui font voir leur bistougnette. Sur les murs, des scènes lascives, imitées du XVIIe siècle et importées du 17e arrondissement de Paris. Au centre de la chambre, une statue équestre de Jeanne d'Arc en porte-jarretelles, faisant le siège de La Nouvelle-Orléans.

Tout cela est très classe et dénote des propriétaires qui ne plaisantent pas avec le véritable luxe.

— Tu es sorti du sirop ? s'inquiète la voix de Jérémie.

Ma tronche exécute un quarante-cinq degrés. Je découvre mon All Black assis dans un immense fauteuil qui a jeté l'ancre dans ma chambre.

— Qu'est-ce qui m'est arrivé ? demandé-je.

— La veuve, un peu soupe au lait, t'a fracassé une bouteille de Baccardi sur la tronche. En tout cas tu n'as rien de cassé, bilan : une grosse bosse et deux points de suture.

— Où suis-je ?

— Nous n'avons pas bougé du domaine. La grasse, désespérée de t'avoir estourbi, voulait prévenir la police et se constituer prisonnière ; on a eu toutes les peines du monde à l'en dissuader. Alors elle a fait quérir par hélico le meilleur chirurgien de Miami pour te rafistoler et t'a installé dans la « chambre présidentielle », ainsi baptisée parce que le président Nixon y a dormi au cours d'une campagne électorale.

Il ajoute :

— J'ai la chambre contiguë.

— Et Béru ? m'enquiers-je, soucieux de mon petit monde.

L'homme qui descend des cocotiers par un ami de sa mère ricane :

— Oh ! lui…

— Parle !

— Il fait étinceler l'hôtesse. Tu entends cette voix divine ?

— Je pige pas…

— La riche héritière ne peut s'envoyer en l'air que si un castrat lui chante *La Flûte enchantée*. Le déburné s'égosille depuis un moment ! Le Ventru doit y aller de son astiquée de gala. Nous avons débarqué sur une planète conçue par Fritz Lang à l'époque du muet.

— Ça manquait à ma collection.

— Veux-tu boire quelque chose ?

— Une vodka-orange.

Déjà initié au fonctionnement de ce Palais des Mirages, mon pote s'empare d'un jactophone tributaire à bivalvisation multiple et déclare :

— Une vodka-orange et un whisky-Campari ; le tout sur glace pilée !

Un timbre mélodieux répond :

— À votre service, sir !

Organe féminin, langoureux à souhait.

Le chanteur écouillé s'est tu. Le silence a repris ses droits, comme l'écrivait un vieux con qui ne rédigeait que des lettres de noblesse.

— Nous voici engagés dans une drôle de croisade, assuré-je.

— Je le pressens, confirme mon équipier valeureux.

Nous ne croyons pas si bien dire !

*

* *

C'est beau, une femme totalement essorée par l'amour. Quand la mère Grey réapparaît, cramponnée au bras de son Chevalier Paillard, sans peur et sans reproche, elle interprète un solo de castagnettes avec les genoux. Flapie, la darlinge ! Mais si heureuse ! Comblée de la soute à la dunette !

Elle a enfin rencontré l'homme de sa vie. Tous les prédécesseurs étaient des amants de pacotille ! Des niqueurs à cinq dollars la passe !

Une nuit où elle était schlasse, dans une taule de Buenos Aires, elle s'est fait escalader par trois hombres à la fois ; mais ç'avait été de la baisance au rabais, comparée au monumental coup de verge qu'elle vient d'encaisser dans la lucarne. Du batifolage primesautier de poètes élégiaques.

Elle dévide, agrippée à ce chêne de viande. Nous décrit la bitoune d'Alexandre-Benoît que nous connaissons cependant pour l'avoir vue à l'œuvre, cent fois sur le métier remettant son ouvrage ! Elle narre ce coït d'exception à la femme de piaule noire qui apporte nos boissons.

Mieux, craignant d'être incrue, elle demande à Bibendum de produire la pièce convictionnelle. Malgré son repos mérité la bête garde encore fière allure. L'ancillaire, pourtant habituée à du chibre grand veneur, reste sidérée devant le monstre assoupi. Présente ses félicitations à l'heureuse bénéficiaire de l'engin ! Les deux donzelles, bien que séparées par la couleur de leur peau et leurs revenus, tombent dans des bras réciproques.

Une ambiance de liesse règne au domaine. Bientôt, tout le personnel féminin, alerté, se met à défiler devant le calbute baissé de Sa Béatitude. Jour de gloire pour l'oncle de Marie-Marie ! Il savoure d'autant plus qu'aujourd'hui il époustoufle des Ricaines.

— French ! leur répète ce grand patriote, I am French from Normandy. My father avait le same braque, and my grand-father too. It's a family phénomène ! My bitoune was primate in any contries. I have sale it to the Pantruche Museum when I should be nazebroc.

Peu regardant, il laisse toucher. Palper, même ! Ce qui induit l'inévitable : gode de nouveau. Un guignol tout superbe. Priape dans sa gloire ! En majesté !

Depuis notre poste d'observation, nous contemplons cette frénésie de gonzesses en délire !

Je peux t'affirmer que l'ambiance n'est point funèbre ! À voir comporter l'Argentine, on conçoit difficilement qu'elle vient de perdre son époux et sa fille dans des conditions dramatiques ! Ses deuils glissent sur ses plumes comme les lèvres d'une frangine sur la tête de mon nœud.

Cette démonstration épique se développe de la meilleure façon. Généreuse et se montrant humaine avec les serviteurs, elle autorise (sans consulter l'intéressé) les filles présentes à goûter la grosse gnougnouf de messire Gradube. Chacune d'elles opère quelques aller-retour, afin de se distendre les muscles zygomatiques.

Le duc de Normandie n'a jamais été à pareille fête… Figure-toi qu'il organise un classement chez ces gentilles. Leur attribue des points, leur prodigue des conseils dans son anglais approximatif.

Le prix d'honneur est attribué à la plus jeune des concurrentes, à la cavité buccale particulièrement souple. Elle paraît insensible aux spasmes engendrés par le mal de cœur, parvient à entonner vingt-cinq centimètres de chibre, ce qui constitue une sacrée performance compte tenu du diamètre de l'objet.

Ébloui par l'exploit, Sa Majesté décide d'honorer cette vaillante d'un coup de rapière. Las ! Dame Nature est capricieuse. Si la jouvencelle possède une bouche de crocodile, sa chaglatte, en revanche, est plus étroite que la porte évoquée par André Gide.

Alexandre-Benoît est contraint à l'abandon, s'en désole mais épargne cependant à l'intéressée l'explosion de sa craquette.

Le calme revient après la tempête. Jérémie pose une question ultra-brève, de laquelle devra naître une réponse bien charpentée :

— À présent ?

J'effleure mes points de suture d'un index aussi peureux qu'une corne d'escargot.

Quand on te pose une colle embarrassante, n'oublie pas, avant de patauger, d'accomplir un geste détourneur d'attention : fourbis tes lunettes ou gratte-toi les roupettes ; tu peux également user de la quinte de toux intempestive, voire dégrafer ta montre pour la remonter.

Ballepeau, je ne pense rien ; totalement essoré du bulbe, l'Antonio. Ou plutôt, si : ma gamberge va à Antoinette exclusivement. Elle est givrée, Marie-Marie, de prétendre l'embarquer dans les polarités à la « souffle-moi-dans-l'os-à-moelle-pour-me-le-réchauffer » ! Qu'imagine-t-elle, l'ancienne Pie borgne ? Que je suis un père de carte postale ? Elle peut se l'arrondir au mortier à purée ! Je viens enfin de piger pourquoi elle ne me tente plus. En allant me faire un chiare, à la sauvette, dans les brouillards du Nord, elle m'a arnaqué à vie. Qu'elle se soit ravisée trois ans plus tard ne saurait rattraper la période fabuleuse dont elle m'a spolié. D'y songer me la fait haïr (j'exagère à peine, je te jure). De quel droit prive-t-on un homme de ce qui le rend le plus irréfutablement homme ?

Le ronflement de son tonton fait diversion. Je mate le Pachyderme vautré dans un fauteuil, les jambes en bras de carriole dételée, ses énormes paluches en guise de sous-ventrière, les pinceaux de traviole. Un morceau de sa chemise, coincé dans la braguette, paraît baliser un mystérieux parcours. « Ô Géant, se peut-il que tu dormes ? » égosillait Ruy Blas.

Le regard scrutateur du Dark me ramène d'autor à sa lourde question.

À présent ?

Hein ? Que faire ? Qu'entreprendre à partir de ce palais du mauvais goût ?

Lutte inégale du trou de balle contre le pot de chambre. Aucune aide à espérer des forces de police ricaines. Plutôt des coups de saton dans la clape. Tu penses si les confrères yankees sont prêts à nous scier la branche, malgré l'autorisation dont nous disposons. Pauvres pieds nickelés que nous sommes !

Mister Blanc murmure :

— En somme, nous avons entrepris ce voyage pour que Béru se vide les couilles et qu'on te recouse le crâne ?

Cruauté d'un bilan dérisoire nous faisant perdre la face à nos propres yeux.

À cet instant précis, le téléphone sonne. Comme alexandrinerait Victor Hugo, l'homme qui avait toujours un reste de soupe dans la barbe.

17

Quand j'affirme que le biniou carillonne, je catapulte le bouchon sur la rive opposée. En réalité, il ne s'agit pas du bigophone traditionnel, mais de la petite boîte d'or confiée par le marchand de blé à Pantruche-les-Bains. Depuis qu'elle avait résonné entre les doigts de « ma petite fille », elle était restée silencieuse.

Vitement, je l'extrais de mes vêtements sacerdotaux et entreprends de la bistougner frénétiquement, à la recherche d'un quelconque bouton de contact. Ne le trouvant pas, m'affole pour, en deux ex-poires-de-cause, supplier mon lutin personnel de me prêter main, tu sais quoi ? Oui : forte !

Qui dira jamais ce qu'engendre la prière ? À peine ai-je élevé mon âme au-dessus du niveau de la mer qu'il s'opère… Je n'ai pas l'outrecuidance de qualifier cela de miracle, mais, en tout cas ça y ressemble comme mon oigne à l'œil de ton frère borgne.

J'ai pressé fortement l'angle de l'appareil où sont aménagés de minuscules trous et aussitôt une voix a retenti :

— B 28 appelle Z.B.X.

Déterminé, je me pince les narines, kif lorsque Bibendum en craque une.

— Z.B.X., nasillé-je.

Un temps. Quelque part, M. B 28 réfléchit. Je pressens de la suspicion chez le mystérieux correspondant…

Sa voix métallique jette (je devrais écrire « crache ») :

— Déclinez votre numéro de code, je vous en prie !

Oh ! la vilaine colle !

Je file un regard éperdu à mon brave Vendredi, attendant de lui, sinon le grand secours, du moins une idée. Et, comme chaque fois, ce Noirpiot d'élite me l'apporte sur un plateau à manche de bois. Se saisissant d'une statuette de biscuit brun, il la brise à côté de l'émetteur en hurlant de toutes ses cordes vocales.

Cri terrible, redouté des mères à genoux. Les animaux de la préhistoire devaient en lancer de semblables quand ils étaient en gésine ou qu'on leur marchait sur la queue.

J'interromps sec la communication, laissant l'interlocuteur à sa perplexité. La clameur de mon Blanc (marque de mes stylos, publicité désintéressée) a réveillé le Gros et sa dame de cul.

— Pourquoi tu gosilles ? s'inquiète le membre actif de la riche héritière.

Comme l'interpellé ne répond pas, Alexandre-Benoît morigène :

— T'as fait peur à Dolorès !

— Madame porte un bien joli prénom, dis-je galamment.

Le signal sonore de mon bistougnet d'or reprend. Je ne réponds pas. Ça couine façon souris prise au piège. Dur de résister à un appel. Mais il me faut tenir bon si je veux éveiller la curiosité de B 28. Notre but ? L'inciter à se manifester d'une autre manière, comprends-tu-t-il ?

De l'autre côté de la baie vitrée, le soir descend sur l'eau dolente du lac Okeechobee. Des oiseaux aux larges ailes cendrées effleurent la surface étale.

Je conçois que le roi du blé ait choisi ce coin comme lieu de résidence. Dommage, toutefois, qu'il y ait bâti cette cathédrale de pacotille.

*

* *

Notre divine hôtesse se fait belle pour le dîner (en américain : *for the dinner*). Elle porte une robe en plumes d'oiseaux allant du vert sombre au noir clair. Coiffure élaborée par un merlan pédoque[1]. Tu verrais cette ruche sur sa tronche ! La Grande Catherine ! Mieux vaut tiare que jamais ! Me suis souvent demandé pourquoi tant de

1. Pléonasme caractérisé.

gerces sombrent dans le ridicule le plus achevé en croyant s'embellir. La somme de conneries requises pour en arriver là !

Des personnages singuliers (bien qu'ils soient deux) partagent la vie de la veuve Grey, donc notre dîner : l'artiste capillaire et le castrat.

Le premier, d'origine italienne, est un quinquagénaire soufflé par l'inaction et la bonne vie, à tête de compositeur d'opéra du XIXe siècle. Longs favoris frisottés, moustache extra-fine, boursouflures intempestives, cheveux longs teints et bouclés au petit fer. Quand il mange, ses joues se gonflent comme pour mimer des pets à haute teneur flageoletique. Signe particulier : il conserve en permanence la goutte au nez. Son regard exprime admirablement sa sottise et sa cupidité. Cet homme aurait pu être dangereux s'il était moins flemmard. Bouffer et faire la sieste sont, à l'évidence, les deux mamelles de sa vie.

Le chanteur éburné, quant à lui, semble issu du croisement d'un Mexicain obèse et d'une sirène des mers chaudes. Figure de lune, totalement imberbe, coiffure « aux enfants des douars », yeux ensevelis derrière des bouffissures de mauvais aloi, il est vêtu d'une chemise à triple jabot, ouverte jusqu'au nombril. Une mèche décolorée barre sa chevelure sombre. Il ne mange pas, mais grignote du bout de ses belles dents immaculées des nourritures apprêtées pour lui seul.

Ces deux croquants (le pommadin et l'écouillé) nous battent froid, n'appréciant pas que des zig-men débarqués d'Europe viennent partager la couche et la table de leur bienfaitrice. Ainsi les chiens se font-ils grise mine à l'heure de la pâtée.

Étant américain, le repas ne saurait être succulent. Des mecs qui lavent les huîtres à grande eau avant de les gober pour n'en conserver que le crachat ne seront jamais de fins gourmets. Trop habitués à puiser leur nourriture dans des barquettes de carton !

Vaille que vaille, on s'envoie du poulet frit aux cacahuètes fraîches, puis on s'apprête à claper un mouton à la menthe lorsqu'on perçoit des bruits réverbérés par l'ampleur du palais.

Presque aussitôt, le grand Noir chef larbin se pointe, l'œil jaune et les lèvres gonflées tels des pneus de Formule 1. Se penche sur le décolleté de la nouvelle propriétaire, lui chuchote que des policiers viennent d'arriver et la réclament.

Dolorès glapit que ces intrus attendront. Elle a du monde et ne peut abandonner ses invités, non mais des fois !

Le serviteur s'en va pour revenir aussitôt avec l'air emmerdé d'un mec qui a paumé le corbillard de sa femme dans un encombrement de la circulation. Déclare que les draupers ne l'entendent pas de cette oreille et exigent une entrevue immédiate.

Lors, l'outarde se dresse, lisse ses plumes, quitte la table en s'excusant, et file le dur au laquais.

Le castrat continue de jaffer. Par contre, le merlan, soucieux de se glisser dans la dépouille du maître de maison, se dresse, virgule sa serviette et disparaît à son tour.

Bérurier ronchonne, la bouche pleine :

— Tu croives qu'y respectent l'heur' d'la bouffe ?

Jéjé et moi attendons, les nerfs tendus comme la braguette de gaziers bourrés de Viagra avant d'aller visiter une alicaire[1].

Un moment, le bourdonnement des voix se poursuit, coupé d'interjections de la dame, qui ressemblent à des cris de pintade à l'arrivée d'une rame de métro.

Enfin, le silence revient. Plutôt lourd et, conséquemment pénible.

Retour du coiffeur, blême, le regard plombé...

Il nous considère avec détresse et laisse tomber d'un ton misérable :

— Les types du F.B.I. viennent d'arrêter Dolorès.

18

Dans une mer sans fond
Par une nuit sans lune.

Toujours, dans les situations désespérées, faut que je récite des vers. Ça me détend. Il s'agit là d'une simple charnière permettant de passer d'un moment à un autre.

Gradube qui (notre lecteur s'en sera aperçu) parle un anglais approximatif et en tout cas ne le comprend pas mieux, continue de bâfrer au côté de mister N'en-A-Plus.

1. Prostituée, selon Rabelais.

Spontanément, le perruquier prend la place d'honneur, encore chaude du fion de sa maîtresse. Lui qui nous snobait il y a un instant s'agrippe à notre présence.

— De quoi accuse-t-on mistress Grey ? je lui demande.

— De meurtre sur la personne de sa fille.

— Comment serait-ce possible ? Pamela a été tuée à Paris et sa mère n'a pas bougé des États-Unis !

Je le questionne bien à fond ; il jure ses grands et petits dieux qu'il dit vrai.

Au moment des événements, la Dolorès, lui et l'eunuque se trouvaient à Los Angeles. Ils assistaient au Festival du cinéma pornographique, présidé par Lady Ferguson.

Le preux Béru, déchiré par la perte de cette merveilleuse âme sœur nouvellement apparue dans sa vie, déclare que nous devons tout « mett' en manœuvre » pour innocenter l'infortunée, victime incontestée d'une erreur judicieuse.

Sans abonder pleinement dans son sens, je n'en décide pas moins de m'atteler au « mystère Grey ».

Avant toute chose, nous vidons les lieux, délaissant le dessert, le soprano sans couilles, le merlan sans cliente, et nous mettons le cap sur Miami.

*
* *

Dans des régions comme la Floride, la nuit n'existe pas réellement. Trop d'enseignes au néon, d'éclairages fuligineux, de buildings illuminés, de bagnoles aux phares aveuglants ; d'immenses faisceaux balaient le ciel, kif des projos de D.C.A. Ils signalent les cinoches en plein air, les drive-in et les boîtes de nuit tentaculaires.

Furet à mesure qu'on s'éloigne de la propriété, une sorte d'apaisement s'effectue en moi. Je hais les endroits dans lesquels la vie est bafouée au nom du luxe et du pognon.

Le sage Noirpiot dresse un bref résumé de la situation. Nous n'avons rien à branlocher dans ce sac de nœuds amerlock. Notre job se circonscrit à la France, les coups fourrés d'outre-Atlantique ne sont pas de notre ressort (comme dit Aboudin). À chacun de balayer devant sa lourde. Le fait que cette ténébreuse aventure ait démarré à Paname n'implique pas que nous dussions poursuivre l'enquête aux States.

Conclusion, Léon ? Les pieds nickelés de la cabane Bambou n'ont plus qu'à retenir un vol de retour.

Cette détermination me botte car je brûle de revoir une certaine petite fille aux yeux d'innocence.

Nous venons de parcourir une cinquantaine de bornes lorsque nous apercevons, au loin, une chiée de feux bleus, rouges, jaunes. Un véritable Luna Park !

On s'approche le plus possible ; plusieurs chignoles font déjà un agglomérat. Leurs conducteurs en sont sortis et regardent le flamboiement. De toute évidence, il s'agit d'un accident. On distingue un énorme camion remorque en travers de la chaussée. Notre moteur coupé, nous percevons des appels, des ordres, des sirènes.

— Je vais voir ! décide Blanc, qui possède l'esprit badaud de sa race.

Béru se contente de licebroquer sur le bas-côté, nous honorant d'un chapelet de perlouzes, lesquelles, montées en sautoir, feraient bien sur la gorge d'une diva d'opéra (eau-pet-ras).

Réduit au farniente par ce contretemps, je songe de plus rechef à Antoinette, avec sa petite robe à smoks. Sitôt à Saint-Cloud, je m'accorderai quarante-huit plombes afin de m'en goinfrer. Je la conduirai au Jardin des Plantes, lui achèterai des jouets, des fringues, des friandises.

Quel cadeau elle m'a fait là, Marie-Marie ! Pour le coup, mon ressentiment à son endroit s'atténue ; plutôt que de perdre mon énergie à lui en vouloir, je préfère savourer MON Antoinette. J'ignorais que c'était commak, la paternité…

Dans la marmelade de cons qui s'interposent entre le sinistre et moi, Jérémie surgit, discernable seulement à sa chemise blanche.

Qu'a-t-il à se démener comme un beau diable, faisant le sémaphore de ses deux bras ?

Je descends de carrosse.

— Surveille la tire ! lancé-je au Mammouth occupé à se l'essorer.

— Grouille ! Grouille ! me crie mon commensal (il partage fréquemment ma table).

Je coudaucorps.

Le beau King Kong ne profère pas un mot mais m'entraîne à travers la foule jusqu'au lieu de l'accident point encore isolé. Ils ne sont, provisoirement, que deux flics et une escouade de pompelards.

On atteint le premier rang des curieux. J'avise une grosse Cadillac crème encastrée sous le mastodonte.

Putain, cette compote de viande et de ferraille ! C'est pas avec une pince à épiler qu'on va pouvoir extirper la Cad' du monstre !

Un fleuve de sang, comme on dit dans la comtesse de Ségur, ruisselle des débris. Mais ce qu'il y a d'effroyable, c'est ce corps aux trois quarts décapité, que la collision a projeté sur la chaussée.

Un corps de femme.

Celui de Dolorès Grey.

Tu voudrais ajouter quelque chose, toi ?

Moi non plus.

19

Devant cette tragédie routière, je me sens comme lorsque la bombe surprise que tu ramènes chez toi pour Noël explose dans la poche intérieure de ton pardessus.

Hébété, je contemple l'énorme camion dont l'impact a seulement tordu le pare-chocs et éventré le radiateur. De par sa position le « remorque » tenait sa droite et la Cad' l'a percuté de plein fouet. On devine que le chauffeur a tenté une manœuvre désespérée, car sa roue avant a escaladé une partie du talus. Nonobstant, la bagnole de tourisme, déséquilibrée, s'est encastrée dessous superbement. Mémère Grey a été propulsée kif une balle de tennis destinée à devenir un ace.

Voilions un peu ce qu'il en est des mecs du F.B.I.

Je m'accroupis pour mater l'intérieur de l'épave. Ils sont two. Pas choucards pour un dollar. Même leurs fringues déchiquetées ne peuvent plus resservir. Le préposé à la conduite est transformé en hamburger. Ses mains, crispées sur le volant, ressemblent à deux éventails de viande à vif. Sa nuque a été brisée par le choc et sa tronche basanée pend par-dessus le dossier du siège.

J'avise, sortant de sa poche, un porte-cartes en similicuir. Quel démon sans fourche m'induit à l'emparer ? J'ai dans les salsifis une prestesse de voleur à la tire, parfois.

À son côté, un deuxième homme râle faiblement. Un gars chauve et briochard qui a dégusté le moiroir du pare-soleil dans la gorge. C'est con, hein ? Je suis prêt à lui parier une douzaine d'huîtres de chez Marius et Janette qu'il a la cariatide sélectionnée (dirait A.-B. B.)

— Qu'est-ce que vous foutez là ! aboie l'un des draupers en me tirant en arrière.

Sans m'émouvoir, je réponds que je suis médecin et essaie de porter aide aux accidentés.

Il rengracie.

— Ils sont flambés, hé ? apprécie-t-il.

— Le conducteur oui, l'autre respire encore, mais ça ne saurait durer.

— Merci, doc ; pour la femme aussi c'est une affaire classée.

Son collègue intervient.

— Tu sais quoi, Sammy ? fait-il d'un ton bougon. Cette Cadillac a été volée à Miami, en fin d'après-midi.

L'annonce me chancetique l'apophyse zygomatique. Alors, ce ne sont pas des archers du F.B.I. qui sont venus quérir la mère Dolorès, tout à l'heure ?

Pour un coup de théâtre, c'est un coup de barre sur la noix, non ?

Tu t'attendais à celle-là, Nicolas ?

— Viens ! fais-je-t-il au Bien Chibré, je crois que les choses deviennent de plus en plus passionnantes.

Retour à notre caisse. Les chignoles continuent de s'accumuler sur la route bordée de palmiers et de lampadaires. L'on a donné aux seconds la forme des premiers, cependant ceux qui fournissent la lumière ne produisent pas encore de noix de coco. En m'approchant de notre bagnole, je constate qu'elle remue. Renseignements pris, Bérurier l'Inrassasiable est en train de tirer une Ricaine bloquée par l'accide. Comment s'y est-il pris pour séduire si rapidement une dame dans cette atmosphère surréaliste de sirènes et de gyrophares ? Mystère dont ce phénomène est seul à connaître le secret.

Le Tumultueux a abaissé le dossier du siège passager, à l'avant. Il a fait agenouiller sa fulgurante conquête sur le bord de la banquette et te lui ramone le tuyau d'orgue en grande langueur d'homme plusieurs fois essoré.

Sa partenaire retient mal son contentement (voire sa souffrance, vu le morcif qu'elle s'efface) et émet des plaintes ravageantes qui ne sont pas loin de nous foutre la tricotine, au Black et à bibi.

À travers la vitre, j'adresse un geste au Composteur pour lui demander de presser le mouvement. Il acquiesce (ne pouvant opiner de partout en même temps).

Effectivement, sa harde gagne en violence… Heureusement, les voitures amerloques sont propres à ce déferlement de par leurs dimensions et leurs amortisseurs. Le drame l'emporte sur la tringlée. Il mobilise trop l'attention générale pour qu'on vienne s'enquérir d'une voiture animée de la danse de Saint-Guy.

— C'est partiiiii ! gueule notre pote en larguant sa cargaison.

Nous nous écartons discrètement afin de le laisser déculer, en parfaits gentilshommes de France que nous sommes.

Petit brouhaha, chacun des protagonistes devant récupérer les membres lui appartenant.

Les portes s'ouvrent. Une aimable dame blonde, un tantisoit rondouille, s'extrait, la jupe relevée jusqu'au menton. Galant, Bérurier l'aide à se tenir debout après son coup de rapière phocéen[1]. Elle se dirige, chancelante, jusqu'à sa tire stoppée devant la nôtre, y prend une sacoche et en sort un verdâtre qu'elle tend au Seigneur des alcôves. L'Inséminateur s'en saisit en disant :

— Merci, ma loute ; en v'là t-un qu'mon percepteur entendra pas causer !

Une dernière bibise sur le nez de la troussée et il la plante, l'âme et le cul débordants de reconnaissance.

— Tu peux nous expliquer, gros ?

Il se marre :

— Figurerez-vous qu'j'faisais pleurer Popaul dans le fossé, du temps qu'vous v's absentassiez, quand c'te payse m'bondit au paf

1. Pourquoi « phocéen » ? Là réside le mystère san-antonien.

L'ÉDITEUR

en gosillant : « Bioutifoule ! Bioutifoule ! Let me toucher it ! » J'y rétorque : « Si ça peut vous faire plaisir, jolie Lady, gênez-you pas ! » La v'là qui s'met à m'pétrir l'intime jusqu'à qu'y me vinsse ma lance d'arrosage des grandes occases. « Put me in the babe ! qu'elle me supplille, and je giverai you cent dollars ! »

« J'm'aye dit qu'c'était toujours bon à affurer et j'lu a pratiqué la p'tite levrette cosaque dont vous avez z-eu l'imprimeur.

— Deviendrais-tu maquereau ? demande Jérémie.

Notre Vaillant lève les yeux au ciel :

— Tout d'sute les grands mots ! J'ai trouvé qu'c'était farce d'éponger une Ricaine. Av'c c't osier, j'rapporterai un p'tit cadeau à Berthy.

En voiture !

J'entreprends de faire demi-tour. Le flot de bagnoles rassemblées ne rend pas la manœuvre fastoche. Mais les Yankees sont d'un naturel serviable ; il n'est que de voir leur empressement à dépêcher des tonnes de bombes sur les Irakiens affamés !

Guidé par un homme de bonne volonté faisant reculer une voiture et s'avancer une autre, je parviens à mes fins et repars dans la direction contraire.

— Tu vas chercher une route dégagée ? demande Sénégal Boy, intrigué.

— Non, mon grand.

— Alors, quoi ?

— Je boomerangue, réponds-je ; nous retournons au Luna Park des Grey.

— Cette volte correspond à quoi ?

— Mon instinct.

Et j'ajoute :

— À cause de ses prouesses galantes, nous n'avons pas mis Alexandre-Benoît au courant du deuil cruel qui le frappe.

— Qu'est-ce y raconte ? s'inquiète le Mastard.

Avec son tact coutumier et quelques ménagements de circonstance, Jérémie Blanc informe le Taureau normand.

— Bon gu, j'ai bien fait d'y fout' un' branlée pareille ! Comm' ça é s'ra partie av'c un' bonne opinion d'la vie ! oraisonfunèbre-t-il.

20

À bord d'un navire tel que la demeure de Grey Ier, roi du blé, quelqu'un veille en permanence. De nuit comme de jour, le système de sécurité est contrôlé.

Deux malabars, style mamelouks de Napoléon, répondent à notre coup de sonnette. Salut les copains !

Nous nous faisons connaître. Ils abaissent le pont-levis (à Tel-Aviv, c'est le pont Lévy).

Je demande à parler d'urgence à l'intendant. On va le quérir.

Cheveux taillés en brosse, lunettes de clown, pommettes correctement scotchées. Il porte un peignoir Grand Siècle et le bras en écharpe (accident de Johnny Walker survenu dans l'escalier de la cave). Il garde la chambre. Cela explique pourquoi je ne l'avais pas encore retapissé.

Ce personnage ajoute à l'insolite de l'endroit. Je lui raconte les ultimes péripéties, à savoir l'enlèvement puis l'accident fatal de la veuve joyeuse.

Il ne cherche pas à dissimuler son chagrin.

— Elle est morte, cette foutue bougresse ! s'écrie-t-il avec un rire aussi large que la chaglatte de Berthe Bérurier au plus fort d'une passion tellurique.

— Avez-vous un commencement de début d'idée à propos de ses ravisseurs ? l'endigué-je.

— Pas le moindre ! Mais depuis sa naissance, elle n'a cessé d'augmenter le nombre de ses ennemis ! Sitôt qu'on la connaissait, on se mettait à la haïr : c'était la malfaisance et le vice personnifiés !

— À ce point ?

— Non : plus ! Les mots ne suffisent pas pour la raconter. Messieurs, me permettez-vous de célébrer dignement l'événement ? Nous avons quelques bouteilles de whisky noir, pour les grandes occasions : du Lok Dhu. Qui saurait nous empêcher d'en vider une en cette soirée d'exception ?

*
* *

Une telle apologie aurait raison des plus grandes peines. Nous nous consolâmes donc promptement du décès de la dame. Bérurier s'endormit comme une fausse souche, le whisky, contrairement au picrate, ayant sur sa personne des effets soporifiques.

À pareille heure, quand on vient de vivre des aventures de ce calibre, la fatigue terrasse aisément son homme, c'est pourquoi Jérémie eut bien vite le menton sur la cage thoracique, lui aussi. Je profitai de mon tête-à-tête avec Sancha Panço pour lui tirer les vers du nez. L'ambiance portait aux confidences. Mi-Texan, mi-Mexicain, cet homme, grassement payé, je gage (je devrais écrire : je gages), en avait lourdingue dans le sac à dos. Maintenant, privé de ses employeurs, il s'éclate comme une marmite norvégienne dont la soupape ne fonctionne plus.

Je l'accouche sans forceps. Lui fais tout dire sur les protagonistes que je prends l'un après les autres.

David Grey ? Un drôle de corps, terriblement lunatique. Te filait une gratification inattendue, sans raison apparente, ou te faisait suer la bitoune jusqu'à ce que t'en viennent les larmes aux yeux.

Ses affaires ? Énormes ! Le soleil ne se couchait jamais sur son compte en banque. Roi du blé, certes. Et de bien d'autres choses aussi.

D'étranges gens fréquentaient cette maison. Des mecs venus d'un peu partout et d'ailleurs, aux physionomies souvent peu crédibles. Le père David devait se goinfrer à des tas de râteliers.

Son comportement affectif ? Il adorait sa fille unique bien qu'il l'eût tenue éloignée dans des pensions coûteuses. Ne savait rien lui refuser. Il était séparé de la mère Dolorès, mais elle s'abattait parfois sur la résidence où il lui arrivait de passer plusieurs jours avec son pommadin et son découillé. Périodes de cauchemar pour le personnel.

Sa conviction profonde, à l'ami Sancha, c'est qu'ils avaient un cadavre dans le placard, son époux et elle. Un de ces secrets pestilentiels qui unissent deux êtres à jamais.

Miss Pamela ? Plutôt sympa ; d'une nature farouche. De toute évidence, elle détestait cette demeure, y venait le moins possible, paraissait ne pas faire cas des garçons. Par contre, le gros Sancha suppose qu'elle allait à la broute avec sa copine Elnora. Elles avaient une façon de s'embrasser à pleine bouche qui laissait peu de doute sur la nature de leurs relations. L'intendant croyait dur comme fer que les deux filles étaient en ménage.

Mais l'être qu'il abhorrait entre tous c'était Los Hamouel, le collaborateur de Grey. Son âme damnée (plus damnée qu'âme, précise-t-il). L'ordure faite homme ! Capable de tout et du pire !

Panço l'a vu battre un chien à mort parce qu'il l'avait mordu au talon. Il frappait les femmes de service ou déchargeait sur leurs vêtements, entre deux portes. Il écumait les fournisseurs, se faisant donner des bakchiches, sous peine de leur retirer la clientèle de Grey. Son patron ne pouvait ignorer de telles pratiques. Si le vieux fermait les yeux, c'était parce que le vilain le « tenait ». L'intendant avait vite compris que, pour conserver sa place, il devait composer avec lui.

À présent, tout ce joli monde était anéanti. Certes, il lui fallait chercher une autre situation, mais ce qu'il perdrait en revenus, il le compenserait en tranquillité d'esprit.

En l'écoutant, je songeais que cette citadelle à la gomme ressemblait à un nid de frelons, prêts à fondre sur l'intrus qui en troublerait les magouilles. Tu parles d'un repaire, Prosper !

De tout ça, nous discutons, l'alcoolo-au-bras-nazé et moi. Il est joyce d'avoir dégauchi un terlocuteur de qualité (t'inquiète pas : je prends des médicaments contre les accès de vanité purulente). Comme nous voilà, on va jacter la nuit complète, c'est couru.

J'essaie d'apprendre la nature des affaires marginalo-grenouilleuses auxquelles David consacrait une partie de ses activités. Le Mexicano-Ricain pense qu'il s'agit de blanchiment d'osier, et de came en provenance du Venezuela. Sachant que les gens peu curieux vivent plus longtemps que les autres, il ne voulait pas en connaître davantage.

Je le branche sur l'enlèvement de la Dolorès pendant le dîner, opéré par de faux policiers. Là, il entrevoit une lueur, le biberonneur. D'après lui, les individus bizarres qui fréquentaient cette maison, apprenant la mort tragique de Grey, se sont assurés de sa rombiasse afin de pouvoir poursuivre leurs combines avec l'héritière. Mais c'est une simple suggestion de sa part.

J'extrais de ma pocket le porte-brèmes ravissé au chauffeur de la Cadillac. J'y dégauchis des pièces identitaires au nom d'Adamo Corvado, sujet brésilien, demeurant 1024 Texas Street à Miami.

Intéressant, de posséder le nom et l'adresse de l'un des foies-blancs ravisseurs de mémère. Je demande à l'intendant s'il connaît ce monsieur au faciès aussi avenant que celui d'un crotale auquel on vide la glande venimeuse.

Il regarde la binette du défunt et se rappelle l'avoir vu à plusieurs reprises au domaine, mais en qualité de subalterne (très terne) : chauffeur, bagagiste. Un de ces hommes qui marchent toujours sans jamais avancer, dirait le plus beau pair de burnes de la littérature besançonnaise.

— Qui escortait-il ? insisté-je.

Mon camarade de blabla réfléchit.

— Le croque-mort.

— Pardon ?

— J'ai donné ce surnom à un homme qui vient ici de temps à autre. En fait, il ressemble davantage à un cadavre qu'à ceux qui les enterrent. Imaginez un long bonhomme maigre comme un cent de clous, aux cheveux blond terne, presque blancs aux tempes. Il a la figure allongée, le nez qui n'en finit pas et lui pend jusqu'aux lèvres, pareil à une vieille bite inutile.

— Belle description, apprécié-je en connaisseur. Vous savez le nom de ce singulier personnage ?

— Il se fait appeler Mr Smith, mais je suppose qu'il s'agit d'un faux nom.

— Il était accompagné ?

— Oui, d'une femme.

— De quoi avait-elle l'air ?

— D'une religeuse anglicane. Toujours habillée de noir et coiffée d'un chapeau dont une négresse ne voudrait pas pour faire le marché. Pas fardée, les yeux comme ceux d'un mannequin de grand magasin, en plus éteints, si vous voyez ?

— Je vois. Que faisaient-ils ?

— Ils s'enfermaient dans le bureau du vieux. Los Hamouel participait souvent aux discussions.

— Quel genre de voitures utilisaient-ils ?

— Des bagnoles de maître, mais vous dire leur marque… Je ne prêtais pas grande attention à ce détail.

Nous nous taisons soudain, l'air devenant irrespirable because les louffes à répétition de Béru.

— Voulez-vous que nous passions dans le salon d'été ? propose l'unibrassiste.

Je lui suis reconnaissant de cette suggestion. Nous évacuons la pièce pour aller respirer les « dames de la nuit » qui s'évertuent dans l'ombre.

Une vasque où l'eau glouloute ingénument sollicite nos vessies. La nuit est douce et frêle. Je repense à ma petite Antoinette. Quelle heure est-il chez nous ? M'égare en calculs. En tout cas, il fait grand jour de l'autre côté de la mare aux harengs.

— Pourrais-je téléphoner à Paris ? requêté-je à brûle-pourpoint.

Aux States, cette question ne trouble personne.

— Naturellement, répond Sancha Panço. Prenez le poste du bar, à moins que ce soit confidentiel ?

— Ça n'a rien de confidentiel, dis-je, c'est seulement intime.

Je vais au comptoir de faux bambous en bronze qui se découpe dans le clair de lune (et non dans la lune de Claire, comme d'aucuns voudraient me faire dire, tu penses bien !).

Le biniou, luxe raffiné, est fluo. Je pianote les touches molles, le cœur battant. Des trucs se mettent à s'enclencher dans l'éther. J'attends. La divine sonnerie de « chez nous » tarde à naître. Ai-je composé trop rapidement le numéro ?

Enfin un bruit répété : « Tchlaof ! Tchlaof ! Tchlaof ! »

Mais pas dans le combiné !

Derrière moi.

Je volte.

N'ai-je pas déjà pigé ?

Sancha Panço vient d'avoir la bouille fracassée par trois dragées grosses comme ton petit doigt. Elles ont été tirées à bord d'un tromblon de poche muni du classique silencieux. Une quetsche dans chaque œil : gênant pour lire le menu au restaurant. La troisième au beau milieu du front. Signe maçonnique cher à certains miens amis allant à la messe avec un tablier…

Je raccroche à la seconde où la voix de Félicie dit :

— Allô, j'écoute ?

Moi, à cet instant, c'est mon courage que j'écoute.

Fonce vers l'intendant.

Ses lotos crevés semblent me regarder encore.

Vais pour franchir la haie de buis taillée de manière à décrire des arabesques. M'arrête en constatant que le gros manchoteur lui tourne le dos.

Et que, par conséquent, les balles ne proviennent pas du parc, mais de la maison !

21

Parvenu à ce point culminant de mon prodigieux récit, tu as envie de me crier : « Arrête ton char, Ben Hur, sinon tu vas sortir de l'écran ! »

Je sais bien que le drame pleut dru ; mais qu'y puis-je-t-il ? Fallait pas m'accompagner aux States, si tu es une petite nature, Lanlure. C'est un pays de sang où le port d'arme est libre. Depuis l'enfance, ces tordus ont la détente dans les doigts. En France, on tire des coups de bite ; chez eux, ce sont des coups de feu. Ils n'ont pas la parole facile, mais savent faire parler la poudre. Chacun son mode d'expression.

Je me place derrière l'intendant afin de situer l'endroit d'où on l'a praliné. Facile. Il s'est fait mâchurer le cigare depuis une tour d'angle qui ajoute à l'incohérence de la construction. Ladite est percée d'une meurtrière et le canardeur a pu se régaler en toute tranquillité.

Dès lors, je fonce réveiller mes deux êtres auxiliaires (un grammairien inverserait les mots) en les priant de me prêter main-forte. Ordre de sortir des toiles tous les habitants de la demeure afin de leur renifler les doigts.

Tu ne l'ignores pas, Bézuquet, depuis que tu as lu ton premier Agaga Christie : quand on vient de défourailler, il subsiste des molécules de poudre sur les doigts.

Béru prend l'aile gauche, Jérémie la droite, et ma pomme se réserve la partie centrale.

Étranges investigations nocturnes.

Nous toquons à chaque porte. Un individu (mâle ou femelle) vient délourder avec plus ou moins de retard. Nous balbutions une brève excuse, saisissons ses pattounes et les flairons. Certains sentent le cul, d'autres le con, voire les pieds, ce qui est paradoxal pour des mains. Mais la poudre, que nenni !

Arrachés à leur sommeil, les reniflés ne réagissent pas, l'hébétude l'emportant. Seulement ils récupèrent et nous interrogent sur les raisons de notre comportement.

— Il vient d'y avoir un meurtre, répondons-nous, ce qui leur stoppe le caquet.

Au bout de ce contrôle, nous avons fait chou rouge[1].

Je vais consulter les gardes de nuit, lesquels somnolent dans la guitoune leur étant destinée près de l'entrée. Leur demande s'ils ont délourdé à quelqu'un, depuis notre retour. M'assurent que non.

Inlassable, je vais dans la tour. Curieux que l'ouverture par laquelle l'on a composté Sancha Panço s'appelle une meurtrière !

L'endroit pue la poudre. Me fous à l'équerre pour chercher d'éventuelles traces. Bien m'en biche, puisque je découvre un peu plus bas la douille d'une bastos. À examiner avec le plus grand soin.

In the pocket ! comme disait ce kangourou venant de trouver une boîte de préservatifs.

Je continue de gravir l'escalier du donjon. Trois niveaux en tout. M'attends à déboucher dans un quelconque grenier.

Va te faire mettre, je me pointe dans un stand de tir ultra-perfectionné et insonorisé. Cibles classiques de carton numérotées, cibles mouvantes sur déroulant, cibles reproduisant l'humain dans différentes positions. Des armes sont accrochées à des râteliers : carabines, revolvers, pistolets, pistolets-mitrailleurs.

Illico, des fragrances de poudre me titillent les naseaux. Je me dirige droit sur l'arsenal. Ne mets pas longtemps à dégauchir l'objet du délit. Il est encore tiède. Un feu superbe, de fabrication ritale.

Je sors d'une fouille mon petit nécessaire à prendre les empreintes de « gitane » chères à Béru. Si j'en déniche, elles ne signifieront pas grand-chose car beaucoup de gens se sont probablement exercés avec ce riboustin.

Cette rapide opération accomplie, je sors du stand par une porte opposée. Ladite donne sur une terrasse. Je la traverse sans tu sais quoi ? Oui : coup férir !

---

1. Y en avait class de toujours faire chou blanc.

L'Auteur

Cet espace d'environ dix mètres sur douze est entouré de fleurs en bacs. M'agine-toi que l'un des massifs se trouve placé perpendiculairement au mur, au lieu de le longer comme les autres. Cette anomalie m'attire. La plate-bande fleurie méritait le détour, en effet. Con-an-juge : elle pivote, ce qui est rarissime pour un massif de fleurs.

Ce faisant, elle dévoile un puits dans lequel s'enfonce une échelle de fer.

Tu sais ma témérité ?

Tu comprendras alors que je m'engage aussitôt par l'ouverture.

*
* *

Je ne compte pas les barreaux. En tout cas il y en a des chiées, voire un peu plus. Je me sens pousser des ampoules aux mains. *Voyage au centre de la Terre* du brave Jules (bali) Verne.

Parvenu au bout de celui-ci, j'ai les cannes mollassonnes et les genoux qui font bravo.

Un souterrain se propose, je l'emprunte.

Pas du tout le côté terrier suintant. Non : plutôt les couloirs du métro en miniature. J'y déambule d'un bon pas, tendu comme la corde d'un arc ou comme la bite d'un violeur à la tire (un coup).

Qu'il est long le chemin conduisant au Ciel ! Duraille d'évaluer les distances dans un boyau qu'éclaire seule ma loupiote de gousset.

À force d'à force, j'arrive tout de même au bout, à savoir au pied d'une deuxième échelle.

De nouveau, je chique le petit écureuil (qui se carre des glands dans le cul en prévision (ou provisions) de l'hiver).

Cette fois, je résurge tu veux savoir où ?

Dans un confessionnal, mec. À la place qu'occupe le prêtre pour entendre les turpitudes des pénitents.

Me voici dans une petite chapelle bâtie en contrebas du domaine. La lampe rouge est allumée, arrachant tant bien queue mâle un autel fromagesque à la noye.

Je me dirige vers la porte.

Sors.

Je retrouve la nuit tiède, la brise, des senteurs aquatiques. Le lac est à deux pas, immense flaque d'argent sous la lune, ne puis-je me retenir de lyrismer.

Entre l'eau et la chapelle : la route.
C'est par là qu'est venu le meurtrier.
Par là qu'il est reparti.
Conclusion : il connaît les lieux très à fond.

22

1024 Texas Street, est situé dans la périphérie miamiesque. C'est un immeuble de béton pourvu d'escaliers extérieurs, aux larges vitres carrées garnies de stores à lamelles. Le bas de la construction est occupé par un cinéma d'apparence défraîchie dont les affiches concernent des films nettement culiers, à en juger par les photos sur lesquelles se trémoussent des frangines à loilpé, rousses échevelées pour la plupart. À l'arrière-plan, t'as des costauds vêtus de cuir et munis de fouets redoutables.

Les degrés de fer vibrent sous nos pas.

Après avoir gravi deux étages, nous stoppons devant un huis métallique, fermé par un simple bec-de-cane chromé.

Je délourde sans difficulté et pénètre dans un bref couloir nous offrant deux autres portes, en bois celles-là.

Personne ne répond ; je réitère à plusieurs reprises en augmentant l'intensité.

Que tchi !

— Voudrasses-tu que je démène de l'épaule ? propose Béru.

— À quoi bon ? objecté-je en sortant mon sésame.

Rien de plus fastoche à craquer que cette serrure pour coffret à bijoux d'employée de maison portugaise. Elle se rend à mes raisons avec la docilité d'une agnelle à qui le loup montre sa denture ensanglantée.

Un bout de vestibule nous accueille. Sur la droite, un coin à manger comportant une kitchenette, au mitan une piaule en désordre sentant le lit, le joint et le parfum importé des îles Fidji. À gauche, les zouatères et une salle de bains.

Une radio sévit dans cette dernière. Un groupe de Mexicanos chante en poussant des cris déchirants dont on ne sait s'ils sont dus à un gros chagrin ou à une forte hilarité.

Je tourne délicatement le loquet ; l'huis s'écarte, docile.

Nous avons dès lors une vue imprenable sur une jeune femme à poil, en train de se briquer le raminagrobis à main nue sous la douche.

Elle nous tourne le dos, ce qui nous permet d'admirer à loisir son exquise contrebasse. Le joufflu est un peu fort, mais les cuisses sont harmonieuses et la taille « bien prise », aurait dit un de mes confrères du siècle des Lumières.

Elle est très brune, provisoirement défrisée par le jet impétueux. Jolie bestiole ! Elle se passe longuement la paluche dans la tranchée des baïonnettes, ensuite se fourbit la laiterie avec la même complaisance. Quoi de plus excitant qu'une belle fille occupée de son corps ?

Tous trois retenons notre respirance, attentifs, dilatés, émus.

Après plusieurs minutes de « blablutions », elle coupe l'eau et, à tâtons, s'empare d'une serviette suspendue au pommeau doucheur, se sèche énergiquement, se retourne. Elle vaut la volte-face.

Tudieu l'engin ! Le regard noir, immense et ravageur, la bouche lippue des goinfreuses de pafs, le teint ocré, les chailles étincelantes, les pommettes hautes, cette nière te flashe le sensoriel à t'en boursoufler les roustons.

Elle marque deux réactions dans la foulée : primo la surprise, deuxio la fureur. Pas un instant de peur chez cette femelle ardente.

— Qu'est-ce que vous foutez là ? glapit-elle en espagnol du Mexique.

Bérurier murmure :

— J'ai rarement vu un tablier pareil ! Y aurait assez pour faire un manteau d'estragon à Berthy !

Son admiration n'échappe pas à la pileuse, laquelle étale le chiftir « nid-d'abeilles » devant son monument aux Poilus d'Orient.

J'assure à la belle que nous avons dûment toqué à sa lourde, mais sa radio tonitruant, elle n'a pas entendu. Ça la calme un chouïa. Elle nous prie de l'attendre dans le salon-salle-à-manger-cuisine.

Ce que.

Un énorme tas de tortillas froides stimule les gustatives du Lardé qui se met à claper sans la moindre gêne.

Par la fenêtre donnant sur l'arrière, et au-delà d'une cour obscure, on distingue la mer, peu loin, avec des pavillons claquant au vent et une théorie d'hôtels au luxe ricain.

Miss Poil-Poil se radine, un peignoir orange serré à la taille, les mamelles à la bade[1].

— Alors ? Qui êtes-vous ? s'enquiert-elle.

— Des policiers français en mission spéciale aux U.S., répondé-je-t-il.

Ça ne l'émeut pas plus que si nous étions des bénévoles quêtant pour les inondés du mont Palomar.

— Et en quoi suis-je concernée ? fait la surpileuse, sa hargne retrouvée.

— Vous êtes l'amie d'Adamo Corvado ? éludé-je-t-il.

— Sa femme ! rectifie-t-elle avec force, fière de la légitimité de leur union.

De toute évidence, elle ignore l'accident survenu à son castor. Moi, tu me connais : j'ai horreur d'annoncer les mauvaises nouvelles. Oiseau de malheur, c'est pas dans mes emplois. Un jour que j'allais apprendre la mort de son fils à une maman, je l'ai baisée au lieu de lui dire la vérité[2]. Je suis messager du bonheur par vocation.

Néanmoins, il faut bien plonger, non ? L'affliction dépasse la réalité, comme on dit par chez nous.

Le Gravos, me sachant par cœur et devinant mon profond embarras, intervient charitablement.

— Laisse, fait-il, j'vas y casser l'morcif.

— Tu ne parles bien ni l'anglais, ni l'espago.

— Quand j'lime non pluve, ça m'empêche pas d'leur filer des troussées internationables !

Il engloutit l'omelette en cours, se ramone la clape, va pour porter l'estoc à la veuve ignorante.

Qu'à cette seconde précise, un coup de sonnette péremptoire étale ses vibrations au plus creux de nos porte-crayons.

La femme qui se coiffe le pubis au balai-brosse rajuste son peignoir et va ouvrir.

Réapparaît, escortée d'un mastodonte d'au moins trois quintaux. L'individu mesure deux mètres, sans l'aide de ses pompes à triples semelles. Il porte un costard plus fripé que le feu cul de la brave mère Calmant, morte à l'humus de l'âge. Sa trogne est violacée,

1. Dauphinoiserie signifiant : « en vrac ».
2. Lire : *Ceci est bien une pipe*.

tuméfiée, constellée de cicatrices en intaille et en relief, le tout dominé par un tarbouif qui projetait de devenir trompe d'éléphant, mais qui est resté nez de tapir. On penserait à Gargantua si ce phénomène n'était ricain. J'ai déjà visionné des hures de ce style, dans des westerns purulents et inadéquats.

La gonzesse s'abstient de faire les présentations.

Le monstre nous jette un regard d'équarrisseur se préparant à sa besogne.

— Vous dites que vous avez une sale nouvelle à m'apprendre, Charly ? demande la fille.

Le pachyderme grogne. Il sort un cure-dents de son gousset, déjà chargé de bas-reliefs séchés, et part à la recherche d'un bout de chili con carne, l'extirpe, le dépose pieusement sur le revers de sa veste, où il se met à ressembler à une obscure décoration de secrétaire de mairie cévenol, enfin il déclare :

— Ça concerne Adamo. Il est mort !

Comme tu peux t'en rendre compte, l'annonce est une merveille de sobriété et de concision.

De la part d'une Mexicaine (ou assimilée), on pourrait s'attendre à un superbe numéro d'éplorance veuvassouse. Rien de tel (dirait Guillaume). Elle morfle la révélation sans broncher néanplus, une pâleur envahit ses traits arboricoles, comme l'écrivait la chère Marguerite Duras dans *Pas tant de chinoiseries, j'ai déjà la jaunisse* (prix des Deux-Magots).

Elle s'assied sur le coin de table, sans prendre garde à sa robe de chambre ouverte qui découvre son pelage d'ourse brune.

— Comment est-ce arrivé ? murmure-t-elle, la curiosité vigilant dans toutes les circonstances de l'existence.

— Accident de bagnole.

Changeant de ton, il demande, en nous désignant :

— Qui sont ces hommes ?

— Des flics français, à ce qu'ils prétendent.

— Qu'est-ce qu'ils foutent ici ?

— Ils ne me l'ont pas encore dit.

Lors le gonzier à pif de tapir s'adresse directo à nous :

— C'est pas le moment de tracasser cette femme : elle vient de perdre son mari.

— Nous lui présentons nos condoléances et désirons l'interroger, riposté-je.

— Écoutez, marmonne l'ogre mal léché (ce qui est compréhensible avec la gueule qu'il a !), vous débarrassez le plancher illico, sinon va y avoir du grabuge.

Il sort un bigophone de ses hardes, me le brandit sous les naseaux.

— Si vous ne dégagez pas, j'appelle mes amis. Ils monteront vous arranger des têtes de boxeurs ayant raté leur come-back.

— Qu'est-ce y dit ? s'informe Alexandre-Benoît.

— Il exige qu'on joue cassos sous peine de nous exploser le portrait.

Le Majestueux hoche la tête d'un air dubitatif.

— Ce tas de viandasse avariée ?

— Il va prévenir ses potes qui l'attendent dans la rue.

— C'est ben pou' dire d'en installer ! ricane l'Enflure.

Avec une promptitude à laquelle s'ajoute une souplesse insoupçonnable chez un être de cet embonpoint, il shoote dans le battoir du monstre dont le bigophone valdingue à travers la pièce.

Pris au dépourvu, le dénommé Charly exhale un râle de cachalot niqué par le harpon d'une baleinière, porte la main meurtrie à sa ceinture et s'arrache de la panse un riboustin un peu plus gros qu'un canon de marine à longue portée.

Sans l'ombre d'une hésitation, il tire sur Béru.

Reusement, la Très Sainte Vierge Marie veille et inspire Jérémie, lequel virgule sa semelle sur la paluche armée de l'Ogre.

Résultat ?

Le feu, brutalement détourné, crache une volée de bastos dans la poitrine affriolante de la pauvre veuvasse, laquelle se casse à tire-d'aile pour rejoindre son époux.

Le mec, ça le rend maboul, ce double échec.

Qu'en plus, il passe pour ce qu'il est : un gros con plein de bière.

Obéissant à sa fureur (mauvaise conseillère), il saute sur notre pote et lui colle un démonte-mâchoire qui fait jaillir le dentier d'occasion de notre ami.

Remet ça !

Le Sire de Saint-Locdu s'affale. Son antagoniste se jette alors sur son bide. Saisissant combat de dinosaures aux prises dans une lutte à mort !

Sous son énorme agresseur, il disparaît en partie, Alexandre-Benoît. Semble presque fluet.

Le gros sac d'haineux vient de le prendre à la gorge. Je m'apprête à intervenir lorsque s'opère une prodigieuse renversée.

Le Ricain pousse un hurlement en comparaison duquel le barrissement du mammouth blessé est un soupir de libellule abandonnée par son mari sur une feuille de nénuphar.

Renseignement pris, Tonton Béru vient de lui enfoncer la lame de son Opinel (tête couronnée) dans les génitoires. Loin de s'arrêter sur le chemin de la reconquête, notre admirable compagnon replie ses jambes sous le ventre du Maudit.

Ce qui succède en cet instant de folie tient des prouesses d'Hercule. Profitant de la douleur infligée à son adversaire, le chevalier Braillard produit un effort unique au monde pour le propulser en arrière.

En découle alors une scène si tant tellement inouïe que j'ai beaucoup hésité avant de la rapporter dans ce livre magnifique ; mais quoi, nous sommes réunis dans cette perspective, toi et moi.

Moi, pour te le raconter.

Toi, pour l'écouter.

D'ac' ?

23

Malgré l'énorme masse l'écrasant, notre prodigieux confrère renouvelle l'exploit de Jean Valjean, qui souleva une charrette avec son dos, pour délivrer le cocher bloqué sous elle. Ce, je te le rappelle, sous le regard sardonique de ce fumier de Javert qui pointait toujours son nez de flic quand il ne le fallait pas.

Intensément arc-bouté, Sandre le Terrific grogne sous la charge. Il se tend, se bande. Le gros méchant est lentement soulevé, comme par la force d'un cric inexorable. Le spectacle est progidieux. Biblique ! Le Fabuleux poursuit son action. Bientôt, il parvient à s'agenouiller, son fardeau toujours sur les endosses…

Là, il marque un temps.

L'épuisement ? Que non pas ! Au contraire, il se concentre pour l'effort final, se ramasse.

Et c'est l'apothéose ; la détente plus que surhumaine : supra-terrestre.

L'Homme-au-Gros-Moignon pousse un cri inimitable. Il réussit à se dresser d'une secousse, robot incertain dont son inventeur ignore les limites. Et la « chose » s'opère. Il soulève le ci-devant antagoniste, d'une ultime ébrouance le chasse de son dos d'airain.

Écoute la suite, c'est le plus fabule !

Le dénommé Charly, ainsi propulsé par notre gladiateur chéri, décrit un arc de cercle et, tu sais quoi ? Passe par la fenêtre qui est large, basse et ouverte.

Nous en restons babas, le Négus et moi. C'est THE prodige. L'énorme mec se trouvait là, gigantesque, et soudain : nothing ! Il n'y a plus d'abonné au numéro que vous demandez.

Béru, exténué, reste agenouillé, haletant.

Il finit par questionner :

— Quel étage qu'on est, déjà ?

Jérémie se penche au-dessus de la cour.

— Au deuxième ! répond-il.

— Pas très z-haut, déplore Sa Majesté ; ça dépend tout de comme il s'est reçu.

— Sur la tête, répond notre divin Black.

— Alors ça d'vrait jouer, assure le Goliath de Saint-Locdu.

La curiosité m'y poussant, je looke à mon tour.

Ce que j'appelle une cour est, en réalité, une sorte de puits aérant l'arrière de l'immeuble. Des objets de rebut y trouvent une sépulture. On y distingue : des voitures d'enfant exténuées, des sommiers déglingués dont les ressorts ont depuis lurette eu raison de la toile, des aspirateurs expirés, beaucoup de tessons de bouteilles et bien d'autres pouilleries ayant perdu leur âme dans ce cul-de-basse-fosse.

Ce rapide coup de périscope donné, je vais me pencher sur la belle dont le veuvage n'aura été qu'un déjeuner de soleil.

Archimorte ! dirait Archimède.

— Voulez-vous que je vous dise ? demande Jérémie. On avait décidé de rentrer en France, maintenant c'est urgent parce que entre la résidence et cet apparte, question décès violents ça commence à bien faire.

Quel argument opposer à pareille sagesse ?

Nous acquiesçons.

Le Noirpiot, qui prend les choses en main, déclare :

— En sortant, on frète un bahut pour l'aéroport où nous prendrons le premier vol en direction de l'Europe !

— Faut toujours suive ses ressentiments, ponctue le Goret transformé en charcutier.

*
* *

Les hommes sont marqués par le destin. Une couille-molle ne vit que de couille-molleries, et un type d'action d'actionneries. Ainsi en a décidé « le grand Régulateur ».

À la seconde où Jérémie délourde, il se trouve nez à nez avec un mec en chapeau clair, au visage grêlé, affublé d'une fine moustache comme seuls en arborent encore quelques merlans de l'extrême Sud italien.

Malgré la température clémente, l'escogriffe porte une gabardine. Ses deux mains y sont enfoncées. Je n'ai pas besoin d'être grand clerc ou gros con pour piger qu'il tient un soufflant dans chacune d'elles, ni d'être voyant pour savoir que ses index sont posés sur les détentes.

Ce qui nous sauve, je vais te le dire sans ambager, c'est la promptitude de mister Blanchâtre.

Alors là, oui, je dodeline, disait le bon de Funès. Réflexe instantané. Un coup de boule fulgurant du Noirpiot, sans le moindre préalable. Nonobstant la chevelure à ressorts de mon ami, l'arrivant se met à manger ses dents. Sonné sèchement.

Note qu'il parvient à extirper ses arquebuses, mais l'énergie n'y est pas. D'une monstrueuse talonnade dans les pendeloques, Béru achève la négociation en lui éclatant les pendentifs. C'est trop pour le ci-devant petit-vérolé : il s'évanouit comme la marquise de Pompadour trouvant un rat de gouttière crevé dans sa réserve de Tampax.

On se le traîne dans l'apparte, mes péones and me.

— Les gars, décidé-je, saucissonnez ce crabe malade et descendez me rejoindre : je vais m'occuper de ses éventuels complices.

Je prends les deux flingues de Chtouillard à toutes fins utiles.

Cette fois, on doit jouer archi-serré car les archers miamiens, malgré notre qualité de flics, pourraient nous offrir un séjour prolongé en Amériquerie.

Les vagues alourdies, je descends, sors du petit immeuble et renouche les lieux. Ne tarde pas à apercevoir une vieille Chrysler verdâtre, émaillée de rouille, avec un pare-chocs retroussé comme les moustaches du Kaiser Guillaume II. Un mec mâche de la gum au volant, un autre grille un clope, le coude passé par la portière. De la musique pour débile mental fait trembler la caisse…

N'écoutant que mon instinct, je délourde à l'arrière et prends place.

— Salut, les gars, je jette avec entrain ; c'est pas pour me vanter, mais il fait rudement beau aujourd'hui.

Mon assurance et mon accent étranger les sidèrent.

— Qu'est-ce que c'est que ce zozo ? gronde le conducteur qui aurait pu être nain s'il avait mesuré cinquante centimètres de moins.

— Un ami qui vous veut du bien, le renseigné-je.

Je place mes coudes sur chacune des banquettes avant dans une attitude familière.

— Voyez-vous, ajouté-je, il n'est point de détente véritable si l'on n'y met pas chacun du sien. Vos deux copains qui viennent de monter chez Adamo vous diraient la même chose s'ils pouvaient encore parler.

Le type assis près du chauffeur pichenette sa tige et remonte la vitre. Puis il se retourne vers moi. Ma surprise est grande d'apercevoir un couteau dans sa paluche ; un curieux ya, à la lame longue et étroite, extrêmement pointue.

Cette peau de zob racornie me le plante dans la main gauche ! Ah ! le vérolé de sa mère ! L'acier a traversé ma pogne pour s'enfoncer dans le garnissage du siège. M'y voilà épinglé comme le papillon à sa boîte.

La situation est grave, mais pas encore désespérée.

24

Je considère ma paluche percée de part en part d'où le sang se met à dégouliner.

— Ce connard va saloper mon costard ! grogne le conducteur en se penchant sur son volant.

— Je te promets qu'il va t'en payer un autre ! affirme son pote.

Pendant ce bref échange, j'ai récupéré l'usage de ma dextre toujours libre et l'ai engagée dans ma fouille. D'un glissement imperceptible, je saisis le flingue qui attend.

Entre le dossier et le siège de mon tourmenteur existe un mince interstice dans lequel j'insinue le canon. Sans attendre, je presse la détente à deux reprises.

Le bruit des détonations est étouffé par l'épaisseur du fauteuil. Tu pourrais le prendre pour celui d'un échappement défectueux, si ce n'était l'odeur de poudre…

— Qu'est-ce que ?… commence à s'enquérir le driveur, qui, je te le répète, aurait pu être nain s'il n'avait grandi.

Je dégage mon feu de la banquette et le lui montre tout en songeant qu'il ne reste plus qu'une bastos en magasin. Mais quoi : une balle bien tirée peut faire un mort en état de marche, non ?

Le silence de ma victime m'intrigue. Le blessé reste immobile sur sa banquette.

Au bout d'un instant, il chuchote :

— J'ai la colonne vertébrale touchée, je ne sens plus mes jambes.

— Tu t'achèteras une petite voiture, lui dis-je cyniquement ; il y en a de très performantes, avec moteur et direction assistée.

Puis, à son copain qui Verdi comme le Trouvère :

— Toi, tu vas enlever cette lame de ma viande en gaffant de ne pas me faire souffrir. Si j'éprouve la moindre douleur supplémentaire, faudra un aspirateur pour décoller ta cervelle du plafonnier.

Et de braquer l'arme entre ses sourcils fournis.

Pile comme s'achève l'extraction, mes deux camarades réapparaissent. On lit sur leur visage la satisfaction du citoyen venant d'accomplir sa tâche.

Un signe de bibi : ils me rejoignent à l'arrière.

— Ça pue la guerre de Quatorze dans c't'chignole, déclare Béru.

— Du grabuge ? demande Jérémie, voyant le raisin dégouliner de ma dextre.

— J'ai eu la main transpercée par un coup de surin, le mec de droite a pris deux bastos dans la région roubignolo-culière en représailles. Quant au vaillant conducteur, si j'en crois l'odeur de merde se mêlant à celle de la poudre, il doit connaître la reddition de ses sphincters.

Je fais de la place à mes chers larrons (des bons en l'occurrence) et ordonne au chauffeur de rouler.

— On va où ? questionne-t-il en actionnant la clé de contact.

— Un coin désert, lâché-je.

— Vous allez pas me buter ! larmoie-t-il. Je vous ai rien fait !

— Mais non ! Seulement bavarder.

Dans le langage des truands, le verbe « bavarder » revêt une signification redoutable, surtout lorsqu'il intervient après la perspective « d'un coin désert ».

— Je n'efface les gens qu'en état de légitime défense, ainsi jamais je n'aurais zingué le bassin de ton camarade s'il ne m'avait traversé la pogne de son eustache !

Dans le rétroviseur, le nain raté me considère avec défiance. Pour atténuer ses affres, je lui souris.

À cet instant, une tire au gyrophare en folie débouche dans la rue, freine à mort et stoppe devant le ciné. Deux draupers en jaillissent, cependant qu'un troisième attend à l'intérieur.

Je te parie un séjour à Venise contre le slip de Béru que ces archers se rendent chez Adamo Corvado, mort accidentellement à bord d'une bagnole volée. S'ils n'y sont pas venus plus rapidement c'est tout bonnement parce que j'avais chourré ses fafs et qu'ils ont dû procéder à des recherches pour l'identifier.

— Ne t'affole pas, dis-je calmement à l'ancien nabot, déboîte sans te presser.

Pâle comme l'intérieur d'une coquille d'huître, il opère la manœuvre et roule en direction du sud.

D'une allure de corbillard, nous traversons un chapelet d'agglomérations composant une seule ville interminable. D'après les panneaux routiers nous approchons d'Everglades National Park, à la pointe de la Floride.

Je déclare au driveman :

— Je te donne cinq minutes pour dénicher un endroit valable. Passé ce délai, tu risques de gros ennuis de santé.

Il s'engage dans l'immense parc d'une allure mollassonne. À côté de lui son pote s'est évanoui ; sa tête dodeline contre la vitre. Deux balles dans le figne, c'est pas la mort du mec, pourtant !

Blanc qui observe le gnome dans le large rétroviseur murmure :

— Nous devrions nous gaffer de ce zigoto : il a l'air soudain réconforté, cependant son horoscope n'est pas meilleur que tout à l'heure.

Ces paroles pertinent.

Apercevant à droite une vaste aire de jeu bordée de palmiers, j'enjoins au croquant de s'y rabattre. L'endroit comporte un terrain de base-ball, un autre de basket et une immense piscine pourvue de cabines sur un côté.

Je suis surpris par la désertion du lieu qui devrait grouiller de jeunesse. Le dis à Jéjé.

Il hausse ses puissantes épaules moricaudes :

— Tu n'as pas vu les affiches recouvrant la région ? C'est la finale de la coupe de football américain, à Miami.

Je n'avais pas pris garde.

La tire s'avance jusqu'à un assez vaste parking susceptible d'accueillir une bonne centaine de guindes. Ne s'y trouve qu'une antédiluvienne Ford aux pneus à plat, agonisant sous la poussière.

— Arrête-toi près de cet os ! commandé-je.

Le gussier obéit.

Je tends le deuxième feu gonflant ma poche à notre Valeureux.

— Fais descendre le chauffeur et fouille-le.

Il en est fait selon ma volonté.

Tout ce que le Noirpiot dégage de ses hardes, c'est une matraque de caoutchouc.

Je file un coup de coude au Mammouth somnoleur.

— À toi, l'abbé !

— Il s'agisse de quoive ? demande-t-il, mal réveillé.

— Surveille ce petit vilain tout moche pendant que Jérémie examinera la place conducteur. J'ai, comme lui, le curieux pressentiment qu'il nous a baisé la gueule à un moment donné.

— Fais-toi pas d'mouron, grand. S'il bronche, j'le décortique comme un' langoust' mayonnaise !

Ma main transpercée me fait durement souffrir. L'impression qu'un rongeur féroce me la grignote de ses dents pointues. Je la tiens en l'air pour moins sentir le sang marteler la plaie. Pourvu que cette vomissure de crapaud ne m'ait pas sectionné quelques nerfs ; je ne suis pas bonnard pour me coltiner une paluche nazée.

Devant moi, le Prince noir s'affaire, et puis émet un sifflement qui me trémulse les cages à miel.

— Du nouveau ? m'enquiers-je.

— Un peu. Regarde !

Il fait pivoter le rétroviseur, lequel est très grand, comme toujours sur les voitures amerloques.

J'avise le minuscule appareil posé derrière la glace. Un point lumineux vert est niché à la base de l'instrument, preuve qu'il est branché.

— Je le savais, grogné-je. Ce dispositif permet à une centrale de positionner ce véhicule et de recevoir les signaux qu'il émet.

— Il a établi le contact sans que nous nous en apercevions, explique Vendredi. Nous devons nous attendre à une intervention de ses complices.

— Dont acte ! conclus-je en lui désignant l'énorme Chevrolet aux vitres opaques qui se radine.

25

— Hé ! lancé-je au Roi de l'andouillette panée, remonte à bord, nous avons du monde !

Gradube mate, pige.

Ce bref moment de distraction permet à notre zigus de tester sa pointe de vitesse et de courir en direction de la guinde survenante. Le Gros va pour l'allumer, mais je lui hurle de n'en rien faire.

Pesteux, péteux, meurtri, il réintègre la caisse tandis que Jérémie prend ses aises au volant.

— Programme ? demande celui-ci avec un flegme plus britannique que sénégalais.

— Je le laisse à ton inspiration, réponds-je, quasiment au bord de l'évanouissement, tant est intense ma souffrance.

Mon gentil Noirpiot acquiesce et accélère. Il moule l'asphalte pour prendre à travers la pelouse. Son sang-froid est confondant. Tu dirais qu'il pilote un engin spatial pour Mars.

Acagnardé dans la tire, je m'efforce de mater par la vitre arrière.

Tu sais quoi ? J'en méduse comme le radeau ! La Chevrolet, loin de nous courser, vient de stopper. Mais, que se passe-t-il ? Une espèce de trappe se soulève au milieu de son capot. Un tube sort de l'ouverture ! Qu'est-ce à dire ? Il nous la joue James Bond ou bien ? Cependant pas d'erreur, j'ai beau me pincer la peau du zob, la réalité est là : c'est bien un lance-roquettes !

— Donne un coup de volant ! crié-je à m'en craquer les cerceaux et à m'en entortiller les cordes vocales autour des bronches.

Mister Blanc obtempère.

Mais pas suffisamment vite. Une formidable secousse ébranle notre véhicule, le disloque.

Je me sens happé par l'atmosphère. Nous partons en quenouille, mes potes, l'évanoui et moi.

Huile et ferraille ? Fragances de soudure oxhydrique et de brûlé aussi.

La douleur émanant de ma main perforée se fond dans une apothéose de souffrances. Moi qui aime tant déconner, je déconnecte !

Comment te relater ces instants limites, au cours desquels tu n'es plus rien, sans toutefois cesser d'exister ? C'est comme du mauvais sommeil d'homme exténué et vaincu.

Je perçois des gémissements. J'entends des sonneries… Cela ressemble au déferlement sonore d'un carillon Westminster.

Suis jeté à même le plancher d'un véhicule. Perception d'un autre corps contre le mien. Celui d'un ruminant ? Une respiration « encombrée », suffocante.

On roule. Une sirène glapisseuse. Les flics ? Il semblerait ! Mais le bruit est tellement proche que c'est la tire où je gis qui doit l'émettre.

Perte de lucidité. Et puis une sorte de brume paradisiaque au cœur de laquelle se forme le radieux visage d'une merveilleuse petite fille.

Il n'y a pas grand-chose à retenir du néant. C'est confus, incertain. Mieux vaut s'y abandonner totalement, sans espoir de retour.

*
* *

Les gens couchés sur le dos s'éveillent en regardant le plafond. Celui que j'aperçois est en teck clair, pimpant. Des choses floues sinuent dans le vernis. Me faut un brin de moment pour comprendre qu'il s'agit d'un miroitement d'eau reflété par la surface brillante.

Quelqu'un respire avec difficulté, non loin de moi. Allons, mon San-A., du cran ; puise dans tes réserves, produis un nouvel effort, l'existence en est friande.

Bandant ma volonté et mes muscles (en attendant mieux), je décris un quart de volte, ce qui me permet de tout piger.

Me trouve dans la luxueuse cabine d'un bateau. N'y suis point seul : Alexandre-Benoît Bérurier est affalé au sol, le groin dans la moquette, les membres pareils à ceux d'une grenouille ou d'un défenestré, c'est-à-dire en zig-zag. Ses harnais sont déchiquetés et l'on voit son formidable cul velu, dont la fesse droite est ouverte kif un potiron à l'étalage d'un marchand de primeurs.

Parce qu'il saigne d'abondance, un méticuleux a étalé une grande serviette de bain sous sa panse porcine. Il est dans le sirop, comme je l'étais naguère, mais respire grassement en floconnant du tarbouif.

De mon brave Jérémie, rien !

Le barlu navigue. Une légère houle le dodeline, juste assez pour filer la gerbance à une petite nature.

Nonobstant la présence du Mammouth, la cabine sent bon le bois neuf et le spray à la lavande des Alpes.

Malgré deux lits disposés en équerre, nous avons été flanqués sur le tapis. L'on a enveloppé ma sinistre transpercée d'un linge.

Je tente de réfléchir, de me rappeler les ultimes épisodes de l'aventure. La grosse Chevrolet noire et son canon gadget. L'explosion de notre véhicule. Le schwarz consécutant. La sirène policière…

— Tu m'entends, gros ? demandé-je.

Il continue de vageindre. Out en plein !

Au prix d'un gros effort, je parviens à me dresser et m'approche du hublot.

La mer est bleu drapeau, le soleil déjà haut dans le ciel. Nous sommes sur tribord. Très loin, vers l'est, je distingue des îles qui doivent appartenir aux Bahamas, donc nous naviguons cap au nord ; vers quelle destination ? À suivre…

Avisant une petite porte, je m'y dirige. Elle donne sur une minuscule salle de bains, « agrandie » par des miroirs.

Sainte Félicie, tu verrais ma gueule ! On dirait que je viens de passer par la broyeuse d'un évier. J'ai rencontré pas mal de boxeurs déchus au cours de mon existence vagabonde, des qu'avaient livré « le combat de trop » et dont le portrait rappelait un Picasso de l'époque bleue. Eh bien, c'étaient des Adonis comparés à mégnace ! J'ai des lésions partout ! Le pif éclaté, la bouche ravagée, la paluche gauche grosse comme une tortue de mer !

Ah ! il est frais le papa d'Antoinette !

Saisissant un linge de toilette, je bassine ma triste frime à l'eau froide. De quoi hurler tel un damné de *L'Enfer* de Dante. Joins à cela que mes fringues lacérées pendouillent kif les feuilles d'un épi de maïs trop mûr. Style la mère Joséphine Baker venant chanter *J'ai deux amours* à Pantruche, en l'an de grâce 1925.

Tout en aspergeant ma frite sinistrée, je songe à mister White. Que lui est-il arrivé, à ce tendre compagnon ? A-t-il laissé sa vie dans l'explosion de la tire canonnée ? Je sucre d'y penser, mon rythme cardiaque s'affole. Une colère violente comme le simoun me titube les montants !

L'idée d'embrasser une profession pareille, bordel ! Dire que j'aurais pu devenir un véritable aventurier en faisant instit dans une banlieue chaude, ou astrophysicien à l'observatoire de Pont-de-Chéruy !

Allons, au lieu de déplorer ta vocation, penche-toi sur plus infortuné, camarade.

De mon mieux, je porte assistance à l'Entamé. Les secours sont sommaires lorsque tu disposes seulement de flotte et de serviettes.

Pendant que je m'escrime sur son plantureux fessier, sa voix pleine de pommes de terre chaudes murmure :

— Les couilles ont reçu ?

— Par miracle, non !

— Alors, faut que je remercille la p'tite sœur Thérèse.

— C'est à ce modèle de pureté que tu dois la conservation de tes bijoux de famille ?

— Si c'est pas à ell', é transmettrera ! fait cet être habité par la foi.

Sur ces pieuses paroles, la lourde s'ouvre.

Mamma mia !

Ils sont trois à pénétrer de biais : Jérémie et deux balèzes qui le soutiennent. C'est, à première vue, le moins fringant de notre trio. Si j'en crois mon expérience, ce n'est pas la roquette qui l'a arrangé de la sorte ; je reconnais l'œuvre de coups-de-poing américains. Démolition soignée, consécutive à un interrogatoire « poussé ». Il a sa frimousse d'ébène hachée hamburger, le limier.

Tu parles d'une séance récréative, Olive ! Ceux qui l'ont entrepris ont réussi leur maîtrise de passeurs à tobacco ! Son généreux faciès a été méthodiquement pilonné par l'instrument. Sa tronche ressemble à une toile d'araignée dont chaque fil serait une plaie.

Ses tortionnaires (je suppose) le lâchent au côté du Mastard. Blanc tombe raide comme une clé à molette. Puis les deux gonzemen se concertent du regard et s'entre-acquiescent[1].

Ces chérubins troquent leur cheval aveugle contre un borgne. Me saisissant par les ailes, ils m'entraînent hors de la cabine, dont la lourde se ferme extérieurement par un superbe verrou de laiton.

Une brève coursive me donne à penser que le bateau n'est pas très grand. Il s'agit d'un chouette yacht de plaisance avec lequel son proprio n'affronte sûrement pas le cap Horn.

Allez, go !

26

Quelques marches et nous accédons à un grand salon (il va de bâbord à tribord) entièrement vitré et climatisé, avec d'élégants fauteuils en cuir havane et bois « médusé ».

Vautrés dans ces sièges, trois personnes : deux hommes vêtus de blanc et une femme dévêtue d'un bikini-bokono-belkonnasse. Fille impressionnante par sa géographie : yeux pervenche, dents blanches, haleine ne sentent pas le munster, avec des rondeurs en

1. Je préviens mes nouveaux lecteurs que, contrairement à ce qui se passe chez mes confrères, ici, les fautes de français sont volontaires.

L'AUTEUR LIBRE

forme de nichebabes et un prose qui te met automatiquement du préhensile dans la main.

L'un des deux hommes, vieillard sec et ridé, « aux cheveux de neige », disent puis les grands romanciers appartenant au Tout-Paris de Saint-Nom-la-Bretèche, fume un cigare plus gros qu'une bite de maquignon. Dos à moi, le deuxième mec, à l'allure jeune.

Mes chiourmeurs[1] me poussent en avant et reculent légèrement, de façon à rester entre les panneaux de verre coulissants et moi, prêts à intervenir si je jouais les facétieux.

— Bonjour, m'sieurs-dames ! claironné-je, très Gavroche sur les barricades.

Mais tout de go, mon humour de marchand de cravates à la sauvette s'évapore.

Le personnage que je ne pouvais voir vient de se retourner, ça me fait comme si on chargeait sur mes robustes épaules l'obélisque de la Concorde pour que j'aille le restituer aux Égyptiens.

Tu sais qui, Riri ?

Los Hamouel, mon mignon. L'homme de confiance de David Grey, « mort » avec le magnat du blé dans le crash de son avion !

Y a de quoi, hein ? De quoi tout ce que tu voudras, et même davantage !

Comment conservé-je-t-il une impassibilité de magot chinois dont l'épouse aurait flanqué trop de piment dans le bol de riz ? Mystère !

— Ce brave secrétaire particulier ! je m'exclame en m'avançant. Vous paraissez doué pour les catastrophes aériennes !

Il a toujours ce regard glacial et flétrisseur de glandu prenant ses contemporains pour une chiasse de gibbon diarrhéique.

— Vous vous êtes fait remplacer au pied levé pour voyager dans le zinc du père Grey, poursuis-je. Un funeste pressentiment ?

La blonde se marre comme la maison vivante de Jonas.

— Il a de l'humour, dit-elle au vieux qui ressemble trait pour trait au pébroque du major Thompson.

Lui, pour le dérider, y aurait besoin d'une presse de teinturier. Mais bon, l'humour, ça n'a qu'un temps. Il faut bien passer aux choses sérieuses quand le nez en carton n'amuse plus.

---

1. Dérivé de « gardes-chiourmes ». Ça vient de sortir et je n'en ai pas encore avisé l'Académie française. Je le ferai demain en allant livrer leurs « Pampers ».

S.-A.

Plié en deux, voire en trois, je me mets à observer le tapis beige.

— Que cherchez-vous ? demande la gerce, nettement plus sociable que ses compères.

— Du sang, réponds-je ; à la façon dont vous venez d'arranger mon confrère, ce délicieux salon devrait être à refaire.

L'émacié cause. Enfin !

Il dit :

— Pour quelle raison êtes-vous aux États-Unis, tous les trois ?

Je réponds :

— Commission rogatoire : meurtre et tentative de meurtre perpétrés sur le territoire français. Les autorités américaines nous ont permis d'enquêter dans le pays.

— Que vous ont appris vos recherches ?

— Des éléments que nous révélerons à nos supérieurs exclusivement.

— Votre langage n'est pas approprié aux circonstances, murmure le parcheminé.

— Nul autre ne nous sauverait, vous êtes bien d'accord ? Nous en savons trop et sommes des témoins irrémédiablement sacrifiés. Notre vie compromettrait la vôtre. Aucun terrain d'entente n'est donc envisageable. Si vous me torturez, comme mon compagnon, ce sera par pur sadisme. Mais vous êtes un monsieur trop réfléchi pour prendre plaisir à des manœuvres aussi primaires.

Mon argutie le laisse sans réaction. Ce mec-là, c'est l'impassibilité faite homme.

La gonzesse me contemple sans déplaisir. J'ai eu moult occasions de réaliser l'impact du charme santonien sur les gerces.

— Beau parleur ! note le déplaisant collaborateur de David Grey.

— Cette exquise est-elle de votre famille ? demandé-je.

Il ne répond pas, mais la fille secoue la tête négativement. On pourrait conciliabuler de concert si nous nous trouvions en tête à tête. Tu paries ? Et voilà que mon sens divinatoire entre en action, spontanément, sans que je le sollicite.

— Ne seriez-vous pas Elnora Stuppen ? interrogé-je.

Pourquoi brutalement cette question ? Sans que mon esprit, je le jure, n'ait eu à la pêcher dans ma tambouillasse de pensées.

Elle est interloquée.

— Qu'est-ce qui vous fait croire ça ?

— En ce jour où les morts renaissent, dis-je, toutes les hypothèses sont envisageables.

— Je vous trouve étrange.

— Vous n'êtes pas la première à le remarquer.

Je ne déteste pas le petit air soucieux qui mobilise ses traits charmants.

— Une passagère du *Princess Butock* a été précipitée à la mer et vous avez pris sa place, n'est-ce pas ?

— Quelque chose dans ce genre, admet-elle.

— Vous devez être experte, question déguisement ; qui était-ce, une femme ou un homme ?

— C'est important ?

— Simple curiosité de ma part, veuillez me la pardonner. D'après certains renseignements, vous étiez la partenaire de l'infortunée Pamela ?

— Quelle sotte idée !

Elle coule un regard prompt sur Hamouel qui n'apprécie guère nos papotages.

— Les gens voient le mal partout, éludé-je. Pourtant, je vous préférerais en ménage avec une fille plutôt qu'avec cet individu (je désigne le secrétaire).

Piqué au vif, comme on disait jadis, le malluné se dresse et me flanque un coup d'avant-bras au travers de la physionomie. Je n'espérais que cela, magine-toi !

Illico je titube et tombe à la renverse, en demeurant inanimé, semblable aux objets qui captivent notre âme et la force d'aimer.

Je sens un moment d'embarras non gastrique dans la pièce. Mes « hôtes » sont déconcertés par l'incident. Le dabe à morpho de fakir fait entendre un petit chuintement d'impatience.

Il lance aux deux sbires :

— Voyez ce qu'il a !

Dans dix secondes ou l'année prochaine, selon ta faculté de compréhension, tu auras pigé l'astuce. Elle résulte de la manière dont les péones du vieux sont armés. N'ayant pas à planquer leurs feux, ils le portent fiché dans la ceinture, à la corsaire d'opérette.

Or donc, ces hommes de main se penchent sur moi pour s'occuper de ma carcasse défaillante. Ce qui suit relève de la comédie ricaine à technique élaborée.

Au moment où ils se baissent, *Grippeminaud le bon apôtre, jetant des deux côtés la griffe en même temps, met les plaideurs d'accord en croquant l'un et l'autre !*

Je t'explique.

Avec célérité, je virgule les mains en direction de leurs armes que j'empalme, puis exécute un prompt rétablissement.

Le mieux équipé en matière de réflexes me saute dessus. Cette manœuvre reste à l'état de projet car je lui file une valdoche en plein pylore, à moins qu'il ne s'agisse du duodénum (que le papa d'Apollon-Jules appelle le « duo des nonnes »). Le mec s'écroule avec le bruit du chêne qu'on abat dans la propriété d'André Malraux.

Je mets à profit l'hébétude de son acolyte pour l'estourbir d'un coup de crosse cérémonieux, et me retrouve face au trio.

Ma satisfaction peut s'épanouir sans retenue, car ces personnages qui, moi vivant, ne seront jamais en quête d'auteur, sont sidérés par ma prestation.

— À la mode française ! leur dis-je. Mais j'en connais d'autres, vous allez voir.

27

Après avoir convenablement analysé les moments cruciaux de ma folle existence, j'ai acquis la certitude que la seule façon de sortir d'un mauvais pas, c'était de prendre l'initiative sans passer par les demi-mesures. Le côté « Tirez les premiers, messieurs les Anglais » affirme davantage la connerie que le panache. Lorsque t'emplâtres un antagoniste, au lieu de passer par les chevaleresques « coups de semonce », tu fais un grand pas vers la victoire.

Mon provisoire prestige vient de ce que je n'ai pas hésité à plomber l'adversaire et à fêler la coquille de son pote.

À présent, je me tiens à la pointe d'un éventail formé par les trois « plaisanciers », un flingue dans chaque main.

— De grâce, leur dis-je, ne me contraignez pas à l'hécatombe, ce serait stupide.

Ils comprennent parfaitement que je ne joue pas à chatte perchée. Une gravité tendue pèse sur cet instant exceptionnel.

Je réfléchis à la vitesse de la lumière. Considère, suppute. La couillerie c'est que les deux valeureux sont bouclarès au-dessous de nous. Pour l'heure, grâce à mes pétoires, je contrôle la situation ; par contre, je ne puis envisager aucun déplacement à bord. Somme toute, nous nous tenons par la barbichette !

Le mec sec pige mon incertitude car un léger sourire naît sur ses lèvres minces.

— Dilemme ? murmure-t-il.

Je m'abstiens de fanfaronner, trop concentré sur le coin de mon œil, lequel discerne un imperceptible mouvement de Los Hamouel. Surveiller, sans en donner l'impression, est un exercice subtil. Je sais pertinemment que ce crapuleux individu essaie de s'emparer d'une arme. Elle n'est pas sur lui car il se livre à un astucieux déplacement des talons. Vas-y, mon lapin ! Si tu crois feinter l'Antonio, c'est que t'as rien compris au bonhomme !

La tension devient extrême, à croire que le temps se solidifie. Le grand parcheminé voyant la manœuvre s'efforce de mobiliser mon attention en prodiguant des mimiques et des soupirs.

La môme Elnora aussi a capté le manège, y met de sa personne en croisant très haut les jambes jusqu'à me montrer une lèvre de sa chattoune couleur framboise bien mûre.

Maintenant, j'ai pigé l'intention du ci-devant secrétaire : saisir l'une des deux sagaies croisées au-dessous d'un masque nègre.

Pauvre pomme ! Il a vu ça dans une série télévisée américaine dont le décor unique assume les cent quarante épisodes et où les acteurs sont constamment en gros plan pour éviter les mouvements de caméra et les changements d'éclairage !

— Alors ? me fait le Don Quijote de la Manche (à air), comment sortir de ce cul-de-sac ?

Il jacte fort, contrairement à son habitude, parce que c'est l'instant où Hamouel se saisit de l'arme et la décroche.

Impavide, je décris un bout de pivotement et tire sur sa main tenant la lance africaine.

Trop précipité ! Je rate ma cible. L'autre con se rue sur moi, en émettant une clameur de Comanche. J'essaie de volter, insuffisamment puisque la lame rouillée me cueille au flanc droit ! Tu parles d'un coup de lardoire, Édouard ! Plus à gnagnater : je défouraille. Deux prunes : l'une sous la pommette gauche, l'autre dans le tarbouif.

Mon adversaire reste brièvement debout avant de déposer son bilan sur le parquet.

La fille Stuppen pousse un cri, assez mélodieux dans son genre. À présent, je braque le yachtman.

— Je continue ou on signe un armistice ? dis-je.

— Qu'entendez-vous par là ? demande l'étrange bonhomme.

— Ma position est précaire, mais je dispose d'une monnaie d'échange qui n'est pas sans valeur.

— Laquelle ?

— Votre peau !

Nous nous défions du regard.

J'ajoute :

— Vous avez la preuve de ma détermination. Voyez-vous, je suis un garçon trop aguerri pour me laisser fabriquer par un forban de votre espèce. La question est d'une netteté absolue : on pactise ou je vous tue. Rien, pas même l'arrivée des quelques marins composant l'équipage de ce yacht, ne peut m'empêcher de vous mettre une balle dans la gueule, à vous aussi !

Il a un haussement d'épaules pour admettre la justesse de l'argument.

— Quelle autre solution serait envisageable ?

Tu parles si je le malaxe, le problo ! S'arracher de cette galère, compte tenu des circonstances, est aussi coton que de s'opérer soi-même de la vésicule biliaire.

— Sans bavures pour peu qu'aucune des deux parties ne cherche à arnaquer l'autre.

— Dites !

— Vous nous débarquez, mes collègues et moi, dans le port le plus proche avec miss Stuppen, et on se quitte à tout jamais.

— Pourquoi en compagnie d'Elnora ?

— Elle servira de garantie et, lorsque nous serons à terre, si vous entreprenez une action à notre encontre, elle la paiera de sa vie…

— À quel moment la relâcheriez-vous ?

— Nous nous rendrons d'abord à Montréal, et une fois au Canada, nous la laisserons filer avant de continuer sur Paris. Simple, non ?

Il regarde la fille qui demeure de marbre.

— Qu'en pensez-vous ? lui demande-t-il.

— C'est à vous de décider, répond-elle.

Le saurien rallume son cigare éteint, puis s'incline sur les trois hommes allongés à ses pieds. Deux sont morts, le troisième râle because sous sa monstre bosse doit se nicher une fracture du crâne de toute beauté.

— Tenez-vous droit ! dis-je sèchement à notre hôte.

Il se redresse, réfléchit et murmure en me défrimant avec une sombre admiration :

— Vous croyez sincèrement que votre plan peut réussir ?

— Je n'ai plus les moyens de ne pas y croire, réponds-je. En tout cas, il y a une chose que je puis vous jurer : s'il échoue, vous mourrez ! Là-dessus, allons délivrer mes amis !

28

Sais-tu qu'il est coton de ne pas perdre quelqu'un de vue ? On ne peut réussir ce tour de force qu'à plusieurs et en étant entraînés.

Il a fallu escorter la petite Elnora dans sa cabine pour qu'elle se prépare un baise-en-ville, puis affronter l'équipage en dédramatisant la situasse.

On nous a lâchés dans un petit port de plaisance du nom de Machinchose-Spring, ou assimilé. De gros enrichis et de riches engrossées pompaient leurs gin-fizz avec des chalumeaux poisseux de rouge à lèvres sur la promenade des Français.

Les gens se retournaient sur notre quatuor, car le mec Jéjé avait la frime plus rouge que noire. Si on lui avait posé les points de suture que nécessitait son état, il aurait ressemblé à la fermeture Éclair d'une housse à skis.

J'avais soigneusement fouillé la môme avant de débarquer, poussant la vigilance jusqu'à lui glisser deux fingers dans la moniche. Elle subissa cette délicate inspection sans me brandir la charte des doigts de l'homme (pardon : des *droits* de l'homme).

À présent, bien qu'éclopés (ma main gauche et ma hanche droite me font atrocement souffrir), nous savourons cet air infiniment grisant de la liberté retrouvée. Mais, Seigneur, ce que nous avons eu chaud à l'oigne !

Pour commencer, je vais quérir une tire avec Elnora. La lui fais louer à son nom, soucieux de ne pas distribuer mes traces. On se prend du tout-chouette : une Lincoln long châssis, vitres teintées, télé de bord. Tu ne vois jamais ce genre de voitures dans les films « d'action », biscotte leur tenue de route ne vaut pas celle d'une Ferrari. C'est du carrosse de milliardaire. Là-dedans, tu téléphones à ton agent de change, tu embroques une gerce, tu suis le baveux TV ou tu dégustes des toasts au caviar. En tout cas, ça correspond pile à l'hôpital roulant dont nous avons besoin.

Bref pillage d'une pharmacie pour y acheter des désinfectants et un nécessaire à pansements gros modules. Puis c'est au tour d'une pizzeria d'avoir l'honneur de notre clientèle.

Ces différentes emplettes achevées, nous récupérons Othello et Gargantua sur le banc où ils ont mis à sécher leurs ecchymoses. Mes malheureux troupiers prennent possession du salon mobile et s'allongent sur la peluche des sièges avec un soulagement proche de la volupté.

Go !

*
* *

C'est Elnora qui conduit. Moi, je me tiens acagnardé contre la portière, de façon à demeurer face à elle, l'arquebuse en pogne, toute poisseuse de ma sueur.

Bien joli, mais une telle situation peut-elle se prolonger ? Je te prends un exemple : va bien falloir qu'elle se rende aux chiches ? Je me vois mal brandir ma pétoire pendant que ses sphincters font relâche.

Difficile à solutionner.

Tu connais mon ange gardien (lequel est durement à la tâche en ce moment, et très peu à l'honneur) ? Il se manifeste sous l'apparence d'un vaste magasin rutilant de lumières ; sa façade grouille de personnages grandeur nature, évoquant le folklore cow-boy.

Je prie la belle Utérus de se ranger sur le parking attenant. Elle obéit. À ma demande, Alexandre-Benoît s'arrache à son début de dorme pour venir me remplacer.

— Si cette beauté tente quoi que ce soit, n'hésite pas à défourailler ! lui recommandé-je.

L'endroit se nomme Texas Shop. C'est un antre dans lequel tu dégauchis tout ce qui peut avoir trait à l'univers western. Je drague un moment entre les rayons débordant de camelote et ne tarde pas à trouver ce qu'il me faut : une paire de menottes réglementaires. Jamais lésiner sur son confort, je me bute à te le seriner !

De retour à la limousine-appartement, je passe la boucle d'une poucette à la cheville d'Elnora, et l'autre après la pédale du frein. Tout cela sans un mot.

Sa Majesté retourne se vautrer à l'arrière.

Cette fois, nous taillons le ruban pour de bon !

La tombée du jour nous prend à Savannah, en Géorgie.

Je décide une halte dans un motel moyen des faubourgs. Son enseigne vert et rose fait songer à un cornet de glace pistache-framboise.

Un jeune mulâtre aux tifs décolorés, occupé à construire une maquette d'avion de chasse allemand de la guerre de Quatorze, nous loue distraitement deux bungalows contigus.

J'installe mes éclopés dans l'un, réservant l'autre à ma prisonnière et à moi-même.

Il fallait bien que cela arrive : nous sommes en tête à tête dans une petite construction préfabriquée comportant une chambre équipée d'une kitchenette et d'une salle de douche avec gogues. L'endroit pue le rance et le Bulgomme moisi. Quelques bestioles du genre cloportes vident les lieux précipitamment. L'éclairage est chiche. Pour unique décoration : le poster d'une Hollandaise en costume, l'air aussi con que le moulin à vent de l'arrière-plan. Deux chaises d'osier, une table en bois blanc, un lit constituent le mobilier de l'apparte.

La môme, qui s'assoit en soupirant, semble lasse, avec ses yeux cernés et ses traits accusés.

En cours de trajet, nous nous sommes arrêtés une seule fois pour faire le plein du réservoir et le vide de nos vessies. La double opération s'est déroulée sans encombre.

— On boit une bière ? questionné-je.

— Vous n'avez rien de plus fort ?

— Du bourbon ?

— Je préfère.

Ayant fait l'acquisition de quelques flasques, j'en décapsule une, la lui présente. Elle y pratique une ponction pour gardes-côtes dans la bourrasque. Ces filles ricaines ont la dalle en pente raide, je te le garantis.

— Vous étiez très attachée à mister Hamouel ? je risque.

— C'était un amant merveilleux, répond-elle.

Exactement le genre de confidence susceptible de piquer au vif le garçon qui s'en coltine une chouette dans la poche ventrale du slip. Rien de plus agaçant que d'entendre une femme chanter les prouesses amoureuses d'un autre mec. Je considère cela comme une insulte perso.

— Vous êtes belle, vous n'aurez pas de mal à en tomber un autre !

Elle me file une œillade flétrisseuse, dirait un fleuriste. Ma riposte ne lui semble pas de bon goût. Au reste, elle ne l'est pas.

Pour mettre en fuite l'instant désagréable que nous traversons, je fais appel au bourbon (merci Henri IV) qu'elle paraît fortement apprécier.

Ce dont j'escompte se produit, assurerait l'homme qui se trimbale deux sacs tyroliens en guise de testicules : la miss est beurrée en moins de temps qu'il n'en faut à un Chinois pour attraper la jaunisse.

L'alcool modifie les comportements, les sentiments et les attitudes plus sûrement que ne le font dix ans de vie monacale. La haine d'Elnora s'atténue à mon endroit, puis se mue en convivialité.

À raison d'une rasade toutes les cinq minutes, elle finit par se laisser voguer sur des vapeurs dues à la distillation du maïs. Je l'amène progressivement au relâchement et de là aux confidences.

Ma parfaite connaissance de la femme m'est d'une grande aide. Je sais jouer des silences, des débuts de questions auxquelles je semble brusquement ne pas vouloir donner suite, comme pris de timidité. L'élocution de la chérie devient de moins en moins assurée.

J'ai rapproché mon siège du sien ; ma main de velours s'est insinuée sous les plis de sa jupe et caresse son genou bien rond. L'instant devient capiteux.

Il existe dans ce bungalow une sorte de petite cheminée bidon au foyer de fausses braises. T'introduis un nickel dans la fente d'une bûche et – ô miracle ! – ça se met à grésiller en fournissant une lumière d'âtre en cours d'assoupissement. Pour créer le climat, j'ai éteint la méchante lampe à abat-jour de raphia.

Moment délicieux, prometteur de félicités.

Ma dextre abandonne la rotule pour emprunter la voie express de ses cuisses desserrées. Fin duvet sous la peau ultra-sensible de mes doigts.

Elnora respire plus rapidement ; mais ce que je veux obtenir, c'est du parfait halètement de femelle en partance.

On atteint doucement la rive des vagissements incontrôlés. Langage préhistorique du fion qui se caramélise ! Éternel retour au culte du cul et à sa digue.

Voici enfin sa chevelure antarctique gagnée par l'inondation du plaisir, comme l'écrit si joliment ma chère Françoise Xenakis dans son livre intitulé : *Mouillance.* Les râles incontrôlés deviennent onomatopées sélectives.

Songeant que la sexualité de ma compagne a commencé entre les jambons de Pamela Grey, je l'entreprends (l'habitude m'y incite) par une tyrolienne pharyngée de grand style.

Cette fois, elle déferle !

Tu te rappelles, Adèle, le rugissement de l'hyène tachetée ?

Eh bien, ça ! À s'y méprendre.

Je te fous mon bifton, qu'à cette heure, la disparition de Los Hamouel ne l'interpelle pas davantage que les crises de goutte de Louis XVIII. Le meilleur amant du monde, elle disait, parlant de son copain Los ? Te vais lui faire réviser cette appréciation, moi. Bouge pas, minette ! Lui brouter la toundra kif une vache un pré ! Le menton bas, enfoncé dans ses plis d'aisance. Les dents certes rentrées, mais néanmoins râteleuses. La menteuse étalée telle un jabot de vicaire, couvrant une large surface de frifri incandescent.

Elle peut plus, la Ricaine ! Ébroue du fion, n-au point que je suis obligé de maintenir ses cannes en position pour perpétrer mon œuvre libératrice. Elle s'explose une première fois, au débotté, prise de court par la jouissance, puis enchaîne sec sur une nouvelle phase de déliquescence impétueuse. Et moi, souverain, la denture dépilatoire, arc-boute de la langue. Une féerie !

Je triomphe bien au-delà de mes espoirs. La voilà-t-il pas qui me tire par les oreilles pour mieux m'incruster dans ses parties molles ! Alors là, il est oublié complet le divin secrétaire. Banni à jamais de ses souvenirs. On assiste à une reconversion inouïse ! Clovis, embrassant le catholicisme à pleine bouche ! Malaparte abjurant le fascisme !

Elle vocifère qu'elle m'aime, m'adore, m'idolâtre. Que je suis l'homme et la queue de sa vie ! Qu'au grand jamais elle n'avait ressenti pareilles sensations éperdues. Qu'elle est ma chose ! Ma chatte mouillée ! Que tiens, arrête-toi un instant, elle va sans plus attendre m'affûter la lance, me déguster Monsieur Séraphin d'un seul happement !

On change de posture. Elle s'agenouille entre mes jambes musclées. Dedieu, cette voracité ! Tu sais qu'elle m'engloutit la membrane d'une seule goulée ? Tu te rends compte ? Vingt-cinq centimètres de chibre ingurgités ? Je lui ai dépassé la luette. Plonge vers l'œsophage…

Je me retiens de toutes mes forces de déflaquer ; conserver des munitions pour plus tard. La nuit sera longue.

C'est alors qu'on toque à la porte. La gosse interrompt son va-et-vient indoor. Ses lèvres vernissées me semblent immenses.

— Vous avez entendu ? chuchote-t-elle.

Je ramasse mon flingue et gagne la lourde. Le feu de cheminée bidon nous en a donné pour notre argent et a cessé de prodiguer son illusion de chaleur.

— Qu'est-ce que c'est ? fais-je, tout près de l'huis, mais en restant hors du cadre de porte.

Deux brèves syllabes me répondent :

— Béru !

Rarissime qu'il s'exprime à voix basse, le Mastoc. Je déponne et découvre Double-Panse dans la lumière faiblarde du motel, vêtu brièvement de ses godasses et d'un maillot de corps à travers les trous duquel jaillit sa toison pectorale.

— Que se passe-t-il ?

— Viens looker[1], mec !

Il me fait contourner le bungalow jusqu'à son unique fenêtre. Un petit gringale affublé d'un appareil semblable aux lunettes à verres interchangeables dont les opticiens t'équipent pour mesurer ta malvoyance gît sur le gazon.

Je le connais, ce Martien : c'est mister « Tout-P'tit », le freluque qui drivait notre tire avant que la Chevrolet lance-roquettes nous explose.

La vie est un éternel retour, tu vois !

1. Le verbe « reluquer » est très probablement une altération du mot *look* (Grégoire de Tours).

29

Je te parie un fauconnier contre une vraie connasse que nous ne sommes pas au bout de nos peines, avec la bande du grand habillé de maigre. Je me doutais qu'il n'allait pas conclure nos relations par un non-lieu.

— Qu'est-il arrivé ? demandé-je à mister Bitalair.

— Tout ça à cause des saucisses qui sont pas franches du collier, grand. Quand est-ce on les eusse bouffées, l'Négro and me, la monstre chiasse nous a emparés, moi qu'étais constipé naguère ! Jérémie s'est enfermé dans les chiches et ma pomme a dû s'rabatt' su' l'estérieur. J'm'essorais la boyasse derrière un' haie quand j'ai vu radiner c'pingouin. L'ai r'connu tout d'suite immédiat'ment. L'a pris position à ta fenêt' et s'est mis à r'tapisser l'intérerieur.

« Alors moive, ni une ni deux, j'ramasse un caillou et l'y balance dans la tronche. Faut qu'j'vais t'dire : à Saint-Locdu, j'étais champion au lancer d'gadins. Un piaf à vingt mètres j'atteindais. Ce zigoto a encaissé ma pierre en pleine tronche et n'a pas dit ouf.

Nous voici devant Croquignolo. Le projectile expédié par le Malabar repose contre lui : chouette morceau de parpaing pesant au moins deux livres. Quand on connaît la force de mon écuyer favori, on comprend que l'impact ait fait du dommage.

M'emparant du calibre gonflant son blouson, je pars à la recherche de ses éventuels complices.

Décemment armé, courbé en deux, j'évolue dans les zones les plus sombres en direction du parking.

Fectivement, une tire se trouve à proximité de l'entrée. Malgré ses phares éteints, on la repère dans la nuit par un point lumineux qui clignote au-dessus du miroir réflecteur.

Je me rends rapidement compte qu'un gazier occupe la place passager. Il a baissé sa vitre et passé le coude à l'extérieur. De toute évidence, il attend le retour de son pote.

Ces fumiers retors finissent par me flanquer la nausée, je voudrais pouvoir les exterminer au moyen d'un insecticide puissant.

Décrivant une courbe qui me positionne à l'arrière de la guinde, je repte vers l'avant droit. La nuit est douce, le ciel étoilé ; le grondement de la circulation proche couvre le grésillement électrique des cigales.

Parvenu à hauteur de la portière contre laquelle se tient le vilain, je biche la poignée et déponne brusquement. L'occupant, pris à la fois à l'improviste et au dépourvu, bascule sur le sol où l'attend l'ami Sana. Coup de crosse impérial en pleine gueule. J'entends se disloquer sa margoule. Loin de vérifier les dégâts, je le rebelote sauvagement.

Faut dire que j'en ai un plein conteneur à son service. Ma rage est éperdue, mon ressentiment sans limites. Je te l'emplâtre derechef ! Et encore ! Et tiens ! Et pif ! Tout ça à la crosse de Colt.

Au début il a grogné.

Ensuite, geint !

Maintenant, c'est le silence des grandes étendues désertiques, chez le mec. Mon bras douloureux de ce tabassage retombe. Je m'assois auprès de ma victime, haletant, la tête bourrée de lueurs incarnates.

Combien de temps passé-je là à me récupérer ? Impossible de le préciser.

À la fin, je m'agenouille et pose ma paluche valide sur son poitrail. Ça cogne ! Pas suivant les normes édictées par les cardiologues, mais il se passe ce petit quelque chose qui s'appelle la vie.

Une fois en position verticale, je m'assieds dans la caisse. Ce qui m'intrigue, c'est la putain de loupiote jaune palpitant dans le schwarz. Elle est spasmodique comme un signal.

Cela me rappelle l'émetteur de la Chrysler. Décidément, ces gais lurons raffolent de l'électronique.

Presto, je rallie ma case d'où s'échappent des plaintes. Le Gros serait-il en train de faire un mauvais parti à la môme Elnora ?

Non ! Il l'enfile, tout simplement, du temps qu'elle avait la chatte béante. La gonzesse à maille à partir avec son guizeau monumental. Les lents coups de boutoir de Sa Majesté lui démantèlent le pot scientifiquement.

Je n'aime pas jouer les trouble-fesses, aussi je me livre à une besogne passionnante consistant à explorer avec minutie les harnais et le bagage de la petite dévergondée. M'y reprends à deux, puis à trois fois, convaincu de l'infaillibilité de mon instinct.

La femme au gros moignon pousse des gémissements comme la Grande Armée traversant la Berezina. Le Maître Étalon l'adjure de persévérer, l'assurant qu'une apothéose sensorielle digne d'une impératrice l'attend, tout de suite après le percement du Saint-Bernard. Ce sera si tant tellement fabuleux qu'elle aura même plus besoin de pommade cicatrisable.

Pendant ces doux propos, je continue mes recherches avec obstination. La « chose » se trouve dans un talon de sa chaussure. Cela possède la forme et la dimension d'une boîte de cachous.

Un émetteur psalmodieur à interactivité sulpicienne ! Et moi, connard vertébré, je me gaffais de rien ! La gonzesse avait sur elle le moyen infaillible d'être suivie à la trace.

Muni de l'appareil, je retourne au parkinge. Avisant un gros camion immatriculé au Mexique, je plaque l'engin à l'intérieur d'un de ses puissants pare-chocs. Les « autres » pourront le courser à travers les States : les voyages forment la jeunesse.

Mon esquinté est toujours naze auprès de sa portière. Son pote itou, devant notre fenêtre.

Une grande fatigue, jointe à mes blessures, commence à me terrasser. Sais-tu que mes cannes trembillent, m'obligeant à m'adosser au mur de la construction ?

C'est l'instant où Elnora chope enfin ce pied tant promis par son partenaire, à grandes gueulées triomphales.

— Mouiiii ! hurle de son côté le Gros ! Vas-y toute, salope ! J't'rejointe. Houvahou ! qu'c'est good ! L'Bon Dieu peuve êt' content d'nous !

30

La suite ?

J'ai remis nos deux victimes dans leur chignole, aidé du Négus qui se mieux portait. Il a même pu piloter leur caisse jusqu'à un bosquet de palétuviers roses, à une dizaine de kilbus. Je l'ai suivi au volant de notre immense Lincoln pour pouvoir le rapatrier après l'abandon des deux truands.

Au motel, tout dormait, y compris les amants de Saint-Jean, gavés de jouissance. Elnora tenait la grosse poutoune du Saint-Locducien contre sa joue. On eût dit une jeune accouchée pressant le fruit de ses entrailles en un geste d'infinie possession. C'était beau comme une Pietà du Titien. Au point que les larmes m'en vinrent aux cils inférieurs.

Nous les laissâmes roupiller quelques heures. Le membre surmené de Bérurier ressemblait à une aubergine primée dans un comice, et la craquette de miss Stuppen au cou d'un dindon faisant la roue, tant il est vrai que les instruments de l'amour le plus céleste s'apparentent à la basse triperie.

*
* *

Et nous avons repris la route, nous relayant de manière à opérer un minimum d'arrêts. Nous bouffions et dormions dans le carrosse. Béru et sa conquête y forniquaient sauvagement malgré leurs sexes endolorés par l'excès. Un véritable rallye !

Puis ça a été le cher Canada, plus français que la France désormais. Terre promise pour nous autres, gens en semi-cavale.

Là-bas, il s'est passé l'impensable (d'Olonne) : la môme Elnora a refusé catégoriquement de nous quitter, déclarant qu'elle allait consacrer son existence à Béru et à sa rapière spadassine. Certaines donzelles sont brusquement touchées par la foi, Elnora c'était par le chibre du Gravos. Elle entendait le monter à cru des années durant, s'en gaver jusqu'à ce que sa foufoune, naguère lesbienne, devienne le hangar de la fusée Ariane (à Naxos)[1].

Dans un sens, sa démarche était admirable. Ça rejoignait les grandes mystiques : sœur Thérèse, sainte Blandine et consort-consœurs.

Naturellement, je lui ai tiré les vers du nose un max. Las, elle en savait moins que je l'espérais. Même le véritable blase du grand vieux fumeur de coronas, elle l'ignorait. Dans son entourage on l'appelait mister Blood. Il tenait entre ses doigts jaunis par la nicotine le monde de la pègre. Cela étant, personne ne connaissait ses magouilles, ni sa vie privée.

1. Calembour à l'usage des amateurs d'opéra.

En cheville avec le père David depuis des années, il avait décidé, un beau matin, de l'éliminer propre en ordre afin de mettre les griffes sur ses affaires. Il s'était d'abord annexé Hamouel aux dents longues, puis avait préparé la chute de l'empire Grey, effaçant tour à tour la fille et le marchand de blé.

Concernant la mère Dolorès, miss Stuppen n'avait aucune idée de ce que Blood comptait en faire ; l'accident avait sûrement devancé ses projets.

Elle était au courant de l'assassinat de Pamela, mais n'avait jamais entendu parler de ses exécuteurs ; pas plus que du mystérieux boîtier d'or d'où s'échappaient parfois des voix étranges venues d'ailleurs.

Par contre, elle était convaincue que Sancha Panço, le régisseur, avait été praliné par Hamouel. Pour quelle raison ? Probablement qu'il savait des choses requérant son mutisme définitif ?

*

* *

Je préfère te dire, lecteur exquis, chéri de son petit auteur, que les zones obscures seront éclairées au néon dans la continuation de cette œuvre puissante qui s'intitulera : *Lâche-le, il tiendra tout seul !*

Je n'ai pas pour habitude de te jouer « la suite au prochain numéro », si je m'y résous, c'est parce que ce livre a trop de ramifications pour être traité en un seul volume. Dans l'affreuse hypothèse où tu raterais le suivant, il manquerait quelque chose d'essentiel à ta vie ; aussi t'engagé-je à le retenir d'ores et déjà chez ton tripier habituel. Avec ces deux bouquins dans tes gogues, tu es assuré de braver les pires tribulations intestinales.

Tout au fond de moi, voire également en surface, j'éprouve une grande curiosité pour la personnalité de « mister Blood ». Je devine que nos routes se croiseront de nouveau. Je ne sais ni où ni quand, mais ça fera des étincelles bleues, kif mon riboustin lorsqu'il crache épais !

Tu verras !

Fin de section

J'adore débarquer sans m'annoncer. Surprendre le quotidien en cours d'élaboration.

Lorsque je déboule à Saint-Cloud, il est dix-neuf plombes et des. La maison sent le gratin d'aubergines à la tomate.

Je pousse la lourde, façon souris d'hôtel.

Qu'aspers-je ?

Antoinette couchée sur le tapis du vestibule, entre les pattes de Salami. La fillette dort, le basset n'est pas loin de l'imiter.

En m'apercevant, son fouet frappe le sol. Mais tu crois qu'il se lève pour m'accueillir ? Fume ! Il a bien trop peur de déranger « ma » fillette !

À considérer le tableau, je pige combien ils sont heureux ensemble.

La scène m'emplit d'émotion. Miel, fleurs et musique douce !

Le paradis, quoi !

Chipotons pas sur les mots. Ils ont été créés pour qu'on les utilise, comme nos sexes et notre pognon !

Me mets à genoux, m'assieds sur les talons, et regarde, regarde à en dégueuler mes yeux.

Sans me douter qu'en cet instant magique, une armada de « techniciens » vient d'être programmée pour m'anéantir…

Mais ceci sera une autre histoire.

LÂCHE-LE, IL TIENDRA TOUT SEUL

1999

Je ne laisserai pour héritage que mes dépenses.

Les Américaines ont des bouches propres à faire des pipes parce qu'elles mangent beaucoup de club-sandwichs.

Le ciel est trop haut, la terre est trop basse, seul, le comptoir est à la bonne hauteur.

Maurice Sachs est surtout connu par son derrière. Ne dit-on pas « le cul de Sachs » ?

Il y a beaucoup de gens dont la mort me surprend parce que je les croyais décédés depuis longtemps.

Il vaut mieux être honteux de vivre que fier de mourir.

Si je n'étais pas si pressé, je pleurerais.

Quand on dit d'un pétrolier qu'il dégaze, cela ne signifie pas qu'il pète, mais qu'il relâche sa cargaison en pleine mer.

Le ciel du Nord te vient aux mollets.

Albert Benloulou

Méfiez-vous de votre première impression : c'est toujours la meilleure.

La Suisse et ses territoires d'outre-lacs.

Avec quatre cintres à habits accrochés les uns aux autres, je réalise un mobile de Calder.

L'érection du matin n'est guère utilisable.

Rien n'est plus redoutable que la familiarité du con.

Il est des gens dont on oublie l'absence aussi vite que la présence.

De nos jours, pour être pédé il faut se faire pistonner.

Il faudrait instituer la journée braguettes ouvertes.

On n'en finit pas d'être con.

Les pets, c'est comme les enfants : on ne supporte que les siens.

Quand j'étais jeune homme, je pleurais à chaude-pisse.

J'aime trop ma langue pour en apprendre une autre.

Tout compte fait, on ne laisse après soi que des regrets et des enfants.

Si j'avais su qu'il était si facile de mourir, je ne serais pas né.

Comme le disait un vieux fakir de mes amis : place au jeûne.

Au clochard inconnu qui a volé l'un de mes bouquins dans une librairie de l'avenue de Suffren. Avec ma reconnaissance et ma sympathie.

San-A.

[Note de l'éditeur]

Cet ouvrage est la suite de *Trempe ton pain dans la soupe*, dont nous vous rappelons ci-après les événements majeurs :

Pamela, fille d'un multimilliardaire U.S., David Grey, se rend en Europe, à bord d'un paquebot de luxe, accompagnée d'une amie de fac, Elnora. Au cours de la traversée, Elnora disparaît et ce mystère n'est pas élucidé.

À son arrivée à Paris, gare du Nord, Pamela, victime d'une bousculade, fait une chute de plusieurs mètres au-dessus des voies. Elle est transportée dans une clinique.

Cet « accident » a eu pour témoin un adolescent, Paul-Robert, voisin de San-Antonio, qui vient se confier au commissaire : alors que la jeune Américaine franchissait une passerelle, entourée de voyageurs pressés, l'un d'eux, après l'avoir saisie par les chevilles, l'a promptement basculée par-dessus la rambarde.

San-A. se rend au chevet de la jeune fille où il rencontre son père, Grey, accompagné de son principal collaborateur, Los Hamouel.

Le commissaire informe le milliardaire que, contrairement aux apparences, sa fille a été le jouet d'une tentative d'assassinat. Le businessman lui confie une petite boîte en or qui devra être remise à Pamela lorsqu'elle sera rétablie.

Soucieux de préserver le jeune Paul-Robert, Sana convainc Félix (l'homme au sexe surdimensionné), de tenir, pour la presse, le rôle de témoin du pseudo-accident et de servir ainsi d'appât aux tueurs. Mais le piège échoue : l'appartement du vieil homme est mitraillé, il échappe miraculeusement à la mort et les malfrats réussissent à s'enfuir. En guise de consolation, San-Antonio offre à Félix une croisière sur le *Mermoz.*

Coup sur coup, surviennent deux événements : David Grey se tue, en pleine mer d'Irlande, à bord de son jet privé. Pamela, elle, est assassinée à la clinique.

San-A. regagne Saint-Cloud où l'attend une surprise de taille : Marie-Marie, la Musaraigne si chère à son cœur et qu'il n'a jamais épousée, conscient de sa propre inaptitude à la fidélité. Marie-Marie est de retour, accompagnée d'une adorable fillette de trois ans, Antoinette, et d'une nurse scandinave. L'enfant ressemble comme deux gouttes d'eau à son père : San-Antonio !

Abasourdi, ébloui, celui-ci n'a malheureusement pas le temps de savourer les joies de cette paternité toute neuve car il lui faut, flanqué de Jérémie Blanc et Béru, partir en Floride poursuivre son enquête dans la résidence de David Grey. Sur place, ils apprennent que le milliardaire n'était certainement pas un homme irréprochable et Los Hamouel non plus. Autour du trio les morts tombent comme des mouches, aussi décident-ils de se rapatrier rapidement en France.

Attirés dans un traquenard, ils se réveillent prisonniers et blessés à bord d'un yacht privé. Ils y retrouvent Los Hamouel, Elnora et un certain mister Blood, big boss d'une organisation criminelle internationale. Tout semble perdu mais le commissaire redresse la situation à son avantage, abat Los Hamouel, négocie sa liberté et celle de ses compagnons contre la vie de mister Blood. Par sécurité, ils emmènent Elnora en otage.

Durant le trajet du retour, Elnora se prend d'une passion irrésistible pour Béru et révèle aux trois amis ce qu'elle sait : Blood, patron de la pègre mondiale associé avec Grey, voulait s'approprier cet empire du crime à son seul profit. Pour parvenir à ses fins il avait suborné Los Hamouel et sa maîtresse Elnora puis fait assassiner Pamela et son père. Mais Elnora, ignorait tout du boîtier en or confié à San-A. et qui avait durant ces aventures émis sporadiquement des messages incompréhensibles, venus d'on ne sait où.

À Saint-Cloud, San-Antonio est attendri par le spectacle d'Antoinette endormie entre les pattes de Salami. Il ne se doute pas que mister Blood va bientôt prendre sa revanche, et elle sera terrible !…

L'Éditeur

1
Vogue la galère

Pantalon gris, veste noire faiblement égayée par la rosette dans l'ordre des Palmes académiques, le visage plus émacié que celui du gentil roi Hussein au lendemain de son décès, le regard atone, la mâchoire dégarnie, la lèvre fripée, le sourcil majuscule, le cheveu rare et fou, la pomme d'Adam isocèle, l'oreille coquillière, la voix chauffée au bain-marie, le vieillard se pencha sur la passagère occupée à lire sur le pont soleil et demanda :

— Puis-je vous importuner un instant, madame ?

L'interpellée abandonna le chevalier de l'Esmouche, au moment précis où celui-ci allait engager vingt centimètres d'acier dans la poitrine du comte de Bellemoniche, et leva les yeux. L'importun était un homme mornement septuagénaire, à l'air grave, pour qui respirer devait constituer un effort physique harassant.

Elle se fendit d'une expression urbaine.

— Je vous en prie, murmura-t-elle.

Ladite personne avait habilement négocié avec le demi-siècle venant de s'écouler : elle conservait des formes toujours palpables, un minois agréable et le timbre harmonieux.

Le vieux passager s'inclina et avança vers le nez de la dame son médius droit, sec comme un sarment de vigne.

— Pardonnez-moi, fit-il, pourriez-vous me dire si ce doigt sent quelque chose ?

Surprise, mais coopérante, son interlocutrice huma les trois phalanges qu'on lui proposait et convint qu'elles dégageaient une « certaine odeur ».

— Agréable ou désagréable ? insista le curieux personnage.

Elle hésita poliment et biaisa :

— Particulière.

— À quoi l'apparenteriez-vous ? Répondez franchement, je vous en conjure.

— Mon Dieu, balbutia la femme, c'est si complexe.

— Mais encore ? Diriez-vous qu'il s'agit d'une odeur pénible ?

— Je n'irai pas jusque-là, mettons : assez forte !

— Respirez bien à fond !

Elle le fit, se jugeant incapable de résister aux ordres du chétif vieillard.

— Croyez-vous qu'on puisse s'y habituer ?

— Difficilement, convint-elle non sans courage. Qu'est-ce que c'est ?

Avant de poursuivre, le singulier bonhomme essuya le doigt mis en cause avec la serviette de bain de son interlocutrice.

— Ce médius, madame, je me le suis enfoncé dans l'orifice anal, au mépris d'hémorroïdes contre lesquelles les pommades aux marrons d'Inde ne peuvent plus rien…

Elle eut un haut-le-corps (voire de cœur) et considéra la laide virgule brune tracée sur son linge. Quelque chose ressemblant à de l'épouvante emplissait ses yeux limpides.

— Mais, monsieur ! glabouilla la malheureuse.

Le scatologue eut un sourire furtif et indulgent.

— Je sais combien je vous choque, fit-il. C'est dans ma nature de pratiquer l'outrance dans un monde qui s'anémie et tombe en déliquescence. Ceci n'est qu'un préambule agressif destiné à vous préparer au plus merveilleux des « pires ».

« Depuis dix jours, madame, je vous observe, vous étudie et me forge une opinion quant à votre personnalité. Habituellement, peu me chaut mon semblable. Le fait que nous séjournions de concert sur la même planète, lui et moi, m'indiffère résolument. Rares sont les exceptions. Et voilà que vous en constituez une, madame Demeuil.

— Vous connaissez mon nom ! sursauta-t-elle.

— Logique, puisque vous m'intéressez.

Il récita :

— Valérie Demeuil, née Simplon, château de « Bougies Mortes » à Poitraille, Orne. Vous êtes restée célibataire après une mésaventure sexuelle avec un maçon italien ayant habité votre région quelque temps. Une cruelle fausse couche a marqué ces relations. Il vous a fallu quelques années pour surmonter votre chagrin.

« Par la suite, vous devîntes la maîtresse du docteur Foutrasse qui dirigeait l'hôpital du pays. Votre liaison a duré plus de vingt ans, période au bout de laquelle ce praticien est décédé d'un accident de voiture. Vous vous employâtes alors à consoler sa veuve qui participait, avec brio, à vos ébats amoureux.

« Depuis lors vous demeurez fidèle à la mémoire du médecin ; mais l'ennui vous ronge, chère passagère. Vous savez que dans un laps de temps réduit, votre corps, toujours ravissant, va désarmer ; que votre beauté va s'étioler dans des remugles de deuil illicite. Cette croisière ne vous apporte pas ce que vous en attendiez confusément. Suivant l'exemple de la chauve-souris qui se suspend la tête en bas, les ailes en linceul, vous pendez de votre mélancolie en quête du dessèchement inévitable.

Il se tut.

Une mousse grise marquait ses commissures.

Son interlocutrice, très pâle, le considérait avec effarement.

— Comment savez-vous toutes ces choses ? finit-elle par s'enquérir.

— On apprend toujours ce qu'il faut savoir des gens éveillant votre curiosité, fit le bizarre bonhomme. J'ai décidé de vous arracher à votre torpeur morbide. Non ! Ne vous méprenez pas : je n'ai pas la prétention de pouvoir vous séduire ; mais coucher avec vous constituerait une thérapie efficace.

Son bref sourire réapparut lorsqu'il constata la surprise outragée de Mme Demeuil.

— Calmez-vous ! enjoignit le vieillard, j'en ai presque terminé. Laissez-moi achever, en vous efforçant de croire que je ne suis pas fou.

« M'étant consacré à l'étude de votre personne, je sais que vous disposez d'un sexe anormalement large où de petites bites se perdraient. La faute en est à votre créateur certes, mais surtout à ce fichu Transalpin du début, au membre carabiné. Le bougre vous a rendue béante, ma pauvre amie, c'est pourquoi je vous propose mes services.

Il s'interrompit pour fouiller l'une de ses poches, en sortit une photographie, format carte postale, reproduisant un pénis en érection.

— Ma verge, présenta modestement le bateleur. Probablement l'une des plus belles d'Europe : 46 centimètres hors tout et 16 de circonférence. Je suis dans mon genre un phénomène.

« Si l'expérience vous tente, rendez-moi visite à l'heure de la nuit qui vous agréera. Le numéro de ma cabine figure au dos de l'image ; mon nom est Félix Galochard.

« Mes respectueux hommages, madame.

2

Ô nuit, qu'il est profond ton silence !

Cette strophe fameuse me vient à l'esprit car je ne dors pas. Hier, j'ai reconnu Antoinette. Deux signatures sur un registre, le tour était joué. À présent je suis authentiquement père, avec ce que cela comporte de droits et, surtout, de devoirs.

Comme un fait exprès (disait Grand-Mère), Marie-Marie a dû, this morning, prendre un vol pour Stockholm. Couillerie dans son école de langues : un prof est canné soudainement. Sa présence chez les blondinets n'était pas différable. Je l'ai conduite à l'aéroport en cachant ma joie, car elle nous a laissé « ma fille ». Plus exactement, elle l'a confiée à M'man et à la nurse, ce qui fait que j'en ai l'usufruit.

C'est fou ce qu'elle me rend barge, cette mouflette. Si je m'écoutais, je laisserais quimper le labeur et passerais le reste de ma vie à la regarder pousser ! Inouï, ce qui m'échoit ! Un seul être vous arrive et tout est repeuplé.

Bourré de pensées comme un sac de sherpa l'est de crème solaire, je rallume ma loupiote de chevet, afin de lire quelques pages du book dont je me prémunis automatiquement. Je crois n'avoir jamais passé une nuit sans un livre à portée d'insomnie.

Mes lectures nocturnes varient peu : c'est Dostoïevski, Céline, Steinbeck, ou de vieux fascicules des *Pieds nickelés* dont Papa raffolait. Présentement, pour mes pannes de dorme, je dispose du dernier Troyat sur les tsarines. C'est un écrivain que j'ai toujours bien aimé, sans doute parce qu'il sait se montrer passionnant sans jamais faire chier le lecteur ?

J'entends geindre les lames du parquet dans le couloir. Quelqu'un s'arrête devant ma porte et toque.

— Entrez !

On fait choir la bobinette et Selma, la nurse suédoise de ma fille, insère sa face brique et ses tifs couleur d'étoupe dans l'encadrement.

— Je déranger ? articule cette dame du Nord avec un sourire semblable au sexe d'une jument sur le point de mettre bas.

— Antoinette est malade ? m'alarmé-je.

— *Nein !* Elle dormir.

Rassuré, je m'informe de l'objet de sa visite. Lors, la grande femme entre et referme ma lourde. Elle porte une chemise de noye en soie et dentelle dans les rose jambon. Là-dessous, des flotteurs gros comme des balises portuaires.

La septentrionale personne a une serviette de toilette roulée sous le bras gauche. Elle la dépose sur mon lit avec une application chirurgicale et tire mon vieux fauteuil Voltaire de façon à le placer perpendiculairement à ma couche.

Je la regarde agir, intrigué. Je suis toujours au plumzingue dans une attitude popularisée par la mère Récamier ou, du moins, par son peintre.

La nurse se comporte comme si je n'étais pas là. Elle déroule son linge nid-d'abeilles, découvrant une lampe électrique et un objet de même dimension. À considérer la chose de plus près, je réalise qu'il s'agit d'un godemiché de force 4 sur l'échelle des prothèses phalliques. Elle actionne la torche, me la tend et, sans marquer la moindre gêne, éteint ma lampe de chevet. Qu'après quoi, elle remonte les pans floconneux de son vêtement de nuit jusqu'au nombril, s'installe dans le fauteuil et écarte les jambes profusionnellement.

— Éclairagez-moi ! ordonne-t-elle.

Je braque (c'est le mot juste) le faisceau sur sa trogne.

— Non ! Davantage bas ! renaude la surprenante Scandinave.

J'obéis. Sa cramouille, tu jurerais une photo aérienne du Grand Canyon coloradesque.

Faisant fi de la moindre gêne, la nurse enquille l'instrument dans ses dédales et profondeurs jusqu'à la garde, puis actionne un menu contacteur. L'engin se prend à vibrer et trépider pire qu'un marteau-piqueur de terrassier. Elle le maintient en place d'une main sûre, se met à gémir, puis à onomatopéser en trémoussant du bide et des cuisseaux. Ses nichemards en folie lui battent le poitrail comme la charge d'un âne bâté fouette les flancs de l'animal.

La prothèse semble animée d'une frénésie. Elle s'enfonce en ronronnant dans l'intéressée. Le moteur s'étouffe tel celui d'un hors-bord par gros temps. L'énorme cul de la Suédoise glisse du fauteuil ; n'a plus que les omoplates sur le siège. Sa nouvelle posture est celle d'un pont transbordeur. Elle râloche en postillonnant de la bouche et du castor. Yeux révulsés, kif ceux des petites filles qu'on exorcise dans les films d'épouvante. Une scène puissante ! Et tellement inattendue ! Cette femme du Nord, en feu ! Banquise incendiée ! Blaouffant pis qu'un évier débouché à l'acide chlorhydrique ! De quoi prendre peur !

Et voilage-t-il pas qu'elle se croit sur un green de golf ? Veut changer de trou, en pleine fantasia ! Passe à l'étage du dessous. L'introït ! Delicatessen ! Y'a bon Banania.

Des spasmes ! Une longue plainte comme une corde d'ukulélé pincée à l'infini. Puis, halètement de machine haut le pied, époque Zola. Bêbête humaine. Chavirade. Les bras lui en tombent. Elle catalepse dans mon fauteuil Voltaire (François Marie Arouet dit), gode planté entre ses miches.

Objets inanimés avez-vous donc une âme ?

Agonisante de too much, elle est, Selma. Moniche écumante, son braque plastique dans le fion puisque tout-terrain. Heureuse d'un formide panard qu'elle ne doit qu'à elle-même : self-service du radada ! La félicité en chlorure de vinyle ! Gloire à notre époque sans limites !

Un long chapelet de minutes s'égrène.

Profond soupir de notre Scandinave engodée. Geste fantomal pour retirer de son corps le corps du délit. Elle pète, normal : l'appel d'air. Rallume ma lampe, me dépossède de la sienne. La remet avec son amant perpétuellement disponible dans la serviette. Sort de mon espace vital sans proférer…

Si ce n'était la vilaine tache virgulant mon siège, je penserais que j'ai rêvé.

Au matin, j'appellerai Marie-Marie pour lui demander de changer de nurse ; je n'ai pas envie que ma fille soit élevée par une névropathe.

Le sommeil tarde. Mais, tant crier Noël qu'il vient !

*

* *

Un proche hurlement me secoue.

Je jaillis de mon pucier avec une impétuosité de sperme, déboule dans le vestibule, avise la branleuse sur le pas de sa chambre. Elle se comprime la laiterie à deux mains. Sa figure couleur de brûlure au second degré est convulsée, ses fanaux myosotis sont remplis de rien, mais intensément.

M'man, alertée, se pointe du rez, suivie de la bonne espanche.

Le guignol en torche, je fonce jusqu'à la chambre de Selma. L'écarte d'un coup de hanche. M'approche du petit lit d'Antoinette.

Tu le sais, mon lecteur infiniment fidèle et compatissant, j'en ai vu des coups foireux au long de ma légendaire carrière qui sera contée un jour par le maître verrier chargé de remplacer les vitraux de Notre-Dame. M'en est arrivé des sacs de nœuds, bien foireux, pas à prendre avec des pincettes. Mais une chose pareille !

Depuis que le monde décrit un trois cent soixante degrés sur son axe, elle ne s'était encore jamais produite ou alors j'en avais pas entendu causer.

Toi, avec ta cartésianerie proverbiale, tu supputes déjà. T'imagines, à la vitesse du spermatozoïde se ruant sur l'ovaire avide de fécondation, des trucs classiques et terribles, genre : elle est morte ! Elle a une maladie éruptive, que sais-je…

Complètement à côté de la plaque, amigo mio.

La réalité, tu la veux ?

Antoinette n'est plus dans son lit !

Bon, ça aussi tu l'envisageais, sagace comme je te sais. Mais attends la suite.

À sa place, se trouve un mignon petit garçon de son âge, à la peau olivâtre et aux yeux de jais ; on lui devine des origines sud-américaines ou avoisinantes.

Félicie, qui m'a rejoint, blêmit, ferme les yeux et tombe à genoux. Son élan de ferveur est tel qu'il paraît figer l'univers entier.

Le bambin me mate avec indifférence.

— Comment t'appelles-tu ? lui demandé-je doucement.

Il ne répond pas. Je réitère ma question en espagnol : c'est du kif au même. J'essaie l'italien, l'anglais, l'arabe, l'allemand : zobinche ! Au bout de peu je réalise qu'il est sourd-muet, le pauvre être !

Me tourne alors vers la grosse salope à manche.

— Que s'est-il passé ?

C'est pas beau une vieille vache rouge quand elle est pâle : ça ressemble vite à une engelure suppurante. Elle me certifie n'avoir rien vu, rien entendu. Après la séance de son et lumière sur sa cropole, elle est revenue se pieuter. L'enfant dormait, elle n'a même pas eu besoin de la border.

La substitution s'est opérée pendant qu'elle extravaguait du sensoriel dans ma piaule, cette infâme de chiasse, sûr et certain.

Je relève M'man avec précaution. La malheureuse est dans un état pitoyable. Dolente, elle si énergique ; pis que blafarde, d'un blanc crayeux. Les veines de ses tempes composent un étrange bleu sombre sous sa peau ridée.

— Antoinette ? chuchote-t-elle si bas que je l'entends davantage avec mon amour qu'avec mes oreilles.

À cette minute, je suis une larve éperdue. Impuissante ! Ça surtout : impuissante...

La tendre chérie pose un regard sur moi dont les moindres fibres frémissent. Il contient tout : son désespoir, sa tristesse de me voir pratiquer un tel métier, déclencheur d'abominations.

Je lui débite des mots, n'importe lesquels, susceptibles de l'apaiser. Lui dis que je suis là, que j'arrangerai les choses, que la présence de ce moutard inconnu constitue une sorte de gage. Si les ravisseurs voulaient faire du mal à la petite, ils ne l'auraient pas troquée contre un autre enfant.

Curieusement, je me rassure en la rassurant et reprends espoir. Une sombre énergie m'arrive au quadruple galop !

En avant, Sana ! Sus à l'ennemi !

Je quitte la chambre après avoir, d'un signe, ordonné à la bonne de s'occuper de M'man.

Elle affirmative en coulant un long regard sur l'échancrure sud de mon pyjama, ce qui lui permet de constater mon appartenance forcenée au sexe masculin.

Mais pour elle, c'est du déjà vu.

Je descends téléphoner dans le salon afin d'être seul. Une nouvelle commotion m'y attend : Salami gît sur le tapis, les pattes en double *n*, comme dans le mot « étrennes ». Il a les yeux clos, un bout de langue sorti, et ses flancs sont immobiles.

M'agenouillant auprès de lui, je le palpe. Ça bat. Pas Byzance, néanmoins c'est régulier dans la lenteur. Je constate alors que l'aiguille d'une seringue est restée fichée dans ses poils, au défaut de l'épaule. Mais bordel à cul, comment a-t-on pu perpétrer toutes ces magouilles sous notre toit en si peu de temps ?

Flottant, je vais décrocher le biniou.

Ramadé me dit que Jérémie n'est pas at home because un appel d'urgence émanant de Bérurier. Je mercibeaucoupàbientôtmonchou et sonne chez le Mastard. Ça répond à retardement. Au moment où je commence à fatiguer du poignet, un organe caverneux jette un « J'écoute » qui foutrait la queue entre les jambes à un berger allemand.

— Qui est à l'appareil ? m'enquiers-je.

— Vous d'abord ! s'emporte le correspondant.

— San-Antonio, directeur technique de la P.J. ! tonné-je-t-il.

Du coup, changement à oreille !

— Oh ! pardon, faites escuse. Ici le brigadier Durond !

Je connais vaguement ce zigus, sur les rives de la retraite, muté de commissariat en commissariat au gré de ses inactivités.

— Passez-moi Béru ! lancé-je rudement.

— C'est que…

— Que quoi ????

— On est en train de l'interroger.

— Pardon ?

— Suite au drame survenu dans son appartement.

— Quel drame ?

— Une jeune Américaine avec laquelle ils faisaient ménage à trois, lui et sa femme, s'est jetée par la fenêtre dans la cour de l'immeuble.

— Quoi ?

— Les voisins ont entendu gueuler toute la nuit et y a plein de vaisselle cassée partout.

— J'arrive !

Je raccroche, ébranlé par cette succession de drames. Mister Blood[1], qui dirige la pègre amerloque, est à la hauteur de sa sombre réputation.

À cette seconde, je prends la décision de lui faire payer cher les crimes qu'il vient de commettre.

Il ne s'agit pas de vengeance. C'est bien plus intense, plus implacable.

3

Perles à rebours

Le brigadier Durond devait me guetter, car la lourde palière des Bérurier est entrouverte. La voix retentissante du Gros roule dans la cage d'escadrin comme les eaux d'un torrent dans les gorges pyrénéennes. Elle tonne :

— Dis donc, Maussane, prends-moi pas pour un con, j't'prille ! À quoi c'eusse servi qu'j'fasse un' carrière exemplairiforme dans la rousse pour qu'un commissaire d'quartier qui téte encor' sa mère vient m'suspicionner d'avoir buté un' maîtresse adorerée !

Explosion de la grosse Bertha :

— Écoutez-le ! Écoutez c'sagouin ! Il avoue qu'il l'aimait sa salope d'Amerloque ! R'tenez-moi si vous voudrez pas qu'j'casse c't' horloge marbrière su' sa sale gueule !

Organe temporisateur de Jérémie :

— Calmez-vous, Berthe ! Ne compliquez pas les choses.

L'emportement de la Gravosse enfle dans les paroxysmes :

— Moi, j'complique les choses ? De quoi y s'mêle, ce tas d'suie ! Des jours, qu'mon homme tire un' pute étasunienne dans not' prop' lit, m'obligeant même à y carrer toute ma main dans la moulasse

1. Cf. *Trempe ton pain dans la soupe.*

tandis qu'il y ramone le couloir aux lentilles avec sa chopine de taureau ! Allant jusqu'à me lui faire bouffer son triangle de panne et lécher ses cabochons à travers son soutif ! J'veuille bien tout c'qu'on voudra, mais faut pas m'pousser au pire ! Sinon j'voye rouge !

— C'est parce que vous avez vu rouge que cette personne a été défenestrée ? interroge le commissaire Maussane.

Silence bref et stupéfait de la gorgone.

— Qu'est-ce vous entendez par là, commissaire ?

— Il est à peu près certain que cette dame ne s'est pas suicidée : quelqu'un l'a précipitée par cette fenêtre !

— Et vous croirerez qu'c'est moi ? Non mais la carburation s'fait pas bien dans vot' tronche ! Cette pétasse ! J'aurais léché les roustons d'mon homme du temps qu'il l'enfilait grand veneur, elle m'aurait goinfré la babasse n-au cours de ses enculades avec Béru, tout ça pour que je devinsse assassine en la valdinguant dans la cour ! Faut avoir l'esprit tordu pour m'soupçonner d'un truc pareil !

— Je vous en prie ! Vous perdez tout contrôle ! enrogne le commissaire Maussane.

Sur cette réplique véhémente, je surgis.

En franchissant le seuil de ce nid d'amour, je constate que la serrure de la porte palière a été forcée et que l'on a sectionné la chaîne de sécurité.

Découverte de la scène.

Le Mastard assis devant une table supportant une boutanche de rhum Négrita. Face à lui, le commissaire acalifourche une chaise. Un auxiliaire prend des notes. La reine du logis, en combinaison noire, bas résille, porte-jarretelles à fleurettes mauves, la tête constellée de bigoudis, tourne autour de la pièce, s'appliquant à remettre en place ses énormes nichebabes veinés de bleu. Quant à notre merveilleux Jérémie, il se tient adossé contre le mur, l'air emmerdé du voyageur dont la police vient de trouver cinquante kilos de coke dans les bagages.

Ma survenance provoque le silence qui succède à une « sonnerie aux morts ».

M'ayant reconnu, Maussane se lève. Il y a du salut militaire réprimé dans sa personne.

Béru m'accueille avec le soulagement du spéléologue englouti voyant arriver les secours.

— Tu tombes à pic, grand ! V'là-t-il pas qu'la môme Elnora a été virgulée par la fenêt' et qu'cézigue cherche à nous faire porter l'bada !

— Ridicule !

Mon confrère patauge dans ses godasses.

— Alexandre-Benoît est un homme que vous devez assister et non tracasser, sermonné-je. Il est clair que l'assassin a forcé sa porte ; vous avez vu la chaîne de sécurité ?

— J'envisageais la possibilité d'un simulacre, plaide Maussane.

— Tu m'pompes l'air av'c tes six mulâtres ! tonne le Fuligineux. S'tu mènes toutes tes enquêtes commak, t'vas t'r'trouver vite fait à la Grande Taule à déboucher les gogues et remplir les appareils distributeurs !

Sans attendre que j'aille plus avant, Jérémie me tire par la manche et m'entraîne dans la pièce voisine.

— Qu'est-ce qui arrive ? me demande-t-il.

— Pourquoi ?

— Tu as une gueule entièrement ravagée comme si tu avais vieilli de dix ans pendant la nuit.

— On m'a enlevé Antoinette !

À toute vibure, je lui relate ce que tu sais déjà.

Sa figure prend de la gîte à son tour.

— Seigneur ! il fait, car en pareil cas tu ne trouves pas autre chose à dire.

On s'écoute blêmir. Lui, il songe à ses négrillons, fatalement. Au bout de son accablement, il murmure :

— Mister Blood se venge, à preuve la mort d'Elnora.

— Sans aucun doute ! Ce qui m'intrigue, c'est ce gosse qu'il a fait amener à la place de ma fille. Pourquoi ce troc ?

— Par dérision : se venger ne lui suffit pas, il entend t'humilier en se moquant de toi ! Il fait mettre un autre enfant dans le lit d'Antoinette pour te signifier combien il est puissant et implacable !

— Je la retrouverai quand même !

— Oui, tu la retrouveras, NOUS la retrouverons. Dans les films d'action, on suit les agissements d'un mec qui est l'archétype du Mal. On sait que sa victime le terrassera finalement. Mais lorsque cet instant arrive, l'on est toujours déçu par le misérabilisme de la vengeance. Quand le moment de régler les comptes arrivera, nous inventerons un châtiment plus fort que la mort.

— Pas très chrétien ce que tu dis là, Jérémie !

— Pas très chrétien ce qu'il a fait là, Antoine.

Nous retournons à l'assassinat d'Elnora.

Nous séparons les Bérurier pour les interroger. Le commissaire et mon Black se chargent de Berthy, laquelle ne difficultionne point pour les suivre en sa chambre pleine d'odeurs légères.

Je me réserve mon Pachyderme. Pour commencer, je neutralise la bouteille de rhum et pose mon dargiflard sur la table.

— Arrête de nous jouer *Volga en flammes*, Sandre, murmuré-je, redeviens le fin lettré que nous admirons tous ; d'accord ?

Il me considère d'un œil cloaqueux mais surpris, kif si je m'étais déguisé en petit rat de l'Opéra.

— T'as quoi-ce ? me demande-t-il.

— Qu'entends-tu par là ?

— C'est comme si tu viendrerais d't'faire miser par un taureau et qu't'ayes pas aimé.

— Il y a de ça, mais il s'agit d'une autre histoire. Je te la bonnirai plus tard. D'abord ton problème. C'est pas des mugissements qu'il me faut, je veux un vrai rapport de policier chevronné, d'ac ?

— Gigot ! Avant tout, vire-moi c't' tronche de crapaud-bluffe, y m'flanque des pustules.

D'un signe j'enjoins à Durond de s'emporter.

Récit sans concession de l'inspecteur-chef Alexandre-Benoît Bérurier :

« D'puis qu'on est r'venus des States av'c Elnora, ça a été la plus belle période d'ma vie. Tu peux croire qu'on a enfilé le parfait amour, les deux. Y a qu'dans les bouquins d'romans qu'on peuve lire la même passion. L'était dingue d'mon goumi. E' l'raffolait si tellement qu'la noye on roupillait tête-bêche, mon joufflu cont' sa joue.

« Naturliche, la Gravosse apprécéciait modérément et r'naudait. Slave dit, comme elle y trouvait son taf d'pâmage, elle finissait par s'écraser et pionçait su' l'tapis d'la turne. On lu laissait le traversesin et un' couvrante, pas lui perturber l'sommeil.

« On avait donc tout pou' êt' heureux. Souvent, la Ricaine s'réveillait et m'pompait l'Nestor jusqu'à c'que j'y allasse d'un rabe de lonche.

« Berthy qu'est plombée d'la dorme n's'en apercevait même pas.

« Note, c'tait un bout d'tringlée noctambule, pas homologuée, sans ambition : la part du pauv', quoi !

« Mais v'là qu'c't nuit la grosse Vachasse qu'arrête de ronfler, qui se met su' son océan et qu'hurle : "J'vous y prende, saligauds ! M'encorner pendant que j'dors."

« E s'jette su' nous à bras r'courbés. M'brise son vieux pot d'chambre d' jeune fille su' la tronche. Tu voyes c't' plèbe à mon cuir ch'velu ? Puis s'en prend à Elnora dont elle lui arrache la ch'mise de noye. La monstre chat fourré, quoive.

« Non contente, elle sort dans l'livinge et entr'prend d'tout saccager, la fumière ! Vérolée, va !

« Toujours en furance, é r'vient déloger ma jolie chérie d'nos draps et l'espulse comm' une malpropre.

« J'veux interviendre, mais c'est malgache jambonneau ! Me mord les gesticules jusqu'au sang ! Tu veuilles voir ma couille droite, grand ? Tu veux vraiment la voir ?

« Tiens, regarde ! »

4

Il vaut mieux tuer trop de gens que pas assez !

Le navire roule lentement sous la lune…

Si l'archange saint Michel le voit, de là-haut, il doit prendre des photos, tellement c'est beau.

Dans sa cabine, Félix Galochard (plus connu de mes lecteurs sous l'appellation de « M. Félix ») lit *Troilus et Cressida* de William Shakespeare, l'une des œuvres les plus chiantes de ce dramaturge exceptionnel. Il a posé ses collets et attend la venue de la dame Demeuil.

Il l'a choquée, outragée même, mais en grand psychologue, le vieux prof fait confiance à la photo qu'elle ne doit cesser de contempler.

Elle ne l'a sûrement pas détruite ; et quand bien même, cela exacerberait la louche envie tordant ses lèvres inférieures puisqu'elle reconstituerait le phénoménal braque par la pensée et, partant, en exagérerait le volume.

Lecture en cours :

ALEXANDRE : — *Cet homme, madame, a volé à bien des animaux leurs qualités distinctives : il est vaillant comme le lion, âpre comme l'ours, lent comme l'éléphant. C'est un homme en qui la nature a tellement mélangé ses tempéraments que sa valeur est farcie de folie, et sa folie assaisonnée de sagesse.*

On toque à la porte furtivement, en espérant presque ne pas être entendu.

Félix sourit. Il reconnaît bien là le heurt d'une femme effarée par sa hardiesse.

Elle a quelque chose du XIXe siècle, sa petite bourgeoise. Faut-il que la curiosité sexuelle la pousse, pour dominer son éducation à ce point !

Il abrège la honte de la pauvrette en ouvrant rapidement.

L'apparition de la consentante le charme et le flatte car, malgré l'âge avancé de l'amant en puissance, elle s'est attifée de première. Tenue d'appartement, j'irai jusqu'à dire de boudoir : robe de chambre bleu-sainte-vierge-Marie, bordée de cygne au col et aux manches, avec l'encolure très large, telle celle des vêtements royaux.

Elle a modifié sa coiffure : tiré ses cheveux en arrière pour une queue-de-cheval maintenue par un gros élastique doré.

Le prof la reçoit sans transports excessifs. Achtung ! Ce n'est pas une visite d'amoureuse, mais un essayage de sexe.

M. Félix ne joue point les séducteurs à la Guitry. Il porte sur son vieux pyje pissareux la veste d'intérieur de velours noir à brandebourgs offerte par ses élèves lors de sa mise à la retraite. N'a rien d'un Casanova, sinon son pénis d'exception.

Baisemain.

Il propose à sa presque conquête le fauteuil bridge de la cabine. Elle l'accepte, affolée par son audace inconcevable.

Comment peut-elle agréer pareille fornication avec ce bouc malodorant ? Faut-il qu'elle soit en mal de pine, la belle châtelaine vagabonde !

Il dit ne pouvoir lui offrir que l'eau de la carafe, renouvelée deux fois par jour par le garçon de cabine.

— Ne perdons pas de temps en sots marivaudages. Il serait sage de vous laisser lier connaissance avec la bête.

Et il déharde son chibre. Il ne trique pas encore, si bien que la flèche lui arrive aux genoux.

Élevée dans la religion catholique, la passagère balbutie un « Mon Dieu ! » qui en dit long sur sa foi chrétienne et l'admiration sans retenue que lui inspire ce monument.

Mac-Mahon, en présence d'inondations impressionnantes, s'exclama : « Que d'eau ! Que d'eau ! » Dans le cas présent, Valérie Demeuil ne peut que proférer ces quatre mots : « Comme elle est belle ! » Adieu, son Italien défonceur et son médecin disparu ! Ce ne furent que panais d'occasion.

Elle soupire :

— Je peux ?

— N'êtes-vous point là pour ça ?

Sa main destinée à servir le thé s'avance jusqu'à la lance d'incendie qui tout à coup se gonfle. Elle en crie de surprise. De ravissement.

Un colossal bâton de chair qui palpite et vibre la force à décrisper ses doigts.

« Je vais tout prendre dans le con ! songe-t-elle. Dieu de miséricorde, faites que cela pénètre entièrement. Que cette vacherie de bite s'enfonce en moi jusqu'à ma glotte, bordel de merde ! Une queue pareille ! Après cette intromission, ma vie sera aussi remplie que ma chatte. Le souvenir la maintiendra agissante, présente pour toujours dans mes béantitudes ! Mais pourquoi, Seigneur tout amour que je révère, avoir accordé ce membre d'exception à ce vieux singe décati qui s'embaume dans sa merde ? Je sais que Vos desseins sont mystérieux, néanmoins y a comme un défaut, pardonnez-moi de Vous le dire ! »

Tout en régurgitant ces pieusités, elle tenait entre ses mains le cierge magique de l'universitaire, avec tant de passion qu'elle avait l'impression de posséder deux dextres. La queue de Félix forcenait de plus belle.

« Hélas, songea la chère âme, j'ai beau avoir la babasse plus large qu'un bénitier, jamais pareil engin ne saura s'y loger ! »

Comme s'il pensait de conserve, Galochard prévint sa partenaire qu'il allait lui bouffer le cul, manière de créer une lubrification jugée indispensable.

Elle y consentit de grand cœur, en fait de quoi son partenaire s'agenouilla entre la haie d'honneur de ses admirables cuisses à peine veinées et entonna cette complainte muette qui tant ravit nos chères compagnes lorsqu'elle est parfaitement exécutée.

Mme Demeuil en éprouva un vif contentement et libéra rapidement un premier contingent de jouissance.

Fort de ce brusque afflux, le retraité décida de jouer son va-tout.

Il perdit vite ses illusions car l'exquise personne demeurait désespérément impénétrable.

Devant l'échec de ses tentatives, Galochard fit appel à l'ultime recours dont il disposait.

— Attendez-moi un instant, ma très chère complice, murmura cet émule dévoyé de Malet et Isaac.

Et il courut s'enfermer dans la salle de bains.

Il recélait, dans sa trousse de toilette, un petit pot d'un onguent qu'une de ses conquêtes avait ramené de Chine. Dans les cas désespérants, il y puisait une noisette de pommade dont il enduisait son membre. La chose, d'apparence verdâtre, possédait la propriété d'assouplir les tissus en les lubrifiant à l'extrême. Oint de cette crème, son sexe phénoménal bravait les cons les moins complaisants, s'insinuait en louvoyant comme un reptile dominé par l'esprit de conquête[1].

Le digne homme s'assit sur le bord de la baignoire pour enduire consciencieusement le corps d'un délit encore incommis. Le moindre de ses gestes s'accomplissait avec lenteur. Félix avait toujours exécuté posément les actes de sa vie, des plus déterminants aux plus futiles.

1. Faut-il que je me fasse chier sur cette terre pour écrire des conneries pareilles ! S.-A.

L'application dûment effectuée, il revissa le couvercle et voulut se lever. Mais, était-ce l'énervement causé par l'échec de ses premières tentatives, il se sentit les jambes molles et l'énergie absente. La tête lui tournait.

Il s'accouda au lavabo très proche de la baignoire en espérant que ce vertige se dissiperait. Las ! il ne fit que s'accroître.

Galochard en tira la conclusion qu'il se mourait. N'en éprouva aucune panique, l'existence lui étant toujours apparue comme un hasard cosmique perdu à travers les myriades d'épisodes générés par l'univers.

Il perdit proprement conscience.

*
* *

Félix consommait peu de boissons fermentées, pourtant il lui était arrivé de s'enivrer quelquefois. Il avait détesté alors la gueule de bois consécutive à ces libations.

Quand il retrouva ses esprits, il réalisa que sa tête venait d'être remplacée par une bétonnière en activité… Tout girait et grondait sous sa calvitie de penseur. Il eut le réflexe de saisir le robinet d'eau froide et de l'actionner. Mais la flotte tiédasse du paquebot ne pouvait pas grand-chose pour lui.

Il réussit à se mettre droit. La glace de la salle de bains révéla sa grosse chopine de nouveau pendante. Il en fut désorienté. Que devait penser la visiteuse de son absence prolongée ?

Peut-être, à court de patience, s'était-elle rapatriée dans sa cabine ?

Contrarié, il ouvrit la porte. Aussitôt une insistante odeur chimique l'agressa. Retenant sa respiration, il s'approcha du fauteuil dans lequel sa conquête gisait, béante, le buste rejeté en arrière.

Il n'eut pas besoin de la contempler longtemps, non plus que de la palper, pour comprendre que l'aimable femme avait cessé d'exister.

« Allons, bon ! » se dit-il, avec cette familiarité dont on n'use qu'avec soi-même.

5

L'ouragan

Le Gros ne s'arrête pas de ressasser ses déboires matrimoniaux, ainsi que son deuil amoureux.

— Si quéqu'un l'save que j'm'ai embourbé des frangines d'excession, c'est bien toive, l'grand ! Tu peux témoigner qu'l'braque à Béru c'est pas un chômeur en fin d'droits. L-en a visité des craquettes, messire Monpaf ! Repassé des chattounes de tout genre : des z-huppées, des mal foutues, des violacées, des qui sentaient la rose crémière, des qui r'niflaient du couloir ! Des lisses et des ridées, des frisottées Ninette et des tristounes aux poils tombants. Eh ben jamais d'ma garce d'equesistence, j'ai trouvé un' moniche comme celle d'Elnora. La Sainte Vierge, mec, pouvait pas avoir la pareille ! D'abord parce qu'ell' était vierge, n-ensute puisqu'elle était sainte. Et v'là qu'ce joyal[1] d'la race humaine est naze ! Y a d'quoive s'faire éclater les varices, rien qu'd'y penser !

De belles larmes grosses comme des pendeloques de lustre se creusent un lit dans ses joues en fesses de gorille.

— Abordons le vif du sujet ! circonscris-je.

Il torche de sa manche une morve olympique, laisse s'exhaler un long pet désespéré et déclare :

— J't'causais qu'la Berthe, après sa tornade, est rev'nue dans not' chambre. « J'reprends ma place ! qu'elle a fait en s'pieutant. Toi, tu vas t'tiendre à carreau si tu n'voudras pas que j'fisse un malheur. Vise un peu ce dont j'réchauffe entre mes seins ! »

« Elle a écarté sa limouille. Blotti ent' ses nichemards s'trouvait tu sais quoive ? Mon flingue dont elle m'avait subtilisé.

« « Si tu la r'joindrais, j'lu viderais le chargeur complet dans la chatte, manière d'y stimuler les passions, elle m'a assuré d'un air terrib'ment sérieux. Et à présent, bouffe-moi la minouche, ça m' calmera les nerfes. » J' la voyais dans un tel état qu'j'lui ai becté l'trésor et on s'est endormis.

1. Pour le Mastard : « Un joyal, des joyaux ».

« Des grands cris nous a réveillés. On sort du paddock pour s'informaliser. Ça provenait d'la p'tite cour d'derrière. La f'nêt donnant d'ssus était ouverte… J'm'y penche, et qu'est-ce que j'vois-t-il ? Mme Vitruve, la concierge d'vant un corps d'femme, à égosiller pareille un' pleureuse arabe !

« Les locataires du d'ssus et du d'ssous la bousculaient de questions. Mais la vieille vache, trop commotionnée, n'pouvait qu'hurler. Alors je dévallonne l'escadrin, bien qu'j'fusse vêtu s'l'ment d'ma veste d' pyjama. En descendant, j'bouscule l'père Chaudelance, not' voisesin du s'cond, qui tombe de dix marches et se casse l'autre jambe.

— Pourquoi l'« autre » jambe ?

— Il en avait déjà un' bidon, à la suite d'la guerre d'Algérie. L'gueux m'traite d'assassin, teigneux comme il est ! Tout ça ajoute à l'effussion d'l'immeub'. N-enfin j'parviens dans la cour et tu sais quoi ?

— La défenestrée était Elnora ?

— Comment t'as d'viné ?

— Tu n'ignores pas que je suis un visionnaire.

Il admet d'un branlement, ajoute :

— Fectiv'ment, s'agissait bien d'elle à loilpé, la pauvrette, avec la tronche total'ment engoncée dans les épaules, kif une cigogne frileuse.

— Continue ! le prié-je, charmé par son ton poétique.

— D'la trouver ainsi, mon adorée, j'fonds en comble.

— Pourquoi en comble ?

— J'veuille dire en larmes. D'puis l'décès d' ma mère, j'ai rien ressenti d'pareil.

Nouveau flot de son chagrin en crue.

— Tu l'aurerais vue, disloquée comme… comme…

— Un pantin désarticulé, volé-je-t-il à son secours.

— 'xacment ! J'veuille la prende dans mes bras pou' la r'monter ici, mais les voisins saucissont opposés.

— Ignores-tu que dans un cas semblable on ne doit toucher à rien avant l'arrivée de la police ?

— Mais JE SUIS la police, bordel !

— Pas dans une situation te concernant si étroitement !

Il pète, grand imprécateur intestinal.

— En r'montant, j'm'ai aperçu qu'on avait disloqué ma lourde ; t'as remarqué ? Plus d'chaîne, plus d'verrou, la serrure nazée ! Le scélérat a pas chipoté ! C'dont j'm'demande, c'est pourquoive on s'en est pris à cette chérie et pas à moi ?

— Parce que c'est à elle que mister Blood a voulu faire payer sa trahison[1], sachant pertinemment que, du même coup, il te flanquait dans la mouscaille jusqu'aux sourcils !

— J'veux qu'on va avoir c'messire, fait-il péremptoirement et avec noblesse.

— Sans vouloir te contrarier, il sera pour moi, Gros !

— Ah ! mouais ?

— Il vient de kidnapper ma fille !

— Parc' que t'as une fille, toi ? D'puis quand ?

— Trois ans.

— Et av'c qui, j'te prille ?

— Marie-Marie…

Rapidos, je le mets au parfum de ce que tu sais déjà, lecteur adoré.

6

Les heures les plus sombres de notre vie

Il est beau, noble, généreux de voir comment mon cher Béru laisse quimper son cruel chagrin pour se mettre au service du mien. Il se ressaisit instantanément, se vêt en un clin d'œil et déclare après s'être planté devant moi, tel Surcouf sur le pont promenade de son barlu :

— Allons-y !

— Où ça ? questionne l'individu égaré que je suis.

— Chez toive, œuf corse ! Dans quel état doit z-êt' Mme Félicie !

Comme il achève ces mots compatissants, Othello surgit de la pièce voisine, l'air défait d'un marché en fin de matinée.

— Toi aussi ? comprends-je.

---

1. Rappelons, à toutes fins utiles ou inutiles, que la belle Elnora était une intime de Blood, l'empereur du Crime aux U.S.A.

Il a les lèvres blanches, notre bon Négro, et son derme a viré au gris ecclésiastique.

— Ramadé ! murmure-t-il en franco-sénégalien. On vient de l'enlever !

La nouvelle passe sur mon désespoir intime, ainsi la libellule frôlant la surface des étangs. Trop disloqué par le rapt de ma petite fille pour accorder de la compassion à autrui.

— On en est sûrs ? prononce le Mastard.

— Sédar, notre aîné, qui guettait le retour de sa mère depuis notre appartement, l'a vue embarquée de force dans une Volvo bleu marine. Il vient de m'appeler sur mon portable…

— Décidément, c'est la guerre à outrance ! je crois qu'on va la sentir passer, dis-je. Jérémie, file enquêter dans ton quartier ; j'appelle Mathias pour qu'il procède ici à des relevés ; Alexandre-Benoît va m'accompagner à Saint-Cloud. Nous mobiliserons autant d'hommes qu'il le faudra, mais nous aurons la peau de ce salaud.

— Je préférerais récupérer celles qu'il nous a volées, répond dignement mon Barbouillé en s'élançant dans l'escadrin.

*
* *

Félicie est aussi désemparée que naguère. Elle fait des gestes quotidiens, poussée par la force de l'habitude, sans cesser de sangloter. Marie-Marie a téléphoné pour prendre des nouvelles d'Antoinette et M'man n'a pu lui celer l'horreur de la situation. La Musaraigne s'est mise à hurler vengeance. Elle criait qu'elle aurait dû continuer de me taire cette paternité car on ne fait pas un enfant à un type comme moi. Ma vieille a été bouleversée par son langage de haine, autant que par le rapt. Je veux la presser contre moi, mais pour la première fois depuis ma naissance, elle refuse cette étreinte. « M » le Maudit, c'est ma pomme !

Si nous ne récupérons pas la petite, je me filerai une bastos dans la coiffe. Tu envisages une autre solution, toi ?

Un léger réconfort : Salami est sorti des vapes et « cornifle » dans toute la maison. Il a l'âme en peine, lui aussi, et la truffe survoltée. Tu croirais, à le voir s'agiter, qu'il passe notre univers au détecteur de mines. Il va d'une pièce à l'autre, monte les escadrins, les redescend aussi vite que le lui permettent ses pattes de nabot. De temps en temps, il pousse une petite plainte, s'immobilise comme s'il écoutait des sons provenant d'une lointaine planète, puis reprend son manège.

Le corps d'obèse à qui j'ai tout raconté par le menu, décide :

— Pendant qu'tu vas investiguer, j'voudrerais interroger la nurse.

— Fais !

Du pas massif d'un laboureur guidant sa charrue[1], il gagne la piaule de la Suédoise. Quelque diable m'y incitant, je le suis.

Il entre dans l'ex-chambre de ma petite fille sans frapper. La grande doudoune est assise dans un fauteuil pendant que l'enfant sourd-muet joue avec une poupée, faute de train électrique ou de petite voiture. En terrain conquis, il est, Gradube. C'est dans sa nature, il ne changera jamais.

En le voyant débouler, la Scandinave se lève.

— *Ja*, messieur ? elle bredouille.

Bérurier-le-Vaillant la regarde comme le serpent la proie sur laquelle il va fondre. Je connais ce genre d'œillée scrutatrice. Il s'imprègne du personnage, le jauge.

— Qui est-ce vous êtes ? insiste la femme aux yeux de Delft.

Lors, le Mammouth lui produit sa carte de visite des grands jours, à savoir une baffe si percuto-télescopante que mémère part à la renverse sur le lit.

La statue du Commandeur reste d'une placidité marmoréenne.

La vioque les a à la caille ! Se met à couinasser comme une penture sur des gonds rouillés.

Ce chant funèbre fait grimper son visiteur en mayonnaise.

— Arrête ! sinon j't'éventre à coups d'talon !

Elle ne comprend pas notre superbe dialecte gallo-romain, mais l'intonation est éloquente.

— Écoute-moive, fumière, reprend le Dinosaure, c'est pas parce qu't'es plus grand' qu'deux Japonaises s'faisant la courte échelle qu'tu m'impressionnes ! C'est mauvais d'm'gratter les couilles pour paniquer mes morpions ; à c'p'tit jeu, t'y laisseras des plumes, des tifs et des dents.

« N-en c'moment, j'vive un grand chagrin d'amour, et moive, les peines d'cœur, c'est pas ma partie, alors é m'rendent teigneux.

1. Image obsolète, les tracteurs ayant remplacé les brabants.

L'mieux dont tu peuves comporter, c'est d'me bonnir tout le topo sans oublier un' virgule.

Pour ponctuer, il lui aligne un chtar au bouc qui la rend songeuse.

— Arrête ! interviens-je.

Il volte, furax.

— Tu permets ? J'l'interroge !

— Elle n'a rien à voir dans cette affaire et ne parle pas un broque de français.

Lucullus en loufe d'indignation.

— N-a qu'à l'apprende ! Quant à son innocenterie, j'pense qu't'es ramolli d'la bigoudaine pour y croire ! Ça t'ennuiyerait d'réfléchir un peu ? Maâme vient t'trouver au plumard en pleine noye pour un' séance porno. T'as droit au grand spectac' ; tézigue manœuv' le projecteur braqué su' sa moulasse polaire. Elle t'la joue cinéma d'minuit, gigote du fion, y va du bruitage hard, tout bien, et pendant c'temps des mecs pénètrent dans la maison et chouravent ta gisquette en la remplaçant par un p'tit niacouet qu'on n'sait pas de d'où sort-il ! Et tu gobes ce sirop d'foutaises kif si ça s'rait d'la grenadine ? Merde ! C'est vous le craque d'la police, m'sieur Dunœud ?

J'éprouve comme quand tu remontes la tente d'un magasin après l'orage et que la flotte dont elle est gorgée te choit sur les endosses. Nom d'Allah, il parle d'or, le Bouffeur. Mais qu'est-ce qui m'a pris de marcher aveuglément dans la saynète de la Suédoise ? Sa qualité de nurse nordique la préservait de mes soupçons ?

— Une seconde ! fais-je au Mastoc.

Je vais à l'escalier pour héler notre Espanche, laquelle aide Félicie à pleurer dans la cuisine.

Elle se pointe, ruisselante comme les pissotières d'un grand hôtel.

— Prenez ce gamin et descendez-le !

Elle ramasse le petit sourd-muet et se trisse, non sans jeter un regard stupéfait à la vachasse au visage marqué de gnons.

Je relourde à clé derrière elle, et mets la carouble dans mon gousset.

Vaguement calmé, parce que impressionné par mon visage hermétique, le Pote-en-Tas me défrime sans moufter.

Ma première initiative consiste à extraire la valoche de la donzelle de sous le plumard. À première vue, elle ne recèle que son beau godemiché du dimanche et un album de photos licencieuses montrant des femmes fortement lolochées en train de se brouter le fion où d'y enfoncer des prothèses pafières. Rien dans les soufflets intérieurs du bagage.

Je l'abandonne pour explorer minutieusement les tiroirs de la commode, puis la penderie murale.

Ballepeau !

Je passe alors dans le petit cabinet de toilette attenant. Ce dernier est très primitif car il remonte aux années 60. À l'époque, la France ne s'était pas encore ouverte à l'hygiène, excepté dans les crèches de haut standinge. On s'ablutionnait chichement le visage, l'oigne et le reste attendaient le week-end, voire les jours chômés.

L'endroit ne comporte qu'un gogue, un lavabo et une armoire à pharmacie.

Retour à la chambre où mon collaborateur m'attend, assis au chevet de sa victime.

C'est alors que je surprends un petit éclair de soulagement dans le regard de la Scandinave, qui aurait échappé à un homme moins sagace que ton Sana chéri.

Tu penses que je me berlure, Arthur ? Très possible ; seulement je « sens » les choses et les impondérables me deviennent évidents.

Je réintègre l'endroit (qu'on appelait autrefois les « lieux »).

Vu qu'il s'agit de notre maison, je sais pertinemment qu'elle ne renferme aucune cache à secret. Je n'ai donc pas grand mérite à soulever le couvercle de la chasse d'eau.

7

Dédale

Je suis le contraire d'un bricoleur, cependant j'ai le don de réparer les réservoirs des toilettes. Une manière bien à moi d'en tripatouiller le flotteur.

Cette fois, je le détraque au contraire, délibérément. Manche relevée, je plonge ma main dans l'eau. Ne tarde pas à sentir sous mes doigts une masse molle ; m'en saisis. L'extrais.

Il s'agit d'un paquet de banknotes vertes faisant tellement songer à des dollars que ce doit en être ! Je déplie le plastique transparent et trouve des billets de cent pions réunis en liasses de dix coupures. Il ne me faut pas longtemps pour les compter. Vingt-cinq mille dollars ! Coquet viatique pour une nurse en ménage avec un vibromasseur.

Mon retour auprès de ma blonde n'est pas triomphal car j'ai la victoire modeste.

— Je ramène le contenu de votre tirelire, lui fais-je-t-il en balançant l'auber près d'elle. Il faudra que je consulte un panneau de change pour voir combien ça représente en couronnes suédoises.

You youille ! Tu la verrais cramoiser, la poupette ! Une citrouille peinte en rouge à l'occasion d'Halloween. Sauf que ses yeux ne sont pas lumineux mais semblables à des belons gâtées.

— Tu constates combien j'pensais juste ! articule l'Emmailloté du bulbe. C'te fumière nous la jouait enfant d'Marie alors qu'c't un' enfant d'pute ! Tu m'la laisses entrepende, Sana ? J't'vas l'accommoder aux marrons, comm' un' dinde d'Noël.

— On a mieux à faire ! le stoppé-je. Passe-lui les cadennes pour achever de créer l'ambiance.

Le Formide a toujours une paire de bracelets chromés dans sa fouille dorsale. Il les en extrait, faisant tomber dans le mouvement quelques préservatifs surdimensionnés, destinés à la clientèle africaine. Certains ont déjà été utilisés à plusieurs reprises, Alexandre-Benoît étant un homme économe.

Clic-clac ! Les bracelets de la honte se referment.

De se voir avec cet accessoire infamant fait éclater la Nordique en sanglots.

— Bieurle, ma garce ! Bieurle tout ton soûl ! ricane Sa Majesté en maquillant de noir l'œil gauche de la dame. Ça m'émeuve autant qu'ça émeuvrait un' pierre gelée.

Elle me paraît parfaitement conditionnée pour passer une audition, la Selma.

J'écarte le cher Gravos et le supplée auprès de cette saloperie. Lui adresse la parole en allemand, langue qu'elle maîtrise fort bien.

— Complicité d'enlèvement, commencé-je, cela va chercher dans les dix ans de réclusion. Lorsque vous retournerez dans votre pays des neiges, vous serez devenue une vieille dame ridée et sentant l'urine !

Ces mots augmentent l'affolement de la grande branleuse.

— *Nein, nein !* crie-t-elle.

— *Ja, ja !* renchéris-je.

Le Dodu a trop serré les menottes, ses poignets violisent et enflent. Mais, tu veux que je te dise ? Je n'en conçois aucune compassion ! Faire un aussi beau métier et le déshonorer à ce point me rend imperméable à la pitié.

— Au lieu de vous lamenter sur votre sort, vous devriez me raconter toute l'affaire !

Acquiescement véhément de la donzelle.

Toussante, reniflante et larmoyante, elle y va de son sordide récit.

La veille, après la sieste de l'enfant, elle l'a emmenée dans le jardin public proche de la maison. Pendant qu'Antoinette jouait sur un cheval à bascule, une superbe Rolls noire s'est arrêtée à proximité de Selma. Le chauffeur en livrée est descendu pour ouvrir la porte arrière droite à un monsieur d'un âge certain, grand, desséché, aux joues flétries de rides. Cet homme, d'une suprême élégance, est venu s'asseoir sur son banc. Il fumait le cigare et s'exprimait dans un anglais imprégné d'américanismes.

(Pour moi, cette description est éloquente : mister Blood. Faut-il que sa vengeance lui tienne à cœur pour qu'il la perpètre personnellement malgré la sombre armée dont il dispose !)

Mais revenons à la confession d'une truie du siècle.

Le vieillard a abordé la nurse bille en tête. Lui a dit que je n'étais pas le papa de l'enfant. Que le véritable géniteur était son propre fils. Puisque je l'avais reconnue, on ne pouvait plus rien légalement, c'est pourquoi il proposait un plan chargé de « rétablir les choses ». Il s'agissait de s'emparer d'Antoinette et de la conduire aux States. Il offrait à la Suédoise une situation en or pour le rejoindre en Amérique et élever la fillette qui lui était très attachée.

Ce bonhomme exerçait une réelle fascination sur les gens qu'il approchait. La foutue pétasse mollit. Il se montra plus convaincant encore en lui remettant vingt-cinq mille dollars destinés à ses frais de voyage. Chavirée par cette promesse mirifique, elle céda.

L'individu à la Rolls déclara qu'afin de la tenir à l'écart du rapt, on opérerait au cours de la nuit. Tout ce qu'il attendait de Selma c'était qu'elle « s'occupe » de ma personne pendant ce temps. Il affirma que j'étais un homme particulièrement porté sur le sexe et qu'elle n'aurait aucune difficulté pour me neutraliser avec ses charmes. Ce qui fut fait.

Fin du récit !

— Alors ? exige Béru en constatant que nous avons cessé de jacter.

Mon résumé n'abat pas le grand vent de colère qui souffle en lui, comme on dit puis dans *Le Scatalogue de la Redoute*, prix André Darrigade 2002.

— Faut être une follingue du pôle Nord pour croire un' s'conde qu'la mouflette n'est pas d'toi ! C'est ton crachat tout sosié !

« Bon, j'suppose qu'not' Blood a donné un' adresse où le joindre ?

Je transmets la pertinente question, mais l'éplorée secoue la tête.

— Il me fera contacter après le remue-ménage causé par la disparition de l'enfant, fait-elle.

La vache ! Aussi conne que salope !

— Si j'aurerais un' lampe à souder, assure l'Exténué de la coiffe, j'm'en servirais pou' la raser !

8

Fin d'une croisière enchanteresse

Complètement chaviré par les émanations du gaz injecté dans sa cabine, Félix abandonna le gracieux cadavre de Valérie Demeuil et retourna dans la salle de bains. Il plaça des linges mouillés au bas de la porte pour colmater l'interstice qui s'y trouvait et avait permis au produit nocif de l'atteindre.

D'esprit athée, il entretenait avec Dieu des relations espacées. Pourtant, dans le cas présent, il ne put s'empêcher de Lui adresser un bref remerciement. Si son membre extravagant avait pu se frayer le passage souhaité, il est certain que le brave universitaire serait mort sur l'excellente femme. Cette fin plaisante, dont le président Félix

Faure reste le champion, ne le tentait pas car il souhaitait s'anéantir en pleine lucidité. Selon lui, « rater sa mort » c'était ne pas se rendre compte qu'elle survenait, or ce brave philosophe comptait bien, le dernier instant venu, la savourer comme un gin-fizz, avec une paille ou un embout de ballon d'oxygène.

Il demeura plusieurs heures allongé dans la baignoire, sur des peignoirs de tissu-éponge en guise de matelas. Il y dormit d'un méchant sommeil, fréquemment éveillé par des nausées consécutives à l'inhalation du produit mortel.

Les cauchemars qui peuplèrent ce temps d'inertie ne sont pas racontables et, d'ailleurs, tout le monde s'en fout. Rien ne me fait davantage chier qu'une personne évoquant ses songes.

Pendant l'heure du déjeuner, un garçon de cabine promenait son aspirateur en laisse dans la coursive quand une odeur âcre désobligea son olfactif. Troublé, il frappa à la porte. Nul ne répondant, il utilisa son passe.

Il devait se rappeler longtemps le spectacle : face à l'entrée, une femme cambrée dans un fauteuil d'acajou, le buste renversé, les jambes écartées à l'extrême, la craquette béante.

— Oh ! pardon, bredouilla le marin-valet de chambre, un Jaune de trente-deux ans qui en paraissait douze.

Il relourda précipitamment. Son cœur s'accéléra malgré l'impassibilité asiate. C'était son premier con français, d'un châtain harmonieux ; il en fut profondément troublé. Il demeura immobile un bout, ressassant le gracieux tableau. Ensuite, l'esprit de réflexion lui revint, lesté de questions. Pourquoi cette personne si ouverte n'avait-elle pas répondu à ses « toc-toc », ni réagi à son intrusion. D'où provenait l'insidieuse odeur ? Comment se faisait-il que le vieux bonhomme occupant la cabine soit absent ?

Il donna un sucre à son aspirateur, ponctué d'une petite tape amitieuse sur la carène en lui demandant de se tenir tranquille, et s'en fut alerter le commissaire du bord.

*
* *

La croisière s'achevait le lendemain à Toulon. Les autorités étaient parvenues à tenir l'aventure secrète. On avait drivé M. Félix à l'infirmerie où la jeune assistante du médecin fut stupéfiée par l'ampleur de son membre. En cachette, elle réalisa des photos à l'intention de ses amies.

L'on plaça la pauvre Valérie Demeuil à la morgue dans un modeste cercueil de bois blanc en attendant que sa famille choisisse une boîte plus compatible avec son niveau social.

L'aumônier, un vieux routard de l'Église, prononça une prière évasive. Il ne la fit pas de bon cœur car il avait appris les circonstances entourant ce trépas.

Une fois à terre, une commission rogatoire procéda à un brouillon d'enquête qui se révéla négative.

Et l'on transporta le doux Galochard à l'hôpital où son état fut jugé sérieux. Le normalien anomalien avait été incommodé par le gaz plus gravement qu'il ne le pensait.

Au cours de son transfert du bateau à l'établissement public, l'ambulance fut suivie par une fourgonnette jaune frappée du sigle des postes.

Mais que ce détail reste entre nous !

9

S'il existe des surhommes, Salami est un surchien

Ingratitude humaine. Accaparé totalement par les tragiques événements relatés plus avant, j'ai totalement oublié Salami. C'est lui, l'adorable hound, qui vient gratter à la porte pendant que « nous nous occupons » de l'abominable Selma.

— Viens, mon bon chien ! fais-je, la main flatteuse, la voix caressante.

Il entre et se plante devant la menottée, émet un sourd aboiement.

— Tu as compris que cette femme est un vieux lavement expulsé ? lui demandé-je.

D'un grondement il acquiesce. Puis s'approche du petit lit vide de ma fille, le hume longuement.

— Pendant quelques heures, il y a eu là un autre enfant, lui précisé-je. Il se trouve présentement à la cuisine, tu pourras établir la différence ?

Il dégaine sa queue de sous son ventre pour la brandir trompette.

— Nous allons tout mettre en œuvre pour récupérer la petite au plus vite, t'es d'accord ?

Nouvelle approbation canine.

— Je compte sur tes dons exceptionnels pour nous aider dans cette tâche.

Tu sais quoi ?

Ce prodigieux animal me virgule un regard de compassion, puis me file un coup de menteuse sur le dos de la main. N-ensuite, se met au turbin. Renifle la carrée avec minutie, s'attardant sur la poupée qui gît dans un coin pour, de là, se pointer à la fenêtre fermée.

Fermée par qui ? Par la nurse, naturellement !

Il manifeste le désir que je l'ouvre.

Ce dont.

Marrant de le voir dressé sur ses courtes pattes arrière. Le hound hume à s'en faire craquer la truffe. Allant jusqu'à se pencher sous la barre d'appui. Puis il se retire précipitamment et quitte la chambre.

Bérurier, terrassé par la masse d'émotions qui lui a chu sur la coloquinte, dort en travers du plumard près de la nurse assise et menottée.

Charmant couple ! Que j'abandonne provisoirement afin de rejoindre mon doux clébard, sous la fenêtre par laquelle s'est perpétré le rapt.

À cet endroit, un massif d'iris, fleur que M'man affectionne particulièrement, à cause de son côté demi-deuil, probable.

Salami explore les touffes rigides de façon frénétique en geignant d'excitation. Quelques-unes ont été brisées et les marques d'une échelle se lisent dans la plate-bande. Mon quadrupote ragaillardise rapidement. Il n'est que de le voir saccager les iris féliciens pour s'en rendre compte, marquis ou duc ! Il s'enrogne : cette façon d'émettre des gémissements exaspérés ! L'on dirait qu'il traque une taupe. Ses pattes antérieures se mettent de la partie.

Il finit par obtenir ce qu'il cherche avec tant de véhémence : une carte magnétique remplaçant la clé de la chambre, dans certains hôtels.

Je la lui prends des babines, terreuse et dégoulinante de salive. Sur le rectangle de plastique figure le blase de l'établissement :

Hôtel des Horizons
128, rue Joseph de Maistre. PARIS 18e

Cette trouvaille me rend songeur. Se peut-il qu'un kidnappeur laisse son adresse sur les lieux du rapt ?

Je sais que l'existence est pleine de ratés et que les criminels les mieux organisés ont souvent été trahis par des détails stupides. Je glisse le sésame dans ma vague et suis mon compagnon qui pattoune en direction de la grille. « Bon, songé-je, il va flairer le caniveau, me "dire" qu'il a retapissé la guinde ayant servi à l'enlèvement ; puis après ? Je serai gros Jean Valjean comme devant ! »

Eh bien, ton pauvre Sana, cher ami, se carre l'index dans le lampion jusqu'au petit juif. Une fois hors de la propriété, mon chien renifle effectivement les abords, mais au lieu de tourner en rond ou de décrire des allées et venues, il continue sa route à pas comptés, kif le toutou de dessin animé prenant l'air innocent pour s'approcher d'un chat assoupi.

Il va de la sorte jusqu'au square Gandelin-Morbaque planté de marronniers, en bordure duquel se dresse le kiosque à journaux tenu par Mme Auculuis, personne d'un âge certain, aux mains irrémédiablement souillées par la manipulation des imprimés. Ma surprise est grande de le trouver fermé. Des quotidiens attachés avec des ficelles forment une pyramide devant la petite construction.

Le clebs se dirige, la truffe à ras de terre, vers la porte du kiosque, située à l'arrière. En réalité, il ne s'agit pas d'une lourde traditionnelle, mais d'un étroit rideau de fer identique à celui de la devanture. Le basset gratte la tôle ondulée.

De plus en plus surpris, je saisis la poignée métallique placée au bas du volet et tire dessus. Infermé à clé, le volet s'enroule extrêmement volontiers. Une forte odeur d'encre me caresse les naseaux. J'aime ce parfum de papier noirci.

Je veux entrer dans la guitoune, mais bute sur les jambes de la mère Auculuis allongée sur le sol. Je me souviens alors qu'il arrive à la digne personne de roupiller parfois dans son estanco car elle habite loin d'ici, du côté de La Courneuve, et a tendance à se flasher au Ricard pur. Fectivement, l'est étendue sur un matelas baveux, une couvrante en tas à côté d'elle.

— Madame Auculuis ! la hélé-je.

Je comprends qu'elle ne répondra pas en apercevant le formide coup de lingue qui la jugule d'une oreille à l'autre. La brave femme est déjà raide comme le membre béruréen en état de grâce.

Un rapide examen de ce réduit me permet de constater l'effraction de son tiroir-caisse et la présence de menues monnaies éparses dans la cambuse. Simulacre, bien sûr, je t'en foutrais mes cheveux à couper !

Le bon Salami ne perd pas de temps à renifler le cadavre. Tu sais quoi ? Il s'éloigne du kiosque, au contraire. Méandre jusqu'au massif floral égayant cette aire de repos. Une fois là, il s'abîme dans l'identification d'un excrément de sobre apparence.

Dès lors comme dit Jacques (Jacques Delors), il m'est aisé de reconstituer les fâcheux événements ayant entraîné le trépas de la kiosquière : au cours de la nuit, saisie d'un besoin qu'on assure pressant, elle est allée, faute de gogues, se soulager dans le massif proche. En regagnant son gîte, elle aura aperçu les ravisseurs pendant qu'ils embarquaient Antoinette.

Suivant le dicton : « Qui tu vois t'a vu », les kidnappeurs se seront débarrassés de ce témoin gênant. Et la brave marchande de catastrophes a payé de sa vie son absence de constipation.

Triste, non ?

10

Vue imprenable sur le cimetière

L'Hôtel des Horizons mérite bien son nom puisque sa façade donne sur le cimetière Montmartre. Un tel panorama porte à la méditation et n'inspire pas la tristesse qu'on pourrait craindre. Vue pleine de sérénité ; je la considère comme une vague promesse de félicités futures. Lorsque tu as une tonne de marbre sur le ventre, les tracas matériels ou sentimentaux te laissent froid.

L'établissement ne s'enorgueillit que de panonceaux confidentiels. Il est discret, modeste et, à première vue, de bon ton.

À la réception, une personne sans âge, mais le paraissant bien, classe des paperasses souillées de chiffres.

Mon entrée la fait retirer ses lunettes, maintenues par une chaînette, et sourire accueillamment.

Presque illico, elle s'exclame :

— San-Antonio !

Ce qui semblerait indiquer qu'elle me connaît.

Je la scrute plus avant, sans éprouver le moindre sentiment de « déjà-vu ».

— Vous ne vous souvenez pas de moi, poursuit-elle sans se formaliser.

Expression plus ou moins niaise de l'intéressé.

— J'avoue que…, commenté-je longuement.

— Rien de surprenant, s'empresse la dame dont au sujet de laquelle je te fais état ; on s'est si peu vus ! Vous vous rappelez le Fluctuat nec Vergetures, un ancien casino de quartier transformé en cinéma ?

— Plus que vaguement, reconnais-je.

— Il a été démoli et remplacé par un immeuble locatif. Mais, il y a une douzaine d'années, on y projetait des films hard. J'y allais beaucoup. C'était l'époque où mon mari venait d'être emporté par le cancer. Je manquais d'hommes, alors je m'arrangeais pour m'asseoir près d'un spectateur non accompagné. Ça ne ratait jamais : au bout de dix minutes il se mettait à me faire du genou et à caresser mes cuisses. Moi, ça m'échauffait. Avec mon Aristide, si je vous disais, on a eu des rapports presque journaliers jusqu'à quinze jours avant son décès.

« Polie, je rendais ses obligeances au monsieur. Souvent, je tombais sur des goujats qui se laissaient aller dans ma main ; vous imaginez ce bonheur ! Notez qu'en prévision je me munissais de Kleenex. Heureusement, il y en avait quelques autres, comme vous, ayant du savoir-vivre et faisant les choses proprement. On quittait nos places pour monter à la galerie désaffectée datant de l'époque casino. J'y avais repéré un coin tranquille dans une ancienne loge.

— Je me souviens parfaitement, dis-je ; je vous dois un moment de grande qualité. J'ai eu le vif plaisir de vous prendre en levrette, si mes souvenirs sont fidèles ?

— Exactement. Quelle merveilleuse enfilade ça a été ! En rentrant chez moi il m'a fallu boire une grande chartreuse jaune pour me remettre.

Je lui souris, et pourtant je n'ai guère le cœur à ça.

— Vous m'aviez reconnu, pendant ces brèves relations dans la pénombre, bien que vous fûtes de dos ?

— Deux jours après, j'ai vu votre photo dans le journal : vous veniez d'arrêter un gangster très dangereux…

Pendant qu'elle évoque, je contemple son visage en cours de vieillissement : de fines rides, un regard qui se creuse, des plis perpendiculaires autour de la bouche, et surtout cette vague odeur de « plus-jamais-ça », si navrante, si désenchantante.

— Vous continuez d'aller au cinéma ? lui demandé-je d'un ton coquin.

Elle hoche la tête :

— De temps en temps, mais pour voir un film.

Et elle éclate de rire.

Après quoi, force m'est de devenir professionnel.

— Quelqu'un qui m'intéresse a perdu l'une de vos cartes magnétiques.

Je place ladite sur son comptoir, comme on abat un valet d'atout à la belote.

— Vous est-il possible de savoir à quelle chambre elle se rapporte, douce amie ?

Elle rougit d'émotion en se voyant mobilisée dans l'engrenage d'une enquête.

— Vous tombez à pic ! fait-elle. On a changé l'appareil le mois dernier. Avant, je n'aurais pu vous donner cette précision.

Elle biche le petit rectangle dur et l'introduit dans la bouche chromée d'une machine fixée derrière son comptoir.

— Le 26 ! annonce-t-elle avec un vibrato de triomphe dans la voix.

— Magique ! m'exclamé-je.

— Je vous rends la carte ?

— Oui, car je risque d'en avoir besoin. À ce propos, puisque vous possédez un tampon encreur, donnez-moi un échantillon de vos empreintes, pour les dissocier de celles figurant déjà sur cette « clé ». Et maintenant, chère inconnue du Fluctuat nec Vergetures, si vous me fournissez l'identité de votre locataire du 26, mon cœur vous portera en triomphe !

Elle avance ses lèvres moletées comme pour recueillir l'ultime goutte de sperme perlant au bout d'une bistoune fraîchement essorée.

— C'est le père Pierre Chatounet, un vieux missionnaire retour de Somalie.

11

Des cons venus : déconvenue

Ça se voyait comme comme l'Empire State Building qu'elle aurait volontiers remis le couvert avec ma pomme, la gentille de la réception. La troussée du jubilé la tentait, espère. En cet instant, sa figue ressentait ma belle tringlée levrette d'autrefois, quand je la tirais dans la loge désaffectée du vieux casino. Elle se serait même contentée d'un petit calumet express dans le boui-boui attenant, réservé à la comptabilité. Elle arrivait à un moment de son destin où on fait flèche de toute queue. Seulement, elle tombait mal, Rosemonde (elle m'avait révélé son blase) ; dans l'état mental où je me trouvais, même la sublime Ophélie Winter n'aurait pas réussi à m'extrapoler le pollen.

Le père Chatounet étant absent, j'ai visité sa chambre. Pas folichonne ! Un gros chapelet accroché au montant du lit ; sur la table de chevet un crucifix noir, un missel et quelques livres pieux, dont la vie de saint Jérôme Garcin qui combattit les hordes de Cons dans les plaines du château d'If.

À l'intérieur de l'armoire, des fringues austères (voire *Pater noster*), et encore des ouvrages à la lecture rébarbative.

Sur le bureau, la photo d'un vieillard en soutane, au milieu d'un groupe de négrillons hilares.

— C'est lui ? questionné-je.

— Oui. Vous ne trouvez pas qu'il a une tête de saint ?

— J'en ai connu des saints avec des gueules de forbans, assuré-je.

Je suis déçu ; plus flétri de l'âme que jamais. Mais cependant, la flicaillerie me réempare. Comment se fait-il que la clé de cette chambre soit venue jusque dans notre plate-bande d'iris ? Tu as une explication valable à me soumettre, Sylvestre ?

— J'aimerais parler à cet ecclésiastique, dis-je à la dame en train de jouer *L'Éternel Retour* (d'âge).

— Il fait un remplacement au Sacré-Cœur de Montmartre, m'assure-t-elle, et ne regagne l'hôtel qu'en fin de journée.

J'opine (elle préférerait mieux), elle me croque de la prunelle et murmure :

— Vous êtes plus beau qu'« avant » !

— Merci.

— J'adore vos deux petites rides au coin des yeux.

— Je reviendrai vous voir lorsque j'en aurai quatre, promets-je. Il est à vous, l'hôtel ?

— Non, à ma tante. Elle est âgée et ne sort plus beaucoup de son appartement.

— Vous faites tourner l'établissement toute seule ?

— Avec deux femmes de chambre et un vieux valet qui se payait tantine lorsque ses rhumatismes ne l'avaient pas encore clouée dans un fauteuil.

— C'est quoi, le genre de la clientèle ?

— Des gens paisibles : représentants, vieux amants, femmes seules choisissant ce mode de vie avant d'aller dans quelque Hespéride.

Je l'écoute en branlant le chef. Je devrais calter maintenant, pourtant une force mystérieuse me retient dans la piaule du père Chatounet.

— Il y a longtemps que le religieux est arrivé chez vous ?

— Six jours.

On redescend après que l'exquise Rosemonde a coulé en direction du plumard ce regard suprême que la vache accorde au vétérinaire venant de l'inséminer. C'est alors que je perçois des aboiements facilement reconnaissables : ceux de Salami resté dans ma Jag, car ce palace pour curés est interdit aux clébards.

— Excusez-moi ! fais-je sobrement en fonçant à l'extérieur.

Mon cador est assis à la place passager, comme à son habitude, la truffe engagée dans l'ouverture de la vitre légèrement baissée.

— Que t'arrive-t-il, amigo ? lui demandé-je.

Mon quadrupote pousse un lamento si admirablement modulé qu'un ténor italoche en bédolerait de jalousie.

— Besoin de licebroquer ? ajouté-je en déponant.

Sans me donner la moindre explication, le brave clebs bondit sur le trottoir, puis se précipite dans l'hôtel.

Je l'imite. Entre au moment où ma convoitrice se met à lui vociférer contre.

— C'est mon chien ! l'interromps-je.

Salami se trouve déjà dans l'escadrin ; il a l'air d'une grosse chenille ascensionnaire. Il respire plus fort que mon tonton Hugues qui était asthmatique comme un accordéon percé. Faut le voir passer chacune des marches à l'aspirateur nasal, kif l'engin dont les gaziers de la voirie se servent pour enlever les feuilles mortes lesquelles, depuis lurette, ne se ramassent plus à la pelle.

Il grimpe lentement, atteint l'étage, cornifle puis fonce jusqu'à la chambre du père Chatounet et se retourne pour demander qu'on la lui ouvre. J'enjoins à mon amoureuse de le faire.

— Que cherche-t-il ? questionne-t-elle, impressionnée par le comportement houndien.

— Le sait-il lui-même ?

Le bon toutou se rue chez le missionnaire, se prend à tourner en rond au centre de la petite chambre avant de se diriger vers l'armoire dont il gratte frénétiquement la glace, produisant un vilain son crisseur.

Je l'ouvre.

Rapide coup de truffe, puis Salami se dresse sur ses misérables pattoches arrière et aboie de nouveau.

— Dites-lui de se taire ! supplie Rosemonde. Si ma tante l'entend, elle va crier au scandale car elle a horreur des chiens !

— Tu as entendu Madame, fais-je à mon cador.

Il jette un regard flétrisseur sur l'ancienne pin-up du Fluctuat nec Vergetures et hausse les épaules, exercice qu'il est le seul de son espèce à pouvoir réaliser. N-après quoi, se remet en position verticale et, de son museau galochard, m'indique de grimper sur une chaise pour examiner le dessus de l'armoire.

Je souscris à cette requête. Trouve sur le chapiteau du meuble un sac de plastique provenant d'une grande surface voisine (non : il ne s'agit pas du cimetière). Le paquet est plutôt léger. Je me déperche pour l'aller ouvrir sur le lit.

Et voilà mon cœur qui vole en éclats ! Je me tétanise tel le poisson « traité » par une gymnote[1]. Tout chavire, le monde titube, la mère Rosemonde se met à sentir l'asperge pissée !

Ce que contient le sac, Ravaillac ?

Ni plus ni moins que le pyjama d'Antoinette ! Il est rose frêle, décoré d'une maman canard et de ses deux canetons. Une inscription en suédois est tracée au-dessous, que je ne saurais lire puisque je ne parle que des langues usuelles.

Un immense frisson glacé me parcourt de bas en haut. Seigneur tout-puissant (d'après ce qu'on dit), je Vous supplie d'épargner ma petite fille.

Je suis triste et désenchanté comme la vie d'un con.

12

Érection spontanée

Il tenait difficilement sur ses jambes grêles qu'il comparait à des pattes d'échassier car il aimait l'autocritique. Une existence chétive d'enseignant, sans le rendre pingre, l'avait amené à l'économie, c'est pourquoi, en quittant l'hôpital de Toulon, il s'abstint de fréter un taxi et préféra attendre l'autobus pour gagner la gare.

Il faisait un temps à sortir les cages à serins sur les appuis de fenêtre. Les filles portaient des jupes courtes leur interdisant de tricher sur la qualité de leurs jambes, et les grosses dames offraient aux regards salaces ces balcons en comparaison desquels celui de Juliette aurait ressemblé à un perchoir pour perroquet sanieux.

En les croisant, M. Félix se dit qu'il n'avait depuis longtemps déchargé entre les seins d'une matrone, l'ampleur de son sexe exigeant pour cette pratique des glandes mammaires furieusement développées. D'autre part, l'âge, qui diminuait l'abondance de ses

1. Anguille d'Amérique du Sud qui paralyse ses proies.

émissions séminales, l'incitait à ne plus les libérer au grand jour. Grâce au ciel (peu imploré dans l'enseignement), il continuait, nous l'avons vu, de triquer, procurant à nos belles amies d'admirables bandaisons.

Quand l'autobus survint, le cher homme s'aperçut que le véhicule ne desservait pas la gare. Il en fut d'autant plus marri que son délabrement physique rendait ses valises de plomb, comme l'écrivait si bien Flaubert à la marquise de Sévigné.

Exténué pour avoir trop présumé de ses forces, il se résigna à héler un taxi, mais à cette heure de gros trafic, aucun d'eux ne maraudait. Désemparé, le prof s'attela derechef entre ses bagages pour continuer à gravir son Golgotha. C'est alors que cette providence sur laquelle il n'aurait pas misé un kopeck se manifesta.

Une limousine (Félix usait encore de termes surannés) s'arrêta à sa hauteur et le conducteur lui tint ce langage altruiste :

— Vous paraissez fatigué, monsieur, puis-je vous déposer quelque part ?

Une telle invite parut au vieillard une musique aussi belle que celle produite par Marcel Azzola sur son instrument à touches de nacre.

— Monsieur, répondit-il, nous agonisons au sein d'une époque où de telles propositions n'ont plus cours, aussi la vôtre me va-t-elle droit au cœur et je l'accepte avec reconnaissance.

Une commande intérieure permettait au chauffeur de débonder son coffre. Quand il l'eut actionnée, le retraité y plaça ses bagages, se disant que cet être serviable aurait pu pousser l'amabilité jusqu'à se charger d'une aussi pénible manutention, ce nœud ! Il accomplit pourtant le chargement, rabattit le couvercle et prit place auprès de son « sauveur ».

Celui-ci était un homme dans la force de l'âge, brun, aux yeux huîtreux. Il portait des lunettes à meneaux et un élégant blouson de daim beige sur une chemise rose clito.

— Où puis-je vous déposer ? s'informa-t-il.

— Je souhaiterais me rendre à la gare, si toutefois la chose ne vous contraint pas à un trop grand détour ?

— J'ai tout mon temps ! assura l'obligeant. Vous partez loin, si ce n'est pas indiscret ?

— Je rentre à Paris.

Le tomobiliste eut une brève exclamation.

— Je m'y rends également, figurez-vous ; cela vous conviendrait-il que nous fassions la route ensemble ?

— C'est trop de générosité ! se confondit le bonhomme. En ce cas nous partagerons les frais d'essence.

— Vous plaisantez ! J'aurais l'impression de faire du transport en commun ! C'est moi qui suis ravi d'avoir un compagnon de voyage. Souhaiteriez-vous que je branche la radio ?

— Qu'il en soit fait selon vos habitudes, je ne saurais les troubler le moins du monde. Vous êtes chez vous, cher monsieur…

— Malandryn. Herbert Malandryn, avec un *y*.

Le prof se nomma à son tour, puis murmura :

— Je n'ai qu'une requête à formuler : que vous m'arrêtiez un instant devant une pharmacie car je dois absolument acheter un remède pour mon cœur délabré.

— Puis-je savoir ce que vous prenez ?

— Du Nitroderm TTS 5. Vous touchez à la médecine ?

— Pas le moins du monde, mais mon père étant cardiaque depuis des années, j'ai fini par m'intéresser à la question.

Ils traversaient la banlieue toulonnaise pour aller prendre la voie menant à l'autoroute. L'homme au blouson aperçut au loin la croix verte d'une officine. Il ralentit pour se ranger en double file à quelque distance du magasin.

Une petite femme blonde à l'air un tantisoit fripon s'enquit de ce que souhaitait Félix. Celui-ci fournit le nom de la médication, puis demanda à téléphoner à son cardiologue parisien. Le pharmacien-chef, un grand chauve coiffé d'une moustache de phoque, faillit riposter qu'il ne tenait pas un bureau de poste, mais la mine hâve du client mobilisa ce qui subsistait en lui de compassion et il fit signe à l'employée de conduire le vieillard dans son bureau.

Là, le digne homme tira de ses poches un carnet délabré recelant, entre autres numéros téléphoniques, celui de San-Antonio.

Le composa.

Une Ibérique pour corridas périphériques lui dit en sanglotant que le *señor* était absent, mais qu'elle pouvait, en revanche, proposer le *señor* Bérou.

Félix s'en contenta.

— C'est toi, Félisque ? mugit la seconde queue de France (après celle du bonhomme). Si tu saurais tout c'qu'arrive !

Le correspondant rétorqua sèchement qu'il compatissait en bloc mais n'avait pas le temps d'ouïr les misères d'autrui, trop accaparé par les siennes.

— Je suis en train de me faire proprement enlever à Toulon par un automobiliste d'apparence serviable, fit-il. Ce dernier assure qu'il va à Paris, alors qu'il ne possède pas le moindre bagage, fût-ce un simple porte-documents. As-tu de quoi écrire ? Je vais te communiquer le numéro d'immatriculation de son véhicule.

Le Gros assura qu'« avait c'qu'y faudrait près du biniou à Sana ». En foi de quoi, l'universitaire épela la plaque minéralogique de son transporteur.

— Si qu'tu peuves téléphoner, pourquoive téléphone-t-il-tu pas à la police d'où qu't'es ? s'inquiéta-t-il avec son cartésianisme coutumier.

— Par simple curiosité, avoua le philosophe ; je m'intéresse à la suite !

Il raccrocha, régla ses dettes à la gente pharmacienne, laquelle contemplait avec stupeur le renflement féroce de sa braguette.

Félix lui sourit d'un air amusé.

— Je conçois votre surprise, jolie madame, murmura-t-il. Vous outragerais-je en vous assurant que vos effluves discrets sont à l'origine du phénomène ? Chaque individu s'accompagne d'une odeur particulière. Si vous voulez bien me confier votre dextre un instant, je vous ferai vérifier l'ampleur de mon émoi. Vous pourrez dès lors vous vanter d'avoir eu en main le sexe masculin le mieux avantagé par la nature.

Avec cette autorité bienveillante qui rendait ses conquêtes aisées, il s'empara des cinq doigts de la confuse pour constituer une moitié de collier à son monumental appendice.

Elle pétrit, incrédule, ce boisseau de chair en balbutiant :

— C'est incroyable !

— Et pourtant elle tourne ! assura cet émule de Galilée.

Et il partit vers son destin.

13

À l'heure où le mont fuit sous l'ombre qui le gagne

— Un chien dans une église ! Mais, monsieur, à quoi pensez-vous ! s'écrie en chuchotant[1] une duègne morigéneuse vêtue de rides et de noir.

Elle me désigne Salami qui se déplace en ce saint lieu, la truffe survoltée *par des senteurs d'encens et de hardes bénites*[2].

— Cet animal est également une créature du Seigneur, madame, fais-je-t-il valoir avec conviction.

— Ce qui n'empêche pas que l'église est interdite aux animaux ! grince la girouette vitupérante.

— Que ne l'est-elle également aux tartufes ! déploré-je, en continuant de déambuler derrière mon beau cador[3].

— Je vais alerter M. le chanoine Prandeloigne ! déclare la gorgone.

— Faites ! Et qu'il vous bénisse, histoire de vous enlever le plus gros !

Insensible à ces aigredouceries peu compatibles avec la solennité de l'endroit, mon chien continue de fouinasser dans l'église, au grand dam des quelques fidèles venus prier le Seigneur pour qu'Il arrange leurs bidons. Son apparente errance le conduit à un confessionnal sur la porte duquel est inscrit : « R.P. CHATOUNET » en belle écriture ronde, plus guère usitée à notre époque frivole.

Ce diable (le mot convient pile) de Salami se met sur ses courtes pattes arrière, passe son pif sous le rideau de la guitoune à péchés et se retourne pour m'indiquer de délourder.

Je.

N-aussitôt, il pénètre dans la guérite, respire longuement l'odeur de vieux bois, de croquenots sédentaires, de pets refroidis et de sirop pour la gorge, avant de japper.

1. Ce qui est plus facile à réaliser qu'on ne le pense.

2. Superbe alexandrin que je me permets de dédier à ta chère femme qui suce si magnifiquement.

3. Il existe, à Paris, la rue de Boccador où les vieilles dames promènent leur caniche frisé.

— Ta gueule ! Tu vas me faire excommunier ! m'emporté-je.

Tu crois que ça affecte ce mécréant ? Lui, il appartient à la religion de l'Os à Moelle, alors nos béniteries, il s'en traîne le cul par terre, fatalos !

Le revoilà dressé, à gronder et geindre en fixant le plafond de la cabane rédempteuse.

Delors, je me hisse sur le siège et découvre l'objet de son énervement : un vieux revolver accroché à un clou, au-dessus de la porte. Arme à six coups (comme ma pomme quand je suis inspiré), passablement déglinguée. C'est pas avec une bricole de ce type qu'on aurait pu décoiffer ce pauvre Kennedy.

— Ah ! çà, monsieur, qu'est-ce que vous manigancez là ? s'exclame une voix de basse noble.

Le chanoine annoncé à l'extérieur, calvitie, briochard, patiné deux étoiles, bée de réprobation.

— Je vais appeler la police ! annonce-t-il.

— À quoi bon ? Je suis la police ! le calmé-je en produisant ma brème enchanteresse.

Du coup, il forme la pagode chinoise avec ses deux sourcils.

Je lui montre le revolver.

— Je viens de trouver ceci dans le confessionnal. S'agit-il d'un nouveau modèle de goupillon, mon père ?

Là, il me visionne pleins phares, les coquilles dilatées par l'effarance.

— Il serait temps que je rencontre le père Chatounet, assuré-je.

— Je le cherche moi-même.

— À deux, nous aurons peut-être plus de chance, dis-je en enfouillant le riboustin auquel il ne manque pas une balle.

Le brave chanoine me drive dans les salles attenantes à la basilique. Une fois hors du saint lieu, il me fait part de son inquiétude concernant le père Chatounet, car ce digne homme n'a pas reparu depuis la première messe du matin. Or, ses effets civils sont encore accrochés dans le vestiaire et, au réfectoire, son petit déje l'attend toujours, la théière emmitouflée d'une cloche de lainage.

— Vous pouvez me fournir un bref curriculum de ce prêtre ?

— Il a été mon professeur, jadis, au petit séminaire. Par la suite, il s'est fait missionnaire et on l'a envoyé dans un bled perdu de Somalie où il est devenu une espèce d'apôtre du désert. Il y a une dizaine d'années, je suis allé lui rendre visite, j'ai été marqué par son ascétisme. C'est un de ces êtres profondément voués aux autres dont, un jour, l'Église fait des saints.

— Les saints possèdent-ils des armes à feu, monsieur le chanoine ? demandé-je doucement.

Il hausse les épaules.

— Rien ne dit que celle-ci lui appartienne.

— En ce cas, serait-elle à vous ou à l'un de vos diacres ?

Vaincu par ma logique, il s'en tire d'un majestueux signe de croix.

— Est-il envisageable que le père Chatounet ait des ennemis ? reprends-je, irrité par ce mystère.

— L'hypothèse est invraisemblable !

— Et cependant il en a ! affirmé-je avec force. Si je vous disais qu'on cherche à l'impliquer dans un rapt d'enfant ?

— J'éclaterais de rire !

— Riez. Je viens de découvrir dans sa chambre d'hôtel les vêtements d'une fillette kidnappée au cours de la nuit !

— Mais c'est de la folie !

— Bonne supposition. Ce missionnaire a peut-être perdu la raison sous le soleil d'Afrique ?

— Sûrement pas !

— Rien ne vous a frappé dans son comportement, depuis qu'il est de retour ? Réfléchissez bien, monseigneur.

Touché !

Il devient perplexe car c'est un honnête homme ne plaisantant pas avec les problèmes de conscience.

— Alors ? insisté-je.

— Effectivement il paraissait assez soucieux, mais comme il est atteint d'une grave maladie qui l'a contraint à quitter la Somalie, je pensais…

Il n'achève pas sa phrase car des aboiements véhéments retentissent dans la pièce voisine.

— Votre chien, encore ! grommelle mon terlocuteur, agacé.

— En effet !

— Pensez-vous que la présence de cet animal en ces lieux offre un intérêt quelconque ?

— Primordial !

Nous nous rendons dans le local proche où les desservants de la basilique rangent leurs vêtements sacerdotaux. La pièce, de dimensions modestes, abrite un très large meuble à tiroirs destiné aux soutanes, aubes et chasubles. Salami est occupé à gratter furieusement le dernier tiroir ! Ce qui rend mon chanoine hypocondriaque.

— Un meuble du dix-huitième siècle ! lamente-t-il. Monsieur, ne pouvez-vous ordonner à cette bête de cesser ses déprédations ?

Je lui donne satisfaction, pour le plus vif mécontentement du basset, lequel me coule des regards dépourvus de la moindre estime.

Cela dit, connaissant mon cador, je me doute qu'il n'agit pas de la sorte par plaisir.

— Vous permettez, monseigneur ? demandé-je en m'agenouillant devant le meuble afin d'actionner le débondage.

Vérole ! Comme disait la comtesse de Ségur à sa petite-fille qui s'était carré deux doigts dans la chattoune, il est terriblement dur à ouvrir !

J'arc-boute, bande mes muscles.

Devant mes vains efforts, le chat noir (pardon, c'est dans la confusion), je veux dire : le chanoine, unit ses forces aux miennes.

Ho ! Hisse !

Ça vient. Doucement, mais sûrement.

Nous parvenons à nos fins, comme il est écrit dans les proses bien torchées, mais rasoirs.

Le reste, tu le devines, puisque tu n'es que la moitié d'un abruti : le corps du père Chatounet est allongé dans l'immense tiroir.

14

Rhapsodie in black

M. Blanc, officier de police particulièrement doué, après avoir constaté l'enlèvement de Ramadé, sa chère femme, fit deux choses d'apparences contradictoires mais que son âme africaine jugeait complémentaires. Il prévint ses confrères de la Criminelle et manda Cadillac V 12, sa jeune belle-sœur, laquelle possédait, mes féaux lecteurs le savent, certains dons de sorcellerie hérités de leur père.

Son cœur noble saignait à la perspective qu'on puisse mettre à mal l'irréprochable épouse et, malgré la gravité de l'instant, Jérémie se reprochait de l'avoir parfois trompée avec des filles blanches sans vergogne ni vertu (mot qui ne prend pas de *e* comme « laitue » bien qu'il soit féminin).

Les enfants, de retour de l'école, pleurnichaient ou questionnaient selon leur âge. Jérémie conservait tant bien que mal son calme, se détournant pour écraser une larme. Il ne pouvait s'empêcher d'imaginer le pire, à savoir un précoce veuvage. Si pareil drame se produisait, il serait contraint d'épouser la cadette, à cause des mômes, ce qui ne constituait pas un pensum, Cadillac V 12 étant une fille plutôt jolie et bien tournée, mais jamais elle ne lui inspirerait un amour aussi radieux que celui voué à Ramadé. À aucun moment de leur vie de couple, il n'avait cherché à initier son innocente compagne aux pratiques de l'amour occidental. Il la conservait pure et sans tache dans l'écrin de leur foyer, sachant bien qu'elle constituait un trésor rarissime.

Cadillac V 12 survint bientôt, hagarde. Ses cheveux, décrépés et gominés, formaient des sortes de tuiles noires. Elle avait le teint gris, les yeux jaunes et les lèvres blanches ; rien qui puisse inspirer Gauguin !

Jérémie l'entraîna immédiatement dans la chambre, non pour la baiser, mais pour lui relater la tragédie familiale à l'abri des oreilles enfantines.

L'exquise Sénégalaise réprima ses pleurs, comprima sa poitrine qui gagnait en volume de semaine en semaine (voire d'heure en heure) et écouta le récit de Jérémie. Ce fut long, Blanc ayant pris le sage parti de narrer toute l'énorme histoire à cette fille médiumnique.

Elle suivit son exposé en opinant. Un début d'intense concentration, tremplin incontournable de transe, s'opérait dans son être. Lorsque son beauf se tut, elle ferma les yeux, joignit les mains devant sa chatte raminagrobesque et sa respiration commença à devenir plus lente.

Naguère, c'était Ramadé qui possédait le « don » de leur père ; mais des maternités successives et la pression de la vie française l'avaient émoussé, si bien que, curieusement, sa perception extra-naturelle s'était reportée sur sa cadette.

Les deux sœurs avaient réalisé la chose progressivement. Dans leur pays, on constatait de tels « glissements magiques » d'un membre de la famille à un autre sans en concevoir d'amertume ou de fierté. C'était ainsi et personne n'y pouvait rien.

Reprenant quelque espoir, Jérémie la contemplait, animé d'il ne savait quelle foi pas très catholique. Cadillac V 12 semblait s'être embarquée dans une nacelle, à destination de l'infini. Pas un muscle de son visage ne bronchait.

Au bout d'un temps qu'il jugea interminable, la jeune fille se mit à proférer des bribes de phrases du plus haut intérêt.

— Ils sont arrivés…, chuchota-t-elle. Un grand camion rouge… Ramadé est couchée dans un petit lit… Le camion ne roule pas, il y en a d'autres autour de lui…

Elle s'offrit un silence meublé de hochements de tête et de légers grognements. Puis reprit :

— L'homme de l'auto est reparti… Il roule terriblement vite… Oh ! mon Dieu…

Dans son état second, elle esquissa un signe de croix.

Sachant qu'il ne fallait en aucun cas troubler une « vision » par des questions, l'officier de police rengaina celles qui affluaient à son esprit. Elles eussent d'ailleurs été superflues car la jeune Sénégalaise décrivait la scène :

— L'auto a culbuté un jeune garçon sur sa bicyclette… Le pauvre petit est étendu sur le talus, plein de sang… Son vélo est tordu…

Elle se mit à sangloter, ce qui dissipa immédiatement sa voyance. Levant sur Jérémie un beau visage en pleurs, elle se réfugia dans ses bras. Il la tint serrée contre soi ; eut une érection, terriblement intempestive, mais passa outre.

— Et après ?

— Après quoi ?

Le « contact » était rompu. Chute libre dans l'insipide réalité. À quoi bon insister ?

Par acquit de conscience, il passa la main entre les cuisses de sa belle-sœur, sentit ses doigts, hocha la tête et regagna le living pour téléphoner à la maison Poulemane.

15

Il n'existe pas d'autre aventure que le quotidien

L'homme croit jouir de la liberté par la pensée. En réalité, il n'existe aucune liberté de l'esprit. Le nôtre, que nous croyons générateur d'infini, ne possède pas plus d'autonomie que le rongeur enfermé dans une cage. Nos vagabondages mentaux sont dérisoirement mesquins. Nous les ressassons, certains d'être spirituellement sans limites, alors que rien n'est plus étriqué qu'une cervelle humaine. Notre horizon imaginaire dépasse à peine celui de notre vue. Les plus grands penseurs ne sont que des pourvoyeurs d'illusions et nous font croire au faux pour masquer le vrai. Très sincèrement, j'encule Montaigne malgré ma dilection pour le bordeaux.

Que cette brutale prise de position ne t'indispose pas, lecteur hagard. Ces misérables lignes constituent un pauvre jet de vapeur. Entre elles et un pet de cul-de-jatte, il n'y a qu'une odeur et une soixantaine de centimètres de différence.

Je te reprends donc mon récit à l'instant où nous sommes accroupis devant le cadavre entiroiré du père Chatounet.

Un qui en bave les auréoles de tous les saints de sa basilique, c'est le brave chanoine Prandeloigne. Au cours de ses pèlerinages à Lourdes, il a vu un danseur étoile tomber paralysé et la frite de miss France se couvrir de bubons gorgonzolesques ; mais un pareil prodige, il mettra son solde d'existence à se le remémorer.

Il joint les mains sur l'arête de son nez, en une contrition pas piquée des vers et balbutie :

— Seigneur ! Ô Seigneur ! Pourquoi nous a-t-il-Tu abandonnés ?

Reproche immérité car c'est SEULEMENT le missionnaire qui l'a été.

Plus résigné, au lieu d'envoyer un vanne à mon Créateur, j'entreprends d'examiner le cadavre.

Très vite, je pige qu'on a estourbi le religieux d'un coup violent sur la nuque, puis strangulé à l'aide d'une cravate encore fixée à son cou.

Cette pièce d'étoffe est un élément à bas prix, achetée en d'autres temps dans une grande surface. Pure viscose, elle est noire et luisante d'usure. Il s'agit, sans aucun doute, de celle du religieux. On la lui a « empruntée » après le coup de buis, histoire de parachever son décès.

Sa « mission » remplie, Salami s'est couché dans un angle de la pièce et somnole, le pif à quelques centimètres de ses roustons. Cher clébard zélé, il mérite bien de souffler un peu.

— Je pense aux conséquences ! gémit le chanoine. Quel scandale !

*
* *

La chaisière, le bedeau, un abbé, deux religieuses de ménage dominicaines (non par leur ordre mais par leur pays d'origine) ; plus le bon chanoine, évidemment.

Ton serviteur procède à un interrogatoire pointu. Il en ressort que le père assassiné, la messe « basse » achevée, est venu se dessaper dans la pièce où nous sommes et n'a plus reparu.

Seule, l'une des deux religieuses l'a vu y pénétrer alors qu'elle promenait l'aspirateur dans le couloir. Celle-là même qui avait préparé son petit déjeuner.

Je modifie la trajectoire de mes questions.

Quelqu'un aurait-il aperçu un individu, voire une individuse, étranger (ou gère) à la basilique ?

Réponse : nenni.

Tout se déroulait comme chaque jour dans l'harmonie d'une routine parfaitement établie.

Cependant, le meurtrier s'est bel et bien introduit dans les locaux, y a commis son crime et s'est remporté, cela au moment où la vie commençait à reprendre !

Par exemple, on peut se dire que, pendant la séance d'aspirateur, il se trouvait déjà à pied d'œuvre dans le vestiaire, guettant le retour de l'officiant. Son assassinat accompli, il est reparti sans être vu ! Quelle audace ! Doit avoir des nerfs d'acier, ce tueur de prêtre.

— Personne ne l'a assisté pour dire la messe ?

— Si, moi, fait la chaisière avec qui j'ai eu des mots.

— Vous n'auriez pas remarqué quelqu'un qui l'aurait observé pendant l'office ?

— Il y avait peu de fidèles à cette heure.

— Justement : ils étaient plus facilement repérables.

Elle scrute sa mémoire et cigogne des endosses.

— Franchement, je ne vois rien de particulier…

Et puis elle se tait, comme saisie d'une idée subite, diraient des plumitifs du rayon prêt-à-porter.

— Encore que…

Mille fois je te l'ai répété : ne jamais brusquer le sujet aux prises avec sa mémoire.

Je patiente, sans trop céder à l'espoir, lequel, souvent, tourne court. L'être humain est un instrument (à vent, pour ce qui est de Béru) ne jouant pas à la commande.

La rate d'église finit par murmurer :

— Au premier rang des fidèles présents se trouvait un prêtre que je n'avais encore jamais vu : un Asiatique. Il ne perdait pas le pauvre père des yeux. Ce qui m'a surprise, c'est qu'il semblait étranger à la liturgie.

— Qu'entendez-vous par là ? lui demandé-je-t-il de préciser.

— Il s'agenouillait ou se signait à contretemps comme un homme possédant mal les rites de notre sainte mère l'Église. Troublant de la part d'un ecclésiastique[1], vous ne pensez-pas ?

— En effet. Voyez-vous quelque chose à préciser ?

— Lorsque le père Chatounet a eu achevé sa messe, le prêtre en question s'était déplacé pour s'approcher de la sacristie. Ensuite, je ne l'ai plus revu.

— Eh bien ! voilà qui ne manque pas d'intérêt ! la complimenté-je.

Usant de mon « portable », comme on dit puis de nos jours d'exiguïté planétaire, je tubophone à mes camarades de la Crime en leur signalant le meurtre et en leur recommandant la plus grande discrétion.

Cette seconde partie de mon discours me vaut une action de grâces de derrière les fagots que le chanoine tenait en réserve pour une grande occasion.

Qu'il en soit remercié.

1. En l'occurrence, on pourrait le qualifier d'eccléasiatique.

16

Les trompettes de la mort

C'est ainsi que l'on appelle une variété de champignons noirs, en forme de corne d'abondance, qui n'ont guère plus de goût qu'un préservatif cuit au beurre, mais présentent l'indéniable avantage de ne pas être vénéneux.

J'ai la trompette de la mort dans l'âme en gagnant la maison Poulardoche, lourd de mon chagrin et de mes déconvenues. *N'ai-je donc tant vécu que pour cette infamie ?* Le rapt de ma fille nouvelle venue m'évide comme un vieux saule. Je dole[1] comme un champion de course à pied venant de se faire sectionner les pattounes par les roues du T.G.V.

Teureusement[2], en pénétrant dans nos chers locaux, j'ai la grande soulageance d'y retrouver Béru et Jérémie Blanc. L'un et l'autre sont détorpeurés et possèdent cette expression volontaire et farouche propre à *La Marseillaise* de Rude.

Je leur en fais la remarque.

— Nous avons du nouveau, me révèle le Blafard-en-Négatif.

— C't-à-dire qu'y a du neuf, quoi ! sous-titre le Plantureux.

Nous sommes dans le bureau codirectorial mis à ma disposition par mon successeur, lequel, soit dit entre nous et le mausolée de Lénine, est plus souvent à la pêche qu'à l'honneur.

M. Deux-Quintaux débute :

— Félisque s'est fait enl'ver en quittant l'hosto de Toulon par un tomobilisse que voici son numéro immatriculationnaire. J'aye alerté les gendarmeries su' l'parcours Toulon-Paris. Les bédis d'Avignon ont r'tapissé la guinde : un' Béhèmevé grise. Leur état-majorque a pris les disposances pou' qu'on va la suive jusque z-à sa destinée. Ord' de n'interviende qu'en cas d'grabuge.

— Excellent ! approuvé-je. Voilà un point positif dans ce tas de gadoue fétide ! Et en ce qui te concerne, Jérémie, mon presque brother ?

1. Du verbe « être dolent ».
2. Tiré de l'expression : « Fort heureusement ».

— Ton esprit cartésien va regimber, promet-il.

— Je l'ai laissé au vestiaire.

— Tu as eu l'occasion de t'en apercevoir antérieurement : Ramadé, mon épouse, possédait un don de voyance.

— Je l'admets.

— Celui-ci, par je ne sais quel phénomène supranaturel, l'a quittée pour se reporter sur sa jeune sœur, Cadillac V 12.

— Les caprices psychiques sont mystérieux, veux-je bien reconnaître.

— Alertée par mes soins, la cadette s'est précipitée chez nous et a eu une vision : un homme conduisait ma femme jusqu'à un parking pour la transborder à l'intérieur d'un énorme camion rouge.

— Intéressant, dis-je pour ne pas blesser la susceptibilité d'un Noir riche d'une vaste culture encyclopédique.

— Ce n'est pas tout.

— Quoi encore ?

— Le kidnappeur de Ramadé a causé un accident, quelques kilomètres plus loin : roulant à grande vitesse, il a percuté un jeune cycliste et s'est enfui.

— Dis donc, elle a des voyances commanditées par Afflelou, la petite Noirpiote !

Le grand Primate des gueules me vote une mimique écœurée.

— Naturellement, tu ne crois pas à cette histoire ?

— Pas encore, mais je vais faire mon possible.

— T'as la mémoire courte, et pourtant ma femme et sa sœur te l'ont rendue, y a pas si longtemps[1].

Il sort un faf de son blouson.

— J'ai fait diffuser un message prioritaire. Voici deux heures un jeune garçon de quatorze ans, nommé François Lechampit, a été percuté par une Volvo bleu foncé roulant à vive allure sur la N 20, en direction d'Étampes. Or, tu sais que Sédar, mon aîné, a vu embarquer sa mère à bord d'une Volvo bleu marine !

« Le gamin souffre d'un traumatisme crânien et d'une fracture ouverte à la jambe gauche. Le conducteur de la voiture ne s'est pas arrêté. Un automobiliste est parvenu à noter une partie de sa

1. Cf. : *Ceci est bien une pipe.*

plaque minéralogique, j'ai communiqué cette fraction de numéro au service des cartes grises.

« Par ailleurs, la brigade d'Étampes va se mettre en quête d'un camion rouge de fort tonnage, susceptible de stationner ou se déplacer dans la région.

Il a le triomphe modeste, seigneur Palmier. Pas de pose avantageuse, ni de regard souverain.

— Direction Étampes ! fais-je.

*
* *

Une fille jeune, mais déjà utilisée, expose ses slips arachnéens sur un fil d'étendage lorsque je l'aborde.

Elle est brune, avec des seins joyeux et un regard qui te fait le tour du propriétaire en moins de jouge. Elle crèche dans un pavillon grand comme une pendule suisse et fredonne l'air à la con que chante triquotidiennement un goualeur à la con dans un poste à la con.

— Bonjour ! je lui gazouille de ce ton qui fait fondre les gerces comme beurre en enfer.

Elle me confie des yeux en comparaison desquels les prunelles de la Joconde ressemblent à celles d'une contractuelle malade. Me sourit gentiment.

Je lui désigne l'aire de stationnement située au-delà de son jardinet.

— Dites-moi, jolie demoiselle, vous voyez ce gros camion rouge, près du point d'eau ?

— Ce serait difficile de ne pas le voir, rigole cette joyeuse.

— Vous sauriez me dire s'il est stationné là depuis longtemps ?

— Ça doit faire le troisième jour.

Elle a envie de me demander ce qui motive ma question ; s'en abstient dûment, intriguée par le Noir et l'obèse qui m'escortent.

— Savez-vous où se trouve son conducteur ?

— Il a dû aller faire des provisions à Étampes, avec sa mob'.

— C'est quel genre d'homme ?

Elle hausse les épaules.

— Ben… un camionneur… Il a un pull bleu marine, un jean, une casquette de toile. Pourquoi me demandez-vous ça ?

— Histoire de me tenir au courant…

— Il y a bien une raison ? insiste cette petite curieuse.

Qu'à cet instant précis, un léger coup de vent retrousse sa jupe, nous permettant d'apercevoir une petite culotte mauve, cousine germaine des blanches qu'elle met à sécher (nos gorges sèchent plus vite).

Comme, dérouté par mon émoi, je tarde à lui donner satisfaction, elle insiste :

— Qui êtes-vous ?

Je retrouve mes esprits :

— Devinez ! Un mot de six lettres commençant par un *p* et se terminant par un *e*.

— Police ?

— Gagné !

Elle me découvre trente-deux perles fines à l'éclat nacré.

— Il a commis une infraction, le gars du camion ?

— Ça se pourrait.

— Il est italien, comme son gros « Q ».

— Vous lui avez parlé ? coupé-je.

— Non, mais il chante en cassant la croûte sur une table du parking. Il possède d'ailleurs une très belle voix pour la canzonetta.

— Il est seul ?

— Des gens viennent le voir en bagnole.

— Ces voitures sont immatriculées à l'étranger ?

— Je n'ai pas fait attention. Vous savez, je ne le surveille pas, ce type. Je l'aperçois quand je viens dans le jardin, et puis je ne suis pas toujours là. Je travaille chez un médecin dont c'est le jour de fermeture.

— Merci pour votre coopération.

— Elle est réduite à sa plus simple expression, pouffe l'adorable créature que je transformerais volontiers en girouette après l'avoir installée confortablement sur mon paf ; mais je n'ai pas le cœur à « ÇA », crois-je te l'avoir indiqué un peu plus haut, à gauche.

Prise de congé aimable, suivie d'un long soupir propice à toutes les mouillances.

Mes compères qui ont observé notre échange en silence me défriment d'un œil fustigeur.

— Où en es-tu ? demande Jérémie.

Béru et lui sont partisans d'explorer le véhicule sur les flancs duquel sont peintes d'énormes boîtes de pâtes au nom réputé.

— Délicat, réfléchis-je. Si ce camion est de bon aloi, nous risquons, en cas de suif, des complications diplomatiques avec la sœur latine.

— N-en c'cas, c'est moive qu'j'prends l'initiative.

Rare qu'il joue les Jeanne Hachette, messire l'Obèse. Il nous plante pour se diriger d'un pas massif vers le lourd engin.

Naturellement la porte est chiusa. Alors tu sais quoi ?

Non, franchement, il doit souffrir d'un décollement de la cervelle consécutif à l'assassinat de sa Ricaine ! Le voilà qui sort de ses hardes son vieux tromblon à la crosse déglinguée.

À l'instant où je hurle : « Non, Gros ! Fais pas ça ! », il balance deux bastos à série limitée dans la serrure de l'énorme véhicule.

Le double impact obtient les résultats qu'il escomptait puisque nous le voyons déponer la porte latérale de ce « vaisseau de la route » comme l'appellerait une poétesse de mes relations, laquelle se masturbe avec son stylo dont le capuchon la tranquillise, côté procréation.

Sa Majesté féodale pénètre sans vergogne à l'intérieur du monument à roulettes.

— Il est gonflé ! fait mon Jéjé avec un soupir d'admiration. En plein jour, au milieu d'une aire de stationnement, faut oser. C'est la correctionnelle assurée !

— Baste, dis-je, nous en avons fait d'autres, et des plus risquées.

— Tout de même pas avec une telle impudence !

Un moment s'écoule, sans que nous bougions un cil ou un poil de mollet. Nous attendons, le guignol comme un crustacé jeté vif dans le court-bouillon.

Un pressentiment me point : certitude qu'il va imminemment se passer du peu banal. Et je suis persuadé que le Mâchuré est dans les mêmes transes.

Enfin un début de quelque chose se produit près du monstre rouge que cernent des camionneurs dont le somme réparateur a été troublé par les coups de feu du Magistral. Alexandre-Benoît se présente de dos pour dégravir les trois marches. Il a les bras tendus vers l'intérieur, comme s'il aidait quelqu'un à descendre.

J'aperçois le pan d'une jupe. Et puis une jambe de dame.

Chancelante, Berthe Bérurier sort du camion.

17

Les chemins de l'aventure anguleuse

Peu préoccupé de sa vie, Félix avait fini par s'endormir. L'équipée lui semblait presque plaisante et il n'était guère angoissé par sa finalité. Il n'ignorait pas que son odyssée pouvait mal tourner, mais sa condition de philosophe à la retraite le rendait fataliste. Par ailleurs, la communication téléphonique avec ce poussah de Bérurier l'aurait rassuré s'il avait été perméable à la peur.

Félix somnolait donc. Parfois le sommeil l'entraînait dans une plongée abyssale (habit sale) de courte durée. Il remontait rapidement, sans décompresser, pour retrouver la réalité, à savoir qu'il était au côté d'un homme bien mis et détendu, pilotant une voiture cossue.

« J'ai dû me faire des idées rocambolesques, songeait le doux vieillard. Mes mésaventures récentes m'inclinent à délirer. »

Il s'éveilla tout à fait à la hauteur de Chalon-sur-Saône : le serviable conducteur s'arrêtait dans une vaste station d'essence pour faire le plein.

— Souhaiteriez-vous prendre une collation ? demanda-t-il à son passager pendant que le précieux liquide s'engouffrait dans le réservoir.

— Je mangerais volontiers quelque croque-monsieur, admit le bonhomme ; me permettez-vous de vous en proposer un ?

Pour ne pas le désobliger, l'autre accepta et ils se retrouvèrent debout devant une petite table ronde haut perchée.

Leur chiche en-cas arrosé de bière sans alcool achevé, ils reprirent la route. Le temps s'assombrissait à mesure qu'ils se dirigeaient vers le nord et des gouttes de pluie ne tardèrent pas à s'écraser sur le pare-brise, lourdes comme des fientes de pigeon.

Enhardi par les heures qu'ils venaient de passer ensemble, Félix questionna son compagnon à propos de ses occupations.

Herbert Malandryn lui apprit qu'il négociait des droits cinématographiques pour le compte d'une société américaine.

Il cita plusieurs titres de films dont l'ancien prof n'avait jamais entendu parler car il détestait le 7e art, l'estimant « fabriqué » et souvent niais.

Le silence revint insensiblement les séparer. Deux êtres n'ayant rien à se dire finissent immanquablement par faire mutisme à part.

*
* *

Quelques centaines de mètres en arrière, une Citroën banalisée les suivait, avec à son bord deux policiers de la brigade d'Avignon. Logiquement, des confrères à eux auraient dû prendre le relais depuis longtemps, mais il s'était produit un sac d'embrouilles dans la transmission des consignes, aussi les pandores du Vaucluse poursuivaient-ils en conscience leur filature.

La circulation restait fluide. Les balais d'essuie-glaces faisaient entendre leur zonzonnement un tantisoit geignard. Pendant la première partie du trajet, le brigadier Vaubecours avait raconté ses déboires conjugaux à son subordonné. De là, ils passèrent à la Coupe de France de foot, chacun d'eux y allant de son pronostic. Après quoi, Germain Pilon, qui conduisait, fit le procès de son beau-père, un vieux grigou enrichi dans les fruits et légumes, lequel refusait de le cautionner pour l'achat d'une maison à Pont-de-Poitte.

— Gaffe ! ils vont s'engager sur l'aire de stationnement, avertit le cocu-chef.

Effectivement, la bagnole qu'ils filochaient obliqua pour pénétrer dans la zone de repos. Elle stoppa devant le petit bâtiment affecté aux toilettes.

Les perdreaux contournèrent l'endroit et allèrent s'embusquer dans un bosquet d'acacias proche de la zone « goguenarde[1] ».

Le vieillard descendit et gagna les tartisses en commençant de dégager sa braguette pour déballer de ses brailles sa monumentale chopine. Toute sa vie, ce membre d'exception lui avait posé problème. Il avait pris l'habitude d'uriner dans des vécés clos et non dans des pissotières, ces dernières ne lui permettant pas de dissimuler sa verge aux regards des autres licebroqueurs.

Dans leur CX, Vaubecours et Pilon ricanaient de l'incontinence manifestée par Félix. Eux avaient profité de la halte de Chalon pour aller faire « pleurer le gosse ».

1. Extension du mot « gogue ».

Le B.A. BA du métier : ne jamais conserver une vessie pleine, car elle porte atteinte à la disponibilité du flic.

Ils branchèrent la radio pour écouter les nouvelles. Il y avait toujours une guerre au feu, si l'on peut dire. Les Ricains qui « intervenaient », histoire de faire marcher le commerce, les pauvres. Ils n'avaient qu'à fabriquer des armes, il se trouvait perpétuellement des connards pour les utiliser.

Pendant qu'ils ingurgitaient les infos, il se produisit, non loin d'eux, une terrifiante explosion. Une énorme boule de feu parut tourner sur elle-même, tandis qu'une épaisse fumée noire s'élevait dans des volutes d'apocalypse.

— Bordel à cul, c'est « notre » bagnole ! égosilla le brigadier, marquant par ce possessif qu'il s'agissait de la voiture suivie.

Ils jaillirent de leur véhicule pour courir sus au sinistre. Ils ne purent s'en approcher tant le brasier était déjà adulte.

À travers le buisson ardent, c'est tout juste s'ils distinguaient les formes de la voiture en train de se transformer. Les tôles se convulsaient, une vague silhouette d'homme, fantôme de flammes, gesticulait, ceinturée, au milieu de cette ignition. Elle cessa de s'agiter très vite et le phénomène de la combustion seul continua de la mouvoir.

— Seigneur ! Tu as vu ? questionna le gradé.

— Ça me rappelle un film sur le Vietnam, renchérit son compère.

— Je te parle pas de l'incendie, mais de ÇA !

Il montrait le vieux prof hébété sortant des cagoinsses, le futal en socquettes, la tête de son paf au niveau des genoux.

18

Il faut que ça pète ou que ça casse

— J'ai sorti de chez nous pour passer dire un bonjour à Alfred, not' ami coiffeur. J'allais prend' le métro quand v'là un type qui me bouscule. Il manque tomber, mais y m'rattrape en extrait d'miss, me confond d'escuses, me propose de m'conduire là que je vais, manière de se faire pardonner. Brèfle : l'parfait gentlemane. J'accepte. Monte à son côté. On décarre, qu'aussitôt un zigoto qu'était planqué à l'arrerière se dresse.

« Il m'appuille le canon d'un flingue su' la nuque et m'dit : « Bronche pas, la grosse, sinon t'auras l'cerveau collé sur l'pavillon de cette bagnole ! » Le vrai goujat.

« « Mais caisse j'ai fait ? » j'proteste. « T'es la rombiasse d'un gros plein d'merde dont auquel on n'veut pas d'bien. » Le monsieur élégant grogne derrière son volant : « Pas de conversation, je vous prie, Angelo. »

« Alors le mec se tait. On roule et on arrive sur ce parkinge. Pile devant le camion ci-joint ! m'y font z-entrer. Quelle n'est-ce pas ma surprise d'y trouver Ramadé, votre chère épouse, Jérémie, en compagnie d'une mignonne gamine.

— Non ! nous exclamons-nous, le Dark et moi.

— Testuel ! Y leur disent de les suive, ce dont elles font, y m'laissent à leur place et puis y r'partent…

— Ma femme était comment ? demande Jéjé (lequel ressemble plus au tunnel qu'au mont Blanc dont il porte le nom).

— Prostrée, mais très digne.

— Vous croyez qu'ils l'ont violée ?

— C'est pas leur genre.

Soupir désenchanté du « cinq tonnes ».

— Frappée ?

— Non plus.

— Ont-ils dit quelque chose pouvant fournir une indication sur leurs intentions ?

— Rien !

Pendant cet échange, Bérurier-le-Violent a saisi sa Baleine par les épaules si je puis dire parlant d'un cétacé, et posé sa joue sur ses bajoues en cascade.

— Ah ! c'est bon d't'r'trouvever ! roucoule-t-il.

— Tiens ! V'là l'aut' qu'est en train d'oublier sa pute ! ricane la Glorieuse.

— On est arrerivés just' pou' t'délivrer ! reprend ce Télémaque heureux d'avoir reconquis le royaume d'Ithaque. Mes potes voulaient pas qu'j'forçasse la lourde du camion ; mais moive, l'instincte m'poussait : la voie du sangue, quoi !

— Vous l'entendez ? questionne la Vachasse. Y joue Manon après m'avoir obligée à bouffer le cul de sa pétasse ricaine ; y a une pointe d'abus, non ?

— Maint'nant qu'elle est nase, on peut faire la trêve des confiseurs, propose notre Somptueux.

Sa grandeur d'âme ébranle l'Odontocète. Berthe accepte d'enterrer cette hache de guerre qui tentait de mettre bas l'arbre de leur amour.

Long baiser brûlant et baveur, applaudi par l'assistance.

Je pénètre dans le camion. Le compartiment aménagé derrière la place conducteur est une sorte de minuscule studio comportant une couchette et un gogue avec lavabo.

Visiblement, cette « cellule » aux parois capitonnées a été créée dans une intention très claire : séquestrer dans un premier temps les personnes kidnappées, puis, dans une seconde phase, les acheminer sur un lieu de détention plus durable, ou – qui sait ? – les assassiner.

Les conducteurs alertés par les exploits du Fracassant se retirent, l'impitoyable mouchard signalant la durée des arrêts ! Négriers, va !

Nous déponons les lourdes arrière du véhicule rouge. Il contient bien une cargaison de pâtes, comme annoncé sur ses flancs.

— Je me demande où est passé le chauffeur ? soupire Jérémie, très abattu.

— Il va revenir, prédis-je, sauf s'il a rappliqué pendant que les routiers faisaient cercle ! Auquel cas, il aura pris la tangente.

Brève réflexion, je décide :

— Béru et Berthe vont rentrer sur Paname, conduis-les jusqu'à la gare la plus proche, tandis que je resterai placardé dans le secteur. Tu viendras me rejoindre ensuite.

— J'irai mett' ma gazelle en lieu sûr chez Alfred, déclare notre Grenadier normand. L'temps d'y faire un' bonne manière d'conciliation av'c Alfred qu'est toujours prêt à porter queue forte et j'vous r'joigne !

Ils partent sur ces paroles de paix.

Je déniche un coinceteau arborisé, avec un chêne pour jouer à Saint Louis, et je laisse filer le temps à travers ma vie bouillonnante.

Tout à l'heure, la Grossasse narrant son rapt a déclaré que le « Monsieur » qui conduisait la voiture a interpellé son compagnon en le nommant *Angelo*.

Ce céleste prénom rital me rappelle quelque chose : dans le précédent volume, notre service d'anthropométrie a découvert que les assassins de la fille Grey s'appelaient Pierre Labbé et Angelo Angelardi. Nul doute que le coravisseur de la Vachasse soit l'Angelo de la clinique.

*
* *

Peut-on appeler somnolence l'immobilité physique et cérébrale du guetteur à l'affût d'un gibier (le mien est de potence) ?

Mon esprit étale continue de vigiler, mais sans phosphoration superflue. Le bruit de la route, sa houle grondante m'aident à me maintenir en éveil. Je pense à ma mignonne Antoinette, à sa maman qui doit débarquer de Suède, l'âme fendue en deux dans le sens de la hauteur.

La haine continue de croître en moi. À m'en rendre fou ! Ma volonté de retrouver ma petite fille et Ramadé, puis d'écraser cette bande de cancrelats est si intense que je ne doute pas d'y parvenir.

Enfin, à travers la rumeur de l'endroit, la pétarade d'une mobylette retentit. Il en existe d'autres sur la nationale, mais mon sub' m'avertit que c'est celle-là la « bonne ».

Ô merveille de l'intuition triomphante !

Un type débouche sur sa péteuse entre les mastodontes à l'arrêt. La trentaine, les tifs rouquinants, avec un anus de bébé au milieu du menton. Il a une cicatrice sur l'arête du pif et le regard poreux.

Il stoppe son engin à l'arrière du camion, descend la béquille et se met à compisser les roues jumelées de son gigantesque bahut.

Comme il se la secoue (pauvres hommes que nous sommes d'avoir à nous égoutter la zigounette), je le rejoins à pas d'autant plus feutrés que j'ai laissé mes mocassins dans l'herbe, et appuie l'œil d'acier de mon ami Tu-Tues sur sa nuque bronzée.

— Remets ton morceau de tripe en place et ne cherche pas à t'émanciper, sinon je te fais exploser la gueule !

Il y a des intonations qui accréditent les menaces.

Lui, c'est un pro : il connaît toutes les nuances du grabuge. Il pige illico que son destin est mal barré.

— On va aller dans l'appartement des invités ! reprends-je. Pas la peine de chercher la clé : il est ouvert.

D'un coup de genou dans les meules, je lui intime d'avancer. Il remonte son autobus à petits pas, jusqu'à la porte donnant accès à la cellule où était retenue la Bérurière de mes burnes.

— Maintenant, entre !

Si je t'avouais que je ne reconnais plus ma voix. Celle de Frankenstein ressemble au chant du rossignol, comparée à elle. Bon, nous voici dans la place. J'actionne le commutateur. Le plafonnier répand une lumière mitigée, dans les jaune code.

— Retourne-toi ! Je sais qui tu es, dis-je, avant son obtempération : Pierre Labbé, un gredin classé 5 sur l'échelle du crime. C'est toi qui as scraffé la fille ricaine en compagnie d'une frangine et de ton pote Angelo, dont tu viens prendre le relais ici.

À l'extérieur du camion, il a été pris de court. Un homme avec la queue à l'air perd ses moyens. Mais voilà-t-il pas qu'il se force à goguenarder, le malheureux.

— Tu ne devrais pas ricaner, fais-je en lui faisant éclater le genou droit !

Fou de douleur et de médusance, il s'abat sur la couche plus étroite que la porte de Gide et que son trou du cul.

— On débute à pas de loup, reprends-je, chaque chose en son temps. Si tu as pour deux ronds de psychologie, tu comprendras que tu as en face de toi un fauve enragé.

Et pour le lui prouver, je tire une nouvelle bastos dans sa seconde (et dernière) rotule.

— Tu vas droit à la chaise roulante ! assuré-je avec flegme.

Des gouttes de sueur grosses comme les diamants de la Couronne britouille dégoulinent sur sa vitrine convulsée.

— Il existe dans ta carcasse des tas de points non vitaux que mes balles vont explorer. Ici, par exemple !

Et je lui en sers une troisième dans la clavicule gauche.

— Si tu ne me révèles pas ce que je veux savoir, poursuis-je, je t'en mettrai encore une dans les roustons.

Je te passe sur les clichés inhérents à la situasse : pâleur de cire, gueule grande ouverte, regard révulsé, souffle haletant.

— Vois-tu, Pierrot, maintenant tu commences à te faire une idée précise de ce qu'est un homme dingue. Mais je ne te laisserai pas crever sans t'affranchir. Je suis San-Antonio, mon bijou, le papa de la fillette que ta bande franco-amerloque a enlevée. Tu vois bien qu'il faut vider ton sac avant que je vide mon chargeur dans ton ventre et ta tête !

19

Le malheur rend méchant

Un autre Sana me regarde tristement : ma conscience. Ce double hoche la tête au spectacle du forban que je viens de mutiler. Une voix s'élève sur fond de harpe : « Es-tu satisfait, misérable bonhomme, de répondre au mal par le mal ?

— Fais pas chier ! rétorqué-je. Il existe des moments où tendre la joue gauche est une foutaise. »

Venant opportunément faire diversion, un chant mélopesque retentit :

Dans ma Savane
Banane
Y a bon les nichons
À Dondon.

Délicieux hymne au soleil composé par le fameux chantre africain Tavumaqueu, Prix Nobel d'Enculage à sec.

Aucun doute : Jéré est de retour. Il rôde, inquiet, autour du camion, se demandant où je me trouve car il a repéré la mobylette dehors.

J'entrouvre la porte, siffle voyou, et il se pointe (comme la mère Duraz).

Regard interrogateur de mon cher Bougne.

Je m'efface pour lui laisser contempler le panorama. Une expression de bébé comblé élargit sa face sombre.

— Enfin ! soupire-t-il.

Puis, découvrant les blessures infligées au salopard :

— *Tu l'as commencé ?*

Question inquiétante pour notre homme car elle sous-entend que nous allons « le » poursuivre, voire « le » terminer.

On est un peu à l'étroit dans cette chambre-niche. Le lit se teint en rouge. Le truand halète comme la louve de Rome[1].

Je pose un pied sur le pucier.

— C'est pas à une vérolerie de ton espèce que je vais jouer du pipeau, Labbé. On va t'interroger, et si tes réponses manquent de spontanéité, ta putain de vie s'arrêtera là. Compris ?

Il bat des paupières.

— Je commence par la seule question qui compte vraiment : où sont la fillette et la jeune femme noire ?

— Ils les ont emmenées, fait le bandit sans l'ombre d'une hésitation.

— Où ?

— Je ne sais pas. Ce camion c'est juste pour le dispatching.

Il est au bord de l'évanouissement.

— Vous allez pas m'achever ? geint-il.

Au lieu de m'intéresser à sa supplique, je continue :

— Qui est venu les chercher ?

— Une espèce de Mexicanos.

— Qu'avait-il comme voiture ?

— C'était pas une auto, mais une moto avec un side-car.

— Immatriculation ?

— Anglaise.

— Comment les a-t-on installées dans le side ?

— Attachées et bâillonnées, avec une couverture par-dessus.

Pauvre petite fille molestée ! Cher ange coupable d'avoir pour père un aventurier de la rousse !

— Où les emmenait-il, ce motocycliste ?

— Je n'en sais rien, parole !

Parole de fumier, tu parles d'un cadeau !

Jérémie vient de sortir comme un fou pour alerter toute la volaille de France, afin qu'on intercepte une ronfleuse avec side-car immatriculée Grande-Albion. Doit pas y en avoir des flopées sur nos routes.

— Pour qui travaillez-vous, toi et Angelardi ?

---

1. Si tu ne piges pas toutes mes astuces, ça ne fait rien : y aura de la baise par la suite.

— La Main verte.

— Dis donc, c'est une sous-traitance de la Mafia, cette association !

Il acquiesce.

— Vous y faites des ménages ? Liquidation en tout genre ?

Ne moufte pas.

— Et qu'est-ce que cette honorable institution fout avec son homologue ricaine ?

Si je ne lui avais déglingué la clavicule, il hausserait sûrement les épaules.

— Ils sont en cheville, c'est tout ce que je sais.

— Le motard, il retournait en Angleterre ?

— Je l'ignore.

— Il ne peut guère prendre le barlu avec deux personnes attachées dans un side-car !

Le vaurien ne répond pas. Il y a une raison primordiale à cela : il vient de perdre connaissance.

Et c'est pas du bidon, espère.

Tu te rappelles la momie de Ramsès II ?

*
* *

C'est marle, comme la Providence, ou du moins sa cousine par alliance, se montre bienveillante avec nous ; surtout après des périodes fangeuses, j'ai observé. Le soleil après la pluie, air connu.

Au moment où je rejoins mon Négro sprituel, la gentille de naguère délourde son portail afin de sortir sa petite Fiat cabossée à l'avant et à l'arrière (parce qu'elle freine trop tard ou trop tôt, selon les cas). Elle nous refait un signe de la main.

Va savoir pourquoi, son mouvement me déferle la pensarde et me fait courir à elle. Lui demandant si elle aurait aperçu un motard ou quoi. Oui : elle l'a vu partir. Les side-cars ne sont pas légion (comme disaient les Romains).

Donc, le gars que j'ai perforé dit vrai. L'engin était noir avec un motif bleu en forme de flèche. Le pilote portait une combinaison de cuir, un casque à l'anglaise, du genre qui donne l'air abruti. Mais bouge pas ! Ah ! la délicieuse enfant, ce coup de tringlette que je vais lui décerner un de ces quatre, lorsque l'aurore se remettra à boréaler sur ma vie ! Inimagine-toi que dans la décarrade cyclonesque, quelque chose s'est envolé d'une fonte mal fermée du coursier de feu.

— Un papier, assure la jolie.

— Quel genre ?

Elle ne sait pas. Ça s'est passé à l'autre extrémence du parking. Le faf a voleté dans le souffle de la vitesse pour aller s'abattre « par là-bas ». Elle me guide jusqu'à l'endroit, te rends-tu compte ? Fin du vaste terre-plein. Fectivement, un chiffon de papelard soubresaute le long du fossé. J'y cours, véloce tel un dératé qui a des ratés. Le bloque du pied.

Le ramasse.

C'est la photocopie d'une fraction de carte Michelin comme tu en adresses aux amis venant passer le week-end dans ta nouvelle masure du Loir-et-Cher. Elle concerne la Normandie ; un petit cercle a été tracé sur une localité du Flaubertin nommée Saint-Julien-l'Hospitalier.

— Vous semblez transfiguré, remarque ma bienfaitrice.

— Tu viens de faire pour moi davantage que le général de Gaulle pour le cimetière de Colombey-les-Deux-Églises, réponds-je.

« Un soir, je viendrai te chercher. Je t'emmènerai dîner dans un Plat d'Étain de la région, et ce qui se passera ensuite te fera regretter d'avoir mis un slip !

Lui roule, à titre d'arrhes, une gamelle prometteuse qui éblouit sa glotte.

20

La tête dans le sac

Une heure dix pour atteindre Saint-Julien-l'Hospitalier ! Nous réussissons cet exploit, grâce aux deux motards qui nous coursaient alors que nous roulions à deux cents et nous ont contraints au stop, profitant d'un engorgement camionnesque. Rouges de colère ils sont. Comme si ça diminuait leur traitement, que nous bolidions ainsi.

Je leur brandis mes exequatur et leur enjoins de nous ouvrir la route au lieu de couper notre élan. Ils me saluent marris, et nous entraînent.

Saint-Julien-l'Hospitalier est une quéquette[1] localité dont le clocher roman se mire complaisamment dans les eaux lentes de la Bauvarie (affluent de la Seine).

Peu avant l'orée du bled, je demande à nos anges convoyeurs de s'esbigner jusqu'au patelin le plus proche, non sans avoir noté leur code téléphonique « pour en cas de grabuge ».

Bien. Nous voici donc à l'endroit coché (d'ailleurs il fouette) sur l'extrait de carte routière. Dans notre affolerie, nous nous sommes peut-être précipités à tort sur une piste illusoire car, reconnais-je, le Créateur nous a sincèrement à la good, Qui fait perdre des indices à nos adversaires dans les moments cruciaux. J'allusionne à la clé d'hôtel dans notre plate-bande (peut s'écrire également « platebande ») et au feuillet envolé de la sacoche motarde. De toute façon, notre rush nous a amenés là. Il faut nous comporter en conséquence.

Jérémie, dont le teint sombre devient ambré, mord sa lèvre inférieure si tellement fort qu'elle éclate comme un fruit mûr[2]. Tandis qu'il étanche son beau sang, je range notre carrosse à l'ombre des tilleuls bordant la place.

« Et maintenant, que vais-je faire ? » chantait Albert Bécaud à l'époque de Gilbert.

Nul signe de vie dans ce trou en léthargie, sinon celui, très précaire, d'un vieillard à casquette, assis devant une maison de brique, sa canne entre les jambes, piètre ersatz de bite.

Je descends de mon siège pour faire le sien.

Le vieux Normand me regarde approcher avec l'air mécontent du déféqueur auquel tu fauches son faf à train au moment où il allait l'utiliser pour la plus grande gloire de son slip.

— Alors, grand-pé ? je lui dis.

— Hé bé ! rétorque le quasi-centenaire du tacot tac.

— Vous habitez un bien beau pays, l'amadoué-je.

---

1. L'auteur a probablement voulu écrire « coquette ».
L'Éditeur

2. Superbe comparaison. Bien dans le style de celui qu'on a surnommé : « Le Chateaubriand des Pommes ».

— Autrefoué, j'dis point ; mais maintenant il est à chier ! fait valoir cet être qui joue les prolongations.

— Vous êtes contre le progrès ? tâté-je-t-il le terrain.

Le dabe procède à un lancer de glave d'au moins dix mètres et ronchonne :

— Ce que je suis contre, c'est cette saloperie d'secte qui vient nous polluer l'pays !

Là, mes testicules font un soubresaut dans le havresac qui les héberge.

— Une secte, dites-vous, grand-pé ?

— De la racaillerie ! Si mon père qu'était maire d'la commune revenait, il te vous sacquerait cette vermine en moins de pas longtemps.

Dès lors, c'est du velours que de lui faire déballer le trop-plein.

Je te résume. Voici trois ou quatre ans, une confrérie bizarroïde a racheté le château du coin qui menaçait ruine. Ses adeptes, ayant à leur tête un Asiatique obèse, ont réparé sommairement l'immense demeure et s'y sont installés. À présent, ils dépassent la centaine, mènent une existence hors norme dans un pêle-mêle d'humanité indescriptible où les sexes se confondent. À la belle saison, ces marginaux sont entièrement nus. Les couples et les enfants sont mélangés. On baise, ripaille, chante, célèbre d'étranges cultes plus ou moins païens. Ces curieuses gens se cament à longueur de journée et se battent parfois.

Beaucoup de villageois se sont plaints, mais la secte bénéficie sûrement de protections puissantes, car les doléances paysannes n'ont jamais provoqué l'intervention des autorités.

— Voulez-vous que je vous dise ? péroraisonne l'homme auquel je tends une oreille séculière.

Je veux.

Il baisse la voix et déclare avec gravité :

— Faudrait tout y tuer de c'moment ; c'est pas au temps du Maréchal qu'on voyait ÇA.

Je m'apprête à lui dire au revoir, lorsqu'une question me fulgure des lèvres :

— Dites-moi, grand-pé, vous n'auriez pas vu passer une moto avec un side-car, il y a environ deux heures ?

— Celle de l'Anglais ? me demande-t-il.

Ah ! le digne homme ! Ah ! le cher vieillard ! Ah ! l'admirable bouseux d'amour ! Comment le gratituder ?

À son âge, une pute, on n'a plus rien à lui demander ! Une décoration, on s'en branle ! Du blé, on en a suffisamment ! Un caveau au cimetière ? Il le tient déjà de sa famille. Alors quoi ? Une caisse de vin ? Mais, normand comme je le vois, il ne doit boire que du cidre.

— Une bouteille de calva hors d'âge, ça vous ferait plaisir ? questionné-je.

— Pas la peine : mon gars fabrique le meilleur de la région.

*
* *

M'en vais rejoindre le black pote. Il continue de se mettre la bouche en sang sous l'effet de l'anxiété et maugrée :

— T'en as mis du temps !

— J'en ai mis, mais ne l'ai pas perdu, corrigé-je.

Et de décrocher le bigophe de ma ceinture.

J'appelle les braves motards placés en attente à quatre kilomètres d'ici. Leur dis de nous rejoindre sur la place de Saint-Julien-l'Hospitalier, mais qu'auparavant ils nous fassent dépêcher un max de renforts au château du même patelin.

C'est pas encore la guerre, mais je sens que d'ici pas longtemps, ça va drôlement y ressembler.

21

Il y a toujours, au bout du chemin…

Je règle notre action de la façon suivante. J'irai me présenter seul au château et demanderai à parler au gourou. Pendant ce temps, les huit gendarmes arrivés à la rescousse cerneront le domaine et attendront les ordres de Jérémie. Lorsque je jugerai le moment opportun, au moyen de mon bip, je donnerai à mon merveilleux compagnon l'ordre d'investir les lieux.

— Supposons que tu sois neutralisé d'entrée de jeu ? hypothèse l'avisé poulardin.

— Sans nouvelles de ma pomme au bout d'un quart d'heure, tu déclencheras le patacaisse.

Pourquoi nous serrons-nous la main en cet instant crucial ? D'ordinaire, dans les cas critiques ou d'euphorie intense, on se donne plutôt l'accolade. Nous jouons si gros, lui et moi, que notre tendresse fraternelle a besoin de s'exprimer « autrement », par un véritable geste d'homme.

Je le laisse en compagnie de nos collègues pandores pour prendre le chemin sinueux menant au château. Tout en roulant, un flash brutal me projette Salami dans la pensarde.

Tu vas dire que j'ai d'autres chiens à fouetter, mais notre calbombe fonctionne à son gré, n'est jamais « dirigeable ». Nos pensées ont la fluidité de l'eau, se gonflent ou se dessèchent, mais suivent leur pente naturelle.

Où est-il, mon merveilleux toutou ? Quand avons-nous cessé d'être ensemble ? J'efforce de la mémoire : le Sacré-Cœur de Montmartre !

Il se trouvait à la sacristie avec moi puisqu'il a flairé le cadavre du père Chatounet dans l'amoire aux chasubles.

Je n'avais pas besoin de cette contrariété supplémentaire au moment de livrer bataille ! Une couillerie succède à une autre dans l'existence !

Le château est d'une féodalité indéniable. Il est clos de murs. Son accès est protégé par une grille. La serrure a été remplacée par une chaîne cadenassée.

Une grosse cloche subsiste, actionnée par une corde. Je tire dessus, déclenchant une espèce de tocsin fêlé.

À travers les barreaux, je découvre des chiares vêtus miséreusement d'une culotte Petit Bateau ou d'une chemise de corps. Les mieux équipés portent les deux à la fois, tandis que les plus démunis vont cul nu.

Le tintement les a alertés et ils radinent, kif des volatiles auxquels on apporte du grain. Contrairement aux enfants de leur âge, ils demeurent silencieux, avec des yeux curieux emplis d'une crainte latente.

Je leur lance ce bonjour enjoué dont les adultes font l'aumône aux gosses.

Aucun d'eux ne me répond.

Bientôt les graviers de l'allée, envahis par la mauvaise herbe, se mettent à crisser sous les pieds d'un homme vêtu de cuir noir, botté, le crâne rasé, une matraque engagée dans la ceinture. Le type même du nouveau nazi fouteur de merde !

L'arrivant écarte les marmots sans ménagement et pose sur moi un regard de crotale constipé.

— Vouais ? demande-t-il avec distinction.

— Salut, Pierrot ! fais-je-t-il en souriant. Je voudrais m'entretenir avec le gros Chinago.

Ça lui provoque des zébrures dans la boîte à idées. Je l'interloque à blanc, ce gussier. Il palpite des stores.

— De quoi ? finit-il par articuler.

— Tu ne parles que le martien ou t'as les cages à miel saturées ? reprends-je.

— Non, mais ça va pas ! piètrise ce déchet humain.

Déconcerté jusqu'au coccyx, il me plante là et retourne au château à grands pas afin d'aller informer ses supérieurs.

Sombrement déterminé, je sors flegmatiquement mon sésame et obtiens un visa d'entrée en moins de jouge, ces cadenas anciens ne valant pas tripette.

Les chiares, estomaqués, me défriment avec l'air époustouflé qu'avait Jeanne d'Arc quand les anges Truc et Machin vinrent lui ordonner de rassembler ses tampons périodiques et d'aller sus aux Anglais (si l'on peut dire).

J'avise, sous un hangar proche, rangés côte à côte, un minibus de marque nippone et un side-car noir, décoré d'un filet bleu. Son immatriculation est anglaise.

J'explore la nacelle garnie de moleskine, crevée par endroits. Un vieux plaid puant le moisi gît au fond de cette coquille fusiforme. Je le soulève. Dans le mouvement, un objet tombe de ses plis, long d'une douzaine de centimètres, orné d'un petit nœud rouge. Je le reconnais spontanément : il s'agit d'un soulier d'Antoinette.

Je n'ai pas le temps de consacrer à « Celui d'en haut » les démonstrations de reconnaissance qu'Il mérite.

Trois malabars, parmi lesquels le vermineux de l'accueil, se pointent ; même boule passée au papier de verre, boucles d'oreilles, ceinture à clous, mâchoire en tiroir de commode Régence, goumi virevoltant (ils s'en frappent soit les cuisses, soit la paume de la main).

— Comment que vous êtes entré ? gronde un moudu au bouc moins fourni qu'un pubis de première communiante.

— Par la porte, monseigneur. N'est-elle pas là pour ça ?

— Y a un cadenas !

— Il y avait. Vous le retrouverez dans la grosse touffe d'orties, là-bas.

Aveuglé par la rage, comme on dit dans les livres à voie unique, Barbe-d'Œuf jette son cri de guerre :

— On s'le paye, les mecs !

Ce n'est pas la phraséologie médiévale qu'on serait en droit d'espérer d'un châtelain.

Tout comme l'OTAN, je suspends mon vol. Ça belliqueuse, mes chéries. Tu connais l'expression : de l'électricité dans l'air ? Un truc commak, multiplié par cent dix mille (volts) ! Si je ne fais pas illico quelque chose pour moi, je risque d'essuyer un orage dépaveur de molaires. Voilà pourquoi je presse la touche de mon bip.

Les vilains zoiseaux se regardent kif trois toucans tout cons. Ils pressentent du pas bon, mais mes manières désinvoltes les confondent. Se demandent à quoi riment les façons d'un zigoto de mon espèce.

Tout de même, le barbichiotte, pour sauver sa face de pet foireux, fonce sur ma pomme, la matraque haute. Se biche un coup de tatane dans les frangines lui chlorophyllisant le teint instantanément.

— Vous croyez qu'il m'aurait frappé ? fais-je à ses deux potes troublés.

— Qu'est-ce y vous prend ? glapit celui qui m'a accueilli naguère.

— Je déteste les gars agressifs, réponds-je négligemment.

Quelques adeptes de la secte, attirés par l'altercation, se pointent d'un peu partout. Des femmes incoiffées depuis plusieurs mois, vêtues de saris orangés, des types en futiaux bouffants, avec des tronches de Christ pour mystère de la Passion interprété par des habitants de la Haute-Volta. L'ensemble très folklo.

Le gars « Trois-Poils », qui reprend souffle, halète à l'intention de ses acolytes :

— Crevez-le, bordel !

Avec une grande humilité, je dégage mon flingue et le leur montre.

— Restez calmes, chers enfants du Diable, sinon je vous fais exploser quelques os en guise d'avertissement.

Et d'ajouter ce mot, à nul autre pareil :

— Police !

Ça les tétanise ! affirmeraient des confrères bien plus cultivés que moi ! Ils muséegrévinent au moment où la charge poulardière s'opère. Les vaillants gendarmes qui cernaient le domaine y pénètrent avec la fougue héroïque des poilus de la Quatorze.

Cette fois, fini mon numéro pour fête foraine. J'appuie le canon du camarade Tu-Tues sur le ventre de Touffe-de-Chatte, lequel achève de se remettre debout.

— Tu as trois secondes pour me conduire jusqu'aux deux séquestrées, sinon l'intérieur de ton bide ressemblera au tunnel du Mont-Blanc après l'explosion du camion citerne. Tu m'entends, Plein-de-Merde ?

Et alors, tu veux que je te dise ?

Ce sous-paf me crache au visage, pour épater ses « voyoucrates », videmment. Leur montrer qu'il en a toujours deux malgré mon shoot.

Tu me vois supporter pareille infamure devant le monde, toi ?

Ces tronches molles agissent sans songer aux conséquences.

Je rengaine mon feu pour avoir la liberté de mes poings.

Combien je lui sers-je de une-deux à la vitesse de pistons suractivés ? Cinq ? Peut-être six ?

Une pluie de ratiches jaunies par l'abus de tabac. Des yeux de crapauds enfumés. Une fraise de concours écrasée à la place du pif. Les manettes pendantes ainsi que des poches arrachées. Des lanternes japonouilles en guise de pommettes et, pour achever, la fracture impeccable de son portemanteau ; c'est ce qui s'appelle un numéro à transformations.

J'enjambe cette crevure et je dis aux deux autres, en les bichant chacun par une aile :

— Maintenant, conduisez-moi sans plus tarder auprès des prisonnières avant que je vous déguise en flaques de dégueulis.

Ces chérubins, domptés, se résolvent à la soumission définitive.

Nous pénétrons dans le château sous les regards camés de la coterie.

Jérémie me filoche le train en continuant de se mâcher les lèvres comme s'il s'agissait de chewing-gum.

22

Le nœud coulant[1]

Voir cramer Herbert Malandryn, son sympathique auto-stoppé, plongea M. Félix dans un état de prostration alarmant, vu sa faiblesse physique. L'idée que son faramineux sexe, pièce unique pour nos régions tempérées, aurait pu se consumer comme une bûche dans l'incendie de l'auto le rendait fou.

Ce danger de destruction phallique lui donnait la mesure de notre impuissance et, pour la première fois de son existence, le professeur regrettait de ne s'être pas reproduit. Cette période de marasme lui sembla annoncer la conclusion de sa longue vie désabusée.

Par ailleurs, il regrettait d'avoir mis en doute l'obligeance de l'infortuné Malandryn dont, une fois retiré des décombres, le corps ne mesurait guère plus de quatre-vingts centimètres. Cet homme était mort à cause de Félix, laissant derrière lui : une épouse encore baisable, deux enfants pas plus camés que d'autres et une séduisante maîtresse qui pouvait le pleurer ouvertement, étant la femme de son meilleur ami.

Les gendarmes Vaubecours et Pilon, chargés de veiller sur sa sécurité, se reprochaient amèrement de n'avoir pas gardé perpétuellement un œil sur la voiture car, à coup sûr, c'est pendant l'étape au restauroute que l'on avait glissé un explosif à bord. Ce dernier, d'une grande puissance, devait être une mine d'origine militaire,

1. Ce chapitre n'est pas consacré à l'étude de la blennorragie.
L'ÉDITEUR

selon les premières expertises du laboratoire. Les scientifiques à l'œuvre supposaient même qu'elle était américaine.

*
* *

De retour à Paris, le prof tenta en vain de rencontrer Bérurier et San-Antonio. En appelant à Saint-Cloud, maman Félicie lui apprit le rapt dont venait d'être victime sa petite-fille fraîchement débarquée dans leur existence.

Les péripéties de la vie des autres intéressaient médiocrement le cher homme. Il eut des paroles compassionneuses et raccrocha, mécontent de se sentir livré, non seulement à lui-même (il en avait pris l'habitude), mais à des ennemis acharnés. Il concevait mal qu'on pût souhaiter sa mort au point de la lui administrer. Cette persévérance le troublait et le flattait peut-être aussi ?

La croisière n'avait pas jugulé le danger, songeait-il, seul dans son loft. San-Antonio, ce fier-à-bras à tête de pilote de Boeing, après avoir déclenché la foudre, le laissait se dépatouiller sans aucune aide.

Félix abandonna ses bagages indéfaits pour aller traînasser dans Paris, ce faux ami qui cache des dents de dingo[1] derrière un sourire enjôleur.

Incertain, trop disponible, le philosophe matérialiste décida de remercier un dieu hypothétique au Sacré-Cœur de Montmartre. Ce but le ragaillardit. Il prit le métro pour Pigalle, songeant qu'à défaut de rencontrer le Seigneur, il y trouverait toujours des putes.

*
* *

Le hasard est manichéen, se tue à me répéter un débardeur malien qui décharge les navires marchands à Nogent-le-Rotrou.

Lorsque Félix eut gravi les degrés conduisant à la basilique, il fut pris de faiblesse et alla s'asseoir près d'un confessionnal provisoirement désert. Le temps passa lentement, comme s'écoulaient les chaudes-pisses de son adolescence. Le prof éprouvait l'étrange sensation d'être tout à la fois mourant et protégé. Une dodelinance capiteuse l'induisait au sommeil, du moins à une relative perte de conscience.

---

1. Chien sauvage d'Australie.

Blotti dans son coin d'ombre, le front appuyé à la paroi de l'isoloir, il respirait menu, paupières baissées, les sens en léthargie.

À cette heure de la journée, les fidèles avaient joué rip, les prêtres, chaisières, bedeaux et touristes nippons également. Juste une petite collégienne teutonne qui taillait une bouffarde à son correspondant de seconde, derrière les grandes orgues. Sir Félix dormait tout de bon, diraient les indigènes du plateau de Millevaches (j'ai recompté : elles y sont bien !). Il se prit à faire un songe, un cauchemar, plutôt, puisqu'il rêvait qu'il était anglais. Il vivait à l'époque d'Henri VIII et on le pendait haut et court pour avoir compissé l'archevêque de Canterbury.

Il fut violemment arraché à ce rêve atroce par une réalité qui l'était davantage : quelqu'un l'étranglait à l'aide d'un lien. Son presque meurtrier serrait avec une force que je qualifierai de « peu commune » rien que pour voir l'effet que ça fait d'écrire comme les cons.

Des étincelles en gerbes fulguraient sous son crâne. Il eut le temps de constater que cette mort était doucereuse et d'apprécier qu'elle ne porterait pas atteinte à l'intégrité de son sexe.

Puis l'ombre l'engloutit.

Ce fut bref, l'étreinte féroce se desserra et un mélange gazeux, composé de 21 % d'oxygène, de 78 % d'azote et de 1 % d'argon emplit ses poumons en fin de contrat. Le vieillard réintégra sa lucidité, principalement l'usage de l'ouïe. Il perçut un bruit de lutte ponctué de grognements semblables à ceux des fauves.

Le digne Félix se gava d'air basiliqueux et parvint à se retourner (pas dans sa tombe, Dieu merci) pour découvrir un petit homme visiblement simiesque, qu'un basset hound délivrait de ses attributs virils avec une férocité d'une extrême rareté chez ces chiens, de chasse certes, mais d'excellente compagnie.

L'Asiate grondait de douleur, l'animal de fureur.

Un paquet de bas morceaux enveloppés d'étoffe tomba de la gueule sanglante. L'émasculé chuta à son tour. Son antagoniste, incontent du résultat, le prit alors à la gorge et lui broya le larynx aussi aisément que toi un cornet de glace.

Le doux philosophe contemplait la scène. Il lui semblait reconnaître son sauveur. Mais oui, parbleu : le chien de San-Antonio ! Comment s'appelait-il déjà ? Il avait un nom italien… Spaghetti ? Cannelloni ? La mémoire lui fulgura la réponse.

— Salami ! murmura-t-il.

L'interpellé déplanta ses rudes incisives de l'agresseur aux yeux bridés et vint recevoir la reconnaissance de l'universitaire, son fouet battant la mesure du triomphe.

— Je vous dois la vie ! reconnut gravement l'étranglé.

L'animal haletait. Félix le conduisit jusqu'au bénitier et le souleva pour qu'il pût y boire une eau d'autant plus rafraîchissante qu'elle était bénite.

Galochard remarqua :

— On ne voit jamais de chiens dans une église, pas davantage que d'étrangleurs d'ailleurs ; votre magnifique intervention fait naître en moi des sentiments mêlés qui ressemblent à un début de foi.

Il le reposa à terre, épuisé par son effort, car Salami pesait quelque trente-cinq kilogrammes.

— Je sais que San-Antonio est hors de la capitale, reprit-il, puis-je vous accorder l'hospitalité jusqu'à son retour ?

Le chien secoua négativement la tête, faisant voleter ses interminables oreilles.

— Vous préférez bénéficier de votre libre arbitre ?

— Wouah ! répondit le quadrupède.

— Ne risquez-vous pas d'être ramassé par la fourrière ?

— Nouff !

— Comment faites-vous pour le gîte et le couvert, si ce n'est pas indiscret ?

Le valeureux basset marqua une légère hésitation et enjoignit muettement à son interlocuteur de le suivre. Le guida vers le fond de la basilique jusqu'à une étroite porte dérobée qu'il poussa de la patte. L'huis s'écarta comme les fesses d'un homosexuel passif. Félix le suivit, mû par la curiosité.

Ils débouchèrent sur une impasse où l'odeur de Paris n'était plus la même car des mécréants l'utilisaient pour uriner et pire. À l'extrémité d'icelle, un petit porche s'offrait. Salami l'emprunta et stoppa devant une loge de gardienne d'immeuble faisant également office de chaisière.

Cette brave personne accordait un asile provisoire à l'animal, lequel marquait sa gratitude en lui passant sa langue dans la crevasse pendant qu'elle regardait « Questions pour un champion », la seule émission justifiant le prix de la redeveance T.V.

Rassuré, requinqué aussi, le prof décida de s'offrir des fruits de mer de toute exception chez Marius et Janette.

Pendant ce temps, la petite étudiante allemande qui raffolait des fellations « goût français », découvrait l'Asiate mort et se mettait à hurler.

23

Ce plat qui se mange froid

Tu as déjà vu se lever des tempêtes ?

Un souffle surgit du fond de l'horizon, s'enfle, gronde, démesure ! Il bouscule la nature en vociférant ; sa force génère un ouragan, tout se courbe devant lui. Tout craque ! Je suis devenu cette tornade, ce séisme.

Je n'ai pas lâché les bras des deux guignolets devenus chiffes. L'investissement de leur domaine enchanté par les archers du guet achève de les écouiller. Ces faux durs sont devenus plus toutous que des chiens d'aveugles.

On a gravi le perron aux marches déglinguées, pénétré dans un hall couvert de nattes en raphia sur lesquelles des adeptes baisent ou prient.

Qui prient-ils ? Mystère. De l'incarnation ou de l'anthropomorphisme ? Étrange humanité ayant perdu ses repères ou, pour le moins, les pédales.

Assis en tailleur, un vieillard parcheminé joue aux osselets avec ses propres cartilages. Nous passons devant lui sans le faire sourciller.

On accède à une ancienne salle de billard, ceux-ci (il y en a trois) sont épluchés par les mômes qui font du trapèze sur les suspensions. Les parquets défoncés geignent sous nos pas. De hautes fenêtres aux vitres brisées laissent gambader des courants d'air.

Notre charge à travers la grande demeure à demi morte continue. Nos deux gendarmes du début, galvanisés comme si j'étais Rodrigue fonçant castagner les Maures, marchent à nos côtés, mâchoires géométrées par la détermination.

La salle de jeux franchie, nous tombons sur un petit couloir terminé par un escalier en colimaçon.

L'un des zouaves en noir s'y engage le premier, moi sur ses talons. Tu sais ce qu'est une vermine ? Note que je me tenais sur le qui-vive. Dans un virage, ce sous-produit de l'espèce humaine se cramponne à la rampe et me balancetique une ruade qui, si elle avait atteint mes mandibules, aurait rendu mes gencives chauves.

Hélas pour lui, l'œil était dans la tombe et regardait Caïn. Je me plaque au mur et place une bastos entre ses miches. Tu parles d'un suppositoire, Léonard ! Le petit fumaro choit à la renverse ; d'un coup de poing, je fais suivre à Jéjé qui, peu doué pour le jeu de culbutos, le virgule carrément par-dessus la rambarde, si bien que le zélé se paie une tartine de plancher pour grande personne.

L'incident a à peine perturbé notre grimpette. C'est pourquoi, en moins de jouge, nous déferlons dans la partie « intime » du château.

Une porte basse.

J'en actionne la poignée. Fermée de l'intérieur ! Ne me perds pas en états d'âme. Mon coup d'épaule la rend pantelante et je découvre un lieu étrange, puant l'encens et l'opium chauffé.

Pièce incongrue dans cette bâtisse délabrée car elle est capitonnée de tissus indiens et meublée dans le plus pur style Chandernagor. Des canapés gros comme des pachydermes, des statues de dieux à la con, des tableaux montrant des gens turbaneux, des tables graciles surchargées de porcelaines translucides, et toute une brandouillerie représentant des singes mutins à la queue en anse de théière.

Affalé sur un trône d'ivoire et de soie, imagine une espèce d'obèse bistre, vêtu de blanc, la chevelure grise. Des bagouzes enrichies de pierres ultra-précieuses alourdissent ses doigts. Il semble somnolent, ou recueilli. Le monstre tient un verre de whisky dans sa main droite en guise de ciboire et observe le néant avec attention.

Mécolle se tourne vers le troisième malabar.

— Je t'ai ordonné de me conduire auprès des prisonnières, j'ai rien à cirer de ce tas de merde !

— Mais c'est le grand maître ! glabatouille-t-il.

— Je ne fais aucune différence entre lui et un rat crevé du choléra. Où sont les filles ?

Le gonzier adopte le teint poireau (feuilles du haut).

— Demandez-lui. C'est la pleine lune, il a peut-être procédé au glorieux sacrifice !

Ces paroles me cryogénisent les roupettes pendulaires.

Un autre à qui elles produisent un effet identique, c'est mister Blanchounet ! Il se jette sur le pape de la secte, lui prend son godet de scotch et le vide sur sa bouille frisée en gueulant :

— Où sont-elles ?

L'obèse semble sortir d'un songe.

Il s'informe auprès de l'acolyte rasé du dôme :

— Que ces gens sont-ils ?

— Des policiers, Grand Maître !

Il est en roue libre, le chevelu. Camé jusqu'aux paupières. Son entendement doit ressembler à un cloaque faisant des bulles.

— Les laisser pourquoi venir à moi ?

— Ils sont entrés de force !

Son hébétude se fissure pour faire place à une expression rusée.

— Le droit, ils n'ont pas ! déclare placidement le chef débloqueur.

Que vient-il de dire là ! Si ma patience a des limites, ma fureur, elle, n'en comporte aucune !

Tu verrais ce coup de saton qu'il déguste en pleine poire, William ! Son groin explose ; je me tourne vers nos deux fidèles motards.

— Écoutez, mes amis, leur lancé-je, nous jouons la montre et je vais employer TOUS les moyens : les vies de ma fille et de l'épouse de mon ami Blanc sont en jeu. Prêtez main-forte à vos camarades pendant que nous allons nous livrer à des exhumérances…

Ils pigent.

Demi-tourent. S'emportent ailleurs.

Vendredi est déjà en action avec le gussier que je viens de tatouer. Crac ! fait le manche à gigot du gars.

— Conduis-moi aux séquestrées ! poursuit le Noirpiot en le cueillant aux narines, de ses doigts en crochet.

À demi asphyxié, l'enfant de pute émet des gargouillances de conduite bouchée.

Mon éminent camarade lui agite la tronche dans tous les sens.

— En te réveillant ce matin, t'as pas eu le pressentiment d'attaquer ta dernière journée ? fait-il.

Littérature !

Plus le moment de confectionner du phrasé ! J'entreprends sérieusement le Roi Mage. Le hic avec ce cachalot camé, c'est qu'il n'a pas peur. Le genre tordu capable d'empoigner un tisonnier chauffé à blanc pour s'en gratter le dos.

Il me fixe de ses yeux d'hypnotiseur agréé par la faculté des fakirs sédentaires de Vaison-la-Romaine. J'y lis du mépris, mais pas la moindre crainte.

Nous allons bien voir.

Tu le sais : je ne fume pratiquement pas (si ce n'est un cigare à la Saint-Monzob), néanmoins je possède un briquet extra-plat orné d'une photo émaillée représentant M. Le Pen en train de décorer un Arabe d'une médaille explosive. Actionne la molette et approche la flamme de la tunique immaculée.

Le feu part en régalade. Faut voir comme il investit le pote-en-tas ! Le déguisant en torche, instantanément.

À travers les hautes flammes, le gus continue de me renoucher sans broncher. Dès lors, Agénor, c'est moi qui chope les flubes ! J'arrache du sol un tapis qui passait par là et m'en sers pour éteindre l'incendié. Il me laisse faire avec indifférence.

Lorsque j'ai circonscrit le désastre (si j'avais été rabbin je l'aurais circoncis), le gourou ressemble à un sapin de Noël ayant pris feu. Il a les tifs roussis, la bouille noircie, le prose en évidence et la zigounette façon pickles dans un bocal de vinaigre.

Ça pue le goret cramé !

— Arrête ton barbecue ! me jette le Bronzé. Mon copain est disposé à collaborer !

Comme quoi, rien n'est inutile. Mes sévices n'ont pas réduit la volonté du grand vizir, mais celle du porte-coton. Son dalaï-lama à demi rôti constituant pour lui une vision intolérable, il a mis les pouces.

24

Descente aux enfers

Que je précise…

Les murs du château sont terriblement épais d'apparence parce qu'ils sont doubles. Se composent de deux parois écartées d'une quarantaine de centimètres, constituant un passage inutilisable par mon cher Carlos, non plus que par l'ex-chancelier Kohl ou Mme Windsor, reine du Royaume-Uni de son métier.

Nous nous y déplaçons de profil, ce qui accroît l'interminabilité de notre cheminement. Ça pue le salpêtre et le squelette négligé. Ce conduit descend en pente douce vers, je le suppose, quelques oubliettes réellement oubliées. Nulle meurtrière pour proposer un peu de jour et renouveler l'air. Il fait sombre, nous respirons mal.

Tout en arquant, je songe qu'il est également impossible au fakir Cochonnet d'emprunter ce boyau.

Ça déclive de plus en plus. Nos semelles ripent sur des dalles trop polies pour être honnêtes. Parviendrons-nous un jour au terminus de ce trajet infernieux ?

Oui, puisque le noir est soudain troué de lumière ; la pente se calme, le tunnel s'élargit.

Nous débouchons dans une salle basse comme on en voit dans des films d'épouvante chargés d'effrayer les soubrettes portugaises, les dames patronnesses abordant leur troisième ménopause et les enfants britanniques qu'on punit encore du cachot noir. Le lieu est éclairé par des torches fichées dans des anneaux conçus pour. Clarté pauvrette et fuligineuse.

Nous nous arrêtons, essoufflés, le corps endoloré par notre marche en crabe, le regard meurtri biscotte l'obscurité.

Je fais front au moudu qui nous guide.

— Où sont-elles ?

— Là-bas.

Il désigne une extrémité voûtée, plus sombre que le reste de l'endroit.

Alors que nous nous y dirigeons, deux silhouettes fantomatiques s'avancent. Des femelles en haillons, hâves, aux têtes cadavériques, aux regards creux et morts.

— Qui sont ces êtres ? m'enquiers-je.

Notre mentor éclopé répond :

— Les gardiennes !

Gardiennes de quoi ? De l'enfer ? Gardiennes de la mort ? Des prisonnières, plutôt ! Exsangues, titubantes, n'ayant plus de réel visage humain. Pitoyables ; l'on a du mal à les imaginer en surveillantes d'individus plus démunis qu'elles.

— La petite fille ! La petite fille, croassé-je[1].

— Et la femme noire ! renchérit Jéré.

C'est qu'il pense à son brancard, lui !

Les malheureuses épaves n'ayant pas l'air de piger, nous les écartons. Fonçons vers le fond des « oubliettes ».

Là : des cages !

Tu me lis bien, Lucien ? Des cages, comme dans des chenils, d'où s'exhale une puanteur excrémentielle. M'en approche à m'écraser le mufle contre les barreaux.

Je t'ai dit la chicheté de l'éclairage. Nos yeux s'accoutumant aux pénombres les plus mélasseuses, je finis par distinguer, dans ce cul-de-basse-fosse, une foule de malheureux dont un être cadavérique, émacié comme un Christ d'ivoire et – tiens-moi bien – vêtu d'un uniforme en loques.

Pas banal, non ?

Examinant le prisonnier avec un max d'attention, je découvre qu'il s'agit du général Godefroi Haumiche, chef d'état-major de l'OTAN, enlevé voici deux ans et mèche lors d'un déplacement en voiture (son chauffeur avait été abattu d'une bastos dans la mansarde). L'affaire fit un foin du diable. Les autorités gouvernementales s'étaient attendues à une demande de rançon, mais personne ne se manifestant, on oublia progressivement ce mystère.

Et l'officier supérieur est là, réduit, égrotant, momifié avant la mort !

— Courage, mon général ! lui lancé-je. Votre calvaire prend fin !

1. Le verbe « croasser » n'est-il pas trop fort ? Tu aimes mieux « coasser » ? Tu préfères les grenouilles aux corbeaux ?

Il ne bronche pas mais entonne d'une voix à peine audible *Le Régiment de Sambre et Meuse*, ce qui lui déclenche une quinte de toux.

Pendant ma brève halte, Blanc a passé les autres cages en revue ; il y en a une dizaine.

— « Elles » ne se trouvent pas ici, dit-il, anéanti. Nous sommes arrivés trop tard !

25

Le jour où je suis mort

À compter de cet instant, c'est comme si je n'existais plus. Je me sens projeté sur une lointaine planète n'ayant rien de commun avec celle que je viens de quitter. Tout en moi est glace et insensibilité.

Avec détachement, je regarde s'agiter Jérémie. Je l'entends vociférer. Il s'en prend au péone du mage. S'arrête de lui parler pour lui mettre des coups de boule dans le portrait ; heureusement pour le larvaire, la crépétude de Blanc amortit un peu le saccageage.

N-à un certain moment, le Négus empoigne les génitoires du mec de sa puissante main de tordeur d'enclumes.

Oh ! que ça doit faire mal !

À preuve ? Le crevard s'évanouit ! Pauvres chiffes. Tristes minus nazéifiés qui se vêtent en guerriers de l'apocalypse et chient dans leur bénoche de cuir sitôt qu'on les houspille.

Le Great Black me dit :

— Ce salaud fait partie de l'équipe de surface et ne sait pas grand-chose. Il a vu arriver Ramadé et Antoinette mais ignore ce qu'elles sont devenues.

Je m'arrache à mon état second pour réintégrer la réalité.

— Questionnons les deux gonzesses ! décidé-je.

J'amène les pauvres épaves au plus fort de la clarté végétative qui règne dans ces geôles. Seigneur ! Quelles lamentables figures. Ces regards hallucinés, bouffeurs de visages décharnés ; ces cheveux qui, depuis des temps immémoriaux, sont en jachère.

Domptant mon impatience, je m'efforce de les interroger calmement, manière de les apprivoiser.

En très peu de temps, j'apprends leur mésaventure. Elles étaient déjà au « rebut » : sans ressources ou presque, camées à l'os, contraintes de se prostituer pour gagner de quoi nourrir leurs chiares. À bout d'exténuance, elles sont arrivées ici avec leurs lardons. On a commencé par les séparer d'eux, les astreindre rapidement aux basses besognes de la communauté, jusqu'à ce qu'on les affecte aux « oubliettes ». Elles reçoivent un peu de nourriture et beaucoup d'alcool en compensation de leurs services. Cette existence cancrelate a fini de neutraliser en elles tout désir de rébellion. Elles ont même renoncé à leurs enfants. Elles s'enivrent et se masturbent, cognent sur les captifs en leur apportant leur pitance. Ceux-ci gisent derrière les grilles comme du bétail condamné, soit à la mort, soit à une interminable agonie.

Le gourou se pointe de temps à autre pour faire sa « cure ». Dans ces cas-là, il torture un prisonnier avec raffinement, puis le met à mort en l'égorgeant. Ces exécutions sont toujours en rapport avec les lunaisons.

Jérémie, qui conserve tout son chou, interrompt la confession des deux malheureuses :

— Par où vient-il ? Il est bien trop gros pour pouvoir emprunter le passage dans le mur ?

Les deux kapos femelles tendent le bras dans la même direction.

— Par là.

— Montrez ! enjoins-je.

Nous retournons aux cages. Celle située à l'extrémité gauche est vide. La lourde étant légèrement entrouverte, j'y pénètre, constatant ainsi qu'une autre porte, de fer « pleine » celle-ci, s'y trouve. Dûment cadenassée, certes, mais du moment que j'ai mon vieux sésame en fouille… Tu m'as compris tu m'as ?

Cette fois, le couloir est de dimensions humaines. Le grand prêtre peut y engager son obésité triomphante sans risquer de se faire des bleus à l'âme non plus qu'aux miches.

Court et en pente raisonnable, ce passage mène à une serre en friche où la nature sauvage a pleinement retrouvé ses droits.

À l'emplacement surélevé des anciens semis foisonne désormais une végétation anarchique.

Les vitres de cette construction sont en grande partie manquantes ou fendues.

Depuis la serre, tu aperçois le château sur ta gauche (ou sur la mienne, si je me mets à ta place) et à droite, des écuries aux toitures affaissées.

Des « sectaires[1] » non encore au courant de l'investissement policier folâtrent dans l'herbe, sous des pommiers trop vieux pour pommer encore.

Rien de bucolique au tableau. Cette horde de paumés dégage une impression oppressante. Me font songer à une peinture flamande représentant le purgatoire. Des êtres retirés du monde, fonctionnant par habitude.

Mon Black and Blanc fonce vers ces larves, converse avec elles. Pendant son interview, je gagne les communs en effondrement.

Rien de plus persistant que les odeurs. L'endroit sent toujours le bourrin et la paille humide. Les araignées règnent ici sans partage (même à midi, ajouterait Claudel).

J'avance sur un sol cimenté, dans la travée bordant les stalles. Les portes ouvertes clopinent sur leurs gonds ; des courants d'air aigres-doux les font grincer.

Je me rends rapidement compte que les boxes sont déserts. Des rats s'enfuient à mon approche. Devant ces ruines, j'ai du mal à imaginer l'époque glorieuse du domaine : fêtes, chasses à courre, valets empressés, montures piaffantes, le son des cors, les servantes « accortes » troussées dans le foin… Tout cela s'est englouti. N'en subsistent que des vestiges et des échos.

Et nous, les os, devenons cendre et pouldre.

À l'instant où je m'évacue, je crois distinguer un léger scintillement dans la paille feutrant le sol. Ramasse l'objet : une boucle d'oreille ornée d'une perle. S'agit-il d'un nain-dix ? Ou bien ce modeste bijou (modeste, car la perlouze est microscopique) a-t-il été perdu par l'une des nières de la communauté, venue se faire emplâtrer là ?

Je traverse des massifs dégénérés, devenus boqueteaux, afin de rallier le groupe d'enfoirés interrogés par mon collaborateur. Il a

1. Adeptes de la secte.

toutes les peines du monde à repousser les gestes captateurs d'une gonzesse au regard de braise.

— Je veux pomper le nègre ! Je veux pomper le nègre ! psalmodie l'aimable créature !

Il la refoule à coups de genou, le descendant d'anthropophages. Cette frénésie, loin de le flatter, le plonge dans une fureur qui va croissant, comme on dit en Islamie.

— Tu as appris quelque chose ? lui questionné-je-t-il.

— Plus ou moins. Le side-car a gagné les écuries où il aurait séjourné peu de temps. Avant qu'il ne reparte, deux hommes chargés de matériel se sont pointés.

— Et puis ?

— Et puis rien. Ces gens sont shootés à bloc ; pour leur arracher ces quelques réponses, il m'a fallu des forceps.

— Reconnaîtrais-tu ceci ?

Le bijou paraît misérable dans la paume de ma main.

Jérémie balbutie :

— C'est une des boucles de Ramadé. Je les lui ai offertes pour son dernier anniversaire.

26

Le jour où je suis mort (suite)

Il tient le pendant d'oreille comme le prêtre l'hostie consacrée. Sa bouche éclatée tremble. Des larmes lui jaillissent.

— Où était-il ? il susurre.

— Dans les écuries effondrées, là-bas.

Il se met en marche. Je le suis. Je crois bon de le prévenir :

— En dehors de cette perle qui s'y trouvait, tout avait l'air normal.

Haussement d'épaules du malheureux.

Il déclare :

— Rien ne peut être normal. Si l'on a conduit ma femme en ce lieu, c'est dans un but précis !

Revoilà les bâtiments charognés par le temps et l'indifférence des hommes. *Le ciel est, par-dessus le toit, si bleu, si calme.*

Comme ma pomme, naguère, il examine les tristes lieux. Ballepeau !

Mon amigo soliloque :

— Il n'y avait aucune raison de les amener ici puisqu'ils sont « outillés » dans les sous-sols.

— Très juste, apprécié-je.

Alors, tu sais quoi, grivois ? Jérémie s'arme d'un manche de fourche en train de faire des heures supplémentaires dans l'une des stalles ; il s'en sert comme d'un « brigadier » de théâtre, frappe le sol consciencieusement. Son intention est d'étudier la résonance de toute la surface.

Il agit sans se décourager de n'éveiller que des chocs sourds. Il a commencé par une extrémité et avance d'une allure de jardinier. Toc ! Toc ! Toc ! Partout cela sonne le plein. Un petit pas, deux coups ; nouvelle enjambée, re-toquetoque.

— Tu pourrais m'aider ! me fait-il, mauvais.

Si je te disais que l'idée ne m'en était même pas venue.

Je déniche un second morceau de bois et pars à l'autre bout de l'écurie.

Dans l'encadrement de la lourde, la fille enflammée du réchaud nous contemple. Elle convoite le chibraque de Jérémie si fortement qu'elle a relevé ses cotillons, comme disait Grand-Mère, pour s'opérer un toucher de motte de mandolinière.

Et nous deux, enragés, on « pan ! pan ! pan ! » à nous détrancanner les biceps, triceps, forceps et colonne vertébreuse.

Soudain, ça sonne le creux sous mes pilonnades. Incontestable. Six mètres carrés forment caisse de résonance. Putain, cette frénésie ! Je dégage les reliquats de paille afin de mettre à nu la chape de ciment. Elle révèle une trappe délimitée par un encadrement métallique.

— Viens ici ! lancé-je à mon compagnon de misère.

Il pige illico, accourt.

En général, une trappe est pourvue d'un anneau permettant de la soulever. Ne voyant rien de tel, et après examen de sa surface, j'en déduis qu'elle obéit à un autre système.

Nos cœurs fonctionnant à deux cents coups minute, nous cherchons la solution. Jéré se casse les ongles à vouloir les glisser dans les interstices.

— Laisse quimper, fais-je, il y a sûrement autre chose.

En cas de mystère aigu, je m'immobilise pour réfléchir.

Tout ici est croulant, rouillé, brisé, hors d'usage, pourtant, la dalle de ciment n'a pas été coulée depuis longtemps. Une fois qu'on l'a balayée, cela paraît évident. S'il existe un système d'ouverture, il est récent et, par conséquent, peut se détecter sans mal dans cet univers agonisant.

Autrefois, Papa avait acheté un chien de chasse : un « espagnol-breton », dirait le Gros. Il dressait son chiot en promenant un morceau de barbaque sur le sol, qu'il enterrait ensuite dans le jardin, puis il exhortait le cador par des : « Cherche, mon Dick ! Cherche ! »

À cet instant, je crois entendre la voix engageante de mon dabe, facilement pétardier mais cependant plein de tendresse : « Cherche, mon Antoine ! Cherche ! »

Je te jure qu'il est à proximité, mon daron. À preuve ? Il m'« oblige » à tourner la tête en direction d'une plaque de concours hippique accrochée à un clou. Du bout des doigts, je la relève. Bravo ! Elle cache un commutateur niché dans le mur.

Que j'actionne.

Il se produit un zonzonnement feutré. La trappe de ciment descend de quelques centimètres, puis se met à coulisser, et découvre une ouverture.

Une effroyable puanteur monte de la fosse. Une odeur qu'il m'est arrivé de respirer quelquefois au cours de ma carrière : celle d'un charnier !

J'empare mon stylo-torche et braque son faisceau dans le trou. La pestilence me chavire.

L'impensable se révèle : un ignoble tas de morts en décomposition ! Pareils à ceux qu'on extrayait, à la Libé, des camps nazis et, de nos jours, des sols occupés par des régimes totalitaires !

Ma lampe tremble dans ma main. Des cris de bête blessée encombrent ma gorge. Je déplace la cruelle lumière : elle me découvre Ramadé, serrant Antoinette blottie dans ses bras.

La Noire est sans connaissance. L'enfant pleurniche doucement en balbutiant : « Maman. »

Plus fou que fou, dirait un publicitaire, je saute dans l'horreur. Cramponne MA fille. Hèle Jérémie. Il ne répond pas. L'une de ses jambes pend dans l'excavation. Évanoui, le bon Jéjé. À toi de te démerdaver, Sana !

Je te raconte pas. Je hisse la petite hors de la fosse. Elle est dans un triste état, avec ses vêtements chiffonnés et puants, son minois maculé de cambouis, ses fins cheveux emmêlés, collés par d'épouvantables viscosités ! Je lui souris.

— Pourquoi tu pleures ? murmure-t-elle.

— Je ne pleure pas !

Je secoue le Négus :

— Arrête de nous jouer *La Dame aux camélias*, Dugland, c'est pas le moment !

Il a un soubresaut. Rouvre des yeux hagards.

— Aide-moi à remonter ta femme !

— Ramadé ? balbutie le Tiersmondiste.

La réalité lui réinvestit la matière grise. Sa physionomie est un déferlement de sentiments intenses.

Pour la seconde fois, je plonge dans l'abomination. Ça fait une sacrée impression de fouler des cadavres réduits en boue !

Agenouillé devant cette fosse commune peu commune, il se met à gerber, l'enfoiré de sa mère ! Merci pour les éclaboussures !

Conjuguant nos efforts (et nos spasmes), nous parvenons à extraire Mme Jérémie Blanc. À l'air, elle sort du coltar, avise son gladiateur, lui ouvre les bras (ce soir, ce sera les jambes).

*
* *

Nous voici hors des écuries. Les allumés-folâtres font cercle. Ces ébréchés de la coiffe regardent notre quatuor comme s'ils contemplaient la cour de récréation de l'Académie, au moment où les bicornés mangent leur goûter.

Je reviens sur mes pas pour refermer la trappe, puis dégaine Tu-Tues et carbonise deux bastos dans les airs afin d'appeler nos gendarmes à l'aide.

27

Le jour où j'ai ressuscité

Ils se ramènent depuis le château, nos bons amis pandores.

J'aime les gendarmes. Je comprends que certaines gens (les malfrats principalement) nourrissent une aversion pour les flics ; mais je ne conçois pas qu'ils l'étendent aux bédis. C'est comme du pain chaud, un schmitt. Bien sûr, il en est de teigneux, des qui se montrent un peu trop jugulaire-jugulaire ; pourtant dans l'ensemble ce sont de braves mecs.

Les voyant radiner, je lâche à Jérémie :

— Pas un mot sur le charnier non plus que sur la geôle souterraine. C'est un trop gros morcif, ça foutrait la panique chez nos ennemis. On va jouer la partition calmos !

Ainsi est fait.

Je te gaze sur nos petites miraculées que nous enveloppons chacune d'une couverture et conduisons à la polyclinique Salambô, la plus proche d'ici.

Diagnostic du professeur Homais qui les examine : rien de grave, sinon une légère commotion nerveuse de Ramadé. L'adulte, consciente de l'horreur, a plus mal résisté que l'enfant, sécurisée par l'étreinte maternelle de Mme Blanc, mais tout cela va rentrer dans l'ordre.

Tranquillisé, je vais m'acheter des fringues au Dandy Normand, un magasin de confection voisin, car les miennes fouettent la fosse commune.

Un long bain à l'hôtel Bouvard et Pécuchet et je me retrouve à neuf, ivre de bonheur. Coup de turlu à Féloche afin de la rassurer. Le happy end l'éclate en sanglots de soulagement. Justement, Marie-Marie vient d'arriver, elle veut me la passer. Prudent, je coupe la communication pour ne pas entendre les imprécations de la Musaraigne. Délivrée de sa mortelle angoisse, elle va se calmer en attendant notre retour.

Petit somme réparateur en l'absence du Bronzé qui n'en finit pas de ne pas revenir. Il doit tenir la main de sa femme et lui caresser la motte (il est ambidextre). Le printemps chante en moi. Je trique en évoquant l'exquise petite assistante médicale qui m'a mis sur la bonne voie en me parlant du morceau de carte routière envolée. J'irai la visiter sans tarder. Lui placerai ma menteuse de caméléon en spirale. Comme prévu : auberge du Plat d'Étain, fenêtres sur campagne baignée de pluie, hymne du bidet puis du sommier, langue longitudinale depuis ma tête chercheuse jusqu'aux deux maracas. La vraie fiesta françoise ! Je me sens follement heureux ! Délivré ! Conquérant ! Invincible !

Quoi encore ? Non, rien ; ça va comme ça.

Retour à la clinique. Ramadé, gavée de tranquillisants, roupille. J'avais jamais remarqué combien elle est belle, cette sœur ! Dommage qu'elle soit la femme d'un ami absolu.

D-en ce qui concerne MA petite chougnette, ça boume. Elle joue en compagnie d'une infirmière qui lui a confectionné une poupée à l'aide d'une pomme, d'une chaussette et d'un mouchoir. Aucune Barbie ne saurait plaire davantage. Les enfants sont des poètes ; ils ont besoin d'inventer leurs jouets.

Je la regarde s'amuser comme un mélimélomane écoute de la grande musique dans la basilique de Vézelay. La fenêtre s'obscurcit ; les loupiotes s'allument dans l'établissement.

Soudain Blanc réapparaît.

— Où étais-tu ? le questionné-je.

Haussage d'épaules.

— Tu es retourné « là-bas » ?

Il acquiesce.

— Pour t'emparer de cette abomination de gourou ?

— Oui.

— Et alors ?

— Il a disparu. Les gendarmes l'ont laissé sans surveillance.

Je grimace et finis par murmurer :

— Baste, avec sa gueule et son obésité, il n'ira pas loin. La chiasse c'est qu'il va donner l'alerte à ses complices.

Une brève conciliabulation succède. Nous décidons de rentrer à Paname avec Antoinette. Ramadé récupérera au cours de la nuit tandis que Jérémie s'occupera de ses mômes.

*
* *

Au bon accueil !

Des instants pareils, je te les recommande. Ils sont idéals pour préparer une crise cardiaque. Marie-Marie saisit sa fille dans ses bras et la presse contre elle farouchement.

— Maman, maman, gazouille la jolie chérie, heureuse de retrouver sa mère.

Cette dernière monte à l'étage sans me regarder.

Je m'assieds sur l'une des chaises du vestibule. Envie de me mettre deux doigts dans le gosier ; mais parvient-on à se dégueuler soi-même ?

Félicie s'approche, pose ses mains sur mes tempes.

— Quelle épreuve ! soupire-t-elle.

N'a pas envie de s'enquérir. Dire quoi, puisque la gosse est de retour, intacte…

De mon côté, c'est le vide, un néant tendance grisâtre. J'appuie ma tête contre le mur, près d'un tableautin représentant des potirons peints par mon dabe qui aimait barbouiller, parfois.

T'as des moments où l'existence déborde, comme une fosse d'aisances en crue.

M'man murmure :

— Que comptes-tu faire de Mme Selma ?

J'essaie de me désembrouiller les muqueuses du cerveau.

— Qui ça ?

— La nurse d'Antoinette.

Si je te disais que je l'avais oubliée, cette grosse vachasse !

— Elle est toujours menottée à son lit, reprend ma mère. Ce n'est pas très pratique… Heureusement, j'avais conservé le bassin de Grand-Mère.

— Comment réagit-elle ?

— Elle pleure sans discontinuer ; tu sais, je ne pense pas que ce soit une mauvaise femme.

Je pose un baiser sur le dos de sa main.

— Avec toi, tout le monde il est beau, tout le monde il est gentil !

Je vais pour grimper l'escadrin lorsque je vois déboucher Marie-Marie, notre mouflette d'une main, une valise de l'autre.

— Où allez-vous ? demandé-je.

Mais ne le sais-je pas déjà !

Elle me contemple longuement, avec une émotion contenue.

— Vois-tu, Antoine, je regrette de t'avoir appris ta paternité. Je viens de comprendre, et de cruelle façon, que tu n'es pas fait pour être père. Un homme comme toi, ça reste solitaire, avec une maman qui l'attend et des femmes à chaque carrefour. Ta seule épouse, c'est l'aventure ; ton seul ami, le danger. Nous retournons en Suède où je chercherai une autre nurse.

« Quand l'envie te prendra (si elle te prend) de revoir Antoinette, viens à Stockholm. Peut-être qu'un jour, te sentant vieillissant et n'ayant plus ta mère, tu décideras de raccrocher. En ce cas tu pourras te réfugier sur les rives du lac Mälaren ou de la Baltique. Il se peut que je me sois remariée, mais quelle importance, puisque tu es pour toujours l'homme de ma vie ?

Et voilà.

M'man pleurait ; moi également.

J'ai serré ma petite fille sur mon cœur pour sentir battre le sien.

Je n'ai rien dit.

Il n'y avait rien à dire.

Elles sont parties.

La vie c'est comme ça.

28

Chasse à corps

Je me souviens d'un taureau qui ne voulait pas mourir ; à l'époque où j'aimais encore la corrida. Je m'imaginais que c'était l'un des derniers vrais spectacles au monde, avec la boxe. J'étais sensible au cérémonial, aux habits de lumière, au sang. Au sang, surtout !

Je revois ce lourd taureau noir écumant, percé de toutes parts, hérissé de banderilles multicolores, l'épée enfoncée de guingois dans son dos invincible.

Un torero de mes fesses, conspué par la foule, tentait de lui planter la lame de la *puntilla* dans le cerveau, mais l'animal, transcendé par son agonie méprisante, s'obstinait à rester campé sur ses pattes. Il refusait moins sa mort que la victoire du triste héros chamarré affolé par ses honteuses maladresses.

En cet instant, c'est moi le taureau blessé, à l'agonie dodelinante.

Moi, qui titube, soûlé de chagrin. Mais personne ne m'acclame. Au contraire, un silence me condamne.

Comment fait-on pour continuer sa vie après une pareille estocade ?

Heureusement, le Seigneur est là, qui vigile.

Une bourrasque déboule, aux senteurs d'ail. Une voix, évoquant un concours de pets dans une contrebasse, éclate :

— Toive, alors, tu m'la copyright ! La journée à morfonde dans c'putain d'camion rital !

Je pose sur lui un regard plus lointain que Pluton.

Le Mastard poursuit ses incriminations :

— Je croivais qu'tu m'avais laissé un message sur où vous alliez, mais chibre ! Et c'tordu dont t'as zingué les fumerons qu'en finissait pas de gueuler, n-au point qu'j'ai dû lu farder les pommettes av'c la crosse d'mon riboustin pour l'endormir ! Pourtant, ça n'a pas été du temps complètement perdu !

Il me guigne, dans l'attente d'une rafale de questions. Mon apathie (laquelle ne vient pas qu'en mangeant) le déconcerte.

— Secouve-toi, Grand, murmure-t-il, on la retrouvevera, ta mouflette !

Pauvre connard ! Il ne sait pas encore que je viens de la perdre pour la seconde fois !

— Bon, j'vais t'dire…

Il remet sa couille droite en place, c'est-à-dire à gauche du bénoche, vu qu'il porte côté cœur.

— Tandis qu'j'poireautais dans c't' cabine du gros Q, on est v'nu tambourer à la porte. N-aussitôt, je biche mon composteur et j'dépone si tant fort qu'la personne frappeuse se prend la lourde dans l'portrait. Un' gonzesse, Sana, capab' de t'rend' dingue : blonde, jeune, des lèvres à shampouiner l'braque d'un éléphant. Elle portait des lunettes vachement smart ; malheureusement, l'coup d'portière qu'é s'est morflé dans les naseaux les a puvelrisées. J'ai voulu savoir c'qu'é v'nait branler là, mais ell' m'a joué bouche cousue et modus vivandière ! J'croye qu'é s'gênait de l'autre. N-en fin de compte, j'l'ai passé les cadennes et emballée, propre-en-ordre.

Sortant enfin de ma prostration, je demande à Béru ce qu'il a fait de sa prisonnière.

— Rien encore, répond-il.

— C'est-à-dire ?

— Dans c'circus on marche soite su' des œufs, soite su' des bombes à retardance. J'ai préféré t'l'amener. Elle est dans l'coffiot d'sa tire d'vant ton pavillon.

Allons donc quérir cette singulière personne.

Très effectivement, elle se trouve entravée et lovée à l'arrière de sa chignole, une Chevrolet en légère déglingue, vieille d'une dizaine d'années, ce qui est un âge canonique pour une guinde, de nos jours.

— Pourquoi avoir conservé sa voiture ? m'enquiers-je.

— Biscotte la mienne est rincée, mec. Elle m'a lâché à quéques centaines de mètres du parkinge, raison à propos d'laquelle j'ai attendu là-bas. Ça fait lurette qu'j'veuille en changer, mais t'sais c'qu'c'est ? On s'habitude aux choses.

Nous rentrons la bagnole dans mon garage, en extrayons la passagère afin de la conduire dans la resserre où nous rangeons, l'hiver, les meubles de jardin.

L'endroit sent la pomme de terre germée et le géranium desséché. Sur un côté, j'ai installé des rayonnages, M'man y entrepose des confitures, des conserves et autres denrées ménagères.

Je fais asseoir la gerce dans un fauteuil de fer, devant une table ronde de même métal. Une pénombre douceâtre nous enveloppe. C'est vrai que la môme est superbement roulée de première. Sans ses lunettes (la trace se lit sur l'arête de son nez tuméfié), son regard de myope s'accentue et acquiert un charme supplémentaire.

Tu n'ignores pas combien je fonctionne à l'intuition ?

— Vous apparteniez au commando mandaté pour assassiner Pamela Grey à l'hôpital ? demandé-je à brûle-pourpoint.

Elle fronce les sourcils, comme pour mieux me considérer, et répond :

— Vous pouvez le prouver ?

— Ayez confiance : en temps utile, ce sera fait.

Je sens que j'ai affaire à une cliente sérieuse, retorse, maligne, froidement déterminée. Quand elle passera aux assiettes, elle saura embobiner le jury, voire même le président. Césarine, pour lui arracher des confidences, va falloir pousser la flamme de la lampe à souder !

— Que veniez-vous chercher dans ce camion ?

— Je voulais demander ma route.

— À un chauffeur supposé italien compte tenu de l'immatriculation de son véhicule ?

— Les cartes routières sont internationales.

— Vous avez des pièces d'identité, naturellement ?

— Elles se trouvent dans mon sac à main, à l'intérieur de la voiture.

— Va voir ! enjoins-je au poivrot-étoile de la rousse.

Bibendum sort en maugréant qu'il a faim et commence à en avoir plein les miches de ce métier à la con. S'il aurait su, il aurait resté à la ferme familiale de Saint-Locdu-le-Vieux, et bourrerait encore la fille Marchandise qui, à treize ans, possédait déjà une chatte comme l'Arche de la Défense !

Je me penche sur notre chérubine. La chaleur de son visage m'est perceptible.

— Je ne veux pas vous impressionner, mais sachez que ça va mal pour vous, ma chérie. J'ai récupéré mon enfant, et mon adjoint sa femme, dans votre beau château de Saint-Julien-l'Hospitalier.

Bingo ! Je marque un point.

Pourtant, elle parvient à se dominer.

— J'ignore ce dont vous parlez.

Je soupire.

— Mon Dieu, quel système de défense pauvret ! J'attendais mieux de vous.

Elle ne réagit pas, soudain pétrifiée, comme toi lorsque ta femme entre dans ton burlingue au moment où ta secrétaire te taille une petite bouffarde devant la console de l'ordinateur.

Ce qu'elle regarde ?

Je vais te dire.

Auparavant, sache que ce cabanon est fréquenté par des rats. Les graines mortifères faisant marrer les rongeurs, Féloche a installé une nasse de grillage appâtée au gruyère. Plusieurs fois par semaine, la gent trotte-menu s'en vient chercher sa perte.

Il est rare qu'un gaspard, voire deux, ne se fasse pas poirer. Impitoyable, M'man, si douce, plonge le piège dans le petit bassin et revient après que l'eau a accompli son œuvre.

Gradube radine avec le sac de la fille. Il la voit figée, ses yeux braqués sur le siège où un gros muridé au museau pointu et à la longue queue écailleuse semble attendre le métro. On se défrime, Sacam' et moi. On se comprend. Ce rat félicien pourrait parfaitement être notre providence.

Je me lève, saisis le piège par son anse et viens le déposer sur la table.

Tu renoucherais la guerrière ! Elle bande son torse pour se reculer un max ; ses lotos deviennent gothiques !

— Enlevez ça ! glabatouille-t-elle.

— Elle est poilante, cette greluche, dis-je à Alexandre-Benoît Premier. Elle te découperait les testicules avec des ciseaux de brodeuse, mais un brave mammifère la fout en transe !

Cette découverte, aussi heureuse que fortuite, dilate le Ventru.

— On va y faire faire connaissance d'plus près ! annonce-t-il en se délectant. Moi, c'qui m'vient en tête, c'est le projet ci-joint. On ôte galamment la culotte à Médème, on ouv' la cage et on place la sortie d's'cours contre l'couloir à pafs d'cette beauté ! Le gaspard, son idée, c'est d'jouer cassos. Voiliant un terrier, il y fonce ; logique, il a passé sa vie à entrer dans des trous !

— C'est valable, conviens-je et, pour tout te dire, j'envie ce rongeur !

C'est alors que notre prisonnière se met à hurler.

29

La reconquête des territoires occupés

Pendant que maman Félicie faisait des courses en compagnie du petit enfant inconnu tombé du ciel (ignorant son nom, elle l'avait baptisé « Bruno » à cause de son teint sombre et de ses cheveux noirs), son employée de maison, comme on dit puis en parlant des anciennes bonnes à tout faire, repassait un costume de M. Antoine.

Elle s'appliquait, sachant combien le fils de sa patronne détestait les doubles plis de pantalon et les cloques aux revers de veste. Il n'avait rien d'un maniaque pourtant et l'honorait volontiers d'un coup de bite à l'occasion, ne dédaignant pas les étreintes ancillaires.

Il possédait une verge de belle prestance dont il se servait à merveille, ajoutant à cela une technique très « pointue », un esprit inventif peu commun dans le royaume de Juan Carlos. Elle appréciait fort, entre autres délices, sa chevauchée cosaque assortie d'un doigt mouillé dans l'œil de bronze.

Elle fut tirée de son évocation érotique par une voix soudaine, sortie de nulle part. Voix qu'elle estima céleste sans barguigner et qu'elle attribua immédiatement au Seigneur. D'où miracle !

Cependant, elle était incommodée par le fait que l'organe en question s'exprimait en anglais, dialecte dont un emploi dans un hôtel lui avait enseigné quelques mots.

La gentille exilée savait que Dieu comprend toutes les langues de la planète, mais croyait qu'Il ne prenait la parole qu'en castillan.

Sa stupeur surmontée, elle tendit davantage l'oreille, allant jusqu'à la poser contre le vêtement en cours de repassage.

La chère fille perçut encore quelques syllabes et ne tarda pas à découvrir qu'elles sortaient de la petite boîte plate trouvée quelques semaines plus tôt dans une poche de Monsieur.

Cette fois l'objet l'effraya. L'ayant longuement examiné, elle le reposa sur l'étagère à côté du vieux poste de radio qui, depuis des lustres, s'obstinait à fonctionner.

Pilar (son état civil comportait à peu près tous les prénoms féminins du calendrier) avait le cœur plus serré qu'un poing communiste. Les nerfs tendus, elle redoutait (en l'espérant confusément) une nouvelle manifestation sonore de la boîte.

Rien de tel ne se produisit.

Au bout d'une heure, elle alla renouveler son Tampax et but une forte goulée de malaga à la bouteille rapportée à sa patronne, de ses dernières vacances.

*

* *

Le basset se passa une langue longue comme une traîne de mariée sur les roustons et reprit le cours de sa méditation. C'était la première fois qu'il égorgeait quelqu'un. La victime avait beau n'être qu'un homme, et qui plus est un criminel, ce sauvage réflexe le troublait. Cela dit, sans son intervention, l'ami de son maître serait mort, donc il avait accompli un acte salvateur.

Depuis plusieurs jours le prêtre asiatique louait une chambre à Mme Goguenuche, la brave « logeuse » de Salami. D'emblée, le personnage avait éveillé la suspicion de ce chien hors pair (mais pas hors paire). Le hound avait décidé de rester sur place pour le surveiller, voire prévenir les mauvais desseins dont il le sentait animé. Bien lui en avait pris.

Le brave clébard regrettait déjà d'avoir décliné l'invitation du bonhomme, car il pressentait confusément que Félix n'en avait pas terminé avec ses ennemis. D'autre part, l'égorgement du Jaune, près du confessionnal, déclencherait un patacaisse du diable ! Le signalement de l'animal serait diffusé et les services de la fourrière, épaulés par la poulaillerie, chercheraient ce basset dans tout le 18e.

La décision du valeureux toutou fut rapidement arrêtée. Il absorba, en hâte, quelques morceaux de Canigou dans son écuelle, et fila prestement.

Heureusement, Galochard puait des pinceaux. Salami n'eut aucune difficulté à relever sa trace.

*

* *

Dans la crypte du château de Saint-Julien-l'Hospitalier, la gendarmerie de l'Eure, assistée des services de la Croix-Rouge (en anglais *Red Cross*), s'occupait activement de libérer, et de donner les premiers soins aux prisonniers pitoyables du gourou, lequel, malgré les avis de recherche demeurait introuvable.

Beaucoup des séquestrés étaient dans un état critique et respiraient d'une façon précaire. On avait dressé une tente sanitaire dans le parc pour prodiguer les soins de première urgence. Les pauvres victimes, parmi lesquelles le général Godefroi Haumiche, se tenaient lovées sur les civières, en position fœtale.

Un brigadier au kebour de traviole demandait leur identité à ceux qui pouvaient encore parler. Il la notait sur des feuillets fixés à une planchette de bois. Il ne s'agissait pas encore de déposition, seulement de dresser la liste de ces gens sortis de l'enfer.

Le gendarme parvint devant un très vieil homme à la barbe longue et soyeuse comme celle de quelque magot chinois. Ses orbites ressemblaient à des cratères lunaires. Il lui adressa un sourire compatissant.

— À vous, grand-père, fit-il. Vous pouvez me dire votre nom ?

Le presque mourant acquiesça, et murmura très bas :

— Je suis le père Pierre Chatounet.

30

Sonnez la charge !

Marrant, quand on y réfléchit. Voilà une gonzesse qui a dû carboniser davantage de mecs qu'elle n'a confectionné d'omelettes norvégiennes dans sa vie, et qui joue des castagnettes avec ses dents et ses miches à cause d'un bon vieux rat de banlieue piégé.

Défaut de la cuirasse. Même dans le crime, nul n'est parfait.

Quand elle s'est affalée, nous avons décidé de contre-attaquer sans délai, le Saint-Locducien et moi.

On a embarqué la môme Dolly et le gaspard avec nous. Il constituait la souris de l'Abbé Jouvence, un vade-mecum idéal ! Diaboliquement, on a posé la nasse près de la fille, sur la banquette arrière. Comme s'il avait pigé ce que nous attendions de lui, le moustachu ne la quittait pas des yeux et couinait parfois en secouant les barreaux de sa cage. Je lui rendrai la liberté « après usage » : il le méritait. Toujours se montrer reconnaissant pour les services rendus. Que ce soit vis-à-vis des hommes ou des rats.

Pendant que nous roulions, Béru criait la faim. Je lui ai promis d'aller faire le plein plus tard, après l'« opération ». Les toréadors ne mangent jamais avant une corrida ; or, nous allions entreprendre une action plus redoutable que les jeux de l'arène.

*
* *

Nous sommes arrivés dans Paname à la nuit tombée. J'ai coupé à travers le bois de Boulogne et gagné les quais. Devant nous, perçant la brumasse, la tour Eiffel semblait frappée de somnambulisme. Un jour, on la démolirait parce que les tas de ferraille finissent connement. Ou bien quelque fantaisie atomique la ferait fondre. Mais enfin, bref, à cet instant, je sentais sa précarité irrémédiable, et ça ne me faisait ni chaud ni froid.

J'ai suivi la rive droite jusqu'à l'Alma, puis ai emprunté la rampe menant à la Seine. Un troupeau de grosses péniches noires s'agglutinaient le long de la berge.

Dolly nous a conseillé de remonter le train de barlus en direction de Grenelle. À un moment donné, elle a murmuré : « Stop. »

J'ai pilé.

Quelques mètres en aval, un fort chaland battant pavillon belge était amarré bâbord contre les pierres du quai.

— C'est là ? a demandé Bérurier.

— Oui.

On voyait des lumières sur le rouf et de la musique de danse s'échappait de ses flancs. Quelques automobiles cossues stationnaient, face au fleuve.

— Y a réception au domaine ! a remarqué mon alter-inégal.

Je me suis rangé dans une zone d'ombre du pont Mirabeau. Deux clodos couverts de sacs et de journaux m'ont insulté ; leur ai filé cent points et ils se sont pris à m'aimer.

— T'as des projets ? a questionné Alexandre-Benoît en laissant filer une louise langoureuse dans les azurs de son bénouze.

— Ça va venir ! ai-je promis.

J'ai appuyé ma nuque sur le dossier.

Le pour et le contre ?

Rien de plus difficile à peser ! Aucune balance, fût-elle de Roberval (Gilles Personne de) ne peut y parvenir.

Je ferme les châsses. Perçois les bribes de musique s'étirant sur l'eau. Sourd grondement de Pantruche jamais totalement calmé.

Chose bizarre, Big-Bide respecte ma concentration. Il sait que nous vivons un moment capital. Si nous livrons l'assaut à deux, nous risquons une défaite en comparaison de laquelle celle de Pavie ressemblerait à une partie de colin (mayonnaise)-tampon, alors qu'avec nos incomparables troupes la victoire serait assurée.

Jumbo, l'éléphant rampant, poursuit ma pensée à haute voix :

— Si qu'on choisit d'alerter les collègues, mec, on passera à côté d'la gagne. Les forbans seront emballés et point à la ligne. Nos représesailles tomberont à la flotte. Ces vilains seront carcérés, on leur fournirera des bavards triés su' l'barreau et y z-auront commis toutes ces horreurs pour rien. Nous aut' on comptera pour d'la magarine rance !

— Conclusion ? fais-je au bout de sa diatribe.

— Ben : les Marines attaquent à l'aube, grand ! C'est l'moment de montrer qu'on a des couilles bien en place ! La seule chose dont j'm'demande, c'est ce qu'on va fiche d'la mousmé. La r'mett' dans le coffiot ? J'dis pas, mais comm' elle a vu les clodos, elle va faire du suif pour attirer leur intention.

Brève réflexion du surdoué de la pensarde que je crois être.

— Nous allons l'emmener avec nous ! décidé-je.

— Tu croives ?

— Ça peut devenir un atout.

— Si tu l'sens commak, souate ! Et le rat ?

— Nous attacherons sa cage dans le dos de la donzelle pour juguler de possibles arnaques.

Sa Majesté briocharde m'enveloppe d'un regard expressif comme deux cerises à l'eau-de-vie.

— C'qui m'plaît, chez toi, c'est qu't'as pas du foin dans la tronche ! m'assure-t-il admirativement.

31

L'embarquement pour citerne

On se pointe à l'échelle de coupée (terme sûrement excessif pour qualifier la passerelle unissant le quai à la péniche, mais tel est mon bon plaisir et je te compisse la raie médiane).

Deux gusmen sont là, qui font le pet en grillant des cigarillos de pacotille. Nous voyant surgir, ils s'interposent :

— Où allez-vous ?

Je désigne Dolly.

— Nous ramenons Mademoiselle, elle a eu un accident de la circulation.

Les chiourmeurs reconnaissent notre prisonnière.

— Rien de grave ? lui demandent-ils.

Ce disant, ils découvrent les menottes enserrant les poignets et s'alarment.

— Hé ! Doucement ! Qu'est-ce que ça veut dire ?

Je leur indique Béru de la hure :

— Monsieur va tout vous expliquer.

Sans trop se mettre en condition, Bibendum les harponne chacun par un revers de veste et les utilise comme un cymbalier son instrument. Là, ça ne produit qu'un bruit mou. Les vigileurs sont sonnés, aussi est-ce un jeu d'enfant pour mon pote de les virguler à la Seine. Ploff !… Ploff !

L'un d'eux, plus lourd que l'autre, « asseinit » en priorité.

Alors, sans plus nous occuper de ces gentlemen, nous dégainons notre artillerie et dévalons les quelques marches menant au salon.

Je peux déclarer sans forfanter que notre arrivée produit son effet.

Il y a une demi-douzaine de personnes en ce lieu élégant. Illico, je retapisse Mr. Blood, assis à une table de bridge, en compagnie de trois autres mecs ; il fume un Corona gros comme la fusée Ariane.

Pour mémoire, je te redis que c'est un grand vieillard parcheminé, aux cheveux très blancs, dont le regard recèle moins de tendresse que celui du crapaud-buffle souffrant d'hémorroïdes.

— Navré d'interrompre cette partie, déclaré-je en m'avançant vers leur table.

Les partenaires de Blood ont des frites latino-moncul pas piquetées des charançons ! Ils feraient du stop sur une route déserte, t'enfoncerais l'accélérateur de dix centimètres dans le plancher.

Deux autres gonziers (leurs porte-flingues de toute évidence) écoutent la zizique en gorgeonnant du brut blanc de blanc millésimé.

Notre entrée un temps pestive les fait se dresser et dégainer des riboustins de gardes-malades.

Le Gravos, en comparaison duquel Buffalo Bill serait juste bon à jouer aux fléchettes, virgule deux bastos privant chacun des péones de sa dextre pour une durée indéterminée. Leurs flingues chutent sur le tapis. Avec un calme impressionnant, Alexandrovitch-Benito va à la ramasse ; ses vagues sont vite aussi gonflées que lui.

Le silence qui succède aux coups de feu pourrait être de Jean-Sébastien Bach.

C'est l'instant que choisit le rat pour frénétiquer dans sa nasse, déclenchant les cris hystériques de la garce.

Mr. Blood réagit :

— Que signifie cette cage dans votre dos ? demande-t-il à Dolly.

Mais elle est bien trop terrifiée pour engager la converse, aussi réponds-je à sa place :

— Votre aimable partenaire est étourdissante de brio, mais elle souffre d'une grave faiblesse que vous ignoriez probablement : elle a la phobie des rats ; nous avons fortuitement découvert la chose et l'avons exploitée comme il fallait.

L'Américain tripote ses brèmes d'un doigté gourmand. Il semble réfléchir.

Soudain, l'un de ses compagnons de jeu éponge la sueur dégoulinant de son front avec sa pochette, puis fait mine de la ranger. Seulement, au lieu de la remettre où elle se trouvait, il la coule dans sa vague intérieure.

Gros malin !

Tu penses qu'au moment où il déballe son composteur, le mien crache déjà son venin !

Il se morfle la balle dans la pommette, ce qui a pour résultat de lui faire gicler l'œil de l'orbite. Pas gai comme blessure. Un tantisoit dégueu, ajouterai-je. Ce gnaf reste pétrifié devant ses cartes. Tiens, il avait un brelan de rois ! Son lampion énucléé pend sur sa joue sanguinolente.

— T'auras qu'à porter un monocle, lui fais-je, ça te donnera l'air distingué.

Connaissant son affaire, le Gros palpe les vestons des autres joueurs et ramasse leur artillerie de fouille.

— J'vas pouvoir monter un' armurerie, jubile cet être simple mais astucieux. On a encore des cadennes, j'croive ?

Je lui tends mes menottes. Il les utilise avec prestesse pour enchaîner l'un à l'autre les deux flambeurs restants.

C'est beau, une paire de mecs en action lorsqu'ils sont décidés et expérimentés. En moins de rien, les trois partenaires de Blood, ainsi que les gardes du corps, sont bouclarès dans la chambre des machines où ils vont pouvoir prendre un repos bien gagné sur de la tôle huileuse.

Le Mastard revient au salon en déclarant qu'il a verrouillé la trappe d'accès et leur a coupé l'électricité.

Policier zélé, ne commettant jamais d'imprudence, il retourne sur le pont s'enquérir des plongeurs.

Il revient, le bec enfariné, pour m'annoncer la noyade de l'un et la perte de conscience de l'autre, lequel s'est ouvert la calebasse contre une pierre du quai.

J'approuve d'un hochement de tête.

— Toutes les conditions sont réunies pour qu'on puisse ouvrir la séance, fais-je au vieillard.

S'agit-il d'une impression ? Il me semble que son havane tremble un peu entre ses lèvres minces.

32

L'addition

Avec son muridé dans le dos, la Dolly n'en mène pas plus large que la zitoune d'un petit garçon dans la figue d'une fillette. D'autant que ce brave rat lui grattouille les omoplates de ses griffes exaspérées ! À chaque attouchement du rongeur, cette connasse pousse des cris d'orpailleur découvrant une pépite d'une tonne !

Son attitude ajoute à l'agacement glacé de l'« Empereur du Crime ».

— Calmez-vous, voyons ! s'emporte-t-il. Ce n'est qu'un rat.

Mais il n'y a rien à dire. Tu ne peux endiguer la terreur d'un individu car elle échappe au raisonnement.

Un frémissement contre mon testicule droit m'avertit que mon portable veut prendre la parole. Je soulève son capot et le mâle organe de Jérémie vient embellir mon ouïe.

— Où es-tu ? me demande-t-il âprement.

— À bord d'une péniche battant pavillon belge près du pont Mirabeau.

— Qu'y fais-tu ?

— Je t'attends. Où en est Ramadé ?

— Je l'ai ramenée à la maison, complètement chamboulée par sa mésaventure. Avant d'aller la chercher à la clinique, je suis retourné à Saint-Julien-l'Hospitalier.

— Alors ?

— On donnait des secours aux malheureux séquestrés. Parmi eux sais-tu qui j'ai trouvé ?

— Vas-y ?

— Le père Chatounet !

— Je ne pige pas…

— Le « vrai ». Celui qui s'est fait buter à l'église était son frère jumeau ; un sacré loustic qui avait choisi les chemins du crime plutôt que ceux du ciel !

Je suis scié.

Surmontant mon incrédulité, je décide :

— Amène-toi, grand primate, j'ai une bonne surprise pour toi !

— Quoi donc ?

— Si je te le disais, ce ne serait plus une surprise.

Renfouille mon biniou. Surprenant, ce qui m'arrive. Une sauvage sensation de bonheur ardent, comme lorsqu'on tire une mousmé charitable du fion qui joint les sentiments à l'enfilade.

Le misérable paraît de plus en plus préoccupé.

— Si je comprends bien, articule-t-il avec des glapougnotes dans le gosier, vous venez discuter à propos de votre fille ?

Je ne réponds pas.

— Elle… elle est en bonne santé ! place-t-il.

Ma pomme, impossible de me contrôler davantage : te lui file un aller-retour dans la gueule. Il en glaviote son râtelier et le cigare qui s'y trouvait coincé.

Privée de ratiches, sa bouille s'affaisse. Il ressemble à mon ami Sim, en pas sympa.

— Écoute, ganache, je lui bonnis ; tu ne te tiens pas assez au courant de l'actualité. Ma fille est en sécurité, la petite Noire idem, et la grosse pétasse de mon ami Bérurier ici présent aussi. Nous avons fait un tour chez ton gourou à la pompe-moi-le-nœud. La visite ne manquait pas d'intérêt.

Entendant cela, il ramollit de la moelle épinière, pressentant du très mauvais, de l'indescriptible. Peut-être tient-il à ses os, malgré son âge et sa cruauté ?

— Sais-tu où j'ai découvert la petite Antoinette, vérolé de l'âme ? Dans une fosse pleine de cadavres décomposés.

Ma fureur est montée de dix crans ! Je bronche, soudain, sous l'effet d'une révélation :

— Mais dites-moi, grand-papa gâteau, le petit garçon déposé chez moi vient du château des Horreurs ? On l'a piqué à l'une des épaves de cette congrégation maudite pour l'amener dans ma maison et rendre plus terrible encore la perte de notre ange, n'est-ce pas ? Que la malédiction du Ciel soit sur toi et t'anéantisse !

Puis, Bibendum d'ajouter :

— C't un suppositoire d'Satan, ce type ! Tu croives qu'eguesiste un châtiment assez terrib' pour lu espier ses crimes ?

Bonne question. Je me la posais, précisément.

— Pourquoi tant de barbarie ? demandé-je à Mr. Blood.

Il me file une œillée identique au contenu d'un œuf glaireux et ironise :

— Bavard de Français !

J'éprouve des pulsions homicides. Pourquoi, à cet instant, évoqué-je un de mes amis religieux, totalisant, d'opération en opération, trois mètres quarante de cicatrices, au moment où je mets sous presse ? Cela ne l'empêche pas de manier la fourchette et de savourer l'Yquem, car le Seigneur l'a à la bonne.

Dans la carcasse de ce banni du ciel, c'est dix mètres de plaies que j'aimerais inscrire ! Le peler comme une pomme ! Transformer son corps en Colisée de Rome !

— Parler détend l'atmosphère, lui dis-je, votre intérêt est de répondre à mes questions ; et j'en ai beaucoup à vous poser.

Nous sommes interrompus par un hurlement de miss Dolly à qui le gaspard vient de donner un coup de griffe.

— Commençons par le père Chatounet et son frère, reprends-je. Pourquoi la crapule a-t-elle pris la place du saint homme ?

Ma question demeurant sans réponse, mon fougueux Béru « fait le nécessaire » : il sectionne le bout du nez de Blood au moyen d'un cutter dont il ne se sépare jamais. Puis il récupère l'espèce de demi-cerise consécutive à son initiative et la dépose dans la main du Vermineux.

— Souvenir ! murmure gentiment le Gros.

Cette fois, ce fennec enragé met les pouces avant qu'on ne les lui tranche. Il s'opère une éperduance dans son être. Comprends-le : ce caïd a toujours régné, il n'a rencontré que sourires pleutres et échines en arc de cercle sur sa route. Il a molesté, tué sans vergogne. Le moindre de ses gestes générait des meurtres. Or, par un inconcevable retour de manivelle, c'est lui à présent le torturé, le brimé, le vaincu.

— Alors, le père Chatounet ? reprends-je.

Il se met à jacter.

Un département de la drogue, en France, fonctionne dans ce haut lieu touristique qu'est le Sacré-Cœur de Montmartre. Chatounet-crapule a déposé, au nom de son frère, une requête pour devenir un desservant de l'illustre basilique. Sa demande agréée, ne restait plus qu'à faire revenir Chatounet-saint-homme à Paris et à prendre sa place.

Mais l'organisation ne pouvait laisser le religieux en liberté, il risquait, sans le vouloir, de tout faire capoter. Alors on le conduisit dans le Flaubertin, au fameux château de la Honte, et le frère maudit put se livrer librement à ses activités criminelles. Il participa au rapt de ma fille, au cours duquel ce sale con perdit la carte magnétique de sa chambre. Ce fut le grain de sable dont parlaient les romanciers de jadis. Le tournant du match, la maille qui file et tout ce que tu voudras d'aussi glandochard.

Hélas pour lui, l'imposteur se permit quelques fantaisies avec ses complices, au plan pognon, signant ainsi son arrêt de mort (diraient toujours les mêmes figures de fifre littéreurs). Un faux prêtre asiatique, supervisant le trafic du Sacré-Cœur, mit fin à ses arnaques voyouses.

Suivant le cours majestueux de mes pensées qui n'est pas sans évoquer le delta de l'Amazone, je retourne aux énigmes non élucidées dans le précédent book :

— Pourquoi Elnora, la pseudo-amie de Pamela Grey, a-t-elle disparu du bateau qui les amenait en Europe, laissant croire qu'elle était passée par-dessus bord ?

L'homme, qui range le bout de son pif dans sa poche-gousset, répond :

— Pamela savait que son père faisait surveiller Elnora à propos de laquelle il avait des doutes. Fine guêpe, Elnora s'en aperçut et précipita à la mer, par une nuit romantique, l'homme chargé de l'observer. Ensuite de quoi, elle revêtit des vêtements masculins et se claquemura dans la cabine du disparu, si bien que c'est elle qui fut portée manquante.

Interruption.

Arrivée en trombe du Mâchuré, resplendissant dans un complet vert printemps et une chemise bleu kind. Rasé, odoriférant, on devine le mec fou de bonheur qui s'est vidé les burettes et a poussé ses ablutions jusqu'à la mue.

Pourtant son sourire s'efface quand il avise Mr. Blood. Il met un temps à le reconnaître car, sans son dentier et son bout de nose, l'empereur du meurtre toutes catégories a perdu son aura. Il ressemble à un prédateur déplumé dans la vitrine d'un naturaliste.

— Putain ! exulte Jérémie, nous le tenons enfin !

Il le contemple sous toutes les coutures, comme tu admires la nouvelle bagnole qu'on vient de te livrer.

— Où en est-on ? finit-il par demander.

— Au bavardage, fais-je, sur le ton de la badinerie.

Résumé éclair de ce que tu sais déjà. Approbation solennelle de mon copain chéri.

— Tu connais la raison de leur acharnement contre Félix ?

— Je me proposais d'aborder la question.

J'entreprends de nouveau notre client.

Le scalpé du clapoir nous la joue docile, soit qu'il chocotte, soit qu'il cherche à gagner du temps ; avec une vermine de ce calibre, impossible de se forger une opinion.

Le prof ? Ses scouts et lui, entrevoyant mal notre dessein, ont décidé, par prudence, de l'éliminer. L'embarquement rapide du brave retraité sur un navire de croisière n'a fait qu'affermir leur décision. Et ce bougre d'échapper à quatre attentats : dans son loft, sur le bateau, dans la bagnole d'Herbert Malandryn, puis au Sacré-Cœur !

Ils s'enrognaient après sa vieille carcasse. Il était devenu leur bête noire ; à liquider d'urgence.

Je ris. Bon prince, j'explique à mon terlocuteur qu'ils se sont excités en pure perte, ses maffieux et lui. Ç'aura été du temps, du pognon et de l'énergie perdus !

Le regard qu'il me virgule ferait exploser la station Mir !

33
Pour solde de tout compte

Depuis combien de temps suis-je sur cette péniche de luxe, à cuisiner le gonzier le plus infect que j'aurai rencontré au cours de ma vie ?

Les heures s'écoulent autrement. Plus question de montre. La musique d'ambiance retentissant lors de notre arrivée a cessé, faute de munitions. Le rat continue de couiner, de même que la donzelle dont il s'obstine à mandoliner les omoplates.

Depuis la survenance de Jérémie, Béru ne braque plus Blood, mais bricole dans un coin du salon.

Que fabrique-t-il ?

Je m'abstiens de le lui demander tant il semble mobilisé par sa tâche. Je désigne la cave à liqueurs trônant près d'un canapé.

— Tu devrais nous servir un petit quelque chose, Jéjé, j'ai la menteuse en os de seiche !

Il obéit avec empressement.

— Je nous prépare un Baccardi ?

— Yes, mec, avec très peu de grenadine.

Pendant qu'il manie le shaker, je me rapproche davantage du vilain dont le tarbouif sectionné raisine sans discontinuer.

— Personne ne saurait désormais te mener par le bout du nez, plaisanté-je.

Il trouve ma remarque de mauvais goût. Elle est facile, mais quoi, on peut se relâcher après d'aussi dures aventures, non ?

— Maintenant, comme point d'orgue, parlons de la fameuse petite boîte en or, fais-je d'un ton sans réplique.

Il branle le chef. Que voudrais-tu qu'il branlât à son âge pontifical ?

— Où est-elle ? croasse le corbaque.

— Non : c'est moi qui questionne, ne l'as-tu pas encore compris, momie démaillotée ?

Il renfrogne kif un hibou au bec coupé.

— À quoi rime ce délicat objet ressemblant à quelque téléphone archiminiaturisé ?

Jérémie me présente une boisson rose décorée d'une tranche de citron (en anglais : *lemon*).

— Il est à ta botte, ce cocktail ?

Je goûte.

— Excellent dosage, fils.

— Tu vois, si je n'aimais pas tant mon métier de flic, barman, ça m'aurait plu.

— Tu pourras toujours t'y mettre, la retraite venue.

Puis, faisant front au père La Clapote :

— Alors, cette boîte ?

— La détenez-vous ? s'obstine-t-il.

— Admettons.

Il étanche son sang d'un revers de manche.

— Un appareil comme celui-ci, il n'en existe pas dix dans le monde !

— Ça ne m'apprend rien sur sa signification.

— Cette chose a été mise au point par le F.B.I. Elle est réservée à des individus supra-privilégiés. Son détenteur est assuré d'une protection totale sur l'ensemble de la planète. Il suffit de programmer le code pour qu'aussitôt le Bureau fédéral d'enquêtes intervienne et se porte au secours de son possesseur.

— Rien que ça ? réagis-je, abasourdi.

Je ramasse ma surprise et la glisse dans la poche de sûreté de mon slip exténué.

— Votre ami David Grey avait droit à l'un de ces gadgets ?

— Ça vous donne une idée de sa puissance !

— Il était de mèche avec les Fédés ?

— Sa principale qualité consistait à se rendre indispensable ; même le Président faisait appel à ses services.

Re-méditance du prodigieux Sana, l'homme capable de remplacer tout le monde mais qui reste irremplaçable.

— Vous avez mis notre univers à sang et à feu afin de vous approprier cet appareil, il est donc transmissible ?

— Il me le fallait absolument pour contrer le F.B.I., et puis je suis le successeur de Grey, non ?

— Son assassin, voulez-vous dire.

— L'Histoire fourmille d'exemples où le dauphin tue le roi pour régner.

Nouveau silence.

— Parfait, dis-je. Eh bien, je vais clore l'instruction de ce dossier.

Le Mammouth, dont l'opération brico-loisir semble achevée, s'avance.

— J'croive qu'mon heure à moi est v'nue ! assure-t-il, péremptoire.

— L'heure de quoi ? demande Blanc.

— D'arrêter l'compteur d'Mossieur.

Il s'explique :

— Voiliez-vous, les gars, c't à présent qu'les choses arrivent aux points cruciaux. C'gus, ça fait des jours qu'on rêve d'y couper les burnes et d'l'empaler su' la grille du Luxembourg. Mais, mauviettes d'l'âme tels qu'j'vous sens, v's êtes prêts à y ach'ter un manteau fourré pou' l'hiver, pas qu'y prende froid. N-alors, le Gros Béru qu'est z-un homme just' et fort va châtimenter c't' erreur humaine comme elle l'mérite. V' z-allez voir, c't assez plaisant.

Il a tout préparé pour l'accomplissement de son noir projet, Bibendum : des liens, naturellement, sans lesquels rien n'est réalisable de manière confortable. Il saucissonne Blood sur son fauteuil, le dos plaqué au dossier. Une seconde partie de l'entravage consiste à maintenir sa tronche rigoureusement fixe. Ensuite, il va quérir l'appareil qu'il a confectionné à l'écart. Un truc indécis, bizarre, sans utilité apparente.

Le parfait adepte du système D pince ce qui subsiste de tarin à Blood.

— Ouv' grand la gueule, bonhomme. Allons ! Plus large qu'ça, feignasse ! Moui ! Ça doit boomer. Montre voir ? Jockey ! N-à présent, j'te place mon engin.

Il enquille dans cette gueule dégarnie et béante la chose réalisée avec le bac à glaçons métallique. Ce n'est ni plus ni moins qu'un ouvre-bouche comme en usent les dentistes pour maintenir la trappe de leurs clilles ouverte.

Tu verrais la Terreur U.S., t'en resterais comme le bandage herniaire de Maurice Druon sur son serviteur muet. Terrible et cocasse à la fois. Tragique, en tout cas !

Le Dark et moi suivons, fascinés, les moindres gestes de notre confrère.

Ces préparatifs achevés, le Yéti des comptoirs va délivrer notre prisonnière de la cage à rat qui tant la terrorise. Elle tremble (non : je ne dirai pas « comme une feuille ») comme la pointe de tes seins lorsque je les titille de ma langue.

Le révérend Machopine entrouvre la nasse et coule sa formidable dextre à l'intérieur.

— Tu vas te faire mordre ! lance Jérémie.

— On voye qu't'as pas été zélevé à Saint-Locdu ! riposte Sa Bedonnance. Moive, les ratons, qu'y soyent laveurs ou non, y m'ont à la bonne.

Effectivement, il se saisit du rongeur, par-derrière, comme un pêcheur de truites, l'index et le pouce formant collier.

— Qu'est-ce que tu maquilles ? balbutié-je, craignant de piger.

Le Gros ne répond pas. Il engage la tête du muridé dans la bouche béante du Ricain, puis pousse l'animal au maximum en direction de sa gorge. Blood vagit de terreur, éructe, libère des spasmes monstrueux.

— Bon gu ! Tu vas rentrer à bout ! fait le bourreau en comprimant le cul du gaspard.

Il parvient à ses fins sans trop de mal. Dans l'impossibilité où elle se trouve de reculer, la bestiole avance, étouffant le roi de la pègre étasunienne.

— Eh bien ! nous y sont ! annonce Alexandre-Benoît en retirant son ouvre-bouche. Ce qu'j'voulais organiser dans la chaglatte à mam'selle Dolly, j'l'ai fait dans l'clapoir à M'sieur !

Maintenant il utilise la cravate du « patient » pour le bâillonner.

Scène atroce !

Le vieux bandit se trémousse, émet des sons rauques abominables. Il violit ! L'asphyxie jointe à l'horreur causée par son locataire le plonge dans des affres indicibles.

— Il faut faire quelque chose ! éclaté-je.

— C'est fait, rétorque le Valeureux, non sans humour.

Je tire sur la cravate qui muselle le forban, mais rien ne se passe : le rat descend déjà dans ses profondeurs.

34
La grande purification

Question : le rat va-t-il mourir d'asphyxie, lui aussi ? Probable. C'est un mammifère comme nous, extrêmement semblable même, puisqu'on l'utilise pour des expériences scientifiques à la place des humains.

Le Négus et moi restons là, inertes, glacés d'effroi.

— Crimes et châtiments, répété-je.

Mais quels crimes ! Et surtout quels châtiments !

— Nom de Dieu de garce ! clame tout à coup le Mammouth !

On se retourne.

Misère de mon zob ! Mettant à profit notre inattention, Dolly, débarrassée de son parasite, sinon de ses menottes, a mis le feu au salon à l'aide d'un gros briquet de marbre. Je te prie de croire qu'elle a agi rapidos. En un rien de temps tout s'embrase dans cet univers ouatiné. Des flammes d'un mètre dix, mon pote ! Sainte Jeanne d'Arc priez pour nous !

La fille court vers les marches !

— Halte ! hurle Béru l'Omniprésent en défouraillant, car chez lui, sommations et exécution sont synchrones.

Touchée, la gueuse s'écroule. Ne nous reste plus qu'à franchir le rideau de flammes en déplorant de n'être point ignifugés.

Parvenus sur le pont, nous nous entréteignons avec nos vestes. Puis franchissons la passerelle pour gagner le quai où les clodos nous regardent, ahuris.

Constatations :

La tignasse de Jérémie a cramé presque entièrement.

Un début d'incendie s'est déclaré à la braguette d'Alexandrovitch-Benito.

Pour ma part, je n'ai laissé que mon veston en cachemire dans l'aventure.

Quand je te répète que le Seigneur me fait des fleurs !

Lorsque les pompiers s'annoncent, la somptueuse péniche n'est plus qu'un brûlot illuminant le pont Mirabeau sous lequel…

Épigone

Quelques jours plus tard, nous sommes dans l'avion pour Stockholm, M'man, les Blanc et moi. On va voir Antoinette.

Jérémie et Ramadé passeront seulement le week-end, mais nous comptons bien y séjourner davantage, ma vieille et moi.

Si je sais m'y prendre avec Marie-Marie, on pourra peut-être envisager un retour général en France. Simple affaire sexuelle, moi je dis. Tu connais les dames ?

Félicie est assise au côté de la gentille Noirpiote, devant nous. Malgré toutes mes adjurations, Salami a été obligé de voyager dans la soute. Mais enfin, le voyage n'est pas long !

Blanc me demande, tout en lookant les nues par le hublot :

— Pourquoi n'as-tu pas signalé la fosse aux cadavres du château dans le rapport ?

Je libère un rire aigrelet.

— Tu ne t'en doutes pas ?

Silence embarrassé de mon ami.

— Peut-être, convient-il.

Comme je ne moufte plus, il fait :

— Comment as-tu su ?

— Après que nous avons emmené Ramadé et la petite à l'hosto, tu t'es très vite éclipsé. Tu es revenu beaucoup plus tard avec un drôle d'air. J'ai compris que tu étais retourné chercher le gourou et l'avais flanqué dans le charnier pour qu'il expie. Juste ?

— Sans bavures, chef !

Il ajoute :

— Je lui ai laissé une lampe électrique afin qu'il puisse mesurer à loisir l'horreur de sa situation. Dégueulasse, non ?

— C'est TON problème, poncepilaté-je.

CÉRÉALES KILLER

Roman agricole

2001

Je suis sans nouvelles de moi.

San-Antonio

Avant-propos

JULIETTE

DERNIER CHAPITRE

(Servant en l'eau-cul-rance d'introduction à cette étrange histoire[1])

Ce fut sans doute l'un des plus beaux matins du monde, puisque ce fut celui où IL mourut.

La lune, quand elle est pleine, et toi aussi, te fait penser à un cul, admets ? Eh bien, cette nuit-là, pas du tout. C'était une lune fielleuse, plus blanche qu'un lilas offert à une jeune tuberculeuse, zébrée de nuages noirâtres aux allures de crapauds, de vampires et de hiboux (lorsqu'ils n'ont rien à voir avec les joujoux, les bijoux et les sapajous). Une lune à laquelle aucun cinéaste n'aurait osé crever l'œil avec un obus par peur de voir surgir de l'orbite défoncée tous les personnages maléfiques hantant sa pensée. Une lune d'hiver, engendresse de froidure et de brumes. Elle projetait sur le sol cahoteux, chaotique et glacé de la petite commune de Saint-Jean-Nivers une pâleur bizarrement contrastée qui conférait à notre astre un aspect angoissant. Les branches squelettiques des pommiers du verger s'étaient chargées de givre et menaçaient de se rompre à tout instant, comme des cols de fémur dans un hospice pour génaires[2].

Anatole Blondeau était agrippé au volant de son tracteur. Ses fesses débordaient de la selle de cuir comme les joues du regretté

1. Te caille pas la laitance, mec, tu finiras par piger où je veux en venir !
2. Une phrase de toute beauté, bravo !
Jean-François REBEL

Louis-Philippe sur son jabot de dentelle. L'engin progressait dans la fantomatique blancheur du petit jour qu'accentuait la danse de ses phares. Le passage des pneus dans la gelée abandonnait une traînée baveuse d'escargot en balade sur un voile de mariée. Curieusement, ni la pétarade du moteur, ni le brinquebalis du tombereau ne semblaient troubler la quiétude de l'endroit.

Parvenu au sommet d'une butte, le paysan éteignit ses phares et coupa le contact. Petit à petit, les bâtiments de sa modeste ferme située en contrebas commencèrent à se dessiner sur sa rétine. Il ne lui restait plus qu'à laisser son mastodonte descendre doucement le chemin, en contrôlant la vitesse à l'aide du frein à main.

L'équipage s'arrêta dans un crissement auprès d'une espèce de marigot qui de jour se révélait être une vaste fosse à purin. Rétablissant le moteur, Anatole manœuvra de façon à mettre à cul le tombereau au-dessus de l'ignoble liquide.

Anatole sauta de son poste de conduite, témoignant d'une souplesse surprenante pour un homme de sa corpulence. Il faut dire qu'il était encore jeune, bataillant à peine sur les frontières de la cinquantaine. Il retira les goupilles de la ridelle arrière, découvrant une masse imposante qui occupait le centre du plateau.

Il s'agissait d'un corps humain auquel trois grosses pierres étaient attachées.

Le cultivateur actionna une manette qui provoqua le soulèvement de la benne. Malgré l'inclinaison, le cadavre restait plaqué au fond par le poids de son lest.

— T'veux pas y alla, t'vas y alla quand même, s'impatienta Anatole.

S'emparant de sa fourche, il la planta sans répulsion dans la viande morte, pour aider le corps à glisser contre le métal et à plonger dans le lisier. Il y eut d'abord un gros floc, quelques remous dans le purin, un bruit d'égout en vidange puis le calme, le silence.

— V'là une tombe pour toi, mon salaud, murmura le paysan en se signant comme tout bon chrétien en pareille circonstance.

Une lumière venait de s'allumer au rez-de-chaussée de la fermette et une silhouette de femme replète se découpait sur le pas de la porte.

— Natole ! Tu travailles déjà à c't' heure ?

— Les bêtes, ça attend pas, ma pauvre Martha, fit le gros homme en s'approchant.

— Tu vas y laisser ta santé.

— Elle me sert à quoi ma santé, maintenant que Juliette est morte ?

Martha se jeta dans les bras de son mari.

— Ne parle plus de ça, je t'en supplie.

Elle portait pour tout vêtement cette robe de chambre en pilou grisâtre qu'il lui avait toujours connue. Anatole glissa sa main entre deux cuisses encore fermes, remonta jusqu'à une humide touffeur qu'il fourragea sans retenue. Puis il porta ses doigts à son nez, les huma longuement et décela sur son index le délicat fumet d'une potée en bonne voie de digestion. Ipso facto, il identifia l'aigrelette salinité de son médius. Satisfait, il claqua le fessier de sa femme.

— Prépare un café fort, Martha. La nuit a été rude…

Première partie

MÉLANIE

CHAPITRE POMMIER

(Pour rappeler le Napoléon de même numéro aux glandus qui ne l'auraient encore pas lu[1])

Quelque temps Pluto...[2]

Pour moi, le retour à la Grande Cabane après quelques jours d'absence, c'est toujours émouvant. Un bourrin qui regagne son écurie le dos en compote, les flancs labourés par un connard dûment éperonné, bombé et cravaché, doit ressentir le même soulagement, la même délivrance. Moi, ma paille c'est la moquette de mon burlingue et mon palefrenier, le brigadier Poilala, nouveau planton de la Tour Pointue.

Il m'accueille avec l'impeccable salut militaire mis au point en son temps par son père, brigadier chef, dont le destin tragique s'acheva dans un attentat à l'explosif perpétré en ces lieux. De son géniteur, Poilala junior a conservé le sourcil haut et le front bas, le nez en bec d'oie gavée, le regard croisé et ce besoin ganache de servir la gloire de la France qui tant fatigue nos héros.

— Comment s'est-ce-t-il passé ce voyage à Bruxelles, monsieur le commissaire ?

Lui, il sait que les titres pompeux me pompent le nœud et que seul celui de commissaire m'agrée (de canard).

— Frites, moules et Leffe pression, mon bon Poilala. Conforme, quoi.

---

1. Même éditeur, même auteur, même talent [San-Antonio, *Napoléon Pommier*, Fleuve noir, 2000, hors-série].

2. Comme dit Béru depuis qu'il a emmené sa Gravosse à Euro Disney.

En vérité je te le dis, ce voyage en terre brabançonne revêtait une importance capitale pour l'avenir de la police européenne puisque le colloque auquel j'étais convié portait sur ce thème gravissime : « L'influence de la suppression des bâtons blancs des gardiens de la paix sur la recrudescence des accidents mortels chez les aveugles au volant. » Tu mords le dilemme ?

Je m'engage quatre à quatre dans l'escadrin. Poilala me rappelle :

— M'sieur le commissaire, quéqu'un vous attend dans votre bureau.

— Qui ça ?

— Un jeune homme qui voulait vous causer.

— Et tu l'as laissé monter ? irrité-je-me.

— Pas pu faire autrement.

— En quel honneur ?

— Il s'appelle pareil comme vous.

Brève gymnastique dans mon ciboulot. La lumière jaillit.

— Antoine ?

— Affirmatif. Mon père vous a servi, un jour c'est lui qui sera mon chef. Comprenez que je pouvais pas m'interposasser, question de solidarité filassière.

— Dis-moi, Poilala, tes cours du soir, tu les as pris avec Bérurier, non ?

— Vous avez reconnu le style, se rengorge-t-il.

— Un peu, mon neveu.

Il interprète cette marque de népotisme comme un adoubement et se met à ruisseler de bonheur, surtout dans les secteurs qui ne se voient pas au premier rabord mais se reniflent très vite.

J'ouvre la porte de ma turne à la volée. Il est bien là, mon grand fils, vautré dans mon fauteuil directorial, lunettes solaires relevées dans sa chevelure brune et drue, l'œil plus bleu qu'un muguet lorsqu'il ressemble à une pervenche, cigarillo au coin du bec, blouson de cuir craquelé, T-shirt fripé, jean parfaitement délavé, baskets triples semelles négligemment croisées sur ma table de travail. Avec mon costard Cerruti[1], j'ai d'un coup l'impression d'être évadé du paléolithique. Autres temps, autres modes. Il va falloir que je m'habitue.

1. Publicité gratuite. Tu me connais, j'en croque pas.

Antoine se dresse d'un bond, écrase son clope dans mon encrier et me claque le bout des doigts à la manière des rappeurs. Puis il se penche en avant et vient déposer son front contre le mien.

— Papa ! J'avais hâte que tu rentres…

— Je suis heureux de te retrouver, fils, soufflé-je en le serrant tendrement contre moi.

Je tarde à lui poser la question qui me turlupine, par crainte de la réponse.

— Et alors, ce stage ? me décidé-je enfin.

D'un geste théâtral, Antoine balance une plaque de police fleur de coin sur le bureau.

— Lieutenant Antoine San-Antonio, police criminelle ! Je suis major de ma promo !

Te dire que je suis heureux de sa réussite chez les matuches, tu vas pas me croire. Tu sais ce que je pense du caractère éphémère des succès et de la précarité des lauréats. Eh bien, t'as tort Nestor, un frisson de fierté me parcourt depuis les burettes jusqu'au cervelet. Ce môme cueilli comme une mauvaise plante et que j'ai éduqué à la va-comme-je-te-pisse sans même le voir grandir devient soudain l'objet de ma gloriole paternelle. Bravo San-Antonio ! Ça, c'est de la descendance !

Faut que tu réagisses, mec. N'oublie pas que la métamorphose d'un petit d'homme obéit aux mêmes lois que celles des papillons : larve, chrysalide et tchao pantin ! On n'y peut rien. Chez nos embryons la trajectoire est à peine plus sophistiquée : tendre fœtus, joli poupon, charmant bambin, étudiant, militaire, jeune con, travailleur, père, chômeur, gros con, grand-père, retraité, vieux con et puis ce papillon de l'âme qui s'évade un beau jour d'un caisson de bois. Pin, chêne ou acajou… C'est à la couleur finale qu'on reconnaît la richesse d'un homme ou la beauté d'un lépidoptère.

M'enfin, je ne suis pas là pour démoraliser mon rejeton et je brandis un pouce d'empereur romain décidant qu'il enfilera lui-même le superbe gladiateur avec son propre pal.

— Ça s'arrose, mon fils ! Il me reste au frigo une bouteille d'Yquem 76 qui n'attendait que cette occasion pour se laisser dépuceler.

Antoine calme mon enthousiasme d'un geste de la main.

— C'est un peu tôt pour faire péter les bouchons, papa.

À la lueur d'inquiétude traversant son regard, je pressens qu'il a du pas banal à m'annoncer.

— Tu as un problème ?

Il me désigne la chaise ordinairement dévolue aux prévenus.

— Assieds-toi.

Obéissant à l'injonction, le guignol taraudé par une sourde angoisse, je dépose mon écrin à roustons sur la moleskine.

— Je t'écoute.

Antoine – il tient au moins ça de moi – n'est pas du genre à tourner deux plombes autour du pot avant de déposer sa bouse.

— Tu as entendu parler du meurtre de la rave-party, avant-hier soir, en Beauce ?

— Oui, j'ai lu ça dans le train. Un abominable assassinat.

— Il faudrait que tu t'occupes de cette affaire, papa.

Je ne te cacherai pas que je me sens un chouïa soulagé. Je redoutais un drame du genre : Félicie a fait une attaque ou le toubib lui a découvert une vilenie. Parce que, forcément, ça arrivera un jour. Ça me tombera sur le râble quand je m'y attendrai le moins. On a beau y penser, on n'est jamais prêt à devenir orphelin.

— Un instant, fiston, la Beauce, c'est du ressort de la crime de Chartres. Je connais le commissaire Roykeau, c'est un excellent flic.

— C'est bien ce qui m'inquiète, papa. À l'heure qu'il est, je suis sûrement son principal suspect.

*

* *

Quand j'explose, tous les mecs de Nagasaki s'enterrent dans leur cave à charbon et ceux d'Hiroshima, plus facétieux, se font hara-kiri avec une fourchette à escargots, les poilus du Chemin des Dames exécutent un triple salchow arrière dans leur tombe et Alfred Nobel me réclame des royalties sur la dynamite qu'il a inventée juste avant son prix de la paix. Et là, fais confiance, j'explose vraiment.

— Mais qu'est-ce que tu foutais dans une rave-party, bougre de nœud volant ?

— Laisse-moi au moins t'expliquer, gueule pas comme ça !

— Je gueule tant que je veux et ne me parle pas sur ce ton !

L'Antoine, il n'en mène pas plus large qu'une bonne sœur tutsi voyant débouler un régiment de Hutus, bites et machettes en main. Il tente encore sans conviction de me calmer. Mais il me pratique depuis assez longtemps, et toi aussi vieux paf, pour savoir qu'on n'endigue pas une éruption san-antonienne. Lorsque la furie s'échappe de mes entrailles il faut s'attendre à des conséquences pompéiennes.

— Écoute, papa…

— Je n'ai rien à écouter ! Non, mais regardez-moi ce merdaillon qui prétend entrer dans la police et qui va se défoncer à coups de décibels techno et de came pourrie avec des chimpanzés de son espèce…

Il profite de ma respiration pour tenter sa botte secrète.

— Je n'ai touché à aucune drogue, papa !

— Tu essaies de m'embrouiller. De toute façon, un camé ça ment tout le temps.

— Non, je te jure. C'est fini, ces conneries-là…

— Alors comment tu t'es retrouvé dans cette béchamel ?

Sentant que ma rage mollit, Antoine adopte le profil bas et le ton mielleux d'un éducateur rappelé à l'ordre par son supérieur pour avoir étourdiment oublié sa chevalière dans le rectum d'un jeune scout à l'occasion d'un camp de vacances dont il avait la charge.

— C'est ce que j'essaie de te raconter, p'pa, mais tu refuses de m'écouter.

Mon soupir équivaut à une reddition. Mais attention : une reddition temporaire car mes rechutes de rogne sont aussi brusques qu'imprévisibles.

— Vas-y et tâche d'être convaincant !

— J'ai fait la connaissance de Mélanie dans une boîte à Paris…

— Qui est Mélanie ? je demande avec cette implacabilité faisant de moi à la fois un flic et un misanthrope d'exception.

— Ben… La fille tuée dans la rave-party, bredouille mon Toinet, perdant pied.

— Il y a combien de temps que tu l'as rencontrée, cette môme ?

— Deux ou trois ans…

— C'est deux ou trois ? Un rapport doit être précis.

Antoine me regarde comme si je débarquais de la lune avec des palmes et un tuba.

— C'est un rapport que tu veux ? Je croyais qu'on pouvait se parler, tous les deux.

— Le bavardage n'est pas un luxe de flic. (Je lui désigne l'ordinateur de mon bureau.) Consigne toute cette histoire par le menu et envoie-la-moi à Saint-Cloud. Je rentre. Je suis crevé.

— Tu ne veux pas que je te l'amène, mon rapport ?

— Je préfère que tu me le faxes.

Je sors de mon burlingue sans lui accorder l'obole d'un sourire ni même la grâce d'un regard. Je sais que je suis odieux et que tu m'en veux de comporter de la sorte avec mon mouflet. Mais sauf ton respect, je te conseille d'aller te faire tchétchéniser chez les Kosovars, because t'as rien compris au film.

L'odiosité[1] est en réalité un noble sentiment puisqu'il sert à en masquer un autre : la déception.

*

* *

En rangeant ma bagnole dans le garage agaçant (Béru dixit) à notre jardinet, je ressens un vrai sale goût dans ma bouche. Comme si j'avais becté le fond d'une cage à serins arrosé avec le jus de ta poubelle de mercredi dernier. On appelle ça l'amertume, je crois. Mon vieux Guy Savoy, le tendre Loiseau et le grand Veyrat (çui qui a un bitos vissé au-dessus du groin) pourraient se mettre la toque en trompette avec leurs mets subtils aux herbes venues d'ailleurs, ils ne parviendraient pas à m'évacuer ce goût de chiottes car il ne provient pas de mon palais, mais du plus profond de mon âme.

Seul un petit plat bien mitonné de Félicie, peut-être ?… songé-je en remontant l'allée dont les lampadaires s'éclairent les uns après les autres sur mon passage. Un système que j'ai fait installer depuis que ma brave femme de mère a trébuché sur un vélo abandonné par Antoinette. Elle s'en est tirée avec quelques égratignures, ma Féloche, mais à son âge, il ne faut pas trop chahuter avec ses os.

Je remarque Salami en train de jouer avec la tortue que j'ai rapportée de chez Titan Ma Gloire[2]. Son truc, à mon clébard, c'est de la foutre sur le dos et de la faire tourner comme une toupie. Je ne sais pas si elle apprécie son sens de l'humour, miss Carapace, mais elle se console en se disant qu'elle aura encore cent ans à vivre tranquille après la mort du basset hound. Voilà un avantage

1. Le mot existe, je viens de l'inventer. Mais si tu préfères « odieuserie », libre à toi.
2. Tu te souviens, à la fin de *Napoléon Pommier* ?

que l'on partage avec les tortues, les carpes et les éléphants sur les autres créatures : la longévité. C'est aussi ce qui nous rend si humbles et si glands devant un chêne.

Je m'attends à ce que Salami vienne renifler le bas de mon futal pour me témoigner son indéfectible affection, mais fume ! Il me fait la gueule, Court-en-Pattes. Il m'en veut de ne pas l'avoir emmené à Bruxelles. Il aurait tant aimé filer un coup de langue sur la zigounette du Manneken-Pis, tu parles, la seule statue à la portée d'un basset.

Il y a des soirs où c'est pas ton jour, mords plutôt : Antoinette est au plumard avec une otite carabinée. Elle se tape un 39,5 sous abri et le docteur Le Zoute a recommandé de bien la surveiller pour ne pas laisser grimper la fièvre. Nuit d'angoisse en perspective. Comme un bonheur ne vient jamais seul, ma cousine Adèle, de Lisieux, celle qui sent le lard rance et la pisse de chat angora, a fait une tentative de suicide en avalant trois bouteilles d'huile d'olive cul sec (façon de parler). Elle va s'en sortir, mais Maman a dû partir de toute urgence pour lui porter du linge de rechange. Tu me croiras si tu voudras (Saint-Tax selon Béru), mais en poussant la porte de la maison, j'ai tout de suite su que Félicie n'était pas at home. L'absence des gens qu'on aime se fait davantage sentir que leur présence. À l'ordinabitude, quand je me pointe, il flotte dans l'atmosphère des fragrances de plats longuement mijotés : blanquette à l'ancienne, bœuf mode ou pieds paquets. Ce soir, nibe ! Juste l'odeur, de bon aloi au demeurant, de l'encaustique à la cire d'abeilles. Un jour, ce sera comme ça tous les jours et pour toujours.

Ne souhaitant pas se risquer sur le terrain culinaire de Maman et profitant lâchement de son départ, Marie-Marie n'a rien trouvé de mieux que de commander des sushis à la société de livraison rapide Sapukantushi. Je ne sais pas si tu connais ce plat japonais constitué de boulettes de riz vinaigré coiffées d'une tranche de poisson cru, qu'on trempe dans de la sauce soja moutardée ? Un plat ridicule comme deux judokas qui se saluent. Marie-Marie en raffole et Antoine aussi, ce petit couillon. Moi, je préférerais que tu me prépares un rat crevé en daube beaujolaise. Question de génération, peut-être, ou de culture. Pour ne pas désobliger la Musaraigne, je lui affirme qu'elle a eu l'idée du siècle. J'avale trois bouchées de riz en virgulant subrepticement poulpe, thon et daurade dans le pot du philodendron (il va lui pousser des écailles sur ses jolies feuilles vernissées) et m'injecte cinq décilitres de Kirin car ils savent copier la bière aussi bien que Vuitton et Cartier, les bridés. Et puis, je prétends dans la foulée que le poisson cru me flanque le tricotin. Pour étayer mes dires, j'incite Marie-Marie à palper la courgette qui me pousse dans le calbute. Elle admet l'urgence de la situation. On bascule sur le canapé. Pas de gestes inutiles, on pare au plus pressé. Marie-Marie ne dégrafe que les trois boutons de braguette suffisant à autoriser le passage de mon ogive culéaire. D'un doigt en crochet j'écarte le fond de son string en dentelle et la jonction s'opère comme dans du velours. C'est à ce moment précis qu'Antoinette se met à pleurer à l'étage. La partie de radada est remise à une chatte ultérieure. Point positif, l'horrible poisson cru est devenu le cadet de mes sushis.

Un sursaut me réveille, à moins que ce ne soit l'éveil qui m'ait fait sursauter. La petite a bataillé longtemps contre sa canicule interne. On lui a administré de la Catalgine, on l'a plongée dans un bain rafraîchissant. On a même harcelé le pédiatre en plein coït, ça s'entendait à son souffle haletant et à ses doigts qui poissaient sur le combiné. On voulait être bien sûrs qu'Antoinette ne nous faisait pas un abcès de cerveau, une achalasie du cardia, de l'acide uranique, une acrocyanose de Patouillard, un adénome prostatique (heureusement rare chez les filles), une agranulocytose sous-jacente, de l'alopécie à géométrie variable, une angevine de poitrine, un anthrax de Saint-Minute, un aphte-à-Line, une aplasie médiévale, une arthrite de Russie, une ataxie G7, un bec-de-lièvre myxomateux, une bilirubine sur ongle, un botulisme et mouche cousue, une brucellose de Brabant, des calculs mento, une candidose de Maria, une colite frénétique, un cytomégalovirus pascuaïen, un delirium (même très mince), un diabète bête qui monte, une dysménorrhée surprécoce, une échinococcose toujours, un épanchement de Sidonie, une folliculite funicula, un ictère de feu, une leishmaniose broutor, un lipome Touskila, un lupus ducu, une morpionite aiguë, une néphrite épidémoule, un œdème de Quick, un œdème de Macdo, une pemphigoïde bulleuse, une plumothorax, une polypose tonku, un purpura d'aigou, une rimski de Korsakov, une salpingite à la noix, voire une classique fièvre typhoïde. On avait eu beau passer l'insoutenable dictionnaire médical en revue, ce qui nous tracassait le plus, c'était l'éventualité d'une méningite, saloperie qui galope ces temps-ci et fauche à l'aveuglette nos plus frêles bambins. Mais le toubib avait entériné mordicus son verdict : otite, otite, otite ! Qu'on le laisse achever sa levrette peinard, merde ! Trois déculages en vingt minutes, il a été obligé de se relancer à la manivelle, le pauvre !

Toinette a fini par s'endormir auprès de sa mère dans notre lit. Moi je me suis vachi sur le canapé du salon. Juste le temps de retirer cravate, ceinture, lacets façon garde à vue menée par Béru et j'ai fait le grand plongeon dans le sirop d'oubli.

Je pige ce qui vient de me réveiller : le fax. Pas la sonnerie, car il y a longtemps que je l'ai rendue aphone, pas déranger la gamine avec des conneries de boulot tardives et autres publicités noctamburnes. Non, c'est le friselis des feuilles qui s'en évadent. Te dire si j'ai le sommeil léger. Toi, tu sais combien de fois cette faculté m'a sauvé la vie.

Je me lève et m'étire comme n'importe quel misérable mammifère. Le petit jour s'annonce, discret, à travers les persiennes. La maison baigne dans une aimable torpeur. J'éprouve la fière sensation d'en être le bienfaisant veilleur. À titre de gratification, je me vote une large rasade d'une liqueur aux plantes des Alpes, allume un cigare trois fois plus gros que ta bitoune au repos et lance en sourdine sur la platine un concerto pour deux mandolines qui m'évoque la masturbation mutuelle de deux collégiennes. Je rassemble les feuilles du fax et m'installe à la table de la salle à manger.

Pas mal torché, le rapport de mon Antoine. Du style, le sens du détail… J'ai sûrement bien fait de le houspiller. J'accroche mon image dans la glace qui surplombe la desserte et ne peux retenir un sourire. Chartreuse verte, Davidoff et Vivaldi, est-ce vraiment différent des tequila, ecstasy et techno-parade que je reproche à mon fils ?

Toujours une affaire de génération ou de culture, le même besoin pour les animaux à sang chaud que nous sommes, de sentir qu'ils existent et d'oublier qu'ils n'existeront plus. Je devrais réviser mon jugement sur mon môme ou me programmer autrement pour le comprendre. Une révolution à entreprendre !

Je me concentre sur l'aventure beauceronne qu'il a consignée et la parcours jusqu'au bout. À la fin de ma lecture, j'ai les poils follets à la redresse et les sphincters qui jouent de la cornemuse.

Une pareille histoire pourrait allumer une lueur de terreur jusque dans l'œil de M. Le Pen. Pas dans celui qu'il darde avec tant de haine sur l'inexistant Maigret, non, je parle de son œil bidon, celui qui suppure de désespoir depuis que les Hitloch, Musso et Pinocul, ces grands humanistes, ne sont plus au pouvoir.

Je vais te résumer, que tu mesures bien l-à quel point j'ai raison d'avoir le trouillomètre à zéro.

Mélanie Godemiche était la fille unique d'une grande famille de Beauce, propriétaire notamment de la ferme du Pinson-Tournan, proche de Chartres. Plus de mille hectares essentiellement plantés en maïs, laquelle céréale après maturation se transforme en blé selon un processus commercial.

Belle et pétée de thunes, Mélanie ne s'est jamais vraiment intéressée à l'agriculture et a préféré poursuivre des études qu'elle n'a pu rattraper. Duplex rue Saint-André-des-Arts, Porsche Carrera décapotable, compte ouvert chez mon regretté Castel, elle dépensait sans comté (et sans emmenthal). On la voyait plus souvent dans les boîtes à la mode et les agapes branchées qu'à la fac. À l'occasion de l'une de ces fiestas, Antoine avait rencontré la superbe Mélanie. Mais leurs rapports étaient restés du genre platonique puisque limités à trois cunnilingus, deux fellations et une sodomie. Simple prise de contact, quoi. Par la suite, au cours de soirées plus intimes, ils avaient fini par sympathiser. Ceci explique que Mélanie, organisant dernièrement une petite fête en la ferme familiale, y avait convié mon rejeton. Il s'agissait d'une rave-party. Au cas où tu ne le saurais pas ou si par hasard tu l'ignorais (même Simone, s'ignorait, c'est te dire !), une rave-party est un rassemblement théoriquement musical de plusieurs centaines de jeunes, organisé à l'insu des forces de l'ordre en un lieu tenu secret jusqu'au dernier moment. Lorsque les bourdilles rappliquent et tombent sur trois mille ados allumés comme des pingouins qui ont fumé la banquise, il s'empressent de demander au sous-préfet l'autorisation de regagner au plus vite leur cantonnement.

En général ces manifestations s'achèvent sans trop de dégâts. Les accidents et les rixes incontournables, quelques gus piétinés, les overdoses de service que les mecs du Samu arrivent souvent à récupérer. Ce soir-là, à la ferme du Pinson-Tournan, tout s'était déroulé pour le mieux. On était plutôt en dessous de la moyenne des incidents. Jusqu'au moment où un gendarme patrouillant dans les encablures découvrit le cadavre de Mélanie. Le corps gisait dans un fossé, tout près de l'entrée de la ferme, à deux pas du parking.

Le type dégueule encore, tant sa trouvaille fut insoutenable. L'assassin avait tailladé les seins de la fille, lui avait retiré les ovaires et toute la légumerie qui va avec.

Ça va, c'est bon, tu as récupéré ? Alors tu veux savoir en quoi la présence d'Antoine à cette soirée me pose problème ?

Puisque tu le demandes, Fernande, je vais te répondre. Toinet avait filé rancard à Mélanie au vice et au suce de nombreux copains, à l'heure et à l'endroit où le matuche a découvert le meurtre. Bien. Il aurait pu ne pas venir, mon garnement. Mais il est venu, ce petit veau, impatient de planter sa tige dans de la chair de first quality. Il a trouvé l'immonde cadavre le premier, a entendu survenir le flic, s'est enfui dans des broussailles automnales tout en picots et sans feuilles. Puis il a réussi à regagner sa caisse garée sur un terre-plein non loin de là.

Seulement il s'est souvenu d'avoir paumé sa casquette dans la débandade. Une casquette Nike comme il en existe des milliers. À part que la sienne venait de lui être offerte par ses copains de promo de l'école de police et qu'ils avaient eu l'idée géniale de faire broder son nom à l'intérieur de la visière.

CHAPITRE DREUX

(Peut-être parce que cette ville est limitrophe de la Beauce ?)

J'entre dans le commissariat principal de Chartres.

Le flic obèse qui m'accueille est à peu près avenant et enjoué comme un chacal venant de vomir les selles d'une hyène hépatique.

— C't à quel sujet ?

— Je voudrais voir le commissaire Bernard Roykeau, s'il vous plaît.

— Z-avez rendez-vous ? se rembrunit le poulardin.

— Non, mais Nanard m'a dit qu'un gros con m'attendrait à la réception pour me conduire jusqu'à lui.

La tronche du mec affiche la mine d'un pitbull en rut à qui tu caresses les roustons avec une plume d'oie espérant ainsi l'amadouer. Je m'empresse de le rasséréner.

— Comme le gros con n'est pas là, vous pourriez peut-être le remplacer.

Réconforté, le planton décroche son bigophone.

— Je vais voir ce que je peux faire. Allô ? Monsieur le commissaire, y a quéqu'un qui voudrait vous causer. Attendez (s'adressant à moi), c'est quoi vot' nom ?

— Commissaire San-Antonio. Je suis également vice-directeur de la police nationale.

Le pandore, tu devineras jamais comment il réagit. Ça commence par un gargouillis du côté de son intestin grêle et puis d'un coup le gros côlon se vide. Il se met à chier sous lui, sans retenue.

On a tous connu des sons et lumières, mais des sons et odeurs, j'te jure, ça vaut le déplacement. À chaque salve correspond une pestilence et à chaque flatulence un remugle. C'est beau, le mélange des sens.

*
* *

Bernard Roykeau, c'est le beau mec caractérisé. Tout est bon chez lui, y a rien à jeter, qu'il aurait chanté notre Brassens s'il avait été de la jaquette flottante. Et le Petit Prince, un jour que Saint-Ex était pas trop bourré, il aurait pu demander : « S'il te plaît, dessine-moi un Roykeau ! » Tifs argentés, œil de braise, muscles d'acier, et en plus, sympathique, vif et intelligent. T'en aurais envie comme gendre, si t'avais une fille ? Te dire mieux ? Après moi, c'est le plus beau flic du monde.

Il me tend main et sourire. Je lui serre l'une et lui rends l'autre.

— Je t'attendais, San-Antonio.

On ne peut pas dire qu'il fasse dans l'hypocrisie, Nanard. Et pour bien me prouver qu'il joue cartes sur table, il dépose devant moi la casquette d'Antoine dont au sujet de laquelle je t'ai déjà causé au prélavable. Je donne moi aussi dans le franc-jeu.

— Mon fils m'a dit qu'il avait perdu cette casquette.

— Ton fils ! Tu parles d'Antoine ?

Roykeau se lève, contourne son bureau et vient se poster derrière moi. Il me parle d'un ton très doux en compulsant un dossier.

— Il est l'enfant d'un certain Vladimir Kelloustik que tu as flingué parce que c'était un voyou de la pire espèce.

Je bondis de mon siège.

— Antoine, je l'ai adopté, Félicie l'a élevé et ça fait plus de vingt ans qu'il est mon fils !

Roykeau a un geste amical : il me pétrit l'épaule comme un maquignon qui s'assure de la tendreté de son emplette.

— Je sais, je sais… Je ne fais que pronostiquer ce que dira le juge d'instruction.

— Parce que tu l'as déjà prévenu ? bouillonné-je.

— Bien sûr que non. Je t'ai dit que je t'attendais. Alors je te pose la question. Est-ce que ton fils a quelque chose à voir dans cette affaire ?

Je le fixe avec honnêteté.

— Je ne crois pas.

Il hoche longuement la tête avant de se décider à répondre.

— Tu comprends qu'il est dans de sales draps ?

— Je ne suis pas débile.

— Il a été vu sur place, flirtant avec la victime, il lui a filé rancard en un lieu et à une heure où la fille a été atrocement assassinée. Cerise sur le gâteau, il a paumé sa casquette dans les parages. Tu veux que je fasse quoi ?

Je ne sais pas pourquoi je balance un truc pareil, mais ça jaillit de moi comme un foutre mal contrôlé.

— Que tu attendes que je t'aie ramené le vrai coupable.

— Et ça peut prendre longtemps ?

— Je n'en sais rien…

Il lit l'éperdumence[1] sur mon visage.

— Disons que je t'accorde… un certain temps.

— Merci. J'aurais quand même besoin de quelques renseignements complémentaires… Allons prendre un café !

*
* *

1. Cherche pas dans le dico, mes collègues de l'Académie ont oublié ce mot !

Située sur la commune de Bourg-Moilogne, la ferme du Pinson-Tournan, c'est pas de la masure pour errémiste, crois-moi.

Un joyau de verdure posé au milieu de l'une des plaines les plus fertiles du monde. Je te la décris vite fait, des fois que ton F4 de nabab t'aurait monté à la tête.

Une interminable allée bordée de platanes, avec sur la gauche une pièce d'eau à peine moins vaste que le lac Léman, entourée de saules plus pleureurs qu'un congrès de veuves portugaises. En vous penchant sur la droite, vous verrez la piscine olympique, le pool-bar, le barbecue géant et les trois tennis.

Cette voie royale débouche sur une immense cour carrée encadrée de bâtiments agricoles de briques rouges et blondes impeccablement entretenus. Le centre de l'esplanade est occupé par un élégant pavillon octogonal datant du siècle dernier.

Une pluie glaciale de fin d'automne s'abat sur la contrée lorsque je me pointe. J'aperçois des ouvriers agricoles qui fument pour se réchauffer, alignés à l'abri d'un hangar comme les hirondelles sur un fil lorsqu'elles ont pigé qu'elles ne faisaient plus le printemps.

Je me gare au plus près de la bâtisse centrale, mais le temps de sortir de mon Audi et de me précipiter sous l'auvent, je me retrouve plus mouillé que la babasse de ta femme quand ton meilleur pote vient dîner à la maison. Je presse un bouton qui déclenche une sonnerie dans les tréfonds de la demeure. Un long moment s'écoule et mes fringues ruissellent encore davantage. Puis la porte d'entrée s'ouvre sur une agréable personne vêtue en soubrette de théâtre, robe noire et tablier blanc festonné de dentelle. La fille, plutôt jolie et rousse, a les pommettes empourprées, le souffle court et la mise chiffonnée de celles et de ceux que l'on disturbe à moins de deux minutes trente-cinq d'un orgasme annoncé.

— Bonjour monsieur…

— Je souhaiterais parler à Mme Godemiche.

— Madame ne quitte plus la chambre depuis le drame et ne reçoit personne, déclare la fille visiblement chagrinée de devoir m'éconduire.

— Pourriez-vous néanmoins l'informer que le commissaire San-Antonio désire lui parler ?

— La police ? Mais Madame a répondu à toutes les questions.

— Pas aux miennes ! Votre rousseur a déjà mis le feu à mon âme et à ma braguette, je rajoute, de mon ton le plus cajoleur, alors, soyez gentille, annoncez-moi.

Percutée de plein fouet en ses fondements intimes, elle s'évacue dans les entrailles de la cagna pour réapparaître quelques instants plus tard, la mine conciliatrice.

— Si vous voulez bien me suivre.

La chambre où je pénètre pourrait servir de suite royale à un émir du Pweit-Pweit, tant elle est luxueuse. Un lit à branlequin dans une spacieuse alcôve domine, depuis son estrade, un salon composé de trois canapés de velours frappé disposés en U avec, en lieu et place de la classique table basse, un aquarium où nageotent des poiscailles exotiques.

Sur le divan central, une femme d'une petite quarantaine d'années est allongée, drapée dans un déshabillé de soie qui aurait fait chialer de jalousie Gretta Bardot et Lauren Bancale. Une blonde commac, disait mon vieil Audiard pour décrire les gonzesses dotées de tous les avantages en nature. Telle se présente la maîtresse des lieux. Sans oublier ses immenses yeux verts de panthère dessinée par Walt Disney.

— Mes respects, madame Godemiche.

— Appelez-moi Mathilde, qu'elle rétorque en me tendant sa main à baiser. Mais vous êtes trempé. Suzie ! Prenez la veste du commissaire et mettez-la à sécher. Apportez-lui une serviette chaude pour qu'il s'essuie.

— Madame, je ne voudrais pas abuser, réponds-je-t-il, histoire de rester dans le ton Emmanuelle VI que prend la situation.

Mais déjà la bonniche me recouvre d'un drap de bain douillet et installe ma veste sur un serviteur muet face à un radiateur. Mission accomplie, elle s'évacue.

La maîtresse des lieux croise très haut ses longues jambes, me laissant entrevoir un triangle des bermudas frisotté et soyeux, plus délicat qu'une lingerie fine, fût-elle signée La Perla ou Chantal Thomass[1]. Il serait temps de reprendre la main, non ?

— Madame…

Elle m'interrompt :

1. Publicité d'autant plus gratuite que ces dessous me mettent sens dessus dessous.

— Mathilde. Pour vous, c'est Mathilde !

— Madame Mathilde, coupé-je la poire en deux, vous êtes la belle-mère de Mélanie ?

— En effet, cette pauvre petite n'a jamais connu sa mère. Mais je vous assure que sa mort me bouleverse comme si c'était ma propre fille.

— Je n'en doute pas. Quand êtes-vous devenue veuve de Léonard Godemiche ?

— Il y a trois ans. C'était un homme formidable.

— Je n'en doute pas davantage. Comment est-il mort ?

Je la bigle droit dans les mirettes, car c'est toujours un bon test de poser une question dont on connaît la réponse. Elle ne cherche pas de faux-fuyant.

— Un ridicule accident de chasse durant une battue au sanglier. On n'a jamais identifié l'auteur de la balle perdue.

— La disparition brutale de son père a dû être un coup très dur pour Mélanie ?

Le regard de Mathilde devient vague. J'ai l'impression que quelques larmes sont responsables de ce flou. Son émotion ne semble pas feinte.

— Elle ne s'en est jamais remise. Disons qu'elle a pété les plombs. Ses études ont tourné court, elle a commencé à picoler et à se shooter…

— Son père lui avait laissé beaucoup d'argent ?

— La moitié des revenus de la ferme. Ça suffit pour mener la grande vie.

— Et maintenant ?…

Mathilde décroise à nouveau ses cannes fuselées, me permettant un complément d'information sur son deltaplane à moustaches.

— Maintenant, c'est moi la seule et unique propriétaire, si c'est ce que vous avez derrière la tête.

— Je n'ai rien derrière la tête balbutié-je en avalant ma salive avec difficulté, face à l'émouvant spectacle qui m'est offert.

— En revanche, dans votre pantalon, je vois se dessiner une impressionnante érection, commissaire.

La gode, c'est avec la chiasse et la gerbe les trucs les plus difficiles à contrôler. Mon bénouze ressemble à un chapiteau de cirque au moment où on va dresser le grand mât. Les boutons de ma braguette sont prêts à partir en rafale sous la pression. Pour faire exploser ma libido, la Mathilde écarte largement ses cuisses et s'entreprend d'un doigt mutin.

— Est-ce qu'une bonne pipe vous ferait plaisir, commissaire ?

Tu veux répondre quoi ? « Non merci, madame, je suis en service » ? Ou bien : « Pardonnez-moi, mais j'ai jamais trompé ma femme » ? C'est pas le style du mec, t'en conviens ?

— Proposé par une aussi jolie bouche, un tel présent ne se refuse pas, madrigalé-je.

Je suppute alors que la mère Godemiche va quitter son canapé et venir s'agenouiller devant moi. Erreur. Elle tire sur un cordon sans cesser de s'astiquer le molossol et la jolie Suzie réapparaît, toujours aussi guillerette et disponible.

— Madame m'a appelée ?

— Suzie, voudriez-vous traiter M. le commissaire, s'il vous plaît ?

— Certainement, madame.

La môme m'aère le nestor avec une virtuosité de prestidigitateuse. J'ai à peine senti ses doigts sur mon grimpant que ses lèvres m'ont englouti jusqu'à la garde. Je ne peux réprimer un gloussement d'extase.

— C'est une suceuse d'exception, ma petite Suzie, n'est-ce pas ? Les Beauceronnes, c'est tout ou rien.

Des turlutes, on m'en a prodigué des milliers. Toi qui fais partie du club San-Antonio, tu serais sûrement capable de les dénombrer au travers de mes bouquins. Mais là, je peux te garantir sur facture que la môme Suzie est la plus sublime de toutes les pompeuses qui ont croisé ma biroute.

Elle fonctionne dans le suave et l'irréel. Comme si un yaourt façon Fjord t'enrobait depuis le gland jusqu'aux roustons pour te malaxer les sens. Un tel labeur mérite récompense et je ne suis pas loin de partir au fade lorsque je remarque un jeune type affublé d'un bonnet multicolore qui mate notre prestation à travers la porte-fenêtre. Le garçon croise mon regard et détale, terrorisé.

Plus de spectateur ? Alors on largue les amarres, Bigard ! Je commence à frémir, à gémir.

— On rapporte, Suzie ! commande Mathilde, on rapporte !

Je décide à l'unanimité de mes voix plus la mienne de lui voter mes subsides en liquide, à la délicieuse bonniche. Ça part comme en quatorze ! La soubrette encaisse mes trois litres douze de spermatos à bretelles sans piper mot. Qu'aussitôt elle se retourne vers sa patronne et lui restitue la mise en une langoureuse pelle, genre pélican lassé d'un long pompage.

— Commissaire, s'exclame Mathilde, votre foutre est délicieux, onctueux et salé à souhait.

— Merci pour cette appréciation gastronomique. Mais pourriez-vous me renseigner sur ce jeune homme coiffé d'un étrange bonnet qui nous observait à la dérobée ?

— Martial ! dit aussitôt Suzie.

— Je ne l'ai jamais vu avec un bonnet, s'étonne Mathilde, interrompant sa gymnastique clitoridienne.

— Depuis deux jours, il ne quitte plus ce galurin ! ajoute la soubrette.

— Qui est Martial ?

— Le fils d'Aimé, le contremaître, répond Suzie.

— Un gentil garçon, précise Mathilde, mais un peu juste du cerveau.

Elle s'étire et attire la fille contre elle.

— Bien ! Et si nous reprenions là où nous en étions avant l'arrivée du commissaire, ma chère Suzie ?

La veuve lève les pattes en l'air, prenant chacune de ses cuisses dans ses mains. La petite bonne soumise s'accroupit au centre de cet édifice et entame une magnifique broutaison.

Pour ma part, je me débarbouille l'intime dans l'aquarium, on a de l'hygiène ou on n'en a pas. Les poissons tropicaux s'éparpillent, affolés à la vue de ce qu'ils croient être (modestie à part) un énorme requin.

— Commissaire ! demande soudain Mathilde, si le cœur vous en dit, vous pouvez prendre Suzie en levrette et lui faire le petit borgne, elle adore !

Je remise Coquette dans son fourreau, vais récupérer ma veste et me dirige vers la sortie.

— Ce serait un plaisir, mais avec ces mondanités, je n'ai pas vu le temps passer. Il faut que je me sauve. Ah, dernière question… Avez-vous assisté à la rave-party tragique ?

— Vous plaisantez, commissaire. On a laissé le champ libre. On s'est offert un long week-end aux Seychelles. Suzie en a encore des frissons dans la foufoune. Demandez-lui ?

— Bien. Merci, mesdames. Et bon appétit !

*

* *

La pluie a enfin cessé de tomber. Pour regagner ma bagnole, je longe un hangar sous lequel sont entassés des stères et des toises de bois. Un bruit de cognée attire mon attention. Au fond de la loge, je remarque un jeune type qui fend des bûches en déployant une force de titan. Je m'approche de lui, car il porte un bonnet de laine chamarré.

En me voyant radiner, de saisissement le garçon laisse tomber sa hache et prend un air méfiant.

— Salut Martial ! Ça boume, mon gars ? Dis donc, tu es fortiche pour couper du bois.

Amadoué, Martial me concède un sourire partiellement édenté. C'est un ado grand et costaud. Seulement, son Q.I. a dû être repêché avec l'épave du *Titanic*. Moins douze sur l'échelle de Clystère. Il a un lavement à la place du cerveau. Je lorgne sa coiffe avec attention. À l'observer de près, il s'agit d'un bonnet andin avec une pointe sur le dessus et deux oreillettes sur les côtés. Ce genre de coiffe péruvienne est à la mode chez certains marginaux.

— Il est chouette, ton bonnet.

— C'est à moi !

— Évidemment qu'il est à toi. Tu l'as piqué à qui ?

La frime du gars se fripe comme le cul d'une grand-mère qui se masse à l'extrait de morille.

— Ben… Au Chinois ! Pendant qu'y téléphonait…

— Quel Chinois ?

Gymnastique cérébrale chez mon locuteur.

— Le gars qui s'est disputé avec M'selle Mélanie.

Inutile de te dire que mes oreilles s'évasent en écoutilles.

— C'était quand, ça, mon petit Martial ?

— Ben… Le soir de la danse.

— Tu étais de la fête ?

Le garçon se recroqueville et regarde autour de lui comme s'il craignait quelque représaille. J'insiste.

— À moi, tu peux le dire… Je suis un copain. Tu as dansé ?

Martial éclate d'un rire benêt.

— Eh non ! J'sais pas danser. (Il se rembrunit aussitôt.) Mon père y voulait pas que j'alle. Mais je m'ai sauvé par la fenêtre !

— Tu es vraiment un malin, toi. Tu pourrais me parler un peu du Chinois qui s'est disputé avec Mélanie ? À qui il téléphonait ?

Instantanément, le gamin se bute.

— J'sais pas ! J'le connais pas ! Faut demander à M'sieur Nicolas. Il était là, lui…

— Qui c'est Nicolas ?

Je ne tirerai plus rien de Martial, car une ombre vient de se profiler, le pétrifiant sur place.

— Tu as autre chose à faire que bavarder ! gronde l'arrivant. L'hiver approche et le bois, ça n'attend pas.

— Oui, popa.

Subjugué, le crétin ramasse la hache et reprend sa tâche bûcheronne. Et ran ! Et rrran !

J'attire le père à l'écart.

— C'est vous Aimé, le contremaître ?

Le type me considère avec autant d'aménité que si je venais d'entailler son prépuce et le lardais de piments rouges.

— Et vous, vous êtes qui ?

— Un flic qui veut trouver l'assassin de Mélanie. Ça vous dérange ?

Il me mate et sa moue se meut en mimique molle[1].

— Au contraire. Si je tenais ce fumier, je n'hésiterais pas à lui faire tâter de la hache de mon fils.

— À propos, qui est ce Nicolas dont m'a parlé Martial ?

Le contremaître n'est à l'évidence pas une balance, car c'est du bout des lèvres qu'il me bave sa réponse.

— Le cousin germain de Mélanie, je suppose. Je ne connais pas d'autre Nicolas.

— Quel genre de type ?

— Un peu distant…

1. Belle allitération, n'est-ce pas ?

— Il habite ici ?

— Non. Le château de la Vieille-Nave.

— C'est loin ?

— À trois kilomètres, sur la route de Branlay-le-Vicomte.

Je me dis que le commissaire Roykeau aimerait faire analyser le bonnet andin. De cette manière, la casquette de mon Antoine ne serait plus la seule pièce à conviction.

— Dites-moi, Aimé. Si je réquisitionne le bonnet de votre fils, je ne risque pas de me faire fendre la tronche à coups de hache ?

— Essayez toujours.

*

* *

Tu as déjà écrasé un lapin, un chat ou un chien avec ta caisse ? Désagréable, hein ? Alors un cheval, tu imagines ? C'est exactement ce qui est en train de m'arriver. Un grand bourrin jaillit d'un sous-bois et se précipite vers mon Audi au triple galop.

Le grand jars qui le monte ne parvient plus à le maîtriser.

J'accepte beaucoup de la vie et même le pire, sauf qu'on esquinte ma tire. La manœuvre que j'entreprends s'inspire d'Alesi, le plus grand pilote du monde s'il avait un minimum de baraka. Je braque, je georges-Braque, je bric-à-brac, je brique mon braque… Bref, j'évite de justesse le canasson et termine sans trop de dommages sur un terre-plein boueux.

Pour le cavalier, ça se passe moins cool. Le cheval saute le fossé comme s'il s'agissait de la rivière des tribunes, mesdames et messieurs bonsoir ! Manque de timing, le cocher rate le coche et se retrouve les quatre fers en l'air dans la tranchée tandis que son Pégase se fait la belle. Je sors de ma guinde, me précipite à la rescousse du malheureux jockey et l'aide à s'extraire de son bourbier. Il s'agit d'un garçon d'une petite trentaine d'années, bellâtre de Tassigny avant l'heure, et plus coincé que tes burnes dans une tapette à souris. Le distant décrit par Aimé, c'est forcément lui.

— Ça va ? Vous n'êtes pas blessé ?

Tu vas pas croire sa réaction, au Saint-Martin du canal : à peine l'ai-je-t-il sorti de la fange qu'il me brandit sa cravache.

— Bougre de paltoquet ! On n'a pas idée de rouler à des allures pareilles !

— Cinquante à l'heure sur une départementale, je ne vois pas le problème.

— Le problème, c'est que cette route conduit à mon château !

— Comme mon front à tes naseaux !

Tu ne m'en voudras pas de lui flanquer le coup de boule de l'après-guerre et des hémisphères environnants. Le pif éclaté, il retombe les bras en croix dans le fossé.

*
* *

Un médecin harassé sous le poids de l'alcool achève de soigner le nez de Nicolas Godemiche qui patauge toujours dans des limbes comateux.

— Sûr que vous ne voulez pas porter plainte ? bredouille le toubib d'une voix d'outre-biture.

Jacquemart-André Godemiche distribue des biftons au praticien qui les enfouille à la vitesse d'un caméléon gobant des mouches.

— Le boulot c'est bien, toubib, le zèle c'est trop ! Allez, circulez, y a plus rien à soigner !

Le doc' titube vers la sortie et le maître de céans, un joyeux colosse, me claque les endosses.

— Venez ! On va s'en jeter quelques-uns, commissaire.

— Je suis navré d'avoir frappé Nicolas.

— Je sais à quel point il peut être agaçant. J'aurais dû le dérouiller moi-même depuis longtemps. Aujourd'hui, on sait élever les veaux, les truffes et les saumons, mais on ne sait plus comment faire avec ses gosses !

Le bonhomme désigne son fils dont le regard affiche un flou peu artistique.

— Voyez. C'est mon héritier. Je devrais en être fier, non ? Eh bien, les mulots qui bouffent mes récoltes me donnent plus de satisfactions que lui. Ces foutus rongeurs, j'ai envie de les combattre et je sais comment ! Lui, je ne peux quand même pas lui filer de la mort-aux-rats !

Tandis qu'il jacte, le type ouvre le battant d'un bar-bibliothèque et sert d'autorité deux verres ras bord de cognac VSOP. Il m'en tend un et liquide presque aussi sec le sien.

Je ne te l'ai pas encore décrit, sir Godemiche, pourtant il en vaut la peine. Taille de basketteur : deux mètres au garrot ; poids en conséquence : quintal allègrement dépassé ; et ce petit plus qui permet à un mec d'entrer dans la catégorie des vrais sympas : regard pétillant, geste affectueux et paroles avenantes.

On trinque et aussitôt une amitié puissante nous unit, avant même la cuite qui d'ordinaire préside à ce genre de passions.

— Et si tu me disais ce que tu fous par ici, mon vieux.

— Je cherche l'assassin de ta nièce, mon cher Jacquemart.

Il se sert une nouvelle rasade de fine champagne et vient se culter près de moi.

— Mon frère Léonard et moi, on pesait plus de deux mille hectares sur la région. On aurait pu acheter la préfecture, si on avait voulu. Sa femme s'est plantée en bagnole il y a près de vingt ans. Tu me suis ?

— Je te précède ! murmuré-je en sirotant une gorgée de mon délicat breuvage.

— Bien. Mon frangin s'est remarié avec Mathilde. Et là, tout a changé. Cette pute l'a détourné de sa famille, lui a filé des idées de voyages dans la tête. Et pourtant nous, les gars de la terre, on est plutôt du genre casanier. Elle lui a fait apprécier la cuisine chinoise, les massages thaïlandais et tout un tas de conneries exotiques. Bref, Léonard et moi, on ne se voyait plus guère qu'à l'occasion des grandes chasses.

— Et c'est au cours de l'une d'elles que ton frère a trouvé la mort, n'est-ce pas ?

— Un accident ! J'étais à l'affût à moins de deux cents mètres de lui. La balle qui l'a traversé n'a jamais été retrouvée. N'importe qui peut avoir tué mon frère. Sauf moi, parce que je n'ai pas tiré une cartouche ce jour-là. Heureusement. Le doute m'aurait tué à mon tour. Je n'ai plus jamais revu ma belle-sœur depuis.

— Pourtant ton fils Nicolas et Mélanie sont restés liés.

— C'est leur problème.

— De quoi est morte ta femme ?

— D'un crabe mal placé. Il y a sept mois.

Jacquemart-André semble soudain en proie à un terrible abattement, son visage se décompose, ses mains se mettent à trembler et tout son corps est agité de soubresauts convulsifs. Je lui secoue l'épaule.

— Calmez-vous… Calme-toi…

Mes mots ne servent à rien. Le type vibre comme un Concorde en phase de décollage.

Ses yeux chavirent. Je lui balance quelques claques sonores, mais rien n'y fait. Il plonge dans un trip incontrôlable que j'identifie comme une crise d'épilepsie.

— Ne vous affolez pas !

C'est Nicolas, avec son naze bandé, qui vient de sortir du coltard. Il s'approche, farfouille dans les poches de son père et en sort une tablette. Il en extrait trois pilules et les enfourne dans la bouche crispée de son vieux.

— Ça va aller. Depuis la mort de ma mère, il a ce genre de crises. Il s'en est toujours sorti indemne.

En effet, l'agitation de Jacquemart s'apaise doucement et une certaine sérénité réintègre son visage. Rassuré, je me tourne vers Nicolas.

— Désolé pour le coup de tête.

— Quel coup de tête ? demande le môme en palpant le pansement qui lui tient lieu de tarbouif.

Inutile d'entrer dans les détails, non ?

— Je t'expliquerai. Mais je voudrais surtout que tu me parles de votre rave-party.

— C'était une idée de Mélanie, se défausse-t-il lâchement.

— Tu y as quand même participé, non ?

— Pour accompagner. Ne pas laisser Mélanie se dépatouiller toute seule.

— Oui, j'ai remarqué, tu es du genre cavalier servant.

J'enchaîne aussitôt :

— Tu l'as déjà baisée, ta cousine ?

Je lui aurais flanqué une douche d'acide sulfurique, il ne gigoterait pas davantage, le Nicolas.

— Qu'est-ce que vous… vous… insinuez ? bredouille-t-il.

— J'ai dit baisée, mais j'aurais pu aussi bien dire niquée, grimpée, enfilée, compostée… On ne va pas passer en revue le dictionnaire du cul ?

— Mais…

— Réponds !

— Je vous interdis de proférer de telles ignominies. En quoi cela vous regarde-t-il, d'abord, vous êtes de la police ?

— Un peu, oui !

Je lui plante ma brème sous le museau.

— Fallait le dire.

— Je le dis.

Nicolas Godemiche a un sursaut de défense.

— Attendez… Pourquoi me persécutez-vous ? Le coupable, vous savez qui c'est ? Un jeune homme qui a signé son crime en abandonnant sa casquette sur place. C'est encore mieux que des aveux, non ? Est-ce que vous l'avez arrêté, au moins ?

C'est à mon tour de ne pas être trop à l'aise dans mes baskets.

— Disons que… oui… il… il est actuellement à la police.

Difficile de lui expliquer qu'il y est en tant que flic et non comme inculpé. Je déclare urgent de changer de sujet.

— Parle-moi d'un Chinois qui participait à votre petite fête.

Sa bouille exprime l'incompréhension d'un sourd-muet écoutant le *Kamasutra* en braille.

— Un Chinois ? Attendez ! Il y avait plus de deux mille personnes à la soirée, alors forcément d'après les statistiques une sur quatre devait être d'origine asiatique.

— Je ne parle pas de statistique, mais d'un mec coiffé d'un bonnet péruvien, ça ne te dit rien ?

Là, le play-boy de la céréale percute.

— Oui ! Un Sud-Américain… type Inca, avec les cheveux huileux et une longue cicatrice sur la joue gauche. Je vois de qui vous parlez.

— Quel âge ?

— Une bonne trentaine.

— Tu le connaissais ?

— Première fois que je le voyais.

— Il paraît qu'il s'est disputé avec ta cousine.

— Tout le monde se querellait avec elle.

— Tout le monde, je m'en tape, c'est ce gus qui m'intéresse.

— Ne vous fâchez pas, j'essaie de me souvenir. Non ! Je ne l'ai pas vu se disputer avec Mélanie. Pour moi c'était un participant comme les autres… À moins que…

Je n'ose proférer une parole, par crainte de troubler la mécanique qui se déroule sous sa coiffe.

— Pablo ! lance-t-il soudain ? Ou Paco ! C'est sûrement lui.

— Lui qui ?

— Un Péruvien. Un ami dont Mélanie m'avait parlé.

— Tu vois, quand tu veux.

Notre attention est attirée par son dabe qui vient d'émerger à son tour, subitement frais et dispos comme si rien ne s'était passé.

— Ça va mieux, Jacquemart ? lui demandé-je.

— Impeccable. Tiens, je vois que mon fils a récupéré. Ça s'arrose !

Il attrape sa boutanche de cognac et distribue de larges rasades.

— Ce que je voulais te dire, San-A., c'est que ma belle-sœur Mathilde a sûrement fait tuer Mélanie. Ainsi, elle gère toute la fortune de mon frère !

— Papa ! comment peux-tu proférer des horreurs pareilles ? s'insurge Nicolas.

Le môme se détourne, écœuré. Je récupère son attention d'un claquement de doigts.

— Le Péruvien, il paraît qu'il a téléphoné de chez ta cousine, le soir du crime.

— C'est possible…, élude le jeune type, l'air aussi franc qu'un candidat à la présidentielle lorsqu'il promet de supprimer les impôts, la pollution, l'insécurité, la guerre et la maladie sitôt qu'il sera élu.

— Réfléchis ! Tu as même assisté à ce coup de fil. C'est Martial qui le dit, et un garçon comme Martial, ça n'invente pas.

Le visage de Nicolas est soudainement éclairé par la révélation. Il se met à ressembler à une enluminure représentant saint Thomas frappé par la foi.

— Exact. Il téléphonait depuis le poste de la cuisine. Je lui ai dit de ne pas se gêner. Il m'a fait comprendre que son portable était déchargé. J'ai laissé faire, d'autant que ce moricaud n'avait pas l'air commode.

— Tu as entendu ce qu'il disait ?

— Trois mots…

— En quelle langue ? Espagnol, je présume.

Nicolas esquisse une grimace.

— Non ! En italien, plutôt. Il a fini par « *ciao* » !

— *Ciao*, c'est international.

— Oui, seulement il a prononcé deux fois le mot « *terminato* ». J'ai fait de l'espagnol et en espagnol, on dit…

— … *Terminado* avec un *d* ! Bien analysé. Pourrais-tu me dire vers quelle heure ton Pablo ou Paco a passé ce coup de fil ?

Nicolas ne prend pas le temps de réfléchir.

— En début de soirée. Il n'y avait encore presque personne. Il devait être dix heures trente ou onze heures du soir, pas plus. Après, je n'ai plus revu le Péruvien de toute la nuit.

Qu'est-ce que t'en penses, Hortense, on avance ?

— Vous avez un fax, ici ?

— Bien sûr, répond Jacquemart-André en me désignant l'engin posé sur un bureau à cylindre. Et ça s'arrose ! ajoute-t-il en brandissant sa boutanche.

Trois minutes plus tard, France Télécom m'adresse la liste détaillée des appels effectués depuis le Pinson-Tournan la nuit du meurtre. Nicolas et son père m'aident à éliminer un certain nombre de numéros bien connus d'eux. Ne reste bientôt qu'un numéro anonyme passé à 22 h 41. Je sens que je brûle, Ursule : ce numéro commence par 00 39. Or 39, c'est l'indicatif de l'Italie.

*
* *

Lorsque j'arrive à mon bureau, Antoine m'accueille comme l'avenue de Messine. Je te parie le pucelage de ta petite nièce contre ton dernier ticket de Bingo dûment oblitéré qu'il n'a pas déhotté de la maison Parapluie depuis notre algarade de la veille. Il a les yeux cernés comme un jeune beur par des CRS le jour où il apporte une bouteille de gaz à sa vieille môman.

— Alors ?

La question, pour concise qu'elle soit, résume à merveille sa pensée.

— Tu me confirmes ne pas avoir tué Mélanie ?

— Toujours, Votre Honneur.

— Ça tombe bien, parce que je suis sur la piste d'un type qui se serait disputé avec la victime en début de soirée. Un Péruvien, avec une cicatrice sur la joue gauche, ça te rappelle quelque chose ?

Tu vas voir que mon lardon n'a pas du jus de chaussette à la place des neurones.

— Je n'ai remarqué aucun mec balafré, papa. Mais je me souviens d'un gugusse qui portait un bonnet andin.

— Un demi-crétin ?

— Je dirais même un trois-quarts.

La description est fidèle, il s'agit de Martial, le fils du contremaître. Antoine confirme le témoignage de Nicolas. Après son coup de fil de 22 h 41, le Péruvien (Paco ou Pablo) ne s'est plus manifesté, n'a plus été aperçu et son couvre-chef se baladait sur la tronche amoindrie du roi de la cognée. Question : le Sud-Américain est-il reparti et dans ce cas pourquoi était-il venu dans ce coin paumé de la Beauce sans même participer à la rave-party ? Ou bien est-il resté planqué en attendant le moment propice pour assassiner la fille ?

Ce ne serait pas bête d'aller directement le lui demander, non ? Je refile le numéro de tubophone italien à Antoine et en moins de dix secondes l'ordinateur nous crache l'adresse du correspondant. Il s'agit d'un café-restaurant : Le Chalet Pantarolli, via Flaminia, à Rome.

*
* *

Renseignements pris, Béru est en congé de maladie suite à une grippe intestinale, Jérémie Blanc en vacances avec toute sa smala en Sénégal profond. Quant à Mathias, il se morfond au chevet de sa bergère qui parture de son x-ième rouquemoute, celui qui serait de moi selon les dires de la dame, bien que le capuchon de ma queue n'ait pas frôlé ses petites lèvres depuis bientôt quatre ans. Les femmes sont prétentieuses, n'est-il pas ?

Je décide donc de partir tout seul pour la Ville Éternelle, plongeant mon Toinet dans un abîme de désespoir, frétillant qu'il était de m'accompagner.

Même si tu me prends pour un fumaga et que tu ne partages pas ma façon d'éduquer mon mouflet, reconnais que ce ne serait pas sain de l'embarquer dans cette enquête dont il est le principal suspect ? T'es pas d'accord ? Eh bien va te faire dorer l'œil de bronze.

CHAPITRE TROIE

(Influencé par mon arrivée dans la Rome antique)

Un taxi me dépose devant l'hôtel Ingrid après m'avoir arnaqué de vingt mille lires, ce qui n'est finalement pas grave, vu que la différence entre une lire et un franc, c'est un franc.

Limoncello ? Tu connais le limoncello ? C'est une liqueur suave, merveilleusement citronnée, qu'on élabore du côté d'Amalfi, et uniquement là, à l'ombre du Vésuve et face à l'île de Capri. Le Vésuve, ça te dit quèque chose dans ta p'tite tête de blaireau ? Pompéi, la ville morte sous les cendres de cet impitoyable volcan. Deux mille ans de plâtritude et d'oubli. Et Capri ? La branlette infinie…

J'avale d'une seule gorgée ce nectar de citron et brandis mon verre en direction du patron. Dans toutes les langues, même en rital, ce geste signifie : la même chose ! Et en effet, le zigue se ramène avec un nouveau limoncello embué à souhait.

Le Chalet Pantarolli est une espèce de guinguette plantée sur une esplanade ombragée, courant sur plusieurs centaines de mètres le long de la via Flaminia, depuis la viale Tiziano jusqu'à la piazza del Popolo qui marque le début de la Rome antique. Une tonnelle couverte de glycine, quelques tables bancales nappées de toile cirée à carreaux bleus et blancs, un patron à la barbe fleurie virevoltant avec son plateau à la main, un mot d'accueil à la bouche pour chacun.

Un tramway désuet et ferraillant passe devant la terrasse du Chalet. J'adore ces pays où tu peux prendre un pot dehors, le soir, même au mois de novembre. Tu ne quittes pas ton Damart, mais ça change de nos frimas.

Peu de clients pour l'instant car il n'est que huit plombes et les Romains vivent tard. Moins que les Espingos, champions du monde en la matière, mais nettement plus que les habitants de Saint-Cucufa-les-Olivettes et que les Parisiens. Je ne sais pas si tu as remarqué, mais notre capitale, passé dix heures du soir, ressemble à une sous-préfecture de la Meurthe-et-Durance. Les cinés et les restaus se vident, les bistrots empilent les chaises sur les tables et les chauffeurs de bus enfilent leur gilet pare-balles. À Pantruche, la nuit est livrée aux truands, aux poivrots, aux tapins et aux marginaux de tout poil. Alors que dans les pays de soleil, la noye appartient aux familles. À Séville ou à Rome, il est normal d'emmener son marmot au restaurant sur les couilles de minuit.

La clientèle du Chalet Pantarolli se compose pour l'heure d'un couple d'amoureux qui se gruge la menteuse en se louchant de bonheur dans la prunelle. À l'autre bout de la tonnelle, deux vieux Ritaux se torchonnent au vin blanc tiède en picorant des trucs fameux pour leur cholestérol, genre frites spongieuses et omelette aux lardons. L'un, gros, avec une moustache si noire qu'on la croirait passée au cirage, l'autre, maigre, voûté, doté d'un pif en bec de vautour. Les Laurello et Arditti du quartier.

À une autre table, quatre jeunes mulâtres jouent aux dominos en faisant claquer fort leurs pions sur la table et vibrer les innombrables cannettes de bière qui l'encombrent. Tiens, une question que je serais heureux de te poser. Pour toi, un mec moitié blanc, half black, c'est un Noir avec du sang blanc ou un Blanc avec du sang noir ?

Je hèle le taulier pour commander mon troisième limoncello. Il se préblaze Gabriele, c'est brodé sur une espèce de calot rouge sang qui lui coiffe le dôme. Bonnet militaire que les Ritals devaient porter pour débarquer en Abyssinie pensant effrayer l'autochtone. Décidément, cette affaire est placée sous le signe du couvre-chef : cet étrange calot, la fatidique casquette d'Antoine oubliée sur les lieux du crime et le bonnet andin de l'énigmatique Pablo (ou Paco).

Je suis sur le point d'interroger le patron du troquet à propos du balafré lorsqu'une joyeuse troupe débarque dans l'estanco. Une douzaine de jeunots déboulant sur des scooters, moyen de locomotion favori des Romains depuis *La Dolce Vita*.

Je rengaine mon compliment car les arrivants sont tous des Sud-Américains. Je commande un melon au jambon à la place du limoncello prévu. Le moment n'est plus aux libations. J'observe l'armada qui s'égaille sous la tonnelle, rassemble trois tables et s'installe en braillant. Manifestement des habitués. Quatre femmes, trois enfants et six mecs, mais aucun des mâles ne porte de cicatrice sur la joue gauche. Ça jacasse moitié en italien, moitié en espagnol. Très vite la bière coule à flots. Les instruments de musique se mettent en batterie. Un bandonéon, l'inévitable guitare et une flûte andine, cet instrument asthmatique qui se joue en soufflant dans le tibia, le péroné, le radius et le cubitus de ta grand-mère. Il s'en échappe des sonorités déchirantes à faire cracher un lama et fienter un condor. Ajoute à cela des voix rauques, nasillardes : un véritable concert. Je me laisse porter par la musique ambiante. J'oublie que le melon affiche un goût de courge et que le jambon n'a jamais connu Parme ni même sa proche banlieue.

Aucun de ces Latinos n'a daigné remarquer ma présence. Sauf une fille ravissante aux traits fins, pommettes saillantes, coiffure de jais et œil bridé de même pierre, qui bat des mains et ponctue le rythme avec ses jambes dorées, m'autorisant une vue intermittente sur un triangle d'un blanc immaculé. Elle m'envoie des coups de sabord discrets derrière ses cils interminables.

Comment t'expliquer, à toi qui pâlis devant ta chef de service et débandes de trouille quand tu croises ta voisine de palier dans l'ascenseur ? Mais je sais que cette frangine est en train de mobiliser toute sa folliculine rien que pour ma pomme. Je déchante pourtant lorsque l'un des marmots, un garçonnet de trois ans, vient s'installer sur ses genoux, me privant des avantages visuels sucementionnés. L'ambiance s'échauffe rapidement. Les chants deviennent de plus en plus rythmés. Une fille svelte comme un pot de saindoux grimpe sur une table et danse en soulevant sa jupaille d'un seul côté, dévoilant un cuissot plissé mais ferme, façon jambon de Bayonne.

Ballotté par l'atmosphère de ce lieu imprévisible, j'en oublie presque la raison de ce voyage à Rome, le meurtre sordide de Mélanie Godemiche, la situation catastrophique de mon Antoine et même la piste du Péruvien balafré.

Figure-toi que justement, comme dans une pièce pour théâtre de patronage, à peine ai-je évoqué ce type qu'il surgit de l'ombre, débarquant à l'arrière du bistrot côté jardin public. La cicatrice très profonde de sa joue gauche lui confère à la fois un certain charme et une allure terrifiante, idem mon vieux Robert dans la *Marquise des anges*.

— *Salve, Paco !* lui lance le taulier.

Le type rejoint le groupe de ses amis et va s'asseoir près de la fille qui me faisait de l'œil avec son slip. Il prend le gamin sur ses genoux et l'embrasse sur le front. La gonzesse en profite pour me rappeler que sa culotte est toujours là, un petit peu plus humide. Est-ce la femme du balafré ? Probable. Et le gosse leur fils ?

J'observe Paco à la dérobée. Crois-moi qu'il n'a pas mis longtemps à me repérer, lui. J'ignore encore quelle est son existence, mais il a le comportement d'un fauve soucieux de dépister ses proies et de se gaffer des prédateurs. Et moi, étranger dans son univers familier, baraqué et seulâbre, je fais tache. Les remugles flicards puent vite au naze des loustics de son espèce.

Il dépose le gamin à terre en lui recommandant d'aller jouer. Il se penche vers la femme et lui chuchote un truc à l'oreille. Pas besoin d'avoir fait trois ans de psycho pour deviner qu'il est question de moi. D'ailleurs la môme ne peut s'empêcher d'un bref regard dans ma direction. Elle hausse les épaules et allume une cigarette. Paco se décontracte un brin mais pas suffisamment pour se mettre à l'unisson de ses compatriotes qui frappent *la palma* en chantant à tue-tête.

En pareille situation, n'importe quel flic te le dira, il n'y a que deux solutions. Soit je bigophone demain au commissaire Roykeau pour qu'il réclame au juge d'instruction une commission rogatoire priant mes collègues italiens d'interpeller Paco, soit je me démerde tout seul. Tu connais mon aversion pour la paperasse. C'est donc la seconde méthode que je choisis. Seulement il s'agit de ne pas moisir dans le secteur et de me faire oublier au plus vite du balafré. Je cigle mon orgie, demande à Gabriele de me remémorer le chemin de l'hôtel, me lève sans jeter un œil du côté du Péruvien.

Qu'à ce moment le destin, ce mariolle avec lequel je flirte depuis si longtemps, chamboule mes projets. Vu que tu as un vol-au-vent à la place du cervelet, je te rappelle qu'une ligne de tram longe le Chalet Pantarolli. La voie est bordée de part et d'autre d'une barrière métallique noyée dans une haie de lauriers taillée à un mètre de hauteur. Devant la terrasse du troquet, la haie est échancrée pour permettre la traversée de la voie, aux risques et périls de l'usager.

Un hurlement terrible me fait sursauter. C'est la gonzesse du balafré qui le pousse.

— *Diego !*

En un milliardième de seconde j'avise la situasse. Le gamin a échappé à la vigilance de ses parents et se balade au milieu de la voie en faisant « tchouc-tchouc-tchouc » tandis que l'un des derniers trams de la soirée rapplique à grande vitesse dans son dos. Un auteur plus talentueux que moi n'hésiterait pas à écrire : « Mon sang se glace et n'écoutant que mon courage je prends mes jambes à mon cou. » Seulement chaque fois que j'ai pris mes jambes à mon cou je me suis cassé la gueule, ça ne t'étonnera pas, quand j'ai voulu écouter mon courage je n'ai entendu que les battements de mon cœur et la seule fois où mon sang s'est glacé, je suis mort.

Comme c'est moi le plus près de l'enfant, je fonce sans me poser de questions. L'état des lieux n'est pas brillant. Le tramway (que je ne nommerai pas Désir) est déjà sur nous, prêt à nous happer. Le conducteur vient d'actionner le frein. Mais ce genre de vieilles locos lancées à bloc demandent plus de cent mètres pour s'arrêter.

Ma première idée était d'attraper le marmot et de sauter la haie avec lui. Trop tard ! Je ne perds pas de temps à suer, à puter ni à supputer : je plaque le môme au sol, bien au centre de la voie et m'allonge sur lui, l'aplatissant de tout mon poids.

Le mastodonte nous passe dessus dans un crissement d'enfer. Ses roues bloquées lancent des étincelles et des flammèches. Le bas de caisse du tram me frictionne les endosses, engendrant une vive brûlure. J'ai bien fait de ne pas toucher à mon plateau repas dans l'avion, un gramme de plus et je finissais tartare sur le pavé de la Bella Roma.

Lorsque l'engin finit par s'arrêter à quelque distance devant nous, je mets un certain temps à redresser la tête. Notre survie tient du miracle. Ma première pensée est pour l'enfant. Mes quatre-vingts kilos de muscles ne l'ont-ils pas molesté ? Je me laisse rouler sur le côté pour lui permettre de se dégager. Il se redresse d'un bond, hilare, trouvant le jeu des plus rigolos. Je me mets à genoux et le serre contre mon cœur.

— On s'en est sortis, bonhomme !

— *Otra vez ! Otra vez !* (Encore, encore !) qu'il réclame.

La jolie fille se précipite, le visage défait. Elle s'empare du gamin et l'entraîne en le couvrant de baisers. Une main se tend pour m'aider à me relever. Tu as deviné ? Celle du balafré. C'est pas de jeu, tu connais les plus émouvantes séquences de Sergio Leone !

— Vous avez sauvé mon fils, fait sobrement Paco, en italien. Je vous en serai toujours redevable.

— Vous auriez fait pareil avec ma petite fille, m'entends-je-t-il répliquer, humide comme une serpillière d'hospice de vieux. Elle a presque le même âge que votre Diego.

— Vous êtes français ? demande-t-il en me pétrissant la main de reconnaissance.

L'émotion ne doit pas empêcher un individu de ma trempe de garder la tête froide.

— Belge ! rectifié-je. Je travaille pour une grande marque de bière.

Toute la troupe m'entoure, me palpe, me félicite, me gratule. Sauf deux jeunots qui traitent le conducteur du tram d'enculé, en quechua, ce qui ne tire pas trop à conséquence.

On se retrouve bientôt sous la tonnelle devant un amas de boissons et de victuailles. Les instruments reprennent du service et les chants en mon honneur se succèdent.

Paco se retire le premier. Il doit aller coucher Diego et retrouver sa femme qui attend un bébé pour dans quinze jours. Il me réitère sa gratitude. Je vois malgré tout briller dans son œil une flamme cruelle qui me fait froid aux miches.

Après son départ, je me consacre à la jolie fille en culotte blanche. Elle se prénomme Carmela. Elle est en fait la sœur de Paco et ne semble maquée avec aucun des lascars ici présents. Elle me raconte brièvement sa vie. Débarquée du Pérou avec une partie de sa famille dans la Ville Éternelle, elle a trouvé un job à l'Atac, la société des transports romains. Son travail, c'est de nettoyer les bus et les trams qui partent de la piazza Mancini, au nord de la ville, et se dispersent un peu partout dans la cité.

La nuit s'avançant, la jeune femme se propose de me raccompagner à mon hôtel sur son scooter, un Piaggio plus délabré qu'un couscoussier de Touareg en exil. Je monte derrière elle, accroche ma main gauche à son nichon et assure ma main droite sur le haut de sa cuisse, tandis que mon ami Popaul lui interprète *Un jeune tambour rapatapla* sur les miches. Elle pilote sa Vespa avec dextérité et emprunte la via Fracassini. Contrairement à ce que je pensais, Carmela ne ralentit pas devant l'hôtel Ingrid. Au contraire, elle accélère et s'engage sur le Lungotevere Flaminio en direction du Stadio Olimpico.

— On a dépassé mon *albergo* ! lui fais-je-t-il remarquer.

— *Yo sé !* répond la fille. On va chez moi, je ne fréquente pas les hôtels.

— Pourquoi ? Tes papiers ne sont pas en règle ?

— Si. Mais ils vont me prendre pour une pute.

Muy bien. Manière d'occuper le trajet, j'attaque la pointe de son sein à travers la fragile étoffe de son T-shirt, lui imprimant un délicat mouvement comme si mes doigts cherchaient Radio Londres sur un poste à galène. Dans le même temps, mon médius contourne l'élastique de son slip et s'infiltre en des tiédeurs foisonnantes. Deux minutes plus tard, Carmela couine en se dandinant sur sa selle et son orgasme manque de nous envoyer sur le parapet bordant le Tibre. La môme se ressaisit, évite une Fiat Uno et bifurque sur la droite.

La sœur de Paco habite au cœur du village olympique constitué d'immenses bâtisses en voie de clochardisation, perdues dans une espèce de terrain vague qu'un promoteur peu scrupuleux nommerait « jardin à la française ». Ces immeubles destinés à héberger les athlètes des Jeux de Rome devaient tout juste être salubres en 1960 lors de leur construction. Aujourd'hui, un Tsigane bulgare ayant vécu en Roumanie sous Ceauşescu les estimerait indignes d'y loger sa belle-mère.

Carmela juche sa bécane sur son cale-pied et me fait signe de la suivre. Comme nous allons pénétrer sous le porche sulfureux du bâtiment H2SO3, je remarque sur le parking la lueur d'un plafonnier s'éclairant brièvement, cela signifie qu'un individu vient de sortir d'un véhicule en stationnement.

Nous escaladons les trois étages, pisseux et couverts de tags. Carmela me rend la monnaie de ma branlette en m'astiquant le zouave pontifical à travers mon bénouze. Qu'à peine arrivés dans son minable deux-pièces, je l'embroque tout debout. Elle se contente de lever très haut l'une de ses cannes, comme les grues cendrées des documentaires de la Cinq certains dimanches après-midi. La mignonne s'enquille presque aussitôt un nouveau panard et nous basculons sur son paddock pour la suite du rodéo.

Cette fois, je lui sors le grand jeu, à la petite Péruvienne. Je lui interprète : *Le Con d'or pas sage ! Nuit chauve sur l'Aconcagua ! Le Machu Picchu en folie ! Le Grand Lama baveur ! Les vigognes sont de retour ! Lime à Lima ! Inca de bonheur ! Guano sur Callao !* Sans oublier bien sûr *Titicaca* et *Gros Minet* ! Elle ne savait pas que ça existait des figures pareilles au niveau de la mer, ma Carmela. Sur les hauts plateaux, on se contente de bouillaver à la respire-petit, vite fait sur La Paz.

On demeure un bon moment à reprendre notre souffle, la viande moite. La première, Carmela parvient à se lever. Un besoin de lave-pont très légitime.

Comme c'est une fille de devoir, elle ramasse ma veste délabrée par le tram et m'assure qu'elle va la nettoyer. Inutile de lui couper le zèle, mais je sais que mon costard est bon pour la décharge.

Profitant de son absence, je me dis qu'il serait temps de reprendre le fil de mon enquête et d'en apprendre davantage sur la sœur de Paco. Je trottine jusqu'à son sac posé sur la commode et déniche son passeport, une paperasse graisseuse de fille ayant beaucoup voyagé sans jamais descendre au Sofitel ni au Hilton. J'apprends qu'elle se nomme Carmela Rodriguez, exerce la profession de danseuse et qu'elle est née à Medellín, en Colombie. Pourquoi cette famille se fait-elle passer pour péruvienne ? À cause de la réputation de trafiquants de drogue qui colle à la peau des Colombiens ? Vois-tu une autre explication, toi qui es si balèze du cerveau ?

Je remise le passeport dans le sac et alors, figure-toi qu'il se passe un truc marrant. Grâce à un jeu de glaces et à une porte mal fermée, j'entrevois miss Colombie dans son cabinet de toilette. Elle s'occupe en effet de ma veste, mais en la fouillant. Elle a dégagé mon porte-lasagne de la poche intérieure et en opère l'inventaire. Je suppose que la môme va me sucrer mes talbins. Un classique du genre. Eh bien, non ! Elle aussi, ce sont mes fafs qui l'intéressent. Et plus particulièrement ma brème de flic.

Je n'ai pas le temps de m'accorder d'autres réflexions. Un craquement du côté de l'entrée me fait tourner la tête. Juste ce qu'il faut pour déguster un magistral coup de matraque sur le temporal. J'ai l'impression d'avoir percuté un T.G.V. lancé à trois cents à l'heure. Mes jambes se dérobent sous mes roustons et le disque dur de mon ordinateur intime s'efface.

*
* *

Lorsque je reconnecte à l'existence, il fait jour et je ne me trouve plus dans l'apparte merdique de Carmela. Je palpe ma calebombe pour m'assurer de la qualité de l'aubergine que je cultive sur la tempe gauche. Ce geste prouve ma liberté de mouvement. Je ne suis pas attaché. Je cligne des yeux pour accoutumer ma rétine au rayon de lumière qui la frappe de plein fouet.

Cette éclaboussure de soleil provient d'un minuscule soupirail. Je suis allongé sur un bat-flanc dans une cave de deux mètres sur deux. Je me jette sur mes pattes et lorgne par la petite imposte. Mon caveau est situé en contrebas d'un jardin fleuri et bien entretenu. Une petite allée cimentée passe tout près de mon fenestron. J'aperçois Diego, le mouflet d'hier soir, pédalant comme un fou sur un tricycle, suivi par une jeune femme enceinte jusqu'aux ouïes. Les choses se remettent en place sous ma coiffe. Cette future accouchée au teint basané, c'est la mère du gamin et la femme de Paco-le-Balafré. Conclusion : c'est lui qui m'a fait exploser les méninges cette nuit et me retient prisonnier ce matin. J'étais chasseur, je suis devenu gibier en cage. Pas fameux pour l'ego et encore moins pour l'espérance de vie.

J'effectue quelques mouvements gymniques histoire de me décrasser les articulations. Je poireaute une paire d'heures avant que la porte de ma geôle daigne s'ouvrir. Paco s'encadre dans le chambranle, un large sourire aux lèvres. Il ne brandit aucune arme et la première idée qui me vient, c'est de lui rentrer dans le chou sans amorcer le moindre dialogue. Seulement, sa tranquillité ne m'incite guère à l'exploit. Il a forcément blindé ses arrières pour venir me narguer à main nue.

— *Ola !* lance-t-il, guilleret comme s'il venait me chercher pour une partie de golf.

— *Salve, Paco*.

— Pas trop mal au crâne ?

— Juste ce qu'il faut. Le coup était bien dosé.

— Parfait. Mais avant tout, je tenais à vous rendre ça…

Il dégage brusquement de sa poche mon arme de service dont il plaque le canon contre mon front. Je ne te vendrai pas de salade : j'en mène moins large que le delta du Nil. À vrai dire, mon troufignon serait capable de serrer un cil de libellule et d'empêcher le pack des All Blacks de me l'arracher. J'ai vraiment le sentiment que le balafré va me composter sans autre forme de procès. Son doigt se contracte sur la détente. Clic ! Ce petit bruit métallique résonne dans mon âme comme un chant grégorien.

Paco me rend mon pistolet en se marrant.

— Tenez, commissaire. Évidemment, je l'ai vidé de ses balles.

— Bonne initiative, soupiré-je en empochant l'arme.

— Il était normal que je vous restitue votre pistolet car vous l'avez perdu en sauvant mon fils. Je l'ai ramassé sur la voie du tram.

— Je comprends. Intrigué par ce flingue, vous avez demandé à votre sœur Carmela de me piéger.

— Je ne pouvais pas agir autrement.

— Elle s'est parfaitement acquittée de son travail de pute.

Paco m'adresse un sourire glacial.

— Ma sœur a agi sur mon ordre. Tout le monde m'obéit dans la famille. Carmela m'a affirmé n'avoir jamais éprouvé autant de plaisir, commissaire, si ça peut vous consoler.

— Me consoler de quoi ? Du fait que vous allez me buter ?

Paco pousse un interminable soupir.

— C'était la solution logique. Seulement vous avez sauvé Diego et le code d'honneur m'empêche de vous tuer. J'en ai pourtant eu la tentation, vous savez que les hommes cèdent facilement à la facilité. Mais ma femme s'y est violemment opposée. Et vous savez également que les mêmes hommes se soumettent encore plus vite à la volonté de leur épouse.

— Ça signifie que… je suis libre ? questionné-je, sans grande conviction.

— Absolument. Vous allez rentrer en France et poursuivre votre enquête sur l'assassinat de Mélanie Godemiche.

— Vous êtes bien informé ! admiré-je.

— C'est vital, dans mon métier.

On reste quelques instants à se regarder dans le blanc des yeux.

— Ici, vous faites fausse route, commissaire. Je ne suis pour rien dans le meurtre de cette fille, parole d'homme.

— Alors que faisiez-vous en Beauce, si loin de Rome, ce soir-là ?

Il n'hésite pas une seconde à me répondre :

— Mon travail.

— Le deal de coke ?

— Le deal ? Vous m'insultez ! Croyez-vous qu'un simple dealer pourrait s'offrir une baraque avec piscine en bordure de la Villa

Glori, l'un des endroits les plus chers de Rome ? Et qu'il irait livrer quelques doses à Chartres ?

— Pardonnez-moi de vous avoir offensé, Mon père ! le chambré-je. Mais vous étiez bien à Chartres le soir du meurtre et vous vous êtes disputé avec la victime !

Paco caresse aimablement sa cicatrice.

— Nous avons eu en effet un petit différend. L'opération se chiffrait à trois millions et il manquait cinq cent mille. Pas de lires, bien sûr, mais de francs.

— Et comme Mélanie n'a pas pu payer, vous l'avez butée à titre de représailles.

Paco ne peut réprimer un geste d'agacement.

— Son cousin a réglé le solde.

— Son cousin Nicolas ?

— Un grand prétentieux !

— Tout à fait lui. Vous feriez un excellent portraitiste…

— Il a payé cash.

Dans ma Ford intérieure, je me dis que ce trouduc m'a mené en bateau comme un bleu avec ses airs de ne pas y toucher. Je ne regrette pas de lui avoir démanché les narines.

— Vous êtes alors retourné en Italie ?

— À minuit, je franchissais le péage de Saint-Arnoult et au petit matin, à l'heure du crime, j'arrivais dans la banlieue de Pise. Vous m'excuserez de ne pas vous fournir de preuve, commissaire, mais je ne tiens pas une comptabilité détaillée de mes déplacements.

— À qui avez-vous téléphoné ce soir-là, au Chalet Pantarolli ?

— J'appelais un de mes collaborateurs pour lui indiquer que l'affaire était terminée. C'est ce coup de fil qui m'a fait tomber ?

— Ça, et la perte de votre bonnet.

— Je l'ai offert à un petit gars débile qui avait flashé dessus. La générosité ne me réussit pas !

Le balafré me fait signe de sortir de ma cage. Nous nous engageons le long d'un souterrain faiblement éclairé.

— Allez-y ! Vous êtes libre. Je sais que vous ne me trahirez pas, commissaire. J'ai tout prévu… Voyez vous-même.

Il me désigne une porte plus fortement grillagée qu'une cellule de Cayenne. À travers les barreaux, je distingue une forme allongée sur un bat-flanc identique au mien. Paco actionne un commutateur électrique, la pièce s'illumine, me permettant d'identifier le prisonnier. Et là, je te jure que ma comprenette vacille. Le type en question n'est autre que mon fils.

*

* *

— Antoine ! hurlé-je, Antoine, réponds-moi !

Mais il ne bronche pas. Je me retourne vers Paco, bien décidé à lui défoncer le portrait. Il apaise mes ardeurs en me pointant un gros calibre sur le cœur.

— On se calme, commissaire.

— Comment mon fils se trouve-t-il ici ?

— Vous le lui demanderez en temps utile… si un jour vous vous revoyez.

Paco m'empoigne par le bras, me fait grimper un escalier en colis-de-maçon, comme dit Béru qui me manque tant en cet instant d'horreur totale.

On se retrouve dans le jardin, près de la grille d'entrée.

— Votre fils n'est pas mort. Juste endormi. Mais que les choses soient bien claires : je n'ai aucune dette envers lui et le tuer ne me posera aucun cas de conscience. Alors vous allez quitter immédiatement l'Italie. Dans quelques jours, je le libérerai et nous serons quittes. C'est le mieux que je puisse vous proposer, d'accord ?

— Est-ce que j'ai le choix ?

Paco écarte le portail pour ma levée d'écrou. Le petit Diego m'aperçoit de son tricyle et se précipite vers moi en braillant « *Otra vez ! Otra vez !* » Il se jette dans mes bras et nous nous étreignons sous le regard attendri de sa mère.

Agacé, Paco m'arrache le gamin des bras et me pousse vers la sortie.

— N'oubliez pas, commissaire : la vie de votre fils est en jeu. Si la malencontreuse idée vous venait d'alerter les flics locaux, j'en serais aussitôt informé, ils me mangent tous dans la main.

CHAPITRE CAT

(Because un chat va jouer un rôle primordial dans les pages à venir)

Je me précipite dans le premier troquet venu et commande un limoncello.

Une brunette qui cultive le cresson noir sous les bras me signifie que la turne n'a pas la licence d'alcool, force m'est de me rabattre sur un cappuccino.

Je n'arrive pas à rassembler mes idées, comme si un petit malin avait joué au mikado avec mes neurones. Le raisin palpite dans mes tempes et mon guignol breloque sous les poils agréablement frisés de mon poitrail.

Des pensées, des impressions, des sensations se bousculent au portillon de mon esprit. Comment Antoine s'est-il retrouvé dans les pattes du balafré ? A-t-il une chance de s'en sortir ? Et puis surtout… Qu'est-ce que je peux faire, gros con comme devant que je suis ?

Je m'évertue à placer le quarté-quinté-plus de mes idées dans l'ordre. Le premier truc à évacuer, c'est l'espoir d'une intervention des poulardins du cru. Même en passant par le maire de la ville ou le président de la République, immanquablement l'un des matuches vendus serait au parfum et alerterait le Colombien. Je te jure que ce mec liquiderait mon fils en toute priorité. Il a mal digéré de ne pas m'exécuter et il y a gros à parier que, sans sa bergère, je serais déjà quelque part sous un massif de borniolas à feuilles caduques.

Quelle solution me reste-t-il ? Lui faire confiance, rentrer en France et attendre un bon geste de sa part ? Je ne crois pas un instant qu'un leader dealer comme Paco puisse se permettre de libérer Junior. Ça finira forcément par une balle dans la tronche. Moralité ? Je dois agir tout de suite et seul. Oui, mais comment ?

Je glisse machinalement la main dans ma poche et frôle le métal glacé de mon calibre. D'habitude, ce genre de contact me redonne du baume au cœur, mais là je sais que le malheureux est privé de baptême puisque vidé de ses dragées. Dans sa triste nudité, mon Manurhin haute époque vaut à peine plus qu'un coup de poing américain et moins qu'un Opinel[1].

À ce propos, futé comme je te sais, tu dois te demander comment se fait-ce que j'aie pu apporter mon arme en avion jusqu'à Rome ? Tu te dis que ton San-A. est une huile et que tous les passe-droits lui sont ouverts. Erratum, mon pote ! Il existe une nouvelle méthode, mise au point par Mathias, pour faire échapper un flingue à toutes les fouilles douanières. Seulement mon chef suprême[2], au nom de la sécurité publique, m'a interdit de la dévoiler. Alors tu devras te contenter de ton rasoir pour détourner le prochain zinc.

Quand tu gamberges dans l'urgence, tu émets toutes les hypothèses, à commencer par les plus farfelues. Je me vois pénétrant dans une armurerie et braquant le taulier pour qu'il garnisse mon calibre de valdas. Très vite, je réalise qu'on est dimanche, que tous les magasins sont fermés et qu'à bien y réfléchir, je suis un poulet, pas un truand.

Je carme mon café et m'apprête à sortir du bistrot lorsqu'un type baraqué façon armoire normande dont on aurait scié les pieds s'encadre devant moi. Il appartient notoirement à l'ethnie sud-américaine.

Souriant comme un zigue qui souffre d'hémorroïdes, il me tend un téléphone portable.

— C'est pour vous ! articule-t-il dans la langue de Molière, mâtinée Cervantes.

Hébété et incrédule, je m'empare du bigophone. L'organe grave (dans tous les sens du terme) de Paco s'introduit dans mes portugaises.

— Ce n'est pas raisonnable pour la santé de votre fils, commissaire. Je vous ai demandé de partir, pas d'aller boire un cappuccino en face de chez moi.

— Je voulais juste commander un taxi ! rétorqué-je, plus minable que ta dernière érection.

1. Dont mon adorable Hippolyte fait collection.

2. Tu le connais, Mister Bean, ministre par intermittence, qui alterne le coma, les crises de mégalomanie et les démissions intempestives ?

À l'autre bout de l'absence de fil, le zébré de la joue gauche ricane.

— Pas la peine, Chico va vous accompagner à l'aéroport.

— Chico, c'est le beau bébé qui se trouve en face de moi ?

— Lui-même. C'est un artiste dans son genre. Mais je ne vous conseille pas de lui servir de modèle, señor Antonio, parce que sa spécialité, c'est la sculpture sur viande.

— C'est bon, je file. Mais je te préviens…

Paco me coupe la parole d'un ton sans réplique.

— Pas de menace ! Si dans deux heures Chico ne m'annonce pas que vous avez décollé pour Paris, j'abats votre fils.

*
* *

De sa cellule, Antoine observait à travers les barreaux du soupirail le petit garçon qui suçait une glace à la vanille. Le *gelato* lui dégoulinait le long des doigts. Un petit chat rouquin et famélique suivait le gamin, léchant les gouttelettes tombées à terre.

D'un coup de sifflet léger, Antoine attira l'attention de l'enfant.

— *Ola, niño ! Tengo hambre !* (Eh, petit, j'ai faim !)

Le premier réflexe du môme fut de protéger sa glace, puis il adressa au prisonnier un sourire complice qui lui réchauffa le cœur.

— *Aspetta !* (Attends !) chuchota le gamin qui comprenait l'espagnol mais répondait en italien. *Momento !* (Un instant !)

Diego s'éclipsa et revint quelques instants plus tard avec sa maman qui s'agenouilla devant le soupirail.

— Que voulez-vous ? demanda la femme, à voix basse.

— J'ai faim ! répéta Antoine. S'il vous plaît, apportez-moi à manger.

La mère de Diego regarda plusieurs fois autour d'elle avant de se relever en geignant sous l'effet de l'effort accompli.

— *Vengo subito.* (Je reviens tout de suite.)

Quelques minutes plus tard, la femme réapparut et tendit un sandwich au jambon de Parme si copieux qu'il eut de la peine à passer à travers les barreaux.

— *Gracias !* fit Antoine. Comment t'appelles-tu ?

La fille s'assura que personne ne l'observait. Seul Diego était dans les parages, moulinant sur son petit vélo.

— *Conchita !* répondit la jeune femme.

Passant deux doigts de l'autre côté de la grille, Antoine effleura sa main.

— J'ai envie de toi, dit-il dans un souffle.

Choquée, mais troublée, l'épouse de Paco se retira aussi vite que le lui permettait son ventre bombé. Parce qu'il était le fils de San-Antonio, Antoine présuma que la jeune femme, la nuit suivante, ferait l'amour en pensant à lui. Et toujours parce qu'il était le fils de San-Antonio, Antoine dévora le pain du sandwich après avoir pris soin de mettre le jambon de côté.

*
* *

Maître Gervès et maître Branlard, les gaucho-facho-du-barro, malgré tout leur talent ne pourraient pas me sortir de ce guêpier pourri ! Je te résume : je suis assis à l'arrière d'une énorme Mercedes, Chico se tient à mes côtés et Carlos, son clone, conduit le véhicule sur l'*autostrada* qui mène à Fiumicino, l'aéroport de Rome.

Tu m'aimes assez pour savoir que je suis capable de fausser compagnie à ces deux Andinos ? D'accord ! Mais tu oublies qu'Antoine est dans les griffes de leur boss et que si Paco n'est pas informé sous deux plombes de mon départ, il bute mon lardon.

Dur d'être canari[1] dans ces conditions. Comme un va-tout vaut mieux que deux tu-fous-rien, je dégaine subitement mon flingue et en glisse le museau sous celui de Chico. Je viendrais de lui raconter la dernière blague en vogue, l'Hispano (pas très Suiza) se marrerait moins.

— Remise ton engin, *cretino*, il est vide ! Par contre, celui-là peut te faire des jolis trous dans la carcasse.

Exactement ce que j'espérais ! Ce branquignole sort un Beretta de sa fouille et me le fait miroiter comme si je voulais l'acheter aux enchères. Tu me croiveras ou ne me croiverasseras pas (conjugaison selon Béru), mais je n'hésite pas l'ombre d'une seconde. Je balance mon coude force douze dans la tronche de Chico. Dans la secousse, ses dents s'éparpillent (chicot-chicot par-ci, chicot-chicot par-là) dans tout l'habitacle.

1. Serein, suivant le dictionnaire béruréen.

Sous l'impact, le Colombien lâche une prune qui va se loger direct dans la citrouille de Carlos, le chauffeur. Une grande partie de sa boîte crânienne, deux cents grammes de cervelle et une touffe de cheveux gras vont se coller contre le pare-brise. Inutile de te dire que le mec est instantanément plus mort que Sardanapale deux mille ans après son fameux barbecue.

Conduite par un macchabée, une Mercedes, forcément, ça zigzague. Comme mon pote Chico est K.-O., je plonge en avant et attrape le guidon. Première urgence, rétablir la ligne droite. Seulement Carlos, dans sa mort, n'a rien trouvé de mieux que d'écraser la pédale de l'accélérateur. La guinde, bourrée de chevaux, prend de la vitesse. Je peine à louvoyer entre les bagnoles dont les pilotes nous abreuvent d'appels de phares et de coups de klaxon.

Déployant la force et la souplesse qui ont assuré ma gloire, je parviens à virguler le mort à sa place, sur le siège passager, et à me glisser aux manettes de la limousine.

À la première occase, je fais demi-tour et reprends l'autoroute pour Roma. Sur une aire de repos plutôt déserte je me débarrasse du cadavre. Chico en profite pour émerger.

— *Qué pasa ?* grommelle le type en levant un cil.

— Le con dort ! réponds-je-t-il en lui attriquant un bourre-pif format adulte.

Mon idée, tu l'as comprise, c'est de revenir au plus vite devant la cagna de cet enfoiré de Paco, un vrai feu en pogne !

*
* *

Le temps se couvrait sur la ville de César (pas le sculpteur, le Borgia).

Le petit chat roux passait et repassait devant le soupirail d'Antoine. Il avait beau être sauvage, ce chaton, les miettes de jambon sur le rebord le fascinaient. Comment résister à cette délicieuse senteur ?

N'y tenant plus, l'animal lança la patte pour cueillir un morceau de cette alléchante victuaille. L'aventure ne se déroula pas comme il l'escomptait, puisque une patte bien plus grosse que la sienne vint se refermer sur lui. Il eut beau se débattre, mordre et griffer, rien n'y fit. Il fut obligé de capituler et mit de longues minutes avant de se calmer.

Les deux poignets menottés d'Antoine pissaient le sang mais la douleur était compensée par la satisfaction de la capture du chaton.

*

* *

Je gare la Mercedes dans une petite rue ombragée et discrète d'où je jouis d'une vulve imprenable sur la propriété du balafré. À l'aide d'un fil de fer barbelé prélevé sur un chantier désaffecté, j'ai entravé les jambes de Chico et lui ai ligoté les mains dans le dossard, ce qui le rend plus docile qu'un bigorneau cuit sur une tartine beurrée. Les vitres fumées, genre calbute béruréen, de la bagnole, nous assurent une relative intimité.

Chico me couve du regard avec l'aménité d'un serpent minute que tu as étourdiment pris pour un lacet de tes Docksides. Je le fouille et m'empare de son téléphone portable, un Nokia dernier cri, comme quoi la dope ça nourrit son homme. Il me suffit d'appuyer sur la touche « bis » pour faire apparaître le numéro de Paco. Mais avant de lancer l'appel, une petite mise au point avec Chico me paraît indispensable. Je lui montre le flingue que je lui ai secoué et le plante dans ses reins.

— Mettons-nous bien d'accord, *hombre* ! Si tu ne fais pas exactement ce que je vais te dire, je te lâche une bastos dans la moelle pépinière, comme dit Béru, un mec que tu regretteras toujours de ne pas avoir connu. Ça signifie que tu deviendrais légume au point que même ta mère pourrait te faire cuire en ratatouille.

Chico, c'est peut-être pas un prix Nobel de psychologie, mais il saisit instantanément ma détermination.

— Tu vas appeler ton boss pour lui annoncer que je viens d'embarquer pour Paris. Tu parles en italien ou en espagnol. Un seul mot dans une autre langue et c'est le fauteuil roulant, pigé ?

*

* *

Comme n'importe quel businessman d'aujourd'hui, Paco tenait sa comptabilité sur ordinateur. Les noms de ses clients, de ses fournisseurs, de ses employés et des denrées de son catalogue étaient codés, mais le travail de gestion était le même que s'il avait dirigé une entreprise de bonneterie en gros. Il s'affairait devant l'écran de son iMac lorsque le téléphone sonna.

— *Si. Digame, Chico.* (Le regard du balafré s'éclaira d'une lueur de satisfaction.) *Bueno !* Vous rappliquez tout de suite, j'ai besoin de vous.

Il raccrocha, coupa son computer, ouvrit un tiroir et en sortit un vieux Lüger qu'il coinça dans la ceinture de son pantalon après s'être assuré que le chargeur était garni.

Conchita avait emmené Diego en ville, le moment était donc opportun pour éliminer le fils du flic. Il raconterait à sa femme qu'il avait libéré le jeune homme, elle ferait semblant de le croire et on ne reparlerait jamais plus de cette histoire.

Ce fut sans joie que Paco ouvrit la porte de la cellule. Il n'avait pas une âme de sadique, comme Chico, qui parvenait presque à l'orgasme en tailladant la bidoche de ses contemporains. Lui ne tuait que par nécessité. L'idée de flinguer le fils de l'homme qui avait sauvé le sien lui était pénible. L'espace d'un instant il fut même tenté de surseoir à cette exécution, mais la plus élémentaire des prudences commandait ce geste.

La nuque bien dégagée du prisonnier offrait une occasion inespérée à Paco de l'exécuter sans qu'il s'en rende compte.

Le balafré glissa la main sur la crosse de son pistolet. Tout se déroula alors à la vitesse de la lumière. Antoine se redressa d'un bond et projeta au visage du Colombien une boule de poils roux qui lui laboura le visage.

Hurlant de douleur, Paco sentit que son œil droit venait d'être crevé. Pour faire bonne mesure, Antoine lui percuta le ventre de ses deux poings assemblés par les menottes.

*
* *

Assis au volant de la Mercedes, je consulte la montre du tableau de bord.

— Dans un quart d'heure, on sera censés être rentrés de l'aéroport, non ? demandé-je à Chico qui boude sur la banquette arrière.

Comme il tarde à me répondre, je tire sur un bout de ses liens barbelés. Il pousse un couinement de porc devenant cochonnaille.

— Réponds quand je te parle !

— Un dimanche après-midi, Carlos mettait même moins que ça.

— Parfait. On attend encore un peu et tu rappelles ton singe. C'est là qu'il va falloir que tu décides si tu as envie de vivre ou de canner. Tu lui dis que vous arrivez et qu'il peut ouvrir le portail…

Je me tais car le portail dont au sujet duquel je suis précisément en train de causer pivote sur ses gonds. Toi tu le sais, mais pour moi c'est une surprise kolossale que de voir Antoine surgir. Il se met à courir comme un découillé, le long de l'avenue quasi déserte. Manque de bol, il choisit la mauvaise direction et s'éloigne de moi. Je tourne le contact et déboîte en froissant l'aile et même la cuisse de la bagnole de devant.

Qu'à ce moment, Paco sort à son tour. Comprenant qu'il ne le rattrapera pas, il dégaine son flingue et ajuste le fuyard.

Fou d'angoisse, j'appuie sur le klaxon. Surpris, le balafré détourne la tête, avise sa Mercedes et fait signe au chauffeur (dont il ne peut distinguer les traits derrière les vitres fumées, je te le rappelle) de courser Antoine.

J'écrase le champignon, rameutant les trois cent cinquante bourrins teutoniques de la tire, et fonce sur Paco. Au début, le Sud-Am. croit que sa Mercedes s'élance à la poursuite de l'évadé, puis il réalise qu'il se trouve sur la trajectoire et que le pilote n'a pas du tout l'intention de l'éviter. Au dernier instant, Paco exécute une cabriole qui l'amène pile sous un tram débouchant à vive allure. Il n'a pas la chance de son petit Diego. Faut dire que je n'ai rien fait pour le sauver. Ce qui reste de lui après le passage de l'engin nécessiterait un peu d'oignon râpé, quelques câpres et un trait de Worcester sauce. Y en a qui ajoutent un jaune d'œuf, mais c'est affaire de goût.

*

* *

Antoine laisse aller sa nuque sur l'appuie-tête de la Mercedes, savourant ce qu'il croit être un bien précieux : la vie. Il ne sait encore pas que c'est le cadeau le plus empoisonné qu'on puisse faire à un individu. Le jour où les hommes comprendront qu'en donnant la vie on offre aussi la mort, ils hésiteront peut-être à vider leurs burettes.

— On fait quoi, maintenant ? questionne-t-il.

— À ton avis ?

— On va chez les flics !

— Pas moyen de faire autrement. Je connais le *commissario* Manao, le patron des stups. On a trinqué ensemble la semaine dernière à Bruxelles. Ah ! Détail qui change tout : Paco m'a avoué avoir assassiné Mélanie.

Antoine me jette un œil incrédule.

— C'est vrai ?

— Non. Mais il faut le faire croire.

— Tu penses abuser un vieux renard comme le commissaire Roykeau ?

— Sûrement pas. Mais peut-être que le meurtrier, pensant l'affaire bouclée, va relâcher sa vigilance.

— Pas bête.

— Merci de ton appréciation. Si tu me racontais ton odyssée ?

Antoine fait la moue.

— Tu vas encore m'engueuler.

— Dis toujours, on verra bien. Tu m'as suivi jusqu'à Rome ?

— Je t'ai précédé. J'ai pris le vol juste avant le tien. À Fiumicino j'ai loué une bagnole et je suis allé me mettre en planque devant le Chalet Pantarolli. Je t'ai vu rappliquer hier soir. J'ai aussi assisté à ton rodéo sous le tram. J'ai cru mourir de peur.

— Moi aussi, répliqué-je.

— Lorsque le balafré est reparti avec son marmot, j'ai décidé de le prendre en chasse. Il a déposé le gamin chez lui et s'est rendu à la cité olympique…

— M'attendre chez sa sœur ?

— Probablement. J'ai patienté et je t'ai vu radiner en scooter avec une fille.

— Et là, tu es sorti de ta voiture ?

— Exact.

— Un conseil, mon garçon. Quand tu planques de nuit dans une voiture, n'oublie pas de dévisser l'ampoule du plafonnier.

Antoine hoche la tête.

— Paco avait dû me repérer et prévenir ses sbires, car ils me sont tombés dessus et ça a été ma fête.

— Non. C'est la fille et moi qui avons été suivis. Et c'est à cause de nous que tu as été repéré.

— Peut-être.

— En tout cas, tu as failli tout foutre en l'air en te ramenant à Rome.

— Je sais. Mais cette affaire, c'est vraiment la mienne et je voulais te prouver… Je suis désolé…

— J'aurais fait pareil, dis-je en lui prenant sa main que je serre. Je suis fier de toi.

Tu vas pas me croire, Grégoire, mais Antoine se met à pleurer. Faut dire qu'il y a longtemps que je ne lui avais pas dit quelque chose de tendre.

C'est peut-être même la première fois.

CHAPITRE THANK

(Pour remercier le Seigneur[1] d'avoir sauvé mon Antoine)

Trois jours plus tard, le réseau de Paco était démantelé, ses complices sous les verrous et nous avions regagné la France, plus précisément Chartres où la juge Annick Hatouva instruisant l'affaire Mélanie Godemiche venait de convoquer Antoine en tant que témoin principal du meurtre.

Tu la verrais, la juge, tu réviserais ton opinion sur la vétusté de la justice ! Si ses fafs affichent trente ans, c'est que l'officier de mairie qui l'a enregistrée était beurré au point de lui rajouter, par inadvertance, cinq piges sur l'état civil. Son visage allongé est illuminé par les immenses perles bleues de ses yeux et son corps délié est parfaitement emballé dans un tailleur classe dont la jupe courte met en valeur des cuisses de rêve.

La greffière, en revanche, est une grosse truie coiffée en brosse, avec un cul à six places logé dans un pantalon informe. Le genre de gonzesse qui passe volontiers la tondeuse à gazon dans les slips en dentelle. Un instant, je crains que cette rombiasse fasse tandem avec sa patronne. Mais l'imperceptible frémissement qui agite les

1. In English : *my gode.*

nichons de Mme la juge lorsqu'elle balade son regard sur ma pomme me rassure sur l'orthodoxie (bienvenue au barbu, mon pope) de ses mœurs.

Assis à ma droite, Antoine, que j'ai obligé à se fringuer en enfant sage, garde la tête basse, comme un premier communiant essayant de mater sous l'aube de la petite cochonne agenouillée devant lui.

À ma gauche, le commissaire Bernard Roykeau tire une tronche d'un mètre douze.

La juge s'adresse à mézigue en priorité :

— Monsieur le directeur de la police nationale par intérim, je tiens à vous informer que le commissaire Roykeau, ici présent, a volontairement tardé à me transmettre les éléments de l'enquête susceptibles de mettre en cause votre fils. Je vais à ce propos adresser un rapport circonstancié à M. le procureur de la République.

— C'est moi qui ai fait pression sur lui, madame la juge.

— Faux ! rétorque aussitôt Roykeau en vrai mec. J'ai agi de ma propre initiative.

— Je l'ai influencé en lui affirmant que j'étais sûr de l'innocence d'Antoine, insisté-je.

Miss Hatouva est impressionnée par notre solidarité.

— On ne me l'avait encore jamais fait le coup du « c'est pas lui, c'est moi ». Enfin !… Venons-en à l'essentiel.

Elle se tourne vers Antoine et le fixe longuement. Aussi vrai que le dernier orgasme de ta femme coïncide avec la dernière livraison du garçon boucher, je suis prêt à te parier que cette nana en pince aussi fort pour mon fils que pour moi. Le charme juvénile interpelle autant les œstrogènes que la ravageuse maturité. Brad Pitt ou Harrison Ford, même mouillette !

— Comment expliquez-vous la présence de votre casquette sur le lieu du crime ?

Antoine me consulte du regard. D'un battement de cils je lui indique de parler naturel, de dire la vérité, toute la vérité, rien que la vérité, sans haine et sans crainte.

Il obtempère.

— C'est très simple, madame la juge. Mélanie est une amie de longue date. Au cours de la soirée nous avons dansé et flirté ensemble. Je lui ai fixé rendez-vous près du parking de l'entrée, sous le grand saule pleureur.

— Dans quel but ? demande la perfide magistrate.

— De l'emmener faire l'amour dans ma voiture.

— Qu'a-t-elle répondu ?

— Qu'elle avait encore des potes à saluer et qu'elle me rejoindrait une heure après.

— Ensuite ?

— J'ai continué à danser et un peu plus tard je me suis rendu à l'endroit convenu. J'ai patienté quelques minutes en marchant de long en large sur le talus. Et c'est là que j'ai découvert le corps de Mélanie. C'était effroyable…

— Pourquoi vous êtes-vous enfui ?

— J'ai vu un gendarme arriver dans ma direction. J'ai paniqué.

— Et vous avez perdu votre casquette dans votre fuite…

— Je ne m'en suis pas rendu compte tout de suite. C'est seulement le lendemain que j'ai réalisé.

— Vous êtes rentré à Paris avec votre voiture ?

— Bien sûr.

Annick Hatouva croise les bras sur son bureau.

— Vous aviez bu, ce soir-là ?

— Oui.

— Beaucoup ?

— Trop pour échapper à un contrôle d'alcoolémie, mais pas au point de perdre la raison.

— Vous aviez fumé ?

— Du tabac, uniquement.

— Pas de pilules, pas de coke ?

Antoine remonte ses manches pour dévoiler ses veines sans aucune trace de piqûre.

— Et pas d'héroïne non plus. Je ne me drogue pas, madame la juge, les tests sanguins le prouveront.

— Nous les ferons pratiquer.

Un long silence plane, juste troublé par la greffière qui achève de consigner l'interrogatoire sur son ordinateur.

— Quelque chose vous gêne dans le témoignage d'Antoine, madame la juge ? questionne Roykeau. Il est le fils d'un policier de haut rang et policier lui-même, depuis peu de temps, je vous l'accorde. Mais enfin… rien ne nous permet de douter de sa bonne foi. D'autant qu'il n'a aucun antécédent judiciaire.

La juge feuillette un dossier et hoche la tête à plusieurs reprises.

— En effet. Pas d'antécédent.

Je lui sais gré de ne faire aucune allusion aux parents biologiques d'Antoine.

— Des tests génétiques sont en cours ? hasardé-je, manière de relancer l'ambiance.

Roykeau opine de son ondulante toison grisonnante qui tant fait ruisseler les muqueuses australes des Chartraines.

— Le légiste a déterminé trois spermes différents sur la victime.

In petto, je me dis que cette Mélanie était un véritable shaker à foutre. Trois fourrettes et un bon coup de techno là-dessus, bonjour le cocktail !

— Nous allons les comparer aux marqueurs ADN des cheveux trouvés dans le bonnet inca, précise le commissaire, et... dans la casquette.

Antoine ne peut s'empêcher de réagir, se dressant d'un bond.

— Ne perdez pas votre temps à analyser mes cheveux ! Je n'ai pas couché avec Mélanie, ce soir-là. Et si je l'avais fait, j'aurais utilisé ça !

Il balance un préservatif sur la table de la jugeasse[1].

— Mélanie me faisait bander, poursuit mon garnement, s'exaltant quelque trop, mais je ne suis pas débile au point de sauter une fille à risques, comme elle, sans protection !

Le couillon ! Il est en train de se piéger comme un bleu.

— Et vous pensez que ce fait peut servir votre défense ?

— Eh bien...

— Au contraire, enchaîne la jugeonne[2], ça vous accable !

Mon Antoine se liquéfie comme une glace à la vanille en vacances chez Kadhafi.

— Je ne vois pas en quoi...

— Réfléchissez. Votre égérie copule avec trois hommes au cours de la soirée...

Égérie, copule... Ce sont vraiment des mots de vieille fille branleuse. Il va falloir qu'on la rééduque, cette jugeoune[3].

---

1. La rime est riche avec pétasse.
2. La rime est riche avec conne.
3. La rime est riche avec foufoune.

En attendant, elle n'est pas décidée à lâcher mon fiston d'une semelle.

— Lorsque vous la retrouvez, continue-t-elle, Mélanie se refuse à vous. L'affront est insupportable…

Cette fois, je décide d'intervenir.

— Alors Antoine, pour se venger, tue la fille, lui arrache utérus et ovaires et taillade les seins. Il est vraiment susceptible ! Mais enfin, madame la juge, regardez-le ! Ce garçon vous paraît-il capable d'une telle monstruosité ? Alors qu'il vient de sortir major de l'école de police ?

Annick Hatouva demeure imperturbable, tendance butée. Le commissaire Roykeau essaie à son tour de nous venir en aide :

— Je vous rappelle, madame, que mon collègue San-Antonio a recueilli les aveux d'un certain Paco Rodriguez, trafiquant de drogue notoire, qui se trouvait sur les lieux la nuit du crime, et qui a reconnu avoir assassiné Mélanie Godemiche parce qu'elle refusait de lui payer son dû.

La jugeope[1] fait non de la tête.

— Ces aveux ne figurent pas sur le rapport du *commissario* Manao !

— Parce que c'est à moi que Paco s'est confié.

— Vous pensez vraiment que je vais croire cette fable, commissaire ?

— Non. Mais c'est dommage pour la suite de votre enquête.

Pas impressionnée, Annick Hatouva frappe son bureau du plat de la main pour attirer l'attention de sa greffière broutassière.

— Je décide la mise en examen et l'incarcération immédiate de M. Antoine San-Antonio.

— Junior, précise mon fils, San-Antonio Junior !

*
* *

— Tu ne veux pas me laisser le volant ? demande Roykeau, plus blanc qu'un navet javellisé égaré sur un lit de Chantilly. Tu as l'air nerveux.

J'attaque un virage en épingle à cheveux à plus de cent trente à l'heure. Deux roues de ma bombe se soulèvent et les deux autres mordent le talus.

1. La rime est riche avec salope.

— Non. Ça me détend, de conduire.

Je contrebraque, enraye un tête-à-queue et évite de justesse une bétaillère qui tient la moitié de la chaussée. Nouveau virage serré et je lève le pied car nous arrivons aux abords du château de la Vieille-Nave. Mon collègue prend le temps de pisser un coup, sa grand-mère lui ayant expliqué qu'il fallait toujours uriner après une grande émotion.

Nicolas Godemiche nous ouvre. Le jeune homme ne paraît pas spécialement joyce de me voir. Et pas davantage de se trouver en présence de Roykeau. De notre précédente rencontre, il conserve un sparadrap sur le tarbouif.

— Bonjour messieurs ?

— Inutile de faire les présentations, tu connais mon confrère de Chartres.

— Vous jouez de malchance, mon père est à Paris pour toute la journée.

— Ça tombe bien, c'est justement toi qu'on vient voir.

Il s'efface comme un tag représentant une grosse bite velue sur le mur d'un couvent de bénédictines.

— Bon, ben… entrez. Vous voulez boire quelque chose ? dit-il du bout des lèvres.

— C'est plus spontané quand c'est ton vieux qui offre. Merci quand même, on n'a pas soif. En fait, c'est ta cagnotte qui nous intéresse.

La gueule du môme se décompose comme une fillette en vacances chez Troudu, célèbre pédophilosophe belge à qui l'on doit le fameux traité intitulé *Le bonheur est dans le préau.*

— Quelle cagnotte ? Je ne vois pas de quoi vous parlez.

Je me tourne vers Roykeau.

— Qu'est-ce que tu fais, Bernard, quand un de tes subalternes avoine un prévenu ?

— Je lui décerne un blâme.

Je pivote sur mes talons et balance une tarte aussi soudaine que sonore sur la joue gauche de Nicolas.

— Et quand c'est un supérieur ?

— Je trouve ça farce, se marre Roykeau.

— Vous n'avez pas le droit ! rouscaille le fils Godemiche. Je vais porter plainte.

— T'as raison, ricané-je-te-je, on va appeler la police, commissaire Roykeau, siouplaît ?

— C'est à quel sujet ? demande mon collègue en cloquant une mandale de même magnitude à Nicolas, mais sur la joue droite, question de symétrie.

Le type se laisse tomber en geignant sur un fauteuil.

— Je ne comprends pas du tout ce que vous me voulez…

— Combien t'a rapporté la rave-party de l'autre nuit, Nico ? questionné-je, le ton radouci. Sûrement plus de 500 000 pions, puisque c'est la somme que tu as payée cash à Paco pour lui acheter la came.

Cette fois, il vient de piger à qui il a affaire et il me regarde avec autant d'admiration que de crainte. Il hésite encore à parler. Je l'encourage d'une voix plus sucrée qu'une pâtisserie libanaise.

— Roykeau et moi, c'est pas des oreilles qu'on a, mais des passoires. On ne retient que ce qui nous intéresse. Tes petites combines et tes traficotages, on les oubliera si tu n'as rien à voir avec le meurtre de ta cousine. Mais en attendant, on veut tout savoir.

— Je n'ai pas tué Mélanie ! Je vous le jure.

— Si tu le jures… On est obligés de te croire, fait mon Roykeau d'un ton badin en lui expédiant une pichenette de gorille sur le pif.

Illico, le blair convalescent de Nicolas se met à pisser le raisin frais sous son bandage.

Compris la tactique de mon collègue. À partir de maintenant, c'est lui qui joue le méchant dans notre chaud et froid de volaille. À moi le rôle du gentil.

— Mollo, Bernard ! Ce n'est qu'un gamin, après tout.

— Un gamin qui a éventré sa cousine, oui ! Tiens, petite saloperie, prends çui-là ! Et pis çui-là encore !

— C'est pas moi ! C'est pas moi ! hurle Nicolas paniqué sous la grêle de coups (très maîtrisés) qui s'abat sur lui.

Je fais mine de ceinturer Roykeau et de l'entraîner de force à l'écart.

— Ça suffit ! On se calme ! Laisse-moi lui parler.

Mon collègue feint de se soumettre et va s'asseoir près de la cheminée en ronchonnant. Je reviens vers Nicolas et lui tends mon mouchoir pour qu'il tamponne son tarbouif et ses ecchymoses.

— Je suis sûr que tu n'es pour rien dans la mort de Mélanie. Seulement faudrait que tu me donnes des preuves de ta bonne foi. En jouant franco à propos de la dope, par exemple.

Il me jette un regard implorant.

— Qu'est-ce que vous voulez savoir ?

— Tout ce qui concerne tes rapports avec Paco.

— C'est Mélanie qui…

— Ne commence pas à renvoyer la balle à une morte. Sois un homme, Nicolas, assume tes responsabilités et je te promets de t'aider.

Ébranlé par mon ton protecteur, le petit gars décide de vider son sac et me déballe le toutim. Depuis quelques mois, Mélanie participait à l'organisation de rave-parties. L'ecstasy, le crack, la coke circulaient à tout-va, mais sa cousine n'engrangeait pas une thune, tout en prenant un max de risques. Le soir de la fiesta qui se déroulait sur leurs terres communes, elle s'est retrouvée avec une dette de 500 000 francs envers son fournisseur. Elle était incapable de payer. Paco s'est fâché et Mélanie a demandé à son grand cousin de lui venir en aide. Alors il a banqué. Mais il jure ses grands dieux qu'il n'est pas un dealer. Il n'a fait aucun bénéfice, et a juste dépanné Mélanie. Il réaffirme n'avoir jamais vu ce Paco avant la nuit tragique (sic), ce que je suis tenté d'admettre, vu que le balafré semblait effectivement ne pas connaître le cousin qui lui avait remis le fric…

— Et où as-tu trouvé une somme pareille en liquide, tête-de-nœud ? questionne Roykeau, reprenant du service.

— Ben… C'est pas facile à dire.

— Je sais, lui soufflé-je, pensant fortement à mon Antoine sous les verrous, les conneries, c'est plus facile à faire qu'à raconter.

— En fait, j'ai piqué le fric à mon père.

— Où ça ? gronde le commissaire de Chartres.

— Dans son coffre. Je savais qu'il avait un magot.

— Et ton père ne s'est aperçu de rien ?

Nicolas est plus mal à l'aise qu'un mec qui vient de chier dans son beau pantalon beige, gants beurre frais et bouquet à la main, juste au moment où rapplique le père de sa future fiancée.

— Si. Mais je lui ai fait croire à un cambriolage. Papa était absent, ce soir-là.

— Raconte. On adore les détails.

— J'ai cassé un carreau de la porte-fenêtre et abandonné le coffre entrouvert en laissant traîner un gant de chirurgien et un stéthoscope.

Je tique fortissimo.

— Tu as souvent un gant de chirurgien et un stéthoscope sur toi ?

— Mélanie me les a fournis. Paraît que c'est le matériel qu'utilisent les professionnels.

— Dans les bouquins d'Agatha Christie, peut-être, objecte Roykeau.

Dans ma grosse tronche, je me dis que la môme Mélanie avait bien préparé son coup pour faire carmer son cousin avec l'oseille de son oncle. Et ça signifie quoi, Éloi ? Qu'elle avait barre sur Nicolas. Qu'elle le tenait d'une manière ou d'une autre. Mais ce n'est pas cet aspect des choses qui me préoccupe en priorité.

— Ton père n'a pas porté plainte ? demandé-je.

— Non, admet le jeune homme.

— Pourquoi ?

— Je n'en sais rien.

Ce serait intéressant de poser la question à ce bon Jacquemart-André, qu'en penses-tu, Lulu ? Le sieur Godemiche se trouvant présentement au salon de la machine-à-bricole, porte de Versailles, le plus simple est de lui téléphoner sur son portable. Ce que je, après avoir soutiré son numéro à Nicolas. Je tombe sur sa ménagerie vocable (expression signée Béru) et lui demande de me joindre au plus tôt à la Vieille-Nave.

Je gamberge à toute vibure. On ne va pas se faire cuire une soupe en attendant que le vieux péquenot nous rappelle, non ? D'autant que je flaire son fiston mûr à souhait pour de brillantes confessions.

— Bon ! On va faire une perquise ! décidé-je tout à trac.

Je remarque dans les yeux de Nicolas un éclair de panique qui m'incite à pousser mon avantage. Je ne sais pas ce qu'il cherche à cacher, mais je te jure sur la vie de la concierge de la nièce de ta belle-mère qu'il planque un truc dans cette casbah.

Cette certitude attise mon nez de pointeur.

— On fouille tout ! De la cave au grenier !

— Vous avez un mandat ? s'insurge le garnement.

— Tu ne préférerais pas une mandale ? réponds-je, en brandissant à son encontre une dextre vindicative, comme l'écriraient certains de mes confrères que je ne dénoncerai pas afin de leur épargner une élection prématurée à l'Épidémie française.

Roykeau qui a pigé la manœuvre décroche le téléphone, un drôle de rictus aux lèvres.

— Bonne idée, la perquisition ! J'appelle des renforts.

Nicolas bondit et coupe la communication.

— Attendez ! Pas la peine d'ameuter la garde. Je sais pourquoi mon père n'a pas porté plainte.

— Précise ! le harcèle Bernard.

— C'est à cause des documents qu'il garde dans son coffre.

— Il est où ce coffre ?

— Dans la penderie de ma chambre.

— De ta chambre ?

— Avant, c'était la chambre de mes parents, mais depuis le décès de ma mère, papa s'est installé dans la chambre d'amis. Il ne supportait plus la pièce où maman était morte. Au contraire, moi, j'ai l'impression de la retrouver et de communiquer avec elle.

On ne s'attarde pas en larmoiements. On grimpe de conserve à l'étage, investit la piaule de Nicolas, vire quelques fringues de sa penderie et découvre le Fichet-Bauche.

— C'est quoi, le code ?

— 1.3.0.4. Maman est morte le 13 avril dernier.

Je tourne les molettes et déclenche l'ouverture du coffre. À l'intérieur, je ne déniche que douze mille francs, une poignée de louis d'or, trois montres suisses et un dossier médical accompagné de quelques clichés représentant une jolie femme d'une cinquantaine d'années. Je montre les photos à Nicolas.

— Ta mère ?

— Elle était belle, n'est-ce pas ?

— Beaucoup d'allure, en effet. Mais je ne vois pas les documents annoncés ?

— Dans un double-fond que mon père a bricolé. Vous permettez ?

Il plonge à son tour la main dans le coffre et la ressort presque aussitôt prolongée d'un Magnum 357 qu'il braque sur nous avec une promptitude dont je ne le soupçonnais pas capable. Comme son calibre pourrait traverser un char Patton avec David Douillet à l'intérieur, je m'empresse d'attraper le plafond avec les paluches. Roykeau obtempère avec autant de docilité. Dans l'état de fébrilité où il se trouve, ce jeunot n'hésiterait pas à nous arroser. Je sais lire la détermination dans la prunelle d'un individu. D'autant que je suis sorti aussi nu que le jour de ma naissance, c'est-à-dire sans flingue.

— Méfiez-vous, les duettistes ! glapit-il. J'ai failli faire partie de l'équipe olympique de tir. Je peux vous perforer les trous de nez sans toucher les narines !

Nicolas recule jusqu'à une commode dont il ouvre un tiroir sans cesser de nous tenir en respect. Il y récupère une épaisse enveloppe qu'il glisse à l'intérieur de son blouson.

Croyant déceler chez le fils Godemiche un instant d'inattention, Bernard Roykeau plonge la main sous son aisselle et sort son arme de service.

Plus vif encore que Jessie James multipliée par Billy-the-Kid, le jeune homme tire et le pétard saute de la pogne de mon collègue. Roykeau pousse un hurlement de douleur et s'écroule, la main droite ensanglantée.

— Je vous avais prévenus ! beugle Nicolas, au bord de l'hystérie.

Pour me dissuader de toute intervention, il balance le potage dans ma direction. Chaque bastos me rase de frais sans me blesser. Manifestement, cet enfoiré sait se servir d'une pétoire. Je plonge derrière le plumard pour me faire oublier. La porte claque façon vaudeville. Sitôt acquise la certitude que le tireur a quitté la pièce, je me précipite vers mon pote.

Le commissaire comprime de sa main gauche son poignet droit d'où le sang gicle dru.

— Ça va aller, Bernard ? m'inquiété-je.

— L'enculé ! Il m'a niqué la pogne…

Rassuré sur sa longévité potentielle, je ramasse son pistolet, ouvre la fenêtre et vise Nicolas qui cavale en direction d'un 4 × 4 japonais conçu pour faire le Paris-Dakar dans ton massif de bégonias.

Pas de pitié, je vais le flinguer aux pattes, ce petit gland. Je presse la détente, mais macache bono ! La balle du 357 a défoncé le magasin et le calibre de Roykeau affiche relâche. À l'instant présent, ce pétard m'est un peu moins utile qu'un pot de rillettes sans listeria.

Nicolas démarre son engin et se barre en virant la moitié des gravillons de la cour. Je sais que ce petit couillon n'ira pas loin, alors je m'occupe de mon collègue et appelle le Samu. Puis je lance un avis d'interception contre le véhicule du fuyard.

J'ai à peine raccroché que le bigophone grésille. C'est Jacquemart-André qui rappelle suite à mon message.

— Tu as essayé de me joindre, San-A. Qu'est-ce que tu fous chez moi ?

Selon ma bonne vieille habitude, je réponds par une autre question :

— Ton coffre a été forcé, le soir de la rave-party ?

— C'est Nicolas qui t'a raconté ça ?

— Pourquoi n'as-tu pas porté plainte ?

Le père Godemiche, n'étant pas la moitié d'un naveton, cesse le petit jeu des questions sans réponse :

— Ma nièce assassinée dans la même nuit, j'ai pensé que les flics avaient mieux à faire que d'enquêter sur un cambriolage, surtout pour des peanuts…

— 500 000 francs, tu trouves que c'est des cacahuètes ?

Comprenant que j'en sais plus qu'il ne veut bien me le dire, Jacquemart lâche du lest :

— Écoute, Tonio… Tu ne travailles pas pour le ministère des Finances. Tu ne vas pas me balancer aux polyvalents ? Alors à toi je peux l'avouer, ce pognon c'était des éconocroques qui avaient légèrement échappé au fisc…

Son ton est moins convaincant que celui d'un avocat défendant la liberté d'expression des femmes dans une république islamique. Je le contre aussitôt :

— Pas tant de salades, mon vieux. Je connais le turbin des agriculteurs d'aujourd'hui. Avec toutes les réglementations de Bruxelles, vous êtes dans l'impossibilité de détourner trois centimes. À moins que tu ne vendes ton maïs sur les marchés ?

Un long silence s'écoule avant que mon terlocuteur ne réplique :

— Tu veux que je te dise quoi ?

— La vérité. C'est-à-dire que tu as tout de suite compris que c'était ton fils qui avait engourdi le pognon.

— C'est vrai que j'y ai pensé, admet Godemiche father au bout de son portable.

J'enchaîne aussitôt :

— Il est à toi le 357 planqué dans ton Fichet ?

Cette fois, Jacquemart-André renifle la vraie daube.

— Oui, c'est à moi. Je le cachais dans un double-fond pour me défendre le jour où un zigoto m'obligerait à ouvrir mon coffre.

— Aujourd'hui, le zigoto, c'est moi.

Jacquemart pousse un rugissement.

— Nicolas n'a pas fait de connerie, au moins ?
— Non. Il a simplement tiré sur un commissaire de police.

*
* *

Roykeau est à l'hosto, hémorragie endiguée. Certes, il n'est pas près de jouer un concerto à quatre mains, mais il pourra encore se pignoler de la main gauche.

La jugesse[1] Annick Hatouva a estimé que le comportement de Nicolas Godemiche prouvait sans doute sa culpabilité dans une affaire de deal. C'était de l'argent ou de la drogue qu'il avait embarqué. Mais cela ne constituait en aucun cas un élément susceptible de lui faire prononcer la libération d'Antoine.

Je lui ai remis mon mouchoir imbibé du sang de Nicolas en lui conseillant de le faire participer à la tombola génétique. J'ai ajouté qu'un jour ou l'autre ma bite rencontrerait sa chatte. Elle ne m'a pas démenti. Et je suis rentré sur Paris, le cœur meurtri, l'honneur bafoué, l'âme démantelée. Un être me manquait en cette circonstance. Le plus rustique d'entre tous.

CHAPITRE SAUCISSE

(Petit hommage à Béru)

La rue des Bérurier est en plein émoi lorsque je me pointe : une camionnette de dépannage Darty garée en double file bloque la circulation.

Je planque mon Audi sur un berceau et me dirige pédibus vers l'immeuble du Gravos. Les chauffeurs klaxonnent, tempêtent, vectivent par les portières, tupèrent contre ces empêcheurs de rouler en cons. Un tomobiliste, lui infliger dix secondes de retard, c'est le pire outrage qu'il puisse subir. Ça le rend aussitôt voisin de l'hystérie.

1. La rime est riche avec peau-de-fesse.

Plus rien ne compte que cette immobilisation forcée. Il en oublie sa tronche de rat crevé, les pellicules qui neigent sur son blazer, les perfidies de ses collaborateurs, les brimades de ses chefs, l'ombre de l'A.N.P.E., son ulcère du duodénum, les ragnes interminables de sa mégère, l'explosion de la chaudière du chauffage central, ses économies investies en Eurotunnel, les préservatifs usagés découverts dans la chambre de sa gamine de douze ans, les bas jarretières qu'enfile son fils aîné pour sortir le soir et même, oui même, que sa sacro-sainte chignole doit passer la semaine prochaine au contrôle technique avec de fortes chances d'être recalée.

— Pourquoi vous gueulez comme ça ? lancé-je devant la Kangoo jaune et bleu, ils font leur boulot, ces mecs.

Tout juste si je ne me retrouve pas lynché haut et court. Voilà plus de quarante minutes que les dépanneurs bouchent la rue ! Qu'ils montrent le bout de leur nez et ça va être leur fête ! La vindicte des chauffards est sans pitié.

Peu me chalant[1] cet incident, je grimpe par volées de quatre les marches de l'escadrin béruréen.

L'huis (Mariano) étant entrebâillé, je m'abstiens de frapper et investis le capharnaüm qui tient lieu de hall d'entrée à ce couple d'exception. On y trouve tout, mieux qu'à la Samaritaine : une paire de pantoufles sentant la botte négligée, une botte de caoutchouc fleurant l'égout, une canne sans pommeau, un parapluie sans baleines, une casquette sans visière, un fauteuil sans accoudoirs, une chaise percée, un arrosoir crevé, un casier de bouteilles vides, un casier judiciaire plein, un pot de chambre patiné, un vase de Soissons, les œuvres incomplètes de Sang-en-Tonneau, une petite musique de nuit, un tiens, deux tu-l'auras, trois navets et un *Pater*, plus une patère austère à laquelle sont accrochées deux salopettes de dépanneurs Darty.

Un mugissement de guenon en gésine attire mes pas vers le salon où un spectacle de choix m'attend. En tout et pour tout vêtue d'un porte-jarretelles et de sa médaille de baptême, Berthe est allongée à plat ventre sur un grand barbu à casquette, lui-même étendu sur le dos à même le tapis, un authentique persan-beaumont du XVIIIe (tendance Marcadet-Poissonniers). Mais c'est le barbu, kilim, pas le

1. Ne sois pas surpris de ce participe présent, je viens juste de le terminer, il n'est pas encore sec.

tapis. Et il n'est pas le seul, puisque son collègue, un gringalet avec des bubons dans le dos, besogne sur la face nord, la plus charnue et rebondie de la dame Bérurière.

— Plus vite, les gars ! les encourage Berthe. Ça vient.

Je me racle la gorge.

— Hum, hum ! Je ne dérange pas, au moins ?

De saisissement, le maigreleux décule, m'avise et tente de masquer son bigoudi qui perd aussitôt de sa prestance et pique dangereusement vers le parquet.

— Ah ! C'est vous, commissaire, minaude la Gravosse sans cesser de s'agiter sur le barbu. Escusez mon négligé, mais j'étais en train de donner un pourboire à ces deux charmants garçons qui viendent juste de m'installer un nouveau lave-vaisselle. Et comme j'avais pas de monnaie…

— Je vous en prie, Berthe, finissez de distribuer vos étrennes.

B.B. réalise soudain que l'un de ses orifices est laissé vacant et tance vertement le déserteur.

— Eh bien, la crevure, qui c'est qui t'a permis de sortir de mon prose ?

Penaud, le Darty's man tente de se relancer à la manivelle, mais le moral n'y est plus.

— C'est l'arrivée de Monsieur qui m'a coupé la chique… s'excuse-t-il en me montrant du doigt.

Cela donne une très mauvaise idée à la Vachasse.

— Antoine, vous qui tendez sur commande, vous ne pourriez pas remplacer cet incapable au pied lavé ?

— Pardonnez-moi, chère amie, mais je n'ai pas demandé audience à votre dernier repas. Je ne suis pas venu me faire un gros cul, mais voir un gros con.

— Si c'est de mon homme que vous causez, il est pas là, il donne ses cours.

— Ses cours ? estomaqué-je.

— Sifflet ! Il enseigne le music-hall à la Maison de l'Inculture et de la Jaunisse de l'arrondissement, rue Saddam-Hossein[1], c'est à deux pas d'ici.

1. Dictateur éclairé du Marigny occidental qui a réussi à négocier un embargo perpétuel contre un lumbago chronique.

Béru prof de music-hall ? Cette pensée m'époustoubouriffe tandis que je m'évacue en souplesse.

— Eh, toi, le débandeur, gronde Berthaga hors champ, mets-moi au moins tes doigts dans le fion, qu'on en finisse !

*
* *

Je pénètre dans une petite salle de théâtre plutôt douillette, fauteuils de velours rouge et lumières mordorées. Côté public, six personnages en quête de hauteur, entourant un Béru plus rubicond que la lune, luisant comme un suppositoire qui aurait peu servi, et fringué d'une tenue de jogging sanieuse.

Sur la scène, une jeune fille en jupe plissée et chemisier brodé, blonde et plus gironde que les alentours de Bordeaux, se contorsionne à la façon d'un mime venant d'avaler un paratonnerre imaginaire.

Béru m'entrevoit, barre ses limaces labiales pour m'intimer le silence et me fait signe de déposer la plus noble partie de mon individu à ses côtés.

— C'est Magali, une surdouée, me chuchote le Gros en désignant la fille en scène. Mais j'ai l'impression qu'elle a un trou. Bouge pas, Tonio, j'vas aller lui souffler.

Il quitte son siège, escalade les marches qui mènent à l'estrade avec la suffisance d'un metteur en scène amerlock réglant les derniers détails avant sa première au Carnegie Hall. Il prend la place de la jeune artiste et lui intime l'ordre de suivre ses recommandations.

— Regarde bien, Magali, c'est tout simp'…

L'Hénaurme se concentre, ferme les poings, clôt les yeux et craque une louise à faire péter la galerie des Glaces. Près de moi, les autres élèves applaudissent.

— À toi, maintenant ! dit A.-B.B. à sa pouliche.

Mais Magali a beau se tortiller dans tous les sens, elle ne parvient pas à trouver l'écho. Soupçonneux, Béru glisse soudain la main sous la jupe de la jeunette et fourrage entre ses cuisses.

— Évidemment, c'est bouché, là-d'dans ! T'as encore bouffé du riz ! Je n'veux pas de constipute dans mon cours, c'est bien compris ?

Magali baisse les yeux et acquiesce, honteuse.

— Tu vas me prend' trois cuillerées d'huile de ricin tous les matins, à jeun, pendant huit jours.

Béru revient près de moi.

— Ces jeunes… On a beau leur z-y expliquer… Jean-Marie, c'est à toi.

Un grand type un peu voûté et doté d'un nez bourgeonnant prend à son tour place sur scène.

— J't'écoute ! dit Béru.

Là, c'est un festival. Le garçon lâche une perle digne des plus grands joailliers. Son pet dure deux minutes, modulé, presque harmonique. Je crois reconnaître la musique altière du *Régiment de Sambre-et-Meuse*. À la fin, c'est une ovation. Même le Gravos y va de son compliment :

— Ça, c'est du pet ! Y avait tout là-d'dans, la technique et la sensibilité. Bravo, mais si j'devrais pinailler, j'dirais quand même qu'la note finale déviait su' une touche graillonne d'mauvais aloi, Jean-Marie. J't'conseille deux comprimés de lactéol avant chaque cours, on n'est jamais assez prudent.

Plus docte qu'un prof d'université, Béru se lève pour signifier que la leçon est terminée.

— À la s'maine prochaine, mes chers élèves. Je vous rappelle cette règ' fondamentale : plus que vous serrez l'sphinx-à-terre, plus vos pets sont aigus, plus vous r'lâcherez vot' coquelicot, plus les notes sont graves. Mais attention aux graves, c'est c'qui fait la fortune des teintureriers.

Lorsque la troupe s'est dissipée, Béru daigne enfin m'expliquer :

— Tu connais Tibère Landoffi, l'député d'ma circoncision. On est devenus potes rapport que j'y ai arrangé ses affaires. Des lavedus lu cherchaient du suif comme quoi y f'sait voter des érecteurs bidon. On m'a chargé d'l'enquête et j'ai mis en terrine[1] ses listes électorables.

Alexandre endigue ma velléité de protestation. Ses arguments sont massues.

— Attends, San-A. ! Les mecs qui votent, qu'y soyent vivants ou morts, présents ou z-absents, ça change quoive, au bout du conte ? Toutes façons, y savent même pas pour qui y glissent le bulletin dans les burnes. D'puis, Tibère est opticien pour moi ! En remerciement

1. Entériner, veut dire Béru, je suppose.

d'mes services vomis[1], y m'a proposé c'job. Vingt mille par mois plus une carte du parti gratos. Alors j'm'ai fait porter pâle de la rousse, protestant d'une grippe intestine. Tu voudrerais pas qu'je passasse à côté d'une grande carrière politique, non ?

— Et tu enseignes quoi, au juste ?

— L'espression corporelle. C't un art dans l'air du temps. Comme je sus pas trop versatile dans la danse, la gymnastique et tous ces sports d'pucelles, j'm'ai rappelé de mon enfance. Dans c'temps, les pétomanes tenaient l'devant d'la scène. J'me souviens d'un qui t'interprétait *La Marseillaise* plus mieux bien que les cuivres d'la Garde républicaine. Si on y réfléchit, la pétomanie est tombée en mansuétude ! Reusement, certains hommes de devoir maintiennent la tradition. Mais ça reste confiné à la couche nuptiale. Il est temps qu'une nouvelle génération d'péteurs vienne prend' l'relais des anciens.

— Tu as sûrement raison, mon Béru.

L'Immonde entrevoit mon désarroi et son haleine de poivrot se transforme aussitôt en une bouffée d'amitié.

— Ho ! T'as pas l'air dans ton assiette, mon San-A. Attends, j'pose mon slip d'travail et on va s'en jeter un.

*
* *

On s'en est jeté plusieurs, t'avais pronostiqué, p'tit malin ! Béru commence a en avoir un sacré coup dans les galoches. Sa biture, il se l'est forgée main, toute au muscadet sur lie. Je l'ai escorté quant à la qualité du breuvage, mais en sautant deux tournées sur trois.

Nous avons suivi le chemin de croix de ses bistrots favoris et à chaque station Alexandre était accueilli tel le Messie. On a trinqué avec de nobles figures, patinées au beaujolais, lustrées aux anis, burinées au calva dégustation. J'adore le Paris des quartiers populaires. Il y flotte encore des relents de province. Et même si l'accent parigot est partout supplanté par le parler rebeu (ouais, ouais, tête de mort bouffon de keuf), cela n'altère en rien l'atmosphère de village. Du côté de Sousse, de Bejaia ou de Safi, on trouve aussi de bien jolis petits bleds.

1. Ne voulait-il pas plutôt parler de services « rendus » ?

Nous sommes justement attablés devant une montagne de couscous à peine moins élevée que le Djebel Mondo, le Gravos et moi. Il était temps que Bigzob éponge ses litrons de vinasse. Il s'enfile tout à tour seize merguez, deux poulets, le collier d'un agneau tout entier, ses deux épaules et son plus beau gigot, une cargaison de semoule, le tout poussé par trois litres de gris de Boulaouane. Sur les légumes, en revanche, Sa Majesté boude un peu, affirmant qu'il déteste bouffer pour rien.

Repu, ventru, congestionné, il balance une myriade de rots sonnants et trébuchants qui n'est pas sans évoquer une gerbe d'étoiles filantes.

— Tu ne pètes plus ? m'étonné-je.

— Ah, non ! Ça m'rappelle le boulot.

Il s'éponge le front avec sa serviette, barbouillant celui-ci de grains de couscous et de gras de merguez, pousse un soupir hautement chargé de remugles divers et avariés et me fixe droit dans les yeux. Son regard est celui d'un phacochère en rut en proie à une indigestion de fourmis géantes.

— T'sais, me dit-il, j'bois, j'mange, mais j't'écoute.

— C'est vrai qu'il n'y a qu'avec les oreilles que tu ne te goinfres pas.

— Bon, j'résume la situation, attaque-t-il, après avoir fait signe à Mohamed d'ouvrir une nouvelle boutanche. Ton Antoine finit majordome de sa promotion et désintègre la rousse. Bienv'nue au clube ! Pour fêter ça, y va faire l'guignol dans une partie de rave organisée par Mélanie Godemiche, une potesse à lui. Tout s'déroule sans concombre jusqu'à ce que la môme soye retrouvée scrafée dans un fossé, les légumes intimes ablationnées et les nichons taillés au scooter.

Béru marque une pause, le temps de s'expédier un glass de rosé dans le corgnolon.

— Jusque z-à présent, rien de grave, sauf pour la Mélanie, poursuit-il. Mais voilà que c't étourdi d'Antoine a paumé su l'lieu du crime sa gapette avec son blaze écrit dessus comme sur le Port-Salut. Y t'met au parfum et tu pointes ton museau du côté de Chartres, là où ce qu'on fait un pâté de volaille et gibier dont je te recommande particulièrement. N-à propos, tu prendrerais pas une pâtisserie orientable, Tonio ?

— Sans façon, mais ne te gêne pas.

Béru se fait apporter une corbeille chargée de desserts dont le plus léger est constitué d'amandes et de fruits confits frits dans de l'huile d'arachide, enrobés de miel et saupoudrés de sucre glace. Il dévore quelques-uns de ces délices de calife avant de reprendre :

— Tu rencont' Mathilde, la belle-doche à Mélanie, une nymphowoman qui d'vrait raffoler d'mon braque, à l'occasion. Elle t'apprend que d'puis la mort d'son mari dans un accident de chiasse, sa belle-fille pétait les plombs et passait son temps à faire la java et à s'bourrer les naseaux. Le fils du contremaît' d'la ferme, un demeuré du cervelet… Comment qu'y s'blasent, déjà, ces deux-là ? Je m'souviens plus trop, j'ai dû m'assouplir quèques secondes pendant que tu racontais.

— Le père s'appelle Aimé et le fils Martial.

— Banco ! Le débilos t'lance su la chaude piste d'un certain Paco, dis-l'heure de haut viol, avec son Q.G. à Rome, la cité des popes où-ce que tu l'traques. Antoine t'ayant filoché vous v'faites cravater par le balafré. Comme v's êtes pas des manches à cul, vous réussivez à lui échapper et y passe sous un autobus.

— Un tramway ! rectifié-je.

— On va pas chipoter pour si peu. Tu rent' de Rome en ayant acquéri la certitude…

L'Ignoble est saisi d'un doute :

— Ça se dit, acquéri ?

— Certains le disent, oui.

— Ce serait pas mieux acquéssi ?

— Peut-être, admets-je pour ne pas le contrarier.

Rasséréné, Béru continue :

— Tu as donc acquéssi la certitude que Paco n'a pas tué Mélanie. En revanche par cont', le cousin Nicolas était mouillé dans le trafic de dope, vu qu'y avait ciglé un big pacson recta et en liquide.

— Bravo pour cette analyse.

— Et c'est pas tout, reprend le Mastard stimulé par ce satisfecit. À peine que t'es d'retour de la cité des dodges, Annick Hatouva, jugette[1] d'introduction, agrafe ton mouflet et lui fait passer son examen. À l'heure actuelle où nous mettons sous presse, Antoine est en cabane à la maison d'arrêt de Chartres.

1. La rime est riche avec roupette.

— Je suis sûr qu'il est innocent…

— Moi, j't'croive, mais qu'est-ce tu veux, y paye les pots cassés par ses parents biotoniques !

Nouvelle rincette de l'arrière-gorge et Béru revient au résumé de mon enquête.

— N-ensute, avec le commissaire Roykeau bien connu des services de police vu qu'il en fait partie, vous v'rendussez chez Nicolas. L'garçon avoue avoir carmé la dette de sa cousine en chourant l'pognozof dans l'coffiot d'son père, Braquemart-André.

— Jacquemart !

— Lui-même. Seulement voilà qu'l'jeunot vous braque avec un magnum qu'était même pas de Champagne, blesse le Chartré et s'casse avec une grosse enveloppe. Là-dessuce, comprenant qu'la présence de ton Béru préféré d'venait indispensab', tu rappliques et nous sommes là, à boire de conserve pou' le meilleur et pou' le Pirée, c'qu'est la marque indébile d'une véritab' amitié.

Afin de me témoigner ladite amitié, il m'attrape par le cou, mais dans le mouvement, sa bedaine entraîne la nappe en papier et je me prends la saucière d'harissa sur la braguette. Tu pourrais croire que je viens de violer un pensionnat de vierges certifiées conformes.

L'Ineffable se morfond en excuses, selon sa propre expression, et la serveuse s'empresse de m'embarquer vers les toilettes pour réparer l'outrage à mon bénouze, elle frotte avec tant d'énergie, la mignonne, que la séance de nettoyage se termine en levrette au-dessus de la cuvette des chiottes avec ablutions finales à grands coups de chasse d'eau. À présent, la fermeture Éclair de mon futal est enrichie de nouveaux motifs qui ne sont pas sans rappeler la course de l'escargot après une longue averse. Le romantisme de la situation ne t'aura pas échappé, j'espère.

Lorsque je le rejoins, Béru est dans tous ses Étretat (comme il se plaît à le dire), Mohamed, le patron du couscous'house, vient de lui apporter le téléphone sans fil de la casbah et le Gros s'explique avec une Berthe déchaînée. La Baleine ne lui reproche pas les treize bistrots visités pour l'apéritif, mais d'avoir effectué ce parcours du combattant sans même la convier. Alexandre-Benoît rétorque qu'elle devait aller au cinéma avec Alfred, le coiffeur. Ce à quoi Berthe réplique qu'après une livraison Darty, on n'a plus besoin d'aller au cinoche. De bonne composition, Béru admet et s'excuse platement pour ce malentendu. N'empêche qu'il ne pige pas trop pourquoi Berthaga l'a traqué jusqu'en ces ultimes retranchements berbères.

C'est là, vieille pomme, que ton San-Antonio réintègre le devant de la scène. Figure-toi que le commissaire Roykeau a tenté de me joindre cent mille fois sur mon portable, mais mon Nokia, après vérification, est plus déchargé que le dernier facteur qui s'est pointé chez Berthe. Flic jusqu'au bout des ongles de sa main valide, Nanard a fini par obtenir mon bigophone de Saint-Cloud où on lui a conseillé d'essayer chez les Bérurier.

Big Pomme me tend le combiné car sa rombière veut me causer. La voix gluante de la Vorace s'insinue dans mes esgourdes :

— Je tenais à vous informer, commissaire, qu'aussitôt après votre départ, le petit maigre a retrouvé la forme et qu'il m'a limé le derche tant et si mieux que j'ai joui du cul. V'voyez c'que vous avez raté ?

— J'ose espérer que ce n'est pas pour me narrer vos orgasmes anaux que vous vouliez me parler, très chère Berthe ?

— Méchant ! susurre-t-elle. Tu sais bien que je suis toute à toi, de fond en comble, de la cave au grenier, du sol au plafond 24 heures sur 24, 7 jours sur 7, 392 jours par an ! C'est quand tu veux où tu veux…

— Qu'a dit le commissaire Roykeau ? m'impatienté-je.

— Que vous deviez le rejoindre de toute urgence à l'hôpital de Chartres. Chambre 69, je pouvais pas oublier un tel numéro.

— Merci.

— Je vais me toucher, là maintenant, tout d'suite, rien qu'en pensant à vous, Antoine.

— Lavez-vous les mains avant ! conseillé-je en raccrochant.

*
* *

Dans la série scoumoune, mon Audi S3 bi-turbo mayonnaise, que j'avais garée devant une porte casher (celle du rabbi du quartier), a été enlevée par la fourrière. Pas le temps d'aller la dédouaner chez les racketteurs de la maison Bourdille. On embarque donc à bord de la Citron de Béru, une DS 21 flamboyant neuve qui vient tout juste de remplacer sa Onze légère et légendaire.

Minuit carillonne lorsqu'on déboule à l'hosto de Chartres. La nuit y est tranquille. On ne déplore que quelques accidents de la circulation, un règlement de comptes entre beaux-frères de vin, la fracture du bassin d'un mec ayant sauté en parapente du dernier étage de son H.L.M. après avoir fumé les géraniums de sa voisine de palier. Le train-train, quoi.

Il faut montrer patte blanche pour arriver jusqu'à la piaule de Roykeau tant l'effervescence poulardine est vive en ce lieu réputé calme, paisible, mortel à l'occasion.

La paluche bandée du commissaire a triplé de volume et sans le goutte-à-goutte qui lui distille du sirop de bonheur, mon collègue jonglerait copieux. Il met quelques secondes à me reconnaître et s'attarde sur Gradubide.

— Salut, Bernard. Je te présente mon second, l'inspecteur Bérurier.

Roykeau vote au Gravos un regard admiratif.

— Alors c'est vous, Queue-d'Âne ?

Alexandre rosit sous l'effet de la flatterie.

— Faut rien exagegérer… J'ai connu des ânes qui me dépassaient de quéques centimètres. Pas la majorité des bourricots, j'le con-fesse.

Je décide de recentrer le débat :

— C'est pour mesurer nos bites que tu nous as fait venir en pleine noye ?

Roykeau a l'œil luisant et le front perlé de sueur. M'est avis que pour l'instant l'infection mène deux à zéro contre les antibiotiques, mais on n'est qu'au début du match.

— Un nouveau crime, San-A. ! souffle-t-il, exténué.

— Précise ! l'exhorté-je.

— Aussi horrible que celui de Mélanie.

Ses paroles me font un drôle d'effet. Un peu comme lorsque tu débarques en un lieu inconnu qui te semble étrangement familier.

Pour ne rien te cacher, je m'attendais à un truc de ce style. J'étais même certain que d'autres meurtres identiques à celui de la petite Godemiche allaient se produire incessamment sous peu. Tu sais pourquoi ? Parce que ce genre de crimes sordides sont toujours le fait de serial killers. Et par définition, un tueur en série ne frappe jamais qu'une seule fois.

— Raconte !

— Une jeune fille éventrée, ablation des organes, les seins lacérés, le même rituel, quoi !

— Où ça ?

— Dans un petit bois de la région. Pas très loin de la ferme du Pinson-Tournan où a eu lieu le premier meurtre. C'est le médecin de Bourg-Moilogne qui a découvert la fille. Le corps a été transporté à la gendarmerie de ce village. L'un de mes adjoints, le lieutenant Deport, se trouve encore sur place.

Mon âme est partagée entre deux sentiments. La détresse de n'avoir pu arrêter le coupable avant qu'il ne récidive et la joie à l'idée que ce nouvel assassinat innocente mon Antoine puisqu'il est au ballon.

Je souhaiterais l'opinion de Béru sur ce coup de théâtre, mais autant demander son avis à une platée de tripes à la mode de Caen. Le Goret s'est endormi sur le second lit, narines et sphincter béants, les unes et l'autre libérant le trop-plein de ses miasmes digestifs.

Je m'adresse donc à son voisin de grabat :

— Je vais m'occuper de cette nouvelle affaire, Bernard. Mais je compte sur toi pour demander à la juge Hatouva la libération de mon fils dès les premières lueurs de l'aube.

— Ce ne sera pas la peine, marmonne Roykeau sans gaieté de cœur, Antoine s'est évadé hier en début d'après-midi.

Deuxième partie

SUZIE

CHAPITRE SCEPTRE

(Où Antoine se révèle être le roi de l'évasion)

Petit retour en arrière de quelques heures...

Peu après le départ de son père du palais de justice, une fourgonnette de police vint prendre livraison d'Antoine pour le transférer à la prison de la rue des Lys.

Junior était abattu. Il refusait ce sort qui s'acharnait contre lui. Tout en descendant l'escalier de marbre, encadré, menotté, infamé[1], il réalisa que l'esprit san-antonien circulait dans ses veines en lieu et place d'un sang dont il reniait l'origine. Il repéra le seau et la serpillière abandonnés par une personne de ménage convoquée de toute urgence aux cagoinsses pour cause de melonite aiguë, et se prit volontairement les pinceaux dedans.

Sa chute fut spectaculaire. Il déboula un demi-étage tête par-dessus cul, cul par-dessus tête.

« Ce serait un cas rare que sur ce marbre le prisonnier ne se fût pas rompu le cou… », songea l'un des flicards, plus intelligent que la moyenne des moyens.

Pas le cou, pas le nez, pas le bec, alouette, mais la cheville. C'était un moindre mal. San-Junior souffrait d'une vive entorse et paraissait incapable de marcher.

On fit venir une turbulence diesel pour l'emmener à l'hôpital. Aux urgences, un interne demanda d'un ton pète-sec qu'on retirât

1. Mes pairs de l'Académie se tâtent encore pour accepter ce terme. Mais comme il n'y a pas grand-chose à tâter…

les menottes au blessé. On allongea Antoine sur un chariot et le laissa poireauter selon l'usage une demi-plombe dans un couloir fraîchement repeint à la pisse de malades. Personne ne s'occupant de lui, Junior eut envie de se dégourdir les guibolles et s'aventura sans boitiller la moindre dans la salle des ambulanciers.

Il enfila une blouse blanche qui traînait sur un siège et poursuivit sa déambulation.

Devant la porte des admissions, les policiers grillaient peinardement des clopes pour tuer le temps, comme si le temps ne nous tuait pas assez ! Ils n'avaient pas à s'inquiéter : pour sortir des urgences, le prévenu était obligé de passer devant eux.

C'est exactement ce qu'il fit, quelques instants plus tard, au volant d'une ambulance, pin-pon et girophare en batterie.

« Encore un carton sur l'autoroute A10 ! » songea l'un des flicards moins intelligent que la moyenne des moyens.

Se référant aux panneaux indicateurs, Antoine se rendit à la gare de Chartres, rangea ostensiblement son véhicule en double file et courut acheter un billet pour Paris qu'il composta en toute hâte, car le train n'allait pas tarder à démarrer. Il grimpa dans un wagon désert, retira sa blouse, la fourra sous un siège en laissant dépasser un long pan. Puis il ressortit par la porte côté voie et se fondit dans la nature.

Toute la volaille du cru penserait ainsi qu'il avait regagné la capitale. Ce n'était pas dans ses projets. Il voulait retourner dans les plaines de Beauce où son instinct l'attirait.

Comment se déplacer rapidement sans attirer l'attention ? Le train, le car, la location de voiture lui étaient interdits. Voler une bagnole ? Pourquoi pas ? Il avait parcouru en cachette le dossier de ses parents biologiques. Eux n'auraient pas hésité à braquer une caisse. Mais Junior se voulait différent. C'était son obsession.

En passant devant un magasin de sports il eut la révélation.

*
* *

Il est une plombe du mat' lorsqu'on arrive à la gendarmerie de Bourg-Moilogne, le Gravos et moi. Le lieutenant Deport nous accueille, prévenu qu'il était par son chef, suivant l'admirable tournure mise au point par Thierry Toutafait. Le gars se fend d'un salut militaire que Béru, pas encore débeurré, lui rend en fourrant un doigt dans sa braguette.

Nous arrivons à point nommé car les mecs de l'Identité judiciaire sont en train de charger la victime dans un fourgon.

— Aucun papier, vêtements anodins, visage, seins et ventre saccagés, la fille ne va pas être facile à identifier ! explique Deport.

— Le visage aussi ? m'étonné-je. Ce n'était pas le cas de Mélanie.

— Cette fille s'est débattue. L'assassin lui a écrasé la tête avec une grosse pierre.

Il se tourne vers ses sbires.

— C'est bon. Vous pouvez embarquer le corps.

— Un instant ! crié-je.

Crois-moi, le spectacle de ce cadavre atrocement mutilé ne sera jamais monté au Casino de Paris. Je dois mobiliser tout mon courage et endiguer une gerbe véhémente pour le contempler. Un détail attire mon attention : la couleur des cheveux de la victime. Malgré l'obscurité ambiante, la boue et le sang qui la souillent, la chevelure de la fille s'impose dans des dominantes rousses. J'observe son visage. Un Picasso sanguinaire lui a refait le portrait. On ne sait plus où se trouve l'œil gauche par rapport à la bouche, au nez et à l'autre œil.

Surmontant ma répulsion, je fais basculer la morte sur le ventre et soulève les lambeaux de sa jupe pour découvrir ses fesses. J'attrape la torche d'un des policiers et en braque le faisceau sur le haut de la cuisse droite.

« Bingo ! » m'exclamé-je en aparté, ce qui ne fait guère de bruit.

Cette tache de vin ressemblant à l'Australie en miniature, je l'avais remarquée tandis que la gamine grugeait le mollusque de sa patronne.

La suppliciée n'est autre que Suzie, la petite bonne de la ferme du Pinson-Tournan. Mais cette info, je la garde pour ma pomme, jusqu'à nouvel ordre.

*
* *

L'adjudant Delait nous a concocté un café de première bourre. Outre trois grains d'arabica, il a fait bouillir les chaussettes de la gendarmerie, plus un ou deux caleçons, pour renforcer le côté robusta. On s'extasie. Béru, refaisant surface, réclame un coup de gnôle. Panique à bord. L'alcool est théoriquement prohibé en ces murs. Mais un gendarme se remémore une saisie chez un bouilleur de cru pas trop franc du collier et fonce à la cave.

Dix minutes plus tard, le Mastard est à nouveau pété comme un coing et moi j'entreprends le lieutenant Deport. Parce que j'ai besoin de consigner les éléments d'une enquête pour bien m'en pénétrer, je les note de façon lapidaire sur l'un de mes petits carnets. Je t'ai déjà parlé de cet inépuisable stock qu'on a retrouvé dans le grenier, Félicie et moi, après la mort de Papa. On n'a jamais su à quoi pouvaient lui servir ces calepins, surtout par caisses de cent ! Un jour ou l'autre, un journaliste plus naleux que les autres les décrétera « culte » ces carnets où j'aurai griffonné les bases de ma modeste prose. Aujourd'hui, ce qui survit plus de trois mois dans la mémoire connective est baptisé « culte ». Série culte, chanson culte, film culte, tout est culte, même les troudus.

— L'heure du crime ? bille-en-tête-je.

— Selon le toubib, lorsqu'il a découvert le corps, la fille venait tout juste de mourir. Mais comme c'est un alcoolique notoire, il faudra attendre l'avis du légiste, récite Deport en flic consciencieux.

— L'heure de la découverte ?

— Dix-huit heures trente.

— Donc bien après que Nicolas eut tiré sur votre patron et se fut enfui ?

— Sans vouloir me glorifier, commissaire, je me suis tenu le même raisonnement.

— Aucune piste, de ce côté-là ?

Deport fait la moue.

— Rien ! Le 4 × 4 du fuyard n'a été signalé nulle part. C'est comme s'il s'était volatilisé au milieu de la Beauce.

Centrer ! Toujours centrer ! Au foot, au rugby et dans une enquête. C'est dans le noyau que se trouvent les forces vives d'une cellule, d'un jeu, d'un être.

— Revenons à hier soir, centré-je-t-il donc. Le médecin du village découvre le cadavre de la fille dans un petit bois. Bien. Que faisait-il dans ce petit bois ?

— D'après ses déclarations, une envie pressante l'a poussé à s'arrêter, précise Deport. Ce bosquet est le seul entre Chartres et Bourg-Moilogne. Il a été baptisé « Gratte-Merde » par les autochtones.

— Je vois. Le toubib s'arrête, dégrafe son bénouze… et après ?

— Des phares l'aveuglent, surgissant du néant, poursuit le lieutenant avec un sens incontestable de la dramaturgie. Un véhicule qui déboulait de l'intérieur du bois a obligé le médecin à plonger dans les broussailles.

— Vous avez relevé des traces de pneus ?

— Rien de significatif. Le sol est gelé et marque peu… À mon avis, c'est l'assassin que le docteur a croisé.

Je hoche la tête, pensif.

— Oui. À moins que ce médecin ait menti. Où est-il ?

— Chez lui, suppose le flic, commençant à déconfire.

— Vous l'avez laissé repartir ?

— Eh bien… Il a reçu un bip d'urgence… Ce toubib exerce dans la région depuis vingt-cinq ans… Je lui ai demandé de venir faire sa déposition demain matin au commissariat de Chartres.

— Vous avez bien fait, admèche, car il m'arrive parfois de ne point être cruel.

Manière de me certifier son allégeance, Deport m'aide à charger Béru à l'arrière de sa poubelle et me fournit l'adresse du médecin témoin. Tandis que je m'installe au volant du tas de boue, je pose au jeune flic la question qui me taraude :

— Dites-moi, lieutenant Deport, vous vous prénommez Franco, j'espère ?

— Affirmatif, commissaire ! dit le type en rosissant d'émotion. Comment avez-vous su ?

— Une intuition.

*
* *

La baraque du toubib est une fermette de briques et de broc située à la sortie de la bourgade. Sur l'un des pilastres (en pierre ponce) une plaque de cuivre mentionne : « Docteur Albert Collot (Al, pour les intimes) Ex-interné de la Faculté de Setaire. »

Le portail n'est pas fermé, aussi le poussé-je et m'aventuré-je dans le jardinet. J'ai préféré laisser Béru sur la touche. À demi éveillé, le Goret effectue des gammes sonores et odorantes qui, grâce à une déchirure judicieusement disposée dans le fond de son pantalon, marquent au pochoir les banquettes surmenées de sa vieille Citroën.

J'avale les trois marches du perron d'une seule foulée. Je m'apprête à presser la sonnette mais constate que la porte d'entrée de la cagna est plus ouverte qu'une moule explorée par l'appendice du Gravos. Pareille circonstance ne me dit rien qui vaille. Je dégaine mon feu et progresse dans la maison à la seule lueur de la mini-torche planquée dans la poche revolver de mon slip. Je parcours un bref corridor, une salle d'attente habitée par un philodendron galeux et la reproduction d'un clown de Buffet à peine meilleure que l'original, puis je pénètre dans le cabinet médical.

Et là, mes enfants, je suis accueilli par un squelette vert fluo qui m'arrache un gloussement de stupeur. Je tâtonne à la recherche de l'interrupteur et donne la lumière. Spectacle grand-guignolesque, le corps du toubib se trouve debout, coincé à l'intérieur d'un appareil de radioscopie remontant aux premières règles de Marie Curie.

Je manœuvre l'engin pour dégager le cadavre qui s'effondre à terre, récupérant une position plus confortable pour un macchabée. Je le pubodorais, Al Collot est le médecin qui pansa naguère le museau de Nicolas escagassé par mes soins. La mort a transformé la couperose de ses joues en une horrible mantille verdâtre. En guise de cadeau Bonux, une hache fend son crâne en deux comme une bille de bois. Je ne peux m'empêcher d'évoquer Martial, le fils du contremaître de la ferme où officiait Suzie, frappant tel un mulet à grands coups de cognée. Seulement tu l'imagines, toi, ce gol, installant sa victime derrière la plaque de la radioscopie ? Ce genre de mise en scène est l'œuvre d'un sinoque, sans doute, mais pas d'un débile.

Je musarde dans le cabinet sans dénicher d'indice intéressant. L'assassin a manifestement pris soin d'effacer toutes traces de son passage. Un clignotement rouge attire mon attention. Il provient d'un répondeur. Un seul message, émis à 18 h 55, soit moins d'une demi-heure après la découverte du corps de la fille par le docteur. L'annonce du toubib signale que l'appel sera relayé sur son bip. Puis une voix nasillarde se fait entendre : « Ici, les pompiers de Verneuil-Debronze, on vous amène un type qui s'est fracturé le bras en tombant d'un fraisier. » Sur le mort, je dégotte le bip et le numéro de cet appel. Il ne me faut pas plus de trois minutes pour découvrir que le coup de fil n'émanait pas d'une caserne de sapeurs, mais d'une cabine téléphonique plantée à moins de cent mètres de chez le docteur Collot.

Je sors mon inéluctable calepin et note mes premières conclusions. De toute évidence, le médecin a croisé la voiture de l'assassin de Suzie. Cet assassin l'a vu et a craint d'être reconnu. D'où ce coup de fil pour l'éloigner au plus vite des flics.

Une pensée me hante. Le toubib connaissait-il la rouquine ? En farfouillant dans ses dossiers, je découvre que la petite bonne le consultait régulièrement depuis plusieurs mois. Est-il possible que Collot ne l'ait pas identifiée ? L'ivresse perturbe les réflexes et la réflexion, mais pas le sens de l'observation !

Alors pourquoi n'a-t-il pas révélé aux autorités le nom de la jeune fille ? Comme moi, pour garder une longueur d'avance sur les flics ? Ou pour négocier avec celui ou celle qu'il estimait coupable de cet horrible meurtre ?

Un entretien avec la pétulante Mathilde s'impose, non ?

CHAPITRE HUÎTRE

(Parce qu'on est dans les mois en « r », Bébert)

Cette fois, la bétaillère de Béru est devenue irrespirable, signe qu'il a recouvré toutes ses facultés.

Avant de quitter l'habitacle, il palpite des narines, dubitatif.

— J'croive que j'sus tombé sur un pois chiche pourri ! affirme-t-il.

— C'est ta ventraille qui est pourrie, gros sac ! tonné-je en m'extrayant de sa guinde.

— Possib', admet-il loyalement.

Il fait quelques pas dans la cour, broyant les gravillons sous son tonnage. Une lune gibbeuse et froide comme un clitoris de Lapone darde des rayons blêmes sur le magnifique ensemble de la ferme du Pinson-Tournan.

— Putain ! éructe le Mastard, elle sent pas l'pâté, cette turne. C'est Berthaga qu'apprécillerait de viv' dans un décor commac !

— Ni coiffeur, ni livreur, ni taureau ! Elle se ferait tarter, ici, ta Gravosse.

Quelque part dans les viscères d'un bâtiment, un corniaud se met à aboyer. « Ta gueule ! » lui intime la voix de son maître. Comme le clébard persiste dans ses vociférations, deux ou trois coups de fouet le rangent à la raison : « Kaï-kaï-kaï !!! »

Brouhaha bienfaiteur que nous mettons à profit pour crocheter la serrure de la maison principale. Inutile de sortir de Polytechnique pour piger que la baraque a été sérieusement visitée. Pas un siège qui ne soit éventré, pas un objet qui ne soit réduit en morceaux minuscules, pas un tableau qui n'ait été démonté, lacéré. Attila en personne aurait jugé ce saccage « hun peu too much » !

— Quel bordel ! grommelle l'Ignoble, en avisant les décombres.

Je te rassure tout de suite, on ne dégauchit aucun macchab' sur place ! Mais j'ai franchement du mal à entraver ce que venaient faire ces vandales dans la maison de Mathilde. La mort de Suzie est-elle liée à cette razzia ? Il y a un truc qui m'échappe…

Poussé par son instinct de retriever, Alexandre-Benoît déniche une boutanche de vodka échappée au massacre. Il la déponne et s'en octroie une forte lampée (d'où ça ?).

— Pouah ! Dégueulasse et tiédasse…

— Attends, le réconforté-je, je vais essayer de trouver deux verres et des glaçons.

La cuisine devait être plutôt smart, mais il n'en reste plus grand-chose. L'évier a été descellé, la cuisinière évidée, la porte du frigo désossée. Pour la glace, on est chocolat. Le frigidaire martyrisé est en plein dégivrage. Je jette machinalement un œil à l'intérieur. Trois tranches de jambon en perdition, un croûton de gruyère qui lance des S.O.S., deux rafles de raisin racornies et une cannette de bière éventée… le tout ruisselant de flotte. Je vais pour rebrousser vers le salon lorsque mon regard tombe sur le compartiement freezer. Les glaçons ont fondu dans les deux bacs. Je les vire sans ménagement car il me semble que dessous…

Je grattouille du bout des ongles et racle un rectangle de bristol glissé dans une pochette de plastique souple.

Je secoue le tout au-dessus de l'évier et fais signe à Béru de rappliquer.

— Viens voir, gros !

Il contemple la photo d'un œil atone qui s'enlubrique à vitesse grand V. L'image montre Mathilde, nue, à quatre pattes, tandis que son neveu Nicolas dans le même appareil la chevauche à la cosaque.

— Voilà ce que cherchaient les mecs ! ricane Béru. Et si y z-avaient pas niqué l'frigo, on n'aurait pas trouvé non plus !

La gravité de mon faciès enraye la jubilation de l'Immonde.

— Réfléchis, A.-B.B., pas les mecs, le mec ! Qui avait intérêt à retrouver ce cliché ?

— Nicolas ! reconnaît le Pachyderme qui débiture aussi vite que son ombre.

— Banco ! Il était l'amant de la seconde femme de son oncle…

— Et joliment même, apprécie Bérurier en contemplant à nouveau la photo. Moive, j'y aurais trituré le berlingot putôt qu'de laisser traîner ma pogne sur l'plumard. M'enfin, on peut pas tout savoir à c't âge-là.

Je ne me laisse pas démonter par les digressions de l'Ineffable.

— Mélanie les surprend, les photographie. Elle montre le cliché à Nicolas avant de le planquer dans le freezer. À partir de ce moment le cousin doit en passer par ses quatre volontés, sinon elle balance tout à Jacquemart-André. C'est sous cette pression que Nicolas a dévalisé son père et payé la drogue à Paco-le-Balafré.

— Je dis pas le contraire, poursuit Verrat-Cruz, obsédé par la photo, n'empêche que moive j'y aurais mis un doigt dans l'oigne, à la belle-mère, ça agrémente.

Un bruit de moteur puissant et velouté met fin à nos enculubrations. C'est Mathilde qui rapplique à bord de sa Lamborghini. Je l'accueille sur le pas de la porte. Elle est à peine surprise de me voir au milieu de la nuit.

— Bonsoir, madame Mathilde, dis-je en la gratifiant d'un baisemain entre moelleux et liquoreux.

— Il y a un problème ? se rebiffe-t-elle.

— Vous avez déjà vu des flics venir en pleine nuit annoncer de bonnes nouvelles ? lui soufflé-je à l'oreille.

En guise de réponse, je lui plante le cliché compromettant devant les yeux.

— La petite garce, elle nous épiait.

— Et elle faisait chanter Nicolas. Vous aussi, je présume ?

— Jamais, je fais ce que je veux de mon cul et elle le savait bien.

— Nicolas est donc votre amant.

— Était ! rectifie la femme. Il ne l'est plus depuis la mort de mon mari.

— Pour quelle raison ?

Elle hésite à peine.

— Parce que ce petit con l'a assassiné !

— Z-en n'êtes sûre et certaine ? réagit Béru, jaillissant de l'ombre.

Mathilde est déstabilisée devant ce gnafron concupiscent.

— Il voulait que l'on vive tous les deux, mais moi, je ne tenais pas à quitter mon mari, réplique-t-elle. Alors, quand Léonard a été tué au cours d'une partie de chasse, je me suis dit que…

Ça coince au niveau de la confession. Un petit coup de pouce me paraît indispensable.

— … que Nicolas avait flingué son oncle ?

— J'en suis persuadée et je n'ai plus jamais eu de rapport avec lui.

— Cet après-midi, où étiez-vous ? questionné-je.

— À Metz !

— Quelle idée ? s'étonne l'Innommable.

— Voir ma mère. Le directeur de l'hospice m'a fait prévenir qu'elle était au plus mal.

Je flaire instantanément l'arnaque.

— Et votre mère se portait comme un charme ?

— Un vieux charme, mais elle se portait bien, admet Mathilde.

— J'ai pigé ! braille Béru en se grattant les roustons, signe chez lui d'une proche miction. Nicolas vous a éloignée pour fouiller la casbah et récupérer la photo. Mais il a fait chou blanc.

— Comment ça ? s'inquiète la femme, nous bousculant pour investir sa maison.

Je juge le moment prématuré et j'endigue sa fougue.

— Et Suzie, où était-elle aujourd'hui ?

— Le mercredi, c'est son jour de congé. Elle en profite pour faire du jogging.

— Où ça ?

— Du côté du petit bois. Pourquoi ?

Un bruit de cataracte captive son attention. Elle pousse un cri d'or frais en avisant Béru soulageant sa vessie contre la porte d'entrée.

— Non, mais je rêve ! Ce gros porc est en train d'uriner sur mon perron !

— Oui, mais si vous voyiez avec quoi, Mathilde ! plaidé-je.

Folle de rage, elle se précipite, découvre la chopine du Gravos et tombe à genoux devant.

— Oh ! mon Dieu, la belle lance ! Permettez que je l'engame ?

— C't-à-dire qu'j'ai pas t't à fait fini.

— C'est pas grave… glllblllglll ! rétorque la nymphe, gargouillant mieux que la fontaine de Trevi.

*
* *

Tout debout sur le perron, qu'il emmanche la Mathilde, mon Béru. Il a juste fait glisser son grimpant et l'effroyable calbute qui colle après, entre jambons et jambonneaux, à la pliure des genoux.

Il faut une fois dans sa vie avoir vu le dard de Sa Majesté coulisser dans la foune d'une donzelle pour bien comprendre le rôle du piston dans le cylindre d'un moteur à explosion.

Ce spectacle devrait être inscrit au programme des écoles de mécanique appliquée.

Jupaille et chemisier retroussés en bourrelet sous le cou, Mathilde hurle de plaisir et ses beuglements se répercutent dans la cour carrée.

— Vvvvvvvvouiiiiiii ! s'égosille-t-elle. Casse-moi le cul ! Défonce-moi ! Pète-moi le prose ! Fais-moi éclater la charnière…

— T'en veux ? gronde le Mastard. Tu vas en avoir, salope !

— Tu le sens comme le con de la rivière poisse ? insiste la fulminante fermière, grande amatrice de David Lean au demeurant.

Béru grasdouble d'ardeur. Je crains même que son membre démesuré ne traverse l'abdomen de sa partenaire. Mais elle est souple, Mathilde, et sa viandasse intime a déjà connu d'impitoyables outrances.

— Tu voyes, me jette un Béru extatique, c'qui m'fait surtout bander avec c'te bourgeoise, c'est l'impression d'jouer un remarque d'*L'Amant de Lady Châtelet* !

Quelque part dans la ferme, le corniaud se remet à aboyer et une lumière s'éclaire au premier étage du bâtiment nord. Les mugissements de la mère Godemiche s'intensifiant autant que les grognements porcins du Gravos, je m'éloigne discrètement de ce lieu de turpitudes.

Mes pas m'emmènent vers la loge où s'entasse le bois pour l'hiver. Je bascule le bouton d'un commutateur gros comme un mamelon de Berthe et la lumière est. Il a dû s'acharner sur son billot, le Martial, car la pile de bûches s'est allongée d'au moins dix mètres depuis ma première visite. Un bon ouvrier a toujours de bons outils, me répétait Félicie quand, écolier, je rongeais mes crayons et déchiquetais mes gommes. Alors Simplet doit être un bon bûcheron car ses haches sont parfaitement entretenues. Manche ciré, cognée huilée, elles sont alignées par rang de taille contre le mur en une impeccable panoplie. L'une des haches, la seconde en partant de la plus petite, brille par son absence, comme l'écrivait si joliment un auteur à insuccès dans son dernier roman consacré à Sainte-Thérèse-du-Bouddha.

J'ai la certitude qu'elle se trouve actuellement fichée dans le crâne du toubib de Bourg-Moilogne.

Une bise glaciale souffle sur la plaine, me portant les échos de la joute salace qui se déroule sur le perron. Avis à la copulation, Mme Mathilde n'est pas loin du fade. Ses gémissements sont ceux d'une laie voyant son fils aîné devenir marcassin grand veneur.

Je cligne des paupières car une bourrasque plus virulente que les autres m'a expédié une brassée de paille et de poussière au visage. Je constate que cette paille s'échappe de sous l'immense porte à double battant d'une grange. Je l'ouvre. Le vent, en s'engouffrant, envoie claquer un vantail contre le mur tandis que l'autre se rabat violemment sur moi.

J'évite la charge et peine à fixer les deux battants avec les crochets étudiés pour. Je dégotte le second mamelon de Berthe (on s'en fout d'attraper l'aréole), et allume une rampe de néons chassieux et chiasseux.

Ce local sert à entreposer les gigantesques rouleaux de paille concoctés par les moissonneuses modernes, terminators agricoles capables de rouler un arpent de céréales comme un vulgaire paillasson. Un truc me frappe illico, l'une de ces colossales bobines, celle d'où s'évadent les fétus qui ont attiré mon attention, a été déplacée. Elle se trouve très en avant des autres balles.

Tu comprends que l'envie me prenne de voir ce qui se passe derrière ? Seulement, ce n'est pas avec une fourche que tu déménages la paille, aujourd'hui. D'antan, les costauds du village soulevaient à bout de bras des gerbes plus lourdes qu'eux. Ô tampax ! Ô morback ! comme dit le proverbe.

C'est à l'aide d'un fenwick, bon petit diable des temps modernes, que je manœuvre le rouleau. Et là, devine ce que je découvre derrière, bien niché entre les autres meules ? Un 4 × 4 japonouille, celui-là même qui permisit à Nicolas de nous faussasser compagnie hier après-midi ! Le lieutenant Franco Deport se trompait. Ce véhicule ne s'est pas volatilisé, il s'est empaillé.

Comme je ressors de la grange, la gueule d'un fusil de chasse s'applique contre mon front. Le canon de l'arme est suivi d'une crosse, elle-même pourvue d'une détente sur laquelle un doigt est crispé. Ce doigt appartient à une main prolongeant un bras relié à un tronc assez logiquement surmonté d'une tête qui ne m'est pas inconnue.

— Bonsoir, Aimé, articulé-je.

— Vous, commissaire ?

— Moi.

Le contremaître abaisse son arme et pousse un long soupir.

— C'est pas une heure pour visiter une ferme…

— Il n'y a pas d'heure pour ce genre de découverte, dis-je en lui montrant la japonaiserie-quatro. Donnez-moi votre fusil.

Avant de me tendre sa carabine, Aimé la casse pour me montrer qu'elle n'était pas chargée. J'apprécie le détail à sa juste valeur.

— Je crois qu'une explication est nécessaire, mon vieux. Que fait la voiture de Nicolas dissimulée sous ces tonnes de paille ?

N'importe quel mec accablé, t'as remarqué, baisse la tête. L'humain partage avec la bête de somme l'art de courber l'échine quand une force s'impose à lui.

— Monsieur Nicolas savait la vérité…

— À propos de quoi ?

— De la mort de son oncle.

— Léonard ? Le mari de Mathilde ? le harcelé-je.

Aimé ne peut réprimer un sanglot.

— La balle qui l'a tué, c'est Martial qui l'a tirée ! Accidentellement, bien sûr. Il m'avait chipé mon fusil. Il voulait participer à la battue…

Le type s'accroche à mon revers, le visage inondé de larmes.

— Martial est un garçon costaud. Il ignore que son mental n'est pas à la hauteur de ses muscles ! Si les flics avaient su… ils l'auraient fait interner. Je ne voulais pas qu'on me le prenne ! Sa mère nous a quittés le jour où elle a appris qu'il n'était pas tout à fait normal. Il est heureux avec moi, je vous assure !

D'un geste ferme mais courtois, je me dégage du contremaître.

— Calmez-vous, Aimé. Personne ne vous retirera votre gosse, je vous le promets ! Seulement… il faut que vous m'aidiez !

— Je suis prêt à tout pour garder mon fils, lâche-t-il, la gorge nouée.

L'homme me regarde. Je sens qu'il est sincère.

— Après avoir caché le 4 × 4, vous avez prêté votre voiture à Nicolas ?

Aimé hoche son pauvre visage en signe d'assentiment.

— Quel type de véhicule ?

— Une Clio blanche.

— Je commence à comprendre… Nicolas vous tenait, et vous avez été obligé de lui obéir.

L'insurgeance[1] du contremaître est telle qu'il me saute à la gorge :

— Je vous interdis de proférer de pareilles ignominies ! hurle-t-il.

Je suis contraint de lui aligner une tarte pour le ramener à la raison. Il se confesse alors complet. Il est formel, je fais fausse route. Nicolas n'a jamais exercé de pression sur lui, bien au contraire. S'il avait dénoncé Martial, il se serait innocenté aux yeux de Mathilde et ne l'aurait pas perdue pour toujours. Mais jamais ce jeune garçon n'a eu la tentation de trahir le secret.

— Je le connais depuis qu'il est haut comme ça. C'est un garçon bien.

— Il a quand même tiré sur un flic, objecté-je.

— Il était terrorisé à l'idée que son père puisse découvrir sa correspondance.

— C'est ce qu'il emportait dans sa grosse enveloppe ?

— Les lettres de Mathilde, oui. Personne ne les retrouvera jamais. Je les ai brûlées moi-même. Maintenant, vous pouvez m'arrêter,

1. Les Agagadémiciens ont paumé ce mot dans l'oubliette de leur mémoire. Désolé !

commissaire, mais je vous jure que je n'ai jamais rien fait de mal. Et mon Martial encore moins, à part une maladresse avec mon fusil.

Sautant du coq à l'âne, je demande à Aimé où pourrait bien se trouver la hache manquant à la collection.

— Il y a longtemps que je l'ai prêtée.

Il regrette aussitôt d'avoir mouftè trop vite.

— Prêtée à qui ? insisté-je.

— À Nicolas, l'hiver dernier.

Un cri de jouissance éperdue traverse la cour, déchiré, suppliquant, magistral, prolongé d'un râle interminable de goret égorgé. Il ne fait pas dans la dentelle, mon Béru, quand il prend son panard.

*
* *

C'est à bord du 4 × 4 nippon-ni-mauvais de Nicolas que nous nous rendons au château de la Vieille-Nave, la limousine du Gravos ayant refusé de démarrer pour cause de froidure.

— Tu voyes, me dit Béru en s'étirant sur le siège passager, les deux victimesses sont des filles d'la campagne. À mon avis, on a z-affaire à un céréales killer[1].

— D'accord avec toi, opinel-je. Avec une nuance, cependant : les serial killers frappent une catégorie de filles bien précise, mais au hasard. Ici, le meurtrier s'acharne sur un même microcosme. Comme s'il voulait punir les femmes de son entourage.

— Pas d'accord ! réfute le Mastard. Au cours durant la partie d'rave, le céréales killer repère la Mélanie. Il la massac', mais il a également aussi flashé sur la Suzie. Y r'vient hier pour lu' faire sa joie d'viv ! Logique !

— Illogique ! laguiolé-je, ce qui est le contraire d'opineller. Suzie se trouvait aux Seychelles le soir de la rave-party. Or, celui ou celle qui l'a tuée savait que le mercredi la rouquine allait faire son jogging vers le bois Gratte-Merde.

— Conclusion ?

— On va réveiller Jacquemart-André.

— L'dab à Nicolas ? questionne Béru. Tu penses que…

— Je pense qu'il sait peut-être où se trouve son fils.

1. Dans son érudite méconnaissance de l'anglais, Alexandre a confondu « serial » et « céréale ». Mais il m'a offert le titre de ce remarquable ouvrage. Merci Béru !

— Et toi ? Tu sais au moinsse où c'qu'y s'trouve, le tien ? fait cruellement l'Implacable.

*
* *

Nous pénétrons phares éteints dans la cour d'honneur gravillonnée du château. Tout est calme, sombre et serein. Il me semble apercevoir une lueur furtive faisant miroiter un instant l'une des lucarnes au dernier étage de la bâtisse.

— Tu as vu ? demandé-je à Béru.

— Quoi t-est-ce ?

L'effet de mon imagination ? Un éclat de lune ou d'étoile polaire sur une vitre ?

— Rien, gros, une vague impression.

On tambourine à la porte principale. Tu me feras remarquer qu'à trois plombes du mat', on se situe bien en deçà et delà des heures légales. Mais la légalité de mes actes m'importe moins que leur légitimité.

D'ailleurs Jacquemart-André, en pyjama de soie, nous accueille à bras ouverts. Il dégaine sur-le-champ une bouteille d'armagnac d'un millésime remontant à Napoléon III. Inutile de te dire que Sa Majesté est sensible à cet honneur rendu tant à son ascendance[1] qu'à son alcoolisme chronique. Ça trinque tous azimuts. Mieux vaut donc poser les questions pendant qu'on peut encore espérer des réponses.

— Mon cher Godemiche, sais-tu que Suzie, la bonne de Mathilde, est morte ?

— Sida ! pronostique le châtelain-fermier.

— Et le docteur Collot aussi.

— Cirrhose !

— Assassinés ! Tous les deux ! Et peut-être par ton fils.

Cette fois sa désinvolture s'effrite comme un mur belge. Il s'attrape la tête à deux mains.

— J'étais sûr qu'il s'était embringué dans un mauvais coup, soupire-t-il.

Béru lui tend son glass.

1. N'oublie pas le sacre de Béru dans l'inoubliable *Napoléon Pommier* !

— Tiens, mec, bois ! C'est pas quand on a des soucis qu'y faut s'arrêter d'picoler.

J.-A. avale une gorgée, machinalement.

— Il vaut mieux que je déballe mon sac, dit-il d'un ton pitoyable.

— On t'écoute, l'incité-je.

— La rumeur court que Nicolas a tué mon frère Léonard, mais à mon avis quelqu'un le tient et le fait chanter. C'est pour ça qu'il a piqué dans mon coffre.

— Et qu't'as pas porté plainte ? poursuit Alexandre-Benoît.

— Exact. Ça expliquerait aussi pourquoi il s'est enfui après avoir tiré sur votre collègue.

Je laisse passer un ange dont le vol est délicatement escorté par une escadrille de la Louf-tant-que-ça signée Béru.

— Il est vrai que Mélanie exerçait une pression sur ton fils et c'est pour régler un deal de coke qu'il lui a refilé ton pognon. Mais ce n'est pas lui qui a tué ton frère, ni volontairement, ni même accidentellement.

Requinqué par mes paroles, Jacquemart-André brandit son verre et lance son fameux cri de ralliement :

— Ça s'arrose !

— Santé ! brame le Gravos.

Moi, comme se plaisait à le souligner ma grand-mère paternelle, quand j'ai quelque chose dans la tête, je ne l'ai pas ailleurs.

— As-tu une idée de l'endroit où pourrait se cacher Nicolas ?

— Pas la moindre. Il a beaucoup de relations, mais pas d'amis. Je crois que le seul type sur qui il puisse compter, c'est Aimé. À part moi, bien sûr.

— Si par hasard il te contactait, hasardé-je, tu me préviendrais ?

Le colosse éclate de son rire tonitruant.

— Bien sûr que non ! Tu ne me vois quand même pas balancer mon propre fils, même si c'est un petit glandeur ? Non… Je lui conseillerais de se constituer prisonnier avant de commettre l'irréparable.

— S'il ne l'a pas déjà commis, souligné-je perfidement.

— Non. Nicolas n'est pas un tueur. Avec son adresse, s'il avait voulu vous descendre, Roykeau et toi, ça ne faisait pas un pli.

— À quelle heure es-tu rentré de Paris, hier ?

— Vers vingt heures.

— Tu es passé par l'autoroute ?

— Évidemment.

— Tu dois pouvoir présenter le ticket de péage, alors ?

Il hausse les épaules.

— J'en sais rien. En général, je le balance.

Je tords le naze.

— Après mon coup de fil t'apprenant que Nicolas avait tiré sur un flic, tu n'es pas rentré précipitamment ? m'étonné-je.

— J'ai appelé le préfet, répond Jacquemart, d'un ton indolent. C'est un copain. J'ai rendez-vous demain matin avec lui pour évoquer l'affaire.

— En rentrant, tu n'as rien remarqué de spécial, du côté du bois Gratte-Merde ?

— Si. Une voiture de gendarmerie.

— Ça ne t'a pas étonné ? le harcelé-je.

— Pourquoi ? Dans la maréchaussée on chie comme tout le monde.

— Je te trouve bien peu concerné par ce qui se passe autour de toi, maugréé-je. Ça ne t'intéresse pas de savoir comment Suzie est morte ?

— Pas spécialement.

— Éventrée ! Comme Mélanie.

— C'est son problème…

Godemiche liquide son verre cul sec et me sourit.

— Je vais te faire une confidence, San-A., depuis la mort de ma femme, les événements glissent sur moi mieux que l'averse sur le plumage d'un canard.

Jacquemart-André affiche brusquement un impressionnant coup de bambou. Son faciès devient livide, ses mains tremblent et son corps est animé d'incontrôlables vibrations. Idem notre premier entretien.

— Dis donc, y tient pas le litre, ton pote ! s'indigne Béru.

— Épilepsie.

Je cherche dans les poches de Jacquemart et trouve sa tablette de médicament. L'ayant vu faire par son fils, je lui fourre trois pilules dans la gueule et presque aussitôt son agitation s'apaise.

— Normalement, il va récupérer, expliqué-je au Gros. Tu le veilles. Moi, je vais faire un tour du propriétaire.

L'œil plus brillant qu'une météorite s'abattant sur la tour Eiffel un soir de feu d'artifice, l'Infernal me désigne la boutanche d'armagnac.

— Pas de souci, mec ! On est deux infirmières à son chevet !

Poussé par mon démon-gardien, je ne puis m'empêcher d'aller reluquer dans les étages, du côté de la lucarne qui m'a fait de l'œil lorsque nous sommes arrivés. J'emmanche plusieurs escadrins, me fiant à mon sens suraigu de l'orientation, et débarque dans un grenier devant une porte bouclée à double tour. Tu n'as pas oublié les vertus de mon sésame, toi mon fidèle que j'aimais déjà inconstant ? Clic, clac, et la bobinette rend l'âme.

Je pénètre dans une pièce ménagée sous un comble brisé qu'un auteur moins sourcilleux du détail aurait appelé une mansarde. J'allume ma torche de calbute et la promène autour de moi. L'endroit me déçoit car il est plus vide que ta dernière pensée du jour. En revanche, je suis surpris par la propreté des lieux. Pas une toile d'araignée, pas une crotte de mulot, pas une chiure de mouche, pas un grain de poussière. On croirait que le ménage est fait tous les matins dans ce vieux galetas, alors que les corridors qui y conduisent font penser à la partie la plus sordide d'un train fantôme ou du musée des Horreurs.

La lucarne d'où il m'a semblé voir danser une loupiote est close. Je l'ouvre en grand pour évacuer l'odeur de renfermé un peu âcre et fétide de l'insolite pièce. Je me demande si ce grenier ne servirait pas de refuge à quelqu'un.

Je jette un œil dans la cour. Mes quinquets s'accoutumant à l'obscurité, je remarque une silhouette qui tourne autour du 4 × 4 de Nicolas.

Je referme silencieusement la fenêtre et bondis dans les escaliers. M'appuyant sur la rampe, je dévale les marches à la vitesse d'un bobsleigh lorsque le prince de Moncaca pousse par-derrière.

Au salon, ces messieurs ont entonné le grand répertoire. J'entends Jacquemart bramer le plus élégant couplet des *Cent Louis d'or*.

Au premier relais sur la rouououououte
Nous descendîmes promptement
Au cul, il faut que je te fouououououte
Ne pouvant te foutre autrement.

L'organe béruréen, viné à souhait, reprend en canon :

Ne pouvant te foutre autrement
Je t'enculai toute la nuiiiiiiiit.

Je jaillis hors du château et les flonflons de cette gracieuse mélopée s'estompent tandis que je cours dans les graviers. Oyant ma cavalcade, le rôdeur, pas manchot côté réflexes, grimpe dans la bagnole et démarre. Je suis vraiment un lavedu, car j'ai laissé les clés flotter sous le volant. Une gerbe de caillasse me fuse à la poire et l'engin s'esbigne façon Ariane 5 vers la sortie de la cour.

Putain d'Adèle ! Je ne vais pas me laisser niquer cette chignole une seconde fois ! Je reluque alors la BMW triple-hémorroïde-culbutée de Godemiche garée à deux jets de sperme de là, et l'investis avec la délicatesse de la division Das Reich pénétrant dans Oradour-sur-Glane. Hélas, ce grand con, lui, a empoché ses chiave et sa bagnole de deux tonnes ne m'est pas plus utile qu'un haricot de mouton. Force m'est de regarder le 4 × 4 me tirer un pied de nez avec son pot d'échappement, ce qui, tu en conviendras, est plus insultant (du Maroc) qu'un bras d'honneur.

Les pistes, les fausses pistes et les culs-de-sac s'entrecroisent avec opiniâtreté dans cette enquête, non ? Je m'y sens aussi à l'aise que le Minotaure dans le labyrinthe de Dédale. Mon moral est à peu près celui d'un mec qui poireaute depuis dix minutes devant la porte des chiottes d'un « trois étoiles Michelin », se demandant si sa gonzesse n'est pas en train de changer le filtre de sa Marlboro rouge, ce qui nuirait gravement à la santé de ses projets culiers.

Je quitte la guinde et lorsque je claque la portière, un petit rectangle de papelard danse comme un papillon dans la nuit. Je le chope avant qu'il n'atteigne le sol et le déchiffre. Il s'agit du reçu acquitté en carte bleue, attestant que Jacquemart-André a franchi le péage de Chartres hier soir à 19 h 48. Ce qui est conforme à ses déclarations et prouve qu'il est arrivé dans la région bien après les meurtres de Suzie et du docteur Albert Collot. Dont acte.

Plus morose que le jour où ta femme t'a crié « Plus fort Lucien » alors que tu t'appelles Gilbert, je me dirige vers l'entrée du château. Je bute sur un objet que je ramasse. C'est un roller d'un genre très perfectionné. J'active le pas et regagne au plus vite le salon.

Mes zèbres en sont à *La Pompe à merde*, romantique ritournelle dont les paroles fusent d'un Godemiche à la limite du hors-jeu :

... Et pompons-la gaîment
Et envoyons faire foutre ceux qui sont pas des frères
Pompons la merde et pompons-la gaîment
Et envoyons faire foutre ceux qui sont pas contents.

— T'es nul ! proteste Béru. La seule chanson qui vailliasse la peine qu'on s'fasse péter le lynx et toutes les cordes vocables, c'est les *Matelassiers* !

Cardons, cardons,
Nous sommes les matelassiers...

C'est le moment pour moi d'intervenir, car lorsque Bibendum attaque cette chanson, ça veut dire qu'il a dépassé la cote d'alerte.

Je pousse une beuglante de barreur d'aviron :

— Hé ! Ho !

Le tandem de poivrots me considère en papillotant de leurs paupières plus légères que des cormorans après le passage de l'*Erika*.

— C't à quel sujet ? savonne Béru.

— De ça ! gueulé-je, en agitant le roller comme une pendule.

— Héhéhé ! Marrant ! fait Jacquemart.

— Pourquoi ?

— Hier soir, en rentrant... J'ai vu un jeune mec qui roulait sur des machins pareils. Mais il en avait deux !

— Comme moi ! rajoute l'Immonde, plus bourré que chez Bourré.

— À quel endroit ? demandé-je, irrité de l'intervention du Gros.

— Pas loin d'ici, précise Godemiche en s'efforçant au sérieux. Il fonçait presque aussi vite que moi.

— T'es sûr que t'as pas eu une hallucination collective pour toi tout seul ? s'étonne le Mastard.

— Non ! Il portait un sac à dos. Je me suis dit que ça devait être un bûcheron...

— Un bûcheron ?

— À cause des haches !

— Quelles haches ? insisté-je.

Jacquemart-André frictionne sa barbe naissante.

— Il me semble qu'il trimbalait des haches dans sa sacoche.

*
* *

Le lendemain matin, un garago du coin est venu changer la batterie de la DS de Béru à la ferme du Pinson-Tournan et nous avons pu rallier le commissariat de Chartres.

En homme courageux, Roykeau avait déjà regagné son bureau. Sa main blessée ressemblait à un coussin de pianiste et sa mine affichait le hâle d'un Pierrot tuberculeux.

Lui et son adjoint Deport nous ont fait le point de l'enquête. Un seul des trois spermes trouvés dans le corps de Mélanie a pu être identifié. C'est celui de…

Mais laissons passer une page de publicité.

*
* *

Je t'ai fait chier, là, hein ? Et pourtant, il ne t'a pas fallu plus de cinq secondes pour sauter d'un paragraphe à l'autre. Alors t'imagines à la télé quand tu dois t'appuyer la météo qui t'annonce de la chiasse pour le restant de tes jours, le tirage du loto dont t'as perdu le billet, le résultat d'un tiercé que t'as pas joué. Et la pub pour le parfum de la gonzesse qui vient de te plaquer.

Lis San-A. ! Je suis de tout cœur et j'te fais pas cocu.

Le sperme ? C'est celui de Nicolas.

Copulation consentie ou viol ? Il faudra le démontrer !

Autre information : Suzie, elle, n'a pas été violée. On lui a simplement démoli le portrait, déchiqueté les nibards et sucré les légumes.

Un petit détail : les flics ont établi la preuve que mon fils n'avait pas quitté Chartres. Un cheminot l'a vu sauter du train pour Paris et gagner le centre-ville.

Paquet cadeau : la vendeuse d'un magasin de sport affirme que mon Antoine lui a acheté une paire de rollers.

Elle est pas belle, la vie, quand elle s'en mêle ?

Troisième partie

JULIETTE
(LE RETOUR ET SA FIN)

CHAPITRE VEUF

(Histoire de donner le ton funeste de ce chapitre)

Juliette Blondeau, assise dans le noir, frissonna en voyant surgir sur l'écran le visage terrifiant de Scream.

Elle sentit une main lui frôler la cuisse et ne put réprimer un hoquet d'angoisse.

— N'aie pas peur, Juliette, chuchota une voix rassurante. C'est moi.

— Nicolas ! s'exclama la jeune fille, en se tournant vers son voisin.

— Chut ! Retrouve-moi aux toilettes.

— Mais… le film ?

— Tu as déjà vu le 1 et le 2. C'est toujours pareil… Un vieux copain, ou un cousin, qui s'affuble du masque. J'y vais. Je t'attends.

Il s'éloigna dans l'obscurité, ombre plus angoissante encore que le héros fantasmatique qui s'agitait sur la toile blanche. Juliette hésita un instant puis se leva à son tour et rejoignit Nicolas. Elle le trouva plus beau que jamais, fort de cette arrogance qu'elle prenait pour de l'assurance.

— Qu'est-ce que tu as au nez ? demanda la fille.

Nicolas sourit en caressant son sparadrap.

— Je me suis battu avec un flic.

Émerveillée, Juliette lui donna un baiser furtif sur la joue.

— Et tu t'es enfui ! J'ai lu ça dans la presse.

— Tu ne vas pas me dénoncer ?

— Jamais ! Mais comment tu m'as retrouvée ici, dans ce cinoche ?

— Je me suis mis en faction à Saint-Jean-Nivers, devant la ferme de tes parents. J'ai vu partir ta petite Saxo… C'était qui, le type que tu emmenais ?

— José, le commis à mon père.

— De ton père ! ne put s'empêcher de rectifier Nicolas. Tu couches avec lui ?

— Tu déconnes, c'est un Portugais !

— Tu sais que les Portugais se laissent pousser la moustache pour ressembler à leur mère ?

— Il n'a pas de moustache, répondit Juliette, réfractaire à l'humour.

— Je t'ai vue le déposer dans la banlieue de Nogent-le-Rotrou et je t'ai suivie jusqu'ici, poursuivit Nicolas.

— C'est quoi, ton problème ? demanda la gamine.

Nicolas embrassa Juliette avec fougue et avec la langue.

— Il faut que je me planque, dit-il en reprenant son souffle.

— Et tu comptes sur moi ?

— Tu es la seule personne au monde qui puisse m'aider.

Juliette était une fille ravissante, brune tendance « aux-burnes », comme dit Béru, avec des yeux noisette qui donnaient envie de rencontrer son écureuil. Elle avait tout juste dix-neuf ans. Et ne fêterait jamais ses vingt ans[1].

— Tu veux que je fasse quoi ? questionna-t-elle.

— J'ai abandonné ma voiture dans un parking. Tu vas m'emmener chez toi et me cacher dans ta ferme le temps que mes affaires s'arrangent, O.K. ?

— O.K. ! Viens, on va passer par l'issue de secours.

— Attends ! J'aimerais que tu me fasses une petite pipe, comme dans le bon vieux temps…

Nicolas obligea la fille à s'agenouiller.

— Regarde, le cadeau que j'ai pour toi…

— Elle est en forme, admit Juliette, mais on pourrait nous surprendre.

*

* *

1. Tu le sais déjà, si tu te souviens du début de ce livre somptueux.

Martha avait préparé une blanquette de veau, sa spécialité. Juliette l'avait aidée à émincer les oignons et couper les carottes. Selon son habitude, Anatole était rentré tard, après avoir soigné les bêtes et accompli les rudes tâches qui étaient son lot quotidien. Avant de passer à table, il avala d'un trait un pastis presque sans eau et déboucha la bouteille de cidre qui accompagnerait son souper.

Juliette avait toujours su profiter de son statut de fille unique. Ses parents la couvaient avec plus de soins qu'un œuf de dinosaure. Elle leur rendait cette affection en les considérant comme des rescapés du paléolithique. Le conflit des générations n'est pas grave lorsqu'il s'échelonne sur des millénaires.

Après le repas, elle attendit qu'Anatole et Martha fussent couchés, que sa mère commençât à gémir (Blondeau ne badinait pas sur la bagatelle) pour retourner à la cuisine. Elle emplit une gamelle de blanquette et la couvrit de riz. En ajoutant une demi-baguette et un litre de rouge, Nicolas serait rassasié.

Juliette trottina jusqu'à la grange où elle avait installé son copain dans le plus grand secret. Elle fut surprise de ne point l'y trouver. Sans doute avait-il profité de la nuit tombante pour aller se dégourdir les jambes. Elle lui avait pourtant recommandé la plus grande prudence, car son père bourlinguait dans la ferme à toute heure. Elle déposa la pitance sur un cageot et ressortit, tracassée. Elle fit quelques pas en direction de la colline, contourna la mare à purin, déclencha les grognements des cochons qui somnolaient dans les stalles de la porcherie. Elle s'apprêtait à rebrousser chemin lorsqu'un craquement dans son dos la fit sursauter.

Juliette se retourna en poussant un cri de surprise. Elle eut l'impression de se retrouver dans l'horrible scène du film qu'elle avait vu l'après-midi même.

— Arrête de déconner, Nico ! souffla-t-elle.

Elle n'eut pas le temps de préciser sa stupeur. Une douleur violente lui arracha un hurlement et une main puissante s'appliqua sur sa bouche tandis qu'un poignard l'éventrait.

*
* *

— Juliette Blondeau, une gamine de dix-neuf ans, ablation des ovaires et de l'utérus, les seins lacérés… Toujours le même rituel.

— Où ça ? demandé-je à Roykeau.

— Dans le Perche, à Saint-Jean-Nivers, une petite commune proche de Nogent-le-Rotrou. Le père a découvert sa fille au petit matin, au bord de son champ.

— Des agriculteurs, aussi ?

— Oui, mais pas du même niveau que les Godemiche. Quelques vaches, des cochons, une basse-cour… la petite exploitation familiale.

— Je ramasse Béru et j'arrive, conclus-je avant de raccrocher.

Mes narines explosent lorsque je déboule chez le Gravos. On jurerait que la pompe à merde de sa chanson vient de dégazer dans les parages. Je me précipite à la fenêtre et l'ouvre en grand. Je m'apprête à vilipender le misérable, mais en constatant son abattement, je sursois à mon ire.

— Ça ne va pas, gros ?

— Pire encore !

— Qu'est-ce qui t'arrive ?

Alexandre-Benoît largue une ultime louise, sans conviction.

— Mon patron, l'député…

— Tibère Landoffi ?

— Il est en taule. J'serai jamais payé pour mes cours. Et pourtant, j'répétais fort, crois-moi !

— Ah, ça ! admets-je en évitant de renifler.

— Va falloir que j'rempile chez les matuches, soupire le Mastard.

— Ça tombe bien, parce que j'ai besoin de toi !

*
* *

C'est avec mon Audi, enfin ex-fourriérée, que nous regagnons la maison Parapluie de Nogent-le-Rotrou. Le commissaire Lémiche nous reçoit avec les égards dus à notre harangue. Sont également de la partouze Roykeau et sa paluche enrubannée, plus son adjoint Franco Deport. Ces messieurs ont effectué les premières constatations d'usage, mais ils m'ont habilement délégué le soin de diligenter l'enquête. Je leur en sais gré.

Pour la première fois de sa vie, l'immonde Béruroche, plein de vague à l'âne, s'excuse après avoir lâché une perlouze.

— ’mande pardon, j’récitais !

Très vite, on passe aux choses sérieuses. Lémiche débouche une bouteille de champ’ qui piétinait dans le frigo et Deport nous fait un rapport circonstancié de la situation. Je vais te la faire brève, car je sais que tu dois aller tirer la blondasse rencontrée avant-hier dans le métro. Ne proteste pas, j’y étais. Je t’ai vu lui frôler les miches à l’occasion d’un freinage un peu brutal. Comme elle a eu l’air d’apprécier, tu lui as franchement carré un doigt dans l’oigne. Je ne t’en fais pas grief, mais ce n’est pas une raison pour ligoter mes bouquins à la va-vite.

En résumé : Juliette Blondeau a été massacrée, mais pas violée, idem la ravissante Suzie. Mélanie, elle, a connu plusieurs rapports sexuels la nuit de sa mort, cependant le viol n’est pas établi. Ces éléments nous incitent à penser que notre serial killer, même s’il efféminé[1] ses victimes, n’obéit pas à des pulsions sexuelles.

Autre élément d’importance, la Clio blanche d’Aimé, empruntée par Nicolas, a été retrouvée à Nogent-le-Rotrou, c’est-à-dire tout près du lieu de ce nouvel assassinat.

Quant au 4 × 4 de Nicolas, les flics de Saint-Quentin-en-Yvelines l’ont débusqué dans la cour d’une H.L.M. voisine du R.E.R.

Mes collègues se perdent en conjonctivite, car je ne leur ai pas dit que selon toute vraisemblance, c’était Antoine qui avait chouré la caisse japonaise dans la cour de la Vieille-Nave. Comme n’importe quel père lambda, je suis rassuré à l’idée que mon fils a certainement regagné la capitale et qu’il ne saurait être compromis dans le meurtre de la malheureuse Juliette.

Tu vas voir que j’ai tort de me réjouir.

*
* *

La ferme des Blondeau est occupée par une escouade de képis lorsque nous débarquons. Un gradé nous salumilitarise d’importance.

— Maréchal des logis Dalors ! se présente-t-il.

Sa qualité de chef se lit sur sa moustache drue comme un balai de chiottes et dans son regard de fouine enfumée au fond d’un terrier.

1. Du verbe « efféminer », contraire d’émasculer.

Le bourdille nous escorte à travers le modeste domaine qui se compose de trois bâtiments disposés en U. Au centre un corps d'habitation à colombages colombinés par les pigeons, bâtisse d'un étage.

Sur la droite, un hangar encombré d'instruments aratoires divers et rouillés, de fourches, de bêches, de bidons et de toutes les vieilleries qu'on entasse au cours d'une vie agraire. Un tombereau est accroché à un tracteur américain qui devait être neuf le jour du débarquement d'Omaha Beach.

Sur la gauche, l'étable est flanquée d'une grange à foin. Non loin de là, une fosse a été creusée pour stocker le lisier qui constitue un excellent engrais et ne s'en cache pas au niveau olfactif. Je remarque que Béru écrase une larme.

— Tu repenses à ta jeunesse à Saint-Locdu-le-Vieux ? lui demandé-je.

— Non, c'est l'odeur du purin, gémit le Mastard. Ça m'rappelle mes leçons de pétomanie.

Suivant les pas du sergent-chef Dalors, nous contournons la mare fécale et empruntons un chemin qui grimpe à l'assaut d'une agréable colline.

— C'est ici que le corps de la petite a été retrouvé, explique le moustachu à œil de fouine.

Les contours du cadavre ont été tracés à la chaux sur le sol. Ce misérable dessin décoré d'une flaque de sang séché me déchire le cœur.

— À quelle heure Juliette a-t-elle été tuée ?

— D'après le légiste, elle venait juste d'achever son dîner. Donc, vers neuf heures du soir. Les parents étaient couchés. Ce n'est que ce matin dès l'aube…

« … à l'heure où blanchit la campagne », récité-je dans l'intimité de ma mémoire.

— … que le père a fait la macabre découverte, achève Omer Dalors, lequel ne recule jamais devant un cliché bien senti.

— Pas d'empreintes de pas, constate Béru.

— Le sol est sec et gelé…

— L'arme du crime ? hasardé-je.

— Une lame courte et large : couteau de cuisine ou poignard.

— Ce céréales enculé ne laisse aucun indice derrière lui ! tempête le Gros.

La moustache du maréchal des logis ondule légèrement et son regard de mustélidé frise.

— Il y a quand même un truc bizarre, fait-il, énigmatique. Suivez-moi.

Nous gagnons la grange à longues enjambées. Dalors pousse la porte et nous désigne des victuailles disposées sur un cageot retourné servant de table basse. Il s'agit d'une platée de viande blanchâtre et figée recouverte de riz, d'un quignon de pain que les mulots ont déjà grignoté et d'une bouteille de vin rouge pleine à ras bord. Ému jusqu'en ses entrailles profondes, Béru se précipite sur l'assiette, chope la fourchette qui est plantée dedans et s'apprête à dévorer le tout.

— Il s'agit d'une pièce à conviction ! s'insurge le gendarme.

— Et alors ? proteste l'Ignoble, on bouffe bien les pièces montées.

Le regard fustigeant que je lui balancetique le dissuade, il repose l'assiette en rigolant.

— Z-aviez pas compris qu'j'blaguais ? N-anmoinsse, un kil de pinard, qu'y soye vide ou plein, ça reste une pièce à conviction valab', non ?

Il attrape la boutanche et se téléphone le litron sans même reprendre sa respiration. Pour signifier la vidange du kilbus, il émet un rot qui a dû être capté par les sismographes jusqu'au Japon.

— J'aurais p't-être dusse vous demander si vous aviassiez soif ? s'excuse-t-il.

Puis il enchaîne aussitôt :

— Selon tout' la vraisemblance de ma certitude, c'est Juliette qu'a z-apporté cette bouffe à un zigoto qu'elle planquait dans c'te grange pour une raison qui est encore inconnue d'mon insu.

— Logique ! acquiesce Omer Dalors. Cela prouve que la malheureuse enfant connaissait son meurtrier.

— Possible, admets-je. À moins que l'assassin et le destinataire de ce repas aient été deux personnes différentes !

*

* *

Anatole Blondeau est assis dans l'étable sur un tabouret à un seul pied. Il trait une robuste vache blanc et noir dotée de pis qui n'entreraient pas dans le soutien-gorge de Berthe Bérurier. Le lait gicle en produisant un son métallique contre la paroi du seau.

Je m'approche du paysan et m'accroupis à sa hauteur. C'est à peine s'il remarque ma présence.

— Monsieur Blondeau, murmuré-je, je suis le commissaire San-Antonio.

— Enchanté, répond-il, sans interrompre sa traite.

— Je compatis à votre douleur et je vous donne ma parole que j'arrêterai l'assassin de votre fille.

Le type daigne enfin m'accorder un regard.

— Ça me fera une belle jambe ! soupire-t-il.

Qu'objecter à pareille réplique ? Aucune parole ne peut apaiser le désespoir de cet homme. Je me contente de lui presser l'épaule d'une poigne ferme.

— Acceptez-vous de répondre à quelques questions ?

— Si vous me laissez traire mes bêtes. Je suis déjà en retard.

— Je vous en prie… faites.

Je déniche un second tabouret unijambiste et viens me poser près de lui. Pas facile de tenir sur ses sièges de péquenot. Je m'accroche in extremis aux oreilles d'un veau qui me gratifie d'un coup de langue râpeuse. On m'a déjà roulé des pelles plus bandantes.

Malgré son chagrin, Anatole ne peut réprimer un sourire.

— On voit que vous venez de la ville…

Je rigole de bonne grâce et me réinstalle sur mon tabouret.

— Il est vrai que je prends plutôt les dépositions derrière un bureau qu'au cul des vaches !

La glace est rompue entre nous et je peux y aller de mon interrogatoire.

— Dans la soirée d'hier, votre fille s'est comportée comme d'habitude ? attaqué-je.

— Oui et non, fait le gus, n'ayant pas oublié qu'il était de même souche que son troupeau, normand.

— C'est quoi, le non ?

— Elle avait l'air pressée qu'on aille se coucher, Martha et moi.

— Comme si elle avait un rendez-vous ?

— Pas vraiment. Elle sortait quand elle voulait. Elle avait pas à nous demander notre autorisation.

— Alors comme si elle voulait rejoindre quelqu'un… sans vous le dire.

— P't-êt' ben !

La queue de la vache joue au balancier entre nos deux visages, me fouettant le tarbouif à chaque passage. Je me recule un peu.

— Et dans la journée, rien de spécial ?

— Je dirais… oui et non.

— Et c'est quoi, le oui ?

Anatole Blondeau change de pis.

— Une voiture blanche qu'est restée garée longtemps au coin de la départementale. Je la voyais depuis mon champ. Je l'ai remarquée, c'était la même que celle à mon frère.

Le pouls s'accélère d'un cran sous mes boutons de manchette.

— Une Clio ?

— Ça même !

— Comment s'appelle votre frère ?

— Ben… Blondeau, c'te blague.

— Je parle de son prénom.

— Aimé. Nos parents nous ont tous donné un prénom commençant par un A…

— Il a un fils un peu simplet qui s'appelle Martial, m'exclamé-je, et il travaille comme contremaître à la ferme du Pinson-Tournan ?

— Vous le connaissez ?

Je me dresse d'un bond. Le siège qui tenait debout par mon poids bascule sur le seau et le renverse. Le bon lait percheron se répand dans la rigole et se mêle au purin.

— Je suis navré ! m'excusé-je.

— Vous tracassez pas, m'sieur le commissaire. Y a des choses pires que ça dans la vie. Le principal, c'est pas que je vende mon lait, mais que mes bestioles ne me fassent pas une mammite.

— Voyons, monsieur Blondeau, ne savez-vous pas que les deux premières victimes vivaient dans la ferme régie par votre frère ?

— Mélanie et Suzie, je sais.

— Et vous n'en avez pas parlé aux flics ?

— Personne m'a rien demandé.

— La mort de Juliette n'est pas une coïncidence, élevé-je le thon (ce qui n'est pas aisé dans le Perche). L'assassin savait le lien qui vous unissait à Aimé. Il connaissait forcément votre fille.

— Ah bon ?

La question subséquente fleurit mes lèvres.

— Juliette a-t-elle participé à la rave-party organisée par Mélanie Godemiche ?

— Bien sûr. C'étaient des copines de toujours…

— Et Nicolas ? Juliette le fréquentait ?

— Je crois même qu'ils fricotaient ensemble. Lui, c'est vraiment un bon p'tit gars !

J'évite de lui dire que le bon p'tit gars a probablement éventré sa gamine.

*
* *

Lorsqu'il ressort de la cambuse des Blondeau, Béru a l'œil concupiscent.

— Alors ? le questionné-je avec ce sens de la concision qui aurait pu faire de moi un excellent rabbin.

— M'âme Martha est une femme brisée dans la chair de ses os ! se lamente le Gravos, la voix plus gluante qu'une truite fraîchement pêchée.

— Je me doutais bien qu'elle n'allait pas te raconter la dernière blague d'Olive et Marius, fais-je, agacé.

— Tu sais qu'si elle s'fringuait pas chez Rustica, elle s'rait plutôt dans mon genre ?

— Parle-moi de l'enquête, Goret !

A.-B.B. tire une saucisse séchée de sa fouille et la ratiboise en trois coups de mandibules.

— C'est formidable c'qu'y sont capab' de faire de leurs quat' mains, ces paysans. Y tuent leurs cochons, y fument leurs jambons et y fabriquent même leurs sauciflards. En ville, on a perdu l'sens des véritables valeurs vraies !

— Tu as appris quelque chose d'intéressant, oui ou non ? m'emporté-je.

— L'odeur de son fion ! poursuit l'Horrible. T'imagines qu'après z-un drame de cet accablure, Mme Blondeau est actuellement sous sédatif. L'heure étant venue d'son suppositoire, j'y ai admonesté moi-même son médicament, gentelman comme tu m'connais. Ça m'a permille d'apprécier la senteur de sa babasse, toute en délicatesse : un soupçon de marée, une once de sueur, un rien d'violette à la rose, pour finir sur une note légère d'ail et fines herbes. Même chez Guerlain ou Chanel y z-ont pas su trouver des harmonies qui t'interpellent les hormones tant si mieux.

— C'est ton rapport que je veux ! hurlé-je.

— Fâche-toi pas, San-A. Si je dix-graisse, c'est pour ton bien.

Et d'un coup, Béru m'envoie le paquet. Hier matin, tandis que son mari s'activait dans les champs, un inspecteur est venu trouver Martha. Il lui a sorti une carte de lieutenant de police et prétendu mener une enquête de routine. Il voulait savoir si une jeune fille vivait sous ce toit. La paysanne a répondu que oui, mais que sa fille travaillait à mi-temps comme femme de chambre à l'hôtel du village et qu'elle était présentement absente (joli tour de force). Le flic est aussitôt reparti sur sa mobylette.

— Une mobylette ? m'étonné-je.

— Un matuche seul et sur un vélomoteur, c'est pas banal, reconnais, grand.

— Elle t'a décrit ce policier ?

— Voui ! Très jeune, beau gosse, bien baraqué, brun aux yeux bleus, blouson de cuir, baskets à la mode… Brèfle. J'y ai montré une photo qui quitte jamais la poche arrière de mon futal.

— Photo en sépia ? trouvé-je la force de plaisanter.

— Regarde ! C'était l'jour d'la communion de mon fils Apollon-Jules.

L'Hénaurme me plante le cliché sous le blair (Tony pour les intimes) et souligne d'un ongle fortement endeuillé un personnage de la photo.

— Martha l'a formellement reconnu.

C'est Antoine que Béru me désigne.

CHAPITRE VICE

(Référence à la partie de cul qui va s'ensuivre)

L'hôtel Moncorgé de Saint-Jean-Nivers est tenu par un vieil alcoolique repenti qui attendait l'arrivée de Béru pour replonger.

Vu de loin, Gabin Desbois a l'air d'un haltérophile médaillé aux jeux Olympiques de 1928. En gros plan, sa tronche est celle d'un bouledogue castré. Lorsque nous investissons le coin bistrot de son auberge, il est accoudé à son zinc, dans la posture d'un penseur de Rodin hésitant entre un guignolet-kirsch et un picon-grenadine.

— C'est complet ! nous jette-t-il, avec l'amabilité de l'hippopotame qu'un taxidermiste essaie d'empailler à vif.

— Pas pour nous ! gronde Grasdube en lui agitant sa brème de matuche sous la hure.

— Je vais te dire un truc, mon p'tit gars, articule le mastroquet, quand y a plus de couverts pour personne, y en a encore moins pour les lardus !

Je m'enrogne d'un coup et darde mon œil le plus noir sur le zigue.

— On est pas venus pour bouffer, gros sac, mais pour que tu te mettes à table !

Vaincu par mon aplomb, le père Desbois exécute un impeccable demi-tour arrière et se fend d'un sourire qui le fait ressembler à un bandonéon usagé.

— Fallait le dire. Qu'est-ce que je vous offre ?

— Des renseignements ! répliqué-je.

— Exact ! renchérit Béru. Moi, j'prendrais bien n-en plus un double-triple pastaga, et très peu d'eau pour pas l'noyer.

Avec des gestes de salamandre, Gabin Desbois s'exécute.

— Faut pas m'en vouloir, s'excuse-t-il, on est débordés, ce soir. Le fils du maire qui épouse miss Alençon.

Il abreuve le Mastard et se retourne vers moi.

— Je vous écoute.

— Juliette Blondeau était votre employée ?

— Une fille formidable.

— Mais morte ! précisé-je.

Le type se renfrogne et sa bouille prend aussitôt l'aspect d'une photo aérienne du Massif central.

— J'ai pigé. Vous me soupçonnez, à cause de cette vieille histoire ?

Une question me brûle les lèvres : quelle vieille histoire ? Mais comme je suis un poulaga d'exception, j'embraye aussitôt dans sa confession.

— Difficile de faire autrement ! dis-je. Le passé remonte toujours à la surface.

Le patron me désigne les boutanches alignées derrière lui sur des étagères d'acajou.

— Vous avez soif ?

Je montre une cannette d'Orangina rouillée.

— Vous n'auriez pas la même, un peu fraîche ?

Le gars plonge dans son frigo et s'empresse de me servir, Béru en profite pour brandir son glass.

— Tu m'remets la même chose. Et toi, qu'est-ce tu bois ? C'est ma tournée.

— Il y a vingt ans que j'ai arrêté de picoler, fait-il lugubrement, en rechargeant le verre de Béru.

— Depuis… l'affaire, hasardé-je.

La gueule plissée du bistroquet pend comme un suaire. Des larmes plus épaisses que de la vaseline sillonnent ses joues.

— Elle a dit que je l'avais violée !

— Qui ?

— Ma nièce ! Pourtant, à l'époque, je bandais déjà plus, confesse le type. Je lui ai p't-être glissé un doigt, c'est possible, mais je m'en souviens pas, j'étais trop bourré.

Ému, le Gravos vient à son secours.

— Un doigt, c'est pas du viol ! Et pis d'habitude ça fait plaisir à une jeune fille. Tiens ! Bois une gorgée pour te r'monter l'moral !

Gabin chope le verre de Béru et le liquide cul sec.

Puis il se tourne vers moi.

— Si vous m'arrêtez, l'dites pas à ma femme, ça va l'agacer !

Un quart d'heure plus tard, le patron de l'hôtel Moncorgé est allongé ivre mort derrière son rade. Il a eu le temps de nous bonnir, primo que Juliette Blondeau avait une amie dans le personnel de l'hôtel, Lydia, une grande rousse à queue-de-cheval, présentement affectée au service de la noce dont les flonflons s'élèvent jusqu'à nous.

Secondo qu'un jeune flic en mobylette est venu le questionner au sujet de la victime quelques heures avant le meurtre et que ce flic se trouve toujours dans les parages, puisque son vélomoteur est encore là.

À quel endroit ?

Au fond de l'impasse où l'on gare les poubelles.

*
* *

La nuit glaciale est tombée sans se fracturer le fémur. Connaissant le zèbre que je traque, j'ai pris des précautions de Sioux. J'ai feint de quitter la bourgade, j'ai planqué ma bagnole dans la cour d'une usine et suis revenu en catimini devant l'hôtel Moncorgé.

Comme la statue d'Eugène Sue, la mobylette est toujours à la même place.

Je m'installe dans une cabane de chantier située juste en face de l'impasse et m'entortille dans une couverture récupérée à l'intérieur de mon coffiot. S'agit d'ouvrir l'œil, et le bon, disaient les braves Dupont et Dupond.

*
* *

Lydia avait posé ses chaussures tant ses pieds la faisaient souffrir. Elle gravit les dernières marches et s'engagea dans le couloir, lestée de son plateau sur lequel trônait une bouteille de champagne immergée dans un seau à glace.

Parvenue devant la chambre nuptiale, elle leva un genou pour assurer l'équilibre de l'édifice et libérer une de ses mains pour frapper. Ce fut la jeune mariée, en porte-jarretelles blanc et culotte de dentelle, qui vint lui ouvrir, son futur étant en train de se fourbir le zigodard dans la salle de bains.

— Offert par la maison ! fit Lydia en déposant le plateau dans l'entrée.

Tandis qu'elle refermait la porte, la serveuse sursauta en voyant une tonne de viande cramoisie lui fondre dessus.

— Aye pas peur, ma poulette ! lança Béru. Faut qu'on cause, tous les deux.

— J'ai encore du boulot ! protesta Lydia. Les mariés sont dans leur chambre, mais la noce n'est pas finie.

En effet, la danse des canards sévissait au rez-de-chaussée.

— Juste une p'tite interviouve, milady, insista le Mastard. J'sus d'la police.

Instinctivement, la môme se rétracta comme une huître qu'on titille avec un filet de citron.

— C'est à propos de Juliette ? demanda la fille, méfiante.

— Tu croives p't-êt' qu'j'vais te demander ton pronosticre pour la troisième à Enghien ?

— Qu'est-ce que vous voulez savoir ? dit la gamine, inquiète.

— Tout. La fille Blondeau, c'était ta potesse, non ?

— Oui, et alors ?

— Alors, t'as sûrement une idée de qui t-est-ce qui l'a zigouillée ?

Lydia jeta un œil dans la cage d'escalier d'où montaient des braillements avinés.

— On m'attend, en bas. Si le patron…

— T'occupe pas de ton singe, y t'fera aucune r'montrance, ce soir, j'te promets !

La servante hésita un instant avant de se lancer.

— Hier au soir, chuchota-t-elle, Juliette m'a appelée de chez ses parents pour me demander de la remplacer aujourd'hui.

— Pour quel leitmotiv ?

— Elle devait planquer un copain qui avait des ennuis avec la police.

— Elle t'a donné le blaze de ce pote ? poursuivit Béru, flairant le scoop.

— Non. Elle causait à demi-mot. Mais j'ai compris qu'il s'agissait de Nicolas.

— Godemiche ?

— Je ne vois pas qui d'autre.

— Parfait ! se réjouit le Gravos. Demain matin, tu répéteras tout ça au juge d'introduction, d'accord ?

— D'accord ! admit Lydia. Mais maintenant, il faut que j'y aille.

La main caleuse d'Alexandre-Benoît flatta sans vergogne les miches de la serveuse.

— Tu sais qu'j'raffole des rouquines ? dit-il, la bave aux commissures.

— Moi aussi ! répliqua la fille. Mais j'aime encore mieux les brunes.

Elle dévala l'escalier, laissant un Béru médusé. Il s'apprêtait à évacuer sa graisse de l'étage quand un grincement de sommier malmené attira son attention. L'Enflure plaqua son oreille contre la porte des jeunes mariés pour profiter au mieux de la saynète qui investissait ses trompes d'Eustache.

— Tiens, tiens, tiens ! grognait le fils du maire.

— Vas-y, vas-y, vas-y ! gémissait miss Alençon.

— Ho ! Je sens que ça vient…

— Attends, attends, j'y suis pas…

— Trop tard ! Je jouiiiiiis…

S'ensuivit un beuglement de mec en vidange, prolongé d'un long soupir.

— Désolé ! s'excusa le marié après un silence.

— C'est pas grave, répondit la femme, d'un ton qui démentait ses propos. On recommencera demain…

Les yeux hors de la tête, le cou congestionné, le Mastard tenta d'ouvrir la porte de la piaule matrimoniale. Celle-ci étant bouclée à double tour, il se mit à tambouriner contre l'huis.

— Qu'est-ce que c'est ? fit l'organe dépité du futur cocu.

— Groom service ! répondit Béru.

Quelques instants plus tard, le marié déponnait, une serviette de bains autour de la taille. Le Gros pénétra d'autorité dans la chambre. La fille était allongée sur le lit, nue et jambes largement écartées. Elle n'eut aucun geste de pudeur tant sa surprise était vive.

Béru referma la porte et s'approcha du lit à pas lents.

— Mes pauvres enfants, déclara-t-il d'une voix apaisante. Vous z-avez pas honte de gâcher une aussi belle nuit d'noces ?

— Mais, mais…, bêle le garçon.

— Non, franchement, tu vas renoncer pa'c'qu't'as envoyé la semoule trop vite ? Si Vatel avait eu un peu de patience, la marée s'rait arrivée et y s'rait pas fait Charlie Hebdo avec son épée. Même qu'à l'heure où j'vous cause, y s'rait p't-êt' encore vivant !

L'Immonde s'assoit sur le bord du lit et caresse du pouce un nichon de la mariée. L'époux, abasourdi, le regarde faire sans protester. Béru se veut rassurant.

— Ç'arrive à tout le monde d'cracher la purée avant l'heure, c'est z-humain. Tiens, j'me souviens, quand j'étais jeunâbre, chez la mère Camille qui tenait boxon près d'la sous-préfecture. Ces dames m'avaient bricolé la bitoune toute la soirée et le cidre aidant, j'ai largué l'potage dès les premiers prémices avec la nouvelle pensionnaire. Solange, qué s'appelait. Elle avait quinze ans d'plus que moi, mais ça a dû s'aggraver, depuis.

Il reprend son souffle et laisse glisser sa pogne sur le ventre de la mariée.

— Ç'a z-été l'humiliation d'ma vie. Le lendemain soir, j'y suive retourné because quand j'paume un *Paris Match*, j'éguesige qu'on m'accordasse la r'vanche. J'y ai tant fait fumer la turbine qu'à la fin y a phallus qu'on utilise l'extincteur de service.

Les phalanges béruréennes s'égaillent dans la toison de miss Alençon dont les yeux mi-clos proclament l'allégeance.

— Elle a tellement panardé, la Solange, continue Sa Majesté, qu'elle m'rappelle encore de temps z-à autre pour un p'tit estra. Et pourtant, c'te gonzesse, elle a passé l'hors d'âge. Si un jour elle veut revoir des requins, faudra qu'elle allâsse sur la Grande Barrière de corail, en Australopithèque !

Le cornutto commence à la trouver saumâtre et tente d'enrayer les manœuvres du Mastard.

— Monsieur, rouscaille le gars, j'ai l'impression que vous êtes en train de masturber ma femme.

— Râle pas, dugland ! gronde l'Enflure. J'te donne un cours de maintien textuel ! Estime-toi z-heureux si j't'envoye pas la facture. Si tu voudrerais profiter de la leçon, r'garde bien…

Bérurier glisse son groin entre les cuisses de la jeune épousée et lui prodigue de virulents coups de langue dans la toison.

— Madame néglige son Gillette ! gargouille l'Affreux. Les poils, j'sus pas contre, mais faut quand même pas qu'y contrecarrent la broute. M'enfin… Z-observe comme j'y fais la raie au milieu. L'principal, c'est d'écarter les poils feux follets pour bien dégager l'berlingot.

A.-B.B. crache en l'air à plusieurs reprises.

— Je vois qu't'as arrosé d'abondance ! Mais suffit pas d'être copieux, mec, faut être endurant… Première leçon : en cas d'éjectation précorse, tu t'rabats sur la menteuse. La langue, c'est l'avenir de l'homme ! Attention, ne l'utilise qu'à bon essuyant ! Toute mon enfance, j'm'ai entraîné à lécher des timbres. Seul'ment voilà qui y sont tous pré-enculés, au jour d'aujourd'hui. Je r'grette car en Angleterrie, j'avais du bonheur à humecter l'cul d'la reine avant d'poster une bafouille.

Sous la broutaison de l'Ineffable, la fille hurle de jouissance et frétille sur le lit comme une anguille prise dans une nasse. Satisfait, Béru dégrafe son pantalon et exhibe sa monumentale trompe. Le jeune marié s'étouffe à la vue d'un tel engin.

— Vous n'allez tout de même pas ?…

Le Gravos fait sauter le cobra dans sa main avec le geste d'un boucher appréciant le poids d'un rôti de bœuf.

— Pas de panique, p'tit gars, j'vais pas la baiser, ta p'tite femme. C't un privilège qui t'revient de droit.

D'un geste ferme, il oblige la môme à se mettre à plat ventre. Il crache dans ses doigts, se lubrifie l'ogive et désigne les fesses de la mariée.

— Tu vois c'p'tit trou ? On jurerait qu'y peut juste en sortir des crottes de bique. Eh ben, tu vas voir…

Le Monstre applique inexorablement son ventre sur les meules de la môme. Le mari beugle.

— Arrêtez ! Elle ne supporte même pas un thermomètre.

— Pa'ce que c'est froid ! répond Béru.

— Je vous interdis…, hurle le fils du maire.

— De quoi je me mêle ? rétorque miss Alençon.

Béru pousse son avantage en même temps que son membre. La fille lâche un cri de délicieuse détresse.

— Voilà ! soupire Alexandre, le plus gros est fait. Quand la locomotive est entrée dans le tunnel, c'est bien rare que les wagons suivent pas !

Épinglée comme un papillon, la mariée se tortille en griffant et mordant les draps.

Son époux tapote l'épaule de Béru.

— Vous ne pouvez pas jouir dedans ? questionne-t-il.

— Pourquoi j'me gênerais ? bougonne Sa Majesté.

— Et le sida ?

— T'as raison, on n'est jamais trop prudent !

Le Gros décule d'un coup et largue sa semence en pleine poire du jeune marié. Puis il s'essuie le mandrin avec les rideaux avant de se retirer sur la pointe des pieds.

— Demain, p'tit gars, j'veux qu'tu récite[1] ! exige-t-il d'un air docte.

*

* *

Un à un ou par petits groupes, je les ai vus sortir de l'hôtel Moncorgé, les noceurs. Certains titubant, d'autres chahutant, mais tous bramant la liesse obligatoire. La vapeur de leur respiration dans l'air givré les enveloppait d'un brouillard irréel. Quelques-uns ont gerbé alentour. Une fille en mousseline rose est même venue pisser contre le baraquement. L'urine s'échappait de son gros cul en sifflant et giclant sur ses talons aiguilles.

Le beffroi de ma Cartier[2] annonce quatre plombes du mat' et les derniers fêtards se sont évacués après un charivari sous la fenêtre des époux qui s'est achevé par un pot de chambre vidé sur leurs tronches.

Les dernières lumières de l'auberge s'éteignent. Les rayons d'une lune proche de sa plénitude confèrent à la bâtisse des allures magrittiennes.

Je commence à me dire que je me suis gelé les noix pour rien, lorsque Lydia, la serveuse décrite par le patron, quitte l'établissement. Au lieu de s'engager sur la rue principale, elle rebrousse chemin dans l'impasse et se dirige droit vers le vélomoteur. Elle grimpe dessus, le met en route.

Pour être honnête avec toi, je suis plutôt déconcerté. Cette mobylette, j'espérais qu'un homme viendrait la récupérer et tu sais qui ? Antoine. Maintenant je me demande si le vieux Gabin, intoxiqué par sa sobriété, n'a pas confondu la bécane d'Antoine avec celle de Lydia. Dans le doute, certains s'abstiennent. Pas moi. Je bondis hors de la cabane et cours à la rencontre de la cyclomoteuse.

Croyant à une agression, la rouquine tente de s'enfuir. Je me place sur sa trajectoire pour lui barrer le chemin.

1. Pas de panique pour cette absence de *s*, correcteur : Béru refuse de décorer la deuxième personne du singulier de cette singulière marque de pluriel !

2. Micheline et Jo, on se voit peu mais on s'aime.

— Police ! Arrêtez-vous !

Paniquée, la fille accélère et me fonce dessus. J'esquive la charge au dernier moment, efface mon corps pour éviter l'engin et jette mes bras en avant pour cueillir la piloteuse.

Nous roulons ensemble à terre, tandis que le vélomoteur va s'écraser contre la cabane de chantier.

— Pas de bobo ? demandé-je à Lydia.

— Vous êtes complètement barge ! gronde-t-elle, en se débattant.

— Tu vas te calmer, ma douce, sinon je t'aligne la baffe du siècle !

Je l'aide à se relever, à se défroisser, à se dépoussiérer. La môme tremble d'une peur rétrospective.

— J'ai cru que c'était lui… fait-elle, agitée de frissons.

— Lui qui ?

— Celui qui a tué Juliette.

— Nicolas Godemiche, n'est-ce pas ?

Lydia se contente d'un hochement de tête.

— C'est loin, chez toi ? questionné-je.

— Un kilomètre.

Je désigne la mobylette complètement ratatinée.

— Un kilomètre à pied, ça use, mais ça réchauffe.

*
* *

Antoine n'est vraiment ni manchot ni cul-de-jatte. La cabriole qu'il effectue à mon intrusion dans la piaule de Lydia devrait être homologuée comme record olympique. Il jaillit hors du lit, exécute un saut périlleux et se retrouve face à moi en position de karatéka.

— Tu ne vas tout de même pas cogner ton père ? murmuré-je dans la pénombre.

La rouquine donne la lumière.

— Papa ! s'exclame Antoine.

— En personne. Le moment des explications est venu.

Je me tourne vers la fille interloquée devant cette touchante scène de famille.

— Si tu pouvais nous préparer un peu de café, ce serait sympa.

Lydia s'évacue vers la cuisine dont je claque ostensiblement la porte.

— Alors, fils ?

Mon môme semble désemparé. Je l'attrape par le cou et le serre contre moi.

— Ce n'est pas le flic que tu as devant toi, mais ton père.

— Est-ce que j'y gagne au change ? dit-il avec un large sourire.

— Si tu me racontais ton odyssée ?

— Tu en es resté où ?

— Lorsque tu fais mine de prendre le train à Chartres. Tu te payes des rollers et tu reviens en Beauce. Pourquoi ?

Antoine est péremptoire.

— J'ai toujours suspecté Nicolas d'avoir tué sa cousine. Je voulais le faire parler. Par la radio de mon walkman, j'ai appris qu'il avait tiré sur Roykeau et s'était enfui.

Je le coupe net.

— En plus des rollers, tu n'aurais pas fait aussi l'emplette d'un sac à dos et de quelques haches ?

— Non, pourquoi ? répond-il, intrigué.

— Pour rien. Continue.

— Je me suis planqué dans un logement désaffecté du château de la Vieille-Nave. Je pensais que Nicolas finirait par revenir au bercail. Le lendemain, j'ai bourlingué dans le secteur sans rien découvrir. Vers vingt heures, j'ai failli me faire repérer par le père Godemiche qui rentrait chez lui. Alors j'ai regagné ma cachette. Je me suis réveillé en sursaut dans la nuit et j'ai constaté que le 4 × 4 était stationné dans la cour. Je suis allé rôder autour, mais quelqu'un m'a aperçu et s'est lancé à mes trousses.

— Le quelqu'un, c'était moi.

— Non ?

— Tu as constaté que les clés étaient au tableau de bord et tu as pris la fuite. Dans la panique, tu as perdu l'un de tes patins à roulettes.

— Si j'avais su…

— Tu aurais fait pareil, dans ta logique de franc-tireur.

Antoine se fend d'un rictus embarrassé.

— C'est possible.

— Ensuite, enchaîné-je, sachant que le véhicule était recherché, tu n'as pas osé circuler longtemps avec. Tu as roulé jusqu'à Saint-Quentin-en-Yvelines et stationné le 4 × 4 en évidence dans un parking jouxtant le R.E.R. en te disant que les poulagas concluraient que tu avais regagné la capitale. En fait, tu as piqué une mobylette.

— Je l'ai achetée, rectifie Toinet, à un jeune beur sympa…

— … qui venait tout juste de la chourer ?

— Ah, ça ! Je te garantis pas qu'elle était de première main.

Lydia rapplique avec une cafetière fumante. Je lui fais signe de retourner à la cuisine, car on en vient aux explications les plus chaudes. Je pose à mon fils la question sans détours.

— Comment es-tu arrivé à Saint-Jean-Nivers avant même le crime ?

Antoine attrape son blouson posé sur le dossier d'une chaise et le fouille. Il en sort une carte routière d'état-major qu'il déplie devant moi.

— Avant d'abandonner le 4 × 4, je l'ai inspecté de fond en comble.

— Ce que j'ai omis de faire, admets-je, un rien dépité.

— Et j'ai trouvé cette carte dans la boîte à gants, poursuit Toinet.

Il me désigne dessus une ferme isolée, située à l'écart de la bourgade de Saint-Jean-Nivers. Elle a été entourée d'un rond de feutre rouge.

— Et ça t'a suffi pour te lancer sur cette piste ?

Antoine développe un nouveau pli de la carte et me montre deux autres cercles rouges.

— C'est ça, qui m'a motivé !

Les traits de feutre entourent la ferme du Pinson-Tournan, ainsi que le bois Gratte-Merde, qui s'appelle officiellement « Le Grand Bosquet » sur la carte.

Le regard admiratif que je lance à mon rejeton le console de toutes les engueulades (méritées) que j'ai pu lui prodiguer.

— Tu es donc venu questionner Martha Blondeau. Elle t'a branché sur l'hôtel Moncorgé où sa fille travaillait et tu as fait la connaissance de Lydia. C'est grâce à ton charme qu'elle a accepté de t'héberger ?

Toinet rigole.

— Aucune chance. Elle est tellement gouine qu'elle broute son paillasson tous les matins ! Non. Elle m'a fait confiance. Elle avait des soupçons sur Nicolas et quand je lui ai raconté que j'avais assisté au meurtre de sa copine…

Je manque de m'étouffer.

— Tu as assisté au meurtre de Juliette ?

— Oui. Enfin… presque.

— Ça veut dire quoi, presque ?

— Lydia m'ayant appris que sa copine hébergeait Nicolas, je suis retourné chez les Blondeau, en loucedé, à la nuit tombée. J'ai vu Juliette porter un plateau de bouffe dans la grange. Je me suis approché à pas de loup, c'est alors que j'ai morflé un coup de bambou à la base du cou.

Il écarte sa chemise pour me montrer la vilaine tuméfaction de sa nuque.

— J'ai dû rester un long moment dans le coltard, continue-t-il. Quand je suis revenu à moi, la lune s'était abaissée vers l'horizon. J'ai été dans la grange et découvert la nourriture intacte. Je me suis mis à fureter dans les parages…

— Et tu as trouvé le corps de Juliette ?

Mon fils enfouit ses mains dans son visage.

— Un cauchemar ! Quel jury pourrait m'acquitter ? Pour deux des meurtres, j'étais sur place et pour le troisième, je n'ai pas d'alibi !

— Tu es revenu demander asile à Lydia ?

— Je lui ai tout raconté. Elle m'a cru. C'est une fille bien.

— C'est une fille bien qu'on va mettre au frais durant quelques heures ! décidé-je.

— Pourquoi ?

— Pour avoir les coudées franches. On va le coincer, ce salopard, je te jure qu'on va le coincer !

— Tu as un plan, papa ?

Si tu le voyais, le lieutenant Antoine, il est redevenu petit garçon. Son sort est entre mes pattes et il l'accepte. Un jour, sans doute, prendra-t-il ma succession. Mais pour l'heure, c'est moi le patron.

— Oui, fils, j'ai un plan. Tu en fais partie, Béru aussi. Je vais avoir également besoin de la collaboration d'Anatole Blondeau et de Larronde.

— Larronde, le journaliste ? tique Antoine. Qu'est-ce que tu attends de lui ?

— Qu'il raconte des conneries, comme d'habitude.

Dernière partie

LE PIÈGE

CHAPITRE BONZE

(Ou bronze, ou gonze… Tu choisis, je m'en fous !)

Mon piège était tendu, je pouvais donc savourer ce que l'on nomme le « repos du guerrier » dans les romans plus zhuppés que les miens[1].

Félicie se trouvait toujours au chevet de la cousine Adèle dont la tentative de suicide oléagineux nécessitait un suivi psychologique, le remplacement de la moquette et une surveillance de chaque instant pour parer à toute récidive qui aurait conduit la maison Lesieur à la rupture de stock.

En bon père de famille moyenne, le survête en moins, j'ai emmené Marie-Marie et ma petite Antoinette dans un Macdo pas plus Bové que les autres. La gamine a picoré trois frites, pompé avec sa paille une gorgée de Coca avant de le renverser, s'est payé douze tours de manège et huit de toboggan. Dès qu'elle a eu vomi on est rentrés à Saint-Cloud, on l'a couchée et elle s'est endormie après avoir écouté une version soft du *Petit Poucet*. J'ai alors interprété la version hard du *Gros Poucet* à ma Musaraigne de femme.

Si bien qu'à l'heure où je te reviens au présent, elle ondule en gémissant sur mon ventre car elle adore me chevaucher. Je l'attrape par les hanches pour augmenter la cadence. Je remarque alors la porte de notre chambre qui pivote lentement sur ses gonds. Ma première crainte est de voir paraître ma fille, suite à un cauchemar

1. Mais plus chiants aussi.

digestif. Je ramène le drap sur le cul de Marie-Marie. Ma seconde idée est qu'un petit malin pourrait avoir envie de me plomber en plein coït. Mon flingue fleurit dans ma pogne comme un tournesol à midi. Tout ça ne m'a pas pris plus d'un centième de seconde. Marie-Marie ne s'est aperçue de rien.

Je suis vite rassuré en découvrant Maria notre bonne éternelle qui s'encadre discrètement. Sa robe de chambre est largement ouverte pour me permettre d'apprécier à sa juste valeur son luxuriant tablier de sapeur qu'elle astique sans ménagement de trois doigts fougueux. Je lui adresse un clin d'œil de connivence et redouble d'ardeur. Elle jouit en même temps que nous, larguant une giclée de mouillette que la moquette de haute laine ne tardera guère à éponger. Puis elle referme la porte et s'en retourne comme elle est velue[1]. Ça, c'est du personnel surchoix !

À l'instant même, le biniou se met à carillonner. J'ai un Roykeau surexcité au bout du fil. La trappe a fonctionné. Nicolas Godemiche a été intercepté à la gare de Nogent-le-Rotrou alors qu'il débarquait d'un train en provenance de Chartres. On va le conduire de ce pas dans le bureau de la juge Annick Hatouva. On m'attend au plus vite. Je reluque ma tocante, elle affiche un dix heures dix très gaullien. Le temps d'un baiser sur les miches de Marie-Marie, et de me laver la biroute, je serai sur place dans une heure.

Je fus un peu en retard car Maria m'attendait à la salle de bains pour me débarbouiller Popaul. Ce qu'elle fit avec une technique labiale et linguale qui n'appartient qu'à elle.

Viva Maria !

*

* *

— Vous la servez comment-est-ce m'âme Martha, vot' tarte aux pommes ? questionne Béru, frisant l'apoplexie.

— Caramélisée, flambée au calvados et nappée de crème fraîche, raconte la brave paysanne.

Le Mastard apprécie.

— Léger comme j'aime. Mais si ça serait un effet de vot' bonté, j'reprendrerais bien un peu d'potée avant le dessert.

---

1. Ami correcteur : ne remplace surtout pas le *l* par *n*. Merci.

— Y a le livarot, aussi, m'sieur l'inspecteur ! précise Anatole Blondeau.

— J'oublille pas, fait le Gravos. La potée est tellement si bonne qu'elle a un goût de reviendez-y. Juste une p'tite assiette échantillon : un jambonneau, deux-trois saucisses, quèques patates avec du chou. Je vais faire l'impasse sur les carottes vu que j'ai déjà les fesses roses !

Là-dessus, il éclate d'un rire postillonnant, tandis que la mère Blondeau lui remplit son écuelle l'air tellement las que son mari prend le relais.

— Tu tiens plus debout, ma grande. Monte te coucher, je vais m'occuper de notre invité.

— C'est pas de refus.

La femme dénoue son tablier, embrasse son époux sur le front, serre la main de Béru et s'évacue d'un pas pesant dans l'escalier. Sitôt qu'elle a quitté la pièce, Anatole se confie à Alexandre-Benoît :

— Depuis l'assassinat de Juliette, elle n'a pas fermé l'œil, moi non plus, d'ailleurs.

Tout en ingurgitant sa platée de victuailles, Béru compatit avec sa délicatesse coutumière :

— Je sais c'que c'est ! Y a deux ans on a perdu Dick, un épagneul-labrador de toute beauté. Écrasé par un taxi. Eh ben j'vous jure que les premiers temps, fallait qu'j'me force pour avaler mes apéros.

Un long silence s'établit entre les deux hommes, à peine troublé par les déglutitions de fortes lampées de cidre. Le paysan sort d'un tiroir la dernière édition de *La République du Perche* et la brandit devant Béru. En première page on peut lire le titre qui fait la manchette de tous les quotidiens et la une des journaux radio et télé : « Le père a vu l'assassin de sa fille, pourquoi refuse-t-il de le dénoncer ? »

— Je me demande à quoi ça sert, toutes vos manigances, grommelle-t-il. J'ai rien vu.

— On le sait bien, mais c'est un piège !

— Pour pas inquiéter Martha, j'ai caché le journal et je lui ai dit que vous étiez simplement ici pour les besoins de l'enquête.

— V'z-avez bien fait, m'sieur Anatole, explique l'Obèse. Mon supérieur rachitique, le commissaire San-Antonio qu'vous connaissez, s'sert de vous comme chèvre, pour empâter le céréales killer qui tue en série. La vérité, c'est que j'sus là pour vous protéger.

— Vous croyez que j'ai besoin d'être protégé ? ricane le culterreux en désignant un fusil accroché au mur.

— C't une mesure de sécurité qu'on prend par précaution, pléonasme Béru, en se servant d'autorité la moitié du livarot. Vous z-aureriez rien de plus musclé à boire pour accompagner le from'ton ?

— Ma gnôle ? propose Anatole. Ou mon calva ?

— Voilà des mots que j'aime entendre, poétise le Mastard en se pourléchant les babines. Apportez les deux, on va trier.

À l'étage, Martha fermait les volets de sa chambre. Elle ne remarqua pas que le coffre de la vieille DS de Bérurier se soulevait et qu'une ombre s'en évadait.

*
* *

Nicolas Godemiche a l'air de ce que l'on nomme dans sa Beauce natale « une corneille pouilleuse » et en Bretagne « une mouette mazoutée ». Il a perdu toute sa superbe et son teint est plombé comme un wagon en partance pour Auschwitz.

Malgré l'heure tardive, la juge Hatouva s'est fardée façon marquise de Pompadour et sa jupe est si courte qu'elle cache à peine l'amorce dentellière de ses bas jarretières. En l'absence de sa greffière, elle tape elle-même la déposition sur l'ordinateur.

Nicolas, profil bas, commence par s'excuser auprès du commissaire Roykeau. S'il lui a tiré dessus, c'était pour récupérer les lettres de Mathilde. Il ne voulait pas que son père apprenne sa liaison avec sa belle-sœur.

Refusant de me laisser embarquer sur un terrain qui ne m'intéresse pas, je reviens au cœur du débat :

— Que faisiez-vous dans ce train pour Nogent, le vouvoie-je-t-il, car il est de mauvais goût de tutoyer un prévenu en présence d'un juge.

— Je venais tuer Anatole Blondeau, répond-il, le plus simplement du monde.

— Pour quelle raison ? questionne la juge.

— J'avais peur qu'il me dénonce…

— … d'avoir assassiné sa fille Juliette ? interviens-je.

— C'est ça, admet Nicolas.

— Comme vous avez tué le docteur Collot parce qu'il avait remarqué votre voiture ? insiste Annick Hatouva.

— C'est ça, répète le jeune homme.

— Vous l'avez tué avec une hache que vous avez dérobée chez Aimé, le contremaître du Pinson-Tournan ? interviens-je.

— C'est ça, dit encore Godemiche junior.

Je décide de lui mettre la pression :

— Vous êtes également le meurtrier de Mélanie ?

— Bien sûr.

— Parce qu'elle vous faisait chanter ?

— Bien sûr.

— Avec ce cliché ?

Je lui tends la photo compromettante. Il n'y jette même pas un œil et se contente de murmurer :

— Vous avez réussi à la trouver ? Pas moi !

À son tour, la juge observe le tirage et ses pommettes de cochonne s'empourprent légèrement.

— Pourquoi avoir tué Suzie ? à-brûle-pourpointé-je.

Nicolas paraît soudain désemparé.

— Parce que… parce qu'elle avait découvert la photo et me faisait chanter à son tour.

— Bien.

Je marque un temps et repars à l'assaut :

— Je comprends mal le meurtre de Juliette. Cette fille vous aidait, elle vous cachait, n'est-ce pas ?

— Elle semblait craquer, elle allait me trahir.

— Votre sentiment, madame la juge ?

La femme hésite à peine.

— Je prononce la mise en examen de M. Nicolas Godemiche pour homicide volontaire sur les personnes de Mélanie Godemiche, Suzie Morrand, Albert Collot et Juliette Blondeau.

Elle demande à Roykeau et aux deux autres poulets qui l'accompagnent d'évacuer l'inculpé. Nous nous retrouvons seuls, elle et moi. Calmement, Mme la juge va donner deux tours de clé à la porte de son bureau. Puis elle revient à sa table de travail, la balaye d'un revers de bras et s'y assoit jambes ouvertes.

Tu me crois si je te dis qu'elle n'a pas de culotte ?

*

* *

Sur le palier, Anatole désigna une porte à Béru.

— Tu couches là[1].

Le Gravos fit la moue.

— Et ta chambre, c'est laquelle-t-est-ce ?

— L'autre.

Alexandre-Benoît se frictionna le menton.

— C'est pas prudent que tu dormasses dans ta piaule, rapport à l'assassin qui rôde. Faudrait mieux que tu prisses la chamb' d'amis et que moi je monte la garde dans ta carrée.

— Tu crois ?

— J'suis sûr !

— Mais ma femme ?

— J'vais m'faire tout p'tit pour pas la déranger.

Lorsque Martha se réveilla, il était trop tard. L'anaconda de Bérurier l'avait investie jusqu'en des profondeurs qui constituent un point de non-retour. Elle prit le parti de jouir en silence, mais ses ébats firent néanmoins chuter le téléphone qui se décrocha.

Ce petit incident ne fut pas sans conséquences.

*

* *

Tu sais à quoi je gamberge en fonçant pied au plancher en direction de la Vieille-Nave ? Pas à la troussette sur le burlingue de la belle Annick ! C'est pourtant une mouilleuse d'exception. Je parie que la greffière, demain, va se faire un sandwich avec le buvard de son sous-main.

Non, je repense aux trois gros mensonges du fils Godemiche ! Tu veux que je les énumère où tu les as pointés toi-même ? Bon, alors, j'y vais. Pour assister ma mémoire, j'ai pris la précaution d'enregistrer l'interrogatoire, ce qui est strictement interdit dans le bureau d'un juge d'instruction. Mais tu ne crois pas qu'après une fourrée pareille, miss Hatouva risque de porter le pet ?

Écoute l'enregistrement en remontant de la fin vers le début.

1. Gnôle + calva = tutoiement.

Question posée par le gars moi-même : « Je comprends mal le meurtre de Juliette. Cette fille vous aidait, elle vous cachait, n'est-ce pas ? »

Réponse de Nicolas : « Elle semblait craquer, elle allait me trahir. »

Comment croire cette baliverne ? Si Juliette voulait dénoncer Nicolas, elle l'aurait fait en la présence de ses parents. Elle aurait appelé la police et ne lui aurait pas porté un plateau-repas dans la grange. Tu me suis ?

Autre question : « Vous l'avez tué (on parle du docteur Collot) avec une hache que vous avez dérobée chez Aimé, le contremaître du Pinson-Tournan ? »

Réponse de Godemiche junior : « C'est ça ! »

Faux, archi-faux ! Aimé m'a certifié avoir prêté cette hache à Nicolas l'hiver dernier. Le jeune homme ne l'a donc pas volée. En fait, il ne sait pas de quelle hache il s'agit. Ce qui prouve qu'il n'a pas assassiné le toubib, contrairement à ses aveux.

Troisième question de ma part : « Pourquoi avoir tué Suzie ? »

Réponse de l'inculpé : « Parce que… parce qu'elle avait découvert la photo et me faisait chanter à son tour. »

Encore un mensonge. Le cliché, nous l'avons trouvé Béru et moi, dans le freezer dégivré bien après la mort de Suzie.

J'ai la ferme conviction que Nicolas n'est pas le psychopathe que nous traquons.

Alors ?

Un étrange gargouillis parcourt mon œsophage.

Antoine aurait-il pu m'abuser à ce point ?

*

* *

Quand je pénètre dans la cour en faisant crisser les gravillons, le château de la Vieille-Nave baigne dans le silence et la solitude. Le disque lunaire blanc et glacial propage une lueur macabre sur la vaste demeure.

La BMW de Jacquemart-André n'est pas là. Je me précipite à l'entrée principale. Je frappe, sonne, braille. Aucune réponse. Dommage, car j'aurais voulu l'interroger sur un point qui me turlupine et me tord la pine. Il prétend avoir vu le roller-man, donc Antoine, lesté d'un sac à dos et de haches. Mon fils nie le sac à dos et les haches.

Qui ment ?

Les deux admettent que la rencontre a eu lieu à vingt heures, le soir du meurtre de Suzie. Ce que corrobore le reçu de péage du vieux Godemiche.

Un truc me frappe soudain. Jacquemart est absent. Comme il était absent le soir de la rave-party et l'après-midi de l'assassinat de Suzie. Je sors mon téléphone et me lance dans une recherche simple : où se trouvait Jacquemart-André lorsqu'il m'a rappelé soi-disant depuis le salon agricole de la porte de Versailles ? Trois minutes plus tard, j'ai la réponse. L'appel de Godemiche father a été transmis par la borne de Chartres-Cathédrale. Cet enfoiré n'était pas à Paris, mais bien dans la région du meurtre de Suzie !

Ma tête chavire. J'ai du mal à rassembler les pièces de ce macabre puzzle. Je n'ai jamais suspecté Jacquemart grâce à son abord sympathique, et à cause de ce ticket de péage qu'il ne m'a pas présenté spontanément. C'était magnifiquement joué, de me le laisser découvrir par hasard. Un chef-d'œuvre psychologique ! S'il m'avait brandi le reçu sous le nez, j'aurais vérifié son alibi avec davantage de minutie.

En vérité, il a eu le temps nécessaire pour éventrer Suzie, fendre le crâne du docteur Collot, repartir pour Saint-Arnoult par la nationale 10 et reprendre l'autoroute en direction de Chartres. Ticket acquitté à 19 h 48, sans bavure !

Plus question de tergiverser. Je sors mon sésame et crochète la serrure du château en moins de temps qu'il ne t'en faut pour contourner l'élastique du slip de ta secrétaire.

Je trace direct à la chambre de Nicolas et me plante devant le coffre. Ma boîte à idées est en ébullition. Je me concentre pour retrouver le code d'ouverture du coffiot.

« Souviens-toi, mec ! m'exhorté-je. La date de la mort de Mme Godemiche. C'était un jour funeste… le 13 ! Je suis sûr que c'était le 13. »

Je compose ces deux chiffres sur la molette et gamberge à nouveau. Elle est morte il y a sept mois, m'a dit Jacquemart. Compte à rebours… ce devait être en avril… 04. Bingo ! La porte blindée pivote.

Je plonge la main et happe le dossier médical entr'aperçu naguère. Je le feuillette en mouillant mes doigts, comme lorsque tu es parvenu à l'intérieur de la culotte de la même secrétaire (ou d'une autre, c'est ta vie privée, mon pote !).

Même si je n'ai pas fait chirurgie en première langue, je pige tout de suite que le cancer de l'épouse Godemiche a nécessité l'ablation de l'utérus et des ovaires, ainsi que le retrait des glandes mammaires.

Un bruit dans les étages m'extirpe de ma torpeur. Je repense alors à ce grenier si propre qu'on y mangerait par terre. Le vieux Jacquemart ne se planquerait-il pas dans ses combles ?

Je fuse dans les escadrins comme un Scud durant la guerre du Golfe. Je retrouve la pièce telle qu'en elle-même. Clean mais imprégnée d'une odeur âcre de mauvais aloi. Je constate que la fenêtre de la lucarne est ouverte et qu'une chouette tente de se cacher sous une poutre. C'est elle que j'ai entendue marcher.

J'essaie de la rassurer en lui parlant avec douceur :

— N'aie pas peur, ma petite mère ! Je n'ai jamais fait de mal à un bipède, pourvu qu'il ait des ailes.

Tout en parlant, je remarque un fil électrique qui court depuis la loupiote centrale jusqu'à une cloison. Je tapote la paroi constituée de lambris de pin et finis par dégauchir la faille. Un espace plus large entre les lattes dissimule un piton. J'appuie dessus. Cette action déclenche l'ouverture d'une porte dérobée.

Je tâtonne pour trouver l'interrupteur et la lumière fut. Je regretterai toute ma vie ce geste inconsidéré. Le spectacle est l'un des plus insoutenables qu'il m'ait été donné de contempler.

Allongée sur un divan, Mme Godemiche m'accueille, cheveux cendrés, bouclés et ténus comme les fils d'une toile d'araignée. Ses yeux et son nez ne sont plus que trois trous dans un faciès verdâtre et parcheminé. La robe recouvrant son squelette commence à être rongée par la vermine.

Au pied de ce catafalque, un tabouret a été disposé en guise d'autel, décoré d'un napperon de dentelle. Un bocal repose dessus. À l'intérieur, dans un bain de formol, flottent les utérus et les ovaires des jeunes femmes suppliciées.

Je réprime un haut-le-cœur et décide de réagir. Sur mon portable, je compose fébrilement le numéro privé de Roykeau.

Réveillé en sursaut, le commissaire de Chartres m'apprend que les barrages ont été levés, puisque le serial killer est en cabane. Il ne sait pas pourquoi je le traite de gros con. C'est à moi que je m'adresse !

Second coup de fil pour alerter Béru.

Bip… bip… bip…, déclare la ligne occupée.

Je t'avais bien dit que ce téléphone décroché ne serait pas sans conséquences !

*
* *

La BMW de Jacquemart-André pénètre en roue libre dans la cour de la ferme des Blondeau. Le conducteur coupe la lumière de son plafonnier avant de quitter le véhicule. Il s'empare d'une carabine qu'il arme de quatre balles, et va se planter sous les fenêtres d'Anatole.

— Blondeau ! hurle-t-il d'une voix de centaure[1] ! Blondeau ! Ton frère Aimé vient d'avoir une attaque…

Presque aussitôt, un volet s'ouvre. Mais pas celui que Godemiche escomptait. Une silhouette s'encadre au premier étage.

— Il est mort ? demande Anatole.

Le temps de changer l'axe de son tir, Jacquemart-André reçoit un manche de pioche en plein visage. Son coup part dans les nuages. Il se retourne et s'apprête à faire feu sur son agresseur lorsque des phares l'éblouissent. Il tire sa seconde balle. À côté de la cible qui vient de s'échapper en un magnifique plongeon.

Jacquemart panique, saute dans sa voiture et démarre en trombe. La seule issue possible, c'est ce chemin de terre qui grimpe sur le flanc de la mare à purin.

*
* *

Je jaillis de mon Audi, flingue en pogne.

— Tu n'as pas de mal, Antoine ? crié-je, fou d'angoisse.

— No problem, father ! dit-il en se relevant.

Le soupir que je pousse va être baptisé Norma par les météorologues de la Floride et faire trembler la péninsule pendant trois jours.

Anatole et Béru débarquent en catastrophe de la cagna. Le Gravos a juste eu le temps d'enfiler un slip kangourou dont la poche ventrale laisse pendouiller sa queue de castor.

— Un peu de pudeur, inspecteur, rouscaille le péquenot. Imaginez que ma femme se réveille ?

---

1. Béru dixit.

Martha ne risquait pas de sortir des limbes. Après une transfusion de sperme béruréen, elle dormirait jusqu'au petit jour.

*

* *

Blondeau a estimé qu'il valait mieux poursuivre le fuyard avec son tracteur qu'avec ma bagnole. Les labours de la colline ne permettent à aucune voiture de circuler, tant ils sont profonds et gelés.

Je prends place à ses côtés dans la cabine de l'engin, tandis que Béru et Antoine s'installent dans le tombereau.

— Pas confortable ! grogne le Mastard, en se frottant les reins.

— Mais mieux que le coffre de ta DS, ricane Antoine.

Nous n'avons guère de chemin à parcourir avant de repérer la BMW de Godemiche, couchée sur le flanc. Un peu plus loin, nous découvrons Jacquemart-André. Il s'est tordu la cheville dans une profonde ornière. Je m'approche de lui, compatissant.

— J'ai tout compris, mon vieux.

En guise de bienvenue, il me largue une bastos qui me rase le temporal. Je plonge au sol en gueulant.

— Arrête tes conneries, Jacquemart !

— Attention ! Il me reste encore une balle !

Je demeure un long moment couché dans mon sillon avant de relancer le débat.

— Pourquoi ? Dis-moi, pourquoi tant de meurtres ?

— Ma femme avait besoin d'une greffe.

— La greffe de vie, ça n'existe pas.

— Si ! Moi, je vais lui faire sa transplantation ! Elle revivra !

Mieux vaut changer de sujet.

— Pourquoi as-tu marqué les lieux de tes crimes sur la carte routière de ton fils ? Pourquoi avoir utilisé sa hache contre le docteur Collot ? Pour le faire arrêter à ta place ?

Surmontant sa douleur, Jacquemart se redresse.

— Nicolas est une petite ordure. Pendant que sa mère mourait, il baisait sa tante. Il fallait qu'il paie et que moi je poursuive mon œuvre !

— Cette petite ordure a accepté de prendre tes crimes en charge ! grondé-je. Il s'est accusé pour toi.

Je pousse un hurlement car Antoine bondit vers le forcené ! Le coup part. Mon fils est stoppé net. Il gémit et bascule en arrière.

Je me précipite en même temps qu'Anatole. Mais lui s'est emparé d'une fourche trident qu'il enfonce de tout son poids dans les poumons de Jacquemart.

Je n'oublierai jamais le son de ce poitrail perforé, ni la lente agonie de ce pauvre malade.

Antoine n'est que superficiellement touché au bras. Il nous faut plusieurs minutes pour recouvrer notre calme.

— Je vais aller en taule ! gémit Blondeau. J'm'en fous, pour moi. Mais mes bêtes ? Et ma femme ? Qu'est-ce qu'elle va devenir, ma femme, sans sa fille ni son homme ?

Bérurier se gratte le fion, renifle ses doigts et prend la décision du siècle :

— Faut qu'on fait disparaître le cadav' !

Antoine que je viens de garrotter réagit aussi sec :

— Hé ! En l'absence du coupable, je reste le seul suspect !

— Rassure-toi, mon garçon, j'ai toutes les preuves de la culpabilité de Jacquemart-André. Suffit d'explorer son grenier.

— Ouais..., marmonne Anatole. J'ai bien une idée pour ce salaud, seulement je sais pas quoi faire de sa voiture.

— La bagnole, on s'en charge ! décidé-je.

*
* *

« La lune, quand elle est pleine et toi aussi, te fait penser à un cul, admets ? Eh bien cette nuit-là, pas du tout. C'était une lune fielleuse, plus blanche qu'un lilas offert à une jeune tuberculeuse... »

Tu connais la suite, non ?

Ce fut sans doute l'un des plus beaux matins du monde, puisque ce fut celui où IL mourut.

FIN FINALE

TABLE DES COPYRIGHTS

Table des matières

T'ASSIEDS PAS SUR LE COMPTE-GOUTTES

DE L'ANTIGEL DANS LE CALBUTE

LA QUEUE EN TROMPETTE

GRIMPE-LA EN DANSEUSE

NE SOLDEZ PAS GRAND-MÈRE, ELLE BROSSE ENCORE

DU SABLE DANS LA VASELINE

CECI EST BIEN UNE PIPE

LÂCHE-LE, IL TIENDRA TOUT SEUL

CÉRÉALES KILLER

Composition et mise en pages
Nord Compo à Villeneuve-d'Ascq

MIXTE
Papier issu de
sources responsables
FSC® C003309

L'éditeur de cet ouvrage s'engage dans une démarche
de certification FSC® qui contribue à la préservation
des forêts pour les générations futures.

Pour en savoir plus :
www.editis.com/engagement-rse/

Cet ouvrage a été achevé d'imprimer en mai 2021
dans les ateliers de Normandie Roto Impression s.a.s.
61250 Lonrai (Orne)
N° d'impression : 2102457

Imprimé en France